Asi Melekler

ASİ MELEKLER

Orijinal adı: Angelology

Yazan: Danielle Trussoni
İngilizce aslından çeviren: Sıla Okur

1. baskı / Ekim 2010 / ISBN 978-605-111-790-4
Sertifika no: 11940

Kapak tasarımı: Jaya Miceli
Kapak fotoğrafı: Jeff Bark
Görüntü düzenleme: Tal Goretsky
Baskı: Acar Basım ve Cilt San. Tic. A.Ş. Beysan Sanayi Sitesi Birlik Cad. No: 26
34524 Acar Binası Haramidere / Beylikdüzü - İSTANBUL
Tel. (212) 422 18 00

Doğan Egmont Yayıncılık ve Yapımcılık Tic. A.Ş.
19 Mayıs Cad. Golden Plaza No. 1 Kat 10, 34360 Şişli - İSTANBUL
Tel. (212) 373 77 00 / Faks (212) 355 83 16
www.dogankitap.com.tr / editor@dogankitap.com.tr / satis@dogankitap.com.tr

Asi Melekler

Danielle Trussoni

Çeviren: Sıla Okur

DK DOĞAN KİTAP

Angela'ya

İlahiyatın orijinal dallarından olan melekbilim, meleklerin düzenine dair kuramsal incelemelerin yanında, bunun insanlık tarihi boyunca uygulanışını da inceleyen melekbilimciler tarafından uygulamaya geçirilen bir daldır.

Şeytanağzı Mağarası, Rodop Dağları, Bulgaristan

1943 Kışı

Melekbilimciler vücudu incelediler. Bozulmamış, çürümemişti; cildi pürüzsüz ve kâğıt gibi beyazdı. Cam gibi olmuş cansız gözler göğe bakıyordu. Geniş alna ve yapılı omuzlara dökülen soluk bukleler, başın çevresinde altın renkli bir hale oluşturuyordu. Hiçbirinin teşhis edemediği beyaz, ışıldayan, metalik bir malzemeden dokunmuş kıyafetler bile ilk günkü gibiydi; görenler yaratığın, yerin yedi kat altındaki bir mağarada değil de, Paris'te bir hastane odasında öldüğünü sanırdı.

Meleği böyle korunmuş halde bulmak onları şaşırtmamalıydı. İstiridye kabuğunun içi gibi sedefli tırnaklar, geniş, düz ve deliksiz göbek, cildin ürkütücü saydamlığı ve diğer her şey tam da bekledikleri gibiydi; kanatların yeri bile doğruydu. Ama önlerinde uzanmış yatan şey, o zamana kadar ancak havasız kütüphanelerde, önlerine harita gibi açılmış XV. yüzyıl resimleri üzerinde çalıştıkları konu için beklenmedik derecede güzel ve canlı gibiydi. Meslek hayatları boyunca bunu görmeyi beklemişlerdi. Hiçbiri kabul etmezdi belki ama, gizliden gizliye görmeyi bekledikleri şey bir canavar cesediydi; bir arkeoloji kazısında gün ışığına çıkarılmış bir kemik ve lif yığınıydı. Karşılarına çıkansa bambaşka olmuştu: Narin ve uzun bir el, kemerli bir burun, öpücük verir gibi donakalmış pembe dudaklar. Melekbilimciler vücudun çevresinde dolanıyor, beklenti içinde bakışıyorlardı. Sanki her an gözlerini kırpıştırarak uyanabilirdi.

Birinci Kat

Aklını gün ışığına
Çıkarmak isteyen,
Senin için bu sözlerim;
Her kim ki kurtarır kendini,
Dönüp bakmalıdır tekrar
Tartaros mağarasına,
Hangi mahareti getirirse yanında,
Kaybeder aşağı baktığında.

–Boethius, *Felsefenin Avuntusu*

Azize Rose Manastırı, Hudson Nehri Vadisi, Milton, New York

23 Aralık 1999, 04.45

Evangeline güneş doğmadan, dördüncü kat sessiz ve karanlıkken uyandı. Gece boyu dua etmiş rahibeleri uyandırmamak için usulca ayakkabılarını, çoraplarını ve eteğini toplayıp ortak tuvalete doğru yalınayak yürüdü. Uyur uyanık halde, aynaya bile bakmadan alelacele giyindi. Daracık tuvalet penceresinden, gündoğumu öncesinde sis çökmüş manastır bahçesine baktı. Kar altındaki avlu, çıplak dallarıyla birkaç ağacın sınırını çizdiği Hudson kıyısına kadar uzanıyordu. Azize Rose Manastırı, Hudson Nehri'ne o kadar yakındı ki gündüz gözüyle iki manastır var gibi görünürdü; biri toprakta dururken diğeri suyun üzerinde hafifçe salınır, birinin görüntüsü diğerininkine karışır, bu yanılsama yazın geçen mavnalarla, kışınsa buzdan dişlerle bozulurdu. Evangeline, geniş ve kara bir kütle halinde beyaz kıyılara sürtünerek akan nehri izledi. Çok yakında güneş, suyu yaldızla bezeyecekti.

Porselen lavaboya eğilen Evangeline, yüzüne soğuk su çarparak bir rüyanın kalıntılarını duruladı. Rüyayı hatırlayamıyor ama üzerinde bıraktığı etkiyi çok iyi duyumsuyordu. Bir kehanet duygusu, düşüncelerine çöreklenmiş, onu açıklayamadığı bir yalnızlık ve karmaşaya itmişti. Hâlâ ayılmadan üzerindeki ağır pazen geceliği çıkardı ve tuvaletin soğuğunu iliklerinde hissedip ürperdi. Beyaz pamuklu külotu ve beyaz fanilasıyla (toptan alınıp yılda iki kez Azize Rose rahibelerine dağıtılan standart çamaşırlardı) aynanın karşısında durdu ve kendisine alıcı gözüyle baktı. İnce kolları ve bacakları, düz karnı, dağınık siyah saçları, göğüs tahtasında duran altın madalyonuyla bu yansıma, uykulu bir genç kadına aitti.

Evangeline serinlikte tekrar ürperdi ve giysilerine döndü. Birbirinin eşi beş adet diz boyu siyah eteği, kışın giydiği yedi adet siyah balıkçı yaka kazağı, yazın giydiği yedi adet beyaz, pamuklu, kısa kollu gömleği, bir siyah yün süveteri, on beş takım beyaz iç çamaşırı ve sayısız siyah naylon külotlu çorabı vardı; gereğinden ne bir eksik, ne bir fazla. Üstüne bir kazak geçirip alnına siyah yemeniyi sıkıca bağladıktan sonra üzerine bir siyah örtü tutturdu. Çoraplarını giyip eteği bacağına geçirirken fermuar çekme, düğme ilikleme ve kırışık düzeltme işlerini tek ve istemsiz bir hareketle bitiriverdi. Birkaç saniye içinde özel kişiliği gitmiş, Fransisken Sonsuz İbadet Rahibesi Evangeline olmuştu. Tespihini de alınca başkalaşım tamamlandı. Geceliğini tuvaletin bir ucundaki sepete attı ve gündüzü karşılamaya hazırlandı.

Rahibe Evangeline, eğitimini tamamlayıp on sekiz yaşında yemin edeli beri, yani beş yıldır, sabah beş ayinini hiç kaçırmamıştı. On ikinci yaşından beri Azize Rose Manastırı'nda yaşıyordu ve manastırı, çok sevgili bir arkadaşının huyunu bilir gibi tanıyordu. Binada sabah izlediği yolu adeta bir bilim dalı haline getirmişti. Katları inerken parmakları ahşap tırabzanlarda kayar, lastik tabanlı ayakkabıları sahanlıklarda yağ gibi ilerlerdi. Manastır o saatlerde sessiz olur ve mezarlıkların mavi gölgesiyle yıkanırdı, ama gündoğumuyla birlikte hayata geçer, arı kovanı gibi iş ve ibadetle uğuldar, her bir odası dualarla ve inançla ışıldardı. Sessizlik biraz sonra dağılacaktı ve merdivenler, toplanma odaları, kitaplık, yemekhane ve onlarca yatak odası, rahibelerle kıpır kıpır hale gelecekti.

Üç kat merdiveni koşar adım indi. Şapeli gözü kapalı bulabilirdi.

Zemin kata inen Rahibe Evangeline, Azize Rose Manastırı'nın sanki belkemiği olan geniş koridorda yürümeye başladı. Duvarlar boyunca çoktan ölmüş başrahibelerin, önde gelen rahibelerin ve manastır binasının muhtelif bedenlenmelerinin çerçeveli resimleri asılıydı. Çerçevelerden bakan yüzlerce kadın, duaya giden tüm rahibelere, ölü ve diri tüm kadınların tek bir görev uğruna yekvücut oldukları kadim ve asil bir anaerkinin unsurları olduklarını hatırlatırdı.

Geç kalabileceğini bildiği halde, koridorun ortasında durakladı. Burada, manastıra adını veren Viterbo'lu Rose'un altın varaklı bir çerçeveye oturtulmuş bir resmi vardı. Küçücük ellerini birleştirmiş dua eden kadının üzerinde aydınlık saçan bir bulut tasvir edilmişti. Azize Rose'un ömrü kısa olmuştu. Üçüncü doğum gününden hemen sonra melekler ona konuşmaya başlamış, dinleyen herkese mesajlarını iletmesini söylemişlerdi. Rose buyruğu yerine getirmiş ve sapkın bir köye Tanrı ve melekleri hakkında vaaz verdikten sonra cadılık suçlamasıyla idam cezasına çarptırılınca azize olmuştu. Kasabalılar onu bir direğe bağlayıp çevresine ateş yakmışlardı. Kalabalığın dehşetle izlediği Rose ateşte yanmamış, yalazlar tenine değip geçerken üç saat boyunca direnmiş, meleklerle konuşmuştu. Bazıları meleklerin onun çevresini sardığına, genç kızı görünmez bir zırha bürüdüğüne inanmıştı. Sonunda ruhunu teslim etmişti ama meydana gelen mucize, bedenini çürümez kılmıştı. Azize Rose'un bozulmayan bedeni, ölümünden yüzyıllar sonra Viterbo sokaklarında teşhir edilmiş, gencecik vücudun üzerinde çektiği eziyetin en ufak bir izi bile bulunamamıştı.

Saatin farkına varan Rahibe Evangeline, portrenin önünden ayrıldı. Manastırı kiliseden ayıran ve üzerinde Beşaret-i Meryem oymalarının bulunduğu büyük ahşap kapıya geldi. Rahibe Evangeline, sınırın bir yanında, manastırın sadeliği içinde duruyordu. Öbür yanda ise muhteşem kilise yükseliyordu. Rahibe Evangeline, ayakkabıları halıdan ayrılıp damarlı yeşil mermere geçince ayak seslerinin şiddetlendiğini duydu. Eşikten geçmek tek adımlık bir işti, ama değişiklik muazzamdı. Beyaz badanalı duvarlar, yerini devasa taş kaplamalara bıraktı. Tavan bir anda yükseldi. Gözler, neo-rokokonun bol yaldızlı dünyasına uyum sağladı. Manastırdan ayrılan Evangeline'in mütevazı birlik ve hayırseverlik hedefleri bir anda silinip gitti ve Evangeline Tanrı katına, Tanrı'nın, Meryem'in ve meleklerin huzuruna çıktı.

Manastırdaki ilk yıllarında Evangeline, Maria Angelorum Kilisesi'ndeki melek tasvirlerini abartılı bulmuştu. Bir kız çocuğuna bunlar boğucu, kaçılmaz ve aşırı süslü gelmişti. Yaratıklar kilisenin her girdisini çıktısını dolduruyor, başka bir şeye yer bırakmıyordu. Ana kubbeye seraflar tahakküm ediyordu; sunağın köşelerinde ise mermerden başmelekler vardı. Sütunlara altın haleler, kıyamet günü boruları, arplar ve küçücük kanatlar işlenmişti. Sıra başlarına kakılmış bebek melekler, yarasa gibi küçücük yüzleriyle gelenleri hipnotize ediyordu. Bu bolluğun Tanrı'ya bir sunuş, inançlarının bir simgesi olduğunu anlamasına rağmen, Evangeline manastırın sade işlevselliğini tercih ediyordu. Eğitimi sırasında kurucu rahibeleri kendince eleştirmiş, bunca zenginliği neden daha iyi bir amaç için kullanmadıklarını merak etmişti. Ama birçok şey gibi itirazları ve tercihleri de rahibe kıyafetini aldığında değişmiş, giyinme töreni sanki onun biraz erimesine, yeni ve daha köşesiz bir hal almasına yol açmıştı. Rahibe olarak geçirdiği beş yılın ardından, genç kızlık hali neredeyse silinip gitmişti.

Durup işaretparmağını bir kutsal su kurnasına batıran Rahibe Evangeline, bu parmağıyla haç çıkardı (alın, kalp, sol omuz, sağ omuz) ve dar Romanesk bazilikadan, Çarmıh Yolu'ndaki durakları gösteren on dört tasvirin önünden, dik sırtlı kızıl meşe sıraların ve mermer sütunların yanından geçti. O saatte içerisi henüz aydınlanmadığı için geniş orta koridoru takip eden Evangeline, kâselerin, zillerin ve kıyafetlerin ayini beklerken dolaplara kilitlendiği bölmeye ilerledi. Bu bölmenin sonunda bir kapı vardı. Derin bir nefes alan Evangeline, çok parlak bir ortama çıkmaya hazırlanırcasına gözlerini yumdu. Elini soğuk pirinç tokmağa koydu ve kalbi küt küt atarken kapıyı itiverdi.

Şapel şiddetle, adeta patlayarak görüntüye girdi. Duvarlarındaki altın yıldızlara dalıp gitse, kendisini mineli bir Fabergé yumurtasının içine kısılmış gibi hissedebilirdi. Fransisken Sonsuz İbadet Rahibeleri'nin özel şapeli, yüksek bir ana kubbeye ve duvarları dolduran vitraylara sahipti. İbadet Şapeli'nin merkezini oluşturan şaheser ise, sunağın tepesinde bulunan bir dizi vitraylı pencereydi. Bunlar birlikte meleklerin üç katını temsil ediyordu. Birinci Kat Seraflara, Keruvlara ve Tahtlara, İkinci Kat Egemenliklere, Güçlere ve Hükümranlıklara, Üçüncü Kat ise Yönetimlere, Başmeleklere ve Meleklere ayrılmıştı. Bu katlar birlikte cennet korosunu, cennetin sesini oluşturuyordu. Rahibe Evangeline her sabah pırıldayan cam denizinde yüzen meleklere bakar, onların doğal ışıltısını, üzerlerinden ısı gibi yükselen saf ışığını hayal etmeye çalışırdı.

Rahibe Evangeline, sabah dörtten beşe kadar ibadetle görevli olan ve sunağın başında diz çökmüş bulunan Rahibe Bernice ve Boniface'i gözetledi. Rahibeler birlikte yetmişlik ahşap tespihlerini çekiyor ve duanın son sözünü bile, ilk sözünü söylerkenki dikkat ve inançla söylemeye özen gösterir gibi duruyorlardı. Beyaz mermer sunağın başında, gece gündüz kisveleri içinde iki rahibe bulunur, dudakları adeta bu kutsal uğurda birbirine kaynamış gibi aynı hareketlerle durmaksızın dua ederlerdi. Rahibelerin ibadet nesnesi sunağın yükseklerinde duran, altından yapılmış yıldız şekilli bir Aşai Rabbani Ekmeği çerçevesinin içindeydi, bir altın patlamasının içinde bembeyaz bir Aşai Rabbani Ekmeği.

Fransisken Sonsuz İbadet Rahibeleri, kurucu başrahibeleri Francesca'nın XIX. yüzyılın başında tapınma uygulamasını başlattığı andan beri, her günün her dakikasında ibadet etmekteydiler. Bu ibadet neredeyse iki yüz yıldır hiç kesintiye uğramamış, dünyanın en uzun ve en istikrarlı ibadet zincirini oluşturmuştu. Rahibelerin vakti diz çökmekle, tespih taşlarının hafif şıkırtısıyla ve manastırdan İbadet Şapeli'ne yapılan günlük yürüyüşlerle geçiyordu. Her saat şapele gelir, haç çıkarır ve Tanrı'nın önünde tevazu içinde eğilirlerdi. Gün ışığında da, mum ışığında da ibadet ederlerdi. Barış ve inayet ve acının sonu için dua ederlerdi. Afrika ve Asya ve Avrupa ve Amerika için dua ederlerdi. Ölüler ve yaşayanlar için dua ederlerdi. Yitik, bitik dünyaları için dua ederlerdi.

Aynı anda haç çıkaran Rahibe Bernice ve Boniface, şapelden ayrıldı. Yerlerini alacak rahibelere yol açarken, Rahibe Evangeline'in II. Vatikan sonrası kılığına göre daha uzun, ağır ve geleneksel kesimli olan kisvelerinin siyah etekleri, cilalı mermer zemini süpürerek geçti.

Rahibe Evangeline, Rahibe Bernice'ten aldığı sıcaklık henüz dağılmamış olan mindere diz çöktü. İbadetteki eşi Rahibe Philomena da on saniye sonra ona katıldı. Birlikte, kuşaklar önce başlamış ve manastırdaki her rahibenin içinden kesintisiz bir umut zinciri gibi geçmekte olan dualarına girdiler. Çarkları koruyucu bir fanus içinde hafif tıkırtılarla dönen küçük ve narin bir altın sarkaçlı saat, beş kez çaldı. Evangeline'in zihnine bir rahatlık yayıldı; gökte ve yerde her şey tıkır tıkır işliyordu. Başını eğdi ve duaya başladı. Saat tam beşti.

Rahibe Evangeline, kısa süre önce ibadet eşi Rahibe Philomena'nın yardımcısı olarak manastırın kütüphanesinde görevlendirilmişti. Pek parlak bir konum değildi kesinlikle; ne Misyon Ofisi'nde veya İstihdam'daki gibi göz önündeydi insan, ne de hayır işlerindeki gibi karşılık alabiliyordu. Evangeline'in odası, görevinin mütevazı niteliğini vurgularcasına, manastırın en ücra köşesine itilmişti; kütüphanenin dışında, koridorun diğer ucunda, sızdıran boruları ve İç Savaş döneminden kalma pencereleriyle her kış nem, küf ve soğuk algınlığı yatağı olan bir dehlizde çalışıyordu. Hatta Evangeline son birkaç ayda sık sık solunum yolu enfeksiyonlarına yakalanmış, her seferinde cereyana kabahat bulduğu bir nefes darlığından kurtulamamıştı.

Evangeline'in odasını kurtaran, manzarasıydı. Masası, manastır arazisinin kuzeydoğusuna bakan bir pencerenin tam karşısındaydı ve Hudson Nehri'ni görüyordu. Bu pencerenin camı yazın buğulanır ve dışarının yağmur ormanları kadar nemli olduğu duygusunu verirdi; kışınsa buz tutar ve bu durumu gören Evangeline, her an bir grup penguenle karşılaşmayı beklerdi. İnce buzu mektup açacağıyla sıyırır ve nehrin kıyısından geçen yük trenlerine, üzerinde süzülen mavnalara bakardı. Oturduğu yerden, manastırı çepeçevre sarıp rahibelerle dış dünyayı ayıran geçilmez bir engel görevini üstlenen taş duvarı da görebilirdi. Bu duvar, rahibelerin kendilerini dünyevi toplumdan fiziksel olarak da ayırdıkları XIX. yüzyıldan kalmış olsa da, FSİR'nin hayalindeki kuvvetli varlığını sürdürüyordu. Saf ve günahkâr dünyaları birbirinden ayıran, yarım metre genişliğinde ve bir buçuk metre yüksekliğinde bir surdu o.

Evangeline sabah beşteki duasını, kahvaltısını ve sonrasındaki sabah ayinini bitirdikten sonra, odasındaki pencerenin altında duran dingildek masanın başına geçerdi. Çalışma masam dediği tablanın aslında ne ilaç için bir çekmecesi vardı, ne de Rahibe Philomena'nın odasındaki maun yazıhane gibi bir albenisi. Ama geniş ve düzenli, malzemeleri eksiksiz bir yüzeydi. Her gün sumenini düzeltir, kurşunkalemlerini hizaya sokar, saçını örtüsünün altında topladıktan sonra işe koyulurdu.

Manastıra gelen yazışmaların çoğunluğu, asıl bölümü kütüphanede arşivde bulunan melek tasviri koleksiyonuyla ilgili olduğu için, bir şekilde Rahibe Evangeline'in masasına ulaşırdı. Evangeline her sabah mektupları almak için zemin kattaki Misyon Ofisi'ne gider, elindeki siyah kumaş torbayı gelen zarflarla doldurur ve masasına dönüp tasnif ederdi. Mektupları düzenli bir şekilde (önce tarihe, ardından gönderenin soyadına göre) ayırmak ve manastırın antetli kâğıdıyla cevaplamak onun görevi olmuştu; cevaplama kısmını, Rahibe Philomena'nın doğrudan kütüphaneye açılan ve çok daha sıcak bir mekân olan odasındaki elektrikli daktiloyla hallediyordu.

İşi sessiz, tasnifli ve düzenliydi; bu özellikler de Evangeline'e uyuyordu. Yirmi üç yaşındaydı ve gerek görünümünün, gerek kişiliğinin artık oturmuş olduğuna inanmaktan memnundu; iri yeşil gözlü, siyah saçlı, açık tenli, düşünceli tavırlı bir genç kızdı. Son yeminini ettikten sonra koyu renkli sade bir kisveye bürünmeyi tercih etmişti ve bu üniformayı ömrü boyunca taşıyacaktı. Anneesinden kalmış altından küçük bir lir madalyonu dışında ziynet eşyası kullanmıyordu. Güzel bir madalyondu ve lir som altından ince işçilikle yapılmıştı, ama Evangeline için bunun değeri sadece duygusaldı. Anneannesi Gabriella Lévi-Franche Valko, bu madalyonu annesi öldükten sonra Evangeline'e teslim etmişti. Cenaze sırasında madalyonu kutsal suyla temizleyip Evangeline'in boynuna takmıştı. Evangeline onun boynunda parlayan benzer bir liri görmüştü. "Angela gibi bunu her zaman, gece gündüz üzerinde taşıyacağına söz ver" demişti Gabriella. Anneannesi, Angela adını ikinci hecesine vurgu yaparak, An-*ge*-la diye okurdu. Evangelin, anneannesinin telaffuzunu diğer herkesinkinden daha iyi bulmuş ve daha küçük yaşta bunu mükemmel taklit etmeyi öğrenmişti. Evangeline'in ana babası gibi Gabriella'da da kuvvetli bir bellekten fazlası vardı. Tenine dokunan som altın, Evangeline'i annesiyle ve anneannesiyle birleştiren bir bağdı.

Evangeline içini çekti ve mektupları sıraya koymaya başladı. İşe koyulma zamanı gelmişti. Bir mektup seçti, zarfın ağzını mektup açacağıyla kesti ve zarfı masaya vurup katlı kâğıdı çıkardı, okudu. Daha ilk cümlede, bunun her zaman gelen mektuplardan olmadığını anlamıştı. Manastıra gelen mektupların çoğu gibi iki yüzyıllık devamlı ibadetlerinden, hayırseverlik işlerinden ya da dünya barışına adanmışlıklarından ötürü onlara iltifat ederek başlamıyordu. İçinde bir bağış çeki de, mirastan pay bırakan bir vasiyetname de yoktu. Mektup paldır küldür bir istekle başlıyordu:

Sayın Azize Rose Manastırı Yetkilisi,

Bir müvekkilim adına yaptığım araştırmalar sırasında, Rockefeller ailesinin annesi ve sanatçı hamisi olan Bayan Abigail Aldrich Rockefeller'ın, ölümünden dört yıl öncesine tekabül eden 1943-1944 yılları arasında, manastırınızın o tarihteki başrahibesi olan Başrahibe Innocenta ile mektuplaşmış olabileceğini tespit ettim. Başrahibe Innocenta tarafından yazılmış olan ve yakın zamanda bulduğum bazı mektuplar, bu iki hanım arasında bir temas olabileceğini gösteriyor. Rockefeller ailesine dair araştırmalarda bu ilişkiyle ilgili herhangi bir bilgiye rastlanmadığı için, Başrahibe Innocenta'nın mektuplarının arşivinizde bulunup bulunmadığını öğrenmek isterim. Eğer bulunuyorsa, bunları incelemek için manastırınızı ziyaret etmeme izin verilmesini arz ederim. Tüm masrafların müvekkilim tarafından karşılanacağını ve ilgililerin asgari derecede meşgul edileceğini hatırlatmakta yarar görüyorum. Yardımınız için şimdiden teşekkür ederim.

Saygılarımla,
V. A. Verlaine

Evangeline mektubu iki kez okudu ve olağan şekilde klasöre kaldırmak yerine doğruca Rahibe Philomena'nın odasına yürüdü, masasındaki tomardan bir antetli kâğıt çekti, daktiloya taktı ve her zamankinden kuvvetli hareketlerle tuşlara vurmaya başladı:

Sayın Bay Verlaine,

Azize Rose Manastırı tarihi araştırmalara büyük saygı duymaktaysa da, mevcut politikamız gereği özel araştırmalar veya yayınlar amacıyla arşivlerimizin ve melek tasviri koleksiyonumuzun incelenmesine izin verememekteyiz. Bu durumun anlayışla karşılanacağını umarız.

Selametle,

Evangeline Angelina Cacciatore

FSİR

Evangeline, mektubun altına manastırın mührünü bastıktan sonra imzasını attı ve kâğıdı katlayıp zarfa yerleştirdi. Gönderenin New York adresini de zarfa daktiloyla yazdıktan sonra bir pul yapıştırdı ve cilalı bir masanın bir ucunda, Evangeline'in New Paltz'taki postaneye yapacağı seferi bekleyen giden mektuplar tomarının üzerine koydu. Gelen mektubu da eteğinin cebine attı.

Verdiği karşılık kimilerine fazla sert gelse de, Rahibe Philomena'nın kesin talimatı vardı: Koruyucu melekler ve benzeri New Age modaları yüzünden sayıları giderek artan amatör araştırmacılara arşiv hiçbir şekilde açılmayacaktı. Evangeline bundan altı ay önce, bir otobüs dolusu kadın ve erkeğin ziyaret isteğini de reddetmişti. Ziyaretçilere karşı ayrımcılıktan hoşlanmıyordu ama, melekler rahibelerin gurur kaynağıydı ve ellerinde kristal küreleri, tarot kartlarıyla bu konuya ilgi duyan amatörlerin yaklaşımından rahatsızlık duyuyorlardı.

Evangeline, mektup tomarına memnuniyetle baktı. Bunları öğleden sonra postalayacaktı.

Birden, Bay Verlaine'in isteğinde bir tuhaflık olduğunu hissetti. Mektubu eteğinin cebinden çıkardı ve Bayan Rockefeller'ın Başrahibe Innocenta ile 1943-1944 yıllarında yazışmış olabileceğine dair bölümü tekrar okudu.

Evangeline'in dikkatini tarih çekmişti. Manastırda 1944'te çok büyük bir olay yaşanmıştı; bunun manastır tarihindeki etkisi o kadar büyük olmuştu ki, olayı göz ardı etmek artık imkânsızdı. Evangeline kütüphanenin içinden, üzerinde küçük okuma lambaları bulunan cilalı meşe masaların yanından geçerek siyah, demirden, alev geçirmez bir kapının önüne geldi. Cebinden anahtarlığını çıkarıp arşivin kilidini açtı. Kapıyı itip içeri girerken, 1944'teki olayın Bay Verlaine'in isteğiyle bağlantılı olup olamayacağını düşünüyordu.

Arşiv, içeriğindeki bilgi miktarına kıyasla, kütüphanede hayli dar bir yer kaplıyordu. Odanın duvarları boyunca uzanan metal raflarda, düzgün bir şekilde dizilmiş saklama kutuları vardı. Sistem basit ve düzenliydi. Gazete kesikleri odanın sol tarafındaki kutularda, manastırın yazışmaları ve hayatını kaybetmiş rahibelerin mektupları, günlükleri ve resimleri gibi özel eşyalar ise sağ tarafındaki kutularda saklanıyordu. Her kutunun üzerine yılı yazılmış ve kutular tarih sırasına göre dizilmişti; Azize Rose Manastırı'nın kuruluş yılı olan 1809'da başlıyor, içinde bulundukları 1999 yılında bitiyordu arşiv.

Evangeline, gazete kesiklerinin içeriğini iyi biliyordu; çünkü zamanla kolay dağılan gazete sayfalarını saydam asetata geçirme işini Rahibe Philomena ona vermişti. Kesikleri kırparak, bantlayarak ve asitsiz mukavvadan kutulara yerleştirerek geçirdiği sayısız saatten sonra, aradığı şeyi hemen bulamıyor olmaktan mutsuzluk duydu.

Evangeline, 1944 başında meydana gelen olayı tüm ayrıntılarıyla capcanlı hatırladı: Kışın çıkan bir yangın, manastırın üst katlarını neredeyse tümüyle tahrip etmişti. Evangeline, manastırın sararmış bir fotoğrafını da asetata almıştı. Fotoğrafta çatısı yanarak dağılmış manastır binası, kar altındaki avluyu dolduran eski model Seagrave itfaiye kamyonları ve kılıkları Rahibe Bernice ve Boniface'in bugün giydiklerinden çok da farklı olmayan, yuvalarının yanışını izleyen yüzlerce rahibe görülüyordu.

Evangeline, yangını Kadim Rahibelerden dinlemişti. O soğuk şubat sabahı yüzlerce rahibe, kar altındaki avluda titreyerek bekleşirken manastırın yanıp tükenişini korkulu gözlerle izlemişler. Bir grup gözü kara rahibe ise tekrar manastır binasına girip alevlerin yutmadığı tek merdiven olan doğu kanadı merdiveninden dördüncü kata çıkmış, değerli varlıklarını kurtarmaya çalışarak demir karyolaları, masaları, ellerine geçirdikleri yatak takımlarını pencerelerden fırlatmışlar. Rahibelerin demir bir kutu içindeki dolmakalem koleksiyonu da avluya fırlatılmış. Yere çarpınca parçalanan kutudan hokkalar şarapnel gibi saçılarak karları kırmızı, mavi, siyah yaralar gibi lekelemiş. Avlu kısa süre içinde kıvrılmış yatak yayları, su çekmiş döşekler, kırık masalar ve yanmış kitaplarla dolmuş.

Yangın, fark edildikten birkaç dakika sonra manastırın ana bölümüne yayılmış, dikiş odasını kuşatıp top top siyah muslin ve beyaz penyeyi yuttuktan sonra nakış odasına girmiş, burada rahibelerin Paskalya Kermesi'nde satmak için hazırlayıp biriktirdikleri iğne oyalarını ve İngiliz dantellerini bitirmiş, sonunda elişi dolaplarına kadar vararak, kıvrılıp fulyalar, nergisler ve binbir renkli güller haline getirilmiş tuvalet kâğıtlarını da yok etmiş. Sanayi tipi merdaneler ve kömürlü ütülerle bir kaçak fabrikaya benzeyen çamaşırhane, bütünüyle alevler içinde kalmış. Çamaşır suyu bidonları patlayarak hem ateşi körüklemiş, hem de zehirli dumanlar saçmış. Daha yeni yıkanmış elli takım kıyafet, bir an içinde küle dönmüş. Yangın akşamüstüne doğru ağır ve düzenli yükselen bir duman halini aldığında, Azize Rose Manastırı'ndan geriye, kömürleşmiş tahlalardan ve akkor halinde bir çinko damdan başka bir şey kalmamış.

Evangeline sonunda 1944 tarihli üç kutuya rast geldi. Yangınla ilgili haberlerin 1944'ün ortalarına kadar basını meşgul edebileceğini düşünerek, kutuları alıp üst üste koyduktan sonra arşivden çıktı ve kalçasıyla iterek kapıyı kapattı. Kutuları incelemek için soğuk, sıkıcı odasına döndü.

Poughkeepsie'de yayımlanan bir gazetedeki ayrıntılı habere göre, yangın manastırın dördüncü katında, henüz belirlenemeyen bir yerde başlamış ve tüm binaya yayılmıştı. Grenli bir siyah-beyaz fotoğraf, manastırın iskeletini, kömüre dönmüş kirişlerini gösteriyordu. Resim altında, *"Milton'daki Manastır Sabah Çıkan Yangında Kül Oldu"* yazıyordu. Haberi okuyan Evangeline, yangında duman zehirlenmesinden ötürü altı rahibenin ve bunların arasında, o tarihte Bayan Abigail Rockefeller ile yazışıyor olma ihtimali bulunan Başrahibe Innocenta'nın hayatını kaybettiğini öğrendi.

Sevgili yuvasının yangında kül olmuş halini görerek sarsılan Evangeline, derin bir nefes aldı. Başka bir kutuyu açarak asetata geçirilmiş gazete kesiklerini taradı. 15 Şubat itibarıyla rahibeler manastırın bodrumuna yerleşmiş, ranzalarda uyuyup mutfakta hem yemek pişirir hem yıkanırken yaşama alanlarının onarımına yardım etmeye başlamışlardı. Yangının sıçramadığı İbadet Şapeli'ndeki günlük programlarına devam etmişler, sanki hiçbir şey olmamış gibi her saat ibadeti sürdürmüşlerdi. Habere göz gezdirmekte olan Evangeline, sayfanın altında, manastırın onarımı için yapılan çalışmaları özetleyen paragrafta bir cümleye çakılıp kaldı. Onu hayrete düşüren cümle şuydu:

> Manastırın kullanılamaz hale gelmiş olmasına rağmen, Rockefeller ailesi tarafından yapılacak cömert bir bağışın, Fransisken Sonsuz İbadet Rahibeleri'nin manastırlarını ve Meleklerin Meryem'i Kilisesi'ni onararak eski hallerine getirmelerine yardımcı olacağı, alınan haberler arasındadır.

Evangeline kesikleri kutularına koydu, kutuları istifledi ve arşivdeki yerlerine geri götürdü. Odanın arkalarına doğru ilerleyerek Çeşitli Evrak 1940-1945 yazılı bir kutu buldu. Başrahibe Innocenta, Abigail Rockefeller gibi ünlü bir kişiyle yazışıyorduysa, mektupları bu kutuya kaldırılmış olmalıydı. Evangeline kutuyu soğuk muşamba zemine koydu ve bağdaş kurup kutunun başına oturdu. Kumaş, sabun ve mum faturalarından 1941 Noel kutlamaları programına ve Başrahibe Innocenta ile piskoposluk arasında, acemilerin gelişiyle ilgili yazışmalara kadar pek çok kayıt buldu. Ama ne yazık ki, konuyla ilgili bir belgeye rastlayamadı.

Evangeline belgeleri ait oldukları kutulara koyarken, Innocenta'nın özel mektuplarının başka bir yerde arşivlenmiş olabileceğini düşündü. Misyon Yazışmaları ve Hayır İşleri, yüksek ihtimalli kutulardı. Tam başka bir kutuya geçecekti ki, birtakım malzeme faturalarının altına sıkışmış soluk renkli bir zarf dikkatini çekti. Zarfı aldığında, Başrahibe Innocenta'ya gönderilmiş bir mektup olduğunu gördü. İade adresi, çok zarif bir el yazısıyla belirtilmişti: *"Bayan A. Rockefeller, Batı 54. Sokak, Numara 10, New York, New York."* Evangeline'in bir an başı döndü. Bay Verlaine'in doğru söylediği anlaşılmıştı: Başrahibe Innocenta ile Abigail Rockefeller gerçekten de yazışmışlardı.

Evangeline zarfa önce dikkatle baktı, ardından kapalı tarafına hafifçe vurdu. İnce bir kâğıt düştü.

14 Aralık 1943
Muhterem Başrahibe Innocenta,

Size Rodop Dağları'ndan müjdeli haberlerim var; çalışmalarımız her açıdan büyük başarıya ulaşıyor. Verdiğiniz bilgilerin keşif gezisine muazzam yardımda bulunduğunu bildirirken, naçizane çabalarımın da boşa gitmediğini belirtmek zorundayım. Celestine Clochette, şubat ayının başında New York'a gelecek. Size yakın zamanda tekrar haber vereceğim. O zaman görüşmek dileğiyle.

A. A. Rockefeller

Evangeline, elindeki kâğıda boş gözlerle baktı. Anlayamadığı şeyler vardı. Abigail Rockefeller gibi biri, Başrahibe Innocenta ile neden mektuplaşsındı? "Rodop Dağları'ndaki çalışmalar" nelerdi? Rockefeller ailesi, manastırın onarımını neden üstlenmişti? Anlam veremiyordu. Evangeline'in bildiği kadarıyla Rockefeller'lar Katolik olmadıkları gibi, piskoposlukla da bağlantıda değillerdi. Diğer varlıklı Altın Çağ ailelerinin –ilk akla gelenler Vanderbilt'lerdi örneğin– aksine, bölgede fazla bir toprakları da yoktu. Ama böyle cömertçe bir bağışın bir açıklaması da olmalıydı.

Evangeline, Bayan Rockefeller'ın mektubunu katlayıp cebine koydu. Arşivden kütüphaneye geçtiği anda sıcaklık farkını hissetti; ateş salonu fazla ısıtmıştı. Bay Verlaine'e yazdığı mektubu gönderilecek posta tomarından çekip aldı ve şöminenin başına götürdü. Alevler zarfı köşesinden yakalayıp soluk pembe kâğıt üzerinde siyah bir iz bırakırken, Evangeline'in zihninde şehit Viterbo'lu Rose'un, kudurmuş alevlere meydan okuyan dal gibi cılız bir kızcağızın görüntüsü canlandı ve kıvrılıp giden dumanla uçmuş gibi, canlandığı hızla yok oluverdi.

A treni, Sekizinci Cadde Ekspresi, Columbus Circle İstasyonu, New York

Otomatik kapılar açıldı ve buz gibi bir esintiyi vagona davet etti. Verlaine paltosunu ilikleyip perona adım attı. Burada onu, rasta saçlı iki adamın reggae yorumuyla "Jingle Bells" şarkısı karşıladı. Noel şarkısının ritmi, peron boyunca hareket eden kalabalığın sıcaklığı ve dalgalanışına karıştı. Geniş ve kirli merdivenlerden kalabalığı takip eden Verlaine, karla kaplı yeryüzüne çıktı ve altın tel çerçeveli gözlüğünün camları, soğuğu yemesiyle birlikte buğulandı. İnsanı donduran bir havada, yarı körleşmiş halde, Verlaine buz gibi bir kış öğlesinin kucağında buldu kendini.

Gözlüğündeki buğu çözülünce, Verlaine yılbaşı alışverişi çılgınlığının son hızla ilerlediğini fark etti. Metro girişine ökseotları asılmıştı ve Noel Baba kılığına girmiş, yaptığı işten pek de memnun olmayan bir Salvation Army çalışanı, elindeki çanı çalarken yanındaki kırmızı emaye kovada bağış topluyordu. Atkılarının ve paltolarının sıcağına sığınmış New Yorklular yanından hızla geçip giderken, Verlaine saatinin tarih göstergesine baktı ve Noel'e sadece iki gün kalmış olduğunu hayretle fark etti.

Her yıl Noel'de şehre sürüyle turist inerdi ve her yıl Verlaine, aralık ayı boyunca şehir merkezine adım atmamaya yemin eder, bu telaşlı dönemi Greenwich Village'daki sessiz ve rahat stüdyo dairesinde gizlenerek geçirirdi. Bir şekilde, Manhattan'da yıllardır hiçbir Noel etkinliğine katılmadan Noeller geçiriyordu. Orta Batı'da yaşayan ailesinden ona her yıl bazı paketler gelir, o da bunları genellikle annesiyle telefonda konuşurken açardı ama Noel ve yeni yıl heyecanı da orada biterdi. Noel günü arkadaşlarıyla içmeye gider, martiniden yeterince kafayı bulunca bir aksiyon filmi izlerdi. Artık geleneksellesmiş bu etkinliği özellikle bu yıl iple çekiyordu. Son aylarda o kadar çok çalışmıştı ki, biraz nefes almak çok iyi gelecekti.

Verlaine kalabalığı yararak ilerledi; tuzlanmış kaldırımlarda yürüdükçe, epey eski ve rengi gitmiş mokasenlerinin üzerinde kar suları ve buzlar birikiyordu. Müvekkilinin neden sıcak ve sessiz bir lokantada değil de Central Park'ta buluşmak istediğine hâlâ akıl erdirememişti. Bu kadar önemli bir proje –hatta o andaki tek gelir kaynağı– olmasa, dosyasını postalar, işi kapatırdı. Ama araştırma dosyasını hazırlamak aylar sürmüştü, bu yüzden bulduklarını tam da gerektiği gibi anlatması şarttı. Ayrıca Percival Grigori, talimatlarının harfiyen uygulanmasını istemişti. Grigori Ay'da buluşmak istese, Verlaine bunun bir yolunu bulacaktı.

Trafiğin durmasını bekledi. Karşısında, Columbus Circle'a adını veren, Central Park'ın boz renkli yapraksız ağaçlarının çerçevelediği bir mermer sütun üzerinde yükselerek puslu şehre bakan heybetli bir Kristof Kolomb heykeli vardı. Verlaine bunu zevksiz ve yersiz, fazla gösterişli ve çirkin bulurdu. Yanından geçerken, kaideye oyulmuş bir melek dikkatini çekti; parmaklarında mermerden bir dünya tutuyordu. Melek o kadar gerçek gibiydi ki, az sonra kendisini anıttan tamamen kurtaracak, taksi cehenneminin üstünden havalanıp Central Park'ın çok yukarılarında gökyüzüne karışacaktı sanki.

Az ilerideki park, yapraksız ağaçlar ve karla kaplı yürüyüş yollarından ibaret bir kargaşaydı. Verlaine, ellerini kazandan çıkan buhara tutarak ısıtmaya çalışan bir sosisli sandviççinin, puset süren dadıların, bir gazete büfesinin yanından geçti. Parkın kıyısındaki banklar boştu. Aklı başında hiç kimse, böyle soğuk bir öğle vakti yürüyüşe çıkmazdı.

Verlaine tekrar saatine baktı. Geç kalmıştı. Normal şartlarda bunu umursamazdı; randevularına genellikle beş-on dakika geç kalırdı ve bunu sanatçı kişiliğine bağlardı. Ama bugün zamanlama önemliydi. Müvekkili dakikaları, hatta saniyeleri bile sayıyor olabilirdi. İnternette eBay'den düşürdüğü, 1960'larda yapılmış, sarı renkli, zambak desenli Hermès kravatını düzeltti. Nasıl bir ortama gireceğini bilemediğinde ya da kendini huzursuz hissedeceğini düşündüğünde, dolabındaki en acayip kıyafetleri seçerdi. İstemdışı bir hareket, farkına iş işten geçtikten sonra vardığı bir sabotaj girişimiydi bu. Hele kadınlarla ilk buluşmalar ve iş görüşmeleri tam felaketti. Üzerindekilerin biri diğerine uymaz, hepsi gereğinden çok renkli olur, sanki sirkten kaçmış gibi görünürdü. Bu buluşma da onu germişti besbelli: Sarı kravatın altına ince kırmızı çizgili bir gömlek, beyaz kadife bir spor ceket, kot pantolon ve eski bir kız arkadaşının armağanı olan Mickey Mouse çorapları giymişti. Kendini aşmıştı adeta.

Göze batmayan gri rengine ve yumuşak yünün sıcaklığına sığınabildiği için sevinen Verlaine, paltosuna iyice sarındı ve buz gibi havayı içine çekti. Dosyasına, rüzgâr elinden koparacakmış gibi sıkı sıkıya sarıldı ve kar girdaplarının arasından Central Park'ın derinliklerine doğru yürüdü.

Central Park'ın güneybatı koridoru, New York

Alışveriş çılgınlarının uzağında, buza kesmiş bir sakin köşede hayalet gibi bir tip, bir banka oturmuş beklemekteydi. Uzun boylu, soluk tenli, ince porselen kadar narin Percival Grigori, uçuşan kardan ayırt edilemeyecekti neredeyse. Paltosunun cebinden katlı, ipek bir mendil çıkardı ve sertçe kasılarak öksürdü. Görüşü her öksürükte titreyip bulanıyor, bir an nefes alabildiğindeyse normale dönüyordu. İpek mendile, kara dağılmış safir sırçaları gibi ışıldayan mavi kan damlacıkları saçılmıştı. Artık inkârın anlamı yoktu. Durumu son birkaç ayda iyice ciddileşmişti. Kanlanan ipeği kaldırıma fırlatırken sırtı acıdı. O kadar rahatsızdı ki, en küçük hareketi bile işkence oluyordu.

Percival, som altından Patek Philippe saatine baktı. Verlaine ile daha geçen akşamüstü konuşmuş ve tam on ikide buluşacaklarını özenle tekrarlamıştı. Saat şimdi on ikiyi beş geçiyordu. Sinirlenen Percival banka yaslanarak kaykıldı ve bastonunu buz tutmuş kaldırıma vurmaya başladı. Kimseyi beklemekten hoşlanmazdı, hele bu kadar para verdiği bir adamı beklemekten, hiç. Geçen günkü telefon konuşmaları kısa, amaca yönelik ve olağan nezaket kurallarını içermeyen bir konuşma olmuştu. Percival hassas konuları telefonda konuşmaktan da hoşlanmazdı, hem bu konuşmaların gizli kalacağına güven de olmazdı, ama Verlaine'in neler öğrendiğini sormamak için zor dayanmıştı. Percival ve ailesi, yıllar içinde tüm kıtaya yayılmış pek çok manastır hakkında ayrıntılı bilgi toplamıştı, ama şimdi Verlaine, Hudson Nehri'nin biraz yukarılarında çok ilginç bir şeyler bulduğunu söylüyordu.

İlk görüşmelerinde Percival, Verlaine'in işletme fakültesinden yeni çıkmış, geleceğini resim piyasasında arayan bir fırlama olduğunu düşünmüştü. Çok dağınık ve kıvırcık saçları, kendini hor gören bir tavrı, uyumsuz kıyafetleri vardı. Erkek hayatının o dönemine özgü şekilde sanatçı bir ruhu var gibi gelmişti Percival'a; giyiminden davranışına kadar her şey fazla genç ve fazla modaydı, sanki henüz dünyadaki yerini bulamamıştı ve Percival'ın ailesi için çalışan diğerlerinden kesinlikle çok farklıydı. Sanat tarihi uzmanlığına ek olarak Verlaine, bir üniversitede yarı zamanlı ders veriyordu, gizli gizli mezatlarda çalışıyordu ve geçinebilmek için danışmanlık işleri de yapıyordu. Kendisini bohem gibi gördüğü, her yere bohemce geç kalmasından belliydi. Ama işinde becerikli olduğunu da kanıtlamıştı.

Percival nihayet adamın telaşla parka girdiğini gördü. Banka yaklaştığı sırada elini uzattı. "Bay Grigori" dedi nefes nefese, "pardon, geç kaldım."

Percival, Verlaine'in elini mesafeli bir tavırla sıktı. "Son derece güvenilir saatime göre, tam yedi dakika geç kaldınız. Bizim için çalışmayı sürdürmeyi planlıyorsanız, bundan sonra dakik olmanız gerekecek." Verlaine ile göz göze geldi ama genç adam pek azar işitmiş gibi değildi. Percival, elini parka doğru uzattı. "Yürüyelim mi?"

"Olabilir." Percival'ın bastonuna bakan Verlaine, devam etti: "Daha rahat ederseniz oturabiliriz de."

Percival ayağa kalktı ve karların uçuştuğu kaldırımı takip ederek, bastonunu buzlu zeminde hafifçe tıkırdatarak Central Park'ın içine yöneldi. Yakın zamana kadar Verlaine kadar yakışıklı ve güçlüydü; bugünkü soğuğu, karı ve rüzgârı hissetmezdi bile. 1814 karakışında Londra'da, Thames Nehri kaskatı buz tutmuşken ve adeta kutup rüzgârları eserken saatlerce yürüdüğünü, ateş başındaymış gibi sıcaklık hissettiğini hatırladı. O zamanlar farklı bir varlıktı, kuvveti ve güzelliğinin doruğundaydı. Şimdi havanın soğukluğu tüm vücudunu ağrıtıyordu. Eklemlerindeki ağrı yüzünden, bacaklarındaki kramplara rağmen daha hızlı yürümeye zorladı kendini.

"Bir şeyler bulmuşsunuz" dedi Percival sonunda, başını kaldırmadan.

"Söz verdiğim gibi" diyen Verlaine, kolunun altındaki zarfı aldı ve siyah bukleleri yüzüne dökülürken hafifçe reverans yaparak sundu. "Kutsal parşömenler."

Verlaine'in esprisine ne tepki vereceğini kestiremeyen Percival durakladı ve zarfı elinde tarttı. Bir servis tabağı kadar büyük ve ağırdı. "Beni etkileyebilecek bir şeyler bulmuş olduğunuzu umuyorum."

"Bence pek memnun olacaksınız. Rapor, tarikatın telefonda da sözünü ettiğim tarihçesiyle başlıyor. Üyelerinin profillerini, Fransiskenliğin felsefesini, FSİR kütüphanesindeki paha biçilmez kitap ve tasvir koleksiyonunu ve yurtdışındaki misyonerlik faaliyetlerini içeriyor. Kaynaklarımı bir katalog haline getirdim ve orijinal belgelerin fotokopilerini aldım."

Percival zarfı açıp sayfalara dalgın dalgın göz gezdirdi. "Bunlar gayet sıradan bilgiler" dedi umursamazca. "Dikkatinizi neyin buraya çektiğini bile anlayamadım."

O anda bir şey dikkatini çekti. Zarftan bir tomar kâğıt çıkardı ve köşelerinin rüzgârda uçuşmasına aldırmadan bunları taradı. Ortaya manastırın çizimleri çıkmıştı; dikdörtgen kat planları, yuvarlak kuleler, manastırı kiliseye bağlayan dar koridor, geniş hol...

"Mimari planlar" dedi Verlaine.

"Ne tür mimari planlar?" diye sordu Percival, sayfaları çevirirken dudağını ısırarak. İlk sayfaya bir tarih damgası basılmıştı: 28 Aralık 1809.

Verlaine cevapladı: "Anladığım kadarıyla bunlar, Azize Rose Manastırı'nın ilk mimari planları, manastırın kurucu başrahibesi tarafından mühürlenip onaylanmış."

"Dış mekân planları mı?" diye sordu Percival, çizimleri daha yakından incelerken.

"İç mekânları da kapsıyor" dedi Verlaine.

"Bunları nerede buldunuz?"

"Kuzeydeki bir kasabanın tapu ve mahkeme arşivinde. Kimse planların oraya nasıl ulaştığını bilmiyor, muhtemelen kaybolduğunu da fark etmeyecek. Biraz araştırınca planların 1944'te, manastırdaki bir yangından sonra tapu arşivine gönderildiğini buldum."

Percival, meydan okuduğunu hafifçe hissettirecek bir şekilde Verlaine'e tepeden baktı. "Demek bu çizimleri önemli buluyorsunuz."

"Bunlar bildiğiniz çizimlerden değil. Şuna bir bakın." Verlaine Percival'a, tepesinde İBADET ŞAPELİ yazılı, soluk bir sekizgen plan gösterdi. "Özellikle bu büyüleyici. Ölçek ve derinlik anlayışı muazzam olan biri tarafından çizilmiş. Yapı o kadar hatasız çizilmiş ve o kadar ayrıntılı gösterilmiş ki, diğer çizimlerin hiçbiriyle uyumlu değil. Önce bu takımın parçası olmadığını sandım, çünkü tarzları çok farklı. Ama bunda da diğerlerindeki mühür ve tarih var."

Percival çizime baktı. İbadet Şapeli gerçekten büyük özenle çizilmiş, sunağa ve girişe daha da dikkat edilmişti. Şapel planında bir dizi eşmerkezli çember de yer alıyordu. Bu dairelerin merkezinde, yuvanın ortasına yerleştirilmiş bir yumurtaya benzeyen altın bir mühür vardı. Sayfaları çeviren Percival, bu mührün her sayfada bulunduğunu gördü.

"Söyler misiniz" dedi parmağını mühre basarak, "sizce bu mührün anlamı nedir?"

"O benim de ilgimi çekti" diyen Verlaine, paltosunun iç cebinden bir zarf daha çıkardı. "Bu yüzden biraz araştırdım. Kökeni MÖ V. yüzyılda Trakya'ya dayanan bir sikkenin sureti. Sikke XX. yüzyılın başında, Japonların desteklediği bir arkeoloji kazısında, bugünkü Bulgaristan'ın doğusunda olan, zamanında Trakya'nın merkezi, o zamanki Avrupa'nın kültür odaklarından biri niteliğindeki bir yerde bulunmuş. Sikkenin kendisi Japonya'da olduğu için elimde bu kopyasından başka bir şey yok."

Verlaine zarfı açtı ve sikkenin büyütülmüş bir fotokopisini Percival'a uzattı.

"Bu mühür çizimlere, sikke keşfedilmeden yüz yıl *önce* basılmış; bu yüzden mühür de, çizimler de inanılmaz. Araştırmalarıma göre bu sikke, Trakya sikkeleri arasında benzersiz. O döneme ait sikkelerin çoğunda Hermes, Dionysos, Poseidon gibi mitolojik figürlerin başları görülürken, bunda bir enstrüman var, o da Orpheus'un liri. Metropolitan Sanat Müzesi'nde bazı Trakya sikkeleri var. Ben gittim gördüm. İlgilenirseniz, Roma ve Yunan galerilerinde. Maalesef buna benzer bir sikke bulamayacaksınız. Bu benzersiz bir şey."

Percival Grigori, kızgınlığını saklamaya çalışarak bastonunun terden ıslanmış fildişi topuzuna yüklendi. Kar gökyüzünden iri, ıslak taneler halinde iniyor, dalların arasında dolandıktan sonra kaldırıma çöküyordu. Verlaine'in, bu mührün veya çizimlerin Percival'ın planlarıyla ne kadar ilgisiz olduğunu fark etmediği açıktı.

"Pekâlâ Bay Verlaine" dedi Percival, elinden geldiği kadar doğrulup sert bir bakışla Verlaine'i dondurarak. "Elinizde başka bilgiler de vardır mutlaka."

"Başka mı?" dedi Verlaine şaşkınca.

"Getirdiğiniz bu çizimler ilginç" dedi Percival, kâğıtları artık işinin kalmadığını gösteren bir hareketle Verlaine'e geri verirken, "ama söz konusu işle doğrudan ilgili değil. Abigail Rockefeller'ın bu manastırla bağlantısını ortaya çıkardıysanız, manastıra ulaşmak için girişimlerde bulunmuşsunuzdur sanırım. Durum nedir?"

"Manastıra dün bir mektup gönderdim" dedi Verlaine. "Cevaplarını bekliyorum."

"Beklemek derken?" Percival'ın kızgınlığı su yüzüne çıkmaya başlamıştı.

"Arşive girebilmek için izin almam gerek" dedi Verlaine.

Genç adam belli belirsiz duraksamış, yanakları çok hafif kızarmış, hiç fark edilemeyecek derecede afallamıştı ama Percival bu güvensizliğe öfkeli bir şüpheyle saldırdı. "Bekleme filan olmayacak. Ailem için önemli olan ve size öğrenmeniz için yeterince zaman ve kaynak verilmiş olan bilgileri ya öğreneceksiniz ya da öğrenemeyeceksiniz."

"Manastıra girmeden yapabileceğim başka hiçbir şey yok."

"İzin almanız ne kadar sürer?"

"Kolay olmayacak. Kapıdan girebilmem için bile resmi izin gerekiyor. İzin verirlerse, bir şey bulabilmem en azından iki haftamı alır. Yılbaşından sonra kuzeye gideceğim zaten. Uzun bir süreç bu."

Grigori çizimleri katladı ve elleri titreyerek Verlaine'e geri verdi. Kızgınlığını bastırarak paltosunun iç cebinden para dolu bir zarf çıkardı.

"Bu nedir?" diye sordu Verlaine; zarfa bakmış ve bir deste gıcır gıcır yüzlük banknot görünce çok şaşırmıştı.

Percival elini Verlaine'in omzuna koydu; yabancı ve çekici gelen bir insan sıcaklığı hissetti. Verlaine'i Columbus Circle'a doğru giden yola yönlendirirken, "Yol biraz uzun" dedi, "ama hava kararmadan yetişebilirsiniz bence. Bu ikramiye, verdiğim rahatsızlığı telafi edecektir. İşinizi tamamlayıp bana Abigail Rockefeller'ın bu manastırla ilişkisinin kanıtlarını getirdiğinizde, görüşmemize devam edeceğiz."

Azize Rose Manastırı, Milton, New York

Evangeline dördüncü katı boydan boya geçip televizyon salonunun gerisinde kalan dingildek demir kapıyı açtı ve nemli basamaklara yöneldi. Yumuşamış tahta basamaklarda dikkatle adım atarak nemli duvarın kıvrımını takip etti ve manastıra tepeden bakan daire biçimli kule odasına ulaşana kadar basamakları tırmandı. Kule, üst katlarda orijinal binadan geriye kalan tek parçaydı. İbadet Şapeli'nden yükseliyordu, ikinci ve üçüncü katları bir çift spiral merdivenle geçtikten sonra dördüncü kata açılıyor ve rahibelerin yatak odalarından doğruca şapele inebilmesini sağlıyordu. Kule rahibelere gece yarısı ibadetine kolay geçiş sağlamak için yapılmıştı ama ısıtma ve aydınlatma gibi imkânları olan ana merdiven nedeniyle uzun zaman önce terk edilmişti. 1944 yangını kuleye ulaşmamış olsa da, Evangeline, oda yangının katran karası dumanını içine çektikten sonra soluk alıp vermeyi bırakmış gibi, kirişleri duman kokusunun sardığını hissediyordu. Buraya elektrik tesisatı hiç çekilmemişti ve ışık kaynağı, kulenin doğu cephesindeki ağır, vitraylı eski pencerelerden ibaretti. Öğle saati olmasına rağmen, camları titreten amansız poyraz nedeniyle içerisi buz gibiydi.

Evangeline, ellerini soğuk cama dayadı. Cansız kış güneşi, uzaklardaki tepelere vuruyordu. Aralık ayında en güneşli günde bile, ışık odağı bozuk bir mercekten geliyormuş gibi puslu olurdu her yer. Yaz aylarında ise öğle sonraları ağaçlarda yoğunlaşan parlaklık, yapraklara ne kadar kuvvetli olursa olsun hiçbir kış güneşinin veremeyeceği bir yanardönerlik katardı. Bir ay, belki beş hafta önce yapraklar sarı, turuncu, kırmızı ve bordo renkleriyle kahverengi nehir sularında yansıyordu. Evangeline, New York'tan trenle günübirlik elma veya balkabağı toplamaya giden-lerin, Hudson Nehri'nin doğu yakasında ilerlerken bu muhteşem manzaraya baktıklarını hayal etmişti. Şimdi ağaçlar çıplak, tepeler kar altındaydı.

Evangeline bu kuleye nadiren, yılda en fazla bir iki kez, o da düşüncelere kapılıp çevresinden uzaklaşmak, sessiz bir yerde kendini dinlemek istediğinde sığınırdı. Rahibelerden birinin kendi başına kalmak için topluluktan ayrılması pek olağan bir şey değildi ve Evangeline, böyle anlardan sonra günlerce vicdan azabı duyardı. Ama yine de bu kuleden tümüyle uzaklaşamıyordu. Her gittiğinde, basamakları adım adım çıkarken zihninin nasıl hafiflediğini, düşüncelerinin nasıl berraklaşıp keskinleştiğini, manastırın bahçesine bakarken nasıl daha da billurlaştığını fark ederdi.

Pencereden bakarken, o sabah onu uyandıran rüyayı düşündü. Tüm ayrıntıları hatırlayamıyordu ama annesini gördüğü, onun anlayamadığı bir dilde usulca konuştuğu aklındaydı. Annesinin sesini duymaya çalışırken hissettiği ağrı sabahtan beri içindeydi, ama annesini düşündüğü için kendisini azarlamıyordu. Doğal bir şeydi bu. Bugün, yani 23 Aralık, Angela'nın doğum günüydü.

Evangeline, annesiyle ilgili sadece bölük pörçük şeyler hatırlıyordu; Angela'nın uzun sarı saçlarını, telefonda seri, tatlı bir Fransızcayla konuştuğunu, sigarasını cam kül tablasında yanık unuttuğunu, havanın kendisinin önünde dağılan bir duman perdesiyle dolduğunu hatırlıyordu. 14. Bölge'deki dairelerine yarısaydam bir karanlık gibi yayılan gölgesinin inanılmaz boyunu hatırlıyordu.

Evangeline'in annesinin öldüğü gün babası, kırmızı renkli Citroën DS'i ile Evangeline'i okuldan almıştı. Yalnızdı ve bu bile olağanüstü bir şeydi. Annesiyle babası aynı işle meşguldü –Evangeline bunun çok tehlikeli bir iş olduğunu şimdi anlıyordu– ve kolay kolay birbirlerinden ayrı bir yere gitmezlerdi. Evangeline, babasının ağlamış olduğunu fark etmişti; gözleri şişmiş, yüzü bembeyazdı. Evangeline arka koltuğa yerleşip paltosunu yana bıraktıktan ve çantasını kucağına aldıktan sonra babası, annesinin artık onlarla olmadığını açıklamıştı. Bunun ne demek olduğunu çözmeye çalışan Evangeline'in kafası çaresizce karışırken, ağzından ancak "Bizi bıraktı mı?" sorusu çıkabilmişti. "Nereye gitti?"

Babası, sorusunun cevabı idrak edilemezmiş gibi başını sallamıştı. "Onu bizden aldılar."

Evangeline daha sonra, annesinin kaçırılıp öldürüldüğünü iyice anladığında da, babasının neden bu kelimeleri seçtiğini anlayamamıştı. Annesi sadece alınmamıştı onlardan: Annesi katledilmiş, güneş ufkun ardında batarken gökyüzünden çekilen ışık gibi sönüp gitmişti.

Küçük bir kız olan Evangeline, annesinin öldürüldüğünde ne kadar genç olduğunu idrak edememişti. Ama bir süre sonra kendi yaşını Angela'nın hayatıyla oranlayarak ölçmeyi, her yılı değerli bir yeniden yaşanmışlık olarak bağrına basmayı çözmüştü. Annesi, on sekiz yaşındayken babasıyla tanışmıştı. Evangeline on sekiz yaşındayken Fransisken Sonsuz İbadet Rahibesi olarak yemin etmişti. Annesi yirmi üç yaşındayken, yani Evangeline'in şimdiki yaşındayken babasıyla evlenmişti. Otuz dokuz yaşındayken de öldürülmüştü. Hayat çizgilerini karşılaştırırken Evangeline, kendi hayatını annesinin hayatının çevresine morsalkım gibi örmüştü. Kendisini ne kadar annesiz de fena yaşamadığına, babasının elinden geleni yaptığına inandırmaya çalışsa da, Angela'nın kalbinde bıraktığı boşluğu her gün her saat hissediyordu.

Evangeline, Paris'te doğmuştu. Annesi ve babasıyla Montparnasse'ta bir apartmanın giriş katında oturuyorlardı. Evin odaları aklına öyle bir kazınmıştı ki, sanki oradan dün ayrılmışlar gibi aklındaydı. Plansız bir daireydi; odalar birbirlerine bağlanırdı, tavanlar yüksek ve pencereler büyüktü, içeriye kumlu, külrengi bir ışık hâkimdi. Banyo anormal derecede büyüktü; manastırdaki ortak tuvalet kadar büyüktü en azından. Evangeline, annesinin giysilerinin duvarda asılı olduğunu hatırlardı; hafif bir baharlık elbise, askının kancasının çevresine bağlanmış parlak kırmızı, ipekli bir eşarp ve bunların altında, görünmez bir kadının ayağındaymış gibi duran rugan sandaletler. Banyonun ortasında, bir canlı gibi basık ve ağır haliyle bir porselen küvet durur, aslan ayakları yere bükük basar, ıslak kenarları parlardı.

Evangeline'in aklından hiç çıkmayan, film gibi başa sarıp izlediği başka bir anı da, annesinin öldüğü yıl onunla yaptıkları bir yürüyüştü. Kaldırımlarda ve parke taşı kaplı sokaklarda el ele dolaşmışlar, Evangeline annesine yetişebilmek için adeta koşar adım yürümüştü. Bahardı herhalde; apartman pencerelerinin önündeki saksılardan dökülen rengârenk çiçeklere bakılırsa, bahar olmalıydı.

Angela o ikindi çok telaşlıydı. Evangeline'in elini sımsıkı tutarak onu bir üniversitenin avlusundan geçirmişti; daha doğrusu Evangeline, içinden geçtikleri yerin kocaman ve taştan kapısına, çimenlere yayılmış keyif çatan insanların çokluğuna bakarak buranın üniversite olduğunu düşünmüştü. Bina olağanüstü eski duruyordu ama Paris'teki her şey, özellikle de Montparnasse ve Latin Mahallesi'ndeki her şey Amerika'ya kıyasla çok eskiydi. Evangeline bir tek şeyden emindi: Annesi kalabalıkların içinde birini arıyordu. Evangeline'i kalabalığın içinde çeke çeke götürmüş, elini uyuşturacak kadar çok sıkmış, sürekli acele etsin diye dürtmüştü onu. Sonunda onları orta yaşlı bir kadın karşılamış, yaklaşmış ve annesini iki yanağından öpmüştü. Kadının saçları siyah, hatları annesininki gibi güzel ve keskindi; yaşla belli belirsiz yumuşamıştı sadece. Evangeline, büyükannesi Gabriella'yı tanımıştı ama onunla konuşmasının yasak olduğunu biliyordu. Angela ve Gabriella sık sık ağız dalaşına girerler, Evangeline de o sırada müdahale etmemesi gerektiğini bilirdi. Yıllar sonra, hem Evangeline hem Gabriella Amerika'ya yerleştiklerinde onu biraz daha tanıyabilmiş, ancak o zaman büyükannesini biraz anlayabilmişti.

Aradan bunca yıl geçmesine rağmen o yürüyüşten tüm ayrıntılarıyla capcanlı hatırladığı tek şeyin alabildiğine anlamsız bir şey olması Evangeline'in hep canını sıkardı: Annesinin soluk bir kot pantolonun üzerine çektiği kahverengi diz boyu çizmelerin parlak derisini hatırlıyordu sadece. Her nedense o çizmelerin her ayrıntısını hatırlardı; pençeli topukları, bilekten baldıra kadar çıkan fermuarı, tabanının arnavutkaldırımlı sokaklarda çıkardığı sesi o günkü gibi hatırlar, ama annesinin elinin şeklini, omzunun kıvrımlarını aklında canlandıramazdı. Zamanın pusu, annesinin özünü silip götürmüştü.

Evangeline'e en çok eziyet edense, annesinin yüzünü hatırlama kabiliyetini yitirmesiydi. Fotoğraflarından, Angela'nın ince yapılı ve açık tenli olduğunu, saçını 1960'ların Fransız aktrislerini hatırlatan bir kep içinde topladığını biliyordu. Ama Angela'nın yüzü her fotoğrafta o kadar farklı çıkardı ki, Evangeline bunları bileşik bir görüntü haline getirmekte zorlanırdı. Profilden bakınca burnu sipsivri, dudakları inceydi. Yan döndüğünde yanakları tombul, neredeyse Asyalı tipinde görünürdü. Cepheden poz verdiğindeyse kocaman mavi gözleri diğer her şeyden baskın çıkardı. Evangeline, annesinin yüzünün, ışığa ve fotoğraf makinesinin açısına göre değiştiğine, geride somut bir şey bırakmadığına inanırdı.

Evangeline'in babası, ölümünün ardından Angela hakkında konuşmak istememişti. Evangeline bir şey soracak olsa, duymazdan gelerek sırtını dönerdi. Bazen, yemekte bir şişe şarap da açmışsa, onun hakkında insanı düşünmekten çıldırtacak bir bilgi verirdi; bütün geceyi laboratuvarında geçirip eve gün doğarken döndüğü gibi mesela. İşine öyle bir kaptırırmış ki kendini, kitapları kâğıtları düştüğü yerde bırakırmış; Paris'ten uzakta, okyanus kıyısında yaşamak istermiş; Evangeline ona büyük bir mutluluk getirmiş. Birlikte yaşadıkları yıllarda babası, Angela hakkında uzun uzadıya konuşulmasını istememişti. Ama Evangeline annesi hakkında bir şey soracak olsa, babasının ketumluğu biraz aralanır, ona eşit ölçülerde dert ve mutluluk veren bir ruhun ziyaretine uğramış gibi olurdu. Geçmişe hem âşık olan hem nefret duyan babası, hem Angela'nın ruhunu sevinçle karşılar hem de kendisini onun var olmadığına ikna etmeye çalışırdı sanki. Evangeline, babasının annesini sevmekten hiç vazgeçmediğinden emindi. Tekrar evlenmemişti ve Amerika'da az arkadaşı vardı. Yıllar boyu her hafta Paris'i aramış, Evangeline'in müzikli ve güzel bulduğu için mutfakta oturup dinlediği bir dille saatlerce konuşmuştu.

Babası, Evangeline'i on iki yaşındayken manastıra getirmiş, sonradan hocası olacak kadınlara emanet etmiş, kendisiyle yüzleştiğinde inancın ona çok değerli ama ulaşılamaz bir cevher gibi, çoğu kişide olan ama ona verilmemiş bir varlık gibi geldiğini hissederse, rahibelerin dünyasına inanmaya teşvik etmişti. Evangeline zamanla babasının inançtan çok itaate, yaratıcılıktan çok eğitime, duygudan çok ölçülülüğe değer verdiğini anlamıştı. Zamanla rutine ve görevlere kapılmıştı. Zamanla büyükannesini, annesini, kendisini gözden kaybetmişti.

Babası sık sık manastıra ziyarete gelirdi. Ortak salondaki bir kanepeye oturur, kımıldamaksızın durur ve çok merak ettiği bir deneymiş de sonucunu görmek istiyormuş gibi Evangeline'i izlerdi. Evangeline'e çok dikkatli bakarsa sevgili karısının hatlarını uzaklardan hayal meyal seçebileceği bir teleskop muamelesi yapar, gözlerini onun yüzünden ayırmazdı. Ama aslında Evangeline annesine hiç benzemiyordu. Hatta büyüdükçe anneannesi Gabriella'yı daha çok andırmaya başlamıştı. Bu benzerlik, babasının görmezden geldiği bir konuydu. Üç yıl önce ölene kadar, tek çocuğunun bir hayalete benzediği inancından kimse döndürememişti onu.

Evangeline, lirin sivri ucu avucunun içini acıtana kadar madalyonunu sıktı. Acele etmesi gerektiğinin farkındaydı; kütüphanede ona ihtiyaç vardı ve rahibeler onu göremezlerse meraklanabilirlerdi. Bu yüzden anne ve babasının düşüncelerini derinlere gömdü ve elindeki işe odaklandı.

Yere eğildi, elini kule duvarının sıvasız tuğlaları üzerinde gezdirdi. Alttan üçüncü sıradaki tuğlalardan birinin kımıldadığını hissedince tırnağının ucunu bir oyuğa sokarak tuğlayı yerinden oynattı ve dışarı çekti. Ortaya çıkan boşluktan dar, çelik bir kasa çıkardı. Soğuk metale dokunmak bile zihnini rahatlatmıştı; sanki çeliğin gerçekliği, belleğin soyutluğuna zıtlık yaratıyordu.

Kasayı önüne koyup kapağını açtı. İçinden deri sırtlı, uzun ince bir melek gövdesi şeklinde bir kilitle tutturulmuş bir günlük çıktı. Meleğin gözüne bir safir yerleştirilmişti ve kanatları bastırıldığında açılarak kapağı serbest bıraktı, sayfalar Evangeline'in kucağına açılıverdi. Günlüğün derisi yıpranmış ve çizilmiş, cildi esnekti. İlk sayfada altın varakla yazılmış MELEKBİLİM sözcüğü yer alıyordu. Sayfaları çeviren Evangeline, gözleriyle elle çizilmiş krokileri, renkli mürekkeplerle düşülmüş notları, kenar boşluklarına karalanmış melek figürlerini ve müzik aletlerini taradı. Defterin orta sayfasına notalar yazılmıştı. Defterin büyük bölümünü tarihi saptamalar ve Kutsal Kitap tefsirleri kaplamaktaydı, son çeyreğinde ise Evangeline'in anlayamadığı bir rakamlar ve hesaplamalar yığını vardı. Günlük, eskiden anneannesinindi. Şimdi Evangeline'in olmuştu. Evangeline elini deri kapağın üstünde gezdirdi ve keşke sırrını çözebilsem diye düşündü.

Evangeline günlüğün arkalarına sıkıştırılmış bir fotoğrafı çekip çıkardı. Annesiyle anneannesi, birbirlerine sarılıp poz vermişlerdi. Fotoğraf, Evangeline'in doğduğu yıl çekilmişti. Doğum tarihinden fotoğrafın tarihini çıkaran Evangeline, o sırada annesinin üç aylık hamile olduğunu buldu, ama daha karnı hiç belli olmuyordu. Evangeline, yürek sızısıyla fotoğrafa baktı. Angela ve Gabriella, o fotoğrafta mutluydu. Tekrar onlarla olmak için her şeyini verir, her şeyinden vazgeçerdi.

Evangeline kütüphaneye neşeli bir halde dönmeye, düşüncelerini olabildiğince gizlemeye özen gösterdi. Ateş sönmüştü; salonun ortasındaki şömineden serin bir esinti gelip eteklerini hareketlendirdi. Masasından siyah bir hırka aldı ve şömineye bakmaya giderken bunu omuzlarına attı. Şömine uzun ve soğuk kış aylarında kullanılırdı ve rahibelerden biri şimdi bacasını açık bırakmış olacaktı. Evangeline bacayı kapatmak yerine sonuna kadar açtı ve odunlukta duran budaklı çam parçalarından birini alıp demir ızgaraya koydu, çevresinde birkaç parça kâğıt tutuşturdu. Körüğün pirinç saplarını kavrayıp ateşi birkaç kez hafifçe körükledi, bundan can bulan ateş odunu sardı.

Evangeline, Azize Rose Manastırı'na ilahiyat çevresinde bu kadar ün kazandıran melek metinlerini incelemeye çok az zaman ayırmıştı. Resimde melek tasviri ya da ortaçağ melekbilim şemalarının yeni çizimleri, Aquino'lu Tommaso ve Aziz Augustinus'un meleklerin evrendeki rolleri üzerine görüşlerini konu alan incelemeler gibi ciddi melekbilim metinleri, manastır 1809'da kurulduğundan bu yana kütüphanedeydi. Bu koleksiyonda melekbiçimcilik üzerine metinler de vardı ki, bunlar hayli akademik nitelikteydi ve rahibelerin büyük bölümünün, özellikle (işin doğrusu) meleklere çok da merak duymayan genç kuşağın pek ilgisini çekmiyordu. Rahibelerin New Age merakına duyduğu soğukluğa rağmen, kaynaklar arasında melekbilimin daha popüler kesimi de bulunuyordu. Geçmişte ve günümüzde meleklere ihtiram eden kültler ve koruyucu melek fenomeni üzerine kitaplar vardı. Bir dizi resim kitabı da vardı ve bunların arasında özellikle Edward Burne-Jones'un melek tasvirleri Evangeline'i büyülerdi.

Şöminenin karşı duvarında, kütüphane defterinin kürsüsü duruyordu. Rahibeler raflardan aldıkları kitapları buraya yazar, okumak için hücrelerine götürür, bitirdiklerinde iade ederlerdi. Manastırı ayakta tutan anaerkil sistem gibi bu düzen de gayet gelişigüzel kurulmuştu ve bir şekilde sorunsuz işliyordu. Ama eskiden böyle değildi. XIX. yüzyılda, kayıt sistemi başlamadan önce, kitaplar en ufak bir düzen olmaksızın girip çıkar, hangi rafta boşluk bulunursa oraya yığılırdı. Bir kaynak kitap bulmak gibi gayet olağan bir iş bile, beklenmedik bir mucizeye tanık olmak kadar şansa kalmıştı. Kütüphane bu kaostan, XX. yüzyıl başında alfabetik sistemi getiren Rahibe Lucrezia (1851-1923) ile kurtulmuştu. Daha sonra göreve gelen Rahibe Drusilla (1890-1985) Dewey onlu sistemini uygulamayı teklif ettiyse de, genel bir itirazla karşılaşmıştı. Rahibeler kütüphanenin baştan aşağı sistemleştirilmesi yerine, her kitabın adının kalın kâğıda mavi mürekkeple yazıldığı defter sistemine boyun eğmişlerdi.

Evangeline'in ilgi alanını daha pratik konular oluşturuyordu. Ona kalsa, rahibelerin yürüttüğü hayır işlerinin listelerini okumayı tercih ederdi; Poughkeepsie'deki aşevi, Milton'daki Dünya Barışı Çalışma Grubu, Woodstock'tan Red Hook'a kadar çeşitli yerlerde toplama merkezleri olan Azize Rose–Salvation Army Yıllık Giysi Bağışı etkinliği gibi şeylerdi asıl ilgisini çeken. Ama manastırda yemin eden tüm rahibeler gibi o da melekler hakkında temel bilgi edinmişti. Meleklerin dünyanın oluşumundan önce yaratıldığını, Tanrı cenneti ve dünyayı yaratırken seslerinin boşlukta çınladığını biliyordu (Yaratılış 1:1-5). Evangeline, meleklerin cisimsiz, soyut varlıklar olduğunu, ışıkla dolu olduklarını ama insan dili –Yahudi âlimlere göre İbranice, Hıristiyanlara göre Yunanca veya Latince– konuştuklarını biliyordu. Kutsal Kitap'ta melekler, Yakup'un melekle güreşmesi (Yaratılış 32:24-30), Hezekiel'in görümü (1:1-14), Rahme Düşüş (Luka 1:26-38) gibi çok az olayda ortaya çıkıyordu ama bu olaylar hep çok mucizevi ve ilahiydi; yeryüzüyle gökyüzünü ayıran zardan perde aralanıyor, insanlığın tümü semavi varlıkların mucizesine tanık oluyordu. Evangeline, insanla meleğin karşılaşmasını, maddiyle manevinin tene değen rüzgâr gibi yan yana gelmesini hep hayal ettiyse de, sonunda melekleri zihinde canlandırmanın kalburla su taşımaya benzediğine karar vermişti. Ancak Azize Rose rahibeleri yılmamışlardı. Meleklere dair yüzlerce kitap, kütüphaneyi dolduruyordu.

Şömine başında Rahibe Philomena'nın yanına gelmesi, Evangeline'i şaşırttı. Philomena'nın vücudu armut yuvarlaklığı ve biçimindeydi; boyu da kemik erimesi yüzünden artık kısalmıştı. Toplantıları unutması, anahtarlarını kaybetmesi yüzünden Evangeline artık Rahibe Philomena'nın sağlığından endişe etmeye başlamıştı. Genç rahibelerce Kadim Rahibeler olarak bilinen Philomena'nın kuşağının mensupları, II. Vatikan reformlarından sonra o kadar azalmıştı ki, bu rahibeler ancak hayatlarının son yıllarında görevden çekilebiliyorlardı. Özellikle Rahibe Philomena hep çok meşgul ve telaşlı olurdu. II. Vatikan bir bakıma yaşlı kuşağın emeklilik hakkını gasp etmişti.

Evangeline, kendi adına reformları çoğunlukla yararlı buluyordu. Eski usul Fransisken kisvesi yerine daha rahat bir kıyafet seçebilmiş, çağdaş eğitim olanaklarından yararlanmış, manastırın yakınlarındaki Bard College'dan tarih diploması almıştı. Buna karşılık, Kadim Rahibelerin fikirleri zamanda donup kalmıştı sanki. Yine de, Evangeline'in görüşleri, Kadim Rahibelerin Roosevelt döneminde, Büyük Bunalım'da ve İkinci Dünya Savaşı'nda şekillenmiş görüşlerine benzerdi. Evangeline, ara sıra yanına çağırıp eski günleri anlatan ve manastırlarının en yaşlı rahibesi olan 104 yaşındaki Rahibe Ludovica'nın düşüncelerini takdir ederdi örneğin. "Yoktu bizim zamanımızda böyle bırakınız yapsınlar, bırakınız geçsinler halleri, böyle keyfinin bildiğini yapmalar filan" derdi Rahibe Ludovica, tekerlekli sandalyesinde öne eğilerek, eli kucağında hafifçe titreyerek. "Biz daha konuyu bilmeden yetimhanelere, cemaat okullarına öğretmenliğe gittik. Bütün gün çalışır, bütün gece ibadet ederdik. Odalarımızda öyle kalorifer filan yoktu. Soğuk suyla yıkanır, yemek niyetine haşlanmış yulaf ve patates yerdik. Kitap yokluğunda, çocukları o güzelim şiirden mahrum bırakmayayım diye John Milton'ın *Kayıp Cennet*'ini baştan sona ezberledim ben! 'Aşağılık Yılan, hileleri / Kıskançlık ve İntikamla dolu olan, kandırdı / İnsanoğlunun Anasını, gururu yüzünden / Cennetten kovulduğu zaman, emsalleri arasında / Şöhret edinmek için, yardım ettiği asi melekler güruhuyla, / En yüce olanla eşit güçte olacağına inanarak, / Karşı durdu, amacına duyduğu tutkuyla, / Tanrı'nın tahtına ve monarşisine / Kâfirce bir savaş başlattı cennette ve mağrur savaşı / Boşuna bir çabaydı.' Çocuklar da ezberlediler mi? Elbette! Ama artık eğitim dediğin, oyuna eğlenceye döndü."

Rahibeler, değişime dair görüşlerindeki büyük ayrılıklara rağmen, uyumlu bir aile gibi yaşarlardı. Dış dünyanın fetbazlıklarından, laiklerin korunamadığı bir şekilde korunuyorlardı. Manastırın arazisi ve binaları XIX. yüzyılda peşin satın alınmıştı ve bugün binaları modernize etmeye duydukları isteğe rağmen, taşınmazları teminat gösterip kredi almıyorlardı. Meyve ve sebzeyi bahçede yetiştiriyor, folluklardan her gün dört düzine yumurta alıyorlardı ve kilerleri reçelle, konserveyle doluydu. Manastır o kadar güvenli, gıda ve ilaç açısından o kadar bol, entelektüel ve ruhani ihtiyaçlarını karşılamak için o kadar donanımlıydı ki, rahibeler aralarında, ikinci bir Tufan gelse ve Hudson Nehri Vadisi'ni doldurup taşırsa, Azize Rose kadınlarının demir kapılara çift sürgü vurup camları sıkı sıkı örttükten sonra yıllar boyu hiç bozmadan ibadet etmeleri mümkün olur diye şakalaşırlardı.

Evangeline, Rahibe Philomena'ya dönerken, aralarındaki yaş ve huy farkına hayret etti.

"Bana yardım edersen sevinirim" diyen Rahibe Philomena, Evangeline'i ofisine götürdü ve orada, gömleğinin bol kolları daktilonun tuşlarına sürtüne sürtüne masasındaki kâğıtlar arasında bir şeyler aradı. Ofisinde böyle arama çalışmaları sık görülürdü. Şişe dibi camlı gözlüğü yüzünün büyük bölümünü kaplayan Philomena neredeyse kördü ve Evangeline onun burnunun dibindeki şeyleri bulmasına sık sık yardımcı oluyordu.

"Ne aradığınızı söylerseniz yardım edeyim" dedi Evangeline.

"Melek koleksiyonumuzla ilgili bir mektup almışız diyorlar. Başrahibe Perpetua'ya New York'tan genç bir adam telefon etmiş. Araştırmacı mıymış, danışman mıymış ne... Mektup gönderdim diyormuş. Böyle bir mektup geldi mi sana? Ben böyle bir mektup alsam atlamazdım, biliyorum. Başrahibe Perpetua, manastırın bu konudaki politikasını harfiyen uygulamamızı istiyor. Hemen cevap yazılmasını rica etti."

"Mektup bugün geldi" dedi Evangeline.

Rahibe Philomena, gözlük camlarının gerisinden dikkatle baktı. Evangeline'i görmek için harcadığı çabayla gözleri sulanmıştı. "Okudun o halde."

"Elbette" diye cevapladı Evangeline. "Tüm mektupları gelir gelmez okurum."

"Bir bilgi isteği miydi?"

Evangeline, işi konusunda böyle sorgulanmaya alışık değildi. "Aslında" dedi, "Başrahibe Innocenta ile ilgili bir araştırma için arşivimizi ziyaret etme yönünde bir istekti."

Rahibe Philomena'nın bakışları karardı. "Cevapladın mı?"

"Mutat cevabımızı yolladım" diyen Evangeline, mektubu göndermekten vazgeçip imha ettiğini gizledi ve bu ikiyüzlülüğü nedeniyle kendisini çok yabancılaşmış hissetti. Philomena'ya böyle ayaküstü yalan söyleyebilmesinden rahatsız olmuştu. Buna rağmen devam etti: "Amatörlerin arşivlere alınmasına izin verilmediğini biliyorum. Kurallarımız gereği bu tür isteklere olumlu cevap veremediğimizi yazdım. Tabii uygun bir dille."

"Peki" dedi Philomena, Evangeline'i özel bir dikkatle süzerek. "Yuvamızın kapılarını yabancılara açarken çok dikkatli olmalıyız. Başrahibe Perpetua, tüm inceleme taleplerini reddetmemiz için kesin talimat verdi."

Evangeline, Başrahibe Perpetua'nın koleksiyonla böyle yakından ilgilenmesine şaşırmıştı. Manastırın mesafeli ve huysuz tiplerinden biriydi; Evangeline pek sık görmezdi onu. Perpetua, bildiğinden şaşmayan ve yönetim anlayışı hız üzerine kurulu olan bir kadındı; Kadim Rahibeler onu tutumluluğu için takdir eder, modern görüşleri yüzünden eleştirirdi. Hatta Başrahibe Perpetua vaktiyle II. Vatikan reformlarının daha yumuşak olanlarının uygulanması için Kadim Rahibelere baskı yapmış, eski ve kaba yünden kisveleri yerine daha hafif kumaşlardan yapılmış kıyafetler giymelerini tavsiye etmiş, tavsiyesi uygulanmamıştı.

Evangeline dönüp çıkacaktı ki, Rahibe Philomena boğazını temizledi. Seninle işim bitmedi, biraz daha bekle demekti bu. Devam etti: "Arşivde yıllarca çalıştım çocuğum, ve her isteği büyük dikkatle değerlendirdim. Birçok sinir bozucu araştırmacıyı, yazarı, sözde dindarı geri çevirdim. Kapıdaki muhafız olmak çok önemlidir. Ama bir an gelir ki harekete geçmemiz gerekir; artık beklemek ve izlemek şansımız yoktur; geçmişin hatalarının düzeltilmesi gerekir. Tüm olağandışı yazışmaları bana bildirmeni istiyorum."

"Elbette" dedi Evangeline; Philomena'nın sesindeki inanmışlığa şaşırmıştı. Merakına yenik düşerek devam etti: "Yalnız merak ettiğim bir şey var efendim."

"Nedir?" dedi Philomena.

"Başrahibe Innocenta'ya dair olağandışı bir şey var mıydı?"

"Olağandışı mı?"

"Uzmanlık alanı sanat tarihi olan bir özel araştırmacının ilgisini çekecek bir şey mesela."

"Böyle insanların ilgisini ne çeker, en ufak bir fikrim yok canım" diyen Rahibe Philomena, kapıya doğru yürürken dilini şaklattı. "Sanat tarihinin, bir tarihçinin başka şeye ilgi duyamayacak kadar çok resim ve heykel içerdiğini sanırsın. Ama görünüşe göre bizim melek tasvirleri koleksiyonumuz onlar için daha dayanılmaz. Dikkatin fazlası olmaz çocuğum. Başka bir istek gelirse bana haber vereceksin, değil mi?"

"Elbette" dedi Evangeline, kalbinin hiç olmadığı kadar hızlı attığını fark ederek.

Rahibe Philomena, genç yardımcısının sıkıntısını fark etmiş olacaktı ki, Evangeline'in mineralli bir koku –belki talk pudrası, belki artrit merhemi– alabileceği kadar ona yaklaştı ve Evangeline'in ellerini tutarak tombul avuçlarında ısıttı. "Endişelenmek için hiçbir neden yok. Onları içeri almayacağız. Ne kadar uğraşırlarsa uğraşsınlar, kapımız onlara kapalı."

"Haklısınızdır" dedi Evangeline, şaşkınlığına rağmen gülümseyerek. "İlgilendiğiniz için teşekkür ederim."

"Bir şey değil çocuğum" dedi Philomena, esneyerek. "Başka bir şey olursa, akşama kadar dördüncü katta olacağım. Uyku saatim geldi nerdeyse."

Rahibe Philomena çıkar çıkmaz, Evangeline aralarında yaşananlarla ilgili bir suçluluk ve endişe batağına saplandı. Bir üstünü bu şekilde yanıltmış olmaktan pişmandı, ama bir yandan da Philomena'nın mektuba gösterdiği garip tepkiye, ziyaretçileri manastırın kaynaklarından uzak tutma arzusunun şiddetine şaşırmıştı. Evangeline, yaratmak için hep birlikte çok çalıştıkları düşünce ve huzur ortamını korumanın önemini anlıyordu şüphesiz. Rahibe Philomena'nın mektuba tepkisi de ona aşırı gelmişti, ama böyle cüretkâr ve haksız bir şekilde yalan söylemeye ne itmişti onu? Durum apaçık ortadaydı: Bir Kadim Rahibe'ye yalan söylemişti. Yaptığı bu yanlış bile merakının önünü alamamıştı. Başrahibe Innocenta ile Bayan Rockefeller arasındaki ilişkinin mahiyeti neydi? Rahibe Philomena, "kapılarımız onlara kapalı" derken ne demek istiyordu? Kitap ve tasvirlerden oluşan muazzam koleksiyonlarını dışarıya açmaktan ne sakınca doğabilirdi ki? Neyi saklıyorlardı? Evangeline'in manastırda geçirdiği yıllar –hayatının neredeyse yarısı– boyunca olağandışı hiçbir şey olmamıştı. Fransisken Sonsuz İbadet Rahibeleri, örnek hayatlar sürüyorlardı.

Evangeline elini cebine attı ve ince, yıpranmış, sarı mektup kâğıdını çıkardı. El yazısı gösterişli ve akıcıydı; gözleri harflerin tepeleri ve çukurları boyunca kolaylıkla ilerliyordu. "*Verdiğiniz bilgilerin keşif gezisine muazzam yardımda bulunduğunu bildirirken, naçizane çabalarımın da boşa gitmediğini belirtmek zorundayım. Celestine Clochette, şubat ayının başında New York'a gelecek. Size yakın zamanda tekrar haber vereceğim. O zaman görüşmek dileğiyle. A. A. Rockefeller.*"

Evangeline, anlamını çözmeye çalışarak mektubu okudu. İnce mektubu tekrar dikkatle katlayıp cebine yerleştirdi. Abigail Rockefeller'ın mektubunun önemini anlamadan işine devam edemeyeceğini biliyordu.

Yukarı Doğu Yakası, New York

Asansörü beklerken bastonunu zeminde tıkırdatan Percival Grigori, çıkan her bir metalik tıklamayla saniyeleri sayıyordu adeta. Central Park manzaralı bu nadide eski binanın meşe lambrili lobisi artık o kadar tanıdıktı ki, nerede olduğunun farkına bile varmıyordu. Grigori ailesi, yarım yüzyılı aşkın zamandır çatı dairesinde yaşıyordu. Bir zamanlar kapı görevlisinin hürmetini, fuayedeki zengin orkide aranjmanlarını, asansörün sedef kakmalı abanozdan kasasını, mermer zemine sıcaklık ve ışık yansıtan şömineyi fark edebilirdi. Ama Percival Grigori artık eklemlerini tarumar eden ağrılardan, her adımda dizindeki sancıdan başka bir şeyin farkında değildi. Asansörün kapısı açıldığında ayaklarını sürüyerek içeri girerken, kabinin parlak metal duvarında yansıyan iki büklüm suretine baktı, sonra gözlerini hızla kaçırdı.

On üçüncü katta kapılar mermer bir hole açıldı ve Percival kapıyı anahtarıyla açarak Grigori ailesinin evine girdi. Özel hayatının yarı antika yarı modern, yarı cilalı ahşap yarı ışıltılı cam bileşimi bir anda onu yatıştırdı ve omuzlarındaki gerginliği aldı. Anahtarlarını, Çin porseleninden bir çanağın dibindeki ipek yastığa attı, kaşmir paltosunu bir omuz hareketiyle sıyırıp onu bekleyen kumaş kaplı sandalyeye attı ve traverten döşeli koridora yürüdü. Kocaman odalar önünde açılıyordu: Bir oturma odası, bir çalışma odası, tavanından dört katlı bir Venedik avizesi sarkan yemek salonu... Zeminden duvara uzanan pencerelerden, dışarıdaki kar fırtınasının kargaşası görülüyordu.

Dairenin bir ucunda bulunan gösterişli kıvrımlı merdiven, annesinin dairesine açılıyordu. Yukarı bakan Percival, bir grup arkadaşının oturma odasında toplanmış olduğunu gördü. Daireye neredeyse her gün öğle veya akşam yemeğine konuk gelirdi; bu davetsiz toplantılar, annesinin civardaki arkadaşlarını ağırlaması için fırsat olurdu. Kadının giderek daha çok alıştığı bir ritüeldi bu ve benimsemesinin nedeni de kendisine verdiği güçtü: İstediği kişileri seçer ve yanında toplar, onları koyu ahşap kaplı odalarında ağırlar ve dünyanın geri kalanını sefaleti, tekdüzeliği içinde kıvranmaya bırakırdı. Yıllardır dairesinden nadiren ayrılmıştı, ayrıldığında da mutlaka Percival veya kız kardeşiyle birlikte, o da sadece geceleri çıkmıştı. Annesi bu düzene öyle alışmış, geleni gideni de o kadar devamlılık kazanmıştı ki, hapisliğinden neredeyse hiç şikâyet etmiyordu.

Percival, dikkat çekmemek için sessizce yürüyerek koridorun sonundaki banyoya girdi ve kapıyı usulca kapatıp kilitledi. Hızlı hareketlerle özel biçilmiş yün ceketini ve ipek kravatını çıkarıp seramik zemine bıraktı. Titreyen parmaklarıyla sedefli altı düğmeyi aşağıdan yukarıya takip ederek açtı. Gömleğini de çıkardı ve boy aynasının önüne geçti.

Parmaklarını göğsünde gezdirerek çapraz kesişen deri kayışları yokladı. Gövdesini bir kafes gibi saran bu kıyafet, tamamen bağlandığında, içindeki destekleri sayesinde korse gibi oluyordu. Kayışlar, cildini acıtacak kadar sıkı bağlanmıştı. Percival nasıl bağlarsa bağlasın bu kayışlar mutlaka canını yakıyordu. Zar zor nefes alan Percival önce bir tokayı, sonra diğerini, sonra bir diğerini açtı; ta ki tüm tokalarından kurtulan kafes bir şakırtıyla yere düşene kadar.

Göbek deliği veya meme ucu bulunmayan gövdesi pürüzsüz, cildi balmumundan kesilmiş gibi soluktu. Kürekkemiklerini oynatarak aynadaki yansımasına, omuzlarına, uzun ince kollarına, gövdesinin kıvrımına baktı. Belkemiğinin tam ortasında, terden kayış gibi olmuş, kafesin aşırı sıkılığından şekli bozulmuş, bir yandan da acıyan iki kemik çıkıntısı vardı. Bir zamanlar geniş, kuvvetli ve altın hançerler gibi kıvrımlı olan kanatlarının neredeyse parçalanıp dökülmüş olduğunu, acıyla karışık bir hayretle düşündü. Kanatlarından geriye kalanlar hastalıktan kapkaraydı, tüyleri dökülmüş, kemikleri çarpılmıştı. Sırtının ortasında, sürtünmekten cılk olmuş ve maviye kesmiş iki açık yara, kemiklerin kalanını pıhtılaşmış kanla kaplamıştı. Pansuman, sürekli temizlik... Ne yaptıysa yaralar iyileşmiyor, acısı azalmıyordu. Ama asıl acının, kanatlarından geriye hiçbir şey kalmadığında başlayacağını biliyordu. Onu ayrı kılan, diğerlerinin o kadar gıpta ettiği şey, yok olacaktı.

Hastalığın ilk belirtileri on yıl önce, tüylerinin iç kesimlerinde ve bağlantı yerlerinde, bakırın üzerini kaplayan küf gibi fosforlu yeşil bir mantarın türemesiyle ortaya çıkmıştı. Basit bir enfeksiyon sanıp kanatlarını adamakıllı bakıma aldırmış, her bir tüyün yağlarla fırçalanmasını emretmişti ama hastalık geçmemişti. Birkaç ay içinde kanat açıklığı yarı yarıya azalmıştı. Sağlıklı kanatlardaki o altın tozuna bulanmışlık havası sönmüştü. Kanatları sağlıklıyken onları rahatça katlayabilir, görkemli tüylerini sırtına kapatabilirdi. Olanca hafiflikleriyle belkemiğindeki kıvrımlı oyukları dolduran tüyler, kanatların dışarıdan kesinlikle fark edilememesini sağlardı. Aslında cismi olsalar da, kanatlar yarısaydamlıkları nedeniyle hologram gibi varla yok arası görünürlerdi. Percival bir zamanlar kanatlarını canı çektiği zaman açıp kapatabilir, giysilerinin altından sanki boşluktan geçiriyormuş gibi hareket ettirebilirdi.

Artık kanatlarını hiç kapatamadığı için onların varlığını, dolayısıyla da kendi eksikliğini devamlı hissediyordu. Acısı dayanılmazdı ve uçma kabiliyetini tümüyle yitirmişti. Telaşlanan ailesi uzmanlar çağırmış, onlar da ailenin en korktuğunu doğrulamışlardı. Percival, toplulukta yayılmaya başlayan bir çürütücü hastalığa yakalanmıştı. Doktorlar önce kanatlarının, sonra kaslarının eriyeceğini öngördüler. Önce tekerlekli sandalyeye mahkûm olacak, kanatları tamamen dökülüp kökleri eridikten sonra da ölecekti. Yıllardır gördüğü tedaviler hastalığın ilerlemesini yavaşlatmışsa da durduramamıştı.

Percival musluğu açıp yüzüne soğuk su çarparak üstüne gelmiş olan hararetten kurtulmaya çalıştı. Kafes, belini dik tutmasını sağlıyordu; kasları zayıfladıkça bunda giderek zorlanmaya başlamıştı çünkü. Kafesi takmaya mecbur kaldığı aylar boyunca acı katlanarak artmıştı. Deri kayışların etini kesmesine, tokaların iğne gibi batmasına, açılan yaraların acısına bir türlü alışamamıştı. Onun durumuna düşenlerin birçoğu, hastalandıklarında dünyadan ellerini eteklerini çekerlerdi. Percival ise bu yazgıyı kabullenemezdi.

Verlaine'in verdiği zarfı aldı. Ağırlığını zevkle yokladıktan sonra kıstırdığı kuşun tadını çıkarmak isteyen bir kedi yavaşlığıyla kâğıdı yırttı ve içindekileri mermer lavabo tezgâhına boşalttı. İşine yarar bir şeyler bulmayı umarak raporu okudu. Verlaine'in raporu ayrıntılı ve özenli hazırlanmıştı; kırk sayfayı satır atlamadan dolduran koca bir yazı kütlesi karşısına kara bir duvar gibi dikilmişti ama görebildiği kadarıyla yeni bir şey yoktu.

Verlaine'in belgelerini zarfa geri koyan Percial, derin bir nefes aldı ve kafesi tekrar üstüne geçirdi. Tenine renk geldiği, parmaklarının titremesi durduğu için bu sefer pek zorlanmadı. Giyindikten sonra, konukların karşısına adam gibi çıkmaktan çok uzak olduğunu fark etti. Giysileri ter lekeli ve buruş buruştu, saçı yüzüne dökülmüş ve terle yapışmıştı, gözleri kıpkırmızıydı. Annesi onu bu kadar bakımsız görünce perişan olacaktı.

Saçını düzelten Percival banyodan çıktı ve annesini bulmaya koyuldu. Büyük merdiveni çıkarken kristal kadehlerin çınlaması, bir yaylı sazlar dörtlüsünün ezgisi ve kadınların tiz kahkahaları giderek yükseldi. Percival soluklanmak için merdivenin başında durdu. En ufak bir harekette bile nefesi kesiliyordu.

Annesinin salonları, her gece davet veren bir kontesmiş gibi hep çiçekler, uşaklar ve dedikoduyla dolu olurdu ama Percival bu seferki toplantının beklediğinden de nezih olduğunu fark etti; elliden fazla konuk vardı. Partinin üzerinde bir asma çatı yükseliyordu ve çatı camlarının olağan parlaklığı, üzerindeki kar tabakası yüzünden azalmıştı. Üst katın duvarlarını, Grigori ailesinin beş yüz yıldır çeşitli müzelerden ve koleksiyonlardan kendi zevkleri için seçtikleri tablolar kaplıyordu. Bunların büyük bölümü şaheser sayılanlardı ve hepsi de orijinaldi; mükemmel hazırlanan röprodüksiyonları dolaşıma çıkmış ve müzelere girmiş, orijinaller onlara kalmıştı. Bu koleksiyon muazzam bakım gerektiriyor, özel havalandırma ve iklim kontrolünden profesyonel temizleyicilere kadar her türlü ilgiyi istiyordu, ama bunca naza değerdi. Bir dizi Hollandalı ustanın yanında birkaç Rönesans tablosu ve XIX. yüzyıl gravürü vardı. Oturma odasının ortasındaki duvarın tümü, Hieronymus Bosch'un cennet ve cehennemi baş döndürücü bir vahşetle tasvir ettiği *Dünyevi Hazlar Bahçesi* ile kaplıydı. Percival bu tablonun grotesk figürlerini inceleyerek büyümüş, orta panelde resmedilen dünya hayatı, ona insanlığın yaşayışına dair ilk bilgilerini vermişti. Bosch'un cehennem tasvirinde kesilip biçilmiş lavtalar ve trampetler gibi çalgılar üzerinde vahşet sahneleri olması çok ilgisini çekmişti. Tablonun kusursuz bir kopyası Madrid'deki Prado Müzesi'ndeydi; bu röprodüksiyonun siparişini Percival'ın babası şahsen vermişti.

Bastonunun fildişi topuzunu kavrayan Percival, kalabalığı yararak ilerledi. Normalde böyle gündüz eğlentilerine katlanırdı ama şimdi, şu durumunda, salonu geçmek bile eziyetti. Kalabalıktan biraz uzakta, muazzam beyaz kanatlarını açmış duran adam, yüzlerce yıllık aile dostları ve eski bir okul arkadaşının babasıydı; selam verdi ona. Bir zamanlar yemeğe çıkmış olduğu bir mankene hafifçe gülümsedi. Buz mavisi gözlü bu genç kız, İsviçreli köklü bir aileden geliyordu. Henüz kanatları çıkmayacak kadar gençti ve soyunun nerelere kadar uzandığını kestirmek imkânsızdı, ama Percival ailenin çok eski ve nüfuzlu olduğunu biliyordu. Hastalığı başlamadan önce annesi, Percival'ı o kızla evlenmeye ikna etmeye çalışmıştı. Bir gün topluluğun kudretli bir üyesi olacaktı kız.

Percival, köklü ailelerden edindikleri arkadaşlara tahammül edebiliyordu, zaten etmesi menfaati gereğiydi ama, bir grup yeni zengin para simsarı, medya patronu ve annesinden ikbal görmeyi başarmış diğer asalaklardan oluşan yeni tanıdıklardan tiksiniyordu. Bunlar elbette Grigori ailesi gibi değillerdi, ama birçoğu, Grigorilerin şart koştuğu hassas ihtiyat ve hürmet dengesine anlayış göstermeye gayet yakındı. Genellikle annesinin başında toplanır, onu iltifatlara boğup asalet duygusunu körükler, böylece ertesi gün de Grigorilerin evine davet edilmeyi güvenceye alırlardı.

Percival'a kalsa hayatlarını yalnız yaşarlardı ama annesinin yalnızlığa tahammülü yoktu. Percival onun, soylarının evren düzenindeki yerini kaybettiği acı gerçeğini savuşturmak için kendisini sürekli bir eğlenceyle çevrelediğinden şüpheleniyordu. Aileleri kuşaklar öncesinden ittifaklar kurmuştu ve konumlarını, refahlarını korumak için arkadaşlar ve akrabalardan oluşan bir ilişkiler yumağına bağımlıydılar. Eski Dünya'da ailelerinin tarihiyle aralarında kopmaz ve girift bir bağ vardı. New York'ta ise nereye gitseler bunu baştan kurmak zorunda kalmışlardı.

Kız kardeşi Otterley, pencerenin yanında durmuş, loş bir ışıkla çevrelenmişti. Bir doksan boyuyla orta boylu, ince yapılı bir kadın olan Otterley, dekoltesi bir gündüz daveti için abartılı bir elbise giymişse de, bu kıyafeti genel tarzına uygundu. Sarı saçlarını sımsıkı bir topuz yapmış, dudaklarına fazla genç işi kalan pembelikte bir ruj sürmüştü. Otterley bir zamanlar büyüleyici bir kızdı, hatta yakınında duran İsviçreli mankenden bile güzeldi, ama hayatının baharını, yüz yıl boyunca ardı arkası kesilmeyen partiler ve ona hiç yakışmayan ilişkilerle heba etmiş, bu arada servetlerini de önemli ölçüde azaltmıştı. İki yüzüne merdiven dayadığı orta yaşında cildi, ne kadar gizlemeye çalışsa da, vitrin mankenlerinin plastiği gibi duruyordu. Bütün çabalarına rağmen, XIX. yüzyıldaki güzelliği geri gelmeyecekti.

Percival'ı gören Otterley, salınarak ona doğru yürüdü, sıska çıplak kolunu onun koluna taktı ve Percival'ı sakatmış gibi kalabalığın arasından geçirdi. Salondaki tüm kadın ve erkeklerin gözü Otterley'deydi. Ya iş yapmışlardı onunla ya da çeşitli aile kurullarındaki çalışmalarından, bir günü bile boş kalmayan sosyal takviminden ötürü tanışıyorlardı. Percival'ın arkadaşları ve tanıdıkları, kız kardeşinden çok çekinirlerdi. Kimse Otterley Grigori'nin tersine gitmeyi göze alamazdı.

"Nerelerde saklanıyordun bakayım?" dedi Otterley, gözlerini iyice kısarak. Babalarının hâlâ yaşadığı Londra'da büyümüştü ve İngiliz aksanı, özellikle sinirli olduğunda çok yakıcı hale geliyordu.

"Pek yalnızlık çektiğini sanmıyorum" dedi Percival, kalabalığa göz atarak.

"İnsan annemin yanında yalnız kalamıyor ki!" dedi sertçe. "Bu toplantılar her hafta daha ihtişamlı hale geliyor."

"O da buralardadır herhalde."

Otterley'nin yüzü rahatsızlıkla sertleşti. "Son gördüğümde tahtında hayranlarını kabul ediyordu."

İnsanı kalın camın içinden bir adım atarak puslu, kar altındaki şehrin üzerinde süzülmeye davet eden Fransız balkonların önünden geçerek salonun diğer ucuna yürüdüler. Grigoriler ve diğer tüm köklü ailelerin uşak olarak bulundurdukları Anakim sınıfından bir Nefil, önlerini kesti. *Beyefendi şampanya alırlar mı? Siz, hanımefendi?* Tepeden tırnağa siyah giyinen Anaklar, hizmet ettikleri sınıftan daha kısa boylu ve ince yapılıydı. Percival'ın annesi, onların konuklarından ayrılması için simsiyah giyinmelerinin yanında kanatlarının da her zaman açık olmasını şart koşmuştu. Şekil ve cüsse farkı göze batıyordu. Arı sınıfa mensup konukların kanatları kaslı ve tüylüyken, uşakların zar kanatları sedefli ve boz renkli bir ışık yansıtıyordu. Her şeyden çok sinek kanatlarına benzeyen kanatların yapısı sayesinde uşaklar, kısa ve küçük hareketlerle, büyük bir hassasiyetle uçabiliyorlardı. Kocaman sarı gözleri, çıkık elmacıkkemikleri ve soluk renkli tenleri vardı. Percival, İkinci Dünya Savaşı sırasında bir Anak sürüsünün Londra'da bombalardan kaçan bir grup insanın üzerine üşüşmelerine tanık olmuştu. Uşaklar, perişan insanları kolaylıkla paramparça etmişlerdi. Percival bu olaydan sonra, Anakların neden ancak üstlerine hizmet etmeye yarayan dengesiz ve mantıksız varlıklar olarak görüldüklerini anlamıştı.

Percival attığı her adımda, ellerinde kristal şampanya kadehleri pırıldayan aile dostları ve tanıdıklarıyla karşılaşıyordu. Dağılıp havaya yayılan sohbetler, salonu kesintisiz ve kadife yumuşaklığında bir dedikodu uğultusuyla doldurmuştu. Tatiller, yatlar ve iş ortaklıklarıyla ilgili konuşmalar duyuyor, annesinin arkadaşlarını elmasların ışıltısı ve tiz kahkahaların acımasızlığı kadar bunlarla da tanıyordu. Her köşedeki konuklar ona bakıyor, önce ayakkabılarını, sonra kol saatini, ardından bastonunu süzüyor, nihayetinde, Otterley'yi gördüklerinde, karşılarındaki hasta, pejmürde beyefendinin, Grigori adının ve servetinin varisi Üçüncü Percival Grigori olduğunu anlıyorlardı.

Nihayet, ahşap gövdesinde yılan kakmaları olan ürkütücü ve güzel bir gotik divana yayılmış duran anneleri Sneja Grigori'nin yanına ulaştılar. New York'a taşındıklarından bu yana kilo alan anneleri, artık sadece uçuşarak vücut hatlarını gizleyen yumuşak ipek kumaştan tunikler giyiyordu. Dolgun, parlak renkli kanatlarını arkasında özenle, ailenin mücevherlerini sergiler gibi gururla açmıştı. Percival annesine yaklaşırken, her bir tüyü altın varak gibi parlayan bu kanatların ışığından neredeyse kör olacaktı. Sneja'nın kanatları, ailenin gurur kaynağıydı; güzelliğin şahikası, soylarının saflığının kanıtıydı bu kanatlar. Percival'ın anneannesinin, on bir metre gibi belki bin yıldır görülmemiş bir açıklığa sahip, rengârenk kanatlara sahip olması, ailenin asalet nişanıydı. Fra Angelico, Lorenzo Monaco ve Botticini gibilerin resmettiği kanatlara, bu kanatların model olduğu söylentisi yaygındı. Sneja bir keresinde Percival'a kanatların onların kanlarının, soylarının ve toplumdaki hâkim konumlarının simgesi olduğunu söylemişti. Bunların doğru sergilenmesi aileye güç ve saygınlık kazandırmaktaydı ve bu zamana kadar ne Otterley ne de Percival'ın Sneja'ya ailenin bu hazinesini yaşatacak bir veliaht verememiş olmaları hiç de azımsanmayacak bir üzüntü değildi.

Tam da bu yüzden Percival, Otterley'nin kanatlarını saklamasına sinirleniyordu. Beklendiği gibi onları sergileyecek yerde vücuduna sımsıkı yapıştırmayı tercih ediyor, bu haliyle Amerika Birleşik Devletleri'nin en saygın melek ailelerinden birinin mensubu gibi değil, basit bir melez gibi görünüyordu. Percival, kanatları toplayabilmenin özellikle farklı türlerle bir arada bulunulduğunda çok önemli bir yetenek olduğunun farkındaydı. Bu sayede insanlar arasında fark edilmeden dolaşmak mümkündü. Ama özel toplantılarda kanatları gizlemek ayıplanacak bir hareketti.

Sneja Grigori, çocuklarının öpmesi için elini uzatarak Percival ve Otterley'yi karşıladı. "Güzel meleklerim" dedi tok sesi, Avusturya'da Hapsburg Hanedanı'nda geçirdiği çocukluk yıllarını hatırlatan hafif Alman aksanıyla. Bir an duraksayarak, Otterley'nin gerdanlığını inceledi. Antika bir montüre tutturulmuş yuvarlak, pembe bir tektaştı. "Ne kadar harika bir mücevher!" dedi, kızının boynunda böyle bir hazine görmeye şaşırmış gibi.

"Hatırlamadın mı?" diye sordu Otterley usulca. "Anneannemin gerdanlığı."

"Öyle mi?" Sneja elması başparmağı ve işaretparmağıyla tutup çevirince ışık taşın içinden yansıdı. "Hatırlamam gerek tabii ama nedense yabancı geliyor. Odamdan mı aldın?"

"Hayır" dedi Otterley dikkatle.

"Kasadan değil mi bu, Otterley?" diye sordu Percival.

Otterley dudaklarını birbirine bastırdı ve ağabeyine, sırrını açık ettiğini anlatan bir bakış attı.

"Şimdi anlaşıldı sırrı" dedi Sneja. "Kasaya o kadar zamandır uğramıyorum ki, içinde neler var unuttum. Annemin tüm mücevherleri bunun kadar güzel mi?"

"Muazzam şeyler, anneciğim" dedi Otterley, sarsıldığını gizlemeyerek. Kasadan annesi fark etmeden yıllardır böyle parçalar alıyordu.

"Bu gerdanlığa özellikle bayıldım" dedi Sneja. "Belki artık kasaya bir gece ziyareti yapmanın zamanı gelmiştir. Şöyle bir sayım yapsam fena olmaz."

Otterley hiç duraksamadan gerdanlığı çözdü ve annesinin eline bıraktı. "Sana daha da çok yakışır anneciğim" dedi. Sonra, annesinin tepkisini beklemeden, belki de böyle bir mücevheri kendi eliyle teslim etmiş olmasının sıkıntısını gizlemek için, sivri topukları üzerinde sertçe döndüğü gibi kalabalığa karıştı. Elbisesi ıslakmış gibi üzerine yapışmıştı.

Sneja gerdanlığı ışığa tuttu, elmas bir damla alev gibi parıldadı. Ardından taşlı gece çantasına attı. Sonra, tek oğlunun zaferine tanık olduğunu ansızın hatırlamış gibi, Percival'a döndü. "Çok komik" dedi. "Otterley, yirmi beş yıldır mücevherlerimi çaldığının farkında olmadığımı sanıyor."

Percival güldü. "Hiç fark ettirmedin ki... Ettirsen, yıllar önce vazgeçerdi."

Annesi sinek kovalar gibi elini salladı. "Bu ailede olup biten her şeyi biliyorum" dedi ve divanda bir kanadı ışığı yansıtacak şekilde yer değiştirdi. "Senin kendine özen göstermediğini de... Daha fazla dinlenmen, daha iyi beslenmen, daha çok uyuman gerek. Bir şey olmamış gibi yaşamaya devam edemezsin. Geleceğe hazırlık yapmamızın zamanı geldi."

"Ben de tam böyle yapıyorum" dedi Percival, annesinin ona daha yüz yaşına basmamış bir çocuk gibi davranmasına içerleyerek.

"Anlıyorum" dedi Sneja, oğlunun sinirlendiğini görerek. "Toplantını yapmışsın."

"Planladığım gibi" dedi Percival.

"Yukarıya da bu yüzden böyle suratsız geldin, bana olan biteni anlatmak için. Toplantı planladığın gibi geçmedi mi?"

"Hiç geçer mi?" dedi Percival, mutsuzluğunu gizlemeyerek. "İtiraf edeyim ki bu seferkinden daha umutluydum."

"Evet" dedi Sneja, uzaklara bakarak. "Hepimiz öyleydik."

"Gel" dedi Percival, annesinin elini tutup divandan kalkmasına yardım ederek. "Seninle biraz baş başa konuşalım."

"Burada konuşamaz mıyız?"

"Yapma ne olur" dedi Percival, partiye tiksinerek bakarken. "Hiç yolu yok."

Sneja, hayran kitlesinin başını döndüren bir ihtişamla divandan doğruldu. Kanatlarını açıp pelerin gibi omuzlarına sardı. Percival, kıskançlıkla titreyerek onu izledi. Annesinin kanatları göz alıcı, ışıltılı, sağlıklı ve dolgundu. Uçlardaki küçük tozpembe tüylerden ortadaki büyük ve pırıltılı tüylere doğru bir renk dalgalanması göz kamaştırıyordu. Percival'ın kanatları var oldukları sırada annesininkilerden büyüktü, çarpıcı ve heyecan vericiydi; her bir tüyü altın hançerler gibi yüreğine saplanıyordu görenlerin. Şimdi, keşke yine sağlıklı olabilsem diye içi kıyılmadan annesine bakması imkânsızdı.

Sneja Grigori bir an durdu, konuklarının bu ulvi özelliği iyice içlerine sindirmelerini bekledi; ardından Percival'ın hep mucizevi bulduğu bir zarafetle, bir geyşanın pirinç kâğıdından yelpazesini kapatmasındaki maharetle, kanatlarını toplayıp vücuduna yapıştırdı.

Percival annesinin koluna girerek onu büyük merdivenden indirdi. Çiçekler ve porselenlerle süslenmiş yemek salonu, konuklarını bekliyordu. Ağzına bir armut yerleştirilmiş ve yanları tüm lezzetini çıkaracak şekilde dilinmiş küçük bir domuz rostosu çiçeklerin ortasındaki yerini almıştı. Percival camdan aşağı baktığında, böcekler gibi küçük ve kara insanların dondurucu rüzgârı yararak telaşla yürüdüklerini görebiliyordu. İçerisi sıcak ve rahattı. Şömine yanıyordu ve yukarıdan hafif bir sohbet uğultusu, yumuşak bir müzik geliyordu.

Sneja bir sandalyeye yerleşti. "Söyle bakalım, ne diyeceksin?" diye sordu, partiden uzaklaştırılmış olmasından epeyce rahatsızlık duyarak. Platin tabakasından bir sigara çıkarıp yaktı. "Yine para lazımsa Percival, babanla konuşman gerektiğini sana söyledim. Bunca para nereye gidiyor anlamıyorum zaten." Sonra bir anda sevgiyle gülümsedi. "Aslında anlıyorum ama yine de babanla konuşman lazım."

Percival da annesinin tabakasından bir sigara aldı ve annesinin yakmasına karışmadı. Dumanı çeker çekmez hata yaptığını fark etti. Ciğerleri yanıyordu. Boğulacak gibi öksürdü. Sneja, sigarayı söndürebilmesi için Percival'a bir yeşim kül tablası uzattı.

Percival soluklandıktan sonra, "Kaynağım yararsız çıktı" dedi.

"Bekliyordum" dedi Sneja, sigaranın dumanını içine çekerek.

"Yaptığını iddia ettiği keşif, bizim için anlamlı değil" dedi Percival.

"Keşif mi?" dedi Sneja, gözlerini açarak. "Nasıl bir keşifmiş bu bakalım?"

Percival toplantıda konuşulanları anlatır, Verlaine'nin Milton'daki bir manastırın mimari projesine duyduğu akıl almaz takıntıyı, tarihi sikkelerin sözüm ona gizemlerine duyduğu bir o kadar öfkelendirici saplantıyı etraflıca açıklarken, annesi tebeşir beyazlığındaki parmaklarını lake masanın üzerinde gezdirmekteyken bir anda hayretle durdu.

"İnanılmaz" dedi sonunda. "Gerçekten işe yarar hiçbir şey bulamadığını mı düşünüyorsun?"

"Ne demek istiyorsun?"

"Abigail Rockefeller'ın temasta olduğu kişilerin izini sürmeye o kadar kapılmışsın ki, asıl davayı gözden kaçırıyorsun." Sneja sigarasını hırsla bastırdı ve bir tane daha yaktı. "Bu mimari çizimler tam da aradığımız şey olabilir. Ver bakayım şunları. Bir de ben göreyim."

"Verlaine'e geri verdim" dedi Percival ve bu lafların daha ağzından çıkarken annesini öfkeden delirteceğini fark etti. "Ayrıca 1944'teki saldırıdan sonra Azize Rose Manastırı'nı gündemden çıkarmıştık. Yangından geriye hiçbir şey kalmamıştı. Bir şeyi gözden kaçırdığımızı düşünmüyorsun herhalde."

"Kendi gözümle görebilmek isterim" dedi Sneja, sıkıntısını gizlemeye zahmet etmeyerek. "Bir an önce bu manastıra gidelim."

Percival, kendini affettirme fırsatını kaçırmadı. "Ben o işi hallettim" dedi. "Kaynağım, bulduklarını doğrulatmak için şu sıralarda Azize Rose Manastırı'na doğru yolda."

"Şu kaynağın bizden biri mi?"

Percival bir an ne söyleyeceğini bilemeden bakakaldı. Sneja, casus ağlarının dışındaki bir kişi olan Verlaine'e bu kadar güvenmiş olduğunu duyunca deliye dönecekti. "Yabancıları kullanmakla ilgili sıkıntılarını biliyorum ama endişelenecek bir şey yok.

Adamı enine boyuna araştırdım."

"Tabii araştırmışsındır" dedi Sneja, sigaranın dumanını vererek. "Öbürlerini araştırdığın gibi mutlaka."

"Yeni bir çağda yaşıyoruz" dedi Percival. Annesinin eleştirileri karşısında metanetini yitirmemeye kararlı şekilde, sözcüklerini özenle seçiyordu. "Artık o kadar kolay ihanete uğramıyoruz."

"Haklısın, yeni bir çağda yaşıyoruz" diye karşılık verdi Sneja. "Özgürlük ve rahatlık çağında, fark edilme korkusu olmadan, görülmemiş bir zenginlik içinde yaşıyoruz. İstediğimizi yapabilir, istediğimiz yere gidebilir, istediğimiz şekilde yaşayabiliriz. Ama aynı zamanda, içimizden en iyilerinin umursamazlığa düşüp zafiyete uğradığı bir çağda yaşıyoruz. Bu bir hastalık ve yozlaşma çağı. Ne sen, ne ben, ne de yukarıda salonda sürten sefil yaratıkların hiçbiri; hiçbirimiz fark edilme tehlikesinden uzak değiliz."

"Umursamazlık ettiğimi mi düşünüyorsun?" dedi Percival, uğraşmasına rağmen sesinin yükselmesine engel olamayarak. Bastonunu kavradı ve kalkmaya hazırlandı.

"Şu durumunda elinden başka bir şey gelebileceğine inanmıyorum" dedi Sneja. "Otterley'nin sana yardım etmesi şart."

"Edecek tabii" dedi Percival. "Ben ne zaman bu işe girdiysem, Otterley de o zaman girdi."

"Babanla ben de sizden çok öncedir uğraşıyoruz" dedi Sneja. "Annemle babam ben daha doğmadan girmişler bu uğraşa, onların anneleriyle babaları da onlar doğmadan. Sen sayısız kişiden birisin."

Percival, bastonunun ucuyla parkeye vurdu. "Durumum nedeniyle bu işin artık biraz daha acil olduğunu düşünüyorum."

Sneja bastona bir bakış attı. "Doğru; hastalığın bu arayışa yeni bir anlam yükledi. Ama bu hastalıktan kurtulmaya takıntın, gözünü kör ediyor. Otterley o çizimleri hayatta bırakmazdı, Percival. Aksine, şimdiye o manastıra gitmiş, çizimlerde gördüklerini doğruluyor olurdu. Zamanı nasıl israf ettiğine baksana! Bu akılsızlığın yüzünden hazineden olursak ne yapacağız?"

"Ölür giderim" dedi.

Sneja Grigori, pürüzsüz beyaz eliyle Percival'ın yanağını okşadı. Divandan eşlik ederek kaldırdığı uçarı kadın, onda hem takdir hem gıpta ettiği iki özellik olan kararlılık ve vakarla dolu anıtsal bir yaratığa dönüşmüştü. "Bu böyle olmayacak. Bunun böyle olmasına izin vermem. Sen şimdi git, dinlen. Bay Verlaine ile ben ilgileneceğim."

Percival ayağa kalktı ve ağırlığını bastonuna verip aksayarak odadan çıktı.

Azize Rose Manastırı, Milton, New York

Verlaine, üniversitedeyken elden düşme satın aldığı 1989 model Renault'sunu manastırın önüne park etti. Manastıra giden yol dövme demir bir kapıyla kesilmiş olduğu için, kireçtaşından kalın bahçe duvarına tırmanmaktan başka çaresi yoktu. Manastır yakından tam hayal ettiği gibiydi; uyku büyüsü yapılmış bir kale gibi huzurlu ve yalnızdı. Neo-gotik kemerler ve kuleler kurşuni gökyüzüne yükseliyor, kayınlar ve yaprak dökmez ağaçlar dört bir köşede manastırın üzerine titriyordu. Taşlar yosun ve sarmaşıkla kaplıydı; sanki doğa, bağrına inşa edilen bu yapıyı geri almak için ağır ve doymak bilmez bir mücadele başlatmıştı. Arazinin diğer ucunda Hudson Nehri, buz tutmuş yatağında usul usul akmaktaydı.

Karların savrulduğu arnavutkaldırımında yürürken titredi Verlaine. Olağanüstü üşüyordu. Bu üşüme ona Central Park'tan ayrılır ayrılmaz gelmiş, Milton'a varana kadar arabada da yakasını bırakmamış, boğmuştu onu. Arabanın ısıtıcısını köklediyse de ellerindeki, ayaklarındaki uyuşma geçmemişti. Görüşmenin üzerinde yaptığı etkiyi, Percival Grigori'nin ne kadar hasta olduğunu idrak etmenin onu nasıl huzursuz ettiğini bir türlü içine sindiremiyordu. Grigori'nin ona söylemediği acayip ve rahatsız edici bir gerçek, görüşmelerinin ardında Verlaine'in bir türlü bulup çıkaramadığı bir neden vardı. Kendini insan sarrafı sayan Verlaine, tanıştığı kişilerin kişiliğini birkaç dakikada çözer, sonrasında da bu ilk izleniminden kolay kolay dönmezdi. Grigori ilk görüşmelerinden beri Verlaine'de şiddetli bir fiziksel tepkiye neden oluyor, karşısında kendisini güçsüz ve cansız hissetmesine, içindeki sıcaklığı kaybetmesine yol açıyordu.

Öğlenki görüşmeleri ikinci ve Verlaine'in rahatlayarak düşündüğü gibi, muhtemelen son görüşmeleri olmuştu. Aralarındaki iş ilişkisini kendisi sona erdirmezse –ki bu araştırma gezisi beklediği gibi giderse kısa sürede sona erdirmeyi planlıyordu– üçüncü bir görüşmeye Grigori'nin ömrünün vefa etmeyeceğini düşünüyordu. Adamın teni o kadar cansızdı ki, solgun yüzeyin altında mavi damarları tek tek seçiliyordu. Gözleri çakmak çakmaktı ve ancak bastonuna yüklenerek ayakta kalabiliyordu. Adamın değil kar fırtınasında dışarıda iş görüşmesi yapması, yataktan çıkması bile saçmaydı.

Daha da saçma olan, Verlaine'i herhangi bir hazırlık yapmadan manastıra yollamasıydı. Grigori gibi yarı üşütük bir resim koleksiyoncusundan da ancak böyle fevri, profesyonelliğe sığmaz bir hareket beklenirdi. Standart araştırma protokolleri özel kütüphaneleri ziyaret için önceden izin almayı gerektiriyordu ve söz konusu kütüphanenin diğerlerinden çok daha tutucu olacağı da bir gerçekti. Manastırdaki kütüphanenin küçük ve şirin olmasını, saksılarda eğreltiotları ve berbat çocuk ve kuzu resimleriyle dolu olmasını, kısacası dindar kadınların pek bayıldığı yapmacık bir halde olmasını bekliyordu. Kütüphanecinin yetmişli yaşlarında aksi ve eğri büğrü bir ihtiyar, koruması altındaki koleksiyona karşı en ufak bir takdir duygusundan nasibini almamış kocakarının teki olacağını hayal ediyordu. Hayatı çekilir kılan güzellik ve zevk, Azize Rose Manastırı'na uğramamış olacaktı kesin. Aslında kendisi de hiç manastıra gitmemişti daha önce. Agnostikler ve akademiklerden ibaret sülalesi, inançları konusunda ağızlarını açarlarsa sanki inanç tümden yok olacakmış gibi, bunları kendilerine saklarlardı.

Verlaine manastırın girişindeki geniş taş basamakları tırmandı ve bir dizi tahta kapıyla karşılaştı. İki kere, üç kere kapıyı tıklattı, sonra rahibelerin dikkatini çekecek bir zil ya da bir ses sistemi aradı, ama hiçbir şey bulamadı. Dairesinin kapısını çoğu zaman kilitlemeden bırakan biri olarak, bir grup düşünceli rahibenin bu kadar sıkı bir güvenlik uygulamasını tuhaf buldu. Rahatsız vaziyette binanın yan tarafına gitti, iç cebinden plan fotokopilerinden birini çıkarıp alternatif bir giriş bulmak için çizimlere bakmaya başladı.

Nehri kerteriz olarak kullanıp cümle kapısının binanın güney tarafında olması gerektiğini kestirdi. Gerçekte cümle kapısı batı tarafındaydı ve nizamiyeye bakıyordu. Bulduğu çizimleri kafasında kroki gibi canlandırarak, kilise ve şapelin arazinin arka kesimini kapladığını, manastırınsa ön taraftaki dar bir kanatta yer aldığını düşündü. Ama çizimleri yanlış okumuş olacaktı ki, gerçekte binaların yerleşimi tamamen farklıydı. Mimari projenin, karşısındaki binayla çelişkide olduğu ayan beyan ortadaydı. Meraklanan Verlaine, arazinin çevresini dolanıp tuğla sınırları mürekkepten sınırlarla karşılaştırdı. İki bina, hiç de olmaları gerektiği gibi değillerdi. İki ayrı yapı yerine, yeni ve eski inşaatların birbirine karıştığı dolambaçlı bir külliye vardı; sanki biri iki binayı gelişigüzel ikiye bölmüş, sonra gerçeküstü bir kolaj havasında birbirine tutturmuştu.

Grigori bundan ne anlam çıkarırdı, bilmiyordu. İlk görüşmeleri, Verlaine'in ünlü Altın Çağ ailelerinin koleksiyonlarındaki resimler, mobilyalar, kitaplar ve mücevherlerin satışına yardım ettiği bir müzayedede olmuştu. Andrew Carnegie'ye ait bir gümüş takım, üzerinde Henry Flagler'ın adının baş harfleri bulunan altın detaylı kroket sopaları ve İkinci Cornelius Vanderbilt'in Newport'taki malikânesinden çıkma bir mermer Neptün heykeli vardı. Küçük bir müzayedeydi ve peyler beklendiği kadar yüksek olmamıştı. Percival Grigori, zamanında John D. Rockefeller'ın karısı Laura "Cettie" Celestia Spelman'a ait olan bazı parçalara yüksek peyler sürünce Verlaine'in dikkatini çekmişti.

Verlaine, Percival Grigori'nin pey sürdüğü parçaların özel olmadığını bilecek kadar tanıyordu Rockefeller ailesini. Ama Grigori bu parçaları almaya kararlıydı ve fiyatları muhammen bedelin çok üstüne çekmişti. Son parçalar da satıldıktan sonra Verlaine, Grigori'nin yanına gelip aldıklarından ötürü onu kutlamıştı. Bunun ardından Rockefeller'ları konuşmaya dalmışlar, Altın Çağ ailelerinin girdisini çıktısını didiklemeye, sokağın karşısındaki bir barda bir şişe şarap eşliğinde devam etmişlerdi. Grigori, Verlaine'in Rockefeller ailesi hakkındaki bilgisini takdir etmiş, Modern Sanat Müzesi'nde yapacağı araştırmalarla yakından ilgilenmiş ve konu üzerinde özel bir araştırma yapmayı düşünüp düşünmeyeceğini sormuştu. Verlaine'in telefonunu da almıştı. Verlaine bundan kısa süre sonra Grigori'nin personeli olmuştu.

Verlaine, Rockefeller ailesine özel bir yakınlık duyuyordu. Doktora tezini, Abigail Aldrich Rockefeller'ın vizyonu ve desteği olmasa var olamayacak bir kurum olan Modern Sanat Müzesi'nin ilk yılları üzerine yazmıştı. Verlaine'in sanat tarihine merakı, tasarıma duyduğu ilgiden kaynaklanıyordu. Columbia Üniversitesi'nin sanat tarihi bölümünden iki, üç, beş derken pek çok sanat dersi almış, sonunda ilgisinin modern tasarımdan, modernizmin arkasındaki fikirlere, yani ilkelciliğe, geleneği terk kararlılığına ve geçmişin değil bugünün öne çıkarılmasına kaydığını fark etmiş, nihayet dünyanın en önemli modern sanat müzelerinden birinin kuruluşuna yardımcı olmuş Abigail Rockefeller'da durmuştu. Danışmanının da sık sık hatırlatması sayesinde Verlaine, doğuştan akademik olmadığının farkındaydı. Güzelliği sistematize edip kuramlara ve dipnotlara indirgeme kabiliyeti yoktu onda. Bir Matisse'in capcanlı, insanın kalbini çarptıran renklerini, Rus Biçimcileri'nin zihinsel katılığına her zaman tercih ederdi. Lisansüstü araştırmaları boyunca sanata bakışı bağlamında daha entelektüel hale gelmemişti. Bunun yerine, o sanat eserini oluşturmanın ardında yatan saikleri takdir edebilir hale gelmişti.

Tezi üzerinde çalışırken Abigail Rockefeller'ın zevkini de takdir etmiş, yıllar süren araştırmalarının ardından kendisini Rockefeller ailesinin sanat dünyasındaki alışverişleri konusunda küçük çaplı bir uzman görmeye başlamıştı. Tezinin bir bölümü geçen yıl saygın bir akademik resim dergisinde yayımlanmış, bu sayede Columbia'dan hocalık teklifi almıştı.

Her şey yolunda giderse Verlaine tezine biraz çekidüzen verecek, içeriğinin akademik olmayanlara da çekici gelmesini sağlayacak, bir gün bir fırsat yakaladığında da kitap olarak yayımlatacaktı. Ama tez şimdiki haliyle karman çormandı. Dosyalar koca bir bilgi yığını haline gelmiş, olgular ve hayatlardan kesitler yumak olmuş duruyordu. Yüzlerce belge sureti klasörlere tıkıştırılmış vaziyetteydi ve Grigori nasıl başardıysa Verlaine'i, bu suretlerden her birinin, her bir rapor, belge ve verinin kopyalarını çıkarıp ona vermeye ikna etmişti. Verlaine, dosyalarının konuyla ilgili her alanı kapsadığına inanıyordu; bu yüzden, Abigail Rockefeller'ın Modern Sanat Müzesi'ndeki çalışmalarıyla meşgulken, yani tam da Verlaine'in üzerine uzmanlaştığı yıllarda, Azize Rose Manastırı ile yazıştığını keşfettiğinde çok şaşırmıştı.

Verlaine bu bağlantıyı, aynı yıl Rockefeller Arşiv Merkezi'ne yaptığı bir araştırma ziyaretinde keşfetmişti. Manhattan'ın kırk kilometre kuzeyinde, Hudson Nehri'nin kıyısında bulunan, bungalovlar ve yazlık evlerden kurulu küçük Sleepy Hollow kasabasına arabayla varmıştı. Yirmi dört dönüm araziye yukarıdan bakan bir tepenin üzerine kurulu merkez, John D. Rockefeller'ın ikinci karısı Martha Baird Rockefeller'a ait devasa bir taş malikânenin içindeydi. Verlaine Renault'sunu park etmiş, sırt çantasını bir omzuna atmış ve merdivenleri tırmanmıştı. Ailenin böyle büyük bir servet edinip çevrelerini bitmez tükenmez bir güzellikle sarmış olması mucizevi bir şeydi.

Arşiv görevlisi, Verlaine'in kimliğini ve görevini Columbia Üniversitesi öğretim görevlisi kartından doğruladıktan sonra onu ikinci kattaki okuma odasına götürmüştü. Grigori iyi para veriyordu; bir günlük araştırma ücreti, bir aylık kirasını ödeyecekti. Bu yüzden acele etmemiş, kütüphanedeki huzurun, kitap kokusunun, dosyaları ve ciltleri tasnif için kurulmuş özenli sistemin tadını çıkarmıştı. Arşiv görevlisi, malikânenin büyük beton müştemilatında bulunan sıcaklık kontrollü kasadan kutu kutu belge çıkarmış, Verlaine'in önüne dizmişti. Abby Rockefeller'ın belgeleri yedi bölüme ayrılmıştı: Abby Aldrich Rockefeller Yazışmaları, Özel Evrak, Resim Koleksiyonları, Hayır İşleri, Aldrich/Greene Ailesi Evrakı, Abby Aldrich Rockefeller'ın Ölümü ve Chase Biyografisi. Her bölümde yüzlerce belge vardı. Bu kâğıt yığınlarını hizaya sokmak bile haftalar alırdı. Verlaine işe koyulmuş, notlar tutmaya ve fotokopiler çekmeye başlamıştı.

Yola çıkmadan önce, kadın hakkında bulabildiği her şeyi tekrar okumuş, ona yardımcı olabilecek, diğer modern sanat tarihçilerinin henüz bulup çıkarmadığı bir orijinal bilgi parçası aramıştı. Çeşitli biyografiler okumuştu ve kadının Rhode Island, Providence'taki çocukluğunu, John D. Rockefeller, Jr. ile evliliğini ve bundan sonra New York sosyetesindeki hayatını incelemişti. Verdiği yemek davetlerini, beş oğlunu ve bir asi kızını okumuş, bunların hepsini, kadının sanata ilgisi ve tutkusundan bayat bulmuştu. Hayatlarının birbirinden apayrı olmasına rağmen –zira Verlaine bir stüdyo dairede kirada oturuyor ve yarı zamanlı öğretim görevlisi olarak güçbela geçiniyordu ve Abby Rockefeller ülkenin XX. yüzyıldaki en zengin adamlarından biriyle evlenmişti– onunla bir yakınlık hissetmekteydi. Verlaine, kadının zevkini ve onu modern resme çeken gizli tutkularını anladığını düşünüyordu. Özel hayatında, üzerinden bin kere geçmediği bir ayrıntı kalmamıştı. Grigori için yeni bir şey bulmasının imkânsıza yakın olduğunun pekâlâ farkındaydı. Bir şekilde bir altın damarına rastlar, işvereninin amacına destek verecek bir bilgi kırıntısı yakalarsa, kendisini muazzam şanslı sayacaktı.

Verlaine bu hesapla araştırmacıların çoktan yağmaladığı belge ve bilgileri atlamış, Chase Biyografisi'ni listesinden çıkarmış ve resimlerin alınışını, Modern Sanat Müzesi'nin planlanışını içeren kutuya yönelmişti: Resim Koleksiyonu Seri III: Satın alınan, bağışlanan, ödünç verilen ve satılan sanat eserlerinin envanteri; Çin ve Japon baskılarına ve Amerikan halk resimlerine dair bilgiler; aracıların Rockefeller resim koleksiyonuna dair notları. Saatlerce okuduktan sonra bu malzemelerde de olağanüstü bir şey bulamamıştı.

Sonunda Verlaine, Seri III'ü geri gönderip arşiv görevlisinin Seri IV: Hayır İşleri kutusunu getirmesini istemişti. Bunun için somut bir sebebi yoktu; yalnızca, Rockefeller'ın hayır işleri için yaptığı bağışlar, kupkuru muhasebe kayıtlarından oluşan bir arşiv olduğu için, geçen yıllarda bir tek bunları kılı kırk yararak incelememişti. Kutular gelip Verlaine bunlar üzerinde çalışmaya başladığında, konunun sıkıcılığına rağmen, Abby Rockefeller'ın sesinin neredeyse resim zevki kadar onu etkilediğini fark etmişti. Bir saat kadar okuduktan sonra, katlanıp bir tomar kâğıdın arasına sokulmuş dört mektupla karşılaşmıştı. Mektuplar, herhangi bir not veya ekleme olmadan özenle katlanmış, hayır işleri için yapılmış bağışların arasına kendi zarflarında yerleştirilmişti. Hatta Verlaine, o serinin katalogunu açtığında, bu mektupların hiçbir kaydının olmadığını da fark etmişti. Mektuplar Abigail Rockefeller tarafından da değil, Innocenta adlı bir başrahibe tarafından yazılmıştı. Mektubun gönderildiği yer olan Milton kasabasının adını bile duymamış olan Verlaine, haritaya baktığında bunun New York'un birkaç saat kuzeyinde, Hudson'ın kıyısında kalan bir yer olduğunu öğrenmişti.

Verlaine mektupları okudukça meraklanmıştı. Innocenta'nın el yazısı eski insanlarınki gibi titrekti; basık rakamlar, iri halkalı harfler kullanıyordu ve belli ki hokka takımı ile yazmıştı mektupları. Verlaine'in anladığı kadarıyla Başrahibe Innocenta ve Bayan Rockefeller, din işleri, hayırseverlik ve kaynak geliştirme faaliyetleri konularında benzer ilgi alanlarına sahipti ve bu iki konumda olan iki insanın benzerlikleri de ancak buraya kadar gidebilirdi. Innocenta'nın üslubu mesafeli ve saygılı bir şekilde başlamış, mektuplar ilerledikçe daha sıcak ve dostça bir hal almıştı, bu da iki kadın arasında düzenli yazışma olduğunu gösteriyordu. Mektuplarda bu açıkça ifade edilmese de Verlaine, yazışmaların kökeninde bir dini tablonun yattığını seziyordu. Verlaine, bu mektupların onu bir yere götüreceğine kesin gözüyle bakıyor, ama nereye götüreceğini kestiremiyordu. Kariyerine destek verecek keşif tam da buradaydı.

Verlaine arşiv görevlisine hiç sezdirmeden mektupları çantasının iç cebine sokuşturuverdi. On dakika sonra mektuplar kucağında açık vaziyette hızla Manhattan'a doğru yol alıyordu. Mektupları niye aldığını bile bilmiyordu; aklındaki tek şey, bunları anlamaya duyduğu muazzam istekti. Nihayetinde bu yolculuğu yapabilmesini sağlamış olan Grigori'ye mektuplardan söz etmesi gerektiğinin farkındaydı ama bunlardan çıkarabileceği somut bir bilgi yoktu henüz, bu nedenle Grigori'ye mektupları, önemli olduklarını doğruladıktan sonra söylemeye karar vermişti.

Şimdi manastırın önünde dururken, mimari çizimleriyle önündeki binayı bir daha karşılaştırıp bir daha afallamıştı. Eskizlere soğuk kış ışığı vuruyor, kayınların sipsivri gölgeleri karlarda dalgalanıyordu. Hava iyice soğumuştu. Verlaine paltosunun yakalarını kaldırıp manastır çevresindeki ikinci turuna çıktığı sırada, ayakkabıları da iyice su çekmişti artık. Grigori bir konuda haklıydı: Azize Rose Manastırı'na girmeden bu yazışmalar hakkında daha fazla bilgi edinemeyeceklerdi.

Verlaine binanın yarısına geldiğinde, cam gibi buzla kaplı birkaç basamak gördü. Kaymamak için tırabzana tutunarak bunlardan dikkatle indi. Kemerli bir taş sundurmanın boşluğunda bir kapı vardı. Kolunu yokladığında kilitsiz olduğunu fark etti ve bir an sonra ıslak taş, çürüyen tahta ve toz kokulu, karanlık ve sıcak bir odadaydı artık. Gözleri karanlığa alıştığında kapıyı dikkatle kapattı, sürgüsünü çekti ve metruk bir koridordan geçip Azize Rose Manastırı'na girdi.

Melek Tasvirleri Kütüphanesi, Azize Rose Manastırı, Milton, New York

Manastıra ne zaman ziyaretçi gelse, rahibeler dini ve laik dünyanın arasındaki iletişim görevini Evangeline'e bırakırlardı. Ortama yabancı olanları rahatlatmaya özel bir kabiliyeti, diğer rahibelerde olmayan bir gençlik ve modernlik havası vardı ve genellikle topluluğun içişlerini dışarıdan gelenlere anlatmayı üstlenirdi. Konuklar çuval gibi kisvelerin içinde, siyah peçelerin ardına gizlenmiş, sevimsiz, bağcıklı siyah ayakkabılar giymiş, bir elinde Kutsal Kitap diğerinde tespih olan, dünyanın tüm hüznünü yüzünde taşıyan yaşlı bir kadın görmeyi beklerlerdi. Ama karşılarına Evangeline çıkardı. Gençliği, güzelliği ve kıvrak zekâsıyla bu basmakalıp beklentiyi hemen parça parça ederdi. Espriler yapar ya da güncel olaylara değinir, manastırın çevreye yaydığı abus havayı dağıtırdı. Konuklarını manastırın koridorlarında gezdirdiğinde Evangeline, manastırlarının yeni fikirlere açık modern bir cemaat olduğunu anlatırdı. Geleneksel kisvelerine rağmen orta yaşlı rahibelerin sabah yürüyüşü için ayaklarına Nike geçirmekten, yazın çiçek bahçelerinde ot yolarken Birkenstock ayakkabı giymekten geri durmadıklarını söylerdi. Daha sonra, dış görünüşün pek bir anlamı olmadığını ifade ederdi. İki yüz yıl önce belirlenmiş olan uygulamalar, çelikten bir iradeyle sürdürülen ve korunan ritüellerdi asıl önemli olan. Dış dünyanın insanları koridorların sessizliğinden, ibadetin kesintisizliğinden ve rahibelerin ayrılığından afalladığında, Evangeline bunların hepsini olağan gösterme kabiliyetini kullanırdı.

Ancak o akşamüstü tavrı büsbütün değişti. Kütüphanenin kapısında birini gördüğüne hiç bu kadar şaşırdığını hatırlamıyordu. Salonun diğer ucundaki birtakım sesler, içeriye izinsiz olarak girmiş bu kişiye çekmişti dikkatini. Döndüğünde, genç bir adamın kapı eşiğine yaslanmış durduğunu, onu olağanüstü bir ilgiyle süzdüğünü görmüştü. Elektriğe kapılmış gibi sıçramıştı. Şakakları kasılmış, bunun sonucunda görüşü bulanıp kulakları çınlamaya başlamıştı. Duruşunu düzeltmiş, kütüphanenin muhafızı görevini farkında bile olmadan üstlenivermiş ve adamın karşısına dikilmişti.

Evangeline, nasıl olduğunu kestiremese de, kütüphane kapısında duran bu adamın, o sabah mektubunu okuduğu adam olduğunu anlamıştı. Verlaine'i tanımış olması tuhaftı. Mektubun yazarını kır saçlı, buruşuk suratlı, göbekli bir profesör olarak tasavvur etmişken, karşısındaki adam düşündüğünden çok daha gençti. Tel çerçeveli gözlüğü, dağınık saçları ve kapıda dururkenki tereddüdü, onu çocuksu gösteriyordu. Manastıra nasıl girdiği, daha da önemlisi, bir rahibeye çatmadan kütüphaneye kadar nasıl gelebildiği, Evangeline için anlaşılmazdı. Onu selamlasa mı, manastırdan çıkarttırmak için yardım mı çağırsa, bilemedi.

Eteğini özenle düzeltti ve görevini harfiyen yerine getirmeye karar verdi. Kapıya yürürken sert bir ifadeyle gözlerini adamın gözlerine dikti. "Size yardımcı olabilir miyim Bay Verlaine?" Sesi, rüzgâr tünelinde konuşuyormuş gibi tuhaf gelmişti kendisine.

"Beni tanıdınız demek."

"Çıkarması çok zor değil" dedi Evangeline, istediğinden daha da sert bir tavırla.

"O zaman" dedi Verlaine yanakları kızararak ve bu utangaçlık tepkisiyle Evangeline'in ona karşı, istemeyerek de olsa, biraz yumuşamasını sağlayarak, "telefonda biriyle –adı Perpetua'ydı galiba– konuştuğumu, araştırma için kütüphanenizi ziyaret etmek istediğimi de biliyorsunuzdur. Mektup da yazmıştım."

"Adım Evangeline. Mektubunuzu ben aldım, dolayısıyla isteğinizden haberdarım. Ayrıca mekânımızda araştırma yapma isteğinizle ilgili olarak Başrahibe Perpetua ile görüştüğünüzün de farkındayım, ama bildiğim kadarıyla size kütüphaneye girme izni verilmedi. Aslına bakarsanız buraya, hele de bu saatte nasıl gelebildiğinizi anlamıyorum. Pazar ayininden sonra içeride yabancılara rastlarız; çünkü ayinler halka açıktır ve bazı meraklı tipler ayinden sonra bizim alanlarımızda dolaşmaya çıkar, ama akşamüstü nasıl oluyor bu iş? Buraya kadar gelirken bir rahibeye rastlamamış olmanıza da şaşırdım. Her neyse; tüm ziyaretçilerimizin yaptığı gibi Misyon Ofisi'ne kayıt yaptırmanız lazım şimdi. Bir sorun olmaması için hemen ofise gitmemiz ya da en azından Başrahibe Perpetua ile görüşmemiz..."

"Özür dilerim" diye onun sözünü kesti Verlaine. "Yaptığım işin doğru olmadığını, buraya izinsiz gelmemem gerektiğini biliyorum ama bana yardım edebileceğinizi umuyorum. Sizin uzmanlığınız beni çok zor bir durumdan kurtarabilir. Ben buraya size sıkıntı vermek için gelmedim."

Evangeline, samimiyetini ölçmek istermiş gibi bir an Verlaine'e baktı. Sonra şöminenin yanındaki ahşap masayı göstererek, "Altından kalkamayacağım bir sorun yoktur Bay Verlaine. Lütfen oturun ve size yardım etmek için ne yapabileceğimi anlatın" dedi.

"Teşekkür ederim." Verlaine bir sandalyeye otururken Evangeline de karşısına yerleşti. "Yazdığım mektuptan da bileceğiniz gibi, Abigail Rockefeller ile manastırın o dönemdeki başrahibesi arasında 1943 kışında bazı yazışmaların olduğuna dair kanıtlar arıyorum."

Mektubu hatırlayan Evangeline başını salladı.

"Mektubumda belirtmedim ama bir kitap yazmakla uğraşıyorum. Daha doğrusu, doktora tezimi kitap haline getirmeye çalışıyorum. Tezim Abigail Rockefeller ve Modern Sanat Müzesi hakkındaydı. Konuyla ilgili yayımlanmış her şeyi, yayımlanmamış pek çok şeyi okudum ve Rockefeller ailesi ile Azize Rose Manastırı arasındaki ilişkiye dair hiçbir şey bulamadım. Tahmin edebileceğiniz gibi, böyle bir mektuplaşmanın ortaya çıkarılması, en azından benim akademik alanım içinde çok önemli bir keşif olabilir. Bu da kariyer hedeflerimi baştan aşağı değiştirebilir."

"Çok ilginç bir konu" dedi Evangeline, "ama size nasıl yardım edebileceğimi anlamıyorum."

"Size bir şey göstereceğim" diyen Verlaine, elini paltosunun iç cebine soktu ve masaya bir tomar kâğıt çıkardı. Kâğıtların üzerinde ilk bakışta bir dizi dikdörtgen ve daire görünmekteydiyse de, Evangeline dikkatli baktığında, bunun bir bina çizimi olduğunu anladı. Kâğıtları eliyle düzelten Verlaine, "Bunlar Azize Rose Manastırı'nın mimari planları" dedi.

Evangeline kâğıdı daha iyi görebilmek için masaya eğildi. "Orijinalleri mi?"

"Evet, öyle." Verlaine sayfaları çevirerek Evangeline'e manastırın çeşitli eskizlerini gösterdi. "1809 tarihli. Kurucu başrahibe tarafından imzalanmış."

"Başrahibe Francesca" dedi Evangeline, aklı planların eskiliğinde ve ayrıntısında olduğu halde. "Francesca manastırı inşa edip tarikatımızı kurdu. Kilisenin büyük bölümünü de kendisi tasarladı. İbadet Şapeli tümüyle onun fikridir."

"Her sayfada imzası var" dedi Verlaine.

"Normaldir" diye karşılık verdi Evangeline. "Rönesans kadını diyebileceğimiz bir insandı. Planları kendisi onaylamadan bırakmamıştır."

"Şuna bakın" dedi Verlaine, kâğıtları masaya yayarak. "Bir parmak izi var."

Evangeline biraz daha yaklaştı. Sahiden de sararmış kâğıdın üzerinde küçük, oval bir mürekkep izi vardı ve ortası yaşlı bir ağacın can damarı gibi dar ve sıkıydı. Evangeline, Francesca'nın parmağını özellikle basmış olabileceğini düşündü.

"Çizimleri çok dikkatli incelemişsiniz."

"Ama anlamadığım bir şey var" dedi Verlaine, arkasına yaslanarak. "Binaların düzeni, mimari planlardakinden çok farklı. Dışarıda biraz dolaşıp binalarla planları karşılaştırdım ve ikisinin temelde birbirinden ayrıldığını gördüm. Mesela manastır eskiden arazinin farklı bir yerindeymiş."

"Evet" dedi Evangeline. Çizimlere o kadar kapılmıştı ki, Verlaine yüzünden ne kadar tetikte durduğunu unutmuştu. "Binalar onarıldı ve bazıları baştan yapıldı. Manastır bir yangında yıkıldıktan sonra her şey değişti."

"1944 yangını" dedi Verlaine.

Evangeline kaşını kaldırdı. "Duymuş muydunuz?"

"Çizimler manastırdan bu yüzden çıkarılmış. Ben bunları eski bina planlarının durduğu bir arşivde buldum. Azize Rose Manastırı'na Şubat 1944'te inşaat izni verilmiş."

"Bunları resmi kayıt arşivinden almanıza izin mi verdiler?"

"Ödünç alabildim" dedi Verlaine sıkılarak. Mühre tırnağını üzerinde iz bırakacak kadar bastırarak, "Bu mührün neye işaret ettiğini biliyor musunuz?" diye sordu.

Evangeline, altın mühre dikkatle baktı. İbadet Şapeli'nin merkezinde duruyordu. "Aşağı yukarı sunağın olduğu yerde" dedi. "Ama tam yerinde değil."

Verlaine'i ilgisi daha da koyulaşarak baştan süzdü. Onu başta kütüphanelerini yağmalamaya gelmiş bir fırsatçı olarak değerlendirmişti, ama şimdi bir masumiyeti olduğunu, define avına çıkmış bir oğlan çocuğu gibi samimi olduğunu hissediyordu. Bunun neden ona kanının ısınmasına yol açtığını ise kavrayamıyordu.

Bu sıcaklığı Verlaine'e hissettirmek gibi bir amacı kesinlikle yoktu. Ama adam, Evangeline'in duygularında bir değişiklik fark etmiş gibi, daha az tereddütle hareket ediyordu. Gözlüğünün kirli camlarının ardından onu ilk kez görmüş gibi bakıyordu. "Nedir o?" dedi gözlerini Evangeline'in üstünden ayırmadan.

"Ne nedir?"

"Madalyonunuz" dedi yaklaşarak.

Evangeline, Verlaine'in ona dokunabileceğini düşünerek irkildi ve yanındaki sandalyeye çarptı.

"Özür dilerim" dedi Verlaine, "Ama ben..."

"Size söyleyebileceğim başka bir şey yok Bay Verlaine" dedi Evangeline, sesi çatlayarak.

"Bir saniye." Verlaine çizimleri karıştırdı. Aradan bir sayfa çekip Evangeline'in önüne doğru uzattı. "Madalyonunuz her şeyi söyledi galiba."

Evangeline kâğıdı aldı ve önüne açtı. İbadet Şapeli'nin mükemmel bir çizimini, sunağı, tüm heykelleri ve sekizgen şekliyle her gün gördüğü gibi şimdi ellerinde tutuyordu. Çizime tam sunağın merkezinde basılmış altın renkli bir mühür vardı.

"Boynunuzdaki lir" dedi Verlaine. "Görüyor musunuz? Aynısı."

Evangeline kolyesini parmakları titreyerek çıkardı ve dikkatle kâğıdın üzerine yerleştirdi. Altın zincir, kâğıdın üzerinde göktaşı kuyruğu gibi süzülüyordu. Annesinin madalyonu, altın mührün tıpkısıydı.

Evangeline cebinden arşivde bulduğu kâğıdı, Abigail Rockefeller'ın Başrahibe Innocenta'ya 1943'te yazdığı mektubu çıkardı ve masaya koydu. Mühürle madalyon arasındaki bağlantıyı anlamıyordu ve Verlaine'in bir şey biliyor olabileceği düşüncesi, onu bu keşfini paylaşmaya zorlamıştı.

"Nedir bu?" dedi Verlaine kâğıdı alarak.

"Siz daha iyi bileceksiniz."

Ama Verlaine kırışık kâğıdı açıp yazıya göz gezdirirken, Evangeline pişmanlık duyuverdi. Rahibe Philomena'nın uyarısını hatırlayıp bu belgeyi bir yabancıyla paylaşarak tarikatına gerçekten ihanet edip etmediğini düşündü. Verlaine'in mektubu okumasına izin vermesinin büyük bir hata olduğu düşüncesi şimdi içini kanatıyordu. Ama anlaşılmaz bir nedenle ona yakınlık duyuyordu ve ortaya çıkardıklarını o kadar merak etmişti ki, adamın mektubu bitirmesini giderek artan bir sabırsızlıkla bekledi.

"Bu mektup, Innocenta ile Abigail Rockefeller arasındaki ilişkiyi kanıtlıyor" dedi sonunda. "Nerede buldunuz?"

"Bu sabah mektubunuzu aldıktan sonra arşivi taradım. Başrahibe Innocenta hakkında yanıldığınızdan kuşkum yoktu. Böyle bir ilişkinin olmadığından emindim. Arşivimizde Bayan Rockefeller gibi dindışı bir insanla ilgili kayıtlar bulunacağından şüpheliydim, hele bu yazışmaları kanıtlayacak bir belgenin varlığının imkânsız olduğunu düşünüyordum. Fiziksel bir kanıtın kalmış olması olağanüstü bir durumdu. Hatta arşive sırf sizin yanıldığınızı kanıtlamak için gittim."

Verlaine mektuba öylesine dalmıştı ki, Evangeline ağzından çıkan tek bir kelimeyi duyup duymadığını merak etti. Sonunda cebinden bir parça kâğıt çıkardı ve telefonunu yazdı. "Abigail Rockefeller'ın yazdığı tek bir mektup mu buldum dediniz?"

"Evet" dedi Evangeline. "Şimdi okuduğunuz."

"Ama Innocenta'nın Abigail Rockefeller'a yazdığı mektupların tümü cevaptı. Demek ki arşivinizde en az üç, belki dört mektup daha var."

"Bu mektupları gözden kaçırmış olabileceğimize inanıyor musunuz gerçekten?"

Verlaine kıza telefon numarasını verdi. "Bir şey bulursanız beni arar mısınız?"

Evangeline kâğıdı aldı ve numaraya baktı. Ne diyeceğini bilemiyordu. Aradığı şeyi bulsa bile onu araması imkânsızdı. "Bakarım" dedi sonunda.

"Teşekkür ederim" dedi Verlaine, minnetle bakarak. "Bu arada bu mektubun fotokopisini alabilir miyim?"

Evangeline kolyesini aldı, taktı ve Verlaine'i kütüphanenin kapısına götürdü. "Benimle gelin."

Verlaine ile Philomena'nın odasına gittikten sonra bir tomar antetli kâğıttan bir sayfa çekti ve "Buna yazabilirsiniz" dedi.

Verlaine kalemini çıkarıp işe koyuldu. Orijinali kopyalayıp Evangeline'e teslim etti; bu sırada Evangeline, adamın ona bir şey sormak istediğini sezmişti. Karşılaşalı on dakika bile olmamıştı ama kafasının nasıl çalıştığını anlamaya başlamıştı. Sonunda sordu: "Bu kâğıdı nereden aldınız?"

Evangeline, Philomena'nın masasının yanında duran tomardaki kalın pembe yapraklardan birini daha aldı ve parmaklarının arasında tuttu. Kâğıdın antetinde, daha önce bin kez görmüş olduğu Barok güller ve melek tasvirleri vardı. "Standart antetli kâğıdımız" dedi. "Neden sordunuz?"

"Innocenta, Abigail Rockefeller'a mektuplarını da bu kâğıda yazıyordu" dedi Verlaine ve bir yaprak alıp yakından inceledi. "Tasarım ne kadar eskidir?"

"Hiç düşünmedim" dedi Evangeline. "Ama nereden baksanız iki yüz yıla yakındır. Azize Rose armasını kurucu başrahibemiz çizmişti."

"Sakıncası var mı?" diyen Verlaine, birkaç yaprak alıp katlayarak cebine yerleştirdi.

"Buyurun" dedi Evangeline; gayet sıradan bulduğu bir şeye adamın bu kadar ilgi göstermesine şaşırmıştı. "İstediğiniz kadar alın."

"Teşekkür ederim" dedi Verlaine, karşılaştıklarından beri Evangeline'e ilk kez gülümseyerek. "Bana bu şekilde yardım etmeniz yasaktı herhalde."

"Aslında sizi görür görmez polisi aramam lazımdı" dedi.

"Size nasıl teşekkür edebilirim, bir yolu var mı?"

"Var" dedi Evangeline, Verlaine'i kapıya doğru geçirirken. "Kimse sizi fark etmeden gidin. Olur da bir rahibeye rastlarsanız, beni görmediniz ve kütüphaneye adım atmadınız."

Azize Rose Manastırı, Milton, New York

Verlaine manastırdayken daha da çok kar yağmıştı. Gökyüzünden katmanlar halinde dökülüyor, kayınların çıplak dallarında birikiyor ve arnavutkaldırımlı patikayı gizliyordu. Gözlerini kısarak dövme demir kapının gerisindeki karanlığın içinde mavi Renault'sunu seçmeye çalıştı, ama ışık çok azdı ve gözleri lapa lapa dökülen karla başa çıkamayacaktı. Manastır arkasında puslar arasında yok olmuştu, önündeyse derinleşen bir boşluktan başka bir şey yoktu. Yeni sertleşmiş buzda mümkün olduğunca denge kurmaya çalışarak manastırın arazisinden çıktı.

Kütüphanenin boğucu sıcaklığından sonra çok tatlı ve berrak gelen karlı havayı içine çekmek, başarısının mutluluğunu bir kat daha arttırıyordu. Çok şaşırmış ve pek anlamamıştı ama, başarmıştı. Evangeline –ona Rahibe Evangeline demek bir türlü içinden gelmiyordu; rahibe olamayacak kadar pırıltılı, düşünsel açıdan çekici, kadınsı biriydi– ona kütüphaneyi açmakla kalmamış, bulmayı umduğu şeyi elleriyle teslim etmişti. Abigail Rockefeller'ın yazdığı mektubu kendi gözleriyle görmüştü ve artık bu kadının, Azize Rose Manastırı rahibeleriyle bir işler çevirmiş olduğunu belli bir kesinlikle ileri sürebilirdi. Mektubun fotokopisini alamamıştı ama el yazısının gerçek olduğunu fark etmişti. Elde ettiği sonuç şüphesiz Grigori'yi memnun edecek, daha da önemlisi, kendi araştırmalarını ileri götürecekti. Bundan daha iyisi, Evangeline'in elindeki mektubun orijinalini ona vermesi olurdu. Hatta ondan da iyisi, Innocenta'nın yazdığı ve Verlaine'in elinde bulunan mektup kadar, Abigail Rockefeller'ın yazdığı mektupları çıkarması ve bunların orijinallerini vermesiydi.

Kapının ötesinde bir çift araba farı kar tanelerine vurdu. Mat siyah, Mercedes marka bir cip belirdi ve Renault'nun yanına park etti. Verlaine kendini hızla ve yanlamasına çalıların arkasına attı ve karanlığı delen farlara yakalanmaktan kurtuldu. İki ağacın arasından, cipten kafasına bere geçirmiş bir adam ve ondan daha iri, elinde bir levye taşıyan sarışın bir adamın indiğini gördü. Gün boyunca hissettiği ve daha yeni atlatmış olduğu fiziksel rahatsızlık, adamları görür görmez nüksetti. Farların ışığında adamlar daha korkutucu ve olmayacak kadar iri duruyorlardı, siluetleri bembeyaz parlıyordu. Aydınlık ve karanlığın karşıtlığı yüzünden gözleri ve yanakları iyice çukurda kalmıştı ve bu halleriyle karnaval maskeleri takmış gibilerdi. Verlaine, adamları görür görmez Grigori'nin yolladığını anlamıştı, ama neden yolladığını çözemiyordu.

Uzun boylusu, levyenin ucunu Renault'nun camında usulca gezdirerek yüzeyden karları temizledi. Sonra Verlaine'i yerinden sıçratan bir şiddetle levyeyi cama vurdu ve tek hareketle camı parça parça etti. Diğer adam kırıkları temizledikten sonra içeri uzandı ve hızlı, kararlı hareketlerle kapıyı açtı. İki adam torpido gözünü, arka koltuğu ve içerdeki düğmeyle açtıkları bagajı didik didik etti. Eşyalarını savuşturur, spor çantasını baş aşağı eder ve birçoğu Columbia Üniversitesi kütüphanesinden ödünç alınmış kitaplarını cipe koyarken, Grigori'nin bu adamları dosyalarını çalsın diye yolladıklarını anladı Verlaine.

New York'a arabasıyla dönmeyecekti, orası kesindi. Bu haydutlardan olabildiğince uzaklaşmak için yere diz çöktü ve altında yeni yağmış karlar kart kurt diye sesler çıkarırken emeklemeye başladı. Sıkı ağaçların arasından geçerken çam kokusu bütün benliğini kapladı. Korunun gölgesinden çıkmaz, karanlık yoldan manastıra geri dönebilirse, fark edilmeden kaçabilirdi belki. Ağaçlar bittiğinde ayağa kalktı. Nefes nefese kalmıştı ve giysileri, üzerinde katılaşmış kar öbekleriyle kaplıydı. Korunun sonuyla nehir arasında hiçbir şey olmadığı için, meydana çıkmaktan başka şansı yoktu. Verlaine'in tek umudu, adamların arabasını dağıtmaya dalıp onu fark etmemeleriydi. Var gücüyle nehre doğru koştu ve ancak nehir yatağına vardığında kafasını çevirip arkaya bakabildi. Haydutlar tekrar cipe biniyorlardı. Gitmemişlerdi. Verlaine'i bekliyorlardı.

Nehir yatağı donmuştu. Artık tümüyle ıslanıp ağırlaşmış ayakkabılarına baktığında koyu bir öfke ve çaresizlik duydu. Eve nasıl dönecekti? Kör itin öldüğü yerde mahsur kalmıştı. Grigori'nin çakalları bütün defterlerini, dosyalarını, yıllardır üzerinde çalıştığı her şeyi almışlar, arada arabasını da mahvetmişlerdi. 1989 model Renault 5'in parçasını bulmak ne kadar zordu, Grigori'nin bir fikri var mıydı acaba? Kar fırtınasında buz tutmuş toprakta eski mokasen ayakkabılarla nasıl yürüyecekti?

Nehir yatağını takip ederek ve düşmemeye büyük özen göstererek güneye doğru ilerledi. Kısa bir süre sonra dikenli telli bir çit çıktı karşısına. O çitin, Azize Rose Manastırı'nın arazisini çevreleyen büyük taş duvarın bir uzantısı olduğunu tahmin etti, ama şu an için sadece kaçmasının önündeki engellerden biriydi. Dikenli tele ayağıyla basarak çitin üzerinden aştı, bu arada paltosu dikenlere takıldı.

Bir süre daha yürüyüp manastır arazisini geride bırakarak karanlık ve kar altındaki bir köy yoluna çıkmıştı ki, çiti aşarken elini kesmiş olduğunu fark etti. O kadar karanlıktı ki, yarayı göremiyordu ama kötü olduğunu, belki dikiş gerektiğini tahmin ediyordu. En sevdiği Hermès kravatını çıkardı, gömleğinin kanlanmış kolunu sıyırdı ve kravatı yaranın üzerine sıkıca sardı.

Verlaine'in yön duygusu felaketti. Kar fırtınası gökyüzünü kapadığı, Hudson kıyısındaki kasabaları da zerrece bilmediği için, nerede olduğunun farkında bile değildi. Trafik çok azdı. Uzaktan far gördüğünde mıcır kaplı banketten inip ağaçların arkasına saklanıyor, görünmemeye çalışıyordu. Yüzlerce şehirlerarası yol ve köy yolu vardı ve bunlardan herhangi birinde olabilirdi, ama artık onu kararlılıkla aradıklarını düşündüğü Grigori'nin adamları, her an burada karşısına çıkabilirdi de. Teni soğuktan çoktan kurumuş ve çatlamıştı, ayaklarını hissetmiyordu ve eli zonkluyordu. Durup eline baktı. Kravatını yaranın üzerinde daha da sıkarken, ipeğin kanı ne büyük bir zarafetle emip içinde tuttuğunu şaşkın bir aldırışsızlıkla gördü.

Ona saatler gibi gelen bir sürenin ardından daha büyük ve yoğun bir yola çıktı. Çatlak beton kaplamalı gidiş-geliş bir yoldu ve hız sınırı levhası bile vardı: Tam elli beş mil. Manhattan'a ya da Manhattan'a doğru gittiğini sandığı yöne dönüp buz tutmuş mıcır bankette yürümeye devam etti; soğuk artık cildini kesiyordu. O yürüdükçe trafik yoğunlaştı. Dorseleri boydan boya reklam kaplı tırlar, sanayi mallarını oradan oraya götüren kamyonlar, minibüsler ve otomobiller yanından hızla geçiyordu. Buz gibi havayla karışan egzoz dumanı, nefes almasını zorlaştıran koyu ve zehirli bir çorbaya dönüyordu. Yolun neredeyse sonsuza uzanması, ısıran rüzgâr, manzaranın akılları donduran çirkinliği yüzünden, kendini kâbus gibi bir sanayi çağı sonrası tablosunun içinde sanmaya başlamıştı. Adımlarını sıklaştırarak gelen geçen araçları gözlemeye, onu bu soğuktan kurtaracak bir polis arabası, otobüs veya benzeri taşıt aramaya başladı. Ama trafik, sonu gelmez ve umursamaz bir kervan gibi akıp gidiyordu. Sonunda Verlaine otostop çekmeye karar verdi.

Fren sisteminden boşalan sıcak ve basınçlı havayı savuran bir tır, frenlerini gıcırdatarak yüz metre kadar ileride durabildi. Yolcu kapısı içeriden açılınca Verlaine tıra doğru koşmaya başladı. Uzun ve karmakarışık sakallı, iri göbekli, beyzbol şapkalı bir adam olan sürücü, Verlaine'e merhametle bakıyordu. "Ne tarafa böyle?"

"New York" dedi Verlaine, kaloriferin sıcaklığından hemen gevşeyerek.

"Oraya kadar gitmiyorum ama istersen ileriki kasabaya bırakabilirim."

"Neresi orası?"

"Yirmi beş kilometre kadar güneyde, Milton diye bir yer" dedi sürücü, Verlaine'i süzerek. "Biraz sıkıntı olmuş galiba. Atla içeri."

On beş dakika gittikten sonra sürücü kenara çekti ve Verlaine'i kenarında küçük dükkânların dizili olduğu şirin ve karlı bir ana caddeye bıraktı. Kar yüzünden bütün kasaba çekip gitmiş gibi metruktu cadde. Vitrinler karanlık, postanenin yanındaki otopark boştu. Tek hayat belirtisi, camında neondan bir bira bardağı görülen bardı köşede.

Verlaine ceplerini yokladı ve cüzdanıyla anahtarlarını hissetti. Para zarfını spor ceketinin iç cebine sokmuştu. Zarfı çıkarıp paranın hâlâ durup durmadığına baktı. Neyse ki duruyordu. Ama Grigori'yi düşündükçe iyice sinirleniyordu. Onu takip ettirip arabasını parçalattıracak, ödünü kopartacak bir adam için çalışmak neyin nesiydi? Verlaine, Percival Grigori ile temas kurarak ahmaklık mı ettim acaba diye düşünmeye başladı.

Grigorilerin evi, Yukarı Doğu Yakası, New York

Grigori ailesi çatı dairesini 1940'ların sonunda, ünlü bir Amerikalı işadamının borç batağındaki kızından satın almıştı. Büyük ve görkemliydi; kalabalık partilerden uzak duran bir bekâr için çok fazlaydı; bu yüzden, annesi ve Otterley'nin de bu dairenin üst katında yaşamaya başlaması Percival'ı rahatlatmıştı. Yalnız yaşadığı günlerde bile, salonun kapısını koridorlarda dolaşan hizmetçilere karşı sımsıkı kapayarak saatlerce bilardo oynardı. Ağır, yeşil kadife perdeleri indirir, ışıkları kısar, viski doldurur ve birbiri üzerine atışlar yaparak cilalı topları fileli deliklere sokar dururdu.

Zaman içinde dairenin birçok odasını yenilediyse de, bilardo salonunu tam 1940'lardaki haliyle bırakmıştı. Çatlayıp yıpranmış deri koltuklar, tüplü ve bakalit düğmeli bir radyo, XVIII. yüzyıldan kalma bir İran halısı ve kiraz ağacından kütüphaneleri dolduran, neredeyse hiçbirini okumaya kalkışmadığı tozlu kitaplar. Bu kitaplar sadece süs içindi ve eskilikleri, değerleri nedeniyle saygı görüyordu. Sayısız akrabasının kökenlerini ve serüvenlerini irdeleyen tarih kitapları, anılar, kahramanlık romanları ve aşk öyküleri, deri ciltleri içinde istirahat halindeydi. Bu kitaplardan bazıları savaştan sonra Avrupa'dan getirtilmiş, diğerleriyse eski bir aile dostu olup Londra'dan bu civara yerleştirilmiş saygıdeğer bir sahaftan alınmıştı. Adam, Grigori ailesinin en çok Avrupalıların fetihleri, sömürge dönemi zaferleri ve Batı kültürünün medenileştirici gücü gibi konuları işleyen kitaplara ilgi duyduğunu bilirdi.

Bilardo salonunun sabun ve cila, hafif puro dumanı karışımıyla oluşmuş kokusu bile değişmemişti. Percival hâlâ burada zaman geçirmekten hoşlanır, ara sıra hizmetçiye seslenerek içkisini tazelemesini isterdi. Hizmetçi, sessiz genç bir Anakim kadınıydı. Percival'ın yanına yeni bir viski kadehi koyarken eskisini sessizce alıp uzaklaşır, çalışılmış hareketleriyle onu rahatlatırdı. Percival bileğinin bir hareketiyle hizmetçiye çekilmesini söyler, o da bir anda yok oluverirdi. Her zaman sessizce çıkması, geniş ahşap kapıları hafif bir tıkırtıyla kapatması Percival'ın hoşuna giderdi.

Percival kabarık bir koltuğa ağır hareketlerle yerleşti ve kesme kristal kadehini sallayıp viskiyi havalandırdı. Ayaklarını yavaş ve yumuşak hareketlerle bir pufa uzattı. Annesini ve onları bu aşamaya kadar getirmiş olmasını nasıl hiç umursamadığını düşündü. Azize Rose Manastırı hakkında somut bilgi edinmiş olması, annesinin ona biraz olsun güvenmesini gerektirirdi. Ama bunun yerine Sneja, şehir dışına gönderdiği yaratıklara göz kulak olması için Otterley'yi görevlendirmişti.

Viskisinden bir yudum alan Percival, kız kardeşini aradı. Otterley açmayınca, sinirle saatine baktı. Bu saate kadar araması gerekirdi.

Tüm kusurları bir yana, Otterley babalarına benziyordu; dakikti, yöntemli çalışırdı ve baskı altında son derece güvenilirdi. Percival onu biraz tanıyorsa, Londra'da yaşayan babalarıyla temasa geçmiş ve Verlaine'i sıkıştırıp ortadan kaldıracak bir plan hazırlamış olacaktı. Hatta babalarının planı ofisinde hazırlaması ve Otterley'ye isteklerini yerine getirmesi için gerekli her türlü imkânı sağlamış olması da onu şaşırtmazdı. Babası, Otterley'yi daha çok severdi. Ona göre, kızı asla yanlış yapmazdı.

Percival tekrar saatine baktığında sadece iki dakika geçmiş olduğunu gördü. Belki Otterley'nin sessiz kalmasını gerektiren bir şey olmuştu. Belki çabaları boşa çıkmıştı. Görünüşte zararsız bir durumun içine çekilip kapana kısılmaları görülmemiş şey değildi.

Bacaklarının istirahata başkaldırır gibi titreyip kasıldığını hissetti. Bir yudum daha viski içerek sakinleşmeyi diledi, ama bu durumdayken ona hiçbir şey deva olmuyordu. Percival koltukta toparlandı ve bastonunu almadan kalkıp ağır aksak kitaplığa giderek bir cildi aldı ve bilardo masasına koydu. Kapağını açıp zemine bastırdığında kitabın sırtı, cildi dağılacakmış gibi çatırdadı. Percival, *Nesiller Kitabı*'nı çok uzun zamandır açmamıştı; son olarak bir kuzeni evleneceği zaman, kız tarafının soyunu araştırmak için kitaba bakmıştı. Bir düğüne gidip kimin önemli olduğunu, kimin olmadığını bilmemek çok rahatsızlık vericiydi, hele de gelin Danimarka kraliyet ailesindense.

Nesiller Kitabı, Percival'ın cinsiyle ilgili tarih, efsane, soyağaçları ve kehanetleri derleyip bütünleştiren bir kaynaktı. Tüm Nefilim çocuklarına eğitimlerinin sonunda, bir tür mezuniyet hediyesi olarak verilirdi ve hepsi birbirinin tıpkısı deri ciltli olurdu. Kitap savaşlardan, ülkelerin ve krallıkların kuruluşundan, sadakat yeminleriyle kurulan ittifaklardan, Haçlı Seferleri'nden, şövalyelikten, maceralardan ve kanlı fetihlerden söz ederdi; Nefillerin halk hikâyeleri bu tür şeylerden oluşurdu. Percival, hareketlerinin bu kadar meydanda olmadığı, işlerini sessizce, takip edilme tehlikesi olmadan yürütebildikleri o çağlarda doğmuş olmayı isterdi sık sık. Kuvvetleri suskunluğun yardımıyla büyümüş ve her bir zafer kendinden öncekinin kaidesinde yükselmişti. Atalarının tüm mirası *Nesiller Kitabı*'nda kayıtlıydı şimdi.

Percival, kalın harflerle dizilmiş ilk sayfayı okudu. Nefilim soyunun geniş ve yaygın tarihini vücuda getiren kişiler ve aileler sıralanmıştı; bunlar Nuh'un zamanında ortaya çıkmış ve dallanıp budaklanarak hanedanlar kurmuş ailelerdi. Nuh'un oğlu Yafet Avrupa'ya göç etmiş, çocukları Yunanistan'ı, Part Krallığı'nı, Rusya'yı ve Kuzey Avrupa'yı yerleşime açmış ve ailenin hâkimiyetini sağlama almıştı. Percival'ın ailesi, Yafet'in dördüncü oğlu Yâvan'ın soyundandı ve Gayri "Milletlerin Adaları"na, ki bunları bazıları Yunanistan, bazıları Britanya Adaları olarak yorumlardı, ilk yerleşenlerdi. Yâvan'ın adları Kutsal Kitap'ta geçen altı erkek kardeşi ve adları Kutsal Kitap'ta geçmeyen bir dizi kız kardeşi, Avrupa'daki nüfuz ve kudretlerinin temelini atmıştı. *Nesiller Kitabı* birçok açıdan dünya tarihinin özeti gibiydi. Buna çağdaş Nefiller, en güçlünün ayakta kalması da diyorlardı.

Aileler listesine göz gezdiren Percival, nüfuzlarının bir zamanlar mutlak olduğunu gördü. Ancak Nefilim aileleri son üç yüz yıldır düşüşteydi. Bir zamanlar insanlarla Nefiller arasında denge vardı. Tufan'dan sonra bu yaratıklar neredeyse eşit sayıda doğmuştu. Ama Nefiller insanlara büyük bir çekim duyuyorlardı ve evlilik yoluyla insanlarla karışıp en kudretli özelliklerinin zayıflamasına yol açmışlardı. Artık baskın insan özellikleri taşıyan melez Nefiller çok sayıdaydı, katıksız melek özellikleri taşıyanlara ise çok az rastlanıyordu.

Her bir Nefil'e karşı bin insan doğarken, iyi aileler arasında insan melezi akrabalarına ne yapacakları tartışma konusu olmuştu. Bazıları onları dışlayıp insan âlemine tümüyle göndermeyi savunurken, diğerleri bunların değerlerini görüyor ve davaları için kullanılmalarını düşünüyordu. Nefilim ailelerinin insan bireyleriyle ilişkiler kurmak taktik bir hareketti ve iyi sonuçlar getirebilirdi. Nefil anne-babadan doğan ve en ufak bir melek karakteri taşımayan bir çocuk, zamanı gelince Nefil kökenli evlatlar doğurabilirdi. Tabii ender rastlanan bir olaydı bu, ama duyulmamış da değildi. Nefiller bu olasılığı değerlendirmek için bir kademe sistemi oluşturmuşlar, tümüyle zenginliğe veya sosyal statüye dayanmasa da bunları göz ardı etmeyen, ama daha çok fiziksel özellikleri, ırkı ve atalara benzerliği dikkate alan bir kast kurmuşlardı. İnsanların bir Nefil çocuğu doğurmaya yönelik genetik potansiyeli vardıysa da, melek ideali ancak Nefillerde vücut bulabiliyordu. Sadece bir Nefil kanatlara sahip olabilirdi. Percival'ın kanatları da, beş yüz yıldır görülmemiş ihtişamda çıkmıştı.

Nesiller Kitabı'nın sayfalarını rastgele çevirirken, ortalara doğru bir sayfada durdu. Sayfada kadife ve ipek giysilere bürünmüş, bir elinde kılıç diğerinde altın kesesi taşıyan soylu bir taciri gösteren bir oymabaskı vardı. Adamın önünde sayısız kadın ve köle diz çökmüş, onun komutlarını beklerken bir odalık yanındaki bir divana uzanmış, kollarıyla bedenini örtmüştü. Resmi parmaklarıyla okşayan Percival, adamın tek satırlık hayat hikâyesini okudu. "Göz önünde olmayı sevmeyen bu soylu, medeniyetin ulaşmadığı tüm topraklara gemi kafileleri göndermiş, yaban topraklarda yerleşimler kurmuş ve yerlileri örgütlemiştir." Son üç yüz yılda çok şey değişmiş, yerkürenin büyük bölümü boyunduruk altına girmişti. Bu tacir, bugün içinde yaşadıkları dünyayı tanıyamazdı artık.

Başka bir sayfayı açan Percival, kitapta en sevdiği öykülerden birine, harika bir anlatıcı olduğunu hatırladığı amcası Sir Arthur Grigori'nin öyküsüne denk geldi. XVII. yüzyılda doğan Sir Arthur, Britanya İmparatorluğu'nun yeni filizlenen gemicilik şirketlerine büyük yatırımlar yapmıştı. Sadece Doğu Hindistan Kumpanyası'na duyduğu inanç sayesinde muazzam kârlar elde etmiş, bunu da malikâneleri, kır evleri, arazileri ve sonrasında şehirde apartmanlarıyla ortaya koymuştu. Percival, amcasının yurtdışındaki işleriyle şahsen ilgilenmese de, sırf hazineler ele geçirmek ve eğlenmek için dünyayı dolaştığını biliyordu. Özellikle de keşfedilmemiş köşelere yaptığı yolculuklar ona büyük zevk verirdi, ama onun uzun yolculuklardaki asıl amacı ticaretti. Percival kitabı kucağına aldı ve okudu:

> Sir Arthur'un gemisi, uğursuz Mayıs 1857 ayaklanmasından sadece birkaç hafta sonra limana girdi. Ayaklanma denizden Ganj Ovası'na, Meerut'tan Delhi'ye, Kanpur'a, Lucknow'a, Jhansi'ye ve Gwalior'a kadar yayıldı ve toprakları yöneten hiyerarşileri darmadağın etti. Köylüler efendilerini alaşağı ettiler ve İngilizleri sopalarla, hançerle, hıya-

netleri gereği çalabildikleri veya yapabildikleri her türlü silahla öldürdüler, yaraladılar. Kanpur'da bir sabah iki yüz Avrupalı kadın ve çocuğun katledildiği söylentileri dolaşırken, Delhi'de köylüler ellerine geçirdikleri tüm barut fıçılarını sokağa döküp yolların kapkara kesilmesine yol açtılar. Derken beyinsizin biri çubuğunu yakmak için bir kibrit çakınca, bütün şehir havaya uçtu.

Doğu Hindistan Kumpanyası'nın kargaşaya teslim olduğunu ve gelirlerinin etkileneceğini gören Sir Arthur, bir gün Genel Vali'yi, bu feci olaylara karşı neler yapılabileceğini görüşmek üzere evine çağırdı. Pembe suratlı, tombul ve turşu meraklısı bir adam olan Genel Vali, günün en sıcak saatinde, çevresinde kimi şemsiye tutan, kimi yelpaze sallayan, kimi bir tepside buzlu çay taşıyan bir çocuk kalabalığı olduğu halde çıkageldi. Sir Arthur onu, hem güneşi hem de meraklı bakışları dışarıda tutmak için panjurlarını kapattığı odasında ağırladı.

"Söylemek zorundayım ki Sayın Vali" diye söze girdi Sir Arthur, "ayaklanma hiç de hoş bir karşılama değil."

"Değil efendim" dedi Genel Vali ve altın çerçeveli monoklünü iri mavi gözüne dikkatle yerleştirdi. "Hiç hoş bir veda da değil."

Birbirlerini çok iyi anladıklarını gören adamlar, konuyu tartıştı. İsyanın nedenlerini ve sonuçlarını saatlerce didik didik ettiler. Sonunda Sir Arthur bir tavsiye getirdi: "İbret olacak bir şey yapmalı" dedi balsa ağacından bir kutudan uzun bir puro çekip üzerinde Grigori aile nişanı bulunan bir çakmakla yakarken. "Yüreklerine korku salmak şart. İsyancıları dehşete düşürüp itaate sürükleyecek bir ibret yaratılması gerekiyor. Birlikte bir köy seçeceğiz. İşimiz bittiğinde, bir daha isyan filan olmayacak."

Sir Arthur'un İngiliz askerlerine verdiği ders, Nefiller arasında biliniyordu, hatta Nefiller, bu tür korku salıcı uygulamaları örtülü olarak yüzyıllardır yürütmekteydi, ama bu kadar büyük bir topluluğa ilk kez uygulanmıştı. Sir Arthur'un dirayetli komutası altındaki askerler, seçilen köyün tüm kadın, erkek ve çocuklarını toplayıp pazaryerine götürdü. Sir Arthur, badem gözlü, ipeksi siyah saçlı ve teni kestane rengi bir kız çocuğunu seçti. Kız, alabildiğine uzun boylu, ince yapılı ve açık tenli bu adama, adeta, Acayip tipli İngilizler arasında bile bu adam bir tuhaf, dercesine baktı. Ama yine de itaatle onu takip etti.

Yerlilerin bakışlarına aldırmayan Sir Arthur, kızı savaş esirlerinin –köylüler o sırada bu durumdaydı– önünden geçirdi, havaya kaldırdı ve dolu bir topun namlusunun içine bıraktı. Uzun ve geniş namlu çocuğu tamamen yutmuştu; sadece çeperlerine, dipsiz bir kuyuya düşmeden önceki son çaresiymiş gibi tutunan elleri görünüyordu.

"Fitili ateşle" emrini verdi Sir Arthur. Elleri titreyen genç asker kibriti çaktığı sırada, kızın annesinin çığlığı duyuldu.

Top atışları böyle başladı. Kanpur katliamında öldürülen İngiliz sayısı kadar, yani tam iki yüz köylü çocuğu, tek tek topa götürüldü. Demir o kadar kızmıştı ki, saç saça baş başa çırpınan et yığınlarını namludan içeri tıkan askerlerin parmakları yanıyordu. Silah tehdidiyle hizada duran köylüler izlemekle yetindi. Kanlı iş bittikten sonra askerler silahlarını köylülere çevirdiler ve pazaryerini temizlemelerini emrettiler. Çocuklarının parçaları çadırlara, çalılara, arabalara dağılmıştı. Toprak kandan turuncuya kesmişti.

Dehşet haberleri önce civar köylere, ardından Ganj Ovası'na, Meerut'tan Delhi'ye, Kanpur'a, Lucknow'a, Jhansi'ye ve Gwalior'a kadar yayıldı. Sir Arthur Grigori'nin öngördüğü gibi, İsyan duruldu.

Percival, Sneja'nın omzunun üzerinden gelen sesiyle irkildi. "Ah şu Sir Arthur!" dedi annesi, kanatlarının gölgesi kitaba düşerken. "En beğendiğim Grigorilerden biri, babanın da en sevdiğim ağabeyiydi. Ne cesur adamdı! Elimiz kolumuz bütün dünyaya uzanıyorsa onun sayesindedir. Keşke sonu da hayatı kadar muhteşem olabilseydi."

Percival, annesinin Sir Arthur'un üzücü ve sefil ölümünden söz ettiğini biliyordu. Şimdi Percival'ın pençesinde kıvrandığı hastalığa ailede ilk yakalanan Sir Arthur olmuştu. Bir zamanlar göz alan kanatları kuruyup kararmış, leş kokulu çıkıntılara dönmüş, on yıl eziyet çektikten sonra akciğer yetmezliğinden ölmüştü. Hastalığı ona çok çektirmiş ve berbat bir ölümle son bulmuştu; hastalığa hayatının beşinci yüzyılında, tam da emekliliğinin tadını çıkarması gerektiği yıllarda yenik düşmüştü. Birçokları, bu hastalığın çeşitli ve aşağı insan ırklarına, sömürge limanlarındaki sefil yerlilere maruz kalmaktan kaynaklandığına inansa da, işin aslı, Grigoriler bu hastalığın kökenini bilmiyorlardı. Tek bildikleri, bir tedavisinin olması gerektiğiydi.

Sneja 1980'lerde belirli müzik türlerinin iyileştirici etkisi üzerine geniş çalışmalar yapmış bir insanın eserlerini ele geçirmişti. Araştırmayı yapanın adı Angela Valko'ydu ve bu kişi, Avrupa'daki en ünlü melekbilimcilerden biri olan Gabriella Lévi-Franche Valko'nun kızıydı. Angela Valko'nun teorilerine göre, Percival'ı ve türünün tüm bireylerini meleksi mükemmelliğe eriştirmenin bir yolu vardı.

Sneja âdeti olduğu üzere oğlunun aklından geçenleri okuyordu.

"Kendi tedavini sabote etmek için gösterdiğin onca çabaya rağmen, şu sanat tarihçisinin bize doğru yolu gösterdiğine inanıyorum."

"Verlaine'i buldun mu?" diye sordu Percival, *Nesiller Kitabı*'nı kapatıp annesine dönerek. Sanki çocukluğuna dönmüş, Sneja'nın gözüne girmek istiyordu. "Çizimler elinde miymiş?"

"Otterley'den haber aldığımızda bunu da öğreneceğiz" dedi Sneja ve *Nesiller Kitabı*'nı Percival'ın elinden alıp sayfaları çevirdi. "Baskınlarda bir şeyi gözden kaçırdığımız belli. Ama hiç merak etme, aradığımız şeyi bulacağız. Sen de meleğim, bunun özelliklerinden yararlanan ilk kişi olacaksın. Sen iyileştikten sonra biz de türümüzün kurtarıcıları olacağız."

"Harika!" dedi Percival, iyileştikten sonra kanatlarının ne göz alıcı görüneceğini hayal ederek. "Manastıra bizzat gideceğim. Eğer oradaysa, onu bulan ben olmak istiyorum."

"Sen çok zayıfsın" dedi Sneja, viski kadehine bakarak. "Sarhoşsun da. Bırak bu işi babanla Otterley halletsin. Seninle burada kalacağız."

Sneja *Nesiller Kitabı*'nı koltuğunun altına sıkıştırdı, Percival'ı yanağından öptü ve bilardo salonundan çıktı.

Hayatının en önemli anlarından birinde New York'a kısılıp kalmış olmak, Percival'ı delirtiyordu. Bastonunu kavrayıp telefona yürüdü ve Otterley'yi bir kez daha aradı. Açmasını beklerken, gücünün bir gün geri döneceğine kendini temin etti. Yine güçlü ve güzel olacaktı. Kanatlarının tekrar çıkmasıyla, çektiği tüm aşağılanma ve eziyet, zafere dönüşecekti.

Azize Rose Manastırı, Milton, New York

İşe ya da duaya giden rahibelerin kalabalığı arasından sıyrılarak ilerleyen Evangeline, üstlerinin dikkatli bakışları altında itidalini korumaya çalışıyordu. Manastırda zevk, korku, acı veya pişmanlık gibi duyguların açığa vurulmasına pek hoşgörüyle yaklaşılmazdı. Ancak herhangi bir şeyi saklamak da neredeyse imkânsızdı. Rahibeler günbegün birlikte yemek yedikleri, ibadet ettikleri, temizlendikleri ve dinlendikleri için, bir rahibenin mutluluk veya endişesindeki en küçük bir değişim, görünmez tellerle iletiliyormuş gibi bütün cemaate yayılırdı. Sözgelimi Evangeline, Rahibe Carla'nın sinirlendiğini, ağzının çevresinde beliren üç çizgiden anlardı. Rahibe Wilhelmina'nın sabah yürüyüşü yapacağı saatte uyuyakaldığını, ayinde gözlerinin cam gibi donuk bakışından anlardı. Mahremiyet yoktu. İnsan sadece bir maske takabilir ve çevresindekilerin bunu fark edemeyecek kadar meşgul olacağını umabilirdi.

Manastırı kiliseye bağlayan devasa meşe kapı, gece gündüz açık durur ve doyurulmayı isteyen dev bir ağız gibi beklerdi. Rahibeler iki bina arasında istedikleri gibi gelip giderler, kederli manastırdan kilisenin ihtişamlı aydınlığına geçerlerdi. Evangeline için gün boyunca Maria Angelorum Kilisesi'ne geçmek hep eve dönmek gibiydi; sanki ruh, beden kafesinden azıcık da olsa kurtulabiliyordu.

Kütüphanede olan bitenden kaynaklanan paniğini bastırmaya çalışan Evangeline, kilise kapısının yanına asılmış duyuru panosunda durakladı. Kütüphanedeki görevlerine ek bir sorumluluğu da, Haftalık İbadet Programı'nı, kısa adıyla HİP'i hazırlamaktı. Her hafta rahibelerin hangi saatler arasında ibadette olacağını yazar, değişiklikleri ve yedekleri özenle işaretler, HİP'i hastalık durumunda başkalarının yerine ibadet edecek rahibelerin listesinin de bulunduğu mantar panoya asardı. Rahibe Philomena'nın "HİP'e bağlı hareket etmenin önemini hafife almayın!" tavsiyesinin pek doğru olduğunu biliyordu. Gece ibadeti olan rahibeler manastırla kilise arasındaki koridoru pijama ve terlikle yürürler, saçlarını düz tülbentlere sarmış olurlardı. HİP'i kontrol eder, saatlerine bakar ve sonsuz ibadeti iki yüz yıldır devamlı tutan programın şaşmazlığına güvenerek içeri girerlerdi.

İşinin hatasızlığıyla avunan Evangeline, HİP'in başından ayrıldı, bir parmağını kutsal suya daldırdı ve haç çıkardı. Kilisede yürürken hareketlerinin düzenliliğinden gelen bir sükûnet duyuyordu ve şapele ulaştığı sırada iç huzurunun yenilendiğini hissetti. Üç ile dört arasındaki ibadet eşleri olan Rahibe Divinia ve Rahibe Davida, sunakta diz çökmüşlerdi. İkisini rahatsız etmemeye özen göstererek arkalarda bir yere oturan Evangeline, cebinden tespihini çıkarıp çekmeye başladı. Duası kısa zamanda ritme oturdu.

Düşüncelerini her zaman nesnel ve titiz bir gözle değerlendirmeye çalışan Evangeline için ibadet, muhasebe yapmak için bir fırsattı. Manastırdaki çocukluğunda, yemin edip bununla birlikte beş nöbetini devralmadan önce, şapeli her gün birkaç kez ziyaret eder, hep geride bırakmak istediği acı ve korkutucu anılarının çerçevesini çizmeye çalışırdı. Bu ritüel onun unutmasına yıllarca yardımcı olmuştu.

Ama bugün Verlaine ile karşılaşması onu derinden sarsmıştı. Adamın sordukları, Evangeline'in aklına unutmak istediği bir olayı o gün ikinci kez getirmişti.

Annesinin ölümünden sonra Evangeline ve babası, Fransa'dan ABD'ye yerleşmişler, Brooklyn'de sefertası gibi bir daire tutmuşlardı. Bazı hafta sonları trene binip günübirlik Manhattan'a giderler, sabahın erken saatlerinde ulaşırlardı. Turnikelerden geçip tünelleri dolduran insan kalabalığını takip ettikten sonra aydınlık caddelere çıkarlardı. Şehre indikten sonra kesinlikle taksiye veya metroya binmezlerdi. Sokak sokak yürürlerdi. Geçtikleri her sokakta Evangeline'in gözleri kaldırım çatlaklarına sıkışmış sakızlara, evrak çantalarına ve alışveriş poşetlerine, öğle randevularına, toplantılara ve buluşmalara giden insanların sonu gelmez hareketliliğine takılırdı. Bu tıklım tıkış varoluş, babasıyla sürdükleri sakin hayattan çok farklıydı.

Amerika'ya geldiklerinde Evangeline yedi yaşındaydı. İngilizce konuşmakta zorlanan babasının aksine yeni dillerini hemen öğrenmiş, İngilizcenin seslerini benimsemiş, çok da zorlanmadan Amerikan aksanı edinmişti. Başına dert olan *th* sesini çıkarmayı da birinci sınıf öğretmeni sayesinde kıvırmıştı; bu sesle başlayan sözcükleri sayısız tekrardan sonra sesle aşina olmayı başarmıştı. Bu güçlük de ortadan kalkınca telaffuzu, Amerika'da doğup büyümüş çocuklarınki kadar hatasız ve berrak olmuştu. Babasıyla baş başa olduklarında, hâlâ Avrupa'daymışlar gibi babasının anadili olan İtalyanca ya da annesinin anadili olan Fransızca konuşurlardı. Ama Evangeline kısa süre sonra insanın gıda veya sevgiye acıkması gibi, İngilizceye acıktığını hissetmeye başlamıştı. İnsan içindeyken, babasının melodik İtalyanca sözlerine yeni ve kusursuzca telaffuz edilen bir İngilizceyle cevap veriyordu.

Evangeline çocukken, ayda çok kez yaptıkları Manhattan ziyaretlerinin sadece gezintiden ibaret olmadığını anlayamamıştı. Babası amaçlarına dair bir şey söylemez, sadece onu Central Park'taki atlıkarıncaya, en sevdikleri lokantaya veya tavanından sarkan balinaya hayretle baktığı, hayvanın karnını büyülenerek izlediği Doğa Tarihi Müzesi'ne götürmeyi vaat ederdi. Bu ziyaretler Evangeline için hoş maceralar olsa da, kız büyüdükçe şehre inmelerinin asıl nedeninin, babasının temas halinde bulunduğu kişilerle buluşmak olduğunu kavramıştı. Central Park'ta belgeler el değiştirir, Wall Street civarındaki bir barda fısıltılar döner, kadehlere şarap doldururken hızlı ve anlaşılmaz dillerde bilgi alışverişi yapan diplomatların bulunduğu bir masada yemek yenirdi. Çocukken babasının ne iş yaptığını da, annesinin ölümünden sonra bu işe nasıl daha bağımlı hale geldiğini de anlamazdı. Evangeline, Manhattan'a sevinsin diye geldiklerini sanırdı.

Bu hayal, dokuzuncu yaşında bir öğle sonrasında parçalanmıştı. Rüzgârın ilk yakıcı kış soğuğunu taşıdığı o gün, güneş olağanüstü parlaktı. Normalde olduğu gibi belli bir hedefe yürümek yerine Brooklyn Köprüsü'nü yürüyerek geçmişler, babası çelik halatların arasında ona sessizce eşlik etmişti. Kilometrelerce yürüyüp Washington Meydanı Parkı'na ulaştıktan sonra, babası bir banka oturup dinlenmelerini istemişti. O gün babasının hali tavrı, Evangeline'e alabildiğine tuhaf gelmişti. Endişesi yüzünden okunuyor, sigara yakarken elleri titriyordu. Evangeline bir parmağının seğirmesi ya da dudaklarının titremesi gibi en küçük refleksin bile gizli bir endişeyi açığa vurduğunu bilecek kadar iyi tanıyordu babasını. Bir şeylerin ters gittiğini anlamıştı ama konuşmadı.

Babası, gençliğinde yakışıklıydı. Avrupa'da çekilmiş resimlerde siyah saçlarının perçemleri gözlerine dökülürdü ve üzerinde hep özel biçilmiş, şık kıyafetler görülürdü. Ama o gün o parkta bir bankta titreyerek otururken, ansızın ihtiyarlamış gibiydi. Cebinden mendilini çıkararak alnındaki terleri sildi. Evangeline yine de konuşmadı. Konuşsaydı, aralarındaki zımni anlaşmayı, annelerinin ölümünden sonra gelişen sessiz iletişimi bozacaktı. Birbirlerinin yalnızlıklarına bu şekilde saygı gösteriyorlardı. Babası asla neden sıkıntı duyduğunu söylemezdi. Ona sırlarını açmazdı. Belki babasının tuhaflığından ötürü o günün tüm ayrıntılarına dikkat etmişti, belki de o gün olanların büyüklüğü nedeniyle her şeyi tekrar tekrar yaşamış ve belleğine kazımıştı bilinmez ama, Evangeline her anı, her bir sözcük ve hareketi, duygularındaki en küçük bir dalgalanmayı bile hâlâ oradaymış kadar berrak hatırlıyordu.

"Hadi" demişti babası, mendilini cebine sokup bir randevuya geç kalmış gibi ansızın ayağa kalkarak.

Evangeline'in babetlerinin altında yapraklar çıtırdıyordu. Babası onun bir kız çocuğuna yaraşır şekilde giyinmesinde ısrarcıydı; bu yüzden Evangeline'in dolabı kolalı fırfırlı elbiseler, ütülü etekler, özel biçilmiş ceketler ve İtalya'dan gönderilen pahalı ayakkabılarla doluydu ve bunlar da onu, tişört, kot ve en yeni spor ayakkabı modellerini giyen sınıf arkadaşlarından ayırıyordu. Vitrinlerinde CAPPUCCINO, GELATO, VINO gibi neon yazıların yer aldığı izbe bir mahalleye girdiler. Evangeline burayı hemen tanıdı. Küçük İtalya'ya sık sık gelirlerdi. Mahalleyi iyi biliyordu.

Metal masalarını kaldırıma atmış bir kafenin önünde durdular. Babası onu elinden tutarak kalabalık bir salona soktu; tatlı kokulu bir buhar içinde kaldılar. Duvarlarda, süslü ve yaldızlı çerçeveler içinde siyah beyaz İtalya resimleri vardı. Barda erkekler şapkalarını gözlerine indirmişler, önlerine serdikleri gazeteyi okurken espresso içiyorlardı. Tatlı vitrini Evangeline'in dikkatini çekti. Açlığını hissederek önünde durup babasının çiçek demeti gibi düzenlenmiş pudraşekerli pastalardan birini seçmesine izin vermesini umdu. Daha konuşamadan, barın ardından bir adam çıktı, ellerini kırmızı önlüğüne sildi ve eski bir dostu gibi babasının elini sıktı.

"Luca" dedi, sıcak bir gülümsemeyle.

"Merhaba Vladimir" dedi babası ve gülümsedi. Evangeline o zaman iki adamın eski dost olduğunu anladı; çünkü babası, insan içinde duygularını kolay kolay açığa vurmazdı.

"Gelin, bir şeyler yiyin" dedi Vladimir, ağır bir aksanla. Babası için bir sandalye çekti.

"Ben bir şey almam." Babası, oturduğu sırada Evangeline'e işaret etti. "Ama kızımın gözü *i dolci*'de kaldı galiba."

Vladimir, Evangeline'i çok sevindiren bir hareketle dolabı açtı ve istediğini seçmesini söyledi. Evangeline üzerinde bademezmesinden mavi çiçekleri olan küçük, pembe bir pasta seçti. Tabağı sanki ellerinde dağılacakmış gibi özenle tutarak yüksek bir metal masaya geçip oturdu, ayaklarını sandalyenin metal ayaklığı üzerinde birleştirdi. Cilalı ahşap zemin parlıyordu. Vladimir bir bardak su getirerek pasta tabağının yanına koydu ve babasıyla konuşurken uslu uslu oturmasını istedi. Bembeyaz saçları ve derin çizgilerin boydan boya uzandığı yüzüyle Vladimir ona çok yaşlı görünmüştü, ama aralarında bir espri varmış gibi neşeliydi de. Evangeline'e göz kırptı ve Evangeline iki adamın iş konuşacaklarını anladı.

Durumundan hoşnut olan Evangeline, kaşığını pastanın ortasına sapladı ve içinin kestane rayihalı koyu ve tereyağlı bir kremayla dolu olduğunu gördü. Babası beslenmeleri konusunda çok titizdi ve böyle gösteriş amaçlı yiyeceklere hiç para harcamazdı; bu yüzden Evangeline, lüks yemek nedir bilmeden büyümüştü. Pasta kolay bulunamayacak bir nimetti ve kız bunun tadını çıkarmaya, bu zevki olabildiğince uzatmaya karar verdi. Bu sırada dikkati imbikten geçerek tek ve saf bir zevk halini aldı. Kafenin sıcaklığı, müşterilerin uğultusu ve zemine vurup parkeleri tunca boyayan güneş, algı dünyasından çıkıp gitti. Babasının konuşmasına da dikkat etmezdi ama, Vladimir ile çok hırslı bir şekilde konuşuyordu. Birkaç masa uzakta, pencere kenarındaydılar ve Evangeline onları duyabiliyordu.

"Onlarla görüşmekten başka şansım yok" dedi babası bir sigara yakarken. "Angela'yı kaybedeli neredeyse üç yıl oldu." Babasının ağzından annesinin adını duymak o kadar olağanüstüydü ki, Evangeline donup kaldı.

"Senden gerçeği saklamaya hakları yok" dedi Vladimir.

Babası sigaradan derin bir nefes çekip konuştu: "Olup biteni anlamak benim de hakkım. O kadar yardım ettim Angela'nın araştırmalarına. Gece yarısı laboratuvarında terslik olurdu, ben giderdim. Hamileliğinde neler çektiğini ben bilirim. Başından beri yanındaydım. Kararlarını destekledim. Büyük özveride bulundum. Evangeline desen öyle..."

"Elbette" dedi Vladimir. Bir garson çağırıp kahve sipariş etti. "Her şeyi bilmeye hakkın var. Senden tek düşünmeni istediğim, bu bilginin, edinmek için gireceğin riske değip değmeyeceği. Neler olabileceğini düşün. Burada güvendesin. Yeni bir hayatın var. Seni unuttular."

Evangeline, babasının konuşmalarına kulak kabarttığını fark etmemesini umarak pastasıyla oynadı. Annesinin hayatından ve ölümünden söz etmiyorlardı bir türlü. Ama Evangeline biraz daha rahat duyabilmek için öne eğilince masanın dengesini bozdu. Su bardağı yere düştü ve buz parçaları parkede sekti. Şaşıran adamlar Evangeline'e baktı. O da utancını gizlemek için masadaki suyu peçeteyle sildikten sonra, hiçbir şey olmamış gibi pastasına döndü. Babası, suçlayıcı bir bakış atarak oturuşunu değiştirdi ve konuşmaya devam etti. Gizli kapaklı konuşmak için gösterdiği özenin Evangeline'i daha da meraklandırdığının farkında değildi.

Vladimir kuvvetle iç geçirdi ve "İlle de öğrenmek istiyorsan, ambarda tutuyorlar onları" dedi. Evangeline'in duymakta zorlanacağı kadar alçak sesle konuşuyordu. "Dün gece aradılar. Üç tanelermiş; biri dişi, ikisi erkek."

"Avrupa'dan mı?"

"Pirene Dağları'nda yakalanmışlar" dedi Vladimir. "Dün gece geç saatte getirildiler. Ben gidecektim ama açıkçası artık elim varmıyor. Yaşlanıyoruz Luca."

Bir garson masanın başında durdu ve adamların önüne iki fincan espresso koydu.

Babası espressosunu yudumladı. "Hâlâ canlılar ama, değil mi?"

"Hem de nasıl" dedi Vladimir, başını sallayarak. "Korkunç yaratıklarmış; tam safkanlarmış. Nasıl New York'a getirdiler, anlayamadım. Eskiden olsa, bu kadar çabuk getirilmeleri için koca bir gemi ve bir dolu tayfa gerekirdi. Dedikleri gibi safkanlarsa, bunlara hâkim olmak neredeyse imkânsızdır. Mümkün olacağını düşünmezdim."

"Angela onların fiziksel kabiliyetini benden çok daha iyi bilirdi" dedi babası ve ellerini kavuşturarak camdan dışarı baktı; Evangeline'in annesinin bir anda camda belirmesini bekler gibi bir hali vardı. "Araştırmalarının odağı buydu. Ama Ünlülerin en safkanlarının bile giderek zayıfladığında herkes hemfikir gibi. Belki zayıf düştüklerinde daha kolay yakalanıyorlardır."

Vladimir gözlerini iyice açarak babasına sokuldu. "Soyları tükeniyor mu diyorsun yani?"

"Soyları tükeniyor diyemeyiz" dedi babası, "ama iddialara göre hayatiyetleri gerçekten çok azalıyor. Güçleri tükeniyor diyebiliriz."

"Nasıl olabilir bu?" dedi afallamış Vladimir.

"Angela, bir gün kanları insan kanıyla çok fazla karışacak, derdi. Bize çok benzeyeceklerini, benzersiz özelliklerini koruyamayacak kadar insanlaşacaklarını söylerdi. Geriye evrim dedikleri şeyin bir benzeri bu herhalde; kendilerinden daha aşağı canlı türleriyle, yani insanlarla çok sık ve çok fazla çiftleştiler."

Babası sigarasını plastik kül tablasında söndürdü ve bir yudum daha espresso aldı.

"Meleklik özelliklerini belli bir süreyle, o da başka türlerle çiftleşmezlerse koruyabiliyorlar. Bir zaman gelecek, kanlarındaki insanlık ağır basacak ve çocukları sadece aşağı olarak nitelendirilebilecek özelliklerle doğacak; ömürleri daha kısa olacak, bazı hastalıklara yatkın olacaklar ve vicdanları oluşmaya başlayacak. Tek çareleri kendilerine saf melek özellikleri aşılamak ve buna da bildiğimiz kadarıyla kabiliyetleri elvermiyor. İnsan özellikleri başlarına bela oldu. Angela, Nefillerin de insanlar gibi duygulanmaya başladıklarını öne sürerdi. Kendimizi tanımlamakta kullandığımız şefkat, sevgi, nezaket gibi duygular onlarda da ortaya çıkıyormuş. Hatta" diye sözlerini bitirdi babası, "bunu büyük bir zaaf olarak görüyorlarmış."

Vladimir arkasına yaslandı ve duyduklarını düşünüyormuş gibi kollarını kavuşturdu. "Ölmeleri imkânsız değil" dedi sonunda. "Ama neyin mümkün, neyin imkânsız olduğuna nasıl karar vereceğiz? Varlıkları bile akıldışı. Ama senle ben kendi gözlerimizle gördük bunları. Çok şeyimizi aldılar bizden arkadaşım." Vladimir, babasıyla göz göze geldi.

Babası devam etti: "Angela, Nefillerin bağışıklık sisteminin insan yapısı kimyasallara ve kirleticilere ters tepki verdiğini düşünüyordu. Bu yapay maddelerin, onlara Gözcülerden geçen hücre yapılarını bozduğunu ve bir tür ölümcül kansere yol açtığını öne sürüyordu. Başka bir teorisi ise, geçen iki yüz yılda beslenmelerinde meydana gelen değişiklikten ötürü vücut kimyalarının, dolayısıyla üremenin etkilendiğiydi. Dejeneratif hastalıklar nedeniyle ömrü çok kısalmış bazı örnekler üzerinde çalıştı ama kesin bir sonuca varamadı. Soruna neyin yol açtığından kimse emin değil ama yaratıklar bu gidişi durdurmaya kararlı."

"Nasıl durdurabileceklerini biliyorsun" dedi Vladimir, alçak sesle.

"Elbette" dedi babası. "Hatta Angela, müzikoloji varsayımlarının biyolojik anlamı olup olmadığını belirlemek için senin teorilerinden bazılarını denemeye bile başlamıştı. Muazzam bir keşiften bir adım ötede olduğunu ve bu yüzden öldürüldüğünü düşünüyorum zaten."

Vladimir fincanıyla oynadı. "Semavi müzikoloji bir silah değildir. Silahmış gibi kullanmaya çalışmak hüsnükuruntudan başka şey değildir, alabildiğine de tehlikelidir. Bunu da en iyi bilmesi gereken kişi Angela'ydı."

"Orantısız ölçüde tehlikeli olabilirler" dedi babası, "ama bir de hastalığa çare bulurlarsa ne olacağını düşün. Bunu engelleyebilirsek melek özelliklerini yitirirler ve insanlara daha yakın hale gelirler. O zaman da hastalanır ve ölürler."

"Bence o kadar da kolay değil" dedi Vladimir başını sallayarak. "Hüsnükuruntu dediğim bu işte."

"Belki öyledir" dedi babası.

"Diyelim ki oluyor" dedi Vladimir, "Bunun bizim için anlamı ne? Ya da kızın için? Bir avuç belirsizlik uğruna neden elindeki mutluluğu tehlikeye atasın?"

"Eşitlik için" dedi babası. "Uygarlığımızı soktukları hain boyunduruktan kurtulabiliriz. Tarih boyunca ilk defa kendi kaderimizi tayin etme hakkını elde edebiliriz."

"Çok güzel bir hayal" dedi Vladimir, "ama sadece hayal. Biz kaderimizi tayin edemeyiz."

"Belki onları yavaş yavaş zayıflatmak Tanrı'nın planıdır" dedi babası, arkadaşını duymazdan gelerek. "Belki onları tek seferde toptan yok etmek yerine zaman içinde ortadan kaldırmayı seçti."

"Ben Tanrı'nın planlarından yıllar önce bıktım" dedi Vladimir, bitkince. "Sen de öyle, Luca."

"Bize dönmeyecek misin yani?"

Vladimir, sözcüklerini dikkatle seçiyormuş gibi bir an Luca'ya baktı. "Şimdi bana doğruyu söyle: Angela kaçırıldığında benim müzikoloji teorilerim üzerinde mi çalışıyordu?"

Evangeline bir an şaşırdı ve yanlış duyduğunu sandı. Angela yıllar önce aralarından ayrılmıştı ve Evangeline hâlâ annesinin ölümüyle ilgili ayrıntıları bilmiyordu. Babasının yüzünü daha iyi görebilmek için sandalyesinde yer değiştirdi. Babasının gözlerini dolu görünce hayrete düştü.

"Nefillerin düşüşünü konu alan bir genetik teori üzerinde çalışıyordu. Olup bitende herkes kadar payı olan annesi, işin büyük bölümünü destekledi, para buldu ve Angela'yı projeyi devralmaya ikna etti. Gabriella bunu örgütün en güvenli bölümü olarak görüyordu herhalde; doğru bulmasa neden onu sınıf ve laboratuvar köşelerinde saklasın ki? Angela, annesinin gözetimi altında, laboratuvarlarda modeller geliştirilmesine yardımcı oldu."

"Kaçırılmasından Gabriella'yı mı sorumlu tutuyorsun?"

"Kimin sorumlu olduğunu kim bilir? Her yerde risk vardı. Annesi elbette onu risklerden korumadı. Ama her gün bu şüpheyle yaşıyorum ben. Gabriella mı suçlu? Ben mi suçluyum? Onu koruyabilir miydim? İşe devam etmesine izin vermek hata mıydı? İşte bu yüzden şimdi yaratıkları görmem lazım. Bu hastalığı, gerçeğe duyulan bu korkunç bağımlılığı bir kişi anlayabilirse o da sensin."

Ansızın bir garson Evangeline'in masasına yaklaşıp babasıyla arasına girdi. Babasını izlemeye o kadar dalmıştı ki, pastasını unutmuştu. Yarısı yenmiş pasta, ortasından kreması akmış halde tabakta duruyordu. Garson masada kalan suyu sildi ve acımasız bir çabuklukla pastanın kalanını da alıp götürdü. Evangeline babasının masasını tekrar görebildiğinde, Vladimir bir sigara yakmıştı. Babasının sandalyesi boştu.

Kızın telaşını fark eden Vladimir, el sallayarak onu yanına çağırdı. Evangeline sandalyeden zıplayıp indi ve babasına bakındı.

"Luca o yokken sana göz kulak olmamı istedi" dedi Vladimir, kibarca gülümseyerek. "Hatırlamazsın ama seni çok küçükken görmüştüm bir kez; annen seni Montparnasse'taki evimize getirmişti. Paris'teyken annenle çok görüşürdük. Kısa bir süre birlikte çalıştık, çok da iyi dosttuk. İnanmayacaksın ama pastacılık işine girmeden önce bilim adamıydım ben. Bir dakika bekle, sana Angela'nın bir resmini göstereyim."

Vladimir kafenin arka tarafına geçtiği sırada Evangeline fırlayıp çıktı. İki sokak ötede ve büyük bir kalabalığın arasında babasının ceketini gördü. Vladimir'i ya da yakalanırsa babasının nasıl kızacağını hiç düşünmeden koşmaya başladı; mağazaların, marketlerin, park etmiş arabaların, manavların önünden var gücüyle koştu. Caddeye inerken kaldırım taşına takılıp düşüyordu az daha. Babası biraz ilerideydi; kalabalığın arasından rahatça görünüyordu.

Bir köşeyi dönüp güneye yürümeye başladı. Evangeline de sokaklar boyunca onu takip ederek Çin Mahallesi'nden geçip sanayiye girdi. Dar deri ayakkabıları vurmaya başlamıştı.

Babası izbe, çöplük gibi bir sokağın sonunda durdu. Evangeline onun kocaman bir barakanın ağır kapısını yumrukladığını gördü. Olaya kendini o kadar kaptırmıştı ki, Evangeline'in ona doğru yürümekte olduğunu fark etmedi. Evangeline babasına seslenecek kadar yaklaştığı sırada kapı sertçe açıldı ve babası içeri girdi. O kadar hızlı ve sert hareketlerle olup bitmişti ki, Evangeline bir an durakaldı.

Ağır kapıyı iterek açıp tozlu bir hole girdi. Ayak seslerinin babasını –ve içerideki diğerlerini– şüphelendirmemesi için vücudunu dikkatle dengeleyerek metal bir merdiveni tırmandı. Yukarıya ulaştığında çömelip çenesini dizlerine dayadı ve onu kimsenin görmemesini umdu. Babası yıllardır Evangeline'i işinden uzak tutmak için çırpınıyordu. Onu takip ettiğini öğrense deliye dönebilirdi.

Güneşin ve temiz havanın girmediği mekâna gözlerinin alışması birkaç saniye sürdü ve ortalığı nihayet seçebildiğinde, kocaman bir ambarda bulunduğunu, içeride havada asılı duran ve her biri bir araba boyutunda olan üç kafes ve altındaki bir grup adamdan başka kimse olmadığını fark etti. Kafesler çelik kirişlere zincirlerle asılmıştı. Her bir kafesin içindeyse kuşlar gibi kapatılmış birer yaratık vardı. Bunlardan biri öfkeden delirmiş gibiydi; demirleri var gücüyle sarsıyor ve aşağıda duranlara küfürler savuruyordu. Diğerleri ise dayakla veya ilaçla yola getirilmişler gibi kıpırtısız yatıyorlardı.

Yaratıklara daha dikkatli bakan Evangeline bunların çırılçıplak olduğunu ama som altından saydam bir zara benzeyen ciltlerinin saf bir ışık çektiğini fark etti. Yaratıklardan biri dişiydi; uzun saçları, küçük memeleri ve dar bir beli vardı. Diğer ikisi erkekti. Sırım gibi, tüysüz ve memesiz olan iki erkek, dişiden biraz uzun, yetişkin bir insandansa yarım metreden fazla uzun boyluydu. Kafeslerin parmaklıklarına bal gibi ve pırıltılı bir sıvı bulaşmıştı ve yere damlıyordu.

Evangeline'in babası, aşağıdaki adamlarla birlikte kollarını kavuşturmuş duruyordu. Bilimsel bir deney yapar gibi bir halleri vardı. Bir adamın elinde bir bloknot, diğerinde fotoğraf makinesi vardı. Büyük bir ışıklı panoda üç röntgen filmi takılıydı. Akciğerler ve göğüs kafesleri, siyah fonda hayalet beyazlığıyla öne çıkmıştı. Bunun yakınındaki bir masada ise tıbbi gereçler vardı. Şırınga ve sargı bezi dışında kalanların adını bilmiyordu Evangeline.

Dişi yaratık kafesinde yürümeye başladı; bir yandan hâlâ adamlara bağırıyor ve sarı saçlarını yoluyordu. Hareketleri öyle kuvvetliydi ki, kafesi asılı tutan zincir kopacakmış gibi gıcırdamaktaydı. Derken dişi yaratık şiddetli bir hareketle arkasını döndü. Evangeline gördüklerine inanamayarak gözlerini kırpıştırdı. Geniş ve biçimli sırtında bir çift büyük, eklemli kanat vardı. Şaşkınlıkla bağıracağından korkan Evangeline, ellerini ağzına bastırdı. Yaratık gerindi ve kanatlar açılarak kafes boyunca yayıldı. Beyaz ve geniş kanatlar, yumuşak bir ışıltıyla parıldıyordu. Kafes meleğin ağırlığıyla kıpırtısız havada ağır ağır sallanırken, Evangeline algılarının kuvvetlendiğini fark etti. Kalbi gümbür gümbür atıyordu ve soluğu hızlanmıştı. Yaratıklar hem muhteşem, hem korkunçtular. Güzel ve yanardöner canavarlardı bunlar.

Evangeline dişinin kafesinde kanatlarını açmış halde, aşağıdaki adamlar bir lokmada yutabileceği farelermiş gibi öfkeyle volta atmasını izledi.

"Bırakın beni!" diye hırladı genizden gelen, sinirli ve çatlak bir sesle. Sivri ve keskin kanat uçları, kafesin parmaklıklarının arasından fırladı.

Evangeline'in babası, bloknotlu adama döndü. "Ne yapacaksınız bunları?" dedi, ağ atılıp yakalanmış nadide kelebeklerden söz eder gibi.

"Nihai test sonuçları gelene kadar cesetleri nereye göndereceğimizi bilemeyiz."

"Muhtemelen kesim, belgeleme ve tahnit işleri için Arizona'daki laboratuvara göndeririz. Çok güzel yaratıklar."

"Güçlerine dair bir şey öğrenebildiniz mi? Düşüş belirtisi görüyor musunuz?" diye sordu Evangeline'in babası. Evangeline, bu sorularda hafif bir umut sezmişti ve konunun, nasıl olduğunu kestiremese de, annesiyle ilgili olduğunu hissediyordu. "Sıvı testlerinden bir şey çıktı mı?"

"Ataları kadar güçlüler mi diye soruyorsanız" dedi adam, "cevap hayır. Bu türün yıllardır gördüğüm en güçlü bireyleri ama bizim uyaranlarımıza zaafları da çok belirgin."

"Bu çok iyi işte" dedi Evangeline'in babası, kafeslere yaklaşırken. Yaratıklara seslendiği sırada tonu, bir hayvanla konuşurmuş gibi buyurganlaşmıştı. "Şeytanlar" dedi.

Bu söz, erkeklerden birini baygınlığından uyandırdı. Beyaz parmaklarıyla demirlere tutunarak ayağa kalktı. "Melekle şeytan" dedi. "Biri diğerinin gölgesidir."

"Bir gün gelecek" dedi Evangeline'in babası, "dünyadan silineceksiniz. Bir gün bu dertten kurtulacağız."

Evangeline saklanma fırsatı bulamadan babası döndü ve merdivene doğru yürümeye başladı. Kendisini merdivenin başında çok iyi gizlemişti ama nasıl dışarı çıkacağını hesaplamamıştı. Tek seçeneği hızla merdivenden inmek, kapıya doğru seğirtmek ve kendisini dışarı atmaktı. Güneşten hiçbir şey göremediği halde var gücüyle koştu, koştu.

Milton Bar ve Izgara Salonu, Milton, New York

Verlaine kalabalık salonda ilerlemeye çalışırken başındaki zonklama country müzikle silinip gitti. Soğuktan içi üşüyordu, elindeki kesik acıyordu ve kahvaltıyla duruyordu. New York'ta olsa en sevdiği Tayland lokantasından yemek ısmarlar ya da Greenwich Village'da arkadaşlarıyla bir şeyler içmeye çıkardı. Televizyonda ne izlesemden başka derdi de olmazdı. Bunun yerine, kör itin öldüğü yerde leş bir barda mahsur kalmıştı ve nasıl kurtulacağını düşünüyordu. Her şeye rağmen bar sıcaktı ve kafasını toplayabileceği bir yerdi. Verlaine, parmaklarına tekrar hayat vermeye çalışarak ellerini ovuşturdu. Buzları çözülse, şimdi ne halt etmesi gerektiğini düşünebilecekti belki.

Mekânda yalnız kalabileceği tek yer olan pencere kenarı bir masaya yerleşerek bir hamburger ve bir şişe Corona ısmarladı. Birayı hemen ısınmak için tepesine dikti ve bir tane daha söyledi. İkinci şişeyi yavaş içerek alkol sayesinde gerçeğe dönmeye çalıştı. Parmakları karıncalandı, ayakları çözüldü. Yaranın acısı hafifledi. Hamburger geldiği sırada Verlaine ısınmış ve uyanmıştı; önündeki sorunlarla ilgilenmeye daha hazırlıklıydı.

Cebindeki kâğıdı çıkardı, laminat masaya koydu ve kopyaladığı cümleleri tekrar okudu. Çatlak ellerine, yarım şişe Corona'ya ve pembe kâğıda solgun, dumanlı bir ışık vuruyordu. Mektup kısaydı, sadece dört süssüz ve sade cümle vardı, ama Verlaine'in önünde önemli kapılar açıyordu. Başrahibe Innocenta ile Abigail Rockefeller arasındaki ilişki hâlâ esrarlıydı tabii; bilindiği kadarıyla birlikte bir işler yapmışlar, çalışmalarının meyvesini de Rodop Dağları'nda almışlardı, ama Verlaine buna rağmen araştırmaların hedefiyle ilgili bir makale, hatta bir kitap görebiliyordu ufukta. Verlaine'in ilgisini neredeyse bu nesne kadar çeken başka bir şey, bu maceraya katılan Celestine Clochette adındaki üçüncü kişiydi. Verlaine, araştırmalarında bu isimde birine rastlayıp rastlamadığını hatırlamaya çalıştı. Celestine, Abigail Rockefeller'ın ortaklarından biri olabilir miydi? Avrupalı bir resim sarrafı mıydı? Bu ilişki üçgenini çözme umudu, sanat tarihini sevmesinin en önemli nedeniydi: Her tabloda yaratımın gizemi, dağıtımın macerası ve korunmasının garipliklleri vardı.

Grigori'nin Azize Rose Manastırı'na duyduğu ilgi, konuyu iyice karmaşıklaştırıyordu. Grigori gibi bir adam resimde güzellik ve anlam bulamazdı. Onun gibi insanlar, bir Van Gogh tablosunun müzayedede ulaştığı bol sıfırlı rakamlar dışında bir özelliği olduğunu anlayamadan yaşar giderlerdi. Söz konusu nesnenin bir maddi değeri olmak zorundaydı, yoksa Grigori bunu ele geçirmeye bir dakikasını bile ayırmazdı. Verlaine'in nasıl olup da böyle bir adama bulaştığı ise ayrı bir muammaydı.

Dışarıya baktı ve camın ötesindeki karanlığı çözmeye çalıştı. Hava iyice soğumuş olacaktı ki, salondaki sıcak ve nemli hava soğuk camın buğulanmasına neden oluyordu. Ara sıra geçen arabaların arka lambaları buğuda turuncu izler bırakıyordu. Verlaine camı izlemeye dalmışken eve nasıl dönebileceğini düşünüyordu.

Bir an, manastırı aramayı düşündü. Belki kütüphanede karşılaştığı genç ve güzel rahibe bir fikir verebilirdi. Ama sonra kendisi gibi onun da tehlikede olabileceği geldi aklına. Dışarıda gördüğü o yabanilerin manastıra girip onu aramaya kalkışabileceğini düşündü. Ama Verlaine'in manastırın neresinde bulunduğunu bilemeyecekleri gibi, Evangeline ile konuştuklarını da tahmin edemezlerdi. Kız onu gördüğüne memnun olmamıştı ve muhtemelen bir daha onunla konuşmayacaktı. Her halükârda, pratik düşünmek gerekliydi. Bir tren istasyonuna ulaşmalı ya da onu evine götürecek bir otobüs bulmalıydı ama Milton'da ikisinin de olacağından şüpheliydi.

Azize Rose Manastırı, Milton, New York

Evangeline, Rahibe Celestine'i pek tanımıyordu. Yetmiş beş yaşında ve tekerlekli sandalyeye mahkûm rahibe artık gençlerle pek haşır neşir olmuyordu. Her gün sabah ayinine, rahibelerden birinin tekerlekli sandalyesini ön taraflara itmesi yardımıyla katılsa da, kraliçe gibi kutsal bir soyutlanmışlık ve korunaklılık içindeydi. Yemekleri her zaman odasına çıkarılırdı ve Evangeline ara sıra şiir kitapları ve tarihi romanlarla bu odaya yollanırdı kütüphaneden. Hatta bazen Rahibe Philomena, kütüphaneler arası ödünç alma yoluyla bazı Fransızca kitaplar elde eder, Evangeline bunların Celestine'i özellikle sevindirdiğini görürdü.

Evangeline birinci katta yürürken katın çalışan rahibelerle dolu olduğunu fark etti. Metal şapkalı ampullerin ölgün ışığında işlerini yapmaya çalışırken kımıl kımıl ve siyah-beyaz bir kütle vardı karşısında. Koridorları dolduran rahibeler temizlik dolaplarını açıyor, akşam ödevlerini yerine getirmek için süpürgeler, paspaslar ve temizlik maddeleri kuşanıyorlardı. Bellerine önlük bağlıyor, kollarını kıvırıyor, lastik eldivenler takıyorlardı. Perdelerdeki tozları silkeliyor, soğuk ve nemli iklimlerinin vazgeçilmezi olan nem ve küf iyiden iyiye yerleşmesin diye pencereleri açıp içeriyi havalandırıyorlardı. Manastırdaki işlerin büyük bölümünü yardım almadan yapabilmekten gurur duyuyordu kadınlar. Akşam ödevi gruplarındaki neşe, kadınların aslında yer silme, toz alma, cila yapma gibi işlerle uğraştığını gizliyor, kendi küçük görevlerinden çok daha yüce anlamı olan muazzam bir proje için işbirliği yaptıkları duygusunu uyandırıyordu. Doğruydu da bu: Silinen her mekân, cilalanan her tırabzan, daha büyük bir davaya bir armağan ve saygıydı.

Evangeline, İbadet Şapeli'nin dar basamaklarından dördüncü

kata çıktı. Celestine'in odası, manastırın en büyük hücrelerinden biriydi. Bu köşe odanın, içinde büyük bir duş teknesi ve katlanır plastik taburesi bulunan kendi tuvaleti vardı. Evangeline, Celestine'in bu yalnızlığı onu gündelik işlere katılmaktan kurtarıp yaşlı kadına tatlı bir dinlenme fırsatı mı yaratıyor, yoksa manastırdaki hayatını mahpusluğa mı çeviriyor, merak ediyordu. Hareketsiz kalmak Evangeline için dayanılmaz bir mahkûmiyetti.

Kapıyı tereddütle üç kez vurdu.

"Evet?" dedi Celestine, zayıf bir sesle. Celestine Fransa'da doğmuştu ve ABD'de yarım yüzyıl geçirmesine rağmen hâlâ belirgin bir aksanla konuşurdu.

Evangeline, Celestine'in odasına girdi ve kapıyı ardından kapattı.

"Kim o?"

"Benim." Celestine'i rahatsız etmekten korkarak kısık sesle konuşuyordu. "Evangeline. Kütüphaneden."

Celestine, pencerenin kenarında tekerlekli sandalyesine yerleşmiş, kucağına tığ işi bir battaniye almıştı. Artık başörtüsü takmıyordu ve saçlarını iyice kısa kestirmiş, yüzünün çevresinde bir parmak beyazlık olacak şekilde bırakmıştı. Odanın diğer ucunda bir hava nemlendiricisi içeriye buhar püskürtüyordu. Diğer ucunda bir elektrik sobası içeriyi hamam gibi ısıtmıştı. Celestine, battaniyeye rağmen üşüyor gibiydi. Yatağa da benzer bir tığ işi örtü serilmişti; genç rahibelerin Kadim Rahibelere ördüklerine benziyordu bu da. Celestine, Evangeline'i seçebilmek için gözlerini kıstı. "Yeni kitaplar mı getirdin?"

"Hayır" dedi Evangeline, Celestine'in yanına, bir dizi kitabın ve en üstte bir büyütecin durduğu maun sehpanın öbür ucuna otururken. "Okuyacak epey kitabınız var gibi."

"Evet, evet" dedi Celestine, pencereden bakarak. "Okuyacak şey hiç bitmiyor."

"Sizi rahatsız ettiğim için özür dilerim rahibe, ama bir şey sormak istiyordum." Evangeline, Bayan Rockefeller'ın Başrahibe Innocenta'ya yazdığı mektubu cebinden çıkardı ve dizinin üzerinde açtı.

Celestine, yüzükparmağında duran manastır armalı altın yüzüğünü cılız ışıkta parıldatarak ellerini kucağında kavuşturdu ve soğuk, sorgulayıcı bir bakışla Evangeline'i süzdü. Rahibe Celestine'in, değil yarım yüzyıl önce olanları, öğlen ne yediğini bile hatırlamaması mümkündü.

Evangeline boğazını temizledi. "Bu sabah arşivde çalışırken sizin adınız geçen bir mektuba rast geldim. Hangi dosyaya kaldıracağımı bilemedim. Doğru yere koyabilmek için size geldim; belki anlamama yardımcı olabilirsiniz."

"Doğru yere mi?" diye sordu Celestine, şüpheyle. "Herhangi bir şeyi doğru yere koymak benden geçeli çok oluyor. Ne yazıyormuş mektupta?"

Evangeline mektubu Rahibe Celestine'e verdi, o da ince kâğıdı elinde şöyle bir gezdirdi.

"Büyüteç" dedi parmaklarını sehpaya doğru sallayarak.

Evangeline büyüteci Celestine'nin eline tutuşturdu ve mercek satırları takip edip somut kâğıdı ve yazıları soyut bir ışık dalgasına çevirirken kadının yüzünü izledi. Suratına bakılırsa ne düşüneceğini çok iyi kestiremediği belliydi ama bu durum kâğıttaki sözcüklerden mi kaynaklanıyordu, Evangeline bunu anlayamazdı. Bir an sonra Celestine büyüteci kucağına bıraktı ve Evangeline hemen anladı: Celestine, mektubu hatırlamıştı.

"Çok eski bu" dedi Celestine sonunda, kâğıdı buruşturup damarlı elini üstüne koyarak. "Abigail Rockefeller diye bir kadın yazmış."

"Evet" dedi Evangeline. "İmzayı gördüm."

"Bunu arşivde bulduğuna şaşırdım" dedi. "Her şeyi götürdüklerini sanıyordum."

"Mektubun anlamına" diye atıldı Evangeline, "biraz ışık tutabileceğinizi umuyordum."

Celestine derince iç geçirdi ve çevresi iyice kırışmış gözlerini uzağa çevirdi. "Bu mektup, ben manastıra gelmeden önce yazılmış. Ben 1944 başında, büyük yangından bir hafta on gün önce geldim. Yolculuk çok yormuştu ve tek kelime İngilizce bilmiyordum."

"Bayan Rockefeller'ın Başrahibe Innocenta'ya neden böyle bir mektup yazmış olabileceğini biliyor musunuz?" diye sordu Evangeline ısrarla.

Celestine sandalyesinde doğrulup battaniyesini bacaklarına sıkıca örttü. "Beni buraya Bayan Rockefeller getirdi" dedi fazla açık vermek istemeyen ölçülü bir tavırla. "Geldiğimiz araba Bentley markaydı galiba ama emin değilim; Fransız olmayan araba markalarını pek bilmem. Ama Abigail Rockefeller'a yaraşır bir arabaydı. Şişman, yaşlı ve kürk mantolu bir kadındı ve ben de onun tam zıddıydım. Gencecikti̇m ve inanılmaz cılızdım. Hatta yola çıkmadan önce yeminimi ettiğim Portekiz'de kullanılan eski tarz Fransisken kisve içinde, siyah paltoları ve başörtüleriyle giriş kapısının önünde toplanmış rahibelere daha çok benziyordum. Büyük Oruç'un ilk günüydü. O sabahki ayinde rahibelerin alınlarına külden haçlar çizilmiş olduğu için hatırlıyorum bunu.

"Rahibelerin beni karşılayışını hiç unutamam. Yanlarından yürürken şarkı gibi yumuşak ve ruhu saran sesleriyle *Hoş geldin*, diyordu Azize Rose Manastırı rahibeleri; *Hoş geldin, hoş geldin, evine hoş geldin.*"

"Rahibeler beni de böyle karşılamışlardı" dedi Evangeline, o sırada babası onu Brooklyn'e geri götürsün diye için için nasıl yanıp tutuştuğunu hatırlayarak.

"Evet, hatırlıyorum" dedi Celestine. "Bize geldiğinde çok küçüktün." Kendi gelişini Evangeline'in gelişiyle karşılaştırırmış gibi duraladı. "Başrahibe Innocenta beni karşıladı ama o sırada iki kadının tanışıyor olduklarını fark ettim. Bayan Rockefeller, 'Sonunda karşılaştığımıza çok memnun oldum' dediğinde, rahibeler beni mi karşılıyorlar, yoksa Bayan Rockefeller için mi toplanmışlar, kestiremedim. Nasıl bir durumda olduğumun farkındaydım. Gözlerimin altı simsiyahtı ve olmam gerekenden çok zayıftım. Avrupa'daki yoksunluk mu daha zayıf düşürmüştü beni, Atlantik'teki yolculuk mu, bilemiyordum."

Evangeline, Celestine'in gelişinin nasıl olduğunu hayal etmek için kendini zorladı. Onu genç bir kadın olarak hayal etmek kolay değildi. Celestine manastıra geldiğinde, Evangeline'in şimdiki yaşından da gençti. "Abigail Rockefeller sizin iyiliğiniz için çok endişeleniyordu herhalde" dedi Evangeline.

"Yok canım" dedi Celestine. "Yaşı gelen kızını ilk balosunda görücüye çıkarıyormuş gibi Başrahibe Innocenta'nın incelemesine sundu beni. Ama Innocenta, rahibeler işlerine dönebilsinler diye ağır ahşap kapıyı ardına kadar açıp vücuduyla bastırarak açık tutmakla yetindi. Geçen rahibelerin kisvesinde yer cilası, amonyak, balmumu, kısacası iş kokuları vardı. Ama Bayan Rockefeller bunu umursamaz gibiydi. Onun dikkatini çeken, ayağıyla yılanın kafasını ezen Başmelek Mikail'in mermer heykeli olmuştu. Eldivenli elini heykelin ayağına koydu ve tam canavarın kafasını ezecek kuvvet noktasında parmağını hafifçe dolaştırdı. Yaşlı boynuna iki sıra dizilmiş ve loş ışıkta hafifçe aydınlanmış inciler çekti dikkatimi; öyle güzel nesnelerdi ki, maddiyat beni hiç ilgilendirmediği halde gözüm takılmıştı, bir süre öyle kalmıştım. Tanrı'nın bir dolu evladı Avrupa'da hastalıkla ve savaşla boğuşurken Amerika'dakilerin kürklerle ve incilerle bezenmesinin adaletsizlik olduğu içime işlemişti."

Evangeline, devam eder umuduyla Celestine'e baktı. Bu kadın,

Innocenta ile Abigail Rockefeller arasındaki ilişkiyi bilmekle kalmıyor, bunun tam ortasında yer alıyordu. Evangeline devam etmesini isteyecek oldu ama açık açık sormanın Celestine'i savunmaya geçireceğinden çekindi. Sonunda, "Bayan Rockefeller'ın Innocenta ile yazıştığı konuyu yakından biliyordunuz herhalde" diyebildi.

"Rodop Dağları'na gitmemizin nedeni, benim çalışmalarımdı" dedi Celestine ve huzursuz eden bir sertlikle Evangeline'in gözlerine baktı. "Yamaçta bulduğumuz şeye benim uğraşlarım götürdü bizi. Dağlarda, her şeyin planladığımız gibi ilerlemesine çok özen gösterdik. Üstümüze çullanmadılar ki bu önderimiz Dr. Seraphina için büyük bir mutluluktu. Mağaraya ulaşamadan yakalanmak en büyük korkumuzdu."

"Hangi mağara?" diye sordu Evangeline, kafası karışarak.

"Titizlikle plan yapmıştık" diye devam etti Celestine. "En modern cihazlar bizdeydi; elimizde, bulgularımızı belgelememizi sağlayacak fotoğraf makineleri vardı. Makineleri ve filmleri korumaya çok özen gösterdik. Buluntular yerindeydi. Pamuğa ve beze sarılıydı. Güvenlik çok yüksekti gerçekten." Celestine, nehrin ne kadar yükseleceğini anlamaya çalışır gibi pencereden baktı.

"Anlayamadım ama" dedi Evangeline, Celestine'i açıklamaya yönlendireceğini umarak. "Hangi yamaç, hangi buluntular?"

Rahibe Celestine, bir kez daha Evangeline ile göz göze geldi. "Yunanistan'dan girip Rodoplar'a arabayla geçtik. Savaş vardı o sıralar. Amerikalılarla İngilizler, batıda Sofya'yı bombalamaya başlamıştı. Bombardıman giderek şiddetleniyordu ve yamaç vurulabilirdi. Muhtemel değildi belki, sıradağların arasında binlerce yamaçtan biriydi, ama imkânsız da diyemezdik. Var gücümüzle ilerledik. Abigail Rockefeller'dan parayı aldığımızda işimiz çok kolaylaştı. Melekbilimcilerin tümünü çalışmaya devam etmeleri için çağırdık."

"Melekbilimciler" dedi Evangeline, kelimeyi anlamaya çalışıyormuş gibi. Yabancısı olduğu bir kelime değildi ama bunu Celestine'e açıklamayı gözü kesmiyordu.

Celestine, Evangeline'de bir değişiklik sezdiyse bile bunu açığa vurmadı. "Düşmanlar bize Şeytanağzı'nda saldırmadı ama Paris'e dönüşümüzün izini sürdü." Celestine'in sesi heyecanlanmıştı ve Evangeline'e döndüğünde gözleri de iyice açılmıştı. "Hemen peşimize düştüler. Casus şebekesini devreye sokup sevgili hocamı yakaladılar. Fransa'da duramazdım. Avrupa'da kalmak çok tehlikeliydi. Amerika'ya geçmem şarttı ama hiç de istemiyordum. Nesneyi güvenli bir yere taşıma sorumluluğu bana verildi. Yani keşfimiz bana emanet edilmişti ve benim kaçmaktan başka yapabileceğim bir şey yoktu. Kaçarak direnişimize ihanet ettiğimi düşünüyorum hâlâ, ama başka yol yoktu. Görevim belliydi. İnsanlar ölürken ben gemiye binip New York'a geldim. Her şey hazırlanmıştı."

Evangeline, Celestine'in anlattığı gariplikletden duyduğu şaşkınlığı gizlemeye çalışıyordu ama olan biteni dinledikçe, suskunluğunu koruması da güçleşmişti. "Bayan Rockefeller size yardımcı mı oldu?" diye sordu.

"Avrupa cehenneminden kaçmamı o ayarladı." Bu, Evangeline'e verdiği ilk dolaysız cevaptı. "Portekiz'e kaçırıldım. Diğerleri bu kadar şanslı değildi; ben daha giderken onların kaderden kaçamayacağının farkındaydım. O şeytanlar bizi bulur bulmaz öldürüyorlardı. Vahşi, kötü, insanlık bilmez yaratıkların huyu buydu. Bizim kökümüz kazınana kadar rahat etmeyeceklerdi. Hâlâ bile peşimizdedirler."

Evangeline, dehşetle Celestine'e bakıyordu. İkinci Dünya Savaşı'nı ve bunun Celestine'in korkularıyla bağlantısını çok iyi bilmiyordu ama şimdi bu kadar heyecanlanmasının ona zarar verebileceğinden endişe etmişti. "Telaşlanmayın Hemşire. Sizi temin ederim ki burada güvendesiniz artık."

"Güvende mi?" Celestine'in bakışları korkuyla donmuştu. "İnsan hiçbir zaman güvende değildir. *Jamais.*"

"Söyler misiniz" dedi Evangeline, sesine telaşını gizlemeye çalışan bir sükûnet vererek, "hangi tehlike sizi böyle endişelendiren?"

Celestine, fısıltıyla konuştu: "'*A cette époque-là, il y avait des géants sur la terre, et aussi après que les fils de Dieu se furent unis aux filles des hommes et qu'elles leur eurent donné des enfants. Ce sont ces héros si fameux d'autrefois.*'"

Evangeline Fransızcayı anlıyordu, hatta Fransızca onun anadiliydi ve annesi onunla sadece Fransızca konuşurdu. Ama on beş yılı aşkın süredir bu dilin konuşulduğunu duymamıştı.

Celestine bu sözleri sert, hızlı ve hiddetli bir şekilde, bu kez İngilizce olarak tekrarladı: " 'İlahi varlıkların insan kızlarıyla evlenip çocuk sahibi oldukları günlerde ve daha sonra yeryüzünde Nefiller vardı. Bunlar eski çağ kahramanları, ünlü kişilerdi.' "*

* Bütün *Kutsal Kitap* (eski: *Kitab-ı Mukaddes*; İngilizce: *Bible*) alıntıları şu kaynaktandır: *Kutsal Kitap (Eski ve Yeni Antlaşma)*, Kitabı Mukaddes Şirketi ve Yeni Yaşam Yayınları, İstanbul, Ağustos 2001. *Kutsal Kitap*'tan alınma özel adlar ve terimlerde de aynı kaynağa uyulmuş, gerekli kimi durumlarda küçük yazım değişiklikleri yapılmıştır (yay.n.)

Evangeline bu kez parçayı anlamış, Kutsal Kitap'taki yerine kolayca oturtmuştu. "Yaratılış'tan bu" dedi, Celestine'in söylediklerinin bir parçasını nihayet anladığı için rahatlamış halde. "Bu parçayı biliyorum. Tufan'dan hemen öncedir."

"Pardon?" dedi Celestine, Evangeline'in yüzüne onu sanki ilk kez görüyormuş gibi bakarak.

"Okuduğunuz parça Yaratılış'tan diyorum. İyi bilirim."

"Hayır" dedi Celestine, bakışı ansızın öfkeyle dolmuştu. "Anlamıyorsun."

Evangeline, sakinleştirmek için Celestine'in elini tuttu, ama geç kalmıştı. Celestine bir öfke nöbetine tutulmuştu. Fısıldamaya devam etti: "Başta insani ve ilahi ilişkiler uyum içindeydi. Evrende düzen vardı. Melek orduları katı bölüklere ayrılmıştı; erkekler ve kadınlar, Tanrı'nın kendi görüntüsünde meydana getirdiği gözdeleri ise mutluluk içinde, acı bilmeden yaşıyordu. Eziyet yoktu, ölüm yoktu, zaman yoktu. Bunlara gerek de yoktu. Evren tümüyle hareketsizdi ve saf bir iradeyle ilerlemeyi reddediyordu. Ama melekler bu durumda kalamazdı. İnsanı kıskandılar. Kara melekler, insanı kandırıp gururundan ederken, Tanrı'yı da acıyı yaratmaya sevk etti. Böylece melekler düşerken insanlık da düştü."

Celestine'in bu hezeyana devam etmesinin ona zarar vereceğini anlayan Evangeline, kadının titreyen parmaklarının altındaki mektuba asıldı ve kâğıdı kuvvetle çekip kurtardı. Katlayıp cebine koyarken ayağa kalktı ve "Bağışlayın Hemşire" dedi. "Sizi böyle rahatsız etmek istememiştim."

"Çık!" dedi Celestine şiddetle sarsılarak. "Hemen çık ve beni yalnız bırak."

Kafası karışmış, bir yandan da iyice korkmuş olan Evangeline, Celestine'in kapısını kapattı ve dar koridordan merdivene doğru koşar adım ilerledi.

Rahibe Philomena'nın öğlen uykuları genellikle akşam yemeği saatine kadar sürerdi; bu yüzden Evangeline, geldiğinde kütüphanenin boş, şöminenin sönmüş, kitap arabasının raflara kaldırılacak ciltlerle dolup taşar olmasına şaşırmadı. Kitaplarla pek ilgilenmeyen Evangeline, buz kesmiş salonu ısıtmak için şömineyi yakmaya koyuldu. Mazgalın üzerine iki sıra odun koydu, altını buruşturduğu gazetelerle doldurdu ve kibriti çaktı. Alevler yükselmeye başladığında ayağa kalkıp küçük, üşümüş elleriyle eteğini düzeltti; kıyafetini düzeltmenin kafasını toplamaya yardımcı olacağını umuyordu sanki. Kesin olan bir şey vardı: Celestine'in anlattıklarını düzene sokmak için kafasını adamakıllı toplaması gerekiyordu. Cebinde katlı duran bir kâğıdı çıkardı, açtı ve Bay Verlaine'in mektubunu okudu:

Bir müvekkilim adına yaptığım araştırmalar sırasında, Rockefeller ailesinin annesi ve sanatçı hamisi olan Bayan Abigail Aldrich Rockefeller'ın, ölümünden dört yıl öncesine tekabül eden 1943-1944 yılları arasında, manastırınızın o tarihteki başrahibesi olan Başrahibe Innocenta ile mektuplaşmış olabileceğini tespit ettim.

Azize Rose Manastırı'nı ziyaret etmek için izin isteyen zararsız bir mektuptu alt tarafı; nadir kitap ve resim koleksiyonu bulunan kurumlar bu mektuplardan çok alırdı; Evangeline buna hızla ve kesin bir dille olumsuz cevap yazmalı, cevabını gönderdikten sonra konuyu aklından çıkarmalıydı aslında. Ama bu basit istek, her şeyi tepetaklak etmişti. Rahibe Celestine, Abigail Rockefeller, Başrahibe Innocenta ve melekbilime duyduğu yoğun merak, Evangeline'in hem gözünü açmış, hem de onu tüketmişti. Anne ve babasının uğraştığı işleri anlamak için yanıp tutuşurken cehaletin rahatlığını da özlüyordu. Celestine'in sözleri hâlâ kulaklarında yankılanıyordu; sanki manastıra geliş sebebi bunları duymaktı. Öyle bile olsa, Celestine'in geçmişiyle kendi geçmişi arasındaki muhtemel bağlantı, Evangeline'i ta derinden huzursuz ediyordu.

Tek avuntusu, kütüphanenin kıpırtısız olmasıydı. Şöminenin yanındaki bir masaya oturdu, sivri dirseklerini masaya dayadı ve başını ellerine dayayıp kafasını toplamaya çalıştı. Ateşin yükselmesine rağmen bacadan ince bir dondurucu hava akımı da giriyor, bir yandan yalazlar, diğer yandan bu akım cildinde tuhaf bir his yaratıyordu. Celestine'in karmakarışık öyküsünü olabildiğince toplamaya çalıştı. Masadaki kâğıtla kırmızı tahta kalemini alarak alt alta birkaç sözcük yazdı:

Şeytanağzı Mağarası
Rodop Dağları
Yaratılış 6
Melekbilimciler

Evangeline akla ihtiyaç duyduğunda genç bir kadından çok kaplumbağa gibi davranırdı; içinde serin ve karanlık bir yere kapanır, hareketsiz kalır, kargaşanın geçmesini beklerdi. Yazdığı *Şeytanağzı Mağarası*, *Rodop Dağları*, *Yaratılış 6*, *Melekbilim-*

ciler sözcüklerine yarım saat baktı. Daha bir gün önce biri ona bu sözcükleri yazacağını, en beklemediği anda bunlarla karşı karşıya kalacağını söylese, gülerdi. Ama şimdi bu sözcükler, Rahibe Celestine'in anlattıklarının temel taşlarıydı. Bulduğu mektuptan da anlaşıldığı gibi olaya Abigail Rockefeller da karışmışsa, Evangeline'in bu ilişkiyi çözmekten başka şansı yoktu.

İçinden gelen, bu ilişkiler kendiliğinden ortaya çıkana kadar kâğıttaki sözcüklere bakmak olsa da, Evangeline beklemesinin doğru olmadığını biliyordu. Artık ısınan kütüphanenin diğer ucuna gitti ve bir raftan dev boyutlu bir dünya atlası indirdi. Masaya koyduğu atlasın dizininde Rodop Dağları'nın yerini buldu ve atlasın o sayfasını açtı. Rodop Dağları'nın güneydoğu Avrupa'da, Yunanistan'ın kuzeyinden Bulgaristan'ın güneyine doğru uzanan sıradağlar olduğunu öğrendi. Şeytanağzı denen yerle ilgili bir şey bulabilirim umuduyla dikkatle haritaya baktı ama, bölge, yeryüzü şekillerini ve yüksekliği gösteren renkli kıvrımlar ve üçgenlerle işaretlenmişti sadece.

Celestine'in Rodop Dağları'na Yunanistan'dan geçtiklerini söylediğini hatırlayınca parmağını Yunanistan anakarası üzerinde gezdirdi ve Rodop Dağları'nın ovalardan yükseldiği noktayı buldu. Dağların çevresi yeşil ve gri renkte taranmıştı ve bu da çevrede nüfus yoğunluğunun düşük olduğunu gösteriyordu. Anayollar Kavala'dan başlıyor gibiydi; buradan kuzeydeki kasaba ve köylere yollar dağılıyordu. Gözlerini sıradağların güneyine ve yarımadanın içlerine doğru kaydırınca, klasik edebiyat okurken sık karşılaştığı Atina ve Sparta'yı gördü. Hep Yunanistan'la bağdaştırdığı antik kentler buradaydı işte. Ama ülkenin Bulgaristan'la sınırını çizen sıradağların adını hiç duymamıştı.

Haritadan daha fazla bilgi alamayacağını fark eden Evangeline, 1960'lardan kalma, okunmaktan yıpranmış bir ansiklopediye sarılıp Rodop Dağları maddesini buldu. Sayfanın ortasında büyük bir mağaranın siyah beyaz fotoğrafı vardı. Fotoğrafın altında şunlar yazılıydı:

> Şeytanağzı, Rodop sıradağlarının içinde yer alan bir mağaradır. Yamaçlardaki kayalarda dar bir yarık olarak başlayan mağara, çok derinlere iner ve granit kayaların arasında nefes kesici bir açıklık oluşturur. Mağaranın girişi, kayalardan içeri dökülen bir şelale ile dikkat çekmektedir. Bu şelale bir yeraltı nehri oluşturur. Yarığın dibindeki bir dizi doğal kapalı bölge, eski zamanlardan beri efsanelere konu olmuştur. Mağaranın ilk kâşifleri bu kapalı alanlara girdiklerinde garip

ışıklar gördüklerini ve coşkuya kapıldıklarını bildirmişlerdir. Bu fenomen, bölmelerde kapalı kalmış gazlarla açıklanabilir.

Evangeline okumaya devam ettiğinde, Şeytanağzı'nın 1950'lerde UNESCO tarafından korunması gereken doğa varlıkları arasına alındığını, baş döndürücü güzelliği ve MÖ IV. ve V. yüzyıllarda bölgede yaşayan Trakyalılar için mitolojik öneminden ötürü uluslararası bir hazine olarak değerlendirildiğini öğrendi. Mağaranın fiziksel tarifi bile ilgi çekiciyken, Evangeline tarihi ve mitolojik önemini de öğrenmek istemişti. Yunan ve Trakya mitolojisi üzerine bir kitap açtı ve Trakya harabelerinde yapılan arkeolojik kazılara dair birkaç bölümden sonra ilginç bir bölüme rastladı:

> Antik Yunan'da Şeytanağzı, Trakyalı Kikone kabilesinin kralı Orpheus'un, sevgilisi Eurydike'yi Hades'in boşluğundan kurtarmak için mitolojik yeraltına indiği kapı olarak görülürdü. Yunan mitolojisinde Orpheus'un insanlığa müziği, yazıyı ve ilacı sunduğuna inanılır ve Dionysos'ün kültünü yaygınlaştırdığı düşünülürdü. Apollon, Orpheus'a altın bir lir vermiş ve ona hayvanları evcilleştirme, cansız nesnelere hayat verme, yeraltı sakinleri dahil tüm yaratıkları uysallaştırma kudreti olan bir müzik çalmayı öğretmiştir. Birçok arkeolog ve tarihçi, halka coşkun ve mistik davranışları onun sunduğuna inanmaktadır. Hatta Trakyalıların coşkun Dionysos ritüelleri sırasında insanları kurban ettikleri, parçalanan bedenleri bir karst oluşumu olan Şeytanağzı Mağarası'nda çürümeye bıraktıkları düşünülmektedir.

Evangeline, Orpheus'u ve mitolojideki yerini okumaya kendini kaptırmıştı ama bilgiler, Celestine'in anlattıklarıyla örtüşmüyordu. Celestine, Orpheus'tan ya da etkilediği düşünülen Dionysos kültünden hiç söz etmemişti. Bu yüzden bir sonraki paragrafta okuduklarıyla aklının tamamen başka bir yere çelinmesine şaşırdı:

> Hıristiyanlık çağında Şeytanağzı'nın, cennetten sürülen asi meleklerin düştüğü yer olduğuna inanıldı. Çevrede yaşayan Hıristiyanlar, mağaranın dimdik derine inen ağzına bakarak, bunun dünyadan cehenneme düşen Lucifer'in yanan vücudu nedeniyle meydana geldiğine inanmışlar, mağaranın adını da bu yüzden Şeytanağzı koymuşlardı. Ayrıca bu mağaranın, sadece düşen ilk meleklerin değil, Hanok'un Kitabı'nda sözü edilen ve varlığı tartışmalı olan "Tanrı'nın Oğulları" adlı yaratıkların da tutsak edildiği yer olduğuna inanılmıştır. Hanok'un "Gözcüler" dediği, Kutsal Kitap'ta ise "İlahi Varlıklar" olarak

geçen bu asi melekler, insan kızlarıyla ilişkiye girip Nefiller adı verilen melek-insan melezi türü doğurunca Tanrı'nın gözünden düşmüşlerdi (bkz. Yaratılış 6). Gözcüler, bu suçları nedeniyle yeraltına hapsedilmişlerdi. Yeraltındaki hapislerinden Kutsal Kitap'ın genelinde söz edilir. Bkz. Yahuda'nın Mektubu 1:6.

Kitabı açık bırakarak, kütüphanenin ortasında ayaklı bir rahlede duran Yeni Amerikan Kutsal Kitabı'na gitti. Sayfaları çevirerek yaratılış, düşüş ve Kabil'in Habil'i öldürmesi bölümlerini atladı. Yaratılış 6'da durarak okudu:

1 Yeryüzünde insanlar çoğalmaya başladı, kızlar doğdu. 2 İlahi varlıklar insan kızlarının güzelliğini görünce beğendikleriyle evlendiler. 3 RAB, "Ruhum insanda sonsuza dek kalmayacak, çünkü o ölümlüdür" dedi, "İnsanın ömrü yüz yirmi yıl olacak." 4 İlahi varlıkların insan kızlarıyla evlenip çocuk sahibi oldukları günlerde ve daha sonra yeryüzünde Nefiller vardı. Bunlar eski çağ kahramanları, ünlü kişilerdi. 5 RAB baktı, yeryüzünde insanın yaptığı kötülük çok, aklı fikri hep kötülükte. 6 İnsanı yarattığına pişman oldu. Yüreği sızladı. 7 "Yarattığım insanları, hayvanları, sürüngenleri, kuşları yeryüzünden silip atacağım" dedi, "Çünkü onları yarattığıma pişman oldum."

Celestine'in okuduğu parça da bu bölümdeydi. Evangeline, Yaratılış'ın bu bölümünü defalarca okumuştu; küçükken annesi ona Yaratılış'ı yüksek sesle okurdu ve bu bölüm onun ilk saplantısı, o zamana kadar duyduğu en çarpıcı, dehşet verici öykü olmuştu. Ama şimdiye kadar Nefiller adı verilen bu tuhaf yaratıkların doğumu, insanların sadece 120 yıl yaşamaya mahkûm edilişi, Yaradan'ın yarattıklarından duyduğu pişmanlık, Tufan'ın kötücüllüğü gibi garip ayrıntılara hiç dikkat etmemişti. Çalışmalarının bütününde, çıraklık döneminde, diğer rahibelerle katıldığı uzun Kutsal Kitap tartışmalarında bu parça bir kez olsun tahlil edilmemişti. Parçayı bir kez daha okudu ve *İlahi varlıkların insan kızlarıyla evlenip çocuk sahibi oldukları günlerde ve daha sonra yeryüzünde Nefiller vardı. Bunlar eski çağ kahramanları, ünlü kişilerdi* cümleleri üzerinde düşündü. Sonra Yahuda'ya geçip orada anılan bölümü de okudu: *Yetkilerinin sınırı içinde kalmayıp kendilerine ayrılan yeri terk etmiş olan melekleri, büyük yargı günü için çözülmez bağlarla bağlayarak karanlığa hapsetti.*

Baş ağrısının gelişini hisseden Evangeline, Kutsal Kitap'ı kapattı. Babasının sesi kafasının içini doldurdu ve yine soğuk, tozlu bir ambarın demir merdivenlerini, ayakkabılarının ses çıkarmamasına özen göstererek tırmandı. Bir kanadın havayı yırtması, bir bedenin aydınlığı, kafese kapatılmış yaratıkların garip ve güzel varlıkları... Bunların kendi hayal gücüyle yaratılmış görüntüler olduğuna inanagelmişti. Bu yaratıkların gerçek olduğuna ve babasının onu bu yüzden manastıra getirdiğine inanmaksa dayanılmaz bir güçlüktü.

Evangeline ayağa kalkıp salonun arka tarafına, XIX. yüzyıldan kalma bir dizi kitabın kilitli bir camekânda durduğu yere geçti. Bu kitaplar, Azize Rose Manastırı'nın kurulduğu yıl kütüphaneye getirtilmiş kitaplar, dolayısıyla kütüphanenin en eskileri olduğu halde, çözümledikleri metinlere göre modern sayılırdı. Duvardaki anahtarı alıp camekânı açtı ve kitaplardan birini kucaklayıp şöminenin yanındaki geniş meşe masaya yürüdü. *Kara Meleklerin Anatomisi* adlı bu kitabı dikkatle inceledikten sonra, açmak için telaş ediyor da sırtını çatlatmaktan korkuyormuş gibi yumuşak deri cildi üzerinde parmaklarını gezdirdi.

Bir çift ince pamuklu eldiven taktıktan sonra kitabı açtı ve meleklerin karanlık yüzü hakkında yüzlerce sayfa bilginin emrine amade olduğunu gördü. Her sayfa, her şema, her çizim doğa düzenine karşı çıkan meleklerin işledikleri günahlarla ilgiliydi bir bakıma. Kitapta, Kutsal Kitap tefsirlerinden Fransiskenlerin şeytan çıkarmaya ilişkin görüşlerine kadar birçok yorum bir araya getiriliyordu. Evangeline sayfaları çevirirken kilise tarihinde iblislerin yerinin incelendiği bir bölümde durdu. Rahibeler arasında hiç tartışılmasa ve Evangeline için bir bilmece olsa da iblisler, zamanında kilisede büyük ilahiyat tartışmalarının odağı olmuştu. Sözgelişi Aquino'lu Tommaso, iblislerin rüzgâr, fırtına ve ateş yağmuruna yol açmalarının bir inanç dogması olduğunu ileri sürmüştü. İblislerin sayısı –Talmud kaynaklarına göre yetmiş iki bölüğe ayrılmış 7 405 926 iblis vardı– Hıristiyan kaynaklarında doğrudan doğruya anılmazdı ve Evangeline bu sayının şık görünen bir uydurmadan başka bir şey olduğundan şüpheliydi, ama yine de çarpıcı bir sayıydı bu. Kitabın ilk sayfalarında meleklerin isyanına dair tarih bilgileri vardı. Hıristiyanlar, Yahudiler ve Müslümanlar yüzyıllardır kara meleklerin varlığı konusunda tartışma içindeydi. Bu asi meleklere en somut gönderme yine Yaratılış'ta bulunuyordu ama İsa'dan sonraki yüzyıllarda ortaya çıkan ve Yahudi-Hıristiyan melek kavramını şekillendiren birçok apokrif ve sözde epigrafik metin vardı. Meleklerin ziyaretlerine dair öykülerden geçilmiyordu ve meleklerin niteliğine dair yanlış bilgiler, bugün olduğu kadar geçmiş çağlarda da yaygındı. Sözgelişi, özellikle insanlığı gizlice izlesinler diye Tanrı tarafından dünyaya gönderildiklerine inanılan Gözcüler ile *Kayıp Cennet*'in popülerleştirdiği ve Lucifer'a yandaş oldukları için cennetten sürüldükleri düşünülen asi melekleri birbirine karıştırmak yaygın bir hataydı. Gözcüler, Beni Elohim'in onuncu kademesindendi, Lucifer ve asi melekler, yani şeytan ve iblisleri ise daha mütekâmil melek türlerini içeren Melehim cinsindendi. Şeytan sonsuza dek yanmaya mahkûm edilmişken Gözcüler sadece belirsiz bir süre için hapsedilmişlerdi. Çeviriye göre çukur, mağara, delik veya cehennem adı alan yerde özgürlüklerini bekliyorlardı.

Evangeline bir süre okuduktan sonra narin kitabı cildini iyice zorlayarak masaya yapıştırmış olduğunu fark etti. Gözlerini kitaptan kaldırıp kütüphanenin kapısına, daha birkaç saat önce Verlaine'i ilk kez gördüğü yere dikti. Son derece tuhaf bir gün olmuştu; sabah temizliğinden şimdiki endişe ve telaş haline geçiş, gerçek değil rüya gibi geliyordu. Verlaine hayatına öyle bir şiddetle girmişti ki, ona dair hatırladıklarının, ailesiyle ilgili anıları gibi, kendi uydurduğu, hem gerçek hem hayal olan şeyler olduğunu düşünüyordu.

Verlaine'in mektubunu cebinden çıkarıp masaya açarak tekrar okudu. Adamın hali tavrı, belki dolaysızlığı, samimiyeti ve zekâsı, yıllardır içinde yaşadığı kabuğu çatlatmıştı. Görünüşü ona, dışarıda, manastır arazisinin ötesinde başka bir dünya olduğunu hatırlatmıştı. Verlaine telefon numarasını bir kâğıda yazıp vermişti. Evangeline, diğer rahibelere karşı görevlerine ve yakalanma tehlikesine rağmen onunla tekrar konuşması gerektiğini hissediyordu.

Evangeline, birinci katın kalabalık koridorlarında yürürken telaşa kapıldı. Sonsuz Huzur Salonu'ndaki İbadet Eşleri bilgilendirme toplantısının ve Viterbo'lu Azize Rose Sanat Merkezi'ndeki elişi kursunun önünden hızla geçti. Ceketini bulmak için vestiyerde, postayı kontrol etmek için Misyon Ofisi'nde hiç durmadı. Hatta Haftalık İbadet Programı'nı kontrol etmek için bile yavaşlamadı. Cümle kapısından çıkıp arazinin güney tarafındaki garaja gitti ve duvardaki bir metal kutudan anahtarları alıp manastırın arabasını çalıştırdı. Evangeline deneyimlerinden biliyordu ki, bir Fransisken Sonsuz İbadet Rahibesi'nin gerçekten yalnız kalabileceği tek yer, bu kahverengi dört kapılı binek otomobilin içiydi.

Manastırın arabasını almasına kimsenin itirazı olmayacağını biliyordu. Postaneye gitme işi genellikle severek yaptığı bir görevdi. Her akşamüstü manastırın mektuplarını bir çuvalda toplar ve Hudson Nehri boyunca ilerleyen çift şeritli bir yol olan 9 numaralı karayoluna çıkardı. Ehliyeti olan rahibeler bir elin parmaklarını geçmeyeceği için, Evangeline posta dışında eczaneden ilaç alma, kırtasiye malzemelerini yedekleme, doğum günü kutlamaları için hediye alma gibi işlere de gönüllü olurdu.

Bazı akşamüstleri Evangeline nehri Kingston-Rhinecliff Köprüsü'nü kullanarak geçer, köprünün üzerindeyken yavaşlayıp camı açar ve nehrin iki tarafına yayılmış çeşitli cemaat manastırlarının dev mantarlara benzeyen topraklarını izlerdi. Buradan Azize Rose Manastırı'nın arazisiyle birlikte bir kıvrımın ardında kalan ve dönümlerce araziyle çevrili olan Vanderbilt Malikânesi de görülürdü. Zaten o yükseklikten kilometrelerce öteyi görmek mümkündü. Arabanın rüzgârda savrulduğunu hisseder, içine hafif bir telaş yayılırdı. Suyun o kadar üzerinde ilerliyor olurdu ki, bir an aşağı baktığında, uçmanın nasıl bir duygu olduğunu anladığını sanırdı. Evangeline suyun üzerinde yürürken duyduğu özgürlük hissini, babasıyla Brooklyn Köprüsü'nü geçerken keşfetmiş ve hep çok sevmişti. Köprünün sonuna geldiğinde bir U dönüşü yapar ve köprüyü bir kez de ters yönde geçerdi. Bu sırada batıda yükselen mor renkli Catskill Dağları'na gözü takılırdı. Şimdi de kar yağmaya başlamıştı ve taneler rüzgârda dağılıyordu. Köprü yine onu yükseltirken ve kirişler onu yukarı doğru taşırken ruhunun bedeninden ayrıldığını hissetti; bazı sabahlar şapelde de yakalandığı bir baş dönmesiydi bu ve yaratılışın azametine duyulan katışıksız bir saygıydı.

Evangeline'in kafası karıştığında ilacı, akşamüstü yola çıkmaktı. O güne kadar yola çıktığında düşünceleri, önünde uzun ince bir yol gibi açılan ve bir menzil bulamadan yürümesi muhtemel olan gelecek üzerine olurdu. Ama şimdi 9 numaralı karayoluna dönerken aklında sadece Celestine'in tuhaf öyküsü ve Verlaine'in hayatına damdan düşer gibi girişi vardı. Keşke babam hayatta olsa da, benim yerimde olsa onca akıl ve deneyimiyle neler yapardı, sorsam diye içinden geçirdi.

Camı açıp içeriyi buz gibi havayla doldurdu. Dışarıda kara kış hüküm sürmesine ve manastırdan bir ceket bile almadan çıkmasına rağmen teni yanıyordu. Giysileri terden yapış yapış olmuştu. Dikiz aynasında kendisine baktı ve boynunda geniş ve biçimsiz kızartıların belirip solgun tenini lekelediğini gördü. Bu olay son kez annesinin öldüğü ve bir sürü anlaşılmaz alerjinin musallat olduğu yıl başına gelmiş, bunlar ancak manastıra geldiğinde geçmişti. Yıllarca tefekkürden başka şey düşünmemek çevresine rahatlatıcı bir fanus giydirmişse de, onu geçmişle yüzleşmeye hiç ama hiç hazırlamamıştı.

Şehirlerarası yoldan sapan Evangeline, Milton'a giden dar ve kıvrımlı yola girdi. Ağaçlar kısa süre sonra seyreldi ve geriye kar taneleriyle bezenmiş geniş, apaçık bir gökyüzü bıraktı. Ana cadde boştu; kar ve soğuk herkesi içeriye hapsetmişti sanki. Evangeline bir benzinciye girdi, depoyu doldurdu ve ankesörlü telefonu kullanmak için içeri girdi. Parmakları titreyerek bir çeyreklik attı ve Verlaine'in ona verdiği numarayı arayıp kalbi yerinden fırlayacak gibi atarken beklemeye başladı. Telefon beş, yedi, dokuz kez çaldıktan sonra telesekreter açıldı. Verlaine'in sesini de dinledi ama mesaj bırakmadan telefonu kapattı, çeyrekliğini de geri alamadı. Verlaine yoktu.

Arabayı çalıştırıp hız göstergesinin yanındaki saate baktı. Yediye geliyordu. Akşamüstü görevlerini de, yemeği de kaçırmıştı. Rahibe Philomena mutlaka dönüşünü bekliyor olacaktı ve bir açıklama isteyecekti. Kederle, benim neyim var diye düşündü. Tanımadığı bir adamla, adamın belki de deli saçması bulacağı bir konuda konuşmak için kalkıp kasabaya inmişti. Tam dönüp manastıra doğru yola çıkacaktı ki, onu gördü. Caddenin karşısında büyük ve buğulu bir vitrinde Verlaine duruyordu.

Milton Bar ve Izgara Salonu, Milton, New York

Yaralı, mahsur ve Meksika birasıyla artık epeyce sarhoş haldeki bu adamın Evangeline'e ihtiyacı olduğunu kızın anlamış ve gelmiş olmasını, Verlaine biraz mucize, biraz da hissi kablelvuku ile açıkladı; kim bilir, belki de manastırda geçirdiği yıllarda öğrendiği bir numaraydı bu – zaten o kadar zamanı orada geçirmiş olması bile Verlaine için anlaşılmaz bir dirayetti. Her ne olmuşsa olmuştu ve kız şimdi barın kapısına doğru yavaşça yürümekteydi; duruşu mükemmelin de ötesindeydi, küt saçlarını kulaklarının arkasına atmıştı ve siyah kıyafetiyle, hayal gücünü biraz zorlarsa, üniversitedeyken çıktığı, bol bol güldürdüğü halde bir türlü yatağa atamadığı karanlık, sanatçı ruhlu gizemli kızları andırıyordu. Kocaman yeşil gözlü, Milton Bar ve Izgara Salonu gibi bir yere daha önce hiç adım atmadığı her halinden belli olan bu peri, birkaç saniye sonra salonu boydan boya geçmiş ve karşısındaki sandalyeye oturmuştu bile.

Omzunun üzerinden salona göz gezdirmesini, bilardo masasına, müzik kutusuna ve dart tahtasına dikkatle bakmasını izledi. Evangeline, kalabalığın içinde bir hayli sırıttığının ya farkında değildi ya da bunu umursamıyordu. Yaralı bir kuşa bakar gibi onu inceledikten sonra kaşlarını çattı ve Verlaine'in görüşmelerinden sonraki saatlerde başından geçenleri anlatmasını bekledi.

"Arabam bozuldu" dedi Verlaine, yaşadığı sıkıntıların karmaşıklığını hiç gündeme getirmeyerek, "buraya kadar yürümek zorunda kaldım."

Gerçekten hayrete düşen Evangeline, "Bu fırtınada mı?" dedi.

"Şehirlerarası yolu takip ediyordum ama bir yerlerde kayboldum."

"Çok uzun bir yol" dedi sesinde hafif bir inanmazlıkla. "Donup kalmamışsınız neyse ki."

"Yarı yolda bir kamyoncu aldı beni. Zaten almasaydı hâlâ sokakta kıçım donuyordu."

Evangeline onu biraz uzun süzünce, Verlaine kızın argo konuştuğu için rahatsız olup olmadığını merak etti. Nihayetinde kız rahibeydi ve yanında biraz daha ölçülü davranmak gerekirdi ama onu okumak da çok zordu. Verlaine'in kafasındaki –basmakalıp olduğu su götürmez– rahibe anlayışından çok uzaktı. Kafasında çizdiği aksi ve neşesiz Sonsuz İbadet Rahibeleri imajına sığmayacak kadar genç, değişik ve güzeldi. Nasıl olduğunu bilmiyordu ama Evangeline'in öyle bir hali vardı ki, yanında ne istese söyleyebileceğini hissediyordu.

"Peki siz neden buradasınız?" diye sordu, esprisinin doğru anlaşılacağını umarak. "Dua etmeniz, sevap işlemeniz filan gerekmiyor muydu?"

Bu sözlere gülümseyerek, "Aslına bakarsanız, Milton'a size telefon etmek için geldim" dedi kız.

Hayrete düşme sırası Verlaine'deydi. Onu bir daha görmek isteyebileceğini hayal dahi etmemişti. "Yok canım..."

"Ciddiyim" dedi Evangeline, yüzüne düşen siyah saçlarını geriye atarak. Birden ciddileşti. "Manastırda mahremiyet yoktur. Sizi orada arama riskini alamazdım. Size de aramızda kalması gereken bir şeyi sormam şart. Çok hassas bir konu bu ve bana yardımcı olabileceğinizi umuyorum. Bulduğunuz mektuplarla ilgili bir sorum olacak."

Verlaine birasından bir yudum alırken kızın bar sandalyesine tünemiş haliyle, gözleri sigara dumanından kızarırken, ince uzun, yüzüksüz parmakları kış soğuğunda kızarmış ve çatlamışken ne kadar zayıf göründüğünü düşünüyordu. "Bu konuda konuşmayı çok isterim" dedi.

"O zaman bana" dedi masada öne doğru eğilerek, "bu mektupları nerede bulduğunuzu söyler misiniz?"

"Abigail Aldrich Rockefeller'ın özel evrakının bulunduğu arşivde" dedi Verlaine. "Mektuplar kataloga alınmamıştı. Hatta tümüyle göz ardı edilmişti."

"Çaldınız mı?" diye sordu Evangeline.

Evangeline'in azar gibi sorusu üzerine Verlaine'in yanakları kızardı. "Ödünç aldım. Anlamlarını çözünce iade edeceğim."

"Kaç tane var elinizde?"

"Beş. 1943'te beş hafta içinde yazılmış mektuplar."

"Hepsi Innocenta'dan mı?"

"İçinde Rockefeller imzalı bir tane bile yok."

Evangeline, bir şeyler daha söylemesini bekleyerek Verlaine'in gözlerine baktı. Bakışlarındaki güç, Verlaine'i korkuttu. Çalışmalarına gösterdiği ilgiden mi –araştırmaları Grigori dahil herkes tarafından hafife alınıyordu– halinin tavrının içtenliğinden mi bilinmez, kızı memnun etmek için büyük bir istek duyuyordu. Üzerindeki tüm korku, bunalım, yararsızlık duygusu dağılıp gitti.

"Bu mektuplarda, Azize Rose Manastırı'ndaki rahibelerle ilgili bir şey olup olmadığını öğrenmek istiyordum" dedi Evangeline ve adamı düşüncelerinden uyandırdı.

"Emin değilim" dedi Verlaine, arkasına yaslanarak, "ama sanmıyorum."

"Abigail Rockefeller ile işbirliği yapan birinden söz ediliyor muydu? Manastıra, kiliseye, rahibelere dair bir şey var mıydı?"

Evangeline'in konuşmayı çektiği yön, Verlaine'i afallatmıştı. "Mektuplar ezberimde yok ama hatırladığım kadarıyla Azize Rose Manastırı'ndaki rahibelerle ilgili bir şey yazmıyordu."

"Ama Abigail Rockefeller'ın Innocenta'ya yazdığı mektupta" dedi Evangeline, müzik kutusunun sesini bastırmak için sesini yükseltirken metanetini biraz elden bırakarak, "Rahibe Celestine'den açıkça söz ediliyordu; 'Celestine Clochette, şubat ayının başında New York'a gelecek' diyordu."

"Celestine Clochette rahibe miydi? Öğleden beri Celestine'in kim olduğunu çözmeye çalışıyorum."

"Rahibe" dedi Evangeline, sesini yine alçaltıp zar zor duyulacak bir dereceye getirerek. "Celestine hâlâ sağ salim rahibe. Siz gittikten sonra onunla görüştüm. Yaşlı ve biraz sağlıksız ama Innocenta ile Abigail Rockefeller arasındaki mektuplaşmadan haberdardı. Mektupta sözü edilen keşif gezisinden de haberdardı. Çok ürkütücü şeyler anlattı."

"Neyle ilgili?" dedi her geçen an daha da endişelenen Verlaine. "Neler anlattı?"

"Tümünü anlayamadım" dedi Evangeline. "Bilmeceler söylüyor gibiydi. Söylediklerini bir düzene oturtmaya çalıştığımda iş daha da karıştı."

Verlaine, yüzü iyice solmuş Evangeline'i kucaklamakla omuzlarından yakalayıp sarsmak arasında kaldı. İkisini de yapmayarak iki Corona daha söyledi ve cebindeki Rockefeller mektubu kopyasını çıkarıp masaya koydu. "Şunu tekrar okuyun. Acaba Celestine Clochette, Rodop Dağları'ndan Azize Rose Manastırı'na bir buluntu mu götürüyordu? Size bu gezi hakkında bir şey söyledi mi?" Evangeline'i doğru dürüst tanımadığını unutarak uzandı ve kızın elini tuttu. "Size yardım etmek istiyorum."

Evangeline elini çekti, Verlaine'e kuşkulu bir bakış attıktan sonra saatine baktı. "Kalamayacağım. Çıkalı çok oldu zaten. Bu mektuplar hakkında sizin de benden çok fazla bilginiz olmadığı belli."

Garson kız iki birayı getirip masaya koyarken Verlaine, "En az dört mektup daha olması lazım" dedi. "Innocenta'nın Abigail Rockefeller'a cevaben yazdığı çok açık. Bu mektupları arayabilirsiniz. Ya da belki Celestine Clochette bunların nerede olduğunu biliyordur."

"Bay Verlaine" dedi Evangeline, Verlaine'e yapmacık gelen bir buyurgan edayla, "Araştırmanıza ve müşterinizin arzusunu yerine getirme isteğinize saygı duyuyorum ama böyle bir işe kalkışamam."

"Müşteriyi düşündüğüm yok" dedi Verlaine ve birasından büyük bir yudum aldı. "Percival Grigori diye bir adam. Korkunç biri; onun için çalışmayı hiç kabul etmemem gerekirdi. Hatta birkaç saat önce iki adam göndertip arabamı soydurdu ve araştırmalarımı çaldırdı. Bir şeyin peşinde olduğu belli ve bu şey bulduğumuz yazışmalarsa –ki ona bundan henüz söz etmemiştim– diğer yarısını ondan önce ele geçirmeliyiz."

"Arabanız mı soyuldu?" dedi Evangeline inanamayarak. "Bu yüzden mi burada mahsur kaldınız?"

"Önemli değil" dedi Verlaine, umursamaz görünmeye çalışarak. "Aslına bakarsanız, önemli. Sizden beni istasyona bırakmanızı rica edeceğim. Bir de, Celestine Clochette'in Amerika'ya ne getirdiğini öğrenmemiz lazım. Bunun bulunabileceği tek yer, Azize Rose Manastırı'dır. Bunu bulabilir ya da en azından mektupları arayabilirseniz, bu muammayı çözmeye biraz yaklaşırız."

Evangeline'in ifadesi biraz yumuşadı; Verlaine'in isteğini dikkatle tartıyor gibiydi. Sonunda konuştu: "Hiçbir şeye söz veremem ama bakacağım."

Verlaine kıza sarılmak, onunla tanıştığına ne kadar mutlu olduğunu söylemek, onunla New York'a dönmesi ve bir an önce araştırma işine başlamaları için yalvarmak istiyordu. Ama ilgi göstermesinin kızı ne kadar rahatsız ettiğinin farkına vararak kendisini tuttu.

"Hadi gidelim" dedi Evangeline masadan araba anahtarlarını alarak. "Sizi istasyona bırakayım."

Azize Rose Manastırı, Milton, New York

Evangeline, öğle yemeği yiyemediği gibi yemekhanedeki toplu akşam yemeğini de kaçırmıştı ve artık açlıktan gözü kararıyordu. İsterse mutfakta bir şeyler bulabileceğini, sanayi tipi buzdolaplarında hep artık tepsileri bulunduğunu biliyordu, ama yemek düşünmek bile midesini bulandırıyordu. Açlığını yok sayarak yemekhaneye giden merdivenin önünden geçti ve kütüphaneye doğru devam etti.

Kütüphanenin kapısını açıp ışıkları yaktığında, salonun o yokken temizlendiğini fark etti. Akşamüstünden beri masada açık durmakta olan deri kaplı kayıt defteri kapatılmış, kanepeye yığılmış kitaplar yerlerine götürülmüş, kilimler titizlikle süpürülüp kabartılmıştı. Rahibelerden biri onun yerine bakmıştı belli ki. Suçluluk duyarak ertesi gün normalden iki kat fazla temizlik yapmaya yemin etti; belki çamaşır işlerine de gönüllü olurdu ama elde yıkanması gereken başörtülerinin çokluğu yüzünden herkesin nefret ettiği bir işti bu. Kendi işlerini başkasına bırakması yanlış olmuştu. Biri yokken onun yükü de diğerlerinin omuzlarına biniyordu.

Evangeline çantasını kanepeye koyup ateş yakmak için şöminenin başına çömeldi. Az sonra yumuşak bir ışık yerlerde dans ediyordu. Evangeline kanepenin yumuşak minderlerine gömüldü, bacak bacak üstüne attı ve geçirdiği günü kafasında toparlamaya çalıştı. O kadar karmakarışık bilgiler edinmişti ki, bunları sıraya koymak bile onu zorluyordu. Günü o kadar yorucu geçmişti ve ateş o kadar gevşeticiydi ki, biraz sonra kanepeye uzandı ve hemen uykuya daldı.

Omzuna dokunan bir el onu sıçratarak uyandırdı. Doğrulduğunda, Rahibe Philomena'nın başında beklediğini ve ona sertçe baktığını gördü. "Rahibe Evangeline" dedi Philomena, eli hâlâ

Evangeline'in omzundayken, "Ne işin var burada?"

Evangeline gözlerini kırpıştırdı. Çok derin uyuduğu için henüz tam ayılamamıştı. Kütüphaneyi, raflar dolusu kitapları ve şömineyi suyun derinliklerinden izliyor gibi bulanık görüyordu. Hemen ayaklarını yere indirdi ve oturdu.

"Gayet iyi bildiğinden emin olduğum gibi" dedi Philomena, Evangeline'in yanına otururken, "Rahibe Celestine, cemaatimizin en yaşlı üyelerinden biri. Bu akşamüstü neler oldu bilmiyorum ama kendisi çok rahatsız olmuş. Bütün akşamı onunla geçirdim. Sakinleştirmek kolay olmadı."

"Çok özür dilerim" dedi Evangeline; Celestine'in adı geçince duyuları yerine gelmeye başlamıştı. "Onu arşivde bulduğum bir şey hakkında soru sormak için rahatsız etmiştim."

"Akşamüstü onu bulduğumda durumu çok vahimdi" dedi Philomena. "Tam olarak ne söyledin ona?"

"Amacım onu zor bir duruma düşürmek değildi" dedi Evangeline. Mektuplar hakkında Celestine ile konuşmaya çalışmanın saçmalığı kafasına dank etmişti. Böyle ateşli bir konuşmanın gizli kalacağını düşünmek de saflık olmuştu.

Rahibe Philomena, Evangeline'e suyuna gidip gitmeyeceğini kestirmek ister gibi bakıyordu. "Buraya, Celestine'in seninle tekrar konuşmak istediğini söylemeye geldim" dedi sonunda. "Ayrıca Celestine'in hücresinde olan biten her şeyi bana anlatmanı istiyorum."

Evangeline, Philomena'nın tavrını tuhaf bulmuş ve gayesini tam anlayamamıştı ama başını sallayarak onayladı.

"Onun bir daha bu kadar sıkıntıya girmesine izin veremeyiz. Lütfen ona söylediklerine çok dikkat et."

"Pekâlâ" dedi Evangeline ve ayağa kalkıp kanepeden eteğine ve kazağına takılmış havları silkelemeye başladı. "Hemen gidiyorum."

"Bana söz ver" dedi Philomena büyük ciddiyetle, Evangeline'i kütüphanenin kapısına doğru götürürken, "Celestine'in sana söylediği her şeyi bana anlatacaksın."

"Ama neden?" diye sordu Evangeline; Philomena'nın haşin tavrı onu şaşırtmıştı.

Bunun üzerine Philomena, azarlanmış gibi duraksadı. "Celestine göründüğü kadar güçlü değil kızım. Onu tehlikeye atmamamız gerekir."

Evangeline'in ziyaretinden sonra geçen saatlerde, Rahibe Celestine'i yatağına taşımışlardı. Tavuksuyu çorba, kraker ve sudan oluşan akşam yemeği, el sürülmemiş vaziyette komodinde duruyordu. Hâlâ buhar püskürten nemlendirici, odayı ince bir sis tabakasıyla doldurmuştu. Tekerlekli sandalye pencerenin kenarına götürülmüş ve boş kalmıştı. Perdelerin de çekilmesiyle odaya steril ve ciddi bir hastane odası havası gelmişti ve bu durum, Evangeline kapıyı usulca kapatıp koridordaki rahibelerin gürültüsünü dışarıda bırakınca iyice kuvvetlendi.

"Gel bakalım, gel" dedi Celestine ve Evangeline'e yatağa yaklaşmasını işaret etti.

Celestine, ellerini göğsünde kavuşturdu. Evangeline ansızın kadının beyaz, kırılgan parmaklarını elleriyle kapatıp koruma dürtüsüne kapıldı, ama neye karşı koruyacağını bilmiyordu. Philomena haklıydı. Celestine acı verecek kadar zayıftı.

"Beni görmek istemişsiniz" dedi Evangeline.

Celestine çok zorlanarak doğruldu ve yastıklarına dayandı. "Bugünkü davranışlarım için beni bağışlamanı dilerim" dedi Evangeline ile göz göze gelerek. "Olanları nasıl açıklayacağım bilmiyorum. Bu konularda çok uzun zamandır kimseyle konuşmuyordum. Aradan bunca zaman geçmesine rağmen, gençliğimde yaşadıklarımın hâlâ bu kadar canlı ve rahatsızlık verici olmasına çok şaşırdım. Vücut yaşlanıyor ama ruh Tanrı'nın yarattığı gibi gencecik kalıyor."

"Özür dilemenize mahal yok" dedi Evangeline ve elini, Celestine'in geceliğinin altından bir dal parçası gibi ince ve kuru çıkan kolunun üzerine koydu. "Sizi rahatsız ettiğim için ben hatalıyım."

"Aslına bakarsan" dedi Celestine, depoladığı öfkeyi çıkarıyormuş gibi sesi sertleşerek, "sadece gafil avlandım. Bu olaylarla çok uzun zamandır yüzleşmemiştim. Bir gün gelip bunları sana anlatacağımı biliyordum. Ama daha sonra olur sandım."

Celestine bir kez daha onu afallatmıştı. Bir şekilde Evangeline'i tökezletiyor, kızın hassas dengelerini en rahatsız edici şekilde bozabiliyordu.

"Gel" dedi Celestine çevresine bakınarak. "Şu sandalyeyi çek de yanıma otur. Anlatacağım çok şey var."

Evangeline köşedeki ahşap sandalyeyi aldı ve Celestine'in başucuna getirdikten sonra oturup kadının cansız sesini dinlemeye başladı.

"Herhalde biliyorsundur" diye söze girdi Celestine, "Ben Fransa'da doğup büyüdüm ve Azize Rose Manastırı'na İkinci Dünya Savaşı sırasında geldim."

"Evet" dedi Evangeline usulca, "bundan haberim var."

"Yine biliyorsundur ki..." Celestine durakladı; ne diyeceğini anlamak istermiş gibi Evangeline'in gözlerine baktı. "...her şeyimi, çalışmalarımı ve ülkemi, Nazilerin ellerine terk ettim."

"Savaş nedeniyle pek çok kişi Amerika'ya sığındı o dönemde."

"Ben Amerika'ya sığınmadım" dedi Celestine her sözcüğü vurgulayarak. "Savaşın neden olduğu yokluk çok şiddetliydi ama orada kalsam da hayatımı sürdürebilirdim. Bunu bilmeyebilirsin ama ben Fransa'dayken rahibe değildim." Mendiline öksürdü. "Amerika'ya giderken Portekiz'de yemin ettim. Bundan önce başka bir tarikatın mensubuydum ve onların hedefleri, bizimkilerle ortak sayılabilirdi. Ama..." Celestine bir an durup düşündü. "...bu hedeflere ulaşma yolarımız farklıydı. Ben bu cemaatten Aralık 1943'te kaçtım."

Celestine yatakta biraz daha doğrulup bir yudum su içerken Evangeline sessizce baktı.

"Bu cemaatten ayrıldım" dedi Celestine sonunda. "Ama onlar beni bırakmadı. Ayrılmadan önce yapmam gereken son bir görev vardı. Bu cemaatin mensupları Amerika'ya bir çanta götürmemi ve bunu New York'ta birine teslim etmemi istedi."

"Abby Rockefeller" diye atıldı Evangeline.

"Başlangıçta Bayan Rockefeller, New York toplantılarına katılan zengin bir bağışçıydı. Sosyetedeki birçok isim gibi o da sadece gözlemci olarak aramıza katılıyordu. Meleklere duyduğu ilginin, zenginlerin orkide merakına benzediğini düşünüyorum; büyük bir heves var, ama doğru dürüst bilgi yok. Savaştan önce neyle ilgilendiğini gerçekten bilemem. Ama savaş başladığında katkısı büyük samimiyet kazandı. Çalışmalarımızı ayakta tuttu. Bayan Rockefeller, bize Avrupa'da yardımcı olması için cihazlar, araçlar ve para gönderdi. Araştırmacılarımız, savaşın o veya bu tarafına destek vermiyordu; biz başından beri parasını özel kişi ve kuruluşlardan sağlayan, pasifist bir gruptuk."

Celestine gözlerini toz kaçmış gibi kırpıştırarak devam etti.

"Bu yüzden, bağışçılar ayakta kalmamız için çok önemliydi. Bayan Rockefeller üyelerimizi New York'ta sakladı, Avrupa'dan buraya gelişlerini sağladı, onları limanda karşıladı ve korumasına aldı. Onun desteği sayesinde en büyük projemizi, dünyanın derinliklerine ve kötülüğün tam ortasına yaptığımız keşif gezisini gerçekleştirebildik. Bu gezi yıllardır planlanmaktaydı; mağaraya daha önce yapılan bir keşif gezisine dair notların ortaya çıkmasıyla başlamıştı. Bu notlar 1919'da bulundu. İkinci gezi 1943'te düzenlendi. Balkanlar bombardıman altında olduğu için dağlara arabayla ulaşmak çok zordu, ama Bayan Rockefeller'ın bağışladığı mükemmel teçhizat sayesinde biz çok hazırlıklıydık. Bayan Rockefeller'a savaş sırasındaki koruyucu meleğimiz de diyebilirsin, ama birçoğu bu kadarını kabul etmeyecektir."

"Ama ayrıldınız" dedi Evangeline sessizce.

"Evet, ayrıldım" diye karşılık verdi Celestine. "Sebeplerimin ayrıntılarına girmeyeceğim; artık bu projenin içinde bulunmak istemediğimi bilmen yeter. Görevimin bittiğini, daha Amerika'ya gelmeden biliyordum."

Celestine bir öksürük nöbetine yakalandı. Evangeline doğrulmasına ve bir yudum su içmesine yardımcı oldu. "Dağlardan döndüğümüz gece" diye devam etti Celestine, "bir felaket yaşadık. Akıl hocam Seraphina, beni on beş yaşımda yanına alıp eğiten kadın, ele geçirildi. Dr. Seraphina'yı çok severdim. Bana, yaşıtım kızların çok azının elde edebildiği bir eğitim ve ilerleme fırsatı vermişti. Dr. Seraphina, en iyilerinden biri olacağıma inanmıştı. Cemaatin üyeleri genellikle keşişler ve âlimler olduğu için, benim okuldaki çalışkanlığımla birçok eski dili öğrenmiş olmam, onların özellikle hoşuna gitmişti. Dr. Seraphina, keşiften sonra beni tam üye olarak aralarına kabul edeceklerini, sınırsız ruhani ve entelektüel kaynaktan yararlanma olanağı bulacağımı vaat etmişti. Dr. Seraphina'yı çok severdim. O geceden sonra yaptığım işlerin anlamı kalmadı. Onun başına gelenlerden ötürü kendimi suçluyorum."

Evangeline, Celestine'in çok mutsuz olduğunu görüyordu ama onu nasıl avutabileceği aklına gelmiyordu. "Elinizden geleni yapmışsınızdır mutlaka."

"O günlerde büyük acılar çekiliyordu. Şimdi sana hayal etmesi zor gelir ama Avrupa'da milyonlarca insan ölüyordu. O zaman, Rodop'a yaptığımız bu keşif gezisinin, elimizdeki en önemli görev olduğunu düşünüyordum. Dünya genelinde olup bitenlerin çapını anlamıyordum. Sadece kendi işime, kendi hedeflerime, kendi ilerlememe, kendi davama bakıyordum. Benim gibi genç âlimlerin kaderine karar veren kurul üyelerini etkilemeye çalışıyordum. Tabii böyle körü körüne hareket etmem yanlıştı."

"Affedersiniz Hemşire" dedi Evangeline, "ama hâlâ anlayamadım. Hangi görev, hangi kurul?"

Evangeline, soruyu düşünen Celestine'in yüz ifadesinin gerildiğini fark etti. Cılız parmaklarını, tığ işi battaniyenin parlak renkleri üzerinde gezdirdi.

"Sana bunu, hocalarımın bana söylediği gibi hiç lafı dolaştırmadan söyleyeceğim" dedi Celestine sonunda. "Sadece hocalarımın beni kendim gibi insanlarla tanıştırma ve bana Melekbilimciler Topluluğu'nun Paris'teki hazinelerini gösterme imkânı vardı. Bana görebildiğim, dokunabildiğim somut ve tartışılmaz kanıtlar gösterdikleri içindir ki, söyleyeceklerime inanmalısın. Hocalarım beni, şimdi ilk adımını atmanı sağlayacağım dünyaya usulca yönlendirebildiler. Ama ben bunu sana yapamayacağım kızım."

Evangeline konuşacak oldu ama Celestine'in sert bakışlarını görünce lafını yuttu.

"Kısacası" dedi Celestine, "savaş halindeyiz."

Verecek cevap bulamayan Evangeline, kadının gözlerine bakmakla yetindi.

"İnsan uygarlığı sahnesinde verilen ruhani bir savaş bu" dedi Celestine. "Çok uzun zaman önce, Devler doğduğunda başlayan savaşa devam ediyoruz. Onlar o zaman da dünyada yaşıyorlardı, şimdi de öyle. İnsanlık o zaman da onlarla savaştı, şimdi de savaşıyor."

Evangeline, "Bunu Yaratılış'tan çıkararak söylüyorsunuz" dedi.

"Kutsal Kitap'ın sadece lafzını mı dikkate alıyorsun Hemşire?" diye sertçe sordu Celestine.

"Yeminimi bunun üzerine ettim" dedi Evangeline; Celestine'in ona çıkışmasına, azarlar gibi konuşmasına şaşırmıştı.

"Yaratılış 6'yı mecazi olarak, bir kıssa gibi yorumlayanlar oldu. Ama benim yorumum da, deneyimim de bu şekilde değil."

"Ama biz bu Devlerden, bu yaratıklardan hiç konuşmayız. Buradaki rahibeler tarafından bir kere bile sözlerinin edildiğini duymadım."

"Devler, Nefiller, Ünlüler... Bunlar, meleklerin çocuklarına verilen kadim isimlerdi. İlk Hıristiyan âlimleri, meleklerin maddeden bağımsız olduğunu öne sürmüştü. Onları ışıklı, hayaletsi, aydınlık, zail, manevi, yüce varlıklar olarak nitelendirdiler. Melekler, Tanrı'nın habercileriydi, sonsuz sayıdaydılar ve Tanrı'nın iradesini bir âlemden diğerine taşımak için yaratılmışlardı. Böyle kusursuz olmayan, Tanrı'nın vücuda gelmiş hali olmalarına rağmen topraktan yaratılmış olan insanlar ise, meleklerin alev alev yanan bedensizliklerini hayretle izlemekle yetinebilirlerdi. Melekler, öne çıkan nitelikleri ışıklı vücutları, hızları ve ilahi amaçları olan üstün yaratıklardı ve güzellikleri, Tanrı ile yaratıkları arasındaki habercilik görevlerine yaraşır derecedeydi. Derken bunların arasından bir avuç asi, insanlıkla karıştı. Bunun mutsuz sonu, Devler oldu."

"İnsanlıkla mı karıştı?" dedi Evangeline.

"Kadınlar meleklerden çocuk doğurdu." Celestine duraklayıp Evangeline'in onu anladığından emin olmak için dikkatle gözlerine baktı. "Bu karışma işinin teknik ayrıntıları uzun zamandır ilgi odağıdır. Kilise, üremenin meydana geldiğini yüzyıllarca inkâr etti. Yaratılış'taki o parça, meleklerin fiziksel unsurları olmadığına inananlara tokat gibi bir cevaptır. Kilise bu fenomeni açıklamak için, meleklerle insanların üremesinin cinsellik dışı olduğunu, ruhların birbirine geçmesiyle kadınların gebe kaldığını, bir çeşit sapkın Günahsız Doğum'un iyi değil, kötü evlatlar verdiğini öne sürdü. Hocam Dr. Seraphina, bunun baştan aşağı palavra olduğuna inanıyordu. Ona göre melekler, kadınları gebe bırakarak cinsel ilişkiye girme kabiliyeti bulunan maddi varlıklar olduklarını kanıtlamışlardı. Melek vücudunun, insan vücuduna beklenenden fazla benzediğine inanıyordu. Çalışmalarımız sırasında bir meleğin cinsel uzuvlarını inceledik ve çektiğimiz fotoğraflarla meleklerin de –nasıl desem– insanlarla aynı teçhizata sahip olduğunu tartışılmaz bir şekilde kanıtladık."

"Meleklerin fotoğraflarını mı çektiniz?" diye sordu Evangeline merakına yenik düşerek.

"X. yüzyılda öldürülmüş bir erkek meleğin fotoğraflarını çektik. Kadınlara âşık olan meleklerin tümü erkekti. Ama böyle diye, bu semavi varlıkların dişilerinin bulunmadığını varsayamayız. Gözcülerden üçte birinin âşık olmadıkları söylenir. Bu itaatkâr varlıklar göklerdeki yuvalarına döndüler ve bu zamana kadar da orada kaldılar. Bunların, erkek melekler gibi baştan çıkarılmayan dişi melekler olduklarını düşünüyorum."

Celestine zorla derin bir nefes alıp yatakta yerini değiştirdikten sonra devam etti.

"Dünyada kalan melekler birçok açıdan olağanüstüydü. İnsanlara bu kadar benzemeleri beni hep hayrete düşürmüştür. İtaatsizlikleri bir irade gösterisiydi ve pek çok açıdan, Âdem ile Havva'nın Cennet'ten sürgün edilmesine yol açan itaatsizliğe benziyordu. Asi melekler ayrıca insanlara özgü sandığımız aşk kabiliyetine de sahipler; tüm kalpleriyle, körü körüne, düşünmeden seviyorlar. Aslına bakarsan bir tutku uğruna cennetten vazgeçtiler ki, senle ben böyle bir aşkı yaşama ihtimalimizi tümüyle elden çıkardığımız için bunu anlamamız mümkün değil."

Celestine, önündeki aşksız hayattan ötürü Evangeline'e acır gibi gülümsedi.

"Bu açıdan büyüleyiciler, sence de öyle değil mi? Âşık olmaları ve aşk acısı çekmeleri, yaptıkları kötülüklere anlayış göstermemizi sağlayacak neredeyse. Ama Cennet, böyle bir anlayış göstermedi. Gözcüler acımasızca cezalandırıldı. Melekler ve kadınlardan olma çocuklar, dünyaya büyük acılar getiren canavarlar oldu."

"Ve hâlâ aramızda olduklarını düşünüyorsunuz" dedi Evangeline.

"Hâlâ aramızda olduklarını biliyorum" diye cevapladı Celestine. "Ama yüzyıllar içinde evrim geçirdiler. Günümüzde bu yaratıklar yeni ve farklı adlar altında gizleniyor. Çok köklü aileler, aşırı zenginlik ve izi sürülemeyen kurumlar kisvesinde saklanıyorlar. Dünyada, aramızda yaşadıklarını tasavvur etmek zor ama sana yemin ederim ki, varlıklarından bir kez haberdar olduğun zaman, her yanımızı sarmış olduklarını fark ediyorsun."

Celestine, söylediklerini ne kadar anladığını tartmak ister gibi Evangeline'e baktı.

"Paris'te olsak, sana somut ve inkâr edilemez kanıtlar gösterebilirdim; tanıkların anlattıklarını dinleyebilir, hatta fotoğrafları görebilirdin. Sana, Aziz Augustinius, Aquino'lu, Milton, Dante gibi melekbilimci düşünürlerin yüzyıllar içinde yaptıkları büyük ve harika katkılardan söz ederdim, ta ki davamız apaçık ve billur berraklığıyla önüne serilene kadar... Seni mermer koridorlardan geçirip tarihi kayıtların korunduğu salona götürürdüm. Her bir meleği tam ait olduğu yere yerleştiren çok hassas ve ayrıntılı soyağaçları tutuyorduk. Böyle eserler evrenin düzenini sağlıyor. Fransızların aklı son derece düzenli çalışıyor –Descartes'ın eserleri bunun kökeni değil, kanıtı– ve bu sistemin içindeki bir şey, bana alabildiğine yatıştırıcı geliyor. Acaba sen de böyle mi düşünürsün, merak ediyorum."

Evangeline ne cevap vereceğini bilemediği için açıklama bekledi.

"Tabii devir değişti" dedi Celestine. "Bir zamanlar melekbilim, ilahiyatın en büyük dallarından biriydi. Bir zamanlar krallar ve papalar ilahiyatçıların eserlerine sıfatlarıyla destek verir, melek tasvirleri çizmeleri için büyük ressamlara para öderlerdi. Bir zamanlar bu semavi varlıkların kademeleri ve amaçları, Avrupa'nın en parlak âlimleri arasında tartışılırdı. Artık meleklerin evrenimizde yeri yok."

Celestine, bilgi aktarmaktan güç alırmışçasına Evangeline'e sokuldu.

"Melekler bir zamanlar güzellik ve iyiliğin şahikasıyken günümüzde anlamsız kaldılar. Maddecilik ve bilim, onları varlıksızlığa, Araf kadar belirsiz bir alana sürdü. Eskiden insanlık meleklere sezgileriyle, üstü kapalı olarak, aklıyla değil kalbiyle inanırdı.

Şimdi kanıt arıyoruz. Gerçekliklerini hiçbir şüpheye meydan bırakmaksızın doğrulayacak somut ve bilimsel veri arıyoruz. Ama böyle bir kanıt var olsa, nasıl bir buhran yaşanırdı bir düşün! Meleklerin bedensel olarak var oldukları kanıtlanırsa sence neler olurdu?"

Celestine sessiz kaldı. Belki yorulmuştu, belki de düşüncelere sürüklenmişti. Buna karşın, Evangeline telaşlanıyordu. Celestine'in anlattığı hikâyenin gidişatı, kendisinin o gün okuduğu şeylerle korkutucu bir benzerliğe ulaşmıştı. Bu canavarların varlığını doğrulayacak değil, çürütecek gerekçeler bulmayı ummuştu oysa. Celestine, öğleden sonra kapıldığına benzer bir nöbete giriyor gibiydi.

"Hemşire" dedi Evangeline, Celestine'nin anlattığı her şeyin bir yanılsama olduğunu, dünyevi ve masum bir derdi anlatmak için benzetme niyetine kullandığını itiraf edeceğini umarak, "bana ciddi olmadığınızı söyleyin lütfen."

"İlacımın vakti geldi" dedi Celestine, komodine işaret ederek. "Getirebilir misin?"

Komodine dönen Evangeline, donup kaldı. Öğleden sonra orada duran kitap yığınının yerini bir sürü ilaç şişesi almıştı ve bu durum Celestine'in ciddi, uzun süreli bir hastalığın pençesinde olduğunu gösteriyordu. Evangeline, turuncu plastik şişelerden birini alıp inceledi. Etikette Celestine'in adı, alınacak doz ve ilacın adı yazıyordu ki bu ad Evangeline'in asla telaffuz edemeyeceği bir sürü hecenin art arda dizilmesiyle oluşmuştu. Evangeline şimdiye kadar sağlık sorunu çekmemişti; tüm derdi, arada sırada yakalandığı soğuk algınlığıydı. Babası, ölümüne kadar sapasağlamdı, annesi ise hayatının baharında aralarından ayrılmıştı. Evangeline, hastalık nedeniyle bu kadar ıstırap çeken birine ilk kez rastlıyordu. Yıpranmış bir bedeni rahatlatmak ve yaşatmak için gerekli devaların ne kadar karmaşık ve çok olabileceğini hiç düşünmemişti. Bu duyarsızlığından utandı.

Komodinin çekmecesini açtı. İçinde, kanser ilaçlarının olası yan etkilerini sıralayan bir broşür ve buna iliştirilmiş bir ilaç ve doz programı buldu. Nefesini tuttu. Celestine'in kanser olduğunu neden söylememişlerdi ona? Yoksa kendi ilgi alanına duyduğu bencilce merak yüzünden kadının hastalığına dikkat mi etmemişti? Celestine'in başucuna oturup alması gerektiği kadar hap çıkardı.

"Teşekkür ederim" diyen Celestine hapları aldı ve bir bardak suyla yuttu.

Evangeline, olan biteni göremeyişine pişmanlıkla yanıyordu. Celestine'e çok soru sormaktan kaçınmıştı ama yaşlı rahibenin öğleden sonra söylediklerini daha iyi kavramak için de tutuşuyordu. O anda Celestine'in hapları zar zor yutuşunu izlerken bile, kalan boşlukların doldurulması için deli oluyordu. Manastır, zengin hamileri ve melek çalışmaları arasındaki bağlantıyı öğrenmek istiyordu. Daha da önemlisi, nasıl olup da bu ilişkiler yumağının bir parçası haline geldiğini bilmek istiyordu.

"Sizi sıkboğaz ettiğim için beni bağışlayın" dedi, duyduğu suçluluğa rağmen ısrardan geri kalamayarak. "Bayan Rockefeller neden bize yardım etmeye karar verdi?"

"Tabii ya" dedi Celestine hafifçe gülümseyerek. "Sen hâlâ Bayan Rockefeller'ı öğrenmek istiyorsun. Pekâlâ. Ama şaşıracaksın; çünkü cevabı başından beri biliyordun aslında."

"Nasıl olur bu?" diye karşılık verdi Evangeline. "Kendisinin Azize Rose Manastırı ile ilgisini daha bugün öğrendim."

Celestine derince iç geçirdi. "İzin verirsen baştan başlayayım" dedi. "1920'lerde cemaatimizin önde gelen araştırmacılarından biri ve Dr. Seraphina'nın kocası olan Dr. Raphael Valko..."

"Benim anneannem de Raphael Valko adında biriyle evlenmişti" diye araya girdi Evangeline.

Celestine, Evangeline'e soğuk bir bakış attı. "Evet, biliyorum. Ama onlar ben Paris'ten ayrıldıktan sonra evlendiler. Dr. Raphael bundan çok önce, kurucularımızdan olan Rahip Clematis'in bir mağarada kadim bir lir keşfettiğine dair tarihi kayıtları ortaya çıkardı. Bu lir o zamana kadar âlimlerimiz arasında büyük araştırma ve tartışma konusu olmuştu. Lir efsanesinden haberdardık ama lirin cismen var olup olmadığını bilmiyorduk. Dr. Raphael'in yaptığı keşfe kadar, mağara Orpheus mitiyle bağdaştırılan bir yerdi sadece. Biliyor musun bilmem ama Orpheus gerçekten yaşamış biriydi; karizması, sanatı ve müziği sayesinde çok güçlü ve ünlü olmuş bir adamdı. Benzeri birçok insan gibi, ölümünden sonra bir simge halini aldı. Bayan Rockefeller, lirin varlığını cemaatimizle yaptığı temaslarda öğrendi. Liri ele geçirebileceğimiz düşüncesiyle keşif gezisini desteklemeye karar verdi."

"Sanatsal bir ilgi mi duyuyordu?"

"Sanat zevki bir harikaydı ama kadim buluntuların değerini de biliyordu. Bir noktada davamızı desteklemeye başladığını da düşünüyorum, ama baştaki ilgisi para meselesinden kaynaklanıyordu."

"İş ortağınız mıydı?"

"Böyle olması, gezinin önemini azaltmaz. Liri ortaya çıkarmaya yönelik bu geziyi uzun zamandır planlıyorduk. Onun yardımı, sonuca ulaşmaya yönelik bir araç olarak kullanıldı. Bizim farklı önceliklerimiz hep vardı. Ama Bayan Rockefeller'ın yardımı olmasa, bunlara ulaşamazdık. Savaşın tehlikesi, düşmanlarımızın acımasızlığı ve gücü düşünüldüğünde, mağaraya kadar gitmiş olmamız bile büyük bir başarıydı. Bu başarıyı, ancak çok yükseklerden gelen bir himaye ve destekle elde edebilirdik."

Celestine derin bir nefes alırken, Evangeline kadının yorulmaya başladığını fark etti. Ama yaşlı rahibe duracak gibi değildi.

"Azize Rose'a geldiğimde, Rodop Dağları'nda keşfettiğimiz buluntuları içeren çantayı Başrahibe Innocenta'ya verdim, o da bunları Bayan Rockefeller'a teslim etti. Rockefeller ailesinin inanılmaz miktarda parası vardı; biz Paris'te böyle bir serveti hayal dahi edemezdik. Bu yüzden, çalgının Bayan Rockefeller'ın korumasında olması beni rahatlatıyordu."

Celestine, lirin tehlikelerini ölçercesine durakladı. Biraz düşünüp tekrar söze girdi: "Bu hazine arayışındaki görevim bitmişti, yani ben öyle sanıyordum. Çalgının güvende olacağına inanıyordum. Abigail Rockefeller'ın bize ihanet edeceğini fark edememiştim."

"İhanet mi etti?" diye sordu Evangeline nefes nefese. "Nasıl?"

"Bayan Rockefeller, Rodop buluntularını korumayı kabul etti. Bunu da mükemmelen başardı. Buluntular eline geçtikten dört yıl sonra, 5 Nisan 1948'de öldü. Bunları sakladığı yeri kimseye söylemedi. Çalgının yeri, onunla birlikte sonsuzluğa karıştı."

Evangeline'in oturmaktan bacakları karıncalanmıştı. Kalktı, pencereye yürüyüp perdeyi açtı. İki gün önce dolunay olmuştu ama şimdi bulutlardan hava kapkaranlıktı. "Bu kadar mı değerli?" diye sordu sonunda.

"Hayal edebileceğinden fazla" dedi Celestine. "Mağarada bulduklarımız için bin yıldan fazla araştırma yapıldı. Bunca zamandır insanlara çektirdikleri eziyetle ayakta kalan, insan emeğiyle palazlanan yaratıklar da tüm hareketlerimizi aynen taklit etti. Bizi izlediler, hareketlerimizi gözlediler, aramıza casuslar soktular ve ara sıra, sırf rahata alışmayalım diye, bazılarımızı kaçırıp öldürdüler."

Evangeline'in aklına hemen annesi geldi. Onun başına gelenlerin, babasının anlattıklarından fazla olduğundan uzun zamandır şüpheleniyordu, ama bundan Celestine'in anlattığı yaratıkların sorumlu olabileceği, hayal edilemeyecek kadar korkunçtu. Anlamaya kararlı olan Evangeline sordu: "Peki neden bazılarınızı? Madem bu kadar güçlüler, neden hepinizi öldürmediler? Neden cemaati çökertmediler?"

"Bizi kolaylıkla yok edebilecekleri doğrudur. Bunu yapacak güçleri de, imkânları da var. Ama melekbilimi dünyadan silmek işlerine gelmez."

"Neden?" dedi Evangeline şaşkınlıkla.

"Bütün kudretlerine rağmen ciddi bir zaafları var: Bedensel zevklerle gözleri kör olmuş hazcı yaratıklar bunlar. Ellerinde zenginlik, güç, fiziksel güzellik ve inanılmayacak bir acımasızlık var. Köklü ailelerle bağlantıları, tarihin karışık dönemlerinde su yüzünde kalmalarını sağlıyor. Dünyanın dört bir yanında parayla kurdukları kaleleri var. Kendi yarattıkları iktidar düzeninde başa oturdular. Ama onlarda, bizimki gibi entelektüel bir kabiliyet ya da muazzam bir akademik ve tarihi kaynak yok. İşin aslı, onlar adına düşünmemiz için bize ihtiyaçları var." Celestine bu konudan ötürü acı çekiyormuş gibi bir kez daha iç geçirdi. Zorlukla devam etti. "Bu taktik 1943'te neredeyse başarıya ulaşıyordu. Hocamı öldürdüler ve Amerika'ya kaçtığımı öğrenince beni ve beraberimde getirdiklerimi aramak uğruna manastırımızı ve daha pek çok manastırı yıktılar."

"Liri arıyorlardı" dedi Evangeline, parçaları kafasında birleştirerek.

"Evet" dedi Celestine. "Liri arıyorlar ama ne işe yaradığını bildiklerinden değil; ona değer verdiğimizi ve lirin onların eline geçmesinden korktuğumuzu biliyorlar da ondan. Tabii bu hazineyi yeryüzüne çıkarmak bile gayet tehlikeli bir işti. Onu koruyabilecek birini bulmamız gerekiyordu. Biz de onu, davamıza hizmet etmek için yemin etmiş güçlü ve zengin bir kadına, New York'taki önde gelen müttefiklerimizden birine teslim ettik."

Celestine'in yüzünde bir acı dalgası dolaştı.

"Bayan Rockefeller, New York'taki son büyük umudumuzdu. İşini ciddiye aldığından şüphem yok. O kadar kararlı çıktı ki, sırrı bugüne kadar keşfedilemedi. Yaratıklar bunu öğrenmek için hepimizi teker teker öldürebilirlerdi."

Evangeline, vücudunun sıcaklığıyla ısınmış olan altın madalyonuna dokundu. Anneannesinin armağanının anlamını nihayet çözebilmişti.

Celestine gülümsedi. "Beni anladığını görüyorum. O madalyon, seni bizden biri yapıyor. Anneannen onu sana vererek doğru bir iş yapmış."

"Anneannemi tanıyor musunuz?" diye sordu Evangeline; boynundaki lirin anlamını ve hikâyesini Celestine'in eksiksiz bilmesine hayret etmişti.

"Gabriella'yı çok eskiden tanırım" dedi Celestine, sesinde belli belirsiz bir kederle. "Tanıyorum dediğime bakma; asla tam çözemedim. Arkadaşımdı, çok parlak bir âlimdi ve davada yoldaşımızdı, ama benim için hep esrarını korudu. Gabriella'nın içinden geçenleri kimse, en yakın dostu bile anlayamazdı."

Evangeline anneannesiyle son kez konuşalı yıllar oluyordu. Aradan onca zaman geçmişti ki, Gabriella'nın öldüğüne inanmıştı artık. "Yaşıyor mu o halde?" diye sordu Evangeline.

"Sapasağlam hem de" dedi Celestine. "Görse seninle gurur duyardı."

"Nerede peki?" diye sordu Evangeline. "Fransa'da mı? Yoksa New York'ta mı?"

"Bunu söyleyemem" dedi Celestine. "Ama anneannen şimdi burada olsaydı, biliyorum ki sana her şeyi anlatırdı. Olmadığı için, ben konuyu anlamana elimden geldiği kadar yardımcı olacağım."

Yatakta doğrulup oturan Celestine, Evangeline'in odanın diğer tarafına, deri kaplaması sıyrılmış eski bir sandığın bulunduğu köşeye gitmesini işaret etti. Sandıktan olgun bir meyve gibi sarkan pirinç asma kilidin gövdesi ışıkta parıldadı. Evangeline yaklaştı ve kilidin soğukluğunu parmaklarında hissetti. Üzerinde küçücük bir anahtar vardı.

Dönüp tekrar Celestine'den onay aldıktan sonra anahtarı çevirdi. Kilit çıt diye açıldı. Kilidi çıkarıp rabıta zemine dikkatle koyduktan sonra sandığın ağır kapağını kaldırdı; yıllardır yağlanmayan menteşeler kedi ciyaklamaları çıkararak açıldı ve bayat, küflü sandık kokusunu, eskidikçe hafiflemiş bir parfüm kokusuyla bir araya getiren bir esans salındı havaya. Hemen altında, eşyaların üzerinde asılı duruyormuş gibi görünen sararmış bir kâğıt mendil vardı. Evangeline bu mendili kırıştırmamaya dikkat ederek kaldırdı ve altında ütülenmiş kıyafetler gördü. Bunları sandıktan çıkarıp tek tek inceledi. Siyah, pamuklu bir elbise, dizleri siyaha kesmiş kahverengi binici pantolonu, ahşap tabanları eprimiş bağcıklı deri çizmeler. Bundan sonra, Celestine'den çok genç bir erkeğin üzerine olacak bol paçalı bir yün pantolon çıkardı. Üzerinde parmaklarını gezdirirken tiftikleri tırnaklarına takılan kumaş, içine sıkışmış toz gibi kokuyordu.

İyice derine dalan Evangeline'in eline kadife yumuşaklığında bir şey geldi. Bir köşede topak halinde bir saten kumaş duruyordu. Evangeline bunu bir bilek hareketiyle açtığında, ortaya kan kırmızı ve parlak bir elbise çıktı. Kolunun üzerine atarak yakından inceledi bunu. Hiç dokunmadığı kadar yumuşak bir kumaştı;

teninin üzerinden su gibi dökülüyordu. Elbisenin modeli, siyah beyaz filmlerdeki gibiydi: Verev kesimli, derin dekolteli, bele oturan ve dar eteği yere kadar inen bir elbiseydi bu. Bir dizi küçücük ve saten kaplı düğme, tuvaletin sol tarafına dikilmişti. Dikişine tutturulmuş bir etiket buldu; üzerinde Chanel yazıyordu, altına ise bazı sayılar damgalanmıştı. Elbiseyi yaklaştırarak bunu giyen kadını hayal etmeye çalıştı. Böyle güzel bir tuvalet giymek nasıl bir duyguydu acaba?

Evangeline tam elbiseyi yerine koyacaktı ki, eski giysilere sarılmış bir tomar zarf buldu. Zarflar yeşil, kırmızı ve beyazdı; Noel renklerindeydi. Kalın ve siyah saten bir kurdeleyle bağlanmışlardı. Evangeline bunun üzerinde parmaklarını gezdirip kumaşın yumuşaklığını ve pürüzsüzlüğünü hissetti.

"Onları bana getir" dedi Celestine alçak sesle, yorulduğunu artık iyice belli ederek.

Evangeline sandığın kapağını açık bırakıp zarfları Celestine'e götürdü. Celestine, titreyen parmaklarıyla kurdeleyi çözüp zarfları Evangeline'e geri verdi. Zarflara şöyle bir bakan Evangeline, damga tarihlerinin hep Noel zamanında olduğuna dikkat etti. Zarflar, Azize Rose Manastırı'nın vesayetine girdiği 1988 yılında başlıyor ve 1998'de bitiyordu. Gönderen olarak da Gabriella Lévi-Franche Valko yazıyordu. Mektupları Celestine'e Evangeline'in anneannesi göndermişti.

"Mektupları senin için gönderdi" dedi Celestine titrek bir sesle, "Yıllardır, tam on bir yıldır, saklayıp biriktiriyorum. Artık mektuplarını alabilirsin. Biraz açıklama yapmak isterdim ama bu akşam kendimi çok zorladım. Geçmişi anlatmak inanamayacağın kadar ağır bir yük oldu bana. Gabriella ile aramdaki karmaşık ilişkiyi anlatmaya ise takatim yok. Mektupları al. Sorularının büyük bölümüne bunlar cevap verecektir. Okuduktan sonra tekrar gel. Daha konuşacağımız çok şey var."

Evangeline büyük bir özenle siyah saten kurdeleyi tekrar düğümledi ve sıkı bir fiyonk yaptı. Konuşmanın başından bu saate kadar Celestine'in görünüşü çarpıcı derecede değişmişti; yüzü kireç gibi olmuş, gözlerini açık tutamaz hale gelmişti. Evangeline bir an yardım istesem mi diye düşündü ama Celestine'in tek ihtiyacının dinlenmek olduğu da belliydi. Tığ işi battaniyeyi düzeltip Celestine'in zayıf kollarını ve omuzlarını iyice örttü. Mektup tomarını eline alıp Celestine uykuya dalarken odadan çıktı.

Rahibe Celestine'in hücresi, Azize Rose Manastırı, Milton, New York

Celestine, tığ işi battaniyenin altında ellerini göğsünde birleştirdi ve battaniyenin ötesini görebilmek için kendisini zorladı. Odaya pus gibi çökmüş karanlıktan başka bir şey seçemiyordu. Elli yılı aşkın süredir her gün odasının hatlarını izlemiş olmasına, sahip olduğu her bir eşyanın tam yerini bilmesine rağmen, odanın biçimsiz bir yabancılığı vardı ve kafasını karıştırıyordu. Duyuları kararmıştı. Radyatörlerden gelen tıkırtılar uzaklaşmış, boğuklaşmıştı. Ne kadar zorlasa da, odanın diğer ucundaki sandığı göremiyordu. Orada olduğunu, geçmişini bir zaman kapsülü gibi içinde saklı tuttuğunu biliyordu. Rahibe Evangeline'in sandıktan çıkardığı kıyafetleri tanımıştı. Yıpranmış çizmeleri keşif gezisinden hatıra olarak saklamıştı; rahatsız elbise ona öğrenciliğinde büyük eziyetler yaşatmıştı; muhteşem kırmızı elbise ise tek ve biricik bir gece güzel olmasını sağlamıştı. Celestine, küf kokusuyla karışan parfümü bile alabiliyordu ve Paris'ten kaçmadan önce yanına alabildiği birkaç parçadan biri olan kesme kristal parfüm şişesinin hâlâ sandıkta, toz içindeyse de işe yarar durumda olduğunu anlıyordu. Gücü olsa sandığa gider, şişeyi alırdı. Kristal tapayı usulca çekip çıkarır, artık hayal bile edemeyeceği kadar lezzetli ve yasak olan kokuyu içine çekerek geçmişini yeniden yaşardı. Kalbi yıllardır ilk kez, genç kızlığı için yanıp tutuşuyordu.

Rahibe Evangeline, Gabriella'ya o kadar benziyordu ki, Celestine'in yorgunluktan ve hastalıktan zayıf düşmüş aklı, ara ara ikisini karıştırıyordu. Yıllar silinip gitti ve Celestine, içinde bulunduğu yeri veya zamanı ya da mahkûmiyetinin nedenini kestiremediği için büyük üzüntüye düştü. Uykuya dalarken, geçmişin görüntüleri zihnindeki görünmez katmanlardan havalandı, perdeye yansıyan renkler gibi bir belirip bir silinmeye, birbirlerine geçmeye başladı. Keşif, savaş, okul, dersler ve etütler... Gençliğinde kalan bu olaylar Celestine'e şimdikiler kadar berrak ve canlı geliyordu. Dostu ve rakibi, arkadaşlığıyla hayatının akışını tümden değiştiren kız Gabriella Lévi-Franche, önünde belirdi. Celestine uykuyla uyanıklık arasında gelip giderken zamanın engelleri ortadan kalktı ve o geçmişi tekrar görebildi.

İkinci Kat

Boru çalarak O'na övgüler sunun!
Çenkle ve lirle O'na övgüler sunun!
Tef ve dansla O'na övgüler sunun!
Saz ve neyle O'na övgüler sunun!
Zillerle O'na övgüler sunun!
Çınlayan zillerle O'na övgüler sunun!

–150. Mezmur

Paris Melekbilim Akademisi, Montparnasse

1939 Sonbaharı

Melekbilim çalışmalarımın ikinci yılındaydım; Polonya'nın işgalinden bir hafta geçmemişti. Dr. Seraphina Valko bir öğlen vakti gelip sınıf arkadaşım Gabriella'nın kayıp olduğunu, onu bulup Athenaeum'a getirmemi söyledi. Gabriella derse yine geç kalmıştı; yaz aylarında edindiği bu huy, eylülün serin günlerinde de sürmekteydi. Teneffüslerde kafasını dinlemek için çıktığı bahçede de, ders çalışmak için girdiği sınıflarda da yoktu, ben de odasında, uyuyor olduğunu düşündüm. Odalarımız yan yana olduğu için sabah üçe doğru geldiğini, o saatte gramofona en sevdiği opera olan *Manon Lescaut*'yu koyup gün ağarana kadar dinlemesinden anlamıştım.

Mezarlığın yanındaki dar sokaklardan yürüdüm, savaş haberlerini radyodan dinleyen adamlarla dolu bir kahvenin önünden geçtim ve bir aralıktan Gassendi Sokağı'ndaki ortak dairemize ulaştım. Üçüncü katta oturuyorduk ve pencerelerimiz kestane ağaçlarının tepelerine açılıyordu; bu sayede sokağı dolduran gürültüden uzak kalıyorduk ve odalarımız ışık alıyordu. Geniş merdivenleri tırmandım, kapıyı açtım ve sessiz, güneşli daireye girdim. Yerimiz boldu; iki büyük yatak odası, dar ve uzun bir yemek salonu, mutfağa kapısı olan bir hizmetçi odası ve içinde porselen küvetiyle geniş bir banyosu vardı bu dairenin. Daha cilalı parkelerine ilk adımı atar atmaz, bu dairenin iki öğrenci için fazlasıyla lüks olduğunu fark etmiştim. Gabriella'nın aile bağları ona okulumuzun sunabileceği en iyi olanakları sağlamıştı. Beni burada Gabriella'nın yanına nasıl verdiklerini ise bilmiyordum.

Montparnasse'taki dairemiz, şartlarımda büyük bir değişiklik yaratmıştı. Yerleştikten sonra dairede lüksün keyfini çıkarmış, her şeyin düzenli ve hatasız olması için çaba göstermiştim. Paris'e gelene kadar ben böyle bir daire görmemiştim; Gabriella ise hayatı boyunca iyi yaşamıştı. Birçok açıdan birbirimizin zıddıydık; dış görünüşümüz bile farklarımızı ortaya koyuyordu. Ben uzun boylu ve açık tenliydim; ela gözlerim büyük, dudaklarım inceydi, kısa çenemi ise kuzeyli kökenimin işareti sayıyordum. Buna karşın Gabriella, esmerdi ve klasik bir güzeldi. Hali tavrı nedeniyle çevresindekiler, modaya ve Claudine romanlarına düşkünlüğüne rağmen onu ciddiye alırlardı. Ben Paris'e burslu gelmiştim, okul ve barınma ücretlerim sadece bağışlarla karşılanıyordu; oysa Gabriella, Paris'in en eski ve saygın melekbilimci ailelerinden birinin ferdiydi. Ben alanımızdaki en iyi araştırmacılarla birlikte çalışabilmeyi bir şans sayıyordum; Gabriella ise onların yanında büyümüş, onların yaydığı ışığı güneş ışınları gibi bünyesine çekmişti. Ben metinleri güçbela yararak ilerler, öküzün tarlayı sürmesi gibi titiz bir uğraşla ezberler ve kategorilere ayırırken, Gabriella'nın zarif, büyüleyici ve rahat bir zekâsı vardı. Ben bilgiler daha iyi aklımda kalsın diye her şeyi sistemli bir şekilde defterlere geçirir, şemalar ve grafikler çizerken Gabriella hiç not tutmazdı. Ama bir ilahiyat sorusunu cevaplarken ya da mitolojik veya tarihi bir konu üzerinde fikir yürütürken hiç anlayamadığım bir rahatlık içinde olurdu. İkimiz sınıfın önde gelen öğrencileriydik ama ben, Gabriella'nın doğuştan hakkı olan seçkin zümrenin içine cebren girdiğimi hissederdim.

Daireyi sabah bıraktığım gibi buldum. Aziz Augustinus'un yazdığı kalın, deri ciltli bir kitap yemek masasında duruyordu ve yanında kahvaltımın artıkları olan ekmek kırıkları ve çilek reçeli damlaları vardı. Masayı toplayıp kitabı odama götürdüm ve kâğıt tomarlarının arasına koydum. Okunmayı bekleyen kitaplar, hokkalar dolusu mürekkep ve yarım kalmış bir dolu defter vardı. Bağlarının önünde poz vermiş güçlü kuvvetli iki çiftçi olan annemle babamın sararmış fotoğrafının yanında, başını köyünde âdet olduğu şekilde bağlamış büyükannem Baba Slavka'nın solmuş fotoğrafı da duruyordu. Çalışmalarım beni o kadar meşgul ediyordu ki, bir yıldır eve dönememiştim.

Şarap üreten bir çiftçi ailesinden geliyordum; içe kapanık ve çekingen, akademik yeteneği ve sağlam, sarsılmaz dini inançları olan bir taşra kızıydım. Annemin ailesi, çalışkanlık ve sebatla ayakta kalmış şarap üreticileriydi, bir yandan *auxerrois blanc* ve *pinot gris* hasadı yaparken diğer yandan birikimlerini çiftlik evinin tuğlaları arasına gizlemişler, savaşın geri geleceği günler için hazırlık yapmışlardı. Babam yabancıydı. Fransa'ya Doğu Avrupa'dan Birinci Dünya Savaşı'nın sonunda göç etmiş, annemle evlenmiş ve onun soyadını almış, bağların sorumluluğunu üstlenmişti.

Babam okumuş değildi ama bendeki yeteneği fark etmişti. Daha ilk adımlarımı attığım günden beri elime kitaplar tutuştururdu, birçoğu da ilahiyatla ilgili olurdu bunların. On dört yaşımdayken beni Paris'te okutmak için gereken başvuruları yapmış, önce sınavlar, bursum kesinleştikten sonra da kayıt için trenle okula götürmüştü. Tüm eşyalarımı, annesine ait olan tahta bir valize yerleştirmiştik. Sonraları, aslında babaannemin benim okulumda okumayı çok istemiş olduğunu öğrendiğimde, melekbilimciliğin bana çoktan çizilmiş bir yol olduğunu anlamıştım. Çevresi geniş ve derse gecikmiş arkadaşımı ararken, sürmekte olduğum hayatı aileme tercih etmeye gönüllülüğümü şaşırarak düşündüm. Gabriella evde değilse, Athenaeum'da Dr. Seraphina'yla buluşmaya yalnız gidecektim.

Odamdan ayrılırken, koridorun sonundaki banyoda bir hareket gözüme çarptı. Kapı kapalıydı ama buzlu camın ardından birinin hareket ettiğini gördüm. Gabriella küveti doldurmuştu herhalde ama okula gitmesi gerekirken bunu yapmış olması tuhafıma gitti. Büyük küvetin hatlarını da görebiliyordum ve sıcak suyla doldurulmuş olduğunu tahmin ediyordum. Küvetten dalga dalga buhar yayılıyor, camı koyu ve süt gibi bir buğuyla kaplıyordu. Gabriella'nın sesini duydum ve kendi kendine konuşmasını garipsediğim halde, yanında biri olabileceğini düşünmedim. Tam elimi kaldırıp kapıyı çalacak, Gabriella'ya orada olduğumu bildirecektim ki, bir altın pırıltısı gözümü aldı. Camın ardından dev bir cüsse geçti. Gördüklerime inanamıyordum ama banyonun yumuşak bir aydınlıkla ışıldadığından da emindim.

İyice yaklaştım ve içeride olan biteni anlamak için kapıyı araladım. Fayanslara birtakım giysiler gelişigüzel atılmıştı. Gabriella'ya ait olduğunu bildiğim beyaz bir keten etek ve desenli ipek bluz gördüm. Arkadaşımın giysilerinin yanında bir un çuvalı gibi kırış kırış, telaşla çıkarılıp atıldığı belli bir pantolon vardı. Gabriella'nın yalnız olmadığı belliydi. Ama dönüp gitmedim. Daha da sokuldum. Banyonun içine kafamı uzattığımda gördüğüm manzara beni öyle bir sarstı ki, dehşet ve hayret içinde durup izlemekten başka bir şey yapamadım.

Banyonun bir ucunda, buğu perdesinin gerisinde Gabriella duruyordu ve bir erkeğin kollarının arasındaydı. Adamın cildi ışıltılı ve beyazdı; varlığı nedeniyle şaşkına dönmüş gözlerime, tümüyle yabancı bir aydınlığı var gibi geliyordu. Gabriella'yı ezmek ister gibi duvara kıstırmıştı ama Gabriella da bu hâkimiyet hareketine direnmeye çalışmıyordu. Hatta o da kollarını adama sarmış, onu kavramıştı.

Banyodan çıktım ve eve gelmiş olduğumun izlerini ortadan kaldırarak evden ayrıldım. Akademiye dönünce, Dr. Seraphina Valko'ya gitmeden önce kafamı biraz toplamak için koridorlarda dolaştım. Binalar birkaç sokağa yayılmıştı ve birbirlerine koridorlarla, yeraltı geçitleriyle bağlanıyordu; bunların okula verdiği karanlık düzensizliği nedense yatıştırıcı buluyordum, sanki bu asimetri, ruh halimi yansıtıyordu. Mekânlar ihtişamdan uzaktı ve küçük amfiler, ısıtması olmayan sınıflar ihtiyacımıza uygun değilse de, kendimi çalışmalarıma kaptırmış olduğum için bu rahatsızlıkları fark etmiyordum.

Şehirden ayrılmış olan araştırmacıların kimsesiz ve karanlık odalarının önünden geçerken, Gabriella'yı sevgilisiyle yakalamış olmanın şokunu anlamaya çalıştım. Evimize erkek misafir almanın yasak olması bir yana, adamda tam olarak anlayamadığım ve kavrayamadığım bir tuhaflık, anormallik de vardı. Gördüğüm şeyleri idrak edemeyişim ve Gabriella'ya duyduğum rekabetle karışık bağlılık nedeniyle bunları Dr. Seraphina'ya anlatamayacaktım; oysa doğrusunun anlatmam olacağını da biliyordum. Bunun yerine, Gabriella'nın yaptıklarının anlamını düşündüm. İlişkisinin bana yüklediği ahlaki açmazı irdeledim. Dr. Seraphina'ya neden geciktiğimi anlatmak zorundaydım, ama ne diyecektim? Gabriella'nın sırrını açığa vuramazdım. Gabriella Lévi-Franche belki tek dostumdu ama en azılı rakibimdi de.

Meğer bu dertlerimin hepsi anlamsızmış. Dr. Seraphina'nın odasına döndüğümde Gabriella'yı karşımda buldum. XIV. Louis tarzı bir koltukta oturuyordu, görünüşü taptaze, hareketleri sakindi; sanki bütün sabahı gölgeli bir parkta Voltaire okuyarak geçirmişti. Üzerinde parlak yeşil krepdöşin bir elbise, beyaz ipek çoraplar vardı ve en sevdiği parfüm olan Shalimar'ı sürmüştü. Beni her zamanki gibi abartısızca selamlayıp iki yanağımdan öylesine öpünce, gördüklerimden habersiz olduğunu anlayarak büyük bir rahatlama duydum.

Dr. Seraphina beni dostça ve endişeyle selamlayıp neden geç kaldığımı sordu. Dr. Seraphina'nın ünü sadece kendi başarılarından değil, üstlendiği öğrencilerin de başarılarından kaynaklanıyordu ve Gabriella'yı arayışımın bana devamsızlık olarak yansıyacağından korkuyordum. Akademideki yerimin güvencesine dair hiçbir yanılgıya kapılamazdım. Gabriella'nın aile bağları gibi güvencelere sahip olmadığım için vazgeçilebilir bir öğrenciydim; tabii Dr. Seraphina bunu açıkça söylemezdi.

Valkoların öğrenciler arasında çok sevildiği sır değildi. Seraphina Valko, kendisi kadar parlak bir hoca olan Dr. Raphael Valko ile evliydi ve sık sık kocasıyla birlikte ders verirdi. Dersleri her güz döneminde amfileri ağzına kadar doldurur, zorunlu ders olarak alan birinci sınıf öğrencilerinden fazla öğrenci ve araştırma görevlisi çekerdi. Bu iki namlı profesörümüz, melekbilim arkeolojisinin küçük ama hayati dallarından biri olan Tufan öncesi coğrafya üzerine uzmanlaşmışlardı. Ancak Valkoların derslerinde sadece uzmanlık alanları işlenmez, melekbilimin ilahiyat kökeninden güncel uygulamasına kadar tüm tarihi ele alınırdı. Dersleri geçmişi öyle bir hayata geçirirdi ki, kadim ittifakların ve savaşların özü –ve bunların günümüz dünyasındaki illetlere etkileri– derse katılanların önünde elle tutulur bir hal alırdı. Dr. Seraphina ve Dr. Raphael, öğrencilerin geçmişin efsaneler ve masallarla dolu uzak bir ülke ya da savaşlar, salgınlar ve talihsizliklerle ezilen hayatların rehberi değil, günümüzde soluk alıp veren bir canlı olduğunu, geleceğin puslu manzarasına açılan bir pencere olduğunu anlamalarını sağlardı. Valkoların geçmişi somut bir hale getirebilme becerisi, popülerliklerini ve okulumuzdaki yerlerini sağlama alırdı.

Dr. Seraphina saatine baktı. "Gidelim artık" dedi ve çıkmaya hazırlanmak için masasındaki kâğıtları topladı. "Zaten geç kaldık."

Topuklarını tıkırdatarak aceleyle yürüyen Dr. Seraphina, bizi dar ve karanlık koridorlardan Athenaeum'a götürdü. Athenaeum deyince insanın aklına Korint sütunları ve günışığına açık yüksek pencerelerle donatılmış soylu bir kütüphane gelse de, Athenaeum zindan kadar karanlıktı ve kireçtaşı duvarları ve mermer zemini, ışıksızlığın verdiği sonsuz alacakaranlıkta birbirinden ayrılamazdı. Aslında, eğitim için kullanılan odaların birçoğu, Montparnasse'a yayılan, farklı tarihlerde edinilmiş ve idareten inşa edilmiş koridorlarla bağlanmış dar binaların çeşitli katlarındaydı. Paris'e geldikten kısa süre sonra, gizli kalmamızın güvenlik icabı olduğunu öğrenmiştim. Odaların ve binaların labirente benzer yapısı sayesinde rahatsız edilmeden çalışabiliyorduk ve bu sükûnetimiz yaklaşan savaşın tehdidi altındaydı. Hocaların büyük bölümü şehri terk etmişti bile.

Sevimsizliğine rağmen, Athenaeum ilk yılımda bana çalışmak için rahat bir ortam sunmuştu. Birçoğu yıllardır raflarından hiç ayrılmamış çok geniş bir kitap koleksiyonu vardı. Dr. Seraphina bana bir yıl önce Melekbilim Kitaplığı'nı gösterirken, Vatikan'ın bile gıpta edeceği bir koleksiyonumuz olduğunu, Tufan sonrası dönemin ilk yıllarından kalma eserler bulunduğunu söylemişse de, bu eserler öğrencilerden uzakta, bir kasada kilitli tutulurdu. Buraya sık sık gece yarısı gelir, küçük bir kandil yakar, yanıma bir sıra kitap alır ve eskimiş kâğıdın tatlı, tozlu kokusu eşliğinde bir köşeye çekilirdim. Olmadık saatlerde çalışmamı hırsımın bir belirtisi olarak görmesem de, şafak vakti beni çalışır bulan diğer öğrenciler böyle düşünürdü mutlaka. Benim için bu tükenmez kitap hazinesi, yeni hayatıma uzanan bir köprüydü; sanki kütüphaneye girdiğimde dünya tarihinin önündeki sis perdesi kalkardı ve ben yalnız olmadığımı, doğumumdan yüzyıllar öncesinden beri benzer metinler üzerinde çalışan araştırmacıların kurduğu ağın bir parçası olduğumu hissederdim. Benim için kütüphane, dünyadaki uygar ve düzenli her şeyin temsilcisiydi.

Bu nedenle, kütüphanenin odalarını darmadağınık halde görmek daha da acı veriyordu bana. Dr. Seraphina bizi derinliklere doğru götürdükçe, bir grup asistanın koleksiyonu dağıtmakla görevlendirildiklerini anladım. İşlem gayet sistemli bir şekilde yürütülüyordu, zaten bu kadar büyük ve değerli bir koleksiyonu dağıtmanın tek yolu da buydu, ama Athenaeum bana yine de kargaşaya teslim olmuş gibi gelmişti. Kitaplar masalara üst üste dizilmiş, birçoğu ağzına kadar dolu olan tahta sandıklar salonun her yanına dağılmıştı. Daha birkaç ay önce öğrenciler bu masada oturmuş, önceki kuşakların öğrencileri gibi sınavlarına çalışmışlardı. Şimdi bana her şey kaybolmuş gibi geliyordu. Metinlerimiz saklandıktan sonra geriye ne kalacaktı? Sığınağımın parçalanışına dayanamayarak gözlerimi kaçırdım.

Aslında bu olay hiç de şaşırtıcı değildi. Almanlar yaklaştıkça böyle tehdide açık yerlerde kalmak tehlikeli olmaya başlamıştı. Yakında derslerin durdurulacağını, eğitime şehir dışında, küçük ve gizli gruplar halinde devam edeceğimizi biliyordum. Son birkaç haftada derslerimizin büyük bölümü iptal edilmişti. En sevdiğim iki ders olan Yaratımın Yorumları ve Melek Fizyolojisi süresiz olarak durdurulmuştu. Sadece Valkoların dersleri devam ediyordu ve bunların da yakında durdurulacağının farkındaydık. Ama işgal tehdidi, Athenaeum'u bu kargaşa içinde bulana kadar bana pek gerçek gelmemişti.

Dr. Seraphina, gergin ve aceleci bir tavırla bizi kütüphanenin arkasındaki bir odaya götürdü. Onun ruh hali de benimki gibiydi; o sabah tanık olduklarımdan sonra sakinleşemiyordum. Yaptıklarından ötürü görünümü değişmiş olabilirmiş gibi Gabriella'ya kaçamak bakışlar atıyordum ama o her zamanki gibi rahattı. Dr. Seraphina durdu, saçını kulağının arkasına attı ve elbisesini düzeltti. Telaşı apaçık ortadaydı. O sırada, gecikmiş olmamdan ötürü huzursuz olduğunu, derse geç kalacağımız için telaş ettiğini sanıyordum ama kütüphanenin sonundaki odaya varıp apayrı bir toplantının başlamış olduğunu gördüğümde, Dr. Seraphina'nın halinin asıl nedenini kavradım.

Bir grup saygın melekbilimci bir masaya oturmuş, ateşli bir tartışmaya dalmıştı. Odadakileri ünlerinden ötürü tanıyordum, zaten birçoğu geçen yıllarda konuk öğretim üyesi olarak derslerimize girmişti, ama hepsini birlikte, böyle samimi bir ortamda hiç görmemiştim. Kurul, Avrupa genelinde çok önemli mevkilerde bulunan kadın ve erkeklerden, nüfuzları ve ünleri okulumuzun çok ötesine yayılmış politikacılar, diplomatlar ve kanaat önderlerinden oluşuyordu. Bunlar, kitapları yakın zamana kadar Athenaeum'un raflarını dolduran araştırmacılar, meleklerin fiziksel ve kimyasal özellikleri üzerine incelemeleri sayesinde disiplinimizi güncel tutan bilim insanlarıydı. Ağır şayaktan siyah kisvesiyle bir rahibe –ki ilahiyat araştırmaları ve saha çalışmaları arasında gidip gelen bir melekbilimciydi– Gabriella'nın çalışmayı çok istediğim tehlikeli ve cazip bir alan olan melek çağırma sanatı uzmanı amcası Dr. Lévi-Franche'ın yanında oturuyordu. Çağımızın en büyük melekbilimcileri, Dr. Seraphina bizi huzurlarına çıkardığı sırada gözlerini üzerimize çevirdiler.

Dr. Seraphina bizim salonun arkasına, kurul üyelerinden biraz uzağa oturmamızı işaret etti. Böyle önemli bir toplantının konusuna olan muazzam merakımı yenemeyerek insanlara saygısızca gözümü dikmemek için, tüm dikkatimi duvara asılmış bir dizi Avrupa haritasına verdim. Paris, Londra, Berlin, Roma gibi önemli kentler, kırmızı noktalarla işaretlenmişti. Ama asıl ilgimi çeken şey, pek büyük olmadığı halde işaretlenmiş bulunan şehirler oldu. Yunanistan ile Bulgaristan'ın sınırı boyunca yerleştirilmiş işaretler, Atina'dan Sofya'ya kırmızı bir çizgi halini almıştı. Bu bölge özellikle ilgimi çekiyordu; çünkü babam, Avrupa'nın bitim ucunda yer alan bu şehirlerden birinde doğmuştu.

Dr. Raphael, konuşmak için haritalardan birinin başına geçmişti. Ciddi bir adamdı ve akademideki görevine devam ederken kurul üyeliğine kadar yükselen tümüyle dindışı bir avuç hocadan biriydi. Dr. Seraphina bir keresinde Dr. Raphael'in bulunduğu pozisyonun, XIII. yüzyılda Oxford'da Aristoteles, Paris'te Fransisken ilahiyat dersleri veren İngiliz melekbilimci Roger Bacon gibi hem idari hem akademik olduğunu söylemişti. Bacon'ın entelektüel azimle manevi tevazuyu dengelemesi, topluluk genelinde büyük saygı gören bir başarıydı ve ben Dr. Raphael'i onun halefi olarak görebiliyordum. Dr. Seraphina masadaki yerini aldığı sırada, Dr. Raphael konuşmaya başladı; muhtemelen kaldığı yerden devam ediyordu.

"Diyordum ki" dedi Dr. Raphael, yarı yarıya boşalmış raflara ve kitapları paketleyip Athenaeum'un dört bir köşesindeki sandıklara yerleştiren asistanlara işaret ederek, "zamanımız azaldı. Kısa süre sonra tüm kaynaklarımız paketlenip kırdaki güvenli sığınaklara kaldırılmış olacak. Bu tabii ki kendimizi gelecekteki sıkıntılardan korumanın tek yolu. Ama taşınma, olabilecek en kötü zamanda başımıza geldi. Çalışmalarımız savaş boyunca askıya alınamaz. Şu anda karar vermemiz gerektiğinden şüpheniz olmasın."

Devam ederken sesi ciddileşti.

"Savunmamızın çökeceğine inanmıyorum; önümüzdeki savaşlar için gerekli tüm hazırlığın yapıldığı ortada, ama kendimizi en kötü şartlara hazırlamalıyız. Daha gecikirsek, kuşatılma riskine gireriz."

"Haritaya bakın hocam" dedi kurul üyesi Vladimir. Sadece adını duyduğum gizli Leningrad Melekbilim Akademisi'nden Paris'e gönderilmiş genç bir araştırmacıydı. Açık mavi gözleri ve atletik yapısıyla çocuksu ve yakışıklıydı. En çok on dokuz yaşında olabilirdi ama sessiz ve kendinden emin edası yüzünden büyük gösteriyordu. "Zaten kuşatıldık gibi görünüyor."

"Mihver devletlerin hileleriyle düşmanlarımızınkiler arasında önemli farklar var" dedi Dr. Lévi-Franche. "Manevi düşmanlarımızın karşısında, dünyevi tehlikelerin hiçbir önemi yok."

"İkisine de karşı koymaya hazır olmalıyız" dedi Vladimir.

"Aynen öyle" dedi Dr. Seraphina. "Bunun için, liri bulup yok etme çabalarımızı hızlandırmamız gerekiyor."

Dr. Seraphina'nın sözleri sessizlikle karşılandı. Kurul üyeleri, böyle cüretkâr bir görüşe nasıl karşılık vereceklerini kestirememişlerdi.

"Bu konuda ne düşündüğümü biliyorsunuz" dedi Dr. Raphael. "Dağlara bir ekip göndermek tek umudumuz."

Masada çevresine bakınan rahibenin başörtüsü, yüzüne gölge

düşürüyordu. "Dr. Raphael'in teklif ettiği alan, kesin koordinatlar olmadan ekiplerimiz de dahil kimsenin inceleyemeyeceği kadar geniş. Böyle bir keşif gezisine çıkılmadan önce yarığın tam yerini haritada gösterebilmemiz gerek."

"Doğru kaynak olursa" dedi Dr. Seraphina, "hiçbir şey imkânsız değildir. Amerikalı velinimetimiz bize cömert bir yardım eli uzatıyor."

"Curie ailesinin sağladığı donanım, yetecek de artacaktır bile" diye ekledi Dr. Raphael.

"Mevcut gerçeklere baksak olur mu" dedi Dr. Lévi-Franche; projeden şüpheli olduğu belliydi. "Tartıştığımız alan ne büyüklükte?"

"Trakya, daha sonraları Bizans adını alacak olan, toprakları bugünkü Türkiye, Yunanistan ve Bulgaristan'ı kapsayan Doğu Roma İmparatorluğu'nun parçasıydı" dedi Dr. Raphael. "X. yüzyılda Trakyalılar büyük toprak hareketleri yaşadılar, ama Muhterem Clematis'in keşif gezisine dair yazdıklarına dayanarak bu alanı biraz daraltmamız mümkün. Clematis'in Bulgaristan'daki Rodop Sıradağları'nın tam ortasında bulunan Smolyan kasabasında doğduğunu biliyoruz. Clematis, keşif sırasında doğum yerine de gittiğini yazmıştır. Dolayısıyla alanı Kuzey Trakya olarak sınırlandırabiliriz."

"Bu da, meslektaşımın isabet buyurduğu gibi, devasa bir alandır" dedi Dr. Lévi-Franche. "Bu alanın küçücük bir bölümünü bile tespit edilmeden inceleyebileceğimizi mi düşünüyorsunuz? Sonsuz kaynaklar ve bin personelle bile onlarca yılda bırakın yeraltına inmeyi, yüzeyi zor kazırız. Böyle bir girişim için gerekli paramız da, personelimiz de yok."

"Bu görevde gönüllü sıkıntısı çekmeyiz" dedi Vladimir.

"Unutmayın ki" dedi Dr. Seraphina, "savaşın meydana getirdiği tehlike metinlerimizin ve okul binamızın yok olmasıyla sınırlı değildir. Mağara ve içindeki hazine gün ışığına çıkarılırsa daha pek çok şeyi kaybedebiliriz."

"Olabilir" dedi rahibe. "Ama düşmanlarımız her dakika dağları izliyorlar."

"Doğru" dedi uzmanlık alanı uhrevi müzikoloji olan Vladimir. "Tam da bu nedenle hemen araştırmaya başlamalıyız."

"Neden şimdi?" diye karşı çıktı Dr. Lévi-Franche sesini alçaltarak. "Daha önemsiz semavi çalgıları bulup koruma altına alırken en önemlisini bıraktık. Neden savaş tehlikesi ortadan kalkana kadar beklemeyelim?"

Dr. Seraphina cevap verdi: "Naziler bölgeye ekiplerini gönderdiler. Özellikle rejimleri için mitolojik anlamı olan kadim buluntulara büyük önem veriyorlar ve Nefiller de bu fırsattan yararlanarak çok güçlü bir silah ele geçirebilirler."

"Lirin kudreti korkunçtur" dedi Vladimir. "Bütün semavi çalgılar arasında bir tek bu, muazzam yıkıma neden olmak için kullanılabilir. Yıkıcı gücü, Nazilerin yapabileceği diğer her şeyden daha sinsidir. Ama bir yandan da, çalgı orada bırakamayacağımız kadar değerlidir. Nefillerin bu lir için yanıp tutuştuğunu siz de pekâlâ biliyorsunuz."

"Ama belli ki" dedi Dr. Lévi-Franche rahatsızlığını gizleyemeyerek, "Nefiller tüm araştırma çalışmalarımızda ekibimizi takip edecektir. Muazzam bir şans eseri liri bulacak olursak, bunu taşıyanların başına ne geleceğini bilemeyiz. Güvenlikleri tehlikeye girebilir. Daha da kötüsü, liri bizden alabilirler. Göstereceğimiz onca çaba, düşmanlarımıza yarayabilir. O zaman, lirin müziğinin yol açacağı dehşetten biz sorumlu oluruz."

"Belki de" dedi rahibe sandalyesinde doğrularak, "düşündüğünüz kadar kuvvetli değildir. Çalgıyı gören olmadı. Yol açtığı korkunun büyük bölümü, pagan efsanelerinden kaynaklanıyor. Lirin yol açabileceği kötülüklerin rivayetten ibaret olma ihtimali bir hayli kuvvetli."

Melekbilimciler bunu düşünürken, Dr. Raphael, "Yani önümüzde harekete geçme veya hiçbir şey yapmama seçenekleri var" dedi.

"Sarsakça hareket, dikkatle hareketsiz kalmaktan kötüdür" dedi Dr. Lévi-Franche ve hocalarımın samimi ikna uğraşlarına büyük karşıtlık oluşturan ukalalığı beni ister istemez rahatsız etti.

"Bu durumda" dedi giderek heyecanlanan Dr. Raphael, "hareketsiz kalmak daha büyük sarsaklık olur. Ataletimizin sonuçları korkunç olacaktır."

"İşte bu yüzden hemen harekete geçmeliyiz" dedi Vladimir. "Liri bulup korumak bizim görevimiz."

"Sözünüzü keseceğim ama" dedi Dr. Seraphina usulca, "bir teklifim olacak." Gabriella ile oturduğumuz yere yaklaşarak kurul üyelerinin dikkatlerini bize çekti. "Birçoğunuz onları tanıyorsunuz ama diğerlerine, en parlak iki genç melekbilimcimizi tanıştırmak isterim. Gabriella ve Celestine, geçiş aşamasında varlıklarımızı düzene koymamız için benimle birlikte çalışıyorlar. Metinlerin kataloglarını çıkarmak ve notların çevriyazımı için büyük çaba sarf ettiler. Çalışmalarının çok yararlı olduğuna inanıyorum. Hatta koleksiyonumuzun en küçük parçalarına gösterdikleri özen ve tarihi belgelerimizden çıkardıkları bilgiler, Dr. Raphael ve bana bu önemli kavşakta nasıl hareket etmemiz gerektiğine dair fikirler verdi."

"Bildiğiniz gibi" dedi Dr. Raphael, "Dr. Seraphina ve ben akademideki görevlerimize ek olarak bir dizi özel projede de çalışıyoruz ve bunların arasında mağaranın yerini belirlemek de var. Bu süreçte, daha önce gözden kaçmış olan pek çok ekler ve saha notları biriktirdik."

Biraz derdimi paylaşır belki diye Gabriella'ya baktım ama o her zamanki kibirli haliyle kafasını çevirdi. O an, kurul üyelerinin tartışmakta olduğu konunun ayrıntılarını biliyor olabileceğini düşündüm. Bir ihtimalle ona içeriden bilgi verirken beni dışta tutmuş olabilirlerdi. Dr. Seraphina bana bir lirden de, bunu düşmanlarımızdan korumaktan da hiç söz etmemişti. Bu sırrı Gabriella'ya açıklamış olma ihtimali, içimi kıskançlıkla doldurdu.

"Yaklaşan savaşın çalışmalarımızı kesintiye uğratabileceğini anladığımızda" dedi Dr. Seraphina, "ne olursa olsun belgelerimizin çok iyi korunması gerektiğine karar verdik. Bu amaçla, Gabriella ve Celestine'den araştırma notlarını tasnif ve dosyalamaya yardımcı olmalarını istedik. Birkaç ay önce işe başladılar. Bulgu toplama gibi yavan işlere büyük emek sarf ettiler, ama projeyi taşınmadan önce tamamlamak için yaratıcılık ve kararlılık da sergilediler. İlerlemelerini mutlulukla izledik. Bizlere basit bir memuriyet gibi gelecek işlere gençliklerinden ötürü büyük sabırla yaklaştılar ama çabaları mükemmel sonuçlar doğurdu. Veriler son derece yararlı oldu ve on yıllardır gizli kalmış muazzam bir bilgi birikimini incelememize imkân sağladı."

Dr. Seraphina haritalara doğru yürüyüp yeleğinin cebinden bir kalem çıkararak Rodop Dağları'nın üzerinde Yunanistan'dan Bulgaristan'a doğru bir üçgen çizdi.

"Aradığımız bölgenin bu sınırlar arasında olduğunu biliyoruz. Bölgenin daha önce keşfedildiğini ve yarığın çevresindeki coğrafyayı ve yeryüzü şekillerini ortaya koymak için akademik çalışmalar yapıldığını biliyoruz. Araştırmacılarımız çalışmalarında entelektüel açıdan büyük titizlikle hareket etseler de, kurumsal yöntemlerimizin mükemmel olmadığını kabul etmeliyiz. Tam koordinatlar elimizde yok, ancak daha önce bu amaç için gözden geçirilmemişleri de kapsayacak şekilde tüm metinleri tararsak bu yere ışık tutabileceğimize inanıyorum."

"Bu yöntemle mağaranın koordinatlarını bulacağınıza da mı inanıyorsunuz?" dedi rahibe.

"Teklifimiz şöyle" dedi Dr. Raphael, karısının yerine söze girerek. "Tarayacağımız alanın çapını yüz kilometreye indirebilirsek, İkinci Keşif için tam izin istiyoruz."

"Alanı daraltamazsak" diye ekledi Dr. Seraphina, "bilgileri elimizden geldiğince saklayacağız, planladığımız gibi sürgüne gideceğiz ve haritalarımızın düşmanların ellerine geçmemesi için dua edeceğiz."

Kurul üyelerinin bunca tartışmadan sonra planı bir çırpıda onaylamaları beni çarpmıştı. Belki Dr. Seraphina, Gabriella kartını oynayarak Dr. Lévi-Franche'ı kendi tarafına çekebileceğini hesaplamıştı. Stratejisi her neydiyse, işe yaramıştı. Aradığımız şeyin niteliğinden emin değildim ama kararlılığım bilenmişti. Mutluluktan uçuyordum. Gabriella ve ben, Valkoların mahpus meleklerin mağarasını arayışlarının tam ortasında yer alacaktık.

Ertesi sabah Dr. Seraphina'nın odasına, kararlaştırdığımız buluşma saatimiz olan dokuzdan bir saat erken geldim. Gece hiç uyuyamamıştım, Gabriella da yan tarafta dolanıp durmuş, penceresini açmış, sigara içmiş, odanın içinde volta atarken Debussy'nin *On İki Etüt*'ünü dinlemişti. Uykusuzluğunun bir nedeninin de gizli ilişkisi olduğunu düşünüyordum, zira benimkinin nedenlerinden biri de oydu, ama Gabriella'nın duyguları benim için gizemini koruyordu. Paris'te herkesten iyi onu tanıyordum, ama hiç de tanımıyordum.

O gün olanlar başımı öyle döndürmüştü ki, Valkoların mağara arayışında bize biçtikleri rolün boyutuna dair düşünme fırsatı bulamamıştım. Gabriella'yı yabancı bir adama sarılmış olarak düşünmekten başka bir şey yapamayışım, arkadaşıma karşı daha tetikte olmama yol açıyordu. Dolayısıyla gün doğmadan yataktan kalktım, kitaplarımı topladım ve Athenaeum'un kendime ayırdığım köşesinde sabahın köründe çalışmaya başladım.

Metinlerin arasında yalnız olmak, önceki günkü kurul toplantısını düşünme fırsatı verdi bana. Böyle önemli sonuçları olabilecek bir keşif gezisinin, mağaranın tam yeri bilinmeden yapılabileceğine inanmakta zorlanıyordum. Herhangi bir keşfin en önemli unsuru olan harita ortada yoktu. Orta zekâlı bir birinci sınıf öğrencisi bile haritası eksiksiz olmayan bir keşif gezisinin başarı sayılamayacağını tahmin edebilirdi. Gelecekteki araştırmacıların, keşfin tam coğrafi yerini bilmeden bu görevi tekrarlama imkânları olmayacaktı. Kısacası, harita yoksa elde somut kanıt yoktu.

Haritacılık ve coğrafi oluşumlara verdikleri önem takıntıya varan Valkolarla bu kadar yıl geçirmiş olmasam, harita konusunu bu kadar önemsemezdim. Nasıl ki bilim adamları deneyleri doğrulamak için tekrarlanabilirliğe bakarsa, Valkoların Tufan öncesi jeoloji üzerine araştırmaları da, geçmişteki keşif gezilerinin bire bir ve somut olarak tekrarlanabilmesine duydukları tutkuya dayanıyordu. Mineral ve kaya oluşumlarına, yanardağ faaliyetlerine, taraça oluşumlarına, toprak türlerine ve karst topografyalarına ilişkin klinik tartışmaları, yöntemlerinin bilimselliğine dair tüm şüpheleri ortadan kaldırıyordu. Hata söz konusu değildi. Bulunabilecek bir harita olsa, Dr. Raphael'den kaçmazdı. Eski keşif gezilerini adım adım, taş taş tekrarlardı.

Güneş doğduktan sonra Dr. Seraphina'nın kapısını çaldım ve içeriden gelen yumuşak sesini duyunca kapıyı açtım. İçerideki manzarayı görünce hayretimi gizleyemedim: Gabriella içerideydi, hocamızla kan kırmızı ipek kaplı bir kanepede oturmuşlar, önlerine bir kahve servisi almışlar, tartışmaya dalmışlardı. Dün geceki huzursuz Gabriella ortadan kaybolmuştu. Onun yerine parfümü, pudrası ve şık elbiseleri, dümdüz taranmış parlak siyah saçlarıyla aristokrat Gabriella karşımdaydı. Gabriella'ya bir kez daha yenik düşmüştüm ve yerimi bilemez gibi kapıda dikilip kalmıştım. "Ne yapıyorsun Celestine?" dedi Dr. Seraphina, hafifçe rahatsız olmuş gibi. "İçeri gel de bize katıl."

Daha önce defalarca Dr. Seraphina'nın odasına gitmiştim ve bunun okuldaki en şık odalardan biri olduğunu biliyordum. Haussmann tarzı bir binanın üst katında bulunan oda, mahalleye tepeden bakıyor, okulun önündeki fıskiyeli meydanı ve durmadan dönen güvercinleri görüyordu. Sabah güneşi Fransız balkonu ışıkla doldurmuştu ve balkonun kapılarından biri açıktı; içerisi, bütün gece yağmur yağmış da geriye bir çamur tabakası bırakmış gibi toprak ve su kokuyordu. Oda büyük ve zarif döşenmişti; gömme kitaplıklar, oymalı kolonlar ve mermer tablalı bir yazıhane dikkat çekiyordu. Gerçekte olduğu gibi *la rive gauche*'ta değil de Sağ Yaka'da bulunması beklenecek türden bir ofisti. Dr. Raphael'in tozlu ve pipo tütününden sararmış, tavanına kadar kitaplar yığılmış odası, okulumuzu daha iyi temsil ediyordu. Dr. Raphael'e sık sık karısının odasında bir köşeye oturmuş bir dersin ayrıntılarını tartışırken ya da Gabriella'nın o sabah yaptığı gibi, Dr. Seraphina'nın Sèvres takımlarıyla kahve içerken rastlamak mümkündü.

Dr. Seraphina'nın ofisine Gabriella'nın benden erken gelmiş olması, beni gösterdiğimden fazla rahatsız etmişti. Amacını bilemezdim ama bana, bir adım öne geçebilmek için özel bir toplantı ayarlamış gibi gelmişti. Hiçbir şey olmasa, üstleneceğimiz işle ilgili olarak Dr. Seraphina ile konuşmuş ve belki daha iyi görevlerin kendisine verilmesini sağlamıştı. Çalışmalarımızın sonucunun, okuldaki durumumuzu etkileyeceğini biliyordum. Valkolar sonuçlardan memnun kalırsa, keşif ekibinde bizden birine yer açılacaktı. Ama sadece birimize.

Bize verilen işler, görünüşlerimiz kadar birbirinden farklı olan akademik alanlarımıza göre seçilmişti. Ben derslerimizin teknik unsurlarını, melek bedenlerinin fizyolojisini, yaratıklarda madde ve ruhun birbirine oranını, erken dönem taksonomilerinin matematiksel mükemmelliğini tercih ederken, Gabriella melekbilimin estetik konularına ilgi duyardı. Melekbilimciler ile Nefiller arasındaki büyük tarihi savaşları okumayı severdi, dini tablolara bakıp benim hiç çıkaramayacağım simgeler tespit ederdi, eski metinleri, insanın tek bir kelimenin bile geleceğin yönünü değiştirebileceğine inanacağı bir dikkat ve özenle incelerdi. İyinin ilerleyişine inanıyordu ve ilk yılımızda benim de bu ilerlemenin mümkün olabileceğine inanmamı sağlamıştı. Dolayısıyla Dr. Seraphina, mitsel metinlerin incelenmesini Gabriella'ya vermiş, bana daha sistemli görevler olan önceki keşif gezilerinin deneysel verilerini sınıflandırma, çeşitli çağlara ait jeolojik bilgileri tarama, eski tarihli haritaları derleme işlerini yüklemişti.

Gabriella'nın yüzündeki mutluluk ifadesine bakılırsa, bir süredir konuşuyorlardı. Odanın ortasında bir sıra tahta sandık vardı ve pürüzlü kesilmiş köşeleri yerdeki kırmızı ve altın renkli kilimi eziyordu. Sandıklardan her biri alelacele tıkıştırılmış gibi duran defterler ve kâğıtlarla doluydu.

Gabriella'nın orada olmasına şaşırmam ve defter sandıklarına duyduğum merak, gizli kalmamıştı. Dr. Seraphina eliyle gelmemi işaret etti ve kapıyı kapatmamı söyledi. "İçeri gel Celestine" dedi tekrar, kitaplıkların yanındaki bir divana oturmamı işaret ederken. "Ne zaman geleceğini merak ediyordum."

Odanın diğer ucundaki duvar saati, Dr. Seraphina'nın sözlerine onay verircesine sekizi vurdu. Bir saat erken gelmiştim. "Dokuzda başlayacağız sanıyordum" dedim.

"Gabriella önceden başlamak istedi" dedi Dr. Seraphina. "Kataloglayacağınız yeni malzemelere göz atıyorduk. Bunlar Raphael'in kâğıtları. Dün gece odasından getirdi."

Dr. Seraphina masasına yürüyüp bir anahtar çıkardı ve bir dolabı açtı. Raflar özenle dizilmiş defterlerle doluydu. "Bunlar da benim belgelerim. Konu ve tarih sırasına koydum. Öğrenciliğimden kalanlar alt raflarda, son çalışmalarım, ki çoğunluğu alıntılar ve makale taslaklarıdır, üstlerde. Yıllardır kendi belgelerimi kataloglamaya elim varmadı. Gizlilik de önemli bir etkendi tabii ama daha önemlisi doğru asistanların gelmesini bekliyordum. Siz ikiniz de melekbilimin teleoloji, aşkın frekanslar, şekilci melekbilim teorileri ve taksonomi gibi temel alanlarını bilen parlak öğrencilersiniz. Bunları başlangıç düzeyinde incelemiş olsanız da, Tufan öncesi jeoloji alanımızla ilgili de bilgi sahibisiniz. Çalışkan ve titizsiniz, farklı şekillerde bilgili ve yeteneklisiniz, ama uzmanlığınız yok. Bu göreve yeni bir bakış getireceğinizi umuyorum. Sandıklarda bizim gözümüzden kaçmış bir şey varsa, bunu sizin yakalayacağınızdan eminim. Ayrıca derslerime girmenizi de istiyorum. Başlangıç düzeyindeki dersi geçen yıl aldığınızı biliyorum ama konu, görevimizle yakından ilgili."

Parmaklarını bir sıra derginin üzerinde gezdirdikten sonra, birkaç cildi aldı ve aramızdaki sehpaya koydu. İçgüdüyle dergilerden birini elime alacak oldum ama kendimi tuttum, Gabriella'nın önce hareket etmesini bekledim. Çok hevesli görünmek istemiyordum.

"Bunlarla başlayabilirsiniz" dedi Dr. Seraphina kanepeye ilişerek. "Raphael'in dosyalarını hizaya sokmakta epey zorlanacağınızı düşünüyorum."

"Ne kadar çokmuş" dedim, elden geçecek belgelerin çokluğuna kapılmış halde ve böyle bir bilgi yığınını nasıl belgeleyeceğimizi düşünerek.

"Gabriella'ya belgelerin kataloglama yöntemiyle ilgili talimatları verdim" dedi Seraphina. "Bunları sana aktaracak. Şahsen tekrar etmek istediğim tek bir şey var: Bu defterlerin olağanüstü değer taşıdıklarını unutmayın. Araştırmamızın gövdesini bunlar oluşturuyor. Buradakilerin bir bölümünü yayımlama amacıyla özetlemiş olsak da, bu arşivin bir kopyası daha yok. Hassas defterleri, özellikle keşif gezilerimizi içeren metinleri korumak için büyük özen göstermenizi rica ediyorum. Bu belgeleri bu odadan çıkaramazsınız maalesef. Ama işinizi zamanında bitirmek kaydıyla, istediğiniz gibi okuyabilirsiniz. Belgeler ne kadar dağınık olursa olsun, öğrenilecek pek çok şey var. Çalışmalarımız sayesinde mücadelemizin geçmişini anlayacağınızı, şansımız çok yaver giderse, aradığımız şeyi keşfetmemize yardımcı olacağınızı umuyorum."

Deri kaplı bir defteri bana vererek devam etti: "Bunlar, öğrencilik yıllarımdan kalma. Ders notları var, melekbilim ve tarihteki gelişimi hakkında bazı varsayımlar da yer alıyor. Son okuyalı o kadar oldu ki, içinde başka neler bulacağından emin değilim. Bir zamanlar ben de hırslı bir öğrenciydim ve senin gibi kütüphanede saatler geçirirdim, Celestine. Melekbilimin tarihine dair muazzam bilgi yükünü daha öz hale getirmem gerektiğine inanırdım. Defterde safdillikle yaptığım bazı çıkarımlar olacağını tahmin ediyorum. Bunları sakın körü körüne benimseme."

Dr. Seraphina'yı öğrenci olarak, bizim öğrendiklerimizi öğrenmeye çalışırken tasavvur etmeye uğraştım. Herhangi bir konuda safdil olabileceğini hayal etmek bile güçtü.

Dr. Seraphina devam etti: "Sonraki yılların notları daha derli toplu olacaktır. Bu defterdeki notlarımı, nasıl desem, daha kısa ve öz bir araştırma tarihçesi haline getirdim. Hocalarımızın ve personelimizin bağlı kalmaya gayret gösterdiği bir ilke, melekbilimin tümüyle işleve dönük olmasıdır; biz çalışmalarımızı somut bir araç olarak kullanırız. Bir teori ancak pratiği kadar başarılıdır ve bizim durumumuzda tarihi araştırmalar, Nefillerle savaşımızda büyük rol oynar. Şahsen çok pratiğe dayalı bir zihnim var. Soyutlamaları anlamakta hiç becerikli değilim ve bu yüzden melekbilim teorilerini daha somut hale getirmek için anlatılardan yararlandım. Derslerimi de bu şekilde planlarım. Anlatı kullanımı, yani alegoriler ve benzerleri, ilahiyatın birçok alanında yaygındır, ama kilise melekbilimsel dizgelerden söz ederken bunlardan kaçınmıştır. Biliyorsunuzdur, hiyerarşik dizgeler ruhbanlar tarafından bir tür argüman olarak kurgulanmıştır. Tanrı'nın melekler arasında bir hiyerarşi yarattığı gibi yeryüzünde de hiyerarşiler kurduğuna inanırlar. Birini açıklamak diğerini aydınlatır. Örneğin, nasıl ki seraflar keruvlara göre üstün meleklerse, Paris Kardinali de bir çiftçiden üstündür. İşleyişi anlamışsınızdır: Hiyerarşileri Tanrı yaratmıştır ve herkes Tanrı'nın belirlediği yerinde kalmalıdır. Haliyle vergilerini de düzenli ödemelidir. Kilisenin melekbilim hiyerarşileri, toplumsal ve siyasi yapıları pekiştirmiştir. Bunun yanında, evrene dair de bir anlatı, sıradan insanların hayatlarındaki zahiri kargaşayı düzene sokan bir kozmoloji de sunmuşlardır. Tabii melekbilimciler bu yoldan ayrıldı. Biz, entelektüel özgürlüğü ve liyakate dayalı ilerlemeyi mümkün kılan yatay bir yapı gözetiriz. Sistemimiz bu açıdan benzersizdir."

"Böyle bir sistem nasıl ayakta kaldı?" diye sordu Gabriella. "Kilise buna izin veremezdi."

Gabriella'nın meydan okuyan sorusuna şaşırarak önüme baktım. Ben kiliseyi böyle apaçık sorgulayamazdım. Belki kilisenin şaşmazlığına olan inancım bana ayak bağı oluyordu.

"Bu sorunun daha önce çok sorulduğunu sanıyorum" dedi Dr. Seraphina. "Melekbilimin kurucuları, X. yüzyılda yapılan büyük melekbilimciler toplantısında çalışmalarımızın sınırlarını belirlemiştir. Katılan rahiplerden birinin yazdığı harika bir toplantı raporu da mevcuttur." Dr. Seraphina dolaba gidip bir kitap çıkardı. Sayfaları çevirirken, "Size tavsiyem, fırsat bulduğunuzda bunu okumanızdır" dedi, "ama bu şimdi olamaz; çünkü bu sabah haddinden çok fazla işiniz var."

Seraphina kitabı sehpaya koydu. "Topluluğumuzun tarihçesini okudukça göreceksiniz ki, melekbilim çalışma ve tartışmadan ibaret değildir. Bu alan, ciddi ve maneviyatçı bir grup adamın verdiği akıllıca kararlarla ortaya çıkmıştır. Melekbilimcilerin meleklerin zindanını ortaya çıkarmak için yaptıkları ilk somut girişim olan Birinci Melekbilim Keşfi, Muhterem Pederler Trakyalı kardeşlerinin çağrısı üzerine Sozopol Konseyi'ni topladıkları zaman şekillenmiştir. Disiplinimizin temeli bu toplantıda atıldı ve kurucularımızın önde gelenlerinden olan Muhterem Peder Bogomil'e göre, konsey sadece çalışma alanımızın standartlarının oluşturulmasında değil, zamanın en önemli düşünürlerinin bir araya getirilmesinde de muazzam bir başarı elde etti; zira İznik Konseyi'nden bu yana, böyle büyük bir mezhepler üstü temsilciler meclisi kurulamamıştı. Ana salonda rahipler, diyakozlar, yardımcılar, hahamlar ve Mani ruhbanları, dogmalar üzerine bir tartışmalar dizisine katıldı. Ama başka bir yerde gizli bir toplantı yapılmaktaydı. Trakya doğumlu olan ve Roma'da yaşayan Clematis adlı yaşlı bir rahip, Gözcülerin mağarasını bulmak için duyduğu tutkuyu paylaşan bir grup rahiple bir araya gelmişti. Hatta mağaranın yeri için bir tahminde de bulunmuş, Nuh'un gemisinin kalıntıları gibi, Karadeniz yakınlarında bir yerde olacağını öne sürmüştü. Sonunda Clematis bu teorisini sınamak için dağlara çıktı. Elimizde bunu destekleyecek bir kanıt olmasa da, Dr. Raphael ve ben Clematis'in bir harita çizmiş olduğuna inanıyoruz."

"Dediğiniz yerde herhangi bir şey olduğundan nasıl emin olabiliyorsunuz?" diye sordu Gabriella. "Elimizde ne gibi kanıtlar var? Ya mağara filan yoksa ve konu bir efsaneden ibaretse?"

"Mutlaka bir doğruluk payı vardır" dedim; Gabriella'nın hocamıza karşı çıkmakta çok aceleci davrandığını düşünüyordum.

"Clematis mağarayı buldu" dedi Dr. Seraphina. "Muhterem Peder ve ekibi, bin yıllar içinde o mağarayı bulan, mağaranın içine inen ve asi melekleri görebilen tek topluluk. Clematis, bu ayrıcalık uğruna canından oldu. Neyse ki ölümünden önce keşif gezisinin kısa bir özetini yazdırdı. Dr. Raphael ve ben, araştırmalarımızda birincil kaynak olarak bu metni kullandık."

"Bu özet mağaranın yerini gösteriyordur herhalde" dedim, Clematis'in keşfinin ayrıntılarını öğrenmek için büyük bir merakla.

"Evet, Clematis'in anlattıklarında bir yerden söz ediliyor" dedi Dr. Seraphina. Bir kâğıt çekip dolmakalemini açarak Kiril alfabesinde bir şeyler yazdı ve bize gösterdi.

Гяурското Бърло

"Clematis'in anlattıklarında geçen isim, Gyaurskoto Burlo, yani eski Bulgarcada 'Gâvur Zindanı' veya daha doğrusu, 'Gâvurların Saklandığı Yer'. Bu da Gözcüler için doğru bir tanım; çünkü dönemin Hıristiyanları onları asi ya da imansız olarak görürlerdi. Rodop Dağları civarı XIV. yüzyılda Osmanlı tarafından işgal edildi ve Ruslar 1878'de Bulgarların Osmanlı'yı sürüp çıkarmasına yardım edene kadar da böyle kaldı. Bu da şimdi yapacağımız aramayı zorlaştırıyor. Müslümanlar için de Bulgar Hıristiyanlar 'gâvur' sayıldığından, mağaranın adının ilk anlamına bir kat anlam daha eklenmiş oluyor. 20'lerde Yunanistan ve Bulgaristan'da bazı keşif gezileri yaptık ama ne yazık ki bu adda bir mağaraya rastlayamadık. Sorulduğunda köylüler bu adı ya Osmanlı'yla bağdaştırıyor ya da hiç duymamış oluyor. Yıllarca uğraştık ama bu adı bölgenin herhangi bir haritası üzerinde de bulamadık. Dikkatsizlikten mi kasıtlı mı bilinmez, ama mağara kâğıt üzerinde yok."

"Belki bu durumda" dedi Gabriella, "Clematis'in yanıldığını ve böyle bir mağaranın olmadığını düşünmek doğru olur."

"Orada yanılıyorsun" dedi Dr. Seraphina, konuya duyduğu tutkuyu açığa çıkaran bir hızla. "Asi meleklerin zindanı vardır. Ben bunun için kariyerimi ortaya koydum."

"O zaman bulmanın da bir yolu olmalı" dedim, Valkoların bu bulmacayı çözmeye duydukları arzunun genişliğini ilk kez fark ederek. "Clematis'in anlattıklarını incelemeliyiz."

"Bunu" dedi Dr. Seraphina tekrar dolaba giderek, "ileriye, elinizdeki işi tamamlamanızdan sonraya bırakacaksınız."

Önümdeki kitabın içinde neler yattığını merak ederek kapağını açtım. Fikirlerimin, Dr. Seraphina'nın çalışmalarıyla aynı doğrultuda olmasından ve genellikle Valkoların takdirini kazanan Gabriella'nın hocamızla ters düşmüş bulunmasından mutluluk duymamak elde değildi. Gelgelelim Gabriella, Dr. Seraphina'nın onayını alamamaktan hiç rahatsızlık duymamış gibiydi. Hatta aklında bambaşka bir şey vardı sanki. Gabriella'da benim duyduğum rekabetten eser olmadığı apaçık ortadaydı. O kendini kanıtlamaya ihtiyaç görmüyordu.

İşe başlamaya can attığımı gören Dr. Seraphina ayağa kalktı. "Artık çalışmaya başlayabilirsiniz" dedi. "Belki bu belgelerde, benim gözümden kaçmış bir şey yakalarsınız. Elimizdeki metinlerin insana ya hiçbir şey anlatmadığını ya da çok derinden hitap ettiğini gördüm. Bu sizin konuya dair hassasiyetinize bağlı. Ruh ve zihin, kendi istedikleri zamanda, istedikleri şekilde olgunlaşıyorlar. Güzel bir müzik çalınıyor ama kulağı olan herkes bunu duyamıyor."

Öğrenciliğimin ilk günlerinden beri, Valkoların derslerine erken gelip kendime diğer öğrenciler arasında yer bulmayı huy edinmiştim. Gabriella ve ben, geçen yıl Valkoların dersini almış olmamıza rağmen, bu yıl tekrar derse giriyorduk. Ben, derslerin ortaya koyduğu tutkulu araştırma ortamına ve akademik birlik hissine büyük bir çekim duyarken, Gabriella tanınmış bir ailenin mensubu ikinci sınıf öğrencisi olmaktan haz alıyordu. Küçük öğrenciler, Valkoların savlarına ne karşılık verdiğini kestirmek istermiş gibi ders boyunca onu izliyorlardı. Dersler, bir Roma tapınağının tahkimatı üzerine kurulu, kireçtaşından inşa edilmiş, kalın duvarları aşağıdaki taşocaklarından yükseliyormuş gibi duran bir şapelde yapılıyordu. Şapelin tavanındaki ahşap kirişler artık dağılmaya yüz tutmuş tuğlaları zor taşıyordu; öyle ki, dışarıda trafik yoğunlaştığı zaman, sarsıntı yüzünden yapı tepemize çökecek diye endişe ediyordum.

Dr. Seraphina kâğıtlarını düzenleyip derse başladığı sırada, Gabriella ve ben de arkalarda bir yere oturduk.

"Bugün sizlere, çoğunuzun bir şekilde duymuş olduğu bir öyküden söz edeceğim. Disiplinimizin kurucu öyküsü olarak tarihteki merkezi konumu su götürmez, şiirsel güzelliği tartışılmaz bir öykü. Öykümüz Büyük Tufan'dan önce, cennetin iki yüz melekten oluşan Gözcüler adlı bir grubu, yaratılmışların yaptıklarını izlemeye gönderdiği tarihlerde başlıyor. Anlatılanlara göre Gözcülerin başında Semyaza adlı bir melek bulunuyormuş. Semyaza güçlü ve hâkim bir melekmiş; meleklik fikrinin vücut bulmuş haliymiş. Kireç beyazı teni, neredeyse renksiz gözleri ve altın saçları, semavi güzelliğin idealini sergilermiş. İki yüz meleği cennetten yeryüzüne indiren Semyaza, dünyaya ayak basmış. Yaverleri arasında Araklba, Remil, Temlil, Remlil, Danil, Ezekil, Berakiel, Esail, Armaros, Bateril, Anenil, Zakil, Şemsapil, Setaril, Turil, Camceil, Kokabil, Erakil, Şemsil ve Saril varmış.

"Melekler, Âdem ile Havva'nın çocukları arasında fark edilmeden dolaşmış, gölgelere sığınmış, dağlara saklanmış, insanların onları bulamayacağı yerlere gizlenmiş. İnsanları takip ederek bölgeden bölgeye geçmişler. Bu şekilde Ganj, Nil, Şeria ve Amazon boyundaki kalabalık uygarlıkları keşfetmişler. İnsan yerleşimlerinin dışında sessizce yaşamış, insanların neler yaptıklarını dikkatle izlemişler.

"Yeret çağında bir gün, melekler Hermon Dağı'nda yerleşmişken, Semyaza bir kadının gölde yıkanmakta olduğunu, kahverengi saçlarının dalgalandığını görmüş. Gözcüleri dağın kenarına çağırmış ve haşmetli varlıklar hep birlikte kadını izlemişler. Öğretideki birçok kaynağa göre, Gözcülerin insan kızları arasından eş seçmelerini Semyaza teklif etmiş.

"Ama daha bu sözler ağzından çıkar çıkmaz korkuya kapılmış. İtaatsizliğin cezasını bildiği, asi meleklerin düşüşüne tanık olduğu için, planını baştan şekillendirmiş. 'İnsan kızları bizim olacak' demiş. 'Ama beni takip etmezseniz, bu büyük günahın cezasını ben tek başıma çekerim.'

"Gözcüler Semyaza ile anlaşmışlar ve cezayı önderleriyle birlikte çekmeye ant içmişler. Böyle bir birleşmenin yasak olduğunu ve yaptıkları anlaşmanın gökteki ve yerdeki tüm yasaları ihlal ettiğini biliyorlarmış. Buna rağmen Gözcüler, Hermon Dağı'ndan inmişler ve kadınların karşısına çıkmışlar. Kadınlar bu garip yaratıklarla bir araya gelmiş ve kısa zamanda hamile kalmışlar. Bir zaman sonra da Gözcüler ile insan karılarının çocukları olmuş. Bu yaratıklara Nefiller denmiş.

"Gözcüler, büyüyen çocuklarını izlemişler. Annelerinden de, meleklerden de farklı olduklarını görmüşler. Kızları, insan kızlarından daha uzun boylu ve zarifmiş; sezgileri ve hisleri gelişkinmiş; meleklerin fiziksel güzelliğine de sahiplermiş. Oğulları, insan erkeklerinden daha uzun boylu ve güçlüymüş; çok keskin zekâya, manevi dünyanın aklına sahiplermiş. Gözcüler oğullarını bir araya toplamış ve onlara savaş sanatını öğretmişler. Ateşi nasıl tutuşturup yanık tutacaklarını, pişirmek ve ısınmak için nasıl kullanacaklarını öğretmişler. Bu o kadar büyük bir armağanmış ki, Gözcüler insanların efsaneleri ve mitolojileri arasına girmişler; Prometheus bunlardan en ünlüsü olmuş. Gözcüler, oğullarına meleklerin mükemmele eriştirdiği ama insanlıktan gizli tuttuğu madencilik sanatını öğretmişler. Değerli metalleri bilezik, yüzük ve gerdanlık haline sokmayı göstermişler. Altın ve değerli taşlar topraktan çıkarılmış, cilalanmış, takılar haline getirilmiş ve bunlara değer biçilmiş. Nefiller, altını ve zahireyi stoklayarak zenginliklerini arttırmış. Gözcüler kızlarına, kumaşları nasıl boyayacaklarını, dövüp toz haline getirdikleri pırıltılı madenlerle gözlerini nasıl renklendireceklerini öğretmişler. Kızlarını süsleyip püsleyip insan kadınları arasında kıskançlık doğurmuşlar.

"Gözcüler çocuklarına, onları insanlardan güçlü kılacak aletler yapmayı öğretmişler; metalleri eritip kılıçlar dökmeyi, bıçaklar, kalkanlar, zırhlar ve ok başları yapmayı göstermişler. Bu aletlerin verdiği gücü anlayan Nefiller, silah yapıp saklamışlar. Avlanıp et istiflemişler. Mallarını zor kullanarak korumuşlar.

"Gözcülerin çocuklarına verdiği başka armağanlar da varmış. Karılarına ve kızlarına, ateşten de madencilikten de güçlü sırlar öğretmişler. Kadınları erkeklerden ayırmışlar, şehirlerden çıkarıp dağların arasına götürmüşler ve büyü yapmayı, otları ve kökleri ilaç olarak kullanmayı öğretmişler. Onlara büyü sanatının sırlarını vermişler ve büyülerini yazıp saklayabilecekleri bir simge dizgesi öğretmişler. Parşömenler el değiştirmeye başlamış. O zamana kadar erkeklerin eline bakan kadınlar, güçlü ve tehlikeli hale gelmişler.

"Gözcüler, bu uhrevi sırların pek çoğunu karılarına ve kızlarına açıklamış:

Berakiel, astroloji öğretmiş.
Kokabil, yıldızlara bakıp geleceği okumayı öğretmiş.
Ezekil, bulutları okuyup anlamayı öğretmiş.
Erakil, toprağı okuyup anlamayı öğretmiş.
Şemsil, güneşin yörüngesini çizmiş.
Saril, ayın hallerini öğretmiş.
Armaros, karşı büyüleri öğretmiş.

"Nefiller bu kabiliyetlerle bir kabile halini almış ve silahlanıp toprakları, kaynakları ele geçirmişler. Savaş sanatında mükemmele ulaşmışlar. İnsanlık üzerinde giderek güç kazanmaya başlamışlar. Kendilerini dünyanın efendileri ilan edip uçsuz bucaksız toprakları sahiplenmiş, buralarda kendi krallıklarını kurmuşlar. İnsanları köleleştirmişler; ordularını temsil etsin diye sancaklar yapmışlar. Topraklarını bölüştürmüş, insanları kendilerine hizmet edecek askerler, tacirler ve işçiler olarak ayırmışlar. Büyük sırlara sahip olan ve güce açlık duyan Nefiller, insanlığa egemen olmuş.

"Nefiller dünyaya egemen olup insanlara eziyet çektirirken, insanlar da yardım için göğe yakarmışlar. Gözcüleri dünyaya inişlerinden beri takip eden Mikail, Uriel, İsrafil ve Cebrail adlı dört başmelek, Nefillerin ilerleyişini de izlemekteymiş.

"Emir gelince, başmelekler Gözcülerin karşısına dikilmiş ve çevrelerini ateşten bir halkayla sarmış. Kardeşlerinin silahlarını almışlar. Yenilen Gözcüler, dağların tepesindeki ıssız bir mağaraya götürülmüş. Üzerlerinde ağır zincirlerle yarığın başına gelen Gözcülere, inmeleri emredilmiş. Yerkabuğundaki bir çatlaktan içeriye girmişler ve bir karanlık zindana düşene kadar inmişler, inmişler. İndikleri derinlikte hava, ışık ve kaybettikleri özgürlükleri için ağlamışlar. Gökten de yerden de uzaklaştırılan, bırakılacakları günü bekleyen Gözcüler, af için yakarmışlar. Kurtarsınlar diye çocuklarına seslenmişler. Tanrı dualarını duymamış. Nefiller gelmemiş.

"Müjdeci melek Cebrail, Gözcülerin cefasına kayıtsız kalamamış. Mahpus kardeşlerine acımış ve çektikleri eziyeti müzikle biraz dindirebilsinler diye, lirini yarıktan içeri atmış. Ama lir daha zindana ulaşmadan hatasını anlamış. Lirin müziği, baştan çıkarıcı ve güçlüymüş. Gözcülerin yararına kullanılabilirmiş.

"Zaman geçtikçe, Gözcülerin granit zindanına yeraltı denir olmuş; kahramanların sonsuz hayat ve akıl bulmaya indikleri ölüler âlemi olarak bilinmiş zindan. Tartaros, Hades, Kurnugia, Annwn, cehennem... Zincirlere vurulmuş Gözcüler bırakılmak için yakardıkça, efsaneler de birbiri ardına gelmiş. Gözcüler bugün bile dünyanın derinliklerinde bir yerde kurtarılmak için yakarıyorlar."

"Nefillerin babalarını neden kurtarmadıkları üzerine pek çok yorum yapılır" dedi Dr. Seraphina sözlerini bitirirken. "Şüphesiz ki Nefiller, Gözcülerin desteğiyle daha güçlü olabilirlerdi ve yine şüphesiz ki, ellerinde böyle bir kudret olsa Gözcülerin serbest kalmasına yardım ederlerdi. Ama Gözcülerin zindanının yeri hâlâ bilinmiyor. İşte bizim çalışmalarımız bu gizemden ortaya çıkıyor."

Dr. Seraphina yetenekli bir konuşmacıydı ve hocalarımızın birçoğunun aksine, anlattığı konuyu birinci sınıf öğrencilerinin tahayyül etmelerini sağlayabilecek tiyatro yeteneğine de sahipti. Harcadığı bunca çaba nedeniyle bir saatlik ders sonunda tükenmiş hale gelirdi ve o gün de böyle olmuştu. Başını notlarından kaldırdı ve kısa bir ara vereceğimizi söyledi. Gabriella peşinden gelmemi işaret etti. Şapelin yan kapısından çıkıp bir dizi dar koridordan geçtikten sonra boş bir avluya ulaştık. Güneş batmış, ılık sonbahar akşamı çevremizi sarmış, gölgeleri arnavutkaldırımlarına dağıtıyordu. Avlunun üzerinde, kabukları cüzamlı gibi dalga dalga olmuş dev bir kayın ağacı yükseliyordu. Valkoların dersleri saatler sürer, genellikle geceye uzardı ve ben hava alma fırsatlarını kaçırmak istemezdim. Gabriella'nın derse dair fikirlerini sormak istiyordum –zaten bu çözümlemeler sayesinde arkadaş olmuştuk– ama o sırada havasında olmadığını gördüm.

Ceketinin cebinden bir sigara tabakası çıkardı ve bana da teklif etti. Her zaman olduğu gibi reddettiğimde, omuz silkti. Bu omuz silkmeyi tanıyordum artık; hayattan zevk alamayışımı ne kadar yanlış bulduğunu belirten hafif ama aldırmaz bir hareketti. *Safdil Celestine*, diyordu sanki omuzları, *Taşra çocuğu Celestine.* Gabriella bana bu küçük reddedişleri ve sessizlikleriyle çok şey öğretmişti ve ben de onu hep ilgiyle izler, ne giydiğine, ne okuduğuna, saçını nasıl yaptığına dikkat ederdim. Son haftalarda daha şık ve açık giyinmeye başlamıştı. Hep yerinde olan makyajı artık daha koyu ve ağırdı. Bu değişikliğin sebebi, önceki gün tanık olduğum sahneydi mutlaka, ama tavrı yine de ilgimi çekiyordu. Her şeye rağmen onu bir abla gibi örnek alıyordum.

Gabriella, sigarasını çok güzel bir altın çakmakla yaktı ve neler kaçırdığımı göstermek ister gibi derin bir nefes çekti.

"Ne güzelmiş" dedim çakmağı elinden alıp çevirerek, akşam ışığında gül pembesine bürünmesini izleyerek. Gabriella'ya bu kadar pahalı bir çakmağı nereden edindiğini soracak oldum ama sustum. Gabriella, en yüzeysel soruları bile hoş karşılamazdı. Bir yıldır her gün görüşüyorduk ama özel hayatlarımız hakkında çok az konuşuyorduk. Bu yüzden, bir olguyu dile getirmekle yetindim: "Daha önce görmemiştim."

"Arkadaşımın" dedi göz göze gelmeden. Gabriella'nın benden başka arkadaşı yoktu; benimle yemek yer, benimle ders çalışır, ben meşgulsem yeni arkadaşlar edinmek yerine yalnız kalmayı tercih ederdi. Bu yüzden çakmağın sevgilisine ait olduğunu hemen anladım. Gizli işler çevirmesinin beni şüphelendireceğini fark etmiş olmalıydı. Gözümü kararttım ve bir soru sordum.

"Nasıl bir arkadaş bu?" dedim. "Son zamanlarda aklın hep başka yerde de, ondan soruyorum."

"Melekbilim, eski metinleri incelemekten ibaret değildir" dedi Gabriella. Suçlayıcı bakışlarından, okuldaki çalışmalarımızı baştan aşağı yanlış anladığımı düşündüğünü çıkardım. "Kendimi tümüyle işe adadım."

Duygularımı gizleyemeyerek cevap verdim: "Dikkatin bütünüyle başka bir yerde, Gabriella."

"Beni kontrol eden güçlere dair hiçbir şey bilmiyorsun" dedi Gabriella. Olağan kibirli haliyle cevap vermek istemişti ama tavrında çaresizlikten gelen bir sıkıntı da sezdim. Sorularım onu şaşırtmış ve incitmişti.

"Sandığından çok şey biliyorum" dedim yüzleşmenin onu itirafa yönlendireceğini umarak. Daha önce ona böyle meydan okumamıştım. Bu yaklaşımımın hatalı olduğu, daha cümlemi bitirmeden ortaya çıkmıştı.

Gabriella çakmağı elimden kapıp ceketinin cebine attı, sigarasını arnavutkaldırımına fırlattı ve kalkıp gitti.

Şapele döndüğümde Gabriella'nın yanına oturdum. O sandalyeyi bana tutmak için ceketini üzerine atmıştı ama ben otururken dönüp bakmadı bile. Ağladığını fark ettim. Gözyaşlarının göz kalemiyle karıştığı yerlerde koyu lekeler belirmişti. Onunla konuşmak istiyordum. Bana kalbini açması için yanıp tutuşuyordum ve onu düştüğü hatadan çekip çıkarmaya dünden razıydım. Ama konuşacak zamanımız yoktu. Kürsüde Dr. Raphael Valko karısının yerini almış, derse başlamadan önce elindeki kâğıt tomarını düzenliyordu. Ben de elimle Gabriella'nın koluna dokunup gülümsedim; üzgün olduğumu anlaması için. Bu hareketime sertlikle karşılık verdi. Kolunu çekti ve dönüp bakmadı bile. Sert ahşap sandalyede arkasına yaslandı, bacak bacak üstüne attı ve Dr. Raphael'i beklemeye başladı.

Öğrenciliğimin ilk aylarında, Valkolarla ilgili iki farklı görüş kümesi olduğunu öğrenmiştim. Öğrencilerin büyük bölümü onları çok seviyordu. Zekâlarına, gizli ilimlere dair bilgilerine ve pedagojiye bağlılıklarına vurulan öğrenciler, ağızlarından çıkan her sözü kulaklarıyla içiyorlardı. Çoğunlukla birlikte ben de bu gruptandım. Arkadaşlarımızın küçük bir bölümü ise onlardan hoşlanmıyordu. Yöntemlerini şüpheli, ortak derslerini yapmacık buluyorlardı. Gabriella iki grubun da mensubu gibi görünmek istemiyordu ve Dr. Raphael ve Dr. Seraphina'nın derslerine dair neler hissettiğini hiç açıklamamıştı, ama kütüphanede toplanan kuruldaki amcası gibi onun da Valkolara eleştirel gözle baktığını düşünüyordum. Valkolar, akademinin zirvesine çalışarak yükselmiş olan yabancılardı; Gabriella'nın aile bağları ise ona kendiliğinden kıdem sağlıyordu. Gabriella'nın hocalarımıza dair görüşlerini sık

sık dinlemiştim ve fikirlerinin Valkoların fikirlerinden genellikle ayrı olduğunu da fark etmiştim.

Dr. Raphael, öğrencileri susturmak için kürsüye hafifçe vurduktan sonra dersine başladı.

"Birinci Melek Felaketi'nin kökenine dair fikirler çelişmektedir" diye söze girdi. "Öyle ki, bu mücadeleyle ilgili olarak elimizde bulunan kaynaklara baktığımda, mücadelenin başlaması ve bitişiyle ilgili otuz dokuz farklı varsayım buldum. Bildiğiniz gibi, bu nitelikteki tarihi olayları çözümleme yöntemleri değişti, evrildi, hatta bazılarına göre terse evrildi; bu yüzden açık konuşacağım: Karımın yöntemleri gibi benim yöntemlerim de zaman içinde değişerek farklı tarihi bakışları içerecek şekle geldi. Metin okumalarımız ve kopuk malzemelerden derlediğimiz anlatılar, asıl hedefimize yöneliktir. Tabii geleceğin akademikleri olarak siz de Birinci Melek Felaketi'ne dair teoriler geliştireceksiniz. Başarılı olursak, bu dersten ayrılırken içinizde bireysel ve özgün araştırmayı kışkırtan şüphe nüveleri olacak. Şimdi dikkatle dinleyin. Bugün burada öğreneceğiniz şeylere inanın, ama onlardan şüphe edin. Duyduklarınızı kabul edin, ama reddedin. Söylediklerimi harfiyen yazın, ama kendi yorumlarınızla zenginleştirin. Bu şekilde, melekbilimin geleceği sağlam akademik temeller üzerine kurulacaktır."

Dr. Raphael, deri kaplı bir kitabı eline aldı. Bir sayfasını açıp kararlı ve ciddi bir sesle konuşmaya başladı:

"Dağların yükseklerinde, yağmurdan korunmak için bir çıkmanın altına sığınmış olan Nefiller, Gözcülerin yeraltına mahkûm edilişlerinden beri önderleri saydıkları Semyaza'nın kızlarından ve Azazil'in oğullarından yol göstermelerini dilediler. Azazil'in büyük oğlu bir adım öne çıktı ve altındaki vadiyi dolduran soluk tenli dev kalabalığına seslendi.

"Dedi ki, 'Babam bize savaşın sırlarını öğretti. Bize kılıç ve bıçak kullanmayı, ok yapmayı, düşmanlarımızla savaşmayı öğretti. Kendimizi göklerin gazabından korumayı öğretmedi. Kısa süre sonra dört yanımızı sular saracak. Gücümüze, kalabalığımıza rağmen Nuh'unki gibi bir gemi inşa etmemiz mümkün değil. Aynı şekilde, Nuh'a saldırmak ve gemisini elinden almak da mümkün değil. Nuh'u ve ailesini başmelekler koruyor.'

"Nuh'un üç oğlu olduğu ve bu oğulların gemiyi korumak ve kollamaktan yükümlü oldukları bilinir. Azazil'in oğlu, Nuh'un gemiye hayvanları bindirip bitkileri yüklediği kıyıya gideceğini ve gemiye sızmanın bir yolunu arayacağını söyledi. Aralarındaki en kudretli büyücü olan Semyaza'nın büyük kızını yanına alarak Nefillerden ayrılırken, 'Kardeşlerim, siz burada, dağın zirvesinde kalmalısınız. Suların buraya kadar yükselmemesi mümkündür' dedi.

"Azazil'in oğlu ile Semyaza'nın kızı yağmur altında dik yamaçlardan inerek kıyıya ulaştı. Karadeniz'e kargaşa hâkimdi. Nuh aylardır Tufan'ın geleceğini söylüyordu ama yurttaşları onu hiç dikkate almamışlardı. Korkunç yıkımla karşı karşıya oldukları halde yemeye içmeye, eğlenmeye devam etmişlerdi. Nuh'a gülmüşlerdi, hatta bazıları geminin yanına kadar gelip yiyecek ve içecek yükleyen Nuh ile alay etmişlerdi.

"Azazil'in oğlu ile Semyaza'nın kızı, Nuh'un oğullarının gidiş gelişlerini birkaç gün izledi. Sam, Ham ve Yafet adlı bu oğullar birbirlerinden çok farklıydı. Büyükleri olan Sam, esmerdi ve yeşil gözlüydü, zarif elleri, etkileyici bir konuşması vardı. Ham, Sam'dan da esmerdi; iri kahverengi gözlüydü, güçlüydü ve sağduyuluydu. Açık tenli, sarı saçlı, mavi gözlü Yafet ise üç kardeşin en cılız ve zayıf olanıydı. Sam ve Ham, babalarının hayvanları, yiyecek çuvallarını ve su testilerini gemiye yüklemesine yardım ederken yorulmak bilmezlerdi, ama Yafet yavaş çalışırdı. Sam, Ham ve Yafet uzun zamandır evliydiler ve Nuh'un pek çok torunu vardı.

"Semyaza'nın kızı, Yafet'in görünüşte kendilerine benzediğini fark etti ve arkadaşının, kardeşlerden Yafet'i alması gerektiğine karar verdi. Nefiller günlerce bekledi ve Nuh son hayvanları gemiye bindirene kadar olan biteni izledi. Sonra Azazil'in oğlu gizlice gemiye yaklaştı. Dev geminin gölgesine girdi, yanına yanaştı ve Yafet'e seslendi.

"Nuh'un küçük oğlu küpeşteden sarkıp aşağı baktı; perçemleri gözlerine girdi. Azazil'in oğlu, Yafet'i çağırarak kıyıdan uzaklaştırdı, ormanın derinliklerine giden dar bir patikaya soktu. Geminin pruvasında ve bordasında nöbet tutan, giren çıkan her şeyi inceleyerek geminin Tanrı'nın emirlerine harfiyen uygun olmasını sağlayan başmelekler, gemiden ayrılan ve patikada ışıltılı yabancıyı takip eden Yafet'e hiç dikkat etmediler.

"Yafet, Azazil'in oğlunu ormanın derinliklerine doğru takip ederken yağmur başladı ve damlalar yeşil yaprak örtüsüne şiddetle vururken gök gürültüsü gibi bir uğultu ortalığı kapladı. Yafet, bu ihtişamlı yabancıya yetiştiği sırada soluk soluğaydı. Ağzını güçbela açarak, 'Benden ne istiyorsun?' diyebildi.

"Azazil'in oğlu cevap vermedi ama parmaklarını Nuh'un oğlunun gırtlağına sarıp boynundaki zayıf kemikler çatırdayıp kırılana kadar sıktı. O anda, Tufan dünyadaki kötücül yaratıkları silip süpürmeden önce, Tanrı'nın saf dünya planı bozulmuştu. Nefil ırkının geleceğinin temelleri atıldı ve yeni dünya kuruldu.

"Semyaza'nın kızı ağaçların arasından çıktı ve ellerini Azazil'in oğlunun yüzüne koydu. Babasının ona öğrettiği büyüleri ezberlemişti. Kız Azazil'in oğluna dokunduğu sırada erkeğin görünüşü değişti. Işıltılı güzelliği karardı, meleksi özellikleri silindi. Semyaza'nın kızının onun kulağına fısıldadığı sözcüklerle birlikte Yafet'in görünümünü aldı. Bu dönüşümden zayıf düşmüş olan erkek, sendeleyerek Semyaza'nın kızından ayrıldı ve ormanı geçip gemiye ulaştı.

"Nuh'un karısı oğluna bir kez baktı ve onun değiştiğini anında kavradı. Oğlunun yüzü aynı, duruşu aynıydı ama hali tavrı değişmişti; annesi ona nereye gittiğini, neler olduğunu sordu. Azazil'in oğlu insan dili bilmediği için sessiz kaldı ve bu Nuh'un karısını iyice korkuttu. Yafet'i çocukluktan beri tanıyan güzel bir kadın olan karısını çağırdı. O da Yafet'te bir değişiklik olduğunu anladı ama karşısındakinin fiziksel özellikleri evlendiği adamınkilerle aynı olduğundan, neyin değiştiğini çıkaramadı. Yafet'in ağabeyleri, onun varlığıyla dehşete kapılıp sindiler. Buna rağmen Yafet, sular yeryüzünü kaplarken gemide kaldı. İkinci ayın on yedinci günüydü. Büyük Tufan başlamıştı.

"Yağmur durmaksızın yağdı, vadileri ve kentleri kapladı. Dağların önce eteklerine, sonra zirvelerine yükseldi. Nefiller suyun giderek yükselişini, artık toprağı göremeyecek dereceye gelinceye kadar izlediler. Korkmuş çitalar ve leoparlar ağaçlara sığınmıştı; boğulan kurtların iç parçalayan uğultuları her yanı sarmıştı. Bir tepede yalnız duran bir zürafa, sular gövdesini sararken burnunu iyice havaya dikmiş nefes almaya çalışıyordu, ta ki sular burnunu da aşana kadar. İnsanların ve hayvanların ve Nefillerin bedenleri, suyun üzerinde sinekler gibi yüzüyor, dalgalarla gelgitlerle savruluyor, çürüyüp dibe çöküyordu. Bu suda bir dalıp bir çıkan Nuh'un gemisinin bordasına saç ve uzuv yığınları çarpıyordu. Hava, güneşte çürüyen etin tatlımsı kokusuyla dolmuştu.

"Gemi, ertesi yılın ikinci ayının yirmi yedinci gününe kadar, yani üç yüz yetmiş gün yüzdü. Nuh ve ailesinin görebildikleri, bitip tükenmez ölüm ve su, hiç kesilmeyen bir yağmur perdesi, göz alabildiğine uzanan bir ufuk çizgisi ve yine sulardan ibaretti; karasız ve kıyısız bir dünya vardı karşılarında. Suyun yüzeyinde o kadar uzun kalmışlardı ki, zahire ve şarap stokları tükenmişti; tavukla, yumurtayla, suyla besleniyorlardı.

"Sular çekilip gemi karaya oturduğunda, Nuh ve ailesi hayvanları geminin ambarından serbest bıraktılar, çuvallardaki tohumları alıp ektiler. Nuh'un oğulları çok geçmeden dünyayı doldurmaya başladı. Tanrı'nın iradesiyle hareket eden başmelekler yardımlarına koştu ve hayvanlara, toprağa ve kadınlara büyük doğurganlık bahşetti. Ekinler güneş görüyor, su alıyordu; hayvanlar yeterince yiyecek buluyordu; kadınlar doğumda ölmüyordu. Her şey büyüdü. Hiçbir şey ölmedi. Dünya baştan başladı.

"Nuh'un oğulları, kendilerinin olarak gördükleri her şeye el koydular. Her biri insanlığın bir ırkının babası oldu. Gezegenin farklı bölgelerine göç ettiler ve bugün bile bildiğimiz hanedanları kurdular. Nuh'un büyük oğlu Sam, Ortadoğu'ya göç ederek Sami kabilesini kurdu; ortanca oğlu Ham, Afrika'ya gidip Ekvator'un altına geçerek Hami kabilesini kurdu; Yafet, daha doğrusu Yafet kılığındaki yaratık ise, Akdeniz ile Atlantik arasındaki bölgeyi, bugün Avrupa olarak bildiğimiz kıtayı ele geçirdi. Yafet'in dölü o günden beri başımıza beladır. Avrupalılar olarak, atalarımızla ilişkimizi iyi düşünmemiz gerekir. Biz bu şeytani bağlantılardan uzak mıyız? Ya da Yafet'in çocuklarıyla bir ilişkimiz var mı?"

Dr. Raphael'in dersi aniden kesildi. Hoca konuşmayı bıraktı, defterini kapadı ve bir sonraki dersine bakmamızı istedi. Dersini daha önce aldığım için, bunu kasten yaptığını, öğrencileri beklenti içinde bıraktığını biliyordum. Birinci sınıfta tek bir dersini bile kaçırmadığım için, bu pedagojik yönteme saygı duymaya başlamıştım. Öğrenciler gruplar halinde toplanıp yemeğe veya akşam etüdüne hazırlanırken salonu kâğıt hışırtısı ve ayak sesleri doldurdu. Diğerleri gibi ben de eşyamı topladım. Dr. Raphael'in anlattıkları beni bir tür transa sokmuştu ve çoğunluğu yabancı olan bir topluluk önünde kendime gelmekte zorlanıyordum. Gabriella'nın yanımda olması beni biraz rahatlatıyordu. Eve yürüyüp yemek hazırlayalım mı diye sormak üzere ona döndüm.

Ama onu görünce adeta taş kesildim. Gabriella'nın görünümü değişmişti. Saçları ter içinde kalmış, benzi solmuş, yüzünden ter boşanmıştı. Hastalıklı alametifarikası olarak görmeye başladığım kozmetik merakının ürünü ağır göz kalemi, iyice aşağılara akmıştı; terden mi gözyaşından mı, bilmem. İri yeşil gözleri karşıya bakıyordu ama belli ki hiçbir şey görmüyordu. Duruşu, ona bir verem nöbetine yakalanmış gibi korkutucu bir görünüm veriyordu. İşte o anda, kolundaki etleri bitirmiş olan kanlı yanık izlerini ve diğer elindeki güzel çakmağı gördüm. Bu anlaşılmaz davranışına bir açıklama istemek için konuşacak oldum, ama ben ağzımı açamadan Gabriella tek bakışıyla susturdu beni. Gözlerinde, bende olmayan bir kuvvet ve kararlılık gördüm. Ağzını bıçak açmayacağını biliyordum. Nedendir bilinmez, bunu bilmem, beni hem rahatlatıyor, hem de dehşete düşürüyordu.

Sonradan daireye döndüğümde, Gabriella'yı mutfakta buldum. Masada bir makas ve biraz sargı bezi vardı. Yardıma ihtiyacı olabileceğini görerek yaklaştım. Dairenin güneşli aydınlığında yanıklar feci bir renk almıştı. Etleri alevden kararmıştı ve yaradan renksiz bir sıvı sızıyordu. Biraz sargı bezi açtım.

Gabriella, "Sağ ol ama ben hallederim" dedi.

Sargı bezini elimden alıp yarasına pansuman yapmaya koyulduğunda, sıkıntım iyice arttı. Onu biraz izledikten sonra, "Nasıl yapabildin böyle bir şeyi? Ne derdin var?" dedim.

Komik bir şey demişim gibi gülümsedi. Hatta bir an bana güleceğini düşündüm. Ama o pansumana döndü ve "Anlamazsın Celestine" dedi. "Benim ne derdim olduğunu anlayamayacak kadar iyi ve bozulmamışsın."

Sonraki günlerde, ben Gabriella'nın gizemini çözmeye çalıştıkça o içine kapandı. Geceleri Gassendi Sokağı'ndaki ortak evimize dönmeyerek beni nerede kalıyor, başına bir şey mi geldi diye dertlendirdi. Eve ancak ben yokken geliyordu ve gelip gittiğini, dolabına koyduğu ya da yanına aldığı giysilerinden anlıyordum. Eve girdiğimde kenarında kırmızı ruj iziyle bir su bardağı, bir tel siyah saç buluyor, hafif bir Shalimar kokusu alıyordum; Gabriella'nın benimle görüşmek istemediğini anladım. Ancak gündüzleri, kütüphanede koli koli defter ve kâğıt arasında çalışırken arkadaşımın yanında olabiliyordum, ama o zaman da ben yokmuşum gibi davranıyordu.

Daha kötüsü, Gabriella'nın eşyamı karıştırdığını, defterlerimi okuduğunu ve bana verilmiş olan kitapların neresinde olduğuma baktığını, sanki geldiğim yeri kendi yeriyle karşılaştırdığını düşünmeye başladım. Arkasında iz bırakmayacak kadar kurnazdı ve odama girdiğine dair bir kanıt bulamıyordum, bu yüzden ortada bıraktıklarıma iyice dikkat etmeye başladım. Kütüphanedeki ortak görevimize hâlâ neşeli bir aldırışsızlıkla yaklaşıyor gibi görünmesine rağmen, işine yarar gördüğü şeyleri çalacağından kuşkum yoktu.

Zaman geçtikçe, gündelik rutine kapılmaya başladım. Önceleri işimiz çok tekdüzeydi; hepi topu defter okuyor, yararlı olabilecek bilgileri not ediyorduk. Gabriella'ya ilgi alanlarına uygun olarak melekbilimin mitolojik ve tarihi unsurlarına dair işler verilmişti, bense mağaraları ve yarıkları tasnif etmek, lirin yerini bulup çıkarmak gibi matematiksel bir işle ödevliydim.

Ekim ayında bir akşamüstü, Gabriella karşımda siyah saçları kıvır kıvır otururken, önümüzdeki onca kutudan bir defter çektim ve dikkatle inceledim. Küçük ebatlı ama çok kalın, sert ve zedelenmiş ciltli, olağandışı bir defterdi. Altın bir tokayla bağlanmış deri bir kayış vardı çevresinde. Tokaya yakından bakınca bunun serçeparmağım kadar bir melek figürü olduğunu gördüm. Uzun ince bir figürdü; stilize yüzünde iki küçük safir göz duruyordu, üzerinden dökülen bir tuniği vardı ve orak şeklinde bir çift kanat yapılmıştı. Parmaklarımı soğuk metalin üzerinde gezdirdim. Kanatları parmaklarımla sıkıştırdığımda mekanizma önce biraz direndi, sonra tok bir sesle açıldı. Defter ayrıldı ve ben defteri kucağıma alıp ellerimle sayfalarını düzelterek okumaya başladım. Bulduğumu görmüş mü diye Gabriella'ya bir bakış attım ama o kendisini okumaya kaptırmıştı ve elimdeki güzel defteri neyse ki görmemişti.

Elimdekinin, Seraphina'nın öğrenciliğinin sonraki yıllarında tuttuğu, gözlemlerini kısa ve öz bir şekilde derleyip yazdığı günlüklerden biri olduğunu hemen fark ettim. Gerçekten de günlükte ders notlarından çok fazlası vardı. İlk sayfayı açtığımda, MELEKBİLİM başlığının yaldızla damgalanmış olduğunu gördüm. Sayfaları derlenmiş notlar, düşünceler, dersler sırasında veya sınava hazırlanırken bulunup bir kenara yazılmış sorular doldurmuştu. Defteri incelerken Dr. Seraphina'nın tufan öncesi jeolojiye sevdasının nüvelerini de buldum: Sayfalara Yunanistan, Makedonya, Bulgaristan ve Türkiye haritaları büyük bir özenle, her girintisi çıkıntısıyla çizilmiş, tüm dağ sıraları ve göller işaretlenmişti. Mağaraların, dağ geçitlerinin ve yarıkların adları, özgün diline göre Yunan, Latin veya Kiril alfabeleriyle yazılmıştı. Kenar boşluklarına kargacık burgacık notlar tutulmuştu ve bu sayede bu haritaların, bir keşif gezisine hazırlık diye çizilmiş olduğu ortaya çıktı. Dr. Seraphina, öğrenciliğinden beri aklını ikinci keşfe takmış durumdaydı. Dr. Seraphina'nın bu haritalardaki çalışmalarını devam ettirirsem, Clematis'in keşif gezisinin sırrını ben çözebilirim diye düşündüm.

Okumaya devam ettikçe, Dr. Seraphina'nın yazıların arasına define sandıkları gibi eskizler serpiştirdiğini fark ettim. Derslerde dikkati dağılan bir öğrencinin çiziktirdiği otuz yıllık haleler, trompetler, kanatlar, arplar ve lirler vardı sayfalarda. Bazı sayfalar çizimlerle ve melekbilim dalındaki ilk eserlerden alıntılarla doldurulmuştu. Defterin ortasındaki sayfalarda, sihirli kare olarak da bilinen sayı kareleri vardı. Bu kareler, sıralar, sütunlar ve çapraz olarak toplandığında hep aynı toplamı, yani sihirli değişmezi veren sayılarla doldurulmuştu. Sihirli karelerin tarihini biliyordum elbette; İran'da, Hindistan'da ve Çin'deki geçmişini, Avrupa'da ilk olarak eserlerini pek beğendiğim Albrecht Dürer'in gravürlerinde görüldüğünü okumuştum, ama bir kareyi alıp inceleme fırsatım olmamıştı.

Dr. Seraphina'nın notları sayfalara artık solmuş bir kırmızı mürekkeple yazılmıştı:

Sihirli karelerin en ünlülerinden biri olan Sator-Rotas Karesi, bizim de en sık kullandığımız karedir. Bunun en eski örneğine, İtalya'da Vezüv Dağı'nın patlamasıyla kısmen tahrip olan eski Herculaneum, bugünkü Ercolano şehrinde rastlanmıştır. Sator-Rotas, Latince bir palindrom, yani farklı şekillerde okunabilen bir akrostiştir. Bu kare melekbilimde geleneksel olarak, bir yerde bir örüntünün varlığına işaret etmek için kullanılır. Kare genellikle sanıldığı gibi bir şifre değil, melekbilimcinin dikkatini daha büyük çaptaki bir olguya çekecek bir simgedir. Bazı durumlarda bu simge, yakınlarda bir yere bir mektup saklanmış olabileceğini de gösterir. Sihirli kareler dini törenlerde hep önemli roller oynamıştır ve bu kare de bu bakımdan önemlidir. Bu karelerin kullanımı çok eskiye dayanır ve geliştirilmesi bize ait değildir. Gerçekte Çin'de, Arap Yarımadası'nda, Hindistan'da ve Avrupa'da sihirli kareler bulunmuş, hatta XVIII. yüzyılda Amerika'da bizzat Benjamin Franklin sihirli kareler çizmiştir.

S	A	T	O	R
A	R	E	P	O
T	E	N	E	T
O	P	E	R	A
R	O	T	A	S

Bundan sonraki sayfada, sayıları gözlerimi üzerine adeta mıknatıs gibi çeken Mars Karesi vardı.

11	**24**	**7**	**20**	**3**
4	**12**	**25**	**8**	**16**
17	**5**	**13**	**21**	**9**
10	**18**	**1**	**14**	**14**
22	**6**	**19**	**2**	**15**

Seraphina karenin altına şunları yazmıştı:

> Mikail'in Mührü. "Mühür" kelimesinin Latincesi olan *sigilum*, İbranice "manevi anlamlı söz" demek olan *segulah* kelimesinden türemiştir. Törenlerde her bir mühür, melekbilimci tarafından çağrılabilecek olan ve özellikle üst kademe melek ve iblisler arasında bulunan siyah veya beyaz meleksi varlıkları temsil eder. Çağırma işi büyülü sözlerle, mühürlerle ve ruh ile çağıran kişi arasında manevi alışverişle meydana gelir. Önemli not: Büyü ile çağırma çok tehlikeli bir iştir ve genellikle medyumun ölümüyle sonuçlanır; bu nedenle melekleri çağırmakta son çare olarak kullanılmalıdır.

Başka bir sayfayı açınca karşıma çalgı çizimleri çıktı. Defterin önceki sayfalarındaki eskizlere benzeyen bir lavta, bir lir ve çok güzel oranlanmış bir arp vardı. Bu çalgılar bana pek bir şey ifade etmiyordu. Bunların çalındığında çıkaracağı sesleri hayal edemediğim gibi, nota okumayı da bilmiyordum. Daha çok sayısal kabiliyetim olduğundan matematik ve fen okumuştum; müzik bilgim sıfıra yakındı. Rus melekbilimci Vladimir'in uzmanlık alanı olan semavi müzikoloji, benim için bir muammaydı; tonları ve ölçekleri aklım almıyordu.

Aklımı bu düşüncelerden neden sonra alıp kafamı kaldırdım. Gabriella, yanıma, kanepeye geçmişti; çenesini avuçlamış, ciltli bir metni uyuşuk bakışlarla takip ediyordu. Üzerinde daha önce görmediğim kıyafetler vardı; ipekli, kırçıllı bir bluz ve bedenine özel biçilmiş gibi duran bol paça bir pantolon giymişti. Bluzun ince kumaşının altından sol kolundaki bandaj belli oluyordu. Haftalar önce Dr. Raphael'in dersinde tanık olduğum travmadan geriye kalan tek iz buydu. Kolunu yakan korkmuş kızdan bambaşka biri gibi duruyordu şimdi.

Elindeki kitabın sırtına baktığımda *Hanok'un Kitabı* yazdığını gördüm. Keşfimi Gabriella'ya anlatmak için can atıyordum ama onun okumasını bölmemek gerektiğini de gayet iyi bellemiştim; bu yüzden okumayı bıraktım ve günlüğün orak şeklindeki kanatlarını sıkıca bastırıp birbirine tutturdum. Katalog işinde biraz yol almaya karar vererek saçlarımı ördüm –bu uzun, yola gelmez sarı saçları Gabriella'nınki gibi kısacık ve küt kestirmek istiyordum– ve Valkoların kâğıtlarını tek başıma tasnif etmek gibi daraltıcı bir işe başladım.

Dr. Seraphina bizi her öğlen kontrole geliyor, yiyecek olarak ekmek ve peynir dolu bir sepet, bir kavanoz hardal ve bir şişe soğuk su getiriyordu. Genellikle yolunu gözlerdim ama o sabah kendimi işe o kadar kaptırmıştım ki, o içeri girip sepeti önümüzdeki masaya bırakana kadar, öğlen olduğunu fark etmemiştim. Geçen saatlerde, sonsuz gibi görünen veri yığınları dışında hiçbir şeye bakamamış, özellikle de Valkoların ilk keşif gezilerinde tuttukları notlara, Pirene Dağları'nda geçen zorlu yolculukta yapılan mağara ve eğim ölçülerine, on saha günlüğünü dolduran granit yoğunluğu saptamalarına boğulmuştum. Ancak Dr. Seraphina yanımıza oturduğunda ve ben işten biraz uzaklaşabildiğimde fark ettim ki, açlıktan ölüyordum. Masayı toparlamak için kâğıtları derledim ve defterleri kapattım. Kırmızı ipeğin üzerinde kayan gabardin eteğimi yoluna koyarak kanepeye rahatça oturdum ve yemeğe hazırlandım.

Dr. Seraphina, sepeti önümüzdeki masaya yerleştirip içindekileri çıkarttıktan sonra Gabriella'ya döndü. "Nasıl gidiyor?"

"Hanok'un anlatımından Gözcüleri okuyorum" dedi Gabriella.

"Ya" dedi Dr. Seraphina. "Hanok'un ilgini çekeceği aklıma gelmeliydi. Bu, metinlerimizin en ilginçlerinden biridir. En gariplerinden de."

"En gariplerinden mi?" dedim Gabriella'ya bir bakış atarak. Hanok bu kadar önemli bir kitapsa, Gabriella neden bu işi benimle paylaşmamıştı?

"Muazzam bir metin" diyen Gabriella'nın yüzünden, genellikle takdir ettiğim bir zekâ, tutkulu bir parlaklık fışkırıyordu. "Varlığından haberim bile yoktu."

"Ne zaman yazılmış?" diye sordum, Gabriella'nın yine benden bir adım önde olmasına epeyce gıpta ederek. "Modern mi?"

"Nuh'un torunlarından biri tarafından yazılmış apokrif bir kehanet" dedi Gabriella. "Hanok, göğe yükseldiğini ve meleklere doğrudan ulaşabildiğini iddia ediyormuş."

"*Hanok'un Kitabı*, günümüzde deli bir kardinalin gördüğü hayaller olarak pek ciddiye alınmamaktadır" dedi Dr. Seraphina. "Ama bizim için, Gözcülerin öyküsüne dair birincil kaynaktır."

Hocamızın günlüğünde benzer bir öyküye denk geldiğim için, aynı şeyi mi okudum diye merak etmeye başladım. Dr. Seraphina, düşüncelerimi okumuş gibi, "Hanok'tan bazı bölümleri, okuduğun günlüğe kopyalamıştım Celestine" dedi. Melek tokalı günlüğü alıp elinde çevirdi. "O pasajlara rastlamışsındır. Ama *Hanok'un Kitabı* o kadar ustalıkla yazılmıştır ve o kadar önemli bilgilerle doludur ki, bütününü okumanı salık veririm. Zaten Dr. Raphael sizden üçüncü sınıfta okumanızı isteyecek. Tabii önümüzdeki yıl ders verebilirsek."

Gabriella, "Beni özellikle etkileyen bir parça vardı" dedi.

"Öyle mi?" dedi Dr. Seraphina mutlulukla. "Hatırlıyor musun?"

Gabriella parçayı ezberden okudu: "Orada karşıma, dünyada hiç görmediğim kadar uzun boylu iki adam çıktı. Yüzleri güneş gibi parlıyor, gözleri lamba gibi gözümü alıyor, dudaklarından alevler fışkırıyordu. Kıyafetleri kuştüyü gibi görünüyordu; ayakları mordu; kanatları altından parlak, elleri kardan beyazdı."

Yanaklarımın kızardığını hissettim. Gabriella'nın bir zamanlar onu sevmemi sağlayan yeteneği, şimdi ters etki yapıyordu.

"Mükemmel" dedi Dr. Seraphina, hem mutlu hem ihtiyatlı bir tavırla. "Neden bu parça seni etkiledi?"

"Bu melekler, cennetin kapısında duran tatlı keruvlar da değil, Rönesans tablolarından bildiğimiz ışıltılı varlıklar da" dedi Gabriella. "Korkutucu, ürkütücü yaratıklar. Hanok'un tasvirlerini okurken melekleri dehşet verici, neredeyse canavarca yaratıklar gibi hayal ettim. Ne yalan söyleyeyim, korkutuyorlar beni."

Gabriella'ya inanamayarak baktım. Gabriella da bana baktı ve kısacık bir anlığına, bana bir şey söylemek istediğini ama söyleyemediğini sezdim. Daha anlatmasını, içini dökmesini çok istedim ama o bana karşı soğukluğuna devam etti.

Dr. Seraphina, Gabriella'nın sözlerini bir süre düşündü ve ben de onun arkadaşımı benden iyi tanıyıp tanımadığını merak ettim. Ayağa kalktı, dolabına gitti, bir çekmeceyi açtı ve içinden dövme bakırdan bir silindir çıkardı. Beyaz eldivenler taktıktan sonra silindiri çevirdi, incecik kapağını çıkardı ve içindeki parşömeni dışarı aldı. Önümüzdeki sehpaya koyup açtıktan sonra kurşunlu kristal kâğıt ağırlığını parşömenin başına koydu. Diğer ucunu da uzun ince elinin avucuyla bastırıyordu. Dr. Seraphina'nın açtığı sararmış ve kırışmış kâğıda baktım.

Gabriella eğilip kâğıdın kenarına dokundu. "Hanok'un hayali mi bu?" dedi.

"Kopyası" dedi Dr. Seraphina. "MÖ II. yüzyılda bu elyazmalarının yüzlerce kopyası dolaşıyordu ortalıkta. Arşiv şefimize bakılırsa elimizde birkaç tane orijinal var, tabii hepsi birbirinden biraz farklı. Bunları korumaya, Vatikan yok etmeye başlayınca karar verdik. Bu gördüğünüz, kasadakilerin değerinin yanında solda sıfır."

Kâğıt kalın ve deri gibiydi; bölüm başlıkları Latince yazılmış, metin çok özenli bir hatla kaleme alınmıştı. Kenar boşluklarını zarif altın melekler süslüyor, gümüş kaftanları içe toplanmış altın kanatlarının üzerinden akıyordu.

Dr. Seraphina bize döndü. "Okuyabiliyor musunuz?"

Latincenin yanında Yunanca ve Aramca da okumuştum ama harfleri seçmekte zorlanıyordum, dil de garip ve yabancı geliyordu.

Gabriella, "Parşömen ne zaman kopyalanmış?" dedi.

"XVII. yüzyıl civarında" dedi Dr. Seraphina. "Çok daha eski, Kutsal Kitap'ı oluşturan metinlerin de öncesinde yazılmış bir elyazmasının modern bir röprodüksiyonu. Orijinali, yüzlerce elyazmasıyla birlikte kasada, güvende. Bu işe başladığımızdan beri metin bulup çıkarmada uzmanlaştık. En büyük gücümüz bu; gerçek bizim elimizde ve bu bilgiler bizi koruyor. Öyle ki, Kutsal Kitap'ta derlenen parçalardan büyük bölümü, hatta Kutsal Kitap'ta olması gerektiği halde olmayan bazı metinler bizim elimizde."

Parşömene iyice yaklaşarak, "Okuması çok zor" dedim. "Vulgata lehçesiyle mi yazılmış?"

"Ben size okuyayım" dedi Dr. Seraphina ve eldivenli eliyle kâğıdı bir kez daha düzeltti. " 'Sonra adamlar beni alıp göğün ikinci katına çıkardılar ve bana karanlığı gösterdiler; orada ebedi hükümlerini bekleyen ne yerde ne gökteki tutsakları gördüm. Bu melekler çok gamlı duruyordu, dünyadaki karanlıktan bile kasvetliydiler. Her saat ağlıyorlardı ve ben yanımdaki adamlara sordum: "Neden bu adamlar devamlı eziyet görüyor?" ' "

Sözler üzerine iyice düşündüm. Eski metinleri yıllardır okuyordum ama hiç böyle bir şey duymamıştım. "Nedir bu?"

"Hanok" diye atıldı Gabriella. "Göğün ikinci katına yeni çıkmış."

"İkinci kat ne?" diye sordum; kafam karışmıştı.

"Gökte yedi kat var" dedi Gabriella bilmişçe. "Hanok her birini ziyaret etmiş ve orada gördüklerini yazmış."

"Şöyle git" dedi Dr. Seraphina, odanın bütün bir duvarını kaplayan kitaplığa işaret ederek. "En uzak rafta Kutsal Kitaplar var."

Dr. Seraphina'nın işaret ettiği yere gittim. Kalın deri kapağı, elde dikilmiş cildiyle çok beğendiğim, ağır ve hantal bir Kutsal Kitap'ı seçtikten sonra sehpaya götürdüm ve hocamın önüne koydum.

"En sevdiğimi seçmişsin" dedi Dr. Seraphina, tercihim bana olan güvenini pekiştirmiş gibi. "Bu Kutsal Kitap'ı ben de genç kızlığımda, kurula melekbilimci olmak istediğimi açıkladığımda görmüştüm. Avrupa'nın savaşta darmadağın olmasından sonra, meşhur 1919 konferansındaydı. Mesleğe içgüdüsel bir çekim duyuyordum. Ailemde hiç melekbilimci yoktu ve bu da garip bir şeydi; melekbilimcilik genellikle aileden geçer. Ama ben on altı yaşımda ne olmak istediğimden pekâlâ emindim ve bunu gizleyecek de değildim." Dr. Seraphina durakladı, kendisini toparladı ve "Şimdi yaklaşın" dedi. "Size bir şey göstereceğim."

Kutsal Kitap'ı masaya koydu ve sayfalarını yavaşça, dikkatle açtı. "Burası Yaratılış 6. Okuyun."

Guyart des Moulins'in 1297 çevirisinden alınmış pasajı okuduk:

> Yeryüzünde insanlar çoğalmaya başlayınca onların güzel ve ak kızları doğdu. Melekler, cennetin oğulları, bu kızları gördüler ve onlara çekim duydular, birbirlerine dediler ki, "Gelin insan kızlarından kendimize eş seçelim, onlardan evlat sahibi olalım."

"Bunu bugün okudum" dedi Gabriella.

"Hayır" diye düzeltti Dr. Seraphina. "Bu Hanok değil. *Hanok'un Kitabı*'nda çok benzer bir parça var ama bu farklı. Bu parça Yaratılış'tan alınmış ve kabul edilen, yani çağdaş din bilginlerinin doğru saydığı metinlerle apokrif metinlerin kesiştiği tek yer. Tabii melekler tarihinin en zengin kaynakları, apokrif metinler. Hanok bir zamanlar çok derinlemesine incelenirdi, ama kilise gibi dogmatik bir kurum söz konusu olunca, bunun bir tehdit unsuru olduğuna karar verildi ve Hanok kanondan çıkarıldı."

Gabriella daralmıştı. "İyi de neden?" diye sordu. "Bunlar özellikle âlimler için çok yararlı olabilirdi."

"Nasıl yararlı olacağını anlamadım. Kilisenin bu bilgiyi bastırmak istemesi doğal bir hareketti" dedi Dr. Seraphina sertçe. "*Hanok'un Kitabı*, onların ileri sürdüğü tarihle çelişiyordu. Bu metin" dedi silindiri açıp ikinci bir parşömen çıkarırken, "yıllar süren sözlü efsanelerden sonra yazıldı. Hatta aynı kaynaktan geliyor. Yazarı, bunu Eski Antlaşma'daki birçok metnin yazıldığı zamanda, başka bir deyişle, Talmud metinlerinin yazıldığı zamanlarda yazmış."

"Ama bu, kilisenin bunları neden yok saydığını açıklamıyor" dedi Gabriella.

"Sebebi belli. Hanok'un anlatısı, coşkunun her türlüsünü içeriyor. Tutucu âlimlerin abartı, daha da kötüsü hezeyan olarak değerlendireceği dini ve zahiri aşırılıklarla dolu. Hanok'un 'seçilmişler' adını verdikleri hakkındaki düşünceleri özellikle rahatsız edicidir. Hanok'un Tanrı ile konuşmalarını anlatan birçok pasaj vardır. Tahmin edebileceğiniz gibi, birçok ilahiyatçı için bu küfür demektir. Açık söylemek lazım ki Hanok, Hıristiyanlığın ilk döneminde çok tartışmalı bir figürdü. Buna rağmen, *Hanok'un Kitabı*, melekbilimle ilgili en önemli metindir. Dünyadaki kötülüğün gerçek kökeninin bir insan tarafından yazılmış ve insanlar arasında dolaşan tek kaydıdır."

Gabriella'ya duyduğum imrenme, yerini Dr. Seraphina'nın bize anlatacaklarına meraka bırakmıştı.

"Din bilginleri *Hanok'un Kitabı*'nı tekrar derlemeye karar verdiğinde, James Bruce adlı bir İskoç kâşif, bu metnin bir yazımını Etiyopya'da buldu. Başka bir kopyası Belgrad'da ortaya çıktı. Tahmin edeceğiniz gibi bu keşifler, kilisenin metni tümüyle ortadan kaldırma iradesine ters düşüyordu. Sizi şaşırtacak bir şey de söyleyeyim: Biz, Hanok'un kopyalarını tedavülden kaldırıp kasaya kilitleyerek bir bakıma kiliseye destek verdik. Vatikan'ın, Nefiller ve melekbilimciler yokmuş gibi yapma arzusuyla bizim gizli kalma arzumuz eşittir. Diğer taraf yokmuş gibi yapmak, iki tarafın da işine geliyor."

"Birlikte çalışmayışımıza şaşırdım" dedim.

"Şaşırma" diye cevapladı Dr. Seraphina. "Melekbilim bir zamanlar cemaatlerin ilgi odağı, ilahiyatın en saygın dallarından biriydi. Bu durum hızla değişti. Haçlı Seferleri'nden ve Engizisyon'un dehşetinden sonra kiliseyle aramıza mesafe koymamız gerektiğini anladık. Aslında bundan bile önce faaliyetlerimizin çoğunu yeraltına taşımış, Ünlüleri yardım almadan avlamaya başlamıştık. Düşmanla güvenli bir mesafeden vuruşan bir direniş kuvveti, bir tür partizan grubu olduk biz hep. Ne kadar az görünürsek o kadar iyiydi; çünkü Nefiller, neredeyse kusursuz bir gizlilik oluşturmak için büyük çaba harcamışlardı. Vatikan elbette faaliyetlerimizden haberdar, ama şimdilik bize bulaşmıyor. Nefillerin şirketler ve devletler paravanları ardında elde ettiği ilerlemeler, kimliklerinin silinmesini sağladı. Son üç yüz yılda elde ettikleri en büyük başarı, apaçık göz önünde olmalarına rağmen kendilerini gizleyebilmeleridir. Bizi sürekli gözetliyorlar ve ortaya ya bize saldırmak ya da savaşlardan ve şaibeli işlerden nemalanmak için çıkıp sonra tekrar ortadan kayboluyorlar. Tabii entelektüelleri dindarlardan ayırmak konusunda da harikalar. İnsanlığın, hem ilime hem Tanrı'ya hürmet gösteren Newton veya Copernicus gibi düşünürlere kavuşmamasını sağladılar. Tanrıtanımazlık en büyük icatlarıydı. Darwin'in çalışmalarını, adamın dine olağanüstü bağlılığına rağmen tahrif edip yaymayı başardılar. Nefiller insanları, insanlığın kendi kendine oluştuğuna, kendine yeteceğine, ilahi müdahaleden bağımsız olduğuna, nevi şahsına münhasır olduğuna inandırmayı başardı. Bu, çalışmalarımızı çok zorlaştıran, Nefillerin de tespit edilmesini neredeyse imkânsızlaştıran bir yanılgı."

Dr. Seraphina parşömeni dikkatle sardı ve bakır silindire yerleştirdi. Yemeğimizi getirdiği sepete dönüp içinden baget ekmek ve peynir çıkardı, yememizi söyledi. Açlıktan gözüm kararıyordu. Ilık ve yumuşacık ekmek, parmaklarımda çok hafif bir tereyağı kayganlığı bırakarak parçalandı.

"Kurucularımızdan olan Peder Bogomil, ilk bağımsız melekbilim kaynağını X. yüzyılda pedagojik bir kaynak olarak derledi. Daha sonraki kaynaklar, Nefillerin taksonomisini de içerdi. Bizimkilerin büyük bölümü Avrupa'daki manastırlarda yaşamakta olduğundan, melekbilim kaynakları elle çoğaltıldı ve manastır cemaati tarafından, genellikle manastırda saklandı. Bu, tarihimizin üretken dönemlerinden biriydi. Özellikle düşmanlarımıza odaklanan melekbilim uzmanlarının yanında, meleklerin nitelikleri, güçleri ve amaçlarına dair genel çalışmalar da çoğaldı. Melekbilimciler için Ortaçağ, büyük ilerlemeler dönemiydi. Meleklerin iyi ve kötü güçlerine dair bilinç doruğa çıktı. Tapınaklar, melekler ve tablolar, kitlelere meleklerin varlığına dair temel ilkeleri çok yaygın bir şekilde duyurdu. Nüfusu kırıp geçiren hastalıklara rağmen, güzellik ve umut duyguları gündelik hayatın birer parçası oldu. Meleklerin gerçekliğini tahrif eden veya yücelten büyücüler ve Gnostikler ve Katharlar gibi tarikatlar vardıysa da, kendimizi melez yaratıkların ya da çoğu zaman verdiğimiz adla Devlerin entrikalarından korumayı başardık. Onca zarar verme kabiliyetine rağmen, kilise, medeniyeti inanç kalkanı altında korudu. Kocam aksini düşünür ama bence bu dönem, Nefillere karşı üstün olduğumuz tek dönemdi."

Dr. Seraphina durup yemeğimi bitirmemi bekledi, belki de bu sırada çalışmalar yüzünden açlığımı bile fark etmediğimi düşündü; oysa ağzına lokma koymayan Gabriella'nın bütün iştahı kaçmış gibiydi. Görgüsüzlüğümden utanarak ellerimi kucağımdaki keten peçeteye sildim.

"Nefiller bunu nasıl elde etti?" dedim.

"Hâkimiyetlerini mi?" dedi Dr. Seraphina. "Çok basit. Ortaçağ'dan sonra güç dengeleri değişti. Nefiller, kayıp pagan metinlerini, yani Yunanlı filozofların eserlerini, Sümer mitolojilerini, Perslerin bilimsel ve tıbbi metinlerini bulup Avrupa'nın entelektüel merkezlerinde dolaşıma soktu. Bu da kilisenin felaketi oldu haliyle. Üstelik bu daha işin başıydı. Nefiller, seçkin ailelerde maddiyatçılığın geçer akçe olmasını sağladı. Hapsburglar, Devlerin bir ailenin içine sızıp üste çıkmalarının örneklerinden sadece biriydi; Tudorlar da diğeri. Aydınlanma'nın genel ilkelerine katılsak da, bunun Nefiller için büyük bir zafer olduğu şüphesizdir. Din ve devlet işlerinin ayrılmasını, insanlığın manevi dünya yerine akılcılığa bel bağlamasını getiren Fransız Devrimi, başka bir zaferdi. Zaman ilerledikçe Nefillerin oyunları kök salmaya başladı. Tanrıtanımazlığı, laik hümanizmi, Darwinciliği ve aşırı maddeciliği yaygınlaştırdılar. İlerleme fikrini yarattılar. Kitle için yeni bir din oluşturdular, bu da bilim oldu.

"XX. yüzyıla gelindiğinde, dâhilerimiz tanrıtanımaz, sanatçılarımız izafiyetçiydi. Dindarlar ise bin farklı mezhebe ayrılmış, sürekli didişiyordu. Bölününce yönlendirilmemiz kolay oldu. Düşmanlarımız ne yazık ki toplumla tamamen bütünleşti ve hükümetlerde, sanayide, gazetelerde şebekeler kurdu. Yüzyıllar boyunca insan emeğinden palazlandılar, ha bire alıp hiçbir şey vermediler, imparatorluklarını kurdular. Ancak en büyük zaferleri, varlıklarını bizden gizlemek oldu. Bizi, özgür olduğumuza inandırdılar."

"Değil miyiz?" diye sordum.

"Çevrene baksana Celestine" dedi Dr. Seraphina, safça sorularımdan sıkılarak. "Akademimiz olduğu gibi dağıtılıyor ve yeraltına inmeye zorlanıyor. Hücumları karşısında tümüyle çaresiziz. Nefiller insan zaaflarını arar, iktidar hırsı olanları gözlerine kestirir ve amaçlarına bu kuklalar yoluyla ulaşır. Neyse ki Nefillerin güçleri sınırlı. Onlardan zeki hareket etmek mümkün."

"Nasıl bu kadar emin olabiliyorsunuz?" diye sordu Gabriella. "Belki onlar insanlıktan zeki hareket ediyor."

"Bu elbette mümkün" dedi Dr. Seraphina, Gabriella'yı süzerek. "Ama Raphael ve ben, bunu engellemek için elimizden geleni yapacağız. Birinci Melekbilim Keşfi, bu çabanın başlangıcıydı. Keşif gezisinin başındaki okumuş ve cesur Peder Clematis, liri bulmak için yaptıkları çalışmaları kaydettirdi. Bu keşif metni yüzyıllardır kayıptı. Bildiğiniz gibi, Raphael bunu bulup çıkardı. Yanığın yerini bulmak için onu kullanacağız."

Clematis'in keşif gezisinin ortaya çıkarılması, Valkoları seven öğrenciler arasında efsaneydi. Dr. Raphael Valko, Peder Clematis'in günlüğünü 1919'da, Yunanistan'ın kuzeyindeki bir köyde, yüzyıllardır gömülü olduğu kâğıt yığınından çekip çıkarmıştı. O tarihte, bir başarısı olmayan genç bir araştırmacıydı. Bu keşifle birlikte melekbilim topluluğunun seçkinleri arasına girmişti. Metin kendi başına değerli bir kaynaktı, ama bundan önemlisi, Valkoların Clematis'in keşif gezisini tekrarlayabileceği anlamına geliyordu. Metinde yanığın tam konumu belirlenebilseydi, Valkolar kendi keşif gezilerini yıllar önce başlatmış olurlardı.

"Raphael'in çevirisi gözden düştü sanıyordum" diyen Gabriella'nın görüşü, ne kadar doğru olursa olsun, bana küstahlık gibi gelmişti. Ama Dr. Seraphina bozulmamıştı.

"Topluluk bu metni kılı kırk yararak inceledi ve keşif sırasında tam olarak nelerin yaşandığını anlamaya çalıştı. Ama haklısın Gabriella. Nihayetinde Clematis'in günlüğünün kısır olduğunu belirledik."

"Neden?" diye sordum; böyle anlamlı bir metnin önemsiz bulunmasına şaşarak.

"Çünkü bulanık bir anlatı. Günlüğün en önemli bölümü, Clematis'in ölümünden hemen önce, mağaraya yaptığı yolculuğun verdiği tükenmişlikle yarı çıldırmış haldeyken kaydedilmiş. Clematis'in anlattıklarını yazan Peder Deopus, tüm ayrıntıları doğru kaydetmiş olamaz. Harita çizmemiş ve Clematis'in beraberinde mağaraya götürdüğü harita da bulunamadı. Yaptığımız birçok girişimden sonra, orijinal haritanın mağarada kaybolduğu gerçeğini kabullenmek zorunda kaldık."

"Anlamıyorum ki" dedi Gabriella, "Clematis nasıl olur da haritanın kopyasını çıkarmaz? Keşif gezisinin temel uygulamalarından biri değil mi bu?"

"Çok büyük sıkıntılar yaşandığı belli" dedi Dr. Seraphina. "Peder Clematis, Yunanistan'a büyük ıstırap içinde dönmüş ve hayatının son haftalarında dehşetli bir zihin bulanıklığı yaşamış. Keşif gezisindeki herkes ölmüş, tüm malzemeleri yok olmuş, eşekler bile kaçmış veya çalınmış. Çağdaşlarının, özellikle Peder Deopus'un anlattığına göre, Clematis rüyadan uyanmış gibi bir haldeymiş. Delirmiş gibi ürkütücü bir halde sayıklıyor ve dua ediyormuş. Soruna cevap verecek olursam Gabriella, bir şey olduğunu biliyoruz ama ne olduğunu bilmiyoruz."

"Ama bir teoriniz vardır" dedi Gabriella.

"Elbette" dedi Dr. Seraphina gülümseyerek. "Ölüm döşeğinde yazdırdığı hikâyesinde geçiyor hepsi. Kocam bu metni hatasız çevirmek için çok zaman ve emek harcadı. Clematis'in mağarada tam da aradığı şeyi bulduğuna inanıyorum. Adamcağız zindanlarında melekleri bulduğu için aklını kaçırdı."

Dr. Seraphina'nın sözlerinin beni niye bu kadar huzursuz ettiğini anlayamamıştım. Birinci Melekbilim Keşfi'ne dair pek çok ikincil kaynak okumuştum ama yine de Clematis'i yerin derinliklerinde kapana kısılmış, çevresi dünyadışı varlıklarla çevrilmiş şekilde tasavvur etmek beni iliklerime kadar ürpertiyordu.

Dr. Seraphina devam etti: "Bazıları, Birinci Keşif'in ahmakça ve gereksiz olduğunu öne sürer. Bildiğiniz gibi ben, bu denemenin büyük önem taşıdığına inanıyorum. Gözcüler ve Nefiller kuşağı hakkındaki rivayetlerin doğru olduğunu kanıtlamak bizim görevimizdi. Birinci Keşif, doğruyu bulmaya yönelik bir girişimdi. Gözcüler gerçekten Orpheus'un mağarasında tutsak mıydı? Tutsaklarsa, lir hâlâ ellerinde miydi?"

"Basit bir itaatsizlik yüzünden tutsak edilmeleri şaşırtıcı" dedi Gabriella.

"İtaatsizliğin basiti olmaz" dedi Dr. Seraphina sertçe. "Unutma ki şeytan da zamanında meleklerin en muhteşemiydi; Tanrı'nın buyruğuna karşı gelene kadar asil bir seraftı. Gözcüler, emre itaatsizlik etmekle kalmadılar, ilahi bilgileri dünyaya taşıdılar, çocuklarına savaş sanatını öğrettiler, onlar da bunu insanlığa yaydılar. Antik Yunan'daki Prometheus efsanesi, bu itaatsizliğin o dönemde nasıl algılandığını gösterir. Bu bilgi, sürgün sonrası insan topluluğunun dengesini bozduğu için günahların en lanetlisidir. Madem *Hanok'un Kitabı* önümüzde, size zavallı Azazil'e neler yaptıklarını okuyayım. Çok kötüdür."

Dr. Seraphina, Gabriella'nın incelemekte olduğu kitabı aldı ve okumaya başladı:

"'Başmelek İsrafil'e denildi ki, Azazil'in elini kolunu bağla ve onu karanlığa at; Dundail'deki çölü ortadan yar ve onu içine fırlat. Açtığın deliği sert ve keskin kayalarla doldur, onun üstünü karanlıkla kapat ve sonsuza dek orada yaşamaya mahkûm et onu; yüzünü ört ki ışığı bir daha göremesin. Mahşer gününde de ateşe atılacaktır.'"

"Hiç kurtulamayacaklar mı?" diye sordu Gabriella.

"Serbest bırakılabilirler mi, bırakılırlarsa ne zaman, bilmiyoruz. Araştırmacılarımızın Gözcülere duyduğu ilgi, onların bize ölümlü düşmanlarımız hakkında söyleyebilecekleriyle sınırlıdır" dedi beyaz eldivenleri çıkarırken. "Nefiller, Tufan'da yitirdiklerini geri almak için hiçbir engel tanımazlar. Engellemeye çalıştığımız felaket budur. Kurucularımızın en girişkeni olan Muhterem Peder Clematis, azılı düşmanlarımıza karşı savaş başlatmayı kendine görev bildi. Yöntemleri kusurluydu, ama yine de Clematis'in anlatısını okuyarak çok şey öğrenebiliriz. Geride bıraktığı gizeme rağmen bunu çok aydınlatıcı buluyorum. Sizin de bir gün dikkatle okuyacağınızı umarım."

Gabriella, gözlerini kısmış, hocamıza dikkatle bakıyordu. "Belki Clematis'te gözünüzden kaçmış bir şey vardır" dedi.

"Clematis'te bir yenilik ha?" dedi Dr. Seraphina, gülümseyerek. "Bu çok yüksek, bir o kadar da zor bir hedef. Dr. Raphael, Birinci Keşif alanının önde gelen uzmanıdır. Onunla birlikte Clematis'in anlattıklarının her bir kelimesinin üstünden bin kere geçtik ama yeni bir şey bulamadık."

"Ama yine de *mümkün*" dedim, bir kez daha Gabriella'nın gölgesinde kalmamak için. "Mağaranın yeri konusunda yeni bilgilerin ortaya çıkması ihtimali her zaman var."

"Açıkçası zamanınızı işimizin ayrıntılarına harcasanız çok daha yararlı olacak" dedi Dr. Seraphina ve elinin bir hareketiyle umutlarımızı süpürüp attı. "Şimdiye kadar toplamış ve sınıflandırmış olduğunuz veriler, mağarayı bulmak için en kuvvetli umudumuz. Tabii ki Clematis'le şansınızı deneyebilirsiniz. Ama ciddi bir bulmacayla karşılaşacağınızı şimdiden söyleyeyim. Gözcülerin esrar perdesini aralayacağım diye insanı kendisine çekiyor, ondan sonra tuhaf bir sessizliğe bürünüyor. Melekbilimin Sfenks'i de diyebiliriz ona. Clematis'ten yeni bir şeyler bulup çıkarabilirseniz, İkinci Keşif'te yanıma ilk alacağım kişiler siz olursunuz canlarım."

Ekim ayı boyunca Gabriella ile günlerimizi Dr. Seraphina'nın odasında, bilgi dağlarını düzenleyip kataloglamak için sessiz bir kararlılıkla çalıştık. Programımızın yoğunluğu ve önümdeki malzemeleri anlamaya duyduğum arzunun şiddeti, beni Gabriella'nın giderek tuhaflaşan halini düşünemeyecek kadar yoruyordu. Evde çok az zaman geçiriyor, Valkoların derslerine girmiyordu. Kataloglama işi de tavsamıştı; ben her gün Dr. Seraphina'nın odasındaydım, o haftada birkaç gün geliyordu. Aramızdaki uçurumu unutacak kadar işimin olması, beni rahatlatıyordu. Balkanlardaki jeolojik oluşumların derinliğiyle ilgili matematiksel verileri çizime dökmem bir ay sürdü; iş o kadar sıkıcıydı ki, yararsız gibi gelmeye başlamıştı. Ama Valkoların toplamış olduğu verilerin sonsuzluğuna rağmen şikâyet etmeden işime baktım; çünkü daha büyük bir dava olduğunu biliyordum. Okul binasını her an boşaltmamız gerekebileceği ve savaşın giderek yaklaşması, beni daha da telaşlandırıyordu.

Kasım ayının başında, tam uyku havasının hüküm sürdüğü bir gün, Dr. Seraphina odasına geldi ve bize ilginç bir şey göstereceğini söyledi. Elimizde o kadar iş vardı, Gabriella ile o kadar kendimizi kaptırmıştık ki, şimdi olmaz diye itiraz edecek olduk.

"Gelin" dedi Dr. Seraphina hafifçe gülümseyerek, "bütün gün çok çalıştınız. Kısa bir mola zihninizi toparlar."

Bu isteği garipsemiştik –Dr. Seraphina, her fırsatta zamanın azaldığını dile getiriyordu– ama yine de mutlulukla karşıladık. Ben işten başımı kaldırmak istiyordum, bütün gün yine bilinmez nedenlerden ötürü çok huzursuz olan Gabriella da nefes alabilse sevinecekti.

Dr. Seraphina bizi odasından çıkarıp kıvrılan bir koridora sokarak okulun en ücra köşelerinden birine, çoktan boşaltılmış odaların açıldığı karanlık bir galeriye götürdü. Elektrik ampullerinin soluk ışığı altında çalışan asistanlar, tabloları, heykelleri ve diğer sanat eserlerini tahta kasalara yerleştiriyordu. Mermer zemine talaş serpildiği için karanlıkta galeri, bir serginin harabeleri gibi görünmekteydi. Sanata içten gelen bir ilgi duyan Gabriella, eserden esere geçti ve her birini depolanmadan önce ezberlemek ister gibi inceledi. Ben, ziyaretimizin amacını açıklar diye Dr. Seraphina'ya döndüm ama o da Gabriella'yı izlemeye koyulmuştu. Her hareketini izliyor, tepkilerini ölçüyordu.

Masalarda sayısız elyazması açılmış duruyor, paketlenmeyi bekliyordu. Bu kadar çok sayıda değerli parçanın burada bir araya gelmiş olduğunu görünce, keşke yanımda bir yıl önceki Gabriella olsaydı dedim. O zamanki ilişkimiz akademik yoğunluk ve karşılıklı saygı üzerine kuruluydu. Bir yıl önce olsa, tablolardan bize bakan egzotik yaratıkları, insan yüzlü ve aslan vücutlu mantikoru, harpyaları, ejderhaya benzeyen çift başlı yılanı, şehvetli kentaurosu tartışırdık. Gabriella her şeyi ayrıntılarıyla anlatır, bu resimlerden her birinin şeytanın kötülüklerinden birini tasvir ettiğini söylerdi. Gabriella'nın melekler ve şeytanlara dair bu kadar simgeyi ansiklopedi gibi aklında tutmasına, benim sayısala çalışan kafamın almadığı bağlar kurmasına şaşardım. Ama şimdi, Dr. Seraphina yanımızda olmasa bile, Gabriella gözlemlerini bana anlatmazdı. Benden alabildiğine uzaklaşmıştı ve onun bilgisini, aklını bu kadar özleyişim, artık bitmiş bir arkadaşlığa duyduğum hasrettendi.

Seraphina yakınımızda duruyor, çevremizi saran nesnelere vereceğimiz tepkileri izliyor, özellikle Gabriella'ya dikkat ediyordu.

"Burası, Maginot Hattı'nın bu yanındaki tüm hazinelerin çıkış noktası" dedi sonunda. "Kataloglanıp kutulandıktan sonra ülkenin dört bir yanındaki güvenli yerlere götürülecekler. Tek endişem" dedi mavi kadife üzerinde yatan bir fildişi diptik tabletin önünde durarak, "zamanında çıkaramamak."

Dr. Seraphina'nın olası bir Alman işgalinden duyduğu tedirginlik, her halinden belli oluyordu. Son aylarda iyice çökmüş, güzelliği yorgunluk ve endişenin gölgesinde kalmıştı.

"Bunlar" dedi her biri çivilenip kapatılmış kasalara işaret ederek, "Pirene Dağları'ndaki bir sığınağa gönderiliyor. Bu muhteşem Mikail tasviri ise" derken parlak bir Roma zırhı giymiş, kılıcını kaldırmış bir meleğin barok tarzdaki tablosunu gösterdi, "bir dizi değerli parçayla birlikte İspanya'dan Amerika'daki koleksiyonculara kaçırılacak."

"Sattınız mı bunları?" diye sordu Gabriella.

"Böyle durumlarda" dedi Dr. Seraphina, "mülkiyet değil, bu eserlerin korunması önemli."

"Paris'i rahat bırakmazlar mı?" dedim, sorunun saçmalığını ağzımdan çıktığı anda fark ederek. "Bu kadar büyük tehlikede miyiz?"

"Kuzum" dedi Dr. Seraphina hayretini gizlemeyerek, "hedeflediklerini yaparlarsa, bırak Paris'i, Avrupa'dan geriye bir şey kalmayacak. Gelin, size birkaç şey daha göstereceğim. Bunları bir daha görene kadar yıllar geçebilir."

Yarıya kadar doldurulmuş bir kasanın önünde durup iki parça cam arasına yerleştirilmiş bir parşömen çıkardı ve camın yüzeyindeki talaşı sildi. Bizi yanına çağırarak elyazmasını bir masaya koydu.

"Bu, Ortaçağ'a ait bir melekbilim metnidir" dedi yüzü cama yansırken. "Modern metinlerimizin en iyileri gibi çok özenle araştırılmıştır ve kapsamlıdır, ama o zamanın zevkleri doğrultusunda daha süslüdür."

Elyazmasındaki Ortaçağ'a ait işaretleri fark ettim. Korolar ve katlar katı bir hiyerarşi sırasındaydı, altın kanatlar, çalgılar ve haleler göz alıcı güzellikteydi, yazılar da çok özenli bir hatla yazılmıştı.

"Bu küçücük hazine ise" dedi Dr. Seraphina avuç içi kadar bir tablonun önünde durup, "yüzyıl başından kalma. Modern bir üslupta yapıldığı ve sadece Tahtlara, yani melekbilimcilerin yüzyıllardır ilgisini çeken bir melek sınıfına odaklandığı için, ben çok beğeniyorum. Tahtlar, Seraflar ve Keruvlarla birlikte meleklerin birinci kademesindendir. Maddi dünyalar arasında geçişi sağlarlar ve büyük hareket kudretine sahiptirler."

"İnanılmaz" dedim, resme uzaktan bile anlaşılan bir şaşkınlıkla bakarak.

Dr. Seraphina gülmeye başladı. "Evet, öyle" dedi. "Koleksiyonumuz muazzamdır. Sırf bunları yerleştirebilmek için Oslo'dan Budapeşte'ye, Barselona'ya kadar bir kütüphaneler ağı kuruyoruz. Günün birinde Asya'da da bir okuma salonumuz olacağını umuyoruz. Böyle elyazmaları bize, işimizin tarihi temelini hatırlatıyor. Çalışmalarımızın tümünün kaynağı bu metinlerde. Bizim için yazı çok önemli. Evreni yaratan ışık da, bize evrende kılavuzluk eden de yazıdır. Yazı olmadan, nereden geldiğimizi, nereye gittiğimizi bilemezdik.

"Bu metinleri korumaya bunun için mi bu kadar önem veriyoruz?" diye sordum. "Geleceğe kılavuz oldukları için mi?"

"Onlar olmazsa biz kayboluruz" dedi Seraphina. "Yuhanna, 'Başlangıçta Söz vardı ve Söz Tanrı katındaydı' dedi ama, Söz'ün anlamlı olması için yorumlanması gerektiğini söylemedi. Bizim görevimiz de bu."

"Biz metinlerimizi yorumlamak için mi buradayız" dedi Gabriella usulca, "yoksa onları korumak için mi?"

Dr. Seraphina, Gabriella'yı dikkatle süzdü. "Senin düşüncen ne Gabriella?"

"Bence, geleneklerimizi, bunları yok etmek isteyen kişilerden korumazsak, yakında yorumlayacağımız bir şey kalmayacak."

"Ha, demek sen savaşçısın" dedi Dr. Seraphina meydan okuyarak. "Zırh kuşanıp savaşa girmek isteyenler hep olmuştur. Ama asıl deha, elde etmek istediğin şeyi ölmeden ele geçirmeni sağlayacak bir yol bulmaktır."

"Ama böyle zamanlarda" dedi Gabriella ilerleyerek, "insanın başka seçeneği yok."

Bir dizi nesneyi sessizce inceledikten sonra bir masanın orta yerine yerleştirilmiş kalın bir kitaba geldik. Dr. Seraphina, Gabriella'yı çağırdı ve dikkatle izlemeye başladı. Sanki hareketlerinden bir şey çıkarmak istiyordu, ama ne çıkarmak istediğini bilememiştim.

"Soyağacı mı bu?" dedim, sayfalardaki şemalara bakınca. "İnsan isimleriyle dolu."

"Hepsi insan ismi değil" dedi Gabriella ve metni okumak için bir adım yaklaştı. "Zafkiel, Sandalfon ve Raziel de var."

Gözlerimi kısıp metne bakınca, haklı olduğunu gördüm. İnsan soyuna melekler karışmıştı. "İsimler dikey bir kat ve koro hiyerarşisinde değil, farklı bir yapıda sıralanmış."

"Bu çizimler, spekülatif şemalardır" dedi Dr. Seraphina ve sesindeki ciddiyetten, bizi buraya getirmesinin amacının nihayet bu kitabı incelemek olduğunu düşündüm. "Geçen yıllar içinde Yahudi, Hıristiyan ve Müslüman melekbilimciler oldu, zaten her üç din de, melekbilimi kozmolojilerinin ortasında özel bir yere koyar. Sonra gnostikler, sufiler ve bazı Asya dinlerinin temsilcileri gibi olağandışı âlimler de vardı. Tahmin edebileceğiniz gibi, personelimizin çalışmaları birbirinden temel farklar gösterdi. Bu spekülatif metinler, XVII. yüzyılda yaşamış ve akıllarını Nefil ailelerinin soyağaçlarını çıkarmaya takmış bir grup parlak Yahudi âlimin ürünüdür."

Ailem sofu Katolik'ti ve beni de gayet katı bir tutumla yetiştirmişti, bu yüzden diğer dinlerin öğretilerini pek bilmiyordum. Ama okul arkadaşlarımın farklı kökenleri olduğunu biliyordum. Mesela, Gabriella Yahudi'ydi; kocası dışında tüm hocalarımdan daha deneyci ve şüpheci bir akla sahip olan Dr. Seraphina ise bilinemezci olduğunu iddia ediyordu ve birçok hocamızı dertlendiriyordu. Gelgelelim, disiplinimizin tarihçesi ve kanonunda bu kadar farklı dini eğilim ve inançların bir araya gelmiş olduğunu ancak şimdi fark etmiştim.

Dr. Seraphina devam etti: "Melekbilimcilerimiz, Yahudi soyağaçlarını dikkatle inceledi. Yahudi âlimler tarih boyunca soyağaçlarına çok titizlik göstermişlerdir; sadece miras hukukundan değil, anlatıların ve kişisel tarihlerin çapraz karşılaştırılıp doğrulanması için kişinin geçmişinin kökenine kadar inmesi gerektiğini bildiklerinden de aynı zamanda. Sizin yaşınızdayken ve melekbilimin inceliklerini araştırmaya kararlıyken, Yahudi soyağacı uygulamalarını çalışmıştım. Hatta bütün ciddi öğrencilerin bu yöntemleri öğrenmelerini tavsiye ediyorum. Büyüleyici derecede hassastırlar."

Dr. Seraphina sayfaları çevirdi ve altın varakla çerçevelenmiş güzel bir belgeyi bulunca durdu. "Bu, İsa'nın XII. yüzyılda âlimlerimizden biri tarafından çıkarılmış soyağacı. Hıristiyan inanışına göre İsa, Âdem'in soyundan gelir. Burada da, Meryem'in Luka tarafından çıkarılmış soyağacı var. Âdem, Nuh, Sam, İbrahim, Davut." Dr. Seraphina, çizelgeyi parmağıyla aşağıya doğru takip etti. "Burada da Yusuf'un, Matta tarafından yazılmış soyağacı var: Süleyman, Yehoşafat, Zerubbabil, böyle gidiyor."

"Bu soyağaçlarından çok var, değil mi?" dedi Gabriella. Belli ki bunlardan belki yüz tane görmüştü. Daha önce böyle bir metinle karşılaşmamış olduğum için, benim tepkim baştan aşağı farklı olurdu.

"Elbette" dedi Dr. Seraphina, "Soyların Eski Antlaşma kehanetlerine, Âdem ve İbrahim ve Yahuda ve İşay ve Davut'a verilen vaatlere ne kadar uyum gösterdiğini inceleyen birçok soyağacı vardır. Ama bu biraz farklı."

Adlar birinden diğerine atlayarak muazzam bir akrabalık ilişkisi ortaya çıkarıyordu. Her bir ismin, tarihteki amacını belki hiç bilmeden yaşamış ve ölmüş, ibadet etmiş ve sıkıntı çekmiş bir kişiye tekabül ettiğini düşündüğümde, kendimi çok küçük hissettim.

Dr. Seraphina sayfaya dokunduğu sırada, tırnağı tavandan gelen hafif ışığın altında parladı. Renkli mürekkeplerle yazılmış yüzlerce isim vardı; ince bir gövdeden sayısız dal çıkıyordu. "Tufan'dan sonra, Nuh'un oğlu Sam, Sami ırkını kurdu. İsa da tabii bu soydan geliyor. Ham, Afrika'daki ırkları kurdu. Yafet, ya da geçen hafta Raphael'in dersinde öğrendiğiniz gibi Yafet kılığındaki yaratık, Avrupa ırkının ve Nefillerin devamından sorumlu. Raphael'in dersinde vurgulamadığı bir şey var ki, daha ileri düzeydeki öğrencilerin anlamasının şart olduğunu düşünüyorum, insanoğlunun ve Nefillerin genetik dağılmışlığı, başta göründüğünden çok daha fazla. Yafet, karısından pek çok çocuk sahibi olarak soyunu çok genişletti. Bu çocuklardan bazıları tam Nefilken diğerleri melezdi. Yafet kılığına girmiş Nefil tarafından öldürülmeden önce gerçek Yafet'ten doğan çocuklar ise saf insandı. Bu nedenle Yafet'in soyu insanlar, Nefiller ve melezlerden oluştu. Bunların birbirleri aralarında evlenmeleriyle de Avrupa meydana geldi."

"Çok karmaşık" dedim çeşitli grupları birbirinden ayırmaya çalışırken. "Kafamda toparlayamadım bile."

"İşte bu soyağaçlarının tutulma nedeninin tam üstüne bastın" dedi Dr. Seraphina. "Bunlar olmasa her şey çorbaya döner."

"Bazı âlimlerin, Yafet'in soyunun Sam'ın soyuyla karıştığını öne sürdüğünü okumuştum" dedi Gabriella, soyağacının bir dalındaki üç adı işaret ederek. Bunlar, Eber, Nathan ve Amon'du. "Şu, şu ve şu."

Adları okuyabilmek için eğildim. "Nasıl emin olabiliyorlar?"

Gabriella, bu soruyu soracağımı tahmin etmiş gibi gülümsedi ve içindeki acımasızlığı ortaya çıkardı. "Bazı belgeler olduğunu sanıyorum ama zaten yüzde yüz emin olamazlar."

"Buna bu yüzden *spekülatif* melekbilim deniyor" dedi Dr. Seraphina.

"Ama birçok âlim böyle düşünüyor" dedi Gabriella. "Melekbilim faaliyetlerinin muteber ve devam eden bir dalı."

"Çağdaş melekbilimciler buna inanmıyordur herhalde" dedim bu bilgiye verdiğim şiddetli tepkiyi bastırmaya çalışarak. Dini inançlarım o zaman bile kuvvetliydi ve İsa'nın ataları konusunda böyle kaba spekülasyonlar kabullenilemezdi. Daha birkaç saniye önce harika görünen şema şimdi beni çok rahatsız eder olmuştu. "İsa'da Gözcülerin kanı olabileceği fikri, saçmalığın dik alası."

"Belki öyledir" dedi Dr. Seraphina, "ama tam da bu konuya eğilen geniş bir melekbilim kesimi var. Adına melekbiçimcilik deniyor ve ana fikri, İsa Mesih'in insan bile değil, melek olduğu yönünde. Kaldı ki, lekesiz doğum da Cebrail'in ziyaretinden sonra meydana geliyor."

Gabriella, "Buna dair bir şeyler okumuştum" dedi. "Gnostikler de İsa'nın melek kökenli olduğuna inanıyor."

"Kütüphanemizde bununla ilgili yüzlerce kitap var, daha doğrusu, vardı" dedi Dr. Seraphina. "Benim için İsa'nın atalarının kimliği önemli değil. Ben tamamen ayrı bir konuyla ilgileniyorum. Mesela şunu, spekülatif olsa da olmasa da baş döndürücü buluyorum" diyerek bizi, incelememiz için açılmış gibi duran bir kitabın bulunduğu başka bir masaya götürdü. "Bu, Gözcülerle başlayıp Nuh'un ailesinden geçtikten sonra Avrupa'nın önde gelen ailelerine muazzam ayrıntıyla inen bir Nefil soyağacı. Adı da *Nesiller Kitabı.*"

Sayfaya bakarak aşağı doğru ilerleyen ailelerin mensuplarının adlarını okumaya çalıştım. Nefillerin insan hayatı üzerindeki gücünü ve nüfuzunu bilmeme karşın, Avrupa'nın neredeyse tüm hanedanlarına karışmış olduklarını gördüğümde şaşırdım. Capetler, Hapsburglar, Stuartlar, Karolenjler... Sanki Avrupa'nın tarihini hanedanlar üzerinden okuyordum.

Dr. Seraphina konuştu: "Nefillerin bu soylara sızdığından emin olamayız ama Avrupa'nın büyük ailelerinin kanına zamanında

Nefil kanı karıştığına, bunun bugün de sürdüğüne dair ciddi kanıtlar var."

Gabriella, Seraphina'nın söylediği her şeyi, bir sınav için tarih ezberlermiş veya, daha muhtemel olduğu şekliyle, hocamızın bizi buraya getirme sebebini anlamak için onu iyice incelermiş gibi özümsüyordu. Sonunda, "Ama tüm soylu ailelerin adları geçiyor burada" dedi. "Yaşanan dehşette hepsinin parmağı mı var yani?"

"Öyle. Nefiller, Avrupa'nın kralları ve kraliçeleri oldular; onların arzuları, milyonlarca insanın hayatını yönlendirdi. Kudretlerini aile içi evliliklerle, ilk evlat hakkıyla ve askeri güçle korudular" dedi Dr. Seraphina. "Krallıkları vergiler topladı, köleler aldı, mülkler edindi, bütün yeraltı ve yerüstü zenginliklerine el koydu; en küçük bir bağımsızlık girişiminde bulunan topluluklara saldırdı. Ortaçağ'da üstünlükleri o kadar rakipsizdi ki, bir zamanlar yaptıkları gibi gizlenme zahmetine bile katlanmadılar. XIII. yüzyıl melekbilimcilerinin anlattığına göre, tümüyle Nefiller tarafından yönetilen ve kovulmuş meleklere adanmış kültler varmış. Cadılara atfedilen kötülüklerin birçoğu aslında Nefil ritüellerinden alınmaymış. Atalara tapınmaya inanırlarmış ve Gözcülerin dönüşünü beklerlermiş. Bu aileler bugün de var. Hatta" dedi Dr. Seraphina, Gabriella'ya tuhaf, neredeyse suçlayıcı bir bakış atarak, "onları çok yakından takip ediyoruz. Özellikle şu aileler gözetimimiz altında."

Gösterdiği sayfada bir dizi isim gördüm ama bunların hiçbiri bana çok bir şey ifade etmedi. Öte yandan, Gabriella'nın tepkisi çok şiddetli oldu. İsimleri okurken, dehşetle irkildi. O anki hali, Dr. Raphael'in dersinde transa geçtiği zamankine benziyordu, ama şimdi histerinin eşiğinde gibi de duruyordu.

"Hocam yanlış biliyorsunuz" dedi sesini her kelimede yükselterek. "Biz onları izlemiyoruz. Onlar bizi izliyor!"

Hemen ardından koşarak odadan çıktı. Böyle bir duygu patlamasına neyin yol açmış olabileceğini düşünerek ardından bakakaldım. Delirmişti sanki. Tekrar kitaba baktığımda, bir dolu isimden başka bir şey göremedim; birçoğunu hiç tanımıyordum, bazıları ise önde gelen ailelerin adlarıydı. Birlikte okuduğumuz tarih kitaplarının sayfalarından hiçbir farkı yoktu, üstelik o kitaplar Gabriella'yı böyle hiddetlendirmemişti.

Ama Dr. Seraphina, Gabriella'nın tepkisini çok iyi anlıyor gibiydi. Hatta, Gabriella'nın tepkilerini dikkatle ölçüp biçmesine bakılırsa, onun kitaba bakınca irkileceğini tahmin etmekle kalmamış, bunu planlamış gibiydi. Kafamın karıştığını gören Dr. Seraphina kitabı kapadı ve kolunun altına kıstırdı.

“Ne oldu şimdi?” dedim; Gabriella’nın tepkisi kadar Dr. Seraphina’nın sükûnetine de hayret duyarak.

“Bunu söylerken üzülüyorum ama” dedi Dr. Seraphina çıkmak üzere ilerlerken, “sevgili Gabriella, başını büyük belaya sokmuş.”

İlk düşüncem, her şeyi Dr. Seraphina’ya anlatmak oldu. Gabriella’nın sürdüğü ikili hayatın yükü ve bunun kendi hayatıma kattığı keder, artık dayanamayacağım raddedeydi. Ama tam ağzımı açıyordum ki, irkilerek sustum. Gölgeli bir koridordan gelen siyah pelerine bürünmüş iblise benzer karanlık bir tip önümüzü kesti. Korkup sıçradım. Bir an dikkat edince, bunun aylar önce kütüphanede karşılaştığım konsey üyesi peçeli rahibe olduğunu fark ettim. Önümüzde durdu.

“Sizinle biraz konuşabilir miyiz Dr. Seraphina?” Kadının alçak sesle, biraz peltek konuşmasını, utanarak da olsa çirkin bulmuştum. “Amerika’ya yapacağımız sevkiyatla ilgili bazı sorularımız var.”

Dr. Seraphina’nın, rahibenin belirmesini hiç bozuntuya vermeden, olağan otoritesiyle karşılaması içime su serpti. “Bu saatten sonra neyi soracaksınız? Her şey ayarlandı.”

“Doğrudur” dedi rahibe. “Ama galerideki tabloların da, ikonalarla birlikte Amerika’ya sevk edileceğinden emin olmak isterdim.”

“Evet, elbette” dedi Dr. Seraphina ve rahibenin peşinden, pek çok kasa ve sandığın sevkiyatı beklediği koridora yürüdü. “New York’taki bağlantımız tarafından teslim alınacaklar.”

Kasalara bakınca birçoğunun üstüne sevkiyat bilgisi yazılmış olduğunu gördüm.

Dr. Seraphina devam etti: “Parçalar yarın yola çıkacak. Bizim yapmamız gereken, her şeyin eksiksiz paketlenmesini ve limana ulaşmasını sağlamak.”

Rahibe ve Dr. Seraphina sevkiyattan ve Fransa çıkışlı gemi tarifesinin giderek yoğunlaştığı bu dönemde, en değerli parçalarımızın kaçırılmasını nasıl ayarladıklarından söz ederlerken, ben koridora döndüm. Söylemiş olmayı çok istediğim sözleri içime atarak sessizce yürüdüm.

Karanlık taş koridorlarda yürürken boş sınıfların ve terk edilmiş salonların önünden geçtim ve ayak seslerim aylar önce buralara çökmüş olan sessizlikte yankılandı. Kütüphane de bir bu kadar hareketsizdi. Kütüphaneciler mesaiyi bitirip gitmişler, ışıkları kapatıp kapıları kilitlemişlerdi. Dr. Seraphina’nın öğrenciliğimin başında verdiği anahtarı çıkardım. Kapıyı açıp uzunlamasına, gölgeli salona bakarken, yalnız kalmaktan büyük bir rahatlık duydum. Kütüphaneyi boş bulmama ilk defa sevinmiyordum; buraya gece yarısını geçe çok gelmiş, herkes okulu terk ettikten sonra çalışmaya koyulmuştum. Ama ilk kez çaresizlikle geliyordum.

Duvarları dolanan raflar boştu; ara ara birkaç kitap yamuk bırakılmış ya da yatay yerleştirilmişti. Zemin ise, Fransa genelindeki güvenli yerlere götürülecek kitap sandıklarıyla doluydu. Bu yerler nerelerdi bilmiyordum ama böyle bir koleksiyonu gizlemek için çok ciddi mahzen gerektiğinin farkındaydım. Sandıklardan birini karıştırırken ellerim titredi. Kitaplar öylesine dağılmıştı ki, aradığımı hiç bulamayacağımı düşündüm. Aradığımı her bulamayışımla telaşımın arttığı birkaç dakikalık bir arayıştan sonra, Dr. Raphael Valko'nun telif eserleri ve çevirilerini içeren bir koliye denk geldim. Dr. Raphael'in âdeti olduğu üzere, kitaplar düzensizce doldurulmuştu. Aldığım büyük boy kitaplardan birinde, 1923'te Pirenelere, 1925'te Balkanlara, 1930'da Urallara, 1936'da Alplere yapılan keşif gezilerinde bulunan yarıkların ve mağaraların haritalarını ve her bir dağ sırasının geçmişini anlatan notları gördüm. Açıklamalı metinleri ve ders notu tomarlarını, tefsirleri ve pedagoji kılavuzlarını buldum. Dr. Raphael'in tüm eserlerinin adlarına ve tarihlerine baktım ve tahmin ettiğimden de çok kitap ve makale yazmış olduğunu gördüm. Ama Dr. Raphael'in tüm kitaplarını tek tek açıp bakmama rağmen, okumak istediğimi bulamamıştım. Clematis'in asi meleklerin zindanını bulmak için yaptığı keşif gezisinin notları, kütüphanede değildi.

Kitapları masada darmadağın bırakıp bir sandalyenin sert tahtasına çökerek, üstüme çöreklenmiş hayal kırıklığı pusunu dağıtmaya çalıştım. Gözlerim inadına doldu ve kütüphaneyi bulanıklığa sürükledi. İlerleme hırsım beni tüketiyordu. Kabiliyetlerim, okuldaki yerim, geleceğim konusundaki belirsizlikler sırtımda büyük yüklerdi. Kaderimin bilinmesini, yazılmasını, mühürlenmesini ve kesinleştirilmesini istedim ki, görev bilinciyle yaşayabileyim onu. Her şeyin ötesinde, amaç ve yararlık istedim. Soyunduğum iş için yeterli olmamak, köydeki ailemin yanına gönderilmek, takdir ettiğim âlimler arasında kendime bir yer açamamak düşünceleri içimi parçalıyordu.

Masaya eğilerek yüzümü kollarıma gömdüm, gözlerimi kapattım ve çaresizliğin kollarına kendimi bıraktım. Ne kadar o halde kaldım bilmiyorum, ama çok geçmeden salonda bir hareket, havada çok hafif bir kıpırtı sezdim. Misk ve vanilya kokulu, baharlı parfümünü alınca Gabriella'nın geldiğini fark ettim. Kafamı kaldırdığımda gözyaşlarımın içinden gördüğüm kan kırmızı kumaş o kadar parlaktı ki, toptan yakut kaplı gibi görünüyordu.

"Ne oldu?" dedi Gabriella. Yakut kaplı kumaş, gözlerimi silmemle birlikte kolsuz, verev kesilmiş bir saten elbiseye dönüştü; o kadar akışkan bir güzelliği vardı ki, ağzımı açmaktan başka bir şey yapamadım. Şaşkınlığımı bu kadar belli etmem, Gabriella'yı sadece sinirlendirdi. Karşımdaki masaya oturdu ve taşlı gece çantasını masaya bıraktı. Boynunu kesme taştan bir gerdanlık çevreliyordu, dirseklerine kadar çıkan uzun siyah opera eldivenleri de kolundaki yarayı gizliyordu. Kütüphanede hava iyice soğumuştu ama Gabriella bundan etkilenmemiş gibiydi; kolsuz elbisesine, ince ipek çoraplarına rağmen teni sıcaklık yayarken ben tir tir titriyordum.

"Söylesene Celestine" dedi. "Ne oldu? Hasta mısın?"

"Çok iyiyim" dedim kendimi olabildiğince toparlayarak. Onun bana böyle dikkat etmesine alışık değildim, hatta son haftalarda bana baktığı bile yoktu; bu yüzden, dikkati başka yere çekmek umuduyla, "Bir yere mi gidiyorsun?" dedim.

"Partiye" dedi, benimle göz göze gelmeyerek ve sevgilisiyle buluşacağını apaçık belli ederek.

"Ne tür bir parti?" dedim.

"Çalışmalarımızla hiçbir bağlantısı yok ve senin ilgini çekmez" diye kestirip attı. "Şimdi söyler misin, burada ne arıyorsun? Neden bu kadar dertlisin?"

"Bir kitap arıyordum."

"Hangisini?"

"Hazırladığım jeoloji tablolarında bana yardımcı olacak bir kitap" dedim ama hiç inandırıcı olmadığımın ben de farkındaydım.

Gabriella, masanın üstüne bıraktığım kitaplara baktı ve hepsinin Dr. Raphael Valko'nun kitapları olduğunu görünce, neyi aradığımı tahmin etti. "Clematis'in günlüğü dolaşımda değil, Celestine."

"Ben de az önce öğrendim" dedim, keşke Dr. Raphael'in kitaplarını sandığa kaldırsaydım diye düşünerek.

"Böyle bir metni herkese açık bir yerde tutmayacaklarını tahmin edersin."

"Nerede o zaman?" dedim huzursuzluğum artarak. "Dr. Seraphina'nın odasında mı? Kasada mı?"

"Clematis'in Birinci Melekbilim Keşif Gezisi günlüğü, çok önemli bilgiler içerir" dedi Gabriella, eline koz geçirdiği için gülümseyerek. "Yeri, çok az kişinin bildiği bir sırdır."

"Yani sen okudun mu?" dedim. Gabriella'nın gizli metinlere erişebilmesine duyduğum haset, içimdeki ihtiyatı silip süpürmüştü. "Nasıl oluyor da çalışmalarımızı hiç de umursamayan sen Clematis'in günlüğünü okuyabiliyorsun ama her şeyi davamıza adamış olan ben ona dokunamıyorum bile?"

Söylediklerimden o anda pişman oldum. El birliğiyle yarattığımız sessizlik, bozuldu bozulacak bir ateşkes gibiydi ama çalışmalarıma devam edebilme fırsatı vermişti bir yandan.

Gabriella ayağa kalktı, taşlı çantasını aldı ve gerçek olamayacak kadar sakin bir sesle, "Gördüklerini anladığını düşünüyorsun ama bunlar senin sandığından daha karmaşık" dedi.

"Kendinden büyük bir adamla birlikte olduğun besbelli" dedim. "Dr. Seraphina'nın da bundan şüphelendiğini düşünüyorum."

Bir an Gabriella, köşeye sıkıştığında yaptığı gibi yine dönüp gidecek sandım. Ama meydan okuyan bir tavırla karşımda durdu. "Bana kalsa bundan Dr. Seraphina'ya da, başka kimseye de söz etmezdim."

Nihayet ondan üstün olduğumu hissederek üsteledim: "Nedenmiş o?"

"Bildiğini sandığın şeyi başkaları da öğrenecek olursa" dedi Gabriella, "hepimizin başına belaların en büyüğü açılır."

Bu tehdidin anlamını tam olarak çözememiştim ama sesindeki telaş ve yüzündeki ciddi korku, beni duraklattı. Bir açmaza girmiştik ve nasıl çıkacağımızı ikimiz de bilmiyorduk.

Sonunda Gabriella sessizliği bozdu. "Clematis'in günlüğüne erişmek imkânsız değil" dedi. "Okumak istiyorsan, nerede arayacağını bilmen yeterli."

"Dolaşımda değildi hani?" dedim.

"Değil" dedi Gabriella. "Üstelik benim zararıma olacaksa, bulmana yardım da etmeyeceğim. Ama sen de bana yardım edebilirsin gibi görünüyor."

Tam olarak ne demek istediğini düşünerek gözlerine baktım.

"Teklifim şöyle" dedi Gabriella, beni kütüphaneden çıkarıp karanlık koridora götürerek. "Sana metni nasıl bulabileceğini söyleyeceğim, sen de bunun karşılığında ağzını açmayacaksın. Seraphina'ya benden ya da benim yaptıklarıma dair düşüncelerinden hiç söz etmeyeceksin. Eve ne zaman girip çıktığımı kimselere anlatmayacaksın. Ben bu gece geç saatte dönerim. Biri eve gelip beni sorarsa, nerede olduğumu bilmiyorsun."

"Hocalarımıza yalan söylememi istiyorsun."

"Hayır" dedi. "Doğruyu söylemeni istiyorum. Bu akşam nerede

olacağımı bilmiyorsun zaten."

"Ama neden?" dedim. "Neden yapıyorsun bunu?"

Gabriella'nın yüzünde hafiften de hafif bir yorgunluk ifadesi belirdi ve ben de bunu görünce nihayet içini açacak, bana her şeyi anlatacak diye bir umuda kapıldım; ama o umut doğduğu anda söndü. "Uğraşamam seninle" dedi. "Kabul ediyor musun, etmiyor musun?"

Tek kelime etmeme gerek yoktu. Gabriella beni mükemmel anlıyordu. Clematis'in günlüğüne ulaşmak için her şeyi yapardım.

Okulun ortaçağ kanadına geçtiğimiz yolu bir dizi çıplak elektrik ampulü aydınlatıyordu. Gabriella, platform topuklu ayakkabılarını sertçe takırdatarak hızlı ve düzensiz bir ritimle yürüyordu önümde; aniden durduğunda arkadan çarpıverdim.

Sakarlığıma sinirlenmişti besbelli, ama bir şey söylemedi. Bunun yerine, binada aynısından yüzlerce bulunan, üzerinde nereye açıldığını gösteren bir adı veya numarası olmayan bir kapıya döndü.

"Gel" dedi, kapının üstünde bir kemer oluşturan kireçtaşından bloklara bakarak. "Senin boyun uzun. Kilit taşına sen erişebilirsin belki."

Olabildiğince uzanarak parmaklarımı taşın pürüzlü yüzeyine değdirdim. Dokunduğum zaman hareket etmesine, biraz kurcaladıktan sonra yerinden çıkıp arkasında bir boşluk bırakmasına şaşırdım. Gabriella'nın söylemesi üzerine elimi bu boşluğa uzatıp çakı büyüklüğünde bir metal nesneyi aldım.

"Anahtar bu" dedim hayretle bakarak. "Burada olduğunu nereden biliyordun?"

"Bununla okulun bodrumdaki deposuna girebilirsin" dedi Gabriella, taşı yerine koymamı işaret ederek. "Bu kapıdan geçince bir merdiven göreceksin. Merdivenden indiğinde ikinci bir kapı gelecek. Bu anahtar o kapıyı açar. Valkoların özel dairesi orası. Dr. Raphael'in Clematis çevirisi de orada saklanıyor."

Böyle bir daire hakkında bir şey duydum mu diye düşündüm ama duymamıştım. Hazinelerimiz için güvenli bir yer ayarlamak çok mantıklıydı ve kütüphanedeki kitapların nerede saklandığı sorusu da böylece cevaplanmış oluyordu. Bir şeyler daha soracak, bu gizli bölmenin ayrıntılarını açıklamasını isteyecek oldum. Ama Gabriella bir el hareketiyle beni susturdu. "Geç kaldım, açıklayacak zamanım yok. Seni kitaba kadar götüremem ama merakın sayesinde onu bulmakta zorlanmayacağından eminim. Hadi. İşin bittiğinde anahtarı yerine koymayı ve bu akşam olanlardan kimseye söz etmemeyi unutma."

Bunu söyledikten sonra Gabriella döndü ve koridorda yürüdü; saten elbisesi loş ışıkta bile parlıyordu. Geri gelsin, bana yeraltındaki dehlizlerde rehberlik etsin diye seslenmek istedim, ama gözden kaybolmuştu. Sadece parfümünün hafif bir esintisi kalmıştı geride.

Gabriella'nın dediklerini yaparak kapıyı açtım ve karanlığa baktım. Merdivenin başında, şişesi kurumdan kapkara olmuş bir gaz lambası duruyordu. Fitili yaktım ve lambayı önüme tuttum. Kaba kesilmiş taşlardan yapılmış bir merdiven aşağı uzanıyordu. Her bir taş parçası yosun tutmuştu ve bu merdivenden inmek tehlikeli bir iş olmuştu. Havadaki nemi ve küf kokusunu alınca, ailemin taş çiftlik evinde binlerce şişe şarap saklanan mahzene adım adım iniyormuşum gibi hissettim.

Merdivenin sonunda, hapishane kapısı gibi parmaklıklı bir demir kapıya geldim. İki tarafında geçitler zifiri karanlığa doğru kayboluyordu. Bu karanlığı biraz aydınlatsın diye lambayı kaldırdım. Tuğlaların döküldüğü yerlerde, şehrin temelini oluşturan ham, kesilmemiş kireçtaşları görünüyordu. Anahtar kilidi kolaylıkla açtı; önümde kalan tek engel sırtımı dönmek, merdivenleri tırmanmak ve tanıdığım dünyaya dönmek için duyduğum kuvvetli dürtüydü.

Kısa süre sonra bazı odalara rastladım. Lambanın cılız ışığı çok aydınlatmıyordu ama ilk odada sandıklar dolusu silah olduğunu gördüm; Luger'ler, 45'lik Colt'lar, M1 Garand'lar vardı. Başka sandıklarda, savaşın uzaması durumunda çok ihtiyaç duyacağımız tıbbi malzemeler, battaniyeler ve giysiler vardı. Diğer odalarda ise, daha birkaç hafta önce kütüphanede doldurulmalarına tanıklık ettiğim sandıkları gördüm; ama bunlar artık çivilenip kapatılmıştı. Alet olmadan içlerine bakmak imkânsız gibiydi.

Tuğla kaplı koridorda elimdeki lamba her adımda biraz daha ağırlaşarak ilerlerken, melekbilimcilerin yeraltına inişinin ne muazzam ölçekte olduğunu kavramaya başladım. Direnişimizin ne kadar ince düşünülmüş ve hesaplı olacağını kestirememiştim. Hayatın tüm gereklerini şehrin altına taşımıştık. Yataklar, portatif tuvaletler, su boruları ve gaz ocakları vardı. Silah, gıda, ilaç gibi değerli ne varsa Montparnasse'ın altında, kireçtaşına oyulmuş dehliz ve kovuklarda saklanıyordu. Savaş başlayınca çoğu kimsenin şehirden kaçmak yerine buralara inip direnişe başlayacağını ilk kez o zaman fark ettim.

Bu hücrelerden birkaçına daha baktıktan sonra, depodan çok

kireçtaşına oyulmuş bir kovuğa benzeyen nemli bir bölmeye daha geldim. Burada bulduğum nesnelerin bazılarını Dr. Raphael'in odasında da görmüştüm; Valkoların özel dairesini bulduğumu o zaman anladım. Köşeye yerleştirilmiş ve üstüne kalın bir branda örtülmüş bir masanın üzerinde kitaplar vardı. Gaz lambasının ışığı tozlu odaya yayıldı.

Metni çok zorlanmadan buldum ama kitaptan çok bir not derlemesine benzemesine şaşırdım. En fazla bir broşür kalınlığındaydı ve cildi elde dikilmiş, üzerine düz bir kapak takılmıştı. Krepon kâğıdı gibi hafif olduğunu fark edince, bunun içinde önemli bir şey olamaz diye düşündüm bir an. Kapağı açtığımda metnin elle ve mürekkebi döke saça yazılmış olduğunu, her harfin kâğıda dikkatsiz bir elin bir artıp bir azalan kuvvetiyle kazındığını gördüm. Parmaklarımı harflerin üzerinde gezdirip girintileri hissettikten ve kâğıttaki tozu sildikten sonra okudum: *Trakyalı Muhterem Peder Clematis'in MS 925 Tarihli Birinci Melekbilim Keşif Gezisine Dair Notlar; Latinceden Çeviren ve Dipnotları Yazan Dr. Raphael Valko.*

Bu başlığın altına, altın yaldızlı bir lir şeklinde bir mühür basılmıştı. O şekli daha önce görmemiştim ama o günden sonra lirin misyonumuzun tam ortasında yer aldığını anladım.

Sanki içeriğini okuyamadan parmaklarımda dağılır diye korkarak kitapçığı göğsüme bastırdım ve lambayı kireçtaşı zeminin düz bir tarafına koyarak yanına oturdum. Işık parmaklarıma vurdu ve kitapçığı bir daha açtığımda Dr. Raphael'in el yazısını tanıdım. Clematis'in günlüğü, ilk kelimesinden itibaren beni büyüledi.

Trakyalı Muhterem Peder Clematis'in MS 925 Tarihli Birinci Melekbilim Keşif Gezisine Dair Notlar

Latinceden Çeviren ve Dipnotları Yazan Dr. Raphael Valko

I[1]

Tanrı'nın ilahi kudretinin dünyadaki hizmetkârlarının yolu açık olsun! Arayışımızın tohumlarını atan Tanrı, işimizi tamamına erdirsin!

1. Muhterem Clematis'in orijinal elyazması bölümlere ayrılmış olmamakla birlikte, çevirmen bir numaralı sistem getirmeyi yararlı bulmuştur. Bu bölümler metnin daha kolay takibi için düzenlenmiştir. Ele geçirilen metin, kovulmuş meleklerin yerini bulmak için yapılan ilk keşif gezisinin daha sonra bir kitap halinde düzenlenmesi amacıyla taslaktan da kaba tutulmuş notlar, düşünce ve akıl yürütme parçalarından ibaret olduğu için, bu metinde herhangi bir düzen yoktu. Çeviride kullanılan bölümler, defteri tarih sırasına göre düzenlemeyi ve elyazmasına az da olsa tutarlılık getirmeyi amaçlamaktadır. – R.V.

II

Katırlarımızın sırtında ağır yükler, gönüllerimizde hafif bir beklentiyle Helen illerinden yola çıkıp Moesia'dan geçerek Trakya'ya ulaştık. Roma'nın düzenli inşa edip iyi baktığı yollar, Hıristiyan âlemine geçtiğimizi müjdeliyordu. Ama medeniyetin ışıltısına rağmen haydutluk tehlikesi berdevam. Babamın ve hocasının dağlık anayurduna ayak basmayalı yıllar oluyor. Roma diline alışmış olduğumdan, anadilimi garipseyeceklerdir. Dağlara tırmanmak için yerleşim alanlarını geride bıraktığımızda, cüppemin ve kilise mühürlerinin bile bizi pek az koruyabileceğinden korkuyorum. Dağ yollarına çıkana kadar az köylüyle karşılaşacağımızı umuyorum. Silahımız yok ve yabancıların iyi niyetine güvenmekten başka çaremiz bulunmuyor.

III

Dağa çıkarken yol kenarında mola verdiğimizde, gayretli âlimlerimizden Keşiş Francis, bana misyonumuzla ilgili sıkıntılarını anlattı. Beni bir kenara çekerek, bu misyonun kötü ruhların bir oyunu, asi meleklerin bizi yoldan çıkarması olduğuna inandığını söyledi. Biraderlerimizden birçoğu bu yolculuğa dair kuşkularını dile getirmişti, ama Francis'in söyledikleri ruhuma işledi. Duygularını sorgulamak yerine korkularını dinledim; sözlerinin, kafilede baş gösteren yorgunluğun başka bir belirtisi olduğunu anladım. Sıkıntılarına kulak vererek onları kendi üzerime aldım ve onun yükünü hafiflettim. Başkeşişlerin yükümlülüğü ve sorumluluğu budur. Ama biz, en zorlu yolculuğumuza hazırlanırken, benim yüküm bunun da ötesinde. Keşiş Francis'i paylama isteğimi bastırarak yolumuzun kalan saatlerini sessizlik içinde geçirdim.

Yalnız kaldığımızda, Keşiş Francis'in sıkıntısını anlamaya çalıştım ve onun kuşkularını yenmesine yardım edebilmem için Tanrı'dan bana akıl vermesini diledim. Âlimlerin önceki keşiflerde çok isabetsiz olduğu biliniyor. Bunun yakında değişeceğinden eminim. Ama Francis'in "hayalperestler kardeşliği" demesi aklımı kurcalıyor. En hafif bir kuşku esintisi bile, misyonumuza duyduğum yıkılmaz inancı sarsmaya başlıyor. Ya çabalarımızda bir ahmaklık ettiysek diye düşünmeye başlıyorum. Amacımızın Tanrı'nın amacıyla bir olduğundan nasıl emin olacağız? Ama yapmamız gereken işin zorunluluğunu düşününce, aklımdaki inançsızlık nüvesi ezilip gidiyor sanki. Bu savaş bizden önceki kuşaklarca da verildi, bizden sonra da verilecek. Kayıplarımıza rağmen gençlerimizi yüreklendirmeliyiz. Korku, anlaşılır bir şey. Hepimizin okuduğu Roncesvalles olayı,[2] belleklerimizde taptaze. Ama inancımdan ötürü, Tanrı'nın edimlerimizin arkasında durduğundan, dağa tırmanırken bedenimizi ve ruhumuzu harekete geçirdiğinden şüphe edemiyorum. Aramızda umudun tekrar yeşereceğine inanmakta ısrarcı olacağım. Yakın zamandaki hesap hatalarımızın aksine, bu yolculuğun başarıya ulaşacağına inanmak zorundayız.[3]

IV

Yolculuğun dördüncü gecesinde, ateş küllenmiş ve yemekten sonra kafilemiz bir araya gelmişken, konu düşmanımızın geçmişine geldi. Genç keşişlerden biri, İber Yarımadası'ndan Ural Dağları'na[4] kadar uzanan kıtamızın nasıl olup da melekler ve insanların kara tohumlarının egemenliğine girdiğini sordu. Nasıl olup da Tanrı'nın kulları olan bizler, onun yarattığı bu dünyayı temizleme görevini omzumuzda bulmuştuk? Kederi son zamanlarda aklımı çok kurcalayan Keşiş Francis, Tanrı'nın kendi yarattığı âlemi, kötülerin istila etmesine nasıl göz yumabildiğini sordu ortaya. Saf kötülüğün karşısında saf iyiliğin nasıl var olabildiğini sordu. Ben de, hava giderek serinlerken gökyüzünde tabak gibi duran aya karşı, bu kötü tohumların kutsal topraklara nasıl atıldığını anlattım:

Tufan'ın dinmesinden sonraki yıllarda, Yafet'in saf insan kanına sahip oğulları ve kızları, sahte Yafet'in melek kanı taşıyan oğulları ve kızlarından ayrıldı, bir gövdede biri saf biri zehirli, biri zayıf biri güçlü olmak üzere iki dal oluşturdu. Güneydeki ve kuzeydeki denizyolları boyunca dağıldılar ve verimli körfezlere yerleştiler. Kalabalık sürüler halinde Alp Dağları'nı geçip Avrupa'nın en yüksek yerlerine yarasalar gibi çöreklendiler. Kayalık kıyılarda ve geniş düzlüklerde durak-

2. Roncesvalles Geçidi'ndeki olay, MS 778 yılında Pirene Dağları'nda yapılan bir keşif sırasında meydana geldi. Keşif hakkında fazla bilgi olmamakla birlikte, kafilenin büyük bölümünün bir pusuda öldürüldüğü bilinmektedir. Tanıklar saldırganları insanüstü kuvveti ve üstün silahları olan, büyüleyici güzellikteki devler olarak tarif etmişlerdir ve bu da çağdaş Nefil anlayışına uygundur. Tanıklardan biri, kanatlı yaratıkların bir ateş topu halinde saldırganlara hücum ettiğini ileri sürmüş, bu da başmeleklerin karşı saldırısı olarak yorumlanmıştır. Bu olay, meleklerin savaş amacıyla sadece üçüncü kez yere inişine işaret ettiği için bazı araştırmacıların çok önem verdiği bir iddiadır. Olayın farklı bir anlatımı, melekbilim kayıtlarından önemli farklar içeren *La Chanson de Roland*'da yer almaktadır.

3. Muhterem Pederlerin Avrupa genelindeki buluntu ve emanet arayışları, Frederic Bonn'un *Muhterem Pederlerin Kutsal Görevleri: MS 925-954* adlı eserinde ayrıntılarıyla anlatılmış, bu keşiflerde kullanılan haritalar, kehanetler ve işaretler de verilmiştir.

4. Onuncu yüzyıldaki yer adları yerine mümkün mertebe günümüzdeki karşılıkları kullanılmıştır.

layıp nehir kıyılarına, Tuna'ya, Volga'ya, Ren'e, Dinyester'e, Ebro'ya, Sen'e kazık çaktılar. Her yer, Yafet'in evlatlarıyla doldu. Durdukları yerlerde yerleşimler kuruldu. Ataları birdi ama iki topluluk arasında güvensizlik baş gösterdi. Nefillerin acımasızlığı, harisliği ve fiziksel gücü, onların insan kardeşlerini zamanla köleleştirmesini mümkün kıldı. Devler, Avrupa'yı doğuştan gelen hakları gibi görüyorlardı.

Yafet'in kirli soyunun ilk nesilleri büyük mutluluk ve sağlık içinde yaşayıp kıtadaki tüm nehirlere, dağlara ve ovalara hâkim oldu, zayıf kardeşlerine karşı gücünü sağlama aldı. Ancak yıllar sonra bunların ırkında, bir aynanın yüzeyindeki çizik gibi keskin bir kusur meydana çıktı. Diğerlerinden zayıf duran bir bebek doğdu; küçücüktü, zayıf ciğerlerine ağlayacak kadar hava çekemiyor, vızıldayıp duruyordu. Bebek büyüdükçe diğerlerinden küçük ve geri akıllı kalacağı, ırklarında bilinmeyen bir hastalığa yatkın olacağı anlaşıldı. Bu çocuk insandı; büyük büyükanneleri olan İnsan Kızlarına benzemekteydi.[5] Gözcülerden hiçbir şey almamıştı; ne güzellik, ne kuvvet, ne melek bedeni. Çocuk ergenliğe eriştiğinde, taşlanarak öldürüldü.

Bu bebek nesiller boyunca bir aykırılık olarak kaldı. Derken Tanrı, Yafet'in topraklarını kendi çocuklarıyla doldurmaya karar verdi. Nefillere sayısız insan bebeği göndererek nadasa bırakılmış toprağa tekrar Kutsal Ruh tohumlarını ekti. Bu varlıklar başlarda henüz bebekken öldüler. Zamanla zayıf bebeklere de bakmayı, onları diğer güçlü çocukların yanına salmadan üçüncü yaşlarına kadar yetiştirmeyi öğrendiler.[6] Yetişkinliğe erişebilirlerse, anne ve babalarından dört kafa boyu kısa kalıyorlardı. Hayatın otuzuncu yılında yaşlanıp çökmeye başlıyorlar, sekseninci yılına kalmadan da ölüyorlardı. İnsan kadınları, doğururken ölüyorlardı. Hastalıklar ve marazlar nedeniyle ilaç geliştirilmesi gerekti, ama buna rağmen insanlar, Nefil kar-

5. Augustinyen keşiş ve Viyana Melekbilim Araştırmacıları Topluluğu'nun 1857'den 1866'ya kadar üyesi olan Gregor Mendel'in çalışmalarının yakın zamanda ele geçirilmesi ve derlenmesiyle, Avrupa'da Nefil ve insan yayılımının tarihini inceleyenlerin binlerce yıldır çözemediği bir gizem açıklık kazanmıştır. Mendel'in kalıtım teorisine göre, İnsan Kızlarının çekinik insan özellikleri, Yafet'in Nefil soyu boyunca taşınıp sonraki nesillerde ortaya çıkmayı beklemiştir. İnsan ve Nefil melezlerine kromozomlarla taşınan özellikler bugün araştırmacılara doğal bir sonuç olarak gelse de, zamanında Nefil soyunda insanların ortaya çıkışı çok büyük bir şok olmuş ve Tanrı'nın müdahalesi gibi algılanmış olmalıdır. Muhterem Clematis, önceki yazılarında, insan çocuklarının Yafet'in Nefil soyuna bizzat Tanrı tarafından karıştırıldığını iddia etmiştir. Tabii Nefillerin bu kalıtsal felaket konusundaki yorumları bundan tümüyle farklıdır.

6. Nefil evlatlarının üstün fiziksel gücüne ve Gözcülerle kadınların evlatlarının arasında insanların da bulunmasının genetik kaçınılmazlığına dair çeşitli belgeler bulunmaktadır. Dr. G. D. Holland'ın *İnsan ve Melek Bedenlerine Tıbbi Bir Bakış* adlı eseri (Gallimard, 1926) Nefil demografisine önemli ışık tutmaktadır.

deşlerinin ömrünün pek azına sahip olabildiler. Nefillerin lekesiz egemenliğine kusur bulaşmıştı.[7]

İnsan çocukları zamanla başka insanlarla evlendiler ve Nefil ırkının yanında insan ırkı da serpilmeye başladı. Yafet'in saf çocukları, fiziksel zayıflıklarına rağmen Nefil kardeşlerinin egemenliği altında sebat gösterdi. Zaman zaman topluluklar arasında evlenmeler görülüyor ve bu durum melezliğin artmasına neden oluyorduysa da, bu hoş karşılanmıyordu. Nefillerden bir insan evladı doğduğunda, şehir duvarlarının dışına sürülüyor, insanlar arasında bakımsızlıktan ölüyordu. İnsan ırkından bir Nefil doğduğundaysa ailesinden alınıyor ve asil ırka massediliyordu.[8]

Nefiller bir süre sonra kalelere ve şatolara çekildiler. Granitten duvarlar ördüler, dağ tepelerindeki güç ve ihtişam sığınaklarına yerleştiler. Tanrı'nın evlatlarına, itaatkârlıklarına rağmen ilahi koruma bahşedildi. Zekâları kıvrak, ruhları kutsanmış, iradeleri kuvvetliydi. İki ırk yan yana yaşarken Nefiller zenginliğin ve duvarların gerisine çekildi. Yoksulluk ve hastalıkla eziyet çekmeye mahkûm insanlar, görünmez ve güçlü efendilerin köleleri oldu.

V

Seher vakti kalktık ve uçurum kıyısındaki yoldan saatlerce yürüdük. Güneş, taştan zirvelerin üzerinde yükselerek âlemi muhteşem bir altın rengine boyadı. Kuvvetli katırlarımız, sağlam ayakkabılarımız ve pırıl pırıl bir havanın sayesinde ilerledik. Kuşluk vakti, bir tepenin gerisinde taş duvarlı, kiremit çatılı dağ evleriyle bir köy belirdi. Haritamıza bakınca, yerlilerin Gyaurskoto Burlo dedikleri yarığın yakınlarındaki en yüksek tepeye çıkmış olduğumuzu anladık. Bir köylüye misafir olarak yıkandık, karnımızı doyurduk ve dinlendik; bundan sonra bizi mağaraya götürecek birini sorduk. Hemen önüme bir çoban getirdiler. Trakya dağ köylüsüydü; tıknazdı; sakalı ağar-

7. Nefillerin bazı kabileleri arasında insan çocuklarını kurban etmek yaygınlık kazandı. Bunun hem Nefil topluluğuna bir tehdit olarak algılanan insan nüfusunu kontrol altında tutmayı, hem de yeraltındaki zindanlarında hâlâ tutsak olan Gözcülerin günahlarını affetmesi için Tanrı'ya yakarmayı amaçladığı düşünülmektedir.

8. Nefillerle ilgili tartışmalarda "asil ırk" kavramı ilk kez burada kullanılmamıştır; zira Nefil kökenli yaratıklara "asil ırk" veya "üstün ırk" olarak daha önce de atıfta bulunulmuştur, ama buradaki, en ünlü ve en çok alıntılanan kullanımıdır. Melekbilimciler tarafından Nefil mitolojisinin temel işaretlerinden sayılan ve burada Clematis'in de kullandığı "üstün ırk" ya da "üstün insan" kavramı daha yakın zamanda Kont Arthur de Gobineau, Friedrich Nietzsche ve Arthur Schopenhauer tarafından felsefi düşüncenin bir unsuru olarak yorumlanmış ve kullanılmış, bu da Nefil topluluklarında Avrupa'da son zamanlarda geçerlik kazanan *die Herrenrasse* ırk teorisini desteklemek için kullanılmıştır.

mışsa da vücudu güçlü kuvvetliydi; mağaraya yaptığımız keşif yolculuğunu anlatırken beni dikkatle dinledi. Akıllı, düzgün konuşan, istekli biriydi; ama bizi mağaranın zeminine kadar götüreceğini, daha ileri gitmeyeceğini açıkça söyledi. Biraz pazarlık ettikten sonra fiyatta anlaştık. Araç gereç bulacağını ve bizi ertesi sabah yola çıkaracağını söyledi.

Ertesi günkü yolculuğumuzda bize kuvvet versin diye kurutulmuş et ve ekmek yerken bizi bekleyenleri konuştuk. Herkes görebilsin diye bir parşömeni masaya koyup açtım. Keşişler masaya iyice eğilerek çizimin açık tondaki bölümlerini seçmeye çalıştılar.

"Yer burası" dedim koyu mavi mürekkeple gösterilmiş bir dağ sırası boyunca parmağımı gezdirerek. "Geçmekte sorun olmaz."

"İyi de" dedi keşişlerden biri, uzun ve bakımsız sakalı uzanırken kâğıda sürtünerek, "doğru yerin burası olduğunu nasıl biliyoruz?"

"Görenler olmuş" dedim.

"Daha önce de görenler olmuştu" dedi Keşiş Francis. "Bir köylünün dediği diğerininkini tutmuyor. Gördüklerinden genelde bir şey çıkmıyor."

"Köylüler yaratıkları gördüklerini iddia ediyorlar."

"Dağ köylülerinin her anlattığına inanacak olursak, Anadolu'nun bütün köylerini gezmemiz gerekir."

"Şahsi görüşüm, dikkate değer olduğu yönünde" diye karşılık verdim. "Trakya'daki biraderlerimizin dediğine göre, mağaranın ağzı doğrudan doğruya bir çukura açılıyor. Aşağıda, rivayet edildiği gibi, bir nehir akıyor. Köylüler de çukurun kenarından sesler yükseldiğini iddia ediyorlar."

"Sesler mi?"

"Müzik" dedim, söylediklerime dikkat etmeye çalışarak. "Köylüler, mağaradan gelen zayıf sesleri duymak için çukurun başında şenlikler yapıyorlar. Müziğin insanlar üzerinde olağanüstü etkileri olduğunu söylüyorlar. Hastalar iyileşiyormuş. Körler görmeye, kötürümler yürümeye başlıyormuş."

"Olağanüstü bir şey bu" dedi Keşiş Francis.

"Müzik toprağın derinliklerinden geliyor ve bize rehberlik edecek."

Davamıza olan inancıma rağmen, çukurun yaratacağı tehlikeler yüzünden ellerim titriyor. Yıllarca hazırlık yaptığım için iradem çelik gibi, ama yine de üzerimde dolaşan başarısızlık ihtimali bulutları içimi karartıyor. Geçmişteki başarısızlıklar aklımdan çıkmıyor. Kaybettiğim biraderlerim gözümün önünden gitmiyor. Sarsılmaz inancım bana güç veriyor ve Tanrı'nın merhamet merhemi yaralı ruhumun ıstırabını dindiriyor.[9] Yarın şafakla birlikte mağaraya iniyoruz.

VI

Nasıl ki dünya tekrar yüzünü güneşe dönerse, yozlaşmış toprak da İnayetin ışığına döner. Yıldızlar karanlık gökyüzünü aydınlatmaktadır ve Tanrı'nın çocukları bir gün adaletsizlik pusunu yırtıp zalim efendilerinden kurtularak özgürlüğe yükselecektir.

VII

Çaresizliğimin karanlığında gözlerin ışığa döndüğü gibi Boethius'a dönüyorum – Tanrım, maharetim Tartarus Mağarası'nın derinliklerinde artık.[10]

VIII[11]

Ben, terk edilmiş bir adamım. Kavrulmuş dudaklarımla konuşuyorum ve sesim kafamda yankılanıyor. Vücudum paramparça, yanık etimde göz göz yaralar açıldı. Zalim kaderimle yüzleşmek için kanatlarıyla yükseldiğim uçarı melek olan umut, bir daha kalkmamacasına ezildi. Şahrem şahrem olmuş dudaklarımı sırf gördüğüm dehşeti anlatabilmek için açıyorum. Gelecekte özgürlüğü arayanlar, gelecekte adaleti savunanlar için anlatıyorum bunları.

Yola çıkacağımız günün sabahı soğuk ve berraktı. Alışkın olduğum üzere gün doğmadan saatler önce kalkıp kimseyi uyandırmadan küçük evin mutfağına geçtim. Evin hanımı işleriyle uğraşıyor, ateşe at-

9. Bu noktada Clematis'in el yazısı tamamen okunaksız hale geliyor. Bunu hem hazırlandıkları görevin olağanüstü baskısına, hem de yorgunluğunun artmasına bağlamak mümkündür. Muhterem Peder, MS 925 yılında neredeyse altmış yaşındadır ve dağlara yapılan yolculuk muhakkak ki onu çok yormuştur. Çevirmen, metni çözüp günümüz okuyucusuna doğru aktarmak için büyük çaba göstermiştir.

10. Clematis burada, Boethius'un *Felsefenin Avuntusu* eserinin Orpheus ve Eurydike ile ilgili 3.55 sayılı bölümüne atıfta bulunuyor: *Her kim ki kurtarır kendini, dönüp bakmalıdır tekrar Tartarus mağarasına, Hangi mahareti getirirse yanında, kaybeder aşağı baktığında.*

11. Buradan sonra Clematis'in anlattıkları, keşif gezisinden hemen sonra Clematis'e bakmakla görevlendirilen bir keşiş olan Deopus tarafından yazılmıştır. Deopus, Clematis'in isteği üzerine yanına oturarak söylediklerini kâğıda geçirmiştir. Deopus kendi anılarında, ölüm döşeğindeki Clematis'in yanında otururken, söylediklerini yazmakla uğraşmadığı zamanlarda yanık cildine pansuman ve kompres yaptığını söylemiştir. Muhterem Peder'in yaraları nedeniyle zar zor konuşabildiği bir zaman zarfında Deopus'un felaketle sonuçlanan Birinci Keşif'e dair bu kadar ayrıntılı bir günlük oluşturabilmesi, araştırmacılar için bir nimettir. Keşiş Deopus'un kaleme aldığı günlüğün 1919 yılında ortaya çıkarılması, Birinci Melekbilim Keşif Gezisi ile ilgili yeni incelemelerin yapılmasını mümkün kılmıştır.

mak için küçük dallar kırıyordu. Ocakta bir arpa tenceresi kaynıyordu. Bir işe yaramış olmak için tencereyi karıştırmaya, bu arada ateş başında ısınmaya başladım. Ocağın başında dururken çocukluk anılarımın hücumuna uğradım. Elli yıl önce, kolları dal gibi cılız bir çocukken aynı bu işi yapıyor, kurnada çamaşırları durulayan annemin şarkılar mırıldanmasını dinliyordum. Annem... Onun iyiliğini düşüneli ne kadar oldu? Ya babam ve onun Kutsal Kitap'a sevgisi, Tanrı'ya bağlılığı? Onun şefkatini hatırlamadan nasıl bunca yıl yaşamıştım?

Biraderlerim belki de kahvaltının kokusunu alarak mutfağa indikleri sırada bu düşünceler dağıldı. Birlikte kahvaltı ettik. Ateşin ışığında heybelerimizi topladık; halat, çekiç ve keski aldık, kâğıt ve kalem aldık, iyi bir alaşımdan yapılmış keskin bıçaklar aldık, pansuman için pamuklu bezler aldık. Gün doğarken ev sahiplerimize veda edip rehberimizle buluşmaya gittik.

Omzuna büyük bir heybe atmış, eline cilalı bir değnek almış çoban bizi köyün çıkışında, patikanın taşlı tepelere doğru kıvrıldığı yerde bekliyordu. Başını eğip bizi selamladıktan sonra döndü ve keçi gibi küçük ve kıvrak vücuduyla patikayı tırmanmaya başladı. Ağzını bıçak açmıyordu ve ifadesi o kadar abustu ki, görevinden cayacak ve dönüp bizi yalnız bırakacak sandım. Ama ağır ve kararlı adımlarla yürümeye, bizi mağaraya götürmeye devam etti.

Sabah hava ısındığı, belki kahvaltımız lezzetli olduğu için, yolculuğa keyifli çıkmıştık. Keşişler aralarında konuşuyor, yolda gördükleri yaban çiçeklerini kayda geçiriyor, kayınlara, ladinlere ve koca koca kavaklara bakarak bir şeyler söylüyorlardı. Keyiflerinin yerinde olması, görevimiz üzerindeki kuşku bulutlarını da dağıtmıştı. Geçtiğimiz günlerin kederi hepimizin ruhunu karartmıştı. Ama yeni güne heyecanla başlamıştık. Benim içimde hâlâ endişeler vardı ama bunları gizliyordum. Keşişlerin neşeli gülüşleri beni de sevindirdi ve bir süre sonra hepimiz coşkuyla, eğlenerek yürümeye başladık. Bir daha kahkaha duyamayacağımızı hiçbirimiz bilmiyorduk.

Çobanımız yarım saat daha dağa tırmandıktan sonra bir kayın korusuna daldı. Yeşillikler arasında, yekpare granit kayadaki bir yarık şeklinde duran mağara ağzını gördüm. Duvarlarda renkli mantarlar bitmişti. Keşiş Francis, mağaranın karşı duvarına dayalı duran bir dizi amforayı gösterdi. Sivri dipleri ve ince boyunlarıyla kuğuyu andıran şişman testiler, duvara dikkatle dizilmişti. Büyüklerinde su, küçüklerinde yağ vardı; bunu görünce mağaranın acil durumlarda sığınak olarak kullanıldığını düşündüm. Çoban bunu doğruladı ama medeniyetten bu kadar uzakta kimin, neden konaklamak isteyeceğine dair bir şey diyemedi.

Daha fazla oyalanmadan sırtındaki heybeyi boşalttı. Mağaranın zeminine iki kalın demir kazık, bir balyoz ve bir ip merdiven bıraktı. İp merdiven dikkat çekiciydi; genç keşişler çevresine toplanıp incelediler bunu. İki uzun kendir halat merdivenin gövdesini, kendirlerin içine cıvatalarla tutturulmuş metal çubuklarsa basamaklarını oluşturuyordu. Merdivendeki zanaatkârlık dikkat çekiyordu. Hem çok sağlam, hem de kolay taşınabilir bir gereçti. Merdiveni görünce rehberimizin maharetini daha da çok takdir ettim.

Çoban, demir kazıkları balyozla yere çaktı. Sonra merdiveni metal halkalarla kazıklara tutturdu. Sikke büyüklüğündeki bu metal gereçler, merdivenin düzgün durmasını sağlayacaktı. İşi bitince merdiveni kenardan aşağı atıp nereye kadar düştüğüne hayret eder gibi kenara çekildi. Aşağılarda, kayaya vuran dalgaların sesi duyuluyordu.

Rehberimiz, nehrin dağın altından aktığını, kayaları yararak geçtiğini, göletlerden ve derelerden beslendikten sonra büyük bir hızla yarığa döküldüğünü söyledi. Şelaleden sonra yarıkta kıvrılarak ilerleyen nehir, labirent gibi dehlizlerden geçtikten sonra tekrar yüzeye çıkıyormuş. Rehberimizin dediğine göre köylüler nehre Styks diyorlarmış ve yarığın taş zemininin cesetlerle kaplı olduğuna inanıyorlarmış. Çukurun cehennemin girişi olduğuna inanıyorlarmış ve buraya Gâvur Zindanı adını takmışlar. Konuşurken yüzünde bir tedirginlik belirdi; devam etmekten korktuğunun ilk işaretiydi belki bu. Telaşla, artık çukura inmemiz gerektiğini ilan ettim.[12]

IX

Çukura inebileceğimiz için duyduğumuz mutluluğu hayal etmek bile zordur. Bir tek Yakup, İlahi Habercileri gördüğü rüyasında daha ihtişamlı, daha kutlu bir merdiven görmüş olabilir. İlahi amacımıza Tanrı'nın koruyucu ve kollayıcı elini uzatacağı beklentisiyle çukurun dehşet verici karanlığına inmeye başladık.

Merdivenin buz gibi basamaklarını tutarak aşağı inerken, kayalara çarpan suyun sesi kulaklarımda çınlıyordu. Kendimi derinliklerin çekimine bırakarak hızla ilerledim; ellerim soğuk ve nemli metalde kayıyor, dizlerim dümdüz kaya duvarına çarpıyordu. Yüreğimi korku sarmıştı. Koruma ve güç ve bilinmeyene yol gösterme için bir dua fısıldadım. Sesim, şelalenin uğultusu içinde yitip gitti.

Merdivenden son olarak çoban indi, bizden birkaç dakika sonra

12. Keşiş Deopus'un anlattığına göre, Clematis birkaç saat hezeyan halinde bunları söyledikten sonra bir nöbet geçirerek kendine saldırmış, yanık cildindeki pansumanları ve kompresleri koparmış. Kendine bu şekilde zarar vermesi nedeniyle defterin sayfalarına kan sıçramıştır ve bu kan lekeleri çevirinin yapıldığı tarihte bile kâğıtlarda görülebilir.

varabildi. Heybesini açıp mumlar, çakmaktaşı ve çıra çıkardı ve mumları tutuşturdu. Çevremizi aydınlık bir hale sarmıştı. Havanın soğukluğuna rağmen gözlerime ter akıyordu. El ele tutuşup dua ettik. Cehennemin bu derin ve karanlık köşesinde bile yakarışlarımızın duyulacağına inanıyorduk.

Cüppemi toparlayıp nehrin kıyısına doğru ilerledim. Diğerleri de peşimden geldi ve rehberimiz merdivende yalnız kaldı. Şiddetle akan ve hiç bitmeyen suların yarattığı şelale, uzakta dökülüyordu. Nehir, mağaranın ortasından cehennem nehirleri Styks, Phlegeton, Akheron ve Kokytos birleşmiş gibi geniş bir yatağın içinde akıyordu. Nehrin kıyısına bağlı duran, sis bulutu içinde bir görünüp bir kaybolan sandalı önce Keşiş Francis gördü. Başına toplanıp rotamızı konuştuk. Arkamızda düz kayadan bir zemin bizi merdivenden ayırıyordu. Önümüzde, nehrin karşısında, sayısız mağara incelenmeyi bekliyordu. Tercih belliydi: Nehrin ötesinde neler olduğuna bakacaktık.

Beş kişiydik ve hepimiz iriyarıydık; önce dar sandalın içine sığamayacağımızı düşündüm. Önce ben bindim ve sandalın şiddetle sallanmasına karşı ayakta durmaya çalıştım. Alabora olursak acımasız suların beni aşağıdaki kayalara çekeceğinden hiç kuşkum yoktu. Biraz sallandıktan sonra dengemi buldum ve dümene oturdum. Diğerleri de peşimden geldi ve kendimizi akıntıya bıraktık. Keşiş Francis bizi uzun bir kürekle diğer kıyıya doğru iterken nehir de mağaranın girişinden uzaklaştırıyor, felaketimize yaklaştırıyordu.

X[13]

Biz yaklaşırken yaratıklar kayalardaki hücrelerinde zehirli yılanlar gibi tıslıyor, delici mavi gözleriyle bize bakıyor, koca kanatlarıyla zindanlarının parmaklıklarını dövüyordu; yüzlerce tutsak kara melek parlak beyaz cüppelerini çekiştirerek kurtuluş için yakarıyor, bizden, Tanrı'nın elçilerinden onları salıvermemizi istiyorlardı.

XI

Önümüzdeki feci manzarayla kendilerini kaybeden biraderlerim diz çöktüler. Dağın oyuğunda, göz alabildiğine uzanan hücrelerin içinde sayısız ihtişamlı yaratık tutsaktı. Gördüklerimi kavrayabilmek

13. Bu bölümde görülen atlama, Keşiş Deopus'un söylenenleri kâğıda geçirirkenki ihmalinden de kaynaklanabilir ama daha büyük ihtimalle Clematis'in bulanık zihninin belirtisidir. Muhterem Peder'in yaşadıklarını berraklıkla anlatamayacak bir durumda olduğu unutulmamalıdır. Keşiş Deopus'un, Clematis'in umarsız sayıklamalarından bir öykü çıkarabilmiş olması, kendisinin maharetinin göstergesidir.

için bir adım daha attım. Başka bir dünyaya mensup bu yaratıklar o kadar ışıkla doluydu ki, mağaranın derinliklerine gözler kamaşmadan bakmak imkânsızdı. Ama nasıl insan ateşin tam ortasına bakmak ister de alevin donuk mavi şulesi gözlerine kazınırsa, ben de karşımdaki semavi varlıklara öyle bakmak istiyordum. Sonunda her bir hücrede tek ve bağlı bir melek olduğunu görebildim. Keşiş Francis dehşetle koluma sarılarak sandala dönmem için yalvardı. Ama o coşkuyla dinlemedim. Arkamdakilere dönüp kalkmalarını, beni takip etmelerini söyledim.

Zindana girdiğimiz sırada inlemeler kesildi. Yaratıklar kalın demir parmaklıkların gerisinden bize bakıyor, patlak gözleriyle her adımımızı izliyorlardı. Salıverilme isteklerine kimse şaşmamalıydı; o dağın içinde binlerce yıldır zincirli haldeydiler, kurtulmayı bekliyorlardı. Ama perişan bir halleri yoktu. Bedenlerinden yoğun bir ışık yayılıyordu; altın renkli bu aydınlık, saydam ciltlerinden yükseliyor ve onları bir hale içine alıyordu. Fiziksel açıdan insanoğlundan çok üstündüler: Uzun boylu ve zariftiler, bileklerinden omuzlarına uzanan kanatları, üçgen vücutlarını saf beyaz pelerinler gibi örtüyordu. Bu güzellik, daha önce gördüklerime de, hayal ettiklerime de benzemiyordu. Nihayet bu semavi varlıkların İnsan Kızlarını nasıl baştan çıkardığını, Nefillerin atalarını neden bu kadar takdir ettiklerini anlamıştım. Heyecanım adım adım artarak aralarına girerken, bu deliğe girişimizin, tahmin etmediğimiz bir amacı gerçekleştirmek uğruna olduğu kafama dank etti. Ben görevimizin meleklerin hazinesini bulmak olduğunu sanıyordum, ama şimdi korkunç gerçeğin farkına varmıştım: Bu çukura, Asi Melekleri salıvermek için inmiştik.

İzbe bir hücrenin derinliklerinden gür mü gür altın saçlarıyla bir melek belirdi. Elinde yuvarlak gövdeli, parlak bir lir vardı.[14] Liri kucağına alıp tellerine vurarak mağarayı hoş ve uhrevi bir müzikle doldurdu. Mağaranın yankısından mıdır çalgının kalitesinden mi bilmem ama çok yoğun, zengin bir sesti, büyüleyici bir müzikti; duyularım öylesine yüklenmişti ki hazdan aklımı kaçıracağımı sandım. Derken me-

14. Muhterem Clematis'in Hades'e yaptığı yolculuğun en çarpıcı ve kışkırtıcı bölümünü, Başmelek Cebrail'in lirini anlattığı bu parça oluşturmaktadır. Keşiş Deopus'un yazdığı bir mektuba göre, Muhterem Peder mağaradan yanında küçük bir metal diskle çıkmıştır ve bu Clematis'in ölümünden sonra inceleme için Paris'e gönderilmiştir. Semavi müzikologların incelemesi üzerine, Clematis'in yaylı çalgıları, özellikle de liri çalmak için kullanılan metal bir mızrap bulduğu anlaşılmıştır. Mızrap geleneksel olarak çalgıya ipek bir kordonla bağlı olduğu için, Clematis'in lire ya da benzeri bir mızrap kullanan başka bir çalgıya dokunmuş olabileceği çıkarılabilir. Bu da, lirin konumunun spekülasyona açık olmasını getirir. Clematis çalgıyı mağaradan çıkardıysa, çukurun başında düşürmüş ya da ormanda kaçarken kaybetmiş olabilir. Mızrabın varlığı, lirin Clematis'in buhranının ürünü, kaçırmak üzere olduğu aklının mitolojik bir uydurması olmadığını kanıtlamaktadır.

lek, sesini lirin notalarına göre alçaltıp yükselterek şarkı söylemeye başladı. Bu hareketi beklermiş gibi diğerleri de koroya katıldı ve gümbür gümbür bir cennet müziği bizi sardı; gördüklerimiz ancak Danyal'ın anlattıklarına benzetilebilirdi – on bin kere on bin melek vardı karşımızda. Bu semavi koronun gücüyle yerimize çakılmış halde onları izledik. Ezgi zihnime kazındı. Şimdi bile duyuyorum.[15]

Durduğum yerden meleği izledim. Uzun ince kollarını ağır ağır kaldırdı ve devasa kanatlarını açtı. Hücresinin kapısına giderek fena halde taşlaşmış bir kancayı kaldırdım ve melek beni yere savuracak kadar şiddetli bir güçle kapıyı açıp dışarı çıktı. Özgürlüğünden aldığı tadı gözümle görebiliyordum. Tutsak melekler hücrelerinde kükrüyor, kardeşlerinin eriştiği özgürlüğe gıpta ederek şiddetle, açlıkla özgürlük istiyorlardı.

Meleklere öylesine kapılmıştım ki, müziğin biraderlerim üzerindeki etkisini fark edememiştim. Önümüzdeki cehennem cilvesinin ruhunu ele geçirdiğini anlamama fırsat kalmadan ileri atılan Keşiş Francis, melek korosunun karşısına çıktı. Yaratıkların önünde deliliğe tutulmuş gibi diz çöktü ve yakardı. Melek liri yere bırakıp uhrevi müzik korosunu bir anda susturdu ve Keşiş Francis'e dokunarak kendini kaybetmiş adamın vücuduna tunca yatırılmış gibi parlak ve sıcak bir ışığın yayılmasını sağladı. Francis nefes alamayarak yere devrildi ve delici ışık etini yakarken gözlerini kapatmaya çalıştı. Kıyafetlerinin yandığını, etinin eriyip dağıldığını, geriye yanık bir kas ve kemik yığınının kaldığını dehşetle izledim. Daha birkaç dakika önce kolumdan tutup sandala dönmem için yalvaran Keşiş Francis, meleklerin zehirli ışığı[16] yüzünden ölmüştü.

XII

Keşiş Francis'in ölümünden sonraki dakikalar kargaşa ile geçti. Meleklerin hücrelerinden tısladıklarını hatırlıyorum. Francis'in kömür olmuş çarpık bedenini hatırlıyorum. Ama geri kalanı karanlığa gömüldü. Meleğin liri, beni o mağaraya kadar götüren hazine, bir şekilde elime geçmişti. Bu hazineyi yaratığın elinden aldım, kendi yanık ellerimle

15. Muhterem Clematis'in isteği üzerine Deopus'un bu koronun müziğini kâğıda geçirdiğine inanılmaktadır. Notalar herhangi bir yerde bulunamamışsa da, bu muazzam armoninin partisyonlarının bir yerlerde var olduğu umulmaktadır.

16. Keşiş Francis'in ölümünü ve Clematis'in ölümüne yol açan yaraları dikkatle inceleyen melekbilimciler, Keşiş Francis'in aşırı radyasyona maruz kalmaktan öldüğü konusunda fikir birliğine varmıştır. Meleklerin radyoaktif özelliklerine dair çalışmalar, Marie Curie'nin ailesi tarafından yapılan bir bağışla başlatılmıştır ve halihazırda Macaristan'daki bir grup melekbilimci tarafından yürütülmektedir.

kavradım ve tehlikeye maruz kalmaması için heybeme attım.

Kendimi, tahta sandalın baş kısmında otururken, cüppem paramparça olmuş halde buldum. Bütün varlığım acıyordu. Kolumdaki deriler yüzülüyor, kanlı ve kararmış et parçaları olarak kopup düşüyordu. Sakalım yer yer köküne kadar yanmıştı. O anda, Keşiş Francis gibi benim de meleğin korkunç ışığına maruz kaldığımı anladım.

Diğer biraderlerim de öyleydi. İkisi sandalda yan yana duruyor, küreği dibe batırarak akıntıya direnmeye çalışıyordu. Cüppeleri kararmış, ciltleri fena halde yanmıştı. Diğer biraderimiz ayaklarımın dibinde, ellerini yüzüne kapatmış şekilde, sanki korkudan gibi canını vermişti. Sandal karşı kıyıya ulaştığında şehidimizi kutsayarak indik ve sandalı akıntıda sürüklenmeye terk ettik.

XIII

Gelgelelim, katil melek nehir kıyısında bizi bekliyordu. Güzel yüzü, derin uykudan yeni uyanmış gibi huzurluydu. Yaratığı gören biraderlerim, korkudan kendilerini kaybederek yere kapanıp duaya, yakarışa başladılar; çünkü melek som altındandı. Korkularında haklı çıktılar. Melek, zehirli ışığını onlara çevirdi ve onları da Francis'i öldürdüğü gibi yok etti. Ben diz çökerek, ilahi bir amaç uğruna can verdiklerini bildiğim biraderlerimin ruhlarına dua ettim. Çevreme bakındım ve bir çare göremedim. Çoban yerini terk etmiş, bizi mağarada kadere teslim etmiş, heybesinden ve merdivenden başka bir şey bırakmamıştı ve bu hıyaneti içimde acıyla hissettim.

Melek beni cansız bir ifadeyle, bir rüzgâr esintisinden başka bir şey değilmiş gibi süzdü. Sonra tüm müziklerden hoş bir sesle konuştu. Dili bilmiyordum ama söylediğini pekâlâ anladım. *Özgürlüğümüz için büyük bir bedel ödendi. Bunun için dünyada ve ahirette ödülün büyük olacak* dedi.

Meleğin sözlerindeki küfür beni beklediğimden çok etkiledi. Böyle bir canavarın ahirette ödül vaat edebilmesini anlayamıyordum. Korkunç bir öfke patlamasıyla meleğe saldırdım ve onu yere yıktım. Semavi yaratık gafil avlandığı için büyük üstünlük elde etmiştim. Işıltısına rağmen benimkinden farklı olmayan, etten kemikten bir bedeni vardı. Kocaman kanatlarına saldırdım ve uzuvlarının sırtıyla birleştiği yerdeki çıplak ve zayıf eti hedef aldım.

Kanatların dibindeki sıcak kemiği yakalayarak yaratığı sert, soğuk kayalara fırlattım. Tutku gözümü kör etmiş olmalıydı ki, amacıma ulaşmak için tam olarak neler yaptığımı hatırlamıyorum. Tek bildiğim, yaratığı alaşağı etmek ve mağaradan kaçmak için verdiğim mücadele sırasında Tanrı'nın bana insanüstü bir kuvvet bahşetmiş olduğudur. Yaşlı ellerimden geldiğine inanamadığım bir şiddetle kanatları kıvırarak yaratığı yere indirdim. Bir ampulün incecik camını kırmışım gibi bir çatırtı hissettim ellerimde. Meleğin vücudundan bir nefes yükseldi ve yaratık ayaklarımın dibine yığıldı.

Yerde duran bedene baktım. Kanatlarından birini ekleminden kırmış, pembe eti de yırtarak apak tüylerin sırtına olmayacak bir açıyla kapanmasına yol açmıştım. Melek acıyla kıvranıyordu ve sırtında açtığım yaralardan soluk mavi bir sıvı sızıyordu. Göğsünden gelen rahatsızlık verici ses, damarlarından açığa çıkan sıvıların korkunç bir alaşıma dönüştüğünü düşündürüyordu bana. Menfur yaratığın boğulmakta olduğunu ve kanadı sakatlandığı için nefes alamadığını fark ettim.[17] Son nefes böyle veriliyordu demek. Semavi bir yaratığa saldırmış olmam beni kavrayamadığım kadar sarsmıştı; nihayet, göklerdeki en yüce varlıklardan birini yok ettiğim için diz çöküp Tanrı'dan merhamet ve af diledim.

O anda zayıf bir ses duydum. Kayaların arkasına gizlenmiş olan çoban, bana sesleniyordu. Birkaç kez işaret etmesinden sonraydı ki, beni merdivenden çıkarmak istediğini kavrayabildim. Bitik vücudumun elverdiği hızla ilerleyerek kendimi, Tanrı'nın bir lütfu olarak kuvvetli ve kıvrak olan çobanın kollarına bıraktım. O da beni sırtına aldı ve çukurdan çıkardı.[18]

Clematis'in hezeyan sayfalarını kapattım. Muhterem Clematis'in Birinci Keşif Gezisi notlarının Dr. Raphael çevirisini bitirdiğim sırada içimdeki çatışan duyguları tam kavrayamıyordum. Ellerim ya heyecandan, ya korkudan, ya beklentiyle titriyordu, ama hangisiyle bilmem. Bir şeyden emindim: Muhterem Clematis, yolculuğunu anlatışıyla beni benden almıştı. Bu yolculuğu göze aldıran cesare-

17. Meleklerin kanat yapısının fiziksel özellikleri, 1907 tarihli *Meleklerin Uçuşunun Fizyolojisi* adlı çalışmada ayrıntılarıyla açıklanmış ve bu eserin kanatların iskelet ve damar yapısını çizmekteki üstünlüğü, Gözcülerle ilgili tüm tartışmalarda kaynak kitap olarak kullanılmasını sağlamıştır. Eskiden kanatların vücuda eklemler ve kaslarla bağlanan uzuvlar olduğu düşünülürken, artık kanatların, akciğerlerin uzantısı olduğu ve meleklerin uçmasını mümkün kılan narin dış organlar olarak sınıflandırılabileceği bilinmektedir. Ayrıca kanat uzantılarının akciğer dokusundaki kılcal damarlarda ortaya çıktığı, sırt kaslarından dışarı uzanırken kütle ve güç kazandığı görülmüştür. Olgunlaşmış kanatlar, kemik boyunca uzanan alveol benzeri keselerden oksijen alınıp karbondioksit verilen harici soluma organları işlevini de görmektedir. Meleklerde solunumun sadece yüzde onunun ağız ve soluk borusuyla yapıldığı, bu nedenle kanatların solunum için hayati önem taşıdığı tahmin edilmektedir. Bu belki de melek yapısındaki tek fiziksel kusur, mükemmel bir organizmanın yumuşak karnıdır ve Clematis bunu bilmeden kendi kurtuluşu için kullanmıştır.

18. Deopus'un bıraktığı notlara göre Clematis, öyküsünü bitiremeden hayatını kaybetmiştir. Bu nedenle anlatılanlar burada yarım kalmaktadır.

te saygı duyduğum gibi, Gözcülerle karşılaşmasının dehşetinden de büyük rahatsızlığa kapılmıştım. Bir insanın bu semavi varlıkları görmüş, onların aydınlık bedenlerine dokunmuş ve uhrevi müziklerini dinlemiş olması, idrak edemediğim bir olaydı.

Okulun yeraltı dehlizlerindeki oksijen miktarı az olacaktı ki, broşürü bıraktıktan kısa süre sonra solumakta zorlandığımı hissettim. Bölmedeki hava, birkaç dakika öncesine göre daha ağır, daha yoğun ve boğucuydu. Tuğla ve nemli kireçtaşından örülü bölmeler, meleklerin yeraltındaki zindanına döndü. Nehrin uğultusunu, Gözcülerin müziğini her an duyabilecekmişim gibi geliyordu. Bunun olmayacak bir hayalden ibaret olduğunu bilsem de, yeraltında bir dakika daha kalamayacaktım. Dr. Raphael'in çevirisini orada bırakmak yerine katlayıp eteğimin cebine soktum ve yeraltındaki depolardan okulun tatlı ve serin havasına yanımda çıkardım.

Vakit gece yarısını geçmişti ve okul boştu ama yine de yakalanma riskini göze alamazdım. Kapının kemerindeki kilit taşını çabucak yerinden çıkardım ve parmaklarımın ucunda yükselerek anahtarı oyuğa bıraktım. Taşı da yerleştirip elimi gezdirerek çıkıntısını giderdikten sonra geri çekilip duruma baktım. Kapı, okuldaki yüzlerce benzerinden farksızdı. Kimse o taşların ardında ne yattığından şüphelenmezdi.

Okuldan çıkıp soğuk sonbahar gecesine karıştım ve her zamanki yolumdan Gassendi Sokağı'ndaki evime döndüm. Gabriella'nın evde olmasını, ona bir şeyler sorabilmeyi umuyordum. Ev kapkaranlıktı. Gabriella'nın kapısını vurup cevap alamadıktan sonra, Dr. Raphael'in çevirisini bir kez daha okumak için odama çekildim. Metin beni alıp götürdü ve bir de baktım ki Clematis'in anlattıklarını üçüncü, dördüncü kez okumuşum. Her okumada, Muhterem Clematis'in kafamı iyiden iyiye karıştırdığını hissediyordum. Huzursuzluğum ham bir duygu olarak baş gösterdi; tanımlayamadığım, hafif ama inatçı bir sıkıntı gibiydi; ama gece ilerledikçe korkunç bir bunalıma kapıldım. Elyazmalarında, Birinci Melekbilim Keşif Gezisi'ne dair bildiklerimle uyuşmayan bir şey, öykünün öğrendiklerimle ters düşen bir unsuru vardı. Günün olağanüstü yorgunluğuyla bitap düşmüşsem de uyuyamadım. Yolculuğu aşamalarına ayırarak bunalımımın nedenini araştırdım. Sonunda, Clematis'in felaketini defalarca yaşamanın ardından, içime batan dikeni buldum: Onca çalışmada, sayısız derste, kütüphanede geçirdiğim aylarda Valkolar, Clematis'in mağarada ele geçirdiği çalgının rolünden bir kez bile söz etmemişlerdi. Çıkacağımız yolculuğun hedefi buydu, Nazi işgalinden korkmamızın nedeni buydu, ama Dr. Seraphina bunun neden önemli olduğunu anlatmamıştı bile.

Ama Clematis'in günlüğü de gösteriyordu ki, lir ilk gezinin asli unsuruydu. Valkoların derslerinde anlattığı Cebrail'in Gözcülere lirini hediye etme hikâyesini hatırladım ama o üstünkörü hikâyede bile lirin öneminden söz edilmiyordu. Böyle önemli bir ayrıntıyı sır gibi saklamalarına şaşmıştım. Üstelik, Gabriella'nın bu defteri benden çok önce okumuş olduğunu, bu yüzden lirin önemini de bildiğini kavrayınca iyice bunaldım. O da Valkolar gibi ağzını açıp bir şey söylememişti. Neden bu bilgi benden saklanmıştı? Montparnasse'ta ciddiye alındığımdan şüphe etmeye başladım. Clematis, "Duyularım öylesine yüklenmişti ki hazdan aklımı kaçıracağımı sandım" diyecek kadar sürüklenmişti ama böyle bir uhrevi müziğin yol açtığı sonuçlar ne olabilirdi? En çok güvendiğim, tüm kalbimle inandığım insanların neden arkamdan iş çevirdiğini merak etmeme engel olamıyordum. Bana liri anlatmadılarsa, başka şeyleri de benden gizlemişlerdi mutlaka.

Aklımı böyle şüpheler kurcalarken sokakta bir motor sesi duydum. Perdeyi aralayınca havanın ağarmakta olduğunu, sokaklara hafif bir aydınlık verdiğini hayretle fark ettim. Gece uçup gitmişti, ama ben gözümü bile kırpmamıştım. Ama geceyi uykusuz geçiren tek ben değildim. Yarı karanlıkta, Gabriella'nın beyaz bir Citroen Traction Avant'dan indiğini gördüm. Üzerinde, kütüphanede gördüğüm elbise vardı ve aynı göz alıcı parlaklığı yayıyordu, ama Gabriella aradan geçen saatlerde çok değişmişti. Saçları dağılmış, omuzları bitkinlikten çökmüştü. Siyah opera eldivenlerini çıkarmış, ellerini çıplak bırakmıştı. Gabriella, ne yapması gerektiğini düşünür gibi arabadan apartmana döndükten sonra, tekrar arabaya yaslandı, başını kollarının arasına aldı ve ağlamaya başladı. Yüzünü göremediğim sürücü indi; niyetini bilmiyordum ama bana Gabriella'ya daha çok zarar verecekmiş gibi geldi.

Duyduğum kızgınlığa rağmen ilk tepkim, arkadaşımı korumak oldu. Fırlayıp çıktım ve Gabriella'nın kaçıp gitmemesini umarak merdivenleri koşar adım indim. Ama apartman kapısına geldiğim sırada yanıldığımı anladım. Adam Gabriella'ya zarar vermek yerine onu kollarının arasına almış, ağlarken avutuyordu. Kafam iyice karışmış halde durup onları izledim. Adam Gabriella'nın saçını şefkatle okşuyor, onunla ancak sevgilisinin konuşabileceğini sandığım bir şekilde konuşuyordu, gerçi on beş yaşıma kadar kimse bana böyle dokunmamıştı. Beni fark etmesinler diye kapıyı usulca iterek Gabriella'yı dinledim. Bir yandan ağlarken bir yandan çaresizlikle "Olmaz, olmaz, olmaz" diyordu. Gabriella'nın neden pişmanlık duyduğunu çözebiliyordum; belki hareketleri nihayet vicdanına batmaya başlamıştı, ama asıl adam konuştuğunda ağzım açık kaldı. "Ama olacak" dedi daha sıkı sarılarak. "Sürdürmekten başka çıkar yolumuz yok."

Sesi tanıdım. O anda da, giderek ağaran günün ışığında, Gabriella'yı avutan adamın Dr. Raphael Valko'dan başkası olmadığını gördüm.

Eve döndükten sonra odamda oturup Gabriella'nın ayak seslerini bekledim. Anahtarlarını şıngırdatarak kapıyı açtı ve koridora girdi. Beklediğimin aksine odasına gitmek yerine mutfağa geçti ve çıkan seslerden kahve yapmakta olduğunu anladım. İçimdeki yanına gitme arzusuna direnerek odamın karanlığında sessizce bekledim, çıkan seslerden, sokakta neler olduğunu, Dr. Raphael Valko ile ilişkisinin ne düzeyde olduğunu çözebilecekmişim gibi kulak kabarttım.

Birkaç saat sonra, Dr. Seraphina'nın odasının kapısını çaldım. Daha saat yedi bile değildi ama odasında çalışıyor olacağını biliyordum. Saçını sımsıkı bir topuz yapmış halde yazıhanesine oturmuştu ve onu tam cümlenin ortasında yakalamışım gibi kalemini kaldırmış bekliyordu. Odasına gelmem artık olağan bir şeydi, hatta haftalardır kırmızı kanepede saatler geçiriyor, Valkoların belgelerinin katalogunu çıkarıyordum, ama o gün Clematis'in günlüğünü okumuş olmamdan kaynaklanan yorgunluk ve endişe yüzümden belli oluyordu herhalde. Dr. Seraphina, bunun sıradan bir ziyaret olmadığını anladı. Hemen kanepeye yöneldi, yanıma oturdu ve oraya neden sabahın köründe gelmiş olduğumu sordu.

Dr. Raphael'in çevirisini aramıza koydum. Şaşıran Seraphina, kitapçığı aldı ve sayfaları çevirerek kocasının yıllar önce yaptığı çeviriye bir daha göz attı. Okurken yüzüne gençlik ve mutluluğun ışıltısının döndüğünü gördüm ya da gördüğümü sandım. Sanki çevrilen her yaprakla bir yıl uçup gidiyordu.

Sonunda, "Kocam Muhterem Clematis'in defterini neredeyse yirmi beş yıl önce keşfetti" dedi Dr. Seraphina. "Yunanistan'da, Rodop Sıradağları'nın eteklerinde, Raphael'in Deopus adlı bir keşişin yazdığı bir mektubu bulunca tespit ettiği küçük bir kasabada çalışıyorduk. Mektup, Clematis'in yolculuktan hemen sonra hayatını kaybettiği birkaç bin nüfuslu bir dağ kasabasından yazılmıştı ve Clematis'in son sözlerini Deopus'un kâğıda geçirdiğini ima ediyordu. Mektupta bir keşfe yol açabileceğini düşündüğümüz pek az şey vardı ama Raphael yine de sezgilerine güvendi ve çoğu insanın gözünde bir hayal uğruna Yunanistan'a yollandı. Kariyeri için, hatta ikimizin de kariyeri için muazzam bir dönemdi. Bu keşfin bizim için sonuçları çok büyük oldu ve Avrupa'daki tüm büyük kurumlara konuşmacı olarak çağrıldık. Çeviri sayesinde büyük itibar kazandı ve Paris'te, buradaki yerimizi sağlama aldı. Buraya gelirken ne kadar sevinçli olduğunu, nasıl iyimserlik duyduğunu hatırlıyorum."

Dr. Seraphina, söylemesi gerekenden fazlasını söylemiş gibi bir anda duruverdi. "Bunu nereden bulduğunu çok merak ediyorum."

"Okulun altındaki depolarda" dedim bir an bile tereddüt etmeden. İstesem de hocama yalan söyleyemezdim.

"Yeraltındaki depolara giriş yasaktır" dedi Dr. Seraphina. "Kapılar da kilitlidir. Anahtarın olmadan giremezsin."

"Gabriella anahtarın nerede olduğunu gösterdi" dedim. "Tekrar kilit taşının arkasındaki oyuğa bıraktım ben de."

"Gabriella mı?" dedi Dr. Seraphina şaşkınlıkla. "O nereden biliyormuş ki anahtarın yerini?"

"Siz biliyorsunuzdur diye düşündüm. Ya da..." İhtiyatsızlık ayarında bir laf etmemek için sözlerimi bir an dikkatle tarttım. "Dr. Raphael biliyordur belki."

"Bu olaydan benim haberim yok, kocamın da haberi olmadığından eminim" dedi Dr. Seraphina. "Gabriella'nın davranışlarında bir tuhaflık sezdin mi Celestine?"

"Ne demek istiyorsunuz?" diye sorarken kanepenin ipek kaplı serin sırtlığına yaslandım ve Gabriella'nın ortaya koyduğu bulmacayı anlamama Dr. Seraphina'nın yardım etmesini istekle bekledim.

"Gördüklerimi anlatayım o halde" dedi Dr. Seraphina ve kalkıp pencereye giderek ölgün sabah aydınlığına bulandı. "Son aylarda Gabriella'yı tanıyamıyorum. Derslerinde çok geride kaldı. Son iki makalesi, kabiliyetinin çok altındaydı; gerçi o kadar iyi ki, ancak onu benim kadar iyi tanıyan biri fark edebilirdi. Özellikle geceleri, okul dışında çok zaman geçiriyor. Dış görünüşünü de, Pigalle'de göreceğin kızlara benzeyecek şekilde değiştirdi. Belki de en kötüsü, kendisine zarar vermeye başladı."

Dr. Seraphina, söylediklerine karşı çıkacak mıyım diye dönüp bana baktı. Ben bir şey demeyince devam etti.

"Birkaç hafta önce, kocamın dersinde kendisini yaktığını gördüm. Sen de biliyorsun bunu. Kariyerimin en rahatsız edici olaylarından biriydi ki, çok rahatsızlık gördüm bugüne kadar. Çakmağı çıplak bileğine tuttu ve teni kömür olurken kılını bile kıpırdatmadı. Onu izlediğimi biliyordu ve meydan okumak istercesine gözlerime baktı, onu kendisinden kurtarmak için dersi bölmeye kışkırttı beni. Davranışında, çaresizlikten ya da olağan çocuksu dikkat çekme ihtiyacından fazlası vardı. Hareketlerinin kontrolünü kaybetmişti."

İtiraz etmek, Dr. Seraphina'ya yanıldığını söylemek, tasvir ettiği rahatsız edici özellikleri görmediğimi anlatmak istedim. Gabriella'nın kolunu kazayla yaktığını söylemek istedim, ama söyleyemedim.

"Gabriella'nın bu hareketinin beni şoke ettiğini söylememe gerek bile yok" dedi Dr. Seraphina. "Olaya derhal müdahale etmeyi düşündüm, zaten kızın hastaneye götürülmesi de gerekiyordu, ama kendimi tuttum. Davranışları, birtakım psikolojik rahatsızlıkların işaretçisiydi ve gerçekten rahatsız olabilir diye sorunlarını şiddetlendirmek istemedim. Ama başka bir nedenden, Gabriella'nın ruh haline değil tümüyle farklı bir kuvvete bağlı bir sebepten korktum."

Dr. Seraphina, nasıl devam edeceğini bilemezmiş gibi dudağını ısırdı ama anlatmasını istedim. Gabriella'ya duyduğum merak, en az onunki kadar, hatta belki onunkinden bile güçlüydü.

"Hatırlayacağın gibi dün, *Nesiller Kitabı*'nı korunması için yurtdışına göndereceğimiz diğer kaynakların arasına koydum. Aslında *Nesiller Kitabı*, Amerika'ya gönderilmiyor; çok önemli bir kaynak olduğu için ya benimle ya da başka bir öğretim üyesiyle kalacak. Ama ben kitabı Gabriella'nın görmesi için kasten oraya koydum. Kitabın belirli bir sayfasını açtım ve Grigori soyadının açıkça görülebileceği bir şekilde bıraktım. Gabriella'yı gafil avlamam çok önemliydi. Kitabı açık görmeli ve adları, duygularını gizlemeye zaman bulamadan okumalıydı. Daha da önemlisi, tepkisini görmek istiyordum. Sen gördün mü?"

"Tabii" dedim Gabriella'nın şiddetli çıkışını, okuduğu isimlerle birlikte duyduğu fiziksel rahatsızlığı hatırlayarak. "Korkutucu ve acayipti."

"Acayipti" dedi Dr. Seraphina, "ama bekleniyordu."

"Bekleniyor muydu?" dedim, kafam iyice karışarak. Gabriella'nın davranışlarını hiç çözemiyordum. "Anlamadım."

"Başta kitap onu sadece huzursuz etti. Sonra Grigori soyadını, belki bu arada başka soyadlarını görünce, huzursuzluğu histeriye, hayvani bir korkuya döndü."

"Öyle gerçekten" dedim. "Ama neden?"

"Gabriella, bir iş çevirirken yakalanmış kişilerin tüm özelliklerini sergiliyor. Suçluluktan kıvranan biri gibi tepki verdi. Bunu daha önce de gördüm, ama diğerleri utançlarını gizlemekte çok daha başarılıydı."

"Gabriella'nın bize karşı iş çevirdiğini mi düşünüyorsunuz?" dedim, şaşkınlığımı sesimle belli ederek.

"Emin olamam" dedi Dr. Seraphina. "Muhtemelen talihsiz bir ilişkiye kapıldı ve sürükleniyor. Ama neresinden bakarsak bakalım, yakasını kaptırdı. İnsan ikili hayat yaşamaya başladığı zaman bundan çıkması çok zor olur. Gabriella'nın ibretlik hale gelmesine çok üzülüyorum ama nihayetinde ibretliktir ve senin de bundan ibret almanı istiyorum."

Cevap veremeyecek kadar sarsılmış halde, belki endişemi bastırmak için bir şeyler söyler diye Dr. Seraphina'ya bakıyordum. Onun elinde kuşkularının kanıtı yoktu, ama bende vardı.

"Okulun altındaki odalara girmek kesinlikle yasaktır ve kapılar hepimizin güvenliği için kilitlenmiştir. Orada gördüklerini kimseye anlatmaman gerekiyor." Seraphina masasına gitti, çekmeceyi açtı ve bir anahtar çıkardı. "Bodrumun sadece iki anahtarı var. Biri bende. Diğerini Raphael sakladı."

"Belki ona anahtarın yerini Dr. Raphael göstermiştir" diyecek oldum. O sabah Dr. Raphael ile Gabriella arasında geçen konuşmayı hatırlıyordum ve cevabın bu olduğunu da biliyordum, ama bunu Dr. Seraphina'ya anlatacak yüreğim yoktu.

"Olamaz" dedi Dr. Seraphina. "Kocam böyle önemli bir bilgiyi bir öğrenciye kesinlikle açıklamaz."

Dr. Raphael'in Gabriella ile artık gönül ilişkisi olduğundan şüphelendiğim yakınlığından büyük rahatsızlık duyarken, Gabriella'nın ne suç işlediğine dair de bir o kadar habersizdim; gelgelelim, Seraphina'nın sırdaşı haline gelmekten sapkınca bir zevk alıyordum. Hocam benimle daha önce böyle ciddi ve özel konuları hiç konuşmamış, bana öğrencisi değil meslektaşı gibi davranmamıştı.

Bu yüzde Gabriella'nın çevirdiği işleri kavramak iyice zorlaşıyordu. Eğer edindiğim izlenimler doğruysa, Gabriella melekbilimcilere karşı mücadele etmekle kalmıyordu, Dr. Raphael ile ilişkisi nedeniyle Dr. Seraphina'ya şahsen de ihanet etmekteydi. Önceleri Gabriella'nın okul dışından bir adamla ilişkisi olduğunu sanmıştım ama şimdi bu ilişkinin beklediğimden de sinsice olduğunu biliyordum. Hatta Dr. Raphael bile Gabriella ile birlikte bize karşı çalışıyor olabilirdi. Bunları Dr. Seraphina'ya anlatmam gerektiğini biliyordum ama yapamadım. Bildiklerimi açığa vurmadan önce kendi duygularımdan emin olmak için zamana ihtiyacım vardı.

Başka konulara geçme ihtiyacı duyarak, odasına gelmemin asıl sebebine döndüm.

"Kusura bakmazsanız konuyu değiştireceğim" dedim usulca, tepkisini görmek için. "Size Birinci Melekbilim Keşif Gezisi'ne dair sormak istediklerim var."

"Gelmenin sebebi bu muydu?"

"Sabaha kadar Clematis'in metnini inceledim" dedim. "Defalarca okudum ve her seferinde aklım daha da karıştı. Önceleri neden rahatsız olduğumu anlayamamıştım ama sonra çözdüm: Bana lirden hiç söz etmediniz."

Profesyonel metanetine tekrar kavuşan Dr. Seraphina gülümsedi. "Kocam Clematis'ten bu yüzden hiç vazgeçmedi" dedi. "Lire dair bir şeyler öğrenebilmek için on yıldan fazla zaman harcadı. Yunanistan'daki bir sürü kütüphaneyi ve antikacıyı araştırdı, profesörlere mektuplar yazdı, hatta Keşiş Deopus'un akrabalarını bile arayıp buldu. Ama başaramadı. Clematis mağarada liri bulduysa –ki bulduğuna inanıyoruz– ya kaybetti ya da lir parçalandı. Kendimiz elde edemeyeceğimiz için de, lirden söz etmemeye karar verdik."

"Peki ele geçirebilecek olsanız?"

"O zaman susmaya gerek kalmaz" dedi Dr. Seraphina. "Haritamız olsa, bambaşka bir yerde olurduk."

"Ama haritaya ihtiyaç yok ki" dedim. Kitapçığı elime alıp aklımı kurcalayan sayfayı açtığım sırada, Gabriella ve Dr. Raphael ile Dr. Seraphina'nın kuşkularına dair bütün dertlerim, içimde duyduğum heyecanla silinip gitmişti. "Haritaya ihtiyaç yok. Her şey yazılı burada, Clematis'in anlattıklarında."

"Ne demek istiyorsun?" dedi Dr. Seraphina, bana cinayet işlediğimi itiraf etmişim gibi bakarak. "Metindeki her cümlenin her kelimesinin üstünden geçtik. Mağaranın tam yerine dair hiçbir bilgi yok. Sadece Yunanistan yakınlarında varlığı bile şüpheli bir dağ var ve Yunanistan gayet büyük bir yer, kuzum."

"Her kelimenin üstünden geçtiniz belki ama o kelimeler sizi yanlış yönlendirdi" dedim. "Orijinal metin duruyor mu?"

"Keşiş Deopus'un orijinal defteri mi?" dedi Dr. Seraphina. "Tabii duruyor; kasada kilitli."

"Orijinal metne bakmama izin verirseniz" dedim, "size mağaranın yerini gösterebileceğimden eminim."

Şeytanağzı Mağarası, Rodop Dağları, Bulgaristan

Kasım 1943

Daracık dağ yollarında, sislerin içinden geçerek, derin kanyonların yanından uzanarak ilerliyorduk. Yola çıkmadan önce bölgenin jeolojisini incelemiştim ama Rodop Dağları'nın yapısı yine de tasavvur ettiğim gibi değildi. Babaannemin anlattıklarından ve babamın çocukluk anılarından yola çıkarak, meyve ağaçları ve bağlar ve güneşte yanan taşlarla çevrili, yazı hiç bitmeyen köyler hayal etmiştim. Çocuk aklımla dağları, dalgaların vurduğu kumdan kaleler gibi düşünmüş, boz renkli yumuşak yüzeylerinde oyuklar ve çukurlar açılmış yarlar bulacağımı tahmin etmiştim. Ama katman katman sis içinden yükselirken karşımda, kurşuni gökyüzüne karşı çürük dişler gibi yükselen yalçın zirvelerden başka bir şey yoktu. Uzakta, buzla kaplı dorukların kar altındaki vadilere tepeden baktığını, kayaların parmak parmak göğe uzandığını görüyordum. Rodop Dağları, karşımda karanlık ve ihtişamlı bir manzaraydı.

Dr. Raphael Paris'te kalmış, işgal nedeniyle epey zorlaşmış olan hazırlık işlerine başlamıştı; bu yüzden keşfin başında Dr. Seraphina vardı. Dr. Seraphina ile konuşmamdan sonra evliliklerinde hiçbir şeyin değişmemiş olmasına çok şaşıyordum; değiştiyse de, savaş Paris'e erişene kadar onları dikkatle gözlemlediğim halde ben fark etmemiştim. Kendimi savaşın yol açacağı dertlere hazırlamıştım ama Almanlar Fransa'yı işgal eder etmez hayatımın nasıl hızla değişeceğini kestirememiştim. Dr. Raphael'in isteği üzerine Alsace'a, ailemin yanına dönmüş, yanımda getirebildiğim birkaç kitabı incelemeye başlamıştım. Haberleşme çok zordu ve kimi zaman aylar boyunca melekbilime dair hiçbir şey duyamadığım oluyordu. Görevin aciliyetine rağmen bu keşif gezisiyle ilgili tüm planlar 1943 sonuna kadar ertelenmişti.

Dr. Seraphina önde oturuyor, ilk gördüğümde pek takdir ettiğim genç melekbilimci Vladimir ile çat pat Rusça ve Fransızca konuşuyordu. Direksiyondaki Vladimir o kadar hızlı sürüyordu ki, virajları alırken minibüsün parlak zemindeki gölgesiyle birlikte biz de uçuruma yuvarlanıvereceğiz ve bir daha bizden haber alınamayacak diye korkuyordum. Yükseldikçe yol iyice daraldı ve kayrak taşlarıyla sık ormanlar arasında bir patika halini aldı. Ara sıra yolun aşağılarında bir köy görüyorduk. Vadinin oyuk yerlerinde mantar gibi dağ evleri bitmişti. Uzakta Roma surlarının kalıntıları, yarıya kadar kara gömülmüş halde duruyordu. Manzaranın sertliği ve acımasızlığı, babaannemin ve babamın memleketine hürmetle doldurmuştu içimi.

Arada bir tekerlekler karla kaplı bir kanala saplanıyor, o zaman inip karları kazarak aracımızı kurtarıyorduk. Kalın yün paltolarımız ve kürklü çizmelerimizle, kar fırtınasında mahsur kalmış köylülere benziyorduk. Bizi sadece aracımızın kalitesi –Valkoların Amerika'daki cömert hamilerinin sağladığı, lastikleri zincirli bir K-51 muhaberat aracıydı– ve içinde abalara sarılmış, halatlarla bağlanmış teçhizatımız ele verebilirdi.

Trakyalı Muhterem Clematis, ilerleme hızımıza gıpta ederdi. O, bu yolculuğu yürüyerek, malzemelerini katırlara taşıtarak yapmıştı. Birinci Keşif'in İkinci Keşif'e göre çok daha tehlikesiz olduğunu düşünüyordum hep; biz mağaraya karakışta, savaşın ortasında girmeye çalışıyorduk. Ama Clematis'in karşılaştığı tehlikelerle karşılaşmıyorduk. Melekbilimin kurucuları, faaliyetlerini gizleyip çalışmalarını belli etmemek için çok daha büyük baskı altındaydı. Onlar itaat çağında yaşıyorlardı ve herkesin gözü devamlı üzerlerindeydi. Bu yüzden ağır ağır ilerleyebiliyorlar, modern melekbilim gibi çığır açamıyorlardı. Onların bu yorucu çalışmaları sayesinde bugün öğrendiğim her şeyin temeli atılmıştı. Eğer tespit edilselerdi sapkın olarak damgalanacak, aforoz edilecek, belki de hapse atılacaklardı. Baskı ve yıldırmanın onları durdurmayacağını biliyordum; melekbilimin kurucuları, davalarını ileri götürebilmek için büyük fedakârlıklarda bulunmuşlardı. Ama ciddi engellerle karşılaşacaklardı. Onlar bu görevin yüksek bir makamdan verildiğine inanıyorlardı ve ben de bu göreve çağrıldığımı hissediyordum.

Clematis'in kafilesi hırsızlık ve kötü niyetli köylüler nedeniyle tehlike altındaydı, bizimse en büyük korkumuz düşmanlarımızın müdahalesiydi. Paris'in 1940 Haziranında işgalinin ardından yeraltına inmek zorunda kalmıştık ve keşif bu nedenle ertelenmişti. Yolculuğa yıllarca gizli gizli hazırlanmış, malzemeler toplamış ve coğrafyaya dair bilgiler edinmiş, kendilerini adamışlıkları ve bir ömür süren özverileri nedeniyle sadakatlerinden emin olduğumuz bir grup âlim ve konsey üyesiyle hareket etmiştik. Ancak Dr. Raphael bir hami bulduğunda güvenlik önlemleri değişti. Koruyucumuz, işimize duyduğu saygıdan ötürü bize yardım etmek isteyen zengin bir Amerikalı kadındı. Bir yabancının yardımını alarak tespit edilme tehlikesine maruz kalmıştık. Velinimetimizin parası ve nüfuzuyla hazırlıklarımız ilerlerken korkumuz da büyüyordu. Nefillerin niyetimizden haberdar olup olmadıklarını bile bilmiyorduk. Dağa çıktılar mı, her adımda arkamızdalar mı, bilmiyorduk.

Buzda ve bozuk yollarda ilerlemenin sarsıntısıyla midem bulanırken bir yandan da titriyordum. Aslında soğuktan donmuş olmam lazımdı ama heyecandan hissetmiyordum. Kafilemizin diğer üyeleri olan üç deneyimli melekbilimci yakınımda oturuyor, yapacaklarımız hakkında inanmakta zorlandığım bir özgüvenle konuşuyorlardı. Bu adamlar benden çok yaşlıydı ve belki benim yaşım kadar yıldır birlikte çalışıyorlardı, ama yerin gizemini ben çözmüştüm, bu yüzden ayrıcalıklı bir konumdaydım. Bir zamanlar bu konum için rekabet ettiğim Gabriella, 1940 yılında veda bile etmeden okuldan ayrılmıştı. Evden eşyalarını toplayıp ortadan kaybolmuştu. O zamanlar cezalandırıldığını, hatta belki okuldan atıldığını, bunu anlatmaya yüzü tutmadığı için sessizce kaybolduğunu düşünmüştüm. Sürgüne mi gitti, yeraltına mı indi, bilmiyordum. Çalışmalarım sayesinde bu kafiledeki yerimi hak ettiğimi bilsem de, içimde kuşkular vardı. Acaba Gabriella ortadan kaybolduğu için mi beni seçtiler diye merak etmekten kendimi alamıyordum.

Dr. Seraphina ve Vladimir, çukura inişimizin ayrıntılarını tartışıyordu. Ben kendi kaygılarıma ve telaşıma kapılmış olduğum için bu konuşmaya katılmıyordum. Başımıza her şeyin gelebileceğinin farkındaydım. Bir anda bütün olasılıklar önüme serildi. Mağaradaki işimizi kolaylıkla tamamlayabilirdik de, bir daha medeniyete dönemeyebilirdik de. Kesin olan tek bir şey vardı: Birkaç saat sonra ya her şeyi kazanmış ya da her şeyi kaybetmiş olacaktık.

Rüzgârın uğultusunu, yükseklerdeki bir uçağın gümbürtüsünü duydukça, Clematis'in korkunç sonunu düşünmekten kendimi alamıyordum. Keşiş Francis'in dile getirdiği kuşkularını düşünüyordum. Keşif kafilesini "hayalperestler kardeşliği" olarak tanımlamıştı ve ben de, nihayet dağın zirvesine varıp buz kaplı bir granit yarığın yanından geçerken, Francis'in söylediklerinin yüzyıllar sonra bizim için de söz konusu olup olmadığını merak ediyordum. Hayali bir define peşinde miydik? Hayatlarımızı kısır bir hülya uğruna mı kaybedecektik? Dr. Seraphina'nın öne sürdüğü gibi yolculuğumuz, âlimlerimizin onca çabasının şahikası olmalıydı. Öte yandan, Keşiş Francis'in en korktuğu şey de olabilirdi: Yolunu şaşırmış bir grup hayalperestin sanrıları.

Dr. Raphael ve Dr. Seraphina, Muhterem Clematis'in anlattıklarının ayrıntılarını anlamaya duydukları büyük tutkuyla, çok ince bir ayrıntıyı gözden kaçırmışlardı: Keşiş Deopus, Trakya yöresinde yaşayan bir Bulgar'dı ve kilisenin dilini çok iyi bilmesine, Clematis'in anlattıklarını Latince olarak sorunsuz yazabilmesine rağmen, anadili Aziz Kiril ve Aziz Metodiy'in döneminde oluşturulmuş erken dönem Bulgarcasının bir lehçesiydi muhtemelen. Muhterem Clematis de Rodop Dağları yöresinde doğup büyüdüğü için, anadili erken dönem Bulgarcasıydı. Dört yıl önceki o önemli gecede Dr. Raphael'in çevirisini defalarca okurken, Clematis'in adeta aklını kaçırma noktasına gelmiş olması nedeniyle, başından geçenleri anadilinin alışkanlığı ve rahatlığıyla anlatmış olabileceğini düşünmüştüm. Clematis ve Keşiş Deopus, özellikle de Latinceye çevrilemeyecek yerel âdetlerinden söz ederken mutlaka anadillerinde konuşmuşlardı. Belki Deopus bunları Kiril alfabesinde yazmış, erken Bulgarca sözcükler katarak bizim için anlamayı zorlaştırmıştı. Zamanın eğitimli insanlarının dili Latince olduğu için, anlatılanları böyle kaba saba bir şekilde kâğıda geçirmekten utanmış ve Latince temize çekmiş de olabilirdi. Olayın bu şekilde geliştiğini varsayarak orijinalin de saklandığını umdum. Dr. Raphael, yaptığı çeviriye yardımcı olması için bu metni de kullandıysa, Latincenin modern Fransızcaya çevrilirken bir hata yapılmamış olduğundan emin olmak için ben de o metne bakabilirdim.

Bu sonuca vardıktan sonra, Dr. Raphael'in dipnotlarından birinde, elyazmasının üzerinde muhtemelen Clematis'in yaralarından kaynaklanan kan lekeleri bulunduğunu yazdığını hatırladım. Kan lekesi görebildiyse, Deopus'un orijinal elyazması ortadan kaybolmamış demekti. Buna bakabilirsem, metinde Kiril alfabesiyle yazılmış sözcükleri de çözebilirdim; çünkü bu alfabeyi, Rusça romanlar okuyan ve defterler dolusu Bulgarca şiir yazan babaannem Baba Slavka'dan öğrenmiştim. Orijinal elyazmasına bakarak Kiril alfabesiyle yazılmış Bulgarca sözcükleri çıkarabilir, bunları babaannemin de yardımıyla önce Latinceye, sonra Fransızcaya çevirebilirdim. Modern dillerden kadim dillere doğru gidecek bir oyundu bu. Mağaranın yerini çözebilirdim, yeter ki orijinal elyazmasına bakabileyim.

Bu sonuca nasıl dolaylı bir yoldan vardığımı anlatıp bitirdiğimde, dinlerken giderek heyecanlanan Dr. Seraphina, beni derhal Dr. Raphael'e götürüp teorimi ona da anlatmamı istedi. Dr. Seraphina gibi Dr. Raphael de mantığımı doğru buldu ama Keşiş Deopus'un yazılarını büyük dikkatle çevirdiğini ve elyazmasında Kiril alfabesinde herhangi bir sözcük görmediğini de ekledi. Valkolar beni yine de elyazmasının bulunduğu kütüphane kasasına götürdüler. Beyaz pamuklu eldivenler taktılar ve takmam için bana da verdiler. Dr. Raphael, bir raftan elyazmasını kaldırdı. Kalın beyaz pamuklu kumaştan kılıfını açtıktan sonra incelemem için önüme koydu. Geri çekilirken göz göze geldik ve sabaha karşı Gabriella ile yaşadıklarını ve herkesten, karısından bile gizlediği sırlarını merak etmeden geçemedim. Ama Dr. Raphael her zamanki gibi etkileyici, bilgili ve çok gizemliydi.

Az sonra bütün ilgimi önümdeki elyazmasına verdim. Kâğıt o kadar narindi ki zarar vermekten korkuyordum. Mürekkep yer yer terle karışıp akmıştı ve kararmış kan lekeleri birkaç sayfada göze çarpıyordu. Tahmin ettiğim gibi, Keşiş Deopus'un Latincesi kusurluydu; yazımı her zaman doğru değildi, çekimleri ve halleri karıştırıyordu, ama beni asıl hayal kırıklığına uğratan, Dr. Raphael'in haklı olmasıydı: Elyazmasında Kiril alfabesiyle yazılmış sözcük yoktu. Deopus bütün metni Latince yazmıştı.

Hocalarımın gözüne girmeyi, yapılacak keşif gezisinde yerimi sağlama almayı öyle istiyordum ki, bunalıma girebilirdim – Dr. Raphael'in dehası olmasaydı. Ben umudumu yitirirken onun gözleri parlamaya başlamıştı. Deopus'un elyazmasını Latinceden Fransızcaya çevirirken, bilmediği bazı sözcüklerle karşılaştığını söyledi. Clematis'in muhtemelen delimsirek bir hızla anlattıklarını kâğıda geçirmek için telaşla yazan Deopus'un, anadilindeki bazı sözcükleri Latinceleştirmiş olabileceğini söyledi. Bunun da çok doğal olduğunu, çünkü Kiril alfabesinin o dönemde yeni sayılabileceğini, Deopus'un doğumundan hepi topu yüz yıl önce sisteme kavuşmuş olduğunu da ekledi. Dr. Raphael bu sözcükleri ve hikâyedeki yerlerini iyi hatırlıyordu. Cebinden bir kâğıt çıkardı ve dolmakalemini açıp yazmaya başladı. Elyazmasındaki Latinceleştirilmiş Bulgarca sözcükleri sıraladı. "Altın", "dünya", "ruh" gibi sözcüklerin yer aldığı on beş kelimelik bir liste çıkardı.

Dr. Raphael, bu sözcüklerin Bulgarcadan Latinceye aktarılması için sözlüklerden yararlanmak zorunda kaldığını, elde ettiği metni de Fransızcaya çevirdiğini anlattı. Erken döneme ait bir dizi Slavon başvuru metnini incelemiş ve Latincede gösterilen seslere denk düşen harfler olduğunu görmüştü. Tutarsızlıklara çekidüzen vermek için, doğru olduğunu düşündüğü sözcükleri seçmiş, bunları da bağlam içinde kontrol ederek sözcüğün anlamlı olmasına özen göstermişti. O tarihte bu bulanıklık Dr. Raphael'e talihsiz ama olağan bir durum gibi, eski elyazmaları üzerinde çalışırken sık karşılaşılan bir zorluk gibi gelmişti. Şimdi bu yöntemin en azından dilin bütünlüğünü bozduğunu, daha da kötüsü, feci çeviri hatalarına yol açmış olabileceğini anlıyordu.

Listeyi birlikte inceleyerek, yanlış aktarılmış olan Bulgarca sözcükleri bulduk. Sözcükler gayet basit nitelikte olduğu için Dr. Raphael'in dolmakalemini alıp hataları gösterdim. Deopus Злото (kötülük) yazmış, Dr. Raphael bunu Злато (altın) sanmış ve "çünkü melek kötülüğün cismiydi" sözünü, "çünkü melek som altındandı" diye çevirmişti. Bunun gibi, Deopus'un yazdığı Дух (ruh) kelimesini Дъх (nefes) olarak okumuş, "Ruh böyle ayrılıyordu demek" cümlesini "Son nefes böyle veriliyordu demek" diye çevirmişti. Ancak bizim için en önemli olanı, Clematis'in mağaraya taktığı Gyaurskoto Burlo adının erken Bulgarcadaki gerçek bir yer adı mı, yoksa bir şekilde bozulmuş bir ad mı olduğuydu. Dr. Raphael'in dolmakalemini kullanarak, Gyaurskoto Burlo adını önce sınırlı bilgimle Kiril alfabesinde, sonra Latin alfabesinde yazdım.

Гяурското Бърло

GYAURSKOTO BURLO

Harflerin çizgileri kırılıp dağılacak, anlamı sayfaya dökecekmiş gibi dikkatle kâğıda baktım. Tüm çabalarıma rağmen, sözcüklerin nasıl yanlış aktarılabileceğini çözememiştim. Gyaurskoto Burlo'nun etimolojisi benim bilgimin çok ötesindeydi, ama bu adın gerisindeki tarihi bilecek, çevirmenlerin elinde yaşadığı aktarma hatalarını bulup çıkarabilecek bir kişi olduğunu biliyordum. Dr. Raphael, elyazmasını koruyucu kılıfına sardıktan sonra deri çantasına kaldırdı. Hava karardığında Valkolar ve ben, büyükannemle konuşmak için bizim köye varmıştık.

Valkoların düşüncelerine –hele de elyazmalarına– erişebilme

ayrıcalığı, uzun zamandır hayalini kurduğum bir mertebeydi. Daha birkaç ay önce bana dikkat etmezlerdi; kendini kanıtlamak isteyen öğrencilerden biriydim sadece. Şimdi üçümüz ailemin çiftlik evinin holünde duruyorduk; paltolarımızı asıp ayakkabılarımızı silerken annemle babam kendilerini tanıtıyorlardı. Dr. Raphael her zamanki gibi kibar ve etkileyiciydi; adabımuaşeret denen kavramın vücuda gelmiş haliydi ve ben buna bakarak Gabriella ile yaşadıklarının gerçek olduğundan şüpheye düşüyordum. Karşımdaki mükemmel centilmeni, on beş yaşındaki öğrencisine tasallut eden rezille bağdaştıramıyordum.

Ailemin taş evindeki büyük mutfak masasına oturduk ve Baba Slavka elyazmasını incelemeye başladı. Yıllardır Fransa'daki köyümüzde yaşıyor olmasına rağmen buradaki kadınlara hiç benzememişti. Başına parlak renklerde bir tülbent bağlar, büyük gümüş küpeler takar, ağır göz makyajı yapardı. Parmaklarında altınlar ve taşlar göz alırdı. Dr. Raphael, sorularımızı anlattıktan sonra ona elyazmasını ve Deopus'un metninden çıkardığı sözcük listesini verdi. Baba Slavka listeyi okudu, bir süre elyazmasına göz attıktan sonra ayağa kalkıp odasına gitti ve bir süre sonra elinde birtakım kâğıtlarla döndü; haritaydı bunlar. Birini çekerek bize Rodopların haritasını gösterdi. Kiril alfabesiyle yazılmış köy adlarını okudum: Smolyan, Kesten, Jrebevo, Trigrad. Bunlar, babaannemin doğduğu yere yakın köylerdi.

Gyaurskoto Burlo'nun, "Gâvurların Saklandığı Yer" ya da Dr. Raphael'in de doğru çevirdiği gibi "Gâvur Zindanı" demek olduğunu söyledi. "Gyaurskoto Burlo adlı yerin" diye devam etti, "bulunamamış olması normal; çünkü böyle bir yer yok." Baba Slavka, parmağını Trigrad yakınlarındaki bir yere koyarak aramakta olduğumuz mağaraya benzer özellikler gösteren, uzun zamandır mistik bir yer olduğu düşünülen, Orpheus'un öbür dünyaya geçtiğine inanılan bir jeoloji harikasına işaret etti. "Bu mağara sizin tasvir ettiğiniz özelliklere sahip, ama buranın adı Gyaurskoto Burlo değil" dedi Baba Slavka. "Adı Dyavolskoto Gurlo, yani Şeytanağzı." Haritaya tekrar işaret ederek, "Adı burada da geçmez, başka haritalarda da" dedi. "Ama bu mağaranın ağzına kadar bizzat gittim, içinden yükselen müziği duydum. Senin bu alanda çalışmanı da bu yüzden istedim, Celestine."

"Mağaraya gittin mi?" dedim, Valkoların bunca yıllık arayışının cevabının bu kadar yakınımda olmasına inanamayarak.

Babaannem garip ve esrarlı bir şekilde gülümsedi. "Büyükbabanla tanıştığım Trigrad köyünün yakınında. Baban da orada doğdu."

Mağarayı bulmaya katkılarımın ardından Valkolarla Paris'e dönüp yolculuk için hazırlıklara başlamayı umuyordum. Ama işgal tehdidi giderek yaklaştığı için Dr. Raphael buna hiç kulak asmadı. Ailemle konuştu, eşyalarımın bana trenle gönderilmesi için gerekenleri yaptı ve karısıyla birlikte evden ayrıldılar. Arkalarından bakarken, tüm hayallerimin ve umutlarımın boşa çıktığını hissettim. Alsace'ta mahsur kalmış vaziyette yolculuk için haber bekledim.

Nihayet Şeytanağzı'na yaklaşıyorduk. Vladimir, üzerine siyah boyayla bazı Kiril harfleri yazılmış tahta bir tabelanın önünde durdu. Dr. Seraphina'nın talimatı üzerine tabelanın gösterdiği yola saparak dar, dik ve karla kaplı bir yoldan köye doğru sürdü. Yokuş dik ve kaygandı. Minibüs geriye kaymaya başlayınca Vladimir vites küçülttü ve şanzıman yerçekimine karşı koyarken dişliler gacırdadı. Tekerlekler biraz boşa döndükten sonra zemini kavradı ve bizi sert bir hareketle karanlığa taşıdı.

Yolun başına vardığımızda Vladimir aracı bir uçurum kenarında durdurdu. Önümüzde karla kaplı yaban yazı yayılıyordu. Dr. Seraphina konuşmak için bize döndü. "Muhterem Clematis'in yolculuğa dair anlattıklarını hepiniz okudunuz. Mağaraya nasıl girileceğini de tekrar tekrar konuştuk. Önümüzdeki tehlikelerin, daha önce karşılaştıklarımıza hiç benzemeyeceğinin farkındasınız. Mağaraya inmek bile tüm gücümüzü tüketecek. Hızla ve dikkatli bir şekilde girmeliyiz. Hata payımız yok. Gereçlerimiz bize çok yardımcı olacak ama engellerimiz fiziksel olanlarla kısıtlı değil. Mağaraya girdiğimizde, Gözcülerle karşılaşmaya hazırlıklı olmalıyız."

"Ki güçleri muazzamdır" diye ekledi Vladimir.

Görevimizin olanca ciddiyeti yüzüne işlemiş olan Dr. Seraphina, bize dikkatle bakarak devam etti: "Orada karşılaşacaklarımızı 'muazzam' kelimesi tam ifade etmeyebilir. Melekbilimciler nesiller boyu bir gün mahpus meleklerle yüzleşebileceklerini hayal ettiler. Eğer başarırsak, daha önce hiçbir grubun elde edemediği bir şeye erişmiş olacağız."

"Ya başaramazsak?" dedim bu olasılığı düşünmek bile istemeyerek.

"Sahip olacakları gücü" dedi Vladimir, "ve insanlığı maruz bırakacakları eziyet ve yıkımı hayal bile edemeyiz."

Dr. Seraphina paltosunun düğmelerini ilikleyip deri asker eldivenleri takarak dağ soğuğuna hazırlandı. "Yanılmıyorsam mağara bu dağın tepesinde olacak" derken minibüsten indi.

Minibüsten uçuruma yürüdüm ve önümde belirmiş olan yabancı, kristal dünyaya göz gezdirdim. Üstümüzde kapkara kayalardan bir duvar yükselerek bizi gölgede bırakırken ileride karlı bir vadi dağın derinliklerine iniyordu. Dr. Seraphina hiç oyalanmadan dağa doğru yürümeye başladı. Hemen arkasından, ağır deri çizmelerimle bir çığır açarak ben de ilerledim. Tıbbi gereçlerle dolu ağır bir çantayı sımsıkı tutarken bizi bekleyenleri düşünmeye çalıştım. Attığımız her adıma özen göstermemiz gerektiğini biliyordum. Mağaraya inmemiz yetmiyormuş gibi, Clematis'in meleklerle karşılaştığı yere gelene kadar içerideki labirentte yol bulmamız da gerekebilirdi. Hata yapma lüksümüz yoktu.

Mağaranın ağzına girdiğimiz sırada üzerimize ağır bir karanlık çöktü. İçerisi bomboş ve buz gibiydi; Clematis'in anlattığı nehir gürültüsü de bir kehanet gibi yankılanıyordu. Girişteki düz kaya, Balkan jeolojisinde gördüğüm çukurlar ve oluklara sahip olmadığı gibi, pürüzsüz ve eşit dağılmış bir buz tabakasıyla kaplıydı. Kayanın üstünü örten buz ve kar katmanı yüzünden altta yatanı görmek mümkün değildi.

Dr. Seraphina fener yaktı ve ışığını içeriye tuttu. Kayalar buzla kaplıydı ve mağaranın tepesinde öbek öbek yarasalar dikitlere tutunmuştu. Işık, jilet gibi keskin kayaların üzerinden geçip mineral kalıntılarından yansıdı ve kaba zeminden küçücük bir hareketle yarığın karanlığında kayboldu. Mağaraya bakarak Clematis'in anlattığı nesnelere ne olduğunu düşündüm. Toprak amforalar, köylüler tarafından zeytinyağı ve şarap saklamak için götürülmemişse, nemden çoktan dağılmış olacaktı. Ama mağarada amfora yoktu. Sadece kaya ve kalın buz tabakaları vardı.

Tıbbi gereçler çantasını iki elimle sıkıca tutarak kenara doğru yaklaştım; suyun gürültüsü her adımda artıyordu. Dr. Seraphina önümüzü el feneriyle aydınlatırken küçük ve parlak bir şey dikkatimi çekti. Çömelip elimi buz gibi kayanın yüzeyine koyunca, kafası tamamen gömülmüş demir bir kazığın ucuna dokundum. Keşfimi incelemek için yanıma diz çöken Dr. Seraphina, "Bu, Birinci Keşif'ten bir kalıntı" dedi. Kazığın üzerinde parmağımı gezdirirken büyük bir şaşkınlığa kapıldım. Peder Clematis'in anlattığı demir basamaklı merdivene varana kadar her şey gerçekti.

Ama bunu düşünecek zaman yoktu. Dr. Seraphina aceleyle uçurumun başına diz çöktü ve inişi inceledi. Yarık, dimdik ve ışıksız bir boşluktu. Dr. Seraphina çantasından bir ip merdiven çıkarırken, kendimi uçurumun kenarından itip havanın ve yerçekiminin karanlık soyutluğuna bırakacağım için kalbim çarpmaya başladı. Merdivenin basamakları, daha önce hiç görmediğim türden, muhtemelen savaş için geliştirilmiş bir sentetik halata bağlanıyordu. Dr. Seraphina merdiveni boşluğa atarken ben de yanına diz çöktüm.

Vladimir bir balyozla kazıkları kayaya geçirdikten sonra halatın iplerini kelepçelerle kazıklara sabitledi. Dr. Seraphina başında durup tüm hareketlerini dikkatle izledi. Merdivenin yük çekip çekmeyeceğini anlamak için halatları kuvvetle sarstı. Sağlamlığından emin olunca, kalın çuvallar içinde yirmişer kilo alet taşıyan adamlara, çuvalları sıkıca bağlayıp bizi takip etmelerini söyledi.

Derinlikleri dinleyerek aşağıda neler olduğunu anlamaya çalıştım. Mağaranın karnında sular, kayaları dövüyordu. Kenardan baktığımda yer mi sarsılıyor, benim mi dizlerim titriyor, bilemedim. Mağaranın bana yaptığı baş döndüren büyüye karşı durabilmek için elimi Dr. Seraphina'nın omzuna koydum.

Elimi tuttu ve sıkıntımı görerek, "İnişe başlamadan önce sakinleşmen gerek" dedi. "Derin nefes al ve ne kadar ineceğini düşünme. Ben seni yönlendireceğim. Bir elin basamakta, diğeri halatta olsun. Olur da kayarsan kontrolünü tamamen kaybetmezsin. Düşecek olursan da ben hemen aşağıdayım, seni tutarım." Sonra tek kelime etmeden inişe geçti.

Soğuk metali çıplak elimle kavrayarak peşinden indim. Biraz rahatlamak için, Clematis'in merdiven konusunda yazdığı neşeli sözleri aklıma getirdim. Duyduğu mutluluğun sadeliği nedeniyle bunu kelime kelime ezberlemiştim: "*Çukura inebileceğimiz için duyduğumuz mutluluğu hayal etmek bile zordur. Bir tek Yakup, İlahi Habercileri gördüğü rüyasında daha ihtişamlı, daha kutlu bir merdiven görmüş olabilir. İlahi amacımıza Tanrı'nın koruyucu ve kollayıcı elini uzatacağı beklentisiyle çukurun dehşet verici karanlığına inmeye başladık.*"

Sıraya girdik ve melekbilimcilerden her biri teker teker boşluğa inmeye başladı. Yaklaştıkça suyun uğultusu artıyordu. Dünyanın derinliklerine indikçe hava daha da soğumuştu. Uzuvlarımda, kanıma cıva katılmışçasına ağırlık hissediyordum. Ne kadar sık göz kırparsam kırpayım sürekli gözlerim sulanıyordu. Bu telaş içinde, yarığın granit duvarlarının ansızın üzerime kapanacağını ve dev bir mengenenin çenelerine sıkışıp karanlıkta kalacağımı hayal etmeye başladım. Elimde soğuk ve nemli demir, kulaklarımda şelalenin sesiyle kendimi bir anaforun merkezine iniyor gibi hissediyordum.

Kendimi yerçekimine de bırakarak hızla indim. Derinlere indikçe karanlık kıvamlı bir çorba halini aldı. Basamağı tutan kanı çekilmiş parmaklarım dışında bir şey göremiyordum. Çizmelerimin tahta tabanları metalde kayarak dengemi biraz bozdu. Tekrar dengemi bulmak için çantayı sıkıca vücuduma bastırarak biraz yavaşladım. Her adımımı ölçerek attım; bir adımdan diğerine dikkatle, yavaşça geçtim. Başımı kaldırıp yukarıya bakınca tansiyondan kulaklarım çınladı. Boşluğun tam ortasında duruyordum ve koyu karanlığa doğru yol almaktan başka şansım yoktu. Aklıma Kutsal Kitap'tan bir parça geldi ve seslerin ağzımdan çıktığı gibi şelale gürültüsünde kaybolacağını bile bile bunu fısıldamak istedim: "Tanrı Nuh'a, 'İnsanlığa son vereceğim' dedi, 'Çünkü onlar yüzünden yeryüzü zorbalıkla doldu. Onlarla birlikte yeryüzünü de yok edeceğim.' "

İnişin sonuna varıp çizmelerim son basamaktan da kurtularak sert toprağa bastığında, Dr. Seraphina'nın çok önemli bir şey keşfettiğini anladım. Melekbilimciler hemen çuvalları açıp pilli ışıldaklarımızı aralıklı olarak mağara zeminine yerleştirerek çevreyi bir parlayıp bir azalan, puslu bir ışıkla doldurdu. Clematis'in defterinde meleklerin zindanının sınırı olarak tasvir edilen nehir, ileride hareketli bir karaltı olarak akıyordu. Dr. Seraphina'nın ileride bağırarak emirler verdiğini görebiliyordum ama sözleri şelaleyle birlikte akıp gidiyordu.

Ona ulaştığımda, meleğin bedeninin yanında durduğunu gördüm. Yanında yerimi aldım ve ben de yaratığın büyüsüne kapıldım. Hayal edebildiğim her şeyden daha güzeldi ve mükemmelliğiyle kendimden geçmiş olarak bir süre izlemekten başka bir şey yapamadım. Yaratığın fiziksel özellikleri, Athenaeum'da okuduklarıma benziyordu. Uzun bir gövde, cılız hatlar, kocaman eller ve ayaklar. Yanakları, canlı gibi kalmıştı. Cüppesi lekesiz beyazlıktaydı ve bol katlar halinde vücudunu saran metalik bir malzemeden dokunmuştu.

"Birinci Melekbilim Keşif Gezisi X. yüzyılda yapıldı ve bu ceset hâlâ canlı gibi duruyor" dedi Vladimir. Yaratığın önünde eğildi ve metalik cüppeyi parmaklarının arasına alarak yokladı.

"Dikkat et" dedi Dr. Seraphina. "Radyoaktivite derecesi çok yüksek."

Vladimir meleği süzdü. "Ben hep ölemeyeceklerine inanmıştım."

"Ölümsüzlük, bahşedildiği kadar kolay geri alınan bir ihsandır" dedi Dr. Seraphina. "Clematis, Tanrı'nın bu meleği intikam amacıyla öldürdüğüne inanmıştı."

"Siz de mi böyle düşünüyorsunuz?" dedim.

"Nefilleri yeryüzüne indirmekteki rolünün ardından bu şeytani yaratığı öldürmesi gayet anlaşılır" dedi Dr. Seraphina.

"Güzelliği akıl almaz" dedim, böyle bir güzellik ve kötülüğün aynı bedende buluşabilmesini hazmetmekte zorlanarak.

"Benim asıl anlamadığım" dedi Vladimir, meleğin cesedi üzerinden mağaranın diğer tarafına bakarken, "diğerlerini sağ bırakması."

Kafile gruplara ayrıldı. Yarısı incelemeler yapmak için meleğin başında kalıp çuvallardan fotoğraf makineleri, mercekler ve biyolojik tahlil gereçlerinin bulunduğu alüminyum kasaları çıkarırken, diğer yarısı liri aramaya koyuldu. O grubun başını Vladimir çekiyordu, bense Dr. Seraphina ile birlikte meleğin başında kalmıştım. Grubumuzun diğer üyeleri, yarı yarıya toprağa gömülmüş iki insan iskeletine bakıyordu. Clematis'in biraderlerinin bedenleri, bin yıl önce toprağa düştükleri gibi kalmıştı.

Dr. Seraphina'nın talimatı üzerine koruyucu eldivenler takıp meleğin başını ellerime aldım. Parmaklarımla yaratığın parlak saçlarını tarayıp hasta bir çocuğu avutur gibi alnını okşadım. Eldivenlerden ötürü tam anlayamıyordum ama bedeni hâlâ sıcak gibi geliyordu. Metalik cüppeyi düzelttikten sonra yakasındaki iki pirinç düğmeyi çözdüm ve kumaşı bir yana çektim. Kumaş kayarak düz, pürüzsüz ve memesiz bir göğsü meydana çıkardı. Gergin ve saydam tenin altından kaburgalar belli oluyordu.

Yaratığın boyu iki metreden uzundu ve bu uzunluk, kurucuların kullandığı Roma ölçülerinde 4,8 kübite denk geliyordu. Omuzlarına dökülen altın sarısı perçemler dışında tüyü yoktu ve mesleki itibarını bu konuya bağlamış olan Dr. Seraphina'yı çok sevindirecek şekilde, bilindik cinsel organlara sahipti. Tüm mahpus Gözcüler gibi bu yaratık da erkekti. Clematis'in de anlattığı gibi, kanatlardan biri yırtılmıştı ve vücuduna garip bir açıyla katlanmıştı. Bu yaratığın, Muhterem Clematis'in öldürdüğü olduğuna şüphe yoktu.

Birlikte yaratığı kaldırıp yan çevirdik. Cüppeyi çıkararak vücudunu ışıldakların sert huzmeleri altında bıraktık. Vücudu esnek, eklemleri hareketliydi. Dr. Seraphina'nın talimatıyla, dikkatle resimlerini çekmeye başladık. Ayrıntıları yakalamak önemliydi. Fotoğraf teknolojisindeki gelişmeler, özellikle de çok katmanlı renkli filmlerin piyasaya çıkması, gördüklerimizi hatasız belgelememizi, hatta belki gözlerin rengini bile yakalamamızı sağlayacaktı. Gerçek olamayacak kadar mavi olan bu gözler, lapis taşları öğütülüp yağla karıştırılmış ve güneşin devamlı vurduğu bir pencere doğramasına sürülmüş gibi bir renkteydi. Bu özellikler saha notlarımıza yazılacak ve keşif gezisine dair kayıtlarımıza eklenecekti, ama fotoğraf çekmek de çok önemliydi.

İlk çekimleri tamamladıktan sonra Dr. Seraphina, bir fotoğraf makinesi çantasından mezura çıkarıp yaratığın yanına oturdu. Mezurayla gövdenin ölçülerini aldıktan sonra, devlerin çok eskiden kalma ölçüleriyle daha iyi karşılaştırabilmek için kübite çevirdi. Çevirme işlemini yaptıktan sonra rakamları bana söylüyordu, ben de yazıyordum. Ölçüler şöyleydi:

Kollar = 2,01 kübit
Bacaklar = 2,88 kübit
Baş Çevresi = 1,85 kübit
Göğüs Çevresi = 2,81 kübit
Ayaklar = 0,76 kübit
Eller = 0,68 kübit

Bunları deftere yazarken ellerim titrediği için, notlarım neredeyse okunamaz hale gelmişti; yazdığım rakamları doğrulatmak için Dr. Seraphina'ya okudum. Sayılara bakarak, yaratığın ortalama bir insandan yaklaşık yüzde otuz büyük olduğuna kanaat getirdim. İki yüz on santim çok ciddi bir boydu; günümüzde bile insanları şaşırtırken, eskiçağlarda bir mucize işareti gibi algılanıyordu mutlaka. Yaratıkların böyle uzun boylu olması, eski kültürlerin Devlerle bağdaştırdığı korkuyu ve Nefil ırkının en ünlülerinden Golyat gibi efsanelerin yaydığı dehşeti de açıklıyordu.

Mağaradan bir ses yükseldi ama Dr. Seraphina'ya döndüğümde onun tüm dikkatini bana vermiş olduğunu gördüm. Saha notlarını tutarken beni izliyor, belki bu görevin bana fazla geldiğinden korkuyordu. Sıkıntım gözle görülmeye başlamıştı. Titriyordum ve onun beni nasıl gördüğünü ancak hayal edebiliyordum. Acaba dağ yolculuğunda hastalandım mı diye düşünmeye başladım; zira çok üşümüştük, çok ıslanmıştık ve hiçbirimiz dağ rüzgârlarından korunacak kadar sıkı giyinmemiştik. Dişlerim takırdıyor, kurşunkalem elimde titriyordu. Arada bir yazmayı bırakıp gerimizdeki dipsiz boşluktan gelen karanlığa dönüyordum. Yine uzaklardan bir ses geldi. Derinliklerden dehşet verici bir ses yankılanıyordu.

"İyi misin?" diye sordu Dr. Seraphina, gözleri titreyen ellerime kayarak.

"Duymadınız mı?" dedim.

Dr. Seraphina işi bıraktı ve meleğin yanından ayrılıp nehrin kıyısına ilerledi. Birkaç dakika dinledikten sonra bana dönüp "Su sesinden başka bir şey yok" dedi.

"Var" dedim. "Buradalar; bekliyorlar. Onları serbest bırakacağımızı düşünüyorlar."

"Binlerce yıldır bekliyorlar, Celestine" dedi. "Başarılı olursak, binlerce yıl daha bekleyecekler."

Dr. Seraphina tekrar meleğe döndü ve benim de dönmemi söyledi. Korkmama rağmen meleğin tuhaf güzelliğine, yarısaydam cildine, sürekli ve yumuşak aydınlığına, vücudunun yontulmuş gibi duruşuna çekim duyuyordum. Meleklerin aydınlığıyla ilgili çok spekülasyon vardı ve öne çıkan iddia, bedenlerindeki radyoaktif bir maddenin meleklere bu ışığı verdiği yönündeydi. Koruyucu kıyafetlerimiz maruz kaldığımız radyasyonu azaltıyordu, ama o kadar. Radyoaktivite, Birinci Keşif'te Keşiş Francis'in ölümünü de, Clematis'in pençesine düştüğü hastalığı da açıklıyordu.

Keşfe hazırlanırken ilk öğrendiğimiz şeylerden biri olduğu üzere, melek bedenine olabildiğince az dokunmam gerektiğini biliyordum, ama beni yaratığa yönelten çekime de karşı koyamıyordum. Eldivenlerimi çıkardım ve yanına diz çöküp ellerimi alnına koydum. Avucuma soğuk ve nemli gelen cilt, canlı hücrelerin elastikiyetini de koruyordu. Bir yılanın pürüzsüz ve yanardöner derisine dokunmuş gibiydim. Beyaza yakın sarı saçları, bin yılı aşkın süredir bu mağaranın derinliğinde cansız yatıyor olmasına rağmen ışıldıyordu. Bu saçlara bakınca, meleğin yanı başımda oturduğunu, varlığıyla beni sakinleştirdiğini, tüm korkularımı sildiğini ve bana acayip, afyonlu bir huzur verdiğini hissediyordum.

"Buraya gelin" dedim Dr. Seraphina'ya. "Hemen."

Hocamın gözleri, meleğe çıplak elle dokunduğumu görünce fal taşı gibi açıldı. Benim gibi genç ve deneyimsiz bir melekbilimci bile, fiziksel temasın güvenlik protokolüne aykırı olduğunu bilmeliydi oysa. Ama belki o da meleğe benim gibi çekim duyuyordu. Yanıma oturdu ve avucunu meleğin alnına bastırıp parmak uçlarını saç köklerine dokundurdu. Dr. Seraphina'daki değişimi anında fark ettim. Gözlerini kapattı ve sanki vücudunu bir haz kapladı. Gerilimi silinip gitti ve yerini saf bir huzura bıraktı.

Avuçlarıma bir anda sıcak, yapış yapış bir madde yayıldı. Ellerimi kaldırıp gözlerimi kısarak ne olduğunu anlamaya çalıştım. Bal gibi saydam ve ışıltılı, altın renkli, yapışkan bir sıvı ellerimi kaplamıştı ve bunu meleğin bedeninden yayılan ışığa tuttuğumda, madde ışık huzmelerini kırıyor, avuçlarımın içi kristal zerrecikleriyle kaplıymış gibi tozlu bir ışık veriyordu mağara zeminine.

Diğer melekbilimciler yaptığımızı görmeden ellerimizi çabucak yere silip eldivenlerimizi taktık. "Gel Celestine" dedi Dr. Seraphina. "Cesetle işimizi bitirelim."

Tıbbi gereç çantasını açıp yanına koydum. Neşterlerden pamuklu çubuklara, usturalara ve vidalı kapaklı cam tüplere kadar her şey, yerine lastik bantlarla tutturulmuştu. Yaratığın kolunu kaldırıp kucağıma aldım, dirseğinden sabitledim ve Dr. Seraphina bir tırnağın yüzeyini usturayla kazıdı. Deniz tuzu gibi iri ve kaba pullar kalkıp bir cam tüpün içine doldu. Usturayı dik çeviren Dr. Seraphina, önkolun iç yüzeyine iki paralel kesik attı ve cildi yırtmamaya dikkat ederek çekti. Cilt katmanı kalkarak kasları açığa çıkardı. Dr. Seraphina'nın iki cam tabaka arasına sıkıştırdığı cilt, zayıf ışıkta altın renkli bir ışıltıyla parladı.

Açığa çıkan kas dokusunu görünce içim kalktı. Kusabileceğimden korkarak izin istedim ve ayrılırken özür diledim. Kafileden biraz uzaklaşınca derin bir nefes alıp sakinleşmeye çalıştım. Havada acı bir soğuk ve ciğerlerime takılıp kalan ağır bir nem vardı. Mağara önümde açılıyor, sayısız karanlık ve dipsiz tünel beni kendine çekiyordu. Bulantı uzaklaşırken yerini meraka bıraktı. İleride, karanlığa gizlenmiş halde neler yatıyordu?

Cebimden küçük bir fener çıkarıp mağaranın derinliklerine çevirdim. Işık duvarlardan uzaklaştıkça, yapışkan ve açgözlü sis ışığı yiyip bitiriyordu. En fazla bir-iki metre önümü görebiliyordum. Arkamda Dr. Seraphina'nın kararlı ve sabırsız sesi, çalışanlara talimatlar veriyordu. İleride ise yumuşak, ısrarcı ve şarkılı bir ses beni kendine çağırıyordu. Durup karanlığın çevremi sarmasını bekledim. Beni Gözcülerden ayıran nehir önümdeydi. Kafileden çok uzaklaşmış, kendimi riske atmıştım. Yarığın granit kalbinde beni bir şey bekliyordu. Onu bulmam yeterliydi.

Nehrin kıyısında durdum. Kara su hızla akıyor, karanlıkta kayboluyordu. Nehir yatağında birkaç adım atmıştım ki, karşıma bir sandal çıkıverdi; Clematis'in karşıya geçtiği sandalın aynısıydı. Clematis'in hayali ya da sesinin çınlaması, beni nehrin karşısına geçmeye yöneltti. Sandalı kıyıdan iterken pantolonumun paçaları suya değdi ve suyu hemen çeken kumaş karardı. Başkaları, belki çevredeki tarihçiler de bu nehri geçmiş olacaklardı ki, sandal, halatlarla makaralara bağlanmıştı; bu halatı çekerek kürek olmadan karşıya geçebiliyordum. Ayakta durduğum yerden, nehrin başındaki şelaleyi ve mağaranın dipsiz boşluğunun önünde yükselen sis perdesini görebiliyor, nehre neden ölüler nehri Styks'in adının verildiğini anlıyordum. Karşıya geçerken üstüme ölüm gibi bir duygunun çöreklendiğini hissettim; karanlık boşluk öyle sarmalayıcıydı ki sıkıştırıp tüm hayatımı dışarı atacağını hissediyordum.

Su beni karşıya çabucak geçirdi. Makaralardaki halatlarla sıkıca bağlanmış olan sandalı bırakıp kıyıya çıktım. Sudan uzaklaştıkça mağaranın mineral oluşumları daha çarpıcı hale geliyordu. Her tarafta dikitler, mineral öbekleri ve kristal oluşumları, her yöne açılan tüneller vardı. Beni Dr. Seraphina'dan uzaklaştıran anlaşılmaz çağrı, berraklaşmaya başlamıştı. Uzaklarda bir sesin, sanki adımlarımı takip eder gibi yükselip alçaldığını duyuyordum. Müziğin kaynağına ulaşabilsem, bunca zamandır hayalimde yaşayan yaratıkları görebileceğimi de biliyordum.

Ansızın adımımı boşluğa attım ve nemli, pürüzsüz granite kapaklandım. El fenerimi yerde gezdirince, küçük bir deri çantaya takıldığımı anladım. Toparlandım, çantayı elime aldım ve açtım. İyice eskimiş malzeme, dağılacak gibi duruyordu. Feneri çantanın içine tutunca bir metalin yansımasını gördüm. Deri kılıfı açınca, yeni cilalanmış gibi ışıl ışıl yanan bir lir çıktı ortaya. Keşfetmek için dualar ettiğimiz nesne, elime düşüvermişti.

Aklımda sadece liri Dr. Seraphina'ya götürmek vardı. Hazineyi tekrar çantaya koydum ve ıslak granitte tekrar düşmemeye dikkat ederek karanlıkta hızlıca yürüdüm. Nehir yakındaydı; dalgalarla inip çıkan sandalı tam görmüştüm ki, mağaranın derinliğinde çakan bir ışık dikkatimi çekti. Önce ışığın kaynağını anlayamadım. Fenerlerini duvarlarda gezdiren keşif kafilesine rastladığımı sandım. Ama daha iyi görebilmek için yaklaştığımda, bu ışığın mağaraya getirdiğimiz fenerlerin göz kamaştıran aydınlığından tümüyle farklı olduğunu anladım. Daha iyi seçebilmek için mağaranın ağzına yaklaştım. İçeride mucizevi bir yaratık duruyordu; uçmaya hazırlanır gibi kanatlarını açmıştı. Melek o kadar parlaktı ki, ona doğrudan bakamıyordum. Gözlerimin kamaşmaması için meleğin ötesine baktım. Geride bir melekler korosu duruyordu ve ciltlerinden yayılan yumuşak, odaksız ışık, hücrelerinin kasvetini aydınlatıyordu.

Gözlerimi yaratıklardan alamıyordum. Her biri diğerinden güzel ve ihtişamlı elli ila yüz kadar melek vardı. Ciltleri sıvı altından dökülmüş, kanatları fildişinden oyulmuş, gözleri kristallerden kesilmiş gibiydi. Bedenlerinden süt pürüzsüzlüğünde bir ışık yayılıyor, altın renkli buklelerini çevreliyordu. Meleklerin olağanüstü görüntülerini okumuş ve tasavvur etmeye çalışmış olsam da, üzerimde böyle kendimden geçirici bir etkileri olacağını düşünememiştim. Duyduğum korkuya rağmen beni mıknatıs gibi kendilerine çekiyorlardı. Dönüp kaçmak istiyordum ama hareket edemiyordum.

Varlıklar, neşeli bir armoni içinde şarkı söylüyorlardı. Mağarada yankılanan koro, mahpus meleklerin aklımdaki şeytani niteliklerinden o kadar farklıydı ki, korkum uçup gitti. Müzikleri bilinenin çok dışında ve çok güzeldi. Seslerinde cennet vaatleri duyuyordum. Müziğin büyüsüne kapıldıkça, uzaklaşamadığımı fark ettim. Kendime inanamıyordum ama lirin tellerine vurmak istiyordum.

Lirin kaidesini dizlerime oturttuktan sonra, parmaklarımı gergin tellerde dolaştırdım. Hiç böyle bir çalgı çalmamıştım; hatta müzik bilgim, *Semavi Müzikoloji*'nin bir bölümünü okumaktan ibaretti. Ama lirden, sanki kendi kendine çalıyormuş gibi zengin, melodili bir ses çıktı.

Lirin sesini duyan Gözcüler, şarkıyı bıraktı. Mağaraya bakındılar ve yaratıkların gözlerini bana çevirdikleri sırada hayretle karışık bir korku duydum, Gözcüler, Tanrı'nın en gelişmiş yaratıklarıydı; kendilerinden ışıklı, çiçek yaprağı kadar hafif varlıklardı. Kendimi nöbete tutulmuş gibi hissettim ve bana güç verebilirmiş gibi düşünerek liri göğsüme bastırdım.

Melekler hücrelerinin metal parmaklıklarına yüklendikleri sırada gözleri kör eden bir ışık başımı döndürdü ve dengemi bozdu. Öyle yoğun ve yapışkan bir ısı dalgası çarptı ki, üzerime kaynar yağ dökülmüş sandım. Acıyla haykırdım ama sesim bana yabancı geldi. Yere devrilip yüzümü deri çantayla kapattığım sırada ikinci bir ısı dalgası vurdu; bu seferki daha yoğun ve acı vericiydi. Beni soğuktan korusun diye giydiğim kalın yün kıyafetlerin, Keşiş Francis'in cüppesi gibi eriyip dağılacağını sandım. Uzakta meleklerin sesleri bir kez daha armoniyle yükseldi. Meleklerin büyüsü altında, liri kollarımla sarmış halde kendimden geçtim.

Birkaç dakika sonra boşluğun derinliklerinden çıkıp geldiğimde, tepemde endişeyle bana bakan Dr. Seraphina'yı buldum. Adımı fısıldadı ve bir an ölüp öte dünyaya geçtiğimi, bu dünyada uykuya dalıp diğerinde gözlerimi açtığımı, Kharon'un beni gerçekten de ölüm nehri Styks'in diğer yakasına taşıdığını sandım. Ama sonra bir acı nöbetine tutuldum ve yaralanmış olduğumu anladım. Tüm vücudum sıcaktan yanıyordu ve kaskatıydı. Nasıl o hale geldiğimi hatırladım. Dr. Seraphina liri ellerimden aldı ve şaşkınlıktan dili tutulmuş halde inceledi. Önce beni yere oturttu, sonra liri kolunun altına alıp benim ancak gıpta edebildiğim sağlam adımlarla beni sandala götürdü.

Makaraya bağlanmış halatı çekerek bizi karşı kıyıya taşıdı. Sandal akıntıyla bir dalıp bir çıkarken, Dr. Seraphina kulaklarından balmumu tıkaçlar çıkardı. Her zamanki gibi hazırlıklı olan hocam, kendisini meleklerin müziğinden korumayı bilmişti.

"Ne yaptığını sanıyorsun sen?" dedi bana bakmadan. "Tek başına mağaraya dalmamayı akıl edemiyor musun?"

"Peki diğerleri?" dedim kafileyi tehlikeye atmış olmaktan korkarak. "Onlar nerede?"

"Yukarı çıktılar, bizi bekliyorlar" dedi. "Üç saattir seni arıyoruz. Artık bulamayacağımızı düşünüyordum. Onlar da başına ne geldiğini bilmek isteyeceklerdir. Hiçbir şekilde söylememen gerek. Bana söz ver Celestine: Nehrin diğer kıyısında gördüklerinden kimseye bahsetmeyeceksin."

Kıyıya vardığımızda, Dr. Seraphina sandaldan inmeme yardım etti. Acı çektiğimi görünce yumuşadı. "Unutma ki bizim derdimiz hiçbir zaman Gözcüler olmadı, sevgili Celestine" dedi. "İçinde yaşadığımız ve şimdi dönmek zorunda olduğumuz dünyamızdır bizi ilgilendiren. Yapacak çok işimiz var. Nehri geçmeye karar vermen beni büyük hayal kırıklığına uğratmış olsa da, buradaki görevimizi tamamlayan nesneyi sen buldun. Tebrik ederim."

Vücudum attığım her adımla sızlar halde, meleğin cesedinin yanından geçip merdivene ulaştık. Cüppeyi kenara atmışlar, vücudu dikkatle kesmişlerdi. Geriye bir harabeden başka bir şey kalmamıştı ve bundan bile soluk, fosforlu bir aydınlık yükseliyordu.

Dışarı çıktığımızda hava kararmıştı. Değerli nümunelerimizle dolu heybeleri karda sırtımızda taşıdık. Teçhizatı minibüse dikkatle yerleştirdikten sonra biz de bindik ve dağdan inmeye başladık. Hepimiz bitkin, çamurlu ve yaralıydık. Vladimir'in sol gözünün üstünde, tırmanışta bir kayaya çarptığı için derin ve kanlı bir yara vardı; bense yıkıcı bir ışığa maruz kalmıştım.

Buzlu dağ yollarında hızla ilerlerken, içeride kaldığımız sürede kar yağışının devam ettiği belli oldu. Girintiler ve kovuklar taze karla dolup taşmıştı ve hâlâ da kar yağmaktaydı. Önümüzdeki ve arkamızdaki yollar buzla kaplıydı; belli bir hızın üstüne çıkamıyorduk. Saatime baktım ve sabahın dördü olduğunu görünce şaşırdım. Şeytanağzı'nda on beş saatten fazla zaman geçirmiştik. O kadar geç kalmıştık ki, dinlenmek için mola vermemize imkân yoktu. Sadece minibüsün arkasındaki bidonlardan yakıt ikmali yapmak için durduk.

Vladimir'in tüm çabalarına rağmen uçağa saatlerce geç kaldık, ancak güneş doğarken varabildik. Çift motorlu Model 12 Electra Junior, kalkışa hazır vaziyette, pistin başında onu önceki gün bıraktığımız gibi beklemekteydi. Canavar dişleri gibi kanatlardan sarkan buzlar, soğuğun şiddetini gösteriyordu. Buraya kadar uçakla gelmek zor olduysa da, karadan gelmek imkânsız olurdu. Yunanistan'a varmak için rotamızı epeyce değiştirmiş, tespit edilmemek amacıyla önce Tunus'a, ardından Türkiye'ye geçmiştik. Dönüşümüz de farklı olmayacaktı. Uçak ancak altı yolcu, teçhizatımız ve malzemelerimizi alacak büyüklükteydi. Minibüstekileri yükledik ve uçak kısa süre sonra burnunu karla dolu havaya çevirerek bir gümbürtü içinde yerden yükseldi.

On iki saat sonra, Paris'in dışındaki hava meydanına indiğimizde, nikelajlı radyatör panjuru ve marşpiyeleriyle savaş yokluğunda bir arzu nesnesi olan lüks bir Panhard et Levassor Dynamic'in bizi beklemekte olduğunu gördüm. Böyle bir hazineyi nasıl ele geçirmiş olabileceğimizi bilmemekle birlikte, Model 12 ve K-51 gibi bunun da yabancı hamilerimizin desteğiyle alındığını tahmin edebiliyordum. Geçmişte bağışlarla hayatta kalmıştık ve şimdi arabayı gördüğüm için memnundum, ama böyle bir hazineyi Almanlardan nasıl saklamış olduğumuz, sormaya bile cesaret edemediğim apayrı bir soruydu.

Araba gece karanlığında hızla ilerlerken sessizce oturdum. Uçakta saatlerce uyumuş olmama rağmen hâlâ bitkindim. Gözlerimi kapadım. Az sonra yine derin bir uykuya daldım. Araba bozuk yollarda sarsılıyordu ve diğerlerinin konuşmalarını hayal meyal duyuyordum, ama bir şey anlamıyordum. Mağarada gördüğüm her şeyin bir araya geldiği tuhaf rüyalar görüyordum. Dr. Seraphina, Vladimir ve kafilenin diğer üyeleri hayalimde beliriyordu, derin ve korkutucu mağara altımda açılıyordu ve parlak haleleriyle melekler ordusu karşımda dans ediyordu.

Uyandığımda, işgal sırasında önemli bir direniş ve yoksulluk merkezi olan Montparnasse'ın arnavutkaldırımı yollarını hemen tanıdım. Binaları ve karanlık kafeleri, dallarından sivri sivri buzlar sarkan çıplak ağaçları geçtik. Sürücü yavaşladı ve Montparnasse Mezarlığı'nın girişine dönüp büyük demir kapının önünde durdu. Kornaya dokundu ve kapı sarsılarak açılırken arabamız içeri girdi. Mezarlık donuk ve kıpırtısızdı; buzlar farların vurduğu her yerde parlıyordu ve ben bir an, savaşın çirkinliği ve yokluğundan bir tek buranın uzak kalmış olduğunu düşündüm. Sürücü, taş bir kaideye yerleştirilmiş tunç bir melek heykelinin önünde motoru durdurdu. *Sonsuz Uyku Meleği* adı verilmiş olan bu muhafız, ölüleri kolluyordu.

Bitkinliğin verdiği sarsaklığı hâlâ üstümden atamamış halde arabadan indim. Gökyüzü açıktı ve yıldızlar parlıyordu ama hava nemliydi ve soğuk nedeniyle sisli gibi duruyordu. Meleğin arkasından bir adam çıktı; arabayı karşılamakla görevli olduğu belliydi ama yine de korkuyla sıçradım. Üzerinde rahip kıyafeti vardı. Bu adamı daha önce hiçbir toplantımızda görmemiştim ve bu sırada şüpheci olmayı her şeyden iyi öğrenmiştim. Daha bir ay önce Nefiller, konseyimizin önde gelen üyelerinden biri olan Dr. Michael adlı müzikologu bulup öldürmüş, müzikoloji üzerine tüm araştırmalarını da yok etmişti. Üstelik bu, üst düzey araştırmacılardan birinin tüm çalışmalarının kaybolduğu olaylardan sadece biriydi. Düşman böyle fırsatları dört gözle bekliyordu.

Dr. Seraphina, rahibi tanıyor gibiydi ve onu hemen takip etti. Kafileye de takip etmesi için işaret eden rahip, bizi mezarlığın bir ucundaki harap bir taş binaya götürdü. Burası, çoktan terk edilmiş bir manastırın bir bölümüydü. Valkolar yıllar önce burada ders verirlerdi. Şimdi bina boştu. Rahip, şişmiş bir tahta kapıyı açtıktan sonra bizi içeri soktu.

Hiçbirimiz, hatta en kıdemli konsey üyeleriyle yakın ilişkisi bulunan Dr. Seraphina bile –Dr. Raphael Valko, Paris'teki direnişin lideriydi– savaş sırasında nerelerde buluşacağımızı bilmezdi. Düzenli bir programımız yoktu ve mesajlar ya kulaktan kulağa ya da şimdi olduğu gibi tam sessizlik içinde iletilirdi. Toplantılar gelişigüzel seçilmiş yerlerde, mesela sapa bir kahvede, Paris'in dışındaki küçük kasabalarda, metruk kiliselerde yapılırdı. Bu kapsamlı önlemlere rağmen her an izlendiğimizin de farkındaydım.

Rahip bizi mabetten ayrı bir koridora götürdü ve bir kapının önünde durup kapıyı üç kez tıklattı. Kapı açıldı ve yine Amerika'dan gelen dolarlarla karaborsadan alınmış değerli bir mal olan çıplak ampullerle aydınlatılmış bir odaya girdik. Toplantı başlamıştı; konsey üyeleri ahşap bir yuvarlak masanın çevresindeydiler. Rahip bizi içeri soktuğu sırada konsey üyeleri ayağa kalktı ve bizi dikkatle süzdü. Konsey toplantılarına katılma yetkim yoktu ve toplantıların nasıl ilerlediğini bilmiyordum, ama konseyin, keşif kafilesinin dönüşünü beklediği açıktı.

Konsey başkanı olan Dr. Raphael Valko, masanın başında oturuyordu. Onu en son Alsace'taki evimizden uzaklaşırken, beni geride sürgün bırakırken görmüştüm ve bunu herkesin iyiliği için yapmış olduğunu bilsem de onu affedememiştim. O zamandan beri çok değişmişti. Şakaklarında kır saçlar belirmiş, hali tavrı daha da ciddileşmişti. Sokakta görsem tanıyamazdım.

Bizi kısaca selamlayan Dr. Raphael, oturmamız için boş sandalyelere işaret etti ve keşfe dair pek çok konuşmamızın ilki olduğunu bildiğim bir tartışmaya geçti. "Anlatacak çok şeyiniz vardır" dedi ellerini masada kavuşturarak. "İstediğiniz yerden başlayın."

Dr. Seraphina, mağarayı ayrıntılarıyla anlattı. Dimdik inen uçurumdan, mağaranın alt katmanlarındaki kaya çıkıntılarından ve uzaktaki şelaleden söz etti. Meleğin bedenini tasvir etti, ölçülerini aktardı ve saha defterine yazdığı diğer özellikleri, cinsel organlarını bariz bir gururla vurgulayarak anlattı. Fotoğrafların, meleklerin bedensel özelliklerine dair yeni bilgiler ortaya çıkaracağını bildirdi. Keşif başarıyla sonuçlanmıştı.

Kafilenin diğer üyeleri söz alıp yolculuğu ayrıntılarıyla anlatırken ben kendi yaşadıklarımın muhasebesini yapmaya başladım. Loş ışıkta ellerime baktım. Mağaranın buzu ve soğuğundan, meleğin yakıcılığından perişan olmuşlardı. Üzerimdeki yersizlik duygusunu tarttım. Daha birkaç saat önce dağlarda mıydık? Parmaklarım öyle şiddetli titriyordu ki, kimse görmesin diye ellerimi kalın yün paltomun cebine soktum. Hayalimde, meleğin kristal gibi berrak, su mavisi gözleri bana bakıyordu. Seraphina'nın yaratığın mevzun kollarını ve bacaklarını nasıl kaldırdığını, her bir uzvu tahta parçasıymış gibi ölçtüğünü hatırladım. Yaratık o kadar canlı, o kadar hayat dolu duruyordu ki, gelişimizden birkaç dakika öncesine kadar hayatta olduğuna inanmak işten değildi. Cesedi orada bulacağımıza inanmadığımı, o kadar okumama rağmen meleği görmeyi, ona dokunmayı, cildine şırınga batırıp kan çekmeyi beklemediğimi fark ettim. Belki aklımın bir tarafıyla yanılıyor olduğumuzu ummuştum. Cildin derisi kesilip doku örneği ışığa tutulduğunda dehşetle kendimi kaybetmiştim. Şimdi bile gözümde canlanıyordu neşterin cildin altına girmesi, kesmesi, kaldırması. Zarın zayıf ışıkta pırıldaması. Araştırmacıların en genci olarak iyi bir iş çıkarmam, üstüme düşenden fazlasını yapmam şarttı. Kendimi hep diğerlerinden daha çok okumaya ve çalışmaya zorlamıştım. Son yıllarımı, keşif yolculuğuna uygunluğumu kanıtlamak adına okuyarak, derslere girerek, bilgilerimi geliştirerek geçirmiştim ama bunlar da beni mağaraya inmeye hazırlamamıştı. Maalesef tam bir çömez gibi hareket etmiştim.

"Celestine?" dedi Dr. Raphael, beni sarsıp kendime getirerek. Herkesin bana konuşmamı bekleyen gözlerle bakmasına şaşırdım. Anlaşılan Dr. Raphael bana bir soru sormuştu.

"Özür dilerim" dedim yüzüm kızararak. "Bir şey mi sordunuz?"

"Dr. Seraphina konseye, mağarada çok önemli bir keşif yaptığını söylüyordu" dedi Dr. Raphael beni dikkatle süzerek. "Biraz açıklar mısın?"

Dr. Seraphina'ya verdiğim sözü tutmamaktan korkar, nehri geçerek ne büyük ahmaklık ettiğimi açığa vurmaktan da o kadar çekinir halde, ağzımı açamadım.

"Celestine'in kendini pek iyi hissetmediği belli" dedi Dr. Seraphina benim yerime konuşarak. "İsterseniz o şimdilik biraz dinlensin. Keşfini ben anlatayım."

Dr. Seraphina, keşfi konsey üyelerine anlattı. "Celestine'i nehrin yakınında, kollarında yıpranmış heybe olduğu halde buldum. Heybenin derisine bakar bakmaz çok eski olduğunu anladım. Hatırlayacağınız gibi, Muhterem Peder'in Birinci Keşif notlarında bir heybeden söz edilir."

"Evet" dedi Dr. Raphael. "Haklısın. Satır aynen aklımda: 'Bu hazineyi yaratığın elinden aldım, kendi yanık ellerimle kavradım ve tehlikeye maruz kalmaması için heybeme attım.'"

"Heybeyi açıp lire bakınca bunun Clematis'in heybesi olduğundan emin oldum. Muhterem Clematis, heybeyi yukarı taşıyamayacak kadar güçsüz düşmüştü herhalde" dedi Dr. Seraphina. "İşte Celestine tam da bu heybeyi buldu."

Haberi duyan konsey üyelerinin ağızları açık kalmıştı. Olayı ayrıntılarıyla anlatmamı bekler halde bana döndüler ama konuşamıyordum. Hatta kafiledeki onca insanın arasında bu heybeyi benim bulmuş olmama hâlâ hayret ediyordum.

Dr. Raphael, kafilenin başarısının boyutlarını değerlendirmek ister gibi bir an sessiz kaldı. Bundan sonra ani bir coşkunlukla ayağa kalktı ve konsey üyelerine seslendi.

"Çıkabilirsiniz" dedi Dr. Raphael toplantıyı dağıtarak. "Aşağıdaki odalarda yemek hazırlandı. Seraphina ve Celestine, siz biraz kalır mısınız lütfen?"

Diğerleri çıkarken Dr. Seraphina benimle göz göze geldi ve her şeyin yolunda olduğunu anlatmak ister gibi bir bakış attı. Konsey üyelerini geçirmekte olan Dr. Raphael, takdir ettiğim bir metanet sergiliyordu; duygularına hâkim olma kabiliyetini, kazanmak istediğim bir erdem olarak görüyordum. "Ee Seraphina, kafiledekiler beklentilerini yerine getirdi mi?" dedi.

"Bence muazzam bir başarıydı" dedi Dr. Seraphina.

"Peki Celestine?" diye sordu.

Karnıma bir ağrı girdi. Bu keşif bir sınav mıydı yoksa?

"Genç bir melekbilimci için" dedi Dr. Seraphina, "beni fazlasıyla etkiledi. Yaptığı keşif, becerisini kanıtlamaya yeter de artar bile."

"Peki" dedi Dr. Raphael bana dönerek. "Yaptığın çalışma sence tatmin edici miydi?"

Ne cevap vereceğimi bilemez halde Dr. Seraphina'dan Dr. Raphael'e baktım. Tatmin olduğumu söylemek yalan olurdu, ama yaptıklarımı ayrıntılarıyla anlatmak da Dr. Seraphina'ya verdiğim sözden dönmem demekti. Nihayet fısıltı gibi bir sesle, "Keşke daha hazırlıklı olsaydım" diyebildim.

"Ömrümüz boyunca böyle anlara hazırlanırız" dedi Dr. Raphael, kollarını kavuşturup beni yerer gibi süzerek. "O an geldiğinde, başaracak kadar hazırlıklı olduğumuzu umarız sadece."

"Çok beceriklisin" dedi Dr. Seraphina. "Mükemmel bir iş çıkardın."

"Mağarada üstüme gelen duyguyu açıklayamıyorum" dedim. "Yapacağımız iş beni son derece rahatsız etti. Hâlâ bile kendime gelemedim."

Dr. Raphael karısına sarıldı ve onu yanağından öptü. "Hadi sen aşağı in Seraphina. Ben Celestine'e bir şey göstereceğim."

Dr. Seraphina bana döndü ve elimi tuttu. "Çok cesursun Celestine ve bir gün mükemmel bir melekbilimci olacaksın." Bunun ardından beni yanağımdan öptü ve çıktı. Onu bir daha göremeyecektim.

Dr. Raphael beni toplantı odasından toprak ve mantar kokan bir koridora çıkardı. "Peşimden gel" diyerek basamaklardan hızla inip karanlığa karıştı. Merdivenin bitiminde, ilkinden daha uzun olan bir koridor başlıyordu. Koridorun dik bir eğimle aşağı indiğini hissedince dengemi korumak için ağırlığımı arkaya verdim. İlerledikçe hava serinlerken ortalığı kesif bir koku sardı. Nemli hava giysilerimin de içinden geçiyor, mağarada giydiğim kalın yün ceketten içime işliyordu. Elimi ıslak taş duvarlara sürünce, yüzeydeki çıkıntıların taş değil boşluklara doldurulmuş kemikler olduğunu fark ettim. Yerimizi hemen anladım. Montparnasse'ın altındaki mezarlıkta yürüyorduk.

İkinci bir koridordan geçip bir merdiveni çıkarak başka bir binaya geçtik. Dr. Raphael bir dizi kapıyı açtı ve son açtığı kapıyla bir ara sokakta temiz ve soğuk havaya çıktık. Sokağa atılmış patates kabuklarını ve savaşta kahve yerine kullanılan hindiba köklerini kemiren sıçanlar dört bir yana kaçıştı. Dr. Raphael koluma girip beni başka bir ara sokağa, oradan da bir caddeye çıkardı. Panhard et Levassor'un bizi beklediği mezarlıktan birkaç sokak öteye ulaştığımızı o zaman fark ettim. Arabaya yaklaşırken ön camda tamamen Almanca yazılı bir kâğıt parçası gördüm. Okuyamıyordum ama şehirdeki Alman kontrol noktalarından geçmemizi sağlayan bir izin olduğunu tahmin ettim. Böyle lüks bir arabayı nasıl elimizde tutup benzin bulduğumuzu o zaman anladım: Panhard et Levassor, Almanlara aitti. Alman saflarındaki gizli faaliyetlerimizin amiri olan Dr. Valko, hiç değilse o geceliğine arabayı ele geçirebilmişti.

Sürücü kapıyı açtı ve ben sıcak arka koltuğa geçtim, Dr. Raphael de yanıma oturdu. Bana dönüp soğuk elleriyle yüzümü tuttu ve bana duygusuzca baktı. "Bana bak" dedi ve yüzümü bir şey arıyormuş gibi dikkatle inceledi. Ben de onun gözlerine baktım ve adamı ilk kez bu kadar yakından gördüm. En az elli yaşındaydı, yüzü kırışmıştı ve saçları tahminimden de çok kırlaşmıştı. Yakınlığımız beni şaşırttı. Bir erkeğe hiç bu kadar yakın olmamıştım.

"Gözlerin mavi mi?" diye sordu.

"Ela" dedim bu garip soruyu kavrayamayarak.

"İdare eder" dedi ve aramıza koyduğu küçük bir valizi açtı. İçinden saten bir gece elbisesi, ipek çoraplar, jartiyer ve bir çift ayakkabı çıkardı. Elbiseyi hemen tanıdım. Yıllar önce Gabriella'nın üstünde gördüğüm kırmızı saten elbiseydi.

"Giy bunları" dedi Dr. Raphael. Hayretimi gözlerimden okumuş olacaktı ki hemen ardından ekledi: "Neden istediğimi birazdan anlayacaksın."

"Ama bunlar Gabriella'nın" diye itiraz ettim kendime hâkim olamadan. Gabriella'nın karıştırdığı işleri pekâlâ bildiğim için elbiseye elimi bile süremiyordum. Dr. Raphael ile Gabriella'yı birlikte gördüğümü hatırladım ve itiraz ettiğime pişman oldum.

"Ne olmuş ki?" dedi Dr. Raphael.

"Bu elbiseyi giydiği gece" dedim yüzüne bakamadan, "sizi birlikte gördüm. Apartmanın önünde, sokakta."

"Gördüğünü de anladığını sandın" dedi.

"Anlamamak mümkün mü?" diye fısıldadım camdan boz renkli binalara, hızla geride kalan sokak lambalarına, Paris'in sevimsiz kış haline bakarak. "Olan biten apaçık meydandaydı."

"Giy şu elbiseyi" dedi Dr. Raphael sert bir sesle. "Gabriella'yı harekete geçiren nedenleri yabana atma. Dostluk, anlamsız şüphelerden daha sağlam bir bağ olmalıdır. Böyle zamanlarda elimizdeki tek varlığımız güvendir. Bilmediğin çok şey var. Gabriella'nın karşı karşıya kaldığı tehlikeleri çok yakında anlayacaksın."

Üstümdeki kalın yün kıyafetlerden yavaş yavaş kurtuldum. Buz gibi dağ rüzgârına karşı korusun diye giydiğim yün kazağı kafamdan güçlükle çıkardıktan sonra zedelememeye dikkat ederek elbisenin içine girdim. Bedenime büyük olduğunu hemen fark ettim. Dört yıl önce Gabriella'nın giydiği gün bana küçük gelirdi, ama savaşta on kilo vermiş, bir deri bir kemik kalmıştım.

Dr. Raphael Valko da benzer bir kostüm değişikliği yaptı. Ben giyinirken o da valizden siyah Allgemeine SS ceketi ve pantolonu çıkardı ve koltuğun altından bir çift yeni, parlak siyah binici çizmesi aldı. Üniforma mükemmel durumdaydı ve karaborsadan alınan ikinci ellerin kokusu ya da yıpranmışlığı yoktu. Bunun da SS'teki Nazi bağlantılı ajanlarımızdan birinin ele geçirdiği değerli bir parça olduğunu düşündüm. Üniformanın Dr. Raphael'i nasıl tepeden tırnağa değiştirdiğini görünce ürperdim. Giyinmeyi bitirdiğinde üst dudağına saydam bir sıvı sürüp ince bir takma bıyık bastırdı. Sonra saçlarını briyantinle geriye tarayıp ceketinin yakasına küçük bir SS rozeti tutturdu. Bu minik ama önemli ayrıntı midemi bulandırmıştı.

Dr. Raphael gözlerini kıstı ve görünüşümü dikkatle inceledi. Kendimi ondan saklamak ister gibi kollarımı kavuşturdum. Beklediği gibi bir başkalaşım geçiremediğim açıktı. Annemin çocukluğumda beni kiliseye götürmeden önce yaptığı gibi elbisemi düzeltip saçlarıma elleriyle şekil verince utancımdan yerin dibine geçtim.

Araba caddelerde hızla ilerleyip Sen'in üzerindeki bir köprüde durdu. Noktada bekleyen asker, Luger'inin kabzasıyla camı tıklattı. Sürücü camı açıp askerle Almanca konuştu ve ona bazı kâğıtlar gösterdi. Asker eğilip arka koltuğa baktı ve Dr. Raphael'i inceledi.

"Guten Abend" dedi Dr. Raphael, bana mükemmel gelen bir Alman aksanıyla.

"Guten Abend" diye cevap veren asker, evrakı inceledikten sonra geçmemiz için işaret etti.

Klasik cephesi bir dizi sütunla çevrelenmiş belediye sarayının geniş taş basamaklarını çıkarken, gece kıyafeti giymiş erkekler ve kollarındaki güzel kadınların yanından geçtik. Alman askerleri kapıda nöbet tutuyordu. Zarif kadınlara kıyasla çok bitkin, halsiz ve solgun göründüğümün farkındaydım. Saçımı alelacele topuz yapmış, Dr. Raphael'in valizden çıkardığı bir ruju sürmüştüm ama özenli kuaförleriyle, taptaze yüzleriyle onlara hiç benzemiyordum. Sıcak banyo, pudra, parfüm ve yeni giysiler ne benim ne de işgal altındaki Fransa'da herhangi birinin elinde olan imkânlardı. Gabriella giderken kesme kristalden bir Shalimar şişesi bırakmıştı ama bana onunla geçirdiğim güzel günleri hatırlatan bu kokunun tek bir damlasını bile, yabana gider korkusuyla süremiyordum. Rahatlığı çocukluğumda kalmış bir şey gibi, süt dişleri-nin sallanması misali yaşanmış ve bir daha asla yaşanamayacak bir dönem gibi hatırlıyordum. Bu kadınlardan biri gibi görünmemin imkânı yoktu. Ama yine de sakin görünmeye çalışarak Dr. Raphael'in koluna tutunuyordum. Hızlı ve kararlı adımlarla yürüyordu. Çok şaşırdım ama askerler bizi ses çıkarmadan içeri aldılar. Kendimizi ziyafet salonunun sıcağı, gürültüsü ve şıklığı içinde bulduk.

Dr. Raphael beni salonun bir ucuna götürüp merdivenlerden çıkararak balkondaki özel bir masaya oturttu. Gürültüye ve tuhaf aydınlatmaya alışmam biraz sürdü ama kendimi toparladıktan sonra salonun dar, uzun ve yüksek tavanlı olduğunu, duvarlardaki aynaların kalabalığı yansıtarak şuradaki bir kadının ense kökünü, buradaki bir adamın kol saatinin camındaki parlamayı bana gösterdiğini fark ettim. Siyah gamalı haçlı kırmızı bayraklar salona düzenli aralıklarla asılmıştı. Sofralara beyaz keten örtüler serilmiş, uyumlu porselen takımlar yerleştirilmiş, masa ortalarına canlı çiçekler konmuştu. Kış mevsiminde, hele savaş zamanında canlı gül bulmak minik bir mucizeydi. Kristal şamdanlar koyu renkli zemine dalgalanan bir ışık veriyor, saten ayakkabılardan yansıyordu. Mum ışığında şampanya, mücevherler ve güzel insanlar bir araya gelmişti. Salonun bir yerlerinde sürekli kadehler kaldırılıyor, ortalık şen *Zum Wohl! Zum Wohl!* sesleriyle çınlıyordu. Salonda servis edilen şarabın bolluğu beni şaşırtmıştı. Yiyecek bulmak zaten zordu ama iyi şarap ele geçirmek, işgal güçleriyle bağlantısı olmayanlar için imkânsız gibi bir şeydi. Almanların binlerce şişelik şampanya taleplerinde bulunduğunu duymuştum ve ailemin mahzeninde hiçbir şey kalmamıştı. Benim için bir şişesi bile büyük bir lüks olan şarap, burada su gibi akıyordu. Mütegallibenin hayatının, ezileninkinden nasıl farklı olduğunu o anda kavradım.

Balkonun yüksekliği sayesinde konukları dikkatle inceledim. İlk bakışta, herhangi bir şık geceye katılmış kişiler gibi duruyorlardı. Ama biraz daha bakınca, bazı konukların tuhaf göründüğünü fark ettim. İnce ve keskin hatlı vücutları, çıkık elmacık kemikleri ve geniş, çekik gözleriyle şablondan çıkmış gibi duruyorlardı. Sarı saçları, yarısaydam tenleri ve olağanüstü boyları, Nefil olduklarını gösteriyordu.

Garsonlar kalabalıkta dolaşıp şampanya dağıtırken sesler balkona kadar yükselmekteydi.

"İşte" dedi Dr. Raphael aşağıdaki yüzlerce konuğu işaret ederek, "bunu görmeni istedim."

Kalabalığa tekrar göz gezdirirken kusacak gibi oldum. "Fransa açlıktan kırılırken bunca sefahat..."

"Fransa değil, Avrupa" diye düzeltti Dr. Raphael.

"Nasıl bu kadar çok yiyecekleri var?" diye sordum. "Bu kadar şarap, şık giysiler, bunca ayakkabı..."

"Şimdi oldu işte" dedi Dr. Raphael hafifçe gülümseyerek. "Ne için çalıştığımızı, ortada ne olduğunu görmeni istedim. Gençsin. Neyle karşı karşıya olduğumuzu idrak edemezsin belki."

Cilalı pirinç tırabzana yaslandım. Çıplak kollarım soğuk metale dokununca yandı.

"Melekbilim, teorik bir satranç oyunu değildir" dedi Dr. Raphael. "Çalışmaların ilk yıllarında, insan Bonaventure ve Augustinus'a boğulmuşken öyle gelebilir. Ama faaliyetleriniz sadece hilomorfizm münazaralarını kazanmak veya muhafız meleklerin taksonomilerini çıkarmaktan ibaret değildir." Aşağıdaki kalabalığa işaret etti. "Çalışma alanın işte burada, gerçek dünyada."

Dr. Raphael'in nasıl bir tutkuyla konuşmakta olduğunu ve söylediklerinin, ben Şeytanağzı Mağarası'nda kendime gelirken Dr. Seraphina'nın yaptığı uyarılara ne kadar benzediğini fark ettim. *İçinde yaşadığımız ve şimdi dönmek zorunda olduğumuz dünyamızdır bizi ilgilendiren.*

"Farkındasındır ki" dedi, "bu sadece bir direniş gücüyle bir işgal ordusu arasındaki çarpışma değil. Bu bir yıpratma savaşı. Başladığı günden beri kesintiye uğramayan bir mücadele. Aquino'lu Tommaso, kara meleklerin yaradılıştan yirmi saniye sonra düştüklerine, özlerindeki kötülüğün evrenin mükemmelliğini neredeyse hemen parçalayıp iyilik ve kötülük arasında feci bir uçurum bıraktığına inanırdı. Evren yirmi saniyeliğine saf, mükemmel, sağlam kaldı. O yirmi saniyede yaşamanın nasıl bir şey olduğunu düşün. Ölüm korkusu, acı, içimizdeki kuşku olmadan yaşamayı düşün."

Gözlerimi kapatıp böyle bir evreni tasavvur etmeye çalıştım. Edemedim.

"Yirmi saniye boyunca mükemmellik yaşandı" dedi Dr. Raphael bir garsondan biri benim için iki kadeh şampanya alırken. "Gerisi bize kaldı."

Soğuk sek şampanyadan bir yudum aldım. Lezzeti öylesine harikaydı ki, dilim bir şey batmış gibi kasıldı.

Dr. Raphael devam etti: "Günümüzde kötülük galebe çalıyor. Ama biz mücadeleye devam ediyoruz. Dünyanın dört bir köşesinde bizden binlercesi var. Aynı yerlerde onlardan binlercesi, belki yüz binlercesi de var."

"Büyük güç elde etmişler" dedim aşağıdaki balo salonunda

sergilenen şatafata bakarak. "Hep böyle olmadıklarını düşünmek istiyorum."

"Melekbilimin kurucuları, düşmanlarının kökünü nasıl kazıyacaklarını planlamaktan özellikle zevk alıyorlardı. Ama kurucuların, kendi kabiliyetlerini gözlerinde büyüttükleri, çok irdelenmiş bir gerçektir. Savaşın çabuk biteceğini düşünüyorlardı. Gözcülerin ve çocuklarının nasıl saldırgan olabileceklerini, entrikadan, şiddetten ve yıkımdan nasıl zevk aldıklarını anlamadılar. Gözcüler, katışıksız meleklerdi; köklerindeki semavi güzelliği korudular, ama çocuklarının kanına şiddet bulaşmıştı. Onlar da her dokundukları şeye bulaştırdılar."

Dr. Raphael, bir bilmeceye cevap düşünüyormuş gibi durakladı.

"Yaradan'ın" dedi en sonunda, "bizi yok ederkenki üzüntüsünü, bir babanın çocuklarını öldürürkenki iç parçalanışını, kalkıştığı işin aşırılığını düşün. Milyonlarca yaratık boğuldu ve medeniyetler silindi ama Nefiller ayakta kaldı. Para hırsı, toplumsal adaletsizlik ve savaş, günümüzde kötülüğün dünyadaki tezahürüdür. Gezegendeki tüm hayatı yok etmenin, kötülüğü yok etmediği açık. Muhterem Pederler bilge insanlardı ama bu konuları irdelemediler. Savaşa tam olarak hazırlanamamışlardı. En kararlı melekbilimcilerin bile tarihi göz ardı ederek nasıl yanılgıya düşebileceklerine örnek oluşturdular.

"Faaliyetlerimiz engizisyon döneminde büyük darbe aldıysa da, açığı kısa süre sonra kapattık" dedi Dr. Raphael. "XIX. yüzyılda Spencer, Darwin ve Marx'ın teorilerinin toplumsal manipülasyon araçları haline getirilmesi de bizi biraz zorladı. Ama geçmişte verdiğimiz kayıpları her zaman telafi edebilmiştik. Ama şimdi endişeleniyorum. Gücümüz azalıyor. Ölüm kampları bizimkilerle dolup taşıyor. Nefiller, Almanlarla birlikte büyük bir zafer elde ettiler. Uzun zamandır böyle bir platformu bekliyorlardı."

Bir süredir aklımda olan bir soruyu sorma fırsatı yakaladığımı fark ettim. "Sizce Naziler de Nefil mi?"

"Sayılmaz" dedi Dr. Raphael. "Nefiller asalaktır; toplumdan beslenir. Zaten melek ve insan kırmasıdırlar. Bu sayede medeniyetlere girmekte ve çıkmakta esneklik kazanmışlardır. Tarih boyunca Naziler gibi gruplara tutunmuşlar, onlara mali ve askeri açıdan yardım etmişler, başarıya ulaşmada destek vermişlerdir. Çok eski ve başarılı bir uygulamadır. Nefiller zafere ulaştıklarında ödülünü alırlar, ganimeti sessizce paylaşır, gizli yaşantılarına dönerler."

"Ama onlara Ünlüler de deniyor" dedim.

"Evet, birçoğu gerçekten de ünlüdür. Ama varlıklarıyla kendilerine koruma ve mahremiyet satın alırlar." Dr. Raphael devam etti: "Burada da birkaç Nefil var. Hatta aralarında, seni tanıştırmak istediğim çok nüfuzlu bir bey de var."

Dr. Raphael ayağa kalktı ve nedense bana çok tanıdık gelen, ipek smokinli, uzun boylu, sarışın bir adamla el sıkıştı. Belki de tanışmıştık çünkü o da beni ilgiyle süzdü ve özellikle elbiseme dikkat etti.

"Herr Reimer" dedi adam. Dr. Raphael'e yakınlarmış gibi selam vermesi ve ona takma adıyla seslenmesi, adamın bizim kimliğimizi bilmediğini açıkladı bana. Hatta Dr. Raphael ile iş arkadaşlarıymış gibi konuşuyordu. "Sizi bu ay Paris'te pek göremedik. Savaş keyfinizi mi kaçırıyor yoksa?"

Dr. Raphael ölçülü bir şekilde güldü. "Hayır" dedi, "bu harika genç hanıma zaman ayırmaktaydım. Kendisi yeğenim Christina olur. Christina" dedi Dr. Raphael, "bu beyefendi de Percival Grigori'dir."

Ayağa kalkıp adama elimi uzattım. O da buz gibi dudaklarını sıcak tenime dokundurarak elimi öptü.

"Ne harika" dedi ama bana doğru dürüst bakmadı bile; daha çok elbisemle ilgilenmişti.

Hemen ardından cebinden bir sigara tabakası çıkarıp Dr. Raphael'e ikram etti ve beni büyük şaşkınlık içinde bırakarak, dört yıl önce Gabriella'nın elinde gördüğüm çakmağı çıkardı. Adamın kim olduğunu o anda şiddetli bir sarsıntıyla kavradım. Percival Grigori, Gabriella'nın sevgilisi, kollarında gördüğüm adamdı. Dr. Raphael'in politikadan ve tiyatrodan hoşbeş etmesini, savaşın önemli olaylarına değinmesini soluk bile alamadan izledim. Sonra Percival Grigori bir baş selamıyla yanımızdan ayrıldı.

Dr. Raphael'in bu adamı nereden tanıdığını, Gabriella'nın bu işlere nasıl bulaştığını anlayamadan koltuğa oturdum. Hiçbir şey anlamadığım için ihtiyatlı olanı yaptım ve sesimi çıkarmadım.

"Daha iyi misin?" diye sordu Dr. Raphael.

"Nasıl?"

"Yolda hasta gibiydin."

"Evet" dedim hiç görmediğim derecede kızarmış, adeta güneş yanığı olmuş kollarıma bakarak. "Daha iyi olacağım. Cildim çok açık renkli ya, birkaç günde ancak iyileşir." Konuyu değiştirmek için, "Nazilerle ilgili sözünüzü bitirememiştiniz" dedim. "Tümüyle Nefillerin kontrolü altındalar mı? Öyleyse onları nasıl yenebiliriz?"

"Nefiller çok güçlüdür ama yenildiklerinde –ki şimdiye kadar hep yenildiler– hızla gözden kaybolup kötülüklerinin tüm ceremesini sömürdükleri insanlara çektirirler. Nazi Partisi Nefil'den geçilmemektedir ama iktidardakiler yüzde yüz insandır. İşte bu yüzden köklerini kazımak çok zor. İnsanlık kötülüğü anlar, hatta arzular. Doğamızda, kötülüğün baştan çıkarabildiği bir yan var. Kolay ikna oluyoruz."

"Manipüle ediliyoruz" dedim.

"Evet, belki manipülasyon daha isabetli bir sözcük. Daha cömert bir sözcük."

Kadife kaplı koltuğa gömüldüm ve yumuşak kumaş sırtımı okşadı. Yıllardır bu kadar sıcak bir yerde bulunmamışım gibi hissediyordum. Salonda müzik başladı ve çiftler piste çıkıp dansa koyuldular.

"Dr. Raphael" dedim şampanyayla cesaret bularak, "size bir şey sorabilir miyim?"

"Elbette" dedi.

"Neden gözlerim mavi mi diye sordunuz?"

Dr. Raphael bana baktı ve ben bir an kendisine dair bir şey anlatacak, öğrencilerinden sakladığı özel hayatını açığa vuracak bir şey söyleyecek sandım. Yumuşak bir sesle cevap verdi. "Bu sorunun cevabını derslerimde öğrenmiş olman gerekirdi canım. Devlerin görünümü hani? Genetik özellikleri?"

Derste anlattıklarını hatırlayıp utançla kızardım. *Tabii ya*, dedim kendi kendime, *Nefillerin ışık saçan mavi gözleri, sarı saçları ve ortalamanın üstünde boyları vardır.* "Evet" dedim, "şimdi hatırladım."

"Çok uzun boylusun" dedi. "İncesin de. Gözlerin maviyse seni muhafızların önünden daha kolay geçiririm diye düşündüm."

Şampanyayı fondipledim. Hata yapmaktan, hele de Dr. Raphael'in yanında hata yapmaktan hiç hoşlanmıyordum.

"Seni" dedi Dr. Raphael, "neden mağaraya gönderdiğimizi anlıyor musun?"

"Bilimsel amaçlarla" dedim. "Meleği incelemek ve kanıt toplamak için. Bedeni tahnit edip kayıtlara geçirmek için. Clematis'in bıraktığı hazineyi ele geçirmek için."

"Lir elbette keşfin en önemli hedeflerindendi" dedi Dr. Raphael. "Ama neden senin gibi deneyimsiz bir melekbilimcinin bu derece önemli bir göreve gönderildiğini merak ettin mi? Neden kafile başkanının üst düzey konsey üyelerinden biri değil de, hepi topu kırk yaşındaki Seraphina olduğunu düşündün mü?"

Hayır anlamında başımı salladım. Dr. Seraphina'nın mesleki

hırsları olduğunu biliyordum ama özellikle Clematis konusunda bu kadar bilgili olan Dr. Raphael'in neden dağa gitmediğini anlamamıştım. Beni, mağaranın yerini keşfetmemin ödülü olarak kafileye aldıklarını tahmin ediyordum ama belki bundan fazlası vardı.

"Seraphina ile mağaraya genç bir melekbilimciyi göndermeye karar verdik" dedi Dr. Raphael benimle göz göze gelerek. "Mesleki uygulamalarımıza çok fazla maruz kalmamıştın. Önyargılarınla kafileyi etki altında bırakamazdın."

"Anladığımı söyleyemeyeceğim" dedim kristal kadehi masaya bırakarak.

"Ben gitseydim" dedi Dr. Raphael, "sadece görmek istediklerimi görürdüm. Sense orada olanları gördün. Hatta diğerlerinin bulamadığı bir şeyi buldun. Bana doğruyu söyle: Nasıl buldun onu? Mağarada neler oldu?"

"Dr. Seraphina size raporunu vermişti" dedim, Dr. Raphael'in beni buraya neden getirdiğine dair endişeye kapılarak.

"Maddi ayrıntıları, kaç fotoğraf çektiğinizi, yukarıdan aşağıya ne kadar sürede indiğinizi anlattı. Lojistik bakımından bütün ayrıntıları verdi. Ama başka bir şeyler de var, değil mi? Seni korkutan bir şey oldu orada."

"Özür dilerim ama gerçekten anlamıyorum."

Dr. Raphael bir sigara yakıp arkasına yaslandı; yüzü hafif bir gülümsemeyle aydınlandı. Onu alabildiğine yakışıklı bulmamsa beni giderek rahatsız ediyordu. "Şimdi bile, Paris'te güvendeyken bile korkuyorsun."

Elbisenin verev kesimli saten kumaşını düzelterek konuştum: "Nasıl anlatacağımı bilemiyorum. Mağarada içimi dehşetle dolduran bir şey vardı. Yarığa doğru inerken her şey karanlığa gömüldü."

"Bu gayet doğal" dedi Dr. Raphael. "Yarık dağın çok derinlerine kadar iniyor."

"Fiziksel karanlıktan söz etmiyorum" dedim, bu sözle bile fazla ileri gitmiş olabileceğimi düşünerek. "Bambaşka bir şeydi. Özden gelen bir karanlık, saf bir karanlıktı; insanın gece yarısı bir kâbustan uyandıktan sonra kendisini soğuk ve boş bir odada bulduğunda, uzakta bombaların patladığını duyduğunda hissettiği bir karanlık. Dünyamızın düşkünlüğünü kanıtlayan bir ışıksızlıktı oradaki."

Dr. Raphael devam etmemi istercesine bana bakıyordu.

"Şeytanağzı'nda yalnız değildik" dedim. "Gözcüler de oradaydı, bizi bekliyorlardı."

Dr. Raphael beni süzmeye devam ediyordu ama bu bir şaşkınlık ifadesi mi, korku ifadesi mi, yoksa –keşke!– takdir ifadesi mi, bilemedim. "Diğerleri de böyle bir şeyden söz ederdi o zaman" dedi.

"Yalnızdım" dedim Dr. Seraphina'ya verdiğim sözü çiğneyerek. "Kafileden ayrılıp nehri geçtim. Yönümü kaybettim ve sonra olanların ayrıntılarını hatırlamıyorum. Ama eminim ki, onları gördüm. Clematis gördüğünde olduğu gibi karanlık hücrelerde duruyorlardı. Meleklerden biri bana baktı. Onun serbest kalma, insanlığa karışma, el üstünde tutulma arzusunu hissettim. Melek binlerce yıldır orada gelişimizi bekliyordu."

Dr. Raphael Valko ve ben, acil konsey toplantısına gecenin geç saatlerinde varabildik. Yer alelacele belirlenmişti ve herkes önceki toplantı yerinden ayrılıp Montparnasse'taki binalarımızın merkezi olan Athenaeum'da bir araya gelmişti. Soylu ve ihtişamlı Athenaeum, işgal yıllarında kullanılmaya kullanılmaya çökmüştü. Bir zamanlar kitaplar ve öğrencilerle dolu olan, her köşesinde sayfa hışırtısı ve kütüphaneci fısıltısı duyulan bu mekânda şimdi sadece boş raflar ve örümcek ağları vardı. Yıllardır kütüphanemize adım atmamıştım ve bu değişimi görünce, derslerimden başka hiçbir şey düşünmediğim yıllara özlem duydum.

Yer değişikliği aslında basit bir güvenlik önlemiydi ama bize zaman kaybettirmişti. Balodan ayrılırken, bisikletli genç bir asker bize bir pusula vermişti ve pusulada toplantı yapılacağı, derhal gelmemiz gerektiği yazıyordu. Belirtilen noktaya geldiğimizde ikinci bir pusula aldık ve buradaki ipuçlarını takip ederek kimsenin dikkatini çekmeden toplantı mekânına ulaştık. Athenaeum'daki dar bir masanın iki yanındaki yüksek sırtlı sandalyelere oturduğumuzda saat ikiyi bulmak üzereydi.

Toplantı masasının ortasında yakılmış iki küçük lamba, oturan herkese ölgün bir ışık vermişti. Salondaki gerginlik ve canlılık duygusundan, olağanüstü bir şey yaşandığını tahmin ettim. Bu tahminimi, bizi karşılayan konsey üyelerinin ciddiyeti de doğruladı. Sanki bir cenaze törenine yarıda gelmiştik.

Dr. Raphael masanın başına oturdu ve yanındaki bir banka oturmamı işaret etti. Masanın diğer ucunda Gabriella Lévi-Franche'ın oturduğunu görünce ağzım açık kaldı. Onu en son dört yıl önce görmüştüm. Onu hatırladığım halinden çok değişmemişti. Siyah saçları yine küt kesimliydi, parlak kırmızı bir ruj sürmüştü ve çevresini uysal bir dikkat ifadesiyle izliyordu. Gelgelelim, savaş boyunca çoğumuz zayıf ve bitap düşmüşken, o şımartılmış ve iyi bakılmış bir kadına benziyordu. Athenaeum'daki diğer tüm melekbilimcilerden daha iyi giyimli ve besiliydi.

Dr. Raphael ile geldiğimi fark eden Gabriella, yeşil gözlerinde hafif bir suçlayıcılıkla kaşını kaldırdı. Rekabetimizin sona ermediği belliydi. Gabriella bana karşı ne kadar tetikteyse, ben de ona karşı o kadar dikkatliydim.

"Her şeyi anlatın" dedi Dr. Raphael sesi çatlayarak. "Tam olarak nasıl meydana geldiğini bilmek istiyorum."

Yıllar önce tanıştığım yaşlı rahibe, "Araba Saint-Michel Köprüsü'nde kontrol için durduruldu" dedi. Başındaki kalın siyah örtü ve ortamdaki ışıksızlık nedeniyle, kadın karanlık odanın bir parçası gibi duruyordu. Masada kavuşturduğu çarpık parmakları dışında hiçbir tarafını göremiyordum. "Muhafızlar onları zorla arabadan indirip aradı. Sonra da götürüldüler."

"Götürüldüler mi?" dedi Dr. Raphael. "Nereye?"

"Bilemiyoruz" dedi Gabriella'nın amcası Dr. Lévi-Franche. "Şehrin tüm mahallelerindeki hücrelerimize haber verdik. Gören olmamış. Maalesef hiçbir fikrimiz yok."

Dr. Raphael, "Peki emanetler?" dedi.

Gabriella ayağa kalktı ve masaya kalın deriden bir çanta koydu. "Lir bende duruyordu" dedi küçük ellerini çantaya koyarak. "Dr. Seraphina'nın arkasındaki arabadaydım. Tutuklandıklarını görünce sürücüye Montparnasse'a dönmesini söyledim. Neyse ki emanetlerin durduğu çanta bendeydi."

Dr. Raphael büyük bir rahatlamayla gevşedi. "Çanta emniyette" dedi, "ama adamlarımız ellerinde."

"Elbette" dedi rahibe. "Böyle değerli tutsakları, karşılığında en az o kadar değerli bir şey almadan salmazlar."

"Koşulları nedir?" diye sordu Dr. Raphael.

"Takas istiyorlar. Hazineye karşılık melekbilimciler" dedi rahibe.

"Peki hazineden kasıtları neymiş?" dedi Dr. Raphael sessizce.

"Somut bir şey demediler" dedi rahibe. "Ama Rodoplardan önemli bir şeyler getirdiğimizi bir şekilde öğrenmişler. Bence dediklerini yapalım."

"Mümkün değil" dedi Dr. Lévi-Franche. "Aklımızdan bile geçmemeli."

"Bence kafilenin dağlarda ne bulduğunu bilmiyorlar ama değerli bir şey ele geçirdiğini biliyorlar" dedi Gabriella sandalyesinde doğrularak.

"Belki yakalanan elemanlarımız mağarada neler bulduklarını söylemişlerdir" dedi rahibe. "Böyle büyük bir tehdit karşısında bunu beklemek yanlış olmaz."

"Melekbilimcilerimizin yeminlerine sadık kalacaklarından eminim" dedi Dr. Raphael sinirlendiğini sezdirerek. "Seraphina'yı biraz olsun tanıyorsam, diğerlerinin çözülmesine izin vermez." Başını çevirdi ve alnında ter damlacıklarının belirmeye başladığını gördüm. "Sorguya direnecektir ama yöntemlerinin çok acımasız olabileceğini hepimiz biliyoruz."

Ortam kasvetli bir hal aldı. Nefillerin hele de bir şey peşindeyse elemanlarımıza nasıl vahşet uygulayabileceklerini biliyorduk. Kullandıkları işkence yöntemleri kulaktan kulağa dolaşıyordu ve bilgi sızdırmak için meslektaşlarıma neler yapabileceklerini hayal bile edemiyordum. Gözlerimi kapatıp fısıltıyla dua ettim. Neler olacağını kestiremiyordum ama gecenin birden nasıl önem kazandığını anlamıştım. Eğer mağaradan aldığımızı yitirecek olursak, onca işi boşa yapmış olacaktık. Bulduklarımız çok değerliydi ama bunlar için koca bir melekbilim kafilesini feda edebilir miydik?

"Kesin olan bir şey var" dedi rahibe kol saatine bakarak, "henüz hayattalar. Yirmi dakika kadar önce telefon geldi. Ben bizzat Seraphina ile konuştum."

"Rahat konuşabiliyor muydu?" dedi Dr. Raphael.

"İstediklerini yapmamızı söyledi" dedi rahibe. "Özellikle Dr. Raphael'in söyleneni yapmasını istedi."

Dr. Raphael ellerini önünde kavuşturdu. Masanın üzerindeki küçücük bir şeyi inceler gibiydi. "Böyle bir değiş tokuş hakkında ne düşünüyorsunuz?" dedi konseye.

"Fazla seçeneğimiz yok" dedi Dr. Lévi-Franche. "Değiş tokuş, protokollerimize aykırıdır. Geçmişte böyle ödünler vermedik, şimdi de Dr. Seraphina bizim için ne kadar değerli olursa olsun, vermemeliyiz. Mağarada ele geçirdiğimiz emanetleri onlara kesinlikle teslim edemeyiz. Bunları ele geçirmek için yüzlerce yıldır plan yapılmakta."

Gabriella'nın amcasının hocamdan böyle duygusuzca söz etmesi midemi bulandırmıştı. Gabriella'nın da ona zamanında sadece bana takındığı öfkeli tavırla baktığını görünce içim biraz rahatladı.

"Gelgelelim" dedi rahibe, "bizi hazineye ulaştıran, Dr. Seraphina'nın uzmanlığı oldu. Onu kaybedersek nasıl ilerleyeceğiz?"

"Değiş tokuş mümkün değil" diye ısrar etti Dr. Lévi-Franche. "Daha saha notlarını inceleyemedik, fotoğrafları tab ettiremedik. Bütün yolculuk boşa gider."

Vladimir söze girdi: "İşin içinde lir de var. Lirin onların eline geçmesinin bizim için, hatta bütün dünya için sonuçları neler olur, hayal dahi edemiyorum."

"Katılıyorum" dedi Dr. Raphael. "Çalgıyı her ne pahasına olursa olsun onlara teslim edemeyiz. Bunun bir alternatifi vardır mutlaka."

"Fikirlerime pek rağbet etmediğinizi biliyorum" dedi rahibe. "Ama bu çalgı, insan hayatından değerli değil. Bu değiş tokuşu kesinlikle yapmalıyız."

"Bugün ele geçirmiş olduğumuz hazine, büyük çabalar sonucunda elimizdedir" dedi Vladimir, Rus aksanını iyice bağırtarak. Gözünün üstündeki kesik temizlenmiş ve dikilmişti; bu haliyle acı verici ve iç kaldırıcı bir nakışa benziyordu. "Bulmak için bu kadar çok çalıştığımız bir şeyi yok etmemizi teklif etmiyorsunuz herhalde?"

"Tam da bunu teklif ediyorum" dedi rahibe. "Bir aşamada olayın bizim kontrolümüzden çıktığını kabul etmemiz lazım. Bundan sonrasını Tanrı'ya havale etmeliyiz."

"Yok artık" dedi Vladimir.

Konsey üyeleri hararetli tartışmalara dalarken, birkaç saat önce içtiğimiz şampanyanın tatlı-ekşi kokusunu alabildiğim kadar yakınımda oturan Dr. Raphael'i inceliyordum. Aklında bir şeyler hesapladığını, diğerlerinin kurtlarını dökmelerini beklediğini görebiliyordum. Sonunda ayağa kalktı ve gruba sessiz olmalarını işaret etti. "Yeter!" dedi daha önce hiç kullandığını duymadığım bir sesle.

Konsey üyeleri, sesindeki otoriteden ürkerek ona döndüler. Konsey başkanı ve en saygın âlimimiz olmasına rağmen, gücünü nadiren açığa vururdu.

Dr. Raphael söze başladı: "Bu akşam bu genç melekbilimciyi bir toplantıya götürdüm. Düşmanlarımızın düzenlediği bir baloydu. Pek de şaşaalı bir toplantıydı, öyle değil mi Celestine?"

Söyleyecek söz bulamadığım için başımı sallamakla yetindim.

Dr. Raphael devam etti: "Bunu yapmaktaki amacım gayet pratikti. Ona düşmanımızı yakından göstermek istedim. Mücadele ettiğimiz kuvvetlerin burada, yanı başımızda olduğunu, biz elimiz kolumuz bağlı otururken çaldığını, öldürdüğünü, yağmaladığını göstermek istedim. Bundan bir ders çıkardığını sanıyorum. Ama şimdi görüyorum ki, sizlerin de böyle bir derse ihtiyacı var. Burada neyle iştigal ettiğimizi unuttuğunuzu görüyorum."

Aralarında duran deri çantaya işaret etti.

"Bu bizim savaşımız değil ki teslim olalım. Bu disiplini kurarak sapkınlığı göze alan Muhterem Pederlerin, kilisenin tasfiye ve kitap yakma hamlelerinde metinleri muhafaza edenlerin, Hanok'un kehanetlerini çoğaltıp kaynakları ve bilgileri aktaracağım diye canını tehlikeye atanların savaşı bu. *Tefsirlere Açıklamalar* ile meleklerin hem maddi hem manevi varlıkları olduğunu ortaya koyup melekbilimin metafiziğini kuran Bonaventura'nın. Skolastik rahiplerin. Duns Scotus'un. Kötülerin çevirdiği dolaplara engel olmak için canını dişine takan yüz binlerin. Kaç kişi davamız uğruna hayatını feda etti? Kaç kişi yine olsa yine eder? İşte bu onların savaşı. Ama geçtiğimiz yüzlerce yıl süzülüp geldi ve bu tek kararda cisimleşti. Bir şekilde bu ağır yük bizim omuzlarımıza bindi. Geleceğe karar verme kudreti bize emanet edildi. Ya mücadeleye devam ederiz ya da teslim oluruz." Gidip çantayı eline aldı. "Ama hemen karar vermeliyiz. Tüm üyeler oy verecek."

Dr. Raphael oy verme çağrısında bulununca üyeler ellerini kaldırdı. Yıllarını keşif gezisine hazırlanmak için harcayıp bir de mağarada hayatını tehlikeye atan ben oy vermeye çağrılmazken, kararlara yardım etmek şöyle dursun, toplantılara katılmasına bile izin verilmeyen Gabriella'nın oy verme ayrıcalığına sahip olduğunu görünce gözlerime inanamadım. Gabriella melekbilimci olmuştu, ben hâlâ çömezdim. Yenilgi ve öfkeyle dolan gözlerim yüzünden görüşüm bulandı ve ancak ellerin kalkıp indiğini görebildim. Gabriella oyunu değiş tokuş yapılması yönünde kullandı; Dr. Raphael ve rahibe de öyle. Ama kalanların büyük bölümü, kurallara bağlı kalmamız gerektiğini düşünüyordu. Oylar sayıldığında, çoğu kişinin değiş tokuştan yana olduğu, bir o kadarının da buna karşı olduğu ortaya çıktı.

"Oylar eşit dağıldı" dedi Dr. Raphael.

Konsey üyeleri, kim fikrini değiştirir de beraberliği bozar diye birbirlerine baktı.

"Bence" dedi Gabriella sonunda, bana umut yeşeren bir bakış atarak, "Celestine'e de oy hakkı tanıyalım. Keşif kafilesinde yer alıyordu. Oy hakkı kazanmamış mıdır sizce?"

Tüm gözler, Dr. Raphael'in arkasında sessizce oturan bana döndü. Konsey üyeleri onayladı. Yolumuza benim oyum karar verecekti. Yapacağım tercihle nihayet diğer melekbilimcilerin arasında yerimi alacağımı bilerek, seçeneklerimi değerlendirdim.

Konsey, karar vermemi bekliyordu.

Oyumu kullandıktan sonra konseyden izin istedim, boş koridora çıktım ve var gücümle koştum. Adımlarım yere kalbim kadar hızlı çarparken koridoru geçtim, geniş taş basamaklardan indim, kapıdan çıktım ve kendimi gecenin kollarına attım. Eskiden Gabriella ile sık sık gittiğimiz, o canavar Nefil'in bu akşam önümde çıkardığı çakmağını Gabriella'nın elinde ilk kez gördüğüm arka avluda yalnız kalabileceğimi biliyordum. Avlu gündüz saatlerinde bile boş olurdu ve benim şimdi yalnızlığa çok ihtiyacım vardı. Gözyaşları yüzünden bulanık görüyordum; eski yapıyı çevreleyen demir parmaklıkların hatları yumuşadı, avludaki dev kayın ağacı eriyip gitti, gökteki hilal bile odaksız bir haleye benzedi.

Takip edilmediğimden emin olduktan sonra binanın duvarına dayanarak çömeldim, yüzümü ellerime aldım ve hıçkırarak ağlamaya başladım. İhanet ettiğim Dr. Seraphina ve diğer kafile üyeleri için ağladım. Verdiğim kararın vicdanıma bindirdiği yük için ağladım. Kararın doğru karar olduğunu biliyordum ama yapılan fedakârlık beni ortadan ikiye ayırmış, kendime, meslektaşlarıma ve işimize olan inancımı parça parça etmişti. Öğretmenime, akıl hocama ihanet etmiştim. Annem kadar sevdiğim bir kadını gözümü kırpmadan feda etmiştim. Oy verme ayrıcalığına erişmiştim ama bunu kullanarak melekbilime inancımı yitirmiştim.

Üzerimde kalın yün bir ceket –mağaradaki dağ soğuğunu savuşturmak için giydiğim ceket– vardı ama altında Dr. Raphael'in baloya giymem için verdiği incecik elbiseden başka bir şey yoktu. Gözyaşlarımı elimin tersiyle sildim ve titredim. Gece sessiz, kıpırtısız ve dondurucuydu; birkaç saat öncesinden bile soğuktu şimdi. Duygularıma biraz hâkim olup konsey odasına dönmeye hazırlandığım sırada, binanın yan girişinin civarından fısıltılar işittim.

Tekrar gölgelere sığınıp sundurmalı cümle kapısı yerine kimin bu pek kullanılmayan yan kapıdan çıktığını seçmeye çalıştım. Birkaç saniye sonra Gabriella avluya adım attı; yanında fısıltıyla konuştuğu ve onu çok önemli bir şey anlatıyormuşçasına dinleyen Vladimir vardı.

Daha iyi görebilmek için kendimi zorladım. Gabriella ay ışığında özellikle çekici görünüyordu; siyah saçları parlıyor, kıpkırmızı dudakları beyaz teninin üzerinde daha da göz alıyordu. Tam üzerine oturan, beli kemerli, devetüyü bir mantosu vardı. Böyle kıyafetleri nereden bulduğunu da, nasıl karşıladığını da anlamıyordum. Gabriella her zaman çok güzel giyinirdi ama benim için Gabriella'nınki gibi elbiseler ancak filmlerde görülecek cinstendi.

Yıllarımız ayrı geçtiyse de, yüzünü okumayı biliyordum. Alnının kırışması, Vladimir'in sorduğu bir şeyi düşündüğüne işaretti.

Gözlerinin aniden parlaması ve dudaklarına üstünkörü bir tebessümün yerleşmesi, soruya alışılageldik hazırcevaplığıyla, belki bir kinaye veya espriyle, karşısındakini ısıran bir sözle karşılık verdiğini gösteriyordu. Vladimir onu tüm dikkatiyle dinliyordu. Gözü bir an olsun üzerinden ayrılmadı.

Gabriella ve Vladimir konuşurken ben zar zor nefes alıyordum. O geceki olayları düşünürsek, Gabriella benim kadar sıkıntıda olmalıydı. Dr. Seraphina ve Gabriella arasındaki ilişki fazla derin olmasa bile, dört melekbilimcinin ele geçirilmesi ve keşiften elde ettiğimiz her şeyin yitirilme olasılığı, içindeki tüm neşeyi söndürse yeriydi. Üstelik hocamızla Gabriella her şeye rağmen çok yakınlardı ve Gabriella'nın hocamızı çok sevdiğini biliyordum. Ama avluda Gabriella'nın hali tavrı –bu kelimeyi aklıma getirmek bile istemiyordum ama– sevinçliydi. Çok çarpıştığı bir mücadeleyi zaferle noktalamış gibi mağrurdu.

Bir arabanın gelip durmasıyla birlikte farları demir kapıdan içeri sızarak avluyu ve dallarıyla nemli havaya ahtapot gibi sarılmış kayın ağacını aydınlattı. Arabadan bir adam indi. Gabriella dönüp omzunun üstünden adama baktı. Adam dikkat çekici ve uzun boyluydu; üzerinde şık bir kruvaze ceket, ayağında pırıl pırıl yanan ayakkabılar vardı. Duruşu bana olağanüstü zarif gelmişti. Savaş sırasında böyle zenginlik çok yabancı bir manzaraydı ve o gece her tarafım bununla sarılmıştı. Adam biraz yaklaşınca bunun o gece tanıştığım Nefil olan Percival Grigori olduğunu fark ettim. Gabriella da hemen tanıdı. Arabada beklemesini işaret ettikten sonra Vladimir'i iki yanağından öptü, döndü ve parke taşlarının üzerinde sekerek sevgilisine gitti.

Beni görmemesi için iyice saklandım. Gabriella birkaç adım uzağımdan geçiyordu, bu yüzden fısıldasam duyardı. Tam o kadar yakınlaştığında, elinde dağdan indirdiğimiz emaneti içeren çantayı tuttuğunu gördüm. Gabriella emaneti, Percival Grigori'ye teslim edecekti.

Bunu fark edince öyle afalladım ki bir an metanetimi kaybettim. Bir adım atıp ay ışığının altına çıktım. Gabriella beni görünce şaşırıp durdu. Göz göze geldiğimizde, konseyin kararının bir önemi olmadığını fark ettim. Gabriella başından beri çantayı sevgilisine vermeyi planlamıştı. O anda, Gabriella'nın tuhaf davranışlarının tümü –ortadan kaybolması, melekbilim çevrelerinde açıklanamaz yükselişi, Dr. Seraphina ile bozuşması, nereden geldiği belli olmayan paralar– anlam kazandı. Dr. Seraphina haklıydı. Gabriella, düşmanlarımızla işbirliği yapıyordu.

"Ne yapıyorsun?" dedim; sesim başka bir kadınınmış gibi geldi kulağıma.

"Gir içeri" dedi Gabriella. Ansızın belirmeme çok şaşırmıştı ve biri bizi duyabilirmiş gibi alçak sesle konuşuyordu.

"Yapamazsın bunu" diye fısıldadım. "Biz bu kadar eziyet çektikten sonra yapamazsın."

"Ben seni daha büyük eziyetlerden koruyorum" dedi ve başını çevirip arabaya doğru yürüdü, arka koltuğa oturdu. Percival Grigori de hemen peşinden arabaya bindi.

Gabriella'nın yaptıklarının şokuyla oracıkta kalakalmıştım ama araba dar sokaklarda gözden kaybolduğu sırada açıldım. Avluyu geçip binaya girdikten sonra korkunun verdiği inanılmaz bir hızla soğuk, devasa koridorda koştum.

Ansızın koridorun sonundan biri bana seslendi. "Celestine!" diyen Dr. Raphael, önüme çıkıverdi. "Çok şükür sana bir şey olmamış."

"Olmadı" dedim nefes nefese. "Ama Gabriella çantayı alıp gitti. Avludan geliyorum. Çaldı çantayı."

"Gel benimle" dedi Dr. Raphael. Başka bir şey söylemeden, bakımsız koridordan geçip daha yarım saat önce konsey toplantısının yapıldığı kütüphaneye girdik. Vladimir de dönmüştü. Beni ağır bir suratla, kısaca selamladı. Arkasına doğru bakınca, kütüphanenin diğer ucundaki bazı camların kırılmış olduğunu ve konsey üyelerinin parçalanmış cesetlerine soğuk bir rüzgârın vurduğunu fark ettim.

Manzara beni öylesine çarpmıştı ki, içimden gördüklerimi inkârdan başka bir şey gelmedi. Verdiğim oyla hocamın hayatını feda ettiğim masaya dayanıp güçlükle ayakta dururken gördüklerim gerçek mi, yoksa şeytani bir hayalin etkisi altında mıyım, bilemedim. Cinayetlerin vahşeti de korkunçtu. Rahibe, sıfır mesafeden kafasına sıkılan bir kurşunla öldürülmüş, kisvesi kanlar içinde kalmıştı. Dr. Lévi-Franche ise mermer zemine yuvarlanmıştı; o da kan içindeydi ve gözlüğü kırılmıştı. İki konsey üyesi ise masaya yıkılıp kalmışlardı.

Gözlerimi kapattım ve başımı bu feci manzaradan çevirdim. Tek avuntum, omzuma sarılan Dr. Raphael'in beni desteklemesiydi. Ona yaslandım ve vücudunun kokusundan acıyla karışık bir huzur buldum. Gözlerimi açtığımda her şeyin yıllar önceki gibi olacağını hayal ettim: Kütüphane kitaplarla, sandıklarla ve belgeleri toparlayıp kaldıran asistanlarla doluymuş. Konsey üyeleri masanın çevresine toplanmış, Dr. Raphael'in savaş halindeki Avrupa haritalarını inceliyormuş. Okulumuz açıkmış; konsey üyeleri hayattaymış. Ama gözlerimi açınca, katliamın dehşetiyle yine çarpıldım. Bunun gerçekliğinden kaçma yolu yoktu.

"Gel bakalım" dedi Dr. Raphael beni salondan uzaklaştırıp biraz da zorlayarak koridora, oradan cümle kapısına doğru götürürken. "Nefes al. Şoka girdin."

Rüyada gibi şaşkınca çevreme bakıp "Ne oldu?" dedim. "Anlamıyorum hiçbir şeyi. Gabriella mı yaptı bunu?"

"Gabriella mı?" dedi koridorda yanımıza gelen Vladimir. "Olur mu öyle şey?"

"Gabriella'nın olanlarla hiç ilgisi yok" dedi Dr. Raphael. "Bunlar casustu. Konseyi izlemekte olduklarını bir süredir biliyorduk. Bu şekilde öldürülmeleri de planımızın bir parçasıydı."

"Siz mi yaptınız?" dedim inanamayarak. "Nasıl yaparsınız?"

Dr. Raphael bana baktı ve gözünde, belki de hayal kırıklığıma tanık olmanın mutsuzluğundan gelen kederli bir bakış gördüm. "Benim görevim bu, Celestine" dedi beni kolumdan tutup koridorda yürütürken. "Bir gün gelecek, anlayacaksın. Hadi, seni buradan çıkarmamız gerekiyor."

Athenaeum'un ana kapısına yaklaştığımız sırada, manzaranın verdiği sersemlik geçti ve başım dönmeye başladı. Dr. Raphael beni, Panhard et Levassor'un beklemekte olduğu gece ayazına çıkardı. Geniş taş merdivenlerden indiğimiz sırada elime bir çanta tutuşturdu. Çanta, avluda Gabriella'nın elinde gördüğümün tıpkısıydı; derisi aynı kahverengi deri, tokaları aynı parlak tokalardı.

"Al bakalım" dedi Dr. Raphael. "Her şey hazırlandı. Araba bu gece seni sınıra götürecek. Yolculuğunun kalanı için İspanya ve Portekiz'deki dostlarımıza güvenmek zorundayız maalesef."

"Yolculuk nereye?"

"Amerika'ya" dedi Dr. Raphael. "Bu çantayı da yanında götüreceksin. Orada sen de emniyette olacaksın, mağaradan getirdiğiniz hazine de emin ellerde olacak."

"Ama Gabriella'nın gittiğini gözümle gördüm" dedim çantaya bir serap görüyormuşum gibi bakarak. "Çalgıyı da o aldı. Aldı gitti."

"Taklidiydi sevgili Celestine; zokaydı" dedi Dr. Raphael. "Sen kaçabilesin, Seraphina da kurtulabilsin diye Gabriella düşmanı yanıltmakla meşgul. Ona, kafiledeki yerin dahil pek çok şey borçlusun. Lir şimdi sana emanet. Gabriella ile yollarınız ayrılmış olabilir ama tek bir dava uğruna mücadele ettiğinizi unutmayın. Onun mücadelesi burada olacak, seninki Amerika'da."

Üçüncü Kat

Orada karşıma, dünyada hiç görmediğim kadar uzun boylu iki adam çıktı. Yüzleri güneş gibi parlıyor, gözleri lamba gibi gözümü alıyor, dudaklarından alevler fışkırıyordu. Kıyafetleri kuştüyü gibi görünüyordu; ayakları mordu; kanatları altından parlak, elleri kardan beyazdı.

–Hanok'un Kitabı

Rahibe Evangeline'in hücresi, Azize Rose Manastırı, Milton, New York

24 Aralık 1999, 00.01

Evangeline pencereye gitti, ağır perdeleri araladı ve karanlığa baktı. Dördüncü kattan, nehrin ötesini rahatça görebiliyordu. Her gece belli saatte geçen yolcu treni, karanlığı bıçak gibi yarıp ardında aydınlık bir iz bırakıyordu. Gece treninin varlığı Evangeline'e huzur veriyordu; tren, Azize Rose Manastırı'nın işleyişi kadar güvenilirdi. Tren geçerdi, rahibeler ibadete giderdi, radyatörlerden ısı yayılır, rüzgâr doğramaları titretirdi. Evren, düzenli evreler halinde hareket ediyordu. Birkaç saat sonra güneş doğacak, Evangeline yeni bir güne başlayacak ve bundan önceki her gün tekrarladığı programı uygulayacaktı: İbadet, kahvaltı, ayin, kütüphane işleri, öğle yemeği, ibadet, günlük işler, kütüphane işleri, ayin, akşam yemeği. Hayatı, tespih taneleri gibi eşit ve düzenli parçalar halinde geçiyordu.

Bazen Evangeline treni izler ve vagon koridorunda zar zor yürüyen bir yolcunun siluetini gördüğünü hayal ederdi. Sonra adam ve vagon bir anda gözden kaybolur, bir metal ve neon ışık curcunası halinde bilinmeyen bir yere doğru yolculuklarına devam ederdi. Evangeline karanlığa bakarken, Verlaine'in bindiği trenin o penceredeyken geçmesini istedi.

Evangeline'in odası bir çamaşır odası büyüklüğündeydi ve buna uygun olarak yeni yıkanmış çamaşır kokardı. Çam parkeleri yeni cilalamış, örümcek ağlarını temizlemiş, tavandan zemine, kirişlerden doğramalara her yerin tozunu yeni almıştı. Yatağındaki kolalı beyaz takımlar, çıkar ayakkabılarını da gel yat diyerek onu çağırıyordu. Ama Evangeline, yazıhanesine gidip bir sürahiden bardağa su doldurarak içti. Sonra pencereyi açıp derin bir nefes aldı. Hava ciğerlerine soğuk ve koyu bir nesne gibi doldu; yaraya bastırılan buz hissi verdi. O kadar yorgundu ki, kafası durmuştu artık. Dijital masa saati, gece yarısını gösterdi. Yeni bir gün başlıyordu.

Evangeline yatağına oturdu ve önceki gün yaşadıklarından aklında kalan her şeyin muhasebesine girişti. Rahibe Celestine'in verdiği mektupları çıkarıp saydı. Her yıl gönderilmiş on bir mektup vardı ve hepsinin iade adresi –New York'ta bilmediği bir adres– aynıydı. Anneannesi mektupları büyük bir istikrarla göndermişti; her bir mektup ayın yirmi birinde postaneye teslim edilmişti. 1988'den 1998'e kadar her yıl bir kart gelmişti. Sadece bu yılın kartı elinde değildi.

Evangeline zarfları yırtmamaya dikkat ederek kartları çıkardı ve yatağın üzerine ilk gelenden son gelene doğru sıralayarak yerleştirdi. Kartların üzerinde tükenmezkalemle çizilmiş, belli bir şekil oluşturmayan eskizler vardı. Bunların hepsi mavi mürekkeple ve elle çizilmişti ama Evangeline çizimlerin amacını da, anlamını da kavrayamadı. Kartlardan birinde, merdivene tırmanan bir melek resmi vardı. Bu zarif ve modern tasvir, Maria Angelorum'daki melek tasvirlerinin aşırılıklarından çok uzaktı.

Birçok rahibe farklı düşünürdü ama Evangeline, meleklerin sanatsal tasvirlerini, Kutsal Kitap'taki hayali bile insanları korkutan betimlemelere tercih ederdi. Sözgelişi, Hezekiel'in gördüğü daire, Kutsal Kitap'ta beril kaplı ve çeperi yüzlerce gözle çevrelenmiş olarak anlatılırdı. Keruvların insan, öküz, aslan ve kartal olmak üzere dört çehresi vardı. Tanrı'nın habercilerinin bu şekilde betimlenmesi, meleklerin görsel tasvirini kökten değiştiren Rönesans tablolarındaki çizimlerle karşılaştırıldığında sinir bozucu, neredeyse groteskti. Kutsal Kitap'taki gerçekten ne kadar uzak olursa olsun, Evangeline'in görmek istediği melekler, trompet çalan, arp taşıyan, narin kanatlarının ardına saklanan varlıklardı.

Evangeline, kartları birer birer inceledi. Aralık 1988 tarihli ilk kartta, beyaz cüppesi altın işlemeli bir melek, altın bir trompet çalarken resmedilmişti. Kartı açtığında içinde bir parça yarısaydam kâğıt buldu. Anneannesi buna kırmızı mürekkeple ve zarif el yazısıyla şöyle yazmıştı:

> Haberin olsun Evangeline, Orpheus'un lirinin önemini anlamak, meğer bir sınavmış. Orpheus ile ilgili efsaneler o kadar yaygın ki, fani hayatının tam olarak nasıl geçtiğini kestiremiyoruz. Doğum yılını, gerçek soyunu, hatta lir yeteneğinin ölçülerini bile bilmiyoruz. Babasının nehir kralı Oiagros, annesinin Kalliope adlı musa olduğu söylense de bu tabii mitolojidir ve bizim görevimiz mitolojiyi tarihten, efsa-

neyi hakikatten, büyüyü gerçekten ayırmaktır. İnsanlığa şiiri o mu getirdi? Liri, yeraltına yaptığı efsanevi yolculukta mı keşfetti? Sağlığında, tarihin iddia ettiği kadar nüfuzlu biri miydi? MÖ VI. yüzyılda, Yunan dünyasında şarkı ve müziğin üstadı olarak tanınıyordu ama meleklerin çalgısına nasıl ulaştığı, tarihçiler arasında büyük tartışma konusu. Annenin çalışmaları, lirin önemine dair çok köklü teorileri doğrulamaktan öteye gidemedi.

Evangeline, kırmızı mürekkebin devamını görmeyi umarak kâğıdı ters çevirdi. Bu mesaj uzun bir mektubun parçasıydı mutlaka. Ama hiçbir şey bulamadı.

Yorgunluktan bulanık görmeye başladığı odasına şöyle bir göz attıktan sonra tekrar kartlara döndü. Bir başkasını, sonra bir başkasını açtı. Her birinin içinde yarısaydam kâğıtlar vardı ve her bir kâğıt, herhangi bir mantık silsilesine uymadan başlayıp biten yazılarla doluydu. On bir karttan sadece adına yazılmış olanının belli bir başı ve sonu vardı. Sayfalarda numara yoktu ve tarih sırasına koymak da mesajlara anlam kazandırmıyordu. Hatta Evangeline, sayfaların gelişigüzel sözlerle doldurulduğunu düşünmeye başladı. Daha da kötüsü, yazı o kadar küçüktü ki gözlerini yoruyordu.

Kâğıtları bir süre inceleyen Evangeline, daha sonra kartları tekrar zarflarına koydu ve tarih sırasını bozmamaya dikkat etti. Anneannesinin yazdıklarını anlamak için gösterdiği çabadan başına ağrı girmişti. Kafasını toplayamıyordu ve şakaklarındaki ağrı çok şiddetliydi. Saatler önce yatmış olması gerekirdi. Kartları topladı ve kenarlarını kıvırmamaya dikkat ederek yastığının altına yerleştirdi. Biraz olsun uyumadan hiçbir şey yapamayacaktı.

Pijamalarını giymeye bile çalışmadı; ayakkabılarını çıkarıp kendini yatağa bıraktı. Nevresim takımı tenini yumuşacık ve serin bir dokunuşla sarmaladı. Yorganı çenesine kadar çekip çoraplı parmaklarını oynattıktan sonra uykunun dipsiz kuyusuna yuvarlandı.

Kuzey Hudson-Banliyö Hattı treni, Poughkeepsie ile Harlem arasında bir yer, 125. Sokak İstasyonu, New York

Verlaine, güneye giden son trene yetişmişti. Sağ tarafında Hudson Nehri raylar boyunca uzanıyor, solunda karlı tepeler göğe yükseliyordu. Vagon sıcak, aydınlık ve boştu. Milton'daki barda içtiği Corona'lar ve vagonun ağır, ritmik hareketleri onu hoşnutluk değilse de boşvermişlik haline sürüklemişti. Renault'sunu orada bırakmış olmaktan hiç memnun değildi ama arabayı bir daha yürür hale getiremeyeceğini de biliyordu. Kutu gibi bir şekli olan, basit tasarımıyla savaş sonrası dönemin Amerika'ya ithal edilmediği ve Verlaine de hiç Fransa'ya gitmediği için ancak resimlerinden bildiği ilk Renault'larını andıran bir arabaydı. Şimdi paramparça yatıyordu.

Arabayı kaybetmekten daha kötüsü, bütün araştırma çalışmalarını kaybetmiş oluşuydu. Doktora tezinde kaynak olarak kullandığı, titizlikle düzenlenmiş, renkli ayraçlar, notlar ve Abigail Rockefeller'ın Modern Sanat Müzesi ile ilgili çalışmaları hakkında genel bilgileri içeren kaynakların yanında, son bir yılda Percival Grigori için çalışırken çektiği yüzlerce sayfa fotokopi ve aldığı notlar da gitmişti. Bu derledikleri orijinal sayılmazdı ama elindeki tek kaynaktı. Her şey arka koltukta, Grigori'nin adamlarının çaldığı sırt çantasındaydı. Bulduklarının büyük bölümünün kopyasını çıkarmıştı ama Grigori sıkıştırdıkça daha düzensiz çalışmaya başlamıştı. Azize Rose / Rockefeller kaynaklarının ne kadarının fotokopisini çektiğini, neleri çantasına atıp neleri yanına almadığını pek kestiremiyordu. Ofise uğrayıp dosyalarını gözden geçirmesi lazımdı. Şimdilik, en önemli belgelerin yedeğini çıkaracak kadar ihtiyatlı hareket etmiş olduğunu ummaktan başka çaresi yoktu. Son birkaç saatte yaşanan tüm talihsizliklere rağmen olumlu şeyler de vardı: Birincisi, Innocenta'nın Abigail Rockefeller'a yazdığı mektuplar ofisinde güvendeydi, ikincisi de, Azize Rose Manastırı'nın mimari projesi yanındaydı.

Yaralı elini paltosunun cebine daldırıp plan tomarını çıkardı. Central Park'ta Grigori'nin bunları dikkate değer bulmamasının ardından, neredeyse değersiz olduklarını düşünecekti. Bunlar değersizse, Grigori niye arabasını soydurmak için adam göndermişti peşinden?

Verlaine planları kucağına serdi ve gözü lir şeklindeki mühre takıldı. Evangeline'in boynundaki madalyonun bunun tıpkısı olması, Verlaine'in açıklamaya merak duyduğu bir rastlantıydı. Hatta lire dair her şey –bulduğu Trakya sikkesinin üstünde görmesinden Azize Rose Manastırı'nın ambleminde yer almasına kadar– gerçekdışı, neredeyse mitolojik anlam içeriyordu. Bizzat yaşadıkları, sanat tarihi araştırmalarında kullandığı simgesellik ve çok katmanlı tarihi anlam niteliği kazanmış gibiydi. Belki akademik eğitimini bu olaya dayatıyor, olmayan yerde anlamlar arıyor, işini romantikleştiriyor ve olayı abartıyordu. Trende koltuğuna yerleşmiş olduğu ve yaşadıklarını serin kafayla düşünebildiği için, lir şeklindeki madalyona aşırı tepki verip vermediğini tartmaya başladı. Belki de arabasını soyan adamların Grigori'yle hiçbir ilgisi yoktu. Belki o gün yaşanan tuhaf olayların bambaşka ve son derece mantıklı bir açıklaması vardı.

Verlaine, Azize Rose Manastırı'nın antetli kâğıtlarını aldı ve mimari projenin üstüne koydu. Ağır hamurlu pembe kâğıdın üzerinde Victoria dönemi tarzıyla çizilmiş süslü melek ve gül tasvirleri vardı ki, Verlaine modernizmi tercih etmesine rağmen bunları şaşırtıcı derecede beğenmişti. O zaman bir şey dememişti ama Evangeline, kurucu başrahibenin antetli kâğıdı iki yüz yıl önce tasarladığını söylerken yanılıyordu. Posta hizmetlerini kolaylaştırıp bireylerin ve kurumların kendi antetli kâğıtlarını tasarlamalarını mümkün kılan teknolojik bir devrim olan ağaç hamurundan kâğıt üretme yöntemi, 1850'lerin ortalarında keşfedilmişti. Azize Rose Manastırı'nın antetli kâğıtları muhtemelen XIX. yüzyılın sonlarında, kurucu başrahibenin tasarımı kullanılarak hazırlanmıştı. Hatta bu uygulama, Altın Çağ sırasında büyük rağbet görmüştü. Verlaine'in özel merakı olan Abigail Rockefeller gibi önde gelen şahsiyetler, ziyafet menüleri, kartvizitler, davetiyeler, kişiye özel zarflar ve kâğıtlar tasarlama işine büyük merak duymuşlar, aile simgelerini ve armalarını en kaliteli kâğıtlara bastırmışlardı. Geçen yıllarda Verlaine, bu tür kişiye özel kırtasiye malzemelerinin kullanılmamış olanlarını mezatlarda çok satmıştı.

Evangeline'in hatasını neden düzeltmediğini şimdi anlıyordu: Kız onu gafil avlamıştı. Karşısında arşivinin üstüne titreyen huysuz, çirkin bir kız kurusu olsa, gözünün yaşına bakmazdı. Yıllarca kütüphanelere girme izni almak için yalvara yalvara, kütüphanecilerin kalbini kazanmayı, hiç olmazsa onları hoş tutmayı öğrenmişti. Ama Evangeline'i görünce çaresiz kalmıştı. Evangeline çok güzel bir kızdı, akıllıydı, insanı teskin eden tuhaf bir özelliği vardı ve rahibe olması nedeniyle kesinlikle ulaşılmazdı. Belki biraz da olsa Verlaine'den hoşlanmıştı. Verlaine'i manastırdan atmak üzereyken bile, aralarında tuhaf bir bağ hissetmişti Verlaine. Gözlerini kapatarak, Milton'daki barda otururken onun nasıl göründüğünü hayal etmeye çalıştı. Üzerindeki saçma rahibe kıyafetini saymazsa, olağan şekilde dışarı çıkmış normal bir insana benziyordu. Verlaine, eline dokunduğunda hafifçe gülümseyişini unutamayacağını düşündü.

Beşik gibi sallanan vagonda iyice gevşeyen Verlaine, Evangeline'i düşünerek uykuya dalmak üzereydi ki, camdan gelen bir çatırtıyla sıçradı. Parmaklarını denizyıldızı gibi açmış kocaman bir el, cama dayanmıştı. Afallayan Verlaine, doğrulup bu ele başka bir açıdan bakmaya çalıştı. Cama ikinci bir el kuvvetle, yuvasından kurtarıp içeri ittirecekmiş gibi hırsla yapıştı. Tel tel saçılan kırmızı bir tüy cama hızla süründü. Uykuya mı daldım, bu gördüklerin tuhaf bir rüya mı diye merak eden Verlaine, gözlerini kırpıştırdı. Ama biraz daha yakından bakınca, kanını donduran bir görüntüyle karşılaştı. İki kocaman yaratık trenin yanında dolanıyor, büyük kırmızı gözleriyle ona nefretle bakıyor, geniş kanatlarını çırparak trenle aynı hızda uçuyordu. Korkudan donakaldı ve gözlerini ayıramadı. Aklını mı kaçırıyordu, yoksa bu acayip yaratıklar, arabasını parçaladıklarını gördüğü haydutlara mı benziyordu? Dehşet ve hayretle, benzediklerine karar verdi.

Fırlayıp kalktı, ceketini aldı ve kendini trenin küçük, penceresiz, temizlik malzemesi kokan tuvaletine kilitledi. Derin nefes alarak sakinleşmeye çalıştı. Giysileri ter içinde kalmıştı ve göğsünde hissettiği bir boşluk yüzünden bayılacağını sanıyordu. Daha önce bu sadece bir kez başına gelmişti, o da lise mezuniyetinde çok içtiğinde.

Tren şehir sınırlarına girdiğinde Verlaine, planları ve antetli kâğıtları paltosunun cebine dikkatle yerleştirdi. Tuvaletten çıkıp trenin başına doğru yürüdü. Gece yarısı treninden Harlem'de inen çok az insan vardı. İstasyonun karanlığını ve ıssızlığını görünce bir hata yaptığı, yanlış istasyonda indiği, daha da kötüsü yanlış trene bindiği gibi garip bir hisse kapıldı. Peron boyunca yürüyüp demir merdivenlerden soğuk, karanlık sokağa indi. Kendisi yokken New York'u korkunç bir felaket vurmuş da, o şimdi kaderin bir cilvesi olarak yıkık ve metruk bir kente dönüyormuş gibi hissetti.

Yukarı Doğu Yakası, Manhattan

Sneja, Percival'a evden çıkmamasını tembihlemişti ama Percival, bilardo odasında saatlerce volta atıp Otterley'nin aramasını bekledikten sonra, artık yalnızlığa dayanamayacağını hissetmişti. Annesinin maiyeti ayrıldıktan ve Sneja'nın uykuya daldığından emin olduktan sonra, Percival özenle giyindi –bir balodan çıkmış gibi smokin ve siyah bir palto geçirdi üzerine– ve asansöre binip Beşinci Cadde'ye indi.

Eskiden dış dünyayla temas etmek onu kayıtsızlaştırırdı. Gençliğinde Paris'te yaşarken ve insanlığın leş kokusundan kaçınma fırsatı bulamazken, insanları tümden görmezden gelmeyi öğrenmişti. İnsanlığın durup dinlenmeden çile çekmesi, eğlenmesi, sapıtmasından ibaret sürekli hareketliliği ona bir şey ifade etmiyordu. Sıkılıyordu bunlardan. Ama hastalığı nedeniyle bir değişim geçirmişti. İnsanları incelemeye, tuhaf alışkanlıklarını ilgiyle irdelemeye başlamıştı. Onlara anlayış gösteriyordu.

Bunun, geçireceğine dair uyarıldığı büyük değişikliklerin bir belirtisi olduğunu biliyordu ve yaşadıklarını bu başkalaşımın doğal ilerleyişi olarak kabullenmişti. Yeni ve şaşırtıcı hisler yaşayacağını söylemişlerdi ve sahiden de bu acınası yaratıkların çektiği eziyetten rahatsızlık duymaya başlamıştı. Önce bu tuhaf hisler, absürt duygulanımlarla çarpmıştı onu. İnsanların aşağı varlıklar olduğunu, çektikleri eziyetin de evrenin düzeniyle doğrudan ilgili olduğunu biliyordu. Hayvanlarda da aynı şey söz konusuydu; onların felaketi, insanlarınkinden biraz daha dikkat çekiciydi. Ama Percival, insanların ritüellerinde, aile sevgisinde, ibadete duydukları merakta, fiziksel zafiyete meydan okuyuşlarında bir güzellik görmeye başlamıştı. Onlara burun kıvırmasına rağmen, çilelerinin nasıl bir trajedi olduğunu da anlamaya başlamıştı: Sanki varlıklarının bir anlamı ve önemi varmışçasına yaşayıp ölüyorlardı. Bunları Otterley veya Sneja'ya anlatacak olsa, acımasızca alaya alınırdı.

Percival Grigori, mahallesindeki ihtişamlı binaların önünden yavaşça, acıyla yürüdü; zar zor nefes alıyor ve buzlu kaldırımlarda bastonunun yardımıyla dengesini koruyordu. Soğuk rüzgâr onun için bir dert değildi; o sadece göğsünü saran kafesin gıcırtısını, nefes alırken ciğerlerindeki yanmayı, adım atarken dizlerinin ve kalça eklemlerinin un ufak olmasını hissediyordu. Ceketini çıkarıp vücudunu bağlardan kurtarmayı, soğuk havanın etindeki yanmayı hafifletmesini istiyordu aslında. Sırtındaki eğri büğrü, çürük kanatlar giysilerinde çıkıntı yapıyor, ona bir kambur, dünyanın uzak durmaya çalıştığı bir hilkat garibesi görünümü veriyordu. Gece çıktığı bu yürüyüşlerde, yanından geçen sağlıklı, tasasız insanlarla yer değiştirebilmeyi istiyordu. Acılarından kurtulabilecek olsa, insan olmayı kabul edecekti neredeyse.

Bir süre sonra iyice yorulduğunu hisseden Percival, cilalı pirinç ve kırmızı kadifeyle çok şık duran bir barda mola verdi. İçerisi kalabalık ve sıcaktı. Bir kadeh Macallan ısmarlayıp fanilerin eğlentilerini izleyebileceği rahat bir köşede duran bir masaya çekildi.

İlk kadehini bitirmişti ki, salonun diğer ucunda duran bir kadın dikkatini çekti. Genç bir kadındı; parlak siyah saçlarını 1930'ların tarzında kestirmişti. Çevresinde arkadaşlarıyla bir masada oturuyordu. Açık yakalı bluz ve dar kot pantolon gibi ucuz modern kıyafetler giyiyor olsa da, Percival'ın başka bir çağın kadınlarıyla bağdaştırdığı klasik bir saflık ve güzellikteydi. Bu genç kadın, sevgilisi Gabriella Lévi-Franche'ın ikiziydi sanki.

Percival bir saat boyunca gözlerini ondan alamadı. Jestlerini ve mimiklerini dikkatle inceleyip onun Gabriella ile benzerliğinin görüntüden ibaret olmadığını fark etti. Belki de Gabriella'yı görmek için olağanüstü bir istek duyduğunu düşündü. Genç kadının suskunluğunda Gabriella'nın analitik zekâsını, umursamaz bakışlarında Gabriella'nın sır tutmaya yatkınlığını gördü. Kadın arkadaşlarının arasında biraz çekingen duruyordu, tıpkı Gabriella'nın kalabalık ortamlarda sessiz kaldığı gibi. Percival, gözüne kestirdiği kadının dinlemeyi tercih ettiğini, arkadaşları hayatlarını dolduran hoşluk ve boşluklarla eğlenirken onların alışkanlıklarını değerlendirdiğini, güçlü yönlerini ve zaaflarını klinik denebilecek bir acımasızlıkla listelediğini düşündü. Kadınla konuşmak için yalnız kalmasını beklemeye karar verdi.

Pek çok kadeh Macallan'dan sonra kadın nihayet paltosunu alıp kapıya yürümeye başladı. Percival, önünden geçerken bastonunu uzatarak kadının yolunu kesti; cilalı abanoz, kadının bacağına değdi. "Böyle yakışıksız bir şekilde karşınıza dikildiğim için beni bağışlayınız" dedi ayağa kalkıp kadına tepeden bakarak, "ama size bir içki ısmarlayabilirsem çok memnun olacağım."

Genç kadın şaşkınlıkla baktı. Grigori, kadın yolunu kesen bastona mı daha çok şaşırdı, içki ısmarlama teklifinin tuhaflığına mı, anlayamadı.

"Çok fazla giyinmişsiniz" dedi kadın, onun smokinine bakarak. Tiz ve duygulu sesi, Gabriella'nın soğuk ve duygusuz konuşmasının tam zıddıydı ve bu fark Percival'ın hayallerini o anda yerle bir etti. Gabriella'yı tekrar bulduğuna inanmak istemişti ama bu kadının Gabriella'ya umduğu kadar benzemediği ortadaydı. Yine de onunla konuşmak, ona bakmak, geçmişi yeniden yaşamak istiyordu.

Karşısındaki sandalyeye oturmasını işaret etti. Kadın bir an durakladı, Percival'ın pahalı kıyafetlerini bir daha süzdü ve oturdu. Yakından bakılınca Gabriella'ya daha da az benzemesi, Percival'ın hayallerini bir kez daha yıkmıştı. Bu kadının cildi küçük çillerle kaplıydı; halbuki Gabriella'nınki lekesiz ve pürüzsüzdü. Kadının gözleri kahverengiydi, Gabriella'nınkiler parlak yeşil. Ama omuzlarının yuvarlaklığı ve küt kesimli siyah saçlarının yanaklarında duruşu, hayali sürdürmek için yeterliydi. Bardaki en pahalı şampanyadan bir şişe ısmarladıktan sonra kadını Avrupa maceralarıyla eğlendirmeye başladı; tabii yaşını, daha doğrusu yaşsızlığını gizlemek için öyküleri biraz değiştiriyordu. Paris'te otuzlu yıllarda bulunmuştu ama kadına seksenlerde bulunduğunu söyledi. Şirket faaliyetleri tümüyle babası tarafından yönetiliyordu ama o şirket sahibi olduğunu söyledi. Kadın anlattıklarının ayrıntılarına dikkat ettiğinden filan değil. O sadece şampanya içip Percival'ı dinliyor, ona şiddetli bir rahatsızlık verdiğini aklına bile getirmiyordu. Kadının vitrin mankeninden daha sessiz olması önemli değildi; yeter ki karşısında suskunca, biraz gülüp biraz etkilenerek, gözlerini fal taşı gibi açıp otursun, elini öylesine masaya bırakmış olsun ve Gabriella'yı belli belirsiz andırmayı sürdürsün. Percival'ın tek derdi, zamanın ortadan kalktığını hissetmekti.

Hayale dalınca, Gabriella'nın ihanetinin nasıl öfkeden gözünü döndürdüğünü hatırladı. Rodop hazinesini çalmayı birlikte planlamışlardı. Planları büyük bir özenle hazırlanmıştı ve Percival'a göre harikaydı. İlişkilerinde tutku da vardı kuşkusuz, ama karşılıklı çıkarlar da önemliydi. Gabriella ona melekbilim işleriyle –melekbilimcilerin nerede olup neler yaptığıyla– ilgili istihbarat iletiyor, o da Gabriella'ya melekbilim çevrelerinde hızla yükselmesini sağlayan bilgiler aktarıyordu. Başka bir sözle ifade edilemeyecek bu iş ilişkisi nedeniyle, Gabriella'yı çok takdir etmişti. Onun başarıya duyduğu açlık, Percival'ın gözünde daha da değerli olmasını sağlamıştı.

Gabriella'nın yol göstermesiyle Grigori ailesi, İkinci Melekbilim Keşif Gezisi'ni öğrenmişti. Planları muhteşemdi. Seraphina Valko'nun kaçırılmasını Percival ve Gabriella birlikte planlamışlar, konvoyun Paris'te izleyeceği rotayı çizmişler, deri çantanın Gabriella'nın elinde kalmasını sağlamışlardı. Buluntulara karşı melekbilimcilerin serbest bırakılması şeklindeki bir değiş tokuşun konsey tarafından hemen kabul göreceğini tahmin etmişlerdi. Dr. Seraphina Valko sırf dünyaca ünlü bir melekbilimci değil, konsey başkanı Raphael Valko'nun da karısıydı. Karşılığında istenen nesne ne kadar değerli olursa olsun, konseyin onu ölüme terk etmesi düşünülemezdi. Gabriella, planlarının başarılı olacağına onu temin etmişti. Percival da inanmıştı. Ama kısa süre sonra, bir şeylerin ters gittiği ortaya çıktı. Değiş tokuş yapılmayacağını anlayınca, Seraphina Valko'yu Percival bizzat öldürmüştü. Ortaya çıkardığı nesne hakkında bilgi vermesini teşvik etmek için ellerinden geleni yaptılarsa da, kadın sessizlik içinde ölmüştü. Ama en kötüsü, Gabriella ona ihanet etmişti.

Ona lirin bulunduğu deri çantayı verdiği gece, onunla evlenirdi. Grigori ailesine nüfuz etmek isteyen bir casus olduğunu düşünen ailesinin tüm itirazlarına rağmen, onu kendi çevrelerine de sokardı. Percival onu savunmuştu. Ama annesi, liri incelenmesi için sık sık Nazi hazinelerini tahlil etmek üzere başvurulan bir Alman çalgı tarihi uzmanına teslim ettiğinde, bu lirin çok iyi bir taklit, Suriye'de sığır kemiğinden yontulmuş antika bir parça olduğunu öğrenmişlerdi. Gabriella ona yalan söylemişti. Sneja'nın hiç güvenmediği Gabriella'ya inanarak küçük düşmüş, rezil olmuştu.

Bu ihanetten sonra Gabriella ile tüm bağlarını koparmış, acı veren bir kararla, tasfiyesini başkalarına bırakmıştı. Bir süre sonra, olağanüstü ağırlıkta bir cezaya çarptırıldığını öğrendi. Öldürülmesini istemişti, hatta işkenceden geçirilmeyip doğrudan öldürülsün diye talimat vermişti, ama o, meslektaşlarının olağanüstü planları ve biraz da şans eseri kurtarılmıştı. Toparlandıktan sonra, kariyerinde ilerlemesine yardımcı olacak şekilde, Raphael Valko ile evlenmişti. Gabriella'nın alanındaki en iyilerden biri olduğunu, meleklerin dünyasına tümüyle nüfuz eden bir avuç melekbilimciden biri olduğunu ilk kabul eden Percival olmuştu.

Elli yılı geçmişti ki Gabriella ile konuşmamıştı. Diğerleri gibi o da sürekli gözetim altında tutulmuş, mesleki ve özel hareketleri ve faaliyetleri gece gündüz izlenmişti. New York'ta yaşadığını, ona ve ailesine karşı faaliyetlerini sürdürdüğünü biliyordu. Ama özel hayatı konusunda pek az bilgisi vardı. Ailesi, aralarındaki ilişkiden sonra, Gabriella Lévi-Franche Valko hakkındaki bilgilerin Percival'dan gizlenmesine özen göstermişti.

Son haber aldığında Gabriella, melekbilimin kaçınılmaz düşüşüne karşı mücadele ediyor, davalarının çaresizliğine karşı savaş veriyordu. Artık yaşlanmış olacağını, yüzünün güzelliğini korumasına rağmen çökmüş olacağını tahmin ediyordu. Karşısında oturan hafif, kafasız kadın gibi görünemezdi artık. Percival arkasına yaslanıp kadını, gülünç derecede açık dekoltesini ve görgüsüz takılarını inceledi. Kadın sarhoş olmuştu, hatta daha şampanyayı ısmarlamadan önce sarhoştu muhtemelen. Karşısındaki bayağı kadın, Gabriella'ya hiç de benzemiyordu.

"Gel benimle" dedi Percival, masaya bir tomar para fırlatıp. Paltosunu giydi, bastonunu kavradı ve bir koluyla kadına sarılarak dışarı yürüdü. Uzun ve ince bir kadındı; Gabriella'dan daha iri kemikliydi. Percival aralarındaki salt cinsel çekimi hissedebiliyordu. Bu başından beri böyle olmuş, kadınlar meleklerin cazibesine kapılıvermişlerdi.

Bu da diğerlerinden farklı değildi. Kendi iradesiyle Percival'ın peşinden gitti; hiç konuşmadan birkaç sokak yürüdüler. Percival uygun bir aralık bulduğunda kadını elinden tutup karanlık bir köşeye çekti. Ona duyduğu dayanılmaz, neredeyse hayvani çekim, öfkesini de azdırmıştı. Onu öptü, onunla sevişti, ardından gözü dönerek soğuk ve uzun parmaklarıyla kadının narin, sıcak boynunu kavradı ve kemikler çatırdayana kadar sıkmaya başladı. Genç kadın inledi ve Percival'ı itti; cendereden kurtulmaya çalıştı. Ama artık çok geçti; Percival Grigori öldürmeye kilitlenmişti. Kadının çektiği acının zevki, verdiği mücadelenin hazzı, Percival'ın içinde dalga dalga yayılan arzuları körüklüyordu. Gırtlakladığının Gabriella olduğunu düşünmek, bu zevki daha da şiddetlendiriyordu.

Azize Rose Manastırı, New York

Evangeline sabahın üçünde panikle uyandı. Yıllarca kesin bir rutine bağlı kaldıktan sonra, programından sapmasıyla birlikte sersemliyordu. Odaya bakınıp uykunun üzerindeki ağırlığını hissedince, gördüğü şeyin kendi hücresi değil de, tertemiz doğramaları, bir toz tanesi bile bulunmayan raflarıyla ancak rüyalarda var olabilecek küçük, düzenli bir oda olduğunu düşünüp tekrar uykuya daldı.

Annesinin ve babasının silik görüntüsü karşısında belirdi. Paris'te çocukluğunun geçtiği apartman dairesindeydiler. Rüyada babası genç ve yakışıklıydı; Evangeline'in annesinin ölümünden sonra onu hiç görmediği kadar mutluydu. Annesi –Evangeline rüyada bile onu seçmekte zorlanıyordu– uzakta, karanlıkta duruyordu ve yüzünü bir şapkayla gizlemişti. Evangeline ona uzandı, annesinin elini tutmak için çırpındı. Rüyanın derinliklerinde, yaklaşması için annesine seslendi. Ama o annesine ulaşmaya çalışırken, Angela sis gibi savrulup dağıldı.

Evangeline, rüyanın şiddetiyle sarsılarak bir daha uyandı. Başucundaki saatin kırmızı rakamları 4.55'i gösteriyordu. Elektriğe tutulmuş gibi fırladı. Sabah ibadetine geç kalıyordu az daha. Gözlerini kırpıştırıp çevresine bakınınca, perdeyi açık bıraktığını, odasının geceyi adeta içine çektiğini gördü. Beyaz çarşafı, külle kaplanmış gibi boz bir renk almıştı. Yatağın yanında durup siyah eteğini giydi, beyaz gömleğinin düğmelerini ilikledi ve başörtüsünü taktı.

Rüyasını hatırlayınca derin bir özleme kapıldı. Aradan ne kadar zaman geçerse geçsin, Evangeline ailesini çocukken olduğu gibi şiddetle özlüyordu. Babası üç yıl önce, uykuda kalbinin durmasıyla aniden ölmüştü. Evangeline onun ölüm yıldönümünü unutmaz, onun adına dokuz gün dua ederdi ama babasının, Evangeline'in yemin ettiğinden beri nasıl büyüyüp değiştiğini, ikisinin de tahmin edeceğinden çok babasına benzediğini göremeyeceğini hâlâ kabullenememişti. Babası, huy açısından annesine çok benzediğini defalarca söylemişti; ikisi de hırslı ve kararlıydı; sürece değil sonuca önem verirlerdi. Ama gerçekte, Evangeline'in kişiliğine babasının damgası vurulmuştu.

Evangeline tam çıkmak üzereydi ki, anneannesinin gönderdiği ve dün gece aklını çok karıştıran kartları hatırladı. Kartları yastığının altından çıkardı, şöyle bir karıştırdı ve ibadete gecikiyor olmasına rağmen anneannesinin yazdığı bilmeceyi anlamayı bir kez daha denemeye karar verdi.

Kartları çıkarıp yatağa dizdi. Resimlerden biri dikkatini çekti. Dünkü yorgunlukla gözünden kaçmış olacaktı. Soluk bir melek eskiziydi; elleriyle bir merdivenin basamaklarına tutunmuştu. Bu resmi daha önce gördüğünden emindi ama nerede gördüğünü de, neden bu kadar tanıdık bulduğunu da çıkaramıyordu. Belki daha iyi anlayacağını düşünerek yanına bir kart daha koydu ve o anda kafasına dank etti: Kartlar üzerindeki melek eskizleri, büyük bir resmin parçalarıydı.

Evangeline kartları tekrar karıştırdı, yapboz çözer gibi renkleri ve bordürleri tutturmaya çalıştı ve sonunda resmi ortaya çıkardı: Sayısız ışıltılı melek, zarif bir spiral merdivenden nura doğru yükseliyordu. Evangeline bu resmi çok iyi biliyordu. Babasının küçükken onu British Museum'a götürüp gösterdiği William Blake'in *Yakup'un Merdiveni* adlı tablosuydu bu. Annesi William Blake'i çok severdi, tüm şiir ve baskı kitaplarını almıştı. Babası da Angela'ya *Yakup'un Merdiveni*'nin bir röprodüksiyonunu hediye etmişti. Angela'nın ölümünden sonra bunu Amerika'ya getirmişlerdi. Brooklyn'deki sade apartman dairesindeki az sayıda resimden biriydi.

Evangeline, sol üstteki kartı açtı ve içindeki kâğıdı çıkardı. İkinci kartı açıp aynı şeyi yaptı. İki kâğıdı yan yana koyduğunda, anneannesinin mesajının da kartlardaki resimler gibi sıralandığını anladı. Mesaj muhtemelen tek seferde yazılmış, parçalara bölünmüş, her yıl bir tanesi gönderilmek üzere sıraya konmuştu. Evangeline yarısaydam kâğıt parçalarını yan yana koyduğunda, anlaşılmaz sözcük yığınları anlam kazanıyordu. Anneannesi, mesajının anlaşılmaması için bir yol bulmuştu.

Evangeline kâğıtları doğru sıraya koydu ve sıralamayı bitirdiğinde önünde Gabriella'nın zarif el yazısıyla doldurduğu kocaman bir kâğıt buldu. Yazanları okuduğunda, yanılmadığını anladı. Parçalar tam yerine oturmuştu. Hatta satırlara göz gezdirirken Gabriella'nın buyurgan sesini duyduğunu bile düşündü.

Sen bunu okuduğun sıralarda yirmi beş yaşında bir kadın olacaksın ve her şey babanla ayarladığımız gibi gittiyse, Azize Rose Manastırı'ndaki Sonsuz İbadet Rahibelerimizin gözetiminde emniyetli ve tefekküre dayalı bir hayat sürüyor olacaksın. Bunu 1988 yılında yazıyorum. Henüz on iki yaşındasın. Bu mektubu şimdi, yazılışından bunca zaman sonra alıyor olmana şaşırabilirsin. Belki ben ölmüş olacağım. Belki baban da ölmüş olacak. Geleceğin neler getireceğini bilemeyiz. Biz ancak geçmişle ve günümüzle uğraşmalıyız. Dikkatini buna çevirmeni istiyorum.

Neden hayatından çıktığımı merak ediyor olabilirsin. Belki manastırdaki yıllarında seni aramadığım için bana kızgınsındır. New York'ta, manastıra girmeden önceki en önemli yıllarında birlikte geçirdiğimiz günler, büyük sıkıntılarda kalbime kuvvet oldu. Paris'te sen bebekken geçirdiğimiz zamanlar da öyle. Belki beni o günlerden hatırlıyorsundur ama pek ihtimal vermiyorum. Seni annenle birlikte Jardin du Luxembourg'a götürürdük. Çok güzel saatler geçirirdik ve o saatleri bugün bile özlemle anıyorum. Annen katledildiğinde sen küçücük bir kızdın. Seni ondan bu kadar erken koparmaları başlı başına bir suçtu. Nasıl hayat dolu olduğunu, seni nasıl sevdiğini hatırlar mısın bilmem. Angela'yı tüm kalbiyle seven babanın sana ondan çok söz ettiğinden eminim.

Aynı zamanda, olaydan hemen sonra Paris'ten ayrılmakta ısrar ettiğini, senin Amerika'da daha güvende olacağını düşündüğünü de söylemiştir. Böylece siz bir daha dönmemek üzere ayrıldınız. Seni götürdüğü için ona kusur bulmuyorum; özellikle annene olanlardan sonra, seni korumaya çalışmak en doğal hakkıydı.

Bunu anlamakta zorlanabilirsin ama seni ne kadar görmek istesem de, doğrudan temasa geçmemiz mümkün değil. Benim varlığım sana, babana ve babanın dileklerini yerine getirdiysen, Azize Rose Manastırı'ndaki rahibelere büyük tehlike getirir. Annene olanlardan sonra böyle riskler alamam. Yirmi beş yaşına gelmiş, soyunun ve kaderinin –ki bizim ailede bunlar bir fidanın iki dalıdır– bilincinde olan bir kadın olarak, ne kadar dikkatli olman gerektiğini anladığını umuyorum.

Annenle babanın çalışmalarına dair ne kadar bilgi sahibi olduğunu kestiremem. Babanı biraz tanıyorsam, sana melekbilim konusunda tek kelime etmemiş, seni bu disiplinin en temel ilkelerinden bile uzak tutmak için çırpınmıştır. Luca iyi bir adamdır, bu davranışında da haklı sebepleri vardır, ama ben olsam başka türlü hareket ederdim. Ailenin, gökyüzüyle yeryüzü arasındaki büyük gizli savaşlardan birinde rol oynadığından tümüyle bihaber olabilirsin; öte yandan, en parlak çocuklar her şeyi duyar ve görür. Senin de bunlardan olduğunu düşünüyorum. Belki babanın sırrını kendi başına ortaya çıkarmışsındır. Belki senin manastırdaki yerinin, daha İlk Komünyon'dan önce, Rahibe Perpetua'nın melekbilim kurumlarının zorunlulukları uyarınca seni himayesine almayı kabul ettiğinde ayrıldığını bile biliyorsundur. Belki melekbilimcilerin torunu, melekbilimcilerin kızı olan senin, gelecek için umudumuz olduğunu da biliyorsundur. Bunları bilmiyorsan, mektubum şok etkisi yapacaktır. Ne kadar hayrete düşersen düş, lütfen yazdıklarımı sonuna kadar oku sevgili Evangeline.

Annen melekbilime kimyager olarak başladı. Çok parlak bir matematikçi, daha da parlak bir bilim insanıydı. Muazzam bir zihne sahipti; kitabi ve hayali fikirleri aynı anda kavrayıp işleyebilirdi. İlk kitabında, Nefillerin soyunun tükenmesini Darwin'in kaçınılmazlıklarından biri olarak ortaya koydu ve insanlarla üremeye girmelerinin, melek özelliklerini etkisiz çekinik nitelikler haline getireceğini ileri sürdü. Yaklaşımını tam anlamadım; ilgi alanım ve eğitimim sosyal-mitolojik daldaydı, ama maddi çöküş düşüncesini ve ruhun bedeni tüketeceğine yönelik kadim gerçekleri anladım. Angela'nın Nefillerin insanlarla melezleşmesini konu alan ve Watson ile Crick'in genetik araştırmalarını kullanan ikinci kitabı, konseyimizi sarstı. Toplulukta hızla yükseldi. Daha önce hiç kimsenin erişemediği bir mertebeye yükselip henüz yirmi beş yaşında profesör oldu ve ona en geniş teknolojik imkânlar, en büyük laboratuvar ve sınırsız araştırma bütçesi verildi.

Şöhretle birlikte tehlike de geldi. Angela kısa sürede bir hedef haline geldi. Sayısız ölüm tehdidi alıyordu. Laboratuvarı çok sıkı korunuyordu, bunu bizzat ben sağladım. Buna rağmen onu laboratuvarından kaçırdılar.

Babanın, kaçırılış öyküsünü sana anlatmadığını tahmin ediyorum. Anlatması insana acı veriyor, zaten ben de kimseyle paylaşamadım. Anneni hemen öldürmediler. Laboratuvarından kaçırıldı ve Nefillerin ajanları tarafından İsviçre'deki bir sığınakta tutuldu. Bu onların olağan yöntemidir; melekbilimin önemli isimlerini, stratejik bir değiş tokuş amacıyla kaçırırlar. Politikamız asla pazarlığa oturmamaktır, ama Angela kaçırıldığında ben de aklımı kaçırdım. Politikaya kulak asacak değildim; onun sağ salim dönmesi için dünyayı elimle teslim ederdim.

Nasılsa baban benimle hemfikir oldu. Angela'nın araştırma defterlerinin birçoğu babandaydı ve Angela'nın hayatına karşılık bunları teklif etmeye karar verdik. Annenin genetiğe dair çalışmalarını anlamasam da, bildiğim bir şey vardı. Nefillerin sayısı azalıyordu, kalanları hastalanıyordu ve bir çare peşindeydiler. Angela'yı kaçıranlara, defterlerin ırklarını kurtaracak gizli bilgiler içerdiğini söyledim. Neyse ki değiş tokuş yapmayı kabul ettiler.

Belki sözlerini tutacaklarını düşünmek benim saflığımdı. İsviçre'ye gidip Angela'nın defterlerini teslim ettiğimde, bana kızımı bir tabutta verdiler. Günler önce ölmüştü. Cildi fena halde zedelenmiş, saçları kanla karışıp kabuk bağlamıştı. Soğuk alnını öptüm ve hayatımdaki en değerli varlığı kaybettiğimi anladım. Korkarım son günlerini acı içinde geçirmişti. Son saatlerinin hayaleti o günden beri aklımdan gitmedi.

Bu feci öyküyü anlattığım için beni bağışla. Sessiz kalmak, korkunç ayrıntıları senden saklamak istemiştim. Ama artık olgun bir kadınsın ve gerçeklerle yüzleşmen gerekiyor. İnsanlığın en karanlık köşelerini bile keşfetmek zorundayız. Kötülüğün gücüyle, dünyadaki kararlılığıyla, insanlık üzerinde bitmek bilmeyen gücüyle ve bunu desteklemeye yatkınlığımızla devamlı mücadele etmeliyiz. Umutsuzluğunda yalnız olmadığını bilmek seni pek teselli etmeyecektir, biliyorum. Benim için Angela'nın ölümü, karanlıkların en karasıydı. Kâbuslarımda hep onun ve katilinin sesi yankılanır.

Olanlardan sonra baban Avrupa'da kalamazdı. Amerika'ya hızla ve dönüşü olmaksızın göçtü; seni huzur ve güven içinde yetiştirebilmek için tüm akrabalarıyla, dostlarıyla, bu arada benimle de ilişkisini kesti. Sana normal bir çocukluk sağladı ki, aileden melekbilimci olan bizler için bu bir lükstür. Ama kaçmasının bir nedeni daha vardı.

Nefiller, büyük bir aymazlıkla verdiğim o değerli bilgilerle yetinmemişlerdi. Kısa süre sonra Paris'teki evimi soydular ve gerek benim gerek davamız için çok önemli bazı nesnelerin yanında, annenin defterlerinden birini de götürdüler. İsviçre'de onlara teslim ettiklerim dışında bir defter daha vardı ki bunu saklamış, kendi evimde güvende tutabileceğimi sanmıştım. Annenin üçüncü kitabı için derlemekte olduğu teorik çalışmaları içeren bir defterdi. Henüz gelişme aşamasında olduğundan çok dağınıktı ama şöyle bir baktığımda ne kadar parlak, tehlikeli ve kıymetli olduğunu anlamıştım. Zaten Nefillerin Angela'yı bu teorileri nedeniyle ortadan kaldırdığını düşünüyorum.

Bu bilgiler Nefillerin eline geçtikten sonra, defterin içeriğini gizli tutmak için tüm çabalarımın boşa çıktığı kesinleşti. Defterin kaybı beni yıkmıştı, ama bir avuntum da vardı: Defterin içeriğini, deri kaplı bir günlüğe kelimesi kelimesine geçirmiştim. Bu günlük sana yabancı değildir; bana hocam Dr. Seraphina tarafından verilmişti, ben de onu sana annenin ölümünden sonra verdim. Bir zamanlar hocama ait olan bu defter şimdi sana emanet.

Defterde, Angela'nın müziğin moleküler yapılar üzerindeki fiziksel etkilerine dair teorileri var. Bitkiler, böcekler ve solucanlar gibi yaratıklar üzerinde başladığı deneylerini daha büyük organizmalara ve deney günlüğüne güven olursa, bir Nefil çocuğunun saç buklesi gibi örneklere de taşımış. Elimizde bulunan ve Angela'nın da erişimine açık olan bazı semavi müzik aygıtlarını, dökülmüş tüyler ve şişelenmiş kan gibi bazı Nefil genetik numuneleri üzerinde denemiş. Bunun üzerine, semavi olduğu iddia edilen bu çalgıların bazılarının, Nefil dokularının genetik yapısını değiştirebildiğini keşfetti. Ayrıca bazı armonilerin Nefil gücünü azaltırken diğerlerinin takviye edebildiğini de ortaya koydu.

Angela bu konuyu babanla uzun uzadıya tartıştı. Onun çalışmalarını en iyi baban anlardı ve her ne kadar tüm ayrıntıları bilmesem ve bilimsel yöntemlerini pek anlamasam da, Angela'nın müzik titreşimlerinin hücre yapıları üzerindeki inanılmaz etkilerine dair kanıtlar elde ettiğini baban bana anlattı. Bazı akorlar ve armoni dizileri, madde üzerinde çok önemli fiziksel değişimlere yol açıyormuş. Mesela piyano sesi, orkidelerde pigmentlerin mutasyonunu sağlarmış. Chopin'in etütleri beyaz yapraklarda pembe noktacıkların çıkmasına neden olurken, Beethoven ise sarı yaprakların kahverengiye bulanmasına yol açarmış. Keman sesi, bir solucanın bölüm sayısında artışa neden olmuş. Kesintisiz verilen üçgen sesi ise bir dizi karasineğin kanatsız doğmasına yol açmış. Böyle şeyler.

Angela'nın ölümünden epey sonra, Masaru Emoto adlı bir Japon bilim adamının benzer bir deneyi, müzik titreşimlerinin test edildiği ortam olarak suyu kullanarak yaptığını öğrendiğimde nasıl heyecanlandığımı tahmin edersin. İleri fotoğraf teknolojilerini kullanan Dr. Emoto, suyun moleküler yapısında belirli müzik titreşimlerine maruz bırakıldıktan sonra meydana gelen muazzam değişikliği kaydedebilmiş. Belirli müzik ezgilerinin suda yeni molekül oluşumlarına yol açtığını ileri sürmüş. Bunlar temelde annenin deneyleriyle aynı doğrultuda, yani müzik titreşimlerinin organik maddenin en temel düzleminde etkili olarak maddenin yapısını değiştirebildiğini ortaya koyuyor.

Görünüşte tali sanılan bu deneyler, Angela'nın melek biyolojisi üzerine çalışmaları ışığında incelendiğinde büyük önem kazanıyor. Baban, Angela'nın deneyleri konusunda şüphe uyandıracak derecede ketumdu ve bana defterde gördüklerimden fazlasını anlatmadı. Ama gördüğümden anladığım kadarıyla annen, elimizdeki bazı semavi çalgıların Nefillerin genetik numuneleri, özellikle kanat tüyleri üzerindeki etkilerini inceliyormuş. Semavi olduğu öne sürülen bu çalgılardan bazılarının, Nefil dokularının genetik yapıtaşlarını değiştirebileceğini bulmuş. Daha önemlisi, bu enstrümanlarla çalınan bazı armoni dizilerinin sadece hücre yapısını değiştirmekle kalmayıp Nefil genomunun bozulmasına da yol açabileceğini belirlemiş. Angela'nın canını bu keşfi için verdiğinden eminim. Benim evime de girmeleri, babana Paris'te güvende olmadığınızı gösterdi. Nefillerin çok şey bildiği belliydi.

Ama bu mektubun konusunu meydana getiren olay, Angela'nın birçok kanıtlanmış teorisinin derinlerinde yatan bir varsayımla ilgili. Bu varsayım, Abigail Rockefeller tarafından 1943'te Amerika'da bir yere gizlendiğini bildiği liri, Orpheus'un lirini konu alıyor. Angela, semavi çalgılarla ilgili bilimsel keşiflerini, bu çalgıların tümünden daha kuvvetli olduğuna inanılan Orpheus'un liriyle bağdaştıran bir teori ortaya atmıştı. Nefiller, defteri ele geçirmeden önce lirin önemiyle ilgili kabataslak bilgiye sahipken, Angela'nın çalışmalarını okuyunca bunun hayati önem taşıdığını, lirin Nefilleri Gözcülerden bu yana görülmemiş bir saflık mertebesine ulaştırabileceğini anladılar. Angela, Nefillerin çöküşünün ilacını, Gözcülerin lirinde, yani bugün Orpheus'un liri olarak bilinen çalgıda bulmuş olabilirdi.

Haberin olsun Evangeline, Orpheus'un lirinin önemini anlamak, meğer bir sınavmış. Orpheus ile ilgili efsaneler o kadar yaygın ki, fani hayatının tam olarak nasıl geçtiğini kestiremiyoruz. Doğum yılını, gerçek soyunu, hatta lir yeteneğinin ölçülerini bile bilmiyoruz. Babasının nehir kralı Oiagros, annesinin Kalliope adlı musa olduğu söylense de bu tabii mitolojidir ve bizim görevimiz mitolojiyi tarihten, efsaneyi hakikatten, büyüyü gerçekten ayırmaktır. İnsanlığa şiiri o mu getirdi? Liri, yeraltına yaptığı efsanevi yolculukta mı keşfetti? Sağlığında, tarihin iddia ettiği kadar nüfuzlu biri miydi? MÖ VI. yüzyılda, Yunan dünyasında şarkı ve müziğin üstadı olarak tanınıyordu ama meleklerin çalgısına nasıl ulaştığı, tarihçiler arasında büyük tartışma konusu. Annenin çalışmaları, lirin önemine dair çok köklü teorileri doğrulamaktan öteye gidemedi. Nefillere karşı mücadelemizin temel taşlarından biri olan varsayımı, ölümüne neden oldu. Artık bunu biliyorsun. Bilmediğini sandığım şeyse, çalışmasının sona ermemiş olduğu. Ben hayatım boyunca bunu tamamlamak için uğraştım. Sen de bir gün benim bıraktığım yerden devam edeceksin Evangeline.

Baban sana Angela'nın davamıza katkılarını ve keşiflerini anlatmış da olabilir, anlatmamış da. Bunu bilemem. Benimle tüm bağlarını yıllar önce kopardı ve bir daha bana açılacağını da sanmıyorum. Ama sen farklısın. Annenin çalışmalarının ayrıntılarını öğrenmek istersen, sana her şeyi anlatır. Aile geleneğini sürdürmek senin görevin şimdi. Bu senin mirasın ve kaderin. Benim yardım edemediğim yerde Luca sana yol gösterecektir, eminim. Ama senin açıkça sorman lazım. Bir de sebat etmen lazım. Kalbimden gelen en iyi dileklerle bunu senden istiyorum. Ama kutsal disiplinimizin geleceğindeki yerinden de, seni bekleyen büyük tehlikelerden de haberdar olmalısın. İşlerimizin kökünün kazınmasını isteyen çok kişi var ve bunun için önlerine gelen herkesi gözlerini kırpmadan öldürürler. Annen, girişimleriyle Nefiller ile melekbilimciler arasındaki mücadelenin sürmesini sağlayan Grigori ailesinin elinde can verdi. Karşı karşıya bulunduğun tehlikelerden haberdar ol ve sana zarar vermek isteyeceklere çok dikkat et.

Mektubun yarıda kesiliverdiğini gören Evangeline, çaresizlikten neredeyse çığlık atacaktı. Yarım mektup, yapması gerekenlere dair hiçbir şey açıklamıyordu. Kartları tekrar inceleyip belki atladığım bir yer vardır diye anneannesinin mektubunu bir daha okudu.

Annesinin öldürülüşünün hikâyesi Evangeline'e öyle acı vermişti ki, Gabriella'nın mektubuna devam etmek için büyük çaba göstermek zorunda kalmıştı. Cinayetin ayrıntılarındaki korkunçluk bir yana, Gabriella'nın bunları anlatışında da acımasız, neredeyse kalpsiz bir tavır vardı. Evangeline, annesinin bedenini yaralı ve cansız, güzel yüzünü dağılmış tasavvur etmeye çalıştı. Gözyaşlarını elinin tersiyle silen Evangeline, babasının onu memleketinden bu kadar uzağa neden getirdiğini nihayet anlamıştı.

Evangeline kartları üçüncü kez okurken, annesinin katilleriyle ilgili bir bölüme takıldı: *İşlerimizin kökünün kazınmasını isteyen çok kişi var ve bunun için önlerine gelen herkesi gözlerini kırpmadan öldürürler. Annen, girişimleriyle Nefiller ile melekbilimciler arasındaki mücadelenin sürmesini sağlayan Grigori ailesinin elinde can verdi.* Bu adı nereden duyduğunu çıkarmaya çalışıyordu ki, Verlaine'in Percival Grigori adında bir adam için çalıştığını hatırladı. O anda da, iyi niyetinden kuşku duymadığı Verlaine'in, en büyük düşmanı adına çalıştığını idrak etti.

Bununla birlikte çaresiz kaldı. Verlaine içinde bulunduğu tehlikenin farkında bile değilken Evangeline ona nasıl yardım edebilirdi? Üstelik bulgularını Percival Grigori'ye aktarması da söz konusuydu. Evangeline'in yapılabilecek en iyi şey olarak düşündüğü Verlaine'i New York'a gönderme ve hiçbir şey olmamış gibi manastırdaki hayatına devam etme fikri, ikisini de büyük tehlikeye atmıştı.

Kartları toplarken bir satır daha dikkatini çekti: *Sen bunu oku-*

duğun sıralarda yirmi beş yaşında bir kadın olacaksın. Celestine'den bu kartları Evangeline yirmi beş yaşına gelince ona vermesini istediklerini de hatırladı. Yani bu mesaj kesinlikle bir bütün olarak, Evangeline on iki yaşındayken kaleme alınmış, daha sonra parçalara bölünüp birer yıl arayla gönderilmişti. Evangeline şimdi yirmi üç yaşındaydı. Demek ki, anneannesinin hazırladığı yapbozun son parçaları olan iki kart henüz eline geçmemişti.

Evangeline kartları tekrar tarih sırasına dizip pulların üzerindeki postane damgalarına baktı. Son kartın gönderilme tarihi, 21 Aralık 1998'di. Aslında kartların hepsi aynı tarihlerde, Noel'den birkaç gün önce gönderilmişti. Bu yılın kartı da aynı şekilde gönderildiyse belki şimdiye kadar manastıra ulaşmıştı bile, hatta dünkü postalar arasında olabilirdi. Evangeline kartları toparladı, eteğinin cebine soktu ve hücresinden aceleyle çıktı.

Columbia Üniversitesi, Morningside Tepesi, New York

125. Sokak-Harlem istasyonundan ofisine kadar epey bir mesafe vardı ama Verlaine soğuk rüzgâra meydan okumaya kararlıydı ve paltosuna sıkı sıkı sarınmıştı. Columbia Üniversitesi'nin kampüsüne geldiğinde her şeyi daha önce görmediği kadar sessiz, hareketsiz ve karanlık buldu. Tatil nedeniyle, en çalışkanları dahil olmak üzere tüm öğrenciler yılbaşına kadar okuldan ayrılmıştı. Uzakta Broadway'den geçen arabaların farları, binalara yansıyordu. Kampustaki binaların en yükseğini bile geride bırakan kulesiyle Riverside Kilisesi, içerideki ışıkla aydınlanmış vitraylarını sergiliyordu.

Yürüyüş sırasında Verlaine'in elindeki yara nedense tekrar açılmıştı ve bandaj niyetine bağladığı kravatının üzerinde taze kan görünüyordu. Biraz arandıktan sonra anahtarını buldu ve Aziz Paul Şapeli'nin yanındaki, bir zamanlar doğa bilimleri bölümünün yer aldığı, şimdiyse sanat ve sosyal bilimlere merkezlik eden Schermerhorn Binası'na girdi. Hatta Verlaine buranın Manhattan Projesi'nin erken dönem çalışmalarının da yeri olduğunu öğrenmiş, bu gereksiz bilgi hoşuna gitmişti. Yalnız olduğunu bildiği halde asansöre girip içeride kısılıp kalmak istemedi. Merdivenleri koşarak çıkıp doktora öğrencilerinin ofislerinin bulunduğu kata ulaştı.

Ofisine girince kapıyı içeriden kilitledi ve masasından Innocenta'nın mektuplarının bulunduğu dosyayı çıkardı. Elinden sızan kanın, kurumuş ve çözülmüş kâğıda temas etmemesine özen gösteriyordu. Çalışma lambasını yaktı ve soluk ışığın altında mektupları inceledi. Bunları daha önce de çok okumuş, imalı olabileceğini düşündüğü sözlere, başka bir göndermesi var gibi duran cümlelere özellikle dikkat etmişti. Ama şimdi, kilitli odasının ürkütücü yalnızlığında saatler geçirip defalarca okumasına rağmen mektupları tuhaf bir şekilde, hatta olağanüstü derecede sıradan buluyordu. Dün başından geçenler nedeniyle her şeye farklı bir gözle bakmaya çalıştığı halde, bu iki kadın arasında gizli bir gündem olduğuna dair pek az şey çıkarabilmişti. Masa lambasının yaydığı ışığın altında bu mektupların ona sundukları, manastırın gündelik işleyişi ve Bayan Rockefeller'ın mükemmel sanat zevki hakkında bıktırıcı çay sohbetlerinden ibaret gibi geliyordu.

Verlaine ayağa kalktı, kâğıtları ofisinin bir köşesinde tuttuğu bir omuz çantasına doldurdu. Tam çıkacaktı ki, olduğu yerde duruverdi. Mektupların tekinsiz bir tarafı vardı. Belli bir kalıp çıkaramıyordu, hatta yazılanlar muhtemelen kasıtlı olarak karıştırılmıştı. Ama Innocenta, Bayan Rockefeller'a tuhaf şekillerde iltifat ediyordu ve bunlar açıklanamaz bir şekilde tekrarlanıyordu. Bazı mektupların sonunda Innocenta, diğer kadının zevkini övüyordu. Verlaine bugüne kadar bu bölümlere pek önem vermemiş, bunları mektubu sona erdirme kibarlıkları olarak değerlendirmişti. Mektupları çantadan çıkararak tekrar okudu ve bu kez sanat zevkine dair övgülere özellikle dikkat etti.

İltifatlar, Bayan Rockefeller'ın bir resim veya tasarımı seçmekteki zevki üzerineydi. Innocenta mektuplardan birinde, *"Sanat anlayışınızın mükemmelliğini ve hayalinizi vücuda getirmekteki ustalığınızı takdir ettiğimizi bilmenizi isteriz"* demişti. Verlaine ikinci mektubun sonundaysa şöyle bir cümleye rastladı: *"Muhterem dostum, büyüleyici güzellikteki eserlerinizi büyük bir sevinçle ve minnetle almış bulunuyoruz."* Başka bir mektup ise şöyle bitiyordu: *"Her zaman olduğu gibi bu sefer de elleriniz, gözümüzün görmek istediğini yansıtmakta hiç zorlanmamış."*

Verlaine bir süre bu göndermeleri düşündü. Sanata ve eserlere dair bu sözler ne anlama geliyordu? Abigail Rockefeller'ın Innocenta'ya gönderdiği mektupların ekinde resimler veya tasarımlar mı vardı? Evangeline arşivde bu mektuplara eşlik eden bir şey bulmadığını söylemişti ama Innocenta'nın cevaplarına bakılacak olursa, velinimetinin yazdığı mektuplar, birtakım eserlerin ekinde gönderiliyor gibiydi. Abigail Rockefeller mektuplara kendi çizimlerini eklemişse ve Verlaine bunları bulabilirse, meslek hayatında muazzam aşama kaydederdi. O kadar heyecanlanmıştı ki, düşünemiyordu bile.

Innocenta'nın yaptığı göndermeleri çözebilmek için mektupların orijinallerine ihtiyacı olacaktı. Biri Evangeline'in elindeydi.

Diğerleri de mutlaka Azize Rose Manastırı'nın bir yerlerinde, muhtemelen kütüphanedeki kasada duruyordu. Acaba Evangeline, Abigail Rockefeller'ın mektubunu buldu da ekindeki parçayı mı görmedi, yoksa mektupla birlikte zarfını da bulmuş olabilir mi diye meraklandı Verlaine. Evangeline diğer mektupları arayacağını söylemişti ama mektuptan başka bir şeye bakmazdı muhtemelen. Arabası olsa, şimdi atlayıp manastıra gidecek ve ona yardım edecekti. Masasını karıştırıp Azize Rose Manastırı'nın telefon numarasını bulmaya çalıştı. Evangeline o mektupları manastırda bulamazsa, hiçbir yerde bulamazlardı. Sanat tarihi için olduğu kadar, Verlaine'in kariyeri için de büyük bir kayıp olurdu bu. Çok korkmasından da, evine dönmeye cesaret edememesinden de utandı bir an. Hemen kendine gelmeli ve hangi yolla olursa olsun manastıra dönmeliydi.

Dördüncü kat, Azize Rose Manastırı, Milton, New York

Evangeline daha düne kadar geçmişiyle ilgili söylenenlere inanırdı. Babasından duyduklarına, rahibelerin anlattığı olaylara güvenmişti. Ama Gabriella'nın mektubu, hayat hikâyesine duyduğu tüm güveni parça parça etmişti. Şimdi her şeyden kuşkulanıyordu.

Kuvvetini toplayıp mektupları kolunun altına alarak tertemiz ve bomboş koridora adım attı. Anneannesinin mektuplarını okuduktan sonra, korkunç bir kâbustan yeni uyanmış gibi başı dönüyor, dizleri çözülüyordu. Annesinin çalışmalarının, daha da beteri, ölümünün önemini şimdiye kadar nasıl idrak edememişti? Anneannesi ona başka ne söylemek istiyordu? Her şeyi anlayabilmek için, gelecek iki mektubu nasıl bekleyecekti? İçindeki koşma dürtüsünü zar zor bastıran Evangeline, taş basamaklardan inerek cevap bulabileceği tek adrese doğru ilerledi.

Misyon ve İstihdam Ofisleri, manastırın güneybatı köşesinde, uçuk pembe halıları, çok sayıda telefon hattı, masif meşe masalarıyla modern bir salonda faaliyet gösteriyordu. Bu odalara sıralanmış dosya dolaplarında rahibelerin doğum belgelerinden hastane kayıtlarına, eğitim derecelerine, hukuki belgelerine ve aralarından ayrılmış olanların defin raporlarına kadar tüm özlük bilgileri yer alıyordu. Katılım azlığından ötürü artık Acemiler Sorumlusu Dairesi ile birleştirilmiş olan İstihdam Ofisi salonun sol tarafında, Misyon Ofisi ise sağ tarafındaydı. Bu ikisi, dış dünyayı Azize Rose Manastırı'nın bürokratik bağrına basan iki kol gibi dış dünyaya açılıyordu.

Son yıllarda Misyon Ofisi'nin trafiği artarken istihdamda hızlı bir düşüş söz konusuydu. Bir zamanlar, manastırın evlenmek istemeyen genç kadınlara sunduğu eşitlik, eğitim ve bağımsızlık nedeniyle gençler Azize Rose'a akın ederdi. Zaman içinde Azize

Rose Manastırı'nın kabul şartları sıkılaştırılmış, kadınlardan rahibelik yeminini özgür iradeleriyle, ailelerinin baskısı olmadan, uzun bir arayış sürecinden sonra etmeleri istenir olmuştu.

Bu nedenle istihdam azalırken, Misyon Ofisi manastırın en yoğun parçası haline gelmişti. Ofisin duvarında kocaman, lamine bir dünya haritası asılıydı ve misyon çalışmaları yürütülen ülkeler kırmızı bayraklarla işaretlenmişti. Brezilya, Zimbabwe, Çin, Hindistan, Meksika, Guatemala... Üzerlerinde pançolar ve sariler bulunan rahibelerin bebekleri kucaklarken, hastaları tedavi ederken, yerli cemaatle koroda ilahi söylerken fotoğrafları iliştirilmişti. Geçmişte hazırladıkları cemaat değişimi programıyla dünyanın dört bir yanındaki kiliselerden rahibeler Azize Rose'a gelmiş, sonsuz ibadete katılmış, İngilizce öğrenmiş ve maneviyatlarını ilerletme fırsatı bulmuşlardı. Program çok başarılı olmuştu. On iki ülkeden rahibe ağırlamışlardı. Bu rahibelerin toplu fotoğrafı da duvara asılmıştı. Birbirinin tıpkısı siyah başörtüleri yüzlerini çevrelemiş on iki kadın, dünya haritasının üzerinden gülümsüyordu.

Çok erken saatte gelen Evangeline, Misyon Ofisi'nin boş olmasını bekliyordu. Gelgelelim, cemaatin en yaşlı üyesi olan Rahibe Ludovica oradaydı; tekerlekli sandalyesinde duruyor, kucağındaki plastik bir radyodan Halk Radyosu'nu dinliyordu. Pembe tenli, cılız bir kadındı ve ağarmış saçları başörtüsünün lastikli kenarlarından çıkmıştı. Ludovica Evangeline'e baktı ve siyah gözleri öyle bir parladı ki, rahibeler arasında ayyuka çıkan, Ludovica'nın günden güne aklını kaçırdığı ve gerçeklikten uzaklaştığı söylentilerini adeta doğruladı. Geçen yaz Milton'da görev yapan bir polis memuru, Rahibe Ludovica'yı gece yarısı 9 numaralı yolun batı yönünde tekerlekli sandalyesiyle ilerlerken bulmuştu.

Rahibe Ludovica son zamanlarda ilgisini botaniğe çevirmişti. Bitkilerle konuşması zararsızdı ama giderek kötülediğini gösteriyordu. Tekerlekli sandalyesinin yanına kırmızı bir sulama süzgeci bağlamış halde manastır koridorlarında dolanıyor, bitkileri sulayıp budarken gür sesiyle *Kayıp Cennet*'ten bölümler okuyordu: "'Geceyi Günden ayıran sürenin dokuz katı boyunca / Fanilere saldırdı o ve korkunç teşkilatı / Yıktı savurdu, alev alev yaktı her şeyi / Ölümsüzlüğünün lanetiyle!'"

Misyon Ofisi'ndeki bitkilerin, Ludovica'nın ilgisinden memnun oldukları belliydi Evangeline'e göre. Devasa boyutlara ulaşan bitkilerin sürgünleri bile dolapları örter hale gelmişti. Bitkinin doğurganlığı öyle bir hal almıştı ki, rahibeler taze sürgünleri kesip suda bekleterek filizlendirdikten sonra yeni saksılara ekiyorlar, bir o kadar boy atan bitkileri manastırın birçok yerine yerleştiriyorlardı. Koridorlar ormana dönmüştü.

"Günaydın Hemşire" dedi Evangeline, Ludovica'nın onu tanıyacağını umarak.

"Aman!" dedi Ludovica şaşkınlıkla, "Beni korkuttun!"

"Rahatsız ettiğim için özür dilerim; dün akşamki postaları alamamıştım. Posta çuvalı Misyon Ofisi'nde mi acaba?"

"Posta mı?" diye sordu Ludovica alnını kırıştırarak. "Bütün postalar Rahibe Evangeline'e gidiyor diye biliyordum."

"Evet Ludovica" dedi Evangeline. "Ben Evangeline. Ama dünkü postaları alamadım. Buraya bırakılmış olmaları gerek. Sen gördün mü?"

"Elbette" dedi Ludovica ve sandalyeyi masasının arkasındaki dolabın kancasına asılmış çuvala doğru sürdü. Çuval her zaman olduğu gibi ağzına kadar doluydu. "Lütfen derhal Rahibe Evangeline'e teslim et."

Evangeline çuvalı Misyon Ofisi'nin uzak bir köşesine, yalnız kalabileceğini düşündüğü bir kuytuya götürdü. Masaya boşalttığında, rica mektupları, reklamlar, kataloglar ve faturalardan oluşan tanıdık manzarayla karşılaştı. Bu yığınları o kadar çok tasnif etmiş, hangi zarfın ne amaçla gönderildiğini öyle ezberlemişti ki, Gabriella'nın kartını bulması birkaç saniye sürdü. Celestine Clochette'e gönderilmiş yeşil renkli, kare bir zarftı. Gönderenin adresi, diğerlerinde olduğu gibi, Evangeline'in bilmediği bir New York adresiydi.

Evangeline kartı yığının içinden çekti ve diğerleriyle birlikte cebine koydu. Sonra çelik dosya dolabına yürüdü. Ludovica'nın bitkilerinden biri bu dolabı da örttüğünden, çekmeceleri açabilmek için bir eliyle yaprakları kenara itmek zorunda kaldı.

Evangeline özlük dosyasının varlığından haberdardı ama dosyasına daha önce hiç bakmamıştı. Resmi kimliğe bir defa ehliyet işleri sırasında, bir defa da Bard College'a kayıt yaptırırken ihtiyacı olmuş, onda da piskoposluğun verdiği kimliği kullanmıştı. Dosyayı karıştırırken, babasının, manastırdaki rahibelerin ve şimdi de anneannesinin anlattıklarını sorgulamaya veya doğrulamaya ihtiyaç duymadan nasıl yaşadığını bir kez daha merak etti.

Dosyanın beklediğinden çok kapsamlı, neredeyse bir parmak kalınlığında olduğunu görünce sıkıldı. Fransa'da doğum belgesini, Amerikan vatandaşlığı kâğıtlarını ve diplomasını bulmayı bekliyordu, zaten yaşı gereği bundan fazla kaydı olamazdı. Ama dosyayı açtığında, lastikle tutturulmuş bir kâğıt tomarı buldu. Lastiği çıkarıp kâğıtları okumaya başladı. Anlamadığı için laboratuvar raporları, belki tahlil sonuçları gibi gördüğü şeyler vardı. Elle yazılmış kâğıtlar da vardı; bunları doktor raporu sandı ama kendini bildi bileli hep sağlıklıydı ve hiç doktora gitmemişti. Hatta babası doktora gitmesine özellikle karşı çıkmış, Evangeline'in hastalanmaması veya yaralanmaması için büyük çaba harcamıştı. Siyah plastik sayfaların röntgen filmleri olduğunu gördü. Her filmin tepesinde adı yazıyordu: Evangeline Angelina Cacciatore.

Rahibelerin özlük dosyalarına bakmaları yasak değildi ama Evangeline yine de yazılı olmayan bir kuralı çiğniyormuş gibi hissediyordu kendini. Tıbbi kayıtlara duyduğu merakı bir süreliğine bastırarak, babasının onu manastıra getirdikten sonra doldurduğu acemilik ve kayıt formlarına göz gezdirdi. Babasının el yazısını görmek içini acıttı. Onu son olarak yıllar önce görmüştü. Parmak ucuyla el yazısına dokunarak babasının kahkahasını, ofisindeki kokuyu, her gece uyumadan önce okuma alışkanlığını hatırladı. Dosyadan formları çıkarırken, geride bıraktığı izlerin onu bir anlığına da olsa hayata döndürmesi ne tuhaf, diye düşündü.

Formlara bakınca hayatıyla ilgili bazı bilgiler buldu. Brooklyn'de oturdukları adres, eski telefon numaraları, doğum yeri, annesinin kızlık soyadı... Formun altına doğru bakınca, acil durumda aranacak kişi bölümünde, aradığı bilgilere rastladı. Gabriella Lévi-Franche Valko'nun New York'taki adresi ve telefonu yazılıydı. Adres, kartların gönderildiği adresti.

Daha yaptığı hareketlerin neye yol açacağını düşünemeden telefonu eline alan Evangeline, tüm duyguları yerini yoğun bir beklentiye bırakmış halde Gabriella'nın telefonunu çevirdi. Ne yapılması gerektiğini bilen bir kişi varsa, o da anneannesiydi. Karşı taraf bir kez, iki kez çaldı; sonra Evangeline, anneannesinin haşin, buyurgan sesini duydu: "Alo?"

Verlaine'in dairesi, Greenwich Village, New York

Verlaine evinden çıkalı yirmi dört saat oluyordu ama bu süre ona bir ömür gibi gelmişti. Daha dün dosyasını toparlamış, en sevdiği çoraplarını giymiş ve beş kat merdiveni koşar adım, mokasenleri ıslak muşamba üzerinde gıcırdayarak inmişti. Daha dün, Noel partilerinden uzak durmak ve yeni yılda yapacaklarını planlamakla meşguldü tüm zihni. Topladığı bilgilerin şu anda içinde bulunduğu sefalete nasıl yol açtığını anlayamıyordu.

Innocenta'nın mektuplarının orijinallerini ve defterlerinin alabildiği kadarını çantaya sığdırmış, ofisini kilitlemiş ve şehre inmek üzere yola çıkmıştı. Kentin üzerinde parlayan sabah güneşinin turuncu ve sarı yumuşaklığı, haşin kış soğuğunu zarif bir hareketle dağıtıyordu. Soğuk havaya rağmen sokak sokak yürümüştü. Seksenli sayılara kadar geldiğinde pes etmiş ve yolun kalanını metroyla tamamlamıştı. Apartman kapısını açtığında, dün gece yaşananların bir hayalden ibaret olduğuna kendisini inandırmıştı neredeyse. Belki de her şey rüyasında olup bitmişti.

Verlaine dairesinin kapısını açtı, içeri girip ayağıyla kapattı ve omuz çantasını kanepeye bıraktı. Mahvolmuş ayakkabılarını, sırılsıklam çoraplarını çıkardı ve fakirhanesine yalınayak girdi. Aklının bir tarafıyla evini darmaduman bulmayı bekliyordu ama her şey tam da dün bıraktığı gibiydi. Sıvasız tuğla duvarlara karmaşık gölgeler vuruyor, 1950'lerden kalma formika masanın üzerinde kitaplar yığılı duruyor, turkuvaz deri kaplı sıralarda, fasulye şeklindeki sehpada hiçbir değişiklik görülmüyor, karıştırılmış ama pek yakıştırılmamış yüzyıl ortası modern sanat eserleri onu bekliyordu.

Verlaine'in sanat kitapları bütün bir duvarı kaplamaktaydı. Sehpa büyüklüğünde Phaidon Press kitapları, sanat eleştirisi üzerine küçük, ciltsiz eserler ve Kandinsky, Sonia Delaunay, Picasso ve Braque gibi en sevdiği modernistlerin eserlerini içeren resim kitapları vardı. Aslında bu kadar küçük bir daireye sığamayacak kadar kitabı vardı ama fazlaları satmayı kendine yediremiyordu. Yıllar önce, her şeyi biriktirme huyu olan birinin stüdyo dairelerde yapamayacağı sonucuna varmıştı.

Pencereden bakarken, bandaj niyetine kullandığı Hermès kravatı kabuk tutmaya başlamış yarasından yavaşça ayırmaya çalıştı. Kravat mahvolmuştu. Katlayıp pervaza bıraktı. Dışarıda ve uzakta gökyüzünün küçük bir dilimini, aşağıdaki binaların üzerinde destekleniyormuş gibi görüyordu. Karlar dalların üstünde birikmiş, gider borularının üzerinden akan kar suları, buzdan hançerlere dönmüştü. Tabloyu, çatılarda duran su kuleleri tamamlıyordu. Bir dikili ağacı olmamasına rağmen, bu manzarayı kendisininmiş gibi benimsemişti. Şehrin bu minik köşesine bakmak tüm ilgisini çekebilirdi normalde. Ama bu sabah kafasını toplamak ve bundan sonra ne yapacağını düşünmek istiyordu.

İlk adım olarak kahvenin isabetli olacağını düşündü. Açık mutfağa geçip espresso makinesini çalıştırdı, ince öğütülmüş kahveyi filtre başlığına doldurup sıkıştırdı, buharda biraz süt ısıttıktan sonra kırmadan bıraktığı az sayıda antika Fiestaware kupalardan birinde cappuccino yaptı. Kahveden bir yudum alırken telesekreterin ışığı gözüne takıldı; mesaj vardı. Düğmesine basıp dinledi. Gece boyunca birileri aramış, konuşmadan kapatmıştı. Verlaine, sanki biri evi dinliyormuş gibi tamamen sessiz olan on mesaj saydı. Sonunda, konuşma da olan bir mesaj çıktı. Arayan Evangeline'di. Sesini hemen tanıdı.

"Gece yarısı trenine bindiysen şimdiye kadar dönmüş olman lazım. Nerede olduğunu, güvende olup olmadığını merak ediyorum. Lütfen beni ilk fırsatta ara."

Verlaine dolabına gidip eski bir deri çanta çıkardı. Çantayı açıp içine temiz bir Hugo Boss kot pantolon, bir Calvin Klein bokser, mezun olduğu okul olan Brown Üniversitesi armalı bir üst ve iki çift çorap attı. Dolabın dibinden bir çift Converse çıkardı, temiz çorapların üstüne bu ayakkabıları giydi. Başka neye ihtiyacım var diye düşünecek zamanı yoktu. Araba kiralayıp doğruca Milton'a gidecek, dün akşamüstü gittiği gibi Tappan Zee Köprüsü'nden geçip nehir kenarındaki ara yolları kullanacaktı. Acele ederse öğlene doğru orada olabilirdi.

O anda telefon öyle bir şiddetle çaldı ki, elindeki fincanı düşürdü. Fincan pencere pervazına sert bir çatırtıyla vurduktan sonra dağılıp sütlü kahveyi yerlere saçtı. Evangeline'le konuşmak için can atan Verlaine, fincanı olduğu gibi bırakıp telefona koştu.

"Evangeline?" dedi.

"Bay Verlaine?" Yumuşak, kadınsı ve ona beklenmedik bir samimiyetle hitap eden bir sesti bu. Kadının ya İtalyan ya Fransız olan aksanı, sesinin hafif çatlaklığıyla bir araya gelince, arayanın orta yaş veya üstünde olduğunu düşündü, ama tabii bu varsayımdı sonuçta.

"Buyurun, benim" dedi hevesi sönerek. Kırılan fincanına baktı ve koleksiyonundan bir kayıp daha verdiğini düşündü. "Nasıl yardımcı olabilirim?"

"Çok şekilde" dedi kadın.

Verlaine bir an arayanın bir pazarlamacı olduğunu düşündü. Ama telefonu rehberde yoktu ve istenmeyen aramalar pek olmazdı. Üstelik telefondaki sesin sahibinin dergi üyeliği satmaya kalkışmayacağı da belliydi.

"Yüklü bir sipariş olacak galiba" dedi Verlaine, arayanın tuhaf tavrına gelişine vurarak. "Kim olduğunuzu söylemekle başlayabilir misiniz?"

"Önce size bir soru sorabilir miyim?" dedi kadın.

"Sorun bakalım." Verlaine, kadının sakin, ısrarcı, neredeyse uyutucu ve Evangeline'inkinden bir o kadar farklı sesinden sıkılmaya başlamıştı.

"Meleklere inanır mısınız?"

"Efendim?"

"Meleklerin aramızda dolaştığına inanır mısınız?"

"Eğer bir cemaat adına arıyorsanız baştan söyleyeyim" dedi pencerenin önüne eğilip fincanın parçalarını iç içe toplarken. Fincanın sırlı olmayan iç kesimi açığa çıkınca malzeme toz gibi dağılmaya başlamıştı ve parmaklarına bulaşıyordu. "Yanlış kişiyle görüşüyorsunuz. Ben çok eğitimli, sol görüşlü, soya sütü içen, metroseksüellik sınırında liberal bir bilinemezciyim. Paskalya tavşanına ne kadar inanıyorsam meleklere de o kadar inanıyorum."

"Buna çok şaşırdım" dedi kadın. "Bu hayali varlıkların hayatınızı tehdit ettiğini duymuştum oysa."

Verlaine, fincanın parçalarını toplamayı bıraktı. "Kimsiniz?" dedi sonunda.

"Adım Gabriella Lévi-Franche Valko" dedi kadın. "Sizdeki mektupları bulabilmek için büyük çabalar sarf etmiştim."

Kafası iyice karışan Verlaine, "Numaramı nereden biliyorsunuz?" diye sordu.

"Pek çok şey biliyorum. Mesela, dün gece kaçtığınız yaratıkların şimdi kapınızın önünde durduğunu biliyorum." Gabriella söylediklerinin anlaşılması için bir an durakladıktan sonra devam etti. "Bana inanmıyorsanız pencereden bakın Bay Verlaine."

Verlaine eğilerek aşağı baktığı sırada perçemleri gözüne girdi. Her şey, birkaç dakika önceki halinde duruyordu.

"Dediğiniz gibi bir şey göremiyorum."

"Sola bakın" dedi Gabriella. "Tanıdık bir siyah cip göreceksiniz."

Verlaine kadının dediğini yaptı. Gerçekten de, sol tarafta, Hudson Sokağı'nın köşesinde siyah Mercedes cip beklemekteydi. Uzun boylu, kara giysili bir adam –dün önce arabasını soyarken, sonra da, halüsinasyon değilse eğer, tren penceresinde gördüğünün aynısı– arabadan inip sokak lambasının altında volta atmaya başladı.

"Şimdi de sağa bakarsanız beyaz bir minibüs göreceksiniz" dedi Gabriella. "Ben onun içindeyim. Sabahın erken saatlerinden beri sizi bekliyorum. Torunumun ricası üzerine size yardıma geldim."

"Torununuz kim?"

"Evangeline tabii" dedi Gabriella. "Kim olacaktı?"

Verlaine boynunu uzatarak bir apartman aralığına sığışmış beyaz bir minibüs gördü. Ama bu aralık çok uzaktaydı ve pek bir şey seçilemiyordu. Arayan, yaşadığı sıkıntıyı anlamış gibi pencereyi açtı ve küçük, siyah eldivenli elini hafifçe salladı.

"Ne oluyoruz yahu?" dedi Verlaine sıkıntıyla. Kapıya ilerleyip kilidi çevirdi ve zinciri taktı. "Neden evimi izlediğinizi sorabilir miyim?"

"Torunum tehlikede olduğunuzu düşünmüş. Haklıymış meğer. Şimdi sizden, Innocenta'nın mektuplarını alıp derhal aşağı inmenizi rica ediyorum" dedi Gabriella sakin bir sesle. "Ama apartmanın ön kapısından çıkmanızı tavsiye etmem."

"Başka kapı yok" dedi Verlaine huzursuzca.

"Yangın merdiveni yok mu?"

"Var da dışarıdan görünür... Oraya adım attığım anda beni görürler" dedi Verlaine, pencerenin bir tarafını karartarak aşağı doğru inen demir merdivene bakarken. "Rica etsem bana..."

"Kuzum" dedi Gabriella, sıcak ve neredeyse anaç bir sesle Verlaine'in sözünü keserek. "Hayal gücünüzü kullanın. Bir an önce oradan çıksanız çok iyi olacak. Az sonra kapınızda olacaklar. Aslına bakarsanız sizi hiç umursamıyorlar. Mektupları istiyorlar" dedi sessizce. "Tatlı dille almayacaklarını da pekâlâ biliyorsunuzdur artık."

Diğeri kadar uzun boylu ve soluk tenli olan ikinci adam, Gabriella'dan işaret almış gibi arabadan inip diğerinin yanına geldi. Birlikte karşıya geçip apartmana doğru yürüdüler.

"Haklısınız, geliyorlar" dedi Verlaine. Pencereden ayrılıp deri çantayı açtı ve giysilerin altına cüzdanını, anahtarlarını ve bilgisayarını tıkıştırdı. Innocenta'nın orijinal mektuplarını omuz çantasından çıkardı, Rothko baskılarının olduğu bir kitabın içine koydu, bunları da çantaya attıktan sonra tek ve sert bir hareketle fermuarı çekti. Sonunda, "Ne yapayım?" dedi.

"Biraz bekleyin. Onları görebiliyorum" dedi Gabriella. "Söylediklerimi yaparsanız bir sıkıntı olmaz."

"Polisi mi arasam?"

"Hiçbir şey yapmayın. Kapıda bekliyorlar. Şimdi çıkarsanız sizi görürler" dedi Gabriella, Verlaine'in kulaklarını uğuldatan yüksek tansiyonuna karşı tuhaflık derecesinde sakin bir sesle. "Beni dinleyin Bay Verlaine. Ben söylemeden bir harekete kalkışmamanız çok önemli."

Verlaine pencerenin kilidini açtı ve kanadını kaldırdı. Soğuk rüzgâr yüzüne vurdu. Aşağıya eğildiğinde adamları gördü. Aralarında usulca konuştuktan sonra kilide bir şey sokup kapıyı ittiler ve şaşırtıcı bir rahatlıkla içeri girdiler. Ağır kapı, arkalarından sertçe çarptı.

"Mektuplar yanınızda mı?" dedi Gabriella.

"Evet" dedi Verlaine.

"O zaman çıkın. Hadi. Yangın merdiveninden. Sizi bekliyorum."

Verlaine telefonu kapattı, çantayı omzuna attı ve pencereden emekleyerek çıkıp yangın merdiveninin soğuk, paslı demirini kavradı ve asıldı. Merdivenin havada duran parçası gürültüyle kaldırıma indi. Sert hareket dünkü dikenli tel kesiğini tekrar açınca, Verlaine acıyla irkildi. Acıyı umursamayarak ve buzlu basamaklarda ayakkabılarının kaymasına engel olmaya çalışarak hızla merdivenden indi. Kaldırıma ulaşmak üzereydi ki, yukarıda sert bir kapı çatırtısı duydu. Adamlar daire kapısını kırmışlardı.

Verlaine çantayı kolunun altına sıkıştırıp korumaya alarak kaldırıma atladı. Sokağa adım attığı sırada beyaz minibüs yanaştı. Sürgülü kapı açıldı ve parlak kırmızı rujlu, kaküllü küt kesilmiş saçlı minyon tipli bir kadın, arka koltuğa atlamasını işaret etti. "Atlayın" dedi Gabriella, yer açarak. "Hadi!"

Verlaine koltuğa, Gabriella'nın yanına yerleştiği sırada sürücü gaza bastı ve köşeyi dönerek caddeye ulaşıp kuzeye doğru çıkmaya başladı.

"Ne oluyor yahu?" diyen Verlaine, belki cip peşlerine düşmüştür diye omzunun üstünden geriye baktı.

Gabriella, narin ve deri eldivenli elini, adamın soğuk, titreyen eline koydu. "Size yardım etmeye geldim."

"Neyime yardım edeceksiniz?"

"Kuzum, hepimizi nasıl bir tehlikeye attığınızın farkında bile değilsiniz."

Grigorilerin dairesi, Yukarı Doğu Yakası, New York

Percival gözlerini güneşten korumak için perdelerin çekilmesini emretmişti. Gün doğarken yürüyerek eve gelmişti ve daha yeni ağaran gökyüzü bile başına ağrı girmesine yetmişti. Oda yeterince karanlık olduğunda, smokin ceketini, berbat olmuş beyaz gömleğini ve pantolonunu çıkarıp yere attı ve bir deri kanepeye uzandı. Anakim kadını tek kelime etmeden kafesi çözmeye girişti; Percival bu uzun uğraşa dişini sıkıp katlandı. Sonra kadın onun bacaklarına yağlar dökerek, yakacak kadar bastırarak yukarıdan aşağıya masaja başladı. Bu yaratık çok güzel ve çok sessizdi; Percival'ın özellikle aptal bulduğu dişi Anaklar için bu iki özelliğin bir arada bulunması bir nimetti. Percival, kısa ve kalın parmaklarını bacaklarında gezdiren Anakim kadınına baktı. Başındaki feci ağrı, bacaklarındaki yanma kadar şiddetliydi. Yorgunluktan tükenmiş halde gözlerini kapattı ve uyumaya çalıştı.

Hastalığının kaynağı, ailesinin en deneyimli doktorlarının bile hâlâ çözemediği bir şeydi. Percival en iyi doktorları New York, İsviçre, Almanya ve İsveç'ten bir araya getirmişti ama onlar bilinenden başka bir şey söyleyememişlerdi: Avrupa Nefilleri genelinde görülen bir virüs salgını, sinir ve solunum sistemlerine saldırıyordu. Daha kolay nefes alıp yürüyebilsin diye kanatlarında iyileşmeyi hızlandıracak, kaslarını gevşetecek bazı tedaviler önermişlerdi. Tedavilerin hoş taraflarından biri, her gün yapılan masajdı. Percival bu Anak dişisini günde birkaç kere masaj için odasına çağırıyordu. Viski ve sakinleştiricilerle birlikte iyi bir meşgale olmuştu bu.

Normalde sefil bir hizmetçi parçasını özel odasına kesinlikle sokmazdı; hastalığından önceki yüzlerce yıl bunu asla yapmamıştı. Ama geçen yıl ağrılar dayanılmaz hale gelmiş, bacaklarını eğri büğrü şekillere sokacak kadar şiddetli kramplar yaşamaya başlamıştı. Anak hizmetçi bacaklarını gerdirerek bağlarını gevşetiyor ve kaslara masaj yapıyor, Percival irkildiğinde kısa süreyle duruyordu. Ellerinin soluk cildinde gezinişini izledi. Bu Anak onu rahatlatıyordu ve Percival bunun için ona minnettardı. Annesi onu çürüğe çıkarmış ve terk etmişti, Otterley ise onun yapması gereken işlerin peşinde koşuyordu. Bu Anaktan başka ona yardımcı olabilecek kimse yoktu.

Rahatlamasıyla birlikte derin olmayan bir uykuya daldı. Kısacık bir anlığına, gece yarısı yaptığı yürüyüşün zevkini hatırladı. Kadın ölünce elleriyle gözlerini kapatmış ve cansız yüzüne bakmış, parmaklarıyla yanağını okşamıştı. Ölen kadının teni beyaz taş rengini almıştı. O anda, Gabriella Lévi-Franche'ın siyah saçlarını ve beyaz, pudralı tenini karşısında görebilmiş ve sevinmişti. Bir anlığına da olsa ona tekrar sahip olmuştu.

Uykuyla uyanıklık arasındaki boşlukta dolanırken, Gabriella bir haberci gibi ona göründü. Percival'a kendisine geri dönmesini, her şeyi affedeceğini, bıraktıkları yerden başlayacaklarını söylüyordu. Ona ne insan ne Nefil hiç kimsenin söylemediği bir şeyi söyleyip "Seni seviyorum" diyordu. Dayanılmaz derecede acı veren bir rüyaydı. Percival uykusunda konuşmuş olacaktı ki, irkilerek uyandığında Anak hizmetçinin ona bakmakta olduğunu, durumuyla ilgili bir şeyler anlamışçasına iri sarı gözlerinin dolduğunu gördü. Masaja hafif hareketlerle devam etti ve avutucu bir şeyler söyledi. Kadının ona acıdığını anlayan Percival, bu samimiyete sinirlendi ve yaratığa derhal odadan çıkmasını emretti. Uysalca başını sallayan Anak yağ şişesini kapattı, kirli kıyafetleri topladı ve odadan ayrılarak Percival'ı bir karanlık ve çaresizlik kozasında yapayalnız bıraktı. Percival tavana bakarken, hizmetçinin ellerini hâlâ bacaklarında hissediyordu.

Anak az sonra tekrar gelip lake bir tepside bir kadeh viski sundu. "Kız kardeşiniz geldiler beyefendi" dedi. "Dilerseniz istirahatteler diyeyim."

"Onun için yalan söyleme, uyumadığını görüyorum" diyen Otterley, Anakı biraz itip odaya girdi ve Percival'ın başucuna oturdu. Bir bilek hareketiyle hizmetçiyi gönderdi. Masaj yağı şişesini alıp tekrar açtı ve avucuna biraz yağ döktü. "Sırtını dön" dedi.

Percival kız kardeşinin talimatına uyup yüzükoyun döndü. Otterley sırtına masaj yaparken, o hastalığa yenik düştükten sonra Otterley'ye ve ailesine ne olacağını düşündü. Percival ailenin büyük umuduydu; ihtişamlı altın kanatları, günün birinde büyük kudret sahibi olacağını, babasının haris atalarını da, annesinin soylu ailesini de geride bırakacağını müjdeliyordu. Şimdi, ailenin kanatsız ve çürük yüz karasıydı. Kendisini, çok sayıda Nefil'in babası bir efendi gibi hayal etmişti. Oğulları büyüdüğünde Sneja'nın kanından gelen renkli kanatlara sahip olacaklar, bu muhteşem tüyler Grigorilere şeref verecekti. Kızları, meleklere yaraşır şekilde akıl okuyabilen, parlak beyinler olacak, semavi sanat eğitimi alacaklardı. Şimdi çöküyordu ve hiçbir şeyi yoktu. Yüzlerce yılını zevk ve sefa peşinde heba etmenin nasıl bir ahmaklık olduğunu şimdi anlıyordu.

Otterley'nin de benzer bir yüz karası olması, çaresizliğiyle yüzleşmeyi daha da zorlaştırıyordu. Percival, annesinin hasretle beklediği gibi bir melek olamamış, Otterley de aileye bir veliaht verememişti.

"Haberlerim iyi de bana" dedi Percival, Otterley kanat eklemlerini çevreleyen ağrılı kaslara bastırırken sıçrayarak. "Haritayı ele geçirdik de, Verlaine öldürüldü de, merak edecek bir şey kalmadı de."

"Sevgili ağabeyim" dedi omuzlarına masaj yapmak için iyice yaklaşarak, "işleri eline yüzüne bulaştırdın. Bir kere, bir melekbilimciyle anlaşmışsın."

"Yok öyle bir şey. Adam sanat tarihçisi, hepsi bu" dedi Percival.

"Sonra, haritayı ona teslim ettin."

"Mimari çizimler" diye düzeltti Percival.

"Yetmezmiş gibi gece yarısı kaçıp kendini bu hale soktun." Otterley çürüyüp dökülmüş kanatlarını okşarken, Percival kız kardeşinin elini oradan uzaklaştırmak istese de, aldığı hissi zevkli buluyordu.

"Anlamıyorum seni."

"Annem evden çıktığını biliyor ve peşinden ayrılmamamı söyledi. Sokakta düşüp kalsan ne olacaktı? Lenox Hill hastanesindeki doktorlara nasıl açıklayacaktık durumunu?"

"Sneja'ya söyle, bu işlere canını sıkmasın" dedi Percival.

"Canımızı sıkacak bir şey var ama" dedi Otterley, ellerini bir havluya silerek. "Verlaine hayatta."

"Giborları evine göndermemiş miydin?"

"Gönderdim" dedi Otterley. "Ama olaylar hiç beklemediğimiz şekilde gelişti. Dün, Verlaine bilgileri alır kaçar diye korkuyorduk. Bugün çok daha tehlikeli biri olduğunu biliyoruz."

Percival doğrulup kız kardeşine baktı. "Nasıl tehlikeli oluyormuş o herif? Şu Anaklar bile ondan daha tehlikelidir."

"Verlaine, Gabriella Lévi-Franche Valko'nun adamı" dedi Otterley, her bir sözcüğü şevkle vurgulayarak. "Onlardan biri olduğu besbelli. Kendimizi melekbilimcilerden korumak için yaptığımız her şey boşa gitti. Kalk" dedi kafesi Percival'a atarak. "Giyin. Benimle geliyorsun."

İbadet Şapeli, Maria Angelorum Kilisesi, Milton, New York

Evangeline kutsal suya parmağını daldırıp haç çıkardıktan sonra Maria Angelorum'un geniş orta koridorunu koşarak geçti. İbadet Şapeli'nin sessiz ve tefekküre yatkın iç bölmesine girdiğinde, soluk soluğa kalmıştı. Daha önce ibadete gelmediği hiç olmamıştı; utanç verici bir kabahatti bu ve işlediğine hâlâ inanamıyordu. Nasıl bir insan haline geldiğine de inanamıyordu. Daha dün, Rahibe Philomena'ya yalan söylemişti. Şimdi programdaki ibadet saatini kaçırmıştı. Rahibe Philomena onu göremeyince hayret etmişti muhtemelen. Sabah yediden sekize ibadet eşleri olan Rahibe Mercedes ve Magdalena'yı rahatsız etmemeye çalışarak, yakınlarındaki bir sıraya oturdu. Gözlerini kapatıp duaya başlarken bile Evangeline'in yüzü utançtan kıpkırmızıydı.

Aslında dua etmesi lazımdı ama o gözlerini açıp şapele bakındı, Aşai Rabbani Ekmeği çerçevesine, sunağa, Rahibe Magdalena'nın parmaklarındaki tespihe dikkat etti. Daha başlar başlamaz, gökteki yedi katı temsil eden pencereleri gördü ve büyüklükleri, giriftlikleri ve camlarda boy gösteren meleklerin canlı renkleriyle bunun şapele yeni eklenmiş bir dekorasyon olduğunu düşündü. Yakından baksa camların, çevrelerine ibadet eder gibi dizilmiş küçük halojen lambalarla aydınlatıldığını görebilecekti. Evangeline, melekleri seçebilmek için kendini zorladı. Arplar, flütler, trompetler mavi ve kırmızı camlara altın sikkeler gibi saçılmıştı. Verlaine'in mimari planda gösterdiği mühür, tam da bu noktaya basılmıştı. Evangeline, nasıl olmuştu da bu vitraylara bu kadar sık baktığı halde çizimlerin anlamını çözmeyi başaramamıştı?

Vitraylardan birinin altında taşa kazınmış bir pasajda şunlar yer alıyordu:

Yine de insana doğruyu bildirmek için
Yanında bir melek, bin melekten biri
Arabulucu olarak bulunursa,
Ona lütfeder de,
"Onu ölüm çukuruna inmekten kurtar,
Ben fidyeyi buldum" derse, (...)
–Eyüp 33:23-25

Evangeline bu pasajı Azize Rose Manastırı'nda geçirdiği onca yılda her gün okumuştu, ama o güne kadar bu sözleri ancak bilmece gibi görmüştü. Cümle zihninde yılan gibi kaygan ve ele gelmez bir şekilde dolanmış, hiçbir yere takılıp anlam kazanmadan kayıp gitmişti. Şimdi "arabulucu", "ölüm çukuru" ve "fidye" kelimeleri anlam kazanıyordu. Rahibe Celestine haklıydı. İnsan dikkatli bakarsa, melekbilimin her yerde soluk alıp vermekte olduğunu görebiliyordu.

Rahibelerin ondan bunca şeyi saklamış olmasına üzülüyordu. Gabriella'nın telefondaki sesini hatırlayınca, acaba toparlanıp New York'a mı gitsem diye düşündü. Belki anneannesi olanları daha iyi anlamasına yardımcı olabilirdi. Manastırın Evangeline üzerinde daha düne kadar sahip olduğu hâkimiyet, öğrendikleri nedeniyle silinip gitmişti.

Omzuna dokunan bir elle irkildi. Rahibe Philomena, Evangeline'e peşinden gelmesini işaret etti. Evangeline, bir yanda hicap, bir yanda öfke duyarak şapelden ayrıldı. Rahibeler ona gerçekleri söyleyecek kadar güvenmemişlerdi. Evangeline rahibelere nasıl güvenecekti?

"Gel Hemşire" dedi Rahibe Philomena koridora çıktıklarında. Philomena, Evangeline'in devamsızlığına kızdıysa da artık siniri geçmişti. Tavrı şimdi anlaşılmaz derecede yumuşak ve bezgindi. Ama hareketlerinde, samimiyetsiz gibi gelen bir taraf vardı. Evangeline onun yürekten samimi olduğuna inanmamıştı ama bunun nedenini de bulamamıştı. Birlikte manastırın orta koridorundan, saygıdeğer başrahibe ve rahibelerin çerçeveli fotoğraflarının ve Viterbo'lu Azize Rose'un tablosunun önünden geçip tanıdık bir ahşap kapının önünde durdular. Philomena'nın onu, biraz mahremiyet içinde konuşabilecekleri kütüphaneye götürmesi gayet doğaldı. Philomena kapıyı açtı ve Evangeline içeri girdi.

"Otur çocuğum, otur" dedi Philomena. Evangeline, şöminenin karşısındaki yeşil kadife kanepeye yerleşti. Salon, hava akımına bir türlü engel olunamayan baca yüzünden yine soğuktu. Rahibe

Philomena, odasının yanındaki bir masaya gidip su ısıtıcısını prize taktı. Su kaynayınca porselen bir demliğe döktü. Bir tepsiye iki fincan yerleştirdikten sonra ağır adımlarla kanepeye dönüp tepsiyi bir sehpaya bıraktı. Ahşap bir sandalye çekip Evangeline'in karşısına oturduktan sonra metal bir kutuyu açarak Evangeline'e, her Noel düzenlenen kermes için manastırdaki rahibelerin yoğurup fırınladığı, paketleyip sattığı kurabiyelerden uzattı.

Hafif kuru kayısı aromalı siyah çayın kokusu, Evangeline'in midesini kaldırdı. Mazeret bildirmek için, "Midem pek iyi değil" dedi.

"Dün akşam yemeğe de, bu sabah ibadete de gelmedin" dedi Philomena, yeşil süslemeli, Noel ağacı şeklinde bir kurabiye alarak. Demliği aldı ve fincanlara çay koydu. "Ama pek şaşırmadım. Celestine ile görüşmen epey sıkıntılı geçti, değil mi?" Philomena duruşunu bir anda dikleştirdi ve çay fincanını tabağının hemen üzerinde sımsıkı kavradı. Evangeline, Philomena'nın sadede gelmek üzere olduğunu anladı.

"Evet" dedi Evangeline, sabırsız ve katı Philomena'nın her an geri gelmesini bekleyerek.

Philomena dilini şaklattı ve "Bir gün geçmişine dair gerçekleri öğrenmenin kaçınılmaz olacağını biliyordum" dedi. "Nasıl olacak kestiremiyordum ama geçmişin, bizimki gibi kapalı bir toplulukta bile iz bırakmamacasına gömülemeyeceğinden emindim. Naçizane görüşüm" dedi kurabiyeyi bitirip yenisini alırken, "Celestine'in sessiz kalmakla büyük bir yük altına girdiği. Çevremizi saran tehdide karşı bu kadar âtıl durmak hepimiz için büyük bir yük."

"Celestine'in bu..." Evangeline melekbilimi tasvir etmek için uygun bir sözcük aradı. Konudan habersiz tutulan tek Fransisken İbadet Rahibesi'nin kendisi olduğu gibi rahatsızlık verici bir duygu içindeydi. "...bu disiplinde çalıştığından haberiniz var mıydı?"

"Tabii vardı" dedi Philomena. "Yaşı tutan tüm rahibeler biliyor. Bizim kuşağımızın rahibeleri melekbilimle yetişti – Yaratılış 28:12-17, Hezekiel 1:1-14, Luka 1:26-38... Sabah öğle akşam melekleri okuyorduk."

Sandalyeyi gıcırdatarak pozisyon değiştirdi ve devam etti: "Nice zamandır danışmanlarımız olan Avrupalı hocaların hazırladığı müfredata kendimizi kaptırmış gidiyorduk; bir de baktık manastır yandı kül oldu. Bütün çalışmalarımız, dünyayı Nefil istilasından kurtarmaya yönelik bütün uğraşlarımız boşa gitmişti sanki. Bir anda, hayatını sadece ve sadece ibadete adamış mütevazı rahibeler olup çıkmıştık. Tekrar kavgamıza dönelim, saf tutalım diye çok mücadele verdim, inan. Bu işi çok tehlikeli bulanlarımız, ahmaklar ve korkaklardır."

"Tehlikeli mi?" dedi Evangeline.

"1944'teki yangın kaza değildi" dedi Philomena gözlerini kısarak. "Bize saldırdılar. Dikkatsiz olduğumuzu, Amerika'daki Nefillerin kana susamışlıklarını hafife aldığımızı söylemek mümkün. Avrupa'daki melekbilim cemaatlerinin çoğundan, belki de tümünden haberleri vardı. Amerika'nın geçmişteki kadar güvenli olduğunu düşünme hatasını yaptık. Üzülerek söylüyorum ki, Rahibe Celestine'in buraya gelmesi, Azize Rose Manastırı'nı büyük tehlikeyle karşı karşıya bıraktı. Celestine'in ardından saldırılar geldi. Yalnız buraya da değil, dikkatini çekerim. Sadece o yıl, Amerika'daki belki yüz manastıra saldırı düzenlendi. Nefiller, aradıkları şeyin nerede olduğunu bulmak için örgütlü bir çaba gösterdiler."

"Ama neden?"

"Celestine yüzünden" dedi Philomena. "Düşman onu mimlemişti. Geldiğinde ne kadar bitkin, yaralı, korkmuş olduğunu gözlerimle gördüm. Kaçış macerası çok zorlu olmuştu belli ki. Belki de en önemlisi, Başrahibe Innocenta'ya verilecek ve bizimle burada emniyette tutulacak bir paket taşıyordu. Celestine'in elinde, onların istediği bir şey vardı. Amerika'ya sığındığını biliyorlardı, ama yerini bilmiyorlardı."

"Başrahibe Innocenta da her şeyi biliyor muydu?" diye sordu Evangeline.

"Elbette" diyen Philomena, şaşkınlıkla kaşlarını kaldırdı; Başrahibe Innocenta'ya mı, soruya mı şaşırdığını Evangeline bilemedi. "Başrahibe Innocenta, Amerika'da çağının önde gelen âlimlerindendi. Innocenta'nın hocası olan Başrahibe Antonia, sevgili başrahibemiz Clara tarafından yetiştirilmişti, onun da hocası, Avrupa Melekbilim Topluluğu'ndan ayrılıp New York'a, Milton'a melekbilimin Amerika örgütünü bizzat kurmak üzere gelen Başrahibe Francesca'ydı. Azize Rose Manastırı, Amerika Melekbilim Projesi'nin kalbi olmakla birlikte muazzam bir girişimdi ve Celestine Clochette'in bir şekilde melekbilim kafilesine katılmadan önce Avrupa'da uğraştığı bütün işlerden daha önemliydi." Hızla konuşmakta olan Philomena, durup bir nefes aldı. "Zaten" dedi yavaşça, "Başrahibe Innocenta Nefillerce katledilmemiş olsa, mücadeleyi öyle kolayına kesinlikle bırakmazdı."

"Yangında öldü diye biliyordum" dedi Evangeline.

"Dışarıya böyle söyledik ama aslı bu değil" diyen Philomena'nın yüzü önce kıpkırmızı kesildi, ardından kireç gibi oldu. Sanki yangının sözünü etmek bile onu görünmeyen bir ateşe maruz bırakmıştı.

"Yangın çıktığında, Maria Angelorum'un balkonundaydım. Casavant orgun borularını temizliyordum ki bu çok yorucu bir iştir. Bin dört yüz yirmi iki boru, yirmi supap, otuz sıranın tozunu almak bile bir derttir, ama Başrahibe Innocenta bana bir de yılda iki kez yapılan cilalama işini vermişti. Bir düşünsene! Galiba beni bir şeyden ötürü cezalandırıyordu ama onu kızdıracak ne yapmıştım hatırlamıyordum."

Evangeline, Philomena'nın yangın nedeniyle avutulamaz bir derde kapılabileceğini gayet iyi biliyordu. Ama istediğinin aksine, ona müdahale etmek yerine ellerini kucağında kavuşturup o sabah ibadete gelememesinin kefareti niyetine dinlemeye karar verdi. "Kimseyi kızdırmamışsınızdır; eminim" dedi.

"Bir patırtı duydum" dedi Philomena, Evangeline araya girse de girmese de diyeceği gibi, "ve koro bölümünün arkasındaki gül pencereye gittim. Orgu temizlediysen ya da koroya katıldıysan bilirsin; ana avluya bakar o pencere. O sabah avluda yüzlerce rahibe vardı. Az sonra, dördüncü katı yok eden alevleri ve dumanı gördüm, ama kilise balkonunda bir nevi mahsur olduğumdan ve ancak yukarıları görebildiğimden, manastırın diğer katlarında neler olduğunu bilemiyordum. Daha sonra zararın çok büyük olduğunu öğrendim. Her şeyi kaybetmiştik."

"Ne feci" dedi Evangeline, bunun neden bir Nefil saldırısı olarak görüldüğünü sormamaya çaba harcayarak.

"Feciydi sahiden" dedi Philomena, "ama daha hepsini anlatmadım. Başrahibe Perpetua kesinlikle sessiz kalmamı söyledi ama artık yeter. Bak sana ne diyorum: Başrahibe Innocenta öldürüldü. *Katledildi.*"

"Nasıl olur?" diye sordu Evangeline; Philomena'nın yaptığı suçlamanın ciddiyetini kavramaya çalışıyordu. Daha birkaç saat önce annesinin bu yaratıkların elinde öldürüldüğünü öğrenmişti, şimdi de Innocenta'nın. Manastır bir anda babasının onu emanet etmek için seçmiş olabileceği en tehlikeli yer gibi görünmüştü.

"Balkondan ahşap bir kapının çarparak kapandığını duydum. Birkaç saniye sonra Başrahibe Innocenta aşağıda belirdi. Orta koridorda hızla yürüyordu, ardında da iki acemi ve iki yeminli rahibe vardı. İbadet Şapeli'ne, belki duaya gidiyorlardı. Innocenta için dua, bir ibadet biçimi ya da ritüel değil, dünyada kusursuz olmayan her şeyin çözümüydü. Duanın gücüne öylesine inanıyordu ki, yangını da duayla durdurabileceğini düşündüğünü sanıyorum."

İçini çeken Philomena, gözlüğünü çıkarıp bembeyaz bir mendille sildi. Tekrar yüzüne oturttuktan sonra Evangeline'e sertçe, sanki öykünün kalanına uygunluğunu tartıyormuş gibi baktıktan sonra devam etti.

"Ansızın yanlardan iki devasa tip çıktı. Olağanüstü uzun boylu ve kemikliydiler; elleri beyaz, yüzleri alev almış gibiydi. Saçları ve ciltleri, bulunduğum uzaklıktan bile hafifçe ışıldıyordu. Büyük mavi gözleri, çıkık elmacıkkemikleri ve dolgun, pembe dudakları vardı. Saçları bukleler halinde yüzlerine dökülüyordu. Omuzları genişti ve bankacılar ya da avukatlar gibi takım elbiseler ve pardösüler giymişlerdi. Dini kıyafet taşımadıkları için, o zaman kahverengi cüppe giyip saçlarını hale şeklinde kestiren Kutsal Haç keşişlerinden olmadıklarını anladım, ama kim veya ne olduklarını çözemiyordum.

"Bugün bunların, Nefillerin savaşçı sınıfı Giborlar olduğunu biliyorum. Vahşi, acımasız ve duygusuz yaratıklar ve soyları, yani melek taraflarının soyları, Mikail'e kadar uzanıyor. Böyle feci yaratıklar için fazlasıyla asil bir kan bu, tuhaf güzelliklerinin de sebebi. Daha sonra öğrendiklerimle geriye bakınca, güzelliğin bir kötülük tezahürü, kişiyi felakete daha da kolayca sürükleyen soğuk ve şeytani bir cazibe olduğunu anlıyorum. Fiziksel açıdan mükemmeldiler ama bu Tanrı'dan kopuk bir mükemmellikti; boş, ruhsuz bir güzellikti. Havva'nın da yılanda böyle bir güzellik bulduğunu sanıyorum. Kilisede ortaya çıkmaları beni son derece acayip bir hale soktu. İtiraf etmeliyim ki gafil avlanmıştım."

Philomena tekrar mendilini çıkardı, dikkatle açtı ve alnına bastırarak ter damlalarını sildi.

"Koro balkonundan her şeyi açıkça görebiliyordum. Yaratıklar karanlıktan çıkıp kubbe altının aydınlığına adım attılar. Vitraylar öğle vakti genellikle olduğu gibi güneş ışığını bolca alıyor ve mermer zemine bir renk cümbüşü vererek yaratıkların tenlerinin de aydınlanmasına yol açıyordu. Onları gören Başrahibe Innocenta, şaşkınlıkla durdu. Bir sıranın sırtından destek alarak ne istediklerini sordu. Sesinden, onları tanıdığını anladım. Belki karşılaşmayı bekliyordu bile."

"Bekliyor olamazdı" dedi Evangeline, Philomena'nın bu korkunç faciayı mukadderat gibi anlatmasını garipseyerek. "Yoksa herkesi uyarırdı."

"Bilemem" dedi Philomena, alnını bir kez daha silip kirlenen mendili avucunda tortop ederek. "Daha ne olduğunu anlayamadan, yaratıklar sevgili Hemşirelerime saldırdı. Gözlerini onlara çevirdiler ve sanki bir büyü yaptılar. Beş rahibe, efsunlanmış gibi yaratıklara bakıyordu. Yaratıklardan biri Başrahibe Innocenta'ya dokundu ve Innocenta o anda elektriğe tutulmuş gibi oldu. Şiddetle sarsılıp yere yuvarlandı ve sanki ruhu bedeninden koparıldı. Yaratık, tüm canavarlar gibi, öldürmekten zevk alıyordu. Aldığı canla daha güçlü ve ihtişamlı bir hale gelirken, Başrahibe Innocenta'nın vücudu tanınmaz haldeydi."

"Nasıl olur böyle bir şey?" dedi Evangeline, annesinin de aynı korkunç kadere kurban gidip gitmediğini merak ederek.

"Bilmiyorum. Korkuyla gözlerimi yumdum" dedi Philomena. "Tırabzanın üzerinden tekrar bakabildiğimde, beş rahibeyi de yerde cansız gördüm. Balkondan kilise salonuna koşarak gittiğim sürede, yani on beş saniyede filan, yaratıklar kaçmış ve Hemşirelerimizin kirletilmiş bedenlerini bırakmışlardı. Sanki sadece kanları değil, tüm hayatiyetleri çekilmiş gibi bir deri bir kemiktiler. Vücutları buruşmuş, saçları yanmış, ciltleri kurumuştu. Çocuğum, bu, Nefillerin Azize Rose Manastırı'na saldırısıydı. Biz de buna, Nefillere karşı yürüttüğümüz işlere nokta koyarak karşılık verdik. Bunu hiç anlayamadım. Ruhu şad olsun Başrahibe Innocenta, insanlarımızın katledilmesini asla onların yanına bırakmazdı."

"O zaman neden vazgeçtik?" diye sordu Evangeline.

"Bizim etliye sütlüye karışmayan bir manastır olduğumuzu düşünmelerini istedik" dedi Philomena. "Zayıf olduğumuzu, güçlerine tehdit oluşturmadığımızı düşünürlerse, elimizde olduğuna inandıkları nesneyi aramaktan vazgeçerlerdi."

"Ama elimizde değil ki... Abigail Rockefeller bu sırrı mezara götürmüş."

"Buna gerçekten inanıyor musun sevgili Evangeline? Senden saklanan bunca şeyden sonra? Benden saklananlardan sonra? Celestine Clochette, Başrahibe Perpetua'yı pasifist bir duruş sergilemeye ikna etti. Orpheus'un lirinin ortaya çıkması, Celestine'e menfaat sağlamaz. Ama hayatım üzerine, ruhum üzerine bahse girerim ki, lirin yerini biliyordur. Bulmama yardımcı olursan, dünyayı bu canavarlardan ebediyen temizleyebiliriz."

Kütüphanenin pencerelerinden giren gün ışığı, Evangeline'in bacaklarına vuruyor ve şöminede toplanıyordu. Evangeline gözlerini kapattı ve anlatılanları, önceki gün öğrendiklerinin tümünün ışığında sindirmeye çalıştı. "Bu canavarların annemi katlettiklerini yeni öğrendim" diye fısıldadı. Gabriella'nın mektuplarını cebinden çıkardı ama daha uzatamadan Philomena bunları elinden kaptı.

Kartlara adeta saldıran Philomena, yazanları açlıkla okudu. Son karta geldiğinde, "Bu mektup eksik" diye buyurdu. "Kalanı nerede?"

Evangeline, postadan aldığı son kartı da çıkardı. Açtı ve anneannesinin sözlerini yüksek sesle okudu:

"'Sana geçmişin felaketleri hakkında pek çok şey, bugün karşı karşıya olduğun tehlike hakkında bazı şeyler anlattım ama çalışmalarımızda bundan sonraki rolüne dair pek bir şey söylemedim. Bu bilgi sana ne zaman yarayacak bilmiyorum; belki huzur ve tefekkür içinde ömrünü geçirecek, manastırdaki işlerini büyük bir sadakatle yerine getireceksin. Ama belki de daha büyük bir davaya katkın gerekecek. Babanın sana yuva olarak Azize Rose Manastırı'nı seçmesinde de, çalışmalarımızı bin yılı aşkın zamandır besleyen melekbilim disiplininde eğitim almanın da bir nedeni var.'

"'On üç yıldır yaşamakta olduğun manastırın kurucusu olan Başrahibe Francesca, Azize Rose Manastırı'nı inançla ve tırnaklarıyla kurdu, her bir odasını ve merdiven aralığını, Amerika'daki melekbilimcilerimizin ihtiyaçlarına göre tasarladı. İbadet Şapeli ise, Francesca'nın hayal gücünün şahikası ve üzerinde çalıştığımız meleklere bir saygı anıtıdır. Her bir altın parçasına onur için kakmalar yapıldı, her bir cam pano Rabbimizi hamdederek asıldı. Bilmediğin şeyse, bu şapelin merkezinde muazzam manevi ve tarihi değeri olan küçük ama paha biçilemez bir nesne yattığı.'"

"Hepsi bu" dedi Evangeline, mektubu katlayıp zarfa koyarken. "Bu parça burada bitiyor."

"Tahmin etmiştim! Lir burada, bizim manastırda. Gel çocuğum, bu muhteşem haberi hemen Başrahibe Perpetua'ya verelim."

"Ama liri Abigail Rockefeller 1944'te saklamış" dedi Evangeline, Philomena'nın nasıl bu sonuca vardığını anlamayarak. "Bu mektup bir şey demiyor ki."

"Abigail Rockefeller'ın liri ne yaptığını kimse kesin olarak bilmiyor" dedi Philomena ayağa kalkıp kapıya yönelerek. "Çabuk; hemen Başrahibe Perpetua ile konuşalım. İbadet Şapeli'nin kalbinde bir şey yatıyor. Bizim işimize yarayacak bir şey."

"Durun" dedi Evangeline, söyleyeceklerinin verdiği gerginlikten çatlamış bir sesle. "Size bir şey daha söylemem lazım Hemşire."

"Söyle çocuğum" dedi kapıda duran Philomena.

"Uyarılarınıza rağmen, dün akşamüstü dışarıdan bir kişiyi kütüphaneye aldım. Başrahibe Innocenta hakkında mektup yazan adam dün manastıra geldi. Talimatınız üzerine onu kapıdan çevirmek yerine, Abigail Rockefeller'ın bulduğum mektubunu okumasına izin verdim."

"Abigail Rockefeller'ın mektubu mu? Ben elli yıldır böyle bir mektup arıyorum! Hani, yanında mı?"

Evangeline mektubu Rahibe Philomena'ya uzattı, o da kapıp hızla okudu. Okuduğu sırada hayal kırıklığı yüzüne yayıldı. Mektubu Evangeline'e geri verirken, "Bu mektupta işe yarar bir bilgi kırıntısı dahi yok" dedi.

"Arşive gelen adam öyle düşünmedi" dedi Evangeline, bir yandan da Verlaine'e duyduğu ilgiyi Philomena sezebilir mi diye meraklanarak.

"Nasıl tepki verdi bu bey?" diye sordu Philomena.

"Çok ilgilendi ve heyecanlandı" dedi Evangeline. "Bu mektubun, daha büyük ve onu görevlendiren kişinin çözmek istediği bir gizemin varlığına işaret ettiğini düşündü."

Philomena'nın gözleri büyüdü. "Neden ilgi duyduğunu anlayabildin mi?"

"Onun kötü bir niyeti olduğunu düşünmüyorum, ama –size anlatmak istediğim de buydu– onu görevlendiren kişinin bize zarar vermek istediğini çok yeni öğrendim." Evangeline, adını nasıl söyleyeceğim diye düşünerek dudaklarını ısırdı. "Verlaine, Percival Grigori için çalışıyor."

Philomena ayağa fırlayıp çay fincanını devirdi. "Daha neler!" dedi korkuyla. "Neden uyarmadın bizi?"

"Bağışlayın beni" dedi Evangeline. "Bilmiyordum."

"Tehlikenin farkında mısın?" dedi Philomena. "Hemen Başrahibe Perpetua'ya haber vermeliyiz. Şimdi anlıyorum ki feci bir hata yaptık. Düşmanımızın eline koz verdik. İnsanın barış istemesi bir şey, savaş yokmuş gibi yapması başka bir şey."

Philomena bunları söyledikten sonra kartları ve mektupları elinde toplayıp hızla kütüphaneden çıktı ve Evangeline'i boş kurabiye kutusuyla baş başa bıraktı. Philomena'nın 1944'teki olayın intikamını almaya hastalıklı ve tehlikeli bir saplantı duyduğu belliydi. Sanki yıllardır böyle bir bilgi bekliyormuş gibi meczupça bir tepki vermişti. Evangeline, anneannesinin gizli mektuplarını Philomena'ya göstermemesi, her zaman dengesizliğinden şüphe ettiği bir kadınla böyle tehlikeli bilgileri paylaşmaması gerektiğini fark etti. Çaresizlikle, şimdi ne yapabileceğini düşündü. Ansızın Celestine'in mektuplar konusundaki talimatı aklına geldi: *Okuduktan sonra tekrar gel.* Evangeline ayağa kalktı ve kütüphaneyi aceleyle terk ederek Celestine'in hücresine yöneldi.

Times Meydanı, New York

Kalabalık trafikte ağır ağır ilerleyen minibüs, 42. Sokak-Broadway kavşağında durdu. Polisin yeni milenyum kutlamaları için hazırlık yapmakta olduğu New York Emniyet Müdürlüğü çevresinde trafik durma noktasındaydı. Verlaine, işe gitmek için acele eden beyaz yakalılar arasından, polisin kanalizasyon kapaklarını lehimlediğini ve kontrol noktaları kurmakta olduğunu gördü. Yılın bu zamanı şehir turistle doluyorsa, yılbaşının, hele de bu yılbaşının tam anlamıyla bir kâbus olması işten değildi.

Gabriella, Verlaine'e minibüsten inmesini söyledi. Sokaktaki insan yığınlarının arasına karışınca, sürekli hareketin, yanıp sönen reklam panolarının ve muazzam bir yaya trafiğinin kargaşasında buldular kendilerini. Verlaine, içindekileri kaybetmekten korkarak çantasını omzuna kaldırdı. Evinde olan bitenden sonra, sürekli izlendikleri, çevredeki herkesin şüpheli olduğu, Percival Grigori'nin adamlarının her köşe başında onları beklediği duygusunu içinden söküp atamıyordu. Omzunun üzerinden geri baktığında uçsuz bucaksız bir insan deryası gördü.

Gabriella önde hızla yürürken kalabalığı yararak ilerliyor, Verlaine ona yetişmek için acele ediyordu. İnsanlar çevrelerini sararken, Gabriella'nın çok dikkat çekici bir tip olduğunu fark etti. Küçücük bir kadındı; boyu bir elli ya vardı ya yoktu; son derece inceydi ve keskin hatlıydı. Üzerindeki daracık, bele oturan, obsidyen düğmeli, özel biçilmiş ipek ceket, o kadar sıkı oturuyordu ki korse üzerine giyilmek için tasarlanmıştı sanki. Gabriella'nın yüzü, kara giysilerine karşı bembeyazdı ve yaşlı kadın yüzü olduğundan ince çizgiler içindeydi. Yetmişli yaşlarında olmasına rağmen, olağanüstü bir gençlik havası vardı üzerinde. Simsiyah, ışıl ışıl saçları özenle şekillendirilmişti, duruşu dimdik, adımları sağlamdı. Verlaine'i peşinden koşmaya zorlamak için midir bilinmez, hızlı yürüyordu.

"Sizi neden buraya, bu tımarhaneye soktuğumu merak ediyorsunuzdur" dedi kalabalığa işaret ederek. Sesinde, telefondayken de gelen sakin duygusuzluk vardı ve bu Verlaine'i bir yandan huylandırıyor, diğer yandan rahatlatıyordu. "Noel zamanı Times Meydanı, yürüyüş yapmaya pek elverişli değil."

"Genellikle buraya uğramam" dedi Verlaine, neonlar içindeki mağaza vitrinlerine ve okuyabileceğinden hızlı bilgi püskürten dev haber ekranlarına bakarak. "Bir yıldır geçmiyordum herhalde."

"Tehlikedeyseniz en iyisi kalabalığa sığınmaktır" dedi Gabriella. "İnsan dikkat çekmekten kaçınmalı; ihtiyatın da fazlası olmaz."

Birkaç sokak sonra biraz yavaşlayan Gabriella, her tarafı Noel süslemeleriyle kaplanmış Bryant Parkı'nın önünden geçti. Sabah güneşinin parlaklığı ve taze kar bir araya geldiğinde ortaya çıkan manzara Verlaine'e mükemmel New York Noeli gibi gelmiş ve tipik bir Norman Rockwell mizanseni olarak onu rahatsız etmişti. New York Halk Kütüphanesi'nin kocaman binasına yaklaştıkları sırada Gabriella bir kez daha durakladı, omzunun üstünden baktı ve karşıya geçti. "Gel" diye fısıldayıp kütüphane girişindeki aslan heykellerinden birinin önünde hatalı park halinde bulunan siyah bir arabaya doğru ilerledi. Araba New York plakalıydı ve plakasında ANGEL27 yazıyordu. Yaklaştıklarını gören sürücü marşa bastı. "Arabamız bu" dedi Gabriella.

39. Sokak'tan sağa dönüp Altıncı Cadde boyunca ilerlediler. Bir ışıkta durdukları sırada Verlaine, siyah cip hâlâ peşlerinde mi diye arkaya baktı. Takip edilmiyorlardı. Gabriella'nın yanında kendisini rahat hissetmesi, onu sinirlendirmişti. Daha tanışalı kırk beş dakika olmamıştı. Kadın yanında oturuyor, sabahın dokuzunda Manhattan'da kovalanmak hayatının olağan akışıymış gibi camdan bakıyordu.

Columbus Circle'a ulaştıklarında sürücü sağa çekti ve Gabriella ile Verlaine inip Central Park'tan esen dondurucu rüzgâra adım attılar. Gabriella yine hızla önde yürüyor, trafiği inceliyor ve heykelin bulunduğu dairenin ötesine bakıyordu; sarsılmaz görünen sükûnetini kaybetmek üzereydi. "Nerede bunlar?" diye homurdanıp park tarafındaki kaldırıma geçtikten sonra, günün gazetelerinin dağ gibi yığıldığı bir gazetecinin önünden yürüyüp Batı Central Park'ın gölgesine daldı. Birkaç sokak tempolu yürüdükten sonra bir ara sokağa girdi ve durup çevresine bakındı. "Geç kaldılar" dedi fısıltıyla. O anda klasik bir Porsche köşeyi döndü ve acı bir frenle önlerinde durdu. Sedef beyazı kaportası sabah güneşinde parlayan arabanın plakasının ANGEL1 olduğunu gören Verlaine, gülümsemeden edemedi.

Sürücü mahallinden genç bir kadın fırladı. "Özür dilerim Dr. Gabriella" deyip Gabriella'nın avucuna anahtarları bıraktıktan sonra hızla uzaklaştı.

"Atlayın" dedi Gabriella, sürücü koltuğuna otururken.

Talimatı yerine getiren Verlaine, küçücük arabaya sığışıp kapıyı sertçe kapattı. Konsol cilalı akçaağaç, direksiyon deri kaplıydı. Yolcu koltuğuna biraz daha yerleştikten sonra çantasının yerini değiştirip emniyet kemerine uzandı ama kemer yoktu. "Güzel araba" dedi.

Gabriella sert bir bakış attı ve marşa bastı. "356 bu, Porsche'nin ilk modeli. Bayan Rockefeller, topluluğumuz için birkaç tanesini satın almıştı. Bunca yıl sonra hâlâ onun artıklarından besleniyor olmamız inanılmaz."

"Artık dediğiniz buysa" dedi Verlaine, acı kahve deri koltuğun üzerinde elini dolaştırarak. "Abigail'in spor araba meraklısı olacağını hiç tahmin etmezdim."

"Ona dair tahmin edemeyeceğimiz pek çok şey var" diyen Gabriella, trafiğe katıldı, sert bir U dönüşü yaptı ve Central Park'ın kıyısından kuzeye doğru yol almaya başladı.

Gabriella, seksenli sokakların sessiz, ağaçlık olanlarından birine arabayı park ettikten sonra, Verlaine'i birbirinin tıpkısı iki binanın arasında adeta mengeneye sıkışmış gibi duran bir taş binaya götürdü. Apartman kapısını açtı ve Verlaine'e içeri girmesini işaret etti. Varacakları yere ulaşmadan Verlaine'in yönünü tayin edememesini ister gibi sert ve kararlı şekilde hareket ediyordu. Verlaine'in bir iç mekâna girdiklerini fark etmesi birkaç saniye sürdü.

Gabriella sırtını kapıya verdi, gözlerini kapattı ve derince iç geçirdi. Holün loşluğunda, yorgunluğu belli olmuştu. Saçlarını gözlerinden uzaklaştırdıktan sonra göğsüne koyduğu eli titriyordu. "Aslında" dedi usulca, "biraz yaşlandım artık."

"Biliyorum sormamam gerekir ama" dedi merakına yenik düşen Verlaine, "birazdan kastınız ne acaba?"

"Şüphe uyandıracak kadar diyelim" dedi.

"Şüphe mi?"

"İnsanlığımdan şüphe ediyorlar" dedi, koyu far sürüp iyice vurguladığı su yeşili gözlerini kısarak. "Topluluğumuzun bazı üyeleri, benim 'onlardan' olduğumu düşünüyor. Emekliye ayrılsam yeridir. Ömrüm boyunca bu şüphelerle boğuştum."

Verlaine onu siyah çizmelerinden kıpkırmızı rujuna, tepeden tırnağa süzdü. Kendisini tanıtmasını, dün gece olanları açıklamasını, neden onu korumak için apartmanın önünde beklediğini anlatmasını istemeyi düşündü.

"Siz benim şikâyetlerime bakmayın, gelin" diyen Gabriella, olduğu yerde dönüp dar ahşap merdiveni çıkmaya başladı. "Yukarı çıkacağız."

Verlaine, gıcırdayan merdivende Gabriella'yı takip etti. Gabriella, merdivenin tepesinde durup bir kapı açtı ve Verlaine'i loş bir odaya soktu. Gözleri karanlığa alışan Verlaine, uzun ince odanın duvarlarını kaplayan ve zeminden tavana uzanan kitaplıklar, kabarık minderli koltuklar, sehpaların üzerine huysuz, parlak tüylü kuşlar gibi yerleştirilmiş abajurlar gördü. Bir duvarda, ağır yaldızlı çerçeveler içinde tablolar asılıydı; karanlıkta resimler seçilemiyordu. Eğimli çatı salonun tam ortasında en yüksek noktasına erişiyordu; çatı akmış, badana sararmıştı.

Verlaine'e oturmasını işaret eden Gabriella, yüksek ve dar pencerelerin perdelerini bir bir açarak odayı ışıkla doldurdu. Verlaine, pencere kenarındaki dik sırtlı neo-gotik sandalyelere yürüdü ve çantasını yanına bıraktıktan sonra bunlardan birine yerleşti. Ağırlığını verince sandalye gıcırdadı.

"Açık konuşayım Bay Verlaine" dedi Gabriella, onun yanındaki sandalyeye oturarak, "Hayatta olduğunuza şükredin."

"Kimdi onlar?" dedi Verlaine. "Ne istiyorlardı?"

"Bir o kadar önemlisi de" diye devam etti Gabriella, Verlaine'in sorusunu ve giderek artan sıkıntısını görmezden gelerek, "kılınıza zarar gelmeden kaçabilmiş olmanız." Tekrar kabuk bağlamaya başlamış yarasına baktıktan sonra, "Burnunuz kanamadan diyelim" dedi. "Çok şanslısınız. İstedikleri şeyi alarak kaçtınız."

"Saatlerdir oradaydınız herhalde. Beni izlediklerini nasıl anlayacaksınız yoksa? İçeri gireceklerini nereden bildiniz?"

"Medyum değilim" dedi Gabriella. "Yeterince beklersen şeytan bir yerlerden kendini gösterir."

"Sizi Evangeline mi aradı?" dedi Verlaine, ama Gabriella cevap vermedi. Onun gibi adamlarla sırlarını paylaşacak hali yoktu elbette. "Beni bulduklarında ne yapacaklarını da biliyordunuz herhalde" diye devam etti.

"Mektupları alacaklardı elbette" diye sakince cevapladı Gabriella. "Mektupları ele geçirdikten sonra da sizi öldüreceklerdi."

Verlaine bunu bir süre düşündü. Mektupların neden bu kadar

önemli olduğunu anlayamıyordu. Sonunda, "Bunu neden yapacaklarına dair bir fikriniz var mı?" diyebildi.

"Her şeye dair fikrim vardır Bay Verlaine" dedi Gabriella, karşılaştıklarından beri ilk defa gülümseyerek. "Öncelikle, onlar da benim gibi, elinizdeki mektuplarda önemli bilgiler bulunduğunu düşünüyorlar. İkincisi, bu bilgilere fena halde ihtiyaçları var."

"Adam öldürecek kadar mı?"

"Mutlaka" dedi Gabriella. "Çok daha az önemli bilgiler için çok can aldılar şimdiye kadar."

"Anlamıyorum" dedi Verlaine, çantasını tekrar kucağına alarak. Savunmaya yönelik bu hareket Gabriella'nın dikkatinden kaçmamıştı; gözlerindeki bir dalgalanma açığa vurdu bunu. "Innocenta'nın mektuplarını okumadılar."

Bu söz üzerine Gabriella durakladı. "Emin misiniz?"

"Mektupları Grigori'ye vermemiştim" dedi Verlaine. "Bulduğumda mektupların ne olduğunu anlayamadım ve ona haber vermeden önce bunların hakiki olduğunu doğrulamak istedim. Bizim alanımızda bir şeyi ortaya atmadan önce doğrulamak çok önemlidir."

Gabriella, küçük bir yazıhanenin çekmecesini açıp bir tabakadan sigara çıkardı, lake bir ağızlığa takıp küçük altın bir çakmakla yaktı. Baharlı tütün kokusu odayı doldurdu. Tabakayı Verlaine'e uzattı, o da aldı. Yanında sert bir içki istemeyi de aklından geçirdi.

"Aslına bakarsanız" dedi sonunda, "bu olaya nasıl karıştığımı hiç bilmiyorum. O insanlar, insan dediğim lafın gelişi, neden evime geldiler bilmiyorum. Grigori için çalışırken tuhaf bilgilerle karşılaştığımı kabul ediyorum ama herkes insanların tuhaf tuhaf merakları olduğunu bilir. Artık aklımı mı kaçırıyorum diye endişelenmeye başladım. Neden burada olduğumu anlatabilir misiniz?"

Gabriella, vereceği cevabı düşünür gibi Verlaine'i süzdü. Sonunda, "Sizi buraya getirdim, çünkü size ihtiyacımız var" dedi.

"Biz derken?"

"Çok önemli bir şeyi ele geçirmemize yardımınızı rica ediyoruz."

"Rodop Dağları'nda bulunan şeyi mi?"

Verlaine'in sözleri üzerine Gabriella'nın rengi soldu. Nihayet onu şaşırtabilmişti Verlaine; içinde bir zafer ateşi parlayıp söndü.

"Rodop Dağları'na yapılan yolculuğu biliyor musunuz?" dedi kadın metanetini tekrar kazanarak.

"Abigail Rockefeller'ın Evangeline'in bana dün gösterdiği mektubunda sözü ediliyor. Eski çağlardan kalma bir şeyi, belki Yunan toprak işlerini ya da Trakya resimlerini aradıklarını düşünmüştüm. Ama şimdi anlıyorum ki arananlar, çanak çömlekten daha değerli."

"Çok daha değerli" dedi Gabriella, sigarasını bitirip küllükte söndürerek. "Ama değeri, sizin düşündüğünüzden farklı biçiliyor. Bu parayla biçilebilecek bir değer değil; gerçi son iki bin yılda bunu elde etmek için sınırsızca para harcandı ama... Şöyle söyleyeyim: Kadim bir değeri var."

"Tarihi bir buluntu mu?" dedi Verlaine.

"Öyle de diyebiliriz" dedi Gabriella kollarını kavuşturarak. "Çok eski, ama müzelik değil. Geçmişteki önemini bugün de koruyor. Milyonlarca kişinin hayatını etkileyebilir ve daha önemlisi, geleceğin yönünü değiştirebilir."

"Bilmece gibi anlattınız" dedi Verlaine sigarayı söndürürken.

"Sizinle oyun oynamayacağım; buna vaktimiz yok. Durum düşündüğünüzden çok daha karmaşık. Bu sabah başınıza gelenler, aslında çağlar önce başladı. Siz bu olaya nasıl karıştınız bilmiyorum ama elinizdeki mektuplar nedeniyle olayın tam göbeğindesiniz artık."

"Anlamıyorum."

"Bana güvenmenizi istiyorum" dedi Gabriella. "Size her şeyi anlatacağım, ama siz de bunun karşılığında özgürlüğünüzden vazgeçeceksiniz. Bugünden sonra ya bizden biri olacaksınız ya da yeraltına ineceksiniz. Her halükârda, hayatınızın geri kalanını hep arkanızı kontrol ederek geçireceksiniz. Misyonumuzun tarihçesini ve Bayan Rockefeller'ın nasıl bu çalışmalara karıştığını –ki bunlar çok daha geniş ve karmaşık bir bütünün küçücük parçalarıdır– öğrendikten sonra, içinden çıkmanızın mümkün olmadığı bir faciaya karışmış olacaksınız. Şimdi söylediklerim abartılı gelebilir, ama gerçeği öğrenmenizin ardından hayatınız dönüşü olmaksızın değişecek. Bir daha eskiye dönemeyeceksiniz."

Verlaine, Gabriella'nın söylediklerini düşünürken önüne baktı. Bir yandan, bir uçurumdan atlaması istenmiş, daha doğrusu emredilmişti; diğer yandansa, uçurumdan kendi iradesiyle atlamaya engel olamıyordu. Sonunda, "Mektupların, o keşifte ortaya çıkarılanları açıkladığını düşünüyorsunuz herhalde" diyebildi.

"Ortaya çıkarılanları değil, saklananları" dedi Gabriella. "Rodop Dağları'na bir liri bulup çıkarmak için gittiler. Daha doğrusu bir kitar. Bu nesne kısa bir süreliğine bizim elimizde kaldı. Sonra tekrar saklandı. Son derece zengin ve nüfuzlu bir zümre olan düşmanlarımız, bunu bulmayı en az bizim kadar istiyorlar."

"Evimi basanlar da onlar mıydı?"

"Evet; evinizi basanlar, bu zümre tarafından görevlendirilmişti."

"Percival Grigori de onlardan mı?"

"Evet" dedi Gabriella. "Önde gelen üyelerinden."

"Yani ben onun adına çalışarak" dedi Verlaine, "aslında size karşı çalışmış oluyorum."

"Daha önce de dediğim gibi, siz onlar için hiçbir önem taşımıyorsunuz. Grigori'nin insan içine çıkması hem zararlı hem de son derece tehlikeli olduğu için, araştırmalarını yapmak üzere sizin gibi piyonlar –bu söz ona ait, bana değil– kullanıyor. Bu kişilere istediği bilgileri buldurduktan sonra onları öldürtüyor. Son derece etkili bir güvenlik önlemi." Gabriella bir sigara daha yakıp dumanını havaya savurdu.

"Abigail Rockefeller da onlar için mi çalışıyordu?"

"Hayır" dedi Gabriella, "tam tersi. Bayan Rockefeller, lirin içinde bulunduğu çantanın saklanacağı uygun bir yer bulmak için Başrahibe Innocenta ile işbirliği yapıyordu. Anlayamadığımız nedenlerden ötürü, savaştan sonra bizimle tüm irtibatı kopardı. Topluluğumuzda ciddi bir sarsıntıya neden oldu. Çantayı nereye sakladığına dair hiçbir fikrimiz yok. Bazıları çantanın New York'ta saklandığına inanıyor. Diğerleri ise Avrupa'ya geri gönderildiğine. Sakladı mı, sakladıysa nereye? Bunları öğrenmek için var gücümüzle uğraşıyoruz."

"Innocenta'nın mektuplarını okudum" dedi Verlaine kuşkuyla. "Aradığınız şeyi onlarda bulamayacaksınız bence. Grigori'ye ulaşmak daha yararlı olabilir."

Gabriella bıkkınca, derin bir nefes aldı. "Size bir şey göstereceğim" dedi. "Karşımızdakilerin ne tür yaratıklar olduğunu anlamanıza yardım edecektir."

Ayağa kalkıp ceketini çıkardı. Sonra damarlı elleriyle taşlı düğmeleri tek tek açıp siyah ipek gömleğini çıkardı. "Karşı tarafın" dedi sessizce, önce sol kolunu, ardından sağ kolunu gömlekten kurtarırken, "eline geçtiğinizde başınıza bu gelir."

Verlaine, Gabriella'nın sırtını pencereden gelen ışığa çevirmesini izledi. Gövdesi, sırtını, göğsünü, karnını ve omuzlarını saran siyah, kıvrım kıvrım yara izleriyle doluydu. Keskin bir kasap bıçağıyla doğranmış gibi görünüyordu. Hasar görmüş dokunun genişliğine ve yara kenarlarının yuvarlaklığına bakılırsa, yaralar doğru dürüst dikilmemişti. Loş ışıkta cilt, pembe ve cerahatli görünüyordu. Yara şekillerine bakılırsa Gabriella kırbaçlanmış, daha da kötüsü belki usturayla doğranmıştı.

"Tanrım" dedi parçalanmış etlerin, sedefli uçuk pembe rengiyle zarif olduğu kadar korkunç görünen yaraların görüntüsüyle kendinden geçen Verlaine. "Nasıl oldu bu?"

"Onları zekâmla yenebileceğimi düşündüm" dedi Gabriella. "Onlardan daha akıllı, daha güçlü, daha becerikli olduğumu sandım. Savaş sırasında Paris'in en iyi melekbilimcisiydim. Gencecik yaşıma rağmen diğer herkesten hızlı yükseldim. Bu gerçektir. Bana inanın: İşimde her zaman çok iyiydim, hâlâ da çok iyiyim."

"Bu olay savaşta mı meydana geldi?" dedi Verlaine, vahşete bir anlam vermeye çalışarak.

"Gençliğimde ikili ajan olarak çalışıyordum. En güçlü düşman ailesinin veliahdının sevgilisi oldum. Çalışmalarım takip ediliyordu ve başlarda büyük başarı elde ettim, ama sonunda yakalandım. Böyle bir köstebeklik işini yapabilecek tek kişi varsa o da bendim. Bana dikkatle bakın Bay Verlaine ve sizin başınıza ne gelebileceğini düşünün. İyinin sonunda kötüye galip geleceği yönündeki Amerikalı safdilliğiniz sizi kurtarmayacaktır. Sizi temin ederim ki hayatınız kararacak."

Verlaine, Gabriella'ya bakamıyordu ama kafasını da çeviremiyordu. Yaraların köprücükkemiklerinden kalçalara kadar inen pespembe izlerine bakarken cildin solukluğu aklına kazınıyordu. Kusacak gibi oldu. "Onları nasıl yenmeyi umuyorsunuz?"

"Bunu" dedi Gabriella bluzunu giyip düğmelerini iliklerken, "siz bana mektupları verdikten sonra anlatacağım."

Verlaine bilgisayarını Gabriella'nın masasına koydu ve açtı. Sabit disk vızıldadı, monitör aydınlandı. Biraz sonra bütün dosyaları, bu arada araştırma belgeleri ve taradığı mektuplar, lacivert bir fon üzerinde küçük, parlak renkli balonlar olarak ortaya çıktı. Verlaine, Rockefeller/Innocenta adlı klasöre tıkladıktan sonra Gabriella'nın rahatça okuması için bilgisayarın önünden çekildi. Tozlu pencereye geçip sessiz ve soğuk parka baktı. İleride donmuş göletler, boş bir paten pisti, karla kaplı kaldırımlar ve kış için üstü kapatılmış atlıkarınca olduğunu biliyordu. Batı Central Park boyunca hızla ilerleyen bir taksi ordusu, insanları kuzeye taşıyordu. Şehir, olağan manik halinde yaşamayı sürdürüyordu.

Verlaine omzunun üstünden Gabriella'ya baktı. Mektupları nefes bile almadan okurken, ışıklı kelimeler ansızın yok olabilirmiş gibi bilgisayar ekranına adeta gömülmüş haldeydi. Monitörden yansıyan yeşil-beyaz ışık, göz ve ağız çevresindeki çizgileri daha da ortaya çıkarmış, siyah saçlarını mora yaklaştırmıştı. Gabriella masadan bir kâğıt çıkardı ve gözlerini bir kere bile Verlaine'e bakmak ya da kâğıda indirmek için monitörden ayırmadan notlar almaya başladı. Dikkatini bilgisayar ekranına, Başrahibe Innocenta'nın çengelli ve kıvrımlı el yazısına, tarayıcının ekrana mükemmel aktardığı kâğıt kıvrımlarına o kadar vermişti ki, Verlaine'in arkasına geçip omzunun üzerinden ekrana bakmakta olduğunu neden sonra fark etti.

"Köşede sandalye var" dedi yine gözlerini kaldırmadan. "Omzumun üstünden okumaktan daha rahattır."

Verlaine, köşede duran antika piyano sırasını Gabriella'nın yanına taşıdı ve oturdu.

Gabriella, bir elini öpülmesini beklermiş gibi kaldırdı ve "Bir sigara, *s'il vous plaît*" dedi.

Verlaine porselen sigaralıktan bir sigara çıkardı, lake ağızlığa yerleştirdi ve Gabriella'nın parmaklarına tutuşturdu. Kadın yine gözünü ekrandan ayırmadan sigarayı dudaklarına götürdü. Verlaine çakmakla sigarayı yakınca "*Merci*" dedi ve dumanı içine çekti.

Verlaine bir süre sonra çantasını açtı, içindeki klasörü aldı ve Gabriella'nın dikkatini bölmeyi göze alarak, "Bunları daha önce vermem lazımdı" dedi.

Gabriella ekrandan başını çevirdi ve Verlaine'den mektupları aldı. Karıştırırken, "Orijinalleri mi?" dedi.

"Yüzde yüz orijinal olup Rockefeller Aile Arşivi'nden itinayla çalınmıştır" dedi Verlaine.

"Teşekkür ederim." Gabriella klasörü açtı ve mektupları inceledi. "Bunların başına ne geldiğini merak ediyordum, sizde olduğundan da şüpheleniyordum. Peki, bu mektupların kaç kopyası çıkarıldı?"

"Hiç" dedi Verlaine. "Orijinalleri elinizde." Ekrandaki sayfalara işaret etti. "Taradıklarım da orada."

"Çok iyi" dedi Gabriella sessizce.

Verlaine, başka şeyler söyleyecek sandı. Gabriella bunun yerine ayağa kalktı, bir çekmeceden çekilmiş kahve çıkardı ve elektrikli ısıtıcıya bir cezve koyup içinde kahve kaynattı. Kaynayan cezveyi alıp bilgisayarın başına dönen Gabriella, en ufak bir uyarıda bulunmadan bütün cezveyi klavyeye boca etti. Ekran önce bembeyaz oldu, sonra karardı. Bilgisayarın içinden berbat bir çatırtı gelmeye başladı. Sonra makine sessizliğe gömüldü.

Verlaine, kahve içinde kalmış klavyenin başına koştu, metanetini korumaya çalıştı ama başaramadı: "Ne yapıyorsunuz yahu?"

"Gerekenden bir fazla kopya olmasına bile izin veremeyiz" dedi Gabriella, elindeki kahve tanelerini sakince silerken.

"İyi de bilgisayarımı yaktınız." Verlaine, makinenin bir şekilde tekrar canlanmasını umarak açma düğmesine bastı.

"Elektronik cihazları yerine koymak kolaydır" dedi sesinde en ufak bir pişmanlık belirtisi olmayan Gabriella. Pencereye yürüyüp cama yaslandı ve huzurlu bir ifadeyle kollarını kavuşturdu. "Bu mektupları kimsenin okumasına izin veremeyiz. Çok önemli bunlar."

Mektupları inceledikten sonra bir sehpaya yan yana dizerek bütün sehpayı kapladı. Her biri birkaç sayfalık beş mektup vardı. Verlaine de Gabriella'nın yanına geldi. Sayfalar süslü bir yazıyla kaleme alınmıştı. Yumuşak ve kırışık bir sayfayı alıp üzerinde mavi dalgalar halinde yayılan zarif, kıvrımlı, olağanüstü okunaksız yazıyı çözmeye çalıştı. Loş ışıkta okumak neredeyse imkânsızdı.

"Okuyabiliyor musunuz?" dedi Gabriella, sehpaya eğilip açıyı değiştirmek okumasına yardımcı olacakmış gibi sayfalardan birini döndürerek. "Ben hiç okuyamıyorum."

"Alışmak lazım" dedi Verlaine. "Ama evet, okuyabiliyorum."

"O zaman bana yardım edin" dedi Gabriella. "Bu yazışmaların bize yardımcı olup olamayacağını anlamamız gerekiyor."

"Deneyeceğim" dedi Verlaine. "Ama önce bana ne aradığımı söyleyin."

"Mektuplarda adı geçen mekânlara dikkat edin. Abigail Rockefeller'ın rahatça girip çıkabildiği yerler. Belki her tarafını kullanma yetkisinin olduğu bir kurum. Bazı adreslere, sokaklara, otellere yapılan görünüşte masumane göndermeler. Bunlar güvenli yerler olacak tabii ama fazla da güvenli olmayacak."

"New York'un yarısı böyle olabilir" dedi Verlaine. "Bir şey bulacaksam, tam olarak ne aradığınızı bilmem gerekir."

Gabriella camdan baktı. Neden sonra konuştu: "Uzun zaman önce, Gözcüler adı verilen bir grup asi melek, Avrupa'nın ücra bir köşesindeki bir mağarada hapisle cezalandırıldı. Hükümlüleri hapsetmekle görevli başmelekler bunları zincire vurdu ve derin bir çukura attı. Gözcülerin düşerken attıkları acı çığlıkları duyan başmelekler, çektikleri eziyete çok acıdılar ve Başmelek Cebrail bu yaratıklara altın bir lir fırlattı. Melekler mertebesinde mükemmel olan bu çalgının sesi öyle mucizeviydi ki, mahpuslar mağarada geçirdikleri yüzlerce yıl boyunca bu çalgının çıkardığı ezgilerle avundular. Cebrail'in hatasının önemli yansımaları oldu. Lir,

Gözcüleri yatıştırmanın yanında güçlendirdi de. Yerin yedi kat altında bir yandan eğlenirken bir yandan da daha hırslı ve arzulu hale geldiler. Lirin müziğinin onlara olağanüstü güç bahşettiğini anladılar."

"Nasıl bir güç?" diye sordu Verlaine.

"Tanrıcılık oynama gücü" dedi Gabriella. Bir sigara daha yakıp devam etti. "Melekbilim akademilerinin ileri düzey öğrencilerine semavi müzikoloji seminerlerinde öğretilen bir fenomendir bu. Evren, Tanrı'nın sesinin tınılarıyla, yani onun sözünün müziğiyle yaratıldığı için, habercileri olan meleklerin müziğiyle de değiştirilebilir, geliştirilebilir veya ortadan kaldırılabilir. Lir ve meleklerin yüzyıllar içinde vücuda getirdiği, çoğunu ele geçirdiğimiz diğer semavi çalgılar, bu değişiklikleri meydana getirme kudretine sahiptir; yani biz böyle düşünüyoruz. Kudret, çalgıdan çalgıya değişiyor. Semavi müzikologlarımız, doğru frekans yakalanırsa her türlü değişikliğin meydana gelebileceğini öne sürüyor. Mesela gökyüzü kırmızı, deniz mor, çimenler turuncu olabilir. Belki güneş havayı ısıtmak yerine soğutmaya başlar. Belki kıtaları iblisler istila eder. Lirin kudretlerinden birinin, hastalara şifa vermek olduğuna inanılıyor."

Verlaine, ilk bakışta gayet mantıklı görünen bu kadının ağzından çıkanları, kulaklarına inanamayarak dinliyordu.

"Size şimdi anlamsız gelecek" dedi Gabriella, orijinalleri toplayıp Verlaine'e vererek. "Siz yine de okuyun. Dinlemek istiyorum. Düşünmeme yardımcı olacak."

Verlaine kâğıtlara göz gezdirip yazışmanın başladığı 5 Haziran 1943 tarihli mektubu buldu ve okumaya başladı. Başrahibe Innocenta'nın ağdalı ve tumturaklı, balyozla dövüle dövüle şekle sokulmuş gibi üslubu başta sıkıntı yarattıysa da, kadının dünyasına kısa sürede kendini kaptırdı.

İlk mektupta hoşbeş ve girizgâhtan başka pek az şey vardı; sanki Innocenta, karanlık bir koridorda el yordamıyla Bayan Rockefeller'ı bulmaya çalışıyordu. Ama Bayan Rockefeller'ın sanatına yapılan göndermelerden bu ilk mektup bile nasibini almıştı: "*Sanat anlayışınızın mükemmelliğini ve hayalinizi vücuda getirmekteki ustalığınızı takdir ettiğimizi bilmenizi isteriz.*" Bu gönderme, Verlaine'in mektupları okuma şevkini tekrar körükledi. İkinci mektup biraz daha uzun ve samimiydi; Innocenta'nın, geleceğe yönelik çalışmalarına verdiği destekten ötürü Bayan Rockefeller'a duyduğu minneti açıklıyordu ve Verlaine'in mağrurca vurguladığı gibi, Bayan Rockefeller'ın mektuba iliştirmiş olması gereken çizimden söz ediyordu: *"Muhterem dostum, büyüleyici güzellikteki eserlerinizi büyük bir sevinçle ve minnetle almış bulunuyoruz."* Mektubun içeriğinden, iki kadın arasında bir anlaşmaya varıldığı anlaşılsa da herhangi bir somut gönderme yoktu ve bir plan kurulduğuna dair bir ifade de yer almıyordu. Dördüncü mektupta, başka bir sanat eserine gönderme vardı: *"Her zaman olduğu gibi bu sefer de elleriniz, gözümüzün görmek istediğini yansıtmakta hiç zorlanmamış."*

Verlaine, Bayan Rockefeller'ın sanat eserleriyle ilgili varsayımını açıklayacak oldu ama mektupları okumayı kesmiş olmasına sinirlenen Gabriella, devam etmesini söyledi. "Son mektubu okuyun" dedi. "15 Aralık 1943 tarihli olanı."

Verlaine mektubu bulmak için sayfaları karıştırdı.

15 Aralık 1943

Sayın Bayan Rockefeller,

Son mektubunuz çok güzel bir zamanda, yıllık Noel hazırlıklarımızı tamamlayıp yol göstericimizin doğumunu kutlamaya geçtiğimiz sıralarda geldi. Rahibelerimizin bu yılki kermesi beklediğimizden de iyi geçti ve öyle sanıyorum ki bağış toplamaya devam edebileceğiz. Sizin yardımlarınız da bize büyük mutluluk veriyor. Cömertliğiniz için Tanrı'ya şükrediyor, ibadetlerimizde sizi de hatırlıyoruz. Adınız, Azize Rose Rahibelerinin dilinden uzun süre düşmeyecektir.

Kasım ayındaki mektubunuzda anlattığınız hayır işi etkinliği, Azize Rose Manastırı'ndaki herkes tarafından heyecanla karşılandı ve umarım yeni üyeler kazanmamıza büyük destek olacak. Yakın zamandaki mücadelemizin bütün sıkıntıları ve zorlukları, geçmiş yılların yoksunlukları ve eziyetlerinin ardından, ışığın yükselmekte olduğunu görebiliyoruz.

Keskin bir göz, meleklerin müziği gibidir; ölçülü, hassas ve akıl almayacak derecede gizemlidir, ama yine de bütün gücünü ışıktan alır. Sevgili velinimetimiz, eserlerinizi özenle seçtiğinizi biliyoruz. Bizi yine aydınlatmanızı bekliyor, çalışmalarınızın müjdeleriyle ruhumuza ışık doldurmanız için bir an evvel yazmanızı diliyoruz.

Hakikati arayan dostunuz,
Innocenta Maria Magdalena Fiori, ASA

Verlaine beşinci mektubu okurken, bir cümle Gabriella'nın dikkatini çekti. Verlaine'den durup o cümleyi tekrarlamasını istedi. "'Keskin bir göz, meleklerin müziği gibidir; ölçülü, hassas ve akıl almayacak derecede gizemlidir, ama yine de bütün gücünü ışıktan alır.'"

Verlaine sararmış kâğıtları kucağına yerleştirdi. "İlginç bir şey dikkatinizi çekti mi?" dedi, pasajlara dair teorilerini sınamak için heyecanlanarak.

Gabriella düşüncelere gömülmüştü; çenesini ellerine dayamış, pencereden bakıyordu. "Yarısı burada" dedi sonunda.

"Neyin yarısı?"

"Esrarın yarısı" dedi Gabriella. "Başrahibe Innocenta'nın mektupları, uzun zamandır şüphelendiğim bir şeyi, yani kadınların işbirliği yaptığını doğruluyor. Emin olabilmek için, yazışmaların diğer yarısını da okumam gerekecek. Ama Innocenta ve Bayan Rockefeller'ın yer seçmekte olduğuna inanıyorum. Celestine bu çalgıyı Paris'ten getirmeden, hatta çalgıyı bulmak için Rodop Dağları'na gidilmeden aylar öncesinden, çalgıyı nasıl emniyette tutacaklarını planlıyorlardı. Innocenta ve Bayan Rockefeller'ın, güvenli bir yer bulacak akla ve öngörüye sahip olmaları bizim için bir nimet. Şimdi bize düşen, yöntemlerini anlamak. Lirin yerini bulmamız gerek."

Verlaine kaşını kaldırdı. "Mümkün mü bu?"

"Abigail Rockefeller'ın Innocenta'ya yazdığı mektupları okumadan emin olamam. Innocenta çok parlak bir melekbilimciymiş belli ki; bilindiğinden çok daha akıllıymış. İlişkileri boyunca, Abigail Rockefeller'ı melekbilimin geleceğini güvenceye almaya yönlendirmiş. Çalgıları Bayan Rockefeller'a teslim etmeden önce uzun uzadıya hazırlık ve plan yapmış." Gabriella, hareket ederek düşüncelerini düzenleyebilecekmiş gibi salonun diğer ucuna doğru yürüdü. Derken ansızın durdu. "Burada, New York'ta olması lazım."

"Emin misiniz?" dedi Verlaine.

"Emin olmanın yolu yok, ama öyle olduğuna inanıyorum. Abigail Rockefeller, çalgıya göz kulak olmak istemiştir."

"Mektuplarda benim atladığım bir şey yakalıyorsunuz herhalde" dedi Verlaine. "Benim için bunlar, iki yaşlı kadın arasında saygılı ve sıcak yazışmalardan ibaret. Mektupların tek ilgi çekici yönü, zaman zaman atıfta bulundukları ama asla dile getirmedikleri şey."

"Ne demek istiyorsunuz?" dedi Gabriella.

"Innocenta'nın konuyu kaç kere çizimlere, eserlere getirdiğini fark ettiniz mi? Abigail Rockefeller sanki mektuplarının ekinde bazı çizim veya resimler de gönderiyordu. Bunlar ya karşı tarafın yazdığı mektupların yanında ya da kayboldu."

"Haklısınız" dedi Gabriella. "Mektuplarda devamlı gündeme gelen bir konu bu ve herhalde diğer yarısını okuduğumuzda ortaya çıkacak. Innocenta'nın fikirleri geliştiriliyordu mutlaka. Belki yeni fikirler ortaya çıkıyordu. İki tarafın mektuplarını yan yana koyabildiğimizde genel durumu anlayabileceğiz."

Mektupları Verlaine'den tekrar aldı ve satırları ezberlemek istermiş gibi baştan sona bir daha okudu. Sonra cebine koydu. "Çok dikkatli olmamız gerek" dedi. "Bu mektupları ve işaret ettikleri sırları Nefillerden saklamamız hayati önem arz ediyor. Percival'ın bunları görmediğinden emin misiniz?"

"Mektupları sadece Evangeline ve siz okudunuz, ama Percival'a başka bir şey gösterdim ki, keşke hiç göstermeseydim" dedi Verlaine ve çantasından mimari çizimleri çıkardı.

Gabriella çizimleri alıp dikkatle incelerken yüzüne büyük bir keder çöktü. "Büyük talihsizlik" dedi sonunda. "Bunlar her şeyi açık ediyor. Bu kâğıtlara baktığında çizimlerin anlamını çözdü mü?"

"Önemli bulmadı bunları."

"İyi bari" dedi Gabriella hafifçe gülümseyerek. "Percival yanılmış. Bulduklarınızın anlamını çözmeye başlamadan, bir an önce harekete geçmeliyiz."

"Ne buldum ki?" diye sordu Verlaine; çizimlerin ve ortadaki altın mührün önemini nihayet öğrenebileceğini umarak.

Gabriella çizimleri masaya koydu ve eliyle açıp düzeltti. "Bunlar talimat aslında" dedi. "Ortadaki mühür, bir yere işaret ediyor. Dikkat ederseniz, şapelin tam ortasında bulunuyor."

"Ama neden?" dedi mühre belki yüzüncü kez bakan ve bunun anlamını çözmeye çalışan Verlaine.

Gabriella siyah ipek ceketini üstüne geçirdi ve kapıya yöneldi. "Benimle Azize Rose Manastırı'na gelin; her şeyi orada anlatacağım."

Beşinci Cadde, Yukarı Doğu Yakası, New York

Percival, gözlerini sabahın dayanılmaz aydınlığından korumak için taktığı güneş gözlüğüyle apartmanın lobisinde bekliyordu. Aklı, Gabriella Lévi-Franche Valko'nun işin içine karışmasıyla iyice karman çorman olmuş duruma takılmıştı. Gabriella'nın Verlaine'in evine gitmesi, bilmeden önemli bir noktaya parmak bastıklarını gösteriyordu. Verlaine'in izini kaybetmeden hemen harekete geçmeleri lazımdı.

Binanın önünde siyah bir Mercedes cip durdu. Percival, Otterley'nin sabah erkenden Verlaine'i öldürtmek için yolladığı Giborları tanıdı. Kaba ve itaatkâr halleriyle, Percival ve Otterley'nin üstünlüğüne şaşıracak zekâdan da meraktan da yoksun vaziyette ön koltukta iki büklüm oturmuşlardı. Bu yaratıklarla aynı arabaya binmekten tiksinirdi; Otterley böyle bir planı kabul etmesini beklemiyordu herhalde! Kendinden aşağı canlı türleriyle çalışırdı ama bazı sınırları da yok değildi.

Otterley'nin böyle dertleri yoktu. Arka koltuktan her zamanki zarafetiyle, sarı saçlarını şık bir topuz yapmış, kürklü kayak ceketinin fermuarını tepesine kadar çekmiş, yanakları soğuktan kızarmış halde indi. Neyse ki Giborlara bir iki laf söyledi ve cip uzaklaştı. Percival ancak bundan sonra dışarı çıkarak kız kardeşini o sabah ikinci kez, bu sefer daha az utanç verici bir durumdayken selamladı.

"Benim arabamla gidelim" dedi Otterley. "Gabriella Lévi-Franche Valko bu arabayı Verlaine'in apartmanının önünde gördü."

Gabriella'nın adının anılması bile Percival'ın metanetini sarstı. "Onu gördün mü?"

"Arabanın plakasını New York'taki bütün melekbilimcilere vermiştir" dedi Otterley. "Jaguar'la gidelim. Risk almak istemiyorum."

"Azmanlar ne olacak?"

Otterley gülümsedi. O da Giborlarla çalışmaktan hoşlanmıyordu ama bunu açığa vurmaya da tenezzül etmezdi. "Önden gönderdim. Belli bir alanı tarayacaklar. Gabriella'yı bulurlarsa canlı yakalayacaklar."

"Onu yakalayacak kadar kapasiteleri olduğunu sanmıyorum" dedi Percival.

Otterley anahtarları kapıcıya attı, o da köşedeki otoparktan arabayı getirmeye gitti. Beşinci Cadde'nin kaldırımında bekleyen Percival, zar zor nefes alıyordu. Nefesi daraldıkça soluk almak daha da acı veriyordu, bu yüzden, soğuk motoru egzozundan buhar saçan Jaguar önlerinde durduğunda rahatladı. Sürücü koltuğuna geçen Otterley, en ufak bir harekette ağrılar çeken Percival'ın inleyerek ve tıslayarak yolcu koltuğuna yerleşmesini bekledi. Kafes sıkışınca çürümüş, dağılmış kanatları Percival'ın sırtına dayandı. Otterley arabayı vitese takıp trafiğe karışırken acıyla çığlık atmamak için zor durdu.

Araba Batı Yakası Otoyolu'na doğru ilerlerken Percival, sıcak havanın solunumunu kolaylaştıracağı umuduyla ısıtıcıya yüklendi. Kırmızı ışıkta durduklarında, kız kardeşi dönüp kısık gözlerle onu süzdü. Bir şey söylemedi ama zamanında Grigori ailesinin geleceği olarak görülen bu zayıf, güçbela ayakta duran kişiyle ne yapacağını bilmediği çok açıktı.

Percival torpido gözünde duran tabancayı çıkardı, dolu olup olmadığını kontrol ettikten sonra paltosunun iç cebine soktu. Tabanca ağır ve soğuktu. Parmaklarını üzerinde gezdirirken bunu Gabriella'nın kafasına doğrultmanın, namluyu şakağındaki yumuşak noktaya dayamanın, onu korkutmanın nasıl bir duygu olacağını hayal etti. Geçmişte ne olduysa olmuş, Gabriella'yı kaç kere hayal etmişse etmişti; bu sefer işini bozmasına izin vermeyecekti. Bu sefer onu bizzat öldürecekti.

Tappan Zee Köprüsü, 87 numaralı otoyol, New York

Artık antika sayılacak motoru ve alçak şasisiyle Porsche, uzun yolda fazla gürültülü ve sarsıntılı çıktı. Ama Verlaine buna rağmen yolculuğu çok sakinleştirici buldu. Sürücü koltuğunda oturan, kolunu kapıya dayamış Gabriella'ya baktı. Konsantre, ciddi ve dikkatli edasıyla, banka soygunu planlayan birine benziyordu. Verlaine onu mahremiyete olağanüstü önem veren, söylemesi gerekenden bir tek kelime fazla konuşmayan biri olarak görmeye başlamıştı. Konuşturmak için sıkıştırdıysa da, Gabriella'nın düşüncelerini açıklaması epey zaman almıştı.

Verlaine'in ısrarı üzerine yol boyunca Gabriella'nın işinden, tarihçesinden ve geçmişinden, Abigail Rockefeller'ın bu işe nasıl karıştığından, Gabriella'nın hayatının nasıl melekbilimin tam göbeğinde geçtiğinden söz etmişler, Verlaine bu sayede içinde bulunduğu tehlikenin boyutlarını anlamıştı. Tanışıklıkları her geçen dakika ilerliyordu ve köprüye geldikleri sırada birbirlerini anlama aşamasına da geçmişlerdi.

Hudson'a çok yukarılardan bakan Verlaine, karlı nehir yatağına buz kütlelerinin tutunduğunu görebiliyordu. Manzaraya baktığında yer yarılmış da nehir öyle ortaya çıkmış sandı. Güneş Hudson'ı öyle bir aydınlatıyordu ki, koca nehir bir ateş kütlesi gibi ışık ve ısı yayıyordu adeta.

Otoyol, Manhattan'ın kalabalık caddelerine göre boş sayılırdı. Gabriella köprüyü aşınca boş yolda iyice hızlandı. Çıkardığı sese bakılırsa Porsche, Verlaine'in hissettiği kadar yorgundu; motoru patlayacak gibi sarsılıyordu. Verlaine'in açlıktan midesi ağrıyor, bitkinlikten gözleri yanıyordu. Dikiz aynasında kendine bakınca, kavgadan çıkmış gibi göründüğünü fark edip şaşırdı. Gözleri kıpkırmızı, saçları darmadağınıktı. Gabriella yarasına pansuman yapmış, elinin çevresini sargı beziyle defalarca dolanıp boks eldivenine benzetmişti. Boks benzetmesi gayet yerindeydi üstelik: Son yirmi dört saatte hırpalanmış, dayak yemiş ve yaralanmıştı.

Ama nehrin, masmavi gökyüzünün, Porsche'nin pırıltısının muazzam güzelliğine kapılan Verlaine, algısının bir anda bu kadar genişlemiş olmasından mutluluk duydu. Hayatının son yıllarda ne kadar kısıtlı hale geldiğini şimdi anlayabiliyordu. Evi, işyeri ve birkaç kafe ya da lokanta arasında kalan kısacık bir hatta günlerini geçirmişti. Bu kalıbın dışına çok az çıkmıştı. Çevresine en son ne zaman baktığını, yanından geçen insanlara ne zaman dikkat ettiğini hatırlamıyordu bile. O hayata bir daha dönmeyecek olması hem korkutucu hem heyecan vericiydi.

Gabriella otoyoldan çıkıp bir tali yola saptı. Kedi gibi sırtını gerdikten sonra "Benzin almamız lazım" deyip yolun ilerisine baktı. Bir virajı döndüklerinde, Verlaine yirmi dört saat açık bir benzin istasyonu gördü. Gabriella istasyona girip pompanın yanında durdu. Verlaine'in "Ben alayım" teklifini geri çevirmedi ama mutlaka süper benzin koymasını söyledi.

Verlaine kasaya para öderken, dikkatle sıralanmış meşrubat şişelerine, paketli yiyeceklere ve dergilere bakıp hayatın ne kadar basit olabileceğini düşündü. Daha dün, sıradan bir benzinci ve marketin ne büyük bir konfor olduğunun farkında değildi. Aksine, uzun kuyruktan ve neon ışıklardan rahatsız olur, başını bile kaldırmazdı. Şimdiyse, böyle güvenli bir tanıdıklık veren her şeye adeta aşkla sarılıyordu. Hesaba bir paket de sigara ekletip arabaya döndü.

Dışarıda Gabriella hâlâ arabada bekliyordu. Verlaine koltuğa oturdu ve sigara paketini Gabriella'ya verdi. Gabriella kısaca gülümseyerek kabul etti ama Verlaine, bu jestinin onu sevindirdiğini görmüştü. Sonra arabayı hemen vitese takıp yola çıktı.

Verlaine sigara paketini alıp açtı, içinden bir sigara çıkardı ve Gabriella için yaktı. Gabriella camını biraz aralayarak dumanın temiz hava akımına kapılıp dağılmasını sağladı. "Korkmuyor gibi görünüyorsunuz ama anlattıklarımın size biraz tesir ettiğini biliyorum" dedi.

"Hâlâ kafamı toplamaya çalışıyorum" diyen Verlaine, daha sözler ağzından çıkarken bile durumu ne kadar hafife aldığının farkındaydı. Aslında öğrendiklerinden ötürü hayretler içindeydi. Gabriella'nın nasıl böyle sakin olabildiğini anlamıyordu. Sonunda, "Siz nasıl başarıyorsunuz?" diye sordu.

"Neyi?" dedi Gabriella gözünü yoldan ayırmayarak.

"Böyle yaşamayı" diye karşılık verdi. "Anormal hiçbir şey yokmuş gibi. Kabullenmiş gibi."

"Bu savaşa öyle uzun zaman önce karıştım ki, artık kanıksadım. Bunları bilmeden nasıl yaşıyor olduğumu artık hatırlayamıyorum bile. Varlıklarını keşfetmek, dünyanın yuvarlak olduğunu öğrenmek gibi; insanın doğru bildiği her şeyi yalanlıyor. Ama gerçek bu. Onlar düşüncelerimi işgal etmeden yaşamak, sabah uyandığımda adil, özgür ve eşit bir dünyada yaşadığımı düşünmek nasıl bir şey bilmiyorum. Dünya görüşümü, bu hakikati benimseyecek şekilde değiştirdim herhalde. Her şeyi siyah ve beyaz olarak, iyi ve kötü olarak görüyorum. Biz iyiyiz, onlar kötü. Biz yaşayacaksak onlar ölecek. Uzlaşmaya, yan yana yaşamanın yolunu bulacağımıza inananlarımız da var, ama çoğumuz onların kökü kazınmadan huzura eremeyeceğimiz düşüncesinde."

Gabriella'nın sesindeki cüretkârlığa şaşıran Verlaine, "Ben olayın bundan daha karmaşık olduğunu sanmıştım" dedi.

"Tabii ki daha karmaşık. Duygularımın böyle şiddetli olmasının nedenleri var. Kendimi bildim bileli melekbilimciyim, ama Nefillerden her zaman böyle nefret etmedim" dedi Gabriella hafif, adeta zayıf bir sesle. "Size pek az kişinin bildiği bir hikâye anlatacağım. Belki aşırılığımı anlamanıza yardımcı olur. Belki neden bir tane bile kalmayıncaya kadar hepsinin öldürülmesini istediğimi kavrarsınız."

Gabriella gözünü dönemeçli yoldan ayırmadan sigarayı dışarı attı ve yeni bir sigara yaktı.

"Paris'teki Melekbilim Akademisi'nin ikinci yılında, hayatımın aşkıyla tanıştım. Bunu ne o zaman kabul ederdim, ne de orta yaşlılığımda. Ama artık yaşlı bir kadınım, göründüğümden de yaşlıyım ve biliyorum ki 1939'un yazında âşık olduğum gibi âşık olamayacağım bir daha. O zaman on beş yaşındaydım ve belki âşık olamayacak kadar küçüktüm. Ya da sadece o zaman, gözlerimden çocukluğun buğusu silinmeden böyle âşık olabilirdim. Asla emin olamayacağım."

Gabriella sözlerini tartar gibi durakladıktan sonra devam etti.

"Çok sadeleştirecek olursam tuhaf bir kızdım. Derslerime, kimilerinin servete, aşka veya şöhrete duyduğu gibi bir saplantıyla bağlıydım. Ailem varlıklı melekbilimcilerden müteşekkildi ve akrabalarımın birçoğu da aynı akademide okumuştu. Orantısız derecede de rekabetçiydim. Akranlarımla sosyalleşmek söz konusu bile olmadığı için, başarılı olmak uğruna gece gündüz ders çalışmaktan başka şey düşünemiyordum. Her bakımdan sınıfımın birincisi olmak istiyordum ve genellikle oluyordum da. İlk yılın ikinci dönemi itibarıyla, diğerlerinden ayrılabilen iki öğrenci olduğu ortaya çıktı: Biri bendim, diğeri de sonradan sevdiğim bir arkadaşım olacak Celestine."

Verlaine boğulacak gibi oldu. "Celestine mi? 1943'te Azize Rose Manastırı'na gelen Celestine Clochette mi?"

"1944'te" diye düzeltti Gabriella. "Ama o başka bir hikâye. Bu hikâye Nisan 1939'da, Paris'te âdet olduğu üzere soğuk ve yağmurlu bir öğle vakti başlıyor. Her ilkbahar yağmurla dereye dönen arnavutkaldırımlı sokaklardan akan sular kanalizasyonu, bahçeleri ve Seine'i doldururdu. O günü dün gibi hatırlıyorum. 7 Nisan Cuma günü, saat bir. Sabah derslerimiz bitmişti, ben de her zamanki gibi öğle yemeği için dışarı çıkmıştım. O günün olağanüstü tarafı, şemsiyemi unutmuş olmamdı. Hastalık derecesinde titiz olduğum için, bir ilkbahar günü sağanak yağmura şemsiyesiz yakalanmam olacak iş değildi. Ama o gün olmuştu. Kütüphaneden çıktığım sırada iliklerime kadar ıslanacağımı, kolumun altında taşıdığım kâğıtların ve kitapların da harap olacağını anlamıştım. Bu yüzden okulun geniş sundurmasının altında durdum ve yağmuru izledim.

"Tufanın içinde kocaman eflatun şemsiyeli bir adam belirdi; bir beyefendinin kullanmayacağı bir renk gibi gelmişti ilk bakışta. Dimdik ve zarif yürüyüşüyle okulun avlusunu iri adımlarla geçerken çok da yakışıklı olduğunu fark ettim. Şemsiyenin sunduğu kuru ve korunaklı boşluğa mı özlem duyduğumdandır bilinmez, bana gelir de şemsiyesini uzatır diye gözümü bu adama diktim, ona adeta büyü yaptım.

"O zamanlar farklıydı. Bir kadının yakışıklı bir adama gözünü dikmesi ne kadar uygunsuzsa, adamın da kadını görmezden gelmesi o kadar uygunsuzdu. Sadece en hışır erkekler bir kadını yağmurda ıslanmaya terk ederdi. Avlunun ortasında durdu, ona bakmakta olduğumu fark etti ve topuklarının üzerinde sertçe dönerek yardımıma koştu.

"Şapkasını eğerek kocaman mavi gözleriyle bana baktı. 'Sizi bu tufandan geçirip emniyete götürebilir miyim?' dedi. Sesinde belirgin, baştan çıkarıcı, handiyse acımasız bir özgüven vardı. Bu tek bakış ve tek söz, o dakika kalbimi kazandı.

"'Beni nereye isterseniz götürebilirsiniz' dedim. Ettiğim lafın müstehcenliği kafama dank edince de, 'Yeter ki şu feci yağmurdan kurtulalım' diye ekledim.

"Adımı sordu; söyledim; hoşuna gitti. 'Bir meleğin adını almışsınız.'

"'Tanrı'nın müjdecisi' dedim.

"Hazırcevaplığımı beğendi, göz göze geldik. Gözleri hayatımda gördüğüm en derin ve berrak maviydi. Tatlı, sevecen bir tebessümü vardı, beni nasıl etkilediğini anlamış gibiydi. Birkaç yıl sonra, amcam Victor Lévi-Franche'ın bu adama casusluk yaparak aile şerefimizi lekelediği ortaya çıktığında, adımdan bu kadar etkilenmesinin nedeni, iddia ettiği gibi bir melek adı olması değil de, amcamın pozisyonu muydu, merak ettim.

"Elini uzattı ve 'Buyurun müjde meleği, gidelim' dedi. Ona elimi uzattım. Tenine temas ettiğim anda, sürmekte olan hayatım sona erdi ve yeni hayatım başladı.

"Daha sonra kendisini Üçüncü Percival Grigori olarak tanıttı" diyen Gabriella, tepkisini görmek için Verlaine'e baktı.

"Yok artık" diyen Verlaine, inanmaz gözlerle bakıyordu.

"Evet" dedi Gabriella. "Ta kendisi. O zamanlar kim olduğunu, soyadının ne anlama geldiğini bilmiyordum. Biraz daha büyük olsam, akademide biraz daha ders almış olsam anında döner kaçardım. Ama cehaletimle ona kapıldım.

"Kocaman eflatun şemsiyenin altında yürüdük. Beni kolumdan tutarak sel almış sokaklardan geçirip yağmur altında bile parlayan gümüş renkli Mercedes 500K otomobilinin yanına götürdü. Otomobillerden hoşlanır mısınız bilmem ama o araba zamanının tüm lükslerine sahip bir rüya aracıydı; elektrikli silecekleri, kilitleri ve ihtişamlı bir gövdesi vardı. Ailemin de arabası vardı ve bu başlı başına bir lükstü, ama Percival'ın Mercedesi gibi bir otomobili hiç görmemiştim. Çok nadir bulunan bir modeldi. Hatta bundan birkaç yıl önce bir 500K Londra'da açık arttırmada satıldı. Sırf arabayı görebilmek için kalktım gittim. Yedi yüz bin sterline aldılar.

"Percival kapıyı çok saygılı bir hareketle açıp beni kraliyet arabasına bindirir gibi koltuğa yerleştirdi. Islak tenimin deri döşemesine yapıştığı yumuşak koltuğa gömüldüm ve derin bir nefes aldım. Araba, kolonyayla karışık çok hafif sigara dumanı kokuyordu. Bağa konsolda ışıl ışıl parlayan düğmeler basılmayı ve çevrilmeyi, katlanıp yerleştirilmiş bir çift deri sürücü eldiveni ise takılmayı bekliyordu. Hayatımda gördüğüm en güzel arabaydı. Koltuğa iyice yerleştim ve kendimi mutluluğa bıraktım.

"Percival Mercedes'i Saint-Michel Bulvarı'nda ve Île de la Cité'de sürerken, yağmurun ilkbahar çiçeklerine ve yemyeşil, susamış toprağa tüm şiddetiyle indirmek için bizim arabaya ulaşmamızı beklemişçesine şimdi giderek artan bir hızla yağmasını izlerken hissettiklerimi hâlâ capcanlı hatırlıyorum. Bence o duygu korkuydu, ama o zaman kendime bunun aşk olduğunu söylüyordum. Percival'ın yarattığı tehlikenin farkında değildim. Benim için o, hızlı araba kullanan genç bir adamdı sadece. Şimdi anlıyorum ki, ondan içgüdüsel olarak korkmuşum. Ama o hiç zorlanmadan kalbimi kazanmıştı. Muhteşem soluk tenine ve vitesin topuzunu kavrayan ince uzun parmaklarına hayranlıkla bakıyordum. Konuşamıyordum. Köprüyü hızla geçtikten sonra Rivoli Sokağı'na döndü. Silecekler yağmurda önümüze birer pencere açıyordu.

"'Haliyle seni yemeğe götürüyorum' dedi Concorde Meydanı'ndaki ihtişamlı bir otelin önünde yavaşladığı sırada. 'Çok aç olduğunu görebiliyorum.'

"'Açlık gibi bir şeyi nasıl görebiliyorsun?' diyerek ona meydan okudum ama haklıydı; kahvaltı etmemiştim ve açlıktan ölüyordum.

"'Özel yeteneklerim var' deyip vitesi boşa aldı, el frenini çekti ve eldivenlerini birer birer çıkardı. 'Ne arzuladığını daha sen farkına varmadan kestirebilirim.'

"'O zaman söyle bakalım' dedim, beni tam da olmadığım gibi cesur ve sofistike bulacağını umarak, 'En çok neyi arzuluyorum?'

"Bir an beni süzdü. Tanışmamızın ilk saniyelerinde olduğu gibi şimdi de mavi gözlerinin ardında uçarı, sarsıcı bir acımasızlık gördüm. 'Güzel bir ölüm' dedi ama o kadar kısık sesle söylemişti ki, yanlış duydum sandım. Bunun ardından kapıyı açtı ve indi.

"Bu tuhaf sözüne dair bir şey dememe vakit kalmadan yolcu kapısını açtı, inmeme yardım etti ve koluma girerek beni lokantaya doğru götürdü. Yaldızlı bir boy aynasının önünde durup şapkasını ve paltosunu çıkardı, bize hizmet için koşturarak gelen garson ordusunu çok ağırkanlı bulmuş gibi çevresine bakındı. Hareketlerini aynadan izledim, profiline, aynanın göz yoran yansımasında uçuk mavi gibi görünen ve gözleriyle uyumlu olan açık gri gabardin takımına baktım. Cildi ölü gibi beyaz, neredeyse saydamdı ama bu ona farklı bir çekicilik veriyor, güneşten özenle saklanmış çok nadide bir parça havası katıyordu."

Gabriella'nın anlattıklarını dinleyen Verlaine, onun anlattığı Percival Grigori'yi önceki gün öğlen bir araya geldiği Percival Grigori ile bağdaştırmaya çalıştı ama başaramadı. Gabriella'nın anlattığı, Verlaine'in önceki gün gördüğü hasta ve bitkin Percival Grigori değil, bir zamanların yakışıklı Percival Grigori'siydi. İçinden geldiği gibi ona soru sormak yerine, dinlemeye devam etti.

"Birkaç saniye içinde paltolarımızı alan garson bizi bir avluya açılan geniş bir balo salonundan çevrilmiş yemek salonuna doğru götürdü. Bu sırada bana çok yoğun bir ilgiyle baktığını, belki tepkimi görmek istediğini hissediyordum.

"Menü uzatan, sipariş alan olmadı. Şarap kadehlerimiz dolduruldu ve sanki önceden sipariş verilmiş gibi tabaklar geldi. Percival tabii ki istediği etkiyi elde etmişti. Gizlemeye çalışıyordum ama olanlara başa çıkılmaz bir hayret duymaktaydım. İyi okullarda okumuş, şehrin tüm burjuvaları gibi yetiştirilmiştim ama bu adamın bildiğim her şeyden farklı olduğunu görebiliyordum. Üzerime bakınca, hâlâ okul kıyafetlerimle durduğumu ve araba yolculuğu sırasında bu ayrıntıya hiç dikkat etmediğimi dehşetle fark ettim. Berbat kıyafetlerimin yanında ayakkabılarım da eprimişti ve o sabah en sevdiğim parfümümü sürmeden çıkmıştım.

"'Yüzün kızardı' dedi. 'Hayırdır?'

"Başımı eğip pilili yün eteğime ve kolalı gömleğime baktım; sıkıntımı anladı.

"'Buradaki en güzel varlık sensin' dedi sesinde en ufak bir kinaye olmadan. 'Melek gibisin.'

"'Aslında tam da göründüğüm gibiyim' dedim gurur tüm duygularımı bastırınca. 'Kendinden büyük ve zengin bir adamla yemeğe çıkmış bir liseliyim.'

"'Senden o kadar büyük değilim' dedi şakayla karışık.

"'O kadar ne kadar?' diye sordum. Yirmili yaşlarında gibi görünüyordu ve bu bakımdan sahiden de 'o kadar' büyük değildi benden, ama hali tavrı, özgüveni, çok görmüş geçirmiş bir adamınki gibiydi.

"'Beni boşver, kendini anlat' dedi sorumdan kaçınarak. 'Derslerinden memnun musun? Memnunsun herhalde. Okulunuzun yakınında dairelerim var ve seni daha önce gördüm. Kütüphaneden hiç çıkmayan biri gibi görünmüştün gözüme.'

"Beni daha önceden görmüş olması aslında bir uyarı işareti olmalıydı, ama sadece bir haz dalgası oldu. 'Demek beni fark ettin' dedim, ilgisini çekmek için heyecan duyarak.

"'Elbette' dedi şarabını yudumlarken. 'Avludan seni görmeden geçmek istemiyordum. Son zamanlarda büyük dert oldu bu içime, özellikle de senin olmadığın zamanlar. Güzelliğinin farkındasındır mutlaka.'

"Konuşmaktan korkuyordum; ördek kızartmasından bir dilim alıp yedim. Sonunda, 'Haklısın, derslerimden çok memnunum' dedim.

"'Madem memnunsun, anlat bakalım neler işlediğinizi' dedi.

"Bütün öğle sonrası böyle geçti; kadehler kadehleri, leziz yiyecekler birbirini kovaladı; konuşmanın sonu gelmedi. Ömrümde kendimi böyle açıkça anlattığım çok az insan olmuştur; siz belki üçüncüsüsünüz. Boş konuşmayı seven bir kadın değilim. Ama Percival ile aramızda bir saniye bile sessizlik olmadı. Sanki ikimiz de birbirimize anlatacak hikâyeler biriktirmiştik. Yiyip içip konuştukça ona giderek yaklaştığımı, sözlerinin güzelliğinin beni bir tür transa soktuğunu hissediyordum. Sonunda bedenine de âşık olmuştum, ama önce zihnine kapıldım.

"Sonraki haftalarda ona öylesine bağlandım ki, onu görmeden bir günüm bile geçsin istemiyordum. Derslerime duyduğum tutkuya ve kendimi melekbilim mesleğine adamış olmama rağmen, kendimi ondan uzak tutmak için elimden bir şey gelmiyordu. Onunla akademinin yakınlarındaki dairelerinde buluştuk ve 1939 yazının sıcak akşamüstlerini orada geçirdik. Boğucu sıcağa biraz esinti getirsin diye ardına kadar açtığımız pencerelerine karşı yatak odasında geçirdiğimiz saatler, derslerimi geride bıraktı. Sürekli soru soruyor diye oda arkadaşıma sinir olmaya, beni ondan alıkoyuyorlar diye hocalarımdan nefret etmeye başladım.

"İlk buluşmamızda Percival'ın olağanüstü bir tarafı olduğunu anlamışsam da içgüdülerime kulak tıkamış, her şeye rağmen onu görmeye devam etmiştim. Birlikte geçirdiğimiz ilk geceden sonra da tuzağa düştüğümü anlamıştım ama hissettiğim tehlikeyi dile getiremediğim gibi bana ne ölçüde zarar vereceğini de kestiremiyordum. Onun bir Nefil olduğu, ancak birkaç hafta sonra kafama dank etti. O zamana kadar kanatlarını kapalı tutmuştu; halbuki bu foyasını meydana çıkarabilmem lazımdı. Bir gün seviştiğimiz sırada açtı kanatlarını ve beni bir altın ışıltısı içinde sarmaladı. O anda kalkıp gitmem gerekirdi ama çok geç kalmıştım; tamamen ve dönüşü olmaksızın efsunlanmıştım artık. Eski çağlarda kadınlarla asi melekler arasında da bunlar yaşanmış derler; duydukları muazzam tutku, dünyayı altüst etmiş. Ama ben gencecik bir kızdım. Onun aşkı için ruhumu feda ederdim.

"Birçok bakımdan da bunu yaptım. İlişkimiz derinleştikçe, onun akademiden bazı sırları edinmesine yardımcı oldum. Bunun karşılığında o da bana hızla saygınlık ve mevki edinmemi sağlayacak araçlar verdi. Önce ufak tefek bilgiler istedi; Paris'teki yerlerimizin adresleri, toplantı tarihlerimiz gibi. Bunları kendiliğimden verdim. Talepleri artınca, başa çıkmaya çalıştım. Ne kadar tehlikeli olduğunu ve etkisinden kurtulmam gerektiğini kavradığımdaysa, çok geç kalmıştım. Hocalarıma ilişkimizi anlatmakla tehdit etti beni. Yakalanmaktan korkuyordum. Hayatımda bir parçası olduğum tek topluluktan sürgün edilmek demekti bu.

"Ama ilişkimi gizlemek de kolay değildi. Yakalanacağımı anlayınca olan biteni hocam Dr. Raphael Valko'ya anlattım, o da melekbilime yardımcı olabilecek bir konumda bulunduğumu düşündü. Casus oldum. Percival onun için çalıştığımı sanadursun, ben onun ailesini baltalamak için elimden geleni yapıyordum. İlişkimiz sürdü ve savaş da sürdükçe giderek daha büyük ihanetlere sahne oldu. Çektiğim tüm acıya rağmen görevimi yapıyordum. Nefillere melekbilim çalışmalarına dair yanlış bilgiler verdim; içe kapalı dünyalarına dair öğrendiğim sırları Dr. Raphael'e bildirdim, o da araştırmacılarımızı eğitti; bir yandan da, hayatımızın en büyük zaferi olacak bir planı, lirin orijinalini elimizde tutarken Nefillere bir taklidini vermeyi şekillendirdim.

"Planımız basitti. Dr. Seraphina ve Dr. Raphael, Nefillerin mağaraya yapacağımız yolculuktan haberdar olduklarını ve liri ele geçirene kadar bizimle savaşacaklarını biliyorlardı. Valkolar, Nefilleri yanlış yola sokacak bir plan kurmamızı önerdiler. Eskiçağ Trakyasına ait bir lirin tüm özelliklerini, kıvrımlı kollarını, ağır kaideyi ve çapraz kayıtları taklit edecek bir lirin yapılmasını ayarladılar. Çalgıyı en parlak müzikologumuz Dr. Josephat Michael, her bir ayrıntıya özen göstererek yaptı; bir beyaz atın kuyruk kıllarıyla örülmüş ipekten teller bulup kullandı. Gerçek liri ortaya çıkardığımızda, bunun taklidinden çok daha gelişmiş olduğunu fark ettik. Gövdesi, en yakını platin sayılabilecek bir madenden yapılmıştı; tasnif edilmemiş, dolayısıyla dünyada bulunmayan bir metaldendi. Dr. Michael, Valkoların lirin ortaya çıkarılması için gösterdikleri çabaya atfen bu metale Valkin adını taktı. Telleri, parlak altın ipliklerin bükülüp gerilmesiyle yapılmıştı ve Dr. Michael bunların Başmelek Cebrail'in saç telleri olduğunu öne sürdü.

"Bariz farklara rağmen Valkolar, planı uygulamaktan başka çaremiz olmadığını düşündüler. Liri, gerçek lirin çantasının tıpkısı olan bir deri heybeye yerleştirdik. Percival'a kafilenin gece yarısı Paris'ten geçeceğini bildirdim, o da pusuyu ayarladı. Her şey yolunda gitseydi, Percival pusu kurup Dr. Seraphina Valko'yu ele geçirecek, melekbilim konseyinin onun hayatına karşılık liri vermesini isteyecekti. Biz sahte liri verecektik, Dr. Seraphina serbest kalacaktı ve Nefiller kesin zaferi elde ettiklerini düşünecekti. Ama her şey altüst oldu.

"Dr. Raphael ve ben, değiş tokuşu yapma yönünde oy kullanacaktık. Konsey üyelerinin de Dr. Raphael'in dediğini yapıp Dr. Seraphina'nın hayatına karşılık lirin verilmesini isteyeceklerini düşündük. Ama anlamadığımız nedenlerden ötürü konsey üyeleri değiş tokuşa karşı oy kullandı ve planımızı mahvetti. Oylamada eşitlik oldu ve bunun bozulması için keşif kafilesinin üyelerinden olan Celestine Clochette'e oy hakkı verdik. Planlarımızdan haberdar olması imkânsızdı, bu yüzden o da dikkatli ve titiz karakterine uygun şekilde, protokoller doğrultusunda oy kullandı. Sonunda değiş tokuş yapılamadı. Hatayı gidermek için ben sahte liri Percival'a bizzat verdim ve çaldığımı söyledim. Ama geç kalmıştık. Percival, Dr. Seraphina Valko'yu öldürmüştü.

"Seraphina'nın ölümünden hep büyük pişmanlık duydum. Ama sıkıntılarım o gece sona ermedi. Her şeye rağmen Percival Grigori'yi seviyordum ya da onun yanındayken hissettiklerime feci şekilde bağımlı olmuştum. Şimdi inanamıyorum ama o dönem yakalanmamı emrettiğinde, acımasızca işkence görmeme göz yumduğunda bile ondan tümüyle vazgeçemedim. Ona son kez 1944'te, Amerikalılar Fransa'yı kurtarırken gittim. Yakalanmadan kaçacağını biliyordum ve onu bir kez daha görmek, onunla vedalaşmak istiyordum. Geceyi birlikte geçirdik ve birkaç ay sonra dehşetle öğrendim ki ondan hamileydim. Durumumu saklamak için, Percival ile ilişkimin derecesini bilen tek insana başvurdum. Eski hocam Dr. Raphael Valko, Grigori ailesiyle ilişkimden ötürü ne kadar eziyet çektiğimi ve doğacak çocuğumun ne pahasına olursa olsun onlardan saklanması gerektiğini biliyordu. Raphael benimle evlendi ve çocuğumun babası olduğunu bütün dünyaya ilan etti. Evliliğimiz, Seraphina'nın anısına sadık olan melekbilimcilerin gözünde bir skandal olsa da, sırrımı saklamamı mümkün kıldı. Kızım Angela, 1945 yılında doğdu. Angela'nın da yıllar sonra bir kızı oldu, adını Evangeline koydu."

Verlaine, Evangeline adını duyunca irkildi. "Yani dedesi Percival Grigori mi?" dedi şaşkınlığını gizleyemeyerek.

"Evet" dedi Gabriella. "Daha bu sabah hayatını kurtaran kişi, Percival Grigori'nin torunu."

Gül Salonu, Azize Rose Manastırı, Milton, New York

Evangeline, Celestine'in tekerlekli sandalyesini Gül Salonu'na soktu ve uzun ahşap konferans masasının yanında durdurdu. Masanın çevresinde, beyaz saçları siyah başörtülerinden fışkıran, kambur sırtlı, buruşuk suratlı dokuz Kadim Rahibe bulunmaktaydı. Evangeline ile aynı modern kisveyi giyen vardakosta Başrahibe Perpetua da aralarında oturuyordu. Kadim Rahibelerin Celestine ve Evangeline'i dikkatle izlemesinden, Rahibe Philomena'nın geçen günlerde olanları anlattığı ortaya çıkıyordu. Evangeline masaya otururken Philomena zaten hararetle bu konudan söz etmekteydi. Evangeline'in endişesi, Gabriella'nın mektuplarının rahibelerin önüne serilmiş olduğunu görünce arttı.

"Önümüzdeki bilgiler" dedi Philomena, diğer rahibeleri de incelemeye çağırırmış gibi kollarını açarak, "uzun zamandır beklediğimiz zaferi bize getirecek. Lir aramızda saklıysa, onu hemen bulmalıyız. O zaman, ilerlemek için gereken her şeyi elde etmiş olacağız."

"Rica etsem söyler misin Hemşire" dedi Başrahibe Perpetua, Philomena'yı kuşkuyla süzerken. "Ne yöne ilerleyeceğiz?"

Philomena cevap verdi: "Abigail Rockefeller'ın, lirin yerine dair somut bir bilgi bırakmadan öldüğüne inanmıyorum. Gerçeği öğrenme zamanı gelmiştir. Hatta her şeyi öğrenme zamanımız gelmiştir. Bizden neler sakladın Celestine?"

Evangeline, Celestine'e baktı. Sağlığından endişe ediyordu. Son yirmi dört saatte gözle görülür derecede çökmüştü. Yüzü kireç gibiydi; ellerini kucağında kavuşturmuş, her an devrilecek gibi sandalyesine gömülmüştü. Evangeline aslında Celestine'i toplantıya getirmeyi hiç istememişti ama işin aslını –Verlaine'in ziyaretini ve Gabriella'nın mektuplarını– öğrenen Celestine ısrarcı olmuştu.

Celestine pek zayıf bir sesle konuştu: "Lire dair bilgilerim seninkinden fazla değil, Philomena. Bunca yıl ben de senin gibi yerini düşünüp durdum. Ama senin aksine ben intikam ateşini küllendirmeyi bildim."

"Benim liri bulma arzum sırf intikamdan kaynaklanmıyor" dedi Philomena. "Hadi. Zamanı geldi. Eğer biz bulmazsak Nefiller bulacak."

"Henüz bulamadılar" dedi Başrahibe Perpetua. "Bence bir süre daha bulamayacaklarına kesin gözüyle bakabiliriz."

"Bırak Perpetua; sen daha elli yaşındasın. Atalete niye itiraz ettiğimi anlayabilecek yaşta değilsin" dedi Philomena. "Yaratıkların yol açtığı yıkımı görmedin. Biricik yuvanın yanıp kül olduğunu görmedin. Hemşirelerini kaybetmedin. Bir gün geri gelecekler korkusuyla yaşamadın."

Celestine ve Perpetua, bunları Philomena'dan çok dinlemişler gibi bıkkınlık ve endişeyle göz göze geldiler. Başrahibe Perpetua, "1944'teki saldırıda tanık olduklarının, içinde bir mücadele ateşi yakmasını anlıyoruz" dedi. "Nefillerin acımasız saldırılarının en kanlısı gözlerinin önünde gerçekleşti. Böyle bir vahşetle karşılaşıp atalete sığınmak mümkün değil. Ama savaşa son vereceğimizi bundan çok önce kararlaştırdık. Pasifizm. Tarafsızlık. Gizlilik. Bunlar, Azize Rose'daki varlığımızın temel direkleri."

Celestine, "Lirin yeri bilinmedikçe Nefiller bir şey bulamazlar" dedi.

"Ama biz bulabiliriz" dedi Philomena. "Bulmaya bir adım uzaktayız."

Rahibe Celestine elini kaldırarak masada toplanmış olan rahibelere döndü. Sesi öyle az çıkıyordu ki, uzak köşede oturan Rahibe Boniface, işitme cihazını ayarlamak zorunda kaldı. Elleri bembeyaz kesilene kadar sandalyenin kolçaklarını sıkan Celestine, sanki düşmeye karşı direniyor gibiydi. "Başımızda dertler olduğu doğrudur. Ama Philomena ile hemfikir olamam. Barışçı direniş pozisyonumuza kesin sadakatten yanayım. Olayların böyle gelişmesinden korkmamalıyız. Nefillerin yükselip düşmesi, evrenin kanunlarından biridir. Bizim görevimiz direnmektir ve buna hazırlıklı olmalıyız. Ama daha önemlisi, düşmanlarımız kadar alçak ve hain olmamalıyız. Medeni ve onurlu pasifizm geçmişimize sahip çıkmalıyız. Kurucularımızın ülkülerini unutmayalım Hemşireler. Geleneklerimize bağlı kalırsak, zamanla galip çıkan biz oluruz."

"Ama vaktimiz yok" dedi Philomena şiddetle, duyduğu öfke yüzüne yansıyarak. "Kısa süre sonra tepemize binecekler, tıpkı yıllar önce yaptıkları gibi. Çektiğimiz eziyeti hatırlamıyor musun? Yaratıkların gözünü nasıl kan bürüdüğünü unuttun mu? Başrahibe Innocenta'nın feci sonunu sildin mi aklından? Harekete geçmezsek yok olacağız."

"Misyonumuz, ihtiyatsız hareketlere kurban edilemez" dedi Celestine. Konuşurken yüzü kızarmıştı ve Evangeline bir anlığına, bundan yetmiş yıl önce Azize Rose Manastırı'na gelmiş kararlı genç kadını gözünün önünde canlandırdı. Celestine konuşmaktan bitap düşmüştü. Titreyen elini ağzına götürerek öksürmeye başladı. Fiziksel zayıflığını duygusuz bir ilgiyle dikkate alıyor gibiydi; vücut toprak olurken zihnin tüm parlaklığını nasıl koruduğunu ortaya koyuyordu sanki.

"Hastalığın yüzünden artık sağlıklı düşünemiyorsun" dedi Philomena başını sallayarak. "Böyle önemli kararlar verebilecek durumda değilsin."

Başrahibe Perpetua, "Innocenta da aynı şekilde düşünürdü. Birçoğumuz onun barışçı direnişe kararlılığını hatırlıyoruz" dedi.

"Bakın o barışçı direniş bizi nereye getirdi!" dedi Philomena. "Onu acımasızca öldürdüler." Celestine'e dönerek devam etti: "Lirin yerini saklama hakkın yok Celestine. Onu bulma yolunun burada olduğunu biliyorum."

"Lire dair de, lirin getirdiği tehlikelere dair de hiçbir şey bilmiyorsun" dedi Celestine, Evangeline'in bile zor duyduğu kısık bir sesle. Sonra Evangeline'e döndü, elini koluna koydu ve "Hadi" dedi, "burada tartışmanın anlamı kalmadı. Sana bir şey göstereceğim."

Evangeline, Celestine'in tekerlekli sandalyesini Gül Salonu'ndan çıkardı, koridorda sürdü ve manastırın diğer ucundaki eski asansöre bindirdi. Evangeline ve Celestine kabine yerleştikten sonra kapılar metalik bir öpücükle kapandı. Evangeline tam uzanıp dördüncü katın düğmesine basacaktı ki Celestine onu durdurdu. Titrek elini uzatıp yazısız bir düğmeye bastı. Asansör sarsılarak inmeye başladı. Bodrum katta durdu ve kapılar gıcırdayarak açıldı.

Evangeline, tekerlekli sandalyenin tutamaklarını kavradı ve karanlığa doğru adım attı. Celestine bir düğmeyi açtı ve bir dizi loş ışık alanı aydınlattı. Evangeline, gözleri ışığa alışınca, manastırın kilerine indiklerini fark etti. Yukarıda sanayi tipi bulaşık makinelerinin uğultusunu, giderden akan suların şarıltısını duyunca, tam yemekhanenin altında olduklarını anladı. Celestine'in komutu üzerine tekerlekli sandalyeyi hareket ettirdi ve bodrumun en ucuna kadar sürdü. Orada Celestine omzunun üzerinden geriye bakarak yalnız olduklarından emin olduktan sonra, sıradan bir ahşap kapıya işaret etti. Kapı o kadar sıradan ve özelliksizdi ki, Evangeline yalnız olsa temizlik odasının kapısı sanabilirdi.

Celestine cebinden bir anahtar çıkarıp Evangeline'e verdi. Evangeline kilidi kurcaladı ve ancak birkaç denemeden sonra açabildi.

Kapının eşiğinden sarkan bir ipi çekerek yaktığı ampul, dik bir inişi aydınlattı. Sandalyeyi hâkimiyetini kaybetmemek için arkaya doğru yatıran Evangeline, ölçülü adımlarla inmeye başladı. Işık giderek gerilerde kaldı ve sonunda koridor küf kokulu bir odaya açıldı. Örümcek ağı kadar yumuşak bir ip yanağına çarpmasa, Evangeline buranın ampulünü yakan kordonu bulamayacaktı. Çok eski, her an patlayacakmış gibi cızırdayan ampulden odaya ışık yayıldı. Duvarlar küfle kaplanmıştı ve çevreye kırık sıralar atılmıştı. Duvara sıra sıra kırık vitraylar ve şapeldeki sunakla aynı cinsten mermer parçaları dayanmıştı; bunlar Maria Angelorum'un ilk halinin kalıntılarıydı. Odanın tam ortasında duran eski kalorifer kazanının üstü, toz, örümcek ağı ve yılların kiriyle kaplanmıştı. Evangeline, buranın onlarca yıldır temizlenmediğine kanaat getirdi.

Kazanın arkasında, girdikleri kadar sıradan bir kapı daha gözüne çarptı. Celestine'in tekerlekli sandalyesini buna sürdü, kendi anahtarlarını çıkardı ve genel anahtarı sokup denedi. İnanılmaz bir şekilde, kilit açıldı. İçeri girdiklerinde, bulundukları yerin geniş ve mobilyalı bir salon olduğunu hissetti. Kapının yanındaki düğmeyi çevirince, sezgisinin doğru olduğunu anladı. Uzun ve geniş salon, neredeyse kilisenin ana koridoru uzunluğundaydı; alçak tavanı, koyu renkli tahta kirişlerle desteklenmişti. Yerlere kızıl, zümrüt ve turkuvaz renklerde kilimler serilmiş, duvarlara nakışla yapılmış melek resimleri asılmıştı; Evangeline bunların çok eski, belki ortaçağdan kalma olduklarını tahmin etti. Salonun ortasında büyük bir masa vardı, üzeri elyazmalarıyla doluydu.

"Gizli bir kütüphane" dedi Evangeline kendi kendine.

"Evet" dedi Celestine. "Melekbilim kaynaklarının bulunduğu bir okuma odası. XIX. yüzyılda konuk araştırmacılar ve önemli kişiler bize gelip burada çok zaman geçirirmiş. Innocenta da burayı genel toplantılar için kullanılırdı. Yıllardır metruk halde. Ayrıca" diye ekledi, "Azize Rose Manastırı'nın en güvenli yeri."

"Buradan haberi olan var mı ki?"

"Çok az. 1944 yangını yayılmaya başladığında Hemşirelerimizin büyük bölümü avluya koştu. Ama Başrahibe Innocenta, Nefilleri manastırdan dışarı çekmek için kiliseye gitti. Ondan önce de bana, buraya inip belgelerini kasaya kapatmamı istedi. Manastırı pek bilmiyordum ve Innocenta'nın da bana yol tarif edecek zamanı yoktu, ama sonunda burayı bulabildim. Bana verdiklerini kasaya koyup hızla avluya çıktım. Döndüğümde her yeri alev alev bulup yıkıldım. Nefiller gelip gitmişlerdi. Innocenta ölmüştü."

Celestine, Evangeline'in eline dokundu. "Gel" dedi, "sana bir şey daha göstereceğim."

Duvarda asılı duran muhteşem bir Beşaret tablosuna işaret etti. Tabloda Cebrail, kanatlarını kapatmış ve başını öne eğmiş vaziyette, Meryem'e İsa'nın gelişini müjdeliyordu. "O gerçek bir müjdecidir" dedi Celestine. "Tabii verdiği haberin kutsallığı, haberi alana bağlıdır. Sen bu haberi vermeye değecek birisin. Tabloyu kaldırır mısın lütfen?"

Evangeline, Celestine'in talimatına uyarak nakış tabloyu duvardan kaldırdı ve altında duvara gömülmüş, kare biçiminde bakır bir kasa buldu.

"Üç-üç-üç-dokuz" dedi Celestine, şifre kadranını göstererek. "Semavi katların sayıları ve cennetteki melek türlerinin adedi."

Evangeline kadrana gözlerini kısarak baktı ve düğmeyi önce sağa, sonra sola, sonra tekrar sağa çevirip metal disklerin hareketini dinledi. Sonunda içeriden bir tık sesi geldi ve kapak açıldı. Kasada deri bir heybe duruyordu. Evangeline, titreyen elleriyle bunu masaya götürüp Celestine'in tekerlekli sandalyesini de yanına sürdü.

"Bu heybeyi Paris'ten Amerika'ya yanımda getirdim" dedi Celestine ve hayatının tüm uğraşı bu an içinmiş gibi içini çekti. "1944 yılından beri burada emniyettedir."

Evangeline soğuk ve parlak deriye dokundu. Çantanın tokaları hâlâ pırıl pırıldı.

Rahibe Celestine gözlerini kapadı ve tekerlekli sandalyenin kolçaklarını kavradı.

Evangeline, Celestine'in ne kadar hasta olduğunu hatırladı. Manastırın derinliklerine yaptıkları bu yolculuk onu tüketmişti mutlaka. "Çok yoruldunuz" dedi Evangeline. "Buralara kadar inmemize izin vermem büyük hataydı. Sizi artık odanıza götürsem iyi olacak."

"Dur çocuğum" dedi Celestine ve daha fazla konuşmasın diye elini kaldırdı. "Sana vereceğim bir şey daha var."

Elini cebine soktu, bir kâğıt parçası çıkardı ve Evangeline'in avucuna bastırdı. "Bu adresi ezberle. Melekbilim Topluluğu'nun başı olan anneannenin adresidir. Seni bağrına basacak ve benim bıraktığım yerden o devam edecektir."

"Bu adres, bu sabah Misyon Ofisi'nde özlük dosyamda gördüğüm adres" dedi Evangeline. "Gabriella'nın mektupları da bu adresten gönderiliyor."

"Aynen öyle" dedi Celestine. "Sıra sende. Amacının ne olduğunu yakında anlayacaksın ama şimdi bu çantayı buradan götürmen gerekiyor. Abigail Rockefeller'ın mektuplarını tek arayan Percival Grigori değil."

"Bayan Rockefeller'ın mektupları mı?" diye fısıldadı Evangeline. "Bu çantada lir yok mu?"

"Mektuplar seni lire götürecek" dedi Celestine. "Sevgili Philomena, yarım yüzyıldan fazladır bunları arıyor. Bunlar artık burada güvende değil. Bir an önce götürmen gerek mektupları."

"Buradan ayrıldıktan sonra dönmeme izin verecekler mi?"

"Dönersen diğerlerinin hayatını tehlikeye atarsın. Melekbilime bir girdin mi, çıkışın yoktur. Sen de girdin artık Evangeline."

"Ama siz melekbilimi geride bıraktınız" dedi Evangeline.

"Bıraktığım için başımıza gelenlere bak" diyen Celestine, boynuna geçirdiği tespihin tanelerine dokundu. "Azize Rose Manastırı'na sığınmam, genç ziyaretçinin şimdi karşı karşıya olduğu tehlikenin sebebidir belki."

Celestine, söylediklerinin iyice anlaşılması için durakladı.

"Korkma" dedi Evangeline'in elini tutup. "Her şeyin bir vakti vardır. Bu hayattan vazgeçiyorsun ama yeni bir hayata başlıyorsun. Kökü çok eskilere giden bir geleneğin bir parçası oluyorsun. Christine de Pizan, Assisi'li Claire, Sir Isaac Newton, hatta Aquino'lu Tommaso bile bu görevi üstlenmekten çekinmedi. Melekbilim asil bir çağrıdır, belki de en önemli çağrıdır. Bunu seçmek kolay değildir. Yürekli olmak gerekir."

Konuşmaları sırasında Celestine'de bir değişiklik olmuştu. Hastalığı gerilemiş gibiydi, ela gözleri gururla parlıyordu. Sesi güçlü ve kendinden emindi.

"Gabriella seninle gurur duyacak" dedi Celestine. "Ama ben daha da çok duyacağım. Daha geldiğin gün, olağanüstü bir melekbilimci olacağını biliyordum. Anneannenle Paris'te öğrenciliğimiz sırasında, kimlerin başarılı olup kimlerin olamayacağını hatasız bulurduk. Yeni yetenekleri keşfetmek bir tür altıncı histir."

"O zaman yüzünüzü kara çıkarmayacağımı umarım Hemşire."

"Bana öyle çok onu hatırlatıyorsun ki anlatamam. Gözlerin, ağzın, yürürkenki tavrın... Çok tuhaf. Torunu değil ikizi bile olabilirsin. Melekbilim, Gabriella'ya yakıştığı gibi sana da yakışır umarım."

Evangeline, Celestine ile Gabriella'nın arasında ne olduğunu sormak için yanıp tutuşuyordu ama daha o ağzını açamadan, duygulandığı için çatlayan sesiyle Celestine konuştu. "Bana tek bir şey söyle. Deden kim? Sen Dr. Raphael Valko'nun mu torunusun?"

"Bilmiyorum" dedi Evangeline. "Babam bu konudan konuşmazdı."

Celestine'in yüzüne kara bir bulut çöktü ama aynı hızla da yerini endişeye bıraktı. "Artık gitsen iyi olur" dedi. "Buradan çıkmak da biraz kabiliyet gerektirir." Evangeline yine tekerlekli sandalyenin arkasına geçecekti ama Celestine onu şaşırtan bir hareket yapıp kendine çekti ve kucakladı.

"Anneannene onu affettiğimi söyle" diye fısıldadı. "Verdiği kararların kolay olmadığını anladığımı söyle. Hayatta kalmak için ne gerekiyorsa onu yapıyorduk. Dr. Seraphina'ya olanlarda onun suçunun olmadığını ve her şeyin affedildiğini söyle."

Celestine'e sarılan Evangeline, kadının kabarık kisvesinin altında aslında ne kadar zayıf, çelimsiz olduğunu fark etti.

Çantayı alıp ağırlığını tarttı, deri kayışı omzuna attı ve Celestine'i uzun koridorlardan geçirip asansöre kadar götürdü. Dördüncü kata çıkmalarının ardından hızla ve pek görünmeden hareket etmesi gerekecekti. Azize Rose Manastırı'nın ondan uzaklaştığını, ulaşamayacağı bir yerlere doğru çekildiğini şimdiden hissetmeye başlamıştı. Bir daha sabah beşe çeyrek kala uyanıp karanlık koridorlardan aceleyle ibadete gitmeyecekti. Evangeline, başka bir yeri manastırı sevdiği kadar sevebileceğini tahayyül edemiyordu, ama artık buradan ayrılmanın kaçınılmazlığının farkındaydı.

Azize Rose Manastırı, Milton, New York

Otterley, geri manevra yaparak arabayı manastır arazisinin dışındaki bir kuytuya yerleştirdi ve yapraklı ağaçların arkasında gizlemiş oldu. Motoru durdurup anahtarı üzerinde bırakarak dışarı çıktı. Fiziksel güç gerektiren durumlara pek yararı olamayacak Percival'ın uzakta beklemesinin daha iyi olacağında anlaşmışlardı. Otterley hiçbir şey söylemeden kapıyı kapattı ve buzlu yolda hızlı adımlarla manastıra doğru ilerledi.

Percival, Gabriella'yı yakalamanın örgütlü bir mücadele gerektirdiğini bilecek kadar tanıyordu onu. Israrı üzerine Otterley Giborları arayarak birkaç kilometre güneyde, Tappan Zee Köprüsü'nün kuzeyindeki yollarda devriye gezmekte olduklarını öğrenmişti. Gabriella'ya karşı pek başarılı olamayacaklarını düşünen Percival, gerekirse bizzat müdahale etmeye hazırdı. Gabriella'yı manastıra ulaşmadan durdurmaları şarttı.

Percival, dar alanda kramp girmiş bacaklarını uzatarak tozlu ön camdan dışarı baktı. Ormanın gerisinde zar zor seçilen devasa taş bina ilerideydi. Doğru zamanda geldilerse, Sneja'nın yolladığı Giborlar –en az yüz Gibor yollayacağına söz vermişti– şimdiden bölgeye yerleşmiş, Otterley'nin hücum işaretini bekliyorlardı. Cep telefonunu çıkardı ve annesini aradı ama telefon açılmadı. Sabahtan beri saat başı aramasına rağmen bir türlü ulaşamamıştı. Ara sıra zahmet edip açtığında Anak hizmetçiye mesaj bırakmıştı ama o da mesajlarını Sneja'ya iletmeyi unutmuştu besbelli.

Percival kapıyı açtı ve bulunduğu konumun kısırlığından gelen sıkıntıyı, buz gibi havayla gidermeye çalıştı. Tüm operasyonu kendisi hazırlamalıydı aslında. Giborları manastıra o götürmeliydi. Ama bunun yerine operasyonu kız kardeşi yönetiyordu ve o, ne durumda olduklarını aklına hiç getirmeden jakuzide keyif çatıyor olması kuvvetle muhtemel annelerine ulaşmaya çalışıyordu.

Yolun kenarına kadar yürüyüp Gabriella'ya baktıktan sonra annesini tekrar aradı. Bu kez ilk çalışta açılmasına çok şaşırdı.

"Evet?" dedi hemen tanıdığı çatlak, buyurgan ses.

"Geldik anne" dedi Percival. Fonda müzik ve sesler duyabiliyordu ve annesinin mutat partilerinden birinde olduğunu hemen anladı.

"Peki Giborlar?" dedi Sneja. "Onlar da hazır mı?"

"Otterley hazırlamaya gitti."

"Yalnız mı?" dedi Sneja suçlayıcı bir sesle. "Kız kardeşin nasıl tek başına altından kalkacak? Yüz tane yaratığa söz geçirmesi gerekecek."

Percival tokat yemiş gibi oldu. Annesi, hastalığı nedeniyle kavgaya karışamadığının farkındaydı mutlaka. Komutayı Otterley'ye devretmek zaten küçük düşürücü bir durumdu ve Percival adına büyük dirayet gerektiriyordu. Annesinin bunu takdir edeceğini düşünmüştü.

"Sıkıntı olmaz" dedi öfkesine hâkim olarak. "Otterley son derece kabiliyetli. Ben bir müdahale olmasın diye manastır girişini gözetliyorum."

"Neyse" dedi Sneja, "konumuz kabiliyetli olup olmadığı değil."

Percival annesinin ses tonunu tarttı ve neyi ima etmek istediğini çözmeye çalıştı. "Aksini gördük mü?"

"Göstereceği bir şey yok da ondan yavrucuğum" dedi Sneja. "Sen öyle delikanlı göründüğüne bakma; Otterley'nin çok büyük bir derdi var."

"Hiç anlamıyorum seni" dedi Percival. Uzakta çok cılız bir duman yükseliyordu; saldırının başladığını anladı. Kardeşi, onsuz da gayet iyi mücadele veriyordu.

"Sen kardeşinin kanatlarını en son ne zaman gördün?" diye sordu Sneja.

"Bilmem" dedi Percival. "Çok olmuştur."

"Ben söyleyeyim" dedi Sneja. "Paris'te, 1848 yılında, ergenlik kutlaması için düzenlenen baloda."

Percival olayı dün gibi hatırlıyordu. Otterley'nin kanatları yeni çıkmıştı ve tüm genç Nefiller gibi o da kanatlarını gururla sergiliyordu. Annesinin kanatları gibi renkli, ama çok küçüktüler. Zamanla normal boyutlarına ulaşacaklardı.

Sneja devam etti: "Otterley neden kanatlarını onca zamandır göstermiyor diye merak ediyorsan söyleyeyim: Gelişmedi kanatları. Çocuk kanadı gibi küçücük ve işe yaramazlar. Uçamadığı gibi o haliyle kanatlarını sergilemesi de imkânsız. Öyle güdük uzuvları sergilerse Otterley nasıl rezil olur hiç düşündün mü?"

"Hiç bilmiyordum" dedi Percival inanamayarak. Kız kardeşine çok sinir olurdu ama onun üzerine titremeyi de ihmal etmezdi.

"Hiç şaşırmadım" dedi Sneja. "Sen kendi zevkin ve kendi dertlerin dışında pek bir şeye kafa yormazsın. Kız kardeşin başındaki bu belayı yüz yılı aşkın süredir hepimizden saklamaya çalışıyor. Ama işin aslı şu ki, o senin veya benim gibi değil. Senin kanatların zamanında muhteşemdi. Benimkilerse bambaşka. Otterley daha düşük bir ırktan."

"Giborlara kumanda edemez diyorsun yani" dedi Percival, annesinin bu sırrı niye açıkladığını nihayet anlayarak. "Saldırının kontrolünü kaybeder diye düşünüyorsun."

"Keşke vazifeni yerine getirebilsen oğlum" dedi Sneja; sesi, Percival'ın başarısızlığını çoktan kabullenmiş gibi kırgın çıkıyordu. "Keşke davamızı sahiplenebilsen. Belki o zaman..."

Dinlemeye tahammülü kalmayan Percival, telefonu kapattı. Yola baktı ve asfaltın ağaçlar arasında kıvrıldıktan sonra bir dönemeçle birlikte gözden kaybolduğunu gördü. Otterley'ye yardım etmek elinden gelmezdi. Ailesinin şerefini kurtaramayacak bir haldeydi.

9 numaralı karayolu, Milton, New York

Gabriella ve Verlaine, Milton'ın dışından geçen karayoluna varana kadar yarım paket sigara içmişler, Porsche'nin içini ağır ve acı bir tütün kokusuyla doldurmuşlardı. Verlaine pencereyi biraz açarak arabaya temiz, soğuk hava dolmasını sağladı. Gabriella'nın öyküye devam etmesini istiyorduysa da, ısrar etmeye yanaşmıyordu. Geçmişini anlatmak bile onu çökertmişti adeta; gözlerinin altında koyu halkalar ortaya çıkmış, omuzları çökmüştü. Arabadaki sigara dumanı Verlaine'in gözlerini yakıyordu ama Gabriella'yı etkilemiyordu sanki. Manastıra bir an önce ulaşmak için gaza basıyordu.

Verlaine, pencereden karlı orman manzarasını izliyordu. Yolun iki yanında kat kat yükselen karlı kayın, çınar ve meşe ormanları, göz alabildiğine uzanmaktaydı. Gelip gelmediklerini anlamak için yol kenarına bakarak, girişi gösteren tahta bir tabela, olmadı uzaktan görünen kilise kulesi gibi bir ipucu aradı. New York'tan manastıra giden yolu evindeyken haritadan takip etmiş, hangi yolların ve köprülerin kullanılması gerektiğini çıkarmıştı. Tahmini doğruysa, manastır Milton'un birkaç kilometre kuzeyindeydi. Varmak üzere olmalıydılar.

"Aynaya bak" dedi Gabriella, olağandışı bir sükûnetle.

Verlaine onun dediğini yaptı. Biraz uzakta siyah bir cip vardı.

"Birkaç kilometredir peşimizdeler" dedi Gabriella. "Senden kolay vazgeçmeyecekler."

"Onlar olduğundan emin misin?" dedi Verlaine omzunun üzerinden bakarak. "Ne yapacağız?"

"Kaçmaya çalışırsak takip ederler" dedi Gabriella. "Devam edersek manastıra onlarla aynı anda varırız ve bu kez orada karşılaşmak zorunda kalırız."

"O zaman ne olur?"

"Bu sefer bizi bırakmazlar."

Gabriella frene asılıp direksiyonu sertçe çevirerek mıcırlı bir servis yoluna paldır küldür daldı. Lastikleri acı bir çığlık atan Porsche, karlı asfaltın üzerinde bir yarım daire çizerek yön değiştirdi ve bu sırada yana yattı. Lastikler yola tutunmaya çalışırken araç bir anda yerçekiminden kurtulmuş gibi oldu; kar üzerinde ağırlıksız bir halde sağa sola savrulan bir metal yığınından başka bir şey değildi artık. Gabriella biraz yavaşlayıp direksiyona sarılarak arabaya hâkim olmaya çalıştı. Araba yola tutununca gazı kökledi ve sağır edici bir motor gürültüsü eşliğinde gittikçe hızlanarak tepeye tırmanmaya başladılar. Mıcırlar ön cama yağmur gibi vuruyordu.

Verlaine geriye baktı. Siyah cip de mıcırlı yola dönmüş, biraz geriden takip ediyordu.

"Hadi bakalım" diyen Gabriella, gazı hiç kesmeden tepeye doğru ilerlemeyi sürdürdü. Tepeye vardıklarında ağaçlık sona erdi ve önlerinde geniş, karlı bir vadi açıldı; vadinin ötesinde karın üzerinde bir kan lekesi gibi duran kırmızı, yıkık dökük bir ahır görülüyordu.

"Bu arabayı çok seviyorum ama çok ağır kalıyor" dedi Gabriella. "Onlardan kaçmamız mümkün değil. Ya izimizi kaybettireceğiz ya da saklanacağız."

Verlaine vadiyi inceledi. Yoldan ahıra kadar, en ufak bir saklanma imkânı vermeyen tarlalardan başka bir şey yoktu. Ahırdan sonra yol tekrar kıvrılarak ilerliyor, yaprak dökmeyen ağaçların arasına uzanıyordu. "Yakalanmadan yukarıyı bulabilir miyiz?" diye sordu Verlaine.

"Başka seçeneğimiz yok zaten."

Gabriella, ahırın yanından geçerek hafif yokuşa sardı. Ağaçlığa ulaştıklarında cip o kadar yaklaşmıştı ki, Verlaine ön koltukta oturan adamları seçebiliyordu.

Yolcu koltuğundaki, pencereden sarktı, tabancasıyla nişan alıp ateş etti ama ıskaladı.

"Bu araba daha fazla gitmez" dedi Gabriella sıkıntıyla. Direksiyonu tek eliyle tutarak diğer eliyle Verlaine'e bir deri çanta attı. "Tabancamı bul. İçinde bir yerde."

Verlaine çantayı açtı, bir dolu nesneyi karıştırıp kurcaladıktan sonra nihayet soğuk bir metale dokundu. Çantanın dibinden küçük, gümüş rengi bir tabanca çıkardı.

"Hiç ateş ettin mi?"

"Hayır."

"Ben anlatırım" dedi. "Emniyeti aç. Şimdi camını indir. Sabit tut silahı. Güzel, şimdi kolunu sabitle."

Verlaine ateş vaziyeti aldığı sırada, cipteki adam da nişan aldı.

"Bir saniye" dedi Gabriella. Karşı yöne geçip yavaşlayarak Verlaine'in ön cama rahatça nişan alabilmesini sağladı.

"Sık" dedi Gabriella. "Hadi!"

Verlaine silahı tam ön cama doğrultup tetiğe bastı. Cipin ön camı dağılmadan paramparça oldu. Mercedes bariyerlere çarpıp şarampole yuvarlanırken Gabriella da var gücüyle frene bastı. Verlaine, tepetaklak olmuş, tekerlekleri hâlâ dönen araca bakıyordu.

"Tam isabet" diyen Gabriella kenara çekip motoru durdurdu. Verlaine'in nişancılık kabiliyetinden etkilendiğini ve şaşırdığını hiç gizlemeden ona takdirle baktı. "Silahı ver. Öldüklerinden emin olmam lazım."

"Doğru bir iş mi yapıyoruz?"

"Elbette" diye sertçe cevapladıktan sonra silahı alıp arabadan indi ve bariyerin üstünden atladı. "Gel, bir şeyler öğrenirsin sen de."

Verlaine, karlı tepeden Gabriella'nın arkasından, ayak izlerini takip ederek indi. Yukarıya baktığında, kapkara bir bulutun geldiğini, her an vadiye çökebilecekmiş gibi çok alçak durduğunu fark etti. Arabaya vardıklarında Gabriella, Verlaine'den camı tekmelemesini istedi. Verlaine cam parçalarını spor ayakkabısının topuğuyla dağıtırken, Gabriella eğilip içeri baktı.

"Sürücüyü vurmuşsun" dedi Verlaine'in dikkatini cesede çekerek.

"Acemi şansı."

"Kesin." Beş metre ötede, karın üstünde yüzükoyun yatan ikinci cesede işaret etti. "Bir taşla iki kuş. İkincisi de araba takla atınca fırlamış."

Verlaine, gözüyle gördüğüne inanamıyordu. Adamın vücudu, önceki gece tren camında gördüğü yaratığa dönüşmüştü. Sırtında bir çift kızıl kanat açılmıştı ve uçları karlara değiyordu. Buz gibi rüzgâra maruz kalan Verlaine, soğuktan mı yoksa önündeki manzaradan mı ürperdi, bilemedi.

Bu sırada Gabriella cipin kapısını açmış, içini arıyordu. Önceki akşamüstü Verlaine'in arabasından çalınan çantayla arabadan çıktı.

"O benim" dedi Verlaine. "Dün arabamı soyduklarında çaldılar."

Gabriella çantayı açtı, bir klasör çıkardı ve içindekilere baktı.

"Neye bakıyorsun?"

"Percival'ın neler bildiğini gösterebilecek bir şey arıyorum" dedi Gabriella kâğıtlara bakarken. "Bunları gördü mü?"

Verlaine kâğıtlara baktı. "Ben vermedim ama adamlar göstermiş olabilir."

Gabriella hurda cipe sırtını verip arabasına doğru yürümeye başladı. "Acele edelim" dedi. "Azize Rose rahibeleri sandığımdan da büyük tehlike altında."

Yolun devamında arabayı kullanmak üzere Verlaine direksiyona geçti. Geriye dönerek yola doğru ilerlemeye başladılar. Manzara sükûnetinden hiçbir şey kaybetmemişti. Yumuşak tepeler, kar örtüsü altında uykuda gibiydi. Ahır yapayalnız duruyor, bulutlanmış gökyüzü her şeyi kapsıyordu. Birkaç çizik ve motorda bir homurtu dışında, Porsche takdire değer bir sebat gösteriyordu. Hatta son on dakika içinde, Verlaine'den başka hiçbir şeyde önemli bir değişiklik olmamıştı. Elleri terledikçe deri direksiyon simidini zor tutuyor, kalbinin küt küt attığını hissediyordu. Gözünün önüne cesetler geldi.

Verlaine'in neler düşündüğünü sezen Gabriella, "Gerekeni yaptın" dedi.

"Bugüne kadar elime tabanca bile almamıştım."

"Acımasız katillerdi onlar" dedi Gabriella resmi bir sesle, sanki düzenli olarak adam vuruyormuş gibi. "İyilerle kötülerin dünyasında, ayrım yapmadan yaşamak mümkün değildir."

"Ben böyle bir ayrıma pek kafa yormamıştım."

"Bizimle kalırsan bu değişecek" dedi Gabriella usulca.

Verlaine yavaşladı, bir dur levhasında kısaca durakladıktan sonra karayoluna çıktı. Manastır birkaç kilometre ötedeydi.

"Evangeline de sizden mi?" diye sordu.

"Evangeline melekbilim hakkında pek az şey bilir. Çocukken ona hiçbir şey anlatmadık. Genç ve itaatkâr bir kız; olağanüstü bir zekâsı olmasaydı, bu özellikleri yüzünden başına gelmedik kalmazdı. Onu Azize Rose Manastırı rahibelerine emanet etmek, babasının fikriydi. Kendisi Katolik'ti ve genç kadınların tehlikeden korunmasının en iyi yolunun, bir manastıra kapanmak olduğu yönünde romantik fikirleri vardı. Kabahat onda değil. Adam İtalyan'dı. Bu düşünceler kanında vardı."

"O da suyuna mı gitti?"

"Efendim?"

"Torunun, sırf babası istedi diye uğruna yaşanılacak her şeyi feda mı etti?"

"Neyin uğruna yaşanılır, neyin yaşanılmaz biraz tartışmalı bir konu" dedi Gabriella. "Ama haklısın; Evangeline, tam da ona söyleneni yaptı. Luca onu, annesinin, yani kızım Angela'nın öldürülmesinden sonra Amerika'ya getirdi. Dinine çok bağlı yetiştirildiğinden eminim. Onu küçüklüğünden beri Azize Rose Manastırı'na hazırladığını düşünüyorum babasının. Yoksa bu çağda genç bir kız tüm kabiliyetlerinden bu kadar kolay nasıl vazgeçer?"

"Ortaçağ'dan kalma gibi" dedi Verlaine.

"Ama sen Luca'yı tanımadın" dedi Gabriella. "Evangeline'i de tanımıyorsun. Birbirlerine duydukları sevgi görülmeye değerdi. Etle tırnak gibiydiler. Evangeline, babası ona ne derse, ama ne derse yapardı. Hayatını kiliseye adaması da bunlardan biriydi mutlaka."

Porsche'nin motoru homurdanırken ve iki yanda ormanlar yükselirken yolda sessizce ilerlediler. Bir saat öncesine kadar huzur dolu bir yolculuktu bu. Ama şimdi, her ağaç öbeği, arkası görülmeyen her dönemeç, yandan katılan her tali yol bir pusu gibi görünüyordu. Verlaine gaza basarak arabayı iyice hızlandırdı. Katiller dirilip tekrar peşlerine düşecekmiş gibi birkaç saniyede bir aynaya bakıyor, cipi kolluyordu.

Azize Rose Manastırı, Milton, New York

Evangeline ve Celestine asansörle dördüncü kata çıktıkları sırada, deri çantanın kayışı Evangeline'in omzunu çökertmeye başlamıştı bile. Kapı açıldığında, yaşlı rahibe Evangeline'i durdurdu. "Sen git canım" dedi. "Fark edilmeden çıkabilmen için ben onların dikkatlerini dağıtırım." Evangeline, Celestine'i yanağından öptü ve asansörde bıraktı. Evangeline çıkar çıkmaz Celestine bir düğmeye bastı ve asansörün kapıları kapandı. Evangeline yalnız kalmıştı.

Evangeline yatak odasına ulaşınca perdeleri sertçe açtı ve değerli eşyalarını –bir tespih ve yıllar içinde biriktirdiği biraz para– cebine koydu. Odasına bakınırken kalbi sızlıyordu. Daha birkaç gün öncesine kadar, buradan hiç ayrılmayacağını düşünmekteydi. Önündeki hayatın sonsuz bir ayin, ibadet ve dua rutini olduğunu düşünüyordu. Her sabah uyanıp ibadete gidecek, her gece nehrin karanlığına bakan bir odada uykuya dalacak sanıyordu. Bir gecede bu kesinlikler ortadan kalkmış, Hudson'ın akıntısında eriyen buz gibi kayıplara karışmıştı.

Evangeline'in düşünceleri, avludan gelen büyük bir gürültüyle dağıldı. Odasından çıkıp bir pencereyi açarak dışarı baktığında, Maria Angelorum'un önündeki yarım daire şeklindeki yola birbiri ardına siyah minibüslerin girmekte olduğunu gördü. Minibüslerin kapıları açıldı ve dışarı tuhaf yaratıklar çıktı. Üzerlerinde, yerleri süpüren siyah paltolar, siyah deri eldivenler ve siyah asker postallarından oluşan bir üniforma vardı. Avluyu geçip manastıra yaklaşırlarken, Evangeline sayılarının hızla artmakta olduğunu gördü. Yoktan var oluyormuş gibi süratle çoğalıyorlardı. Gözlerini uzağa çevirdiğinde, yaratıkların ormandaki ağaçlar arasından belirdiğini, taş duvarın üstünden atladığını, cümle kapısından girdiğini gördü. Belki saatlerdir gizleniyor, bekliyorlardı. Azize Rose Manastırı, Giborlar tarafından kuşatılmıştı.

Deri çantayı sımsıkı kavrayan Evangeline, pencereden korkuyla uzaklaştı ve koridorda var gücüyle koşarken herkesin kapılarını çalıp çalışan ya da ibadet eden rahibeleri uyardı. Işıkları sonuna kadar açarak dördüncü katın rahat loşluğunu parça parça etti ve yerdeki yıpranmış halının, dökülen duvar boyasının, kapalı hayatlarının bıktırıcı tekdüzeliğinin gün gibi açığa çıkmasına neden oldu. Önceki saldırıdan çıkarılacak bir ders varsa, manastırı hemen terk etmeleri gerektiğiydi.

Evangeline'in uğraşı sayesinde Kadim Rahibeler odalarından çıktı. Koridorda şaşkınca, örtüsüz saçları darmadağın halde etrafa bakınmaya başladılar. Evangeline, uzaktan Philomena'nın sesini duydu. Rahibeleri kavgaya çağırıyordu.

"Koşun!" dedi Evangeline. "Arkadaki merdivenlerden birinci kata inin ve Başrahibe Perpetua ne diyorsa yapın. Beni dinleyin. Az sonra anlayacaksınız."

Rahibeleri önüne katma dürtüsünü bastıran Evangeline, kadın kalabalığını yararak koridorun sonundaki ahşap kapıya ulaştı ve bunu açıp kıvrımlı merdiveni koşar adım çıktı. Kulenin tepesindeki oda buz gibi soğuk ve karanlıktı. Tuğla duvarın önüne diz çöktü ve gizli bölmesini kapatan tuğlayı yerinden çekti. Duvardaki boşlukta, içindeki fotoğrafla birlikte melekbilim defterini kapattığı metal kutuyu buldu. Defterin son bölümünü açtı. Annesinin araştırma notları, Gabriella'nın temiz ve özenli el yazısıyla temize çektiği halde orada duruyordu. Annesi, bu sayı dizileri için canını vermişti. Evangeline bunları geride bırakamazdı.

Kulenin penceresi buz tutmuş, camda buz mavisi damarlar oluşturmuştu. Evangeline camın bir bölümünü hohlayarak ve avucuyla silerek açmaya çalıştıysa da, camdaki buğuyu gideremedi. Bahçeyi daha rahat görmek için panikle ayakkabısını çıkarıp camı kırdı ve doğramada kalan cam parçalarını vurup uzaklaştırdı. Artık avluyu izleyebiliyordu.

Odaya yakıcı bir soğuk doldu. Aşağıda, arazinin üç yanını çevreleyen nehir ve ormanı seçebiliyordu. Kara giysili yaratıklar öbeği, bahçenin ortasında toplanmıştı. Yüksekten ve bakış açısından ötürü boyları kısa görünse bile bu manzara Evangeline'i ürpertti. Penceresinin altında elli, belki yüz yaratık vardı ve sıralar oluşturuyorlardı.

Ansızın, komut almış gibi, paltolarını attılar. Paltonun altındaki çıplak tenleri, kara aydınlık veriyordu. Ayağa kalktıklarında muazzam boylarıyla, kenarda köşede kalmış bir meydanda duran yalnız Yunan heykellerine benzediler. Sırtlarından kocaman, keskin hatlı, kıpkızıl kanatlar açıldı ve tüyleri loş sabah güneşinde ışıldadı. Bu yaratıkları anında tanıdı; çünkü New York'taki o depoda babasıyla birlikte gördüğü meleklere benziyorlardı. Ama aradan geçen zamanda, Evangeline çocukluktan genç kadınlığa adım atmıştı ve bu değişim nedeniyle, eskiden olmayan bir zaafı vardı artık: Baştan çıkarılmak. Yaratıkların vücutları o kadar güzel, o kadar baş döndürücüydü ki, içinden bir özlem dalgası geçti. Ama arzuyla dumanlanan zihnine rağmen Evangeline, yaratıkların duruşlarından kanatlarının açılışına kadar her şeyi canavarca görmeyi sürdürüyordu.

Biraz sakinleşmek için derin bir nefes aldığında, tuhaf bir koku doldu genzine. İsli, boğucu kokusuyla dumandı bu. Bahçeye bakınca, bir grup yaratığın manastır binasının yanında toplanmış, kanat çırparak ateş yellemekte olduğunu gördü. Alevler giderek yükseliyordu. İblisler saldırıya geçmişti.

Evangeline, melekbilim defterini de deri çantaya atarak kulenin merdivenlerinden indi ve İbadet Şapeli'ne giden geçide girdi. Aşağı indikçe koku yoğunlaşıyor, merdiven boşluğundan dumanlar yükselmeye başlıyordu. Alevlerin ne kadar ilerlediğini bilmek imkânsızdı; çıkışı kapanmış da olabilirdi. Bunun üzerine, çantayı kolunun altına sıkıştırıp hızlandı. Merdivenleri indikçe havanın ağırlaşmasından, yangının en azından şimdilik alt katlarla sınırlı olduğunu anladı. Buna rağmen alevlerin bu kadar hızla ve kuvvetle yükselmesi inanılacak gibi değildi. Yaratıkların ateşin önünde toplandığını, güçlü kanatlarıyla alevleri körüklediğini hatırladı. Sarsıldı. Giborlar, manastır yanıp kül olmadan durmayacaklardı.

Azize Rose Manastırı, Milton, New York

Manastırdan yükselen duman o kadar kesifti ki, Verlaine ferforje kapıdaki AZİZE ROSE kelimelerini zar zor seçebildi. Duvarın kenarında, tarumar edilmiş Renault'su duruyordu. Gece boyunca muhtemelen buz ve karla dolmuştu ama bıraktığı yerden de oynatılmamıştı. Cümle kapısı açıktı ve Verlaine arabayı park ederken kilisenin önünde çok sayıda siyah minibüs durduğunu fark etti.

"Şu arabayı gördün mü?" dedi Gabriella, manastıra giden yolun sonunda, ağaçların arasına gizlenmiş beyaz bir Jaguar'ı göstererek. "Otterley Grigori'nin arabası."

"Percival'ın akrabası mı?"

"Kız kardeşi. Kendisiyle Fransa'da tanışma onuruna erişmiştim." Gabriella silahı eline aldı ve Porsche'den indi. "O buradaysa Percival da buradadır ve bu yangında da onların parmakları vardır."

Verlaine, Gabriella'nın üzerinden az ilerideki manastıra baktı. Binanın üst katları duman içindeydi; yerde birtakım hareketler olduğunu görebiliyordu ama ayrıntıları seçemiyordu. O da arabadan inerek Gabriella'yı takip etmeye başladı.

"Ne yapıyorsun?" dedi Gabriella onu kuşkuyla süzerek.

"Seninle geliyorum."

"Burada arabanın başında olmanı istiyorum. Evangeline'i bulduğumda buradan hemen gitmemiz gerekecek. Bunun için de sana güveniyorum. Burada bekleyeceğine söz ver." Gabriella cevabı beklemeden manastıra doğru yürümeye başladı ve silahı uzun siyah ceketinin cebine soktu.

Verlaine minibüslerden birine yaslanarak Gabriella'yı manastır binasının arkasında gözden kaybolana dek izledi. Talimatına rağmen onu takip etmek istiyordu. Bunu yapmayıp minibüslerin yanından yürüyerek beyaz Jaguar'a ulaştı. Elini gözlerine siper ederek camdan baktı. Bej deri koltukta araştırma dosyalarının biri duruyor, üstünde Trakya sikkesinin fotokopisi bulunuyordu. Kapıyı zorladı, kilitli olduğunu fark edince camı kıracak bir şeyler aradı. O sırada yolun kenarında, arabaya doğru yürüyen Percival Grigori'yi gördü.

Verlaine kendini manastırı çevreleyen taş duvarın arkasına attı. Üstü buz tutmuş karı çatırdatarak manastıra doğru yaklaştı ve avluya açılan bir aralığın önünde durdu. Manzarayı görünce çarpıldı. Azgın bir yangının üzerinde kapkalın bir duman bulutu oluşmuştu ve alevler manastırın duvarlarını yalıyordu. Gabriella ile öldürdükleri canavarlar bir ordu halinde manastıra üşüşmüşlerdi. Kanatlı, ejderhamsı yaratıklardan belki yüz tanesi, kararlılıkla saldırıya geçmişlerdi.

Gördüklerini daha iyi kavramaya çalıştı. Bu yaratıklar kuşla canavar kırması gibiydi; yarı insan, yarı iblistiler. Sırtlarında bol tüylü kızıl kanatlar vardı. O kadar yoğun bir ışık yayıyorlardı ki, adeta bir fanus içinde aydınlanmışlardı. Gabriella ona Giborları ayrıntılı olarak anlatmıştı ve o da bunların önceki gece tren camından gördüğü yaratıklar olduğunu anlamıştı ama, o ana değin sayılarının bu kadar çok olabileceğini idrak edememişti.

Alevler ve duman ara sıra dağıldıkça, Giborların sonunun gelmeyeceğini fark etti. Kanatlarını öfkeyle ve kuvvetle çarpan yaratıklar, birbiri ardına manastıra üşüşüyordu. Rüzgâra karşı kolaylıkla havalanıp uçurtma gibi rahatça süzülüyor ve binaya çörekleniyorlardı. Hayaletler gibi hafif ve imkânsız derecede uçucu cüsseleri vardı. O kadar eşgüdümle ve kuvvetle hareket ediyorlardı ki, Verlaine bunları yenmenin mümkün olmadığını anladı. Adeta bir savaş balesi gibi hareketlenen yaratıklar zarif bir şiddet dansı halinde havalanıyor, alevleri körüklüyorlardı. Verlaine yıkımı afallamış vaziyette izledi.

Yaratıklardan biri diğerlerinden uzakta, ormanın kıyısında beklemekteydi. Onu incelemeyi aklına koyan Verlaine, taş duvarın ardındaki sık bitki örtüsüne daldı ve yaratığa üç metre kadar yaklaşabildi. Yaratığın kemerli burnunun, altın renkli buklelerinin, korkunç kırmızı gözlerinin zarafetine dikkat etti. Derin bir nefes alarak bedeninin tatlı kokusunu içine çekti. Gabriella, bu yaratıklarla karşılaşma talihine (veya talihsizliğine) ulaşanların, bu kokuyu ölümsüzlük iksirine benzettiklerini söylemişti. Verlaine yaratığın öldürücü cazibesini derhal fark etti. Onları büyük bir tarihi yanlışın piç çocukları, kutsallıkla küfrün sakat melezleri olarak tahayyül etmişti hep. Güzel bulacağını hiç aklına getirmemişti.

Yaratık ansızın döndü. Çalılara gizlenmiş Verlaine'i fark etmiş gibi ormanın derinliklerini taradı. Gibor'un sert hareketiyle boynunun bir bölümü, uzun ince kolu ve vücudunun hatları ortaya çıkmıştı. Yaratık, kızıl kanatlarını titreterek binaya doğru yürürken Verlaine, niye geldiğini, ne aradığını, sonra ne yapacağını unutuverdi. Korkması gerektiğini biliyordu ama Gibor vücudundan yere vuran aydınlıkla ona yaklaştıkça, üzerine acayip bir huzur çöktü. Manastırı kavuran alevlerin ışığı da yaratığa vuruyor, kendi aydınlığıyla karışarak iyice güçleniyordu. Verlaine hipnotize olmuştu. Beyninin emrettiği gibi kaçmak yerine yaratığa yaklaşmak, pürüzsüz ve beyaz tenli o vücuda dokunmak istiyordu. Saklandığı yerden çıktı ve teslim olmak istermişçesine Gibor'un karşısına dikildi. Karanlık ve vahşi bir bilmecenin cevabını öğrenmek için cam gibi donuk gözlerine baktı.

Verlaine'in orada bulduğu, onu akıl almayacak derecede sarstı. Yaratığın bakışlarında kötücüllük yerine korkutucu ve hayvansı bir cansızlık, ne habis ne selim bir boşluk vardı. Sanki yaratık, önünde gördüğünü algılayamıyordu. Gözleri, saf bir boşluğa bakan mercekler gibiydi. Verlaine'in karşısında durduğunu fark etmedi; Verlaine sadece bir ağaç dalı veya yaprak öbeğiymiş gibi ormana bakmayı sürdürdü. Verlaine, ruhu olmayan bir yaratığın karşısında bulunduğunu anladı.

Yaratık sert bir hareketle kızıl kanatlarını açtı. Önce bir kanadını, sonra diğerini çevirip kuvvetini toplayarak sıçradı, bir kelebek gibi hafifçe ve zarafetle havalandı, saldırıya katıldı.

İbadet Şapeli, Azize Rose Manastırı, Milton, New York

Evangeline, İbadet Şapeli'ni dumanlar içinde buldu. Nefes almaya çalıştı ama sıcak ve zehirli hava onu mahvetti. Cildini yaktı, gözlerini acıttı ve görüşü birkaç saniye içinde gözyaşlarıyla bulandı. Dumandan görebildiği kadarıyla rahibeler şapel boyunca yerlerini almışlardı. Kisveler birbirine karışarak aşılmaz siyah bir duvar oluşturuyorlardı sanki. Yumuşak ve dumanlı bir ışık şapeli doldurmuş, sunağa hafifçe vurmaktaydı. Rahibelerin neden şapelden çıkmadıklarını anlamadı. Burada kalırlarsa dumandan öleceklerdi.

Kafası karıştı ve Maria Angelorum Kilisesi yönünde kaçmaya çalıştı, ama bir şeye takıldı ve yere kapaklanıp çenesini mermer zemine çarptı. Deri çanta elinden kurtulmuş, dumandan göremediği bir yere fırlamıştı. Dumanlar içinde yerden kendisine Rahibe Ludovica'nın baktığını görünce dehşete kapıldı. Yüzü korkuyla donmuştu. Tekerlekli sandalyesi bir kenara savrulmuş, devrilmiş yaşlı kadının bedenine takılıp düşmüştü Evangeline. Ludovica'nın üzerine eğilen Evangeline, kadının hâlâ sıcak yanağına dokundu ve Kadim Rahibelerin en yaşlısına kısa bir veda duası etti. Gözkapaklarını yumuşak bir hareketle kapattı.

Evangeline emekleme pozisyonuna geçerek görebildiği kadarıyla durumu inceledi. İbadet Şapeli'nin zemininde çok sayıda ceset vardı. Koridorda dumandan boğularak can vermiş en az dört kişi sayabildi. Üzerine bir çaresizlik çöreklendi. Giborlar, melek katlarının tasvir edildiği camları parça parça etmişler, bedenlerin üzerine bir moloz yığını doldurmuşlardı. Renkli cam kırıkları her yerde akide şekerleri gibi parlıyordu. Sıralar kırılmış, sarkaçlı saat parçalanmış, mermer melekler devrilmişti. Camlardaki büyük deliklerden manastırın bahçesi görülüyordu. Karlı bahçe, yaratık kaynıyordu. Göğe yükselen duman, ateşin yanmakta olduğunu gösteriyordu. Dondurucu hava içeri doluyor, yıkık şapelin içinde fırtınalar estiriyordu. En kötüsü, ibadet yerleri boştu. Sonsuz ibadet zinciri kırılmıştı. Bu görüntü o kadar korkunçtu ki, Evangeline'in nefesi kesildi.

Yere yakın yerlerde hava daha serin ve temiz olduğu için Evangeline tekrar sürünmeye geçerek yerde çantayı aradı. Duman gözlerini yakıyor, sürünmekten kolları ağrıyordu. Bir zamanlar çok tanıdık olan şapel, şimdi duman yüzünden tehlikeli, düşmanca, tuzak dolu bir mayın tarlasına dönmüştü. Duman iyice üzerine çökerse, diğerleri gibi boğulabilirdi. Kaçmak için Maria Angelorum'a yönelirse çantayı kaybedecekti.

Nihayet Evangeline, çantanın parlak tokalarının ışıldadığını gördü. Uzanıp sapını yakaladı ve çantayı kendisine çekerken derinin yanmış olduğunu fark etti. Yerden doğrulurken kolunu burnuna ve ağzına bastırarak dumandan korunmaya çalıştı. Verlaine'in ona kütüphanede sorduğu soruları, Başrahibe Francesca'nın çizimleri üzerindeki mühre gösterdiği yoğun ilgiyi hatırladı. Anneannesinden gelen son kart, Verlaine'in teorisini haklı çıkarıyordu: Mimari çizimler gerçekten de bir nesnenin yerini göstermek, Başrahibe Francesca'nın sakladığı ve neredeyse iki yüz yıldır korunan bir cismin nerede olduğunu belirtmek için yapılmıştı. Çizimlerin muazzam hassasiyeti de düşünüldüğünde kuşkuya yer yoktu. Başrahibe Francesca, meskene bir şey yerleştirmişti.

Evangeline dumanla mücadele ederek sunağın basamaklarını çıkıp ağır süslemeli meskene ulaştı. Mermer bir sütunun üstünde duran meskenin kapaklarına, başı ve sonu simgeleyen altın alfa ve omega harfleri kakılmıştı. Küçük bir dolap büyüklüğünde olan mesken, değerli bir şeyi saklayabilecek hacimdeydi. Evangeline deri çantayı kolunun altına sıkıştırıp kapaklara yüklendi. Kapaklar kilitliydi.

O sırada arkasında meydana gelen bir hareketlenmeyle, şapelde bir şeyler olduğunu anladı. Tam arkasını döndüğü sırada iki yaratık meleklerin birinci katını tasvir eden vitrayı parçalayarak altın, mavi ve kırmızı renkli sırçaları rahibelerin üstüne saçtı. Sunağın arkasına gizlenen Evangeline, Giborları incelerken ürperdiğini hissetti. Kuleden görüldüklerinden de iriydiler; uzun ve ince vücutları, kocaman kırmızı gözleri, sırtlarını bir pelerin gibi örten kızıl kanatları vardı.

Giborlardan biri secde taburelerine saldırıp bunları yere savurdu ve çiğnedi; bu sırada bir diğeri bir mermer melek heykelinin kafasını tek bir hamlede gövdesinden ayırdı. Şapelin diğer ucunda başka bir yaratık altın bir şamdanı kaidesinden kavrayıp Başmelek Mikail'in tasvir edildiği harika bir vitraya savurdu. Cam bir anda parçalandı ve binlerce ağustosböceğinin aynı anda şakımasına benzer bir şangırtıyla dağıldı.

Evangeline, sunağın gerisinde, çantayı göğsüne bastırmış bekliyordu. Çok ölçülü hareket etmesi gerektiğinin farkındaydı. En küçük ses bile yaratıkların dikkatini çekebilirdi. Kaçacak bir yol bulmak için şapele bakınırken, bir köşeye sinmiş olan Philomena'yı fark etti. Philomena elini yavaşça kaldırarak hareket etmemesini, bekleyip onu izlemesini işaret etti. Evangeline de saklandığı yerden Philomena'nın usulca sunağa sokulmasını izledi.

Philomena bundan sonra şaşırtıcı bir güç ve hızla sunağa atılıp epey yüksekte bulunan yıldız şekilli Aşai Rabbani Ekmeği çerçevesini yakaladı. Som altından çerçeve, şamdan büyüklüğündeydi ve epeyce ağır olmalıydı. Buna rağmen Philomena bunu başının üstüne kaldırdı ve yere çaldı. Darbe, çerçevenin kendisine bir şey yapamadı. Ama ortasındaki küçük kristal, kutsanmış ekmeğin konulduğu küre parçalandı. Parçalanan kristalin sesini onca kargaşaya rağmen Evangeline bile açıkça duyabildi.

Philomena'nın hareketi öyle ağır bir küfür, rahibelerin o güne kadarki inançlarına öyle korkunç bir tecavüzdü ki, Evangeline şoka girdi. Bunca yıkımın, kaybedilen bunca canın ortasında daha fazla saldırganlığa hiç yer yoktu. Ama Philomena çerçeveyi paralamaya, cam kırıklarını savurmaya devam ediyordu. Evangeline saklandığı yerden çıktı ve Philomena'nın neden delirdiğini anlamaya çalıştı.

Philomena'yı yaratıklar da fark etmişti. Nefes alıp verişleriyle birlikte kanatları da açılıp kapanarak ona doğru yürüdüler. Biri ansızın Philomena'nın üzerine atıldı. İman gücüyle ve Evangeline'in asla konduramayacağı bir coşkunlukla hareket eden Philomena, yaratığın pençelerini savuşturdu ve kanatlarını zarif bir hareketle kavrayıp var gücüyle asıldı. Kocaman kızıl kanatlar, yaratığın vücudundan koptu. Yere devrilen Gibor, kopuk kanatlarının yaralarından akan koyu mavi bir sıvının içinde, insanın kanını donduran bir şekilde can çekişmeye başladı. Evangeline, cehennemin bir tezahürü de bu olsa gerek, diye düşündü. Sonsuz ibadetlerinin mabedi, kutsal şapelleri tecavüze uğramıştı.

Philomena tekrar çerçeveye döndü, parçalanmış kristal yuvayı söktü ve küçük bir nesneyi muzaffer bir edayla başının üstüne kaldırdı. Evangeline, Philomena'nın elindeki nesneyi seçebildi;

bir anahtardı bu. Çerçeveyi parçalarken Philomena'nın elleri de kesilmişti ve kollarından şeritler halinde kan akıyordu. Bu dehşet manzarasından midesi bulanan Evangeline, yerdeki cansız yaratığa bakmaya bile cesaret edemezken, Philomena hiç rahatsız olmamış gibiydi. Ama Evangeline, duyduğu korkuya rağmen Philomena'nın başarısına hayret etmekten geri durmadı.

Philomena yaklaşması için Evangeline'e seslendi ama artık yapabileceği bir şey kalmamıştı: Canlı kalan yaratıklar Philomena'nın üstüne çullandı ve kıyafetlerini tavşana saldıran şahinlerin açlığıyla parçaladı. Kadının siyah kisvesi, yağlı kızıl kanatların gerisinde görünmez oldu. Derken Evangeline, Philomena'nın bu kargaşadan bir anlığına sıyrılabildiğini fark etti. Kalan tüm gücünü toparlayan Philomena, anahtarı Evangeline'e fırlattı. Evangeline anahtarı düştüğü yerden aldı ve tekrar mermer sütunun gerisine sığındı.

Bir daha baktığında, Rahibe Philomena'nın canı çekilmiş, kavrulmuş cesedine soğuk bir ışık vuruyordu. Katil Giborlar şapelin ortasına toplanmış, kanatlarını açmış, her an havalanacak gibi duruyorlardı.

Kapıda bir grup rahibe belirdi. Evangeline uyarmak için seslenecek oldu ama daha ağzını açamadan kara giysili kadın öbeği ikiye ayrıldı ve ortalarında Rahibe Celestine, tekerlekli sandalyesini iten yardımcılarıyla birlikte belirdi. Başörtüsü yoktu ve bembeyaz saçları, yüzüne kazınmış olan kederi daha da vurguluyordu. Yardımcılar sandalyeyi sunağın kaidesine doğru iterken, Celestine'in yolunu siyah kisvelerin beyaz takkelerle noktalanan kalabalığı çiziyordu.

Celestine'in yardımcıları tarafından sunağa götürülmesini Giborlar da izledi. Kadınlar mum yaktılar ve yangından etrafa saçılan közleri kullanarak Celestine'in çevresinde bazı simgeler çizdiler. Bu esrarengiz işaretleri Evangeline, anneannesinin verdiği melekbilim defterinden tanıyordu. Bu simgeleri çok kez incelemiş ama anlamlarını hiç kavrayamamıştı.

Evangeline o anda koluna birinin dokunduğunu hissetti ve döndüğünde kendini Gabriella'nın kollarında buldu. Duyduğu dehşet, kısacık bir an için silindi ve Evangeline yine anneannesinin kucağındaki küçük bir kız çocuğu oldu. Gabriella, Evangeline'in yanağına bir öpücük kondurduktan sonra dönüp Celestine'in yaptıklarını bilen gözlerle izlemeye başladı. Evangeline'in hatırladığından daha yaşlı ve zayıftı ama yine de varlığı ona güven ve rahatlık veriyordu. Anneannesiyle baş başa konuşabilmeyi diledi. Soracağı şeyler vardı.

"Ne oluyor?" dedi Evangeline. Bir yandan da tuhaf bir biçimde hareketsiz kalmış olan yaratıkları inceliyordu.

"Celestine, kutsal bir dairenin içinde sihirli bir karenin çizilmesini emretti. Bir çağırma ritüeli için hazırlık bu." Yardımcıları Celestine'e zambaktan bir taç getirdiler ve bunu beyaz saçlarına yerleştirdiler. Gabriella, "Şimdi başına koydukları zambak taç, çağıran kişinin bekâretini ve saflığını simgeler. Bu ritüeli çok iyi biliyorum ama uygulandığını hiç görmemiştim. Çağrılacak melek çok büyük bir destek kuvvetidir ve düşmanlarımızı bir anda darmaduman edebilir. Manastır kuşatma altındayken ve saldırganların gücü bizimkinin kat kat üstündeyken, bize zafer kazandıracak belki de tek girişimdir. Ama bir yandan da çok tehlikelidir, hele Celestine'in yaşındaki bir kadın için. Özellikle savaş amacıyla melek çağırıyorsan, çağırma işinin tehlikeleri, yararlarından çok fazladır."

Evangeline, anneannesine döndü. Onun Evangeline'e verdiği altın madalyonun tıpkısı, boynunda sallanıyordu.

"Şu anda" dedi Gabriella, "Celestine'in tek amacı da savaş."

"İyi de Giborlar donup kaldı" dedi Evangeline.

"Celestine onları uyuşturdu" dedi Gabriella. "Gibor efsunu derler buna. Küçüklüğümüzde öğrenmiştik. Ellerini görüyor musun?"

Evangeline gözlerini kısarak sandalyesinde oturan Celestine'e baktı. Parmaklarını birbirine dolamış, iki işaretparmağıyla kalbini gösterir şekilde tutuyordu ellerini.

"Giborların kısa süreliğine donmasını sağlar" dedi Gabriella. "Ama etkisi az sonra geçecek ve Celestine'in çok hızlı hareket etmesi gerekecek."

Celestine sert bir hareketle kollarını havaya kaldırdı ve Giborların efsununu çözdü. Yaratıklar tam saldıracaklarken konuşmaya başladı. Sesi şapelde yankılanıyordu.

"Angele Dei, qui custos es mei, me tibi commissum pietate superna, illumina, custodi, rege, et guberna."

Evangeline bu Latince sözleri biliyordu, zikirlerde kullanılıyordu. Büyü tutmaya başladı. Büyünün tezahürü hafif bir esinti olarak başladı ve az sonra koridoru kasıp kavuran bir fırtınaya döndü. Fırtınanın gözünde, Celestine'in tepesinde aydınlık bir varlık, gözleri kör eden bir ışık huzmesiyle belirdi. Evangeline, çağırma töreninin tehlikesini, çevrelerini saran yaratıkların tehdidini unutup meleği izlemeye kapıldı. Devasa bir varlıktı; kanat açıklığı orta kubbenin genişliği kadardı ve kollarını uzatarak herkesi yanına çağırıyordu adeta. Muazzam bir ışıkla parlıyordu ve cüppesi alevden daha parlak yanıyordu. Aydınlık rahibelerin üzerine de saçıldı ve lav gibi parlak, akışkan bir halde zemine yayıldı. Meleğin bedeni aynı anda hem somut hem hayali gibiydi; başlarının üstünde duruyordu ama Evangeline baktığında arkasını da görebiliyordu. En ilginci, melek Celestine'in kılığına bürünmeye ve onun muhtemelen gençliğindeki halini almaya başladı. Melek dönüşümünü tamamlayıp Celestine'in altın ışıltılı ikizi haline geldiğinde, Evangeline onun genç kızlığını bizzat görebilmiş oldu.

Melek, pırıltılı ve sakin haliyle havada duruyordu. Konuştuğunda sesi şapelde tatlılıkla çınladı ve kulaklara benzersiz bir güzellikle doldu. "Beni iyilik uğruna mı çağırdın?" dedi.

Celestine, tekerlekli sandalyeden inanılmaz bir rahatlıkla kalkıp mumların çizdiği dairenin ortasına diz çöktü. "Seni Tanrı'nın bir hizmetkârı olarak, Tanrı'nın işini yapman için çağırdım."

"Tanrı'nın yüce adıyla soruyorum" dedi melek, "dileğin saf ve temiz midir?"

"Tanrı'nın ulu kelamı kadar saf ve temizdir" diyen Celestine'in sesi, meleğin varlığından güç alıyormuş gibi daha gür ve canlı çıkmaya başlamıştı.

"Korkma, ben Tanrı'nın habercisiyim" dedi melek, şarkılı sesiyle. "Tanrı'nın kutsal müziğini getirdim."

Muazzam bir kasırgayla birlikte kilise müziğe boğuldu. Semavi bir koro müziğe başlamıştı.

"Koruyucumuz" dedi Celestine, "mabedimiz ejderhanın saldırısına uğradı. Binalarımız yıkıldı, Hemşirelerimiz öldürüldü. Başmelek Cebrail'in yılanın başını ezdiği gibi, senin de bu saldırganları ezmeni diliyorum."

"Söyle bana" dedi kanatları çarpan, mevzun vücudu havada kıvrılan melek, "nerede saklanıyor bu iblisler?"

"Burada yanı başımızdalar; Tanrı'nın kutsal mabedine tecavüz ediyorlar."

Melek, Evangeline'in tepki bile veremediği bir hızla ateşe dönüşerek havaya binlerce yalaz saçtı ve bu yalazların her biri birer melek oldu. Evangeline, Gabriella'nın koluna tutunarak rüzgârda ayakta kalmaya çalıştı. Gözleri yanıyordu ama savaşçı melekler kılıçlarını çekip şapele indikleri sırada gözünü bile kırpamıyordu. Rahibeler de paniğe kapılıp dört bir yana kaçışınca Evangeline, melek çağırma töreninin onu soktuğu transtan kurtuldu. Melekler Giborları birer hamlede öldürüp cansız bedenlerini havadan sunağa savurdu.

Gabriella koşarak Celestine'in yanına giderken Evangeline de hemen arkasındaydı. Yaşlı rahibe yere düşmüştü; beyaz cüppesi üzerini örtmüş, başındaki taç yamulmuştu. Elini Celestine'in yanağına koyan Evangeline, tenin törenden ötürü kavrulmuş gibi sıcak olduğunu fark etti. Celestine'e biraz daha yakından bakarak, onun gibi zayıf, yumuşak bir kadının bu yaratıkları yıkacak gücü nasıl taşıdığını anlamaya çalıştı.

Mumlar nedense fırtınaya rağmen yanık kalmışlardı; sanki meleğin ortalığı kasıp kavuran varlığı, fiziksel dünyaya dokunmamıştı. Parlak alevler saçan mumlar, Celestine'in tenine hâlâ hayattaymış gibi bir canlılık katıyordu. Evangeline, Celestine'in cüppesini toparladı ve beyaz kumaşı dikkatle katladı. Celestine'in daha birkaç saniye öncesine kadar sımsıcak olan eli, buz kesmişti. Rahibe Celestine, tek bir gün içinde Evangeline'in gerçek velisi olmuş, kargaşada ona yol göstermiş ve onu doğru yöne çevirmişti. Evangeline, Gabriella'nın gözlerinin dolduğunu sandıysa da emin olamadı. "Mükemmel bir çağırma töreniydi arkadaşım" dedi Gabriella ve eğilip Celestine'i alnından öptü. "Tek kelimeyle mükemmeldi."

Philomena'yı hatırlayan Evangeline, avucunu açtı ve anahtarı anneannesine verdi.

"Nereden buldun bunu?" diye sordu Gabriella.

"Aşai Rabbani Ekmeği çerçevesinde" dedi Evangeline, yere dağılmış kristal parçalarını göstererek. "İçindeymiş."

"Demek orada saklamışlar" diyen Gabriella, anahtarı eliyle yokladı. Meskene gidip kilide soktu ve çevirdi. İçinde küçük deri bir kese vardı. "Burada yapacağımız bir şey kalmadı" dedi. Evangeline'in takip etmesini işaret ederek, "Hadi, bir an önce gidelim. Daha kurtulmuş sayılmayız" diye ekledi.

Azize Rose Manastırı, Milton, New York

Verlaine, ayakları kara gömülerek manastır bahçesinde yürüyordu. Daha birkaç saniye önce, bütün manastır feci bir saldırı altındaydı. Alevler binaları sarmıştı ve avluyu korkunç, saldırgan yaratıklar dolduruyordu. Derken, nasıl olduysa, savaş duruvermişti. Alevler o anda kaybolmuş, geride sadece kararmış duvarlar, akkor olmuş demirler ve is kokusu kalmıştı. Yaratıkların kanatları taş kesilmişti. Elektrik çarpmış gibi yere düşmüşler, kar üstünde et ve kemik yığınları halini almışlardı. Verlaine sessiz avluyu incelerken dumanın gökyüzünde dağılmakta olduğunu da fark etti.

Bir cesedin yanına gidip çömeldi. Yaratığın görünüşünde bir tuhaflık vardı; vücudundaki aydınlık kaybolmakla kalmamış, tüm fiziksel varlığı değişmişti. Ölümün ardından cildinde çiller, siğiller, nasırlar, kara tüyler gibi kusurlar belirmişti. Bembeyaz tırnakları kararmıştı ve Verlaine cesedi yüzükoyun çevirdiğinde kanatların da yok olup geride bir avuç kırmızı toz bıraktığını gördü. Yaratıklar hayattayken yarı insan yarı melekti. Öldüklerinde tam insan olmuşlardı.

Kilisenin öbür tarafından gelen sesler Verlaine'in dikkatini çekti. Azize Rose Manastırı'nın rahibeleri avluya doluşup Giborların cesetlerini nehir yatağına doğru sürüklemeye başladı. Verlaine bunların arasında Gabriella'yı aradı ama göremedi. Her biri ağır mantolar ve botlar giymiş olan pek çok rahibe, önlerindeki sevimsiz işe dört elle sarılmışlar, küçük gruplara ayrılıp hiç tereddüt etmeden işe koyulmuşlardı. Cesetler büyük ve biçimsiz olduğu için, bir yaratığı ancak dört rahibe taşıyabiliyordu. Cesetleri ağır ağır avludan çıkarıp Hudson'ın kıyısına taşırlarken karda geniş çığırlar açıyorlar, bunlar da hızla buz tutuyordu. Cesetleri bir kayın ağacının altında üst üste yığdıktan sonra nehre yuvarladılar. Bedenler berrak suya kurşun gibi gömüldü.

Rahibeler bu işle uğraşırken Gabriella yanında genç bir kadınla kiliseden çıktı; ikisinin de dumandan yüzleri kararmıştı. Verlaine genç kadının Gabriella'ya benzediğini fark etti. Burnunun şekli, çenesinin sivriliği, elmacıkkemiklerinin çıkıklığı aynıydı. Evangeline'di bu.

"Hadi" dedi kolunun altında deri bir çanta taşıyan Gabriella Verlaine'e, "zaman kaybetmeyelim."

"Ama Porsche iki kişilik" dedi Verlaine, daha söz ağzından çıkarken sorunu kavrayarak.

Gabriella, bu kadar iş kotarıp da böylesi küçük bir sorunu öngöremediği için kendine kızmış gibi olduğu yere çakıldı.

"Bir şey mi oldu?" diyen Evangeline'in şarkılı sesine, sakin tavrına, Gabriella'yı andıran edasına Verlaine büyük bir çekim duydu.

"Arabamız küçük de" dedi Verlaine, Evangeline'in aklından neler geçtiğini merak ederek.

Evangeline ona normalden bir saniye fazla, sanki geçen gün gördüğü adamın o olup olmadığını doğrulamak ister gibi baktı. Gülümsediğinde, Verlaine yanılmadığını anladı. Aralarında bir yakınlık doğmuştu.

"Gelin bakalım" diyen Evangeline sertçe döndü ve hızla yürümeye başladı. Avluyu kararlı adımlarla geçerken küçük siyah ayakkabıları karda iz bırakıyordu. Verlaine, kız nereye gitse peşinden yürüyeceğinin farkındaydı artık.

İki minibüsün arasından sıkışarak geçen Evangeline, buzla kaplı bir kaldırımdan yürüyüp garajın yan kapısına ulaştı. İçerideki hava durgundu ve yangından etkilenmediği için is kokmuyordu. Evangeline bir çengelden anahtarları aldı ve salladı.

"Binin hadi" dedi kahverengi binek otomobile işaret ederek. "Ben kullanırım."

Melekler Korosu

Derken melek, sesini lirin notalarına göre alçaltıp yükselterek şarkı söylemeye başladı. Bu hareketi beklermiş gibi diğerleri de koroya katıldı ve gümbür gümbür bir cennet müziği bizi sardı; gördüklerimiz ancak Danyal'ın anlattıklarına benzetilebilirdi – on bin kere on bin melek vardı karşımızda.

–Trakyalı Muhterem Peder Clematis,
Birinci Melekbilim Keşif Gezisi'ne Dair Notlar,
Çeviren: Dr. Raphael Valko

Grigorilerin dairesi, Yukarı Doğu Yakası, New York

24 Aralık 1999, 12.41

Percival, annesinin yatak odasına girdi. Çatı dairesinin en üst noktasındaki bu oda, az eşyalı ve bembeyaz döşenmişti. Kocaman bir pencere şehre bakıyor, mavi gökyüzüne uzanan sipsivri binaları görüyordu. Uzak duvarda şimdi güneşin vurduğu Gustave Doré gravürlerini, annesine zamanında Percival'ın babası armağan etmişti. Gravürlerde, daire şeklinde ve katlar halinde dizilmiş olan sayısız melek, güneşlenirken tasvir edilmişti. Yatak odasının boşluğu nedeniyle tabloların boyutu iyice büyük görünüyordu. Percival bir zamanlar tablolardaki meleklerle akraba olduğunu hissederdi. Şu anki halinde, onlara bakmaya bile dayanamıyordu.

Sneja sere serpe yatmış, uyuyordu. Kanatları tümüyle sırtına çekilmiş halde uyurken masum, gürbüz bir çocuğa benziyordu. Percival elini omzuna koyup adını söylediğinde, Sneja gözlerini açtı ve onunla göz göze geldi. Çevresindeki huzur halesi dağılmıştı. Yatakta doğruldu, kanatlarını açtı ve toparladı. Sanki daha yatmadan temizletmiş gibi mükemmel bakımlı duran kanatlarında, hizadan çıkmış tek bir renkli tüy yoktu.

"Ne istemiştin?" dedi Sneja, adeta yüz karası görünümünü iyice sindirebilmek için Percival'ı tepeden tırnağa süzerek. "Ne oldu? Çok kötü görünüyorsun."

Sakin kalmaya çalışan Percival, "Seninle konuşmam gerek" dedi.

Sneja ayaklarını yataktan indirdi, doğruldu ve kalktı. Pencereye yürüdü. Öğle saatleriydi. Işık vurduğunda kanatları sedefli gibi görünüyordu. "Öğle uykusunda olduğumu fark etmişsindir sanıyorum."

"Acil olmasa seni rahatsız etmezdim" dedi Percival.

"Otterley nerede?" diyen Sneja, Percival'ın arkasına doğru baktı. "Çalışmadan döndü mü? Olan biteni öğrenmek istiyorum. Uzun zamandır Giborları işe koşmamıştık." Percival'a baktı ve o anda ne kadar dertli olduğunu gördü. "Keşke kendim gitseydim" dedi gözleri parlayarak. "Alevlerin ışıltısı, kanatların çarpışı, gafillerin haykırışları... Eski günlerdeki gibi."

Percival, nasıl cevap vereceğini bilemediğinden dudağını ısırdı.

"Baban Londra'dan geldi" dedi Sneja ve uzun ipek bir kimono kuşandı. Percival'ın kanatlarının bir zaman olduğu gibi sağlıklı ve kütlesiz olan kanatları, kumaştan kolayca dışarı çıktı. "Gel, öğle yemeğinde yakalarız onu."

Annesiyle birlikte yemek salonuna geçen Percival, dört yüz yaşını devirmiş orta halli bir Nefil olan, çok benzediği babası İkinci Percival Grigori'yi burada buldu. Babası ceketini çıkarmış, kanatlarını da gömleğinden dışarı bırakmıştı. Okulda başı sık sık derde giren Percival, babasını aynen bu şekilde, kanatları sinirle dikilmiş vaziyette çalışma odasında onu beklerken çok görmüştü. Bay Grigori katı, huysuz, soğuk ve acımasızca hırçın biriydi; kanatları da bunu yansıtıyordu. Yeterli genişliğe veya uzunluğa sahip olmayan, balık pulu gibi gri renkli, dar ve sade uzantılardı bunlar. Hatta babasının kanatları, Sneja'nın kanatlarının tam zıddıydı. Percival, dış görünüşlerinin bu kadar farklı olmasını normal buluyordu. Annesiyle babası neredeyse yüz yıldır birlikte yaşamıyorlardı.

Bay Grigori, İkinci Dünya Savaşı yıllarından kalma bir Meisterstück dolmakalemi masada tıkırdatıyordu. Bu sabırsızlık ve sinir ifadesi de Percival'ın çok aşina olduğu bir hareketti. Bay Grigori, Percival'a bakarak, "Nerede kaldın?" dedi. "Bütün sabah senden haber bekledik."

Sneja kanatlarını toparlayıp masaya oturdu. Percival'a dönerek "Evet canım, söyle bakalım, manastırdan havadis var mı?" dedi.

Percival, masanın başındaki sandalyeye oturdu, bastonunu yanına bıraktı ve derin, zor bir nefes aldı. Elleri titriyordu. Soğuk terler döküyordu. Giysileri terden sırılsıklamdı. Her nefesle adeta ciğerlerinde çıralar tutuşuyor, berbat bir yanma hissi yayılıyordu. Ağır ağır boğuluyordu.

"Sakin ol oğlum" dedi Bay Grigori, Percival'a küçümseyerek bakarak.

"Çocuk hasta" diye araya girdi Sneja ve dolgun elini oğlunun koluna koydu. "Acele etme yavrucuğum. Seni ne bu hale getirdi, söyle bakalım."

Percival, babasının hoşnutsuzluğunu, annesinin giderek artan çaresizliğini görebiliyordu. Uğradıkları felaketi anlatacak gücü nereden bulacağını bilemiyordu. Sneja bütün sabah telefonlarına çıkmamıştı. Şehre yalnız başına dönerken onu defalarca aramış, ama annesi açmak bilmemişti. Haberi telefonda vermeyi bin kez tercih ederdi.

Sonunda, "Operasyon başarısız oldu" diyebildi.

Oğlunun sesinden, kötü haberlerin bitmediğini anlayan Sneja, durakladı. "Ama mümkün değil bu" dedi.

"Manastırdan şimdi döndüm" dedi Percival. "Kendi gözlerimle gördüm. Korkunç bir yenilgiye uğradık."

"Giborlar ne oldu?" dedi Bay Grigori.

"Yoklar" dedi Percival.

"Çekildiler mi?" diye sordu Sneja.

"Öldüler."

"Olamaz" dedi Bay Grigori. "En güçlü savaşçılarımızdan neredeyse yüzünü yolladık oraya."

"Ve her biri öldürüldü" dedi Percival. "Anında öldüler. Çarpışmadan sonra çevrede dolaştım ve cesetlerini gördüm. Bir teki bile sağ kalmadı."

"İnanılacak şey değil" dedi Bay Grigori. "Böyle bir yenilgiyi ben ömrüm boyunca görmedim."

"Doğaüstü bir yenilgiydi" dedi Percival.

"Yani bir çağırma durumu mu oldu diyorsun?" dedi Sneja inanamayarak.

Titremesinin durduğuna sevinen Percival, ellerini kavuşturup masaya koydu. "Ben de mümkün olabileceğini düşünmezdim. Yaşayan melekbilimciler arasında, çağırma törenleri konusunda eğitim almışı kalmadığını sanıyordum. Hele hocalarının da olmadığı Amerika'da. Ama böyle bir yenilginin tek açıklaması da bu."

"Otterley ne diyor buna?" diyen Sneja, sandalyesini iterek ayağa kalktı. "Çağırma ritüeli yapacak kudrete sahip olduklarını düşünmüyordur herhalde. Bu uygulama tarihe gömüldü artık."

"Anne" dedi Percival, sıkıntıdan çatlayan bir sesle. "Saldırıda herkesi kayıp verdik diyorum."

Sneja bakışlarını oğlundan kocasına çevirdi. Sanki haberin doğru olması için onun onayı gerekiyordu.

Percival'ın sesi, utanç ve çaresizlikten kısılmıştı. "Saldırı meydana geldiğinde manastırdan uzaktaydım ama feci melek fırtınasını görebildim. Giborların üstüne çöktüler. Otterley de aralarındaydı."

"Cesedini gördün mü?" dedi Sneja, salonun bir ucundan diğerine volta atarak. Kanatları tümüyle içine çekilmişti. Bir refleks hareketiydi bu. "Emin misin?"

"Hiç kuşku yok" dedi Percival. "İnsanların cesetleri yok edişini izledim."

"Peki ya hazine?" dedi Sneja telaşlanarak. "Çok güvendiğin adamın? Gabriella Lévi-Franche Valko? Bu kadar kayıp verirken bari bir tek şey kazanmış olalım!"

"Ben olay yerine ulaştığımda gitmişlerdi" dedi Percival. "Gabriella'nın Porsche'si manastırın önünde terk edilmişti. Aradıklarını alıp gittiler. Bu iş bitti. Umut kalmadı."

"Şimdi ben anlamadım" dedi Bay Grigori. Percival, babasının Otterley'yi ne kadar sevdiğini, ölümünden ötürü nasıl bir acı çektiğini bildiği halde, onu gençliğinde çok korkutan duygusuzluğunu sergilediğinin farkındaydı. "Kız kardeşini bu operasyona yalnız gönderdin. Onu öldüren melekbilimcilerin kaçmasına engel olamadın. Bin yıldır peşinde olduğumuz bir hazineyi ele geçirme fırsatını da yitirdin. Sence bu iş bitmiş mi yani?

Percival babasına nefret ve gıptayla baktı. O nasıl olmuş da yaşlanmasına rağmen kudretini kaybetmemiş, gücünün doruğunda olması gereken kendisi ise bu kadar zayıf düşmüştü?

"Onları takip edeceksin" dedi Bay Percival ayağa kalkıp gümüş kanatlarını omuz hizasında açarak. "Onları bulacaksın ve çalgıyı ele geçireceksin. Beni de durumdan haberdar edeceksin. Zafere ulaşmak için ne gerekiyorsa yapacağız."

Yukarı Batı Yakası, New York

Evangeline, 79. Sokak'a dönerek bir otobüsün arkasından ağır ağır ilerledi. Işıklarda durduğunda, öğle güneşinde daha rahat görebilmek için gözlerini kısıp Broadway boyunca ortalığa baktı; bir anda her şey çok tanıdık geldi. Pek çok hafta sonunu babasıyla bu sokaklarda dolaşarak geçirmiş, caddeler boyunca uzanan küçük kafelerde yemekler yemişti. Sulu karı yararak ilerleyen insanlar, tıkış tıkış binalar, her yönde bitmek bilmeyen bir trafik... Uzakta geçirdiği yıllara rağmen New York hâlâ çok tanıdıktı.

Gabriella birkaç sokak ötede oturuyordu. Evangeline çocukluğundan beri anneannesinin evine gitmemişse de, evi iyi hatırlıyordu. Taş binanın gösterişsiz cephesi, zarif ferforje parmaklık, parka yandan bakan konumu hep aklındaydı. Zamanında bunları özenle hatırlardı. Şimdi aklı, manastırla meşguldü. Ne kadar uğraşırsa uğraşsın, manastırdan çıkarken rahibelerin ona bu saldırı onun kabahatiymiş, Giborları üstlerine o çekmiş gibi bakışlarını unutamıyordu. Evangeline oradan ayrılırken başını yerden kaldıramamıştı. Arkasına bakmadan garaja ulaşmak için tek çaresi buydu.

Sonunda duygularına teslim olarak dikiz aynasına bakmış ve isli karları, nehir yatağında toplanmış dertli rahibeleri görmüştü. Manastır, bir kale harabesi gibi yıkık döküktü ve bahçesindeki çimenler yangının külleriyle kaplanmıştı. Evangeline de değişmişti. Birkaç dakika içinde, Fransisken Sonsuz İbadet Rahibesi Evangeline'nden Melekbilimci Evangeline Angelina Cacciatore oluvermişti. Yola binlerce mermer sütun gibi sıralanmış kayın ağaçlarının arasında ilerlerken, uzakta çakıp sönen ve onu kendisine çağıran alevli bir melek gördüğünü sanmıştı.

New Yok yolunda Verlaine önde otururken Gabriella ısrarla arkada kalmış, deri çantanın içindekileri koltuğa yayıp incelemişti. Evangeline'e manastırda dayatılan suskunluk ağır gelmiş olacaktı ki, yol boyunca o da Verlaine'e hayatını, manastırı, hatta kendisi bile şaşırarak annesini ve babasını anlatmıştı. Brooklyn'de geçen çocukluğundan, babasıyla Brooklyn Köprüsü'nde nasıl yürüdüklerinden söz etmişti. Köprü boyunca uzanan o ünlü yürüme yolunun hayatta kendisini dertsiz, tasasız ve mutlu hissettiği tek yer olduğunu, bu yüzden hâlâ en çok orayı sevdiğini söylemişti. Verlaine birbiri ardına sorular sormuş, Evangeline de bunlara nasıl olup da adamı yıllardır tanıyor gibi doğrudan ve açıkça cevap verdiğine şaşmıştı. Verlaine gibi –yakışıklı, zeki, her detayı ilginç– biriyle konuşmayalı yıllar olmuştu. Bir erkek hakkında bir şey hissetmeyeli yıllar olmuştu aslında. Erkeklere davranışı hem çocuksu hem yüzeysel geliyordu ona. Verlaine de halini tavrını gülünç derecede saf bulmuştu mutlaka.

Evangeline bir park yeri bulduktan sonra Verlaine ile birlikte Gabriella'nın peşinden apartmana yürüdü. Sokak şaşırtıcı derecede boştu. Kaldırımlar karla örtülmüştü, park halindeki araçların üstü de ince bir buz tabakasıyla kaplanmıştı. Ama Gabriella'nın dairesinin pencerelerinden ışık geliyordu. Camın ardında bir hareket gördü; evde gelişlerini bekleyen bir arkadaş grubu vardı sanki. *New York Times*'ın sayfa sayfa kilimlere serildiğini, sehpalara çay fincanları konduğunu, şöminede çıtır çıtır bir ateşin yanmakta olduğunu hayal etti. Gabriella'ya emanet edildiği pazar günleri böyle geçerdi. Tabii bunlar çocukluk anılarıydı ve nostaljik, romantik düşüncelerdi. Şimdi onu neyin beklediğini hiç bilemiyordu.

Gabriella kapının kilidini açarken biri içeriden sürgüyü çekti ve büyük pirinç topuzu çevirerek kapıyı açtı. Karşılarında iriyarı, esmer, kapüşonlu kazak giymiş kirli sakallı bir adam vardı. Evangeline bu adamı hiç görmemişti. Ama Gabriella yakından tanıyor gibiydi.

"Bruno!" deyip beklenmedik bir yakınlık göstererek adama sarıldı. Adam ellili yaşlardaydı. Evangeline adama daha dikkatle bakıp yaş farkına rağmen Gabriella'nın tekrar evlenmiş olup olamayacağını düşündü. Gabriella ile adam ayrıldılar. "Ne iyi ettin de geldin."

"Tabii gelecektim" dedi Gabriella'yı gördüğüne onun kadar mutlu olmuş adam. "Konsey üyeleri seni bekliyor."

Eşikte yan yana duran Evangeline ve Verlaine'e dönen Bruno,

onların da girmesini işaret etti. Gabriella'nın evinin kitap ve antika eşya kokusu Evangeline'i bir anda sarmaladı ve attığı her adımda kendini daha huzurlu hissetmesini sağladı. Tıka basa dolu kitaplıklar, ünlü melekbilimcilerin çerçeveli fotoğrafları, odalara sis gibi çöken ciddiyet havası ve diğer her şey, tam Evangeline'in hatırladığı gibiydi.

Paltosunu çıkarırken koridordaki aynaya baktı. Aynadaki görüntü onu ürküttü. Gözlerinin çevresinde koyu halkalar vardı ve yüzü dalga dalga is olmuştu. Şimdi anneannesinin şaşaalı hayatında olduğu kadar yersiz, sıradan, sıkıcı görünmemişti hiç. Verlaine ona doğru bir adım attı ve elini omzuna koydu. Dün olsa, bu hareket onda korku ve kargaşa uyandırırdı. Şimdiyse, Verlaine elini çektiğinde üzüldü.

Olan biten bunca şeyin içinde, aklını Verlaine'in meşgul etmesini affedilmez buluyordu. Verlaine ondan sadece bir karış uzaktaydı ama aynada göz göze geldiklerinde daha da yakınlaşmasını geçirdi içinden. Duygularını daha iyi anlayabilmeyi diledi. Göz göze geldiklerinde, onun gibi kendisinin de tatlı bir şaşkınlık yaşadığını söylemesini umdu.

Evangeline bakışlarını tekrar kendisine çevirdi ve perişanlığı yüzünden gülünecek halde olduğunu fark etti. Ruhsuz siyah elbiseleri ve kauçuk tabanlı ayakkabıları içinde Verlaine onu gülünç buluyordu muhtemelen. Manastır karakterine işlemişti.

"Bu hale nasıl geldim diye merak ediyorsun herhalde" dedi Verlaine'in düşüncelerini anlamaya gayret ederek. "Olayın içine rastlantı eseri düştün."

"İtiraf edeceğim ki çok tuhaf bir Noel oldu" dedi kızararak. "Ama Gabriella beni bulmasaydı ve bunca derde girmeseydim, seni tanıyamayacaktım."

"Belki herkes için daha iyi olurdu bu."

"Anneannen senden çok söz etti. Dışarıdan göründüğü gibi olmadığını biliyorum gerçeğin. Manastıra önlem olarak gittiğini biliyorum."

"Sadece önlem için gitmedim." Evangeline, manastırda kalma gerekçesinin ne kadar karmaşık, şimdi Verlaine'e anlatılmasının ne kadar zor olduğunu fark etti.

"Geri dönecek misin?" diye sordu Verlaine beklentiyle, cevabı ona çok şey ifade edecek gibi.

Evangeline, keşke bu sorunun ne kadar zor olduğunu anlatmanın bir yolu olsa diye düşünerek dudağını ısırdı. "Hayır" dedi sonunda. "Asla dönmeyeceğim."

Verlaine arkadan iyice yaklaştı ve Evangeline'in elini tuttu. O anda ne anneannesi, ne onları bekleyen işler... Bahtiyardı. Sonra Verlaine onu aynanın önünden uzaklaştırıp diğerlerinin beklemekte olduğu yemek salonuna götürdü.

Mutfakta bir şey pişiyordu ki, içeriyi et ve domatesin ağız sulandıran kokusu doldurmuştu. Bruno, keten peçeteler ve Gabriella'nın porselenleriyle kurulmuş sofraya işaret etti. "Bir şeyler yemeniz gerek" dedi.

"Bence yemekle vakit kaybetmeyelim" dedi Gabriella aklı başka yerde. "Diğerleri nerede?"

"Oturun" dedi Bruno sandalyeleri göstererek. "Aç açına olmaz." Sandalyenin birini Gabriella için çekip oturana kadar bekledi. "Hemen getiriyorum." Sonra da mutfağa girip gözden kayboldu.

Evangeline, Verlaine'in yanındaki sandalyeye oturdu. Loş ışıkta kristal bardaklar pırıldıyordu. Sofranın ortasına bir kristal karaf içinde su yerleştirilmiş, üzerine birkaç dilim limon bırakılmıştı. Evangeline bir bardağa su doldurdu ve bunu Verlaine'e uzattı. Tam verirken eli eline değince çarpıldı. Göz göze geldiklerinde, henüz dün tanışmış olduklarını hatırladı. Azize Rose Manastırı'nın hatırası ne kadar çabuk siliniyor, orada geçirdiği yıllar ne kadar hızlı hayale dönüşüyordu...

Bruno az sonra elinde koca bir acılı yahni tenceresiyle geldi. Yemek bütün gün Evangeline'in aklından bile geçmemişti; midesinin gurultusuna, susuzluğun verdiği baş dönmesine alıştığını sanıyordu. Ama tabağında yemeği görünce, kurt gibi acıktığını anladı. Fasulyeleri, domatesleri ve sosis parçalarını soğutmak için yemeğini kaşıkla karıştırdıktan sonra yemeye başladı. Yahni acılıydı ve acı bir anda başına vurdu. Manastırda rahibelerin yemekleri sebze, ekmek ve işlenmemiş etten oluşuyordu. Son yıllarda yediği en baharatlı şey, Noel kutlaması için yapılan erikli kekti. Refleks olarak öksürdü, ağzını peçeteyle kapattı. Acı dalga dalga yayılıyordu.

Verlaine ayağa fırlayıp ona bir bardak su koydu. "Şunu iç" dedi.

Evangeline bir sersemlikle suyu içti. Kendine geldiğinde, "Teşekkür ederim" dedi. "Uzun zamandır bu tür yiyecekler yemiyordum."

"İyi gelir" dedi Gabriella onu süzerek. "Aylardır doğru dürüst bir şey yemiyorsun gibi. Aslında" dedi ve yemeğini bırakarak ayağa kalktı, "biraz temizlensen de fena olmaz. Sana uyacak kıyafetlerim var."

Gabriella, Evangeline'i koridordaki banyoya götürerek ona isli yün eteğini ve duman kokan gömleğini çıkarmasını söyledi. Kirli kıyafetleri alıp çöp kutusuna attı. Yıkanması için Evangeline'e sabun ve temiz havlu verdikten sonra, bir kot pantolon ve bir kaşmir kazak getirdi. Her ikisi de Evangeline'e tam oturdu. Gabriella ile boylarının ve bedenlerinin aynı olduğu belliydi. Evangeline yıkandıktan sonra Gabriella onun giyinmesini izledi ve bu sırada torununun bambaşka birine dönüşmesini mutlulukla gözlemledi. Salona döndüklerinde, Verlaine karşısındakinin az öncekiyle aynı kişi olduğundan emin olmak için dikkatle bakıyordu.

Yemekten sonra Bruno onları dar ahşap merdivenden yukarıya çıkardı. Evangeline, kendisini bekleyenleri düşündükçe heyecanlanıyordu. Geçmişte melekbilimcilerle görüşmeleri hep rastlantı eseri, babasının veya anneannesinin karşılaşmaları sonucunda meydana gelmiş, olağanüstü bir şeyler yaşandığını kavrayamamıştı bile. Annesinin bir parçası olduğu dünyaya bakmak ona hem merak hem korku vermişti. Aslında melekbilim konseyinin üyeleriyle yüz yüze gelmek şimdi onu çok dertlendiriyordu. O sabah manastırda olanları mutlaka soracaklardı. Celestine'in yaptıklarını mutlaka hayretle dinleyeceklerdi. Evangeline, bu tarz sorulara nasıl cevap vereceğini kestiremiyordu.

Belki de sıkıntısını fark eden Verlaine, bir rahatlatma ve ilgi hareketi olarak Evangeline'in eline parmaklarıyla dokundu ve kız yine elektriğe tutulmuş gibi oldu. Döndü ve onun gözlerine baktı. Koyu kahverengi, neredeyse siyah, yoğun ifadeli gözlerdi. Ona baktığında nasıl tepki verdiğini görebiliyor muydu? Merdivende ona dokunduğunda nefesinin kesildiğini fark etmiş miydi? Evangeline anneannesinin peşinden merdivenleri tırmanırken vücudunu hissetmiyor gibiydi.

Merdiveni çıktıktan sonra, Evangeline'in çocukluğunda hep kilitli duran bir odaya girdiler. Evangeline, masif ahşap kapının oymalarını, kocaman pirinç tokmağını, içinden bakmaya çalıştığı anahtar deliğini hatırlıyordu. Çocukluğunda delikten baktığında ancak gökyüzü görünürdü. İçeri girdiğinde, odanın dar pencerelerle çevrili olduğunu anladı. Pencereler, yaklaşan günbatımının solgun ve eflatun gökyüzüne açılıyordu. Evangeline, böyle bir yerin ondan saklandığından hiç kuşkulanmamıştı.

Şaşkınlıkla içeri girdi. Çalışma odasının duvarları, pırıltılı cüppeler, arplar ve flütlerin üzerine uzanan kanatlarla tasvir edilmiş melek tablolarıyla doluydu. Ağır yüklü kitaplıklar, antika bir yazıhane ve bir dizi şık döşemeli koltuk ve divan bulunuyordu. Mefruşatın şıklığına rağmen odanın bakımsız bir havası vardı. Tavandaki boyalar kalkmış, kocaman radyatörün kenarları sızıntıdan pas tutmuştu. Evangeline, anneannesinin ve bu arada tüm melekbilimcilerin son yıllarda çektikleri para sıkıntısını hatırladı.

Odanın bir ucunda alçak bir mermer masanın çevresine dizilmiş antika sandalyeler ve üzerinde onları bekleyen melekbilimciler vardı. Evangeline bunlardan bazılarını hemen tanıdı; yıllar önce babasıyla görmüştü. Ama o zaman konumlarını anlamamıştı.

Gabriella, konseyi Evangeline ve Verlaine'e tanıttı. Vladimir İvanov, 1930'larda SSCB'deki baskıdan kaçarak topluluğa katılmış yaşlı bir Rus göçmeniydi. Miçiko Saitu, Tokyo'da genel finansal faaliyetleri yönetirken bir yandan da strateji uzmanı olarak çalışan genç ve parlak bir kadındı. Kendilerini kapıda karşılayan Bruno Bechstein ise Tel Aviv'deki örgütten New York'a transfer olmuş orta yaşlı bir melekbilim araştırmacısıydı.

Evangeline bu üçünden en iyi Vladimir'i tanıyordu, ama o da son gördüğünden beri çok çökmüştü. Yüzünde çok derin kırışıklıklar meydana gelmişti ve Evangeline'in hatırladığından da daha ciddi duruyordu. Babasının onu Vladimir'e emanet ettiği gün, adam ona çok özenli davranmış, o ise adamın sözünden çıkmıştı. Bir daha karışmayacağına yemin ettiği bu işe neden döndüğünü merak etti Evangeline.

Gabriella melekbilimcilere doğru yürüdü ve deri çantayı masaya bıraktı. "Hoş geldiniz arkadaşlar. Ne zaman indiniz?"

"Bu sabah" dedi Saitu-san. "Keşke daha erken gelebilseydik."

"Olanları öğrenir öğrenmez geldik" dedi Bruno.

Gabriella, oymalı kolları çizilmiş, cilası gitmiş üç koltuğa işaret ederek, "Oturun" dedi, "çok yorulmuşsunuzdur."

Evangeline, bir kanepenin dolgun minderine çöktü, Verlaine de yanına yerleşti. Gabriella başka bir koltuğun ucuna oturdu ve çantayı kucağına aldı. Melekbilimciler onu büyük bir ilgiyle izliyorlardı.

"Hoş geldin Evangeline" dedi Vladimir ciddi bir sesle. "Çok oldu görüşmeyeli." Çantayı işaret etti. "Bizi bunların bir araya getireceği hiç aklıma gelmezdi."

Gabriella deri çantaya bakıp tokaları açtı. Evangeline çantanın içinin tam bıraktığı gibi durduğunu gördü. Melekbilim defteri, Abigail Rockefeller'ın mektuplarını içeren mühürlü zarflar ve meskenden aldıkları deri kese çantada duruyordu.

"Bu, Dr. Seraphina Valko'nun melekbilim defteridir" dedi Gabriella çantadan defteri çıkarırken. "Celestine ve ben buna Seraphina'nın büyü defteri derdik ki, bu ancak kısmen espridir. Eski melekbilimcilerin çalışmaları, büyüleri, sırları ve tasavvurlarıyla doludur."

"Bunu kayıp sanıyordum" dedi Saitu-san.

"Kayıp değil, çok iyi gizlenmişti" dedi Gabriella. "Amerika'ya ben getirdim. Bu zamana kadar Evangeline tarafından Azize Rose Manastırı'nda güvende tutuldu."

"Tebrikler" dedi Bruno ve defteri Gabriella'dan aldı. Elinde şöyle bir tarttığı sırada Evangeline'e göz kırptı, kız da ona gülümsedi.

"Peki" dedi Vladimir çantaya bakarak, "başka neler ele geçirdiniz?"

Gabriella çantadan keseyi çıkardı ve ipini yavaşça açtı. Kesenin içinde, Evangeline'in daha önce hiç görmediği türden tuhaf bir metal parça vardı. Kelebek kanadı kadar küçüktü ve Gabriella'nın ellerinde ışıldayan, ince, dövülmüş bir metalden yapılmıştı. Narin görünüyordu ama Gabriella tutsun diye verdiğinde, esnek olmadığını fark etti.

"Lirin penası bu" dedi Bruno. "Lirden ayırmak çok isabetli olmuş."

"Hatırlarsanız" dedi Gabriella, "penayı lirden aslında Muhterem Clematis Birinci Keşif'te ayırmıştı. İnceleme için Paris'e gönderilmiş ve XIX. yüzyılın başına kadar orada kalmıştı. Daha sonra Başrahibe Francesca bunu saklamak için Amerika'ya getirdi."

"İbadet Şapeli'ni de çevresine kurdu" dedi Verlaine. "Hazırladığı ayrıntılı çizimleri de bu açıklıyor."

Vladimir gözlerini cisimden ayıramıyordu. "Bakabilir miyim?" dedi sonunda ve penayı Evangeline'den yumuşak bir hareketle alıp avuçlarının içinde tuttu. "Harika bir şey" dedi. Evangeline, adamın parmaklarını penanın üstünde şefkatle, sanki Braille okuyormuş gibi usulca gezdirmesinden duygulandı. "İnanılmaz bir güzellik."

"Öyle" dedi Gabriella. "Som Valkinden yapılmış."

"Bunca zaman manastırda nasıl saklandı peki?" diye sordu Verlaine.

"İbadet Şapeli'nde" dedi Gabriella. "Evangeline benden daha iyi anlatabilir. Zaten bunu da o buldu."

"Meskene saklamışlar" dedi Evangeline. "Mesken kilitliydi, anahtar da saplı Aşai Rabbani Ekmeği çerçevesinin içindeydi. Oraya nasıl konmuş bilmiyorum ama çok iyi gizlendiği ortada."

"Harika" dedi Gabriella. "Şapelde saklamaları çok mantıklı zaten."

"Neden?" diye sordu Bruno.

"İbadet Şapeli, rahibelerin sonsuz ibadet zincirini gerçekleştirdiği yerdir" dedi Gabriella. "Ritüeli biliyor musun?"

"İki rahibe devamlı surette Aşai Rabbani Ekmeği çerçevesinin önünde dua eder" dedi Vladimir düşünceli bir şekilde. "Her saat başı yerlerini başka iki rahibeye bırakırlar. Doğru mu?"

"Aynen öyle" dedi Evangeline.

"İbadet sırasında dikkatli midirler?" diye sordu Gabriella, Evangeline'e dönerek.

"Tabii" dedi Evangeline. "Muazzam konsantrasyon gerektiren bir süredir bu."

"Bu konsantrasyonun odağı ne?"

"Aşai Rabbani Ekmeği."

"O nerede?"

Anneannesinin düşündüklerini kavrayan Evangeline, "Tabii ya" dedi, "rahibeler tüm dikkatlerini kutsanmış ekmeğe verirler, o da çerçevenin içinde ve meskenin üstünde durur. Anahtar da bunun içindedir. Yani rahibeler farkında olmadan penayı gözetliyorlardı devamlı surette. Sonsuz ibadet, aslında çok iyi şekillendirilmiş bir güvenlik sistemi."

"Aynen öyle" dedi Gabriella. "Başrahibe Francesca, penayı günde yirmi dört saat, haftada yedi gün gözetim altında tutmanın dahiyane bir yolunu bulmuş. Başından hiç ayrılmayan son derece dikkatli muhafızları varken, bırakın çalınmayı, fark edilmesi bile imkânsıza yakındı."

"Bir tek 1944'teki saldırı dışında" dedi Evangeline. "Başrahibe Innocenta şapele giderken öldürüldü. Giborlar onu şapele ulaşamadan öldürdüler."

"Hakikaten harikaymış" dedi Verlaine. "Rahibeler yüzlerce yıldır müsamere yapıyorlarmış, farkında değiller."

"Bence müsamere olduğunu düşünmüyorlardı" dedi Evangeline. "İbadeti ve muhafazayı aynı anda gerçekleştiriyorlardı. Meskenin içinde ne olduğunu hiçbirimiz bilmiyorduk. Ritüelin ibadetten başka bir şey içerdiğini hiç düşünmemiştim."

Vladimir, metali parmak uçlarıyla okşadı. "Çıkardığı ses olağanüstüdür herhalde" dedi. "Kitarın bu penayla çalınması halinde nasıl bir ses çıkaracağını yarım yüzyıldır tahayyül etmeye çalışıyorum."

"Denemek çok büyük bir hata olur" dedi Gabriella. "Biri onu çalacak olursa neler olabileceğini sen de benim kadar biliyorsun."

"Ne olur ki?" dedi Vladimir, ama soruyu sorarken bile cevabını bildiği açıktı.

"Liri bir melek vücuda getirmiş" dedi Bruno. "Dolayısıyla uhrevi bir tınısı var ve sesi hem güzel, hem de yıkıcı. Hatta dünya dışı, kimilerine göre dindışı etkileri olabilir."

"İyi açıkladın" dedi Vladimir, Bruno'ya gülümseyerek.

"Başyapıtından alıntı yapmıştım Doktor" dedi Bruno.

Gabriella durup bir sigara yaktı. "Neler olabileceğini kestirmenin imkânsız olduğunu Vladimir de biliyor. Ortada sadece varsayımlar var, çoğu da ona ait. Çalgıyı doğru dürüst inceleyemedik. Elimizde tutamadık ki inceleyelim... Ama Clematis'in anlattıklarından ve Dr. Seraphina Valko ile Celestine Clochette'in saha notlarından biliyoruz ki, lir ona yaklaşan herkes üzerinde efsunlanmaya yol açıyor. Onu tehlikeli kılan da bu: İyi niyetli bir kişi bile liri çalmaya kalkışabilir. Çıkacak müziğin etkileri de aklımıza gelmeyecek kadar yıkıcı olabilir."

"Bir tek teline vurulmasıyla, bildiğimiz şekliyle dünya parçalanıp yok olabilir" dedi Vladimir.

"Cehenneme de dönüşebilir" dedi Bruno, "cennete de. Efsaneye göre Orpheus, bu liri yeraltına yolculuğu sırasında keşfetmiş ve çalmış. Müzik, insanlık tarihinde yeni bir çağ başlatmış. Eğitim ve ziraat gelişmiş, sanat insan hayatının bir parçası haline gelmiş. Orpheus'un bu kadar itibar görmesi bu yüzdendir. Lirin yararları sayesinde bugüne gelindi."

"Bu son derece tehlikeli bir romantik düşünce" dedi Gabriella sertçe. "Lirin müziğinin yıkıcı olduğu bilinir. Seninki gibi ütopyalar ancak yıkımın tohumlarını atacaktır."

"Arkadaşlar" dedi Vladimir masadaki penayı işaret ederek. "Lirin bir parçası önümüzde, incelememizi bekliyor."

Tüm gözler masadaki penaya çevrildi. Evangeline bu metal parçasının gücüne, cazibesine, baştan çıkarıcılığına hayret ediyordu.

"Benim anlamadığım" dedi, "Gözcülerin liri çalarak ne elde etmek istedikleri. Cennetten sürgün edilmiş mahpus yaratıklar onlar. Müzikle nasıl kurtulacaklar?"

Vladimir, "Muhterem Clematis'in öyküsünün sonunda, kendi el yazısıyla 150. Mezmur yazılıdır" dedi.

"Meleklerin müziği" diye fısıldadı mezmuru hatırlayan Evangeline. En sevdiği mezmurlardan biriydi.

"Evet" dedi Saitu-san. "Aynen öyle. Övgünün müziği."

"Gözcülerin af dilemek için Yaradan'a övgüler sunmaya çalışmaları kuvvetli bir ihtimal" dedi Bruno. "150. Mezmur'da Tanrı'nın inayetine erişmek isteyenlere öğütler verilir. Başarılı olsalar belki de cennetteki makamlarına iadc edileceklerdi. Belki sadece kendi kurtuluşları için çaba harcıyorlardı."

"İhtimallerden biri bu" dedi Saitu-san. "Diğeri de, sürgün edildikleri evreni yok etmeye çalışıyor olmaları."

"Ki bunu" dedi Gabriella sigarasını söndürürken, "başaramadıklarını biliyoruz. Toplantımızın konusuna dönebilir miyiz?" Sinirlendiği belliydi. "Geçen on yılda, elimizdeki tüm semavi müzik aletleri Avrupa'da onları tuttuğumuz güvenli korunaklarından çalındı. Nefillerin elinde olduklarını düşündük."

"Bazıları böyle bir senfoninin Gözcüleri serbest bırakabileceğine inanıyor" dedi Vladimir.

"Ama literatürü bilen herkes, Nefillerin Gözcüleri hiç umursamadığının farkındadır" dedi Gabriella. "Zaten Clematis mağaraya inmeden önce Gözcüler, Nefilleri yardımlarına çağırmak için bu liri çalmışlar ve hiçbir sonuç elde edememişlerdi. Hayır, Nefiller bu çalgıları yalnız kendi çıkarları için ele geçirmek istiyorlar."

"Bütün ırklarını sağaltmak istiyorlar" diye ekledi Bruno. "İnsanlığı daha da köleleştirebilmek için güçlerini geri kazanmak istiyorlar."

"Bu amaçlarına, harekete geçmeme lüksümüzün kalmadığı kadar da yaklaştılar" dedi Gabriella. "Diğer semavi çalgıları, kendilerini bizden korumak için ele geçirdiklerine inanıyorum. Ama liri bambaşka bir nedenden ötürü istiyorlar. Kendilerini, yüzyıllardır erişemedikleri bir mükemmellik mertebesine ulaştırmak istiyorlar. Abigail Rockefeller'ın lirin yerini mezara götürmesinden üzüntü duyduk ama şimdiye kadar lirin bulunacağından hiç korkmamıştık. Ama artık tehlikedeyiz. Nefiller ava çıktılar ve önlem almamız lazım."

"Demek Bayan Rockefeller da bizim iyiliğimizi düşünüyormuş gerçekten" dedi Evangeline.

"Amatördü o" dedi Gabriella umursamazca. "Arkadaşları hayır işleri için düzenlenen balolardan hoşlanıyordu, o da meleklerden."

"İyi ki de hoşlanmış" dedi Vladimir. "O olmasa savaş sırasında onca maddi desteği nereden bulacaktık? Hele keşif gezisini nasıl yapacaktık? Büyük varlığın büyük işler uğruna harcanması gerektiğini düşünen inançlı bir kadındı o." Vladimir arkasına yaslanıp bacak bacak üzerine attı.

"Öyle ya da böyle, çıkmaz bir sokaktayız" diye mırıldandı Bruno.

"Ben öyle düşünmüyorum" dedi Bruno'ya gözünü diken Gabriella. Penayı kesesine koydu ve deri çantadan gri bir zarf çıkardı. Üzerinde bir sihirli kare vardı. Celestine'in söyledikleri doğruysa, Rockefeller'ın mektupları bu zarfın içindeydi. Gabriella zarfı, melekbilimcilerin göreceği şekilde masaya koydu. "Celestine Clochette, Evangeline'e bu zarfı bize getirmesini söylemiş."

Zarfın üzerindeki işareti gören melekbilimcilerin gözleri açıldı. Onların ilgisini gören Evangeline, iyice meraklandı. "Ne demek bu?" diye sordu.

"Bu bir melekbilim mührü, Sator-Rotas karesi" dedi Vladimir. "Biz yüzyıllardır belgelerimizin üstüne bu mührü basarız. Belgenin önemini ve bizden biri tarafından gönderildiğini gösterir."

Gabriella üşümüş gibi kollarını kavuşturduktan sonra, "Bugün Innocenta'nın Abigail Rockefeller'a yazdığı mektupları okuma fırsatını buldum" dedi. "Innocenta ve Abigail Rockefeller'ın lirin yerini şifreli olarak tartıştıklarından eminim, ama bu şifreyi ne ben çözebildim, ne de Verlaine çözebildi."

Evangeline, koltuğun ucuna dimdik oturmuş konuşanları izliyordu. Vladimir zarfı kararlı bir sükûnetle Verlaine'den alırken o anı daha önce yaşamış gibi oldu. Vladimir gözlerini kapattı, dua mı büyü mü olduğu bilinmez birkaç sözcük fısıldadı ve zarfı yırtıp açtı.

Zarfın içinde, Evangeline'in eli büyüklüğünde, zamanla sararmış ve yıpranmış mektup zarfları vardı. Vladimir gözlüğünü düzeltti ve yazıyı okuyabilmek için zarfları yaklaştırdı. "Başrahibe Innocenta'ya yazılmış" dedi ve zarfları masaya bıraktı.

Altı zarf ve altı mektup vardı, yani Innocenta'nın yazdıklarından bir fazlaydı. Evangeline zarflara baktı. Her birinin üzerinde, biri kırmızı ve iki sentlik, diğeri yeşil ve bir sentlik ikişer pul vardı.

Zarflardan birini alıp elinde çeviren Evangeline, zarfın arkasına Rockefeller adının ve gönderilen adresin kabartmalı olarak basılmış olduğunu gördü. 54. Sokak'taki adres, buradan iki kilometre ya vardı ya yoktu.

"Mektuplarda lirin yerinden mutlaka söz ediliyordur" dedi Saitu-san.

"Okumadan bilemeyeceğiz herhalde" dedi Evangeline.

Vladimir daha fazla oyalanmadan her bir zarfı açtı ve masaya altı küçük kart çıkardı. Kalın, kırık beyaz kartların yaldızlı çerçeveleri vardı. Her bir kartın ön yüzüne benzer desenler basılmıştı. Başlarında defneyaprağından taçlar taşıyan Yunan tanrıçaları, sayısız Keruv arasında dans etmekteydi. Meleklerden ikisi, yuvarlak hatlı, güve kanadına benzer kanatları olan iki şişman, bebeksi melek, ellerinde lirler tutuyordu.

"Bu 1920'lerin klasik Art Deco tarzıdır" dedi kartlardan birini alıp inceleyen Verlaine. "Yazı tipi de *New Yorker* dergisinin kapağında kullanılanla aynı. Meleklerin simetrik konumlandırılması da klasik. Lir tutan iki Keruv birbirinin yansıması ve bu da her yerde görülen bir Art Deco motifi." Saçları yüzüne dökülene kadar kartların üzerine eğilen Verlaine, "Yazı da kesinlikle Abigail Rockefeller'ın el yazısı" dedi. "Günlüklerini ve mektuplarını defalarca inceledim. Eminim."

Vladimir, satırları iri mavi gözleriyle takip ederek kartları okudu. Sonra, haddinden çok fazla sabır göstermiş bir adam edasıyla, kartları masaya bıraktı ve ayağa kalktı. "Hiçbir şey anlatmıyor" dedi. "İlk beş kart, çamaşırhane listesi kadar çağrışım uyandırdı bende. Altıncı kartta da 'Modern Sanat Müzesi Mütevelli Heyeti Üyesi Alistair Carroll' yazıyor, o kadar."

"Lir hakkında bir şey diyordur mutlaka" diyen Saitu-san, kartları aldı. Vladimir, bir şeyi atlamış olabilme ihtimalini kestirebilmek için bir an Gabriella'ya baktı. "Lütfen oku şunları" dedi. "Bana yanılıyorsun de."

Gabriella kartları teker teker okuyup Verlaine'e verdi, Verlaine de öyle bir hızla okudu ki, Evangeline yazılanları nasıl anladığını merak etti.

Gabriella içini çekti. "Üslup ve içerik bakımından Innocenta'nın mektuplarıyla bire bir aynı."

"Yani?" dedi Saitu-san.

"Yani havadan sudan, toplantılardan, davetlerden ve Azize Rose Manastırı'nın kaynak geliştirmek için düzenlediği yıllık Noel etkinliklerine Abigail Rockefeller'ın hoş ve boş yardımlarından söz ediyor" dedi Gabriella. "Lirin yerine dair somut bir bilgi içermiyor."

"Bütün umudumuzu Abigail Rockefeller'a bağlamıştık" dedi Bruno. "Ya yanıldıysak?"

Gabriella, Verlaine'e bir bakış atarak, "Bu yazışmalarda Başrahibe Innocenta'nın rolünü yabana atmayalım" dedi. "Örtülü konuşup hareket etmesiyle ün kazanmış biriydi ve temas halinde olduğu insanları da bu yönde etkilemekte çok başarılıydı."

Verlaine bir süre sessizce durup kartları inceledi. Sonra kalktı, çantasından bir klasör aldı ve masadaki kartların yanına dört mektup bıraktı. Beşinci mektup, Evangeline vermediği için manastırda kalmıştı. "Bunlar Innocenta'nın mektupları" dedi ve bunları Rockefeller Arşivi'nden çaldığı için ona kızacakmış gibi

Evangeline'e dönüp pişkince gülümsedi. Rockefeller'ın kartlarını ve Innocenta'nın mektuplarını tarih sırasına göre yan yana dizdi. Rockefeller'ın kartlarından dördünü hızlıca sıradan çekip önüne koydu ve kapaklarını inceledi. Evangeline, Verlaine'in yaptıklarından hiçbir şey anlamamıştı; Verlaine kartlarda ilginç bir şey görmüş gibi sırıtmaya başlayınca, kafasındaki karışıklık iyice arttı. Sonunda Verlaine, "Bence Bayan Rockefeller, düşündüğümüzden de zekiymiş" dedi.

"Pardon ama" dedi kartların üzerine eğilen Saitu-san, "mektupların nasıl bir şey anlatabildiğini hiç anlamıyorum."

"Göstereyim" dedi Verlaine. "Her şey kartlarda... Bakın, bu tarih sırasına göre dizilmiş hali. Lirin yerini açıkça söylemediği için, Rockefeller'ın yazdığı kartların etkisiz olduğunu, sadece Innocenta'nın cevaplarının yansıtıldığı bir perde görevi gördüğünü düşünebiliriz. Sabah Gabriella'ya da söylemiştim, mektuplarda sık sık tekrarlanan bir kalıp var. Innocenta, yazdığı mektupların dördünde, Abigail Rockefeller'ın mektubunda yer alan bir çizim veya tasarıma dair yorumlar yapıyor. Şimdi anlıyorum ki, Innocenta Rockefeller'ın yazdıklarına değil, doğrudan bu kartlara söylüyormuş bunları."

"O cümleleri okur musun Verlaine?" dedi Gabriella.

Verlaine, Innocenta'nın mektuplarını aldı ve o sabah Gabriella'ya okuduğu bölümleri, Bayan Rockefeller'ın sanat zevkinin takdir edildiği satırları tekrar okudu.

"Başta Innocenta'nın mektuplarla birlikte gönderilmiş çizimlerden, hatta belki orijinal sanat eserlerinden söz ettiğini sanmıştım. Benim gibi bir modern sanat araştırmacısı için bu, yüzyıla damgasını vuracak bir keşif olurdu. Ama daha gerçekçi bakarsak, mektupların ekinde böyle eserlerin bulunması, Bayan Rockefeller'ın yapacağı bir şey değildi. Kendisi bir sanatsever ve koleksiyoncuydu; ressam değil."

Verlaine, kâğıtların arasından dört kart çekti ve bunları melekbilimcilere dağıttı.

"Innocenta'nın övdüğü kartlar bunlar" dedi.

Evangeline, Verlaine'in verdiği karta baktı. Üzerindeki baskıda, ikiz Keruvların elinde büyük incelikle resmedilmiş iki lir olduğunu görüyordu. Kartlar güzeldi ve Abigail Rockefeller'ın sanat zevkine de çok yakındı, ama Evangeline önlerindeki esrarı çözebilecek bir şey göremiyordu.

"İkiz meleklere dikkatli bakın" dedi Verlaine. "Lirlerin çizimlerine dikkat edin."

Melekbilimciler kartlara dikkatle baktılar ve aralarında değiştirdiler.

Sonunda Vladimir, "Baskılarda bir tuhaflık var. Lirler her kartta farklı" dedi.

"Evet" dedi Bruno. "Soldaki lirin tel sayısıyla sağdakinin tel sayısı farklı."

Evangeline, anneannesinin elindeki kartı incelediğini ve Verlaine'in neyi kastettiğini anlamış gibi gülümsediğini gördü. "Evangeline" dedi, "Sendeki kartta kaç tel görüyorsun?"

Evangeline kartına dikkatli bakınca Vladimir ve Bruno'nun doğru söylediğini gördü; tel sayıları farklıydı. Ama bunu ciddi anlam taşıyan bir şeyden çok, bir baskı hatası olarak düşünmüştü. "İki ve sekiz" dedi Evangeline, "de, bunun anlamı ne?"

Verlaine cebinden bir kurşunkalem çıkardı ve lirlerin altına tel sayılarını zar zor okunacak şekilde yazdı. Kurşunkalemi diğerlerine vererek onların da yazmalarını istedi.

"Bir müzik aletinin hiç gerçekçi olmayan bir tasvirinden çok fazla anlam çıkarmaya çalışmıyor muyuz?" dedi Vladimir aldırmazca.

"Lirlerin tel sayıları, bir bilgiyi şifrelemekte kullanılmış olabilir" dedi Gabriella.

Verlaine, kartları Evangeline, Saitu-san, Vladimir ve Bruno'dan topladı. "Sayılar şöyle: Yirmi sekiz, otuz sekiz, otuz ve otuz dokuz. Bu sırayla. Yanılmıyorsam bu sayılar bir araya geldiğinde lirin yerini gösteriyor."

Evangeline, bir şeyi gözden kaçırıp kaçırmadığını merak ederek Verlaine'e baktı. Ona göre bu sayılar hiçbir anlam taşımıyordu. "Sence bu sayılar bir adresi mi anlatıyor?"

"Kendileri değil" dedi Verlaine. "Ama bu sayı dizisinde, bir adrese işaret edecek bir şeyler olabilir."

"Belki bir haritanın koordinatları" dedi Saitu-san.

"İyi de nerede?" dedi Vladimir, olasılıkları düşünürken kaşlarını çatarak. "New York'ta bu rakamların geçebileceği yüz binlerce adres var."

"Ben de buna takıldım" dedi Verlaine. "Bu sayılar belli ki Abigail Rockefeller için çok önemliymiş, ama nasıl kullanılacaklarını anlamanın da bir yolu yok."

"Sekiz sayıyla nasıl bir bilgi aktarılabilir?" dedi Saitu-san, olasılıkları tek tek hesaplıyormuş gibi.

"Dört tane iki basamaklı sayı da olabilir" diyen Bruno, akıl yürütme çabasının anlamsızlığından keyiflenmişti sanki.

"Bütün rakamlar da yirmi ile kırk arasında" diye ekledi Vladimir.

"Kartlarda başka bir şey daha olmalı" dedi Saitu-san. "Bu sayılar anlam çıkaramayacağımız kadar rastgele seçilmiş."

"Dışarıdan bakan biri için rastgele olabilir" dedi Gabriella. "Ama Abigail Rockefeller için mutlaka bir mantık sırası içeriyordu."

Verlaine'in uzmanlık alanının bu olduğunu bilen Evangeline, "Rockefeller'lar nerede oturuyordu?" diye sordu. "Belki bu rakamlar adreslerini gösteriyordur."

"New York'ta birkaç farklı yerde oturdular" dedi Verlaine. "Ama en bilineni, 54. Sokak'taki konutlarıdır. Abigail Rockefeller daha sonra orayı Modern Sanat Müzesi'ne bağışladı."

"Elli dört bunların arasında yok" dedi Bruno.

"Bir dakika" dedi Verlaine. "Niye daha önce aklıma gelmedi ki? Modern Sanat Müzesi, Abigail Rockefeller'ın en önemli girişimlerinden biriydi. Ayrıca kocasıyla birlikte destekleyerek açtıkları bir dizi müzenin de ilkiydi. Modern Sanat Müzesi, 1928'de açıldı."

"Yirmi sekiz de ilk karttaki rakam" dedi Gabriella.

"Aynen" dedi Verlaine giderek artan bir heyecanla. "Lir gravüründeki iki ve sekiz rakamları bu adresi gösteriyor olabilir."

"O zaman" dedi Evangeline, "diğer üç lirdeki rakamlara denk gelen üç yer daha olması lazım."

"Diğer sayılar nelerdi?" diye sordu Bruno.

"Üç ve sekiz, üç ve sıfır, üç ve dokuz" diye cevapladı Saitu-san.

Gabriella, Verlaine'e doğru eğildi. "Bunlar arasında bir ilişki olması mümkün mü?"

Verlaine'in var gücüyle konsantre olduğu yüzünden belliydi. "Aslında" dedi, "John D. Rockefeller'ın büyük aşkı, Metropolitan Sanat Müzesi'nin Avlular bölümü 1938'de açıldı."

"Peki 1930?" diye sordu Vladimir.

"Açıkçası hiç de ilginç bulmadığım Riverside Kilisesi'nin 1930 civarında tamamlanmış olması gerekir."

"Kaldı geriye 1939" diyen Evangeline, heyecandan zar zor konuşabiliyordu. "Rockefeller'lar 1939'da bir şey inşa ettirdiler mi?"

Verlaine kaşlarını çatmış sessizce duruyor, sanki aklındaki tarih ve adres kataloglarını karıştırıyordu. Birdenbire canlandı. "Tabii ki ettirdiler! Art Deco başyapıtları olan Rockefeller Center, 1939'da açıldı."

"Innocenta'ya gönderilen rakamlar bu yerlere denk düşüyor demek" dedi Vladimir.

"Bravo Verlaine" dedi Saitu-san ve Verlaine'in saçlarını şöyle bir karıştırdı.

Odada birden heyecanlı bir bekleyiş başlamıştı. Evangeline kartlara hayretle bakmakla yetinebiliyordu sadece. Elli yılı aşkın süredir kendisinin ve olaydan bihaber diğer rahibelerin gözü önünde beklemekteydiler.

"Ama" dedi Gabriella büyüyü bozarak, "lir bu dört yerin sadece birinde olabilir."

"O zaman en iyisi gruplara ayrılıp hepsini aramak" dedi Vladimir. "Verlaine ve Gabriella, Avlular'a gitsinler. Turist kaynıyordur şimdi orası; bir sonuç elde edebilmek için çok incelikli çalışmak gerekir. Tanıyan biri giderse daha iyi olacaktır. Saitu-san ile ben Riverside Kilisesi'ne gideriz. Evangeline ve Bruno da Modern Sanat Müzesi'ne giderler."

"Rockefeller Center ne olacak?" diye sordu Verlaine.

"Yapmayın, bugün Noel arifesi" dedi Saitu-san. "Tımarhane gibidir orası; hiçbir şey yapılamaz."

"Bence Abigail Rockefeller o yüzden orayı seçmiştir" dedi Gabriella. "Girmesi ne kadar zorsa o kadar iyi."

Gabriella, penanın ve melekbilim defterinin bulunduğu deri çantayı aldı. Her gruba, gidecekleri yeri işaret eden kartı verdi. "Umarım kartlar liri bulmamıza yardımcı olur."

"Diyelim oldu" dedi Bruno. "Ne yapacağız?"

"İşte önümüzdeki büyük açmaz bu" dedi Vladimir, parmaklarını kır saçlarında gezdirerek. "Koruyacak mıyız, imha mı edeceğiz?"

"İmha mı edeceksiniz?" diye bağırdı Verlaine. "Öyle bir anlattınız ki, lir alabildiğine güzel ve paha biçilemeyecek kadar değerli bir parça."

"Bu alet eski çağlardan kalma bir buluntu değil" dedi Bruno. "Metropolitan'da sergileyebileceğimiz bir parça değil. Oluşturduğu tehlike, sahip olabileceği tarihi önemin kat kat üstünde. Onu imha etmekten başka çıkar yolumuz yok."

"Tekrar saklayabiliriz de" dedi Vladimir. "Güvende tutabileceğimiz pek çok yer var."

"Bu dediğini 1943'te denedik Vladimir" dedi Gabriella. "Başarısız olduğumuz apaçık. Liri dünyanın en güvenli yerinde bile saklasak, sonraki kuşakları tehlikeye atmış oluruz. İmha etmemiz şart. Bu besbelli. Asıl soru, nasıl edeceğimiz."

"O ne demek?" dedi Evangeline.

Vladimir, "Tüm semavi çalgıların ortak özelliği bu" dedi. "Semavi bir kudretle vücuda getirildikleri için ancak semavi varlıklarca yok edilebiliyorlar."

"Anlamadım" dedi Verlaine.

"Semavi nesneleri ancak semavi varlıklar, yani melek kanı taşıyan canlılar yok edebilir" dedi Bruno.

"Nefiller de buna dahil" dedi Gabriella.

"Yani liri yok etmek istiyorsak" dedi Saitu-san, "onu tam da kaçırdığımız yaratıkların eline teslim etmek zorundayız."

"Sıkıntı var" dedi Bruno.

"O zaman neden arıyoruz ki?" dedi Verlaine hayal kırıklığıyla. "Bu kadar önemli bir şeyi güvenle yattığı yerden imha etmek için mi çıkaracağız?"

"Başka şansımız yok" dedi Gabriella. "Liri ele geçirmek için çok önemli bir fırsat elde ettik. Onu bulunca da ortadan kaldırmak için bir yol arayacağız."

"Bulursak" dedi Bruno.

Saitu-san, ayağa kalkarak, "Boşa zaman harcıyoruz" dedi. "Liri ne yapacağımızı, ele geçirdikten sonra düşünelim. Onu Nefillerin bulması riskini alamayız."

Vladimir saatine bakıp "Saat üçe gelmiş" dedi. "Tam altıda Rockefeller Center'da buluşalım. Yani planlanan yerlere gitmemiz, liri aramamız ve tekrar toplanmamız için üç saatimiz var. Hata payımız yok. En kısa yolu planlayın. Hızlı ve hassas hareket etmek şart."

Ayağa kalkıp dışarıdaki soğukla yüzleşmek için paltolar, atkılar, şapkalar giyinmeye başladılar. Birkaç saniye içinde hazırlanmışlardı. Merdivene doğru yürürlerken, Gabriella Evangeline'e döndü: "Bu telaşla kendimizi nasıl bir tehlikeye attığımızı unutmamalıyız. Seni uyarıyorum: Son derece dikkatli ol. Nefillerin gözü üzerimizde olacak. Çok uzun zamandır bu anı bekliyorlar. Abigail Rockefeller'ın bize bıraktığı ipuçları, hayatında dokunmuş olabileceğin en değerli kâğıtlardır. Nefiller bunları ele geçirdiğimizi anladıklarında, acımasızca saldıracaklardır."

"Nereden anlayacaklar?" dedi Verlaine, Evangeline'in yanına gelerek.

Gabriella bilmiş, kederli bir gülücük attı. "Sevgili oğlum, attığımız her adımı biliyorlar. Bütün şehirde muhbirleri var. Her yerde, her zaman gözleri üzerimizde. Şu anda bile bizi izliyorlar." Sonra Evangeline'e tekrar sertçe bakarak, "Lütfen" dedi, "dikkatli olun."

Modern Sanat Müzesi, New York

Buz gibi esen rüzgârda teni yanan Evangeline, elini 54. Sokak boyunca uzanan taş duvara sürdü. Yukarıda geniş camlar Heykel Bahçesi'ni yansıtıyordu; bir yandan müzenin iç bölmelerini dışarıya açarken, bir yandan da bahçenin görüntüsünü kendi üzerine veriyordu. Evangeline'in görebildiği en uç noktalarda ziyaretçiler ve müze çalışanları galerilerde dolaşmaktaydı. Bahçenin camdaki yansıması karanlık, çarpılmış ve gerçekdışıydı.

"Yakında kapatacaklar galiba" dedi Bruno, ellerini kayak ceketinin ceplerine sokup girişe doğru hızla yürürken. "Acele edelim."

Kapıdan kalabalıkları yararak giren Bruno, keçi sakallı, uzun boylu ve sıska bir adamın bir Wilkie Collins romanı okumakta olduğu gişeye ulaştı. Adam başını kaldırdı, önce Evangeline'e sonra Bruno'ya baktı ve "Yarım saat sonra kapatıyoruz. Yarın tatil ama yirmi altısında açığız" dedi. Ardından, Bruno ve Evangeline artık orada değillermiş gibi romanına döndü.

Bruno kontuara eğildi ve "Burada çalışan birini arıyoruz" dedi.

Adam başını kaldırmadan, "Personelin özel bilgilerini vermemiz yasak" dedi.

Bruno kontuara iki tane yüzlük banknot koydu. "Özel bilgi değil, sadece onu nerede bulabileceğimizi öğrenmek istiyoruz."

Kemik çerçeveli gözlüklerinin üstünden bakan adam, paraları avucuyla kontuara bastırdı, sonra çekip alarak cebine attı. "Adı nedir?"

"Alistair Carroll" dedi Bruno, Evangeline'den aldığı altıncı kartı adama uzatarak. "Tanıyor musun?"

Adam karta göz attı. "Bay Carroll personelimiz değil."

"Yani tanıyorsunuz" dedi Evangeline, karttaki adamın gerçek biri olmasına biraz şaşarak, biraz da rahatlayarak.

"Bay Carroll'u herkes tanır" diyen adam, gişeden çıkarak onları sokağa doğru götürdü. "Müzenin tam karşısında oturur." Savaş öncesinden kalma, biraz bakımsız düşmüş zarif bir binaya işaret etti. Kocaman lombozları olan tunç çatının yeşermiş hali, binaya farklı bir hava katmıştı. "Ama hep buralarda takılır. Eskiden müzede görev yapmış."

Bruno ve Evangeline, sokağı aceleyle geçip binaya girdiler. Holde, pirinç posta kutularının birinin üzerinde "Carroll" adını okudular. Beşinci kat, daire 9. Çağırdıkları eski asansörün kabini, içinden kiliseye giden yaşlı kadınlar az önce inmiş gibi çiçeksi, pudralı bir parfümle dolmuştu. Evangeline, siyah fon üzerinde beyaz "5" yazan bir düğmeye bastı. Kapı gıcırdayarak kapandıktan sonra kabin sert bir hareketle kalktı ve katları ağır ağır çıkmaya başladı. Bruno, Abigail Rockefeller'ın kartını cebinden çıkarıp elinde tuttu.

Beşinci katta iki daire vardı, ikisinden de ses gelmiyordu. Bruno daire numaralarını kontrol etti ve kapısında pirinç "9" rakamı bulunan dairenin kapısını vurdu.

Kapı aralandı ve arkasından iri mavi gözleri merakla ışıldayan yaşlı bir adam baktı. "Buyurun?" dedi zar zor duyulan bir sesle.

"Bay Carroll?" dedi Bruno, daha önce böyle yüz kapı çalmış gibi bir kibarlıkla. "Rahatsızlık verdiğimiz için çok özür dileriz. Adınızı ve adresinizi bize..."

"Abby verdi" dedi adam, gözlerini Bruno'nun elindeki karttan ayırmadan. Kapıyı ardına kadar açıp onları buyur etti. "Lütfen girin. Sizi bekliyordum."

Bruno ve Evangeline içeri adım atarken, başlarına kırmızı kurdeleler bağlanmış iki Yorkshire Terrier kanepeden fırlayıp yabancıları korkutmak amacıyla havlayarak kapıya koştular.

"Durun be kızlar" diyen Alistair Carroll, her bir köpeği bir koltuğunun altına alıp koridora yöneldi.

Daire çok geniş, antika mobilyalar sadeydi. Her bir parça hem çok değerli, hem de biraz ihmal edilmiş duruyordu; dekorasyon kasten bakımsız bırakılacak gibi dikkatle yapılmıştı sanki. Evangeline, hâlâ köpeklerin sıcaklığını taşıyan mindere oturdu. Mermer şöminedeki küçük ama kuvvetli ateş tüm salona ısı yayıyordu. Önünde cilalı bir Chippendale sehpa, üzerindeki kristal şekerlikte akide şekerleri vardı. Başka bir sehpaya dikkatle katlanıp yerleştirilmiş pazar gazetesi dışında buradaki hiçbir şeye elli yıldır el sürülmemiş gibiydi. Şöminenin eşiğinde bir kadının çerçeveli, renkli bir taşbaskı portresi duruyordu. Pembe tenli, balıketli bir kadındı. Evangeline, Abigail Rockefeller'ın simasını hiçbir zaman merak edip araştırmamıştı ama bunun o olduğunu hemen anladı.

Alistair Carroll, köpekler olmadan döndü. Kısa, dikkatle kesilmiş kır saçları vardı. Kahverengi fitilli kadife pantolon ve tüvit ceket giymişti, Evangeline'i rahatlatan bir edası vardı. "Kızların kusuruna bakmayın" dedi şöminenin yakınındaki bir koltuğa otururken. "Gelen gidene alışık değiller. Son zamanlarda pek ziyaretçimiz olmuyor. Sizi gördüklerine çok heyecanlandılar." Ellerini kavuşturdu. "Neyse" dedi, "Buraya havadan sudan konuşmaya gelmediniz."

"Neden geldiğimizi bize siz söyleyin lütfen" dedi Bruno, kanepede Evangeline'in yanına oturup Rockefeller'ın kartını sehpaya bırakarak. "Herhangi bir açıklama yoktu. Sadece Modern Sanat Müzesi ve sizin adınız yazıyordu."

Alistair Carroll katlanır gözlüğünü açıp taktı. Kartı eline alıp inceledi. "Abby bu kartı benim yanımda yazmıştı" dedi. "Ama sizde sadece biri var. Diğerleri nerede?"

"Altı kişi birlikte çalışıyoruz" dedi Evangeline. "Daha hızlı hareket etmek için gruplara ayrıldık. İki kart anneannemde."

"Peki" dedi Alistair Carroll, "anneannenin adı Celestine Clochette mi?"

Evangeline, hele de onu tanıma ihtimali olmayan bir adamdan Celestine'in adını duyunca şaşırmıştı. "Hayır" dedi, "Celestine Clochette vefat etti."

"Tüh, çok üzüldüm" dedi Alistair başını sallayarak. "Kurtarma çalışmasının böyle bölük pörçük yapıldığına da üzüldüm. Abby, bu işin tek bir kişi tarafından, yani ya Başrahibe Innocenta, ya da ömrü vefa etmezse, ki etmemiş, Celestine Clochette tarafından yapılmasını özellikle belirtmişti. O günleri çok iyi hatırlıyorum. Ben bu işte Bayan Rockefeller'ın asistanıydım, hatta bu kartı Azize Rose Manastırı'na bizzat teslim etmiştim."

"Ama ben lirin Bayan Rockefeller'ın elinde olduğunu sanıyordum" dedi Bruno.

"Hayır, hayır" dedi Alistair. "Bayan Rockefeller ve Başrahibe Innocenta, gözetimimiz altındaki parçaların iade edileceği bir tarih kararlaştırmışlardı. Abby ömrünün sonuna kadar bu parçalardan sorumlu olmayı beklemiyordu. Emniyetli bir ortam sağlandığında –ki bu savaşın bitişi oluyor– bunları iade etmeyi planlıyordu. Zarfların Innocenta'nın ya da durum öyle gerektirirse Celestine Clochette'in gözetiminde olmasını ve zamanı geldiğinde buradaki talimatların belirli bir sırayla uygulanmasını kararlaştırmıştık. Böylece hem saklanmakta olan nesnelerin, hem de nesneleri toplama işini yapacak kişinin emniyeti sağlama alınmıştı."

Bruno ile Evangeline bakıştılar. Evangeline, Rahibe Celestine'in bu talimatlara dair hiçbir şey bilmediğinden emindi.

"Bize herhangi bir talimat verilmedi" dedi Bruno. "Sadece buraya yönlendiren bir kart verildi."

"Belki Innocenta ölümünden önce bilgileri aktarmamıştır" dedi Evangeline. "Bayan Rockefeller'ın ne istediğini bilseydi, Celestine bu talimatları mutlaka uygulardı."

"Anlaşıldı" dedi Alistair. "Bir karışıklık olmuş... Bayan Rockefeller, Celestine Clochette'in manastırdan ayrılarak Avrupa'ya döneceğini düşünüyordu. Bayan Clochette'in manastırda konuk olarak bulunduğunu sanıyordum."

"O iş öyle olmadı maalesef" dedi Evangeline, Celestine'in ömrünün son günlerinde nasıl zayıf ve bitkin düşmüş olduğunu hatırlayarak.

Alistair Carroll, olayı nasıl çözüme kavuşturacağını düşünüyormuş gibi gözlerini kapattı. Sonra aniden ayağa kalkıp "Peki, devam etmekten başka çaremiz yok" dedi. "Size dairemin muhteşem manzarasını göstermek isterim; bana eşlik eder misiniz?"

Alistair Carroll'un peşinden, Evangeline'in sokaktan gördüğü büyük lombozlardan birinin önüne gittiler. Bütün Modern Sanat Müzesi ayaklarının altındaydı. Evangeline, yuvarlak pencerenin bakır doğramasına elini koyarak aşağı baktı. Tam altlarında, sınırları ve düzenliliğiyle dikkati çeken, zemini gri mermer kaplı Heykel Bahçesi duruyordu. Bahçenin ortasında duran ince uzun bir süs havuzu, suyun pırıltısıyla birlikte koyu bir karanlığa açılıyordu. Mermerin karla kaplanmış yerleri morarmıştı.

"Buradan gece gündüz bahçeyi izleyebiliyorum" dedi Alistair Carroll usulca. "Bayan Rockefeller bu daireyi özellikle bunun için satın aldı. Ben bahçenin muhafızıyım. Ölümünden bu yana birçok değişikliğe tanık oldum. Bahçe baştan aşağı yenilendi, heykel koleksiyonu genişledi." Evangeline ve Bruno'ya döndü. "Mütevellinin bahçeyi geçen yıllar içinde bu kadar kapsamlı değişikliklere tabi tutacağını öngöremedik. Philip Johnson'ın 1953'te yaptığı ve müzenin adı geçince insanın aklına ilk gelen bahçe, Abby'nin bildiği bahçenin tüm izlerini silip süpürdü. Ondan sonra ne hikmetse Philip Johnson'ın bahçesini modernize etmeye kalktılar. Ama nasıl sakil, nasıl berbat bir iş oldu! Önce mavi-gri renkli o güzelim Vermont mermerlerini kırıp attılar, yerine daha kalitesiz bir mermer koydular. Sonradan akılları başlarına geldi ama ne fayda... Derken bütün bahçeyi bir daha kırdılar ve orijinaline yakın bir mermerle kapladılar. İş başa düştü diye ben müdahale etmesem burada içim içimi yerdi." Alistair Carroll, yüzünde bir memnuniyet ifadesiyle kollarını kavuşturdu. "Diyeceğim o ki, hazine başta bu bahçede gizliydi."

"Şimdi?" diye sordu Evangeline heyecanla. "Orada değil mi artık?"

"Abby bunu heykellerden birinin, Aristide Maillol'un *Akdeniz* heykelinin kaidesine yerleştirmişti. Celestine Clochette'in birkaç ay, olmadı bir yıl sonra gelmesini bekliyordu. Ama Abby 1948'de öldüğünde, Celestine daha gelmemişti. Bir süre sonra, Philip Johnson'ın modern Heykel Bahçesi'ni yapmasına karar verildi. Bahçede hafriyat başlamadan ben hazineyi yerinden bizzat çıkardım."

"Zor olmuştur herhalde" dedi Bruno. "Hele de müzedeki güvenlik seviyesini düşünürsek..."

"Ben Mütevelli Heyeti'nin ömür boyu üyesiyim ve müzedeki yetkilerim, Abby'ninki gibi sınırsız olmasa da, bir hayli fazladır. Çıkarmayı ayarlamak kolay olmadı. Heykelin temizlik ve bakım için kaldırılmasını sağladım, o arada kaideden aldım. Neyse ki buna hazırlık yapacak kadar öngörülü biriyim. Hazine orada kalsa ya zarar görürdü ya parçalanırdı. Celestine Clochette gelmeyince, beklemem gerektiğine karar verdim."

Bruno, "Bu kadar değerli bir şeyi saklamanın daha güvenli bir yolu olmalıydı" dedi.

"Abby hazinenin en iyi kalabalık bir yerde saklanacağını düşünüyordu. Rockefeller'lar halka açık muazzam alanlar yarattılar. Pratik zekâsı hep öne çıkan Bayan Rockefeller, bunları kullanmak istiyordu. Tabii paha biçilemez sanat eserleri barındırdıkları için, müzeler Manhattan adasındaki en güvenli yerler. Heykel Bahçesi ve Avlular devamlı gözetim altındadır. Riverside Kilisesi biraz duygusal bir tercihti; aile bu binayı, Bay Rockefeller'ın eski okulunun arazisine yaptırdı. Rockefeller'ların gücü ve nüfuzunun simgesi olan Rockefeller Center ise, Rockefeller'ların şehirdeki itibarına bir göndermeydi. Güçlerinin büyüklüğünü gösteriyordu. Bayan Rockefeller dört parçayı bir banka kasasına kapatıp olayı bitirebilirdi, ama bu ona hiç yakışmazdı. Sakladığı yerlerin simgesi de önemlidir: İki müze, bir kilise, bir ticaret merkezi. Yani iki ölçü sanat, bir ölçü din, bir ölçü para. Bayan Rockefeller, kendisinin tam da bu oranlarla hatırlanmasını isterdi."

Bruno, uzayıp giden konuşmadan ötürü Evangeline'e kinayeli

bir bakış attı ama bir şey söylemedi.

Alistair Carroll salondan çıktı ve az sonra uzun, dikdörtgen bir metal kutuyla geri geldi. Kutuyu Evangeline'e uzatıp bir de anahtar verdi. "Aç."

Evangeline anahtarı küçük bir deliğe sokup çevirdi. Metal önce kendisini kaplayan pasla biraz boğuştu, sonra döndü. Kapağı açan Evangeline, siyah kadife kumaşa yerleştirilmiş iki uzun, ince ve altın renkli çubukla karşılaştı.

"Bunlar nedir?" diye sordu Bruno şaşkınlığını gizlemeden.

"Çapraz kayıtlar işte, ne bekliyordunuz ki?" dedi Alistair.

"Biz lir sizde sanıyorduk" dedi Evangeline.

"Lir mi? Yok canım, liri müzede saklamadık" dedi Alistair, nihayet baklayı ağzından çıkarabildiğine sevinmiş gibi gülümseyerek. "Yani hepsini saklamadık."

"Sökmek de iyi cesaret işiymiş ama" dedi Bruno.

"Tek bir yerde saklamak fazlasıyla riskli olacaktı" dedi Alistair başını sallayarak. "Biz de parçalara ayırdık. Dört parça halinde duruyor."

Evangeline, Alistair'e inanamayarak bakıyordu. "Binlerce yıl öncesinden kalma bir parça bu" dedi. "Çok zayıf düşmüştür."

"Şaşılacak derecede sağlam bir alet" dedi. "Ayrıca parasıyla tutulabilecek en iyi profesyonellerden yardım aldık. Şimdi izin verirseniz" dedi onları şöminenin yanındaki koltuğa götürerek, "size aktarmam gereken başka bilgiler de var. Dediğim gibi, Bayan Rockefeller bütün parçaların tek kişi tarafından ve belli bir sırayla toplanacağını varsayıyordu. Toplama işlemini büyük titizlikle planlamıştı. Modern Sanat Müzesi ilk durak olacaktı, zaten adının yazılı olduğu kart da bunun için verilmiştir. Bunun ardından Riverside Kilisesi, Avlular ve Prometheus gelecektir."

"Prometheus mi?" dedi Evangeline.

"Rockefeller Center'daki Prometheus heykeli" dedi Alistair, koltuğunda bir anda dikilip çok daha otoriter bir havaya bürünerek. "Sırayı, size açık talimatlar, biraz öğüt biraz da tavsiye verebileyim diye böyle kurduk. Riverside Kilisesi'nde, Rockefeller ailesinin hizmetlisi olan Bay Gray adında birini bulacaksınız. Abby ona güveniyordu ama ben bu güvenin nedenini çözemedim. Birkaç kez gelip benden para istedi. Bana göre muhtaçlık her zaman kötüye işarettir. Neyse, zamanınız varsa Bay Gray'e hiç bulaşmayın derim." Alistair Carroll, ceketinin iç cebinden bir kâğıt parçası çıkarıp sehpanın üzerinde açtı. "Bu, lirin ses kutusunun tam yerini gösterir."

Alistair Carroll, ortasındaki labirenti inceleyebilsin diye kâğıdı Evangeline'e verdi.

"Riverside Kilisesi'ndeki labirentin şekli, Fransa'daki Chartres Katedrali'nde olanla aynıdır" dedi Alistair. "Labirentler gelenekte tefekküre yardımcı olması amacıyla inşa edilir. Biz labirentin merkezindeki çiçeğin altına fazla derin olmayan bir kasa koydurttuk ve zemin parçalanmadan çıkarılabilsin diye üzerini kaplamadık. Abby, ses kutusunu bu kasaya kilitledi. Bu talimatlara göre çıkarılacaktır."

"Lirin tellerine gelince" diye devam etti. "O konu biraz değişik. Avlular'da bulunuyor ve müdürün yardımıyla alınması gerekiyor. Müdür, Bayan Rockefeller'ın isteğinden haberdar ve bu tür durumlara nasıl yaklaşılması gerektiğini biliyor. Müze yarım saat kadar daha açık kalır. O alanın müdürü, her yere girebilme yetkisine sahiptir. Ben bir telefon ederim, iş hallolur. Bir patırtı çıkarmadan halletmenin başka yolu da yok. Arkadaşlarınız şimdi orada mı?"

"Anneannem gitti" dedi Evangeline.

"Ne kadar oldu gideli?" diye sordu Alistair.

"Şimdilerde varmıştır" dedi Bruno saatine bakarak.

Alistair'in yüzü bembeyaz oldu. "Bakın bu hiç iyi olmadı. Operasyon bu kadar karışınca onun başına ne işler açılacak kim bilir? Hemen müdahale etmemiz lazım. Anneannenin adı nedir? Derhal arayayım müzeyi."

Kadranlı bir telefona gidip ahizeyi kaldırdı ve numarayı çevirdi. Birkaç saniye içinde, durumu telefonu açan kişiye açıklamaktaydı. Alistair'in her şeyi olağanmış gbi anlatan tavrına bakan Evangeline, bu durumu daha önce müze müdürüyle görüştüğünü düşündü. Telefonu kapattıktan sonra, "İçim rahatladı" dedi Alistair, "bugün Avlular'da olağanüstü bir şey meydana gelmemiş. Anneannen oraya vardıysa bile parçaların saklandığı yere ulaşmamış demek. Neyse ki hâlâ zamanımız var. Konuştuğum kişi, anneanneni bulup ona yardım etmek için elinden geleni yapacak."

Ardından bir dolabın kapağını açtı ve üzerine yün bir palto geçirip boynuna bir atkı bağladı. Bunun üzerine Evangeline ve Bruno da kalktılar. "Hemen çıkalım" dedi Alistair kapıya doğru yürürken. "Grubunuzun diğer üyeleri güvende değil. Filhakika, operasyon başladığına göre hiçbirimiz güvende değiliz."

"Altıda Rockefeller Center'da buluşacaktık" dedi Bruno.

"Orası buradan dört sokak ötede" dedi Alistair Carroll. "Size eşlik edeyim. Yardımım dokunabilir sanıyorum."

Avlular, Metropolitan Sanat Müzesi, Fort Tryon Parkı, New York

Verlaine ve Gabriella taksiden inip müzenin merdivenlerini koşar adım çıktılar. Önlerinde dikilen taş binaların kuleleri, Hudson Nehri'nin üzerinde yükseliyordu. Verlaine, Avlular'ı geçmişte defalarca ziyaret etmiş, bir ortaçağ manastırının tıpkısı olan müzeyi, şehrin kargaşasından uzaklaşabileceği bir sığınak olarak görmüştü. Her şeyde bir yapaylık havası olsa da, tarihe yakın durmak rahatlatıcıydı. Gerçeğini Paris'te yaşamış olan Gabriella'nın müze hakkında ne düşündüğünü merak etti; ne de olsa, Avlular'ın koleksiyonunu oluşturan freskler, çarmıhlar ve ortaçağ heykelleri, ancak kitaplarda okuduğu Musée National du Moyen Âge'a öykünerek bir araya getirilmişti.

Herkesin tatile çıktığı bu dönemde müze, ortaçağ sanatını inceleyerek sessiz bir akşamüstü geçirmek isteyen bir kalabalıkla dolu olacaktı. Verlaine'in kuşkulandığı gibi takip ediliyorlarsa, bu kalabalık onları koruyabilirdi. Kireçtaşı cepheyi, büyük orta kuleyi, kalın dış duvarları inceleyerek yaratıkların içeriye saklanmış olup olmadıklarını merak etti. Saklandıklarına ve onları beklediklerine kuşkusu yoktu.

Taş merdivenleri aceleyle çıkarken Verlaine önlerindeki görevi düşündü. Müzeye doğru yola çıkarken aradıklarını nasıl bulacaklarını hiç düşünmemişlerdi. Gabriella'nın bu konuda başarılı olduğunu, görevlerini tamamlamalarının bir yolunu bulacağını biliyordu, ama yine de zor bir uğraş bekliyordu onları. Entelektüel avcılığa olan tüm merakına rağmen, önlerindeki görevin olağanüstü zorluğu nedeniyle dönüp bir taksiye atlamak, eve gitmek istiyordu.

Müzenin kemerli girişinde, parlak kızıl saçlı ufak tefek bir kadın onlara doğru hızla yürümeye başladı. Dökümlü ipek bluzunun üstüne ışıkta parıldayan inci bir gerdanlık takmıştı. Verlaine, kadın kapıda onların gelişini bekliyormuş gibi hissetti ama bunun mümkün olamayacağını biliyordu.

"Dr. Gabriella Valko?" dedi kadın. Verlaine kadının aksanının Gabriella'nınkine yakın olduğunu fark edince, onun da Fransız olabileceğini düşündü. "Ben Sabine Clementine, müzenin restorasyon bölümü müdür yardımcısıyım. Size çalışmalarınızda yardımcı olmak üzere görevlendirildim."

"Görevlendirildiniz mi?" dedi Gabriella kadına şüpheyle bakarak. "Kim tarafından?"

"Alistair Carroll" diye fısıldayıp onu takip etmelerini işaret etti. "Kendisi müteveffa Abigail Rockefeller'ın hizmetindedir. Gelin lütfen, yolda anlatayım."

Tam da Verlaine'in beklediği gibi, hole fotoğraf makineleri ve rehber kitaplarıyla bir güruh yığılmıştı. Müzenin kitabevinde bekleyen müşteriler, ortaçağ tarihi, resim kitapları, Gotik ve Romanesk mimari çalışmalarının doldurduğu geniş masaların çevresinde dolaşan bir kuyruk oluşturmuşlardı. Verlaine dar bir pencereden, karanlık ve sürekli akan Hudson Nehri'ni gördü. Tehlikeye rağmen tüm varlığının gevşediğini hissetti. Müzelerin üzerinde her zaman yatıştırıcı bir etkisi olmuştu ve kendisine analiz yapacak olursa, alan olarak sanat tarihini seçmesinin altında da bu neden olabilirdi. İspanya, Fransa ve İtalya'daki yıkık binalardan alınan cephelerin, fresklerin ve kapıların burada bir harabe kolajı şeklinde bir araya getirilmesiyle oluşturulmuş sergi havası bir yanda, fotoğraf çeken turistler, el ele yürüyen çiftler, fresklerin narin, solgun renklerini inceleyen emekliler diğer yanda, hissettiği gevşemeye katkıda bulunuyordu. Daha bir gün öncesine kadar turistlerden rahatsızlık duyarken, şimdi varlıklarından mutluydu.

Birbirine bağlanan galerilerden geçerek müzenin ana binasına girdiler. Durup bekleyecek zamanları yoktu ama Verlaine yanından geçtiği sanat eserlerini inceleyerek Avlular'a neden geldiklerine dair ipuçları bulmaya çalıştı. Belki bir resim veya bir heykel, Abigail Rockefeller'ın yolladığı kartlardaki bir desenin aynısıydı, ama pek ihtimal vermiyordu. Rockefeller çizimleri çok moderndi ve New York Art Deco tarzının tipik örneğiydi. Yine de bir Anglo-Sakson kemer altını, oymalı bir çarmıhı, camdan bir mozaiği, restore edilip temizlenmiş yaprak desenli bir sütun başını inceledi. Çalgı, bu şaheserlerin herhangi birinde saklanıyor olabilirdi.

Sabine Clementine onları sıra sıra pencerelerinden cilalı döşemelerine yoğun ışık vuran havadar bir salona getirdi. Duvarda bir dizi nakış tablo asılıydı. Verlaine bunları hemen tanıdı. Lisansüstü öğreniminin ilk yılında "Dünya Sanat Tarihinde Şaheserler" dersinde incelemişti ve röprodüksiyonlarını dergilerde ve posterlerde defalarca görmüştü, ama nedense asıllarını uzun zamandır yerinde ziyaret etmemişti. Sabine Clementine, onları ünlü Tekboynuz Avı tablolarının bulunduğu yere getirmişti.

"Çok güzeller" dedi Verlaine, nakşedilmiş bitkilerin yoğun kırmızılarına, parlak yeşillerine bakarken.

"Bir o kadar da vahşi" dedi Gabriella, av kafilesinin yarısı izlerken diğer yarısının tekboynuzun gırtlağına kargılar sapladığı öldürülme sahnesine işaret ederek.

Önündeki paneli gösteren Verlaine, "Abigail Rockefeller ile kocasının farkı buydu" dedi. "Abigail Rockefeller, Modern Sanat Müzesi'ni kurup Picasso'lar, van Gogh'lar, Kandinsky'ler toplarken, kocası ortaçağdan eserler topluyordu. Modernizmden nefret ediyor, karısının buna duyduğu tutkuya destek vermiyordu. Bu dönemi bayağı buluyordu. Geçmişin genellikle yüceltilirken modern dünyaya kuşkuyla yaklaşılması çok ilginç."

"Modernlikten kuşku duymanın genellikle haklı nedenleri vardır" diyen Gabriella, takip edilip edilmediklerini anlamak ister gibi omzunun üstünden turist kalabalığına baktı.

"Ama ilerlemenin getirdikleri olmasa, hâlâ karanlık çağda yaşıyor olurduk."

"Sevgili Verlaine" dedi Gabriella onu kolundan tutup galerinin içlerine doğru ilerlerken, "sence karanlık çağı geride bıraktık mı sahiden?"

Daha alçak sesle konuşabilmek için iyice yaklaşan Sabine Clementine, "Bu görevi devraldığım kişi, bana bir ipucu ezberlememi söylemişti" dedi. "Ama bunun amacını bugüne kadar tam kavrayamamıştım. Dikkatle dinleyin."

Gabriella şaşırarak kadına döndü. Verlaine, kadını dinleyen Gabriella'nın yüzünde hafif bir küçümseme ifadesi gördüğünü düşündü.

"'Av alegorisi, öykü içinde bir öykü anlatır'" diye fısıldadı Sabine. "'Yaratığın özgürlükten tutsaklığa düşüşünü takip et. Tazıları görmezden gel, hizmetçiye tevazu gösterir gibi yap, öldürülüşün vahşetini reddet ve yaratığın tekrar hayata döndüğü müziği ara. Nasıl ki bu gizemi bir el dokumuşsa, bir el çözecektir. *Ex angelis* – alet kendini gösterir.'"

"*Ex angelis* mi?" dedi Verlaine, sanki ipucunda aklını karıştıran tek şey buymuş gibi.

"Latince" dedi Gabriella. "'Meleklerden' demektir. Bu ifadeyi müzik aletini tasvir etmek için kullanıyor; ne de olsa lir meleklerin vücuda getirdiği bir şey. Ama biraz tuhaf olmuş gerçekten." Bir an durup Sabine Clementine'e müteşekkir bir bakış atarak onun orada bulunmasına ilk defa hak verdikten sonra devam etti: "Aslında ortaçağda melekbilimciler birbirlerine gönderdikleri belgelerin üzerine genellikle *E A* harflerini koyarlardı, ama o *Epistula Angelorum*, yani meleklerin mektubu demektir ve bambaşka bir şeydir. Bayan Rockefeller'ın bunu bilmesine imkân yok."

"Bunu açıklayabilecek başka bir şey var mı?" diye soran Verlaine, çantadan Abigail Rockefeller'ın kartını çıkartan Gabriella'nın omzunun üzerinden eğilerek karta baktı. Gabriella, kartı ters çevirdi.

"Bir tür çizim var" dedi Gabriella ve çizimi daha iyi incelemek için kartı döndürdü. Uzunluk sırasına sokulmuş birkaç silik eskiz vardı ve her birinin yanına bir sayı yazılmıştı. "Bu da tam olarak sıfır açıklama getiriyor."

"Haritamız var ama okuyamıyoruz" dedi Verlaine.

"Galiba" diyen Gabriella, Sabine'den ipucunu tekrarlamasını istedi.

Sabine ipucunu aynen tekrar etti.

"Av alegorisi, öykü içinde bir öykü anlatır. Yaratığın özgürlükten tutsaklığa düşüşünü takip et. Tazıları görmezden gel, hizmetçiye tevazu gösterir gibi yap, öldürülüşün vahşetini reddet ve yaratığın tekrar hayata döndüğü müziği ara. Nasıl ki bu gizemi bir el dokumuşsa, bir el çözecektir. Ex angelis – *alet kendini gösterir."*

"Avın sırasını takip etmemizi söylüyor, bu da ilk tabloda başlar" diyen Verlaine, insan kalabalığını yararak ilk tablonun önüne gitti. "Burada avcılar ormana girer, orada bir tekboynuz görür, hayvanı yılmadan takip eder ve sonunda öldürür. Tazılar –ki Bayan Rockefeller dikkate almamamızı söylüyor– av kafilesinin bir parçasıdır ve yine dikkate almamamız gereken hizmetçi ise, etrafta dolanan kadınlardan biridir. Bunların hiçbirine takılmayıp hayvanın nerede yaşadığına bakmamız lazım" derken Gabriella'yı son tablonun önüne getiren Verlaine, "O da bu tablo olmalı" dedi.

Tabloların en ünlüsünün, yabani çiçeklerle dolu yemyeşil bir otlağın önüne gelmişlerdi. Tekboynuz, evcilleştirilmiş halde, daire şeklindeki bir ağılın ortasında yatıyordu.

"Yaratığın tekrar hayata döndüğü müziği arayacağımız yer kesinlikle burası" dedi Gabriella.

Verlaine, "Ama burada müzikle ilgili hiçbir şey yok" diye konuştu.

Gabriella kendi kendine "*Ex angelis*" derken bir şeyler düşünüyor gibiydi.

"Bayan Rockefeller, Innocenta'ya mektuplarında hiç Latince kullanmamış" dedi Verlaine. "Burada kullanması, bir şeye dikkatimizi çekmek için olmalı."

"Buradaki sanat eserlerinin neredeyse tümünde melekler var" dedi Gabriella sıkıntıyla, "ama bunda bir tane bile yok."

"Haklısın" dedi Verlaine, tekboynuzu incelerken. "Bu tablolar bu bakımdan sıradışı. Tekboynuzun avlanması, Bayan Rockefeller'ın da dediği gibi bir alegori olarak yorumlanabilir; en dikkat çekeni, İsa'nın Çarmıha Gerilişi ve Dirilişi. Ama Hıristiyanlığa açık gönderme yapan şekil veya tasvir içermeyen çok az sayıda eserden biri bu. Ne İsa'nın tasviri var, ne Eski Antlaşma'dan sahneler, ne de melekler."

Tablonun köşelerini gösteren Gabriella, "Sahnelerin tümünde *A* ve *E* harflerinin bulunduğuna dikkat et" dedi. "Her tabloda var ve mutlaka çift olarak kullanılıyor. Tabloları ısmarlayan kişinin adının baş harfleri herhalde."

"Olabilir" diyen Verlaine, harflere daha yakından bakınca bunların altın iplikle işlenmiş olduğunu gördü. "Ama bak, *E* harfi her seferinde ters işlenmiş. Yansıması gibi duruyor."

"Yerlerini değiştirirsek de *E A* olur" dedi Gabriella.

"*Ex angelis*" dedi Verlaine.

Verlaine, sahneyi oluşturan ipliklerin girift desenlerini daha iyi görebilmek için tabloya iyice yaklaştı. Yüzlerce yıldır toza ve havaya maruz kalan tablonun ağır kokusu, artık bir parçası olmuştu. Bir süredir sessizce duran ve yardım etmek isteyen Sabine Clementine, yanlarına geldi. "Madem tabloyu incelemeniz gerekiyor, gelin. Bu benim uzmanlık alanım" dedi.

Cevabını beklemeden ilk panele yürüdü. "Yün ve ipekten dokunmuş yedi tablodan oluşan Tekboynuz Avı nakışları, ortaçağın şaheserlerindendir. Saraya mensup bir av kafilesini resmederler. Tazılardan, şövalyelerden, hizmetçilerden ve kalelerden, çevredeki orman ve dağlardan bunu siz de görebilirsiniz. Tabloların ortaya çıkışı, emin olunmamakla birlikte, Brüksel'e ve 1500 yılı civarına dayandırılmaktadır. Tabloların ilk yazılı kaydı XVII. yüzyıla dayanır ve burada soylu bir Fransız ailesinin malı olarak gösterilir. Tekrar keşfedilip restore edilmeleri ise XIX. yüzyılın ortasındadır. John D. Rockefeller, Jr. bunlara 1920'lerde bir milyon dolar ödemiştir. Bence ucuza kapatmış. Birçok tarihçi, bunun dünyadaki en iyi ortaçağ sanatı örneği olduğunu düşünür."

Canlı renklere, nakış tablonun ortasında, boynuzunu kaldırmış halde duran süt beyazı tekboynuzun güzelliğine kapılan Verlaine, tabloya daldı.

"Affedersiniz matmazel" dedi Gabriella hafifçe meydan okuyan bir tonda. "Buraya bize yardım etmeye mi geldiniz, tur rehberliği yapmaya mı?"

"Rehbere ihtiyacınız olacak" dedi Sabine vurgulu bir şekilde. "Harfler arasındaki dikişleri görüyor musunuz?" Tekboynuzun üzerindeki *E* ve *A* harflerini gösterdi.

"Çok ciddi bir restorasyon çalışması yapılmış" dedi Verlaine, Gabriella'nın sorusunun cevabını verir gibi. "Hasar görmüş herhalde."

"Çok hasar görmüş" diye cevapladı Sabine. "Tablolar Fransız Devrimi sırasında yağmalanmış. Bir şatodan çalındıktan sonra, onlarca yıl meyve ağaçlarını dondan korumak için kullanılmış. Kumaşın büyük bir özenle, aşkla restore edilmesine rağmen, yakından bakıldığında hasar ortaya çıkıyor."

Gabriella tabloları incelerken aklına başka bir düşünce geldi. "Müzik aletini saklama görevi Bayan Rockefeller'a verilmiş ve ipuçlarından anladığımız kadarıyla o da aleti burada, Avlular bölümünde saklamayı seçmiş."

"Öyle görünüyor" dedi beklentiyle bakan Verlaine.

"Bunu başarmak için göz önünde ama iyi korunan, güvenli ama kolay erişilen, böylece gerektiğinde aletin alınabileceği bir yer seçmesi gerekiyordu." Gabriella derin bir nefes alıp salona baktı; her bir tablonun önünde kalabalık bir grup bulunmaktaydı. Fısıldayarak devam etti: "Avlular gibi küçük bir müzede, büyük bir gövdesi ve uzun çapraz kayıtları olan lir gibi havaleli bir parçayı saklamanın pek zor olacağını kendi gözümüzle görebiliyoruz. Ama o bir şekilde başarmış."

"Lirin burada olmadığını mı öne sürüyorsun?" dedi Verlaine.

"Hayır, hiç öyle bir şey söylemiyorum" dedi Gabriella. "Bilakis, Abigail Rockefeller'ın bizi ortalıkta koşturacağına inanmıyorum. Tek bir alet için dört yer gösterilmesi çelişkisini bir süredir düşünüyorum ve vardığım sonuca göre, Abigail Rockefeller aleti saklamakta olağanüstü bir zekâ sergilemiş. En güvenli yerleri bulmakla kalmamış, liri de daha güvenli bir hale getirmiş. Aleti beklediğimiz halde bulmayacağımızı düşünüyorum."

"Bir de anlasam" dedi Verlaine.

Sabine söze girdi: "Bir dönem Semavi Müzikoloji veya Melek Koroları Tarihi dersi ya da çalgıların yapımı ve kullanımıyla ilgili diğer seminerlerden birini almış herkesin bileceği gibi, lirin hayati öneme sahip bir parçası vardır: Telleri. Valkin olarak bilinen değerli semavi metalden yapılmış başka çalgılar varsa da, lire benzersiz tınısını veren parçası telleridir. Melekbilimcilerin uzun zamandır ipek ve melek saçının harmanı olduklarına inanmakla birlikte tam olarak tanımlayamadıkları bir malzemeden yapılmıştır. Malzemesi her neyse, lirin çıkardığı sesin özelliği, tellerin yapısından ve gerdirilmesinden kaynaklanır. Gövdeyi başka bir gövdeyle değiştirmek mümkündür."

"Paris'te akademiye devam etmişsiniz" dedi etkilenen Gabriella.

"*Bien sûr*, Dr. Valko" dedi Sabine hafifçe gülümseyerek. "Yoksa beni nasıl böyle bir pozisyona getirirlerdi? Hatırlamayabilirsiniz ama sizin Ruhani Savaşa Giriş dersinizi de almıştım."

"Hangi yıldı bu?" diyen Gabriella, bir yandan da tanıyabilecek miyim diye eski öğrencisini süzüyordu.

"1987'nin ilk dönemi" dedi Sabine.

"Akademideki son yılım" dedi Gabriella.

"En sevdiğim dersti."

"Çok sevindim" dedi Gabriella. "Şimdi bunun karşılığında bir bilmeceyi çözmeme yardımcı olabilirsiniz: 'Nasıl ki bu gizemi bir el dokumuşsa, bir el çözecektir.'" Gabriella, Bayan Rockefeller'ın mektubundaki cümleyi tekrarlarken, dikkatle Sabine'e bakarak bir şeyler bulmaya çalışıyordu.

"Çözme kısmına yardımcı olmak için buradayım" dedi Sabine. "Tablodan neyi kurtarmam gerektiğini de şimdi anladım."

"Bayan Rockefeller, lirin tellerini tabloya mı nakşetmiş?" dedi Verlaine.

"Daha doğrusu, bunu yapması için çok kabiliyetli bir profesyonel tutmuş" dedi Sabine. "Ama evet, teller Tutsak Tekboynuz tablosunun içinde."

Verlaine dokumaya kuşkuyla baktı. "Ee, nasıl çıkaracağız ki bunları?"

Pek sıkılmış görünmeyen Sabine, "Bana verilen bilgiler doğruysa işlem son derece dikkatle yapılmış ve geride hiçbir iz bırakmayacak."

"Abigail Rockefeller'ın böyle narin bir sanat eserini paravan olarak seçmesi tuhaf" dedi Gabriella.

"Bu tablolar bir zamanlar Abigail Rockefeller'ın şahsi malıydı" dedi Sabine. "Kocası tarafından satın alındığı 1922 yılından buraya getirildikleri 1930'ların sonuna kadar Abigail Rockefeller'ın salonunda asılı durdular. Bayan Rockefeller, tabloları ve bu arada zayıf noktalarını çok iyi tanıyordu." Sabine, dokumada çok onarım görmüş bir parçayı işaret etti. "Nasıl bozukluk olduğunu görüyor musunuz? Onarım ipliği bir ucundan kesildi mi bütün dokuma açılır."

Salonun öteki ucunda duran bir güvenlik görevlisi, ağır adımlarla yanlarına geldi. "İşe başlayalım mı Bayan Clementine?" dedi.

"Evet, lütfen" dedi Sabine, bir anda profesyonel bir tavra bürünerek. "Ama önce galeriyi boşaltalım. Arkadaşları da çağırın lütfen." Sabine, Gabriella ve Verlaine'e döndü. "İşlem sırasında burayı kapattıracağım. Tablo üzerinde hiçbir sıkıntı olmadan çalışmamız lazım, bunu da bu kalabalıkta mümkün değil yapamayız."

"Boşalttırabilir misiniz?" dedi Verlaine, kalabalık salona bakarak.

"Elbette" dedi Sabine. "Ben restorasyon bölümü müdür yardımcısıyım. Gereken her türlü onarım için emir verebilirim."

"Peki ya bunlar?" dedi Verlaine, güvenlik kamerasına doğru bir baş hareketi yaparak.

"Her şeyi ayarladım mösyö."

Verlaine tabloya baktığında, telleri bulup çıkarmak için çok az zamanları olduğunu fark etti. İlk tahmininde yanılmamıştı; tekboynuzun boynuzunun üstünde kalan bölümdeki onarım, en büyük kusurun olduğu yerdi. Zeminden çok yüksekte, belki iki metre yukarıdaydı. Sandalyeye veya tabureye çıkmak gerekecekti. Dikişi açmanın çok zor olması, tablonun duvardan indirilip yere yatırılması ve üzerinde böyle çalışılması ihtimali de vardı. Ama bu son çareydi.

Bir grup güvenlik görevlisi galeriye girip insanları dışarı çıkarmaya başladı. Salonda kimse kalmayınca kapıda nöbete geçtiler.

Galeri boşalınca, Sabine kel ve tıknaz bir adamı güvenlik görevlilerinin arasından geçirip tablonun önüne götürdü. Adam burada metal bir takım çantasını yere koyup bir katlanır merdiven açtı. Gabriella ve Verlaine'e hiç bakmadan merdivene çıktı ve dikişi inceledi.

"Büyüteç lütfen, Bayan Clementine" dedi.

Sabine, içinde sıra sıra neşter, makas, dikiş ipi ve büyük bir büyüteç olan takım çantasını açtı. Büyüteç, odadaki bütün ışığı toplayıp tek bir ateş topu haline getiriyordu adeta.

Verlaine, adamın özgüvenine hayran olarak çalışmasını inceledi. Restorasyon için gereken kabiliyete her zaman hayranlık duymuş, hatta bu gibi kumaşların temizlenmesinde kullanılan kimyasalların sergilendiği bir sergiyi bile ziyaret etmişti. Bir eline büyüteci, diğerine neşteri alan adam, bıçağın ucunu bir sıra sıkı ve hizalı ilmeğin arasına soktu. Hafifçe bastırdığında dikişler ayrıldı. Bu şekilde birbiri ardına dikişler açarak sonunda tablonun ortasında elma büyüklüğünde bir boşluk bıraktı. Cerrah dikkatiyle çalışıyordu.

Parmak uçlarında yükselen Verlaine, çözülen kumaşa baktı. Saç teli inceliğinde renkli iplik demetleri dışında hiçbir şey göremiyordu. Adamın isteği üzerine Sabine, çantadan ince uzun bir kanca çıkarıp adama verdi, adam da bunu kumaştaki bir deliğe soktu. Sonra elini tam *A* ile *E* arasındaki boşluğa doğru kaydırdı. Kancayı çektiğinde, bir kıvılcım Verlaine'in gözünü aldı. Kancanın çevresine sedefli bir tel sarılmıştı.

Verlaine, adamın verdiği telleri saydı. Kılcal damar inceliğindeki bu teller o kadar pürüzsüzdü ki, Verlaine'in elinden mumlu gibi kayıyordu. Koluna önce beş, sonra yedi, sonunda on tane serbest iplik serildi. Adam merdivenden indi. "Bu kadar" dedi, bir tapınağın kutsiyetini bozmuş gibi mutsuz bir surat ifadesiyle.

Sabine telleri aldı, sıkı bir çile halinde sardı ve kumaş bir keseye koyup fermuarı çekti. Verlaine'in avucuna koyduktan sonra, "Beni takip edin madam, mösyö" diyerek Gabriella ve Verlaine'i galerinin çıkışına götürdü.

"Monte etmeyi biliyor musunuz?" diye sordu Sabine.

"Bir şekilde halledeceğim" dedi Gabriella.

"Eminim" dedi Sabine ve parmak şıklatarak üç güvenlik görevlisini yanına çağırdı. "Dikkatli olun" dedikten sonra Gabriella'yı Paris tarzında iki yanağından öptü. "Şansınız açık olsun."

Güvenlik görevlileri, her yeri dolduran kalabalığı yararak Gabriella ve Verlaine'i müzenin çıkışına götürürlerken Verlaine, aldığı derslerin, akademik hayata yönelik nafile çabalarının ve bunalımlarının onu bu muvaffakiyet noktasına taşıdığını düşünmeye başladı. Ona melekbilimcilik yolunu ve –varsa– Evangeline ile geleceğini çizen kadın olan Gabriella, yanı başındaydı. Lirin tellerinin bulunduğu keseyi elinde sımsıkı tuttuğu halde bir kemerden diğerine yürürlerken, binanın Romanesk gövdesi yerini Gotik kafeslere bıraktı.

Riverside Kilisesi, Morningside Tepesi, New York

Riverside Kilisesi, Columbia Üniversitesi'nin üstünde yükselen Yeni Gotik tarzında bir binaydı. Vladimir ve Saitu-san, merdivenlerden çıkıp demir dairelerle bezenmiş ahşap bir kapının önüne geldikleri sırada, omzuna siyah bir şal atmış Saitu-san'ın yüksek topuklu çizmeleri, tuz serpilmiş buzları çıtırdatıyordu.

İçeri girdikleri sırada ışık azalıp bal rengi bir aydınlığa dönüştü. Fuayenin loşluğuna alışmaya çalışan Vladimir gözlerini kırpıştırdı. Kilise boştu. Kravatını düzelten Vladimir, resepsiyon masasının boş durduğu bir girintinin yanından geçip merdivenleri çıkarak geniş bir ön odaya ulaştı. Pürüzsüz taşlardan örülmüş duvarlar yükseklerde birbirine geçen kemerlerde buluşuyor, bu kemerlerin kesişimleri, kalabalık bir limanda basılmış yelkenler gibi birbirlerine karışıyordu. Vladimir geniş kanatlı bir kapının ardında, kilisenin ana nefinin başladığını gördü.

İlk aklına gelen kiliseyi aramaktı ama duvara çakılmış iki bakır plaketi görüp durakladı. İlki, kilisenin inşasında John D. Rockefeller, Jr.'ın katkılarını onurlandırıyordu. İkinci plaket ise Laura Celestia Spelman Rockefeller'a ithaf edilmişti.

"Laura Celestia Spelman, Abigail Rockefeller'ın kayınvalidesiydi" diye fısıldadı plaketi okuyan Saitu-san.

Vladimir, "Rockefeller'lar inançlı insanlardı, özellikle de Cleveland nesli" dedi. "Bu kiliseyi John D. Rockefeller, Jr. yaptırdı."

"Bu sayede Bayan Rockefeller da rahatça girip çıkabiliyordu" dedi Saitu-san. "İçeriden yardım almadan burada bir şey saklamak imkânsız."

"İçeriden yardım" dedi sızlanır gibi konuşan tiz bir ses, "bir de bolca para."

Vladimir döndüğünde, koridorda zarif gri takım elbiseli, dikkatle taranmış kır saçlı, itici görünümlü bir adamın belirdiğini fark etti. Sol gözündeki monoklün altın zinciri, yanağından sarkıyordu. Vladimir refleks olarak bir adım geri çekildi.

"Sizi korkuttuğum için özür dilerim" dedi adam. "Adım Bay Gray; buraya girdiğinizi fark etmiş bulundum." Bay Gray, telaştan burnunun ucunu göremiyor gibiydi. Bütün koridora gözlerini pörtleterek baktıktan sonra Vladimir ve Saitu-san üzerinde odaklanabildi.

"Kim olduğunuzu sorardım ama" dedi Bay Gray, Vladimir'in elindeki kartı göstererek, "biliyorum galiba. Bakabilir miyim?" Bay Gray, kartı Vladimir'den aldı, iyice inceledi ve devam etti: "Bunu görmüştüm. Hatta Bayan Rockefeller'ın ayak işlerine baktığım günlerde bunların basımıyla ben ilgilenmiştim. Daha on dört yaşındaydım. Bir keresinde, benim kokmaz bulaşmaz halimden hoşnut olduğunu söylediğine kulak misafiri olmuştum. Bunu bir iltifat olarak kabul ettim. Ayak işlerine ben bakardım. Merkeze iner kâğıt alır, yukarı çıkar matbaaya götürür, merkeze döner tasarımcıya parasını öderdim."

"O zaman bize kartın anlamını söyleyebilirsiniz" dedi Saitu-san.

Saitu-san'ın sözlerine kulak asmayan Bay Gray, "Bir gün melekbilimcilerin geleceğine inanıyordu kendisi" diye devam etti.

"Geldik işte" dedi Vladimir. "Ne şekilde ilerlememiz gerektiğini anlatabilir misiniz?"

"Bütün sorularınıza cevap vereceğim" dedi Bay Gray. "Ama önce rahat konuşabilmek için ofisime geçelim."

Ön odadan ayrılan taş merdiveni aceleyle inen Bay Gray, arada bazı basamakları atlayacak kadar telaşlıydı. Merdiveni inince karanlık bir koridora girdiler. Bay Gray bir kapıyı ardına kadar açıp Vladimir ve Saitu-san'ı her tarafı belgelerle dolu dar bir ofise buyur etti. Açılmamış posta tomarları bir masadan taşmak üzereydi. Yere kalemtıraş çöpleri yayılmıştı. Bir dosya dolabının yanında 1978'in takvimi duruyordu ve aralık ayı açıktı.

Ofise girmeleriyle birlikte Bay Gray küstahlaştı. "Nihayet gelebildiniz yahu!" dedi. "Bir karışıklık oldu, gelmeyecekler diyordum artık. Bayan Rockefeller görse nasıl sinirlenirdi! Emaneti istediği biçimde teslim edemeden ruhumu teslim ettiğimi bilse, kemikleri sızlardı. Mükemmeliyetçi bir kadındı Bayan Rockefeller, ama bir o kadar da cömertti. Ömrümün yarısını sizi beklemekle geçirdiğim için ben artık o cömertliğin hayrını göremeyeceğim ama çoluğum çocuğum görür artık. Gencecik bir çocuktum, İngiltere'den yeni gelmiştim, tutunacak bir dalım yoktu, o beni kilisenin idari işlerini görmem için tuttu. Bana burada bu odayı verdi ve gelişinizi beklememi söyledi, ben de bir gün bile sektirmeden bekledim. Siz gelmeden bana bir şey olursa diye önlemler alınmıştı elbette, zaten bir ayağım çukurda... Ama neyse, şimdi böyle tatsız konulara girmeyelim. Şu dakikada bizi tek ilgilendiren, velinimetimizin istekleri olmalı. Onun aklı fikri de tek bir umuda bağlanmıştı: Geleceğe." Bay Gray gözlerini kırpıp monoklünü düzeltti. "İşimize bakalım."

"Çok iyi olur" dedi Vladimir.

Bay Gray dosya dolabına gitti, cebinden bir anahtarlık çıkardı ve dolabınkini bulana kadar bütün anahtarları denedi. Kilidi dönen dolap, kolayca açıldı. "Bakalım..." dedi Bay Gray kâğıtları seçebilmek için gözlerini kısarak. "Hah, buldum. Aradığımız belgeler bunlar." Sayfaları çevirip uzun bir isim listesini açtı. "Tabii bu bir formalite ama Bayan Rockefeller, emanetin yalnızca adı bu listede olanlara ya da onların mirasçılarına teslim edilebileceğini şart koşmuştu. Bu listede sizin adınız, annenizin veya babanızın, hatta büyükannelerinizin, büyükbabalarınızın adları var mı?"

Listeyi tarayan Vladimir, XX. yüzyılın büyük melekbilimcilerinin tümüne rastladı. Kendi adı son satırın ortasında, Celestine Clochette'in yanındaydı.

"Zahmet olmazsa şuraya ve şuraya imza atın. Bir de şu boşluğa imza atacaksınız."

Vladimir imzalaması istenen belgeyi inceledi. Uzun bir hukuki belgeydi ve özet olarak Bay Gray'in emaneti teslim etme görevini yerine getirdiğini söylüyordu.

"Durum şöyle ki" dedi Bay Gray açıklama getirir gibi, "ben yaptığım görevin karşılığını ancak emaneti imza karşılığı teslim ettikten sonra alabiliyorum. Sözleşme son derece kapsamlı yazılmış ve avukatlar burunlarından kıl aldırmıyor. Bunca zaman beş kuruş almadan yaşamanın çok zor olduğunu siz de kabul edersiniz. Yıllarca dişimi sıkıp sizin gelmenizi bekledim ki bu berbat odadan emekliye ayrılabileyim. Nihayet geldiniz." Vladimir'e bir kalem uzatarak, "Dediğim gibi, sadece formalitedir" dedi.

Vladimir belgeyi masada iterek, "İmzalamadan önce emaneti teslim almam lazım" dedi.

Bay Gray belli etmese de bozum oldu. "Elbette" dedi kısaca. Sözleşmeyi kolunun altına kıstırdı, kalemi ceketinin cebine soktu. "Şöyle buyurun" dedi sert bir sesle ve önden yürüyüp merdivenleri çıktı.

Kilisenin üst katına döndükleri sırada Vladimir biraz geride kalarak koridorun gölgelerine karıştı. Semavi müzikoloji araştırmalarına gençliğini vermiş, melekbilim dedikleri kapalı kutunun en derinine gömülmüştü. Savaştan sonra bu işi bırakmıştı. Bir pastacı açmış, şekerlemeler ve pastaların basit dünyasında mutlu olmuştu. Melekbilimin nafile olduğuna, insanlığın Nefilleri durdurmak adına hiçbir şey yapamayacağına inanmıştı. Ancak Gabriella bizzat gelip işe tekrar başlaması için yalvardıktan sonra dönmüştü. Ona ihtiyaçları olduğunu söylemişti Gabriella. Vladimir kuşkuyla yaklaşmıştı ama Gabriella'nın ikna kabiliyeti yüksekti, üstelik kendisi de karanlık günlerin gelmekte olduğunu fark ediyordu. Şimdi, nasıl olduğunu anlayamasa da –belki gençliğinde gördüğü sıkı eğitimden, belki de sadece sezgiden ötürü– Bay Gray'in güvenilmez biri olduğunu hissetmişti.

Bay Gray, orta koridorda duraklayarak yürüyüp Vladimir ve Saitu-san'ı kilisenin serin loşluğuna getirdi. Havayı dolduran yosunlu tütsü kokusu, Vladimir'e çok tanıdık gelmişti. Sayısız vitraya rağmen mekân hâlâ loş, neredeyse gerisi seçilmez durumdaydı. Tavana kalın halatlarla gotik şamdanlar asılmıştı; eskitilmiş demirden koca çemberler, üzerlerinde sayısız mum taşıyordu. Sunağın üzerinde kocaman bir gotik minber yükseliyordu ve kenarları dalgalar halinde yukarıya tırmanan figürlerle bezenmişti. Saksılarına kırmızı kurdeleler bağlanmış Noel çiçekleri ayaklıklar üzerinde kilisenin dört bir yanına serpiştirilmişti. Neften kalın, bordo bir kordonla ayrılan apsis ise gölgeler altında kalmıştı.

Bay Gray, kordonu direğinden ayırıp yere bıraktı ve toka zemine çarptığında çıkan ses bütün kilisede yankılandı. Mermer zemine, taş işi bir labirent oyulmuştu. Bay Gray, labirente ayağıyla sinirli bir şekilde vurarak garip bir ritim tutturdu. "Bayan Rockefeller, emaneti buraya koydu" dedi ayağını zeminde gezdirerek. "Labirentin tam ortasında."

Vladimir labirent boyunca yürüyüp taşların duruşunu dikkatle inceledi. Buraya bir şey gizlenmesi mümkün değildi. Taşların kırılması gerekirdi ki, bunu ne Bayan Rockefeller, ne de sanatın korunması ve kollanmasına özen gösteren başka biri tasvip edebilirdi. "Ama nasıl?" diye sordu Vladimir. "Hiçbir kesinti yok gibi görünüyor."

"Tabii" dedi Vladimir'in yanına gelen Bay Gray. "Göz yanılması... Yakından bakın."

Vladimir çömelip zemini dikkatle inceledi. Merkezdeki taşın kenarları boyunca incecik bir çizik vardı. "Görmek neredeyse imkânsız" dedi Vladimir.

"Çekilin lütfen" dedi Bay Gray. Taşın üzerine geçip tam ortasına baskı uyguladı. Taş, yaylıymış gibi zeminden yükseldi. Bay Gray eliyle çevirerek merkezdeki taşı labirentten çıkardı.

"İnanılmaz bir şey" dedi Bay Gray'in arkasından olayı izleyen Saitu-san.

"Mahir bir taş ustası ve bol miktarda paranın başaramayacağı hiçbir şey yoktur" dedi Bay Gray. "Müteveffa Bayan Rockefeller ile tanışır mıydınız?"

"Şahsen tanışmamıştım" dedi Vladimir.

"Çok yazık" dedi Bay Gray. "Şiirsel bir safdillikle bezenmiş bir sosyal adalet duygusu taşırdı ki, onun konumundaki kadınlarda buna çok ender rastlanır. Kendisi, emaneti almaya gelen melekbilimcileri buraya yönlendirmemi ve onlara bir rakam dizisi sormamı emretmişti. Gelenlerin bu rakamları mutlaka bileceğini söylemişti. Tabii ben de rakamları ezberledim."

"Rakam mı?" dedi Vladimir, bu beklenmedik sınava şaşırarak.

"Evet beyefendi, rakam." Bay Gray, labirentin ortasını işaret etti. Taşın altında şifreli bir kasa bulunuyordu. "Rakamlar bu kasanın şifresi. Şimdi kendinizi, taş labirentte yolunu bulmaya çalışan minotor gibi düşünebilirsiniz." Yarattığı sıkıntıdan hoşnutça gülümsedi.

Vladimir, hemzemin kapaklı kasayı incelerken Saitu-san da onun üzerine eğildi. "Şifreler kaçar basamaklı?" diye sordu.

"Bunu söyleyemem" dedi Bay Gray.

Saitu-san, kadranları sırayla çevirdi. "Abigail Rockefeller'ın kartları, Innocenta'nın çözeceği şekilde şifrelenmişti" dedi, konuştuğu sırada düşünür gibi yavaş konuşarak. "Innocenta'nın cevaplarından anladığımız kadarıyla, kartlardaki lir tellerini saymış ve tahmin ediyorum rakamları bir yere yazmış."

"Rakamların sırası" dedi Vladimir, "Yirmi sekiz, otuz, otuz sekiz, otuz dokuz şeklindeydi."

Saitu-san, kadranları sırayla çevirdi ve kasanın kapağını yokladı. Açılmamıştı.

"Bildiğimiz tek rakam dizisi bu" dedi Saitu-san. "Başka bir sıralamayla açması lazım."

"Dört kadran ve dört rakam var. Bu yirmi dört kombinezon demektir. Hepsini deneyecek kadar zamanımız yok."

"Belki de rakamların belli bir sırası vardır" dedi Saitu-san. "Tarih sırasını hatırlıyor musun? Verlaine bize rakamları kartlardaki sırayla söylemişti."

Vladimir bir an düşündü. "Yirmi sekiz, otuz sekiz, otuz ve otuz dokuz."

Saitu-san, her bir kadranı dikkatle çevirdi. Metal bir sapı tutup kapağı çekti. Kapak hiç direnç göstermeden açıldı ve içindeki havayı serbest bıraktı. Saitu-san, kasanın içine uzanıp yeşil kadifeye sarılmış ağır bir parça buldu ve aldı. Kadifeyi açtığında ortaya çıkan ses kutusu, labirente altın ışıklar saçtı.

"Muhteşem bir şey" dedi her açıdan incelemek için ses kutusunu çeviren Saitu-san. Kaide yuvarlaktı. İki kol önce yana açılıyor, sonra boğa boynuzu gibi kıvrılıyordu. Altın renkli yüzeyler pürüzsüz ve ışıl ışıldı. "Ama teli yok."

"Gövdesi de yok" dedi Vladimir. Saitu-san'ın yanına çömelip elinde tuttuğu alete bakarak. "Lirin parçalarından biri bu. Çok önemli bir parça ama tek başına işe yaramaz. Demek bu yüzden dört ayrı yere gönderildik. Parçaları buralara dağıtmışlar."

"Diğerlerine de haber verelim" dedi gövdeyi dikkatle kadife keseye geri koyan Saitu-san. "Ne aradıklarını bilmeleri gerek."

Vladimir dönüp aralarında titreyerek beklemekte olan Bay Gray'e baktı. "Şifreyi bilmiyordunuz. Bizim gelip açmamızı beklediniz. Bilseniz bunu siz alırdınız."

"Benim neyi bilip neyi bilmediğim önemli değil" dedi Bay Gray, daralmaktan kızarmış bir suratla. "Hazine hiçbirimize ait değil."

"Ne diyorsun sen?" dedi Saitu-san, inanamayarak.

"Diyor ki" dedi apsisin uzak köşesinden gelen ve duyduğu anda Vladimir'in kanını donduran bir ses, "oyun aslında yıllar önce bitti. Oyunu melekbilimciler kaybetti."

Korkuyla gözündeki monoklü düşüren Bay Gray, bir an bile tereddüt etmeden apsisten sıvıştı ve kenardaki koridorda koşmaya başladı. Sıra sıra aydınlık ve karanlık bölümlerden geçerken gri takım elbisesi bir görünüp bir kayboluyordu. Bay Gray'in kaçışını izleyen Vladimir, yan koridorlarda beyaz saçları ve kızıl kanatlarıyla belli olan Giborları seçti. Yaratıklar, güneşe dönen ayçiçekleri gibi sırayla kafalarını çevirip Bay Gray'e bakıyorlardı. Nihayet Giborlardan biri, kaçmakta olan adamı yakaladı. Bunu gören Vladimir'in aklında, bu karşılaşmayla ilgili hiçbir kuşku kalmadı. Melekbilimciler tuzağa düşmüşlerdi. Percival Grigori onları bekliyordu.

Vladimir, Grigori'yle son kez yıllar önce, Raphael Valko'nun genç bir öğrencisiyken karşılaşmıştı. Grigori ailesinin savaşta yol açtıkları vahşeti ilk elden görmüştü. Melekbilimcilere çektirdikleri eziyeti de yaşayıp görmüştü. Seraphina Valko onun elinde can vermiş, Gabriella ise ölümden dönmüştü. Percival Grigori o zamanlar korkutucu, afallatıcı bir yaratıktı. Şimdi hasta bir mutanta dönmüştü.

Grigori'nin bir hareketiyle Gibor, Bay Gray'i yanına getirdi.

Grigori ani bir hareketle bastonunun fildişi topuzunu gövdeden ayırdı ve bastonun içine gömülü olan hançeri çıkardı. Hançer zayıf ışıkta bir an parıldadı. Sonra Grigori ileri atıldı ve hançeri Bay Gray'e sapladı. Gray'in yüzündeki ifade şaşkınlıktan inanmazlığa, oradan çaresiz, giderek zayıflayan bir acıya dönüştü. Percival Grigori'nin hançeri çekmesiyle birlikte Bay Gray yere düştü ve kanı çevresinde toplanırken hafifçe sızlandı. Birkaç saniye içinde gözlerine ölü donukluğu gelmişti. Percival, hançeri çektiği hızla ipek bir mendile sildi ve tekrar kınına yerleştirdi.

Vladimir bu sırada Saitu-san'ın ses kutusuyla birlikte uzaklaşmakta, kilisenin arka kapısına çekilmekte olduğunu fark etti. Percival bunu fark ettiği sırada, Saitu-san kapıya ulaşabilecek mesafedeydi. Percival elini kaldırıp Giborları ona yolladı. Yaratıkların yarısı Saitu-san'a doğru hareketlenirken, kalanları cüppelerinin etekleri yerleri süpürerek öne çıktı. Percival ikinci bir hareketle bunlara Vladimir'i yakalamalarını emretti.

Kıskıvrak yakalanan Vladimir, yaratıkların cildinden yayılan kokuyu içine çekti ve soğukluklarını teninde hissetti. Yaratıklar kanatlarını ritmik ve düzenli hareketlerle çırparken ensesine soğuk bir rüzgâr vuruyordu.

"Liri Gabriella'ya götürecek!" diye haykırdı yaratıkların cenderesinden kurtulmaya çalışan Vladimir.

Percival, Vladimir'e küçümseyerek baktı. "Sevgili Gabriella'yı görmeyi umuyordum. Bu küçük kurtarma operasyonun arkasında onun olduğunu biliyordum. Son yıllarda pek ortalıkta görünmüyordu."

Vladimir gözlerini kapattı. Gabriella'nın Grigori ailesine sızmasının melekbilim çevrelerinde büyük sansasyon yarattığını, 1940'lı yılların en büyük, en etkili ajanlık faaliyetlerinden biri olduğunu hatırladı. Hatta onun çabaları sayesinde Nefil soylu aileler üzerinde bugün yürütülen takip çalışmaları mümkün olmuş, çok önemli bilgiler edinilmişti. Ama bu, hepsine tehlikeli bir miras bırakmıştı. Aradan o kadar yıl geçmesine rağmen Percival Grigori hâlâ intikam istiyordu.

Tüm kuvvetini bastonuna veren Grigori, aksayarak Vladimir'e yaklaştı. "Söyle" dedi. "Nerede?"

Percival iyice yaklaştığı için, Vladimir onun gözlerinin altındaki torbaları görebiliyordu. Öyle koyu renkliydi ki bunlar, bembeyaz cildinde yumruk izi gibi duruyordu. Dişleri mükemmel sıralıydı ve inciyle kaplanmış gibi bembeyaz parlıyordu. Ama Percival yaşlanmıştı; dudaklarının çevresinde ince kırışıklar belirmişti. En azından üç yüzüne merdiven dayamıştı.

"Seni hatırlıyorum" diyen Percival, önündeki adamı belleğindekilerle karşılaştırır gibi gözlerini kıstı. "Paris'te benim çevremdeydin. Yıllar seni tanınamayacak hale getirmiş ama yüzünü hatırladım. Gabriella'nın beni aldatmasına yardım etmiştin."

"Sen de" dedi Vladimir dengesini toparlayarak, "ailene, atalarına, inandığın her şeye ihanet ettin. Bugün bile onu unutamamışsın. Söylesene, Gabriella Lévi-Franche'ı ne kadar özlüyorsun?"

"Nerede?" dedi Percival, Vladimir'in gözlerine bakarak.

"Söylemeyeceğim" dedi Vladimir çatlayan bir sesle. Bu sözle ölmeyi seçtiğini biliyordu.

Percival, elindeki fildişi topuzlu bastonu bıraktı. Baston yere düştüğünde çıkan ses kilisede çınladı. Percival, uzun ve soğuk parmaklarını, nabzını yoklar gibi Vladimir'in göğsüne koydu. Vladimir bir elektrik akımına kapıldı ve düşünme yetisini kaybetti. Artık nefes bile alamadığı son saniyelerinde, katilinin gözlerindeki korkunç saydamlığa çekildiğini hissetti. Kızıl bir haleyle yanan soluk renkli gözlerdi bunlar ve yalıtılmış bir ortamda yanan bir kimyasal madde ateşi gibi güçlüydü.

Vladimir bilincini yitirirken aklında, lirin ağır ve soğuk gövdesinin ellerinde nasıl lezzetli bir duyumsama bıraktığı ve aletin semavi ezgisini duymak için nasıl can attığı vardı.

Rockefeller Center Buz Pateni Pisti, Beşinci Cadde, New York

Evangeline, buz pistinde ağır hareketlerle dönüp duran patencilere baktı. Buzun parlak yüzeyine vuran renkli ışıklar, patenlerin altında eziliyor, gölgelerde kayboluyordu. Biraz uzakta, boz renkli bir binanın önüne devasa bir Noel ağacı dikilmiş ve fanusa kapatılmış binlerce ateşböceği gibi yanan kırmızı ve beyaz ışıklarla süslenmişti. Ağacın altına muhafız gibi dizilmiş sıra sıra melek, aydınlatılmış tel gövdeleri, zambak yaprakları gibi beyaz kanatları ve gökyüzüne çevirdikleri trompetleriyle sanki semaya övgüler sunuyordu. Gezinti yoluna sıralanan kitapçılar, giyim mağazaları, kırtasiyeciler ve çikolatacılar kapatmaya başlamış, müşterilerini evlerine hediyelerle gönderiyorlardı.

Mantosuna sıkıca sarınan Evangeline, bir sıcaklık kozasına büründü. İçinde lirin çapraz kayıtları bulunan soğuk metal kasayı sımsıkı tutuyordu. Yanında duran Bruno Bechstein ve Alistair Carroll, pistin diğer tarafındaki kalabalığı gözlemekteydi. Meydanda binlerce insan vardı. Hoparlörlerden gelen Noel şarkılarını, ara sıra pistten yükselen kahkahalar dağıtıyordu. Buluşma saatine on beş dakika kalmıştı ve henüz gelen giden yoktu. Hava berraktı ve kar kokuyordu. Evangeline derin bir nefes aldı ve öksürük nöbetine tutuldu. Nefesi çok daralmıştı. Göğsünde hafif bir sıkıntı olarak başlayan rahatsızlık, birkaç saat içinde kuru bir öksürüğe dönmüştü. Zorlanarak nefes alıyor, aldığı hava yetmiyordu.

Alistair Carroll atkısını çıkardı ve yumuşak bir hareketle Evangeline'in boğazına sardı. "Donuyorsun kuzum" dedi. "Rüzgârda kalma."

"Fark etmemişim ki" dedi Evangeline kalın ve yumuşak yünü boğazına iyice sararken. "Endişeden hiçbir şey hissetmiyorum. Artık gelseler iyi olacak."

"Lirin dördüncü parçasıyla Rockefeller Center'a yine bu zamanlarda gelmiştik" dedi Alistair. "1944 Noel'iydi. Abby'yi berbat bir fırtınada gece yarısı buraya arabayla getirmiştim. Neyse ki güvenliği bizzat aramış, geleceğini haber vermişti. Onların çok yardımı dokundu."

"Burada saklanan şeyden haberiniz var mı?" dedi Bruno. "Gördünüz mü onu?"

"Tabii" dedi Alistair. "Lirin akort anahtarlarını kasasına ben koydum. Anahtarları koyabilecek bir kasa bulmak bizi çok zorladı ama Abby buranın en iyi yer olduğuna emindi. Kasayı kendi ellerimle taşıdım ve saklama konusunda Bayan Rockefeller'a yardım ettim. Anahtarlar minicik, dolayısıyla kasanın ağırlığı da en fazla bir cep saatininki kadar. O kadar küçükler ki, çalgı için muazzam önem taşıdıklarına inanamazsınız. Gelgelelim, anahtarlar olmadan lir en ufak bir ses çıkaramaz."

Evangeline bu küçük anahtarları tahayyül etmeye, kayıtların üzerine nasıl takıldıklarını bulmaya çalıştı. "Monte etmeyi biliyor musunuz?" diye sordu.

"Her şey gibi bunun da sırası var" dedi Alistair. "Kaidenin kolları arasına kayıt takıldıktan sonra tellerin akort anahtarlarına sarılması, her birinin belli bir gerginlikte olması lazım. Anladığım kadarıyla asıl zorluk liri akort etmekte; bunun için eğitimli bir kulak gerekiyor."

Noel ağacının çevresine dizilmiş meleklere dikkatlerini çekerek şöyle devam etti: "Lirin buradaki haberci meleklerin taşıdığı basmakalıp çalgılara hiç benzemediğini bilin. Noel ağacının altındaki tel melekler buraya 1954'te, yani Philip Johnson'ın Abby Aldrich Rockefeller Heykel Bahçesi'ni tamamlamasından bir, hazinenin buraya kapatılmasından on yıl sonra getirildi. Bu sevimli yaratıkların burada olması sadece tesadüf. O tarihte Bayan Rockefeller hayatta değildi ve burada saklanan cisimden de sadece ben haberdardım, ama yine de bunları çok anlamlı buluyorum. Habercilerin burada toplanmış olması sizce de duruma çok uygun değil mi? İnsan Noel zamanı meydana girer girmez hissediyor işte: Meleklerin hazinesi burada ve çıkarılmayı bekliyor."

"Kasa, Noel ağacının yanında değil mi?" diye sordu Evangeline.

"Kesinlikle" diyen Alistair, buz pateni pistinin diğer ucundaki yaldızlı bronz Prometheus heykelini gösterdi. "Kasa, Prometheus heykelinin bir parçası. Yaldızlı zindanında gün sayıyor."

Evangeline, Prometheus heykeline baktı. Havada asılı gibi duran büyük bir figürdü. Tanrıların ocağından çaldığı ateş, uzun ince parmaklarında yanıyordu ve ayaklarını bir burç haritası çevreliyordu. Evangeline, Prometheus efsanesini iyi bilirdi. Zeus, tanrılardan ateşi çalan Prometheus'u, bir kayaya zincirleyip sonsuza kadar vücudunu gagalayacak bir kartalı musallat ederek cezalandırmıştı. Prometheus'un cezası, suçuna orantılıydı: Ateşin insanoğluna verilmesi, ilerleme ve teknolojinin önünü açarken tanrıların giderek önem yitireceğinin işaretiydi.

"Heykeli hiç yakından görmemiştim" dedi Evangeline. Buz pistinin ışığında heykelin gövdesi eriyik gibi duruyordu. Prometheus ve çaldığı ateş, tek ve bütün halde akkor kesilmişti.

"Şaheser sayılmaz" dedi Alistair. "Gelgelelim Rockefeller Center'a çok uygun. Paul Manship, Rockefeller'ların aile dostuydu. Onun çalışmalarını yakından tanıdıkları için bu heykeli yapmasını istediler. Prometheus efsanesi, eski işverenlerimin dehasına ve acımasızlığına, entrikalarına, baskınlıklarına göndermeler içerir. Manship, Büyük Bunalım sırasında tüm nüfuzunu kullanarak Rockefeller Center'ı inşa ettiren John D. Rockefeller, Jr.'ın bu göndermeleri atlamayacağını biliyordu."

"Biz de atlamadık" diyerek bir anda ortaya çıkan Gabriella ve yanında Verlaine, Evangeline'i şaşırttı. "Prometheus ellerinde ateş taşır ama Bayan Rockefeller sayesinde daha da önemli bir şey taşımakta."

"Gabriella!" dedi Evangeline. Anneannesine sarılırken içine huzur doldu. Ancak Gabriella'nın kolları vücudunu hafifçe sardığında anladı ki, çok endişelenmişti.

"Lirin diğer parçaları yanınızda mı?" dedi Gabriella sabırsızca. "Gösterin bakalım."

Evangeline, kayıtların kutusunu açıp parçaları anneannesine gösterdi. Gabriella, lirin tellerinin, penanın ve melekbilim defterinin bulunduğu deri çantayı açtı ve kutuyu içine koydu. Parçayı çantaya koyduktan ve çantanın kapalı olduğunu kontrol ettikten sonraydı ki, Alistair Carroll'ın gruptan bir adım uzakta durduğunu fark etti. Evangeline onları tanıştırıp Carroll'ın Bayan Rockefeller ile ilişkisini ve onlara nasıl yardım ettiğini anlatana kadar adamı dikkatle süzdü.

"Anahtarları heykelden nasıl çıkaracağımızı biliyor musunuz?" diye sordu Gabriella, hayatı boyunca edindiği deneyimler tam bu anda billurlaşmış gibi şiddetli ve kararlı bir sesle. "Nereye saklandıklarını biliyor musunuz?"

"Elimle koymuş gibi bulurum hanımefendi" dedi Alistair. "Yeri yarım yüzyıldır aklımda kazılıdır."

"Vladimir'le Saitu-san nerede?" diye sordu iki kişinin eksik olduğunu o an fark eden Bruno.

Verlaine saatine baktı. Evangeline'e o kadar yakındı ki, saati o da görebildi. Saat 6.13'tü.

"Gelmiş olmaları lazımdı" dedi Evangeline.

Bruno, pistin diğer ucunda parıldayan Prometheus heykeline bakarak, "Daha bekleyemeyiz" dedi.

"Bir saniye bile bekleyemeyiz" dedi Gabriella. "Kendimizi böyle açığa çıkarmak büyük hata."

"Takip mi edildiniz?" diye sordu Gabriella'nın telaşlı halini görüp endişelenen Alistair.

"Gabriella edildiğimizi düşünüyor" dedi Verlaine, "ama neyse ki Avlular'daki işimizi sorun çıkmadan halledebildik."

"Bu da planın bir parçasıydı" diyen Gabriella, alışveriş kalabalığının arasına saklanmış düşmanları bulabilecekmiş gibi ortalığı inceledi. "Avlular'dan sorunsuzca ayrılabildik çünkü onlar istedi. Hiç zaman kaybetmeyelim. Vladimir ve Saitu-san birazdan gelirler."

"O zaman harekete geçelim" diyen Alistair, Evangeline'in takdir ettiği ve ona geride bıraktığı Azize Rose Manastırı'nın yılmaz rahibelerini hatırlatan bir metanet sergiliyordu.

Alistair onların meydanın ucuna, oradan da beton bir merdivenle buz pistine götürdü. Buzu çevreleyen plastik korkuluğun yanından heykele doğru yürüdüler. Önlerinde yükselen devasa GE binasının cephesinde, rüzgârla dalgalanıp karışan ve bir renk cümbüşü yaratan Amerika, Britanya, Fransa, Portekiz, Almanya, Hollanda, İspanya, Japonya, İtalya, Çin, Yunanistan, Brezilya ve Kore bayrakları vardı. Manastırda geçirdiği yalnız yıllar, Evangeline'i kalabalıklara karşı hassaslaştırmıştı. Pistin çevresindeki insanları incelerken buldu kendini. Dar kotlar ve kayak ceketleri giymiş gençler, küçük çocuklarıyla birlikte anne-babalar, genç sevgililer, orta yaşlı çiftler birbirlerinin çevresinde durmadan kayıyorlardı. Bu kalabalık, dünyadan ne kadar uzakta yaşadığını hatırlattı ona.

O anda, belki bir buçuk metre uzağında kara paltolu bir tip fark etti. Uzun boylu, soluk tenli ve kocaman kırmızı gözlü yaratık ona yüzünde kötücül bir ifadeyle ve şiddetle bakıyordu. Paniği damarlarında hisseden Evangeline dört bir yana döndü. Gibborlar kalabalığa karışmıştı ve uzun boylu, kara paltolu yaratıkların her biri sessizce, dikkatle duruyordu.

Evangeline, Verlaine'in elini tutup onu kendine çekti. "Bak" diye fısıldadı, "buradalar."

"Hemen uzaklaş" dedi Verlaine onun gözlerinin içine bakarak. "Kapana kısılmadan kaç buradan."

"Bence kısıldık bile" diyen Evangeline, giderek artan bir korkuyla çevresine bakındı. Giborların sayısı katlanmıştı. "Her yeri sarmışlar."

"Gel benimle" dedi Verlaine, Evangeline'i melekbilimcilerden uzağa çekerek. "Birlikte gidelim."

Verlaine'den başkası duymasın diye iyice yaklaşan Evangeline, "Olmaz artık" dedi. "Gabriella'ya yardım etmemiz gerek."

"Ya başaramazsak?" dedi Verlaine. "Ya sana bir şey olursa?"

Kız hafifçe gülümsedi. "Dünyada en sevdiğim yeri bilen tek kişi sensin. Bir gün oraya seninle de gitmek isterim."

Evangeline adını duyunca ikisi de döndüler. Gabriella onlara işaret ediyordu.

Melekbilimcilerin yanına vardıkları sırada, Alistair kalabalığa bakıyordu. Yüzünde bir dehşet ifadesi donup kaldı. Evangeline, adamın bakışını takip ederek pistin ucuna, Prometheus heykeline ve dibinde duran, kanatlarını kara paltoların altına gizlemiş ölü beyazı yaratıklara ulaştı. Ortalarında uzun boylu ve zarif bir adam, bastonuna yüklenmiş vaziyette duruyordu.

"Kim bu?" dedi Evangeline adamı işaret ederek.

"Percival Grigori" dedi Gabriella.

Evangeline bu adı hemen tanıdı. Verlaine'in müşterisi ve uğursuz Grigori ailesinin ferdi Percival Grigori'ydi. Annesini öldüren adam da buydu. Korkunç manzaraya bakıp donarak onu uzaktan izledi. Hiç karşılaşmamış olduğu bu adam, ailesini dağıtmıştı.

Gabriella, "Annen ona çok benzerdi" dedi. "Boyu, rengi, kocaman mavi gözleri... Lüzumundan da fazla benzeyecek diye korktum hep." Sesi, Evangeline'in bile zor duyacağı kadar alçaktı. "Angela'nın bu kadar Nefile benzemesi beni çok telaşlandırıyordu. En büyük korkum, büyüdüğünde onun gibi biri olmasıydı."

Evangeline bu imalı sözlere ve içinde yatması muhtemel korkunç gerçeklere cevap veremeden, Grigori bir elini kaldırdı ve kalabalığa karışmış olan yaratıklar ileri çıktı. Evangeline'in başta sandığından da çoktular; sıra sıra kara paltolu, iskeletimsi beyaz yaratık, karanlık ve soğuk gökyüzünden zembille inmiş gibi belirivermişti. Ona doğru ilerledikleri sırada Evangeline dehşetle kıpırtısız duruyordu. Buz pistinin çevresi kısa süre sonra bir yaratık bulutuyla sarılmıştı. Giborların toplaşmasından doğan ortak bir şaşkınlık, patencileri de durdurmuştu. İnsanın başını döndüren daire çizme işini bırakmışlar, çevrelerinde toplaşan kalabalığa yan gözle bakıyor, yaratıkları korkudan çok merakla izliyorlardı. Çocuklar merakla yaratıklara işaret ederken yetişkinler, şehirde gördükleri binbir çeşit tuhaflıktan alışkın olsalar gerek, bunları görmezden gelmeye çalışıyorlardı. Derken Giborlar tek ve hızlı bir hareketle parmaklıkları aşıverdiler. Hareketsizlik getiren ortak trans durumu bir anda dağıldı. Büyük ve korkmuş bir kitlenin dört bir yanı sarılmıştı. Melekbilimciler, titizlikle örülmüş bir ağın içine düşmüşlerdi.

Evangeline, anneannesine seslenildiğini duyunca döndü ve Saitu-san'ın kalabalığı yararak koştuğunu gördü. Gördüğü anda da Riverside Kilisesi'nde kötü bir şey olduğunu anladı. Saitu-san yaralıydı. Yüzü kesik içindeydi ve ceketi yırtılmıştı. En kötüsü, yalnızdı.

"Vladimir nerede?" diye sordu Gabriella, Saitu-san'a endişeyle bakarken.

"Daha gelmedi mi?" dedi nefes nefese Saitu-san. "Riverside Kilisesi'nde ayrı düştük. Giborlar Grigori'yle birlikte oradaydılar. Vladimir bir şey demediyse buraya gelmeyi nasıl akıl ettiler, anlamadım."

"Bıraktın mı onu?" diye sordu Gabriella.

"Kaçtım. Başka şansım yoktu." Saitu-san, ceketinin içinde saklamakta olduğu kadifeyle kaplı cismi çıkardı ve bebek kucaklar gibi tuttu. "Başka türlü bunu kurtaramazdım."

"Lirin kaidesi" dedi Gabriella cismi Saitu-san'dan alırken. "Bulmuşsunuz."

"Evet" dedi Saitu-san. "Diğer parçaları alabildiniz mi?"

"Akort anahtarları dışında hepsini aldık" dedi Evangeline. "Onlar da şurada, Giborların ortasında."

Saitu-san ve Gabriella, Giborlarla dolmuş olan buz pateni pistine baktılar.

Bruno'yu çağıran Gabriella, alçak ama buyurgan bir sesle konuştu. Evangeline ne kadar uğraşsa da anneannesinin ne dediğini anlayamadı; sadece bir acele sezebildi. Sonunda Gabriella, Evangeline'i kolundan tuttu. "Bruno'yla gideceksin" dedi lirin parçalarının bulunduğu çantayı ona teslim ederek. "Sana ne söylerse onu yap. Bunları buradan olabildiğince uzağa götürmeniz lazım. İşler yolunda giderse yakında yanınıza geleceğim."

Evangeline'in gözleri dolarken buz pistinin hatları da bulanmaya başladı. Anneannesi ne derse desin, o bir daha Gabriella'yı göremeyeceğini düşünüyordu. Belki Gabriella da bunu hissettiğini anlamıştı. Kollarını açıp Evangeline'i sımsıkı kucakladı. Yanağına hafif bir öpücük kondurup, "Melekbilim sadece bir meslek değildir. Hayat yoludur. İşin daha yeni başlıyor sevgili Evangeline. Sen şimdiden ulaşmanı istediğim mertebedesin" diye fısıldadı.

Gabriella başka bir şey söylemeden Alistair ile birlikte kalabalığa yöneldi. Buz pistinin yanından ilerleyerek ezici hareket ve gürültü yığınına karıştılar.

Bruno, Verlaine ve Evangeline'i kollarından tutarak merdivenlerden çıkarıp ana meydana götürdü. Saitu-san da hemen arkalarındaydı. Heykelin arkasındaki bayrakların önüne gelene kadar yürüdüler. Evangeline yukarıdan baktığında Gabriella ve Alistair'in içinde bulunduğu tehlikeyi görebiliyordu. Buz pisti silme yaratıkla dolmuştu ve bu dehşetengiz yığın Evangeline'in kanını donduruyordu.

"Ne yapıyorlar?" diye sordu Verlaine.

"Giborların tam ortasına giriyorlar" dedi Saitu-san.

"Yardım etsek ya" dedi Evangeline.

"Gabriella yapmamız gerekenleri açıkça söyledi" diyen Bruno'nun sesindeki endişeye, kaşlarının çatıklığına bakılırsa aklından geçenler başka türlüydü. Gabriella'nın niyetinin onu da korkuttuğu belliydi. "O ne yaptığını bilir."

"Biliyordur da" dedi Verlaine, "Oradan nasıl çıkacak?"

Aşağıda Nefiller kenara çekilerek, Gabriella ve Alistair'in Prometheus heykelinin yakınında duran Grigori'ye ulaşması için yol açıyorlardı. Gabriella, yaratıkların gölgeleri altında daha da ufak tefek ve zayıf görünüyordu. Durumun gerçekliği Evangeline'in yüzüne tokat gibi çarptı: Muhterem Peder Clematis'in mağaranın derinliklerine inmesine, bilinmeyenle yüzleşmesine yol açan tutku ve kararlılık, annesinin sonunu getiren bilgiye ulaşma azmi, Gabriella'yı da şimdi Percival Grigori ile savaşmaya götürüyordu.

Evangeline aklının bir köşesiyle anneannesinin planını çözmüştü. Gabriella, Grigori ile tartışıp onun dikkatini başka yöne çekerken Alistair, Prometheus heykeline koşacaktı. Ama Alistair'in bu kadar telaşsız hareketlerle bu işi yapacağını tahmin edememişti. Alistair havuza usulca adım atıp heykelin kaidesine doğru yürüdü. Prometheus'u çevreleyen çembere çıkarken, sıçrayan sulardan saçı ve giysileri ıslandı. Kenarlar buz tutmuş olacaktı ki, çok yukarılara tırmanmak yerine eliyle çemberin içini yokladı ve arkasındaki bir şeye uzandı. Evangeline, heykelin üstündeki konumundan ötürü onun ne yaptığını göremiyordu. Ama çemberin içinden bir şey çıkardığını tahmin etti. Alistair doğrulduğu sırada, elinde küçük bronz bir kutu olduğunu gördü.

Alistair "Evangeline!" diye bağırdı fıskiye gürültüsünün yuttuğu bir sesle. "Tut!"

Alistair kutuyu attı. Kutu, Prometheus heykelinin ve gezinti alanıyla buz pistini ayıran plastik bariyerin üstünden aşıp Evangeline'in ayaklarının dibine düştü. Evangeline kutuyu yerden aldı ve elinde tuttu. Dikdörtgen biçimli, altın yumurta ağırlığında bir kutuydu.

Kutuyu göğsüne bastıran Evangeline, meydanı bir kez daha kolaçan etti. Buz pisti bir yanda dikkatli bir telaşsızlıkla patenlerini çıkaran insanlarla doluydu. Giborlar, buzda Alistair'in çevresini sarmaya başlamışlardı. Giborlara kıyasla çok zayıf ve güçsüzdü. Yaratıklar üstüne çullandığında, Evangeline boynuna Alistair'in sardığı atkıya dokundu ve keşke onun kaçabilmesine yardım edebilecek olsaydım diye düşündü. Ama yaklaşmak imkânsızdı. Yaratıklar az sonra Alistair Carroll ile mide bulandırıcı işlerini görecek ve melekbilimcilere döneceklerdi.

Durumlarının kötüye gittiğini fark eden Bruno, bir çıkış bulmak için gezinti yolunu taradı. Nihayet bir sonuca varmış gibiydi. Verlaine ile Evangeline'e peşinden gelmelerini işaret edip "Hadi!" dedi.

Grigori hırlayarak bir şeyler dedi ve cebinden bir tabanca çıkarıp Gabriella'nın başına dayadı.

"Gel Evangeline" dedi Bruno telaşlı bir sesle. "Hemen!"

Ama Evangeline onun peşinden gidecek halde değildi. Bakışlarını Bruno'dan pistin ortasında başına silah dayalı anneannesine çevirdi ve hemen hareket etmesi gerektiğini anladı. Gabriella'nın, Bruno'nun peşinden gitmesini isteyeceğini biliyordu. Lirin bulunduğu çanta, hepsinin hayatından daha önemliydi nihayetinde. Ama arkasını dönüp anneannesini ölüme terk edemezdi.

Verlaine'in elini kuvvetle sıktıktan sonra bıraktı ve ondan uzaklaşıp anneannesine doğru koştu. Merdivenlerden inip buza adım atarken, hayatlarını ve daha pek çok şeyi tehlikeye attığının farkındaydı. Buna rağmen Gabriella'yı terk edemezdi. Herkesi kaybetmişti. Geride kalan bir tek Gabriella'ydı.

Buzda, Gabriella'nın iki koluna girmiş iki Gibor, onu Grigori'nin yanında tutuyordu. Buzda ilerleyen Evangeline'in arkasına da Giborlar geçerek kaçış yolunu kapattılar. Artık dönüşü yoktu.

"Gel" dedi Grigori, Evangeline'e bastonuyla işaret ederek. Alistair'in attığı bronz kutuya bakıp "Getir onu. Bana ver" dedi.

Evangeline yaklaşıp Grigori'nin önünde durdu. İyice süzdüğünde ne durumda olduğunu gördü ve şaşkınlığa kapıldı. Percival Grigori hiç düşündüğü gibi değildi. Kambur, zayıf ve bitkindi. Grigori kemikli elini uzattı ve Evangeline, Prometheus heykelin-den alınan kutuyu onun eline bıraktı. Grigori bunu ışığa tutup bu kadar küçük bir kutunun içinde ne olabileceğini kestirmek ister gibi inceledi. Gülümseyerek kutuyu cebine attı ve sert bir hareketle Evangeline'in elindeki deri çantayı kaptı.

Rockefeller Center Buz Pateni Pisti, Beşinci Cadde, New York

Verlaine, yaratıkların kanatlarının paltoların altında saklandığını biliyor ve bunları açacak olurlarsa meydana getirebilecekleri yıkımı anlıyordu. Ama dışarıdan bakan biri için bu yaratıklar, buz üzerinde garip bir ritüel yapan tuhaf giyimli adamlardı sadece. Grigori'nin emrine uyarak pistin ortasında onun çevresinde toplanmışlar, Grigori'yle melekbilimciler arasında aşılmaz bir duvar vücuda getirmişlerdi. Bu kara yaratık ordusunun tam göbeğinde Evangeline durmasa, Verlaine'in tüm ilgisini Giborların hareketleri toplardı.

"Burada bekle" diyen Bruno, Verlaine'e Prometheus heykelinin yukarısında beklemesini işaret etti. "Saitu-san, sen merdivenden in. Ben pistin öbür tarafına geçip Grigori'nin dikkatini dağıtmaya çalışacağım."

"İmkânsız ama" dedi Saitu-san. "Aşağıda kaç yaratık var, baksana."

Bruno durup piste göz gezdirdi. "Onları burada bırakamayız" dedi sıkıntısını açığa vurarak. "Bir şeyler denememiz lazım."

Bruno ve Saitu-san koşarak uzaklaşıp Verlaine'i yukarıda yalnız bıraktılar. Verlaine korkuluğu aşıp buza atlamamak için zor tutuyordu kendisini. Evangeline'i tehlikede gördüğü için midesi bulanıyordu ama onu kurtarmak için elinden hiçbir şey gelmiyordu. Onu daha bir gün önce tanımıştı ama onunla geçireceği günleri –her ne geçirecektiyse– elinden kaçırıyor olmak Verlaine'i korkudan titretiyordu. Ona seslendi, o da yaratık kalabalığı içinden başını kaldırıp baktı. Grigori onları itekler, Gabriella ile birlikte pistten uzaklaştırırken bile Verlaine'in ona seslendiğini duymuştu.

Verlaine bir an bedeninden çıktığını, aşağıdaki sefaleti uzaktan izlediğini hissetti. İçinde bulunduğu durumun ironisini de atlamamıştı: Çaresiz ve trajikomik esas oğlan olarak, sevdiği kızın alçak kötü adam tarafından kaçırılışını izliyordu. Aşkın, onu aynı anda hem berbat bir Hollywood klişesi hem de tümüyle özgün bir karakter haline sokması inanılmazdı. Evangeline'e âşıktı, bundan emindi. Onun için her şeyi yapardı.

Bruno, pistin diğer ucunda yaratıkları izliyordu. Gibor kalabalığına girse hiçbir şey yapamayacağı aşikârdı. Üçü birden dalsalar bile Gabriella ve Evangeline'e ulaşmak mümkün olmayacaktı. Merdivende duran Saitu-san, Bruno'dan bir işaret bekliyordu. Ama Verlaine gibi Bruno da durumun çaresizliğini fark etmişti. Ellerinden izlemekten başka bir şey gelmezdi.

Şehrin uğultusunu bir homurtu dağıttı. Verlaine başta sesin kaynağını anlayamadı. Uzakta bir mırıltı olarak başlayan ses, birkaç saniye sonra motor sesi olduğunu açıkça belli etmişti. Meydana göz gezdirdiğinde, Azize Rose Manastırı'nın önünde gördüklerine çok benzeyen siyah bir minibüsün gezinti yolu üzerinden kalabalığı yararak piste yaklaştığını gördü.

Minibüs yakına geldiği zaman Grigori, silahını Gabriella ve Evangeline'e doğru sallayarak merdiveni çıkmalarını işaret etti. Verlaine, Evangeline'i görebilmek için uzandı ama iki yanındaki Giborlar görüşünü kapatmıştı. Kafile Saitu-san'ın önünden geçerken, kadının bir an kararsız kaldığını gördü. Sanki atılsa, Giborları geçip Grigori'yi alaşağı edebilirdi. Ama çok zayıf olduğunu idrak ederek hareketsiz kaldı.

Grigori, Gabriella ve Evangeline'i silah zoruyla minibüse bindirdikten sonra sert bir hareketle sürgülü kapıyı kapattı. Minibüs uzaklaşırken, çaresizliğinden dolayı içi öfkeyle dolan Verlaine, bir kez daha Evangeline'in adını haykırdı. Verlaine minibüsün ardından, Noel ışıklarının yanından, gökyüzüne çevrilmiş trompetleriyle meleklerin ve kocaman, yapraklı ağacın önünden koştu. Minibüs caddeye dönüp trafiğe karıştı. Evangeline artık yoktu.

Giborlar, merdivenleri tırmanıp ne olup bittiğini anlamayan kalabalığa karışarak hiçbir şey olmamış gibi ortadan kayboldular. Pistte kimse kalmayınca, Verlaine merdivenleri koşarak inip Evangeline'in durduğu yere gitti. Spor ayakkabıları buzda fena kaydığı için dengesini zar zor koruyordu. Piste çevrilmiş spotlar, buzun parlak yüzeyine altın, mavi ve turuncu ışıklar saçıyordu. Pistin ortasında duran bir cisim dikkatini çekti. Çömelerek buzu parmaklarıyla yokladı ve pırıldayan bir altın zincir buldu. Lir şeklindeki bir madalyon, buza gömülmüştü.

48. Sokak ile Park Caddesi Kavşağı, New York

Percival Grigori, sürücüye Park Caddesi'ne sapıp kuzeye dönerek, Sneja ve babasının onu beklediği evlerine gitmesini söyledi. Geniş cadde tümüyle tıkanmıştı; dur-kalk şeklinde ilerliyorlardı. Yapraksız ağaçların kara dallarına asılan renkli ışıklar yolun iki yanında bir yükselip bir alçalarak akıyor, ona insan mezheplerinin her şeye rağmen kutlama yaptıklarını hatırlatıyordu. Eski ve yıpranmış derisi çok sertleşmiş çantayı elinin altında tutarken, Sneja'nın bir kez olsun mutluluk duyacağından emindi. Hatta lirle birlikte Gabriella Lévi-Franche Valko'yu ayaklarının dibine bıraktığı anda annesinin alacağı zevki gözünde canlandırabiliyordu. Otterley'nin ölümüyle birlikte, Sneja'nın tek umudu o kalmıştı. Bununla da kendini affettirecekti.

Karşısında oturan Gabriella, ona tiksinerek bakıyordu. Son karşılaşmalarının üstünden elli yıldan fazla zaman geçmişti, ama ona karşı duyguları, yakalanmasını emrettiği günkü kadar kuvvetli ve çelişkiliydi. Gabriella ondan nefret ediyordu, burası açıktı. Ama duygularının şiddetini de her zaman takdir etmişti. İster tutku, ister nefret, ister korku olsun, her duyguyu tüm varlığıyla içinde yaşardı Gabriella. Üzerinde artık etkisi kalmadığını sanıyordu, ama şimdi karşısında otururken bile zayıfladığını hissetmekteydi. Gençliği, güzelliği gitmişti ama tehlikeli çekimi hâlâ yerli yerindeydi. İstediği anda canını alabileceğini bilmesine rağmen, en ufak bir korku duymadan oturuyordu. Bu durum, annesinin yanına çıktıklarında değişecekti. Sneja, Gabriella'dan hiçbir zaman çekinmemişti.

Minibüs bir ışıkta durduğunda, Percival, Gabriella'nın yanında oturan genç kadını inceledi. Tuhaf geliyordu ama kadının elli yıl önceki Gabriella ile benzerliği, pürüzsüz beyaz cildi, yeşil gözlerinin şekli, bir tekinsizlik uyandırmıştı içinde. Sanki hayallerindeki Gabriella, karşısında gerçeğe dönmüş gibiydi. Genç kadının da boynunda, Gabriella'nın Paris'teyken taktığının aynısı olan bir lir madalyonu vardı. Gabriella'nın ölse bu madalyondan ayrılmayacağını biliyordu.

Percival karşılık vermeye fırsat bulamadan Gabriella minibüsün kapısını açtı, Percival'ın kucağındaki çantayı kaptı ve sokağa fırladı; genç kadın da hemen peşinden.

Percival, onları takip etmesi için sürücüye bağırdı. Minibüs kırmızıda geçip 51. Sokak'a döndü ve tek yönlü sokakta ters yönde ilerlemeye başladı. Kadınlara tam yetişmişti ki, iki kadın Lexington Caddesi'nin ortasına attılar kendilerini ve diğer taraftaki metro girişinde gözden kayboldular. Percival bastonunu alıp Gabriella'nın açık bıraktığı kapıdan atladı ve tüm gücüyle ilerlemeye başladı. Kalabalıkta elinden geldiğince koşuyordu ve vücudu acılar içindeydi.

New York'ta hiç metro istasyonuna girmemişti ve MetroCard makineleri, turnikeler ve haritalar tümüyle yabancısıydı. Neyin nasıl işlediğini hiç bilmiyordu. Çok yıllar önce Paris'te metroya girmişti. Geçen yüzyılın başında metronun açılışı büyük bir olay olmuş, o da meraktan bu yeraltı trenlerine birkaç kez binmiş, ama ilgisini çabuk kaybetmişti. New York'ta ise metroya binmek söz konusu bile olamazdı. Etten duvar halindeki insanlarla yan yana bir tarafa gitmenin düşüncesi bile başını döndürüyordu.

Turnikede bir an soluklandıktan sonra metal boruyu itti. Kilitliydi. Bir kez daha itti ama yine açılmadı. Bastonunu var gücüyle turnikeye indirip öfkeyle bir küfür savurdu, o sırada da insanların durup deliymiş gibi ona baktıklarını fark etti. Bir zamanlar, turnikenin üstünden tek hareketle geçerdi. Elli yıl önce olsa, eski çevikliğini kaybetmiş olan Gabriella'yı ve suç ortağını yakalaması saniyeler sürerdi. Ama şimdi çaresizdi. Bu gülünç metal engelleri aşmaktan başka çıkar yolu yoktu.

Eşofmanlı bir genç istasyona girip cebinden plastik bir kart çıkardı. Percival onun turnikeye gelmesini bekledikten sonra, adam tam kartını okutacakken bastonunun topuzunu çekti ve ucunu adamın sırtına dayayıp var gücüyle itti. Adam turnikeye kapaklandı, ardından geriye kayıp Percival'ın ayaklarının dibine yuvarlandı. Adam acıyla inlerken Percival kartı yaralının parmaklarından çekti, okuttu ve turnikeyi itip geçti. Uzakta, istasyona giren bir trenin gümbürtüsü duyuluyordu.

51. Sokak-Lexington Caddesi İstasyonu, 6 numaralı tren, New York

Tren istasyona girerken Evangeline'in yüzüne kuvvetli bir sıcak hava akımı çarptı. Evangeline derin bir nefes alıp nemli havanın ve sıcak metalin kokusunu içine çekti. Kapılar açıldı ve yolcular platforma indi. Gabriella ile istasyona kadar belki bir sokak koşmuşlardı ama anneannesi soluk soluğaydı. Parlak plastik koltuklardan birine oturmasına yardım ederken, Gabriella'nın ne kadar zayıf düştüğünü fark etti. Anneannesi arkasına yaslanarak toparlanmaya çalışırken Evangeline, Percival Grigori peşlerindeyse daha ne kadar kaçabileceklerini düşündü.

Vagon, bir sıra koltuğa devrilip sızmış bir ayyaş dışında boştu ve Evangeline birkaç nefes aldıktan sonra niye kimsenin bu vagona binmediğini anladı. Adam üstüne ve koltuklara kusmuş, içerisi berbat kokmuştu. Boğulacak gibi oldu ama tekrar platforma inemezdi. Bunun yerine hangi trende olduklarını bulmaya çalıştı ve haritaya bakarak 4-5-6 yeşil hat üzerinde olduklarına karar verdi. Hattı güneye doğru takip edince, Brooklyn Köprüsü-Belediye Binası istasyonunda hattın son bulduğunu gördü. Köprünün yakınındaki sokakları avucunun içi gibi biliyordu. Oraya varabilirlerse, saklanacak bir yer bulmaları çok kolaydı. Ama hemen kapanmasını beklediği kapılar hâlâ açık duruyordu.

Hoparlörlerden gelen yüksek ve cazırtılı bir ses, hızla ve kelimeleri yutarak bir şeyler söyledi. Evangeline, duyurunun istasyondaki bir gecikmeyle ilgili olduğunu tahmin ettiyse de, emin olamadı. Kapılar açıktı ve tehlikedeydiler. Kapana kısılmış olduklarını düşünerek paniğe kapılmak üzereydi ki, anneannesinin korkuyla sıçraması üzerine ona döndü.

"Ne oldu?" diye sordu.

"Yok" dedi telaşla elini göğsüne bastıran Gabriella. "Madalyonum düşmüş."

Evangeline refleks olarak kendi göğsüne dokundu ve lir madalyonun soğuk metalini hissetti. Anneannesine vermek üzere zinciri çözüyordu ki, Gabriella onu durdurdu. "Madalyonuna en çok şimdi ihtiyacın olacak."

Madalyon olsa da olmasa da orada oturup armut toplamak çok tehlikeliydi. Evangeline platforma bakarak çıkışa ne uzaklıkta olduklarını kestirmeye çalıştı. Tam anneannesini kolundan tutup kaldıracaktı ki, grafitiyle kaplı bir pencereden, peşlerindeki adamın siluetini gördü. Merdivenlerden aksayarak platforma inmiş, onları bulmak için vagonlara bakıyordu. Evangeline hemen eğildi ve Gabriella'yı da yanına çekti. Tam o anda zil çaldı ve kapılar kapanmaya başladı. Vagon sarsılarak istasyondan ayrıldı ve tekerleklerini takırdatarak hızlandı.

Evangeline başını kaldırdığında nerdeyse yüreğine inecekti. Gözünün tam önünde kanlı bir baston vardı. Percival Grigori'nin öfke ve bitkinlikle şekilden şekle girmiş suratı, tepeden ona sırıtıyordu. Percival o kadar nefessiz kalmıştı ki, Evangeline tren diğer istasyona girdiğinde kaçıp kurtulabileceklerini düşündü. Onun en ufak bir merdivende bile kesileceğini tahmin ediyordu. Ama Percival cebinden tabancayı çıkarıp Gabriella ve Evangeline'e kalkmalarını işaret edince, Evangeline yakalandıklarını anladı. Bir tutamağı kavrayarak anneannesine sarıldı.

"Yine baş başayız" dedi Percival uzanıp Gabriella'dan deri çantayı alırken. Sesi ancak fısıltı gibi çıkıyordu. "Ama bu kez kaçarınız yok."

Tren karanlık tünelde ilerler ve virajlarda savrulurken, Percival çantayı koltuğa koydu ve açtı. Bu sırada tren bir istasyonda durdu ve kapılar açıldı ama içeri giren yolcular, sarhoşun kokusunu alır almaz kaçtılar. Percival fark etmemiş gibiydi. Lirin gövdesini yeşil kadife kılıfından çıkardı, kayıtları kutudan aldı ve telleri çözdü. Sonra cebinden, Alistair Carroll'un Rockefeller Center'daki heykelden söktüğü kutuyu çıkardı, açtı ve Valkinden yapılmış akort anahtarlarını inceledi. Lirin parçaları önünde duruyor, trenin sarsıntısıyla yuvarlanıyor, monte edilmeyi bekliyordu.

Percival, çantanın dibindeki deri kaplı, melek tokalı defteri de çıkardı. Sayfaları çevirerek bilindik tarihi bilgileri, sihirli kareleri ve mühürleri geçtikten sonra, Angela'nın matematik formüllerinin başladığı yerde durdu.

"Bu sayılar ne?" diye sordu deftere dikkatle bakarken.

"İyi bak" dedi Gabriella. "O sayıları sen çok iyi bilirsin."

Percival sayfalara göz gezdirirken, küçümseme ifadesi mutluluğa dönüştü. "Bunlar bana vermediğin formüller" dedi sonunda.

"Başka bir deyişle" dedi Gabriella, "onlar senin uğruna kızımızı öldürdüğün formüller."

Evangeline kısa bir çığlık attı. Gabriella'nın buz pateni pistinde söylediklerinin anlamını şimdi kavramıştı. Percival Grigori dedesiydi. İçi dehşetle doldu. Grigori de bir o kadar şaşırmıştı. Konuşacak oldu ama bir öksürük nöbetine yakalandı. Tekrar nefes alabildiğinde, "Sana inanmıyorum" diyebildi.

"Angela babasının kim olduğunu hiç bilmedi. Onu korkunç gerçekten koruyabildim. Ama Evangeline kurtulamadı. Dedesinin zalimliğini ilk elden gördü ve yaşadı."

Percival bakışlarını Gabriella'dan Evangeline'e çevirdi ve Gabriella'nın söylediklerini idrak ederken ifadesi sertleşti.

"Eminim" diye devam etti Gabriella, "Sneja ona bir vâris verdiğin için çok memnun olacaktır."

"İnsan vârisler beş para etmez" diye tersledi Percival. "Sneja sadece melek soyuna önem verir."

Vagon hızla bir istasyona girdi, içerisi parlak bir ışıkla doldu ve tren Birlik Meydanı istasyonunda durdu. Kapılar açıldı ve içeriye kutlamaların coşkusunu yaşamakta olan bir grup girdi. Percival'ı ve berbat kokuyu umursamayarak yakındaki koltuklara oturdular ve yüksek sesle gülüşüp konuşmaya başladılar. Telaşlanan Gabriella, grubun görmemesi için çantanın önüne geçti. "Aleti bu şekilde ortalıkta bırakma" dedi. "Çok tehlikeli."

Percival, tabancasıyla Evangeline'e işaret etti. Evangeline parçaları teker teker alıp kısaca inceledikten sonra çantaya yerleştirdi. Parmakları lirin metal kaidesine dokunduğu sırada içine garip bir duygu yayıldı. Önce fazla umursamadı, Percival Grigori'nin yol açtığı korku ve panik sandı. Ama sonra hiç duymadığı türden bir müzik çalındı kulaklarına; tatlı notalar bir alçalıp bir yükseliyor ve içini titretiyordu. Ses ona o kadar büyük bir coşku ve haz veriyordu ki, müziği daha iyi duymak için kendisini zorladı. Anneannesine baktı; Grigori ile tartışmaya başlamıştı. Gabriella'nın söyledikleri, müziğin gerisinde kalıyordu. Sanki üstüne bir fanus inmiş ve onu dünyadan soyutlamıştı. Elindeki çalgıdan başka önem verdiği hiçbir şey kalmamıştı. Üstelik bu baş döndürücü etkinin o anda sadece kendisini efsunladığını bildiği halde, müziğin hayali bir şey olmadığının da farkındaydı. Lir ona sesleniyordu.

Percival çantanın kapağını pat diye indirdi ve çantayı Evangeline'in elinden kaparak çalgının kız üzerindeki büyüsünü bozdu.

Çanta elinden kayıp giderken aniden saldırganlaşan Evangeline, daha ne yaptığını bile anlayamadan Percival'ın üstüne atıldı ve çantayı ellerinden aldı. Bu kadar kolay alabilmesine çok şaşırmıştı. Üzerinde, daha birkaç saniye öncesine kadar farkında bile olmadığı yeni bir canlılık vardı. Görüşü keskinleşmiş ve berraklaşmıştı. Çantayı gerekirse savunmaya hazır şekilde kollarının arasında tutuyordu.

Vagon başka bir istasyonda durdu ve yanlarında yaşananlara kayıtsız kalan grup, vagondan indi. Zil çaldı, kapı kapandı. Vagonda, sızmış, pis kokan ayyaş dışında kimse kalmamıştı yine.

Evangeline, Gabriella ve Percival'dan uzaklaşarak çantayı açtı. Parçalar monte edilmeyi bekliyordu. Hızlı hareketlerle çapraz kaydı kaideye taktı, akort anahtarlarını çevirerek kayda tutturdu, telleri takıp iyice gerdirene kadar anahtarların üzerinde çevirdi. Bu işlemin karmaşık olmasını bekliyordu ama parçaların her birini diğerine kolaylıkla takabilmişti. Telleri gerdirirken parmaklarında titreşimler hissetti.

Elini lirin üzerinde gezdirdi. Metal, pürüzsüz ve soğuktu. Bir parmağını ipek telin üzerinde hareket ettirirken akort anahtarını çevirip tınının nasıl değiştiğine kulak kabarttı. Penayı kesesinden çıkarıp tellere vurdu. O anda dünyanın adeta dokusu değişti. Metronun gürültüsü, Percival Grigori'nin tehdidi, kalbindeki kontrolsüz çarpıntı ortadan kalktı ve tüm benliğini az öncekinden çok daha güçlü bir mutluluk, tatlı bir titreşim doldurdu. Hem uyanık, hem uykuda gibiydi. Gerçekliğe dair her şey capcanlı ve yanı başındaydı; vagonun sarsıntısını hissedebiliyor, Percival'ın bastonundaki fildişi topuzu görebiliyordu, ama kendini rüyada gibi hissetmekteydi. Çıkan ses o kadar saf, o kadar güçlüydü ki, tüm savunmasını yıkmıştı.

"Dur!" dedi Gabriella. Bir karış ötesinde durmasına rağmen, başka bir odadan seslenmiş gibi uzaktan gelmişti anneannesinin sesi. "Evangeline, bilmeden yapma bunu."

Anneannesini, bir prizmadan bakar gibi gördü. Hemen yakınında olmasına rağmen zor seçiyordu.

"Lirin nasıl çalınacağına dair hiçbir şey bilinmiyor" dedi Gabriella. "Dünyaya getirebileceğin tehlikelerin haddi hesabı yok. Yalvarıyorum, dur!"

Perçival, minnet ve zevkle Evangeline'e bakıyordu. Lirin sesi, onda da büyüsünü göstermeye başlamıştı. Bir adım atıp şehvetle titreyen parmaklarını uzattı ve lire dokundu. Yüzündeki ifade o anda değişti. Evangeline'e korku ve şaşkınlıkla, dehşet ve takdirle bakıyordu.

Gabriella'nın gözleri ise korku doldu. "Sevgili Evangeline, ne oldu böyle?"

Evangeline, Gabriella'nın ne demek istediğini anlayamadı. Kendisine baktığında bir değişiklik göremedi. Döndüğünde ise karanlık pencerede yansımasını gördü ve soluksuz kaldı. Omuzlarının etrafında altın renkli bir ışıkla bezenmiş öyle hafif, öyle büyüleyici kanatlar ortaya çıkmıştı ki, hayretle kendisine bakmaktan başka bir şey gelmedi elinden. Kanatların ağırlığını hiç hissedemediği için, yansımadan kaynaklanan bir yanılsama olup olamayacaklarını düşündü. Omuzlarını öne vererek kanatlara camdan değil doğrudan baktı. Zar gibi mor tüyler, gümüşi damarlıydı. Derin bir nefes aldığında kanatlar hareketlendi. Az sonra, solunumuyla uyumlu şekilde hareket etmeye başladılar.

"Kimim ben?" dedi yaşadığı başkalaşımı nihayet idrak edebilen Evangeline. "Ne oldum böyle?"

Percival Grigori, Evangeline'e yaklaştı. Lirin müziğinden mi, Evangeline'e duyduğu yeni ilgiden mi bilinmez, bitkin ve kambur duruşu değişmiş, Gabriella'nın yanında dev gibi duran ürkütücü bir varlığa dönüşmüştü. Evangeline, onun cildinin sanki içinde ateş yanıyormuş gibi aydınlık, mavi gözlerinin pırıltılı, sırtının dik olduğunu fark etti. Percival bastonunu fırlatıp attıktan sonra, "Kanatların, büyük büyük büyükannen Grigori'nin kanatları gibi" dedi. "Ben görmedim, sadece babamdan dinledim. Ancak en saf kana sahip olanlarımızda görülürmüş böyle kanatlar. Sen de bizdensin. Bir Grigori oldun artık."

Elini, Evangeline'in koluna koydu. Parmakları buz gibiydi, Evangeline'in içini titretti, ama aynı zamanda da zevk ve kuvvet verdi. Sanki ömrü boyunca kısıtlayıcı bir kabuğun içinde yaşamıştı da kabuk o anda parçalanıp dağılmıştı. Evangeline yaşadığını, güçlü olduğunu hissetti.

"Gel benimle" dedi kadife gibi bir sesle Percival. "Gel, Sneja ile tanış. Evine, ailene gel. Sana ihtiyacın olan her şeyi, isteyip ulaşamadığın her şeyi, canının çekeceği her şeyi sunacağız. İstemek nedir bilmeyeceksin. Bugün burada var olan dünya yok olduktan sonra bile hayatını sürdüreceksin. Sana yolunu göstereceğim. Bildiğim her şeyi öğreteceğim. Sana bu geleceği sadece biz verebiliriz."

Percival'ın gözlerine bakan Evangeline, ona sunabileceği her şeyi anladı. Ailesi ve kudreti ona ait olabilirdi. Kaybettiği her şeyi, bir yuvayı, bir aileyi geri kazanabilirdi. Gabriella ona bunların hiçbirini veremezdi.

Dönüp anneannesine baktığında, Gabriella'nın nasıl değiştiğini görüp irkildi. Zayıf ve önemsiz bir kadın gibi görüyordu onu, gözü yaşlı, güçsüz bir insandı. "Böyle olduğumu biliyordun" dedi.

"Babanla ben küçüklüğünde seni inceledik ve akciğerlerinin Nefil çocuklarınınkine benzer şekilde oluştuğunu gördük. Ama çalışmalarımızdan ve Angela'nın Nefillerin çöküşüne dair incelemelerinden biliyorduk ki, Nefillerin büyük bölümünün kanatları çıkmıyor. Genetik tek başına yeterli değil. Başka birçok etkenin bir arada bulunması gerek."

Gabriella, pırıltılı güzelliklerine kapılmış gibi Evangeline'in kanatlarına dokundu. Evangeline, iğrenerek geri çekildi.

"Beni kandırmak istedin" dedi Evangeline. "Liri yok edeceğimi düşündün. Neye dönüşeceğimi biliyordun oysa."

"Ben hep Angela'dan korktum; o, Percival'a çok daha fazla benziyordu. Ama başımıza en büyük kötülük gelir de fiziksel olarak ona benzerse bile, ruhu ona üstün gelir diye düşünüyordum."

"Ama annem benim gibi değildi" dedi Evangeline. "İnsandı o."

Evangeline'in duygularını kasıp kavuran çelişkiyi sezmiş olan Gabriella, "Evet, annen her bakımdan insandı" dedi. "Yumuşaktı, şefkatliydi. Babanı bir insan yüreğiyle sevdi. Anne yavrusuna toz konduramadığındandır belki, Angela'nın soyuna direnebileceğini düşündüm. Çalışmalarından gördüğümüz kadarıyla, bu yaratıkların soyu tükeniyordu. Yeni, insan özelliklerinin baskın olduğu bir Nefil ırkının doğmakta olduğunu umuyorduk. Onun biyolojik yapısı Nefil olduğuna göre, bu ırkın belki ilk temsilcisi olacağını düşünüyordum. Ama Angela'nın yazgısı böyle olmadı. Bu şimdi senin kaderin."

Tren sarsılıp dururken ve kapılar açılırken, Gabriella torununa sarıldı. Evangeline, Gabriella'nın söylediklerini zar zor duydu. Gabriella "Koş, Evangeline!" dedi. "Al liri ve yok et. Hissettiğin dürtülere kapılıp gitme. Doğru olanı yapmak şimdi senin ellerinde. Koş güzelim; sakın arkana bakma."

Evangeline bir an Gabriella'nın kollarında kaldı ve anneannesinin kucağında olmanın güvenliği ve sıcaklığıyla, annesine sokulduğu zamanlarda hissettiği huzuru hatırladı. Gabriella onu bir kez daha sıktı kollarıyla, sonra hafifçe iterek serbest bıraktı.

Brooklyn Köprüsü – Belediye Binası İstasyonu, New York

Percival, Gabriella'yı kolundan tutup trenden indirdi. Tüy gibi hafifti ve bilekleri incecik dallardı; zorlasa çıt diye kırılacaktı. Gücü hiçbir zaman ona yetmezdi ama Paris'teyken biraz direnebiliyordu en azından. Şimdi o kadar güçsüz ve yılgındı ki, ona zarar vermek için çaba bile harcaması gerekmezdi. Hatta keşke biraz daha güçlü olsaydı diye geçiriyordu içinden. Onu öldürürken çırpınmasını istiyordu.

Onu platform boyunca sürüklerken gözünde gördüğü korkuyla yetinecekti artık. Yakasından tutup kaldırdığında ceketinin minik düğmeleri koptu ve betonda ışıktan kaçışan böcekler gibi dağıldı. Gördüğü kadarıyla cildi solgun ve kırışıktı, göğüs kemiğinin üzerinden kıvrılarak geçen pembe bir yara izi dışında. Platformun ucunda karanlık bir merdiven bulduğunda onu basamaklardan aşağı fırlattı ve kendisi de ardından koşup başına dikildi. Gabriella yuvarlanarak kaçmaya çalıştı ama o dizini üstüne bastırıp yere sıkıştırdı Gabriella'yı. Bu sefer bırakmayacaktı.

Ellerini, Gabriella'nın kalbine koydu. Nabzı küçük hayvanlarınki gibi sert ve hızlı atıyordu. "Meleğim Gabriella" dedi ama Gabriella ona bakmadı, konuşmadı. Ama ellerini minicik göğüs kafesinde gezdirirken korkusunu hissedebiliyordu; avuçları kadının tenindeki terden sırılsıklam olmuştu. Gözlerini kapattı. Onlarca yıldır onu arzulamıştı. Gabriella'nın elinin altında kıvrandığını ve çırpındığını hissedince sevindi, ama artık mücadelenin faydası yoktu. Hayatı ona aitti artık.

Gabriella'ya bir daha baktığında, kadın ölmüştü. Tanıştıkları günkü kadar berrak ve güzel olan kocaman yeşil gözleri, açık ve ifadesiz kalmıştı. Percival'ın üzerine açıklayamadığı bir şefkat çöktü. Gabriella'nın yanağına, siyah saçlarına, deri eldivenli küçük ellerine dokundu. Ölümü muhteşem olmuştu, ama yine de Percival'ın içi sızlıyordu.

Bir ses, Percival'ın dikkatini platforma çevirdi. Merdivenlerin başında Evangeline duruyordu ve muhteşem kanatlarını boylu boyunca açmıştı. Percival bile daha önce böylesini görmemişti; kanatlar sırtından mükemmel bir simetriyle uzanıyor, soluk alıp verişiyle aynı anda inip kalkıyordu. Percival'ın genç ve kudretli günlerinde bile kanatları böyle ihtişamlı olmamıştı. Ama o da güçleniyordu. Lirin müziğini duymak ona taze kuvvet vermişti. Lir kendisinin olduğunda, eskisinden çok daha güçlü olabilecekti.

Percival, Evangeline'e yaklaştı. Kaslarına kramp girmiyor, kafes tenine batmıyordu artık. Lir Evangeline'in elindeydi, metali parlıyordu. Çalgıyı elinden kapma dürtüsüne karşı koymaya çalışan Percival, ölçülü bir şekilde hareket ediyordu. Sakin olmalıydı. Onu korkutmamalıydı.

"Beni beklemişsin" dedi Evangeline'e tepeden gülümseyerek. Kanatlarının verdiği güce rağmen, kızın çocuksu bir hali de vardı. Göz göze geldiklerinde tereddüt ettiğini hissetti.

"Gidemedim" dedi. "Kendi gözümle görmek istedim."

"Bizden biri olmanın ne demek olduğunu mu?" dedi Percival. "Daha öğreneceğin çok şey var. Sana öğreteceğim çok şey var."

Doğrulan Percival, elini Evangeline'in sırtına koydu ve parmaklarını kanatların gövdeyle eklemindeki hassas bölgeye doğru kaydırdı. Kanatların omurgayla birleştiği noktaya dokunduğunda, Evangeline kendini bir anda ensesinden tutulmuş kedi yavrusu gibi çok zayıf hissetti.

"Topla kanatlarını" dedi Percival. "Biri görebilir. Sadece biz bizeyken açman gerekiyor."

Percival'ın talimatı üzerine Evangeline kanatlarını topladı ve kanatların ağırlıksız cismi katlanıp gözden kayboldu.

"Aferin" dedi Percival platformda yürürlerken. "Çok güzel. Kısa süre sonra her şeyi anlamış olacaksın."

Percival ve Evangeline birlikte merdivenleri tırmanıp istasyondan çıktılar. Işıkları geride bırakıp soğuk ve karanlık geceye adım attılar. Alttan aydınlatılmış kocaman kuleleriyle Brooklyn Köprüsü, tam karşılarındaydı. Percival taksi aradı ama sokaklar bomboştu. Bir şekilde eve dönmeleri gerekecekti. Sneja bekliyordu mutlaka. Daha fazla dayanamayan Percival, liri usulca Evangeline'in ellerinden aldı. Bağrına bastı ve zaferinin tadını çıkardı. Torunu ona liri getirmişti. Çok kısa zaman sonra gücüne kavuşacaktı. Sneja da orada olsa ve Grigorilerin zaferini görse keşke diye geçirdi içinden. O zaman kemale ermiş olacaktı.

Brooklyn Köprüsü – Belediye Binası İstasyonu, New York

Lir gidince Evangeline kendine geldi ve lirin ona nasıl bir büyü yaptığını anlamaya başladı. Öyle bir kapılmış, öyle bir efsunlanmıştı ki, bunu ancak lir elinden gittiğinde anladı. Percival'ın Gabriella'yı öldürmesine nasıl seyirci kaldığını sarsılarak hatırladı. Anneannesi Percival'ın ellerinde can çekişirken, son nefesini verdiğini duyabilecek kadar yakınında olan Evangeline olaya seyirci kalmış, cinayete duygusuzca, sanki bir deneyi izliyormuş gibi tanık olmuştu. Percival'ın ellerini Gabriella'nın göğsüne koyuşunu, Gabriella'nın çaresizlikle çırpınışını, sonunda hayatı çekilip tüketilmiş gibi hareketsiz kalışını izlemişti. Percival'a baktığında, onun bu cinayetten nasıl zevk aldığını görmüştü. En fenası, o duyguyu bizzat tatmak istemişti.

Gözleri doldu. Gabriella da Angela gibi mi ölmüştü? Annesi de Percival'ın ellerinde kıvranmış ve can mı çekişmişti? İğrenen Evangeline, omuzlarına ve sırtına dokundu. Kanatlar yoktu. Percival'ın onları nasıl toplayacağını öğrettiğini, kanatların giysilerin altına girip tenine usulca konarak kapandığını açıkça hatırlasa da, şimdi kanatları olup olmadığından bile emin değildi. Belki kâbus görmüştü. Ama Percival'ın elindeki lir, her şeyin tam hatırladığı gibi yaşandığının kanıtıydı.

"Gel bana yardım et" dedi Percival. Önce paltosunun, ardından ipek gömleğinin düğmelerini çözüp göğsünde duran siyah deri kafesi ortaya çıkardı. "Çöz şunu. Kendi gözümle görmem lazım."

Tokalar küçük ve zor açılan cinstendi ama Evangeline kısa sürede açabildi. Parmakları dedesinin soğuk ve beyaz etine değince, Evangeline kusacağını sandı. Percival gömleğini sıyırarak kafesi yere bıraktı. Göğsü, deri kayışların açtığı yaralar ve kızartılar içindeydi. Percival'a o kadar yakın duruyordu ki, vücudunun kokusunu alabiliyordu. Bu yakınlık Evangeline'i tiksindirmişti.

"İşte bu" dedi Percival muzaffer bir edayla. Sırtını döndüğünde, Evangeline yeni uç vermiş pembe çıkıntıları ve bunların üzerinde biten altın renkli tüyleri gördü. "Geri dönüyor kanatlarım, tam da tahmin ettiğim gibi. Sen aramıza girdin ya, artık her şey değişti."

Evangeline ona baktı, sözlerini tarttı, seçeneklerini değerlendirdi. Grigori'nin peşinden gitmek, ailesine katılmak ve onlardan biri olmak kolay olacaktı. Belki de onun bir Grigori olduğunu söylerken Percival haklıydı. Ama anneannesinin sözleri kulaklarında çınlıyordu: "*Hissettiğin dürtülere kapılıp gitme. Doğru olanı yapmak şimdi senin ellerinde.*" Evangeline, Grigori'den uzağa baktı. Brooklyn Köprüsü göğe yükseliyordu. Aklına Verlaine geldi; bir de ona nasıl güvendiği.

"Sen öyle san!" dedi öfkesi patlayarak. "Aranıza girmedim. Katil ailenizin ferdi olmayacağım!"

Evangeline ileri atıldı ve Percival'ın kanat eklemlerine dokunduğunda hissettiği huzursuzluğu hatırlayarak sırtındaki yumuşak etleri, az önce gururla gösterdiği kanat çıkıntılarını yakaladı ve onu yere fırlattı. Gücüne kendisi bile hayret etmişti; Percival betona şiddetle çarpmıştı çünkü. Percival ayaklarının dibinde acıyla kıvranırken Evangeline onu yüzüstü çevirdi. Kanatlarından birini kırmıştı. Yırtılan etlerden koyu, mavi bir sıvı sızıyordu. Kanadın olduğu yerde koca bir delik açılmıştı ve Evangeline bu delikten akciğerin sönüşüne tanık oldu.

Grigori ölürken vücudu değişim geçirdi. Cildinin ürkütücü beyazlığı soldu, altın saçları dağıldı, gözleri kara boşluklar halini aldı ve küçücük kanatları toz oldu. Evangeline eğilip parmağını toza bandı ve yaklaştırarak incecik metalik kırıntılara baktı. Sonra üfleyip rüzgâra savurdu.

Lir, Percival'ın kolunun altındaydı hâlâ. Evangeline bunu yavaşça çekip aldı ve kişiyi kendinden geçiren gücünden korkuyor olsa bile ellerinde tutmaktan memnun oldu. Cesede iğrenerek bakıp üzerine pislik sıçrayacakmış gibi telaşla koşup uzaklaştı. Köprünün telleri gökyüzünü kafese almıştı. Buz gibi kış akşamına yükselen granit kuleler, kuvvetli ışıklarla aydınlatılmıştı. Keşke o köprüyü geçtiğinde, evde onu bekleyen babasına kavuşabilecek olsaydı.

Beton rampayı tırmanarak onu köprünün ortasındaki yürüme yoluna götürecek ahşap platforma adım attı. Liri sımsıkı tutarak koştu. Rüzgâr ona tüm gücüyle çarptı ve dengesini bozdu, ama o gözlerini Brooklyn'in ışıklarından ayırmadan koşmaya devam etti. Yürüme yolunda kimse yoktu, aşağıdan geçen arabaların farları ise korkuluk demirlerinin devamlı parçaladığı bir ışık saçıyordu.

İlk kuleye ulaştığında durdu. Kar başlamıştı. İri ve sulu kar taneleri kabloların arasından geçerek elindeki lire, yürüme yoluna, aşağıdaki karanlık nehre düşüyordu. Çevresini saran şehrin ışıkları, Doğu Nehri'nin kapkara yüzeyine vuruyor ve nehri sonsuz bir boşluktaki tek hayat kaynağıymış gibi aydınlatıyordu. Köprüye boydan boya bakarken içi sızladı. Onu bekleyen kimse yoktu. Babası ölmüştü. Annesi, Gabriella, büyürken sevdiği rahibeler... Hiçbiri yoktu. Yapayalnızdı Evangeline.

Kaslarını hafifçe oynatarak kanatlarını yuvalarından çıkardı ve ardına kadar açtı. Sanki hayatı boyunca kanatlıymış gibi büyük bir rahatlıkla kontrol edebilmesine şaşırmıştı. Yürüme yolunun korkuluğuna çıkıp rüzgâra döndü. Uzaktaki yıldızlara gözünü dikerek bir nefes aldı. Şiddetle çarpan bir esinti dengesini bozduysa da, kanatlarının zarif bir hareketiyle toparlandı. Kanatlarını açıp cismani dünyadan uzaklaştı. Rüzgâr onu havaya kaldırdı, kalın çelik kabloların yanından taşıyıp gökyüzünün dipsizliğine doğru uzaklaştırdı.

Evangeline, kulenin tepesine dikkatle indi. Çok aşağılarda kalmış olan yol artık kar altındaydı. Tüm vücudu uyuşmuş gibi soğuğu hissetmediğini fark etti. Aslında hiçbir şey hissetmiyordu. Nehre bakarak içine kapanan Evangeline, ne yapması gerektiğine o anda kesinlikle karar verdi.

Liri ellerinin arasında tuttu. Avuçlarını soğuk kaideye bastırdığında, metalin yumuşayıp ısındığını hissetti. Kuvvetini arttırdıkça, Valkin cildiyle kimyasal reaksiyona girmiş ve çözünmeye başlamış gibi dağılıyordu lir. Kısa süre sonra lir akkor haline gelmiş, cildini yakmaktaydı. Evangeline'in ellerinde lir, gökyüzündeki tüm yıldızlardan daha parlak bir ateş topu olmuştu. Kısacık bir an, liri bozmamayı düşündü. Sonra Gabriella'nın sözlerini hatırladı ve ateşi elinden fırlattı. Kayan bir yıldız gibi nehre düşen ateş, zifiri karanlıkta sönüp gitti.

Gabriella Lévi-Franche Valko'nun evi, Yukarı Batı Yakası, Manhattan

Verlaine melekbilimcilere yardım etmek istiyordu ama ne eğitimi, ne deneyimi vardı ve tek yapabildiği biraz uzakta durup Gabriella ve Evangeline'i bulmak için verilen insanüstü çabayı izlemekti. Kaçırılış sahnelerini aklından tekrar tekrar geçiriyor, Giborların pisti istilasını, Gabriella ve Alistair'in buza inişini, Grigori'nin kaçışını düşünüyordu. Böylece içine kapanırken düşünceler de aklından uzaklaştı. Son olaylardan ötürü uyuşmuş gibiydi. Belki şoktaydı. Bir gün öncesine kadar yaşamakta olduğu dünyayla şimdi içinde bulunduğunu bağdaştıramıyordu bir türlü. Bir kanepeye çöküp pencereden dışarıdaki karanlığa baktı. Daha birkaç saat önce Evangeline bu koltukta yanındaydı ve o kadar yakınındaydı ki her hareketini hissedebiliyordu. Ona karşı duygularının gücü, Verlaine'i bunaltıyordu. Daha dün tanışmış olmaları mümkün müydü? Aradan çok az zaman geçmiş olmasına rağmen aklı fikri ondaydı. Onu bulmak için yanıp tutuşuyordu. Ama melekbilimcilerin Evangeline'i bulmak için önce Nefilleri tespit etmeleri gerekiyordu. Bu da bir gölgeyi yakalamak gibi bir şeydi. Yaratıklar buz pateni pistinde resmen havaya karışmışlar, Grigori gider gitmez kalabalıkta dağılmışlardı. Verlaine bunun en büyük güçleri olduğunu şimdi anlıyordu. Ansızın ortaya çıkıp aynı şekilde havaya karışabiliyorlar, böylece görünmez, dokunulmaz ve çok tehlikeli oluyorlardı.

Grigori, Rockefeller Center'dan ayrıtlıktan sonra, Verlaine gezinti yolunda Bruno ve Saitu-san'ın yanına gitmiş, oradan birlikte kaçmışlardı. Bruno'nun çevirdiği taksiyle Gabriella'nın evine gitmişler, orada bir minibüs dolusu saha görevlisi onları karşılamıştı. Bruno komutayı devralıp evin üst katlarını melekbilimcilere açmıştı. Verlaine, onun ara sıra pencereye baktığını, sanki her an

Gabriella gelebilirmiş gibi hissettiğini görmüştü.

Gece yarısından biraz sonra, Vladimir'in ölüm haberi gelmişti. Verlaine, Riverside Kilisesi'ne gönderilen bir melekbilimcinin verdiği haberi tuhaf bir metanetle dinlemiş, sanki Nefillerin vahşetine şaşırma kabiliyetini yitirdiğini hissetmişti. Vladimir ve Bay Gray'in öldürüldüğü, Saitu-san ses kutusuyla kaçtıktan kısa süre sonra fark edilmişti. Vladimir'in tanınmayacak derecede yanmış cesedi –ki Alistair Carroll'ın cesedi de farklı değildi– anlaşılan Nefillerin kartvizitiydi ve yarın her yerde duyulacaktı. Bir ölü ve iki kayıptan anlaşılıyordu ki operasyon felaketle sonuçlanmıştı.

Bruno, Vladimir'in ölüm haberini alınca iyice hareketlendi. Ortalığa emirler yağdırırken, Saitu-san yaldızlı yazıhaneye geçti ve dört bir yana telefon edip sokaktaki ajanlardan bilgi almaya, yardım istemeye çalıştı. Bruno salona bir harita astı ve şehri bölgelere ayırıp her bir bölgeye ajanlar göndererek Grigori'nin nerede olduğuna dair her türlü ipucunu toplamaya çalıştı. Verlaine bile, Manhattan'da yüzlerce, belki binlerce Nefil olduğunu biliyordu. Grigori her yerde olabilirdi. Beşinci Cadde'deki dairesi zaten izleniyordu ama Bruno park civarına başka ajanlar da gönderdi. Orada olmadığı kesinleşince haritalara ve yararsız arayışlarına geri döndü.

Bruno ve Saitu-san, her biri diğerinden daha olasılıksız teoriler saçmaya başladılar. Bir an bile durmuyorlardı ama Verlaine bir yere ulaşamadıklarının farkındaydı. Melekbilimcilerin Grigori'yi bulma çabaları nafileydi. Her şeyin tehlikeye atıldığının ve liri bulamamanın sonuçlarının akıllara sığmayacağının farkındaydı. Melekbilimciler lirin peşindeydi; Evangeline'i düşünmüyorlardı. Verlaine bunu şimdi, akşamüstü Evangeline'le yan yana oturdukları bu kanepede otururken idrak etti. Evangeline'i sağ bulmak istiyorsa, bu işi kendisi üstlenecekti.

Hiçbir şey söylemeden giyindi, merdivenleri ikişer ikişer indi ve kapıdan çıktı. Buz gibi havayı içine çekti ve saatine baktı. Gece iki olmuştu. Sokak boştu, bütün şehir uyuyordu. Eldiveni bile olmayan Verlaine, ellerini ceplerine soktu ve ısıran soğuğu bile fark etmeyecek derecede düşüncelerine gömülmüş halde güneye yürümeye başladı. Bu ayazın ve labirentin bir yerlerinde Evangeline bekliyordu.

Merkeze inip Doğu Nehri'ne yöneldiğinde Verlaine artık enikonu öfkeliydi. Karanlık mağaza vitrinlerinin önünden ilerlerken aklından çeşit çeşit planlar geçiriyordu. Ne kadar uğraşırsa uğraşsın, Evangeline'i kaybettiğini kabullenemiyordu. Onları bulmak için aklına gelen her stratejiyi tarttı ama Bruno ve Saitu-san gibi o da bir sonuca varamadı. Zaten onların başaramadığı bir işi kıvırmasını hayal etmek bile saçmaydı. Bu arada Gabriella'nın cildinde gördüğü yara izleri aklına geldi ve berbat soğukta titredi. Evangeline'in acı çektiğini düşünmek bile istemiyordu.

Uzakta, aşağıdan ışıklarla aydınlatılmış Brooklyn Köprüsü'nü gördü. Evangeline'in köprüye duyduğu nostaljik bağı hatırladı. Aklına, onları manastırdan şehre götürürken profilden gördüğü yüzü ve çocukluğunda babasıyla köprüde nasıl yürüdüklerini anlatışı geldi. Duygularının saflığı, sesindeki keder, içini acıtmıştı. Köprüyü bundan önce yüzlerce defa görmüştü tabii, ama şimdi çok farklı bir gözle bakıyordu.

Verlaine saatine baktı. Beş olmuştu ve köprünün gerisinde şafak sökmeye hazırlanırken hafif bir aydınlık belirmişti. Şehir garip ve sessizdi. Köprüden ara sıra geçen taksilerin ışığı, her şeyi kapatan karanlığı delip dağıtıyordu. Mazgallardan çıkan buharlar, sütunlar halinde göğe yükseliyordu. Köprü, çevresindeki binaları cüce bırakacak bir ihtişamla duruyordu. Bu granit ve beton ve çelik anıta bir an durup baktı.

Fark etmeden son durağa gelmiş gibi sırtını dönüp tekrar Gabriella'nın evine yürüyecekti ki, çok yükseklerde bir hareket dikkatini çekti. Başını kaldırdı. Batı kulenin üzerinde, yaratıklardan biri kanatlarını açmış vaziyette duruyordu. Tanyerinin kızıllığında kanatların hatları seçilebiliyordu. Yaratık kulenin tam kenarında durmuş, sanki şehre bakıyordu. Yaratığın dünya dışı ihtişamını daha yakından görebilmek için kendisini zorlayarak kuleye bakarken, görünümünde bir değişiklik fark etti. Diğer yaratıklar, insanlardan çok daha uzun boylu ve kuvvetliyken, bu ufacıktı. Hatta kanatları ağır gelecek gibi duruyordu. Havalanmaya hazırlanır gibi kanatlarını açmasını hayranlıkla izledi. Yaratık kulenin ucuna geldiğindeyse, nefesi kesildi. Canavar melek, Evangeline'iydi.

Verlaine'in ilk aklına gelen ona seslenmek oldu, ama sesi çıkmadı. Dehşet bir yandan, ihanete uğramışlığın zehirli acısı bir yandan, onu darmaduman etmişti. Evangeline onu kandırmakla kalmamış, hepsine yalan söylemişti. Midesi kalktı ve dönüp koşmaya başladı. Kulakları uğulduyor, kalbi deli gibi çarpıyordu. Dondurucu hava, aldığı her sert solukta ciğerlerini yakıyordu. İçindeki acı soğuktan mı, Evangeline'i kaybetmiş olmaktan mı, bilemedi.

Ne hissettiğini bilemese de melekbilimcileri uyarması gerektiğini biliyordu. Gabriella ona bir ara –geçen sabah mıydı?– söylemişti: Aralarına girdikten sonra çıkış yoktu. Haklı olduğunu şimdi kavramıştı.

Batı kule, Brooklyn Köprüsü, Manhattan ile Brooklyn arası, New York

Evangeline, başını yumuşak kanatlarına dayayıp daldığı uykudan, gün doğmadan az önce uyandı. Uyku sersemliğiyle önce çevresinde manastır odasının tanıdık eşyalarını, kolalı beyaz çarşafını, küçük ahşap şifonyeri ve penceresinden uzakta akan Hudson Nehri'ni görmeyi bekledi. Ama ayağa kalkıp kanatları omuzlarını mor bir pelerin gibi sararken şehre baktığında, yaşananların gerçekliği yüzüne çarptı. Ne olduğunu ve asla dönüşü olmadığını anladı. Eskiden olduğu her şey, olacağını beklediği her şey sonsuza kadar silinmişti artık.

Yükselişinin görülmeyeceğinden emin olmak için aşağı baktıktan sonra kulenin granit kenarına tırmandı. Rüzgâr kanatlarını kaldırıp ıslıklar çalarak esti ve ona gücünü hissettirdi. Bu muazzam yükseklikte, tüm dünya ayaklarının altındayken bir an içi korkuyla doldu. Uçmayı yeni öğrenmişti ve düşebileceği mesafe çok büyüktü. Ama derin bir nefes alıp yüreği ağzında boşluğa doğru adım attığında, kanatlarının yüzünü kara çıkarmayacağını biliyordu. Tüm ağırlığını kaybederek dondurucu hava akımına doğru yükseldi.

ISBN 978-605-111-790-4
9 786051 117904
SertifikaNo: 11940

ANTHROPOLOGY UNBOUND

ANTHROPOLOGY UNBOUND

A FIELD GUIDE TO THE 21ST CENTURY

SECOND EDITION

E. Paul Durrenberger and Suzan Erem

OXFORD
UNIVERSITY PRESS

OXFORD
UNIVERSITY PRESS

Oxford University Press, Inc., publishes works that further
Oxford University's objective of excellence in research, scholarship,
and education.

Oxford New York
Auckland Cape Town Dar es Salaam Hong Kong Karachi
Kuala Lumpur Madrid Melbourne Mexico City Nairobi
New Delhi Shanghai Taipei Toronto

With offices in
Argentina Austria Brazil Chile Czech Republic France Greece
Guatemala Hungary Italy Japan Poland Portugal Singapore
South Korea Switzerland Thailand Turkey Ukraine Vietnam

First published by Paradigm Publishers
Published by Oxford University Press,
198 Madison Avenue, New York, New York 10016
http://www.oup.com

Library of Congress Cataloging-in-Publication Data available

ISBN 978-0-19-994586-3 hardback
ISBN 978-0-19-994587-0 paperback

CONTENTS

ACKNOWLEDGMENTS

We could start at Olduvai with the first of our ancestors who started to walk on two feet. But that's a long list. This isn't just a joke, it's also an important fact—none of us knows anything by ourselves. We are all in this together. We know our cultures the way we know our languages. And when we learn special parts of our cultures, like anthropology, the same still holds. So Paul thanks all of his teachers and all of his fellow students from undergraduate and graduate school—even though it's a pretty long list.

There are some other anthropologists Paul needs to thank in addition. First are those who have written textbooks that he's read or used to teach, especially three who are now among the ancestors. He has used their ideas so much that they have come to seem like his own. These are:

Roger M. Keesing, *Cultural Anthropology: A Contemporary Perspective* (New York: CBS College Publishing, 1981). But that book was based on an earlier one, published in 1971 by Holt, Rinehart and Winston titled *New Perspectives in Cultural Anthropology*. That one was in turn based on a 1958 book by Roger M. Keesing's dad, Felix M. Keesing, titled *Cultural Anthropology: The Science of Custom,* also from Holt, Rinehart and Winston.

Charles F. Hockett, *Man's Place in Nature* (New York: McGraw-Hill, 1973).

Marvin Harris, *Culture, Man, and Nature: An Introduction to General Anthropology* (New York: Thomas Y. Crowell Company, 1971).

Another is Walter Goldschmidt who is thankfully still with us. His early work on industrial agriculture has been an inspiration as has been his recent (2006) book on human evolution and the human condition, *The Bridge to Humanity: How Affect Hunger Trumps the Selfish Gene* (New York: Oxford University Press).

One of the things these books share is that they are sustained and coherent arguments, empirically supported theoretical statements. When you read them, you know what these anthropologists are saying and why they are saying it. They don't try to tell you everything there is to know about anthropology and they weren't put together by committees to try to make everyone happy.

We've returned to that tradition with this book, but many of our friends and colleagues shared their ideas about what such a textbook should be and do.

We especially thank Kendall M. Thu, Karaleah Reichart, and Josiah Heyman who read earlier drafts of the first edition and helped us write a better book. We owe a special debt to Gísli Pálsson, who has contributed much to the substance of this book through his years of friendship and collaboration.

A number of other anthropologists read our proposal and outline and gave us their ideas and support early in the process, when we were just thinking about such a daunting undertaking as yet another introductory anthropology textbook. These include Edith Turner, Catherine Wanner, Myrdene Anderson, Sandy Smith-Nonini, Robert Muckle, Tom King, Lloyd Miller, Richard Feinberg, Alan Benjamin, Alan Sandstrom, Ann Hill, Barbara Dilly, Beverly Ann Davenport, Christian Zlolniski, Cynthia Miki Strathmann, David Griffith, Ana Pitchon, Garry Chick, Jim Acheson, John Steinberg, Joyce Lucke, Larry Kuzner, Lois Stanford, and Peter Richardson.

For the second edition, we can add our thanks to those colleagues who have used the book in their teaching and shared their students' reactions to it. They include Barbara Dilly, Lisa Gezon, Ana Pitchon, Karen Bankes, and Mark Levine. We have taken these student responses into account in preparing the second edition and thank the students and their professors for their help. We owe a special thanks to Robert Marshall, who corresponded with us to help us understand some subtle points in the book.

Suzan knows it's the anthropologists who make this book what it is, and thanks all of those listed here and others she talked to about the project for their support and their enthusiasm for an affordable, accessible textbook. She also thanks Paul for his keen sense of when to fight over an edit and when to agree to one. Few spouses have the good fortune of the writing partnership we share.

We also thank the editor of Paradigm Publishers, Dean Birkenkamp, who encouraged us to take on this project when we complained to him about the lack of affordable comprehensive anthropology textbooks and who supported our approach to the topic.

PREFACE FOR INSTRUCTORS

Colleagues:

An anthropologist (Paul) and a writer (Suzan) working together can probably talk more about anything under the sun than either one alone could think of. So we start with a list of what's new in the second edition, short and sweet:

- Anthropological perspective on the world economic crisis
- How the crisis is relevant for understanding class, government, labor, culture, and other dimensions of contemporary life
- Analysis of the reasons for Iceland's recent economic collapse as an example
- A new discussion of Islamic and American fundamentalisms as religious revitalization movements to provide context for discussing 9/11 and subsequent events
- Different treatment of the concept of agency, including a critique of the individualism of conventional economic theory, seen as a projection of a class-based ideology onto nature
- Updated throughout with reference to the 2008 presidential race and early Obama administration
- Some new questions at the ends of chapters

Our new companion anthology, *Paradigms for Anthropology: An Ethnographic Reader,* will be available from Paradigm Publishers by the time you have this book in your hands.

Now here's the verbose version.

We're pretty skeptical about the spate of new editions of the pricey introductory anthropology textbooks that keep coming off the assembly lines in response to surveys and focus groups. So why would we be complicit with our publisher to push a new edition of *Anthropology Unbound*? First of all, it's still as cheap or cheaper than any of the second-hand texts we're talking about, and we intend to keep it accessible to all students. We think this is important because we hold that all knowledge is collective property, not a commodity to enrich some or a weapon to impoverish others.

We're also persuaded of the importance of feedback loops, as all of the diagrams throughout the text emphasize. We've had some feedback from people who used the first edition about how they and their students responded. The text has been successful in drawing students' attention to current events and to what is going on outside their families, classrooms, colleges, and universities and giving them the means to understand the mind-warping changes in our world and their relationships to those changes.

We thought we could amplify that dimension of the book and bring in important contemporary events, including the global financial crisis that the first edition anticipated. Sociocultural anthropology differs from other social sciences because it is holistic, comparative, and ethnographic. But, as we point out in the first edition, it's hard to know how to ply our craft of ethnography to help us understand processes such as the World Bank or IMF policies and practices that aren't confined to any specific locale. But that's where anthropology's practices of holism and comparativism help.

When Paul studied Chinese history years ago as a graduate student, he developed the sense that anything that could happen had already happened in China. We have the impression that in spite of the feeling that events are moving at lightning speed all around us, so fast that we can barely keep up with them, a view from a little farther away suggests that maybe most of this has happened before one way or another, if we could stay still long enough to think about it or read enough to learn about it.

That's another dimension of *Anthropology Unbound* that we thought we could amplify. In the first edition we developed historical, archaeological, and ethnographic comparisons to provide a network of interactions—causes and effects—that can inform students' thinking about the events they see streaming past and swirling around them.

For instance, in the chapter on religion, instead of talking a lot about what happens in a remote tribal village, we have written a new section to discuss the history of Islamic fundamentalism, how it relates to revitalization movements that have occurred virtually everywhere and any time foreigners have occupied other peoples' lands, and why we should not be surprised if today, when Americans occupy lands in the Middle East, it would spark similar movements.

So the second edition chapter on religion starts with a recollection of the events of 9/11 and moves quickly to revitalization movements and a history of the European conquest of the countries along the edges of the Ottoman Empire until nothing was left but the core in Turkey, how people responded through their local varieties of Islam, and the processes by which these coalesced into the movements we know today. We're lucky that we have the ethnographic and historic work of E. E. Evans-Pritchard in Libya and American anthropologist F. C. Wallace's analysis of revitalization movements all over the world to guide us.

We also discuss fundamentalism closer to home, in the United States, and its cynical use for political objectives. The George W. Bush administration didn't so much discredit fundamentalists as make them ashamed. Just as fundamentalists disappeared into the background noise of America after the embarrassment of the Scopes trial, so they're now retreating and retrenching again. Above all, we remind our readers, our task is not to judge but to understand. If we can develop the kind of relativistic understanding of Islamic fundamentalists that anthropology calls for, surely we can do the same for Christian fundamentalists. We want students to understand that people of all persuasions, including themselves, are responding to the same causal forces.

Some of those are the forces we discussed in some detail in the first edition in the parts on economics, finance, and globalization. Now these forces are the stuff of headlines and constant discussion as our students see their parents' retirement programs dissolve under their anxious gaze and rightly worry for their own employment futures.

We also know that today's headlines are tomorrow's curiosities, so in the second edition we show students how they can use the analytical perspectives of anthropology to understand the processes that produce the headlines—today's, tomorrow's, and yesterday's.

And we discuss places where there are no newspapers or headlines, the kinds of places where anthropologists have plied our trade for a couple of hundred years now until those places themselves have been swallowed up in larger processes. So that we don't lose track of the people of the planet that our discipline is all about, we've focused equally on the people those processes affect.

One student responded to the first edition by saying there was too much about Iceland. We've not fixed that. By late 2008, Iceland had become a story in the international media as they wrote about a whole country going bankrupt and tried to understand it. So we write more about the collapse of the Icelandic economy and how that is connected to the politics of fishing and to the world's political economy.

If we make light of politics in the United States with our skeptical comments about a single party of Republocrats, this example brings home the importance of political outlooks in a way that would be impossible in the United States or any such large country whose political processes are so dominated by corporate interests.

We discuss in more detail how corporate domination developed in the United States and how Americans think about it (more accurately, how we don't think about it) because that is one of the processes that's enveloping us all no matter what or how we think about it. The cultural revolution that the old-fashioned trusts started just a little more than a hundred years ago is in some ways complete and in other ways interestingly unsuccessful.

The revolution in which the gospel of wealth wins out over the gospel of work has captured most media representations and many parts of universities. It has become so publicly dominant that it is invisible to those of us who are immersed in it, as water is to fish that swim in it. Most consider economics a science and not a religion. People only question the idea that wealth can be created by financial manipulation when they see their own holdings dissolve, as happened to many Americans and virtually all Icelanders in 2008 and 2009. And then they are incredulous.

But we report the research that finds that there is an alternative vision of American life that focuses on hard work, neighborliness, fairness, and insists that the only means for the creation of value is work. We find this outlook among those Americans whose lives focus on their families and households, who see their houses as places that have nurtured their ancestors and will provide roots for their descendants, places of continuity rather than as investments that might bring financial reward if the housing market transforms itself into another expanding bubble.

There's a story about an Italian immigrant who comes to the United States and works until he can open a restaurant. His kids grow up in the restaurant washing dishes, sweeping floors, tending the cash register. The kids go to law school, medical school, and business school. The one who went to business school returns with new business models for his father—computers and accounting systems to replace the cigar box full of cash under the counter. "How can you even know how much your profit is with no reliable accounting?" the son asks. The father smiles and points to a picture of the doctor, the lawyer, and the business graduate and says, "This is my profit."

We understand union members who negotiate their contracts with management by discussing their household needs rather than their position in the financial models of the corporation. We show students how this means of thinking is common to a particular economic form, not a unique thing, but something that links all people in similar situations in a similar mode of thought about work, virtue, and value.

We continue to emphasize those aspects of anthropology that make it unique. We have kept the longtime view of anthropology because we think it's important for us all to understand that we share common roots, that we are a single species, that racism is a feature of particular political and economic forms and not bred into us by our evolutionary history. We have kept the discussion of language, how it makes us different from other animals and its relationship with culture. But we have replaced some of the esoteric ethnography with more relevant material to emphasize the relevance and importance of the outlooks of holism and comparativism.

Since the first edition, published in the midst of the George W. Bush administration, there have been political developments that few would have then predicted. That shows how inaccurate our media-derived political categories are. The news was that a woman and an African American vied for the Democratic nomination for president. The news was that the African American won.

These events achieved great symbolic salience as people could celebrate what appeared to be the triumph of social mobility over race and gender. And Barack Obama has given the symbols substance as his administration promises to make great changes within the range of acceptable American politics. As of this writing, it has made great strides.

But while we celebrate the virtues these events betoken, we endeavor at the same time to keep our readers aware of the underlying causal factors at work—the immense power of corporations to shape our politics and our culture, the role of finance in capitalism, and the way economic systems work. We do not want to be read as pro-Democratic or anti-Republican for we are neither. We are pro-human. And that is the view we endeavor to communicate to our readers so that it can become a part of their moral, ethical, and political vocabularies alongside the more readily available media representations of liberal, conservative, Republican, Democratic, Socialist, anarchist, and Communist. We do that because in our minds that is the end point of a discipline devoted to the scientific study of humankind.

In the second edition we do not shrink from the ethical stance we developed in the first edition. We maintain the value of relativism; the ethical absolute that every person on the planet deserves no more or less than one share of the planet; the imperative that as students begin to understand more about the world and its people, it is their obligation to put those lessons into practice in their daily and work lives. We tell them what we believe ... that acting together we can change the world. And we urge them to act with us and other like-minded people.

Other changes include some new questions to provoke thought and discussion at the ends of chapters. We hope these will help spur instructors and students to come up with more questions, since today's events provide such fertile ground for that. Paul has his students come up with their own essay and discussion questions (with the ominous threat that if none of the questions is adequate, *he'll* come up with one for them) because that exercise alone requires a substantial understanding of the concepts he is relating. We hope you'll encourage your students to do that too. One of the things we emphasize is the importance of understanding the relationship between the question and the answer. Because questions largely determine answers, the questions deserve more attention than students customarily give them.

You can guide your students with the first principle that every person deserves one share of the planet and ask them to work out how each situation they find important diverges from that principle—and why. Who is benefiting more than others? Who gets hurt? Who has the power to make a difference? Could all of the people working together make a difference? And so on . . . they don't need answers so much as they need ways to think for themselves. That's what we were trying to inculcate with this book—more aware, conscious, and thoughtful citizens.

So here's a new edition, and these are our reasons for commending it to you and to your students. We hope the book helps you to help them. We know that a book isn't sufficient. It takes you, the teacher, to breathe life into anthropology, to make it real to students with your examples, your stories, and your passion.

We hope the new edition helps and we encourage you and your students to get hold of us and let us know how it's working out. Without feedback there is no evolution.

EPD & SE
State College, Pennsylvania

INTRODUCTION, OR HOW TO READ THIS BOOK

This is a book about anthropology—the study of people and their cultures. It will give you an idea of what anthropology has learned, how anthropologists think things through, the kinds of evidence we use, and the explanations we have worked out. It will give you a good tool for understanding the complexities of the world around you. As we prepare the second edition, our world is experiencing an economic crisis, but there's nothing mysterious about it, as you'll come to understand. This book will also tell you what you can do about it personally and collectively, since that is a question we often get from students new to anthropology.

We're going to start that process here by explaining how to read this book. First, why should you read it?

The best reason is because you want to learn what anthropology can tell you, what it knows. If that's why you picked it up, great, read on. But lots of folks will probably be reading it because a professor assigned it for a class. That's fine, too. Professors assign some of the world's best books for students to read in classes.

You learned the drill for classes a long time before you got here. People have been teaching you since about the time you could walk about how to go to classes and take exams and sit still in a chair for an hour or two and how to pretend to be listening while your mind is off somewhere else or someone is texting you on your phone.

How much of those lectures contained information you could use for anything? Not much. Except you could use it for getting out of that class and moving on to the next one and so on until you got here. But what's the point of it all? Only a tiny part of all that knowledge teaches you how to fix computers, run a business, or help sick people in hospitals. What is all the rest of it for?

Let's see what an anthropologist would do with this question. We want to figure out what the role of schools is in our society and why we have them. To do that, we have to be able to imagine something different—for instance, a society in which you learn everything you need to know just by growing up and people never see the inside of a school. That's the kind of vision anthropologists have; that's the kind of questions we ask.

So, why do we go to school? An anthropologist named Jean Lave (1988) observed that kids who don't do well in school could do very complex computations to figure out a number of bowling scores at the same time. How could they do that and *not* do well in math in school? She also noticed that people who *have* been to school don't use mathematics the way they were taught. When they are shopping and trying to figure out what jar of peanut butter to buy, people don't figure out the cost per ounce for the big jar and the little one and then select the best buy even though that's what we were all taught to do.

What we really do, she found out by observing lots of people, is compute by ratios. The big jar is about twice as much as the small one and costs less than twice as much. So it's the best buy.

Lave asked, if people aren't in school to learn the math they actually use, what are schools worth? In terms of the things we actually do, she came to the same conclusion you probably have come to. Not much.

So why do we have them? Why do we pay for them? Why do we hire teachers to teach if nobody is doing what they teach?

Lave's answer is that in the old days people knew their place. There were aristocrats and commoners. Everyone knew aristocrats were better than commoners, and everyone knew how to get along in that system. But in democracies nobody is supposed to be any better than anybody else. If that's so, how are we going to decide who gets the good jobs and who gets the bad ones? On the basis of merit.

Merit is something you earn. Nobody gives it to you. You aren't born with it. The problem was, how do you assign merit if everyone is going to be equal? One answer is to use school performance.

So, Lave argues, schools are the way of assigning merit to individuals in democratic systems. Many of you know exactly where you stood in your high school graduating class. You probably feel pretty good about that if you were somewhere toward the top. And if you were toward the bottom, chances are, you didn't go to the next level of school. If you did, all the better for you. Why would we say that? Isn't that rewarding someone for underperforming? For being less than meritorious? Could be, if you think that how people do in school is really a measure of their worth. But Lave's point is that it is not. It isn't even a good measure of how good they are at math, something that's supposed to be the strong suit of schools, that's supposed to be something you can only learn in school.

Is this wrong? Is it good?

One of the things anthropology teaches, and one of the things we'll talk about a lot in this book, is that we don't make judgments like that. To understand, we cannot judge. Our job is to understand and explain, not to judge. More on that later.

We're not asking whether that's good or bad; we just want to understand it. If you understand what's going on, you may be able to do something about it. We'll come back to that one later, too.

Here's another thing about anthropology. We all agree that the world is very complex. But instead of saying, "Let's simplify the world with an assumption such as 'All things being equal,'" anthropologists say, "Let's understand the complexity of it in real life."

Reality is complex; it's there in all of its horrible and beautiful complexity. We have to figure out how to get along with that. Our different cultures give us different ways of doing that so that we don't all have to start from scratch. We learn from watching our parents. It doesn't matter much what they tell us. It matters what they do.

If your parents tell you that they love each other, but all you ever see them do is fight, you don't believe what they tell you. It isn't true to your experience. If they tell you that money isn't everything but spend all their time working and worrying about money, you don't believe it because it's not true to your experience. But you also learn what you're supposed to say.

The same for school. If your math teacher tells you to compare values by figuring out the per unit price and comparing them, you can do it, but you also know that's not what you do when you're shopping. People are good at learning by doing. And we're good at learning what we're *supposed* to know and say. Walter Goldschmidt (2006) even says that's the most important and basic thing about being human. It's bred into us as a species by natural selection.

That's why you're going to read this book and learn how to use it to help you get a good grade in your anthropology course. But we're going to try to make it close to your experience, too, so that you don't have to make that same leap as you do when you say the "right answers" to questions about love, money, and math.

But that comes with a price. The price is that you're going to have to give up some cherished ideas or at least suspend them for a while. If you want to understand your experience, you have to go beyond the easy answers your culture provides for you. That's what anthropology is all about.

There's a method for doing that. It's scientific method. It's a method for bringing what we say closer and closer in line with what we experience. When we think we know what we're talking about, we have to check it against experience. We also have to give up the idea that we're the smartest and most observant people on the planet. We have to agree that anyone else could see the same things we see—that's what we call ***reliability.*** And we have to make sense to other people—that's what we call ***validity.*** Scientific method is a way of keeping what we say connected to what everyone can experience.

There are a lot of connections going on here, but there's a way to keep track of these connections. Like all of the things we mentioned, this is a matter of putting simple things together until they seem complex, or the other way around—breaking complex things down into simple relationships so that we can check them one by one. We can do this with words and with pictures. So far we've been doing it with words, talking about culture. Let's take something more concrete and develop some pictures to go with the words.

Eric Schlosser (2002) is not an anthropologist. He's a journalist who wrote a book called *Fast Food Nation.* It's not an **ethnography** (we're going to highlight every vocabulary word we think you'll need to understand the concepts that come later; you'll find them in the back of the book in a glossary), which is what anthropologists call it when they live with a people and observe everything they do and say, but Schlosser compiled a lot of information about relationships that have gone into forming our culture. Paul's students like the book, so you might want to have a look at it some time.

Schlosser wants to understand all facets of fast food. He starts out talking about cars and the American love of our cars. What do cars have to do with fast food? Some restaurant owners in California made the first innovations in fast food to mass-produce hot meals for people in the same way that factories mass-produce cars, but they might have stayed in California if there wasn't more and more demand for fast food.

Automobile companies bought up the interurban and urban railroad systems and destroyed them so that people would have to either drive or ride the buses the car companies made. When mass transit was destroyed, people bought cars. Demand for fast food came as people drove more, and the interstate highway system intensified that trend. The interstate system started out as a defense project to link the United States after World War II, but it became a way for people to drive longer and longer distances. When more people had cars and there were more highways to drive on, people moved into suburbs, and developers built what we now call sprawl.

Why fast food? Because of cars. More interstate highways, more cars, and more sprawl. Cars make sprawl possible, and sprawl means people have to have cars because there's no alternative mass transit. We can make a map of these relationships (see Figure I-1). Figure I-1 means more cars, more fast food. But it's not that simple. More cars mean more sprawl and more interstate highways. At the same time, more interstate highways, more fast food, and more sprawl. Finally, more interstate highways, more cars, and so on. Each part reinforces the other parts and each part grows to be more and more.

Take some time to study the diagram, because you'll see a lot more of them in this book, and they get hairier as we go along. Here are some things to look out for in these diagrams. How many boxes are there? Here there are four. What are the boxes? Here they are "fast food," "interstate highways," "sprawl," and "cars." Next, how may arrows are there? Here there are eight.

We expect that, like it or not, next time you get into a car, you will see things just a little differently. Maybe you will start asking yourself and others questions. For instance, where is the mass transit system where you live? If there is one, how well does it work? Why is every place connected with highways? This book will help you figure out what some of those questions are and how to answer them.

We think this sort of thinking contributes to democracy by helping people be more aware of the conditions of their own lives. We've been driving down interstates when we got hungry. We've been in a hurry to get home after a long trip. We've pulled over at a fast food joint and got burgers and fries. We've both read Schlosser and lots of other things that tell us that fast food isn't the healthiest choice. We've read lots about different corporations, and we've experienced some of that. We know about congestion and sprawl and global warming, and there we were being part of the problem. We were eating unhealthy food, contributing to a

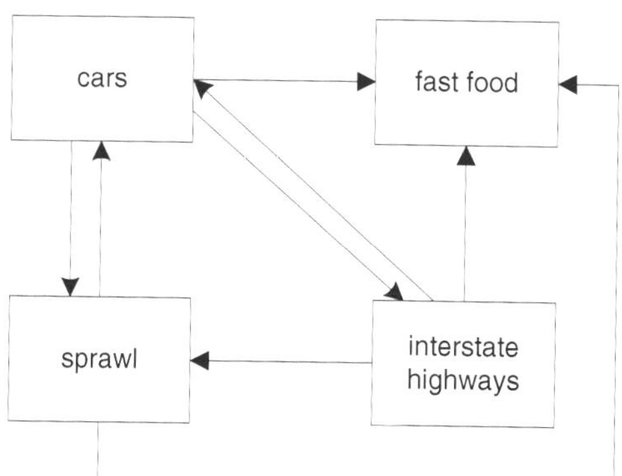

Figure I-1 U.S. fast food system.

corporation that treats its workers unjustly and to an agricultural system that's unsustainable, and spewing hydrocarbons into the atmosphere as we did it.

Pretty reprehensible folks, aren't we? That's why we're not going to try to preach to anyone. To get where we were going ... well, you've been there. And we were hungry. We felt like we didn't have much choice. And we like burgers and fries. We don't advocate taking it as far as Morgan Spurlock, the guy who made the movie *Super Size Me*. He wanted to find out what would happen if he ate nothing but McDonald's food for a month. It's not pretty. Part of his test was that he had to eat everything on the menu at least once. So he had lots of choices.

Sooner or later anthropologists come to that question of choice. When do people have real choices and when do they not? We have a fancy word for that: **agency**. It's the idea that people act as agents on their own behalf, that they understand the resources available to them and use them in their own interests. It involves the choices you can make.

This may be a required course. You have no choice if you want your degree. You have to take it. But maybe it's required only for certain programs of study. Nursing. Once you decide to take nursing, you have to take anthropology. But you could have decided on business, and then it wouldn't be required. If you are in a business program, you probably take anthropology as an elective. You can choose it or not. It's your choice. Finally, nobody said you had to go to college. You could have gone to work full-time in a fast food joint instead of part-time as a student. But someone probably told you that if you went to college, you'd have a better job and make more money later, so it would be worth the investment of time, effort, money, and putting some other things in your life on hold. Some people you know from high school went straight into the military and landed in Iraq or Afghanistan, hoping to get home alive. Our military doesn't have a draft right now. It's voluntary. It's a choice. But if you talk to those high school pals, we bet quite a few will say that it didn't look like a choice to them. There were no other jobs, and the military was something they could do that promised a future. We hope they all make it back, and we sure don't blame them for going that way. Maybe you're a returning vet and you can help your classmates understand these things.

What if you lived in a society that said you don't have to go to college, or med school, or law school, and you could be paid just as much as someone who did? What does that do to your choices? Or what if they said, "If you want to go to college, we'll pay the tuition and buy your books?" What if you could decide to join the military just because you want to experience the discipline, the world travel, and the skills the military has to offer?

So agency—the resources you have and your knowledge of them—depends on your point of view, on where you are in a system and what choices that system offers you. It also depends on your past choices, like the choice to go to college. But the choices that are available depend on the choices other people have made. Like the fact that somebody set up the college you're attending. In democratic societies, people are supposed to be able to make lots of choices about the significant things in their lives.

But now, let's go back to how to read the kinds of diagrams you are going to come across in this book. Some more vocabulary. We can call *fast food* in our diagram a **dependent variable**. Dependent variables hang on, or depend on, every other variable in the system. It is the thing we want to explain. Every other thing in the system is also a variable. A **variable** is something that can be more or less—it varies. So there can be more cars or fewer cars; more miles of highway or fewer; more or less sprawl. Each of these variables is an **independent variable** because each one causes or has something to do with the amount of fast food, the dependent variable.

Most real-world relationships aren't simple. For instance, more cars mean more highways, and more highways *also* mean more cars. These two are **interdependent**, like *cars* and *sprawl.* When an increase in one variable means an increase in another, and *that* increase means an increase in the first one, we have a circle, or a loop, as we call it. The more of the first, the more of the second; the more of the second, the more of the first. This is what we call a **self-intensifying loop** or process. It keeps growing with nothing that we know of to stop it.

All such processes grow or increase. Not only do they increase, but the rate of increase increases. So they are exponential. Instead of being straight-line processes that grow at the same rate, they grow faster and faster.

This chart (Figure I-2) is an **exponential** curve of growth. You've probably noticed that there's no limit here. That's one observation about exponential systems. But the other observation is that, unlike a mathematical equation, in real life there is always some limit. No such curve of growth is **sustainable**. That means that any time we see a system that contains self-intensifying loops, we are looking at a system that's more or less doomed to destruction.

The classic example is yeast. A few yeast cells multiply, and there are more. But each one multiplies at the same rate, so the rate of growth of the whole population is exponential. Yeast consumes sugar and produces alcohol as waste. So pretty soon our liquid is teeming with reproducing yeast cells, each one producing alcohol and consuming sugar, until the

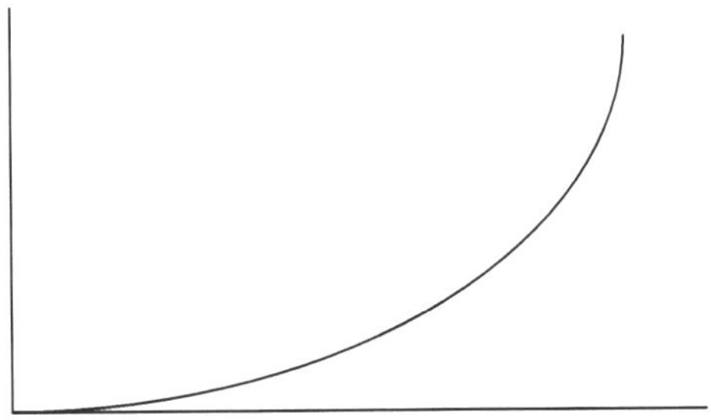

Figure I-2 Exponential curve

level of alcohol becomes toxic and they all die. Then we take over and drink what they left us. Good for us. Bad for the yeast.

So, to understand these diagrams, you'll need to remember the ideas of dependent variable—the thing we're trying to understand or explain; independent variables—the things in the system that influence the dependent variable; interdependent variables—variables that influence each other; self-intensifying loop—a circular relationship between two or more variables that keeps increasing each variable; and exponential curve of growth—a process whose rate of increase increases.

One more important idea about these systems is indirect relationships. *Sprawl* doesn't directly determine *highways,* but more sprawl means more cars, and more cars means more highways, so the relationship is indirect, through *cars.*

Schlosser goes on to show how sprawl means increased land prices around cities, and that means increased land taxes and inheritance taxes and how these contribute to the decline of farms; how the interstate highway system makes possible industrial food preparation far away from the places people eat it, and how *that* contributes to industrial food production and the destruction of local markets and economic linkages. So nowadays slaughterhouses don't depend on the pigs from an independent farmer. Family farmers are out of business, and corporations own the farmland, pigs, and slaughtering factories. The family farms that are left are contracted to big corporations that dictate everything they do and how they do it, so they're the same as employees, not really independent farmers at all.

At the other end, industrial food preparation means deskilling of jobs like cooking, and that means firms can use cheap and untrained labor; and that means low incomes, especially for teenagers who work in fast-food places; and low income contributes to people being depressed and dropping out of school; and that contributes to poverty and crime.

Meanwhile, the cheap labor means more profits for the corporations and high pay for corporate officers. Those two things, the high profit rate and high pay for corporate officers, mean that corporations have money to contribute to political candidates who agree to support their view of the world and push legislation that favors the whole process, so the firms and their officers get involved in politics and use their influence to keep the minimum wage low and to pass antiunion laws so that the corporations will have access to cheap labor.

There are laws that are supposed to regulate job safety. The Occupational Safety and Health Administration (OSHA) is supposed to enforce the laws. It depends on Congress for funding. If it has no funds, it can't enforce the laws. Schlosser documents how corporate involvement in politics has made OSHA's job next to impossible.

Schlosser also shows how corporate politics gets firms subsidies and loans from the government, a kind of welfare for corporations. As we write this in early 2009, auto manufacturers and banks are all going to the government for bailouts and the country is outraged at the millions of dollars in bonuses, from tax money given through those bailouts, that corporate bosses are receiving even as their companies and banks fail. Where else can you get a job that pays millions in bonuses for totally screwing up?

There are also effects on our culture. Many people think that corporations are business, that business is not involved in government, and that government is not involved in business. That's wrong, but it suits corporations and politicians if people think that, so they invest money in creating those ideas and pounding them into us from all directions, including school, by the way.

Here anthropologists borrow an idea from political science. **Hegemony** means when one country rules or controls others. So, we could say the Soviet Union used to have hegemony over Ukraine and Kazakhstan. Anthropologists use the same word when one group has power over another, especially by controlling the way they think. So we can say that in the United States, corporations are hegemonic, meaning that they have a lot of power to control peoples' culture and everyday thinking patterns by telling us what's natural, normal, and just something we have to accept.

If you want to, you can put all of these relationships in a diagram, starting with the part that we provided earlier with cars, highways, sprawl, and fast food. If you read Schlosser's book, you can add in meat packing, costs to local governments, immigration, turnover rates, drug use, union busting, insurance rates, and insurance fraud as well as subsidies to households, cultural hegemony, and the spread of disease.

Does that make the fast food industry good or bad? It wasn't that good for Morgan Spurlock, the *Super Size Me* guy, but he could quit. Remember, it's not up to anthropologists to judge, just to understand. Maybe it wasn't that good for Spurlock, but it might have been good for some of the people who worked in McDonald's. When anthropologist Katherine Newman (1993) did the ethnography of fast food workers in New York's Harlem, she found that the jobs were pretty good, given everything else going on around them. Fast food joints gave them an alternative to their family lives that weren't always that good, a group of people to be with, a constructive way to structure their time that didn't include joining a gang or breaking the law, some income, and these workers actually did better in school than kids without jobs.

Good for beer and wine drinkers is bad for yeast. Good for corporate officers may be bad for their workers; good for workers may be bad for corporate officers; good for politicians may be bad for their constituents. Schlosser documents a number of such relationships. From inside the system, we can say what's good for whom. Within a system, we can make judgments. We are citizens of democracies. We can ask what kinds of things make them more or less democratic. If we value democracy, the things that make our societies more democratic are good.

Aside from questions of good and bad, though, we can ask questions about sustainability. Spurlock's diet wasn't sustainable. His doctor said he would have died. Wherever there are self-intensifying loops, the system is not sustainable. At the same time, we have to point out that sustainable systems may look a lot like life in the Stone Age. And that wasn't sustainable in the long run. We know that because nobody lives that way anymore. The remaining hunters and foragers who in some ways resemble it are parts of larger systems. The fierce hunters of the Amazon sell their game, buy shotguns and ammunition, and use factory-made machetes. The burning of forests to clear them for pasture for cattle even determines the kind and number of animals that live in the forests for them to hunt. So these hunters are as much parts of the global system as anyone else.

Anthropology shows us what kinds of creatures we are, where we came from, and how we got to be the way we are. To us, almost nothing is left to "human nature." That's where we start this book. That'll get you right into the systems way of thinking we've been talking about here. Most folks have some stories about where they came from and how they got to be the way they are. We call these *origin stories.* So we're going to tell you the origin story that anthropologists have worked out. But before we go there, we're going to show you an example of another origin story so you'll be able to recognize this kind of story whenever you hear one.

Summary—How to Use This Book

Keep track of things like definitions and relationships. Work through all of the diagrams. Take the time to read the text and then study the diagrams. You can test yourself by reproducing the diagram. If you can do that, you understand the process. If you can't, it's a good idea to go back and try again.

Notice that when we talk about Truk or Lisu or other people, we talk in the present tense, even though we're referring to research that happened decades ago. That's called writing in the "ethnographic present." Don't let it confuse you. It's just a way of talking about what anthropologists have learned from that culture in that time, even if it's changed a lot since then.

Rocket scientists aren't smarter than you; they just did the work to understand the systems and relationships that have to do with rockets. This isn't rocket science. It's a whole lot more complex than that. That doesn't mean you have to be a genius to understand it. You just have to keep your eyes and your mind open.

If you do that, you will come to see yourself and your society and your culture in a different way. You will start to ask hard questions when you read the newspaper or hear the news. And you will have a way of beginning to answer some of those questions.

Do this, and you become a better citizen. If lots of people do this, we will have a better society. In a democracy, that's a good thing.

PROLOGUE

IN THE BEGINNING

In the beginning, there was the nothing. To the south of nothing, everything was fire, and to the north, everything was ice. A giant formed where the warmth from the south caused water to drip from the ice. The giant lived on the milk that flowed in four rivers from a cow that lived by licking the salty ice. As she licked, a man appeared in the ice.

The son of the man married the daughter of a giant, and they had three sons. The first son was named Odin. These three brothers killed the first giant, their own grandfather, and his blood drowned the other giants except one, who got onto a hollowed log boat with his wife. The three brothers then took the giant's remains to the middle of the emptiness and made the world from the parts. They made the sea from his blood; land from his flesh; mountains from his bones; rocks and pebbles from his teeth and jaws; and the sky from his skull. They put the sky over the earth and called the corners East, West, North, and South. They used sparks blowing from the fire in the south to make stars, planets, the sun, and the moon.

From the eyebrows of the giant they built a fortress around the world to protect them from the hostile giants. They called that place Middleworld and threw the giant's brains into the sky to make clouds.

There were two trees on the shore. Odin gave them spirit and life, and his brothers gave them understanding, movement, speech, sight, and hearing. All people come from those two, and the brothers gave them Middleworld to live in and built a fortress for themselves in the middle of it. They called it Godworld, and all the gods and their families live there. The gods are the children of Odin and his wife. Their first son was Thor. There was a wolf named Fenrir, who is half-god and half-giant. He was a cute puppy but became so destructive, the gods chained him up. The gods and giants and people keep on drinking, fighting, seducing each other, arguing, and scheming until the end.

The end is called Ragnarok. It starts with three bad winters in a row when there is no power in the sun. There are battles, and brothers kill each other for greed. Brothers and sisters sleep together. It is an axe age, sword age, wind age, and wolf age. The wolf that has been chasing the sun catches and swallows it. Another wolf bites the moon. The stars disappear. The earth and mountains shake until the trees and mountains fall down. The wolf, Fenrir, breaks loose from his chains. The serpent that surrounds the earth tries to come ashore and the sea crashes against the land. Fenrir comes, mouth wide open, upper jaw against the sky, lower jaw on the earth, eyes blazing. The serpent blows poison over the sky and sea. The gods ride across the rainbow bridge to the world but the bridge breaks. They go to a plain where the wolf and serpent wait. All the giants join the side of the wolf and serpent.

Odin rides in a helmet of gold toward Fenrir, the wolf. Thor is beside him and fights the serpent. Each god fights a giant. Thor kills the serpent just before dying from the snake's poison. The wolf swallows Odin. Another god puts his foot on the lower jaw of the wolf and his hand on his upper jaw and rips him in half. The giants and gods kill each other, and fire covers the earth.

All of the gods and people are dead, and the earth is burned up.

This is the story we have from the Icelandic scholar Snorri Sturlason, who wrote it down in the thirteenth century as "The Deluding of Gylfi," the story of the Swedish king who goes to talk to the gods to find out how the world came to be as it is.

Back in 1975, Miles Richardson wrote:

> The myth teller, the epic poet, stood on the fringes of his society and told of the great struggle between gods and humans, how they fought and how they loved. The poet knew these experiences; he felt their heat and pull, but something within him drove him to the margins of society where he could see all that was happening. . . . What he saw moved him. Before him stood the great hero. Two-thirds god, the hero wanted to do everything, learn everything, and understand everything. Because of the god-part that was in him, he could not accept death and strove to conquer it; but because of the human-part, he failed. He was the tragic hero, magnificent in strength, splendid in appearance, courageous in heart, but with one fatal flaw: he was one-third man. The myth teller saw in the struggles of the hero the lot of man. Man's lot is that he question; but it is equally his lot that he receive no answer. (pp. 528–529)

Odin, father of all people and gods, trades his eye for the knowledge of runes, writing. Thor, his son, combats giants and tries to compete with them, but he cannot drink the whole ocean and loses his wrestling match with old age. Snorri Sturlason wrote down the stories, but the verses they are based on are from the *Poetic Edda,* which he also wrote down. Those verses are attributed to a woman who was a visionary.

It's one story of origins. Here, we are going to start at the beginning, too, with the story anthropologists tell about how we got to be what we are. It's a good story, even if we don't know the names of any of the people. There may be some wolves in the story, but no giants, and no gods, and nothing as awesome as the world serpent or Fenrir. We didn't learn the story from the gods but from searching the world for evidence to interpret by the methods of science.

It's not the only story of human origins. Many different cultures have such stories about the beginnings of people. Anthropologists try to understand all of these stories because they teach us a lot about the cultures of the people who make and tell them.

The scientific story may not be the most dramatic, but we keep working on it, keep getting new evidence, and keep refining it so we can better know what kinds of animals we are—animals that walk on two feet, animals with language, animals with culture—and how we got to be this way.

A lot of cultures also have stories about how the world will end. Anthropologists don't agree on how it all ends. Some used to say it would be in a nuclear holocaust. Nowadays some say we will go out with a whimper as we poison our environment. Most of us don't know and don't care to speculate on things that we cannot know. We're content to wait and see how it all turns out.

Someone asked Nasrudin Hodja, the central Asian wise man, when the world would end. He said that would be when he died. "When you die the world ends?" this person asked, amazed. "For me it does," the wise man replied.

So our story doesn't go all the way to the end, just up to now.

Discussion Questions

- What are some of the things this creation story tells us about the Norse people who made it and told it?
- Can you think of any other creation stories? What do they do for the people who make and tell them?
- Why is it important for anthropologists to know the scientific creation story?
- What's the difference between a scientific creation story and other ones?

1

One author gets down and dirty! Paul Durrenberger is in over his head in this fieldwork in Iceland. *Photo by Rita Shepard. Used with permission.*

CHAPTER 1

SCIENCE BASICS

Anthropology asks how cultures and societies work and how they got that way. It asks about the history of our species from the beginning until now. It asks what kind of animals we are, how we got this way, in what ways that affects our cultures, and—the other way around—in what ways our cultures affected the kind of animals we are. To answer these questions, anthropologists specialize in one of four subfields.

Biological anthropology focuses on the history of our species, how we came to be the kinds of animals we are, and the role of culture in the process—questions about our biological nature and its relationship to culture. **Archaeology** concentrates on gathering and interpreting material evidence we can use to understand the histories of our cultures. **Linguistic anthropology** asks about the nature of language and how it is related to culture. **Sociocultural anthropology** is about how contemporary cultures and societies work and how they got this way.

Biological anthropology overlaps with anatomy and biology; archaeology can overlap with history and classics; linguistic anthropology overlaps with linguistics; and sociocultural anthropology can overlap with economics, political science, religious studies, history, comparative literature, and other social sciences and humanities. So being a sociocultural anthropologist is a lot like being a professional undecided major.

We are concerned here with sociocultural anthropology. We're not so much concerned with what anthropology *is* as with what it *knows*—the results of the work of many anthropologists for the past hundred years and more. But to understand that, we need go into some basic assumptions.

Three things make sociocultural anthropology distinct from other social sciences or humanities:

- It is holistic.
- It is comparative.
- It is ethnographic.

Holism means seeing things as connected. Instead of looking at religion, literature, politics, economics, or history as separate spheres of life, anthropologists see them as connected. Anthropologists think in terms of systems. A **system** is a set of elements connected such that if you change one of them, you also change the others. So we might ask how changes in an economic system affect the political system and how both of these affect religion, how all of these affect literature, and how literature and religion affect economics. Something about the religion may affect how people understand their history, and how people understand their history might affect their political system.

Everything may be connected to everything else, but some of the connections are stronger and more important than others. While knowing that everything is connected may not help us understand the price of tea in China, as they say, knowing about systems of trade does.

Comparative means noticing and explaining similarities and differences among many different systems. For example, some social systems have institutional forms known as states, but others do not. Anthropologists ask what else goes along with states. To answer questions like this, we compare as many examples as we can to find out what other things always go with states and what things go with not having states.

Ethnographic means that we base our ideas of how any given system works on detailed local description. We don't rely on data sets from the Census Bureau or the Department of Planning. Ethnography means learning about the systems and people we want to understand by as close observation as we can manage. It often means living with the people, doing **fieldwork**.

There's a saying that to understand all is to forgive all. If you could really understand all the circumstances and reasons another person does things, it would all make sense to you, and you would see that you would do the same thing if you were that person. If you would do the same thing, you can't judge the other person. The flip side of this is that if you want to understand someone, you don't judge the person.

So understanding means getting into another person's skin. Ancient Aztec people took that farther than most of us would want to when they skinned their war captives and wore their skins in ceremonies. But we could understand the practice if we could get into their, well, systems of culture and society. To do that, we can't start off with the opinion that it's horrid to skin other people. That stops the questions and makes a conclusion before we start.

To do fieldwork means to suspend judgments and opinions and be open to understanding other ways of life. Anthropologists call this philosophical stance **cultural relativity**. We try to describe the points of view of the people we want to understand, and we do this by being there with the people in our fieldwork, doing ethnography.

The opposite of cultural relativity is **ethnocentrism**, thinking that your way of doing things is either the only way or the best way. All people think their way of seeing things is obvious and natural. For example, of course a person only marries one other person at a time. Or of course you pay money for a product you get at the store. That's one of the features of culture—ethnocentrism is built into it. But once we understand that, and we open our heads to the ways other people make sense of the world, we can try to be less ethnocentric and more relativistic in our thinking.

Melford Spiro, an anthropologist who studied people in Israel and Burma, defined three kinds of cultural relativism:

- Descriptive relativism
- Ethical relativism
- Epistemological relativism

Descriptive relativism means suspending your natural ethnocentrism so that you can describe another culture from the point of view of the people in it. It allows you to understand other cultures.

Ethical relativism is the idea that there are no absolute values of good and bad; ethical judgments depend on the culture. You judge an Aztec skinning a captive by Aztec standards, not by your own. This helps us understand other people because it teaches us not to judge them by different standards. That doesn't mean that we have to accept their standards, but it does mean we can't judge them.

There is a debate about where the line between accepting another system of values and not judging it should be. One subject of the debate is female genital mutilation that some African and Mediterranean cultures do. Some people say that calling it "mutilation" is already judging it and that we should be more descriptive and call it "female genital cutting" because it involves cutting the clitorises off girls. Some people say it's part of these cultures, and it's not ours to judge whether they should do it or not. Others say no matter what the culture, this practice is hurting women because the cuts get infected. The response is to suggest doing it in sanitary clinics so that nobody gets hurt. The answer back is that women wouldn't choose to do this if the men didn't make them, so it's an issue of power. The answer back to *that* is that in fact, older women make them do it because it's their tradition.

Look closer to home. Women are paid about $0.77 for every dollar a man makes. If a woman does the same work, is equally qualified, and does the work equally well as a man, she gets paid less. Is this just part of our culture that we need to accept in order to understand the United States? Or is this something that we should change because we believe in equality? We could have the same discussion about apartheid in South Africa before it was changed or about racism in the United States.

Ethical relativity can be a problem if it neutralizes our sense of right and wrong. That may be a good thing insofar as it helps us suspend judgment; it may be a bad thing if it paralyzes us so that we can't make political judgments. We'll discuss that topic more in Chapter 15.

Epistemology means how we know things. Different cultures define different ways of knowing things. Some may value mysticism; some may value science. The idea of **epistemological relativity** is that all ways of knowing things are equally true. People who believe in this believe that no one way of knowing is any more true than any other. In this view, we can never really know reality; we can only know reality as our different cultures show it to us, and all those different ways are equally true.

Anthropology needs descriptive relativity and ethical relativity to describe and understand different cultures, but if we took epistemological relativity seriously, we couldn't really be descriptively or ethically relativistic. Epistemological relativity doesn't help scientists; it only helps tell a story from an ethnocentric point of view. All cultures have the assumption that they are natural, obvious, and true. If we pick just one, then we can only understand things from that one point of view and never question if there are other ways of knowing the world. If we can't ask the question, we can't answer it. So, paradoxically epistemological relativity means no relativity at all.

Science provides an alternative. The idea of **science** is that we never accept anything as really true, just as what we *think* we know until we find out differently by checking it over and over again. The idea is to think of things we can check.

Science rests on two important principles: validity and reliability. **Validity** means that you're really measuring what you think you are measuring. Suppose you have an odometer for your bike. It's supposed to measure the distance you go. What it really counts is the number of times the front wheel turns around. If you put on a larger or smaller wheel, it will still count the number of revolutions, but it won't be a valid measure of distance.

Reliability means that everybody else who checks the same thing will get the same results. It doesn't matter how fast or how far you pedal, the odometer will measure the revolutions of the wheel and convert that to a measure of distance. That measurement will depend on the size of the wheel, not the person pedaling.

The problem is that science is just one way of knowing things, and not everybody uses it. Does that make science better than other ways of knowing?

Think of the origin stories. Shall we just pick one and stick with it because we are ethnocentric? Or shall we decide not to commit to any belief, decide to try to get the story that best takes account of all of the evidence we can find, and then keep checking that story with every kind of evidence we can find?

Anthropologists take the second route because we want to be able to understand other cultures and times and not be trapped in our own, just going around in circles with our own stories.

Some people asked Nasrudin whether he knew where the exact center of the Earth was. "Yes," the wise man said.

"Then tell us."

"It's just under the left hind foot of my donkey."

"Are you sure?" they asked. "How can you be so sure?"

"If you doubt me," Nasrudin said, "measure it for yourselves."

Discussion Questions

- What makes science scientific?
- What makes science different from other epistemologies?
- What makes ethnography scientific?
- What is the difference between validity and reliability? Can you think of some other examples?
- Think of some reasons a statement might not be reliable or valid. For example, why is it difficult to get a reliable answer to why a particular piece of literature, poetry, or music is good? Why is it difficult to get a valid answer to which political party is best?
- Which is the best origin story? Why?

Suggested Reading

Appignanesi, Richard, Chris Garratt, Ziauddin Sardar, and Patrick Curry. *Introducing Postmodernism.* Cambridge: Totem Books, 2005.

Kuznar, Lawrence A. *Reclaiming a Scientific Anthropology.* Walnut Creek, CA: AltaMira, 1997.

Salzman, Philip Carl. *Understanding Culture: An Introduction to Anthropological Theory.* Prospect Heights, IL: Waveland, 2001.

Sidky, H. *Perspectives on Culture: A Critical Introduction to Theory in Cultural Anthropology.* Upper Saddle River, NJ: Pearson, 2004.

2

Anyone you know? "Unreliable Narrator," *courtesy of Roxanne Sexaur. Used with permission.*

CHAPTER 2

PEOPLE ARE PRIMATES

> We are primates, by our loves and fears and hatreds, by the cock of our thumbs, and by the size of our big toes. Our thumbs have been modified to hold precision tools; our big toes have flattened to walk upon the ground; our loves and hatreds are shaped to the needs of human groups. But, above all, we are *Homo sapiens.* Our primate ancestors took the path of learning, buffering themselves against the vagaries of their environment by the complexities of their society and their intelligence. We exchanged instinctive certainty for adaptive complexity, and in our myth bought knowledge at the price of innocence.
>
> —*Alison Jolly (1972:357)*

Along with our cousins—chimpanzees, gorillas, monkeys, and gibbons—people are primates. One branch of biological anthropology devotes itself to the study of primates that are not human to better understand the similarities and differences among the kinds of primates. All primates share many features of creatures that are specialized for living in trees, even though some of us—like baboons and people—don't do that very much.

We can all grasp things. Primates typically can grasp things with both their feet and their hands. Most primates have **opposable thumbs**, as we do—they can grasp things between the tips of their thumbs and fingers. Unlike cats and dogs, we can hold things in one hand. But many primates also have opposable big toes. All primates have nails rather than claws.

We all have forelimbs that we can rotate, flex, and extend. Most primates have arms that are specialized for **locomotion**—moving around—and support. Most primates get around by swinging through trees. When they walk on the ground, they support themselves with their hands.

All of our primate eyes are at the fronts of our heads and have overlapping fields of vision so we all have good depth perception and distance judgment. If you have a dog or a cat, you know these animals sniff their food to identify it before they eat it. We primates pick up our food with our hands and look at it to identify it. So, when we eat, we use our abilities to grasp and see.

Dogs and cats have litters of babies, but primates have only a small number of offspring per birth. For their reproduction, most species depend on a few newborns surviving without much care for any of them after they are born or much intrauterine development. Maybe you've seen a film of newly hatched sea turtles rushing down the beach to get to the water. Clouds of birds dive down and eat lots of them. But a lot get into the water, where other predators eat most of them. The ones who survive may just be lucky enough to breed and survive and keep the species going.

Primates don't have many offspring, but they all have a relatively long time for development before they are born and when they are infants. Our young need a lot of postnatal care and protection. This long period of care allows infants to bond with their mothers. This bonding and the lengthy stage of dependency allow for a long period for learning.

Like humans, most primates have complex social behavior. The intense care and prolonged mother–child relationship results in highly social behavior such as **mutual grooming**—the practice of going through each other's fur looking for things that shouldn't be there and removing them—eating together (but not necessarily sharing food with each other), and well-developed visual and auditory systems of signaling about food, danger, and sexual state. In addition to mother–child relationships are female–female friendships, the clique of dominant males that reinforce one another's dominant status, juvenile peer groups, and the short-term breeding pair of a dominant male and a sexually receptive female, often after she's had sex with most of the other males.

One last thing that all of us primates have in common is our large brains and well-developed abilities to store information, generalize, remember things, and sort things by similarities and differences.

So, what makes us human? Let's start with this: Imagine how you would have to reengineer a gorilla skeleton so that the gorilla could be **bipedal**, walking on two feet all the time.

Gorillas and other apes use their feet for grasping and feeling as well as walking. We can't oppose our big toes. Our feet are restructured so that the weight goes first to our heels, then over a front-to-back and side-to-side arch to our toes. Then, leverage against the toes springs us off on the next step. We use our feet only for support and locomotion.

Other primates use their hands to swing through trees or for semierect motion on the ground, supporting their weight on their fists or knuckles. You may have thought of a roommate in these terms at some time—a real knuckle dragger. Bipedalism frees our hands and arms from locomotion.

Only humans can walk long distances while carrying things in our hands. Other primate thumbs are short, but ours are long and muscular. Since we don't swing through trees, our long thumbs don't get in the way of getting around. They may even help if we're hitching a ride, but we didn't grow long thumbs because we needed to be able to hitchhike. We'll get to that in just a bit, but for the moment remember that there's no necessity in evolution. Just because a species "needs" something doesn't mean it is going to happen.

So you may have to walk, but we're in good shape for that. Our legs are the longest of all the primates relative to the length of our trunks. The large, strong muscles of our butts power our legs forward and back as we walk.

The gorilla's pelvis is a narrow tube with the legs attached at right angles at the rear. This transfers half of the weight of the gorilla's body to the rear legs. Because the center of gravity runs through our pelvis it is structured to be flat, broad, and strong to support everything above it and provide attachments for the muscles for locomotion and support.

The gorilla's spine is a simple arc, but ours has a lumbar curve to balance us and keep our center of gravity above our pelvis. Gorillas have powerful muscles to control their heads, which are attached to the ends of their spines. Our heads are balanced on the tops of our necks with only small muscles to hold them in place.

We use basic primate systems, but we've rearranged things a lot so that we can walk on two feet. As well-known anthropologist Walter Goldschmidt (2006:20) puts it, the bipedal posture disrupted our organs by hanging them from a vertical pole rather than from a horizontal rod.

There are some other, less obvious changes related to bipedalism. Most female mammals are sexually receptive only a few days before and after they ovulate when they're in heat. Other primate females let everyone else know they are ready to breed by using olfactory and visual signals, such as the colored swellings of the genital-anal area. But people have to complicate everything. Bipedalism rotates our genital-anal region down so nobody can see what's going on down there, even if we are naked. Females that were ready for sex any time, even if they weren't ovulating and could find cooperative males, had the best chances of getting pregnant and passing on those characteristics to their kids and on down to us. But this kind of sex life meant changes in hormones and social life.

So far, we have creatures with weak jaws, small teeth, and no claws who are always interested in sex. But we are different from other primates in two other important ways—we have language, and we have culture.

These similarities and differences developed through the process of **natural selection**. Charles Darwin knew about plant and animal selection. Breeders could select for certain characteristics by only breeding individuals that had the feature the breeders were looking for—a certain body shape or nose shape or color. After a few generations of selection, they have pure breeds, so that a male and female of the same breed will produce offspring of that breed. We still do that. It's artificial selection. But there are no breeders in nature, so how do members of species come to resemble each other and be different from other species? Darwin reasoned that it must be the same process that artificial selection uses but that it happens naturally. So he called it **natural selection**.

If you have some feature that lets more of your offspring survive and grow up to reproduce than those without it, then more and more individuals in later generations will come to share that feature. We say it is **adaptive**. If the characteristic doesn't help you have more offspring that survive and reproduce, then it becomes less and less common in later generations.

Remember, there is no necessity in evolution. Because a species needs a characteristic does not mean that it will magically appear to save the species. Some of those sea turtles we mentioned are endangered species. That doesn't mean they'll somehow be able to fend off the birds and fish that eat their young.

But if some individuals happen to lay more eggs and more of their offspring survive to reproduce, then that gets passed on down. Anything that helps to have more offspring is helpful to the species. But needs are not causes.

So why the big deal about bipedalism? Even limited walking freed our hands, and that allowed us to use tools. Those who could use them had an edge, an advantage, so they could have more kids. Because using tools did that, anything that went with using tools became more common. So being able to hold and use tools reinforced bipedalism (see Figure 2-1).

Four million years ago we see the first bipedalism. Then, about 2.6 million years ago, we see the first recognizable tools from a place named Gona in Ethiopia. But just being able to pick up and use stones and sticks, just using tools or simple shaping of stones was advantageous. Over the next 2.4 million years, our tools developed from simple stone chips to skillfully shaped hand axes. At the same time our brain size increased about threefold. We started with large brains for apes, but by the end of

Figure 2-1 Walking and tool use reinforce each other.

that time, hominid (all living and extinct humans) brains were at the bottom end of the range for current humans. Figure 2-2 illustrates this causal sequence. Individuals who could learn to use tools more easily had more complex and larger brains, so their brains gave them an advantage that reinforced tool use and tool use reinforced bipedalism.

It's not just a question of brain size, because elephants and whales have larger brains than we do. The important thing is the size of the brain relative to the size of the body. Some parts of the brain control our bodies, and others we use for thinking. The neocortex is the part that we use for thinking and in mammals it correlates with the size and complexity of social groups. Dietrich Stout (2008) points out that increased body size and omnivorous diets account for a lot of the change. That's the way it works for pigs and bears. But people are an extreme—plus the parts of our brains that have to do with vision and thinking are larger, there are increased differences between right and left hemispheres, and our brains are more complexly interconnected. All of these have to do with technology, language, and culture.

Even when they are encouraged and supported, our primate relatives can't make stone tools. Bipedalism and expansion of certain parts of the brain made tool making possible. One part of the brain can perceive three-dimensional forms relative to our own motion cues. This is the part we need for making stone tools. But people had to learn how to make tools from others, and that meant that they couldn't always be distracted by dominance interactions. The part of the brain that regulates emotions and social interactions also changed. Being able to talk also facilitates living in groups, and that's a complex skill that we have to learn from others. Tool making and talking both involve the same areas of the brain that control hierarchically structured sequences of action. The two halves of the brain support each other in both language and tool making. The right side of the brain controls the left, supporting hand for tool making, as well as figurative speech and understanding in language. The left side of the brain controls syntax and phonology (we'll discuss this a little later when we get to language) and precise action of the right hand.

We know there are connections between technology, language, culture, and the evolution of our brains. Bipedalism and tool making started it all, but all parts of the process are related (Stout 2008).

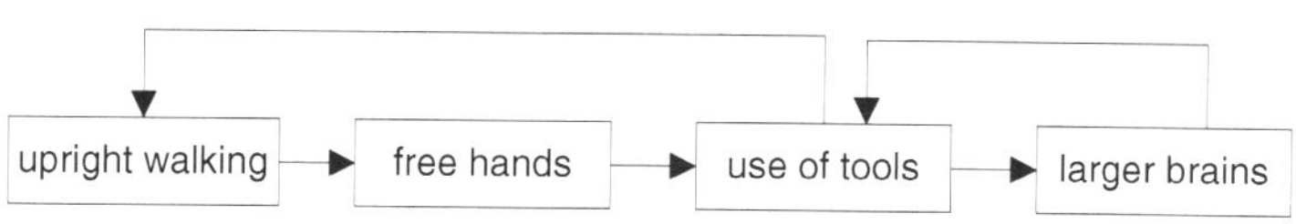

Figure 2-2 How brains are involved.

We see a system of several elements arranged so that if one of them changes, the others also change through the process of natural selection. If there is selection for walking—in other words, if it helps to reproduce the species—then there is selection for all of the reengineering that goes with walking, such as rotating and broadening the pelvis and restructuring the foot from grasping to walking. Broadening and rotating the pelvis narrows the birth canal. Now, if there is selection for a narrowed birth canal at the same time there is selection for larger brains, something's got to give. On the one hand, the birth canal is getting smaller; but on the other hand, the brains are getting bigger. The resolution was premature—by primate standards—birth. We are born before our brains become too big to exit through the narrowing opening of the birth canal. Moms who didn't have premature babies didn't survive the experience, and their babies didn't grow up to pass that characteristic on to the next generation.

Here's another step in natural selection: Those females whose infants were delivered prematurely had a better chance of reproducing more, but that created another problem because the premature infants weren't even developed enough to hang onto their mothers like other primate infants are. So the mothers had to carry the infants in their hands and spend even more time than ordinary primate moms taking care of their babies. Premature infants whose moms couldn't figure this out died, and those moms and infants did not contribute anything to the next generation.

Premature birth meant a long period of immaturity and development outside the womb. That meant that the moms had to want to take care of their infants and that the infants would like being taken care of. Walter Goldschmidt (this guy published his last book at the age of ninety-two, so we figure he says something worth repeating) suggests that there are two parts to human evolution. One part has to do with the idea some call the "selfish gene." That is, you do whatever you need to in order to assure that you have offspring that survive and reproduce so that more of your species are like you. Think of turtle moms having more eggs that hatch so more of their babies get to the sea and more survive to breed and so on. Goldschmidt points out that all life forms work this way. It's what natural selection is, after all. It's what evolution is. The metaphor of the selfish gene appeals to some people, but genes can't really be selfish or unselfish. They are just there.

But when people come along, we introduce a whole different dimension to evolution. The part that is unique to humans is the part about taking care of and being taken care of, or nurturing. Goldschmidt calls this second part "affect hunger," the hunger we all have for love and affection. Our long period of learning depends on affect hunger. We want to please the grown-ups, so we try to learn what they are teaching us.

Our survival as infants and kids depends on pleasing the grown-ups. If we don't please them, they don't have to take care of us. It's pretty easy to see how natural selection would favor that. That doesn't mean that all moms and dads like their kids all the time, but it does mean that as a general thing, most moms and dads like their kids pretty much a lot of the time. And it means we all like being liked. That's enough to make a difference.

The larger and more complex brains gave infants greater abilities to learn during their long period of development. This, along with other changes in the brain, allowed them to learn the intricacies of language as well as social roles.

If a mother belonged to a group that cooperated in getting and providing food, she and her infant had a much better chance of surviving and reproducing than if she had to get all of her food by herself. Thus, cooperative food getting conferred a selective advantage. So did language and lower levels of aggression within the group. We can put these elements into our systems diagram of human evolution (Figure 2-3).

Our system just got a lot more complicated. One of the reasons for the complexity is that there are more indirect relationships—for instance, between *upright walking* and *lower aggression*. Another is that there are multiple paths. You can follow the line by starting at the top left of the diagram moving to the right and down to *ability to learn* but also by going down from the top left box and then over to *long dependency* and back up or from *premature infants* down to *childcare,* across to *lower aggression* and back up. If following a series of arrows brings you back

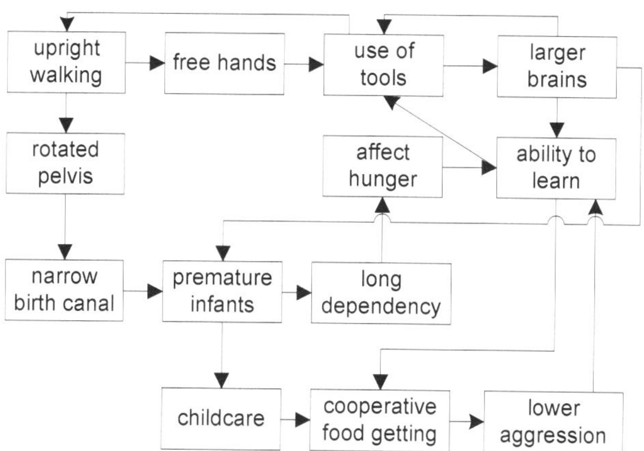

Figure 2-3 The consequences of the contradictions between walking upright and evolving larger brains.

to the starting point, we call it a **loop**. This system is one self-intensifying loop. It defines a system that might have taken a long time to get going—between walking and tool making is about one and a half million years. But it goes faster and faster when we put affect hunger and learning into the system. Take some time to study this system and understand how the diagram works, because they only get more elaborate from here on out.

The kind of animal that can cooperate with others in getting food and caring for infants is different from other primates. Most primates organize themselves into dominance hierarchies. One example is baboons. The large canine teeth of baboon males are a secondary sexual characteristic, like our human pubic hair and breasts, that develop with sexual maturity. Baboon males use their large canine teeth to scare others into being submissive and sometimes to fight to establish the order of dominance—who gives way to whom. When a female signals that she is in heat, the least dominant males breed with her first and the most dominant last, when she is most likely to conceive. Thus, the characteristic of large canine teeth is passed onto succeeding generations because it is the characteristic responsible for the fact that the dominant male impregnated the female that was in heat. This is another kind of natural selection, this time for aggression and the characteristics that go with it. Notice that the natural selection has to do with who got the female pregnant, not with everyone who had sex with her. Having sex has no evolutionary importance if there is no pregnancy. All breeding-age baboon males have sex with all the females when they are in heat, but the dominant ones are most likely to get them pregnant.

In primate groups with established dominance hierarchies, the weaker animals give way to stronger ones; females give way to males, and they share food only when stronger animals take it by force from weaker ones. When they threaten each other, they show their canine teeth. That's usually enough to cause the lower-ranking individual to back down. When a dominant animal threatens another, the one that's threatened can avert the eyes, crouch, whimper, look over a shoulder and grin, or walk backward. The signs of submission switch off the attack. The dominant individual may embrace the subordinate one, and everything is in order.

We're not like that. Stronger humans give food to weaker ones and don't take it from them. There is selection for cooperation and higher thresholds of rage and aggression. Humans don't get angry as fast as baboons. You can check this out by comparing what happens in some situations that typically evoke dominance displays and aggression in other primates. Sit in a bar or restaurant and watch what happens if a woman stares into the eyes of a man. Does he show his canine teeth at her and growl until she whimpers and picks up the check? Only on a date from hell. And that guy is not likely to get that girl pregnant or even get close.

Because cooperation in humans had a reproductive advantage, there was selection for it and for the biological structures compatible with cooperation. Genetically determined biological mechanisms control aggression in other primates, but culture controls it in humans. We don't have any biological mechanisms to turn on rage as baboons do. The other side of that coin is that we don't have any biological mechanisms to turn rage and aggression off, either. There is nothing in primate life that is comparable to a person killing another person who is begging.

We are dangerous to ourselves because we have lost the genetic control of aggression. Victims of violence have no way to control aggressors by showing signs of submission. People can kill other people who have never offended or threatened them personally. In fact, if you're a general or even a private, you can't do as well if you're enraged than you can if you are cool, calm, and thinking things through as you act. Instinctual rage is not compatible with the mass killing of industrial warfare that proceeds according to careful plans and meticulous control of fast-moving machines.

What about hunting? Hunting may have been more or less important in this story. The earliest hominids in Africa were not big game hunters. They did scavenge other animals' kills and kill and eat small animals such as frogs. The first walking hominid comes in about four million years ago. These folks had larger brains and upright posture, but their facial bones were similar to those of the earlier *Australopithecus* that dates from about five million years ago. Their tools were about the same, too—**pebble tools**. A pebble tool is a large pebble with a **flake** or two knocked off to make a sharp edge. That can happen to pebbles rolling around in a river, so it's impossible to know whether any given broken rock was formed by a person or by nature unless you find it in a place where people were living.

It takes about two and a half million years for the next big innovation to come along. About a million and a half years ago, we find a new kind of tool—instead of just one or two flakes knocked off a pebble, these are symmetrical on both sides. People made these **hand axes** according to a plan they had in mind, something much more complex than just knocking a stone to get a sharp edge.

You can make pebble tools. Wear gloves, or you'll get your fingers all cut and bashed up. If you're right-handed, hold a rock about the size of your fist in your left hand. Hold another rock the same size in your right hand. The rock in your left hand is a **core**; it's the one you're going to shape. Haul off with the stone in your right hand and bash the one in your left hand. Sooner or later you'll get the rock in your left hand to break. If you try it out, you can feel the different ways your right and left hands work, each controlled by a different side of your brain, both working together. If a small piece breaks off, we call it a flake. The rock in your left hand we call a core. The rock in your right hand we call a **hammerstone**. Anyone can make pebble tools, but it takes some expertise to make an Acheullean hand axe. Knock a flake off a pebble we call a core, and you get a sharp edge. The people who made the hand axes shaped the core to be the same on both sides and threw away the flakes. The people who made the new tools, *Homo erectus,* walked on two feet out of Africa to eastern Asia as early as 1.8 million years ago. A million and a half years ago, they left footprints in Kenya that we have recently found. These show that *Homo erectus* walked the same way we do today and was already on the move.

Archaeologists find the remains of big game animals like deer, pigs, bison, horses, rhinos, bears, wolves, tigers, and saber-toothed cats with *Homo erectus,* but they think *Homo erectus* were mainly scavengers and that the big game wasn't that significant, especially when compared with catching smaller animals and eating plants. People couldn't eat by hunting alone, and most of our ancestors' food came from plants. In terms of evolutionary forces, we are in the last chapter of the story when this big game appears with human bones. Hunting could not make us killer apes. Walking is the key to our evolutionary history.

In the new environments, separated from each other, new species of people developed. We find *Homo heidelbergensis* in Ethiopia about six hundred thousand years ago with a brain on the small end of our own modern peoples' brains, still below our average. These people were in

Figure 2-4 Found in Europe and Africa, the hand axe probably served stone-age men and women in a variety of ways—cutting meat, scraping hides, chopping wood, digging holes, hammering wood, and even for defense. They vary in size—some are more than six inches in length. Acheullean hand axes from Saint-Acheul, France, date from 1,000,000 BCE to 100,000 BCE.

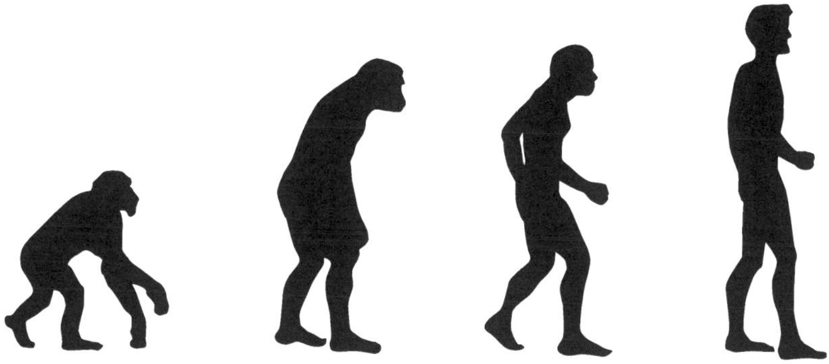

Figure 2-5 This is the linear view of human evolution. It didn't quite go like this straight line. It was a little more complicated.

Europe by half a million years ago, and a thousand years after that, we find the first evidence of a couple of technological innovations—hearths for fires and simple structures to live in.

There was another innovation about two hundred thousand ago when *Homo neanderthalensis* in Europe and western Asia, with brains as large as ours, began to make tools from the flakes. From central Asia to the British Isles, these people made the same kinds of tools without much variation. They were scavengers and foragers, and they hunted only small animals. Meanwhile, *Homo sapiens,* people like us, sprang from the same African ancestor as the Neanderthals and *Homo heidelbergensis,* while *Homo erectus* were still going strong in Asia.

About a hundred thousand years ago modern people from Africa, *Homo sapiens,* showed up in the eastern Mediterranean and shared the area with Neanderthals for some sixty thousand years. Both made the same kinds of stone tools.

About forty thousand years ago, our ancestors made another technological breakthrough when they figured out how to shape a core and then use an antler punch to detach long bladelike flakes. From those slivers of stone, those blades, they could shape any kind of tool they wanted. With this new method, people started making a lot of different kinds of tools.

Here's something to think about when folks talk about profit motives, patent rights, and intellectual property. What was the incentive for anyone to make any of these innovations? They didn't keep the advantages to themselves. Everyone benefited from them, kind of like the people who make open-source software. So why would they do it? That we can't say. But we know they did. That's why we're here. It's just not true that the market is the only motivation for innovation, or else we wouldn't be here because there were no markets back then.

All of our ancestors leading up to Cro-Magnon did about the same things, if maybe a little better than the earlier ones. But with Cro-Magnon came a radical shift. Cro-Magnon did many different things that their ancestors never did. They began to paint on the walls of caves about thirty thousand years ago, made flutes of bone, marked bone tablets with what may have been lunar calendars, and made sculptures. By twenty-six thousand years ago, they were sewing with bone needles and baking clay in kilns.

The earliest modern humans produced the same tools and behaved the same way as Neanderthals for more than fifty thousand years. They had brains that were structurally like ours, but they did not use them the same way that Cro-Magnon did. What made the change?

Ian Tattersall (2004) suggests that language made the difference. The beginnings of language, a cultural innovation, unleashed the changes that are responsible for the first flourishing of symbolic behavior we see in Cro-Magnon with things like music and art. Thinking and talking both rely on using symbols. Now we can add language to our system and with it, learning takes off. We develop culture. Figure 2-6 is the same as Figure 2-3, except that *language* makes a new self-intensifying loop with *cooperative food getting* and *ability to learn.*

The next big innovation came about ten or eleven thousand years ago when we started domesticating plants and animals. After that it was all over but the shouting.

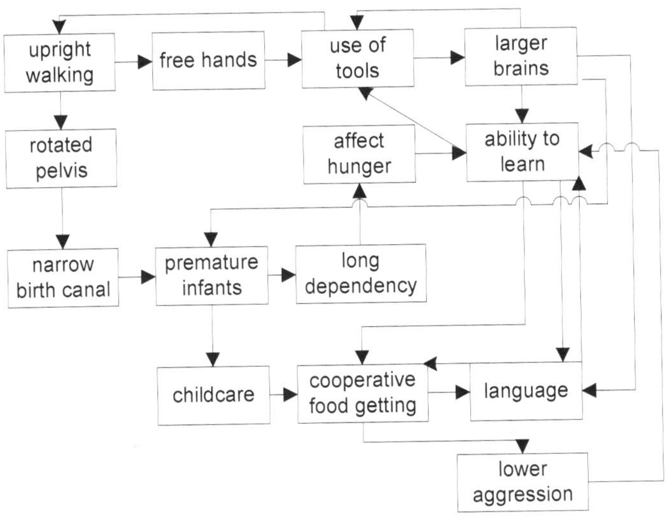

Figure 2-6 How language came into it.

Anthropologists continually work on the details of this story. Some look for fossil remains; some sift through the evidence from archaeological sites; some study other primates to better understand our similarities and differences; some untangle DNA for clues.

Discussion Questions

- Think of how your family is a system. If one person leaves or dies, how does that change what happens in the family?
- Describe and then draw an example of a self-intensifying loop in a system. How does removing one element of that system impact the other elements of the system?
- Think again about the difference between the scientific origin story and the origin stories people make up to tell themselves. What's the role of evidence in each? What's the role of belief in each? How can we know that Odin and Thor were gods?
- Do you think it's possible for human beings to adapt biologically to polluted environments? Why or why not?
- Evolution is based on the importance of differences in members of the same species. Can you think of some differences in our species now that people of the future might look back on and, say, confer selective advantage? Consider overcrowding, poverty, global warming, immunities to diseases, hunger, physical strength, and endurance or other differences. What do you think the people of the future will be like?
- What role does the human ability to use and understand symbols play in the difference between a baboon getting into a fight and an air force pilot dropping a bomb on a city? What are some benign symbols? What are some dangerous ones?

Suggested Reading

Bennett, Matthew R., John W. K. Harris, Brian G. Richmond, David R. Braun, Emma Mbua, Purity Kiura, Daniel Olago, Mzalendo Kibunjia, Christine Omuombo, Anna K. Behrensmeyer, David Huddart, and Silvia Gonzalez. "Early Hominin Foot Morphology Based on 1.5-Million-Year-Old Footprints from Ileret, Kenya." *Science* Vol. 323., no. 5918 (27 February 2009): 1197-1201.

Goldschmidt, Walter. *The Bridge to Humanity: How Affect Hunger Trumps the Selfish Gene.* New York: Oxford University Press, 2006.

Stout, Dietrich. "Technology and Human Brain Evolution." *General Anthropology* Vol. 15, No. 2 (Fall 2008): 1-5.

3

Same ancestors—why are we so different? *Photo from iStockphoto, © Rasmus Rasmussen. Used with permission.*

CHAPTER 3

HUMAN VARIATION

RACE AND GENDER

Race

If all people living today evolved from the same ancestors, those first *Homo sapiens sapiens,* why are we so physically different today? There's a lot of talk about race and racism these days in America. What does race mean in terms of our evolutionary history?

It is true that the distribution of certain of our physical characteristics is not random—there are patterns. Think of these characteristics as being like elevation on a topographic map. If we connect all of the points of the same elevation, we define a **cline**. It's the same for weather maps—we can map barometric pressures by connecting all the pressures that are the same. If we do that for human physical characteristics, we see that they do not form into neat bundles that go together. One cline may go one direction, and another a different direction.

For instance, skin darkness gradually increases from Mediterranean Europe south along the Nile or across the Sahara with no sharp breaks, so the "peak" would be in central Africa. The frequency of the fold in the eye that many Europeans and Americans associate with Japanese and Chinese people, the *epicanthic fold,* gradually increases from west to east across Asia. Wavy hair increases in the opposite direction, toward Europe. You can see people from South Asia whose skin is very dark but who have very sharp facial features and straight hair.

These distributions are the results of two processes: gene flow and natural selection. In biological terms, species and races are about who breeds with whom. Two populations that cannot interbreed are two different species. A *race* is a large, geographically isolated population within a species that doesn't breed very much with other populations of the same species. If there are different environments or some other differences in natural selection, then different species develop. So a race is a population on the way to being its own species.

A common idea of race is that there are a specific number of "types" of people that are all more or less the same but different from other types. Americans typically think that they can tell the different types apart by skin color. Some might add type of hair, nose and lip shape, and stature. There are the archetypes of Europeans with pale skins, straight or wavy hair, body hair, narrow noses, and medium to tall stature; versus central Africans with dark brown or black skin, wiry hair, medium body hair, thick noses and lips, and medium to tall stature; and Asians with pale to light brown skin, straight black hair, brown eyes, epicanthic folds, short to medium statures, and no body hair. Somewhere we can find a perfect representation of each type.

The Cunard Steamship Company has a building in Liverpool, England. Over the front door is a sculpture of Neptune, the Roman god of the sea. Evenly spaced around the building at the same level are wonderfully sculpted heads of archetypes of each race on the planet. The Cunard collection of sculpture represents this idea of race.

The problem is that human characteristics don't fall into sufficiently neat packages to define races. Lots of people in Africa have thin lips and noses, wavy hair, and dark brown to black skin. Some South Africans have epicanthic folds, light brown to dark brown skin, and spiraled hair. So the actual distribution of people doesn't fit any of the archetypes of race.

In addition, archaeologists tell us that people have been in contact over very long distances ever since we started walking out of Africa. Where there's human contact, there's breeding. We're that kind of species and that's how we got here. In terms of our genetics, there is more variation within any category of people, or population, you can think of than there is between them. So the differences between any two people from any single category of people are greater than the differences between individuals of any two different categories.

How can we say that there are no racial differences when you can look around you and see that people are black, brown, pink, and all shades in between? There are differences, but they don't go together. Each difference follows a different cline. And it has always been that way. There is no time in the past when races were pure but different and somehow got mixed up. Let's look at one of the differences that Americans think is important. *Why* Americans think it is important is another question that we'll come to soon, but for the moment, let's think about skin color.

Suppose our ancestors were hairy like our primate cousins. They move into the savanna and are walking. They're developing larger brains. One of the problems with the brains is that even a few degrees of overheating can lead to heatstroke. So there's an overheating problem. But sweat can solve the problem. Those who could walk and sweat contributed more to successive generations than those who could not. The more they could sweat, the more they could forage, and the healthier their children would be. And that meant more chance of passing on the sweat glands to future generations, until now we have about 2 million sweat glands on each of us. Sweat glands would work best with less hairy skin, so hairlessness and sweat go together. But that leads to another problem, because now there's nothing to protect the skin from the intense sunlight.

To understand skin color, you have to think about sunshine. This is one of those "blessing/curse" stories where something happens that people think is a great disaster until something else happens to prove that it was a blessing in disguise. Anthropologists used to think that skin color was related to skin cancer. Sunshine causes skin cancer. That's a curse, if your skin is white. Malignant melanoma is very deadly. The highest cancer rate is in light-skinned people who live in Australia. The rate quadruples for people who engage in outdoor sports, and it varies with the intensity of solar radiation from the equator north or south. In the United States, skin cancer is most frequent among urban whites in Texas—for instance, in Dallas and Fort Worth. It's less frequent where there's less sunshine—for instance, Detroit or Minneapolis. Men get it on the upper torso; women, on the legs. In Europe, Norwegians get it twenty times more than Spaniards.

Even more important, according to Nina Jablonski and George Chaplin, is folate, a B vitamin that is important for fetal development in pregnant women. Low levels of folate mean various kinds of birth defects, such as spina bifida. Exposure to sunshine causes folate to break down, so the intense exposure to sunshine in the tropics would mean more birth defects, unless melanin provided some protection. In short, people who weren't sufficiently dark to prevent the breakdown of folates couldn't have normal babies, and wouldn't contribute their genes to the next generation.

So, if you have white skin and stay in the sun, odds are good you'll die of skin cancer, or if you're a young woman, that your babies won't live because you won't have enough folate. But there is protection from skin cancer and low folate levels. It comes from the melanin that makes our skins opaque to light, just as sunblock does, and protects our skins from ultraviolet radiation. That opacity is, incidentally, connected to color. The more the melanin, the more opaque the skin, the more protection from ultraviolet rays, the less the danger of cancer and low folate levels. Along with the opacity, the natural sunblock, comes darker skin. So if exposure to sunshine were as intense all over the globe as it is on the equator, we'd all be black. All the pale-skinned people would have died.

If we make a diagram of these relationships, it looks like Figure 3-1. The plus sign above the arrow from *sunshine* to *skin cancer* means "the *more* the sunshine, the *more* the skin cancer." The minus sign from sunshine to folate means the more sunshine, the less folate. If sunshine increases, skin cancer increases and folate decreases. Likewise, if sunshine decreases, so does skin cancer but folate increases. So, sunshine and skin cancer move in the same direction while sunshine and folate move in opposite directions. That's what the plus and minus signs mean. The minus sign above the arrow from *melanin* to *skin cancer* means "the *more* the melanin, the *less* the skin cancer." It also means "the *less* the melanin, the *more* the skin cancer." It means that these two variables move in opposite directions—an increase in one means a decrease in the other as with sunshine and folate. The plus sign over the arrow from *melanin* to *darkness of skin* means "the *more* the melanin, the *more* the darkness of the skin." It also means, "the less the melanin, the less the darkness of the skin." These two variables move in the same direction. Another way to say this is "the more the melanin, the darker the skin; the less the melanin, the paler the skin." What many people think of as "white" skin is actually pink because the skin is so transparent that we see the capillaries in the skin.

It's more complicated than that because sunshine is also a blessing. When skin is exposed to sunshine, it produces vitamin D that goes to our digestive system to help us absorb the calcium that is necessary for the growth and strength of our bones. Without it, people's bones become soft and deformed by rickets. Even if people with rickets could get along, women's birth canals would be so deformed that having a baby would kill the mother as well as the baby. So people who could use the sunshine to make vitamin D had a selective advantage in the north. The people with pale skins who could use the sunshine survived more and had more offspring. So paler skin meant more vitamin D, less bone deformation, and less melanin. Less melanin meant paler skin just as more melanin meant darker skin. Figure 3-2 shows this pattern. This means "more sunshine, more vitamin D; more vitamin D, less rickets; more rickets, less melanin; less melanin, less darkness of skin."

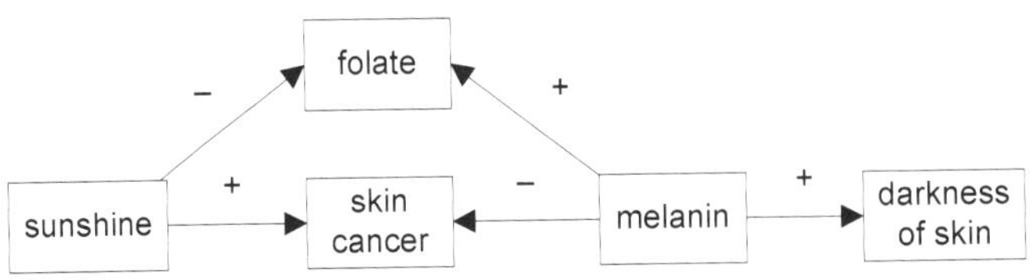

Figure 3-1 Effects of sunshine in equatorial areas.

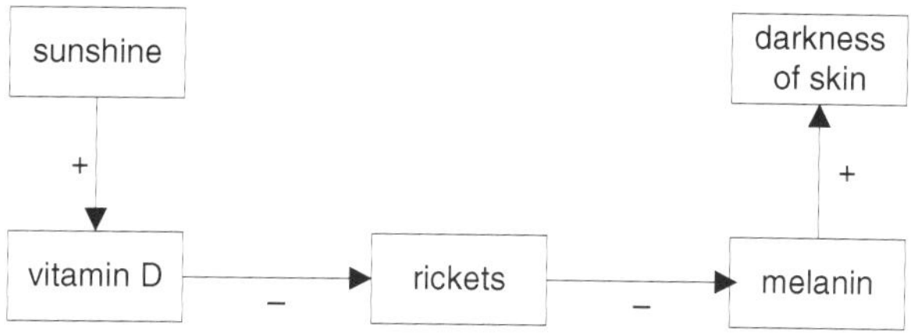

Figure 3-2 Effects of sunshine in northern areas.

Both of these processes happened everywhere. Where there was lots of bright sunshine through the year, people who got skin cancer died; where there was less sunshine, people with rickets died. That left more people with darker skins toward the equator and more people with lighter skins toward the north.

If you can get vitamin D from somewhere besides the sun, then the pressure of rickets is off. People who live in the polar areas get vitamin D from marine fish, but these weren't available to people in Europe or Africa.

So, there's a trade-off between rickets, folate, and skin cancer. The whole process looks like what is shown in Figure 3-3.

We don't know what color our ancestors were, and it doesn't matter. Let's suppose that they were all black. If we started this system up just five thousand years ago, and the people with less melanin who could process vitamin D from sunshine had just 2 percent more children per generation, all of the people in those areas would have been pale by 0 A.D. DNA evidence suggests the process would take 2,500 years or about 100 generations at most.

Some other things were going along with paleness. The best source of calcium for the northern people was milk. So along with paleness there

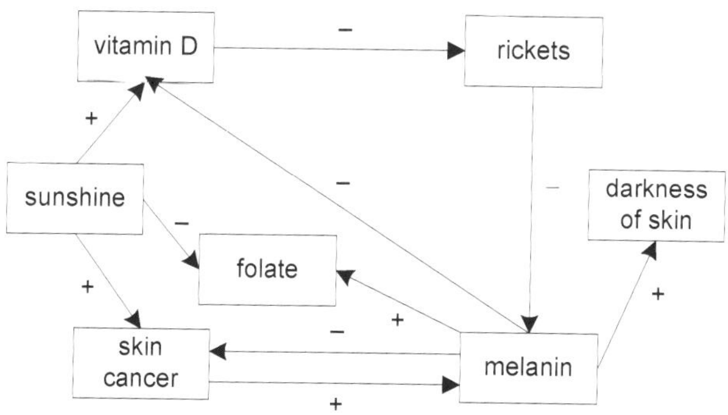

Figure 3-3 The evolution of human colors.

was selective pressure for lactose tolerance—the ability to digest milk. Americans tend to talk about lactose intolerance as though it were some disorder. They even make medicines to fix it. In fact, tolerance for lactose is the strange thing. Most people are not lactose tolerant.

Now we are adding characteristics to our population. The more we do that, the less the characteristics form into neat bundles.

What can we say about race? Humans are a **polymorphic** species—*poly-* means "many," and *morph* means "form." So we are a species of many forms, with many partially isolated breeding populations, but we kept moving and mixing, never stopping in any one place permanently enough to develop different species. That explains the variation within groups and why it is greater than the variation among groups. We are a single species, a single breeding population.

So, if race isn't a biological reality, where did the idea come from? Part of it is from ethnocentrism. Part of it is from the idea that other people are different from us. This doesn't always have to do with skin color as it does in the United States. It can have to do with the way people speak. George Bernard Shaw wrote a play about that called *Pygmalion.* That play was later made into a movie with the same name and then into a musical called *My Fair Lady.* British people make the same kind of racist distinctions based on dialect or accent as Americans do based on skin color. In Britain, it has to do with class. We'll come back to that topic later, too.

The point is that people can emphasize any source of difference as a way to make categories of other people to treat well or badly. So where does this inclination to divide people into different categories come from?

Just like the origin stories, it's cultural. But it has to do with the culture of nation-states that developed in Europe in the sixteenth and seventeenth centuries and got consolidated into warring nations by the middle of the nineteenth century. Yes, this entire notion is pretty recent, historically speaking. There aren't any real borders among people, but the rulers of European-style states like to define certain territories and fight over them. The idea is that there is a homogeneous group of people all alike in their language and culture that gets along pretty well together. These people live inside the borders of the state and have a government that takes care of things for them and protects them from foreigners who may try to take over "our" country. Make people more afraid of foreigners than they are of their own rulers, and they won't look too closely at who is really doing them harm. Adolf Hitler's slogan was "One people, one government, one leader." George W. Bush's slogan was "You're either with us or against us."

The basic idea is that there is a single people with a single language, government, territory, history, culture, music, and literature. Each nation claims to be the best one because this ideology of **nationalism** is a powerful source of ethnocentrism. If we project that ideology onto the whole species and assume that people come in linguistically and physically defined groups, we get the idea of race. In fact, early writers used *race* and *nation* to mean the same thing. Another thing that nations do is keep track of people so they can draft them for armies and tax them to pay for wars. When they start counting people, they make categories—occupations, regions, religions, races.

So racism, along with nationalism, belongs to the cultures of states. In the United States, the idea of biological races and biological racism is also connected to the European conquest of the Americas and the slave trade. The Europeans and their American descendants could use color as a handy marker for who was fair game to be captured and sold into slavery or kept in slavery. Then racism, the idea that people of one category are superior or inferior to those of a different one, could be used as a defense of slavery. After the Civil War, racism provided a rationale for political and economic repression. The history of that form of oppression is too complex to go into here, but if you haven't experienced some form of dominance because you're a woman instead of a man or because you're darker than someone else or because you have a different kind of name than someone else, then ask some people of a different gender, sexual preference, skin color, or surname system to tell you how that works.

The idea of race as a biological fact is itself a political weapon that some use to oppress others. Later on we're going to explain how some people can control the culture of others. (We mentioned hegemony in the Introduction and we'll come back to it later), but for now just remember that if you're asking about the biology of race, you're asking the wrong the question. The real question is about the politics of race. It's quite possible to ask about human variation and how that works biologically, but to do that scientifically, we have to give up the assumptions of race, even the convenient assumptions of isolated human breeding populations. Otherwise, we're not doing science; we're justifying a pernicious political doctrine.

The Icelandic anthropologist Gísli Pálsson writes about an island mentality—that even anthropologists think about people as if they lived on little islands separated from other people. Biological anthropologists are trying to work out the history of our species by comparing the genetics of different groups. The problem is that if they assume such "islands" of population exist, they take their samples from the islands, and guess what? They prove there really are islands. They wind up proving their own assumption. This would be like assuming your bicycle odometer was accurate and using it to define the distance of one mile and never checking it against any other way of measuring the distance. Of course, your bike would always go exactly the distance the odometer said. You've proved your own assumption.

Another way to map genetic variation would be by dividing the world according to a grid or some other method of random sampling instead of looking for islands of populations.

Pálsson points out that the people who share features such as dark skin and hair texture, Melanesians and Africans, are as genetically different as it is possible to be. In terms of molecular markers, white Europeans are closer to both black Africans and black Melanesians than Africans are to Melanesians. Jablonski suggests that the black people of South Asia used to be white, until they went so far south. So what could a black race be? Some of the gene hunters, as Pálsson calls them, even try to define populations according to language. Most Americans are hyphenated Americans—Afro-Americans, Italian Americans, and so forth. And most of them speak English. This example isn't that strange. Language is one of those things that nationalist ideologies made into islands along with genes.

But aren't there differences in performance? A greater proportion of black people than white people in the United States are poor. Isn't that because they are not as intelligent or as industrious as white people? Racists say so. But ability doesn't go with skin color; it goes with opportunity. Provide equal opportunity, and there will be equal performance. The United States does not provide equal opportunity. Black people don't have the same chances of going to good high schools that get kids into college as white people, and so on. Continue to deny equal opportunity on the basis of skin color or any other difference, and there will not be equal performance.

Here we have to shift gears for just a moment and mention that sometimes, as in this example, the racism is built into the system itself. It isn't a question of individuals being racist but of a whole system that's racist. We can have a black president and black Supreme Court justices and still have a racist system. To make a difference requires making a difference in the system, not in the people in it. You can change all of the people and keep the same system, and you'll get the same result.

Racism isn't just the prerogative of rulers. People who want to get along in the system can take up the practices and prejudices of the rulers. One example we recently came across is in Charleston, South Carolina. We were working on the story of a union of black longshoremen there. To understand what was going on, we had to understand about "race" relations in Charleston. We learned that people there aren't just white or black. There's a whole range in between. Historically, these started out as the offspring of matings of different kinds between white slave owners and slaves. The white owners often helped their brown children by setting them up in business. A privileged brown elite thus grew up within the larger black community and acted as a link between the blacks and whites.

Even though the brown people suffered the same kind of racism as the black ones, they suffered less. They had many privileges in a system that ran on privilege. People in power give you privileges, so you have to stay on their good side. Systems, when they're working in your favor at least, give you rights. To move from privileges to rights, you have to change the system, and that might annoy the people in power. So the brown elite people helped to keep the system of racism going. They didn't want to change the system that was working well for them. They could deal with racism as long as they were getting along economically and had darker people to be superior to. During the civil rights movement of the 1960s, they advocated patience and reform rather than the big changes the civil rights movement promoted with its sit-ins and demonstrations. The brown elite wanted to avoid any kind of confrontation with the white establishment.

The point is that racism and prejudice can cut in any direction. Sometimes when blacks are majorities and whites are minorities, black people can do unto others what has been done unto them—be racist toward whites in what some have called the oppression of the oppressed. Suzan saw some of this in her work with unions in Chicago. If racism and prejudice can cut in any direction, what is the solution? The solution is not to have any prejudice or any racism. Unfortunately, that's as easily done as having no more war.

Sometimes people get kicked out of their homelands and spread over the world. Sometimes the homelands get absorbed into bigger and more powerful states. Sometimes people dream of returning to their homeland to have their own state and do unto others what the others have done to them. Sometimes these folks get guns and tanks and airplanes and are dangerous to everyone around them and the rest of the world.

The lesson of anthropology is that there are no homelands except Africa. If we want to go back to our homelands, we have to start walking until we get to wherever our parents came from, then to where their parents came from, and farther and farther until we get to the great-great-great-whatever that was the first human in our ancestry to walk out of Africa. Then we keep on going until we get to Africa and we . . . what? We stand on each other's shoulders? We duke it out for some place to sit down on the ground?

We are a species on the move. Every homeland has always been just a stepping-stone on our journey to wherever we are now. So we've always been moving and mingling, mixing and matching, and, above all, going on to the next place to do the next thing.

Gender

The differences of sex are greater in other primates than for us. The word for this is **sexual dimorphism**, or two forms by sex. Male baboons, for instance, are up to twice the size of females. But even in such highly dimorphic species, biology does not seem to be destiny.

The pattern we discussed in the last chapter with dominance hierarchies of breeding males and females is characteristic of savannah baboons that live in the grasslands. Remember, toward the end of her period of being in heat, the female forms a consort pair with the most dominant male so that he is more likely to get her pregnant and pass on his characteristics, such as large size and large canines that helped him to get and maintain his position in the hierarchy.

But we see a different picture in forest baboons. There are no dominance hierarchies. The older females lead the troop, and the males do not protect the troop as savannah baboon males do. So baboon sex roles seem to vary by habitat—different arrangements work in different conditions.

Gibbon males and females are about the same size and live in pairs in fixed territories that the males defend. They only copulate when the female isn't pregnant or nursing. But orangutan males are about twice the size of females, and the females occupy a stable area of forest, while the males range over large areas, do not protect females or young, or form pairs with females. So there doesn't seem to be any particular relationship in our primate relatives between sexual dimorphism and gender roles.

But in the chapter on evolution, wasn't there a big deal about women carrying the babies and foraging for food while the men were hunting and getting game to bring home? Maybe, but recent archaeological analyses suggest that most of that was scavenging big animals, not hunting them. But here is the most important point: We don't do that anymore. There is no connection between what was happening with the women in those early foraging and scavenging groups and the fact that women today are paid less for the same work than men.

If you think women should be treated differently from men, then we suggest you find some woman who will go with you and start foraging and scavenging. Keep her pregnant or nursing most of the time to slow her down. That means that you won't be having sex with her that often, but each time will count. Don't use any domestic animals or cars, don't live in a house, and surely don't use any money. If you get your family values from some scenario like this, we hope your woman leaves you high and dry because you sure don't deserve either her company or the food she's feeding you.

This part of the book is about gender, but we learn our gender roles from growing up in families where the older generations model them for us. To learn about gender roles, we have to stop and take a brief look at families. What is a family, anyway? Americans, like Europeans, tend to think in terms of a mom, a dad, and their kids living in a house with two cars and a dog named Spot and a cat named Puff. Most of the people of the world for most of the time we've been on this planet don't think that way.

Why? Because most people form into larger groupings called **lineages**. These come in two kinds—according to whether you can claim membership in them by virtue of the mom you have or the dad you have. Some are all the people descended from the same woman; some all the people descended from the same man. Put that in Latin to make fancy academic words, and you have **matrilineal** (mother's line) and **patrilineal** (father's line).

These aren't mirror images of each other because the guys are in charge in both kinds. In a matrilineal lineage, it's the women's brothers who run the lineage. You'll learn more about this point later, but it doesn't hurt to bring it up here. Kinship is a key concept in anthropology.

Usually, family values means valuing the people of your lineage, not just your household. An early anthropologist, Bronislaw Malinowski, wanted to find out about the relationships between fathers and sons in the Trobriand Islands, where he did fieldwork. He'd been reading Sigmund Freud, who was writing about the Oedipus complex. That's the idea that as boys grow up they begin to compete with their own dads for the attention and then the control of their moms. Freud said as guys grow older, they want to kill their dads and possess their moms. That makes them feel guilty in all kinds of ways, and that guilt makes them give up any ideas of sex with their female relatives. The same sort of thing goes on with girls and their dads. Freud called that the Electra complex.

Malinowski wondered how that idea would work in a place with a different kind of family structure than Freud was seeing in Vienna. The Trobriand Islanders have matrilineal lineages. The most important adult male in any kid's life is his mom's brother, what Americans would call an uncle. Kids belong to the mom's family, not their dad's. The dad is just a sperm donor for the mom. The men of the mom's lineage, the mom's brothers, are responsible for raising the kids, for their family values. So, all of the closeness is between the children and their mother's side, and their uncles are the ones who raise the sons and model maleness for them. The uncles are in the roles of Viennese dads.

What about the Trobriand dads? They're involved with their sister's kids, the kids that belong to their families, their lineages, but to their "own" kids they are indulgent, like uncles in Europe. With a whole different kind of family structure, there wouldn't be any struggle between the dad and the son for the mom. It's not about moms and dads but about who has authority over the kids (Trobriand uncles and European dads) and who can be indulgent to them (Trobriand dads and European uncles). That is different in different systems.

So what does any of this have to do with gender roles?

One of the things that all people share is some kind of prohibition on having sex with certain relatives. We call that an **incest prohibition**. What's interesting is that different groups define the incest prohibition with respect to different relatives. Breeders who want to breed livestock or pets for certain characteristics look for males and females that share the thing the breeders are looking for. That's likely to be closely related individuals. So breeders encourage incest to bring out the traits they are looking for. The incest prohibition doesn't have anything to do with genetics or fears of inbreeding. Cleopatra, for instance, was the result of several generations of brother-sister matings. The Inca kings of Peru were so godly that no ordinary woman was good enough for them, so they had to mate with their sisters. You might say it's all relative.

The French anthropologist Claude Lévi-Strauss's answer to the puzzle was that the incest prohibition forces groups to have social relations with other groups so that they could help each other out when they needed it. That was the advantage of the incest prohibition.

The point is that the kind of kinship groups and the definitions of family are variable, and one of the things that goes along with those differences is differences in gender roles.

In the mid-1930s, Margaret Mead set out to explore the varieties of gender relations in her work in New Guinea. She found that Tchambuli women were dominant and the men, dependent; women, impersonal and managerial; and the men, irresponsible—the women seemed more like American males than American women in their behavior. Among Arapesh, nobody was very masculine by American judgments, and everyone was pretty equivalent in their cooperation and gentleness. She found Mundugumor of both genders to be aggressive even in making love. Her conclusion was that there is a wide variety of gender roles.

Some later anthropologists have criticized Mead's methods, but many others have found her conclusions sound. Whatever one's opinion of Mead's work, anthropologists agree that there is no necessary connection between biological characteristics and gender roles.

Nor is there any necessary single definition to marriage. Several men may be married to one woman at the same time. Several women may be married to one man at the same time; women and men may marry ghosts or trees or spirits; men may marry other men; women may marry other women.

Tibetan herders, at least before the Chinese took over, used all of these forms of marriage. The particular form depended on the livestock situation of the tent. Each child of the parents owned an equal share of the livestock, but the parents have two shares. So if there is a family with two sons and two daughters, each son and each daughter owns one-eighth of the herd. The father and mother each own one-fourth of the herd. Everything else hinges on the facts of herd ownership.

Two brothers might decide that they could do better by keeping their herds together. They know there cannot be two women in one tent unless the women are sisters or mother and daughter. So the older brother might offer to share his wife with the younger brother. So there's one woman and two husbands. The arrangement can be fragile because the woman may favor one husband over the other and kick one of them out with his herd, or the younger brother may want his own wife.

A family may have only one daughter, or maybe all the daughters except one have already married. The parents may bring in a son-in-law as a son. The only difference is that he is married to the daughter and that he can't set up a tent apart from the wife's parents' tent. If the father dies, the mother and daughter may share the same husband.

A wealthy married man may take a new wife and set her up with half of his share of the herd, but the two tents will stay together, even if the two wives are in separate tents. A man may marry several sisters, or a father and son may share a single wife, and so on. Robert Ekvall, who lived with these herders, says that the economic conditions of the herds determine the patterns of marriage in particular tents.

This can happen because people don't equate sex with marriage, so there's a lot of sexual activity between people who aren't married to each other. The birthrate is also low, so there aren't many children, and people value them highly. People don't have to be married to be sure that any children they have will be taken care of. The important thing is the management of the herd. That does require the stability of marriage.

The management of herds requires a partnership of men and women working together. Women take care of newborn and young animals and do all of the milking. This gives them the right to veto any livestock decisions any of the men might make, which, Ekvall (1968:28) says, "she can press with emotional intensity."

The important thing here is that the particular form of marriage depends on what is going on with the herds. As situations change, so will the marriage form.

So the forms of marriage are as varied as the forms of gender practices. In February 2004, the American Anthropological Association's executive board issued this statement when there was discussion of a constitutional amendment to limit marriage in the United States to one man and one woman:

> The results of more than a century of anthropological research on households, kinship relationships, and families, across cultures and through time, provide no support whatsoever for the view that either civilization or viable social orders depend upon marriage as an exclusively heterosexual institution. Rather, anthropological research supports the conclusion that a vast array of family types, including families built upon same-sex partnerships, can contribute to stable and humane societies.

Anthropologists may disagree about why this is so, but most would not disagree about whether it is so. Comparative studies of sexual practices challenge our own ideas about what is sexual, let alone what is normal.

Some New Guinea people believe that girls don't need any help developing because they naturally become women, but, because women also raise boys, this view holds back the development of the boys' masculinity. Initiation rituals separate the boys from women. In the rituals, fully developed men instill men's values in the boys and give them the strength of warriors. Boys get this strength by consuming the semen of older unmarried men in oral sex. The men believe that they control everything through their control of semen. Only the men can drink the sap of a special tree that restores their semen. Their semen creates babies and feeds them because it causes breast milk to flow. It turns boys into men; it turns girls into wives; it keeps the whole society going. Women say they create milk by themselves and don't need any help from men.

In another New Guinea group, the boys get the semen they need to grow into men from older bachelors their fathers select to have anal sex with when they are about ten or eleven. But, according to these people, virgins make the best hunters because animals won't appear to men who are having sex with women.

We've called these practices oral or anal sex, but it isn't clear that the New Guineans think of it as sex at all. Because our culture thinks of these actions as sexual doesn't mean that New Guineans do. These practices are parts of larger systems of exchanges between age-defined groups of men that also involve food, meat, and sometimes painful acts of inducing vomiting and bleeding. So it is very misleading to think of these as sexual in the same sense they might be to us. Anthropologists have analyzed such actions in terms of Freudian ideas that are centered on ideas of sex and the erotic but that are not appropriate in this cultural context of exchanges of substances. Furthermore, the whole idea of seeing these acts as sexual is connected to the Western idea of sexual desire as something deeply personal and individualistic. We will return to the idea of individualism later, but for now, know that even acts that look to us like sex may be part of a different system of meaning than we are accustomed to, part of a different cultural world. Anthropologist Deborah Elliston (1995) says that to think of these acts in the same cultural terms we use instead of their own New Guinean terms of exchanges of substances is to be ethnocentric.

One test for cultural relativism is the practice of female circumcision or genital cutting, the removal of all or part of the clitoris and sometimes a more extreme form of sewing the vagina together called *infibulation*. These practices are common in parts of Africa.

Some argue, in accordance with relativism, that such practices are aspects of those cultures and that it's not up to us to judge them. Others argue that the practices are dangerous because of the risks of infection, and misogynistic or antiwoman because they deprive women of an important part of their bodies. Kirsten Bell (2005) wondered why her American anthropology students found female genital cutting abhorrent but thought male genital cutting or circumcision was normal. Some international health organizations think of male circumcision as a "medical" procedure but oppose female circumcision altogether.

Male circumcision became popular in Victorian times as a way to control masturbation to ensure physical and moral "hygiene." Some people advocated clitoridectomies to keep girls from masturbating as well.

Freud taught that mature women had orgasms from their vaginas because when girls reached puberty, sexual excitability transferred from the clitoris to the vagina. In this view, the clitoris didn't have anything to do with sex. During Victorian times, doctors would cure a woman of hysteria by massaging her clitoris until she had "hysterical paroxysms," but the Victorians did not think of that as anything sexual.

Culture defines what is and what is not sexual, whether it's oral or anal intercourse in New Guinea or clitoral massages in Victorian England. By the late 1940s, clitorises became so unimportant to the mostly male medical establishment that anatomy textbooks didn't even include them.

In the mid-1970s, *The Hite Report* showed that most women's orgasms come from clitoral rather than vaginal stimulation, and people started wondering why clitoral stimulation wasn't a normal part of sex. Westerners returned to an earlier idea of understanding the clitoris as a female penis—understanding women's bodies in reference to men's.

In fact, while circumcision may reduce the sensitivity of the penis, it doesn't prevent masturbation, and cutting a woman's clitoris off doesn't prevent her having orgasms.

Today, lots of books and other media suggest that women get sexually warmed up by talking and cuddling, while men are mindlessly attracted to body parts. The twenty-first century view is that men are always ready and willing, testosterone-driven creatures who can't control their penises, but women are delicate and passive. In this view, even cutting off part of a guy's penis doesn't slow down his powerful sex drive. It's even a good thing to reduce the sensitivity of a guy's penis because he can perform longer and better. But whacking off any part of a delicate and passive woman's sexual anatomy would cripple her.

Bell says that these kinds of cultural assumptions are behind all of the discussions about genital cutting—thinking that it's bad for women but OK for men. She doesn't say that physiology has nothing to do with sexuality, but she is saying they aren't the same thing.

Doctors and policymakers are ready to condemn female circumcision and approve of male circumcision because of what they think are the *natural* effects. But that tells more about the culture of the doctors and policymakers than about physiology. Sexuality is cultural. And cultures change through time and across space. So even something as "natural" as sex becomes part of culture, and people understand it differently in different times and places.

Conclusion

Race and gender are two of the big categories for classifying people as similar or different. Some say our experience is determined by race and gender. We said there wasn't such a thing as race. How can it determine experience if it doesn't exist? Just because something doesn't exist doesn't mean some culture won't make a big deal of it. Most Americans don't think witches and spirits exist, but they are a big deal for the Lisu tribal people in northern Thailand with whom Paul lived.

Sometimes there really are things that our cultures don't recognize. For instance, Victorian doctors could massage a woman's clitoris until she had an orgasm, but neither one of them thought of that as any kind of sexual experience. So, in America there is a rigid class system, but it's almost as evil to talk about class as it is to talk about masturbation.

So just because we make a big deal out of race doesn't mean that it's real. It isn't real biologically. But it is real politically, and people experience it because we have a racist system that discriminates against people based on the color of their skin or their surname. If you're a black American, your experience teaches you that you're the one who is different. Every black person can tell a story about when he or she first figured out that not everyone was black and that being black made a difference. It's usually painful. If you're from a Spanish-speaking family in the United States you probably remember the first time someone told you you'd better speak English or that you speak with a strange accent. You may remember relatives from Spanish-speaking countries telling you that you had a strange accent. So no matter what language you speak, someone's going to be annoyed, unless it's another person from the same barrio or region of the United States.

If you're a white female, you may wonder why some things are harder for you than for males. You may have noticed it in sports or in math or somewhere else along the way. If you haven't noticed it, you will when you learn that you will probably be paid less than a guy for the same work.

If you're a white male, you probably won't understand this stuff. You'll be inclined to think that everything is fair and equal because it seems that way to you. You may wonder why people of color and women talk about a racist and sexist system. You are the minority, but it is the minority that runs the country. You are the one for whom the system operates best, so you never need to think about either being white or being male. Having a black president does not change the system. We can all hope that he will help to change the system, but just the fact that he's black doesn't change it. Having Hillary Clinton in the White House wouldn't have changed it either just because she's a woman. These victories are symbolic, and in many ways motivational and inspiring for the people who see more of themselves in these new faces. Perhaps they even offer a new perspective to a position of great power. But they are not real change. The white male financiers strolling in and out of the White House almost daily in 2009, and the largely white male stockholders they represent, would be the first to tell you so.

Race and gender do affect us, often in ways we never think about. It's the job of anthropology to make those ways more visible. But in addition to race and gender, there is one other thing that is more powerful than either, one thing that in America today is more invisible than either race or gender. That is class. If we ignore class, we ignore all of the causal forces that make race and gender work the way they do. So, yes, we categorize and label each other, and that very practice along with the ideologies of nation-states provides the basis for racism and sexism.

That practice of categorizing and labeling is part of our ability to use language.

Nasrudin was in the Land of Fools. Every day for days on end he stood in the square and preached, "People, sin and evil are everywhere. Sin and evil are hateful." One day he was about to start up with his usual sermon when he saw some of the Fools standing around with their arms folded.

"What are you doing?" he asked. "We've just decided what to do about all this sin and evil you've been talking about," they answered. "You've decided to avoid it? To steer clear of it? To shun it?" "No," they answered, "we've decided to shun you."

Discussion Questions

- Have a debate where one side argues that race and gender differences are real, defined by present-day understandings, and one side argues that there is no basis for them. Keep track of the arguments each side makes. Where do those arguments come from? How did you learn them? How can they be tested?
- How does your current understanding of race conflict with what you've read in this chapter? If everyone accepted the anthropological explanation of race, how would our country be different? How would our world operate differently?
- Apply these same questions to gender differences.
- Discuss how racism has reinforced or not reinforced nationalism in the past. How does it affect nationalism today?
- How has the election of Barack Obama to the presidency of the United States changed or confirmed what you knew, feared, questioned, or understood about people of another color?
- What are some of the ways we treat men and women differently in the United States? Why do you think we maintain these differences?
- Are there any scientific reasons to prohibit same-sex marriages? Are there political reasons? If so, what are they?
- Discuss how you feel about the ideas that anal and oral sex and massaging a woman's clitoris aren't really sexual. Why do you think you feel that way? What cultural assumptions are involved?

Suggested Reading

Herdt, Gilbert. *The Sambia: Ritual, Sexuality, and Change in Papua New Guinea*. Belmont, CA: Thomson/Wadsworth, 2006.

Jablonski, Nina G. *Skin: A Natural History*. Berkeley: University of California Press, 2008.

Stack, Carol. *All Our Kin: Strategies for Survival in a Black Community*. New York: Harper, 1974.

———. *Call to Home: African Americans Reclaim the Rural South*. New York: Basic Books, 1996.

Warnock Fernea, Elizabeth. ***Guests of the Sheik: An Ethnography of an Iraqi Village.*** New York: Doubleday, 1989.

———. *A Street in Marrakech: A Personal View of Women in Morocco.* Prospect Heights, IL: Waveland Press, 1988.

4

Talking about the past, the future, other locations, and about "what-ifs" is unique to human languages. *Photo by Suzan Erem. Used with permission of* Voices of Central Pennsylvania.

CHAPTER 4

LANGUAGE

Language was one of the elements interacting in our evolution along with tools, bipedalism, premature birth, and long periods of infant dependency. It is one of the things that made us human and is now one of the things that sets us apart from other animals.

Other animals have systems of signaling. Bees communicate the distance and direction to sources of pollen by their body motions in the hive. They communicate about the state of the hive and the queen with chemical smells called *pheromones* to let each other know what they need to do about feeding larvae and making honey or wax for the hive. Our primate relatives have ways of signaling about food, dominance, submission, danger, and sexual state. Whether they work by body motions, noises, hand signals, or smell, these systems all have one thing in common: they can only communicate about what is going on right here and right now.

Human languages take us into different places and times. We can understand stories about places we have never been and times we can never experience. We don't just talk about the here and the now but about the past and future and the "what if." "What if we used the flakes for tools?" "What if we shaped the flakes and threw away the core?" The term for being able to talk about different times, places, and hypothetical situations is **displacement**. It's unique to human languages.

That means we can say new things. In this sense, human languages are **open.**

Bees communicate by dancing faster or slower in certain directions. Their system is analog—more or less speed or north or south. Our languages are digital—based on **discrete** units of sound and discrete units of meaning, not on the "more or less" analog principle. Linguists learn about languages by comparing different words and paying attention to the smallest differences that they can detect between sounds and between meanings.

If we pair up some words, we can see how this process of comparison works. Pay attention to the sounds, not the meanings.

- *bit/bite*
- *lit/light/lite*
- *hit/height*

Time out for a footnote. We are going to be talking about language here, and we're both Americans of one kind or another, so we're going to use our own language to illustrate those points. Our language is American. It is not English. If you don't believe American is a different language from English, ask a British person. Or, consult H. L. Mencken's 1919 book *The American Language,* which is still in print and explains the differences between American and English.

If we ask someone who speaks American about these pairs, she will tell us that each one is different. *Bit* means one thing, and *bite* means something else. It's the difference in sound that tells us about the difference in meaning. In these examples we're seeing the difference between what we call the "short *I*" sound and the "long *I*" sound, a difference in sound that signals a difference in meaning. Linguists explore all of these contrasts until they can map out all the differences of sound that make a difference in meaning. It's not as straightforward as it first seems. Let's look at some more examples.

If you hold your hand in front of your mouth and say these words, you can feel the differences, but you probably won't hear them. If you say *tip,* you feel a puff of air on your hand as you say the "t" sound and not much of anything after the "p" sound. If you say it backward, *pit,* what happens? Now you feel the puff of breath after the first "p" sound but not much after the last "t" sound. Linguists call that puff of breath **aspiration** and write it with an "h." So we don't confuse that sound with the "th" sound of *the* and *thing* (two different sounds, one spelling), we're going to make it a superscript *h,* so t^h. If we write the sounds that are really there, and not just the ones we hear, it would go like this:

t^h*ip*
p^h*it*

"T^h" and "t" are really two different sounds. So are "p" and "p^h." If they're so different, why don't we hear them as different? Well, a lot of people *do* hear them as different. The alphabets of Indian languages all have four different letters for these four different sounds. The reason that people who speak American don't hear the sounds as different is that we've learned not to pay attention to a difference that's really there. We group the "t^h" and the "t" sounds together and we lump the "p" with the "p^h."

The difference between "voiced" and "unvoiced" is another contrast that Americans use to distinguish different sounds. Think of the difference between these two words:

bit
pit

Now put a finger on your larynx or voice box and say *bit.* You'll feel a slight vibration. That's the vibration of your vocal chords that linguists call *voicing.* When you say *pit,* you don't feel that vibration. Now *tip* and *dip.* You'll see that you voice the *d* but not the *t.* That makes a big difference in American, and we use it all the time.

So, to speakers of American, this is a difference that makes a difference, but the aspirated-unaspirated difference is not. We use these differences in sounds to communicate differences in meanings.

To make a language, we only need two sounds. Morse code only uses dots and dashes and can say anything. The problem with this is if we only have two sounds, we have to combine a lot of them together to make sure that each meaning is distinct. If we use more different sounds, we don't need so many to signal a difference. Linguists call each distinct sound a **phoneme**. Human languages use between thirteen and forty of them.

When linguists talk about all of the sounds that people can make, they are talking about **phonetics**. In the days before digital recorders, even before tape recorders, they developed the International Phonetic Alphabet (IPA) as a set of symbols for every possible human sound. In those days, to practice using the IPA, students would transcribe stories in some language they had never heard before just to be sure they were getting all of the sounds right. Then another student could read back the **phonetic** transcription to a different speaker of the same unknown language to see whether that person understood it. If the native speaker did not understand, then the transcription was not correct. Later, the student would figure out which sounds the unknown language grouped together and which ones were distinct, but this part was just to learn how to write the sounds as they really are, not as we or someone else hears them. It takes a lot of work to be able to see (or hear) the world as it is and not as our languages or cultures *tell* us it is.

When the student worked out all of which sounds the native speaker heard as "the same" (like our American *t* and t^h) and which ones as "different" (like our *d* and *t* or *b* and *p*), it was called a **phonemic** analysis. From this, anthropologists took the ideas of **emic** and **etic**. Emic means the differences that make a difference *inside* the culture; etic means all the differences that anyone *outside* the system can see. Emic and etic are matters of reference. Any system that you use all the time and that you're used to seems natural to you.

This is one of those questions of getting into someone else's system of reference. Later on we're going to show you how this emic-etic distinction helps us understand the different ways people deal with things like which relatives they can marry and have sex with and which ones they better not even think about that way.

We've been talking about sounds and how they form into systems of differences to communicate differences of meaning. Language has two different levels—sound and meaning, each with its own system. We call this **duality of patterning**, and it is unique to human languages.

Just as phonemes are smallest units of sound, so the smallest units of meaning are morphemes. *Morph* means "form," as in sexual dimorphism or polymorphic. Morphology, for instance, means the study of forms. Think about prefixes and suffixes in American for an example.

write	writer	writing	writes
speak	speaker	speaking	speaks
sing	singer	singing	sings
lead	leader	leading	leads
hit	hitter	hitting	hits
kick	kicker	kicking	kicks

We see that there's a verb that we can change into different meanings by adding suffixes—*er* means "one who"; *-ing* means "in the process of doing it"; *-s* means "it's happening now." Linguists analyze languages into their morphemes like a verb plus *er, -ing,* or -s. In American, each verb is a separate morpheme. So we have morphemes: *write, speak, sing, lead, hit, kick.* We can use these to make adverbs, as in "She spoke singingly." And so on.

Some languages make verbs out of nouns. Americans do that a little bit, but it's usually really annoying, as in making the verb *surveil* out of the noun *surveillance,* which comes from the verb *survey.* Turkish uses a bunch of suffixes stacked onto the ends of verbs to indicate who is doing what to whom, when, and how many of each.

The last thing about human languages that makes them different is that they are **arbitrary, learned, and traditional**. There is no necessary relationship between a thing and the word for it; there is no necessary reason to use aspiration or voicing as a way of making a difference between consonants. These systems are arbitrary. That means since they aren't coded into nature or our genes, we have to learn them. Learning our languages is part of that long maturation period when our nervous systems are linking up and making connections and pathways based, in part, on our early experiences.

When we're children, what we hear is a lot of noise, but we notice that somehow it seems meaningful to the giants around us. That doesn't come from experience so much as from our genetically wired-in ability to make theories about experience. The first thing we figure out is that the noise is significant. Then we have to make theories about just what is significant in what way. Because kids do this in regular stages about the same way at the same ages, we think that it is connected with the maturation of the brain and nervous system.

For instance, kids notice the difference between *talk* and *talked*. They see the same difference in *walk* and *walked*. And in *smile* and *smiled* and in *help* and *helped*, and many more examples. So they figure maybe the *-ed* part is a morpheme about something in the past. So they experiment with constructions like *go-goed*; *buy-buyed*; *hold-holded*; *have-haved*. These are reasonable applications of the same principle ... at least the way the kids look at it. The giants can tell the kids until they're blue in the face that "It's *went*, not *goed*," but the kids won't get it until their brains are ready to try out a new theory with something that weird in it.

Kids develop a more and more complex theory of the relationships between sounds and meanings as their brains develop and as they experiment with more and more examples. Linguists call the theory of a language that a grown-up speaker of the language has a **grammar**. A grammar specifies the relationships between sound and meaning in a language. It determines how we can combine morphemes to make words. For us to be able to use a grammar and agree on it, a grammar has to be finite in size. If it were infinitely large, we could each use a different part of it, and we couldn't understand each other at all—there would be no system. And it uses the same rules over and over, like the rules for combining morphemes.

But this finite set of rules can describe all possible sentences in the language. There may be new sentences that nobody has ever heard before, but people can understand new sentences because they fall within the rules of the grammar. And there are a potentially infinite number of new sentences in any language. So finite rules describe infinite sentences. Here's a simple example from arithmetic: Imagine a rule that says "Add 1." That's a simple rule that can describe an infinitely large number of numbers. Start anywhere you want, and add 1. And again. And so on.

We've already looked at systems of sound and seen that when there is a contrast between two sounds that people hear, it's a difference that makes a difference, a *phonemic* difference. When there is no such contrast, it's the *same* phoneme, as in our aspiration examples when we showed you that, to Americans, the t^h in *tip* is the same sound as the *t* in *pit*. There are also systematic relationships among meanings—for instance, among the one who does something, the thing she does, the thing she does it with, and the thing she does it to.

> Sally—the one who does something
> Sally threw—the thing she does
> Sally threw the ball—the thing she does it with
> Sally threw the ball to Bill—the thing she does it to.

These are, roughly, the subject of a sentence or actor; the action or verb; the thing she does it with or direct object; and the thing she does it to or indirect object. In American, most nouns are the same no matter what their function in the sentence is. We could say, "Bill threw the ball to Sally," or "Sally threw Bill to the ball" if she's practicing karate on the beach, for instance. But in Icelandic, people have to indicate the role of the noun with a specific ending or suffix. So there's one ending for actors, another for indirect objects, and a third for direct objects. In American, we know the role of the word by where it comes in the sentence. In Icelandic, you know the role of the word by the ending on it.

In American, we could put *ball* first and say, "The ball was thrown to Bill." Did you ever notice that bureaucrats do that a lot? The reason is that they don't have to say *who* did it, and these folks are aces at avoiding responsibility. So they say mealymouthed things like "The decision was made," "The policy was adopted," "Mistakes were made," and "The deed was done."

The American language lets them side-step responsibility as slickly as karate Sally side-stepping Bill's charge at her after she threw him to the ball on the beach. We use exactly the same logical relationships to ask questions just by putting in a question word. In American, we do this by raising the intonation at the end of the sentence. Listen to your voice when you ask this as a question: "Sally threw the ball to Bill?" In Chinese and Turkish, they add a question word to the end of the sentence. In printed Spanish, you get the hint first because the question mark appears upside down in front of the question. It comes to the same thing.

All of these sentences have different word orders, but they are built on the same logical relationships. Linguists call the logical relationships **deep structure**. They call the particular word order **surface structure**. Both of these together, the two parts of a grammar that determine the way words fit together into sentences, linguists call **syntax**.

Now, let's go back to the beginning—we're trying to understand how human languages make the connections between sounds and meanings. Language is digital, a phonological system specifies all relationships among any sounds we can hear—phonemes. In the same way, meaning comes in discrete digital segments. A semantic system specifies all possible relationships among these units of meaning. We hear sounds and somehow connect them to meanings. Linguists say that a **semantic system** specifies all the possible relationships among meanings just as a **phonological system** specifies the relationships among sounds.

The grammar is the system of matching up sounds and meanings. So it includes all of these components in a system as shown in Figure 4-1.

Linguists borrow the idea of "mapping" from mathematics. In our example of odd and even numbers, we can say that the rule "add 1" maps all the odd numbers onto all the even ones. All that means is that if you take any odd number and add one, you get the even number that goes next. It sounds a little simple-minded, but so is all mathematics. It's all a matter of stating the obvious. The question is "Obvious to who?" (Or is it "whom"?)

In this model of language, a grammar is several systems working together. A phonological system maps sounds onto surface structures. Here come some sounds, "yackety yack." The phonological system maps those onto surface structures. "Sally threw the ball." A syntactic system maps surface structures onto deep structures. "Sally is the one doing; what she's doing is throwing; what she's throwing is a ball." A semantic system maps deep structures onto meanings. "Who is Sally, and what is a ball, and who cares if she's throwing it?"

All of this knowledge is unconscious, so we can't just ask people, "Please tell us your grammar." They can't bring all of these details to consciousness without a lot of practice with the kinds of analysis we've been

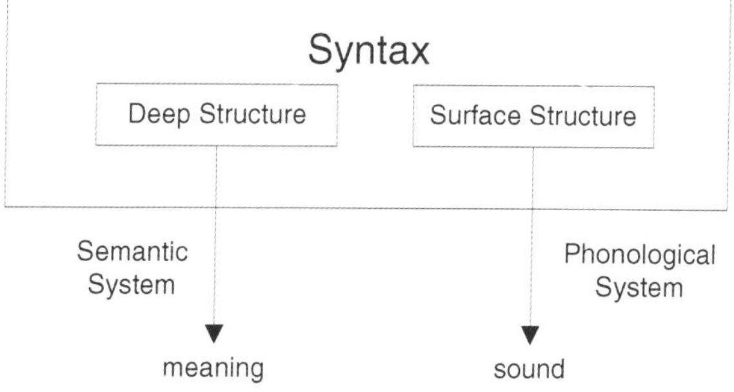

Figure 4-1 How sounds get connected to meanings and meanings to sounds.

discussing—figuring out all of the sounds and how they contrast with each other, all of the morphemes, all of the meanings and how they form a system, the logic of sentences, and all of the arrangements of words. If they do that, then they're linguists.

Even if we find a person who is a linguist and can tell us the grammar of the language, it wouldn't be of much use to us because it wouldn't help us learn the language. Learning a language is different from learning *about* a language. The only way to learn how to ride a bicycle is by riding one. Nobody can explain it to you. It's the same with language. To learn a language, we have to do what kids do, build an unconscious theory of the language by hearing a lot of examples and letting our brains develop a theory of how they all work together.

Linguists work out the details of different languages and describe the details of just how the grammar maps sounds onto meanings so we can, at the same time, understand what other people say and say what we are thinking—work the system from both directions.

If we compare the grammars of all languages to see what they all have in common, we can talk about the grammar of all human languages, or **universal grammar**. Linguists have concluded that all languages have similar deep structures, but they can have quite different surface structures. We are born with the capacity to construct a grammar of any particular language because the universal grammar, the capacity for language, any language, is built into us by our evolutionary history. What children learn is the details of their particular languages. This view of language is one that was proposed by Noam Chomsky in the 1960s and that he and others have developed since then.

Sociocultural anthropologists consider language to be one dimension of culture. Like language, other dimensions of our cultures are largely unconscious patterns that we learn in much the same way we learn language—by our brains working out theories of the regularities we experience while our nervous systems are developing when we are kids.

So far, we've talked about what language is, how it's different from other systems of communication, its role in the evolution of our species, and how it works. Most anthropologists are willing to let linguists answer the questions that are just about language. But that's only half the story. The other half of the story is what we *do* with language. We've already hinted at some of that when we said we were writing in American and not English.

Some people say that lots of people on our planet speak English these days. If you've ever talked to an Australian, you probably got lost somewhere after the first "g'day." If the sounds didn't get you, the different use of words may have. They started with some version of English and adapted it to their situations and needs. They made it up as they went along. Just as Americans did. If we wrote our languages as they sound, we'd be in trouble. There'd be several languages just in the British Islands and a bunch more in the United States, and Australian would be its own language, too.

Chinese use characters instead of an alphabet to write their language. So spelling isn't an issue. They don't pretend that the characters have much to do with sound. You have to learn a different character for each word. So it doesn't matter what it sounds like. That's the reason that no matter what dialect of Chinese you speak, you can get along with other people who can write some kind of Chinese. The writing unifies diverse dialects. Japanese imported the Chinese characters, and even Japanese speakers can get along to some extent with Chinese speakers by "drawing" the characters with a finger on the palm of the other hand.

English does pretty much the same by not insisting on a tight connection between sounds and spellings. Kids learn the languages they hear. If they hear one language at home and another at school, they'll learn both. One will be the home language; the other will be the school language. Anthropologists who have kids with them in the field are often amazed that the kids learn the language of the folks they are with faster than the grown-ups. One of the things the kids are learning in addition to all the stuff about sounds and meanings that we discussed earlier is the rules about when to use which language. This is like Paul knowing when to drop into Texan and when to try to speak American.

Sometimes language differences are stigmatized. If you're speaking Texan in the Northeast, people are likely to think that you're an ignorant hick. And if you're trying to speak New Yorkese in Texas, people may not think too well of you, either. So, along with grammar, kids learn when to use what languages.

Some people think that English should be the only language that we allow in the United States. There may be a few Americans who can manage English, but mostly they want American to be standard and to outlaw any other languages, such as Spanish, Navajo, or any dialects of Athabaskan, Polish, Italian, Yiddish, and other languages from schools, and to ensure that everyone speaks American. They are the ones who don't want multilingual education in schools. They say that kids who speak Lao or Vietnamese or Spanish or Polish should just be forced to speak English for their own good.

There's a destructive and malicious form of unlogic that says whatever you are whining about is your own fault. One label for this is **blaming the victim**. A woman wears a short dress, has a drink in a bar, and walks home alone. A man rapes the woman. It's her fault? A National Guardsman gets killed in Iraq. It's his fault? Well, he was there. He was dressed for it. He was in the wrong place at the wrong time wearing the wrong clothes and looking the wrong way. It's his fault.

It doesn't make sense in either example. Nor does it when it's applied to kids in schools. Another label for this is **deficit theory**. That's the idea that if some group of kids doesn't do well in school, there's something wrong with *the kids in that group*. There's some deficit. They may be stupid or lazy, but whatever it is, it's about them, not about the policies and the schools and the system they're in. Someone ought to teach these kids to be more energetic, to speak clearly, and educate them better so that they're not so stupid.

Black kids, for instance. Here's where it comes back to institutional racism that we discussed earlier. You don't need to think of anyone as a racist. You can think that if people just keep on doing their own jobs and are nice, there won't be any racism. You can teach people to be nice in seminars on how to tolerate people they can't stand. You don't have to change the system of funding for schools that uses meager tax revenues from poor neighborhoods to try to keep open decaying schools in those neighborhoods. You can keep the tax system in place that lets rich neighborhoods buy computers and science labs, and pay good wages to good teachers, and even buy toilet paper and soap for the kids. There's no need to change that system if the problem is with lazy and stupid kids.

A lot of this comes back to language and stigmatization of certain dialects. We mentioned earlier that the British base a kind of racism on language use. So do Americans. So do lots of people. Icelanders are no exception.

Remember how in Icelandic you can tell the role of a word by the ending? There's a different ending for subject, indirect object, direct object, and possessive for nouns. Add to that singular and plural versions. Add to that whether it's masculine, feminine, or neuter, and you have about a gazillion possibilities. Foreigners find it all a bit daunting, but kids learn it all without any problem. Unless they are from working-class families and use some word forms that the better classes haven't approved.

For instance, if you say something like, "Me and my boyfriend . . . ," that's a big mistake in Icelandic. It's almost a mental disease. At least it's a linguistic disease. The better class of Icelanders think of their language as being like their environment—beautiful and unpolluted. They want to keep it that way by being sure that all Icelanders speak the language properly. So if you say "obvious to who?" instead of "to whom" you are mentally deficient or retarded. Gísli Pálsson points out that this is related to the idea that all Icelanders are equal. The ideology of egalitarianism is even stronger in Iceland than in the United States. And to be fair, they are a hell of a lot more equal than Americans are. But there are still class distinctions, and you're stigmatized if you don't get the cases right. The better classes also think that you're just lazy if you voice some of those unvoiced consonants—if you use a *d* in place of a *t,* for instance. They call it being "slack jawed."

This isn't a question of language; it's a question of economic systems and political systems and classes. To understand how language works sociologically, we have to understand the dynamics of economic systems and states. We'll be explaining these in the next chapters.

Language is also connected to nationalism. Similar things happen in other European countries. Every valley in Norway has its own dialect of Norwegian. In olden days, at least some Norwegians thought that Icelandic was just another dialect of their language. When Norway became independent from Denmark, they couldn't agree on which dialect to use for the whole country. A country has to have a flag and a song and an army and a language. So they made up what they call "Book Language," or a standard form of Norwegian to use in schools, books, and media.

The same thing happened in other European countries. When Israel needed a language, they invented modern Hebrew. Indonesia invented Indonesian. In Thailand, the state supported the use of Bangkok Thai or central Thai as opposed to the more Lao-like dialects of the North and Northeast.

When linguists studied the actual dialects of Europe, they couldn't figure out where to draw the lines between different languages. The definition of the "same" language is one that all the speakers can understand. So if a Texan talks to an Australian, two different languages, right? Or a person from Canton talks to a person from Beijing? If there's one English language and one Chinese language based on this criterion, then there'd be maybe two European languages: Latin and Norse. Latin would include all the dialects of Latin that different nations have claimed: French, Italian, Spanish, and Portuguese. The Norse would include all those dialects in that family: German, Dutch, Norwegian, Danish, and Icelandic. Maybe there'd be a separate Slavic for Russian, Polish, Croatian, and Serbian.

So when people say they speak seven languages and they're all as different from each other as American, Texan, and Australian, we might wonder why they're so proud of themselves.

Linguists couldn't find the single-language communities that were supposed to go together with the nations. Someone said that the real definition of a language is a dialect (like central Thai) with an army behind it. So what most folks think of as languages has more to do with nationalism than anything else. To understand that point, we have to understand how states work, and we'll explain that in a later chapter.

Languages also have to do with gender. There's a whole industry of "Mars/Venus" stuff based on the idea that men and women live in very different worlds. Lots of that comes through in language use and what people use language for. We bet that every one of you has been in one of those conversations that went from bad to worse because the other person did all the wrong things. The woman may start out talking about the difficulty with relatives. The guy will figure out some way to fix the trouble, such as, "Why not just avoid all your relatives? I can't stand them anyway." Then the woman gets miffed because the guy doesn't like her relatives, and he doesn't understand why that should be an issue since she just said it was a problem.

The difference is that the woman just wanted to talk about it, but the guy wanted to fix it. That goes back to those gender roles we discussed earlier. Those are culturally defined, and one of the ways people act them out is in how they talk to each other, even if it sometimes doesn't work very well. Goldschmidt (2006:143) says, "Anyone who thinks that language is a useful way to communicate feelings has never had a lovers' quarrel or been to a faculty meeting."

These are some of the things that anthropological linguists work on—language and ethnicity, education, nations and nationalism, and gender. They study how people use their languages to live out their cultures. Another place for the study of language is in understanding how people think.

Discussion Questions

- Write a story about your first memory of language. When you're done, pull out the details that explain how your experience with language was arbitrary, learned, and/or traditional.
- How does our capacity to learn and use language make us different from bees, ants, or dogs?
- So which is it? "Obvious to who?" or "Obvious to whom?" and why.
- A number of scientists have performed experiments to prove that dolphins and chimps have the capacity for language. Look up some of that research and argue the case for or against that work.
- If you're learning a second language or have a native speaker of a language other than American in your class, write a sentence in that language and translate it directly in English underneath. Discuss the order of the words and how they translate. Why doesn't this method

work very well as translation? What do you need to do to make it a better translation?

- Given an anthropologist's understanding of language and its relationship to culture, discuss uses for anthropology on the Internet and in the global economy.

Suggested Reading

Lindquist, Julie. *A Place to Stand: Politics and Persuasion in a Working-Class Bar.* New York: Oxford University Press, 2002.

Tannen, Deborah. *Linguistics, Language and the Real World: Discourse and Beyond.* Washington, DC: Georgetown University Press, 2003.

———. *Talking from 9 to 5: How Women's and Men's Conversational Styles Affect Who Gets Heard, Who Gets Credit, and What Gets Done at Work.* New York: Oxford University Press, 1993.

———. *That's Not What I Meant! How Conversational Style Makes or Breaks Relationships.* New York: Ballantine, 1986.

———. *You Just Don't Understand: Women and Men in Conversation.* New York: Ballantine, 1991.

———. *You're Wearing That? Understanding Mothers and Daughters in Conversation.* New York: Random House, 2006.

5

Ideas about kinship are different in U.S. society today than they were in our grandparents' day. This young girl is enjoying cocoa with her two moms. Different societies define kinship in different ways. *Used with permission.*

CHAPTER 5

HOW WE THINK ABOUT KINSHIP

Sociocultural anthropologists are especially interested in systems of meaning. We've discussed the difference between the sounds we really make and the sounds we actually hear and use—phonetics versus phonemics. Sociocultural anthropologists extend the idea from language to the rest of culture with the ideas of emics and etics. Here we're going to explain how these ideas help us understand how people know which relatives they can marry or have sex with and which ones they have to avoid. This will provide us with some hints about how to understand other relationships between the realities we live in and the various ways we understand them.

Everyone has relatives, and we can make a genealogy of any person that goes as far back as memory can take us, if not all the way back to our first ancestors. We use triangles to represent males, circles to represent females, an equal sign to mean marriage, and vertical lines to indicate descent—whose son or daughter a person is. As you go up the diagram, we say you *ascend*—Latin for "go up"—and as you go down the diagram, we say you *descend*—yep, Latin for "go down." Every genealogy has a reference point, an "I" that defines all of the relationships. We call that "I" by the Latin word for "I," which is *ego.*

Here's a hint on how to read this next part. Make a copy of Figure 5-1 so you can keep it close to the book and don't have to keep turning back to see it. And don't be afraid to use your finger (*digit,* if you want to be Latin and fancy about it) to point to (*indicate,* if you want to stay in Latin) things as you work through them.

Figure 5-1 defines what most Americans think of as a family: a mom, a dad, a brother, and a sister who are kids of the mom and dad. We can link such relationships up to make larger genealogical diagrams as Figure 5-2 shows.

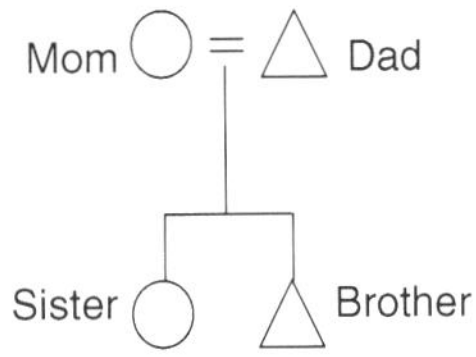

Figure 5-1 Elements of genealogy.

This diagram shows an ego, her brother, mom, dad, aunts, uncles, and cousins. (We'll get to the superscript *X*s, *Y*s, and ?s in a minute.) At least that's how most Americans would see it. But not everyone on the planet would agree. For instance, a lot of folks would say that it's pretty weird to lump all of those people in ego's generation, A, B, C, D, E, F, G, and H, into the same category and call them the same thing because they are so obviously so different. They are as different, some might say, as that "t^{h}" in *tip* is from that "t" in *pit*—that is, different from the emic perspective. What makes them different, from a lot of points of view, is that they belong to different lineages. Remember, a **lineage** is a group of people who trace descent from a common ancestor. As we said in Chapter 3, they can be **patrilineal** if people trace descent in the male line or **matrilineal** if people stress only the female links. Think in terms of a matrilineal lineage like the people of the Pacific Island of Truk do. They get their lineage affiliation from their mothers, which means ego and her brother belong to the lineage of their mother. Mother's brother and sister also belong to that same lineage. We'll call that "Lineage X" because they only stress the female links; cousins C and D also belong to the same lineage. Cousins A and B belong to the lineage of *their* mom. That will be a different lineage because of the **incest prohibition** on Truk that prohibits people from marrying other people of the same lineage because an X man cannot marry an X woman.

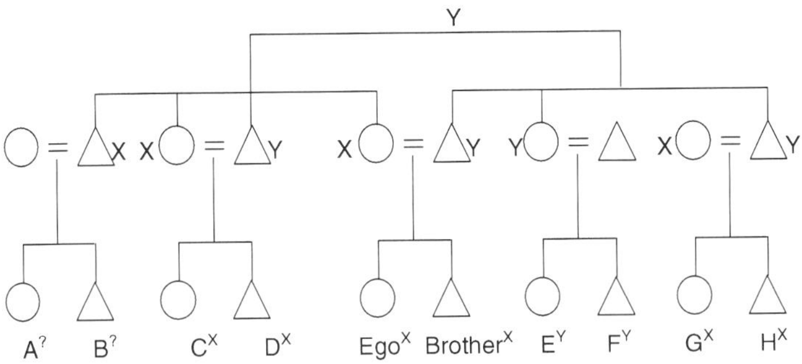

Figure 5-2 Matrilineal Lineage.

Ego will call her brother, "brother." But she will also call D "brother" and C "sister," because they are in her lineage and in the same generation as she is. B is a guy she can think about for a husband.

Lineages are the important units when people think about "family." So a person's family is not just her mom, dad, and siblings; it is all of her lineage mates that are brothers and sisters as well as the women of her mother's generation that are the same as her mother. Ego's dad has to belong to a different lineage (Y) from her mom, or else it would be a brother marrying a sister—if they were in the same lineage. He gets his lineage affiliation from his mother, so he is in the same lineage with his brothers and sisters—all of them are Ys.

Because it is lineages that are families, it is lineages that have relationships with other lineages. If ego's dad married her mom, that is a relationship between those two lineages—X and Y. Suppose Dad's lineage is supposed to marry women from Mom's lineage. Then all Y men marry X women as in Figure 5-3

Then Dad's brother, the father of G and H, would also marry a woman from Mom's lineage. So G and H would be in lineage X and therefore be brothers and sisters of ego, and their mom would be ego's mother's sister.

So, ego would call C, D, G, and H her siblings, and she can't marry them or even fool around with them. Let's call ego's lineage the X lineage and her Dad's lineage the Y lineage. Then we see that Y men marry X women. E and F are of lineage Y because their mom is Y. That means the father of C and D is also from lineage Y.

Get this: That means ego is likely to fall madly in love with F and F will fall madly in love with ego, and they are going to be married. Why? Because X women marry Y men and Y men marry X women, and ego has known and experienced this all of ego's life. Ego could also marry B because he is from another lineage, and he's not a brother, but that would break the pattern of exchange. It wouldn't be consistent with family values.

So what Americans call cousins, the Trukese people think of as either brothers and sisters or potential spouses, but surely very different from each other and not at all the same kind of thing. Anthropologists call the ones that Trukese think of as potential spouses **cross cousins**. (Now is a

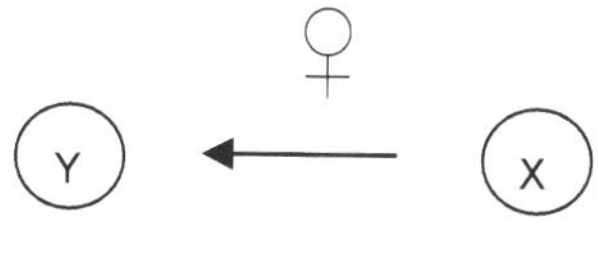

Figure 5-3 Women of lineage X marry men of lineage Y. Men of lineage Y marry women of lineage X.

good time to pull out the copy of Figure 5-2.) Here's the formula. Cross cousins are the children of ego's parent's siblings of the opposite sexes. That's Dad's sister's kids and mother's brother's kids. Anthropologists call what Trukese think of as brothers and sisters **parallel cousins**. They are all of the children of the parent's siblings of the same sex—father's brother's and mother's sister's kids.

The only reason this is a little confusing to Americans is that we don't think in terms of lineages and because we think of all cousins being the same kind of relationship, and probably nobody you'd marry.

Americans and Trukese all have relatives. All of anyone's relatives are a genealogy. We can break all genealogies down into "mother," "father," "brother," and "sister," "son," and "daughter." Anthropologists call these M, F, B, Z (for sister), S (for son), and D. So cross cousins are ego's MBD, MBS, FZD, and FZS. Parallel cousins are MZS, MZD, FBD, and FBS. What we are doing is using genealogies to represent lineage relationships.

What kind of lineages do Americans have? We don't. Our last names work somewhat like patrilineal lineages, but they don't define groups. Americans and most Europeans have what we call **kindreds**—that's the group of all relatives within a certain genealogical distance that are related by any link at all. All the cousins, for instance. Only siblings have exactly the same kindreds. Americans share exactly the same cousins only with brothers and sisters. Kindreds were important to the medieval Icelanders for vengeance. If someone hurt one of "us," then we would get our kindred together and hurt them back. But you can only go so far up the genealogy before you run into people who are equally related to both kindreds, so feuds can't spread too far.

The genealogical diagrams define an *etic grid*—that is, an outside view or a universal system of kin relationships. The international phonetic alphabet defines the etic grid for the sounds of languages. Like the etic genealogical grid, it is outside any given language. Just as each language has its own phonemic system, the sounds and meanings that matter to only that group of people, different people have different ways of organizing genealogical relationships into emic patterns that are meaningful to them.

Remember the problems with Freud in our discussion of gender? That was the problem of assuming that everyone's culture defines sex in the same way Victorian Viennese people did, that their cultures defined the erotic and the sexual in the same way Freud did. So Freud was assuming there was an etic grid for this stuff, but in fact, he was being ethnocentric because he was thinking that *his* way of thinking about things was the natural way, the only way to do it. We have to be careful not to be **ethnocentric** when we talk about emics and etics. Ethnocentrism is thinking that your own emic system is a universal etic system.

For instance, when people get married, they have to figure out where to live. If there is some pattern to it, we call it a **residence rule**. If the newlyweds usually live with the guy's people, we say they are **patrilocal**. If they live with the wife's people, we say they are **matrilocal**. If they live in a different place from the family (remember, this is usually a lineage) of either mate, then we say they are **neolocal**.

What difference could any of this make? Anthropologists have tried to figure out whether the kind of residence is necessarily connected to anything else, like the kind of lineage (it's not) or the way they get their food—from gardens, from plowing farms, from foraging.

An anthropologist named Ward Goodenough (1956) was working in Truk in 1947. He did a census of all the households on the island and figured out which people followed which residence rule. When he got done, he compared his results with those of another anthropologist, J. L. Fischer, who had done another census of the same people just three years earlier. Goodenough found that the same people were in the same households, but he and Fischer had counted differently, so their results didn't agree. For instance, in one household lived an old man and his second wife, his three sons by his first wife, and the wife of his oldest son. This looks like it is a patrilocal extended family—a patrilocal family of more than one generation, since the son's wife had joined the household. Both of the wives had moved to the same household when they married men from the household.

But it wasn't that simple. Remember that family in Truk means matrilineal lineage. Land belongs to lineages, not to individuals. The father had married a woman and moved to her lineage place to live in a house that her lineage owned. The first wife's lineage sister lived nearby with her husband and their kids. The pattern was that the women stayed put with their lineage and their husbands joined them. Now it looks like matrilocal residence. In Truk, family values means being with brothers and sisters. Nobody would want their kids to grow up separated from their siblings. So when the father's first wife died, her lineage allowed him to stay on with his children so they could be with their brothers and sisters. For the same reason, they let him stay there when he remarried.

It's important for newlyweds to think about how to make a living in Truk just as it is anywhere else. They need to be able to have access to some land. Lineages own land. So if they want their kids to grow up with their siblings, they look for some land in the woman's lineage place. If the wife's lineage doesn't have any land for them to use, then the couple can look in the husband's place. If neither of those places has any land, they can check her dad's lineage or his dad's lineage place.

Matrilineal lineages aren't mirror images of patrilineal ones because the men have authority in both. Even if the lineage is matrilineal, the men still run the lineage. In Truk, that means that men have to stay close to their own lineages so that they can take care of their responsibilities to their own brothers and sisters.

If the new husband's lineage can give the couple more or better land than the wife's lineage can give them, and the wife's lineage is far away from the husband's place, then they might live with the husband's lineage and give up on raising the kids with their siblings.

Their choice is not between living with the wife's parents or the husband's parents. Goodenough concluded that the whole etic grid for residence rules was ethnocentric. The rules that anthropologists used for residence rules weren't the same as the Trukese rules.

Goodenough's conclusion was that anthropologists shouldn't use their own ideas as universal ones; we should find out how people make sense of their own worlds and not assume that they think about things the same way we do. We need to find out the emic categories that are important to the people themselves, just as we find out the sounds that are important to their languages or what relatives count as brothers and sisters.

Cultural Codes

Some anthropologists started to think in terms of **cultural codes**: not just the emic categories people use to make sense of their worlds, but how they use them, for instance, to figure out where to live after they get married. To understand this inside point of view for the people of Truk, we have to know about matrilineal lineages, who controls land, who makes decisions in lineages, family values, and the alternatives that are available to people. Cultural codes are the assumptions people use in everyday life, ideas about reality, meaning, how to divide things into categories (cousins, cross cousins), and how things are related to one another (a person marries a cross cousin).

The biological approach to curing in many industrial lands is more or less mechanical. According to this view, all of us are mechanisms that can malfunction. When our body mechanisms malfunction, we are sick. Doctors are supposed to identify the malfunction and fix it by giving us a drug to change our body chemistry or by surgery or physical therapy to rearrange some component of the mechanism or some combination of these. Even physicians like Dean Ornish, who are way out on the margins with ideas like meditation to reduce stress, operate in terms of effects on the mechanism.

In the late 1960s and early 1970s, Paul lived with Lisu people in the mountains of northern Thailand. They thought that if some malfunction causes a person to be sick, then medicines and physical therapies can fix it. They even have specialists in herbal medicines to treat these cases. They think of hospitals and doctors as doing the same kinds of things their medicine women do.

But they think that no amount of medicines will help a person if a spirit is causing the sickness. Then the only effective thing to do is to find out what spirit is responsible and what the human victim did to offend the spirit, then make good the offense. There were 23 households and about 105 people in the Lisu village where Paul lived. He recorded that people sacrificed 311 chickens and 100 pigs in 411 ceremonies during a single year. During the same year, they made seven visits to lowland hospitals—four for cuts, two by the same guy for a shotgun wound, and one for an intractable disease of a shaman's wife. A hundred and one people came to Paul for help—some from different villages—and he did the best he could with his limited skills and supplies to help people with tropical ulcers, cuts, and whatever else aspirin and tetracycline could treat. There were also "injection doctors," usually former Thai Army medics who had learned a little about treating sickness in the army and decided to do it for a living for part of the year or full-time. Village people got 43 injections from these traveling medics. That came to 411 cures that involved spirits somehow and 151 that did not, a total of 562. So, about 73 percent of the curing efforts were about spirits and about 27 percent were about mechanics.

Here we want to pause and insert a note for future reference. Notice that whatever else is going on, people are killing chickens and pigs, spending time and money on medicine as well as ceremonies, and all of their actions have consequences for their households and their village. We will come back to these points later, but for the moment, think about how any time people do anything, we leave traces for future archaeologists to find. Our actions have consequences.

Industrial folks have a theory of disease that says it's mechanical. It is elaborate and has many branches to deal with cells, cell reproduction, genetics, bones, kids, moms, women, men, microorganisms, infections, populations, hearts, lungs, and a lot of other things people can go to medical school to study. Sometimes it makes one wonder whether they got all the specialties together to make a person, what kind of creature they would come up with.

Lisu have a different theory of disease. According to their cultural code, causes may be mechanical but may involve spirits. If they are mechanical, they respond to medical treatment; and if they are not, they do not.

Somebody is sick. Lisu interpret the symptoms they see according to their theory of disease to figure out what to do about it. Since they know that spirits can cause people to be sick, they need to get some information about whether a spirit is behind this instance and what might be going on. To get this information, they ask a **shaman**, a person whom spirits can possess, to call down his spirits so that they can ask them directly. Two shamans lived in the village where Paul lived. Someone would ask one of the shamans to help, and the shaman would come to the person's house and stand in front of the altar.

On the back walls of most houses hangs a plank or two. On these are Chinese tea cups, the same small handleless cups you can find in Chinese restaurants in the United States and other countries. Each of these cups represents a spirit. Facing the altars, the cups represent, from left to right, the household head's mother, father, father's mother and father's father. If you guessed that these folks have patrilineal lineages, you were right.

Next come the spirits of the lineage. The first, right after grandfather, is the third-generation great-grandfather, the first of the ancestors who can be a lineage spirit. He is the most junior of the lineage spirits. Each lineage then has a series of spirits, each with its own name, that are ranked from least to most powerful.

So the shaman stands in front of the altar and invokes his third-generation great-grandfather spirit, the most junior of the lineage spirits, by saying, "The people have called me to help them. Someone here is sick. I am asking you to help me. Please come down." The shaman bends from the waist and holds a handful of lit joss sticks as he sways back and forth whistling until the first spirit comes to ride his horse. Then the shaman begins his "spirit singing," as Lisu call it. He speaks with the voice of the spirit who talks to the people.

"Why have you called me?"

Now several people are gathered in the house, and someone answers that this person is sick and the people need some help.

"I am just a minor spirit. I don't know much. If the spirits help you, you will have to use your pigs, use your chickens, use liquor, use joss sticks."

"We have pigs to offer; we have chickens to offer; we have liquor to offer; we have joss sticks to offer."

The people explain the problem, and this most junior spirit calls on more powerful lineage spirits, who come down one by one to see if they can help. These spirits get in touch with other spirits and ask who is causing this person to be sick in this way. They usually find an answer—it may be the spirit of the stream, the stone spirit, the hill spirit, or one of a number of others that the person has inadvertently offended, perhaps by stepping on it on the way to work. In any case, the person must make recompense.

People then use their theory of disease to interpret this information and conclude that they need to offer a chicken or pig to a certain spirit. The next morning the household may offer a chicken to the spirit. After the

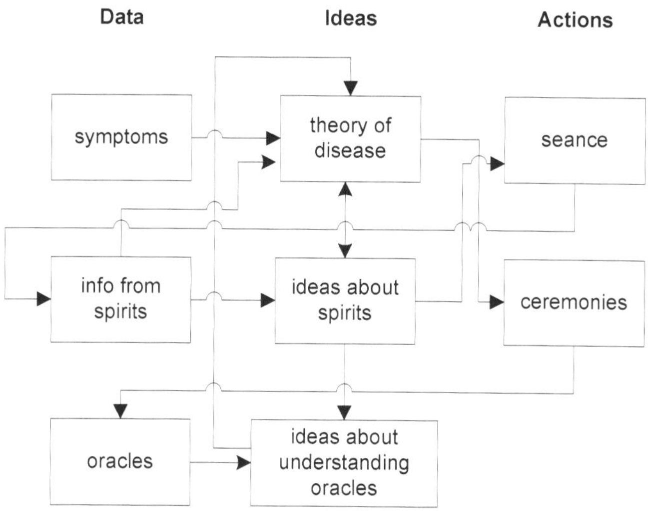

Figure 5-4 How the Lisu use their cultural code to heal sick people.

ceremony is done, the people eat the chicken. Or the spirit may demand a pig. Then a lot more people come to the feast that follows the offering. A male relative builds an altar like a small table of bamboo outside near the place where the offense happened and offers the animal alive. Then he kills the animal. If they sacrifice a pig, someone expert in interpreting omens looks at the pig's liver to see whether the spirit has accepted the offering, whether it was directed to the correct spirit, or whether it is the correct spirit but too small an offering. Then people would cook the animal, and the officiant would offer it again cooked. If people offered a chicken, people would cook and eat the chicken and then check the thigh bones for oracles by tapping splints of bamboo about the size of toothpicks into the holes in the bones and reading them for information.

There are standard ways of reading oracles. They aren't random or personal opinions; they follow a definite system. People then use their theory of disease to interpret this information and decide whether more ceremonies are necessary. People use their cultural code—ideas—to understand the world (or data about it), they base their actions on these understandings, and their actions have consequences for the world.

This keeps on going until the symptoms go away or until the people have some reason to think that spirits aren't involved or until the person dies, whichever happens first. Usually the symptoms abate after a while.

When Paul discussed this with a physician, the doctor said that it was a good thing that most human ailments don't last more than about ten days, or his profession would be in trouble.

So, if we see a Lisu person get sick, ask a shaman to call down his spirits, and then offer a chicken or a pig, and we want to make sense of it, we have to ask first, How does it make sense to the people doing it? What is their cultural code?

The logic of this system is that you can do things that annoy other people. When you come to know about something like that, it's up to you to do something to make it right with the other person. If you don't, they have the right to hurt you, so it's in your interest to do something quickly. Spirits are like people except that we can't see them, and they are more powerful than we are. Because we can't see them, it's easy to annoy them. Like people, they then hurt the person who offended them. That's the indication that the person needs to do something to make it right with the spirit. So the person has to find out who is offended and what it would take to make it right, and then do that.

We can generalize this approach to understanding people. There are realities that people understand in terms of cultural codes. People base their actions on their cultural understandings, and those actions have consequences for the realities.

Suppose that one of the central assumptions of your culture is that individuals are important and that their choices determine everything that happens to them. Some kids decide to drop out of high school. That's their choice, and they live with it. Some go to college. That's their choice, and they have better chances in life than the kids who finished high school but didn't go to college. Or someone who works a minimum wage job doesn't have any health insurance. Why? Because she chose not to buy it. Everything is a matter of individual choices.

Now we look at a city or region and see that some folks aren't doing as well as others. What do we do? We teach them to make better choices. We educate them. Teenage girls are getting pregnant? Teach them not to mess around. Kids are doing drugs? Teach them to just say no. Everyone has a good heart and wants to help folks do better, so they start teaching kids these things. That's the "action" part. The culture tells us that we can fix any problem by educating people, so we start up programs to do that. That has consequences, too—now kids have to sit through boring, stupid discussions and classes about how to just say no

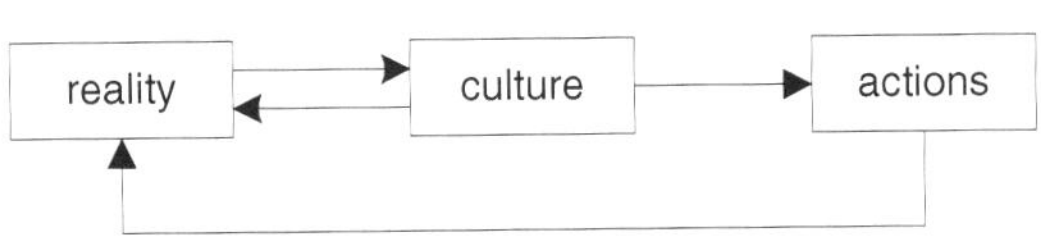

Figure 5-5 Our cultures tell us how to act and our actions change things.

and why they shouldn't be having any fun. But someone gets paid for those programs. And that means those resources aren't going somewhere else. So there's no soap or toilet paper in the bathrooms, and the school building is falling down.

We look back at the same system after our programs are working along and say, "Oh, the school is falling down. We should teach these people to keep up their schools." And so on. That's the way cultures work. We try to understand what we see in terms of the ideas we have, then we base our actions on those ideas, and our actions make a difference in the real world. And so on. Sometimes we see a problem, but instead of finding out about it, we just understand it in terms of our culture, and we try to fix it, and things get worse than they were before. That's how we can have people with good hearts working in systems of institutional racism. People don't think what they are doing is racist, but racism continues.

Maybe you're tired of hearing about racism. So, you need to get to work and to school. There's no good bus system or trains. You earn some money and buy a car. Now you can get where you need to be when you need to be there. And you have a car, and that feels good. You're in control. You can manage your schedule.

You've heard of greenhouse gases? Every time you turn the key in your car, you're adding to them. You've figured out things according to your culture; you've solved problems according to the ways that your culture makes available. And you make a bad situation worse. Is this because you just make bad decisions? No. Is it because you really want to screw up the planet? No.

For one thing, it's because the automobile companies made it impossible for you to ride a train or a bus when they bought up the public transportation systems and destroyed them in the early decades of the last century. Why? So they could have a market for their product. In late February 2009 when Barack Obama delivered his first address to a joint session of Congress, he said he believed that "the nation that invented the automobile cannot walk away from it." The press was all over him because they say it was actually a German who invented the automobile. We say it doesn't matter who invented it and we say, "yes, we can." We *can* walk away from the automobile and we should—as fast as we can. One thing we could do is kick the automobile industry while it's down and reintroduce mass-transit systems from buses to interurbans to high-speed trains between cities. We should be making the world safe for bikes and trains, not cars.

So what do we do? Educate people? Teach them they're doing something bad whenever they get in their cars? Will that make any difference except to make good people like yourselves feel guilty when they drive? Does that accomplish anything?

We say no. We say we have to get outside our cultures and understand systems for what they are. To do that, though, we have to give up some ideas that we think are natural, just the way things are. One of those ideas is the idea of individualism. We'll explain more about that idea later, but right now we want to tell a story from the speech of the president on the Council on Anthropology and Education, Catherine Emihovich (2005).

There's a big hill with a beautiful city on top of it. Down at the bottom is a lake that's frozen over. People live under the lake, and the people on the hill can see the faces of the people under the ice during the daylight and in the light of the moon at night. The people on the hill feel really bad about the folks that live under the ice and want to help them. Some people write whole books about the lake people and the choices they made and say they should be educated more. Other people say they're just lazy. Any time they wanted to, they could bust through the ice and come up the hill. They're just too lazy to try.

Sometimes the sunshine warms a spot in the ice, and if the lake people are quick enough, a few of them can get out and start up the hill. The people on the hill are happy about this and even come down to help these folks climb the hill. Sometimes some lake people can put together all of their resources and work together to chop and hack a hole in the ice. The hill people are still happy about this, but in the backs of their minds they're wondering what would happen if all of the lake people ever got together and came up the hill at the same time.

The one thought that the lake people think about all the time, but the thought that never crosses the minds of the hill people, is this: Why don't all the hill people come down and break the damned ice?

Emihovich is making the point that it's not enough to study people and understand them. We need to use our knowledge to engage in action to change the system. We'll explain more about how that system works later.

The last diagram a few pages back defines the research program for anthropology. We need to understand not just how others understand their worlds, their cultures, but how their cultures inform their actions and how those actions affect the realities in which the people live.

Think about the situation facing Nasrudin when the king announced that he would hang from a gallows in front of the city gate anyone who lied. Nasrudin was the first one at the gate. The king's officer asked him where he was going. "I'm going to be hanged," Nasrudin said. "But," said the officer, "if I hang you, you were telling the truth, and I'm only supposed to hang people who lie. But if I don't hang you, then you were lying."

Sometimes it's tough to be a bureaucrat.

Discussion Questions

- A student from a tiny Lisu village just got off the airplane. You meet the student, and you both go to the downtown of a big city. Pick three things that you would have to explain to the student, and explain how you would do it. How do the concepts of emic and etic apply to these explanations?
- Discuss where the American prohibition against marrying cousins comes from. What purpose does this belief serve? (Remember our discussion in Chapter 2—avoidance of bad genetic traits from inbreeding is not the answer.)
- How have our own cultural codes determined our medical practices? Consider discussing childbirth, acupuncture, herbs, and psychotherapy as they relate to Americans' understanding of acceptable medical procedures. Try to develop an etic understanding of some of these—what would it look like?
- Imagine a Judeo-Christian tradition that considered god in the same terms as Lisu consider spirits. What would our society look like? How would it be different than it is now? How would it be the same? How does your religious background inform cultural codes you can identify?
- Remember the last time your family got together for a holiday. How did that go? What would have been different if your neighbors, employers, and the grocery store clerks—all cousins of one kind or another—had been there?

Suggested Reading

Ekvall, Robert. *Fields on the Hoof: Nexus of Tibetan Nomadic Pastoralism.* New York: Holt, Rinehart and Winston, 1968.

Malinowski, Bronislaw. *Argonauts of the Western Pacific.* Long Grove, IL: Waveland, 1922 (reprinted 1984).

Weiner, Annette B. *Women of Value, Men of Renown: New Perspectives in Trobriand Exchange.* Austin: University of Texas Press, 1976.

6

How do pigs fit into the ecological system? *Photo from iStockphoto, © Mats Tooming. Used with permission.*

CHAPTER 6

ECOLOGICAL SYSTEMS

Cultural codes, like the grammars of our languages, are mental, things in our heads. But the logic of our cultural codes is the only way we have to think things through. So we base our actions on the conclusions we can draw from the evidence we have and the logic of our cultural codes. Our actions have consequences, many of which we never notice or necessarily want to happen. Whether we understand the consequences or not, we have to deal with them. As people, the only way we have to deal with our environments is our cultural codes that define our understandings of reality. For instance, every time you put the keys in a car and turn on the engine, you contribute to global warming. It doesn't matter what you think about it. You may be "for the environment," and you may be driving a load of stuff to the recycling center or on your way to buy organic food or to camp in the wilderness. Your actions have exactly the same consequences as if you'd set out to pollute the environment.

All industrial processes are polluting. It doesn't matter whether they are in Poland or China or the U.S. of A. or Brazil. There may be different laws about how much of the pollution the process can allow into the water and air, but all industrial processes are inherently polluting. You can't make a car without polluting the environment. You can't drive a car without polluting the environment.

Some kinds of agriculture in some places may be sustainable. But not all forms are. Industrial agriculture like people do in the United States, for instance, is not. We know that because it takes more energy to produce the food than the food has in it. That's why growing corn to make ethanol to burn in cars isn't the answer to oil dependency. It takes more energy to grow the corn than the ethanol has in it.

Another corn-growing culture was the Maya, and their civilization collapsed. The descendants of the people are still there, but their kings and wars and temples—the whole complex of their civilization—are gone.

Some people say the Maya rulers didn't understand that they were in trouble and didn't do anything about it. In other words, what they were doing had some negative consequences, but the people didn't notice until it was too late. Others say that they knew they had some problems with corn production and tried to increase it. According to their cultural code, the way to increase corn production would be to make the gods happy. To make the gods happy, they built temples and made sacrifices. But when they took labor away from corn production, there was less corn, and the problem got worse. So they built more temples. And so on.

The question for us is whether we're like Maya in either of these interpretations. Do we just not notice pollution and global warming? Or do we know what's going on and not do anything about it? Or is there something in the way we respond—with our political or religious or any other cultural system—that is making it worse instead of better? It's hard to know the answers to these questions from inside the system and until the story is finished, when we can look back on it with the benefit of time. Even then, not everyone agrees, as with Maya.

Sometimes people do things that work pretty well without even knowing it. How can they solve problems without knowing what they are? If over the course of years, they have tried things that turn out to work for them and continue to work for them—a kind of natural selection—then they don't need to know how the system works, it just does. Paul has a thumb drive for his laptop computer. A friend asked him how it works because there's nothing moving in there like a disk. He said that as far as he knows, it's magic. It might as well be. Paul doesn't need to know how it works, just whether it's working. People's understandings of what they are doing, their cultural codes, may be quite different from ours, but what counts is the results of their actions.

There are ecological consequences whenever Tsembaga people of New Guinea kill pigs. They kill pigs to pay their debts to their ancestors. They are in debt to ancestors because the ancestors helped them in a war with nearby groups. So they kill their pigs and sponsor a great feast to pay back the ancestors for their help and to treat their allies. But they still owe the ancestors. So they promise to pay the ancestors when they have enough pigs and start with the pigs that remain to rebuild their stocks of pigs. Tsembaga cannot go to war again until they pay the debt because the ancestors won't help them. All of this stuff about ancestors and debts is part of their cultural code. But it informs their actions, and their actions have ecological consequences.

Pigs eat the same food people do—sweet potatoes—and women do most of the work to grow them in their gardens. At the end of a war, they have few pigs. Since they only have to feed the people and a few pigs, the women make fewer gardens, and the land that they aren't using can lie fallow and recover its fertility. First, people pen their pigs up on the old garden spots to root around and soften the ground. The pigs act as bionic plows. Then wild plants take over the garden spot. The longer the land recuperates, the more fertile it is, and the women can use the most productive gardens. The longer they use the gardens, though, the less productive they become until they aren't worth cultivating and have to lie fallow again.

Figure 6-1 shows the relationships among these elements as a system. This diagram says that the number of gardens fluctuates up or down with the number of pigs; the length of fallow changes opposite to the number of gardens, so the more gardens, the shorter the fallow periods; the fertility varies in the same direction as the length of fallow; and the fertility goes in the opposite direction from the number of gardens. More pigs, more gardens, shorter fallow, less fertility, more gardens. Fewer pigs, fewer gardens, longer fallow, more fertility, fewer gardens.

As there are more and more pigs, the women make more gardens, the fallow decreases, and they need more food for more pigs but have to work harder for each sweet potato as the fertility declines. Pigs aren't very docile. They get into neighbors' gardens and root around and destroy other people's crops. When this happens, the other people complain and take legal action against the pig owner. So more pigs also means more disputes and more complaints of overwork from the women. Figure 6-2 shows how this works.

The elders have to hear all of the law cases and decide how to resolve them. The same guys (yes, all guys) have to deal with the women increasingly complaining about too much work. When these negative aspects of having so many pigs become intolerable to the elders, they conclude that there are enough pigs to pay off the debt to the ancestors and sponsor another big feast and kill off most of the pigs. Then they are free to go to war again because the ancestors will help them.

There's one other variable in this system—how healthy the people are. That's not so much because their health determines how hard they can

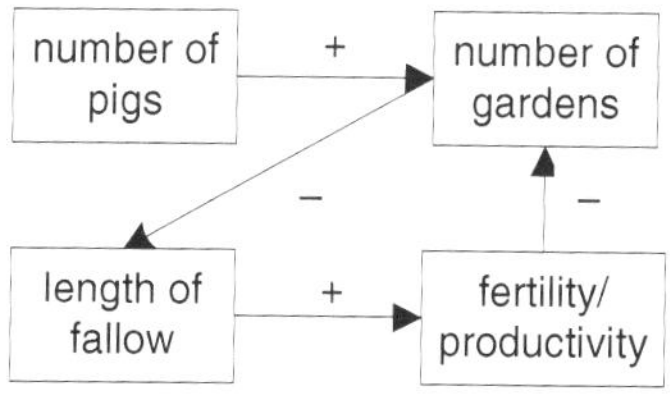

Figure 6-1 How pigs affect fertility of gardens.

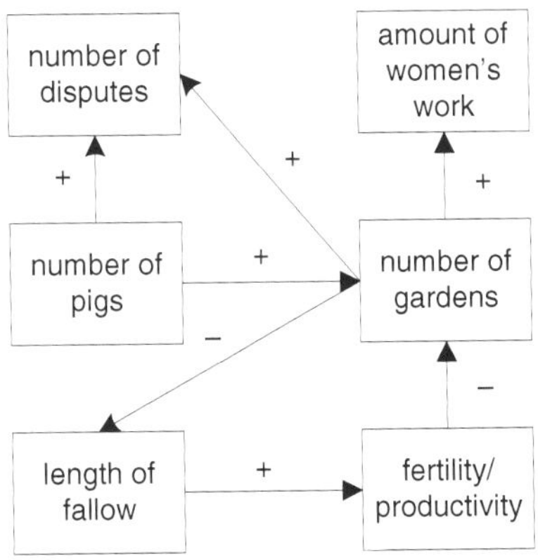

Figure 6-2 How pigs affect social relations.

work but because when someone is sick, like Lisu, they sacrifice a pig as part of the curing ritual. So if everyone is in good health, the population of pigs grows faster than if they have to kill off some of the pigs for curing ceremonies.

Roy Rappaport (1967), who studied Tsembaga and wrote the book *Pigs for the Ancestors,* concluded that Tsembaga ritual was a regulating mechanism in this system. A **regulating mechanism** is a part of the system that keeps the values of variables within certain limits. The classic example is a thermostat. When the temperature in a room gets hot enough, the heat trips a heat-sensitive switch that turns off the furnace. As the room cools down, the switch turns on the furnace, and it begins to heat up the air again until the switch turns it off. The heat-sensitive switch is the regulating mechanism that keeps the air temperature within certain limits. So, the Tsembaga cultural code keeps the number of pigs within certain limits because it provides a way to turn on or off the sacrifice that regulates the number of pigs. So there are always some pigs, but they don't get out of hand and eat the people out of house and home. The critical part of the system is what is "enough pigs"? Enough pigs is the number that makes the complaints and disputes too annoying for the elders, so they are willing to flip the switch and repay the ancestors the pigs they owe them from the last war. After they do that, they can go to war again until they have enough pigs to pay the debt they got into from starting the war. And so on, as Figure 6-3 shows.

In terms of the model we developed at the end of the last chapter, we can understand this part of Tsembaga cultural ecology according to Table 6-1.

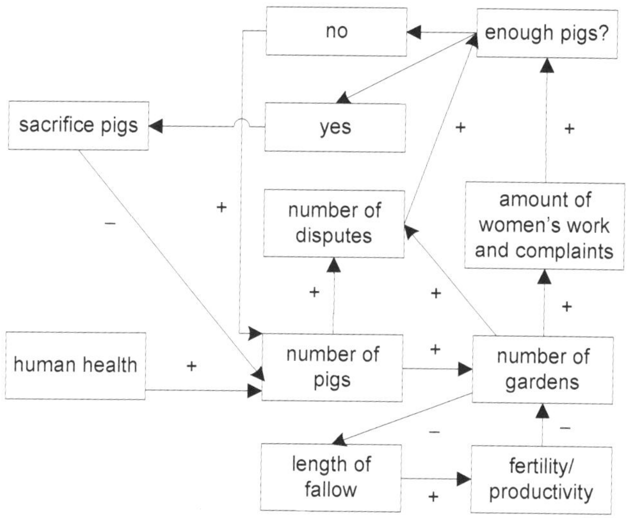

Figure 6-3 When are there enough pigs?

This ritual cycle assures local groups of a supply of good protein, especially when they need it most—when they are sick. It distributes local surpluses of pork throughout the region by the feasts so that those who have extra pigs feed those with less than enough. It facilitates trade because the allies who people invite to their feasts bring gifts. It keeps the number of people adjusted to the area of land. It limits the fighting to frequencies that don't endanger any of the groups. Finally, but most important, it maintains the environment in good condition for gardening by guaranteeing that the fallow periods don't get too short or the fertility too low.

Tsembaga warfare is not like ours. First, they can't fight another war until they are out of debt for the last one. Then, they don't use napalm

Table 6-1

Reality	Cultural Code	Action
Number of pigs	Ideas of debt	Kill pigs
Productivity of gardens	Ideas about ancestors	Raise pigs
Length of fallow periods	Debts to ancestors payable in pigs	Make gardens
Number of disputes		
Amount of work for women		
Number of complaints from women		

and machine guns and fragmentation grenades and humvees and tanks and airplanes. They use spears and bows and arrows, not guns and explosives. Their warfare is more like our football. People get hurt, and some die, but not all that many.

And, while our agriculture isn't like theirs, there are some similarities. The more livestock we feed, the more of our land and agricultural effort goes to growing feed for the animals. If you drive across the vast expanses from Illinois through Iowa early in the fall, you see the beauty of an endless sea of corn waving gently in the breeze as thunderheads gather on the horizon. This corn goes to pigs and cattle as well as to Archer Daniels Midland (ADM)—"Supermarket to the World," as they used to say on the commercials on National Public Radio.

That it is. And fixers of prices for the world, as recent convictions have shown. ADM's giant factories in the Midwest convert corn into ethanol as an additive for gasoline, and it seems to have the fix in with politicians from the area to support tax breaks for ethanol and promote this fuel additive as environmentally safe. Just outside Cedar Rapids, Iowa, is a plant that fills the sky with plumes of fragrant white vapors. At the plant they convert corn into endless tank-car-loads of corn sweetener destined for soda and bakery goods. The biggest single "food" in the United States diet is soda. It accounts for one out of every five calories that Americans consume. Some researchers think that such sweet drinks are a major cause of obesity in the United States.

Check the contents of almost any industrially produced food or drink product, and you'll see "corn sweeteners" or "corn syrup." Most likely from ADM. That's why it supports an army of lobbyists in Washington, D.C., to retain a high tariff on imported sugar and work with the right-wing sugar magnates who fled from Cuba to Florida and drained the wetlands of that state to reestablish their sugar plantations in the United States. Together ADM and the Cubans form a strong political block to keep Cuban sugar expensive relative to their products.

Just as with Tsembaga, the political decisions (How many disputes are there in the group? Can we go to war with other groups?) are connected to the economic ones (How many gardens, how fertile, and how many women work in gardens?) and the economic actions (killing pigs) have consequences for the environment (longer fallow periods, more fertile gardens).

Much of the rest of the corn from the Midwest that doesn't go for sweeteners or ethanol is destined to feed livestock in industrial animal production facilities close by or to feed livestock in Russia and other lands. One thing that's different from Tsembaga or Lisu is that it's hard to find any regulating mechanism that puts limits on anything in this system.

We'll get to the similarities between the system in the United States and others in more detail later, but here we'll just mention that the signals that go through the system determine how it will act. For instance, Tsembaga women complain of overwork. That's a signal. There are too many disputes. That's another signal. When the signals all align, the elders trip the regulating mechanism, and the feasting begins. Just like Tsembaga, our system responds to signals—some of them about pigs and their feed.

Julian Steward (1955) is the anthropologist who did a lot to develop **cultural ecology** in the mid-1950s with his book *Theory of Culture Change.* Roy Rappaport's work, and his book about Tsembaga published twelve years after Steward's, is an example of cultural ecology. This is an approach in anthropology that emphasizes that while all of the elements of a culture are interrelated, the parts that have most to do with the way people make their livings are the most important and determine the rest.

Steward called the social, political, and religious patterns most closely connected to the way people get their livings the **culture core** or central aspects of the culture. So the evolution of our biology entailed cultural variables interacting with biological ones; and while our capacities for language and culture are biological, their content is not. Different emic systems define different cultures. Steward wanted to understand the reasons these differences came to be. He ruled out the environment itself because people with different cultures live in the same environments. It could just be the history of the people, but that doesn't answer the "why?" question—it just leads to another question: why do different cultures have different histories?

Steward borrowed the idea of **ecology**—the total web of relationships among life forms in an area—from biology. Just as ecology understands a population in terms of its relations with the web of life in an area, cultural ecology describes the interactions of physical, biological, and cultural factors in an area to explain why different cultures take different forms. Steward suggested that anthropologists analyze the interrelationships of the productive technology with the environment—for instance, how Tsembaga men make gardens with digging sticks and how the women tend the gardens and keep them up after that; how women keep pigs, what they feed them, and where they get the food. We already see a division of labor between men and women, and we go on to see how people organize themselves for production and what the consequences are.

People solve problems, and the solutions create other problems. For instance, Tsembaga feed their pigs sweet potatoes, but the more gardens they make and the more pigs they have, the more the pigs invade other people's gardens and cause disputes. Steward suggested that after we describe the interactions of the technology and the environment, we check how the patterns of behavior involved in making a living affect other areas of behavior. For instance, Tsembaga ritual regulates the frequency of warfare, the number of pigs, the amount of land people cultivate, and the fertility of the land.

The kinds of factors that are important to cultural ecology are interrelations of land use, land tenure, kinship, residence rules—all of the emic or cultural code stuff that has consequences for how people produce things. But Steward also wanted to understand consequences of actions. For instance, he would want to understand the consequences of the Tsembaga ritual system or of the United States' love affair with cars and soda. So cultural ecology also studies the results of people's actions, such as obesity, global warming, and environmental pollution, whether or not the people have the same understanding of these things as we do. Our understandings may be different because we develop etic understandings based on different assumptions and procedures than the ones in the cultural codes of the people in the systems. This gets tricky when we're talking about our own culture. And we're going to show you later that it's no mistake that it's so tricky because there is a very good reason for some people to try to confuse everyone else.

Each kind of technology poses different problems with different solutions. People have to do some things a certain way or not at all; other things they can do any number of ways. Steward's idea was that people solve similar problems in similar ways everywhere and at every time. That's what explains cultural similarities. And the different problems of using their various technologies in dissimilar environments cause the cultural differences.

These ideas started a lot research that's still going on.

From the point of view of cultural ecology, the environment is much broader than people's physical surroundings. It involves other social groups as well. For instance, to understand Tsembaga, we need to understand how they trade and make war with their neighbors.

Solving problems—adaptive responses—can have disadvantageous side effects. Marshall Sahlins (1968) writes, "To adapt ... is to do as well as possible under the circumstances—which may not turn out very well at all" (369). It is not to achieve a perfect fit but to find reasonable solutions to the problems that face people. We saw that different selective forces in our biological evolution worked at cross-purposes. The advantages of using and making tools selected for the restructuring of our skeleton for bipedalism. That meant our pelvises widened and our birth canals narrowed. The same advantages selected for larger brains. Narrow birth canals and large brains cannot go together. That's why we're born immature, and that has all of the consequences we wrote about earlier.

It's the same with **cultural adaptation**. Sahlins writes, "Lots of things people do are truly stupid, if understandable." Archaeologists recover their remains and try to figure out what went wrong as with Maya. Remember that there is no necessity in evolution. Just because a system needs something doesn't mean it's going to happen. Was it stupid for Mayans to continue to build temples when they were running short of corn? Maybe—from our perspective. But what would you do if you knew that the gods gave you corn and to get the gods to cooperate you had to build temples? What would you do if you knew about global warming? What would you do if you knew about the connection between politics and corn sweeteners?

Sahlins wrote about how in Fiji, people fish for food and make dried coconut, called *copra,* to sell for money. Many cosmetic products and some food products use coconut oil from this copra. Fijians use boats for fishing, but it costs money to buy and maintain a boat. Since they use boats for fishing, and fishing is a subsistence activity, all kinsmen can use the boat because there is an ethic of mutuality and share and share alike for anything that has to do with subsistence. On the other hand, people can put their money into houses with tin roofs to gain prestige. Then their kinsmen can't use the product of their work. So the question Fijians face is how to allocate their money—to houses or to boats? They put it into houses so that they can reserve the benefits to themselves in line with the individualistic market ethic of coconut production. If they use it for boats, they help themselves, but they help their kinsmen just as much, and the kinsmen do nothing for it.

Everyone continues to have relatives, but they put their resources into houses and have fewer and fewer boats. As there are fewer boats, they fish less, and their diet has less protein. Thus, the quality of their diet decreases, and they live in hot and unhealthy houses. But it is their way of adapting to the factors they must deal with in their daily lives. Is it smart? Maybe not. Is it adaptive? Yes. Is it sustainable? No.

Since cultural ecology directs our attention to those aspects of the culture most related to making a living, anthropologists need to understand economic systems. We need a framework that allows us to compare all economic systems such as Tsembaga and our own in the same terms.

Although it is important to understand systems from the inside, to understand their emic meanings, if we want to compare cultures, we have to step outside them and develop frameworks that do not depend on the ideas of any single culture. If we try to understand all languages according to the rules of Latin, we ask irrelevant questions about Chinese and Thai, languages that follow different rules. To understand languages, we have to develop a system of reference that does not depend on any single language, an outside system of reference. We have to do the same for economics. In the next chapter, we'll explain how we can understand all economic systems in the same terms. We'll develop an etic system for studying economics whether in the United States or New Guinea.

There's a story about a very accomplished dervish who was walking beside a lake thinking about absolute truth when he heard someone on an island chanting. He noticed that the chant wasn't quite right. It wasn't the way the dervish had learned it. The scholar got a boat and rowed to the island where he found another dervish chanting.

The scholar taught the other dervish the correct chant and got back in his boat to return to shore, satisfied that he had helped someone toward truth because his books said that this chant was so powerful that, if people did it correctly, they could walk on water. The scholar had never seen anyone walking on water, but he knew the difference between correct and incorrect chants.

As he rowed, the scholar heard the island dervish starting to chant again. But the scholar heard the wrong sounds again. As the annoyingly inaccurate syllables became louder and louder, the scholar looked over his shoulder to see the island dervish walking on the water toward his boat. "How does that chant go again?" he asked. "I've already forgotten the correct way to do it."

Remember this story when we tell you about how economists always know the right chants and go around our planet screwing up people's economies.

Discussion Questions

- Check the label on a container of soda or a bakery product. What does the label tell you about the cultural ecology of your country?
- What are some of the elements that make up your cultural ecology? Think about cars, fast food, grocery stores, corn sweeteners, and what's going on in Washington and your state capital.
- Among Tsembaga, the women complaining is an important ecological signal. What happens to complaints in your university? What is the ecological impact of not paying attention to signals like this? Are people who raise grievances called whiners to silence them? How do the signals flow through your university's system?
- Can some people send more powerful signals than others? For instance, compare the impact of a complaint you make versus one of a rich alum who donates lots of money to your university.

- What things do these signals regulate in the system? How does that happen?
- What are some of the similarities and differences between biological and cultural evolution? Does natural selection work the same way in both? What's being changed in each?
- Explain how some of the aspects of our cultural ecology work against one another, as in the example of Fiji.
- What's the point of the story about the dervish? Has anyone ever corrected you? Were you wrong to think or do what you were thinking or doing? Does the point of view make a difference?
- Why do you think we have such different perceptions (emic view) about our country than the statistics (etic view) show? For instance, the U.S. health care system is the worst and most expensive of any developed country. Our life expectancy is lower and infant mortality higher than in most developed countries. More people live in poverty in the United States than in most developed countries. The gap between the rich and most of us is greater in the United States than in most other developed countries.

Suggested Reading

Evans-Pritchard, E. E. *The Nuer: A Description of the Modes of Livelihood and Political Institutions of a Nilotic People.* London: Clarendon Press, 1967.

Hanks, Lucien. *Rice and Man: Agricultural Ecology in Southeast Asia.* Honolulu: University of Hawaii Press, 1992.

Mintz, Sidney W. *Sweetness and Power: The Place of Sugar in Modern History.* New York: Penguin, 1995.

Rappaport, Roy. *Pigs for the Ancestors: Ritual in the Ecology of a New Guinea People.* New Haven, CT: Yale University Press, 1967 (reprint: Prospect Heights, IL: Waveland, 2000).

7

For the Lisu people, rice is part of the important elements of the economic system: consumption, production, and exchange.

CHAPTER 7

AN ANTHROPOLOGICAL APPROACH TO ECONOMICS

There's a story about an economist, an anthropologist, and a historian who are walking together and fall into a deep, dark hole.

"We'll never get out of here," said the historian. "This is precisely what happened to Ethelred the Unready in the thirteenth century, and he died in the hole." The economist smiled.

"I think you're right," answered the anthropologist, "because on the island of Bongo Bongo where I've done extensive fieldwork, whenever people fall into a trap like this, they die." The economist smiled again.

The economist said that he wasn't a bit worried. "Don't worry," he said. "We'll get out of here."

"How?" asked his two colleagues.

"Well," he said in a cheerfully optimistic voice, "first of all, assume a ladder."

The economic framework that anthropologists have developed does not share much with what you learn from economists in a department of economics or business administration.

For starters, the wisdom of ethnography is "Assume nothing." Any assumptions we bring with us are likely to be based on our own cultural codes and experience and thus could mislead us in understanding the people we want to understand. We'd be understanding them in our own emic terms instead of either their emic terms or etic terms. Here we are going to develop an etic economics.

First, we do know that all societies provide themselves with the things people use. Second, we also know that all useful things are products of someone's labor. Third, we see that people exchange some things for others. These three observations define three things we need to look at to understand economic life: consumption, production, and exchange.

Everyone consumes things. We do this by direct consumption such as eating and using things to produce other things. The classic example is seed. People can eat it or plant it to grow more food and seed. Either way, they consume it.

For production, we'll just repeat the statement, because it's important, that all useful things are the product of someone's labor.

Exchange means that people trade things for other things. Anthropologists have distinguished three forms of exchange. **Reciprocity** means giving as much as you get—at least in the long run. There's usually a time delay between the giving and the getting. If I have a car and you need a ride, I give you a ride. Sometime when I need a ride, I know that someone will give me a ride. Or we may make an explicit deal: I'll take care of your kids tonight, and you take care of mine tomorrow night. Or it might just be sharing as people do when they have joint bank accounts and both put in whatever they have and take out whatever they need.

Christmas presents, birthday presents, wedding and graduation presents in the United States are examples of reciprocity with different time delays. Someone gives you a birthday present, and you give that person a present when his birthday comes along. People often compare Christmas presents to be sure they're not giving too big or small a present, considering what the other person gave them the year before.

Redistribution is based on the idea of reciprocity—give something and get something equal—but it works differently. Instead of giving something directly back to the person or group that gave it to us, we give things to some central person who then redistributes them to the people who need them. Systems of taxation are examples. We all pay taxes to various governments. In Pennsylvania, we have to pay taxes to the borough, to the township, and to the state as well as to the U.S. government. These government agencies then use the revenues for things that everyone needs, like water, sewer systems, and roads. The U.S. government uses a lot of our taxes to support a war machine. Some people who disagree with this redistribution become "war tax resisters" and don't pay their taxes in protest at the risk of being fined or jailed.

The third form of exchange is the one that's most familiar to us: the market. In **market exchange**, people exchange things for money. One of the things that people exchange for money is their labor. A **commodity** is something that people can buy and sell on a market. Most of us don't think that everything is a commodity—for instance, justice is not supposed to be a commodity that people can buy or sell. But there's that saying that in the United States you are entitled to as much justice as you can afford. A U.S. Senate seat isn't usually considered a commodity, but former Illinois governor Rod Blagojevich was thrown out of office for trying to sell one, as well as selling government services that are not supposed to be for sale. But there's no doubt that labor is something we can buy and sell. You can hire someone to fix a broken electric switch. Or someone can hire Paul to teach anthropology courses or Suzan to write a newsletter or a speech.

What determines the price of things in markets? Things are valuable because of their uses, the needs they fill. This is **use value**, and it's **qualitative**, not something we can count or quantify. If we want to rake leaves, a rake is useful for that. It may be useful for batting a ball or swatting a groundhog, but other things are more useful for those tasks than a rake. And rakes aren't very useful for driving nails or digging holes. A broom is useful for sweeping. A rake might help, but it's not very good. A coat is useful to keep us warm. We can't really compare the use values of rakes, brooms, and coats except to say that they are different. We can't say one is more useful than the other except in terms of what we use it for. For keeping warm, a rake is no good. For digging a hole, a coat won't help.

People exchange things with one use value for things of different use values. So, people might trade a rake for a coat. If people can do this, the ratio of exchange—how many rakes per coat or coats per rake—is the **exchange value** of the two things. This is **quantitative**, something we can count. People may have to trade five rakes for one coat. Or people can use money to keep track of these relationships. If the value of a rake is $1, then the value of a coat is $5. So our question is, where does the exchange value of things come from?

The one thing that all useful things have in common is that they are the product of someone's labor. The amount of labor that it takes to make things is their exchange value and sets the ratio of their exchange in markets. So, if it takes the same amount of labor to produce one pig, twelve bushels of rice, two hoes, five rakes, and one coat, people would exchange them at those ratios, either directly or by using money.

To repeat, the exchange value of things comes from the amount of labor it takes to produce them. We have to talk in terms of long-term averages. Furry boots may come into fashion when a movie star wears them. So lots of people want to buy furry boots, and they are expensive. Soon every company is making the boots, and the price comes down. And finally the boots are out of fashion, and you only see them at thrift stores. The **price** of things can be different from its value because of these kinds of processes. But the exchange value of things is determined by the amount of labor they contain.

What is useful—that is, what has use values that determine consumption—depends on what people need and want beyond food. This sets the needs people have for production. So consumption, production, and exchange are related in such a way that if one changes the others also change, they form an **economic system**. How the things are produced is the cultural core, the most important dimension of the system, since it conditions how people can exchange and consume. The task of anthropology is to figure out the systematic relationships.

We can look once more at Lisu with whom Paul lived. The feasts that go with curing ceremonies provide a way for people to enter into reciprocal exchanges. If I invite you to a feast today, then I expect that you will invite me to your feast when you sponsor one.

People grow rice, opium poppies, and corn on slash-and-burn or **swidden** fields. They cut the trees, let them dry, burn them, and then plant rice, corn, or opium poppies in the field. The people of the household provide the labor, but sometimes they need to have a lot of labor in a short time. When they need to concentrate labor at one time such as harvests, they ask neighbors to come help and promise to help them with their harvests. These are reciprocal exchanges too. But people also hire some help, especially from opium addicts who live in nearby villages of other groups. Everyone produces more than just enough to eat. To be able to sponsor feasts for curing ceremonies, people have to keep pigs. And, just as with Tsembaga, someone has to grow the food to feed the pigs—or at least enough of it to keep the pigs coming home for supper every evening.

The pigs stay in pens near the houses, but people let them forage freely in the forest during the day so that people don't have to feed them so much. To get them to return to the pens, people feed them corn, and, like U.S. farmers, they have to grow the corn to feed their pigs. If they are going to sponsor feasts, they also need to have enough money to buy home-distilled liquor from whoever may have recently run off a batch at the village still.

Figure 7-1 shows how people allocate their labor to grow different crops and what happens to the product of their labor.

This means that 62 percent of the labor went into opium production, 9 percent into corn production, and 28 percent into rice production. The rice went for subsistence and was 41 percent of the total value produced. Corn went to pigs that people used for subsistence—eating—and reciprocity through feasts. Five percent of the total value that people produced was pigs for subsistence. People used cash to buy liquor and bamboo shoots for feasts, and together the liquor, food, and pigs for feasts accounted for 18 percent of the value produced. Twenty-eight percent of the value produced went for consumption goods such as cloth for clothes, needles, thread, kerosene, lamps, soap, and other things people bought in the lowlands. Finally, 8 percent of the total value they produced went to purchase the labor of neighboring opium smokers to help, especially with the tedious harvest of the opium from the poppies.

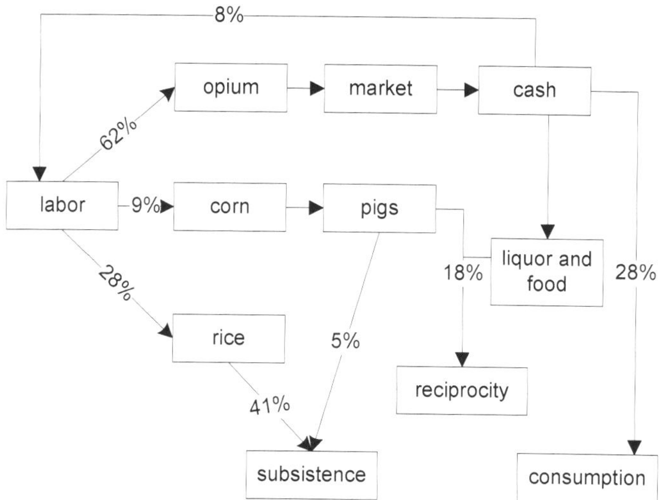

Figure 7-1 What Lisu labor produces and what they use it for.

Like Tsembaga, Lisu have a cultural code that makes it reasonable to sacrifice pigs to make sick people well. But sacrificing a pig sends another message, too. It lets people know that the household is keeping up with its responsibilities to other households, that it is keeping its place in the reciprocal relationships. When someone in a household falls ill, the householders have to think about when they last sponsored a feast and who has sponsored feasts lately. If the household is falling behind, they will sacrifice a pig. If they are already even or a little ahead, they will sacrifice a chicken. So the curing ceremonies also have a political dimension. They are the way everyone keeps up with everyone else in this egalitarian society. This provides the motive to produce pigs, rice, and opium. "You can't be a poor Lisu," one person told Paul. "You have to have pigs to sacrifice." And you have to have good clothes and silver to wear to festivals as well as guns. To stay equal, everyone produces rice and pigs and opium so that they can sponsor feasts.

In this system, we see market transactions and reciprocity but no redistribution. Notice that because the land is freely available to anyone who wants to clear and use it and because people rely mostly on household members for labor, there are no categories of capital, rent, and wages. This can sometimes be a little bit confusing to people raised with the idea of markets and economics, as people in the United States are. Just like thinking of kinship in terms of kindreds, all of our cousins on both sides, makes it difficult for us to understand lineages based on the father's or the mother's side, but anthropology helps us move beyond this kind of ethnocentrism so that we can understand other cultures.

There are two ways to study economic systems. One is as a business tool. To anthropologists this seems like Ptolemaic astronomy that puts the Earth at the center of the solar system. It works quite well for navigation on our planet, so there's no need to challenge it if that's its use, but it won't work for going to the moon or keeping a calendar so that religious celebrations like Christmas and Easter always fall in the winter and in the spring. And it may not be the best scientific knowledge. Just because some system of knowledge is not scientific doesn't mean it's not useful or that it doesn't work. But just because it's useful doesn't mean that it's scientific. We'll explain later why economics is more like a religion than a science and how it got to be that way.

So economics may be sufficient as a tool for business calculations, but that doesn't make it adequate to describe real economic systems or useful as a framework for comparing economic systems. Anthropologists have developed other ways of seeing economies as cultural systems, as parts of cultures so we can compare them with others. It's this etic system we're explaining here.

In some systems, market exchange is the main way of organizing production. This doesn't mean everything is done by market principles, but it does mean that the market organizes most production. For instance, someone in every household has to wash dishes, cook food, and do the laundry. A married couple may share these tasks. That's not a market exchange. Or the husband or the wife may do most of it. That's not a market exchange, either. Or they may hire someone to come in and clean and cook for them. That is a market exchange.

Someone has to take care of the kids. The mom or the dad may stay home and do that. That's not a market exchange. If the parents pay to put the kids in day care or preschools, that is a market exchange (in some countries the government provides this service because they value families). So some of these tasks may be more or less organized by the market. But in this example, if we look at the whole economy—all of the houses and cars and food production and everything else—it's fair to say that the market is the major way of organizing production. There is money, and people buy and sell commodities, including most raw materials, tools, machines, labor, and almost everything else.

If there is market exchange and people buy everything for production, then labor is a commodity just like coal, sand, and steel. People use labor, tools, and raw materials to produce commodities with different use values and sell them. In this kind of system, they use money to buy commodities (labor, machines, raw materials) to make commodities (products) to sell for money. But the reason people do this is not just to get the same amount of money but some extra that we call **profit**.

Where does profit come from?

Remember that the exchange value of commodities comes from the amount of labor they contain. If you buy all of the inputs, even the labor, where does the value of labor come from? This is a little bit like a riddle. The value of labor comes from the same place as the value of any other commodity—the labor it contains. How can labor contain labor? People must consume to work. The amount of things others produced that we consume so we can work is the value of our subsistence. That is what determines the value of labor for a period of time—the amount of labor it takes to produce all of the things someone needs to work for that period of time and to reproduce labor for the next generation to keep the system going.

Think back to the household where the worker lives. The house, the food, the water, the fuel, the car—almost everything in the household is a commodity. The domestic partner is probably not a commodity but a commodity worker—a maid—may do the domestic jobs. Most of us aren't that rich, but even if we're talking about ordinary people who do their own work, the point is that they could have been working for money, so that household work has value, too.

If we buy labor at its value, we pay for all of the necessary subsistence goods for the time we use the labor. Necessary subsistence goods may include the value of a house, a car, television, food, cooking, cleaning, child care, and education for kids. Part of the value of labor is the amount of value it takes to produce the next generation of workers to keep the system going—that is, to reproduce the system. The total amount of what it takes to keep people working and reproduce workers is what we call **necessary value.** This total value is what people get paid as **wages**—unless companies can figure a way to avoid some of that cost by putting it somewhere else—we'll come to that later.

Put the other way around, wages is the value that a worker needs to keep on working and to keep the system going. So that's where the value the employer pays to the worker comes from—the value of labor is the labor it contains, just like any other commodity. But where do profits come from? We're getting there.

When we hire workers, we ask them to produce the amount of value of their wages and some more. Remember, if we're just producing the same amount that we put into the process, there's no point to it. So we ask people to put in enough work to equal the amount of their wages and some more on top. That "more on top" is the profit.

It works like this: We call the amount of value to pay for wages necessary value and the amount of work to produce it **necessary labor**. It's necessary in the sense that without it, there couldn't be any labor at all. The extra value the labor produces beyond that is the source of profit. We call that work **surplus labor** and the value it produces **surplus value**. We call it "surplus" because it is above and beyond the amount of value that is necessary to pay for the value of the labor.

Some people figure out how long they have to work to pay their income taxes. Suppose you pay 25 percent of your income as taxes. Then the first three months of any year you're working for your government. Only after you pay off the government can you start working for yourself. You can think of dividing the working day in the same way. Think of necessary value as the amount of value the workers you hire have to produce just to pay their own wages, to produce the amount of value they need for the day of work. After they are done with that, the rest is yours. That's the surplus value; that labor is surplus labor, and that's where the profit comes from. Figure 7-2 shows how this works.

Most of us aren't bosses who hire other people to work for us. So let's turn it around and think of it from the worker's point of view. If it takes me half a day to produce the value of my wages, then I'm working for myself that half of the day. The rest of the day's work, the boss gets to keep in return for letting me come to work and get any wages at all. In the old days, this was pretty clear. You could see how much coal you dug, you knew how much it cost to buy, because you had to heat your own house and cook, so you could know when you started working for profit for the boss instead of for yourself. But what about the mine's clerk? Or the railroad engineer who drove the train to take the coal to where someone needed it? That gets more complex. It's the same set of relationships, but it's more difficult to see because it involves lots of steps. Here we're just working on the basic ideas.

If two firms are both producing the same thing using the same machines and raw materials, they will offer their products on the market at

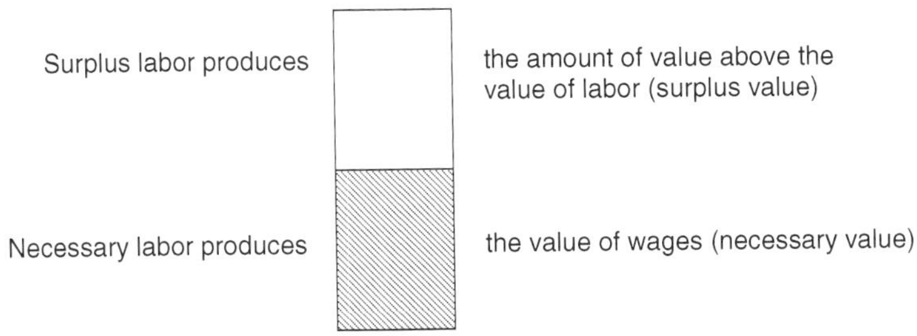

Figure 7-2 Necessary and surplus labor.

the same price. If one of them invests in a process that produces the same things with less labor, it can sell the products for less. Then the first firm can either imitate the second or improve the process of production even more or go out of business. The same amount of labor produces more of the product—the productivity has increased, just as when Tsembaga have longer fallow periods in their gardens. Now the amount of labor in each thing is less and the value is less, so the firm can sell it for less.

Through this process of competition, the production processes come to use less and less labor. Anything that consumes less labor has less exchange value and is less expensive. As this happens throughout the whole society, the value of the things necessary to support workers decreases and the value of labor decreases. As the value of labor decreases, the surplus value increases. The Wal-Mart phenomenon. Low wages, high profits.

Think about the first automobiles that people built by hand piece by piece. Then came Mr. Ford. He may not have invented the automobile, but he did invent the way to produce lots of them with his assembly lines. That radically improved productivity and lowered the value of cars until Americans could imagine everyone owning a car. Then came the Japanese with their robot factories that could build cars with just a couple of folks to watch the computers. But people had to build Mr. Ford's factory and the Japanese robots. More of that later.

Think about farms mechanizing at the same time that automobile production was mechanizing. First people were using horses to plow and pull implements. In those days there were lots of farmers for everyone who wasn't. In 1900, 39.2 percent of the U.S. population lived on farms, and 38.8 percent of the labor was employed on farms. Then they got tractors and could do the jobs faster, with less labor because they didn't need to grow oats for horses or take care of them. Productivity increased. By 1990, 1.8 percent of the population was living on farms, and 1.8 percent of labor was employed on farms. As the machines got bigger and more powerful, the productivity increased to such an extent that there are just a few farmers now. Some people talk about replacing people with technology. In what's called the ***industrialization of agriculture,*** productivity increased as people invested more and more in technology.

It's important to keep basic relationships in mind. One is that labor creates all value. As we've explained, profit comes from people's labor. We'll explain later why some people are confused about this and think that profit comes from money. But money can't produce things. Only labor does that. That's why it's important to keep the basics in mind. So where do the machines, factories, and robots come from? People can use profits to invest in research and development to increase productivity. But it's the labor of the working people that created the profits that bought the machines.

We call the money that goes into production **capital**, and we call any system organized in this way a **capitalist** system. Among the many advantages of such a system are greater specialization, productivity of labor, and efficiency. Before this dynamic can take hold in the system, a capitalist system has to be in place.

The preconditions for capitalism include

- market exchange,
- labor that is available to hire,
- the possibility to expand labor time beyond necessary labor to create surplus value, and
- no interference with the process.

Firms that produce exchange values produce most things in capitalist systems, but there is also a previous kind of production that we call **household production**. Households don't produce exchange values, only use values; if they produce things to sell—like Lisu producing opium—it's so they can buy commodities they need. The usefulness of the things households produce is relative to the needs of the people. What's the value of washing the dishes after supper? Of cooking supper? Of shopping? Of taking care of the kids or picking them up from day care? Their value is the use to the people in the household. People don't sell these things. They aren't exchange values.

How can we compare the usefulness of a bushel of rice when there is no rice in the household versus the same bushel of rice when the granaries are full of rice? The usefulness of goods declines as you have more of the goods. The more of something you have, the less you need the next one. This is what economists call **marginal utility**, or the usefulness of the next thing compared with the one before. Accountants used to keep track of such differences by putting the difference in the margin of the account book, hence the idea of marginal utility, the usefulness of the next thing.

If a person has a beer on a Friday night, it might go down pretty well and feel pretty good. The second beer is less urgent and the third even less. Depending on the person's tolerance for alcohol poisoning, each beer is less useful than the one before until some point where the next beer is worse than useless; it has the person hugging the toilet and puking. That's what economists in their optimistic way call **negative utility** but what ordinary folks might call damaging.

Figure 7-3 is a graph of that process. The horizontal axis is the amount of value people have produced. At the left they haven't produced anything, and they have great needs. The more they produce, as we go along the horizontal axis toward the right, the less they need to produce any more.

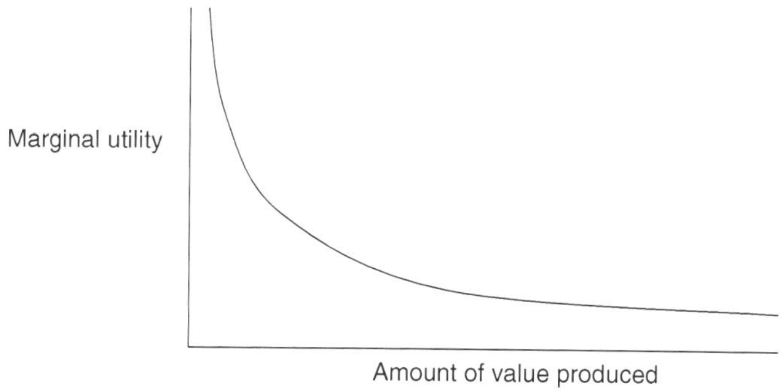

Figure 7-3 How much do you need the next one?

The amount of work people want to do runs in the opposite direction. The more people work, the less they want to work any more. Figure 7-4 shows this exponential curve of increasing **drudgery** of work. At the left, when people haven't produced anything, they haven't done any work. The more they produce, the more work it takes, and the less they want to work any more.

Figure 7-5 puts the two curves together to show the point at which it is no longer worth a person's while to produce any more—when the marginal utility of the next unit of value produced is just equal to the drudgery of the work it takes to produce it. That's when people in households stop working.

In Figure 7-6, you see that drudgery of labor is inversely related to productivity. If the same amount of effort produces twice as much value, then the drudgery of labor is cut in half.

Here, each value of drudgery in the dotted line is half the value of the solid line for each unit of value because the people have some way to

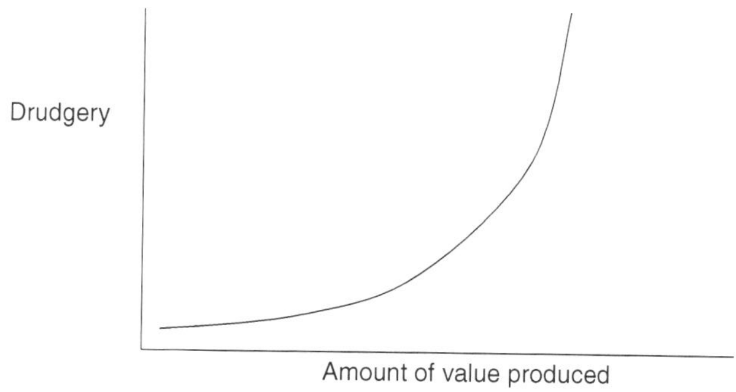

Figure 7-4 How much you don't want to do the work to get the next one.

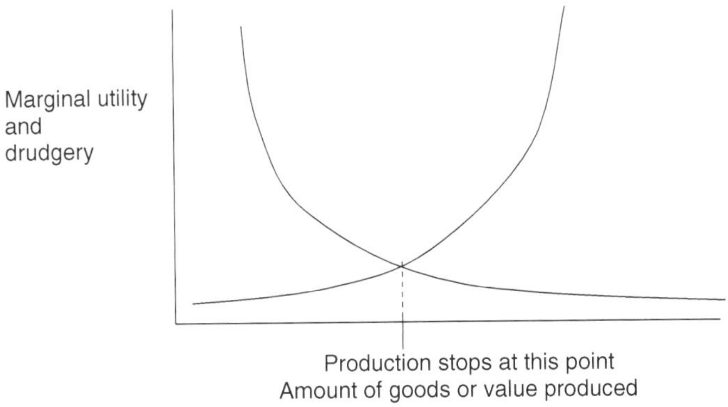

Figure 7-5 When you quit.

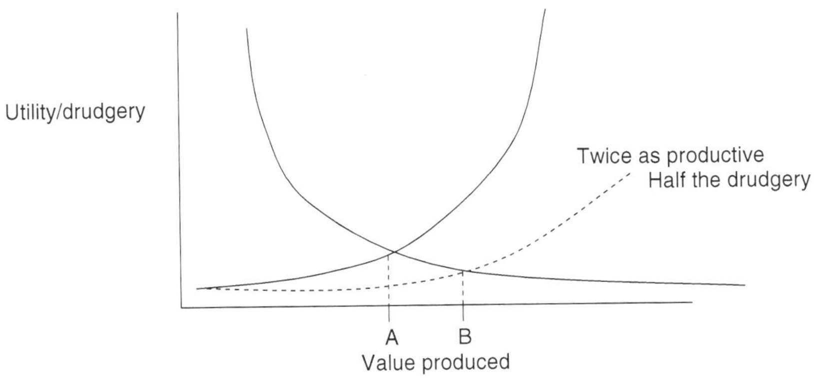

Figure 7-6 Effect of doubling productivity.

double productivity. Perhaps they have access to an irrigation system or a harvesting machine—something that doubles the amount they produce in the same time. Notice that while people increase production with the new technology from point A to point B, they do not double it. So the increase in production is not doubled even if productivity is—the relationship between productivity and amount produced is indirect.

Marginal utility is relative to needs: the greater the need, the higher the curve of marginal utility.

In Figure 7-7 the dotted line shows an increase in the marginal utility of the value produced; that is, these people need the product more than the people with the solid line. This could be because they have more mouths to feed, or it could be because they have to pay taxes for the irrigation system or to pay off a loan for a harvesting machine. The source of the need doesn't matter. Any increase in need acts the same way as adding mouths to the number of consumers in the household. Again, the production increases from A to B.

When we put the two curves together in Figure 7-8, we see that the overall level of drudgery with the new technology—the drudgery (on the vertical axis) to produce up to the level of B—is higher than without it—the old system where they only produce up to the level of A. B would be the new amount they would produce considering both the increase in productivity and the increase in need that the new method of production creates in the household. So in this example, given a choice, people wouldn't accept that alternative; they'd keep doing things the old way.

A. V. Chayanov (1986) is the person who put these observations together on the basis of his empirical studies of Russian peasants in the early decades of the twentieth century. He was an agricultural economist. After the revolution of 1918, there was a great food shortage in the new Soviet Union. The country was being invaded by England and the United States. The supporters of the czar started a civil war, and the peasants stopped producing much of anything beyond what they needed for their families. That contributed to the shortage of food for everyone who wasn't a peasant. Stalin wanted to start large industrial farms that would operate like factories and be done with the reactionary peasants once and for all. Chayanov thought that peasants would respond to the needs of city people better if they could organize into cooperatives and sell their food, but Stalin disagreed. Stalin solved the Chayanov problem in his typical way, by having him shot in 1931.

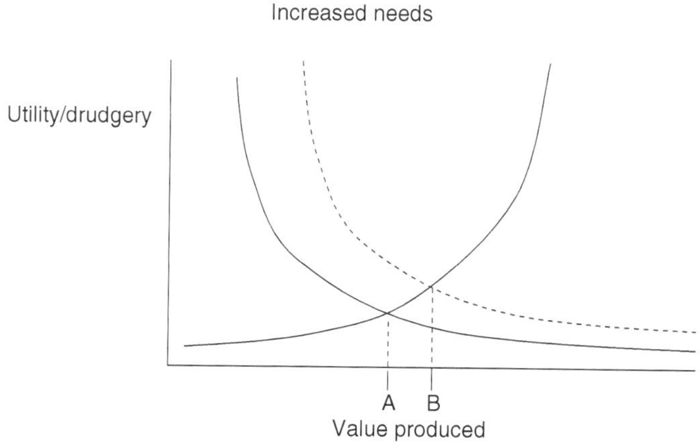

Figure 7-7 Effects of increased need.

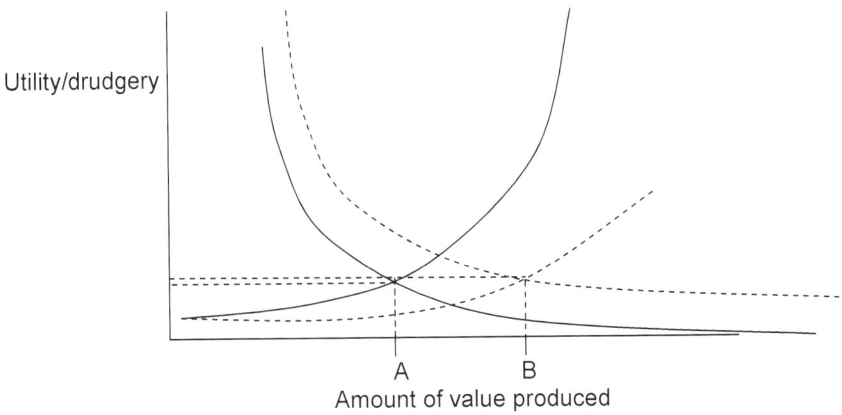

Figure 7-8 Costs and benefits of new technology.

Paul and other anthropologists have done lots of ethnographic work around the world to check out these ideas to be sure this is the way household production units actually work. So this isn't just theory.

Let's go back to the preconditions for capitalism. There has to be market exchange, and there have to be people willing and able to sell their labor. This wouldn't work in prerevolutionary Russia because the serfs were not free to sell their labor. In fact, capitalism would rarely work if people were given the choice. To understand this, we have to think about it from the point of view of people working in terms of the logic of household economies.

Someone sets up a factory with the most advanced technology there is, something like the water-powered textile mills of Lowell, Massachusetts. The owner offers to pay a worker maybe the amount of necessary labor, but it takes twelve hours of labor to produce that. If the owner is only paying the value of necessary labor, there is no profit in the system, so it's not worth the owner's while. If the owner can get people to work one extra hour, however, there's some surplus in the system. But why would anyone trade what they had in their household economy for the monotonous and dreary work of a factory?

They wouldn't. The best the factory owners could do is to hire the daughters of farmers. From the point of view of the farmers, the daughters could earn a little extra income without hurting the household economy too much. From the point of view of the girls, they could set aside something toward getting married and maybe get out of the house. From the point of view of the factory owner, he could start extracting surplus value. And they could control the value of necessary value by providing dorm

rooms and food for the girls, so the owners knew just how much their necessary value was.

But it wasn't always so nice an arrangement. In most places, people simply refused to work in factories until the government gave them no alternative. Governments drove people off their land with policies that kept them from being able to produce their own subsistence so they would have no choice but to work in factories. We will see some of these policies at work in Chapter 16. When people were denied access to their land to make a living, they had no other way to make a living except to sell their labor. These developments were no less draconian than Stalin's measures, but they were necessary for the capitalist system to get started, and once it did get started, there could be very fast progress through the technological developments that came with the process of competition that we explained before.

The point here is that labor is not naturally a commodity that people can buy and sell on markets. There has to be some government policy that makes that happen, that changes the structures of choice so that most people can no longer satisfy their subsistence needs through their household economies. Such policies are likely to anger the people who get thrown off their land, so policies like this require force—armies and police and a government that is willing to use force to make all of this work together.

So when people say, "Isn't it better for an Indonesian peasant girl to work for a couple of bucks a day than to have no job at all?" we know that's the wrong question. The question we need to ask, and to answer, is, Why can't the Indonesian peasant girl work on her own family's farm? Maybe her dad is a tyrant, and it's no better on the farm than in the factory. Or maybe there's no farm left. We have to actually do the ethnography and find the facts of these cases. That's what anthropology is about—finding facts, not making assumptions.

One of the consequences of these political and economic developments was ideologies and institutions to make the new system of production possible and to make it seem reasonable. One of these ideas was the idea of freedom. Free people are people who are not bound to lords or landowning farmers or lineages or tyrannical dads or anyone else. They are free to sell their labor. Thus one reason to oppose slavery was that it stood in the way of free, in this case meaning available, labor that producers could hire, a critical commodity for capitalism to develop.

In capitalist systems of production, there are people who sell labor and people who buy it. Where is the middle class? The middle class is in our imaginations. It's one of those ideological myths that was made up to make the system seem reasonable. We'll come to that in a bit.

Discussion Questions

- Draw your own diagram that describes your definition of drudgery. Explain how much you would work, for how much, and when you would quit. Do you think that is the same for either of your parents? Your grandparents? Why or why not?
- Iceland's constitution does not include the right to freedom of expression, or religion, or even the freedom to own a gun. But it does include the rights of health, education, a job, a place to live, and security in old age. Discuss the difference between these rights and the freedoms that the U.S. Constitution provides. What are the benefits of each? What are the costs? What does the economy have to do with any of this?
- If the reasons for the difference are economic, why can a small country like Iceland grant such rights while a large, rich one like the United States does not?
- Check the local or international business news this week and find a story about wages, stock prices, productivity, and/or profits. Apply what you learned about economics in this chapter to any part of that news story or stories and discuss.
- Can you think of an example of household production from your family? How is that different from earning a wage? Describe the lifestyle, the level of work, the quality of work and lifestyle, and any other comparisons you can make.

Suggested Reading

Browne, Katherine E. *Creole Economics: Caribbean Cunning under the French Flag.* Austin: University of Texas Press, 2004.

Newman, Katherine S. *Declining Fortunes: The Withering of the American Dream.* New York: Basic Books, 1993.

Wells, Miriam J. *Strawberry Fields: Politics, Class and Work in California Agriculture.* Ithaca, NY: Cornell University Press, 1996.

White, Jenny B. *Money Makes Us Relatives: Women's Labor in Urban Turkey.* Austin: University of Texas Press, 1994.

Yates, Michael D. *Naming the System: Inequality and Work in the Global Economy.* New York: Monthly Review Press, 2003.

8

The 2004 "Rally for Women's Lives," held in Washington, D.C., is an example of how people in the United States voice their political views and how the state maintains control through its police force. *Photo by Suzan Erem.*

CHAPTER 8

POLITICAL SYSTEMS

One key to capitalism is the availability of people who are willing to work for a wage—or who have no choice except to work for a wage. Such people are called **free labor** because they are not tied to the land or to lineages and are not slaves. They are free to be hired.

As we saw in the last chapter, surplus labor is the source of the profits that drives the whole capitalist system and creates the dynamic of expansion. Households stop production when they reach a definite level of well-being, so they produce no surplus value unless a government or someone else forces them to. Then the amount they are forced to produce is, as Chinese peasants say of their government, "another mouth at the table." Household systems are static unless something changes their needs. Having children is one way this happens. Taxes and the demands of government are another. Being in debt is a third.

In spite of its dynamism and potential for progress, capitalism can never compete with households for labor. Households never benefit from sending people to work for wages as a major means of subsistence unless they have no access to resources to use for their own production. Think about it in terms of the logic of household production from the last chapter. A person's wages is what the person produces. It's always more advantageous in terms of the curves of productivity and drudgery to work for yourself than to work for someone else because you keep everything you produce except what you have to pay in taxes, tribute, or debts. If you work for someone else, they take most of what you produce and you still have to pay taxes, tribute, and debts.

The places where capitalism can get people to work are those where the conditions of work are so bad that working for wages looks good. That's what happened in nineteenth-century Iceland when if you didn't have land, the law said you had to work for someone who did. All you got was enough to get you barely through the year. The landowners did everything they could to keep commercial fishing from getting started because they knew people would go work in the fishing industry for wages because anything was better than working on a farm. That would deprive the landowners of their inexpensive supply of labor. Landowners were in the Parliament and made the laws. But people finally just disobeyed the laws and went to the fishing villages to work. Life was hard, but it was better than life on the farms if you didn't own any land.

Government and Capitalism

In the mid-1970s, Paul lived in a village of people called Shan in northwest Thailand. He first visited the area for a summer in 1967 before he began his work with Lisu. Back then, people leveled rice fields in the floors of the valleys, dug irrigation ditches, and built small dams across streams and rivers to irrigate their rice. In the sixties, they were able to get two crops of rice from these fields, but later, when a bridge across a major river and roads made the provincial capital of Maehongson accessible, people began to grow garlic and soy beans to sell at the market in town. When pickup trucks could drive to the villages from the capital to buy crops, the villagers could do better selling these crops than growing a second crop of rice during the off-season, so the agricultural system changed.

There weren't enough irrigated fields for everyone to make a living, so people who didn't own land made swiddens, like Lisu, in the hills nearby. In Thailand, all forests belong to the government. The government can grant the right to use trees for timber and, if it has the power to enforce it, can dictate everything that happens in the forested hills. Not long after the new roads connected villages to the capital, a new airport with long cement runways replaced the grass field where, in the sixties and seventies, World War II–vintage twin-engine DC-3s had landed.

We have to interrupt the story here for some background. Since 1961, there has been a revolutionary war—or, depending on how you look at it, several of them—in Burma. Burma's name is not really Myanmar, like you see on some maps these days. Myanmar is the name the military dictatorship made up for propaganda to make it seem like things were better than they are. The people call it Pama Myo. *Myo* means "country"; *Pama* means "Burma." To the English who colonized it as part of their Indian Empire, that sounded like "Burma," and it's not too far off. Some of the revolutionary armies in Burma are made up of Shan from the Shan States in the northeastern part of Burma. They and others financed their revolutions with opium. This is similar to Afghanistan today.

The revolutionary groups and several opium-trading warlords, as well as remnants of Chiang Kai-shek's U.S.-supported Nationalist Kuomintang who fled China after Mao Ze-dong's victory in 1949 to trade opium and guns in northern Thailand and Burma, occupied the border areas along with the peaceful rice-growing peasants who sold them rice. One motive for the bridge, roads, and airport in Maehongson was so the Thai government could exercise greater control of the area and ensure that the Shan people living there didn't get any ideas about joining with the Shan in Burma to make their own separate country.

The Thai government improved health services and provided schools so that the Shan people would learn to speak, read, and understand the related Thai language with its different alphabet but familiar sounds (remember what we said about schools in the introduction and about languages and nations in Chapter 4). The Thai Army radio station broadcasted its version of news and other programs in the area, while Burmese radio broadcasted propaganda in Shan.

In the sixties and through the seventies, Shan could make swidden fields to supplement their irrigated rice crops or, if they owned no irrigated fields, as their only source of rice. Slowly, the Thai state asserted its authority over this remote and formerly independent Shan state.

When Paul was there in the sixties, villagers sold rice to the rebel army in Burma by the elephantload, and members of the Shan States Army came to visit relatives or settled down in border villages. In the seventies, the occasional thumping beat of helicopters announced that the Thai Army was in the area, watching.

In the capital's open morning market, representatives of a dozen or more rebel groups and warlords shopped, and after a coup d'état in Bangkok, a Thai Border Patrol Police guy showed up to drink and gamble with the young men in the village where Paul lived. The government tried with little success to organize a border guard from the village men. The headman was appropriately enthusiastic, but there was not a military bone in the body of any of the village farmers, although one kid was drafted and went on to make a career in the army.

Now we come to the punch line. In the seventies, a few people owned much more land than they needed, and some people owned none. But the people with extra land could not hire people to work it. People could do better working for themselves on swiddens than they could working for others for wages. Remember, a hired worker gets necessary value as a wage but, in return for that, has to produce surplus value. A worker in a household system only has to produce necessary value without the demand for surplus value. So while there was a market and other preconditions of capitalism, it wouldn't work because people had the alternative of making swiddens instead of working for wages. In the eighties, with more control, the government was able to assert its power over the forests and prohibit swiddening. Then those people who did not have enough irrigated rice land to feed their families had no choice but to work for the people with more land than they needed. When some people are directly or indirectly forced to sell their labor rather than use it for their own households, we see the beginnings of a system of classes in which some people buy labor and some sell it.

The Transition from Feudalism to Capitalism

In this small corner of the world in the late 1900s we see the same drama that unfolded across Europe in the 1700s. After the collapse of the Roman Empire, the rise of Islam reoriented commerce toward the Islamic world. Local lords, not that different from the warlords of northwest Thailand, dominated Europe with their system of feudalism and incessant warfare until some could make good their claim to being God's chosen kings.

These aristocrats required exotic goods beyond those that ordinary peasants produced and used. Merchants began to supply them with these goods from the East, and new **markets** developed. Money began to circulate, and banks developed to help merchants handle it. Then began a process we now call **import substitution**, making the things for yourself instead of importing them. Not that aristocrats worked, but they had their peasants do it for them. Crafts developed and then workshops; this was the beginning of the factory system.

Royalty controlled the economic and political system. The sources of wealth were taxes, skimming from traders, and warfare, not production of surplus value. Aristocrats did not control production, but they wanted to control wealth. So, as people experimented with new ways of producing things and found better ways, the political system was increasingly at loggerheads with the cultural core.

It wasn't the kings and aristocrats who grouped craftsmen together into workshops where they experimented with new and more productive technologies. The rulers just wanted the products—they didn't care how they were produced. But the people who were producing things were developing new technologies and new ways of organizing production and beginning a factory system. They were on the verge of capitalism but had to play by the old rules of the aristocracy.

Throughout the eighteenth century in Germany, France, and the English colonies in America, there were revolutions to break the power of the aristocracy and change the rules of the game to allow the people who were organizing the production of wealth to control it.

But these would-be capitalists faced the same problem the Shan landowners in northwest Thailand faced. As long as people were either tied to the land as serfs or peasants or had access to land for their own household production, they wouldn't work for wages. If people had access to land, they would not sell their labor, and there would be no commodity labor. The solution was to deprive people of access to land. That's what the enclosure acts throughout the nineteenth century in England were about. They enclosed the land people had been using for their own subsistence and gave them to large landowners for their sheep herds. The people who had been farming were left with no alternative but to go to the towns to look for work. There were similar policies throughout Europe.

By one means or another, governments across Europe made policies that made cheap labor available. They changed the structure of choice. If people could work for themselves in household production, they would never work for wages. The new governments systematically prevented that option. They drove people from farms to cities.

Some argue that what makes America different from any other place is that we had vast amounts of land available on our western frontiers. That's why a lot of people went to America in the first place. There was so much land that this policy wouldn't work at first. For labor, industry had to rely on new immigrants coming to the cities. But by a hundred years ago, most of those lands were no longer available. The land grabs of railroads, coal mining companies, and other corporate interests caused the almost immediate imposition of a system of taxes, permits, and deeds, all designed to limit access to land, on pioneers heading west.

Hollywood's Wild West was short-lived compared with the capitalism that quickly followed. There had been the great Civil War to decide whether slavery would continue or whether people would be available to sell their labor as a commodity—the only two choices for the majority of people living in the South—and it's not quite right to call either one a choice. Even if America was the exception, as these "exceptionalists" claimed, it hasn't been for quite a while.

So there's a thumbnail sketch of European and American history from the fall of Rome until now. A historian would have a stroke over this abridged version, but the point here is that because of the attractions of household production, capitalism can only be established by government policies. That's why there were revolutions in the eighteenth century to establish new governments friendly to capitalism. Those governments made household production impossible for most people and provided the labor the new capitalists needed for their factories.

After capitalism develops, it has to be maintained by government policies such as antitrust laws, labor laws, banking and contract laws, laws against lying, and other rules of the game. Those rules must be enforced by a police force and a judicial system. Americans grow up knowing these rules from being exposed to mass media that tell what happens when people break them. And Americans found out that a lot of people they had trusted were breaking the rules when the economy began to collapse in 2008 because of their lying, cheating, and stealing.

It seems as natural to Americans to separate politics, religion, and economics as it seemed to Aztecs to sacrifice human beings to their gods. But the lesson of comparative anthropology is that economic, political, and religious systems are closely linked. Cultures are systems.

So, to understand how economic systems work, we have to understand how political systems work. To anthropologists, that means putting them in comparative perspective so we can talk about the whole species.

Egalitarian Systems

We're not sure it ever bothered Americans, but one of the things that really puzzled British anthropologists was how people could get along without kings and aristocrats and governments. They called such folks **acephalous**, which is a Latin word that means "headless."

The answer is that as long as everyone depends on everyone else, as long as everyone needs everyone else, they will find ways of getting along with each other and don't need judges, cops, courts, and armies to make them behave. It's called reciprocity. Do unto others as you would have them do unto you. And the converse—others do unto you as you do unto them. If everyone follows that rule, people don't need all of the apparatus of governments. It's beautiful. It's simple. It works. It's true.

Shan have a word for it: *joi kan*. The *kan* part means "each other," and they explain the *joi* part as being something like "help," but the two words together mean, "You help me when I need it, and I help you when you need it." Someone is repairing the roof on a house and needs some help. Fellow villagers show up and help out because when they need to repair their roofs (and sooner or later, everyone does), other people will come help them out. And if you don't, then nobody will help you when you need it.

We've already talked about reciprocity as a kind of exchange. This is the same thing, and where reciprocity is the main mode of exchange, there is a political form that we call **egalitarian**. The word means that everyone is equal, but that's not quite what anthropologists mean.

We understand that in every society there are differences among people. There are men and women; kids, grown-ups, and old people; married people, newlyweds, and people who aren't yet married. So we modify it a bit and say that there's equality within each age and sex category. What do we mean by equality? One of the cultural ecologists, Morton Fried, gave it this definition: as many positions of prestige as there are people capable of filling them. That means that talent and effort pay off in prestige. Nobody can fake anything when everyone knows all about you from the time you were born. There's no way you can fake your résumé if you don't usually bring home the game or the vegetables or if you have no pigs.

Why doesn't the strongest person just take over and rule with an iron hand? The answer is that people wouldn't put up with it. They can leave. They have relatives and in-laws all over the place who would be glad to see them and have them in their own groups. People depend on each other, as we saw when we discussed our evolution, so if people leave one person alone, that person won't be able to make it. When the people who leave join other groups, they won't have anything good to say about the guy they left, and none of the other groups will help him out.

Lisu say, "Whenever you keep two cups together, they will rattle." That's something elders say to people in one of their several marriage ceremonies. It means that couples don't always get along. So how can egalitarian people deal with conflict? If everyone depends on everyone else, nobody wants to split up the group. Relatives will back you up, but they will also pressure you into getting along so that you don't split up the group. They don't want your problem to become theirs, so they pressure you to solve your problems with other people. They also help you solve them in any way they can so they don't spread. (If you grew up in a very small town or a close-knit neighborhood, some of this may sound familiar.)

There may be someone who acts as a headman, but this person has no power over anyone. He summarizes public opinion, but he listens more than talks. Finally, many people have some idea like witchcraft or the evil eye. It's the notion that some people make bad things happen to others. Many people think the only way to deal with these people is to either ostracize or kill them. The people most likely to be labeled and treated as witches are what we would call malcontents who can't get along with others. So, for a lot of reasons, everybody has an interest in getting along with everybody else. Another Lisu saying is "You can't eat with one chopstick."

The most important thing about egalitarian societies is that everyone has equal access to all resources. Like Lisu, land is theirs to use while they use it, and when they stop using it, they have no claim on it. If there are fish to catch, anyone can catch them. If there is water, everyone can use it.

Reciprocity relies on a sense of obligation. If someone gives you something, you owe them something of equal value. You owe a day's labor for every day other people give you. Here we run into another contradiction because in systems of household production, not all households are equally able to produce. Imagine a household with a young couple, a five-year-old daughter and a one-year-old son, and an aging grandfather. The couple has to feed themselves as well as the kids and the grandfather. Now suppose one of the adults gets injured or sick. Then there is only one person to do all of the work. So, if there are many consumers and few workers, then each worker must work harder.

Another household may be lucky enough to avoid sickness and injury, and their children may be old enough to help. Suppose we have a similar household with teenaged kids. Then there are four workers supporting five people rather than one worker supporting five people. Health is a matter of luck.

Lisu control this factor. They set their production at just the amount the least able can produce to keep up with the obligations for feasts. That means that the households with more workers per consumer can slack off, and they do. They don't try to overproduce because that would be ostentatious. It's good to be equal; it's not good to get too far ahead or behind.

Luck comes in other ways. Take a look at a poppy seed bagel. Each one of the seeds on it is the same size as the seed for an opium poppy. (Don't get your urine tested for drugs after you eat a poppy seed bagel, by the way.) Lisu broadcast the seeds into their swidden fields just before the monsoon rains begin. How can you tell when the monsoon will begin? Everyone has a pretty good idea of the general time when the weather begins to change, but if someone plants too early, there isn't enough rain, and the sun scorches the plants as they come up. It's just as unlucky to plant right before a gully-washing rainstorm carries all of the seeds down the hillside so that all the poppies come up in a bunch at the bottom of the field and crowd each other out. It's just luck.

Hierarchy

Unless there are strong inhibitions on ostentation like those the Lisu have, a lucky household can get a little bit ahead. If they give more than they receive, the less lucky households become obliged to them. Everyone owes them, and the goods begin to concentrate with them. But they are obliged to give away what they receive. Thus, they can move into the center of a **redistributive system** of exchange. In highland Southeast

Asia, everyone knows about this dynamic. Lisu don't let it happen, but some folks do.

Redistribution comes with its own political form. The central person in a redistributive system of exchange has more prestige than others. He may have titles and fancy headdresses, and people may show him deference. In these **rank** systems, there are fewer positions of prestige than people capable of filling them. There may be more than one person equally able to be at the center. Except for these differences, rank-organized societies are similar to egalitarian ones. Everyone has equal access to resources, and the center person doesn't have any power over others except persuasion.

One of the cultural ecological anthropologists, Marshall Sahlins (1989), studied the political systems of the Pacific islands. He found that where there are diverse ecological situations, there are advantages to redistribution. People can specialize to increase the productivity or efficiency of their work. If some people grow sweet potatoes inland and others fish on the shore, everyone can enjoy both seafood and sweet potatoes. The diet can be more diverse. Food may become available at different times of the year in different areas. Distributions of food may come just when people need them, so they don't have to worry about lean periods of the year. In short, everyone benefits, and they can achieve a higher degree of well-being with less labor.

In rank systems, the center person, often with a title like chieftain, has no more power than others. But in redistributive systems of exchange, there may be another development. The center person may not distribute everything that comes in—he may keep some for his own family or kinsmen and start producing less than others.

When you get exactly as much as you give, as in a barter relationship, we call it **balanced reciprocity**. When there is no exact equivalence, or people don't keep track of it as Shan *joi kan* or family sharing, we call it **general reciprocity**. Some things are in between, like Christmas presents. Some people keep track of them and try to make it a balanced relationship; but others do not, and it's a relationship of general reciprocity. Some relationships aren't balanced at all. In these, you give and you receive, but you don't receive as much as you give. That defines a relationship that's not symmetrical, and we call it **asymmetrical redistribution**. Egalitarian relationships are symmetrical. Reciprocity is symmetrical. But redistribution is not necessarily symmetrical. The central person may keep back some of the goods for his family.

An example of asymmetrical redistribution is the people of the Trobriand Islands where Bronislaw Malinowski (1922) lived during World War I. They had matrilineal lineages, like the people of Truk, and a patrilocal system of postmarital residence, so the women joined their husbands on the men's lineage land, unlike Truk. But the land and the product of the land belonged to lineages. The men stayed on the lineage's land where their wives, members of different lineages, joined them and worked to produce yams. Then, following their sense of family values, the men gave most of the yams to their sisters because the yams were the product of their sisters' land, the place the sisters had left when they got married to live with their husbands on their husbands' lineage land. So the yams that the men ate did not come from their own gardens but from the gardens of their wives' lineages as presents from the men's brothers-in-law (the wives' brothers) who owed the yams to their sisters. So I grow yams and give them to my sister, and I eat the yams my wife's brothers give to her. That makes a great insurance policy.

If I'm a man who belongs to the Smith lineage, and my sister marries a Jones and goes to live with him on Jones lineage land, I owe her the yams from my garden. My wife is a Brown, and her brothers owe her yams. So I give my yams to my sister and eat the ones my wife gets from her brothers. This is a way to even out some of those differences in luck.

There's another wrinkle. The Trobriand lineages are ranked so that some are higher than others according to how close they are to the original ancestor. One of the men of the highest-ranking lineage is the chieftain, and he is at the center of a redistributive system that also distributes yams. But because of the prestige of his lineage and his titles, he had up to sixty wives from other lineages that wanted to make alliances with him. So he got yams from many brothers-in-law and had so many that he could let them rot in a display of wealth.

More important, he could support some of his kinsmen and didn't have to work as much as others. Some of the people he supported knew the magic that could help or harm others. So there was a sense that if you didn't go along with the system, the chieftain could hurt you. But he didn't have an army or a police force.

Stratification

When central figures take that step and start supporting kinsmen to make an aristocracy and start providing some people with weapons so they can have more force than others do—when that happens, they can deprive other people of access to resources. **Stratification** means that people don't all have equal access to resources. An example is the Shan village where Paul lived where some people owned irrigated land and others did not.

Throughout history, most stratified systems have been like an extra consumer in households or that extra person at the table. People have to produce a little extra to pay taxes or tribute. People are still involved in household production, but they produce more to support the rulers.

Stratified systems are based on **classes**. Some people have more access to resources than others. That defines two classes of people: takers and givers or haves and have-nots. The only way to keep stratified systems going is by force.

Stratification is inherently unfair because some people have the ability to deprive others of their livelihood, something that never happens in egalitarian or rank systems because there aren't the structures that make it possible and because everyone relies on everybody else. Because they are unfair, stratified systems are very fragile unless there is some means for controlling access to resources—for being sure the haves have what they want and the have-nots give the product of their labor to the haves.

In highland Southeast Asia, chieftains may try to make the shift from rank systems to stratified ones. Trobriand brothers give their sisters yams because of their family values and it's a good insurance system to protect against bad luck. When Southeast Asian chieftains say that they want to change the system from one based on family values to one based on land ownership, one of two things can happen, according to Edmund Leach (1954), the British anthropologist who lived in the Kachin Hills of Burma during World War II while he was organizing Kachin guerillas to fight against the Japanese who had invaded Burma. (These same Kachin revolted against the Burmese government in 1961, like the Shan we discussed earlier.)

In Leach's time, Kachin people could either go along with the chieftain, who tried to get them to level and irrigate land and become Shan under his leadership, or refuse and be egalitarian like Lisu. There could be advantages to either response. The Shan Paul lived with cultivated both irrigated and swidden rice. The same amount of work on an irrigated field gave people three times more rice than on a swidden field. In other words, labor on irrigated fields was three times more productive than swidden labor. In terms of the logic of household production, that's a good deal. If you have irrigated fields, you can give away half of your harvest from the irrigated land and you still come out ahead of where you would be cultivating swiddens. But if it wasn't that way, there was no advantage to going along with a chieftain who just wanted to aggrandize himself and his family, and, because he didn't have any force, people could just refuse and not accept the idea that some lineages have more prestige than others—they could repudiate the principle of rank. Without any force, there was nothing the chieftain could do about it if people decided to go that way.

The seeds of stratification are in the system of asymmetrical redistribution. The chieftain can hold back some of the goods he collects instead of giving them away immediately. He can make the collection period last longer to get more goods. He can do things that increase production and outputs by increasing productivity or without increasing productivity just get people to work longer hours to produce more, for instance, for the glory of the kinship group. Then the chieftain can keep back some of this increased production to support himself and his family.

If the chieftain can convert his control of the redistributive system into control over resources, he has created a stratified system. Sometimes people go along with this because it benefits them. For instance, it would be a good deal to go along if you can triple your productivity by getting access to irrigated fields, even if you have to pay half your crop in rent or taxes.

If the chieftain doesn't have any force, no cops or army to call, then people don't have to go along with such a shift. Kachin, for example, often didn't. If people don't agree to it, there's nothing a chieftain can do, unless he can control or get some force to use against his own people. That's what defines stratification—the ability to control access to resources by force.

When people go along with such a shift, the chieftain can quickly gain the resources he needs to control access to resources by force. Then people have very little choice. They can leave and go somewhere else if they can find a way to make a living. Or they can stay and work on the chieftain's terms.

In a stratified system, the chieftain is the ultimate giver because he gives wealth to his subordinates. He is the ultimate receiver because everyone owes him a share of what they produce. A hierarchy of chieftains may develop so people give the product of their work to one chieftain who passes it up the line to a king. The kings and chieftains use some of the wealth to support armies, palace guards, and warfare and to build forts and palaces. They may use wealth to build churches, temples, pyramids, and cathedrals. The reason they do these things is to create or support a cultural code that makes the system seem reasonable and natural. These systems are like the feudal system of Europe and developed at different times in Africa, China, Japan, and Southeast Asia.

The Inca Empire in Peru divided village lands into three parts—one each for the church, the government, and subsistence. They drafted forced labor from villagers to build roads, great monuments, and buildings. In the center of the whole system was a god-king. The Inca had force if they needed it, but they also had religion working for them, telling the people that without this god-king running the show, the whole cosmos would fall apart.

Any stratified system has a **ruling class** that has access to resources and **subordinate classes** that do not. The ruling class takes away some of the product of the labor of the subordinate classes. This isn't always a bad deal for subordinate classes, especially if there's some increase in productivity for them, but once these systems get established, they can't be undone. So far, this has proven to be an irreversible one-way process.

The unfairness of stratified systems makes them fragile unless the ruling classes develop some means to ensure their privileged access to resources. They can use two means for this. Force is one. The other is what the American anthropologist Marvin Harris (1971) calls **mind control**, or directing how people think by controlling the culture, such as Inca having a religion that persuaded everyone that things had to be that way or nature would fall apart. Mind control is a lot cheaper than force, so rulers like it better than force. The ruling classes of all stratified systems develop institutional ways of keeping control of resources.

As we've said, hegemony is from a Greek word meaning "authority" or "rule." It usually means the predominant power of one country over others such as American hegemony or, in past centuries, British, French, Spanish, Roman, Ottoman, Mongol, or Chinese hegemony. Anthropologists have borrowed this word to mean the predominant power of one class—especially the power to control the content of the cultural code.

Some argue that nobody can really fool people, even through controlling their culture. People can see what's going on around them. Hegemony only works because it has force behind it, and people know if they resist too much, they'll be on the receiving end of that force. If the ruling class cannot or do not develop control by force or cultural hegemony, they cease being the ruling class, and the system of stratification collapses when ordinary people repudiate it because it is unfair.

In the next chapters, we will discuss how ruling classes control stratified societies because that's central to understanding our own modern systems of most contemporary societies. Anthropologists call the institutional means for controlling stratified societies **states**. We will give a more thorough description of what states are and how they operate later. Here it's enough to remember that states are the ways that ruling classes manage force and hegemony to control their people and their cultures and make it all seem reasonable. Stratified systems without states don't last long because they are inherently unfair, and people will refuse to cooperate with them unless compelled by force, hegemony, or both.

Edmund Leach (1953) saw rank systems become egalitarian, but in our ethnographic work, anthropologists haven't seen a stratified system collapsing. We do have historical examples, however. One of the most vivid is medieval Iceland, where there was a highly stratified system, but the chieftains couldn't get together to create institutions that worked for them as a class. That system lasted about four hundred years, from the first settlement in 870 until Iceland became part of the Norwegian Kingdom in 1262. In the next chapter we tell that story.

Discussion Questions

- Think of some present-day rules and regulations in American society that limit access to resources, including land, food, and fuel. What purpose do those rules serve? Who benefits most? Who is most deprived? Why?
- Why do people steal? Is it possible to create a political or economic system in which stealing would not be necessary? Who defines what is "theft"? What if you had a different definition? Can you think of examples of institutional or corporate theft?
- The French philosopher Pierre-Joseph Proudhon said that property is theft. What do you think he meant?
- Develop examples of redistributive systems you have seen or read about. What do they have in common? Where do you see them, and where do you never see them?
- What are some examples of reciprocity? How do they work? What would an American economic system built on reciprocity instead of money look like?
- We assert that stratified systems are fragile. Do you agree? Why or why not? If so, what are some of the mechanisms stratified systems use to maintain themselves? How do those manifest themselves in today's society? If not, why not?
- You are probably going to college so you can get a better job. Why do you have to get a job at all?
- What class are you a member of? OK, you're in the anthropology class, but in the system of stratification, where do you fit? Ruling class or working class? How did that happen?

Suggested Reading

D'Altroy, Terrance. *The Incas.* Boston: Blackwell, 2003.

Fried, Morton. *The Evolution of Political Society: An Essay in Political Anthropology.* New York: McGraw-Hill, 1967.

Weiner, Annette. *The Trobrianders of Papua New Guinea.* Belmont, CA: Thomson/Wadsworth, 1988.

9

Archaeologists and anthropologists are excavating a Viking-era settlement in Iceland. *Photo by Suzan Erem.*

CHAPTER 9

STRATIFICATION WITHOUT A STATE

MEDIEVAL ICELAND

In the last chapter, we saw that stratification means differential access to resources. If a society is going to be stratified, it needs some institutional way to enforce that differential access so that some have more than others. Anthropologists call such arrangements of institutions *states.* Here we are going to see what happens to a stratified society that does not have a state. That kind of organization is very rare because it so fragile. Usually either such societies develop states very quickly, or the people don't put up with the stratification and become egalitarian. Understanding an example like this helps us understand exactly what it is that states do, how stratification works, and how societies change over time.

In medieval Iceland, we see a stratified stateless society collapse because the ruling class refuses to have a state. It is an excellent example of how the ruling class needs a state to maintain the stratification from which it benefits.

The story of the naming of Iceland comes from a Norwegian who went there before the first permanent settlers in 870. According to the story, he was so taken by the hunting and fishing that he didn't bother to make hay, so when the winter came, his livestock all died. When he looked out over the land, all he could see was snow and ice and no way to make it to spring, so he said something like "This place is an ice land." The name stuck.

In the ninth century, Norway had a lot of small chieftains with asymmetrical redistribution, somewhat like the Trobriand system, except that they didn't have matrilineal lineages—they had kindreds, as Europeans do to this day. Remember a kindred is all of the cousins out to a certain distance. And they didn't grow yams but relied on wheat, cattle, and sheep. On the west coast of Norway, there was a lot of fishing as well.

One of these chieftains was named Harald Finehair. He invited other chieftains to join him to form an aristocracy with him as king. Some did, but others did not see that they would gain anything for their household economies by paying taxes to a king who could do nothing to improve their productivity and wanted to impose taxes that would mean extra costs to households. Check Chapter 7 on household production to see how this would affect them. It was not a favorable equation.

With the power he gained from his coalition, Harald fought the chieftains who would not join him and in a battle in 885 beat them and became the king. The remaining chieftains had three choices: they could join Harald, fight him, or leave.

Some fought and died; some fought and then left; some just left. Those who left loaded their livestock, families, slaves, and followers onto their Viking ships and went to the British Isles or Iceland. Some of the chieftains who went to the British Isles later came to Iceland to settle. The first thing they did when they reached the uninhabited Iceland was to claim land and define the borders of their areas. Then they parceled the land out to their followers.

They brought with them from Norway a very firm concept of land ownership as well as an institution of slavery. Both of these things show that there was a system of differential access to resources, stratification. But there was no one king over all of the chieftains. Some of the slaves rose up and killed their masters and took off for the Westman Islands off the east coast of Iceland. The kinsmen of the dead masters hunted down the slaves and killed them all. These chieftains were not going to let their slaves change anything in the new land.

People hunted and fished for subsistence, but they relied mostly on their livestock—sheep and cows. To bring their stock through the winter, they had to cut and store hay before it got too cold. Iceland was too cold and the growing season too short for grain, so they traded wool for grain from Norway.

The more hay a person could get in and store, the more livestock he could bring through the winter. People had to figure out the balance among horses, cows, and sheep. Horses could fend for themselves pretty well during the winter, but they did better with hay. People needed to keep cows and sheep inside during the winter and feed them. The more sheep a farmer kept, the less cattle he could feed with the winter's supply of hay.

The cattle and sheep as well as horses provided provisions for people. Icelanders ate horses then as they do now. Landowners used their provisions to support their slaves and followers. The slaves provided labor for haying, for managing the livestock, and for hunting and fishing.

In the early 900s, there were about thirty-six chieftains. The sagas tell us that some of the chieftains were more cunning than others, some more ruthless, some better at law, some braver, but they were about equal in their power. A chieftain had to be generous to his followers and protect their interests, or the followers would have no reason to stay with him. Chieftains also made alliances with other chieftains, especially through marriages.

If we diagram their economic system as we did the Lisu one, it would look like Figure 9-1. We can read the diagram as saying the more slaves, the more labor; the more labor, the more livestock; the more livestock, the more provisions; the more provisions, the more slaves and followers; the more livestock, the less hunting and fishing; the more hunting and fishing, the more provisions.

In this system, where the chieftains were about equally powerful, the limiting factor was access to labor. More slaves meant more labor and so on. With needs limited by the logic of household economies and plenty of land, labor was the limiting factor.

Within sixty years, by the year 930, people had claimed all the land, and the chieftains agreed to establish a general assembly where everyone would meet once a year to settle disputes and to make what they called law. Their idea of law was not like the modern one. It was a blend of tradition, custom,

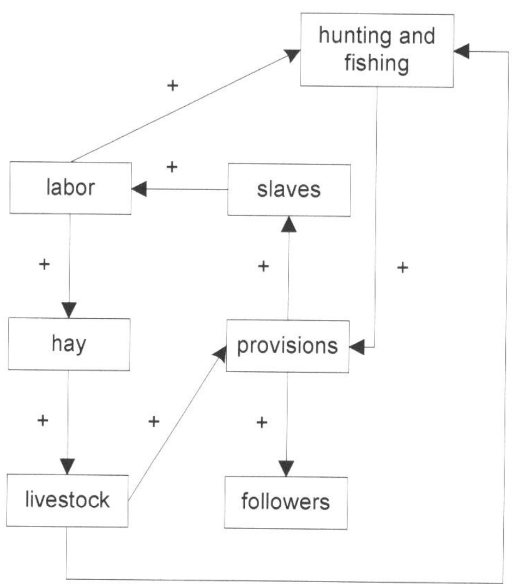

Figure 9-1 The medieval Icelandic economy.

religion, ethics, and law. In those days, before they had writing, they sent one man to Norway to memorize and bring back the system of law from an assembly with which many of the chieftains were familiar. That man was the first law speaker, responsible for knowing the law and reciting one-third of it from memory each year at the assembly. Others listened and learned the law, and then they could be law speakers for three years.

Still, there was no authority above the chieftains. There was the general assembly, but it had no authority. People could take disputes to the assembly, but winning a dispute gave the winner the right to enforce the verdict himself—if he could. If someone killed your brother, you could make a case against him and win. If you won, you could claim half his property and get him banished, but you had to go collect the property yourself, and you had to enforce the banishment yourself. If you weren't stronger than your opponent, there was nothing you could do. Almost every saga has stories of people trying to get enough force together to enforce such decisions.

So the system rested on force. The people who could maintain large followings and strong alliances could focus the most force and were therefore the most powerful. In addition to the three dozen chieftains, there were a number of independent farmers who were their followers.

Some people had settled in the highlands, and some had stayed close to the inlets and rivers where they landed. As more livestock grazed in the highlands, the grass cover diminished, and the soils literally blew away in the high winds. The loss for the highlands was a gain for the lowlands, where those soils settled and made the fields more productive. But highland people had no way to make a living.

The people from these households began to offer to work for other farmers in return for the part of their subsistence that they couldn't provide for themselves. For the first time, wage labor was available. This changed the whole system.

Slave owners had to support their slaves through the whole year to be able to benefit from their labor at peak times, such as the sheep roundup in the fall, sheering, and hay making. The slaves could produce enough to support themselves, necessary value, but not much more. It was better for landowners to hire people for part of the year when they needed lots of labor and not have to support them for the rest of the year. That way, the landowners could benefit from the surplus value the workers produced because landowners did not have to feed them through the rest of the year just to get the labor when they needed it.

When hired labor was available, there was no advantage to keeping slaves, so landowners began to free them. These freed slaves began looking for land, but there was none they could claim except the small plots that landowners offered them on the edges of their holdings. There, the former slaves could make part of their living and fill in the rest by working for the landowner, their former owner, for wages. Sometimes instead of hiring labor, landowners rented out their land. It came to the same thing: extracting surplus value from the people who produced it.

Large landowners and chieftains began to buy or take over smaller farms. If a farm was too small to support a household, it wasn't of much use, so a person might sell it and then rent land from the landowner. More and more people had less and less land. The few people who owned land owned more and more of it. There were fewer landowners, each with larger farms.

Now, access to labor was no longer the limiting factor. With plentiful labor, land was the limiting factor. But all the land was already claimed. However, there was no overarching authority; there was no state to prevent a powerful person from taking land from a less powerful one. Figure 9-2 shows these relationships.

This system has several self-intensifying loops. More followers, more land; more land, more hay; more hay, more livestock; more livestock, more provisions; more provisions, more followers. This system depends on the availability of people for wage labor and a chieftain's ability to gain enough followers to secure and enlarge his claim to land.

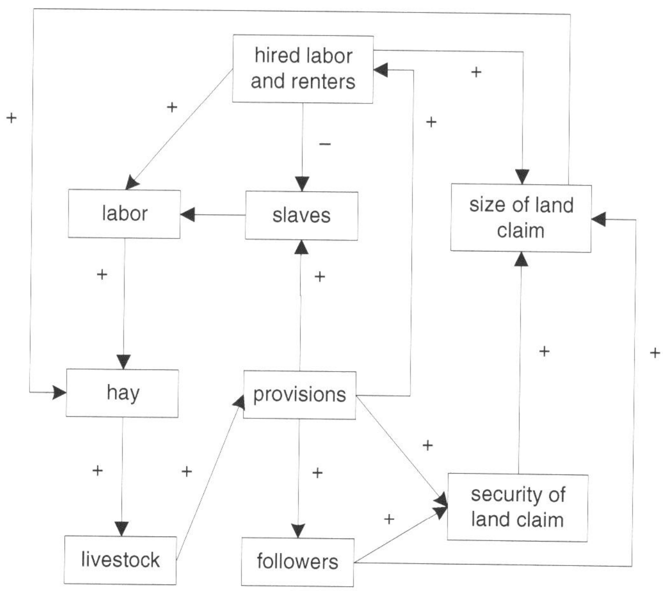

Figure 9-2 Land and labor in the medieval Icelandic economy.

The supply of labor came from the same process. The smaller the land claim, the less hay, the less the livestock, provisions, and security of the land claim until one didn't have enough land to support a household and had to sell the labor of the household.

Figure 9-3 shows another way to envision the process. Because it was possible to extract surplus value from wage workers, there was no limit on the amount of land a person could use. More land meant more surplus value and more power. So chieftains started taking land from others, and everyone who claimed land had to defend it because they couldn't call a cop if someone tried to take away their land. The process became exaggerated at each turn until there were large groups fighting frequently.

As more and more farmers were drawn into fights to support their chieftains and their own land claims, they had less and less of a stake in this unstable system. A typical farmer thought, "Why should I risk my life for some ostentatious chieftain except that he will whack me if I don't?" It would have served the farmers better to have a state to protect their land rights rather than to have to fight to defend their land or to support their chieftain in his quest for more lands.

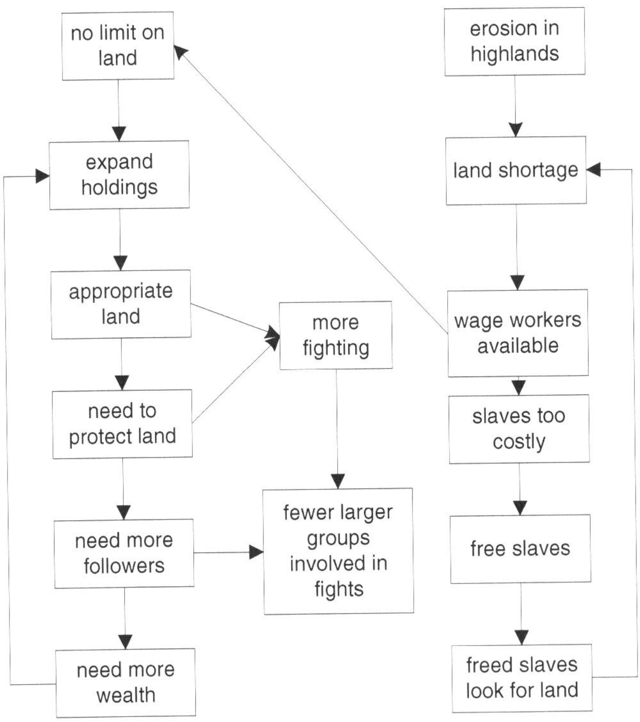

Figure 9-3 Effects of free labor in medieval Iceland.

Notice, a state wouldn't have done anything for the workers, just the farmers. In fact, that's the way it turned out and the way it was for about the next six hundred years. We'll tell that story later.

The chieftains had two sources of income: rents and the products of wage labor. Everything in this system rested on the control of land. A person who didn't control land had no source of income except wages or some income from working on property he rented or both. The control of land depended on the force a person could muster, and that depended on the size of his following. The way to secure a following was to be generous and "chieftainly"—to support followers in their causes and be as generous to them as one was ruthless to enemies. The importance of the followings and the trappings of chieftaincy led to an exaggerated sense of chieftaincy and more grandiose displays of wealth and of power.

The whole system rested on land ownership, but there was no institutional structure to support laws about ownership. It was every person for himself—and yes, all chieftains were "he's," although there were some remarkable women. Each person had to defend land claims on his own. Chieftains or powerful landowners took land from others by force whenever they could get away with it. At the assemblies, the most powerful usually won. Everyone was competing for land and power because the biggest and most powerful had the best chance of winning. Everyone wanted to expand, but there was no place to expand to except other people's land.

By 1220, 350 years after the first settlement, there were five big chieftains' families in the whole land fighting among themselves. Just to put the time framework into perspective, not until 2126 will it have been 350 years since the American Revolution in 1776.

By 1262, one guy, Gissur, won and turned the whole bunch over to the king of Norway and became his earl. He might have become king of Iceland, but Icelanders might have resented it, and Icelanders agreed that Norway was the place where there was a real civilization. Icelanders had a long history of ambivalent relationships with Norwegian kings. They hated them, but they also loved the pomp and poetry of the court and all of its finery.

When Gissur became the king's earl, Iceland became part of a state, but it was not an Icelandic state. It was ruled by a foreign king as a colony, and Norway could enforce its power by controlling or even withholding trade with Iceland. Then, in 1380, Norway became part of Denmark, and Iceland went along and became a Danish colony until 1944, when it gained independence after more than six hundred years of colonial rule.

That six hundred years of colonial rule wasn't such a bad deal for farmers; at least they didn't have to worry about the chieftains anymore. They became the power on the island and once again began to defy the king, this time of Denmark. In the eighteenth and nineteenth centuries, the king told the Icelandic ruling class that they shouldn't treat their own people so badly, but the farmers did not wish to change a system that benefited them so much. After all, they were getting virtually free labor. That was the law. The landowners controlled Parliament and made the laws.

The medieval chieftains wanted to keep the system of stratification because they were at the top. Each chieftain thought he could win in the competition for total control. Finally, they all lost because they could not agree to form a state. They wore themselves out fighting with each other, and when the Norwegian king took over, there was the first peace in a long time, and a lot of people were relieved.

These are the lessons we learn from this story:

- Stratification without a state is messy and unstable, but it can last for a long time—four hundred years in Iceland.
- Stratified systems either develop states or stop being stratified. We don't see stratification without states today.
- States hold stratified societies together. Cooperation and reciprocity hold egalitarian and rank societies together.

In this system, we see there is wage labor but no market, so capitalism did not develop. It remained a system of asymmetrical redistribution, but it came to be oriented around the king of Norway rather than around the chieftains.

Acting on the logic of household production and their cultural code, these Icelanders created a system that did not serve anyone's long-term interests, a system that not only was not sustainable but was self-destructive. The only people who could have changed it were the ones who got the most out of it, the chieftains. Later it was farmers.

In medieval times, just because a state system would have served the landowning farmers well did not mean it would have served the chieftains well. And we have to ask how well any system served slaves and renters and wage workers who had to scrape by from one year to the next in this marginal ecosystem in a political system run by arrogant and self-serving goons. Another fact about stratified systems: adaptations of the system do not serve all interests equally. Once there are class systems, we have to ask whose interests are served by what structures and developments. There is no longer any sense in which everyone's interests are served.

In 1000, two other things happened in Iceland. One was the introduction of Christianity at the general assembly. Some of the chieftains were pagans, and some were Christians. The king of Norway was pushing for

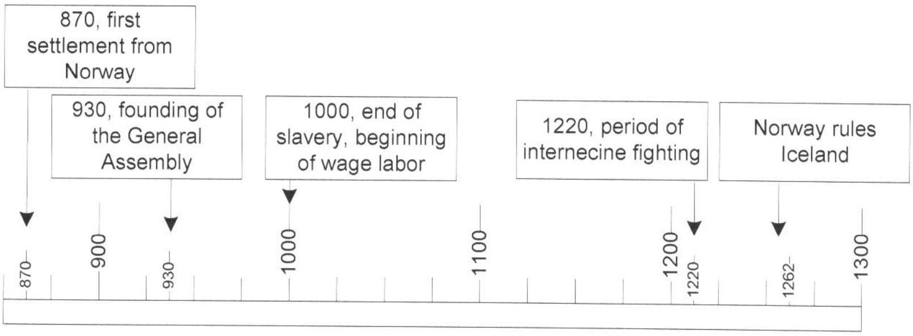

Figure 9-4. Time line for medieval Iceland.

the Icelanders to convert, and he could use his clout as their major trading partner for grain and timber. At the meeting of the assembly in Iceland, people were restive and agreed that they could not live with two laws—two sets of customs—one for the pagans and one for the Christians. They agreed to let one person arbitrate. The arbitrator was a pagan himself, but after a long period of thought, he decided that everyone should be Christian. At that point, all of the pagans went to a hot spring to be baptized.

Another event of that time was the outlawing of Erik the Red. When a person was outlawed, it meant that someone had won a case against him at the assembly. The person then had the choice of defending himself against the winner, leaving the island, or hiding out. If a person could remain in Iceland without being killed for twenty years, the sentence was lifted. Two people almost made it. One hid out for twenty years before he was whacked. The other made it for eighteen years.

Erik left and went to Greenland to start a new settlement there. His son was Leif Eriksson, who continued the westward exploration to Newfoundland, now part of Canada. Archaeologists have located and excavated the site of this settlement at what is now called L'Anse aux Meadows. Icelanders spent several winters there, and one woman had a child in America, but they finally returned to Greenland and Iceland rather than settle the new continent. In the summers of 2005 and 2007, we worked with a group of archaeologists to locate and map her house in Iceland and to piece together this story by locating the early settlement farms and then the later ones where renters lived.

Why did Icelanders turn down the opportunity of settling in America? The Icelandic system depended on captive labor—either as slaves or as desperately poor people who offered their labor for sale. In the new world, slaves could escape. Iceland is large, but there are not that many places to make a living. The interior is all volcanic rock. There are some places to hide out, but not for long and not for many. The coastal areas are the only ones suitable for fishing and growing grass. There was no place for runaway slaves to go, as the ones who got to the Westman Islands found. But in America, there was an indefinitely large frontier. The land was so full of fish and game that anyone could make a living without having to be dependent on a landowner. The Icelandic system of land owning and extracting surplus value would not work in the New World.

So, how do we know these stories? If the early settlers had to send a person back to Norway to memorize the law because they couldn't write, then how could they write their sagas? They didn't write them right away. Part of the measure of a chieftain was his reputation. A chieftain's reputation was made or broken in the stories people told. These stories were as important a part of the political economy as the sheep and hay. They were like a credit rating.

With Christianity, some people began to learn how to write. One of the first things they wrote was a grammar book about the Icelandic language. Another was the book of settlements that recorded the stories about the first settlers and their land claims. The sagas are stories from the ninth through twelfth centuries that weren't written down until the thirteenth century, in the middle of all of the strife as the system collapsed onto itself.

The saga writers wrote down the old stories, but they also wrote about current events. That's why we have almost ethnographic accounts of the collapse of the system. One of these writers was Snorri Sturlason, the next-to-last chieftain standing.

The end of the world for Snorri, the scholar-chieftain who wrote the story with which we opened this book, came in the basement of a priest's house in 1241. Snorri left Norway without the king's permission. That offended the king, who wrote to another powerful Icelandic chieftain, Gissur, to tell him to either get Snorri back to Norway or kill him. Gissur knew Snorri didn't want to go back to Norway, so with seventy followers and more in reserve, Gissur rode to Snorri's establishment and broke into his house, where he was sleeping.

Snorri ran to the priest's house to hide. Gissur followed him. The priest said that Snorri wasn't there until Gissur told the priest he had come to make peace with Snorri. Then the priest admitted that Snorri was in the basement, and Gissur sent five men downstairs to murder him.

Because they could not develop institutions to keep order in their stratified society, the Icelandic chieftains became absorbed into a state that could maintain order. Reciprocity and mutuality maintain order in egalitarian and rank societies; states maintain order in stratified societies. In the next chapter, we explore how they do this, but, first, a story from another time and place.

Every Friday, Nasrudin sold a donkey in the market for next to nothing. In the same marketplace, there was a rich merchant who couldn't compete with Nasrudin's prices.

"My goons force farmers to give me the food for my donkeys," the merchant explained, "and I pay no wages to my slaves to take care of the donkeys, and I still can't sell them for as low a price as you." Finally, the merchant asked how Nasrudin could sell his donkeys for such a low price.

Nasrudin said, "You steal the food and labor. I steal the donkeys."

Discussion Questions

- In the United States throughout most of the twentieth century, people like Emma Goldman, who called herself an anarchist who supported the notion of a stateless society based on reciprocity and cooperation, were branded, brought up on charges, imprisoned, and in other ways punished. Can you think of reasons why there was such a strong response to these ideas?
- It took Iceland four hundred years to go from being stratified without a state to a state. Imagine the United States four hundred years from now. What might our society look like? If we don't manage to make our planet completely uninhabitable by then, will our government still be in place? Will it look as it does now?
- The sagas were written centuries after the events they tell of actually happened. They reflect the times in which they were written, as well as the times they tell about. Can you think of other stories that were written down long after the events? Does that color your understanding of texts like the Bible, the Torah, or the Koran?
- Why is it that stratified societies have cops and courts and egalitarian ones do not?

Suggested Reading

Durrenberger, E. Paul. *The Dynamics of Medieval Iceland: Political Economy and Literature.* Iowa City: University of Iowa Press, 1992.

Smiley, Jane. *The Sagas of Icelanders.* New York: Penguin, 2001.

10

Turkish flags fly in front of a building with a large portrait of Mustafa Kemal "Ataturk," considered the father of modern Turkey. Despite the fact that Ataturk died in 1938, his portrait is still widely displayed in Turkey. Like most contemporary societies, Turkey is an example of a stratified society. *This photo was taken a few years ago by the authors.*

CHAPTER 10

HOW STATES WORK

The American anthropologist Charles Hockett (1973) sums up states this way:

> The Mafia, General Motors, the Roman Catholic Church, and the governments of the United States and of the Soviet Union, however greatly they differ, are all cultural cousins, all specialized descendants of the arrangements worked out by the earliest successful as-yet-undifferentiated racketeer-capitalist-bishop-laborboss-governors. (549)

The Soviet Union has been dismantled, GM is heading the same way, and the scandal-ridden Roman Catholic Church is much poorer than it was then, but the essence of what Hockett said remains true.

Stratified societies are formed of classes with differential access to resources. This creates tensions because the majority of the people would benefit from the equal access of rank or egalitarian societies, but the minority benefits most in a stratified society.

We saw this tension among Kachin in Southeast Asia when the people repudiated the idea of ranking. The other choice they have is to create institutions of the state to maintain order and stratification, as finally happened in medieval Iceland.

The fundamental predicament of stratified societies is this inequality of distribution. The solution is a set of institutions we call states. The institutions of states solve the problem by two means, as we mentioned earlier: thought control and force.

Thought Control

Any university has at least one office dedicated to the task of public relations that enjoys as many resources as just about any department of anthropology. When Paul taught at the University of Iowa, he served on the faculty committee that was supposed to advise the Office of Public Information. (It's usually called something like that rather than "spinmeister central," "department of propaganda," or something more accurate.)

Whenever anything came up, he always suggested telling the truth as far as people could figure it out. The director, a professional information manager, could never understand that. The job of these offices is to manipulate people's ideas about the university or, as they might say, "to promote the university's interests." Penn State and other universities have several such offices—one dedicated to the sciences; one for alumni; one for athletics; one that deals with research—and others as well.

We Americans are so accustomed to spin doctors and advertising assaulting our every sense that we are like antibiotic-resistant microorganisms; a lot of it rolls right off us. But at least some of it sinks in and works. At the Superbowl of 2004, a famous singer flashed her boob at everyone watching the halftime festivities. That boob got more attention than illiteracy, racism, sexism, women's rights, and the rate of poverty combined for the next month and more. Maybe you've seen a magician who directs your attention to the left hand while performing the trick with the right. That's what this kind of media manipulation is all about.

George Orwell had seen a lot of the world before he wrote his novel *1984*. He had worked with the British suppressing Burmese villagers and had been with the anarchists when Franco's fascists invaded Spain in 1936. Orwell knew about the machinations of states. He set his novel in the future. That future is now decades in the past, but we've seen a lot of what he wrote about—for instance, what he called "double-speak," or reversing the meanings of words to disguise things. "Office of Public Information" means the people who don't give you straight talk. Another is "Department of Defense" for "Department of War." During the Persian Gulf War, the Reagan administration named a certain kind of missile "peacekeepers." And just think about the whole notion of "friendly fire." How friendly is it to get killed by your own side? The examples are so numerous that they have entered our language, and we no longer think about them. That's why they're so insidious, like computer viruses in our brains, misdirecting our thinking.

Think about the rhetoric of any political campaign.

Think about the messages of television commercials. "You are the ugliest, foulest-smelling, hairiest, most unfashionable, undesirable worm on the planet. But our product can fix that." The media reach into every corner of our lives with their messages of insignificance and powerlessness. The rulers of preindustrial states weren't that lucky.

They used what Marvin Harris (1971) calls "magico-religious" specialists, such as the Inca priests who treated the ruler as the "son of the sun." Imagine how important it would have been to the people who farmed for a living to produce enough extra food to support the son of the sun as well as his priests. The Inca priests spread the doctrine that the order of nature depends on commoners subordinating themselves to aristocrats. If you can get people to think that way, you don't have to use force to keep them in line; they do it themselves.

These rulers didn't have television, radio, print, and Internet ads for their creeds, but they used collective wealth to spread the word through monumental structures such as the pyramids of Egypt and Mexico, cathedrals, and other great edifices designed to make ordinary people feel powerless and insignificant.

Part of the purpose of the doublespeak of today is to convince people that "we are all in the same boat," our enemies are somewhere else, some other state, some other people. They used to be Soviets; now they're Islamic terrorists and whenever it's convenient, either the nuclear threat or global warming move up on the list of scare tactics. True or not, this reinforces a sense of nationalism—in other words, the state and the status quo.

Maybe you've heard about the Romans offering their citizens "bread and circuses" to distract them. What they could have done with television! With modern media, people can get the feeling of participating in something larger than themselves without ever leaving their living rooms. We can participate in the Superbowl, in the drama of football, baseball, basketball, hockey. In video games, we can save the earth from aliens, bash heads, enjoy our own private wars, auto racing, make-believe communities, or space travel. Then we can go online and chat about it or get lost in hours of Xbox, Wii, or Guitar Hero. What we don't do is get in the streets.

All of us know the world through our cultural codes. They're like the grammars of our languages; we don't think about them. We don't see alternatives because we've never known any alternatives. If someone asks why we shake hands when we meet someone, we would probably say something like, "How else would you greet someone? It's obvious." We only come to see our cultural codes when we contrast them with others that are different. People think spirits cause them to be sick? The king is not a god that controls the sun and the rain?

One of Paul's most difficult moments as an anthropologist came in 1976 when he was living with Shan. A presidential election was on in the United States, and villagers had been hearing a lot about it on Thai radio. One evening after supper, he was drinking tea on the veranda of the house where he lived when the headman of the village and a group of villagers came into the compound. The headman asked whether it was true that American people really believed that "all people are created equal."

"How could that be?" he and others asked. "You can see that some are clever and others are slow; some are strong and others are weak; some are rich and others are poor." This doctrine flew directly in the face of a fundamental assumption of the villagers' Buddhist worldview—that people's lives are determined by the balance of their good and bad deeds in all of their past lives, their karma. That explains why the king is the king and a farmer is a farmer and a beggar is a beggar. What could be more clear?

But these folks had heard from an authoritative source that some other people actually thought that the law of karma did not operate, that all people were created equal. They had come to Paul to see whether this could possibly be correct. How could anyone think such a thing?

Paul struggled to find the Shan words. He didn't know how to say "distributive justice," "equality under the law," or "equal rights for all." He didn't know how to explain how it is that black people go to jail more frequently than white ones, how to elucidate the imbalance of gender and inequality of pay for men and women, how to explain the concept that you can get as much justice as you can afford.

Finally, he said something like "It has to do with law. We say we use the same law for everyone. We say that, but we don't do that."

Where do these assumptions come from?

When Thai people greet each other, they put their hands together in front of their chins in something like an attitude of prayer. They aren't praying, but they are making statements about their relative prestige. If their hands are in front of their noses, they are saying they are subordinate. If they are at chest height, they are saying they are superordinate. And they have to figure out which pronoun to use. They don't just say "I" and "you" but have special pronouns for higher-ups and lower-downs. Then they say, "Good day, ______." In the blank they have to put a term of address that at least shows the speaker's gender. This already indicates something about prestige and status because males are higher than females. The term of address also has to indicate something about the relative status of the two people. The tone of voice, the hands, the pronouns, and the terms of address all say where the two are relative to each other in a cosmic hierarchy of beings. No Thai person has to even think about this. It's just natural. "How else would you do it?"

But it wasn't so natural to the poor and rural Shan village where Paul lived. There, people greeted each other by saying, "Where are you going?" "Where are you coming from?" or "What did you eat?" and didn't do anything special with their hands.

When Shan kids go to school, the teachers coach them on how to greet people in the properly polite Thai fashion. The postures of respect come along with the language. It's part of being respectful. It's part of being Thai. Shan kids learn it in school because they have their own Shan customs at home, but the Thai run the country and the schools. Thai kids learn it by the time they can walk because their parents show them how to do it by moving their hands into the proper position and holding their bodies in postures of deference. So by the time they can talk, they've got the whole system of hierarchy down pat and would never think that people could be created equal.

In American schools, we have similar examples. We have a teenage daughter. The other day she came home with the assignment to imagine a colony on Mars fifteen years from now. She had to answer questions like "What form of government will this colony have?" and "Which religion will the people follow?" We suggested she ask different questions, like "What if there were no government?" and "What if there were no religion?"

We do that to her all the time. She's used to it. But, of course, by the time most of her fellow students are done with school, they will never think there could be a society without a state or without religion, yet there have been.

When you think about it, the really interesting question is why anyone ever thought that Americans think that people *are* created equal. The fact that we say that at all is testament to our ability to learn to replace our own experience with what we know we're supposed to say.

It never occurs to Lisu to think about whether people are equal. It never comes up because everyone has access to the same resources. They know they're as good as anybody else. They learn that by growing up in an egalitarian society.

Let's look at one American example. How many times do kids say, "It's not fair!" Every grown-up knows the answer to that one: "Nobody said it's a fair world," meaning "Don't expect fairness." People who grow up not expecting a fair world are willing to accept an unfair world. It is a powerful form of mind control to tell kids not to expect a fair world. What kind of world would it be if we all tried our best to *make* it fair? What if whenever we had anything to say about it, we did the fair thing? What if our parents or our teachers and every adult we knew growing up told us, "An injustice unspoken is another injustice."

So we learn a lot of these assumptions just by growing up. Schools and religions polish and shape these assumptions. It never seems like propaganda because nobody questions it—unless the people or the assumptions come from a different system of thought and practice.

It's as necessary for Thai kids to learn how to greet people politely as it is for American kids to learn how to shake hands and to know who they can call by first name and who they have to call Mr. and Ms. and how to answer a telephone. These assumptions guide people through the complexities of social life.

In industrial societies, people also need to learn skills such as reading, writing, and math. But schools teach a lot of other stuff as well. In the United States, schools teach how to say the Pledge of Allegiance to the flag, how to sing patriotic songs, and how to do other rituals of patriotism. We don't mean to single out American schools from Peruvian, Mexican, Chinese, Turkish, or Thai schools. Schools are part of state systems. People without states don't have schools, and they don't need them.

In 1963, the American anthropologist Jules Henry wrote a book about life in St. Louis, Missouri. He discussed advertising and schools. This is a long quote, but he sums up much experience here, so bear with it. About schools, he says:

> The function of education has never been to free the mind and spirit of man, but to bind them.... Contemporary American educators think they want creative children, yet it is an open question as to what they expect these children to create. And certainly the classrooms—from kindergarten to graduate school—in which they expect it to happen are not crucibles of creative activity and thought. It stands to reason that were young people truly creative the culture would fall apart, for originality, by definition, is different from what is given, and what is given is the culture itself. From ... kindergarten to the most abstruse problems in sociology and anthropology, the function of education is to prevent the truly creative intellect from getting out of hand.
>
> ... Learning social studies is ... learning to be stupid. Most of us accomplish this task before we enter high school. But the child with a socially creative imagination will not be encouraged to play among new social systems, values, and relationships; nor is there much likelihood of it, if for no other reason than that the social studies teachers will perceive such a child as a poor student.... [S]uch a child will simply be unable to fathom the absurdities that seem transparent *truth* to the teacher. What idiot believes in the "law of supply and demand," for example? But the children who do tend to *become* idiots, and learning to be an idiot is part of growing up! ... Thus the child who finds it impossible to learn to think the absurd the truth, who finds it difficult to accept absurdity as a way of life, the intellectually creative child whose mind makes him flounder like a poor fish in the net of absurdities flung around him in school, usually comes to think himself stupid.... If all through school the young were provoked to question the Ten Commandments, the sanctity of revealed religion, the foundations of patriotism, the profit motive, the two-party

> system, monogamy, ... and so on, we would have more creativity than we could handle. (286–288)

The quotation brings home the distance between our cultures as tried and true solutions to problems and creativity with all of its risks. To ensure continuity, people have to teach their kids certain things. But the cost of continuity is creativity. It's sort of like being creative with haiku. There are certain rules from the past, and the only scope for creativity is what you apply them to. But sometimes it's good to experiment with different poetic forms. It's even more important when we're talking about cultural cores and ecological consequences. These days experiments with monogamy are nothing new. We think we could risk some creativity with alternatives to the two-party system (which in the United States is really a one-party system), the profit motive, and most religious dogmas.

In her ethnographic work in central New York, American anthropologist Dimitra Doukas (2003) found that the working people she was trying to understand did not agree with the supposedly American cultural values of individualism, optimism, competitive consumerism, and upward mobility. They shun conspicuous consumption, are suspicious of upward mobility, respect hard work, are reasonably pessimistic about the larger world, and value community integrity. She argues that the culture of the people is rooted in an old economic system based on locally controlled, craft-based rural industries integrated with farming that was dominant in the United States until the turn of the twentieth century. Then corporations sponsored a great cultural revolution to make them seem natural and expected rather than rapacious and pathological as the older values judged them to be. Doukas locates the cultural tensions of America in the differences and contradictions between these two conflicting cultural codes.

Doukas says, "The two sides do not know each other. If they could meet, it is possible to imagine that the perpetrators of corporate abuses would face an irresistible democratic challenge in the land of their headquarters" (8). She also says that the consolidation of corporate capitalism in the United States "produced a decades-long cultural war of titanic proportions, played out on local battlefields across the United States" (7). That is the battle that we witness when, during our ethnographic work with unions, we sit at the bargaining table and see a management that embodies corporate capitalism not understanding their own American workers speaking to them in the American language because they share so few assumptions about what is natural, right, fair, and just. We will return to this later.

Doukas documents the workings of the older system and its culture based on the gospel of work, the idea that anthropologists base our comparative economic analysis on, that labor is the source of all value. The gospel of wealth, that capital is "the wellspring of national prosperity . . . was at the center of the cultural revolution that the trusts [corporations] were trying to orchestrate" (100). This gospel is embodied in the discipline of economics parading its religion as science. What makes it religion? It requires belief in the gospel of wealth. Why is it not science? It does not test its hypotheses against observable realities. This is what the Nobel Prize–winning economist Joseph Stiglitz (2003) argues in his book *Globalization and Its Discontents.* Why do so many believe in economics? Because it benefits them to do so, and it provides a bulwark to an ideology that makes these ideas seem as natural and inevitable as the god-kings of the Inca were.

Doukas documents how the trusts, emergent corporations, orchestrated a campaign to reshape American culture—what she calls a cultural revolution. They knew that for their religion to seem natural, it had to have the imprimatur of scholarship. They endowed the professorships and university chairs to make their ideology respectable.

To see how modern corporations continue to do the same thing, take a look at a film called *The Corporation* or the 2004 book that it's based on, *The Corporation: The Pathological Pursuit of Profit and Power,* by University of British Columbia law professor Joel Bakan.

Now we close the loop and remind you of your own college's or university's propaganda machine. We don't know about your school. You look for yourself. Penn State has a Schwab Hall, a Carnegie Hall, an ethics center named for a Texas oilman who funds it, an honors college named for a beneficent donor, and a college of science named after another such donor, a career center named after the Bank of America, and many others. Penn State has a whole bureaucratic mechanism devoted to courting such donors. It makes strategic plans that call for transforming our land grant university into the research and development branch for corporations.

When graduate assistants tried to organize a union at Penn State in 2002 and 2003, the administration was adamantly opposed. Whom does the administration represent? Who provides the money? The universities provide the respectability for the ideologies that support those people; universities endow those ideas with the aura of being as natural and inevitable as the rising of the sun in the morning.

Meanwhile, people learn from growing up in their own families that there really should be something like fairness, that we really do care for our neighbors, that we really do need to pull together and help each other out and can't really grasp the supply and demand stuff our schools expect us to believe. And so the older American culture lives on in spite of its retreat from the public view. But it doesn't always feel comfortable, especially when you're looking into the steely eyes of management's lawyers across the negotiating table when they tell you about how things have to be because that's "reality."

When the economist John Kenneth Galbraith (1992) turned to similar matters in his book *The Culture of Contentment,* he said he would "use the method of the anthropologist" to examine the "tribal rites of strange and different peoples," because "they are to be observed but not censured" (11). Cultural relativity again. He argues that because the two dominant American political parties are so similar, reasonable people do not think they have a choice, so most do not vote. The minority of adult people who do vote are those the system serves and who thus feel part of it.

This is wrapped up in our American illusion of choice. We all take great pains with our decisions. Suzan has seen Paul paralyzed in front of a case of dairy products trying to find some reasonable basis for selecting one container of milk over another. He's even worse with peanut butter. When Paul was a graduate student, he rented an apartment in a house that was managed by a guy who worked in a shortening factory. This worker explained how they used the same machines and ingredients to make every brand of shortening, they only changed the labels. That defines the range of choice. Same product, different label. Same thing with the two American political parties.

But wasn't Obama really different from McCain/Bush? We hope so, but even with this big a difference, it's a question of more or less, not a question of whether or not. Yes, he promised to close the notorious prison at Guantanamo Bay, but he hasn't pulled out of Iraq and he's even sending more of our brothers and sisters to Afghanistan, the place that brought down the Soviet Union when it did the same thing. Some of his cabinet members and directors are holdovers from the Bush regime, as well as Clinton's before that. The common question as Obama arrived at the White House was: Will Obama change Washington or will Washington change Obama?

Where do we get the illusion of consequential life choices? This is one of those things that's inculcated in us from the time we are children at home, school, and church. Many of the choices we agonize over, like which can of shortening to buy or which candidate to vote for or which church to go to, are not really choices. But the idea of choice is so necessary for a consumer economy and so heavily promoted by all media that it becomes a tenet of our culture.

One thesis about American political parties is that when populists offered a real alternative toward the turn of the century when the corporate cultural revolution was under way, they showed signs of success. Grassroots organizations like the Grange and the cooperative movement were successful. They organized into the Farmer-Labor Party, the People's Party, and other populist parties. They carried some governors' offices and elected some legislators. When they became a threat to corporate America, the two dominant parties had an interest in working together to maintain their monopoly on the machinery of the American state to serve the corporations. The premise of this argument is that both parties attempt to keep the level of well-being just high enough to prevent a majority of people from being attracted to populist alternatives. Democrats would pull it up just a bit, and Republicans would let it slip a bit. Or they can trade off and move it up and then down and then up again. And both serve the same corporations. Take a look sometime at the big donors to each party and to each presidential candidate, and you'll see what we mean. So maybe the Reagan-Bush-Clinton-Bush years were a downswing and maybe Obama will bring a bit of an upswing to restore the balance a little. Will that change the real composition or roles of the parties?

As an example, follow what happens to health insurance in the United States. Rational democracies have single-payer insurance; the government pays for medical care because people in those countries don't believe anyone should profit from someone with cancer, or a broken leg or diabetes. But in the United States your health care and ours is a valuable commodity from which corporations make lots of money. That's not natural; it's policy. But so far no major American political party has had the courage to say that health care is too important for corporations to make money off of. Even Obama's modest proposal of a "public option" in the current insurance mix is such a threat to the insurance companies that they've opened a floodgate of propaganda against it.

In 1930, eastern Iowa was under martial law. The National Guard manned machine guns at rural crossroads to quell a growing rebellion of farmers. When Paul began to study this populist movement, he asked students and colleagues whether they had ever heard of the main organizer, Milo Reno, president of the Farmer's Union, or whether they knew of the Farmer's Educational and Cooperative Society. None had except one colleague who was the granddaughter of a guy who worked with Reno. No one was aware that Iowa had been under martial law. That is how effectively our schools and our media eradicate the events of our history so that they don't become threatening models for the future.

We have countermoves in books such as Howard Zinn's (2003) *People's History of the United States* or in movies like *Matewan* and *Norma Rae* and, more recently, Michael Moore's documentaries and books, but they are few and far between. So we're not saying that the state or corporations control your brain from the time you're born. They try, for sure. Sometimes it takes some real effort to bust out, but that's what you're doing here.

One of the corporate countermoves to populism was to organize a "safe" alternative for farmers. The Sears-Roebuck Company and several railroad companies joined together to form the Farm Bureau. Later, they gave their ideological organization more clout by getting it grafted onto the agricultural extension service of the land grant universities. These universities—such as Penn State, the University of Illinois, Texas A&M, and Washington State University, just to name the ones Paul is indebted to for his job or his education—were supposed to be the bastions of the yeoman farmers who were supposed to be the backbone of our country. Congress gave them federal lands to support them and gave them the mission of doing the research and development to support small farmers. To get the newest research speedily into the hands of farmers, they organized the extension program with the U.S. Department of Agriculture. The extension program worked through the Farm Bureau. If a farmer wanted the latest developments, he had to belong to the Farm Bureau. Even today, many think this right-wing ideology mill is speaking for farmers.

As a historical footnote: in their championing of corporate agriculture, both the Farm Bureau and the land grant colleges have done more to destroy small farmers than to preserve them. We'll pick up that story later.

These are not things of long ago. The same cultural mechanics are operating today. Lewis Lapham (2004), for instance, documents the successes of the ultraconservative millionaires in orchestrating a massive propaganda program from endowing foundations and think tanks, sponsoring publications, books, briefings, and mass media campaigns to make *liberal* a bad word. He attributes the successive dumbing down of our public discourse to this extension of the cultural revolution that Doukas describes. He concludes by pointing out that both candidates in the 2004 presidential election presented themselves as embodiments of "values" rather than proponents of any ideas. Critical thought wilts under such a barrage. Intelligent political discussion dies. And of such machinations are the cultures of states made. Of these machinations are our cultures made.

Any time you go through an airport you are likely to hear that the danger level of terrorist attack is orange. That is, there is a distinct and likely threat of a terrorist attack somewhere in our land. That becomes such a repeated drumbeat in our consciousness that we are supposed to believe that there really is or should be a war on terrorism, that our constitutional rights may be abridged to combat terrorism, or that it's okay to torture people to get information about terrorists. Obama is trying to reverse some of this, but we still hear the announcements in airports. And even he refused to release photographs of Americans torturing people because his military advisers said it would be harmful to U.S. interests if the world could see some of what really happened.

Industrial and preindustrial states alike use mind control. Schools and media are one avenue, but states also sponsor religions that preach that if you tolerate poverty and misery in this life, everything will be better in the next life, that people deserve whatever hardships happen to them, and to question it or feel guilty if something good happens. When we look at the topic of religion later on, we will see that there are two major types of religions: state religions and nonstate religions. All of the state religions share one thing in common: they demand that their followers believe something.

This is one of those elements of cultural codes. You're probably thinking, "That's what religion *is* after all, belief in something." For now we'll just say this: what state religions ask people to believe isn't as important as that they ask people to believe *something*. That is because all state religions ask people to accept ideas that are contrary to what they experience in everyday life. Belief is based on faith, not experience. The only way people can accept such counterexperiential things as their state religions teach them is if there is some way to *disconnect* those teachings from experience. Belief and faith do that. Some state religions have or had institutions to enforce compliance, such as the Inquisition. Others are more subtle.

The stance toward belief is what makes science different from religion. Science teaches us to believe nothing, to be skeptical of everything, to check whether everything anyone says is true against our own experience to see if it matches what we observe.

So, media from inscribed stones to Internet, families, and churches are all forms of mind control that states have used since ancient times. Schools are a more recent secular addition to the machinery.

Seeing the world this way can make a person feel pretty hopeless sometimes. If we are all controlled by these kinds of mind control, what's the point? All of us have deep-down feelings about fairness, and we know that even if we don't experience a fair world, we want it to be fair. Cooperation is one of the things that made us the kind of species we are. We can't just deny that because our experience runs against it. Everyone who has been treated unfairly or has seen others treated unfairly knows those feelings. A lot of times there is nothing we can do. But sometimes there is.

What we can all do is to first try to understand how our own societies work and why they work that way so that we can understand better what we can do to make the world more fair. The more aware you become, the more you can move these feelings and thoughts from the back of your mind to the front, the more you can move them from being unquestioned assumptions of our culture to being questions you ask, the better able you are to see alternatives and to give yourself some choices and to make a difference.

We know it's hard to see these things "from the inside." But it's not impossible, if you keep your mind open to it. That's why so many anthropologists over the years have gone to exotic places to study people—it gave them that automatic outsider's view that also made it easier to see their own culture in a new way when they came back. When you see that outside view, you can help others. We're just showing you how to make those nagging doubts into questions that you can answer and that you can act on the answers you develop. It's that knowledge that states try to suppress when they rewrite history or only ask you "which" instead of "whether." They don't want kids growing up challenging the system the way Milo Reno did.

Want to read something really radical? Get a hold of the Declaration of Independence sometime. Those guys went way out on a limb. But, if you don't like the tree, out on a limb is a good place to be.

Force

All stratified societies also make use of coercion. Force. The political scientist James Scott (1984) found that Indonesian peasants aren't fooled by state propaganda. They see through it and understand their situations quite well. And to the extent they can, they resist. But, he points out, they know that they don't have much space to act because the state will use force on them to keep them in line.

The state wants to draft young men for an army or work detail? Send the youths away when the government agents come. The government wants to tax your land? Lie about how much of it you have. Be too stupid to understand what the government agents are telling you. In the Icelandic sagas, there's an archetype of the stupid slave. To believe the sagas, these guys were just barely aware that they were alive, much less able to follow the instructions of their owners. This is what Scott calls resistance. But take it too far, and they kill you. Force.

We see this in its starkest forms when societies are in transition. Remember Stalin and Chayanov? Stalin had millions killed to gain compliance to government programs. The emperors of China were as nasty as any when it came to using force against anyone who disagreed with them. Their Communist successors were no better. The English used force to ensure compliance to the enclosure acts that drove people from their land into the cities to sell their labor. When they couldn't make a living selling their labor, people started stealing, which the English punished by banishment, imprisonment, and hanging. In the first third of the nineteenth century, the English hanged more than twenty-five thousand people for theft. And of course the United States was founded on force, starting with the genocide of hundreds of thousands of Native Americans who were here first.

Then came the corporate cultural revolution in America. It wasn't just a matter of talk. The corporations used guns as well, hired guns like the Pinkertons. They killed innumerable working people who tried to organize unions. Not until 1935, in the throes of the Great Depression with Roosevelt's New Deal being enacted, did the Wagner Act give American working people the right to organize. After World War II, in 1947, the Taft-Hartley Amendments to that act pulled the teeth from the Wagner Act, and there has been a concerted war on the labor movement ever since. So, in the use of force, archaic empires, revolutionary states, and parliamentary democracies are pretty much the same.

Coercive political and economic powers are means states use to control stratified social orders. In states, kinship is not an important organizing principle. Trobrianders and Kachin have ranked lineages and ranking within lineages. When the highest-ranking people of all lineages share more in common with each other than they do with their lower-ranking lineage mates, when they can think of making kinsmen into renters rather than relatives, then kin groups fall apart. Then the important groups aren't lineages but classes—aristocrats and commoners. This is the move that Harald Finehair accomplished in Norway in a system based on kindreds. When he got all of the high-ranking people together, they formed an aristocracy of a kingdom. The kindreds ceased to be important because the high-ranking kinsmen had no interests in common with low-ranking ones.

We can understand these developments in systems terms as self-intensifying loops similar to the ones we've discussed before.

Because stratification defines different interests between people with privileged access to resources and those without, kin ties become less important, and order is less based on kinship, mutuality, or cooperation. That makes kin ties even less important and differentiates the classes even more. The differential interests contribute to an increasing division of labor that erodes kin relations in favor of occupational ones. As kinship ties become less important for maintaining order, formal systems of law develop and these begin to replace the role of kinship and cooperation in maintaining order. This is more or less what was happening in ninth-century Norway but not in Iceland. Iceland, with no state, had no mechanism for the universal application of law.

States maintain order in stratified societies by upholding three principles by mind control and by force:

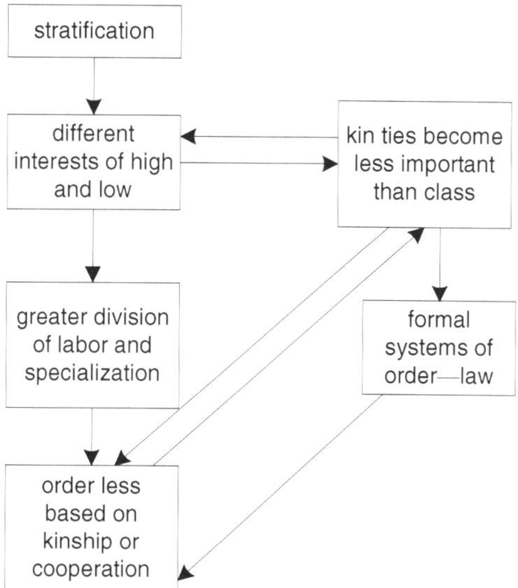

Figure 10-1 How stratification makes kinship less important.

- Hierarchy is natural and just. Some people naturally and justly have more power, prestige, authority, and access to resources than others.
- Property is natural. Some people have the *right* to use certain things, and others don't.
- The power of law is for the good of everyone. There are universal rules to govern property and social relations. They are not personal, they don't depend on who you are, and they are for everyone of the same group—all commoners or all aristocrats.

There are many ways to legitimate hierarchy. One is the idea of closeness to an ancestor to define hierarchies within and among lineages. This is an integral part of redistributive systems of exchange. But with the development of states and the waning importance of kinship groups in stratified societies, religious ideas can support hierarchy with concepts such as god-kings or the idea that some gods or god gives the kings the right to rule and makes aristocrats better than ordinary people. State religions often communicate ideas such as that if common people interfere with the operation of the state—by resistance, for example—or don't do proper rituals, pay taxes, and obey their rulers, the gods will be unhappy and punish everyone.

Revolutionary ideologies can enshrine hierarchy as well. In Mexico, the Soviet Union, and China, the rulers ruled in the name of the revolution, and if you disagreed, you were counterrevolutionary and had to be shot. We see examples from Tiananmen Square to Stalin.

The American form is "democratic." Americans are supposed to all believe that our rulers represent the will of the people. They were elected in one-person, one-vote elections that give them the authority to rule by "majority rule" even when less than 50 percent of the eligible population ever votes, or when the president can lose the popular vote and still win the election thanks to something called the Electoral College, which was supposed to be something like a parliamentary system but has now ceased to have any real function. Or when a Supreme Court decision can steal an election, as many believe it did in 2000.

Not everyone has a concept of property. Remember Lisu, who have free access to agricultural land if they clear it for their own use. Property is the idea that some people have the right to use something and others don't. Here we aren't considering small things like arrows or clothes but basic resources like land. If someone can use the land and someone else cannot, if there is privileged access, then there is property. Icelandic chieftains, for instance, established this principle when they first landed and claimed land.

In medieval Iceland, law was not universally applied. If a person had sufficient force of arms to impose a penalty, he could justify it by appeal to a decision of the assembly and law. ***Universal application*** means that the same law applies to everyone of the same class equally. When that happens, people don't settle disputes by feud, as they did in medieval Iceland, or by consensus and public opinion, as among Tsembaga, but by law and the officials who decide how to apply it on behalf of the state. Feud is against the law because it is disorder. To control people, the ruling classes concentrate force and monopolize force and maintain order through law enforcement. Everyone must follow the same rules.

This is an example of the way law does not and cannot work: Recognizing his wisdom, the sultan made Nasrudin a magistrate. The plaintiff in the first case he heard argued so eloquently and so persuasively that Nasrudin said, "I think you must be right!" The clerk of the court explained that the magistrate should hear both sides before he made any pronouncement on the case. When the defendant presented an equally well-argued case with equally persuasive evidence, Nasrudin said, "I think you must be right!" Then the clerk of the court explained, "Your honor, they cannot *both* be right." Nasrudin said, "I think you must be right!"

To maintain order is to keep a stratified society working. No longer is it sufficient just to cooperate, as in nonstratified social orders. States are the institutions that the ruling classes devise to accomplish the tasks of maintaining order by ideas and practices of hierarchy, property, and the rule of law.

States and Labor

The ruling class uses the labor of a subordinate class to benefit them. The subordinate class provides labor for the ruling class. Another way of saying this is that the ruling class appropriates surplus value from the subordinate class. The state provides institutions that govern the subordinate class, and the subordinate class supports the state. For this to seem reasonable to people, they have to accept the legitimating ideology of the state whether it be religious, revolutionary, or democratic. The state promotes this ideology via its schools, churches, and media, and the ideology justifies the state and makes it seem natural and inevitable to the subordinate class. Meanwhile, the state protects the interests of

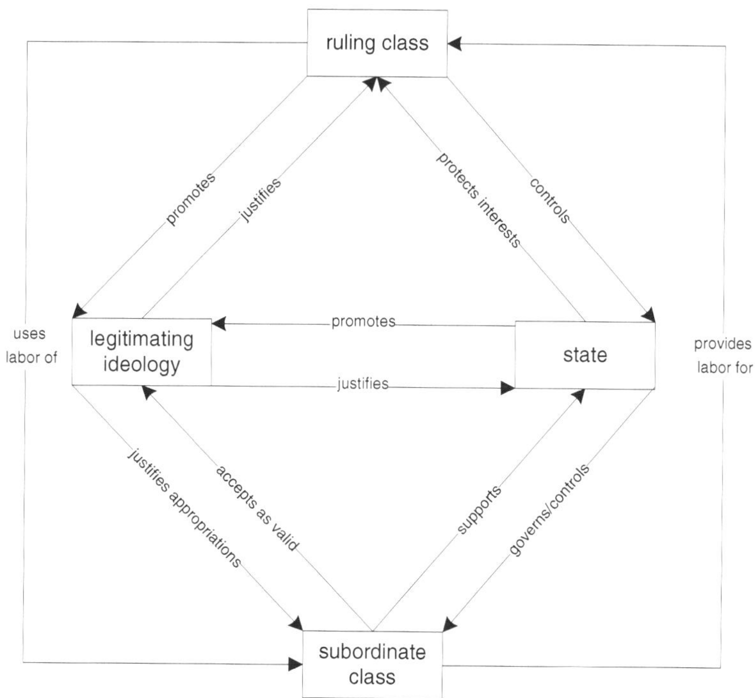

Figure 10-2 How stratification makes kinship less important.

the ruling class, and the ruling class controls the institutions of the state. The legitimating ideology justifies the ruling class and makes them seem natural, invisible, ordained by god, or justified by a vote or the revolution, and the ruling class promotes the legitimating ideology via media, schools, and other forms of thought control. Is this some grand conspiracy? You might think so, but it's more like an interest-assisted evolution, with the ones who benefit the most doing the assisting.

Here is the natural, inevitable, and if not God-given, at least author-provided, diagram that shows how these parts all form a system and how if one of them changes, the others change, too (Figure 10-2). As Hockett suggests in the opening quote to this chapter, all states do not operate in the same way, but this much they all have in common.

Discussion Questions

- Remember when you were a kid, or watch parents with their kids when you can. What rules do parents enforce (aside from those that keep their children safe)? Why? What would happen if they didn't enforce those rules?
- Whether or not you believe in a religion, you are probably familiar with some of the basic tenets of some major religions. List those, and discuss what makes those tenets so valuable to a state society. How do you think people would behave without those tenets given them by formal religion?
- What are some ways that college students "resist" certain laws? (Consider speeding, underage drinking, and other common infractions.) Can you think of any ways Americans work collectively to resist the rules? Is there a difference between individual resistance and collective resistance? If so, describe it. If you can't think of any examples of collective resistance, why do you think that's so?
- Seek out one event in history that you weren't taught in school. Talk to your parents and grandparents, or look in Howard Zinn's *People's History*. It should be an event that affected a large number of people or an entire community, like the "cow war" in Iowa. Research it, and then discuss why you believe that event didn't make it into the standard history textbooks.
- If you have classmates who are from the North and from the South, have a conversation about the basic facts surrounding the Civil War, or the War between the States. Or use events from elsewhere in the world such as the division of India and Pakistan or the Palestinian intifada and the founding and expansion of Israel.

Identify the differences in different peoples' understandings of that historic event. Why do those differences exist? What do they have in common?

Suggested Reading

Berdan, Frances. *Aztecs of Central Mexico: An Imperial Society.* Belmont, CA: Thomson/Wadsworth, 2004.

Bonanno, Alessandro, and Douglas Constance. *Caught in the Net: The Global Tuna Industry, Environmentalism and the State.* Lawrence: University Press of Kansas, 1996.

Chomsky, Noam. *Necessary Illusions: Thought Control in Democratic Societies.* Cambridge, MA: South End Press, 1989.

Doukas, Dimitra. *Worked Over: The Corporate Sabotage of an American Community.* Ithaca, NY: Cornell University Press, 2003.

White, Curtis. *The Middle Mind: Why Americans Don't Think for Themselves.* San Francisco: Harper, 2003.

11

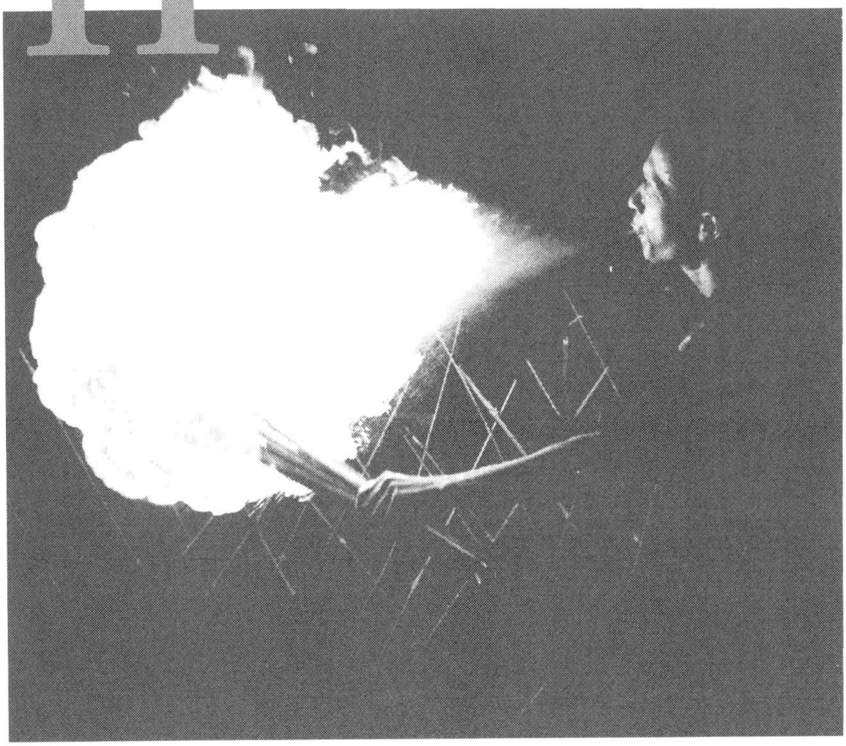

A Lisu shaman chases bad spirits.
Photo by E. Paul Durrenberger.

CHAPTER 11

THE ANTHROPOLOGY OF RELIGION

States and Revitalization Movements

An anthropologist named Anthony F. C. Wallace was interested in understanding how the Seneca religious leader Handsome Lake developed a new religion in 1799 that helped his people adapt to reservation life after a losing fight first against the British and then against the Americans. After a struggle with alcoholism, he had three visions that guided him in instructing his people. Because the events of their own lifetimes had left many Seneca people as disoriented as Handsome Lake had been, a number of them followed his new teachings.

Wallace found that there were many similar movements, including the Ghost Dance movement in the West at the end of the nineteenth century. There in 1889 the prophet Wovoka had visions of the return of the buffalo and the ancestors and the restoration of the old ways of the plains Indians. Anthropologist James Mooney arrived three years later to interview Wovoka and do what anthropologists do—participant observation. In 1896 he published his book on the subject *The Ghost Dance Religion and Wounded Knee.* There have been many other such movements.

In 1956 Wallace wrote a paper about **revitalization movements** that has been reprinted so many times that it has become the standard reference. Revitalization movements, he observed, reorient cultural codes overnight when people's expectations no longer match their experiences. In the last chapter we said that religions of states have to require belief because they ask people to accept things that don't agree with their everyday experience. One of the problems that state religions face is that if their teachings are too far off from people's experiences and if the people find themselves in dire straits, the people are likely to change their religion and then change realities to match the new religious ideas of a better world.

Handsome Lake was able to facilitate this process. Of course, the Ghost Dance wound up at the Little Big Horn and then Wounded Knee.

Wallace found that revitalization movements often happen when a colonial power has moved in on a people. Marvin Harris (1974) argued that in its beginnings, Christianity was one example of such a radical change of religion that was also a revolutionary movement to change realities.

Another such movement was Islam. Eric Wolf suggested that when the kinship system of the Middle East failed to function very well for the complex necessities of trade at the juncture of all the trade routes in Mecca, the Prophet Muhammad provided a vision that reoriented the society so that it could transcend the limitations of the kinship system. His first vision was in 610. Islam allowed the wealthy of all lineages to share interests as opposed to those of their poor kinsmen—it made the transformation of Figure 10-2 of the last chapter happen all at once.

In 622 the Prophet and his followers left Mecca and went to Medina where he established the first Islamic state system. Eight years later, they returned to Mecca. Thus Islam gained adherents and followers and became more and more powerful until it had covered the civilized world of that time. Within a hundred years it had spread to all of the Near East and entered Spain and stayed for almost 800 years. Empires rose, spread, and fell across India and Asia but most relevant here is the Ottoman Empire, which was founded in 1299 and in 1453 conquered Constantinople along with the Byzantine Empire of the Greeks. They renamed the capital Istanbul. By the mid-1500s the Ottomans were well into Europe and controlled most of Hungary.

The Europeans began to push back and in 1699 they defeated the Turks and reclaimed Hungary. Then, with the help of the British, the Greeks waged a war of independence in 1832. In 1830 on the western edge of the empire, the French conquered Algeria, and in 1882 the British occupied another part of the empire, Egypt. Greece, Algeria, and Egypt were parts of the Ottoman Empire. The French and the British left in the 1950s, after more than a hundred years, but with the end of the colonial phase came a kind of disguised colonialism. One way or another these areas have been occupied, conquered, and ruled by foreigners ever since the Romans. Just as Handsome Lake and the Ghost Dance were responses to American colonialism and Christianity was a response to Roman colonialism, the Islamic revitalization movements of the past hundred years or so have been responses to Ottoman and then European and American colonialism and occupation.

The media images of giant passenger planes crashing into the World Trade Center towers in New York on September 11, 2001, are branded into the eyes and imaginations of all who saw them repeated over and over again in the following days and months. We heard a lot about Islamic militants who, the Bush administration said, wanted to destroy the United States because they irrationally hated America and freedom.

We can understand these events better with the help of an anthropologist and a journalist. The anthropologist is E. E. Evans-Pritchard, who was posted as a political officer with the British Military Administration in 1942 during World War II to what would later become a province of Libya. He was already well known to anthropologists for his studies of Nuer and Azande in sub-Saharan eastern Africa. He never got along with Malinowski, who ruled the academic roost in Britain in those days, so he couldn't get a job in England. He had been teaching in Egypt (which was under English control) where he learned Arabic. When World War II started, he was too old to serve in the armed forces, but he volunteered for service and was sent to Syria for a while and then to Cyrenaica. From his time in Egypt and Syria, he already knew about an Islamic religious movement of Sufi mystics like Nasrudin about whom we keep telling stories. They were called the Sanusi brotherhood. Evans-Pritchard describes the order in contrast to another that had grown up in Saudi Arabia, the Wahhabi.

Both movements, Evans-Pritchard tells us, created states, the Wahhabi in Arabia and the Sanusi in Libya. Because there have been many revitalization movements, in Islam movements that grafted religious reform onto a political program, the states in which they cropped up suspected all of them. At that time the powers were the English who occupied Egypt and to the west, the French who ruled Algeria. In between was Libya, a couple of port towns on the coast, some arable land inland, and a lot of desert where Bedouin herded camels, goats, and sheep. To be left in peace, the Sanusi brotherhood went to Libya and began to set up sedentary centers of agriculture, trading, and teaching around oases.

Why did the Bedouin allow this intrusion? First of all, the Sanusi were holy men, men of the book, and Bedouin respected that. The Bedouin were also Muslims, if not very devout by urban measures. But there was a more important reason. The Bedouin were organized into patrilineages, as we discussed in Chapter 5. But there was a twist to the lineage pattern. These were what Evans-Pritchard called segmentary systems.

In a segmentary system each part of the lineage is its own organization. So one camp might be one lineage. The next camp would be another. But the lineages also claimed agricultural land, grazing lands, and water resources for their own. The lineages that were closest in space were also closest in kinship. And the important point is that there were no other means of organizing or governing.

That meant that people could get into feuds. If one of your guys hurts one of ours, we try to hurt you in reprisal. That kind of thing can escalate as both sides get more allies until the point that people are equally allied to both sides. Then they try to make both sides resolve the dispute. But that may not work, especially when it's a dispute about access to land or water. The tribesmen so respected the Sanusi that the Bedouin called on the brothers to arbitrate their many disputes. The brotherhood thus provided a very important service for the Bedouin, who in return helped to support them.

Until 1923 all of the Middle East was part of the Ottoman Empire centered in today's Turkey. The French, British, and Russians had been busily trying to disassemble this empire by arming rebel groups along the borders, including Greeks and Armenians. Meanwhile, the English wanted the Suez Canal to connect them to their empire in India, and controlled Egypt to control the canal.

Italy wanted to join the British and the French as a colonial power. What more natural place than the ancient breadbasket of the Roman Empire, just across the Mediterranean in Libya? The Italians first invaded in 1911 and fought until 1917. They invaded again in 1923 and finally took Libya in 1932. Their main opposition were the Bedouin under the leadership of the Sanusi brothers. The Italians ruled until 1942, when the British took Libya during World War II. Evans-Pritchard's summary of the situation is especially important so we're going to quote it for you here:

> Throughout the Near East in particular, but also everywhere in the world where coloured peoples were articulate, the struggle was seen to have a deeper significance than a mere transfer of territories from Turkey to Italy, or the mere acquisition of another bit, one of the few remaining bits, of Africa by a European Power. Like a great octopus, Europe had stretched out its tentacles to seize and exploit the whole of Africa and Asia. The tentacle which now held Tripolitania and Cyrenaica [the two provinces of Libya] in its grip belonged to the same beast which held half the world in its clutches. It was not the future of a handful of Bedouin being decided, but the future of Europe. (1949:116)

The rest of the Muslim world contributed funds and volunteers to support the *mujahidin,* holy warriors, fighting in Libya against the Italians. And the Italians had expected that the Bedouin would welcome them as liberators from the Ottoman Empire! Just as almost a hundred years later, some Americans expected Iraqis to support their invasion as a liberation from Saddam Hussein.

Evans-Pritchard's book, published in 1949, was way ahead of its time. Instead of focusing on a small and supposedly isolated group of people, he described all of the complexities of the religious order, their relationships with the Bedouin tribes, the Turkish administration, the reasons the Italians wanted the place, their invasions, and the Bedouin resistance. The Italians, he says, were not fighting an army, they were fighting a people, "... and a people can only be defeated by total imprisonment or extermination" (1949:171).

So in 1931 the Italians resorted to bombing, mechanized raids, fencing off whole areas of the country with barbed wire, and concentration camps. So with mass extermination and imprisonment they won—until the British showed up in World War II.

In the eighteenth century, Abdul Wahhab led a revitalization movement in Arabia to purify Islam, especially of heresies like the Sufi practiced. He banned all holidays, and his followers destroyed graves and other holy sites that they considered to be idols. He gave his followers permission to rape and plunder anyone who didn't follow his form of Islam.

Other Muslims thought he was a dangerous heretic and in 1744 they drove him out of the central part of Arabia. But he sought protection from the first founder of a Saudi state. The Ottomans put down both the new state and the religious movements, but a strong link between the religious Abdul Wahhab and the political Mohammed bin Saud had been formed and was handed down from one generation to the next. From that time, the Wahhab doctrines became the official religion of the Saudis. In the nineteenth century, there was another attempt to form a Saudi state, but it collapsed because of family infighting.

In the 1930s there was another movement in Arabia led by the Ikhwan, who wanted to purify Islam by holy struggle or jihad. In the name of jihad they massacred thousands of villagers in Arabia. The Ikhwan were especially disgusted with the king's alliance with Britain, his lavish lifestyle, and his polygamy. The king could not tolerate this kind of alternative political power, especially since it was directed against him in the name of religious purification. But the king couldn't declare war on clerics. At least, not without the permission of other clerics. The Wahhabi clerics gave the king the sole right to declare jihad and thus the power to obliterate his opposition and to claim that they were wrong to talk about jihad. In return, the king made the Wahhabi the religious establishment of the kingdom. Then the British used their air power and armored cars to help the king chase down and deal with the Ikhwan. These events strengthened even more the connection between the Wahhabi and the royal family.

When oil money began to flow in, the Wahhabi got a share of it and invested it in religious schools to perpetuate their view of Islam—especially in Sudan and Afghanistan, where their students, or Taliban, also fought against invading foreigners.

In his Pulitzer Prize–winning book, *The Looming Tower: Al-Qaeda and the Road to 9/11,* journalist Lawrence Wright chronicles the development of the modern Islamist movements from this part of the world and how they have attacked the governments of Egypt, Algeria, and Saudi Arabia and how the governments have responded with imprisonment and torture. The events at Abu Ghraib, no matter how reprehensible to Americans, were nothing new in the area. That does not excuse the people in the Bush administration for their use of torture.

Many call these movements fundamentalist because they seem to fit the pattern of other religious movements that strive to return to a more pure form, a more fundamental form of the religion.

Religious scholar and former nun Karen Armstrong argues that because the religious truths of the past are no longer reliable guides to action in the new global world, fundamentalist religious movements of Jews, Muslims, Christians, and others have arisen around the world. They all share a number of characteristics. They fear colonization, experts, uncertainty, foreign influence, science, and sex. Nor is it a coincidence that women are subservient in these religions.

She argues that changing gender roles and assertive women threaten the masculinity of the men. Feeling castrated, the men insist on dominating women with a virile, gun- or sword-toting masculinity. This insecurity underlies their hatred of feminists, gays, and, in the United States, gun control. We have seen how these movements developed in the Middle East, but that is not the only place they play out.

In the United States, for the last thirty years, the far-right politicos have played to these insecurities by opposing gun control and women's choice about abortion. Especially in the South, the American version of colonization is federal power, so they opposed "big government too."

The ancient truths were not powerful enough in the world of science, business, and the market. Since science was valued above all else, American fundamentalists claimed scientific status for their faith in a doctrine of inerrancy, the idea that religious texts are correct representations of realities.[1] One example of this is attempts to replace Darwinian evolution with "intelligent design" or "creation science," especially in our secondary schools. The other big anti-Darwinians, by the way, are fundamentalist Muslims.

Armstrong argues that making science and religion equivalent confuses both. She suggests that religious rituals speak to deeply rooted psychological questions such as the meaning of life and fears of obliteration. When people have no way to deal with these subconscious fears, they seek comfort wherever they can find it. These deeply personal matters moved many ordinary working people in the United States to support fundamentalism, and that resonated with the political message of the extreme right. The television evangelism of the 1970s and 1980s would lead to the megachurch phenomenon of the 1990s and early 2000s, which drew middle-class, suburban, economically insecure and socially uprooted people by the tens of thousands.

But Armstrong isn't the only one to document this. A number of journalists, sociologists, and anthropologists have researched the methodical pairing of religion and politics in the United States over the last few decades. Wearing the mask of religion, the conservative political right disguised its corporate agenda as morality, a much more appealing campaign slogan than corporate greed. With the ear of high-powered politicians, fundamentalists had a new avenue for their agenda. The fundamentalists, corporations, and politicians rewarded each other handsomely.

In the United States the insecurities that brought people to religious fundamentalism fueled the radical right's single-issue political campaigns. The right could offer hope of restoring men's virility by ensuring that women were subservient and denied the control of their own bodies, that gays were outlawed or at least not allowed to marry each other, that there would be limits on government power, and that nobody could interfere with a person's right to carry a gun.

Dominionism is a new militant Christian political movement, a hybrid of Pentecostals, Southern Baptists, conservative Catholics, Charismatics, and evangelicals who believe that America is destined to become a Christian nation led by Christian men who are directed by God. They believe that Jesus has directed them to build the kingdom of God here and now. America is an agent of God and all opponents are agents of Satan. Dominionists will return the United States to a legal system based on the Ten Commandments and base education on creationism. The federal government will proselytize and protect property rights and the security of the homeland. The religious right and its powerful corporate underwriters developed one of the most powerful political machines in the world with an agenda not that different from that of the Taliban, Al-Qaeda, or other fundamentalist Islamic groups. So while an Iranian woman is sentenced to 100 lashes for committing adultery, we have Americans who believe our law should reflect scripture (Numbers 5:11–31) and say that a woman charged with the same crime will go to her priest, drink a potion of dirty water, and expect her thigh to rot if the charge is true.

We should note that one of the by-products of the Obama campaign was the rise of a new kind of evangelism, one that focuses more on environmental and social justice. It's too early to tell if these new evangelists will be able to completely decouple from the corporate agenda that has been woven into their movement, but it is yet another sign that no change is permanent.

Our comparative method gives us the general idea of revitalization and fundamentalist movements as responses to situations in which our cultural codes no longer work for us because of changed circumstances, often because some foreigners have taken control of our societies. At that point someone has a vision and many people follow the new prophet. This may result in a peaceful religion or a militant revolutionary movement, but both leave behind new religions.

Not all religions are revitalization movements. When we get away from the "religions of the book" as Judaism, Islam, and Christianity are often called because of the shared parts of their traditions in the Bible, the comparative method shows us that the religions of people like the Tsembaga and Lisu who have no states are similar in many respects, while those of Shan and other people of states share many features.

Religions of People without States

The Lisu world is populated with spirits, as it is with people. The spirits are about the same as people except they are more powerful and people can't see them. Paul never saw Lisu being reverent about spirits. True, they kneel and bow and say amen when they are supposed to in a prayer to make offerings to spirits, but Paul never noticed anything that looked like reverence as distinct from the respect that people owe to those who are more powerful, like Thai officials. Nor did Paul notice anything like awe, fear, dread, or trepidation with respect to spirits.

If you do something to offend a person and you want to make it right, you take a bottle of liquor to the person and offer to sit down, have a drink, and talk about how to resolve the matter. That's the responsibility of the person who commits the offense. If the person who is offended has to wait too long for an apology and a settlement, that adds to the injury and makes it worse.

Remember that Lisu are egalitarian people. They don't have any cops, courts, judges, or juries. The last recourse you have, if someone has done you harm, is to harm that person back. Anthropologists call it **self-help**. And that can lead to **feuds** that get ugly for everyone. So everyone has an interest in seeing to it that people settle things short of self-help and try to help people come to terms with each other. But people can't do that for spirits. The only way you know you've offended a spirit is when the spirit attacks you by making you sick.

So, people can offend spirits, but we never know what might have offended them. When Paul asked the abstract question, someone told him that just about anything could offend a spirit, that to avoid offending spirits a person would have to stay in bed all day long—and *that* would probably be offensive to some spirit. To be alive and moving around in the world is to risk offending spirits.

What can anthropology say about this that could have anything at all to do with Christianity or Islam or any other religion? What do all religious traditions have in common?

We have the same problem with religions that we have with economic and political systems. To understand religion in comparative terms and from the point of view of the people we want to understand, we have to guard against imposing our own categories on other cultures. By now you know that we do not all believe in one god any more than that we all have one spouse at a time or buy all our food in markets for money.

"The supernatural" is one way to answer the question of what religion is about. This assumes that everyone thinks in terms of a distinction between nature on the one hand and something else, "supernature," on the other hand—something beyond nature. For the Lisu villagers that Paul lived with, there was no such contrast. Spirits are just a normal everyday part of life and just as natural as other people, plants, and animals. Robert Lowie wrote a book about the anthropology of religion in the 1940s. He said that to understand religion, we have to study a number of different religions to see what they all have in common. But then he had to figure out what to study in different cultures. He suggested that feelings of awe and mystery were central. But Paul didn't see any awe or mystery with Lisu.

Some have suggested that religion has to do with the ultimate. Melford Spiro (1966) points out that if baseball is your ultimate, that makes it a religion. Others say religion makes us feel safe and explains things we can't understand. But religion raises more questions than it answers—what do you do with issues like Job, the Trinity, and Immaculate Conception, or shamanistic séances nobody can understand? Some say religion makes people feel safe. In the words of the country-and-western song, "I don't care if it rains or freezes long as I got my plastic Jesus riding on the dashboard in front of me." The problem is that religion may make people afraid in other situations. It may offer guilt instead of security.

So defining religion in terms of what it does doesn't really give us much to go on. Religion may do a lot of things, but other institutions do at least some of the same things, and we can't point to one thing that religion does that no other institution does.

Spiro (1966:96) suggests that religion is "an institution consisting of culturally patterned interactions with culturally postulated superhuman beings." An institution is something people learn by growing up when and where they do, like their language or lineages or kindreds or schools. Spiro talks about two different kinds of interactions: one is doing what superhuman beings want or like, and the other is doing things to influence these beings. For instance, Tsembaga don't go to war until they pay off their debt to their ancestors. It would make the ancestors angry if they started a war before they paid off their debt, and the ancestors wouldn't help them. A sure way to lose. Tsembaga also sacrifice pigs to the ancestors to please them so that they will help cure sick people.

The interactions are culturally patterned. That means that what people think their superhuman beings like and don't like and what they think influences them are all matters of their cultural codes. The ideas that ancestors can help you in a war and that giving them pigs gets them to help you are both parts of the Tsembaga cultural code. Lisu think that they can offend spirits and spirits can hurt them. They think that people can give spirits liquor and animals to make them stop. This is part of their cultural code.

Superhuman beings are beings that people think have more power than they do. Because people get their ideas of superhuman beings from growing up in groups, these ideas of superhuman beings are something that is reasonable in that cultural code.

Belief

A lot of times we explain what people do in terms of what they believe. People cheer at football games because they believe it will help their team score. As anthropologists, we have to ask how do we know the people believe that. We have two ways of knowing—either they say so, or they are doing it and we can't think of any other reason they might be doing it. They *must* believe it helps. That is, we assume they believe it. But this violates our first principle of ethnography—assume nothing.

Many people have ideas and practices similar to Lisu ones about spirits. Some also participate in one of the major religions such as Islam, Buddhism, or Christianity. One of the things that puzzled Spiro when he was studying religion in Burma was how Burmese villagers could at the same time believe in the doctrines of Buddhism and believe in spirits. This seemed to him such a contradiction that he concluded that there are two different religions, each answering to a different part of people's emotional needs. Buddhism provides explanations for long term and abstract things like life and death and why some people are rich and some are poor. Belief in spirits helps people deal with concrete problems such as sickness in the here and now. What puzzled Spiro was how people would express skepticism with regard to spirits but act as though they believed in them.

Lisu expressed the same kind of skepticism. One man told Paul that he disbelieved in spirits so much that when he died, he would not return to the ancestor altar at all. But he did the same ceremonies as other people did. How can people kill a pig and make an offering to a spirit they don't believe in?

In the same sense that many of us would take an antibiotic even though we don't especially believe in it. Nobody asks us to believe in an antibiotic. The doctor doesn't check to see whether you believe in a certain antibiotic before prescribing it. It just doesn't matter whether or not we believe in it. Another example: you don't have to believe in gravity for it to work. Even if you stop believing in gravity, you're not going to float away. Who ever asked you to believe in wireless Internet? You might be able to point to evidence of it, much like believers point to Jesus in a grilled cheese sandwich or the awesomeness of the cosmos, but can you see it? Touch it? Feel it? Smell it? No, but you don't have to believe in the technology for it to work (well, except for that part when you turn it off and on again, or unplug it and plug it in again and suddenly it works. Now *that* requires faith!)

The point about antibiotics is that we have some reason to suppose that they might help us. It's not a question of belief. It might be a question of finances if you don't have health insurance that covers drugs. You might not be able to afford the expensive antibiotic that the doctor prescribes. You may not even be able to afford the doctor. But it's not a question of belief.

A belief is something that's beyond evidence. It doesn't depend on experience or arguments or facts. It only depends on your opinion about something. For instance, some people hold deep religious convictions about the creation of the earth and all of its inhabitants. They don't rely on scientific evidence but on their religious opinions. And no amount of arguing or proof will change their minds. That's what belief is—something that's beyond any evidence.

Sometimes people say they don't believe something but act as though they really do. Folks in Burma are Buddhists, but they also make offerings to spirits—something that's not in Buddhist doctrines. They act as though they believe in spirits.

In fact, some anthropologists discuss religion as a belief system. A lot of times we can't show that anyone believes anything in particular. Do people really believe that cheering helps their team score? Burmans said they didn't believe in spirits, but they made offerings to them. Lisu don't believe in spirits, either, but they make offerings to them and talk about them.

When Paul asked Lisu about these things, they said they believe what they can see. They can't see spirits, so they don't believe in them. Lisu aren't Buddhists, so they don't have to worry about doing things that don't match up with some standards of religious practice.

One time a Thai guy came up to the Lisu village where Paul lived and said he had a very powerful talisman that would protect people from gunshot wounds. Lisu asked him to put it on and let them shoot at him to test it. If their bullets couldn't hit him, they'd know the talisman worked. The guy didn't want to risk it. So the Lisu folks said he could put it on a pig instead and they'd shoot at the pig. If the pig wasn't hurt, they'd know the talisman would work for them, too. The Thai guy was grossed out at the idea of putting a powerful religious thing on a pig. That was just too disgusting to think about. So he didn't sell any talismans.

Lisu do say that their shamans can see spirits and ghosts. One time, after a guy was accidentally shot and killed, Ngwa Pa, a shaman, came into Paul's house and said he'd seen the ghost of the dead person behind the house. Paul asked Ngwa Pa to show him the place. The other Lisu sitting around in the house laughed and said Paul wouldn't be able to see the ghost because only dogs, horses, and shamans could see ghosts. But Paul went with the shaman anyway. The shaman pointed at a place behind the house and said, "Right there, see?" Paul said, "No." Just then all of the horses started stamping and neighing, and all the dogs started barking. There may have been a ghost, but Paul couldn't see it.

In the same way, most Lisu never see spirits and have no reason to believe in them. "So why do you do these ceremonies?" Paul asked. "What else can we do?" they would ask back. "This is what we do."

If nobody believes religious ideas, how can we explain religious actions like sacrifices?

One way is by their ecological consequences. For instance, Tsembaga have ancestors in their cultural code, so they will participate in a ritual cycle that regulates their ecosystem for them and keeps them from destroying the land by farming it too much. Nobody invented it; nobody thought it up. But because they do it, and because it works, they continue to do it.

The second kind of explanation is in terms of social consequences. People believe in witches so that they can kill malcontents and others who can't get along. This lets them maintain order without courts and cops and states.

Both of these are etic ideas. They rest on some ideas that don't belong to the cultural codes of the people we are trying to understand. We can put this in terms of the system we developed earlier when we were discussing cultural ecology (Table 11-1).

The ecological consequence is that Lisu keep pigs so they can offer them. They're like health insurance. The social consequence is that everyone can stay even with everyone else and nobody gets ahead of anyone

Table 11-1 Feedback.

Reality	**Cultural Code**	**Action**
Sickness	Spirits make people sick	Call shaman
Spirits speak	People have offended a spirit	Make a sacrifice

else in feasting and obligation, so no redistributive system can develop, and hence no rank or stratification can develop.

Anthropologists try to understand what people are doing from their own point of view, in terms of their emic systems, in terms of their cultural code and worldview. Lisu act as though there are spirits because according to their understandings of social life, it is reasonable to think that there might be spirits, whether they know it or not. It doesn't matter to anyone whether someone believes in spirits or not, whether anyone does a certain ceremony or not. Because of certain other ideas, ideas about how people get along together, it is reasonable to think that there might be spirits. And people act in terms of that idea. Nobody asks you whether you believe in gravity when you get on an airplane.

We can ask why Lisu have that kind of cultural code. Lisu spirits can cause people to suffer, and offerings can make the spirits stop bothering people. These ideas follow from ideas about how people are. It's obvious to Lisu that a person's productivity is related to wealth. The more you work, the better off you are. Americans say that, but it's obviously not true because the richest among us work the least, and the ones who work the most are not the richest. But it's different when everyone has access to all of the same resources, as Lisu do.

People use their wealth to sponsor feasts, as we discussed earlier. When you sponsor feasts, other people eat your food, and their sense of obligation gives you power. It's that power that gets hurt if someone offends you. They take away some of your power if you let them get away with it. So it's up to them to restore your power by apologizing—bringing a bottle of liquor to your house and talking about it—and then by compensating you to make it right again. If my pig roots up your opium plants, I apologize, we talk until we agree on the amount of damage, and I make it up to you by giving you a pig or two or maybe some opium or money.

Remember what happens if I don't do this. You can try to hurt me. Self-help. Just like a spirit.

The productive part of a person is the soul. If your soul goes away, you don't want to work. If you don't work, you don't have wealth; and without wealth, you have no power. If your soul stays away, you die. You can't see souls, but you can tell when they're gone because people have bad dreams, don't sleep well, and don't want to work. It's similar to what Americans call depression. You fix it by getting the soul to come back. Maybe a spirit has captured the soul; maybe it has just left because, as Lisu say, "Sometimes you wake up in the morning, and all you can see is pig shit."

You can make a small ceremony and tell the person's soul, "Come back, come back from wherever you are. Come look at your beautiful family, your rice in the baskets. Come look at your pigs and your wealth. Come and be with your family. We all want you to be with us." That's just got to make a person feel appreciated.

Or you can do it up grand, if you need to sponsor a feast, by killing a couple of pigs and having everyone in the village make a similar prayer.

So, by this logic, anything that's productive must have a soul. Like a soul, you can offend it; and if you do, it will hurt you. Nobody has to believe anything. It's the same logic for people and for spirits. People take the logic of social relations for granted—it's just the way we are—and assume it is true, but they don't believe it or not believe it. It's no big deal. It's the same kind of thing as being patrilineal. You don't have to believe anything to be patrilineal; it's just one way of doing things. Lisu are patrilineal, but they also know about matrilineal systems and can explain them to you.

So, a couple of points. First, if we want to understand other religions, we can't be ethnocentric and let our categories guide our understanding. For instance, belief may be important for some kinds of religions, but it isn't for all of them. This is the same as Goodenough's conclusion about residence rules. Rather than assuming a set of rules works everywhere, we should find out how the people we want to understand actually think about things.

Second, remember systems? The economic, political, and social are really all one thing. They aren't separate. When Lisu sacrifice a pig, it's a medical event, a religious event, a political act, and an economic phenomenon all at the same time.

Third, to understand what people do and why they do those things, we need to understand their cultural code from their point of view.

But remember Julian Steward? His idea of the cultural core is that the way people make a living is the most important part of their cultural system. So why are we even talking about religion? Because shamans' séances, monks' sermons, offerings, and other kinds of ceremonies all offer anthropologists a rich field of symbols to understand. These symbols are good places to start understanding people's cultural codes. If we understand Lisu spirits, for instance, we understand a lot about Lisu politics and economics and the important points about being Lisu—things like wealth and productivity and honor.

The central part of this system of symbols is productivity. Remember our discussion of household economies? There, one of the central ideas was also productivity because people's judgments of drudgery depend on the productivity of their labor, and the amount they produce depends on the intersection of the curves of their need—or marginal utility—and the drudgery of the work to produce that amount of value, whether it be rice or money.

People symbolize things that are important but that they can't articulate very well, like the relationships among marginal utility, drudgery, and production that are at the center of household production. One way they symbolize these things is the way Lisu do, with the idea of some kind of power that people and spirits share. Shan do the same thing, and their ceremonies to spirits aren't very different from Lisu's. In fact, wherever people are involved in household production, they have some kind of religion based on spirits or something like them. It might be jinn in Islamic societies or saints in Christian ones.

Why make such a big deal out of belief? Because we want to understand the difference between religions like Lisu that demand no belief and those like Buddhism that do.

Belief and States

What kinds of religions do demand belief? The one thing all of these religions have in common is that they support state systems, as we explained in the last chapter. Is it natural for some people to have more and others less? No. But to support systems of stratification, the ruling classes of states support religions that say it is natural and necessary. Listen to the teaching of a Buddhist monk as he delivers a sermon to Shan people in a temple:

> If you live in the village, you follow the ways of the village; if you are a housewife, you keep the place of the housewife; if you are a house husband, you must keep the place of the house husband; if you are the children of parents, you must keep the place of the children; if you are the headman of the village, you must keep the place of the headman; if you are village elders, you must keep the place of the elders. If you know the appropriate place, you can stay together peacefully as the Buddha taught. If people cannot live together, it is because they do not keep the appropriate places; the young act like elders; the old people act like young ones; men act like women; women act like men; common people act like kings; kings act like common people. All are opposite. They do not know their places. We do

> not respect or believe each other. If we do not keep our places, we cannot live together. We would be like animals.

The lesson is pretty clear. Know your place and keep it. If you're a king, act like one; if you're a common person, keep your place. Or else you'd be like an animal.

State religions demand belief because they teach their people things that do not match their experience. If your husband beats you or is a drunk, you're still supposed to stay in your obedient wifely place. If your government is getting into wars and drafting your kids or brothers, you're supposed to keep your place as a commoner and not question it. Buddhism promises justice in the end. The laws of karma work the same for everyone. Everyone is rewarded for good deeds and charity. Everyone is rewarded for bad deeds. It's automatic. Do we see such justice around us? Neither do Shan. But Buddhism assures them that everyone gets what they deserve in the long run. And for Buddhists, that's a lot more than just one lifetime because you get reincarnated many times.

Shan even told Paul not to worry about government corruption. It wasn't his problem. It's a problem only for the officials involved. Why? Because it's their karma that's at stake, not Paul's. If they do bad things, it's bad for their karma, but it's not our business. And what do Christians say? You've got two choices: heaven or hell. Be a good person, behave, don't make any waves, render unto Caesar that which is Caesar's, honor your mother and your father, be meek, and it's pie in the sky when you die, right? Don't, and you'll get yours in the afterlife.

Remember that if there is commercial production where everything that goes in and everything that comes out is a commodity, then there must be markets. If there are markets, there is ownership. If there is ownership, there is stratification. If there is stratification, there are states. If there are states, there are ideologies to support them. One of these is religion.

Most people these days live in some kind of state society. Remember that capitalism takes surplus value from those who produce it, but household economies do not. That's the reason capitalism can't compete with households for labor. So there are usually household production units even in state societies. Shan are an example. That's the reason they have both forms—state religion and one based on the logic of household production. The Buddhist part is the state religion, and the spirit part comes from symbolizing household production.

British anthropologist I. M. Lewis's descriptions of spirit cults in Islamic cultures (2003) are very similar to Spiro's for Buddhist Burma. In Christian cultures there are often cults of saints that are similar. So, wherever we find state religions, people are likely to also have some form of religion based on household production. People don't see any contradictions between the two forms of religion.

This chapter has several lessons. One is that we cannot understand other religions in our own terms. We must use the peoples' own emic terms. Another is that we can understand why they have such cultural codes if we connect the cultural codes to other dimensions of the people's lives such as their social and political organization. We can understand the cultural codes also from the point of view of their ecological consequences—the results of the actions people do because of the way they understand their worlds. This takes us back to the diagram (Figure 11-1) of the relationships of reality, cultural codes, and actions that then have consequences for the reality, a feedback loop.

We see that spirit-based religions are symbolizations of the relationships of household production and that people who are involved in household production have similar cultural codes that center on power. We also see that those religions that demand belief are the ones that teach things that run against people's everyday experience, things like "If you keep your place, everything will be good" and "There's justice in the long run." These religions are the parts of state systems that make them seem reasonable, inevitable, and just even though they are not any of those things.

Finally, the lesson about anthropology is that the answers we get depend on the questions we ask. If we ask "What do people believe?" rather than "Do people believe anything at all?" we don't see the relationships among states, belief, and stratification.

Time to lighten up a little before the next chapter.

Author Pierre Deelattre tells a story about the current Dalai Lama. When he was a boy, before the Chinese came, he had to answer a riddle each year. All of the scholars and monks of Tibet would gather at the Potala, the central monastery in Lhasa, to hear the god-king's answer to the riddle and learn from it. A tutor would always clue the incarnation of past lamas into the riddle and the answer. He had the riddle and the answer, but he didn't want to do this again. He worried so much that he looked much older than his years. He told the regent that this year he wanted a

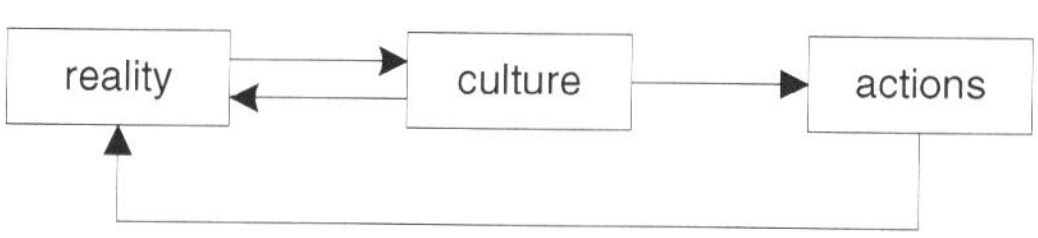

Figure 11-1

better question, a question about something real that would make him more aware of the conditions of life here on Earth, not a stupid riddle that nobody could understand.

Then, he appeared in front of all of the monks and scholars and waited for a new question, for a question about something real.

Nobody dared to say a thing. It got later and later and nobody said a thing. The sun went down. It started to get cold. Finally, a young monk said, "Aren't you cold? Shouldn't we go inside?"

"Yes," said the Dalai Lama, "I'm cold. Aren't we all?"

Everyone agreed.

Then the Dalai Lama said, "Let's go inside."

When everyone was inside and drinking tea, the Dalai Lama had returned to his young self, smiling, and said, "That's the kind of question we should ask each other, and that's the kind of answer we should give."

That's an important lesson we need to remember in anthropology.

Note

1. Malise Ruthven. 2004. *Fundamentalism: The Search for Meaning.* Oxford; New York: Oxford University Press.

Discussion Questions

- List the ways an anthropologist's approach to religion challenges your own belief system. What basic assumptions have you made about religion and the supernatural? How would an anthropologist describe the emic cultural code of your religion?
- How would an anthropologist describe how your religion fits the rest of your culture as part of a system? What would the etic description of your religion look like?
- Religion and politics often intersect in American public discourse these days. Offer some examples of how one amplifies and supports the other. Discuss the contradiction between those examples and the fact that our Constitution requires a separation between church and state.
- In these examples, substitute Islam for Christianity, and discuss how a government that intersects or overlaps with Islam as much as ours does with Christianity would look and act. Discuss the similarities and differences between the two.

- Attend a church, synagogue, or mosque this weekend, and compare and contrast the service with one of the two quoted events in this chapter (the Lisu shaman or the Buddhist sermon).
- Look in a Bible and find descriptions of women's rights or treatment that would apply to today if Dominionists won control of our government. Now compare it to examples from countries where fundamentalist Islamists are in control. How is religion used to protect or promote the government?

Suggested Reading

Ekvall, Robert. *The Lama Knows.* Novato, CA: Chandler & Sharp, 1981.

Evans-Pritchard, E. E. *Nuer Religion.* New York: Oxford University Press, 1971.

———. *The Sanusi of Cyrenaica.* ACLS E-Book Project. Ann Arbor: University of Michigan Scholarly Publishing Office, 1999.

———. *Witchcraft, Oracles and Magic among the Azande.* New York: Oxford University Press, 1976.

Gottleib, Alma, and Philip Graham. *Parallel Worlds: An Anthropologist and a Writer Encounter Africa.* New York: Crown, 1993.

Lewis, I. M. *Ecstatic Religion: A Study of Shamanism and Spirit Possession.* 3d ed. New York: Routledge, 2003.

Sandstrom, Alan. *Corn Is Our Blood: Culture and Ethnic Identity in a Contemporary Aztec Indian Village.* Norman: University of Oklahoma Press, 1992.

Tannenbaum, Nicola. *Who Can Compete against the World?: Power-Protection and Buddhism in Shan Worldview.* Ann Arbor, MI: Association for Asian Studies, 2001.

Wolf, Eric. "The Social Organization of Mecca and the Origins of Islam." *Journal of Anthropological Research* Vol. 7, No.4 (1951): 329-356.

Wright, Lawrence. *The Looming Tower: Al-Qaeda and the Road to 9/11.* New York: Vintage Books, 2006.

12

Icelandic trawlers. Do skippers who dream about where to find fish actually catch more fish? *Photo by E. Paul Durrenberger.*

CHAPTER 12

POLITICAL ECONOMY

If cultural ecologists are right, and the most important part of any culture is the way people make their livings, as we suggested in the religion chapter (Chapter 11), then what does that say about the choices people make? Is everything we do and think determined by something outside us—larger political, economic, or historical **structures** that we don't have any say about? Or do we have some choice in what we think and do?

Choice is a big deal to middle-class Americans because we have an ideology that the anthropologist Katherine Newman (1993) calls **meritocratic individualism.** That means that we like to think we are separate individuals who think for ourselves, make significant choices, determine what happens to us, and get rewarded according to our individual merit. **Agency** is the idea that people act as agents on their own behalf, that they understand the resources available to them and use them in their own interests.

Newman also suggests that working-class people think more in terms of structures than choices because they've experienced layoffs and plant closings that they know had nothing to do with the effort or quality of their work. Where working-class people blame systems for bad things, middle-class people tend to blame themselves. "You get what you deserve" also means "You deserve what you get." We'll come back to this issue when we discuss class explicitly, but it is enough for now to hint that it is something about our culture that makes the question of agency even relevant. That means that when we talk about agency, we're likely to be projecting one of our own emic categories, part of our own cultural code onto other systems.

Economists base their whole approach to the world on the idea of individual choices. Each person does what is rationally best for that person without any regard for anyone else. If everyone does that, they argue, then everything turns out for the best for everyone. This may make a nice religion, but it makes poor science because people don't act that way.

To help understand the idea of agency, we're going to borrow something from the economists. They assume that if everyone does what is in his or her own interests, it serves the interests of everyone. So markets are the solution to all problems. In Chapter 16, we're going to see how well this worked out recently in Iceland. But for now, suppose the police nab you and your friend and slap you in jail because they think you robbed a bank. Whether or not you really did it doesn't matter, but they have no evidence on you. You and your pal were just hanging around in ski masks and looked like you might be bank robbers. The attorney general is on the cops because they haven't been getting many convictions and she wants to appear to be hard on crime because an election is coming up.

So the cops put you in separate cells. Now a cop comes to you and says that if you rat out your friend, you'll go free and, if your friend says nothing, she'll get ten years in jail. On the other hand, if she rats you out too, you both get five years in jail. But if neither one of you rats on the other, you both get six months. That'll teach you to go around looking suspicious!

What do you do? What is in your best interest here? Economists assume that both of you want to go free, and who gives a damn about a friend, right? Easy come, easy go. So do what's in your own best interest and the devil take your friend. So you confess that you and your friend did rob the bank and expect that you'll get off free. But your friend thinks just the same way. So both of you rat on the other—you both act in your own interests with no concern for the other and you both get a rotten deal, five years in stir. That'll teach you to be a snitch.

Wait a minute! You both acted in your best interest, but it wasn't the best outcome. The best outcome is for both to go free, but that can't happen unless only one person confesses. The next best is the six-month sentence if neither of you confesses. What happened here? Both people got five years. That's why some economists started looking into game theory where they could explore such issues.

They knew about what they called the tragedy of the commons, which is similar. You and I own a pasture together, in common. I put a sheep on it. You see that my sheep is eating our grass and put your own sheep on it so you can use some of the grass before mine eats it all. I see that and figure if you are going to let your sheep eat our grass, I might as well put a whole herd of sheep on it. You see that and do the same and before long there's no grass for anyone. Again, we just have to get private property in here to solve this tragedy.

But guess what? People don't act that way. A lot of ethnographic work shows that people figure out ways to manage their resources whether they be pasture, water, or fish in the sea. Just because something is a problem for economists doesn't mean it is for people. Economists have built up a whole line of reasoning on the prisoners' dilemma we described above, but if you set this up as a real experiment instead of a thought experiment, people won't rat each other out and will both take the least sentence, and get at least the second-best deal instead of the worse one. People aren't as dumb as economists. In experiments, people favor loyalty to their friend over going free for themselves, since they know they will meet again. After all, they're friends. People build up relationships they can rely on and that let them reap the benefits of cooperation. They can work out how many sheep to put in their pasture and happily raise sheep there forever. They aren't the selfish antisocial people that economists assume them to be. For economists, the solution to anything is the market and private property. That's one reason we're facing so many problems today—following the religion of economics is like the Maya making more sacrifices to their gods.

Here's the important point for understanding agency: What happens to you doesn't just depend just on what you do; it also depends on what your friend does. And you can't know what that is going to be. In the prisoners' dilemma, your friend may confess or remain silent, but you can't guess which. You can either write off your friend or trust her, but there's no way you can know for sure what she's going to do.

Agency is our ability to use relationships with other people to get what we want and need. Being human is figuring out how to use our relationships with other people to get our needs met.

Some anthropologists who can't break away from their own cultural codes follow their middle-class ideology to focus on what individuals do and talk a lot about agency and about identity. Yes, people do things for their own reasons, and yes, their actions have consequences, and yes, those consequences can change the nature of systems. When we get in a car and turn on the ignition, even if it's a hybrid or an electric car, we're contributing to global warming. The hybrid still burns some hydrocarbon fuel and it's likely the electricity that charged the electric car came from a coal- or gas-powered power plant. So our actions have consequences, often consequences we don't expect, intend, or know about.

But in all this, if we focus on the individual struggles, how it feels to be an American who thinks she's in the middle class when she's actually in the working class, if we focus on how it feels really good to her to own the car and drive it because it means she's really in the middle class and she's afraid of falling into what she sees as the helplessness of the working class, and focus on where she's going and why—we lose track of the whole political and economic system of which she, her car, and its emissions are parts. Those personal struggles are a deep part of the human experience from which we can learn a lot. They are often the focus of storytellers, myths, novels, plays, and art. They are the stuff of drama, and drama is everywhere in the world of humans. The human condition is, as Miles Richardson says, intrinsically heroic. But it is the larger systems that we live in that determine the dimensions of our individual struggles. We do not and cannot determine those dimensions by ourselves.

We want to focus on those systems because the problems of the system aren't the fault of any individual in it, but of the way the system is put together. If we don't understand that, we can't understand why systems falter and fail and we can't understand how we could change systems that are not working well. If we cannot get outside our cultural systems' emic systems we can't develop that kind of understanding.

Before, we asked questions about cultural codes and why they are the way they are. Cultural codes provide us with ways to think. We may be able to expand those cultural codes a little but, but we can't just make them up for ourselves any more than we can make up our own languages. Well, people can do that, and some do, but the very fact that they are making them up and that nobody else agrees with them makes them crazy one way or another.

We can understand the reasons cultural codes are the way they are in terms of the cultural core, the basic shape of the economic system. The important question is not about how individuals make their way through the system, but how the system comes to be the way it is in the first place. Here's an example.

Paul first went to Iceland in 1981 because he was interested in shamanism. Some anthropologists have written about what happens when spirits speak through shamans. Claude Lévi-Strauss, for instance, suggested that the shaman's séance gives people a story that they can tell to make sense of things and that makes them feel better about whatever it is that's bothering them. With the story, they can understand things they couldn't understand before.

When he was living with Lisu, Paul couldn't figure out a way to find out whether people felt better after a shaman was possessed. A lot of times the story people could put together from what the spirits said didn't make much sense to them. If you feel sick and see a doctor who tells you a story full of big Latin words about what's wrong, do you understand it? If she says what drug she thinks might help, do you feel better? Probably not, at least not right away. But then, most things that ail us get better all by themselves if we don't do anything.

So what does Iceland have to do with any of this? A sociology graduate student at the University of Iowa where Paul was teaching kept telling Paul about how Icelandic skippers got drunk and dreamed about where to find fish. Here was something like a shamanic séance—at least something that doesn't involve rational calculation. But in Iceland, it's not connected with something subjective like feeling better; it's connected with something that's easy to measure: tons of fish. It should be possible to find out whether the skippers who dream about fish catch more than others.

So Paul went to Iceland in the summer of 1981 to see what he could find out. The Icelandic sociology student introduced Paul to Gísli Pálsson, an anthropologist who had been doing ethnographic work in a fishing village. Paul and Gísli worked out a program for studying the "skipper effect," the difference in catch that the skipper makes.

First, they listed and measured all the mundane things that would affect a skipper's success: the size of the boat and the number of nets, crewmembers, and fishing trips. They decided whatever was left would be the amount of difference that the skipper made. So Paul put all of Gísli's numbers into a computer and did some statistical modeling.

He found out that there was virtually no skipper effect. If you took into account the size of the boat and the number of times they went fishing, the skippers didn't make any difference at all.

Paul and Gísli had just done themselves out of an interesting question, and they were pretty depressed about it for a while—until they figured out an even more interesting question: Why did Icelanders ever *think* there was a skipper effect if there really wasn't one?

Though fishing has always been important to Icelanders, there weren't always skippers. In the nineteenth century, the guys in charge of fishing boats were called foremen. They fished in the North Atlantic from rowboats. Catching a lot of fish didn't make a foreman a good foreman. But his seamanship—his ability to get a crew out to sea and home again without losing anyone—did make him a good foreman.

At that time, there was no market for fish. People were fishing as part of their household economies, so there was a ceiling on production as we discussed in the chapter on economics (Chapter 7). In 1920 came the first motorboat.

In the village Gísli studied, it had been the custom that when a boat got to a particular rock, the foreman would lift his hat and say a prayer for the protection of the crew. The very first guy who went out with a motorboat didn't do that and the whole village was watching from the shore. When he got back, people asked him why he didn't. He said if a guy had a motor, he didn't need to pray.

At about the same time, Iceland was becoming more independent from Denmark and controlling more of its own economy. Instead of a Danish trade monopoly, there were Icelandic merchants, and some of them started trading in fish. Thus developed an international market for fish. With the motor boats, fishermen could go farther out and catch more fish. With this technology and the developing markets, commercial production was possible.

But they had the same problem that faced a lot of entrepreneurs when they wanted to become commercial producers: there was no free labor, no people to hire to produce surplus value. Everybody was busy working on farms. There was even a law that if you didn't own land, you had to have a contract with someone who did own land to work for that person either as a laborer or as a renter of some kind. That meant very cheap labor for landowners, which they didn't want to give up, but no labor for fishing.

Poor people started voting with their feet. They left the farms and went to the coast to work in the fishing industry. They didn't care if it was against the law. There was no way the government could enforce it. Were they going to throw everyone in jail? The people worked as crew for fishing boats, for processors to cut and salt fish, and for all of the other jobs that keep the boats going back out to catch more fish. Since they didn't have their own means of production, it was better for them to work for wages than to work for landowners for virtually nothing—just enough to scrape by for the year. If you have to sell your labor, you should be able to sell it to the highest bidder.

The Icelandic novelist Halldor Laxness told about the lives of farming folks in his Nobel Prize-winning novel, *Independent People.* He told about life in the fishing villages in another novel, *Salka Valka.* In that novel, one of the characters says, "Life is salt fish." Laxness's novels like those that tell about the living conditions in Iceland made him very unpopular with the ruling class . . . until he won a Nobel Prize. Then he was OK because the whole world thought he was a pretty good novelist.

During the times of household fishing, there was no idea of any skipper effect. People only started talking about such a thing during the expansive phase when commercial fishing took off and there was no ceiling on production. Suddenly there were international markets and whole industries of processing fish and outfitting fishing ships. Skippers were racing for bank loans, for the backing of processors, and for fish.

Processors were important because if you could get your boat in and unloaded ahead of others, you could get back out fishing and fish more than they could. Some skippers owned their own boats, but many others worked as skippers for the owner or owners of the boat. If a skipper wanted to buy a modern boat, he had to get a loan from a bank—in other words, ask a bank to bet on him. So the reputation of the skipper was very important for getting access to a boat either through loans to buy one or through a position on a boat someone else owned, and for loading supplies and unloading fish. That meant lots of competition among skippers, and anything that would enhance their reputation would contribute to this "star" system.

The whole idea of mystical processes fit very well with other themes in the Icelandic cultural code, such as elves and other worlds, that are common if not dominant in Iceland to this day. When Alcoa wanted to put up a big new aluminum plant in 2004 they had to hire an expert to certify that there were no elves on the site that the plant would disturb (Lewis 2009). Put the star system together with the preexisting cultural code, and the idea of the skipper effect becomes reasonable and credible—it makes sense—in terms of the Icelandic cultural code.

But that doesn't mean there really is a skipper effect. The statistics showed that there wasn't one—that given the same size boat and the same days fishing, every skipper would catch the same amount of fish whether he was a dreamer or not. So here there was an idea of a skipper effect but no real skipper effect.

As a result of the expansive phase of fishing in Iceland when fishers caught all the fish they could, the fishing stocks were diminished to the point that the government started to use quotas to regulate fishing. The first quota said that after so many tons of each kind of fish were caught, everyone had to stop fishing because the stock couldn't survive if they took any more. Then they changed the system so that each boat got a quota based on the history of its catch in the past. Boat owners could sell or buy quotas under this system, which is called **individual transferable quotas**, or **ITQs** in government talk. You could also get a loan on the basis of your quota. Overnight what had been common property became private property because of the ideology of the neoliberal free-marketeers. More of this later when we discuss the collapse of the Icelandic economy in Chapter 16.

Under this system, the whole concept of the skipper effect diminished in Iceland, so that now people don't think that it is strange to say that there really isn't a skipper effect. "Of course," they say. "How else could it be? Your catch depends on your quota." But before that system was in place, people got offended if you'd suggest that there wasn't really a skipper effect. It was something like telling Americans that the United States isn't really a democracy. Anything that challenges a cultural construct makes people feel uneasy.

The idea here is that if we understand the economic system and the cultural code that were already in place, we can explain why there was a cultural construct of the skipper effect in Iceland during one period of its history. As the economic and political system, the **political economy**, changed from household production to industrial fishing, the cultural code changed. As the political economy changed again, the system of quotas was put into place; the cultural code changed again as well, and that change led to the downfall of the whole economy as we will tell in Chapter 16.

The general point is that if we want to explain why cultures are the way they are, we ask what the connections between the political economy and the culture are. Then we ask how the political economy developed to be the way it is. Once we've done that, we have answered our big questions of what is the nature of the culture and how did it get that way.

Culture is all of the ideas we learn by growing up when and where we do. It includes lots of assumptions about the way the world is from what is a cousin, a sibling, or a parent as well as what's just and fair. People do what they do because of the way they think. Understand how people think and you understand why they do what they do. Culture is what gives people ways to think. So understand culture, and you understand what people do.

Now, we've just said that we can understand cultures if we understand how political economies got the way they are. So which one is right? Do we use culture to understand what people do, or do we use what people do to understand culture? The answer is both. This is one of those mutual determination loops we talked about at the beginning of the book. Each determines the other.

People think and act in the terms their cultures give them, and their actions determine what other people can do. And so on. We'll explain this interaction in some detail as we go along. Just remember that the loop goes both ways—from political economy to culture and from culture to political economy. People change the systems they live in, but not always in ways that they understand or that they intend. For instance, a lot of changes happen even if we don't understand them or mean for them to happen.

The ITQ system had a lot of other consequences for Iceland, including the meltdown of their whole economy in 2008–2009, but we'll tell that story later.

Here we need to stop for a moment and look at the idea of political economy a little more. The basic idea goes back to the concept of systems and holism, the idea that an economic system never exists just by itself apart from the rest of the institutions and culture. For instance, in medieval Iceland people had an idea of property that was very important, but there was no institution of a state that could enforce property law.

That was one of the reasons the system collapsed into warfare among the people who were powerful enough to even claim to own property. The political institutions limited the economy. But the cultural code played a role because the landowners had the idea of ownership, one of the pillars of states. Even so, they were not able to come together as a class to create the institutions of a state. That's why their system finally collapsed. Realities, cultural codes, and political economies never line up perfectly. That's why our social and cultural systems keep changing.

We've seen the same thing in our discussion of capitalism. If the political institutions don't support some necessary part of capitalism, it can't develop. So, when there wasn't enough free labor for capitalists to hire, the system couldn't develop, as in the example of the Shan village where Paul lived or Europe before the revolutions of the eighteenth century. Those revolutions established new political orders that made capitalism possible.

For capitalism to work, everything has to be available as a commodity on a market—labor, raw materials, manufactured goods. There is a whole institutional structure that guarantees the operation of markets. As economists found after the collapse of the Soviet system, markets don't just come into being wherever there are people; governments have to create the institutions that make them possible. Americans have lived in such a system for all of our lives, so we're likely to take markets for granted or even suppose, like economists, that they are somehow natural.

Reciprocity as a system of exchange requires an institutional structure to make it work. Reciprocity also requires a cultural code that says if people do something for you, you do something for them. All people have some idea of reciprocity, but if their cultural codes about it don't match, they will be disappointed or angry at the behavior of others. It won't make sense to them.

Redistribution is related to a different institutional structure and to a different cultural code. Redistribution also requires the notion of reciprocity, but it adds the idea that some people are different from others, higher than others, or more central. So if a big man says he's going to organize a feast, you pitch in and help. You know the big man will help out when you need it, but you also know that there's something different about the big man and you. He's the guy with the feathers or the title or whatever. So there are never just economic systems or even economic actions but always political economies that are built on economic actions, cultural codes, and institutional structures.

We live our lives in terms of the political economies of the times and places in which we live. We usually think of the realities we experience as just the way things are. These experiences are so powerful that they shape the ways we think. It is the political economies that define our choices.

For example, you can't just decide what courses to take—you have to select among the ones that are available any given quarter or semester. You can choose among the available ones, but you can't choose which ones will be available. The courses available depend on who is available to teach what and what the administration has decided is important to teach. So your range of choice is highly constrained by the structures in place, what courses are available. In the same way, political economies constrain people's choices and define the terms in which they can make them. Just as you come to think of the requirements you have to fulfill for your degree as just what you have to do, so people come to think of their choices and the terms of their choices as just natural.

In their study of the skipper effect in Iceland, Gísli and Paul were comparing the etic statistics with the emic cultural code of the skipper effect. When we discussed kinship in Chapter 5, we showed that there is an etic grid in terms of which we can think about all of the different systems of kinship. The etic grid represents all possible kinship relationships just as the International Phonetic Alphabet represents all of the possible sounds of human languages. Different cultural codes may classify these relationships in different ways just as different languages classify sounds differently.

It wasn't that easy to find an etic grid about the Icelandic skipper effect. Gísli and Paul checked the Human Relations Area Files, a compilation of worldwide ethnographic information, and found that not every cultural code of people who fish has a concept of a skipper effect. They found examples where there was a skipper effect but no idea of one, where there was both an idea and a reality of a skipper effect, and where there was a skipper effect but not any cultural concept of one. That is all possible combinations of a cultural concept with the reality.

There may be a skipper effect, or there may not be. That depends on the situation. In Iceland, you have to undergo a long period of training before you become a skipper, so anyone who is a skipper is already very skilled. Gísli and Paul figured that all of that training makes Icelandic skippers about equally skilled. There just aren't any Icelandic skippers who aren't good.

But in the Gulf of Mexico, you don't have to do anything to be a skipper on a shrimp boat. You don't have to do an apprenticeship or go to school. Paul studied shrimpers in Mississippi and found that they don't have any idea of a skipper effect, and they are right—there really isn't one. Why would there be a cultural concept of skipper effect in Iceland but not Mississippi? Fishing is a commercial enterprise in both places. In

Mississippi, there was always more ability to process shrimp than there has been supply of shrimp. In Iceland's expansive phase of fishing, there was more supply of fish than ability to process them so there was competition among skippers. In Mississippi, because of the greater capacity for shrimp processing, this kind of competition never existed among shrimp skippers. So a difference in the political economy explains a difference in the cultural code.

If you talk to shrimpers on the Gulf Coast today, they'll tell you how independent they are, how they can't get together on anything. That's part of their cultural code. But it hasn't always been that way. In 1932, Mississippi shrimpers organized a union that lasted for twenty-three years—until 1955, when processors sued them under antitrust laws to bust their union. The processors argued that each shrimper owned his own gear and boat, and that meant shrimpers didn't work for processors but worked for themselves. Each shrimp boat was its own corporation, like General Motors. Therefore, for all of these corporations to get together to set the price for shrimp was against antitrust laws. The court agreed and disbanded the union.

That meant it was against the law to have a shrimpers union. So it's just not true that shrimpers are too independent to cooperate or to organize. The cultural code works along with the law to make organizing impossible.

Why would they believe it if it's not true? First, it's consistent with their experience because they experience themselves and other shrimpers as stubbornly independent rather than working together. But there are a number of reasons for that. One is that this cultural code works very well for processors who benefit from keeping shrimpers from organizing, and it benefits bureaucrats who have to regulate them. Processors want to bring in cheap imports of pond-raised shrimp from all over the world. That undercuts the price shrimpers can get for the shrimp they catch. But as long as shrimpers aren't organized, they can't do anything about it. Bureaucrats have to enforce regulations about shrimping. That would be a lot more difficult if shrimpers were organized to resist the regulations.

So it benefits processors and bureaucrats if shrimpers think of themselves as independent. The only way it benefits shrimpers is that they can think of themselves as somehow set apart, elite, or more independent than other people. They pay dearly for that feeling, but with the law, the processors, and the bureaucrats aligned against them, they're not strong enough to change the law or the institutional structures. So once again, we see that the political economy causes the cultural code to have the form it does, and the cultural code informs what people do. What people do then reinforces the institutional structures and so on.

When we wanted to learn how American union members think about their unions, we found that there is an etic grid in terms of which we could match people's ideas. Law and practice both define the etic grid. There is a management side with people who supervise the work, supervisors. Supervisors answer to managers. Usually there is also a vice president for human relations who handles all personnel issues.

On the union side, there are the members who voted to have a union in their workplace. There are also stewards, usually people whom the members elect to help them with any problems they might have at work. If a steward can't handle the problem, she can call a union representative. The union uses members' dues money to pay representatives, who are a little bit like lawyers, to come in and help the stewards whenever they need it. The stewards can deal with supervisors and managers. The reps can deal with managers and vice presidents.

So there are two sides to this: union and management. In each side there is also a hierarchy. On the union side, the hierarchy is from member to steward to rep. On the management side, the hierarchy is from worker to supervisor to manager to vice president.

On the basis of this etic grid, we devised a way to find out how people think about their union. In spite of the etic grid, people can think in any number of different ways. Americans can put their mother's brother's kids right in with their mother's sister's kids and call them all the same thing, cousins. Lisu and Navajo do it differently.

To find out how people think about their unions, we used a method that can show how people think about similarities. It's called a *triads test.* You ask people which of three things is the most different. For instance, if you asked which of these is most different—blue, purple, green—people might say "blue" because although purple and green have blue in them, blue is the only one that's a primary color. It might be harder if we asked, "Purple, green, or orange?" because green and purple both contain blue, purple and orange both contain red, and orange and green both contain yellow, so any answer is equally correct.

We took all of the terms of the etic grid except VP—steward, other worker, rep, supervisor, and manager—and put them into every possible combination of three and asked people which is the most different. As with the color examples, there is some similarity between the two things that someone does not select.

We did this with the staffs of three union locals in Chicago and one in Pennsylvania and found that they all agree with the etic grid. We checked to see how much all the people agreed with each other. If there isn't much agreement, then all you can say is that you aren't looking at anything that's cultural—different people think about it differently, and it's based on something individual, but you can't see any cultural code at work here. But if most folks agree, then you can say it's cultural.

While staff agree with the etic grid, as we might expect because of the work they do, we got different pictures from members at different worksites. Members at industrial worksites for one local saw themselves as way low on the hierarchy scale relative to both union and management folks and equally different from both. So they didn't see themselves as having anything in common with either management or the union.

Some health care workers at hospitals fit the staff-etic pattern pretty closely, and others did not. When we compared the different conceptual schemes with what we knew about the worksites, we concluded that it was the relative power of management and the union at the different worksites that made the difference. Where the union was powerful, members saw themselves as part of it. Where the union lacked power in the worksite, members didn't identify with it so much.

At one hospital, there was one interesting difference between what the members thought and the etic pattern. They put their steward above their rep in the hierarchy. That was reasonable because the rep was new, and the steward had been there for more than two decades and ruled that place like a grandmother ruling her lineage. When management informed her that the women in her kitchen should wash the pots, for example, she answered, "My girls don't do pots." That was the end of that.

But she had carpal tunnel syndrome from a lifetime of hard work. When she retired, another long-term steward joined her, and the workers were left with no leadership. The hospital management was building a new wing, and, in the meantime, they weren't full of patients. They said that because they didn't have enough work for everyone, they'd lay off some folks. The union countered that if they would let everyone continue working, each person would work fewer hours until the construction was finished and the rooms filled again. Management agreed. When the new wing was finished and all the rooms were full, management did not return all of the workers to their full hours as they had initially agreed. Instead, they started hiring temporary workers, workers who were not eligible to be in the union.

Just at that time, the bargaining team was negotiating a new contract for the union members. When the bargaining was finished and the members were voting on the contract, we did another triads test and found that since the first one two years before, the members had shifted from seeing themselves as close to the union to seeing themselves as closer to management.

Because we had seen the same relationship between power and union consciousness in the other bargaining units, we knew that this shift in cultural code was because of the shift in power from the union toward management that happened when the two long-term stewards retired and the rep could not find any experienced and knowledgeable replacements for them.

So, as with the skipper effect, here with the unions in Chicago, we see that the cultural code depends on the political economy. If the political economy of a worksite changes, so does the cultural code.

This tells us that it isn't what people think or decide that makes a difference—it's their daily lives that determines how they think—their cultural codes. If we zoom the lens out a little and take a more wide-angle view, we see that the hospital is a nonprofit corporation. Here it's the "corporation" part that's important. All corporations have some things in common. One is their concern for their bottom line. That's part of our cultural code. It's also part of our law. Later we'll show how corporations shape both our cultural code and our law. The point here is that one group's cultural code sets the actual realities for another group.

Here class is very important, because the range of choices you have depends on your position in the system of political economy as well as your awareness. So, if we change laws or change cultural codes that define how corporations work, the realities for workers would change as well. If you can't do that, you can try to change the realities at work by showing workers that they can always accomplish something if they stick together. They can use that solidarity to make changes in the workplace that then affect others' cultural codes and so on. That's the job that union organizers and representatives have.

Now we're going to zoom out from the microscopic focus on bargaining units at particular worksites and look at the whole labor movement in the United States to develop a more wide-screen view, something like the scope of the view we developed for Iceland and the skipper effect.

When we were doing these studies in the late 1990s, there were two different views from inside the union movement of what unions should be like. One view said they should be like insurance companies. You're a worker. You pay your dues. In return for your dues, you get a rep to help you out if you get unfairly fired or disciplined for something you didn't do. You also get someone to come in and bargain with management to get you a little bit better deal, or at least not a worse deal, with every new contract. Maybe you get a small pay raise. Maybe the union can get management to back off a little bit on their demand that you pay more of your health insurance so that you only pay 20 percent of it instead of 60 percent. Members pay dues and get services. This is called the "servicing model" of unions.

In the old days when unions were much stronger than they are now, when more than a third of all American working people belonged to unions instead of 10 percent, when the New Deal government of Roosevelt actively supported unions, back in the 1930s, when workers at a worksite had a problem with management, they could strike until management figured out how to solve the problem. A problem for workers very quickly became a problem for management. The union members didn't call a union rep. Their worksite leaders could call them out on strike over one person's grievance with management. They could do that for two reasons. The first is that they were well organized inside every worksite. We'll come back to the second in just a minute because it's even more important to our story here.

Today, this is called the "organizing model." That means that the union puts its effort into being sure that each unit is so well organized that it can take care of itself. Then the union can let its reps spend their time and effort organizing places that don't yet have unions. As workers at more and more places join unions, union strength grows.

Then unions can mobilize their members politically—to vote in elections and keep friendly politicians in power. The politicians who owe their positions to unions can then see to it that there is legislation that helps rather than hurts unions.

But in the 1990s, unions weren't that strong. They had declined in strength ever since 1947 when they were at their strongest ever. The original laws that allowed unions to organize, that made union representation a right of any workers where a majority voted for a union, were passed in 1935 as part of the effort to combat the Great Depression. The law is called the Wagner Act.

After World War II, the leaders of industry got together and pushed through some changes in this basic law. It was 1947 and Harry Truman was president. He vetoed the legislation, but Congress passed it over his veto. This was called the Taft-Hartley amendments to the Wagner Act.

This may sound like a lot of useless history, but it's important for developing that wide-screen view of unions we were talking about when we looked up from the worm's-eye view of the ethnography of each individual shop to try to see what is going on in the whole country.

The Taft-Hartley amendments said that unions couldn't strike during the term of a contract. As soon as the members at a worksite agreed to the contract, they couldn't strike about anything. This took away the major source of unions' ability to influence management and the ruling class in their worksites. If there was some problem that the steward couldn't handle to the satisfaction of the members, then they could call a rep from the union. This law changed the union reps from organizers into dispute handlers and insurance people. Their role changed from organizing to servicing. Under the new law of 1947, if there was some dispute or issue that the reps couldn't handle with management, they could take it to arbitration. Both sides had to pay for half of the costs of an arbitrator, who would hear both sides of the case and then make a judgment. Neither side could appeal the judgment of an arbitrator. The arbitrator's word was final, as it was in medieval Iceland in 1000 when an arbitrator decided that everyone would be Christian.

If management's pockets were deep, they didn't mind taking lots of cases to arbitration because it would cost the union as much as it cost them. As a result, unions had to be very careful about what cases they took to arbitration. The law also set up boards of people to decide about charges of unfair labor practices. For instance, if management fires someone just because the person is active in the union, it's against the law. The union can file an unfair labor practice charge. The problem is that the members of these boards are political appointees. So they can be more or less friendly to management or labor depending on who won the last election and appointed them.

Grievances were no longer a matter of right or wrong, fair or unfair—ideals that workers would strike over. They were now a matter of legal skill—how well each side could negotiate an agreement or how persuasively someone could argue the interpretation of the contract language, perhaps the evidence of the case, and sometimes the relative influence of management and the union.

After the Taft-Hartley amendments, a lot of labor leaders became pretty complacent. They were moving with the big boys, smoking the fancy cigars, driving the fancy cars, living in the fancy suburbs, and sending their kids to prep schools with the bosses' kids. You couldn't tell the difference between a labor leader and a boss by smelling the cigar or looking at the suit or the car.

And the unions changed from being centered on organizing and developing power in workplaces to big bureaucracies for dealing with the problems of their members and negotiating new contracts for them every few years. As long as they had enough power to negotiate a contract with a raise and some decent benefits each time around, members were happy. As long as it was cheaper or easier for the boss to give the raises instead of deal with labor unrest or a strike and still make a profit, management agreed to the increases.

Every year the management bosses gained strength and the union lost strength. The labor bosses weren't paying that much attention. Everything was fine for them. But then several things happened in the 1980s.

In 1981, the air traffic controllers got fed up with the conditions of their work and decided to strike. They had complained for years that poor scheduling and understaffing were causing exhaustion that would lead to disasters in the air. Harry Truman and FDR were long dead. Ronald Reagan, the candidate these air traffic controllers had endorsed during the election, was president. He decided that these government employees weren't going to get away with a strike. He fired them all, replaced them, and the air traffic controllers' union was busted. Others in the labor movement, thinking those workers got what they deserved for endorsing a Republican, sat back and chuckled, never realizing the cannons were turning toward every other union in America. Sort of like Wyle E. Coyote in the cartoons right after he runs off the cliff and before he looks down, or when he lights the fuse that blows him to smithereens a couple of seconds later.

That year, 1981, was a turning point. From then on, unions were on the defensive against management. The new policy that Reagan started was that if the union went out on strike after a contract expired and before they negotiated a new one—the only time it was legal to strike—management could bring in other workers to replace the strikers permanently. Let's put that another way: The law says you have the right to temporarily withhold your labor—to strike—but it now said, according to Reagan, that you could permanently lose your job if you exercised that right.

That left unions with very little power.

Then in 1985 there was a big strike of packinghouse workers at the Hormel plant in Austin, Minnesota. About the same time, a whole new way of processing meat was coming on line. A company called Iowa Beef Processing, or IBP for short, was opening a new kind of meat processing plant. It was automated. The plant didn't need the skilled work of butchers. It could hire anyone off the street and in an hour or two show them how to do a couple of simple things and have them doing one little part of taking apart a continual stream of steers or pigs and putting meat in boxes to send to stores.

The old-style plants sent sides of beef to stores where butchers cut off exactly the part a customer ordered. The new factories sent boxes of meat to stores. The stores didn't need butchers anymore, and neither did the plants. Instead, IBP could now hire unskilled workers at a much lower rate, undercutting (so to speak) everyone else in the industry. Hormel couldn't compete with IBP, and the workers went back to work after a long strike with a worse contract than before they went out. It was the beginning of the end of the success of that union.

This is the competitive process we described in Chapter 7 on economics. Productivity increased, and IBP didn't need as much labor or any skilled labor.

It was worse at other plants. In Waterloo, Iowa, and other plants in the Midwest, Rath Packing went out of business completely, leaving tens of thousands of people out of work. More than a decade later, with the local industrial economies in tatters, IBP moved into those towns, started up their own plants, and hired workers at a fraction of the wages their uncles, mothers, and fathers had made fifteen years earlier. Safety conditions were so bad they caused high turnover, which in turn created a shortage of labor (but no shortage of amputations, carpal tunnel syndrome, and other disabilities) in local communities. Then IBP began importing workers from Mexico and other parts of the world.

Here's the point. Their power came from the law and the way the government enforced it—the policies in place. Unions lost their power as Republican politicians and others friendly to management changed the law, interpreted old laws in new ways, or enforced them differently according to different policies. That's why we can't just speak of an economic system. It's a political economy.

Now cut to the 1990s when we're working in Chicago. By then, some new union leaders were in place, and they were trying to get the unions to pull their head out of the sand enough to make an effective resistance while there was still something to work with. The ones we studied argued that unions should change their way of doing things—they should change from the servicing model to the organizing model. Unions should organize. This meant there were three things they had to do:

- organize more workers and more places and get stronger;
- organize to support friendly politicians to change the laws and labor boards;
- organize in worksites so that the stewards could help members take care of their problems without calling on reps all the time.

That meant that it couldn't be business as usual anymore for these locals. They had to change and change fast. Every local would have to be involved. So the message went out (maybe *down* is a better preposition) to the locals.

The presidents of the locals got the message loud and clear. Some liked it and some did not. The presidents passed it on to the reps, and the reps told the stewards.

Here's where ethnography comes in handy. Suzan was working for a union local in Chicago at the time, so she had a close-up inside view of what was going on. She wrote about that in her book, *Labor Pains: Inside American's New Labor Movement* (2001). We wrote a book about that part of our work, *Class Acts: An Anthropology of Urban Service Workers and Their Union* (2005).

OK, we're done plugging our other books. Back to this story. To understand what was going on, we had to understand the social and political relationships inside locals. The presidents of locals are elected. The members get to vote for their president, unless the president does something wrong, something that violates the union's own rules or the law. If that happens, the international union can replace the president with a trustee—someone the leaders trust to be honest and get the local back on the right track. There was a lot of that going on in Chicago in the 1990s. But a trustee in the unions we studied could only serve up to eighteen months. Then an election would be held, and the members could decide whether they wanted to keep the same leader.

But in one union, it was so difficult to get on the ballot that you had to already be in charge before you could get your name on a ballot so that people could vote for you. As a result, there wasn't a lot of opposition. It was sort of like those old elections in the Soviet Union with one guy running, and that one guy always won.

But there had to be an election because that's what we Americans mean when we say "democracy." One-person, one-vote elections. That means the members have to actually more or less vote. And that means someone has to get them to vote. Someone has to let them know there's an election and get them to vote for the president. Otherwise it would be against the union's own rules, and the law and the local could be trusteed.

Presidents relied on reps to deliver the votes for them. The reps depended on stewards to deliver the votes for *them.* So there was a kind of pyramid scheme. Stewards deliver votes to reps, and reps deliver votes to presidents. If people didn't play their assigned roles, the whole thing would fall apart.

How could reps be sure that stewards would deliver the votes? How could they be sure that members would vote the way they should? The best way was by having the stewards and members obliged to the reps. Remember reciprocity? Reps did that by their servicing. If there was a problem, the rep would fix it. Then the member and the steward owed the rep. Folks in Chicago talk that way. When they say, "I owe you one," they mean it. And you can actually collect.

This is pretty much like medieval Iceland. There, if someone hurt you, you organized enough goons to go hurt that person back. In just the same way, "I owe you one" can cut both ways in Chicago, so reps had to be sure it was cutting their way and not against them.

If the reps delivered the votes, the president would like them and help them gain access to the resources they needed to keep their members and stewards happy—maybe an arbitration, maybe some fried chicken to help get members to a meeting. The rep might even get promoted or the president could ask her to run for office on his slate.

When the word came down about the organizing model, the reps weren't too anxious to do any of it. To do those things would mean that they would not serve their members as much, that they would lose touch with them and lose their own base of power. In Chicago, they call it their base. Different folks have different power bases.

You may have seen *Fahrenheit 9/11,* the Michael Moore movie about George W. Bush. In the movie, George W. is talking to a group of billionaires and gazillionaires, and he says they're his base. They are. But union members are the base for reps. And they didn't want to lose their base any more than W wanted to lose his.

But create a system where reps are irrelevant to anything going on at the worksite, because now stewards solve all the problems, and from the rep's point of view, it looks like she's doing herself out of her job. It's like training all the passengers on airplanes to fly, so nobody needs a pilot. Are pilots going to support that? Are they going to train us to fly?

So the reps all said, "Yeah, sure," and got on with what they'd always been doing. The program hit a stump. Paul was in a rep's office when a sociologist did a phone survey of reps to see whether they were with the program. The sociologist asked some clever question like "Are you with the program?" and the rep said, "Sure," and the sociologist was convinced. Later the sociologist published a paper in which he proved that the reps really liked the organizing program. It was another three years before Suzan left that local, and the program wasn't even up to a crawl by then.

In the meantime, we did some surveys of our own—with stewards. We didn't ask whether they liked the program. We did what's called a *paired comparison.* That's where you ask people which of two things is more of something. For instance, we might ask people, "Which thing is bigger?" and then give them several combinations:

- elephant/goat
- elephant/mouse
- goat/mouse

These are all possible combinations of two. The people would probably select "elephant" in the first and second ones and "goat" in the third. We give each thing one point every time someone selects it. So if we talked to one hundred people and they all agreed, "elephant" would have two hundred points (a hundred from "elephant/goat" and a hundred from "elephant/mouse"); "goat" would have one hundred points (from "goat/mouse"), and "mouse" would have zero. So the ranking would be

elephant	200
goat	100
mouse	0

And we'd conclude that these folks think that elephants are bigger than goats and that goats are bigger than mice.

This lets people tell us what the scales are and whether there are any scales at all. Maybe nobody agrees with anybody else. Remember, if that happens, then there's no cultural code about that; it's just a matter of individual opinion. And maybe there's no scale. People may like apples better than oranges and oranges better than bananas, but they like bananas better than apples. Anthropologists don't tell people they're crazy or what they *should* think; we try to figure what they *do* think.

We did that with stewards and found out that the least important things for them were anything political, like helping to elect friendly politicians. The next least important thing for them was organizing other workplaces. The top things were negotiating contracts and dealing with grievances—servicing their members. So the program wasn't percolating down to the stewards.

But look at it from the stewards' point of view. Every day their job is to try to keep the peace in their workplaces. They have to know and enforce the contract. Management won't help. Management will violate the contract any time they can get away with it. So the daily life of stewards is centered on these things right in their own workplaces. After all, that's a steward's job for the members (and this is almost always an unpaid volunteer job). The other parts of the program, organizing other workplaces and electing friendly politicians, are just something they heard in a speech or read about in a pamphlet or newsletter. They're not even real.

Same thing for reps. They know their jobs and do them. But what's important to them is keeping the structure of reciprocity and obligation in place with their members and stewards so they can help get their president reelected.

Here again we come to the conclusion that the political economy determines the culture. But we're down in the wormhole of ethnography again. That's where anthropologists feel most comfortable. So we'll try to get out and finish developing that big picture we promised a few pages ago.

The law changes in 1947 to make unions lumbering bureaucracies instead of organizing machines. The unions go along with that and work in terms of the servicing model. The political balance shifts from labor-friendly Democrats to management-friendly Republicans. The policy changes again in 1981 to make permanent replacement workers acceptable. That sets off a whole rampage of union busting across the country.

The ruling class declared war on the working class. There really is a class war. We'll get to that later, but for right now the thing to know is that all of these legal things set the stage for the way things happen at the worksites.

The law determines what goes on in worksites, and that determines how people think—what seems reasonable to them—their cultural codes. So now we have all the links between political economy and cultural codes for working-class Americans.

What's the answer to the question we started this chapter with? The question was about personal choices and structure. Americans like to think that everything is a matter of our own choices. That's part of our cultural code. Thomas Frank (2004), author of ***What's the Matter with Kansas? How Conservatives Won the Heart of America,*** says that conservative propagandists believe that thinking in terms of hierarchy is just plain Marxist and therefore wrong. The Soviet Union collapsed, after all. So we're all in this together, one big middle class. According to conservative ideologists, the model is a high school cafeteria, segmented into self-chosen taste clusters like "nerds, jocks, punks, bikers, techies, druggies, God Squadders," and so on. "The jocks [he's quoting one of the ideologues] knew there would always be nerds and the nerds knew there would always be jocks ... that's just the way life is." We choose where we want to sit and whom we want to mimic and what class we want to belong to the same way we choose hairstyles or TV shows or extracurricular activities. We're all free agents in this noncoercive class system (26).

Frank continues: "As a description of the way society works, this is preposterous. Even by high school, most of us know that we won't be able to choose our station in life the way we choose a soda pop or even the way we choose our friends" (26–27).

He's right. There's precious little choice. Our cultural codes are given by our political economies and those are given by the histories of political economies—how all of the parts of the system interact with the other parts and change each other. Remember the system diagram that went like Figure 12-1. The actions impact the realities; the cultural codes give us ways to think about realities and help us decide what to do, our actions. And where you are in the class system makes a big difference in the effects of your actions and the cultural code you have.

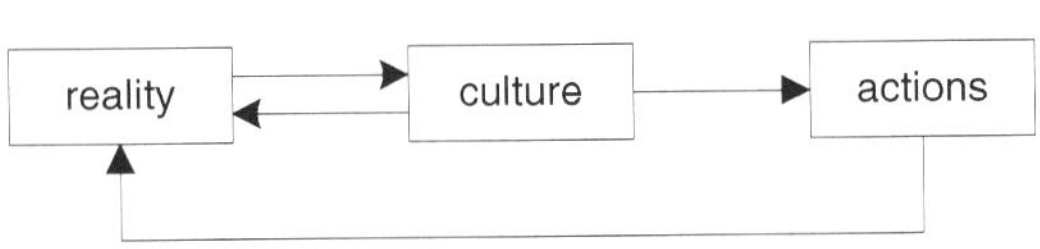

Figure 12-1 Our cultures tell us how to act and our actions change things.

So does this mean that we can never change anything? That we just cycle through this? No. First, this is from an actor's point of view, not from the system's point of view. We can see change and the possibilities for change better from the perspective of the system than from the perspectives of people in it. But even from the individual point of view, we can see that even though we are limited by our cultural codes, we can try different things. If a lot of people go in the same direction, they can have an impact on the reality. That's what happened in Iceland when the people who worked for farmers for free just quit and went to the coast to work in the fishing industry.

That's one kind of *collective action.* That's what the civil rights movement was. That's where greenhouse gases and unions come from—a lot of people acting in the same direction. Sometimes they don't especially mean to have that effect—greenhouse gases are a by-product of driving cars and industry. Sometimes they do—we get unions only when lots of people act together and mean it.

But then some people oppose both greenhouse gases and unions. How effective they are depends on how powerful they are. The more powerful, the more effective. If the ruling class of the United States were as against greenhouse gases as they are against unions, we'd sign the Kyoto agreements and reduce our air pollution. But that's not where the political base has been, so that's not where the Bush administration wanted to go. Obama may change that.

All of this structure stuff makes us feel uncomfortable. We are used to thinking in terms of choices. But that's our culture. That's our emic system. That's our economic system based on consumption and the idea of consumer choice. Sometimes we're like Paul looking at milk or peanut butter in the grocery store—faced with lots of apparent choices but no real ones. Democrat or Republican? Half a pound or eight ounces?

The culture of choice and the illusion of choice doesn't make it real any more than the skipper effect is real because some folks think it is. But anything that goes against our cultural code makes us feel uncomfortable. That's why Icelanders didn't much like it when Gísli and Paul said there was no skipper effect.

It's OK to feel uncomfortable about things that challenge our cultural constructs. We're built that way so that we don't easily give up on things that work for us. But sometimes we find it difficult to give up on things that don't work for us, like shrimpers giving up on the idea of individuality long enough to get organized. That's especially so if there's a class dimension as there usually is. For instance, all the powerful processors and well-educated managers continually tell shrimpers they are right to think that they're too individualistic to organize.

That's where science comes in—to help us sort out the cultural illusions from the political economic realities. That's why we think it's good practice to be scientific in our anthropology. We can tell you, "This is what we found," and we can show you why we think it is valid and reliable. Then you can check it for yourself.

That doesn't mean that we don't have any choices. But it does caution us to understand what the choices are and to base them on reality as best we can know it. We showed that the realities of daily life shape the awareness of workers. But we also showed that those realities were dependent on the strength of the union in the hospital. And that's something that can change with some effort. If you ever work in a place where you find yourself saying, "We have a union, but it sucks," then consider that you can get active in the union and change that. If you work at a place without a union, and the boss can arbitrarily fire you, change your hours, or deny your vacation, you might decide to pull everyone together and form a union, but be careful, because even though the law says that you have the right to do so, bosses have a way of breaking the law.

When Nasrudin Hodja was teaching school, one of the students asked which was the greatest achievement: to conquer an empire, to be able to conquer an empire but choose not to do it, or to prevent someone else from conquering an empire. Nasrudin said, "I don't know about empires and conquests and the greatness of achievements, but I know something that's even more difficult than any of those things."

"What's that?" the student asked.

"To teach you to see things as they really are."

That Nasrudin Hodja—he knew about emics and etics and the differences between them.

Discussion Questions

- Go to a newspaper or online news source and find a news story that focuses on politics. Show how that story is related to something economic. Now find a story in the business section, and show how it's related to something political.
- What are some of the things you considered in deciding which college to attend? If you had no constraints, what college would you have chosen?
- One thing that 2004 presidential candidates George W. Bush and John Kerry had in common was that they both went to Yale and both belonged to the same elite society, Skull and Bones. Was Yale one of your choices? Why not? If it was one of your choices, explain. Move

the discussion up four years. John McCain graduated from the U.S. Naval Academy and Barack Obama graduated from Harvard Law. Ask yourself the same questions.

- If your parents went to college, where did they go? If Yale was one of your choices, explain what that had to do with your mom or dad being a Yalie.
- Can you think of something in your life that is like the skipper effect, where people get credit for a skill they don't really have? Explain it in emic terms and etic terms.
- In America, some people say that hard work leads to financial security and success. In your family, do you see the relationship between hard work and financial success? Do you think that all successful people have worked hard for their money? Why or why not?
- Make a systems diagram with boxes and arrows to show the relationships among the variables involved in the Icelandic skipper effect.

Suggested Reading

Durrenberger, E. Paul. *Gulf Coast Soundings: People and Policy in the Mississippi Shrimp Industry.* Lawrence: University Press of Kansas, 1996.

———. *It's All Politics: South Alabama's Seafood Industry.* Urbana: University of Illinois Press, 1992.

Durrenberger, E. Paul, and Suzan Erem. *Class Acts: An Anthropology of Service Workers and Their Union.* Boulder, CO: Paradigm Publishers, 2005.

Erem, Suzan. *Labor Pains: Inside America's New Union Movement.* New York: Monthly Review Press, 2001.

Lewis, Michael. "Wall Street on the Tundra." *Vanity Fair* (April 2009): 140–147.

Pálsson, Gísli. *Coastal Economies, Cultural Accounts: Human Ecology and Icelandic Discourse.* Manchester, UK: Manchester University Press, 1991.

13

There are two classes: the capitalist class and the working class. These members of the working class have organized into a union to protect their interests. *Photo by Suzan Erem.*

CHAPTER 13

CLASS

L.A. detective Captain Gregory is talking to hard-boiled detective Phillip Marlowe:

> "I'm a copper," he said. "Just a plain ordinary copper. Reasonably honest. As honest as you could expect a man to be in a world where it's out of style. That's mainly why I asked you to come in this morning. I'd like you to believe that. Being a copper, I like to see the law win. I'd like to see the flashy well-dressed mugs like Eddie Mars spoiling their manicures in the rock quarry at Folsom, alongside of the poor little slum-bred hard guys that got knocked over on their first caper and never had a break since. That's what I'd like. You and me both lived too long to think I'm likely to see it happen. Not in this town, not in any town half this size, in any part of this wide, green and beautiful U.S.A. We just don't run our country that way."

It's in Chapter 30 of Raymond Chandler's book *The Big Sleep.* It was published in 1939, shortly after the Wagner Act but before the United States got into World War II.

That was way before Enron or Martha Stewart, Tyco or AIG, or any of the other corporate or political crimes or shenanigans of the later twentieth and early twenty-first centuries. "We just don't run our country that way." Nobody runs any country that way. The kind of justice Captain Gregory was thinking about doesn't happen.

Before we go any further, we want you to know that we understand the anger that wells up in people when someone else tells them their myths are myths or that what they've believed all their lives isn't true. And if we were studying Lisu in 1970 or medieval Iceland, the people we studied might never learn that we walked away with that information. Most Lisu in 1970 didn't speak the language that anthropological journals are written in, and the saga Icelanders are dead. But more and more, thanks to technology, the people anthropologists study learn about the results, and invariably the emic and the etic run into each other somewhere.

When American anthropologists study the present-day United States, that collision happens faster, and it tends to happen with more force. In this chapter, you will probably experience it. Talking about class does two things: it ratifies the feelings of working people who have struggled at some level for years with the contradictions America offers ("Anyone willing to work hard can get ahead"), and it infuriates people who either refuse to admit they are members of the working class ("We're middle class") or really are in the ruling class, because anthropology bares the truth in an undeniable way.

Conservatives believe that the government is bad. They say it fails whenever it tries to do something, like manage a health care system. But governments of other countries manage health care very well. They have better health care systems than the United States does and operate them at lower cost. We need to understand objectively what governments can do well and what they can't do well. We can do that by comparative studies of other countries. In the Untied States, the idea that governments do everything badly is part of a political philosophy of conservatives who believe that everything should be done by markets because that's where businesses are supreme and government should stay out. The corporations promote this ideology through their think tanks like the Heritage Foundation and the Cato Foundation. Their mission is to manufacture **ideologies** to make corporations seem natural, inevitable, and good. We've used the word *ideology* pretty loosely as almost a synonym for *cultural code*. When ideologies are political—conservatism, liberalism—the people select parts of their cultural code to support one political position. That's what ideologies are.

Why would think tanks do that? Because these ideologies promote profits for the corporations that back them. They play to the elements of the American cultural code they can identify and locate. One is that people in the United States don't like negative things. If you can't say something good, don't say anything at all. There's no room for negativity. That's whining. So any reports of corporate bad behavior are just negative whining, and the people making them should just shut up.

But to see negative consequences such as global warming and pollution and increasing poverty as negative is being controlled by this ideology. What we need to do is see the facts and assess facts. We don't have room for opinions. We don't want to trade opinions and come to the conclusion that everyone's opinion is equal. First, it's not true. Second, this is the kind of cultural relativism that stifles the search for ethnographic reality. Questions of good or bad judgments aren't relevant. Those are the wrong questions. We need to ask questions of validity and reliability. That's what science does.

It's easy to see why people don't want to think about this stuff. We're surrounded by messages that manipulate us, and part of the American cultural code is to think for yourself. The easiest way is to think for yourself and reject all messages. But if we do that, we have no evidence, no ideas, no logic to work with. We have only our opinions. We need to be open to ideas, but we need to test them rigorously. If we do that, we can build understanding. The discussions and debates we need to have are not about trading opinions; they're about assessing logical and empirical adequacy.

All around us we see corporations. They are a major institutional form. Some say they treat people badly. Our question has to be whether that view is true, not whether it's good or bad or positive or negative. Those questions only matter in opinion slugfests, not in ethnographic work. The problem is that corporations manufacture culture and try to get us to accept it, just as processors and managers do for shrimpers.

Are governments or corporations more efficient at delivering health care? We know from comparative studies with European countries that governments do a better job of delivering better health care at less cost. Americans get bad health care and expensive health care because we rely on corporations. Can governments be inefficient? Of course they can. Especially if they're staffed by corrupt political appointees and cronies. Witness the U.S. government's response to Hurricane Katrina in 2005. Especially if they don't do their job of regulating things—witness the meltdown of the Icelandic economy and the crisis of the American economy. But that doesn't mean corporate solutions are the only alternative. But corporations want us to think that, so they try to bend our culture to that image.

Here we're going to discuss class. That doesn't depend on culture or opinions. It depends on realities. So here we go.

All stratified societies have classes. That much is true by definition. In stratified societies, there is unequal access to resources. We've seen that states are the institutional arrangements to keep stratified societies working by making sure in one way or another that the working class accepts the unequal allocation of resources. People are not in the same boat. What works well for the ruling class may not work at all well for the working class.

This was clear in medieval Iceland when the chieftains landed and claimed land for themselves and began to work it with their slaves. The chieftains were as antigovernment as any of our twenty-first-century American **neoconservatives**, so they didn't want to set up a state to maintain their system of stratification. But they didn't want to give up the stratification, either. We've seen what happened to them. They were able to keep the subordinate class in its position, but their real problems were with each other.

We have classes here in the United States, but we don't like to talk about it. In fact, we spend a lot of energy denying that we have any classes. We like to think that we're all one big middle class. We don't like to believe that a very few of us run the show and the rest of us serve them.

At the end of the twentieth century and the very beginning of the twenty-first, with Halliburton's Dick Cheney as our vice president and the oil companies' George W. Bush as our president, there was no doubt that the ruling class was in charge. These were the people Bush jokingly but accurately referred to as his base in the Michael Moore movie, *Fahrenheit 9/11* that we mentioned in Chapter 12. What some find curious is that they were elected, at least for their second term, though they may have gotten in for the first term by less than honest means. In *What's the Matter with Kansas? How Conservatives Won the Heart of America,* Thomas Frank (2004) suggests that for some reason the Democrats stopped thinking of economics as a political issue.

We suggest that the reason they didn't make economics a big issue is because their candidate was as much a member of the ruling class—and certainly as beholden to it—as the incumbent. Because the Democrats were standing in that glass house, there weren't too many stones they could throw. So, as more and more manufacturing jobs go to the cheap labor markets in the global system (in a process that we discuss in the next chapter), people are working more for lower wages and for fewer benefits such as health insurance and pensions, and our presidential candidates are often completely disconnected from that experience, though Barack Obama may be more connected than most.

People who once had jobs in steel mills or automobile factories or making television sets have been looking for what economists politely call "service sector jobs." Flipping burgers, working cash registers, cleaning buildings, taking care of sick people. Many of those jobs are being automated. "Pumping gas" is no longer a service sector job as it was when Paul was a kid. ATMs replaced bank workers. Lots of travel agents are out of work thanks to the Internet. Airport clerks have been replaced by ticket kiosks. We saw in the Introduction how even flipping burgers has become automated. As 2008 turned to 2009, many were unemployed and could find no work at all.

The folks who used to make union wages with union benefits notice the difference, and they're angry. People who work all the time know they are working class. So do people who've been thrown out of work.

And they know there are snotty liberals around flapping their sandals and sipping lattes and jabbering in Latin about everything that's wrong with America. So when the angry workers get a chance, they vote against those liberals and put straight-talking neocons in office. The neocons cut taxes, usually some at the bottom and a lot at the top. The workers notice a little difference. The rich notice a whopping difference. And those snotty liberals go on blithering about "the disappearance of the middle class," refusing to admit that they too are members of the working class, yet wondering why workers won't vote for "their candidates" anymore.

Under the guise of protecting democracy and freedom, the neocons increase military spending to give their client corporations like Halliburton, KBR, and Blackwater big contracts. Tax cuts mean less tax revenue but spending for the military-industrial complex means less money for programs to help people, so then, in the name of "fiscal responsibility," the government cuts budgets to agencies like Occupational Safety and Health (OSHA), Medicaid, and Medicare, and it tries to get completely out of Social Security, one of the most successful government programs in American history. A neocon government refuses to consider nationalized health care like every other advanced country has because the insurance companies are making outrageous profits from health care and invest a lot of money in politics and politicians. So instead it's labeled "socialist" and dismissed. Neocons refuse to regulate pharmaceutical companies for similar reasons.

It remains to be seen whether the Obama administration can muster sufficient clout to redefine health care from a commodity that insurance companies use to make money to a national right available to all, as European countries have done. As Joe Bagaent, the populist chronicler of our times, said after watching Obama's inauguration (1/09 joebagaent.com), it doesn't matter much who gets elected as long as the corporate elite that controls all the guns and money stays in power.

With less tax money, the government has to cut programs that workers and their families need, and that makes life that much worse—for workers. The neoconservatives put the power of the government behind union busting, and that makes it even worse. Neocons advocate a global market policed and controlled by American arms for American ends. This translates into unlimited spending on arms, the support of Israel, and preemptive strikes against any opposition.

So working people get madder and vote out more liberals and vote in more neocons. This is one of those self-intensifying systems that we discussed earlier in the book. Worse conditions—more anger—more votes for neocons—worse conditions.

Let's take a look at the U.S. system in our systems terms (see Figure 13-1).

Thomas Frank is a journalist, not an anthropologist. But journalists are doing a lot of the same kind of work that anthropologists do. He thinks

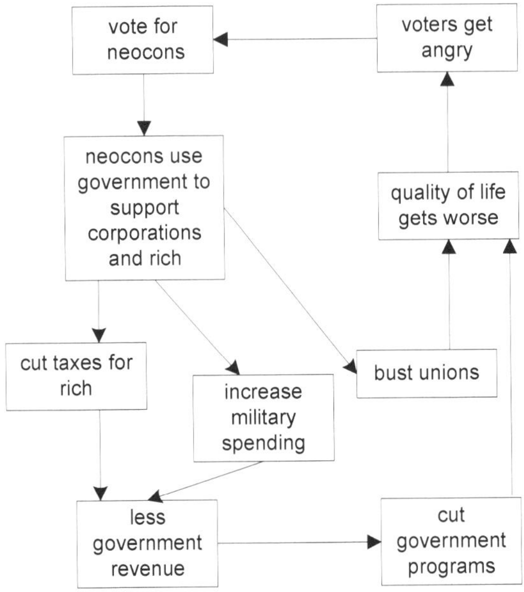

Figure 13-1 What the matter is with Kansas.

the corporate-backed neocons have successfully manipulated America's cultural codes to turn them against working people; for instance, "Liberals think they're better than you," "Liberals are pussies," "Neocons are as mad about it as you are," "Everybody has to look out for themselves—so if you get a cut in your taxes, it doesn't matter if someone else gets a bigger cut; you should be mad at the liberals who think it does matter." We'll come back to the American cultural code and explain where it came from later.

What we've tried to do is take some of these questions into the real world of working America to see what union people are thinking and doing. Paul picks up the story here:

A fall evening in 1997 found me sitting at a folding table at the back of a large auditorium in Teamster City, close to Chicago's Medical Center stop on the blue line train. Next to me was political scientist Adolph Reed, then at the University of Illinois, Chicago. He knew about anthropologists because he was once married to one. He's not the usual political scientist. You wouldn't find a usual political scientist at the installation of union officers that was taking place on the stage in front of us. The president of a Service Employees Union local had just won his second uncontested election after taking over a local that had been trusteed, or taken over by the international union. This was cause for celebration and for some preaching to the choir.

Well, not *exactly* the choir. All in that hall were not unanimous in their opinions about all things, even in their daily understandings of all things, as the ethnographic work I had been doing with Suzan was beginning to reveal. From the stage we heard about new directions, about organizing and other moves that would bring unions to control ever larger segments of the labor market. We heard about political action that would bring labor-friendly politicians into office, politicians who knew where their support was, politicians who would help, or at least not hurt as much as some of the neocons. From the floor we heard a lot of chatter about work and family, some good-natured ribbing, and, every once in a while, a question about a grievance posed to union staffers sitting at the tables, chowing down with workers they knew.

Adolph was there because he had become convinced that the only viable political future for working people in America was the Labor Party. That's why he kept in touch with labor leaders in Chicago. His writings were more familiar to readers of *The Village Voice* and *The Nation* than to those of arcane academic journals that are the literary hangouts of most political scientists. That evening Adolph and I spoke of labor, class, anthropology, and the Labor Party.

Adolph collected some of his writings into a book called *Class Notes* that warns in no uncertain terms of the political dangers of identity politics that distract from the more fundamental relationships of class and make that divide less visible or less salient. If you grow up black, you experience race and racism. If you're a woman, you know all about sexism. If you're gay, you know all about homophobia. But somehow we are all supposed to be in one big middle class, so we don't talk about class or classism. We don't experience that in the same way that we experience race or gender bias. These kinds of politics have blinded us to class politics.

I walked through the auditorium and greeted people I had met during the two years I worked with this local. There was the slim figure of the Filipina organizer displaying her femininity in her high-heeled shoes and low-cut gown. There were the more substantial African American matrons of hospital kitchens who had shown me that corner of working America. There were the organizers and reps with whom I had ridden through the farther reaches of Chicago listening to story after story in my search for patterns. The pattern I found didn't have anything to do with the differences between blacks, Latinos, or whites or men and women. The patterns Suzan and I found were based on where in the system people were looking up or down or across from; it didn't matter their race or gender.

Two years later, I sat in the butt hut behind a local hospital in the coal-mining region of Pennsylvania. Miners built this hospital for their fellow miners and their families a hundred years ago. Recently, the hospital's management had received loans from the Department of Agriculture to build a modern medical facility with the name of the old one. Now the management was in bankruptcy, and the members of the union were negotiating a new contract for a future they could not predict.

Members of these locals elected teams of fellow employees to work with their union representative to negotiate contracts. We sat in the plastic lean-to that resembled a bus stop and waited for management and the union organizer to complete a sidebar, an off-the-record negotiation designed to be less unwieldy and franker than on-the-record full group discussions could be. All but me were women. All were white. They were smoking and talking. I was listening.

They had been working at this hospital for most of their working lives and told stories of various fellow workers and people in management. The conversation moved from joking with a fellow worker to the deterioration of cleaning services since it had been outsourced to what was happening in the negotiations. Would management impose their last contract offer? That was not acceptable to members. Were members obliged to work under those terms to which they had not agreed? Wouldn't that be a lockout? If they were locked out, would they get unemployment benefits? If they didn't, could they make it through the coming winter?

Some said they had freezers full of food from their gardens. Some said their fuel tanks were full for the winter. One said she had no husband and thus no household support to fall back on. During this discussion, I learned two things:

- these women had given their working lives to this hospital; and
- from their perspective, the management of this hospital had no compunction about literally pulling the plug on their lives.

We had been sitting around the table for hours with the negotiating team. The woman in charge of the kitchen saw to it that I got fed during one of the many breaks. In the end, management announced that they would impose their last offer, but the negotiator filed requests for information that stalled the negotiations.

I left that evening with the conviction that I was witnessing class warfare. The loans that sustained the hospital had been acquired through the good offices of a local politician, a politician who was not returning or receiving phone calls from his constituents, much less the representatives of their union.

What's wrong with corporations? Anthropologists from Walter Goldschmidt in the 1940s to Dimitra Doukas in the opening years of the twenty-first century have argued that corporations destroy communities; break up the ties that bind people into local economic, social, and political systems; and in the process annihilate any hope of democratic self-determination. For example, there is no amount of Wal-Mart's feel-good advertising that changes the fact that people are so badly off that neighbors fight each other for the low-wage jobs the richest retailer in the world offers in local communities. There is no marketing slogan that lightens the heavy load Wal-Mart places on local social services because, first, most of its workers don't have health insurance and often make so little that they are eligible for food stamps, and, second, it often gets massive tax breaks to move into a town, lowering the available tax revenue that funds those services.

Or think of the IBP factories we discussed in the last chapter. Anthropologists have shown just how the importation of lots of low-wage workers damages the communities that are so anxious for "growth" that they invite IBP to come in. The schools are stretched to the limit with education in several languages, the local clinics are overwhelmed with people injured at work who have no health insurance, there is more drug use and theft due to the poverty, and the police departments are stretched beyond their limits. Life isn't very good for the workers the company brings in, either.

So, as corporations tear up the ties that bind communities, the power to make decisions is taken from people who know each other and their areas and is put in the hands of remote management elites who know neither the people nor the area. The unit of decision making is no longer the locale, the community, but the globe-spanning corporation. Labor is an abstraction, a line item in the corporate budget.

When Paul was riding with Teamsters, he heard British Petroleum negotiators provide Chicago truck drivers the corporate bottom line for labor for transportation. That, they argued, was the bedrock of the negotiations. All else followed from that single abstraction. Teamsters could take it as benefits or as wages, but that was a finite figure from "corporate." It came down from corporate headquarters and could not be changed without permission. To BP, the truck drivers that Teamsters knew as fellow workers were part of a complex equation for producing profit.

That formula for producing profit starts with capital and ends with profit, as we explained in Chapter 7. In between is a market that organizes anonymous transactions among multiple buyers and sellers who neither know one another nor care about or for one another. To care for another would undermine the power to bargain. Labor is the only commodity that can transform others from whatever they are into what corporations can sell for money—commodities—on the same market to produce profits.

As we've said before, anthropology differs from political science and other social sciences because it is comparative as well as holistic and ethnographic. Holism means that we look for connections of everything to everything else. We don't see economic systems without also seeing the political systems that define access to resources. Ethnographic means that we like to see how things really are on the ground. We study unions ethnographically so we can see what actually happens in them rather than base our understandings on abstractions or theories that come from our imaginations. Being comparative, anthropologists put any example that we are trying to understand in a context of what we know of all other social systems ancient and modern.

So, in modern systems, the people who control capital control access to resources. The people who control nothing but their own labor and have to sell it to make a living do what the capitalist class tells them to do. That's the kind of system we have in the United States.

Is there an alternative? Yes, but it requires that people who sell their labor organize themselves to control their own labor for their own benefit. That's what unions are supposed to do. That's also what cooperatives attempt to do.

But for any of this to have a chance, people have to understand the realities of their own social, political, and economic systems. That's what moves anthropology beyond the confines of classrooms and libraries and makes it relevant to everyday life. We understand political, social, and economic systems as they are.

Once you understand how these things work, you can begin to change them. You can't just wish it so. Understanding why your car isn't running won't fix it. You have to do the work. In a democracy, it's the work of every citizen. We need to understand clearly, and we need to organize and act on our understandings.

But we have to be aware of and on guard against thought control, as we explained in Chapter 10. For instance, some very abstract and complex theorizing tells us that there are four kinds of capital—**natural**, **social**, **cultural**, and **economic**. Economic capital is the kind that corporations convert into profit. The capitalist class controls that. Ordinary people don't have that.

But we have other kinds of capital. We have social relations that can be valuable. Your parents can get you into Yale. Your uncle can get you a job, or your teacher can write you a letter of recommendation. The friends of your friends can help you when you need it. So people who have more social relations have more social capital, and to be a human being, even to be a primate of any kind, or a wolf or an elephant or a wild horse, you have to have some social relations, some social capital.

Cultural capital is everything you know that might be of use to you in making a living. You know how to farm? That's a form of cultural capital. You have some friends who farm? Social capital. But you can't convert any of that into a hill of beans unless you have access to some economic capital to buy machines, seed, and get access to some land. In this scheme, the land would be natural capital. Natural capital refers to natural resources, like coal and iron ore, and isn't worth anything without the knowledge of what to do with it and the technology to do it.

What's wrong with this scheme? It suggests that everyone has access to some forms of capital. You have no friends? Maybe you know a lot. You don't know anything? Maybe you have lots of friends who can help, like George W. Bush, who was president of the United States in the opening years of the twenty-first century. And there's the third kind of capital, economic capital, that a few people have and most don't. But that's just one form of capital. So this thinking goes that people can convert knowledge, skill, and social relations into profit in much the same way as corporations convert capital into profits.

This neglects the fundamental reality that to convert capital into profit, corporations have to use the labor of people. That same relationship defines what capital really is—no metaphors here: real capital is built into the way our economic system works. It defines two classes: people with access to capital and people without access to capital. No amount of religious belief, no amount of sociological theorizing, no amount of economic hypothesizing can change that reality. And all the talk of social, cultural, and other kinds of capital distracts our attention from the realities of our class system, distorts it, makes it invisible.

That's why it's disappointing to see a whole land cooperating in their own thought control by calling themselves middle class and believing that there is no ruling class. That's why it's disappointing to see working people voting against themselves because they hate liberals.

But that's what anthropologists are here for, to bust myths.

Curtis White (2004) wrote a book called *The Middle Mind: Why Americans Don't Think for Themselves.* At the beginning of this book, we said we couldn't do anthropology without some form of relativism, but we warned against extreme relativism. That's what White is talking about. Good advice here is "Keep an open mind, but don't let your brain fall out." Descriptive and ethical relativism—not judging other people—are necessary for anthropology. But epistemological relativism—saying that everything is just the same as everything else, that we can't make judgments about what is better and what is worse—makes us into morons because that means we can no longer think. We can just swap opinions and say they're all good. They're not.

If everything is equally good, if all systems of ideas are equally good, then we can't make any political judgments. We can't decide what is good for our country and what's bad for it . . . or for ourselves or the ones we love. Are we willing to say that it's OK to benefit from the misery of others? If everything is equal, then slavery is OK. Or fascism.

So while we need to be relativistic to understand others, we also need to keep our faculties of judgment strong and active so we can know the difference between bullshit and brilliance, between fascism and democracy, between a good economic program and a bad one, and, White says, between a good work of literature and a bad one. But to do that, we need to be able to "read" the works critically, to sort out and understand their messages, and we need to be willing to judge them. That's why White is against the "it's all good" approach of some of the cultural studies folks.

He has a point. When we lose track of those questions, we lose our ability to judge things on their own merits because we no longer understand what counts as meritorious. We don't follow arguments. We talk about how we feel rather than what we think. If all positions are equally good, we can allow creationism or intelligent design in our schools along with evolution. If all positions are good, we have to believe the people who say there is no global warming as much as ones who warn against it. And those who say there was no Holocaust along with those whose relatives died in it. Or those who believe slavery is OK as well as those who don't.

It's about promising individual freedom and making choice impossible. No matter what you do, it's the same thing. Go stand in front of a soap counter at a store. Read the labels. Lots of different brands. Freedom of choice. Or cereal. Read the ingredients. Some kid cereal will be some kind of grain product plus sugar. So you want to be healthy and you get some Nature's Path Organic Optimum Power Breakfast. No kidding. Ingredients are organic wheat bran and guess what? Sugar? No, not sugar. It's "organic evaporated cane juice." Cereal or soap—they're all made of the same stuff, making picking one impossible. You can choose whatever courses you want, as long as they fulfill the requirements. Cars give us freedom to travel. We all get cars, and we're jammed up on big highways breathing our own exhaust fumes.

As citizens of the entertainment state, we see everything and are responsible for nothing. The media bring wars in distant lands into our houses, but we don't feel the burning of napalm; we are not responsible for those who do. That's some other place. But our movies and television programs are here. White suggests analyzing them critically, asking questions about what they are telling us—"reading" them, as he says. But this requires that we do something more than simply consume them and judge them on the basis of whether we "like" them or not. It's not just a matter of opinions.

This is all about a giant entertainment industry that keeps us occupied and amused and arguing about what we like and what we don't while we are not understanding the signals or messages we get or seeing the realities of the political and economic structures that we participate in. So we don't even think about class. We don't talk about the ruling class and the working class. It's impolite. It sounds "socialist." We don't like that. It makes us feel uneasy. Somebody might think that we're ... liberals.

Class is the most important issue for anthropology. We can't understand anything else without understanding class and how it works. No longer is there refuge for people outside a global system of information, culture, commerce, capital, labor, and feeling, all of which mutually affect the others. We'll discuss the global system in the next chapter, but class determines all of those things that make it work.

The richest 5 percent of our country owns 22 percent of the wealth. The richest 20 percent owns 50 percent of the wealth. That trickles down to the poorest 20 percent of all Americans, who own less than 4 percent of the wealth (Yates 2003). Now think about the whole world. A tiny minority of people own most of the wealth, control most of the resources. You could type their names on one piece of paper.

The rest of us? We work for them. You and us and everyone else whose name is not on the list, whether we live in the homeland in Africa or one of the places our ancestors walked, sailed, or flew to in more recent times. Your dad owns his own business? Where does he buy his supplies? Who sets that price? Your mom is a consultant? She provides a service and makes a living, but who makes the profit off her labor? Everyone who's not on that sheet of paper has interests in common. It doesn't matter whether we live in Iraq or Israel or Iceland or Alabama, what gender or color or sexual orientation we are, or how educated we are. Like doctors and lawyers, lots of professors think they are members of some middle class, but certainly not the working class. But they *are* members of the working class because they don't own the means of production—their university, the medical system, the legal system. We are all in the same boat. And it's not the same boat the folks running the show are in.

Some folks were against World War I for just this reason. They said, "Why would a working person from England want to kill a working person in Germany? You folks are not enemies. You have common interests. Your enemies aren't in different countries." Their slogan was "A bayonet is a weapon with a working man at both ends." Think about it. So is a bomb, and so is a missile. The guy dropping a bomb or driving a Hummer through Iraq has more in common with the people he's trying to kill than he has with the people who sent him to Iraq to kill them.

If you've been reading or listening to all of the back and forth braying between liberals and conservatives, book after book, one radio talk show and TV program after another of "I'm right and you're wrong. Nyah!" this may sound like a political statement. We don't have any interest in the liberal-conservative debate. But we do have an interest in understanding our own conditions and the human condition clearly. And sometimes that requires us to speak bluntly.

When Jay Gould said he could hire half of the working class to kill the other half of the working class, he was speaking of guns in the hands of Pinkertons he hired. The contemporary approach, as Barbara Ehrenreich puts it in her book on the middle class, *Fear of Falling,* is for the employing class to hire half of the working class to *manage* the other half of the working class. Anthropologists are part of that structure. We too eagerly join with sociologists to speak of "SES," socioeconomic status, or to assert that in the United States there is no class, only status.

What happened to the working class that was so clearly visible to the Industrial Workers of the World (IWW) that they could unambiguously state in the preamble to their constitution that there are but two classes—the employing class and the working class—and that they have nothing in common? Jay Gould furnished part of the answer. He and the employing class hired the guns and killed a lot of working people until the others got the message.

Consider the alternatives for class consciousness. One is discussion. And what your mom told you is right: "Sticks and stones may break my bones, but words can never hurt me." Or anybody else. So what you say doesn't matter. But what happens when people do what the IWW thought they should do and organize? What happens when they get angry and get together and figure our where their real enemies are? Sometimes they start shooting. But reasonable people don't do that. Reasonable people know what happens to people who do. So reasonable people sit around and talk, until talking just isn't enough.

When the rage of impotence moves people in the United States to arms, they are met with sure and swift and overwhelming violence from any one of a number of U.S. government agencies from Alcohol, Firearms and Tobacco to the Coast Guard to the National Guard or a local Special Weapons and Tactics Team likely trained, if not armed, by the Department of Defense or the FBI. It seems almost every agency of government has its own goon squad. For those agencies that do not maintain their own means of violence, there is the all-purpose Department of Homeland Security. The examples are all too frequent in the news from Ruby Ridge to Waco to Wounded Knee to the latest worker gone postal or whacko with a gun, taking as many others as possible with him to the next life. This force and the fear of it keep our "choices" limited.

James Scott (1985), the political scientist, observed that Indonesian peasants are people not fooled by ruling-class mind control, but they also know from hard-won experience that head-on resistance only results in tragedy. It may be that every generation in every land must pay a price in blood to learn that lesson, but what the Indonesian peasants taught the Yale scholar remains universally true.

Sometimes people form new religions and revitalization movements and think they are invulnerable or that if they sacrifice their lives they will enter heaven. The safer alternative is to remain within the law and try to organize for common purposes. Some countries such as the Scandinavian ones, demand it. But even this element of corporatist states is weakening under the hammer of global economics as manufacturing moves its well-paying jobs to the cheap labor markets of the third world to achieve greater profits for shareholders, save on their tax bill, undercut the tax base, and threaten the social contract that has underwritten class cooperation on mutually agreed terms.

Other lands, such as the United States, pass laws so the employing class can systematically destroy whatever gains the working class may threaten to make through organizing. Companies and the government hire academics to make the sham complete by proclaiming learnedly that there is no ruling class, that the markets control everything. So corporations endow universities and think tanks and buy professors to tell us that there is no class, that money begets money according to natural law and that hard work pays off. We all participate in the delusion, believing that as workers and consumers we have some agency in that market.

In the last chapter, we discussed meritocratic individualism. Katherine Newman (1999) has documented the negative effects of the idea that you get what you deserve and deserve what you get. It works fine as long as you have a job, but when you lose it, it can't be anyone's fault but your own. When you've spent your whole work life preaching this and telling others that you're giving them what they deserve, it must be true for yourself as well.

We have a friend who is an anthropologist. He has a brother-in-law who worked for a big corporation. His job was to go around the country firing people as the corporation moved its manufacturing to other countries. He did this with the certainty that he was good at his work and deserved his good salary. Then, after he had fired everyone, the corporation fired him. He never saw it coming. That's how blind people can be.

The ideology of meritocratic individualism disguises the structure of classes. It says that everything is the fault of or the responsibility of individuals. If you do your part, you will enjoy the rewards. This is a good way to get people, like our friend's brother-in-law, to act against their own interests. And when they get screwed, they blame themselves. That's a pretty neat trick.

On the other hand, Newman argues that working-class people understand that some things are way beyond their control. If they get laid off or fired, they know that it's not their fault. They know that it's because of a corporate restructuring or downsizing or something structural, so they don't take it so personally.

We found Newman's ideas persuasive, so while we were working with unions in Chicago, we decided to see whether we could find any evidence that working-class people think more structurally. We did a survey and asked people what they thought the most important thing for success is. These were union stewards and activists. They were Polish, Hispanic, black, white, men, and women. They said that innate talent or ability was the most important thing. This is right out of Newman's meritocratic individualism. "The most able people are rewarded."

Next they put hard work. "I worked for everything I have."

Everyone agreed that the structural features of race and gender were least important. Hispanics thought race was more important than gender, blacks thought the two were about equal, and whites and Poles thought gender was more important. This suggests that even working-class people buy into the ideology of meritocratic individualism.

Paul looked at a union bargaining unit in Chicago that's made up of lawyers, paralegals, and support staff. He reasoned that lawyers would be more middle class in their outlook, while working-class support staff would be more structural, and paralegals would be somewhere in between. He was dead wrong.

Most support staff and paralegals said that people who get higher salaries deserve them. Most attorneys did not agree. Support staff and paralegals thought hard work was the main reason for higher salaries, and talent and education were less responsible. Luck and networks, they thought to be unimportant. But attorneys thought networks were most important and put work and talent after education. So the attorneys were showing the structural way of thinking, and the paralegals and staff were showing a meritocratic individualist way of thinking.

These were some strange attorneys, though. They worked for a legal aid foundation doing poverty law—helping poor people out with evictions, cases that involved getting their kids back from child welfare, and such matters. Paul's interviews with the lawyers showed that they were very ideologically motivated—they wanted to do good and thought their law practice was a way to do that. They were paid much less than they could get in private practice.

So Paul did the same thing with some private practice attorneys in another large Midwestern city. There's a joke about a lawyer and some other folks who are shipwrecked and hanging onto life preservers trying to get to a small island. Sharks are circling them, but they go to the lawyer and nudge him ashore. Some of the others ask the lawyer why the sharks helped him and nobody else. She said, "Professional courtesy." Then there's the one about the woman who was accused of being a bigamist because she said she was married to a lawyer and an honest man. Or the judge who complains that he has to deal with the dregs of society every day—and then has to meet their clients. But we've heard that those lawyer jokes are only true of 98 percent of the legal profession. Anyway, the private practice lawyers put hard work right at the top. They worked hard for everything they have. You bet! Then comes talent. And they're bright, too. Education comes in third; luck, fourth; and last, their networks.

We couldn't find any evidence that working people think more structurally than the people the ruling class hires to manage them. They've taken on the ideology of meritocratic individualism, at least some important aspects of it.

So, if everyone agrees that individual merit gets us where we are, and the lack of it keeps us back, isn't it true? Isn't that what the American dream is built on? Isn't that what our immigrant ancestors believed in and lived out? Not really. How do we know that? Because we can test it and measure it. We can look at the data and see that black folks as a group don't get as far ahead as white ones. We can measure the work women and men do at the same job and identify the one variable that causes one group to get paid an average of $0.33 per dollar less than the other. Yes, there are exceptions, and it is these exceptions—and our media's ability to magnify them—on which the American ideology of meritocratic individualism relies. It's a myth, albeit a very powerful one.

In Chapter 9, we explained how Doukas (2003) argues that a great cultural revolution occurred in the United States about the turn of the last century when the trusts reorganized themselves as corporations. They did a lot of the same kinds of ruthless things that they do today, but they didn't have any way to justify their antisocial actions. So they began to peddle the idea that all wealth comes from wealth. Capital makes money, according to natural laws of economics. That's when they bought the professors and endowed the think tanks and invented a whole science of economics. The Nobel Prize economist Joseph Stiglitz (2003) calls this "market fundamentalism," equating it with a religion because facts can't change the minds of people who believe these things. Economist Michael Yates (2003) calls economics a religion rather than a science.

Before the cultural revolution, Doukas suggests, most Americans held to the gospel of work—that labor creates all value—as we discussed earlier in this book. In spite of the national-level cultural revolution, lots of people still hold to the gospel of work, and this may be the reason people identify success with hard work.

Paul and Dimitra Doukas got together to compare notes and figured out, as far as they could tell, that the gospel of wealth isn't as strong as they thought it might be, that the ideology of meritocratic individualism is pretty well established, and that some working people still adhere to a gospel of work (Durrenberger and Doukas 2008). We can't sort these things out by talking about them or by making more theories about them. The only way we can sort them out is by doing more ethnography to find out just how people think and why.

If you're not a white male, you're probably wondering where race and gender come into this story. As we said in the earlier chapter on human variation, the concept of race was invented to naturalize and justify using slaves to make fortunes for their owners. But anthropologist Karen Brodkin (1988) shows us that Africans, Europeans, Mexicans, and Asians were each treated as members of inferior races when capital recruited them into the labor force. This making of racial distinctions depended on and still depends on residential and workplace segregation, so people don't mix. This facilitated the degradation of work as what unskilled people do—the mass production work of inferior people. The making of race and the making of class are two views, two sides of the same process. Brodkin says that the manufactured cultural code of the United States takes white people as the real Americans with agency. Male and female nonwhite people are savage "hands" that do the work. They are dangerous aliens inside the country. The white managerial middle class as well as the ruling class depend on the work they do. Want to drive this point home to your pals? Rent or borrow from the library the satirical movie *A Day without a Mexican* (2004).

Social movements make a difference. Some blacks enter the managerial middle class and government. A black man became president. Some women gain high corporate and government positions. A woman came very close to becoming president. Brodkin's main point, though, is that concepts of race and gender are based on Julian Steward's cultural core, how people organize to produce things.

No Nasrudin story in this chapter. But there is one about a follower who gave a Sufi master five hundred pieces of gold.

The Sufi said, "Do you have more money than this?"

The follower says he does.

"Do you want more?" asks the Sufi.

"Yes," says the follower.

"Then keep the five hundred pieces of gold because you need it more than I do. I have nothing and don't need anything. You have a lot and want even more."

Discussion Questions

- What is the difference between the working class that you've read about here and middle class as you understand it?
- How does the mainstream notion of the middle class benefit the highest levels of the ruling class? How does it keep working people from changing a system that is inherently unfair to them?
- Find examples of working-class role models in the media—movies, cartoon strips, television shows, and so on. What do they have in common? Was it hard to find them? If so, why?
- Find the record of major contributors in any recent election by going to Followthemoney.org or Opensecrets.org. What difference is there between who gave to the Democrats, Republicans, Greens, and Libertarians? What similarities are there? Why do you think this is so? If you're having trouble figuring out what political action committees are and who belongs to which ones, why do you think that's so?
- What class do you belong to? Why?
- If you're not already there, do you think that hard work will make you a member of the ruling class?
- If you belong to a fraternity or sorority, did you join it for the networks it would give you once you graduate? Do you expect to be networking with members of the ruling class?
- Name some members of the ruling class. If you can't, why do you think that is so?
- Someone once said that there are two ways to gain great wealth: steal it and inherit it. What did this person mean?

Suggested Reading

Brodkin, Karen. *Caring by the Hour: Women, Work and Organizing at Duke Medical Center.* Urbana: University of Illinois Press, 1988.

de Zengotita, Thomas. *Mediated: How the Media Shapes Your World and the Way You Live in It.* New York: Bloomsbury, 2005.

Doukas, Dimitra. *Worked Over: The Corporate Sabotage of an American Community.* Ithaca, NY: Cornell University Press, 2003.

Durrenberger, E. Paul, and Dimitra Doukas. "Gospel of Wealth, Gospel of Work: Hegemony in the U.S. Working Class." *American Anthropologist* Vol. 110, no. 2 (2008): 1548-1433.

Ehrenreich, Barbara. *Bait and Switch: The (Futile) Pursuit of the American Dream.* New York: Metropolitan Books, 2005.

———. *Fear of Falling: The Inner Life of the Middle Class.* New York. Perennial, 1990.

———. *Nickel and Dimed: On (Not) Getting by in America.* New York: Metropolitan Books, 2001.

Fink, Deborah. *Cutting into the Meatpacking Line: Workers and Change in the Rural Midwest.* Chapel Hill: University of North Carolina Press, 1998.

Newman, Katherine. *No Shame in My Game: The Working Poor in the Inner City.* New York: Knopf, 1999.

Williams, Brett. *Debt for Sale: A Social History of the Credit Trap.* Philadelphia: University of Pennsylvania Press, 2004.

14

Commercial agriculture is big business, and it uses big vehicles! *Photo by Suzan Erem.*

CHAPTER 14

BACK TO THE LAND

In this chapter, we use a couple of examples to bring together some of the themes we've talked about before. We discussed commercial production and how it's different from household production, how states work, political economy and culture, and how classes work. The most basic thing anyone does besides reproducing people is producing food. That's why the story in our introduction involves so much eating and drinking. Anthropologists figure out where the food in any society comes from and who controls it.

Here we're going to talk about what happens when you try to introduce commercial agriculture into places where people are producing their own food, how the idea of doing that developed in American agriculture colleges, "ag colleges," what the ag colleges are about, how they promote industrial agriculture, where the Farm Bureau came from and how it opposes farmers, and some of the ways the Soviet Union responded to democracy the same way the United States did. So, if it seems a little bit complex, that's because it really is. But it's not so complex that we can't understand it.

The goal of industrial agriculture isn't to produce food any more than the goal of the American health care system is to produce health or health care; it's to produce money, profit that all commercial enterprises seek to maximize. As we discussed in Chapter 7, the goal of household production is to produce what the people of the household need. If they are on the land as farmers or peasants, that usually means that they produce most of their own food. They may produce something else to get some money. Lisu produce opium and get money. The point is that they produce the commodity to get money to buy what they need, rather than to put it back into production as capital.

We have to go back to World War II when the Japanese wanted to deprive the British of the productive capacity of India, a colony that was sending Great Britain war material from the beginning, when the United States was still neutral and not helping Britain with the war at all. The Japanese invaded Thailand and Burma, built air strips and roads, and started a push toward India.

It was during this time that the British anthropologist Edmond R. Leach (1954) was working with tribal guerillas—freedom fighters or terrorists, depending on how you look at it—in Burma. His experiences in the Kachin Hills were the basis of the book we've mentioned before, *Political Systems of Highland Burma.* The British and French both promised their colonies that if they helped with the war, they could have independence after the war.

After the war, the British and French reneged on their promises of independence. That's what got the long war in Vietnam started. Finally, the Vietnamese threw out the French only to have to face the Americans. But they finally threw the United States out as well and got their independence after about thirty years of constant warfare. In India, Gandhi started his nonviolent independence movement, and the British gave Burma independence when they figured out the Burmese were ready and able to fight for it.

Meanwhile, after World War II, Americans were wondering where global poverty was coming from. Some thought that people in poor countries were just uneducated—if Americans taught them enough of the right things, they'd create booming economies like the United States had. These analysts hadn't figured out that it's development in some countries that drives the underdevelopment of other countries. One of the problems of taking your own myths to be true is that when you try to fix something, you get it wrong. If you think the drive shaft of your car is cooling it, you're going to put the thermostat in a really stupid place, and it's not going to do you any good.

The folks who had experience educating poor rural people were extension agents at America's ag colleges—like Penn State, Iowa State, Auburn, and the University of Illinois. So the U.S. government got these ag experts involved in creating programs to promote development in the third world.

We've seen that household production is limited—it doesn't grow. We've also seen how capitalist or commercial production does grow. The point was to promote growth so the aggies thought they'd do the same thing they'd been trying to do in the United States. They wanted to convince folks to exchange their household production for commercial production. These American ag experts helped develop markets and credit for farmers.

Suppose you were in Thailand and didn't have enough land to feed your family, but your uncle had more than he needed. It would serve both of you well if you would work some of his land and give him part of the crop in exchange for using it. You got the rice you needed; he got some extra rice. Or maybe a landowner didn't use the rice fields during the time between harvesting one crop and planting a new crop of rice. Maybe that landowner would let you use some land to grow vegetables that you could sell in the market.

When larger landowners got capital and began to produce market crops, they had no reason to let you use their land for anything. They could produce tomatoes or tobacco to sell. The more land they had, the more crops they could grow and the more money they could make. That was the name of the game. But they needed labor, so they'd hire you and pay you the amount that you needed to get by another day—your daily rice. This was pretty much the minimum definition of necessary value that we discussed in Chapter 7.

Now suppose someone gets sick or dies or one of the kids wants to go to school. You need some money, so you sell your small parcel of land to your uncle. His holdings increase and yours decrease. As this process happens, more people have access to no land. As values change from community values or family values to commercial values, wealthy people feel less and less obliged to their communities and make less land available to others.

As more people have no access to land, they are available for wage work, and the more people who are available, the lower the wages. There's less emphasis on food crops, more rural poor people, and less food. That means higher infant mortality rates, greater rates of starvation and disease, and more migration to cities. Because every contribution to the family is important, poor people have more kids, and the process intensifies.

If you've been thinking that all these things are connected into a single system, you were right. Lucien Hanks (1972) described this process in his book *Rice and Man.* Figure 14-1 shows what the process looks like in our systems terms.

There is more capital in play; more people are producing more commercial crops like tomatoes and tobacco. Both of these contribute to increasing the country's gross domestic product, an economist's measure of prosperity. People are selling products to people in other countries, so the balance of trade is better—our country is exporting more than it was and getting more money. So all of the measures that economists look at are improving. Later we're going to show how this approach to development can devastate a country's economy and be damaging to the people who live there, while at the same time making them available to multinational firms as cheap labor.

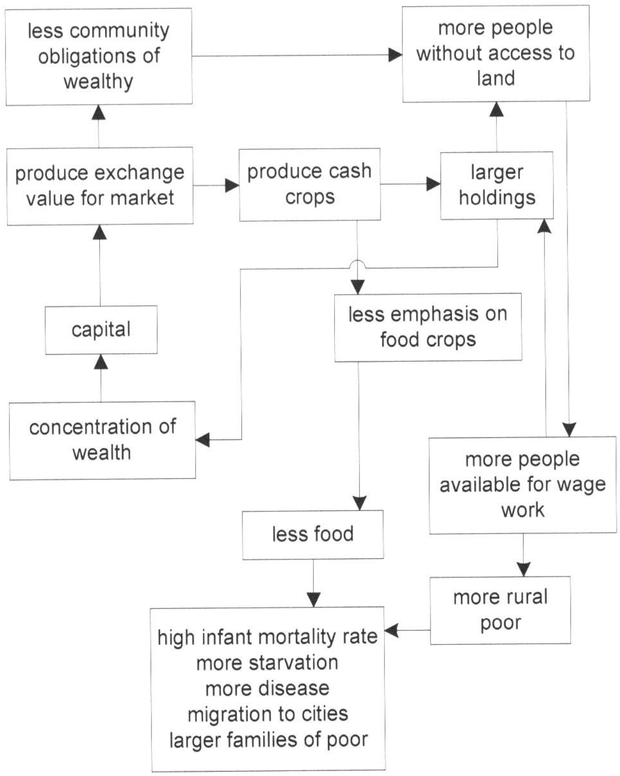

Figure 14-1 How development works.

As the process continues, there are more poor people, disease, and general misery. Fewer people can take care of themselves or their families, but it looks good to economists who never get out of their offices. It's the kind of thing anthropologists see wherever we do fieldwork. From where anthropologists stand, it's hard to believe that education could solve the problem.

Why did anybody think such a system would do anyone any good? Because it's what people did in the United States. In 1861, Congress passed the Morill Act to support agricultural colleges with grants of land. The colleges were supposed to help farmers by developing agricultural sciences and teaching farmers better methods. In 1914, Congress passed the Smith-Lever Act to fund systems of agricultural experiment stations and extension agents to get the knowledge to the farmers. Notice, as we discussed in Chapter 12, the relationships among law, political economy, and culture.

You might know how to grow corn, hay, oats, horses, cattle, and pigs. The question for the agricultural economists was how to organize all of these into one system so that you had enough oats to feed the horses, enough horses to plow and harvest the corn, enough corn to feed the cattle and pigs, enough cattle for the milk you needed to sell for income, and enough pigs for the meat and income you needed. Farm management developed as part of agricultural economics to answer these questions. So, early in the twentieth century there was an institutional system—agricultural colleges and experiment stations—to support detailed studies of farm management.

The goal of the ag colleges was to increase production and productivity—to increase the amount of agricultural products per unit of labor and land—to raise efficiency. Between the end of the Civil War in 1865 and 1890, a farm depression occurred, and farm prices fell steadily. One reason for the fall of prices was overproduction. Farm production increased 53 percent between 1870 and 1880, mostly because people were developing new farms in the Midwest and West. During the same time, the population increased 26 percent. The increased per capita food consumption and exports were not sufficient to absorb the increase in farm production, so prices fell. This began the problem of the farm surplus.

One result was grassroots populism. Populist organizations such as the Grange attempted to regulate the railroads and to establish marketing, processing, manufacturing, and purchasing cooperatives.

Farmers realized that they could not benefit just by increasing efficiency. If they increased production, they were hurting themselves by flooding the market with cheap products and lowering the price. You might produce 100 bushels of corn and get $100. Increased efficiency might get you 150 bushels of corn, but since everyone is doing the same thing, the price falls, and you might get $90 for your whole crop. You still have to pay the same debts plus whatever debts you incurred for the costs of increasing productivity—maybe buying fertilizer or new equipment or pesticides.

Populists had the idea that if enough farmers banded together, they could influence the market by acting as one group. They could hold their corn off the market until they got the price they wanted. They could organize to make their own machines and buy, transport, and distribute other things they needed, such as clothing and farming supplies and tools.

The cooperatives were large groups of households. Each household was operating as a household production unit, but working together, they had the force of a large industrial unit. Other enterprises such as railroads, processing companies, and retailers like Sears, Roebuck and Co. were organized as commercial firms. The initial success of the cooperatives scared the firms. If the cooperatives were successful, the firms would be out of business. This was one of the reasons for the corporate cultural revolution in the United States that we discussed in Chapter 10. Here we are going to see how it worked in rural areas.

About 35 percent of the wholesale prices went to farmers, but 65 percent went to railroads, elevators that stored the grain, and banks. The railroads, banks, and Sears, Roebuck and Company got together and created an organization that was supposed to look like a democratic farmers' organization but would really operate against the interests of farmers. If this sounds like a big conspiracy, it's because it was. They organized the Farm Bureau as a propaganda machine against the cooperative and populist movements.

When the Smith-Lever Act passed, it connected the Farm Bureau to the extension service. The county agents from the extension service had to deal with groups of locally organized farmers to provide them with the new knowledge from the ag colleges to increase efficiency and improve farm profits. The Farm Bureau's role was to organize the local groups of farmers. And it was logical that the county agent would also be the leader of the Farm Bureau.

Farmers started losing their farms. This has been going on for so long that ag economists have names for the process. One is called the "treadmill." You increase productivity, but so does everyone else. The price per unit decreases, and your income remains the same or decreases. You are on a treadmill. More productivity, less income per unit, steady or less total income. This is a self-intensifying loop. As such, it's unsustainable, and you lose your farm.

You get caught on the treadmill, you can't make the payment on the farm, and it gets foreclosed for the debt you owe the bank for the loan that allowed you to increase productivity in the first place—the note to buy the machinery or chemicals you needed. Unless you started out a little bit ahead. Then you buy the farms that other farmers are selling. This is "cannibalism" because some farms grow at the expense of all the others.

The rates of farm ownership decreased as more and more farmers lost their farms to banks. The rates of tenancy increased, and farmers began to worry about becoming a peasant class of tenant farmers working for banks.

Farmers looked down on working people in cities who, they thought, lived the squalid lives of urban workers. There was something degrading about having so many people in one place, something decadent about cities. Farmers didn't live on wages and didn't like the idea of it. They knew that wages made a person subservient to a boss. On a farm you can see the results of your own work in a way that wage workers never can—even if someone else takes it all away from you.

An old Iowa farmer who had been an activist with Milo Reno in the 1930s told Paul a story about that. A farmer goes to the bank and gets a loan to buy feed and young calves to fatten. He feeds the calves and takes care of them till they're ready for market, takes them to market, and sells them. Then he takes all the money he made and gives it to the banker to pay off his debt. "What do I get out of it?" the farmer asks the banker. "You get to keep the manure," the banker answers.

But as more and more farmers lost their land and tenancy rates increased, farmers began to feel like peasants. Farmers weren't peasants and didn't want to be. Their self-image, with the guidance of the Farm Bureau and the Extension Agency, shifted to being businessmen. The Farm Bureau tried to convince people that farmers, railroads, elevator companies that stored grain, processors, and suppliers were all alike, that they were all in the same boat, that they were all businesses. Like shrimpers. And as happened to shrimpers, these interests developed cultural codes that hurt farmers.

The ag colleges wanted to figure out how to organize farms, and they also used this business model as a starting point. They assumed that all farming worked just like any other commercial enterprise—like a railroad company. A business is a business, and their job was to translate good business practices to farmers.

The populist movements of the nineteenth century failed. But early in the twentieth century, they rose again for the same reasons. One group was the Farmer's Educational and Cooperative Society of America. This group had learned the lessons of cooperatives and decided to try it again. Antitrust laws had been used against some cooperatives, as happened to the shrimpers' union, but an act of Congress in 1922 exempted cooperatives from antitrust legislation, so that couldn't happen again.

The Farm Bureau was already in place, and the ag colleges were preaching the gospels of the farmer as businessman and increased productivity.

As the population increased before World War I, farm prices recovered, and the farm situation looked pretty good for a while. As the situation improved, the populist movement declined. After the war, prices began to decline because of oversupply. Again populists proposed cooperatives. The ag colleges kept preaching higher productivity rather than organizing farmers for their own interests.

The agricultural economists who were actually keeping records and doing the ethnography of farm management made very detailed descriptions of the farms of that time, just as Chayanov had done in Russia. And, like Chayanov, they found that the farms they were studying did not fit the models they were supposed to. One of these researchers from Iowa State wrote in the late 1920s that the way they were doing the studies was fictitious because there weren't any profits. But, he said, he had to compute fictitious profits anyway. Over half of the farmers were making "negative profits."

Businesses can't stay in business if they are in that situation. Farmers could. Farmers could keep going by cutting back their expenses somewhere. There's always somewhere to cut. They could put off repairing the barn so that they wouldn't need to buy the building materials. But after a few years, the barn would be in worse shape and finally beyond all repair. They could cut expenses by not sending the kids to school, not buying new clothing, and growing more of their own food in household gardens.

Another study of the same period showed that if a farm kept milk cows, it did better than farms that did not. A third study showed that farmers could not sell milk for what it cost them to produce it. No business can be better off if it sells commodities for less than they cost to produce. How could that be?

It worked for farmers because the milk money gave the family some cash income throughout the year that they could use for things like sending the kids to school and building materials to repair the barn. What the ag economists actually doing the ethnography found was just about the same as Chayanov had found in Russia. They were seeing household economies, not businesses, in action.

But none of these findings, based on meticulous empirical research, could break through the assumptions of agricultural economics. Our cultural codes are that strong. They are so strong that sometimes even reality can't break them down.

When we have this kind of situation, when the data cannot affect the assumptions, we have one of two things. It could be a religion, but there aren't any superhuman agents involved here. Or it could be an ideology that is driving a policy. Remember, ideology is the selective use of ideas from the cultural code to support one group of people. Here, it was a matter of ideology and policy to support businesses.

The ag colleges kept supporting the Farm Bureau and gave their propaganda the badge of scientific respectability. In spite of what they said, they didn't care about farmers at all. Maybe individuals did care, but this is like really nice people getting caught up in racist institutions and inadvertently supporting racism. It's not about the individuals; it's about the power of an organization controlled by a handful of interests driving the resources in the direction of those interests, often under the guise of another name.

In the 1920s and 1930s, more and more farmers were losing their land. If you had milk cows and chickens, you could sell the milk and eggs to get a little money to keep the family going, even if the banks took all of your farm income from crops and livestock. So the cows and chickens were very important elements of the organization of farms, even if they did not contribute a lot to the total income.

During that time, it turned out that a lot of cows in Iowa were infected with TB, and their milk was spreading the deadly disease. The state said it would test all the cows, kill the infected ones, and reimburse the farmers who lost cattle at the rate of two-thirds the value of the cow. The problem was that it took six to nine months to get reimbursed. If you lost your cows, you had nothing to keep your family going with in the meantime.

In 1929, a group of farmers sued the agriculture department of Iowa, talked to the governor, made a mass appeal to the legislature in Des Moines, and nothing happened. In 1931, when the veterinarians came to Cedar County in eastern Iowa to test the cattle, the farmers intimidated them. The governor called out the National Guard and declared martial law. Today, it's hard to imagine eastern Iowa, home of law-abiding farmers, being under martial law.

The authorities arrested and tried the organizers of the cooperatives of the Farmers Educational and Cooperative Society. The prosecution had to move the trial to another county because they couldn't get a "fair" trial in Cedar County, where everyone was a member of the Farmer's Union. They moved the trial to Scott County, where most people were members of the rival Farm Bureau. Court records show that all of the members of the jury that convicted the leaders were also members of the Farm Bureau. Quite a coincidence.

The Farm Bureau was saying cooperative people were Bolsheviks, Communists, and radicals, all really bad words at that time. That period was like the later McCarthy witch hunts for Communists. Businesses were trying to discredit any opposition to them and tried to get all of their opponents arrested or deported as communists.

Meanwhile, back in the USSR. . . .

We talked about A. V. Chayanov when we discussed household production. A short review of material from Chapter 7 is in order here.

Remember, there are two ways to organize production:

- household production centered on use values;
- commercial production centered on exchange values.

Remember also that there are four preconditions for commercial production:

- everything is a commodity;
- there is labor available to hire for wages, commodity labor;
- it's possible to expand labor time beyond necessary labor;
- there's no interference in the cycle of production where people use money to buy commodities to turn into other commodities to sell for

> the original amount of money and some more that we call profit—the dynamic of capitalism.

And remember that there can be household production units even in complex capitalist systems.

Capitalist production was developing in Russia, but very slowly. For one thing, there was a lot of interference in the process by the czarist government. In Russia, capitalists faced the same problems others in Europe had faced earlier—lack of free commodity labor, as in the Shan village Paul studied. There was no well-developed working class that would create the revolutionary conditions Marx and Lenin wrote about. There were lots of peasants and rural farmers.

The revolution happened in the name of industrial workers, but most people weren't industrial workers, and the city people who had been active in the revolution didn't know anything about rural people. The same thing happened in China, and in the next chapter we'll show you how that is working out. But back to 1918.

Europe was in the middle of World War I. The new government in the Soviet Union made a separate treaty with the Germans and quit fighting. There was no way the Germans wanted to fight in Russia, and the new Soviet government was still trying to get organized. But the British wanted the Germans to have to fight in Russia so that they'd have to throw all of their people, food, and equipment to the east and not against the British, French, and Americans. Besides, they had no use for the Communists.

The British asked the Americans to help them with an expeditionary force to go into Russia from ports on the Arctic Sea and try to get the Germans' attention in the east. They didn't get very far before the war ended on November 11. But they left all of their stuff there for the White [czarist] Army to use against the communist Reds. The Europeans and Americans didn't trust Lenin and his Communists. They didn't much trust the czarist White Army, either. But they knew they couldn't lose if the country was torn apart by a civil war.

Americans often wonder why the former USSR would have borne them any malice or would have been paranoid about the United States having atomic weapons. From the Soviet point of view, the English and Americans had invaded Russia to help the czarists overthrow the new government. Just for comparison, imagine what would have happened if France and Germany had invaded the United States when Roosevelt instituted the New Deal. Maybe they would leave pretty soon, but not before they armed a force of Republicans who wanted nothing more than to undo the New Deal. Not a pretty picture.

There were other problems in the Soviet Union. One was that a lot of people took the ideas that they heard about during the Soviet revolution seriously. The "soviet" part of "soviet union" means something like a self-governing democratic group, something like a cooperative. So people organized free soviets of people who worked at the same place. They organized their own production and began to exchange their goods with other soviets.

This was a problem because it made fighting the civil war and recovering from World War I difficult. There was no centralized planning to connect the different parts of the economy. Railroad workers and sailors in the Red Navy organized themselves into free soviets. To deal with that, Lenin sent Trotsky to Kronstadt, the headquarters of the navy, to shoot them all. That was the end of the free soviet idea.

But food was getting tight. Peasants were not cooperating with the revolution. City people had to go to the countryside to try to buy food or get it from relatives.

We can understand this from the point of view of household production units. There's a revolution on behalf of urban workers. One of the demands is cheap food. Food prices are low. If prices are low, that's the same as decreasing productivity for farmers. If you are selling crops, money is the thing you are trying to produce. So if you could sell grain for $2 a bushel and now you can get $1, your productivity has been cut in half. With food prices so low, it wasn't worth the effort for peasants to produce any more than they needed for themselves. If you cut productivity in household production units, the production decreases, as we explained in Chapter 7. That's what happened, just as Chayanov said. So there's less food available in the system.

There were two ideas about what to do about this problem. Chayanov suggested that differences in levels of production and income were largely due to different needs of different households. Households with more consumers need more income or food, so they produce more. Marxist theory told Lenin and the Marxists that capitalism was an inevitable development in the countryside. (Theory was as much a religion for them as it is for American economists.) So they believed that if one farm produced more, it was more capitalist.

Chayanov argued that the best way to increase production was to let the peasants get something out of it by empowering them to organize cooperatives. Each person would own his own farm. They would control the co-ops for their own advantage and demand and get reasonable prices for their products. Then they would increase production and there would be more food for people in the cities. Everyone would benefit.

The Marxists thought the best thing to do was nothing. Let capitalism develop and encourage it by providing easy credit and agricultural extension, just like the system that the United States exported to poor countries that we discussed at the beginning of this chapter. When capitalists had concentrated all of the means of production into a few hands, the government would take it over and turn it over to collectives to create socialist agriculture.

Lenin died and Stalin came to power, and the food situation got worse. Stalin thought, like the American ag economists, that farming was just like any other industrial process—best done on large farms or factories in the field. The government would own the farms just as it owned factories. There wouldn't be any farmers, just industrial workers producing food.

Stalin knew that if he started this program where peasants were already farming, they would revolt. The last thing he needed was another civil war. So he went to Siberia to develop the new industrial agriculture with modern equipment—tractors, trucks, railroads, harvesters. But he didn't have any farmers to work for him, so he rounded up peasants and forced them to work on the new collective farms.

But Chayanov was still arguing for cooperatives. Stalin called him a counterrevolutionary, arrested him, and had him shot in 1931. The end.

Stalin was just as successful in destroying cooperatives in the Soviet Union as the capitalists he hated were in the United States.

Stalin had one more problem. He couldn't find anybody who knew how to run one of his factories in the field. Who in the whole world had been thinking about these things—concentrating land, efficiency of farming, industrial methods, advanced technology, crop breeding, and how to organize all of these into industrial farming? American agricultural economists.

They had been writing about it for years. But industrial farming hadn't developed yet in the United States. Family farming was still hanging on. Some of these ag scientists were about to despair because the realities were so different from their neat theories. They didn't want to give up their ideology of serving business, so they concluded that farmers were backward and stupid. Therefore, when Stalin asked whether they'd like a shot at doing what they'd been talking about, they jumped at the chance, and Stalin got his new industrial farm managers from Iowa State University and other ag schools.

These guys wrote home, and *Wallace's Farmer,* a farm magazine, published a lot of the letters. These aggies were eager to be at the front lines of agricultural development, to put their futuristic ideas into practice. They got to Siberia and faced a surly bunch of drafted peasants, whose language they couldn't understand or speak, and an economic and political system they didn't know. Where's the lumberyard? Where does a guy get bailing wire? Where does a farmer get a tractor?

The aggies tried to help Stalin set up his collective farms because Stalin's image was just like their image of what a farm ought to be. And while the reactionary Farm Bureau was branding cooperativists Bolsheviks and putting them in jail in the United States, Stalin was calling folks with the same ideas counterrevolutionaries and killing them. Neither socialism nor capitalism could tolerate the cooperative movement. And the guys the Farm Bureau liked in the United States were helping Joe Stalin set up his communist farms in the USSR.

Since those days in the 1930s, family farms have just about disappeared from the American scene. American agriculture is now pretty much what those aggies of the 1930s were thinking about—factories in the field. The policy they have been promoting for more than a hundred years has finally been borne out. Now instead of working for farmers, the ag colleges work for corporations to help them develop genetically modified organisms (GMOs) and try to get the idea of industrial control of the planet's food accepted as a scientific inevitability. The aggies work for the industrial swine industry to try to convince rural residents that "pig shit don't stink" and to develop other miracles of industrial agriculture.

Someone quipped that capitalism has achieved for agriculture in the United States what communism never quite did in the Soviet Union—truly centralized industrial agriculture.

Anthropology is comparative, so let's look at a couple of other examples.

First, Guatemala, where Catholic liberation theologists organized cooperatives and unions. In the late 1960s, a big destructive earthquake took place. The government called for foreign aid to help. By the time the government organized, the cooperatives and unions already had the situation under control through their grassroots organizations. That was very worrisome to the government.

Remember Chapter 10 about how states work. Now we're going to see an example. If these popular and democratic organizations could deal with the massive devastation of the earthquake, what could they do if they decided they wanted to change the government? The government began a program to discourage such organizations. The major element of this program was to kill the leaders of any organizations so that nobody would want such a job. That was the beginning of the terror and civil war that racked Guatemala for years.

There is one other place where people tried organizations like free soviets. That was in Catalonia during the Spanish Civil War.

The Spanish had set up a republic, a parliamentary democracy. The leader of the army in Morocco, who represented the ruling class, didn't like the idea, so he brought his Moorish league into Spain to overthrow the government. The "loyalists," or people who supported the elected government, fought against this army. Lots of people joined the fight—Communists, Socialists, liberals, capitalists, anarchists. All got together to protect the republic.

This was 1936, just as National Socialism, the Nazis, were getting ugly in Germany. The Nazis helped this general, Franco. The only help the loyalists could get was from the Soviet Union. Since the Russian Communists hated the German fascists, and since the Germans were helping Franco, the Russians helped the Spanish loyalists.

During this time, the anarchists of Catalonia set up free soviets. But the Communists didn't like them any more in Spain than they did in the Soviet Union. So the Communists shot all the anarchists. George Orwell was there. He wrote about it in his book *Homage to Catalonia.*

So the ruling class really does not appreciate it when people of the working class organize democratic groups for their own interests, unions or cooperatives. It doesn't matter whether it's in the capitalist United States or the Communist Soviet Union or Spain or Guatemala. The ruling class has no use for democracy.

One day four kids came up to Nasrudin with a bag of walnuts and asked him to divide the walnuts evenly. He asked them whether they wanted the walnuts divided God's way or the human way.

"God's way," the kids all said.

So Nasrudin opened the bag and gave two handfuls to one kid, one handful to another, two walnuts to the third, and nothing to the last kid.

"What kind of division is this?" the kids asked.

"It's God's way," Nasrudin answered. "God gives some people much, some people little, and some people nothing at all. If you'd asked for the human way, I'd have given you equal amounts."

Discussion Questions

- Compare the treadmill farmers get on with the kind of treadmill that credit card debt can cause. What do they have in common? What is it about agriculture that makes it different?
- Discuss how the Farm Bureau's propaganda to and about farmers is similar to or different from the ideology of meritocratic individualism.
- When farmers, shrimpers, and many other kinds of "independent" workers organize collectively, they can be charged under the Sherman Anti-Trust Act. Find out more about the creation of that act and the criminals it targeted. How are they different from the family farmers or fishermen of today?

- What are the social, economic, and cultural ramifications of corporate agriculture? What are the benefits and costs of the vertical integration (where one company might own everything from the pig to the grocery store) of agriculture?
- What do you think Nasrudin meant when he said that giving the kids equal shares of walnuts was the human way of dividing them?

Suggested Reading

Bookchin, Murray. *The Spanish Anarchists: The Heroic Years 1868-1936*. New York: Harper, 1978.

Kern, Robert. *Red Years—Black Years: A Political History of Spanish Anarchism 1911-1937*. Philadelphia: Institute for the Study of Human Issues, 1978.

Mintz, Jerome R. *The Anarchists of Casas Viejas*. Bloomington: University of Indiana Press, 1994.

Orwell, George. *Homage to Catalonia*. New York: Harcourt, 1980. (Free at http://www.george-orwell.org/Homage_to_Catalonia/index.html.)

15

This ship is registered in Greece. The Greek letters tell us the home port is Piraeus, Greece's largest port and the port for Athens. The containers being offloaded are from Hanjin, a South Korean transport company, and Cosco, a huge Chinese shipping conglomerate (not the U.S. warehouse store), plus several other international companies. The port is Charleston, South Carolina. Globalization is here! *Photo by E. Paul Durrenberger.*

CHAPTER 15

GLOBAL PROCESSES, LOCAL SYSTEMS

In the last chapter, we saw how importing commercial agriculture can break up local economic systems and create the preconditions for capitalism that we discussed in Chapter 7. Because there are many people with no access to livelihood, they become available as wage workers. The people without access to resources become a critical resource for corporations and an important labor pool for the global economy. In the next chapter, we're going to show how this works out for the individuals who get those jobs.

Let's review some logic. Some people say, "Isn't it better for poor people in the third world to have a low-paying job in a factory than to have no job at all?" Remember that the answer depends on the question. We think this is the wrong question. We think the question should be "Why do these folks need to look for a job?" Remember that to understand other people, we have to keep open minds and not judge them. But if we take cultural relativism to the extreme, as we discussed before, everything is equal, and we can't make any judgments about ethics, morals, or politics. Yet, as people, we feel that some things are better than others.

We live in state systems that administer societies built on inequality. When we see that the people who work the hardest don't reap the greatest benefits, when we see the inequalities of class and race and gender, we have to make ethical and political judgments.

How can anthropology help with this? First, it can help us to see things as they really are, to see the inequalities and the systems behind them. To do that, though, we have to see past the fog of the spin doctors and mind controllers. Second, it can give us ideas about how things could be different. Think about this: Suppose that every person deserves one share of our planet just by being here. No more, no less. That's one way to make the political and ethical judgments—to favor anything that moves in that direction and oppose anything that does not.

What kind of system has the world become with speed of light communications, computer tracking of people and things, container shipping, and computer-controlled robotics?

Because people can communicate so quickly and accurately, and because of container shipping, corporations can put their factories anywhere local governments will let them. Wal-Mart keeps its shelves full of stuff from China. As we'll show you in the next chapter, anthropologists doing fieldwork all over the world see people going to work in factories where they used to see people working in their fields. You're probably wearing something from one of those factories.

Anthropologists like ethnography. We like to get up close and understand people as individuals. That means that sometimes we get so involved with the trees that we don't see the forest. Sometimes it takes a whole group of anthropologists working in different locations to see the patterns. Richard Apostle and others (1998) got together to see what kinds of patterns they could see in the changing fishing industries they were studying in Atlantic Canada and Scandinavia (and then wrote *Community, State and Market on the North Atlantic Rim: Challenges to Modernity in the Fisheries*).

They wanted to see whether fishers (that's the nongendered term anthropologists use for fishermen and fisherwomen) and fish processing plants in all of these places were responding to the global economy in the same way. Though they focus on fisheries, their work can help us understand other aspects of the global economy. They divide the world into three dimensions.

The first is community, where people know each other and they have complex relationships and overlapping identities. So you may be someone's boss and coach the soccer team her daughter plays for. You may both belong to the parent-teacher organization at the school and see each other at band concerts that your kids are in. And you may be neighbors. We can think of a community as overlapping networks of social relationships in which the people treat each other pretty equally.

The second dimension is the state, where relationships are hierarchic, formal, and bureaucratic, as we discussed in Chapter 10 on states. Relationships here are one-dimensional and professional and involve authority. Sometimes a city sends cops to a rally to direct traffic and keep an eye on things. A lot of times the cops went to high school with people in the rally or are their relatives. But as long as the cops are there as cops, they *act* like cops. Because the dog catcher is your neighbor doesn't mean she won't catch your dog.

The third dimension is the market, where there is competition, economic efficiency, and rationality. Nobody cares who you are; the only thing they need to know is how much you're willing to pay for what or how much you're willing to take for what. It doesn't matter if someone is a relative or from your town or anything else. It's impersonal. People are there for just one of two things: to buy or to sell. So it's one-dimensional. The relationships are fleeting and impersonal and lack any inherent value—you don't know or care about the other person just because you sold or bought something. Think eBay or Amazon.com.

Community, state, and market. Aztecs had all of these things. But the market was not very important compared with the state. With globalization, the market expands and the state contracts. Some people think that states will become so unimportant that they won't have much role in the future. This is reasonable when you think about economic systems. But it's not so reasonable if you remember that markets can't exist without states to enforce the laws and rules that markets depend on.

If you take out all the links that make a system work, then there's no way you can control it. It would be like driving a car where the accelerator, brake pedal, and gear shift lever didn't connect to anything. When corporations become so big that they straddle many different states, the policy of any one state doesn't make any difference to the whole economic system because the system isn't inside the state, and the connections are somewhere beyond the confines of a single state.

The connections may be inside a corporation that buys ore from one place, ships it to factories in another, and then ships aluminum to other countries where people make it into various products. This is the example that George Beckford (1972) discusses in *Persistent Poverty: Underdevelopment in Plantation Economies of the Third World.* Suppose you had a car that you thought was a regular car. It had always worked before. First, the steering goes out and the car won't respond to the steering wheel. And then the accelerator goes out, and then the brakes, and then the transmission. If you have any sense, you jumped out of the car when the steering went out. Problem is, people can't jump out of their countries. Just as trying to drive a car like that might make a person crazy if you thought it ought to actually work, if you didn't know it was all screwed up, trying to make policy in a country whose economy has been disarticulated makes for crazy politics.

On the other hand, Joseph Stiglitz (2003) points out that markets aren't just there naturally like mountains, the sea, and air. There has to be a state system with policies that actively create and maintain markets. When the Soviet Union collapsed, there weren't any market mechanisms. There, markets didn't just erupt out of nothing to replace the centralized economic system. The "market fundamentalists," as Stiglitz calls economists who think the market is natural, were puzzled when markets didn't automatically come into being to solve all problems. But markets couldn't come out of nothing because there has to be all kinds of law about contracts, real estate, patents, ownership of ideas, ownership of things, and ways to enforce these laws. That requires the machinery of a state. No state, no market. No market-friendly policies, no market. The funny thing is that in this void, something a lot like Icelandic chieftains moved in—the Russian Mafia—and to the extent it could enforce the rules, it ruled the market that had begun to develop.

If the market expands to connect more and more people, some states may become less influential, but others become more influential. There have to be some states to keep the market going. But relative to states, the market is far bigger than it was for Aztecs.

These fisheries folks also showed that it was the policies of the different states that made the differences in how things worked out in Canada and Scandinavia. There are some surprising results. Norway is a pretty centralized **welfare state** or **corporatist state**, and Canada is a **federal system**, so you might think that things in Canada would be a lot more decentralized than in Norway. But that's not what happens. Canadian fishers aren't organized—they can't get together for anything—so power in the fisheries is centralized in the Ministry of Fisheries. But in Norway, with its mandatory union structure, people have the means to speak for their interests so power is decentralized.

What both countries share is a welfare program for corporations. Fisheries corporations have sufficient clout that they can get politicians to rescue them when they get into trouble. That's again a matter of policy, politics, and states. There is another area where the market works—finances. People don't just trade *things* on markets; they also trade money and stocks. These financial markets are very strange because what they trade isn't real—it's a bunch of cultural fictions that exist only because people agree that they exist. We've all seen what happens when some people stop believing that the fictions are real. In 2009, what banks once held as assets became "toxic assets" that nobody wanted because they couldn't figure out what they were worth. Something you can't sell isn't a commodity; it has no value at all if you can't use it, and nobody can figure out a use for a sub-prime mortgage, or even a bundle of them.

Suppose that we all agree that what's really going on in the world is that the Norse gods are duking it out with the Greek gods. We could bet on outcomes. Thor versus Dionysus. Both of them were heavy drinkers, but we'd bet on Thor. We could have a market in god futures—what we think the gods are doing. As long as everyone agreed on the premise, it would work. That's like money. It's all a fiction. It isn't real. Money is just paper with some fiber in it so it'll survive the washing machine, but hand someone a $100 bill instead of a $1 bill for a tip, and you'll know the difference. That's only because you both agree that the paper, the fiber, and the number of zeros actually mean something.

That's why economists like Stiglitz make a distinction between finance and substantive economies. The substantive economy is the way things get made and circulated—the kind of thing that economic anthropologists usually talk about. Finance is the money-magic part of it, and it may have nothing to do with the substantive part. During the Great Depression of the 1930s, as many as a quarter of Americans were out of work, and everyone was worried. There were no fewer factories. There were no fewer people to buy things. The substantive economy didn't change a bit. But the failure of the money magic was enough to bring down the whole system. That's what was going on in mid 2009.

For eight solid years, those who believed that corporations rather than government should control things took control of Washington, D.C., and relaxed the regulations on financial companies so they could pretty much do whatever they wanted. They found out they could trick people into borrowing money using their houses for collateral. It didn't matter if you had a way to pay it back, like a decent job with a regular income. The person that got you to sign on the dotted line got a commission. And the company she worked for got a commission. All the way up the line.

Each mortgage was supposed to represent a flow of money—and it would if each person could meet the monthly payments. So the mortgage was a resource, like a cow that gives milk. So you could put a bunch of mortgages together and sell them like a herd of cattle. Then people could buy and trade shares of these "financial instruments," as they were called.

But many of the loans had built-in time-bombs. After a few months, the interest rate would jump and the monthly payment would skyrocket. Now what looked like a loan you could pay off became one you couldn't pay—not on the wages you made, not if you wanted to buy food or gas, not if you wanted to buy the medicines your family needed. And surely not if you lost your job. So whoever held your mortgage—remember it may have been sold two or three times by now—could repossess your house and throw you out.

That's what sub-prime lending was all about. It would be bad enough for you to be thrown out of your home, but now the investors were afraid because they weren't sure about what resource they had invested in. What would happen if everyone stopped paying these new, higher monthly payments? The investment would be worthless. Streets were lined with rows of empty, repossessed houses. So what had seemed like sound investments turned to bad ones as more and more people defaulted. That led to a crisis with a number of banks and other lending agencies. They began to cry that capitalism couldn't work without them, they were "too big to fail." They were probably right. So various governments around the world stepped in to save them.

This is almost funny, when you think about it. Here are a bunch of robber capitalists trying to steal from working people. When their scheme backfires, they come crying to the government they never believed in and say, "Capitalism can't work without us, save us to save the system." And these same fat-cat failures are still drawing down their multimillion dollar compensation packages and bonuses, only with government money now, claiming it's the only way to keep "good people" in the industry. So much for the market punishing failures. But the funny part of it is that when this all came down, some people suggested that the government should actually buy stock in the banks. The people behind the scheme were the ones who had wanted the market to regulate everything without any government interference. Now the same people were begging for government interference. But the government purchasing stock in banks is the same as nationalizing the banks. Socialism! So, it seems, only a socialist system could keep a capitalist system going. Well, we think that's funny. It wasn't until August 2009 that Congress took the first moves to limit how much money financial robber barons could pay themselves for their great services to society.

The mortgages and packages of mortgages and other such financial instruments were fictions. We'll come back to this point.

In 1944, the United Nations sponsored an international conference at Breton Woods, New Hampshire. It was toward the end of World War II, and Europe had been pretty well devastated by the fighting. The conference was meant to get the financial side of things started again. The idea was to help even enemies like the Germans and Japanese to try to avoid any more depressions and other conditions that start wars. By then, some economists had figured out that government policies can make a difference in markets.

This group set up the International Bank for Reconstruction and Development, which we now know as the World Bank, to get the development process started. To ensure economic stability, they set up the International Monetary Fund (IMF). A British economist named John Maynard Keynes was there.

Keynes thought that depressions got started when people didn't have enough money to buy things. Without money, they couldn't create demand for the goods that corporations hire workers to make. The solution is to get money into the hands of the people. There are two ways to do this. One is to cut taxes. But it doesn't work to cut taxes for rich people; they already have money. You have to make a big difference in how much money ordinary people have. The second way is to increase government spending. If the government builds roads and airports and schools and parks, it has to hire workers who get wages that they can spend to increase demand.

The way this worked out in the United States in the early twenty-first century was that when the newly elected Democratic president, Barack Obama, proposed spending money on government projects that would hire people so they could earn money to spend, the Republicans did everything they could to stop him. They were the same ones who caused the problem by not wanting any regulations on finance, but they didn't want any new solutions to it, either. Their only solution was the same solution that had gotten us into the mess in the first place: cut taxes for their rich friends and contribute to a self-intensifying system of concentrating the wealth in fewer and fewer hands while more and more people have nothing. They didn't dare speak up against more regulation. There's a time and a place for everything and even these people could see the harm that deregulation had done ... chiefly to themselves. But the plan went through and everywhere people started going to work on roads and bridges to repair the damage of decades of neglect.

The IMF's job was to keep an eye on the economies of the world and, when one of them began to slump, help that country create more demand. The IMF would lend the country money so that the country could cut taxes or increase its spending. The idea behind the IMF was that countries would cooperate to solve economic problems in the same way they cooperate in the United Nations to solve political problems. Everyone in the world who pays taxes supports the IMF, but we don't get to vote. The major developed countries have the most power, and the United States has veto power. The creators of the IMF realized that markets don't work very well, and sometimes governments need to do what markets can't.

But then the 1980s brought a big change. That's when Ronald Reagan and Margaret Thatcher were sponsoring the ideology that markets are natural forces, the ideology that justifies corporations, as we saw in Chapter 10. Iceland was not exempt. Icelanders elected their own neoliberal governments that supported market solutions to everything, including fisheries management and the ITQs that we discussed in Chapter 12. In Chapter 16 we'll see how that worked out, but suffice it to say here that they destroyed the economy of the country.

The poor countries of the world were often in such dire straits that they couldn't refuse an IMF loan, no matter how bizarre the terms. We'll see in the next chapter that that can have a very negative impact on the lives of working people just as the Great Depression did in the United States.

At about the same time, there was what Stiglitz calls a purge in the World Bank. Until then, its leaders had been dedicated to eradicating world poverty. In 1981, Reagan put the market fundamentalists in charge. Instead of asking how to help governments solve economic problems, their religion of economics taught them that governments were the problem because they might meddle in the market. They believed, just like a religion, that free markets could solve every problem.

The IMF was supposed to deal with crises, but now the third world was in continuous crisis. Crisis was normal. The World Bank started making what it called "structural adjustment loans" instead of providing money for building projects. But it could only do so if the IMF approved, and the IMF imposed its own conditions.

The IMF was supposed to do the money magic for the whole world and deal with things like a country's rate of inflation, interest rates, balance of payments, and borrowing. The World Bank was supposed to take care of more substantive things like what the government spent money on. Since all of these substantive things could affect the money magic, the IMF thought that everything fell to it. To the market fundamentalists, all countries were the same. The kind of difference we just discussed between Canada and Norway wouldn't even be on their radar.

Both of these Breton Woods institutions are run by the developed countries: the United Kingdom, Italy, France, Canada, Japan, Germany, and the United States. These are known as the G-7. If they add Russia, that makes the G-8.

Stiglitz says, "A half century after its founding, it is clear that the IMF has failed in its mission. It has not done what it was supposed to—provide funds for countries facing an economic downturn, to enable the country to restore itself to close to full employment" (15). And the G-8's religion of market fundamentalism is no better than a G-string at covering up their failures. They've made matters worse. The ideas behind these policies are called the Washington Consensus, which, Stiglitz says, is a consensus of the IMF, the World Bank, and the U.S. Treasury Department about which policies are good policies.

There was a self-intensifying loop in the process of the Depression. Countries closed down on themselves and didn't want to do anything to help other countries. To deal with that problem the Breton Woods conference also suggested a World Trade Organization (WTO) to encourage the free flow of goods and services. It didn't get started for another fifty years, in 1995, and it doesn't make the rules of trade but gives countries a way to negotiate them among themselves.

Stiglitz's big contribution is to point out that all things are not equal. Different countries have different conditions at different times. Sometimes tariffs can be useful. The question is "Useful to whom?" For instance, we discussed the American tariff on sugar that just keeps the price up so that ADM can sell its corn sweeteners. It also helps the Cubans who ran away from Castro and set up new plantations in Florida's Everglades to make money by producing sugar while they destroy the state's environment.

Sometimes it's not good to put a country's money into the international system of money magic, especially if the country doesn't have the institutions to manage it. It can cause the kind of separation from finance and substantive economy that happened in the Great Depression. Stiglitz sums it up this way: "The result for many people has been poverty and for many countries social and political chaos" (18).

Stiglitz says point blank that commercial and financial interests of the wealthiest nations control the Breton Woods institutions for their own interests. (Remember, this guy's an economist. He used to *work* for them.) So corporations like ADM—the guys who make corn sweeteners you see in so many products you eat and drink—are pulling the levers of the world economy. Trade ministers control WTO and speak for their country's trade interests to keep as many subsidies and trade protections as possible to help them. That raises the price of goods to consumers in the country, but that's not the issue. The issue is how to protect those corporations. Nobody asked you whether you were in favor of the sugar tariff.

Finance ministers control the IMF. They are close to financial firms and see the world through the eyes of the money shamans. They impose controls on government spending and cut subsidies in other countries so that prices go up for poor people. They cut health care programs because it's bad for governments to spend money. They tell other countries not to pay for education. And nobody gets to vote on any of this.

Sometimes working people and poor people get pushed to the wall and riot. That's the social chaos part. Or they have nothing to lose and get into an airplane and fly it into the World Trade Center in New York.

Stiglitz sees a parallel between the development of the U.S. economy and the world economy. In the nineteenth century, the United States spread west. The government helped the railroads and telegraph systems with lots of subsidies, and the costs of transportation and communication decreased. Local markets and companies became national. But the government set minimum wages and working conditions and regulated interstate commerce. The government developed and supported the ag colleges and other programs to encourage agriculture that we discussed in Chapter 14. The government even gave people land so that a lot of people had a chance to farm.

The difference is that now, when transportation and communication costs are falling and drawing the world closer together, there is no world government to manage things. There's the IMF, the World Bank, the WTO, and neither you nor anyone else gets to vote on who runs them. Democracy?

How could a bunch of highly educated economists with Ph.D.s screw up the world's economy? By looking after the interests of corporations and the ruling class instead of the people of the planet. The year 2009 is proof. OK, let's try a little relativism here. Suppose an Inca priest told you that the world would cease functioning if you didn't do what you were told. You'd better believe him because you want your world to continue functioning and you're not about to test that by questioning the veracity of an Inca priest. The point is that the Inca priest doesn't have to be right any more than these money shamans do. Remember, in hindsight, the Maya kings who kept building temples were wrong.

"But they have to be accountable," you might say.

What happens when the magic doesn't work? One time Paul's neighbor in the Lisu village, Ngwa Pa, the shaman, was possessed by his spirits who told the people of the village that they would see a great thing in the east when the sun came up the next morning. Paul traipsed up to the top of a hill before dawn with a bunch of other villagers to see the wonder that would happen. The sun came up. Everyone went back to work. Nobody knew what went wrong. Sometimes spirits lie. Who knows? Ngwa Pa didn't lose any credibility. When the magic doesn't work, it's someone else's fault.

"But if finance people make mistakes, the market punishes them."

You'd *wish* you were punished like that. We'd all say, "Punish me some more." CEOs from BankAmerica, Citicorp, JPMorgan, Bankers Trust, and the First National Bank of Chicago all made bad loans in Asia. The JPMorgan guy got his remuneration cut by nearly 6 percent, all the way down to $3 million a year. Some guys have to live a *whole year* on that. How do they manage? But it turned out not to be all that bad for the poor guy because of other perks he got that made the total package nearly $9 million. The other guys were punished for their bad behavior with *increases* in remuneration from 8 to 48 percent from around $500,000 a year up to more than $12 million a year. Not bad for a shaman ... who gets it wrong. And even when these same guys were begging for government handouts, they continued to get their lavish bonuses. They were impervious to failure, mistakes, and natural selection. These guys who hate welfare were using government welfare for their banks to pay their own outsized bonuses—maybe the only people on the planet who get paid for screwing up big-time.

How do they get away with it? The easy way, if you can manage it, is to control the government so you can make the rules, or rather, be sure there are no rules. With no effective regulation of the financial system, Bernard Madoff was able to bilk his investors out of billions of dollars. As of this writing, he has pleaded guilty to the charges against him, but because he pleaded guilty, he doesn't have to reveal what happened to the money or who was in it with him. Madoff is in jail and the feds seized his $11 million mansion in Florida and his fleet of pleasure boats. That's the price you pay when the law is enforced. Still, he and his family had a mighty nice life for an awfully long time.

Why are people willing to accept that this kind of thing can happen? See if you recognize any of these names:

Heritage Foundation
American Enterprise Institute
Brookings Institution
CATO Institute
Institution for International Economics

If you listen to NPR or any other news, you'll hear them mentioned for their study or comment about something that's in the news. These are some of the thought controllers we talked about in Chapter 10. Their combined budgets were $87.6 million in 1997. The same guys sit on their boards, and the same firms contribute money to them. These are the guys that run the corporations and want you to think that that's the only way to do things.

Early in the 2009 session of the Congress, legislation called the Employee Free Choice Act was introduced in the Senate and the House. In the previous session it passed the House but failed in the still Republican-controlled Senate. Under current labor law, if you want a union, you have to ask your boss if he'll deal with the union you select if you get a majority of your fellow workers to sign up. He can say yes, and some do. But most do not. That means you're going to have to fight for your union. When you have 30 percent of the employees signed up, you can file for an election, and the National Labor Relations Board will set a date and supervise the election. Between the announcement of the election and the election, the boss will probably hire a "management consulting firm" to advise how much of the law he can break and how much he has to obey. Then he'll declare war on you and the union and probably fire you and the people you've been talking to. It's against the law, but it takes a long time to enforce the law. The boss knows that it'll scare the rest of the workers and he'll only have to pay you back pay if you finally do win your case in three years or so, the time it usually takes. He'll call in workers one by one, pull their personnel folders, look in them and then look up at the worker and say, "I'm really worried about your future with this company. I'm worried about the people you talk to. . . ." That's not considered a threat under the law, but tell that to someone to whom it's happened. So you're likely to lose the election.

The new legislation would tell the boss that he has to negotiate with the union when a majority of workers sign up. If 30 percent of the workers want an election, they can have one. The law just takes the control of the process out of the boss's hands and puts it into the workers' hands. And it mandates that the boss has to negotiate a contract within 90 days; if that fails, he has to go to mediation; if that fails in 30 days, it has to go to arbitration. In other words, the boss can't stall negotiating forever as he can under the present law.

So the National Manufacturers' Association and their state branches and the Chamber of Commerce and their local and state affiliates budgeted $200 million to fight this legislation. They mounted a nationwide big-lie campaign in which they misrepresented every dimension of this legislation. Why would anyone believe it?

In our town, the local NPR affiliate radio station broadcast a news item right after the legislation was introduced. The news was about a Republican senator from Pennsylvania, Arlen Specter, who bucked the GOP leadership and actually supported the stimulus legislation.

> Arlen Specter cast what he calls his most difficult vote ever, nearly 30 years into his Senate career. That would be last month's "yes" on the $787 billion economic stimulus bill. It's a vote that made him the only Republican facing reelection next year to support it. Now, with GOP anger still simmering, Specter is under pressure to buck the party again and support "card check" legislation. That bill would make it easier for workers to form unions. *Opponents of the measure say that the bill would eliminate secret ballots when it comes to voting for or against unionizing, forcing workers to sign a card in public—instead of vote in private thereby opening the door to intimidation and coercion.* It's only the latest tight spot for the 79-year-old Republican senator. Specter says he is in meetings every day about the card check bill. But he's not revealing to anybody which way he is leaning.

That's 154 words. The part in italics is 41 words or 27 percent of the piece. And that part is wrong. Paul contacted the announcer and he said he said this:

> Nearly all of the story was directly from the AP [Associated Press], which described the bill simply by saying, "That bill would make it easier for

> workers to form unions." I am aware that there is considerable opposition to the bill, and wanted to outline, in one sentence, the major objection to it. The line summarizing that opposition is from the Web site of the U.S. Chamber of Commerce, which is one of the major organizations which stand in opposition to the bill.

So, because this guy takes an uncritical stance, he winds up repeating part of the big lie the Chamber of Commerce is putting out. The very next day, the local Chamber issued its news and there was the whole big lie again. So imagine this happening at radio stations all over the country. Newspapers repeat the big lie in their editorials. And so on. And most people hear the news and read the editorials and don't even think about it. They begin to think of the Employee Free Choice Act as some kind of thing that takes away peoples' right to vote. They know the right to vote is important, so they're against the legislation.

When you read this, maybe this legislation will be law and a lot more people will be able to join unions and be able to negotiate contracts with the corporations the way the CEOs do now. Their pay and benefits will have gone up and they will have more money to spend on luxuries like food, medicine, gas, and a roof over their heads so they can support the economic recovery. But this one little example of hegemony shows how corporations manage mind control.

By the way, a little bit later, late in April 2009 Arlen Specter changed parties and became a Democrat because, he said, the Republicans had moved way too far to the right. He's an optimist. At the age of 79 he's going to run for another six-year term in the Senate.

Corporations want you to be a good consumer and shut up about people who don't have health insurance and work two jobs and are still living under the poverty line. They want you to think that markets make that happen, or people's bad choices make it happen. They want you to be more worried about whether abortions are murder or about your right to have a gun or about terrorists within our borders than you are about what *they* are doing. They try to control the news and spin all the stories their direction. That's a lot of money, a lot of talent, and a lot of contacts that they contribute to making all of us think that what's happening in front of our eyes isn't really happening. They cover up the mistakes. They say that's the way it's supposed to be, the way it has to be. And we're not just talking in the newspapers and on television. A lot of these organizations and corporations have inroads into our public schools. From the time you enter first grade, you're getting lessons about how to follow orders, color within the lines, work hard and you'll get ahead, and more, as we discussed in the guide to students at the beginning of this book.

Remember that's the same way the corporate cultural revolution that we talked about in Chapter 10 came about. It worked then; it's working now. These are institutions that remove the feedback loops between reality and their actions.

Here we have a system that's as dangerous as one that's self-intensifying—one with no feedback loops from reality. It's as if we took that diagram from Chapter 5 (shown here as Figure 15-1)—and took out the loops to and from "reality." Replace "culture" with "genetics." If we acted that way as a species, we'd be as dead as a bunch of dodos by now. Adaptation means there is some kind of feedback between genetic changes and what happens next based on the realities the species has to face. No species can survive the way the IMF does.

Stiglitz is an economist who actually checks in on the substantive world now and then to see what's going on. When he did that, he saw the failures of the religion of market fundamentalism. Anthropologists like ethnography, as we've said a hundred times. If economists more often than not don't see any trees because they can only see forests, sometimes anthropologists miss the forests because we're so busy looking at the trees. But we don't know any anthropologists who can pull down a couple of million bucks a year for being wrong all the time.

Let's take the tree's point of view for a minute. Your government gets caught up in a structural adjustment program and has to pay back loans. Here's how it goes: They have to cut spending so the schools and clinics close and your kids don't have a school to go to. The department of agriculture stops all of its programs to help farmers, so there aren't any subsidies to keep the price of food down. Therefore, you have to pay more for food. You have no access to land, so you can't grow anything, so you look for a job in a factory, and maybe you think that you're lucky to get one that pays enough for you to feed your family one day at a time. You feel so lucky that you don't complain when your supervisor rapes you in the back of the factory during the break. At least you didn't get pregnant; that would get you fired.

The government thinks you're lucky, too. It had to work hard to get that factory here. In fact, it had to tell the corporation that it wouldn't enforce any environmental regulations and would send the police or

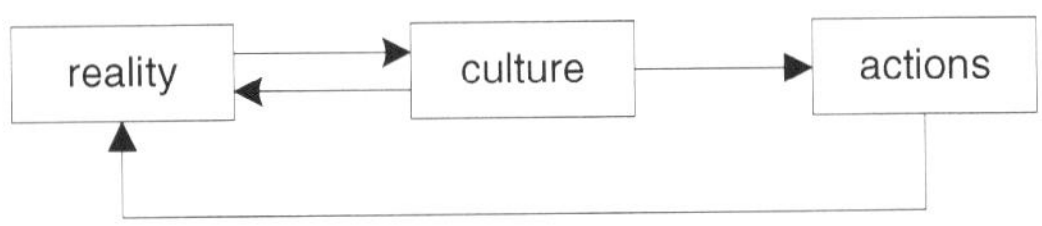

Figure 15-1 Our cultures tell us how to act and our actions change things.

the army to help the corporation if you and your fellow workers tried to organize a union.

After a while, the water you've been getting from a stream or canal gets a funny color, odor, and taste to it. You first noticed it shortly after the factory started up. One of your kids is wheezing all the time with asthma, but you can't take her to a clinic because there isn't one. That one wheezes herself to death in your arms one night. Your skin is always itchy now. Maybe it has something to do with the water you bathe in. Another kid lives a few years and dies of cancer. Your husband can't find any work, but you keep working. When people talk to you about a union, you remember the people the death squads have killed and ask them to leave you alone.

Your breathing is labored now, and you remember that your mom died coughing up blood with what the nurse at the clinic called TB. One night you start coughing and can't stop. Your husband holds your head in his lap and strokes your hair and the lesions on your skin. You open your eyes for one more look, and the coughing takes over. You can't even tell him that you loved him; you can't thank him for the years with the kids. You feel your lungs turning inside out as you cough your last. You are twenty-eight.

And you've made countless pairs of shoes, stitched countless shirts, woven untold numbers of sweaters, made plastic things you couldn't identify, because that was your job. That was what you could do for your species. You did it the best way you knew how.

Grim? You bet. But, as you're going to see, that's what many anthropologists see around the world. That's globalization from the other end of the telescope. And you don't have to go far to see it. American students might want to spend some time just across their southern border, in Ciudad de Juarez, just across from El Paso, Texas. Americans who live farther north, try South Carolina, Mississippi, Alabama. Europeans can cross the Mediterranean to Libya or any country in Africa or Asia or Latin America.

How does any of this affect us? More than we think.

Wal-Mart is one of the corporations driving this kind of process around the planet, as we saw in Chapter 14. It operates lots of factories in China. Communism in the Soviet Union gave us Stalin, and in China it gives us Wal-Mart. Now Wal-Mart's integrating the parts in between the factories in China and the Wal-Mart where you shop. It's getting its own container ships. It's opened its own container facility at the Port of Houston, in Texas. It has its own trucks and drivers. And it is fanatically antiunion.

These are the things that worry Ken Riley, president of Charleston, South Carolina's, longshoremen's union, International Longshoremen's Association Local 1422. Ken and his fellow workers are probably the best-paid black people in South Carolina, the state with the lowest union membership in the country. South Carolina advertises itself that way like the third world country we mentioned earlier . . . they aren't going to have any unions. Except maybe the longshoremen, who have been there and been organized longer than the forces that would destroy them. How did that happen? Because they belong to a union that controls the docks all the way up and down the East Coast. Because other organized longshoremen control the docks on the West Coast, in Korea, in Europe. And the moment they relinquish control, it all goes down the drain.

What's the answer? Ken thinks it is for all the transportation workers and unions—the teamsters, the longshoremen, the airline workers, everyone—to get together and make a stronger union.

That's a good plan as long as the government allows it. But in 1999, a Danish shipping company decided to hire a stevedore—the guy who arranges everything at the docks—who was using nonunion labor. The Local 1422 guys picketed whenever one of the Danish ships came to port.

In South Carolina, it's not just a labor thing. It's also a race thing. That same year, the NAACP declared a boycott on South Carolina until the state government agreed to remove the Confederate flag from the statehouse where it had been flying since . . . the Civil War? No—since 1961 when the federal government made its first civil rights laws. It's not about heritage; it's about racism.

Many anthropologists see that racism is a way to keep working-class people of all races so angry at each other that they don't recognize their enemies in the ruling class. So racism is about class.

The longshoremen marched on Columbia, the capital, to reinforce the request to remove the offensive racist symbol from their statehouse. There were plenty of cops there to be sure that nothing out of the ordinary happened. But on the way, people recognized the marchers as longshoremen and shouted "ILA" as a slogan.

One of the Danish company's ships arrived in Charleston and waited offshore until the State Ports Authority was sure it could have a lot of cops on call in case they needed them. It had all been planned. More than six hundred cops showed up, and they marched up and down the street just down from the union hall, not far from where the Danish ship was docked. They barricaded streets downtown to keep people away from the docks.

Ken told his guys to let them come. The state was using a lot of money to bring these cops and their helicopters, patrol boats, and dogs to Charleston. Let them come until they use up their budget. The men would not picket. They would not confront. That was a good plan. And it worked until late the night of January 19 when. . . .

Here you get different stories, and it doesn't really matter who threw the first blow. What matters is that the police had been provoking a confrontation, and they got one. That started a twenty-month-long battle between the longshoremen and the attorney general. The legislature got into the act and passed laws that were even more antiunion. Ken and the longshoremen have learned that if they give an inch, the ruling class will take a mile.

The Charleston longshoremen are as much part of the global system as the third world workers in the factories that make the goods in the containers these men and women load and unload every day.

So how did that system get started? By the 1960s, American corporations were facing competition from other countries. They could either become more efficient, as we explained in Chapter 7—that is, use less labor to produce their products—or find some other way to reduce costs. Many focused on a sustained attack on organized labor that started about the same time as the changes in the Breton Woods institutions, with Ronald Reagan. They thought that if they could bust unions, they would reduce their labor costs and not have to increase productivity.

They also started exporting jobs to third world countries that offered plentiful low-cost female workers for the labor-intensive manufacturing processes, such as making clothes, shoes, toys, and electronics. European countries still had tariffs in place to protect their industries and inexpensive migrant labor coming in from North Africa, Ireland, and the Mediterranean. Japanese corporations revamped their manufacturing methods and increased their productivity with robotics. They also made use of low-cost labor in Taiwan, South Korea, Thailand, and Malaysia.

Some countries tried to become self-sufficient by producing the products that they needed at home and avoiding imports. Remember, this is called **import substitution**, substituting your own products for imports, as we explained in the last chapter. In Latin America, industrial workers organized into unions to demand a share of the fruits of the industrial system. They joined with growing urban middle classes and rural migrants who were coming into cities because they had no other way to make a living. From these coalitions came populist political movements.

These movements and the unions made these countries unattractive to corporations that were looking for places to put factories that would assemble imported components to make a product for export. For instance, Paul once had a Mercury Tracer station wagon. It was identical to a Mazda 323. The parts were made in Japan and sent to Mexico, where workers put them together into Tracers that they sent to North America to be sold. Corporations like GM wanted a labor force that did not expect or could not demand an increasing share of the surplus value they created. Hong Kong, Taiwan,

Singapore, and South Korea were authoritarian states that controlled their middle classes and their workers, often with military help from the United States. In helping these governments, the United States was helping corporations get what they needed—cheap and controllable labor.

The policies of different states created different environments. Latin American countries weren't so attractive to corporations; Asian countries were more attractive. The difference was how much they would repress any opposition. We've seen what happens to some small local economies when multinational corporations shift the emphasis from the country itself to the corporation and destroy the links in the economic system.

In Chapter 7, we saw the upward spiral of capitalist economic systems. But there's a downside. As they enlarge productive capacity, they produce more than they can sell, so they need to find new markets and reduce costs of production. That leads them to look for new markets and sell their factories where they have to pay higher wages, fire their middle management (like our friend's brother-in-law in Chapter 13), try to make full-time jobs into temporary or part-time jobs, and contract out some of the jobs.

The corporations paid lower wages, and that meant less demand. As corporations moved factories and fired white-collar workers, there were fewer jobs and more people looking to social programs for help. With lower wages, the tax money wasn't coming in to support the social programs, and all of this can result in social and political problems.

We can illustrate these relationships with one of our systems diagrams, the mother of all diagrams (Figure 15-2). So get ready to work through this one. We'll walk you through it.

There's one big self-intensifying loop in this diagram. From "surplus supply" to "pressure to reduce costs" to "cut labor costs" to the four boxes that are ways of cutting labor costs, from selling factories to firing middle management to making permanent jobs temporary and part-time to contracting jobs out—all of these mean fewer jobs, which is another way of saying more unemployment. That means less wages enter the economic system, so people have less money to spend, so there's less demand for goods, and that means that there's more stuff to sell than there are people with money to buy it.

Every loop through that cycle makes the problem of surplus supply greater, which leads to looking for new markets and relocating to different countries with policies that don't make corporations control pollution, that don't make them pay taxes, and that provide markets for their stuff.

At the same time, fewer people are getting wages, and fewer wages in the economy means more people will need public health care, more people will be more annoyed because they can't support their families, and social and political problems will emerge. That is, people will do things that the ruling class sees as "problems." If there's a democracy, one of those things is to vote for populist candidates, as we discussed earlier.

The pressure to reduce costs also ties into a series of other variables that the second diagram shows. As there is increased productivity, there is less profit per unit of stuff and, finally, less profit overall. That means corporations borrow capital and have to pay interest, and paying interest means less profit. This is a self-intensifying loop, so the process gets faster and faster over time. And less profit means there's pressure to reduce costs. That's where we came in.

There's another process at work as well, what we might call the "politics of production." The state doesn't have anything to do with it, but it's a reorganization of corporations away from the business of producing things to producing wealth. As corporations borrow capital, the power in them shifts from management to finance people. And that means the money shamans take over. And that applies even more pressure to reduce costs. Americans saw this process at work early in 2009 as unemployment rates rose to historic levels.

An alternative to dealing with the causes of the social problems these processes bring is to deal with consequences by closing the lid down tight with repressive police power like George W. Bush tried to with his PATRIOT Act and like tin-horn dictators around the world do, often with U.S. support. Who benefits from the fear of terrorism and the subsequent repression? Not you. You're less safe because of these moves because they drive more and more people around the world into the arms of the revitalization movements and others who organize terrorists.

The speed-of-light communication systems allow for global financial markets. As larger productivity capacity makes for greater productivity, there is less surplus value per unit produced, which means less profit. That situation increases the pressure to reduce costs we just talked about, and it leads corporations to borrow capital or get it on the stock market. But enlarging productivity means that corporations need more capital. So the reduction of profit per unit and the greater productive capacity lead corporations to the stock market or to markets to borrow money. That means they have to pay interest, and that reduces profits and makes for greater pressure to reduce costs. When finance becomes more important than production, the magic of money is more important than the realities of production. With their talk of realism and bottom lines, the money shamans take over corporations. Then the companies are not driven by what they produce and how they produce it, but by their finances. When that happens, if there is no regulation, they can make up their own numbers as Enron execs did, build a house of cards like Lehman Brothers did, or just lie like Bernie Madoff did.

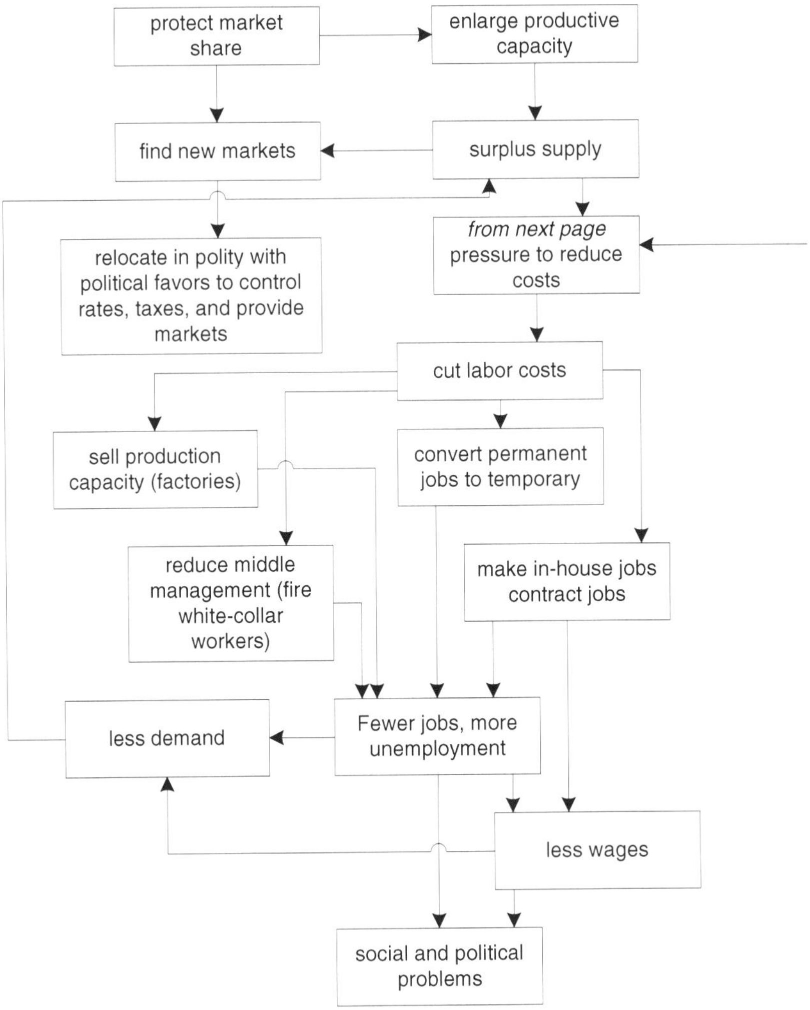

Figure 15-2 The downward spiral and how money shamans take over.

As corporations spread their manufacturing around the planet, they isolate the process from any local or regional fluctuations; they remove themselves from any local systems and become their own system—just as Wal-Mart is doing. If there is a revolution in Burma, for instance, the corporation can move its factory to Sri Lanka or Israel or Mexico. Or, when the money shamans are in control, get out of production altogether and just contract it out to locals in different places. Take a look at the labels in your clothing. The stuff from any one famous brand is likely to be from several different continents. That's because they contract out the

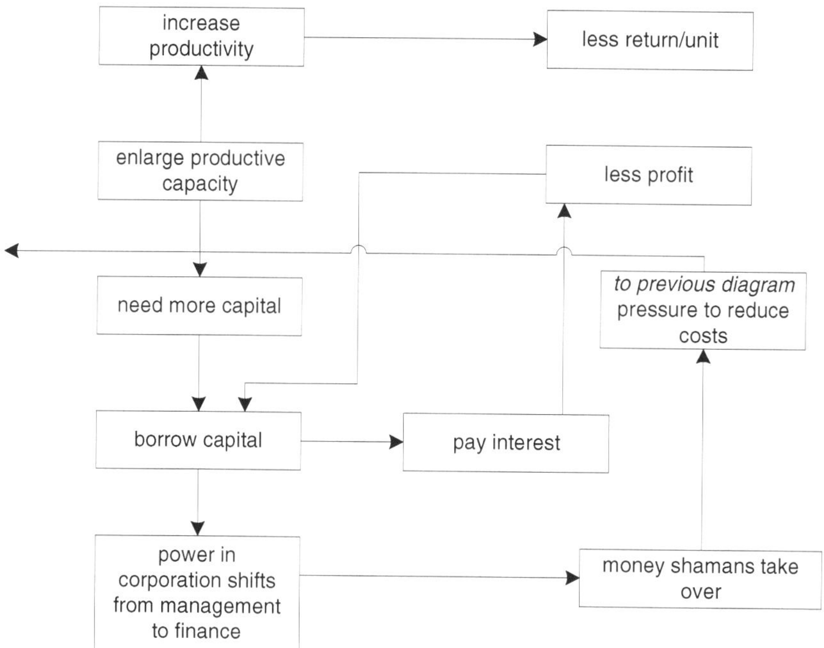

Figure 15-2 Continued.

production, often to sweatshops in those other countries, always to the lowest bidder, thus fueling a race to the bottom to see what country can be most competitive by having the fewest environmental rules, financial rules, safety rules, or labor unions.

Now the corporate economic systems straddle a number of different places and states and are part of none. All the links are inside the corporation. The maquiladora factories of Mexico were isolated from the local economies. They used the labor, paid the wages, and there were no other connections.

We've also seen that interest rates, inflation, government borrowing, balances of trade, and prices of goods are all related. Governments can try to control these variables by policies and institutional arrangements to control interest rates, expenditures for social programs, and taxes. But at the same time, states lose control of their own territorially based economic systems as the links of the systems are all inside corporations or "trade agreements" and not in states or other polities.

Add to this that the IMF controls the conditions for loans, and many governments have very little influence on what happens in their own countries. Those states that can impose conditions on other states gain in power.

Some of the consequences of these processes are that some governments become irrelevant to their economic systems. That makes their political processes irrelevant—it doesn't matter how the leaders are selected because they can't do anything. The local economic systems everywhere are unlinked, disarticulated. As that happens more and more, people have to look for jobs for their subsistence, and it becomes less and less possible to make a living in a household economy. As poor people flood into cities from the country, there is more unemployment and a widening gap between the rich and the poor, a gap we see in the United States when we think of the difference between CEOs and burger flippers.

Some countries, like the Scandinavian ones, have an idea that the government is supposed to help people. This idea that governments are to help people is called a **social contract**. Think of Social Security in the United States. If you work, you pay into it. It's not a pot of money that the government invests. What you pay is used to pay people who can't make a living because they're retired or injured or for some other reason. You pay your part to support those people, and you should be able to bet on everyone else paying their part to support you if you need it. That's called a *social contract.* You do your part, and everyone else does their part, and the government sets up the system and makes sure it runs fairly. This is the redistribution we discussed in Chapter 7.

As we wrote the first edition of this book, in 2005, Americans were talking seriously about changing that system, about doing away with the social contract. Instead of each person who works paying some of the way for those who can't, the idea was that every person should set aside some money to put in the stock market. That called on everyone to bet their futures on the magic of money. Nobody would benefit, except the companies that would buy and sell stocks—and they are the ones that were big supporters of this move and the president who espoused it, Republican George W. Bush. Once again we see the state serving the interests of the ruling class.

From about five years down the historic road, it's clearer what was going on, but the debate was serious and had long-term consequences as the Bush administration and its business allies sold another big lie about Social Security and actually succeeded in contracting out a number of government functions. So while fewer and fewer people worked for the government, the cost of government increased. Why? Because those in power gave the contracts to their friends. That's where the term "crony capitalism" comes from. Yes, the same people who say government costs too much also say the private sector can do the same job, add an entire level of expense—known as profit—to the bill, and say they can do it cheaper and better. Well, the Social Security system kept on keeping on while the money magic faltered in the economic crisis of 2008–2009 and when everyone's stock market accounts crashed, people stopped talking about privatizing Social Security. But the whole idea came out of those corporate think tanks we mentioned earlier.

Back to the IMF. When states stop funding schools and health care systems because the IMF demands structural adjustments, they are breaking the social contract they have with their people. People respond with populist political movements, as we discussed in Chapter 14; sometimes with revolutions. One response is localism and identity movements—people no longer take their identity from their country but from a smaller place, and they participate in identity politics. We get white separatist movements and Confederate flag movements. There's even a group called Christian Exodus that's urging its followers to move to South Carolina because it's so backward they hope to take over the politics of the state, drop out of the United States, and invite everyone who doesn't agree with them or who is a different color to leave the state.

South Carolina was a good place to do this because it is backward. It's backward because it's pretty much ruled by the Chamber of Commerce and its big lies about business and finance. As the whole American economy slides into recession, it has the highest unemployment rate in the country, but proudly, also the lowest rate of union membership. Those two statistics are related. It is also near the bottom for every other measure of health and welfare that anyone has ever made. Its governor, Mark Sanford, also proudly announced he would not accept the stimulus package money available in early 2009 because of the strings attached: He would have to increase unemployment benefits and didn't believe Washington, D.C., should dictate that to a state. Eventually he signed the papers to receive most of the money. This is the same guy who disappeared from his wife, his kids, and the news media for six days in June 2009 for a fling with his Argentinean girlfriend. That's this Republican's concept of family values.

The South Carolina Chamber of Commerce knows that corporations move to places with fewer rules, places where they can externalize more of their production costs. Because of this, the local environments deteriorate.

Finally, money magic is no longer even connected with production processes. People can talk about the bottom line of a company that doesn't even produce anything. Finance is no longer linked to the substantive economy and becomes its own sphere of magic. That makes for strange and unpredictable movements in global finance markets.

Two economic anthropologists, Monica Lindh de Montoya (2002) and Miguel Montoya (2002), compared Sweden and Venezuela. Sweden's wealth is from manufacturing; Venezuela's is from oil. The Swedish government gets its revenues from taxes; Venezuela gets it from the world oil market.

If a corporation moves a factory from Sweden to the third world for cheap labor, it hurts the chances of Swedish workers to get jobs and hurts the Swedish economy. That means less tax income for the state. But what threatens Venezuela is dips in the world price of oil. Sweden maintains its social services and the social contract, but Venezuela has had to get loans and become a victim of the IMF.

There's no upheaval in Sweden. But in 1999 Venezuelans elected a populist president, Hugo Chavez. In Sweden, people can save some money and use it to invest in stocks. In Venezuela, people can't get ahead enough to think of buying stock. In Sweden, corporations have to let people know everything they're doing. It's called transparency. People have to be able to see what companies are doing. In Venezuela, there are no such laws. Half the people in Sweden invest, but only 5 percent of Venezuelans do.

When Volvo threatened to move from Sweden, the stockholders got together to stop them. In Venezuela, that wouldn't have been possible. In Sweden, people think about the social contract, and the country has a tradition of investing only in companies that treat their workers and the environment well. Nothing like that exists in Venezuela.

But Hugo Chavez paid off all of Venezuela's debts to the World Bank in 2007, five years early, and cut all relationships with the bank and the IMF. He has moved Venezuela toward a more meaningful social contract with its people with a universally available program of health care, improved education, and other such social programs. It is ironic to see some of the people who objected to Venezuela's nationalization of many parts of its economy begging the United States to nationalize its failed banking and automobile industries.

The market has spread all over the planet, and some states have become less important, while others have become more important. The spread of the market is not inevitable, natural, or an autonomous process. It's a consequence of state policies. But all states are not equal. The only ones that count are the G-8, and the most powerful of those is the United States.

That's a reason for Americans to feel proud, right? Could be, if Americans used that power to do what we discussed at the beginning of this chapter—to provide one share of this planet for every person on it. To the extent that their policies do not do that, Americans must be ashamed, not proud.

The states that establish the rules of globalization serve the interests of corporations. In serving the interests of corporations, these states are unable to serve the interests of their citizens by protecting their environments or ensuring their economic welfare. They break the social contract. In democratic states, those in which citizens elect governments, this causes tensions. There is a tension between the interests of corporations and the interests of the people. We saw this emerge in the United States in the Democratic victories at the polls in the 2006 election, and even more in the 2008 election. But it is well to remember that while the Democrats won the election, and President Obama enjoyed unprecedented popularity ratings well into his first year, the victory was not a great landslide. And we have to remember in all of this that most Americans never vote.

We see the same tensions playing out in the process of globalization as numbers of people gather from around the world to protest wherever international bodies meet to discuss policies of world trade. If we want to understand these movements, and their manifestations from protest to suicide attacks, we must understand the systems that give rise to them.

Nasrudin would go to the market and buy ten eggs for one coin each and then sell ten eggs for the same amount he paid for each single egg. People said, "What kind of trading is this?"

Nasrudin said, "Look at the other traders. And look at me. I don't cheat anyone, and I am surrounded by customers who like me. What could be more satisfying than that?"

Discussion Questions

- Exporting industrial production—what happens when firms have factories all over the globe making different components of products they sell? What are the political and economic causes and consequences? What are the relevant systems?
- Exporting industrial agriculture—what happens to rural economies and communities when industrial production replaces household production?
- Check the zoning ordinances in your hometown, or a nearby city, on the Web. Do those rules apply to all companies and corporations? What's a variance? Who gets them?
- Some laws are local, some state, and some federal. What kind of laws do we have for international corporations? What happens if there aren't any?
- Do you know anyone who works for Wal-Mart, McDonald's, Burger King, or Subway? If you do, talk to them. Ask about their wages, benefits, and working conditions. Tell your classmates how it feels to work there. Can you think of any reasons a person might say it was a good job?

- Check on the Web to pick one community or state and see what it did with the 2009 stimulus package money it received. How much of that ended up in the pockets of working people and how much of it ended up as profit to private sector investors? If you can't tell, why can't you? How does it compare to programs you know about from the New Deal? What has changed since then to make a difference?

Suggested Reading

Beckford, George L. *Persistent Poverty: Underdevelopment in Plantation Economies of the Third World.* New York: Oxford University Press, 1972. (Reissued Kingston: University of West Indies Press, 2000.)

Greider, William. *One World Ready or Not: The Manic Logic of Global Capitalism.* New York: Simon and Schuster, 1998.

Lewellen, Ted. *The Anthropology of Globalization: Cultural Anthropology Enters the 21st Century.* Westport, CT: Bergin and Garvey, 2002.

16

Who decides how much the shrimp boats harvest? *Photo by E. Paul Durrenberger.*

CHAPTER 16

CONNECTING THE PEOPLE TO THE SYSTEM

Did you ever wonder who made your T-shirts, blue jeans, shoes, cars, and other commodities that keep the American and other consumer economies going? When we talked about low-wage factory work fueling the global system, it was just an abstraction. When we talked about young women doing most of the work, it was another abstraction. But anthropologists like to know those people personally.

In the last chapter, you saw how the global system operates, but you didn't see any people in those systems. It's all just arrows and boxes. Ethnography—the details of closely observed daily lives—is one leg of the stool that also depends for its balance on comparison and holism. We try to understand whole systems of relationships and then to place them in comparative perspective to draw inferences about the human condition.

But what happens when the stories are not located in any particular place? What do we do when we realize that the causal factors are located at great distance from the places where we do ethnography? What do we do when we find out that no matter how detailed our observations of daily life, no matter how moving our accounts or accurate our methodologies, all of our work is missing the major causes, and we are just describing consequences?

The system, the relations, the holism, the dynamics of the realities escape our worm's-eye view of ethnography. So what was once our great strength—our ability to describe and understand daily life as people live it—becomes one of our great weaknesses as we attempt to understand the reasons, the forces, the determinants of daily life anywhere on the planet. We move with the people. This is and has been our great contribution. We check the assumptions of the great thinkers as we see people living their lives.

Ride with a former International Brotherhood of Electrical Workers union rep as he drives through Chicago pointing out abandoned factory buildings saying, "This plant used to be ours. Gone to Mexico. And this one." Go with Paul to the docks of Biloxi, before Hurricane Katrina destroyed the town, just before the gambling boats arrived, in the late 1980s to hear the shrimpers talking about the threat of imports, the threat of foreign pond-raised shrimp, the problem of too many boats chasing too few shrimp, as they said.

If he just looked at the statistics and worked on the assumptions of economics, Paul would see a tragedy of the commons. That's what economists call it when everyone has free access to a resource like a common pasture. Everyone puts as many sheep or cows on the common ground as they can because they have nothing to lose, and if they don't, someone else will. So pretty soon the commons is overgrazed and useless to anyone. This is usually a story that economists tell to persuade people that everything should be private property. Lots of ethnography shows that in reality people aren't that stupid. But Paul found that the shrimpers themselves didn't make any of the important decisions. To focus on the shrimpers left out the processors who made the important decisions. Economists thought it was shrimpers deciding this or that, but it wasn't. As long as Paul focused on the docks or the boats or even the fishing industry, he could only have vague intuitions about the nature of those systems and how they were affecting the shrimpers he was trying to understand.

A couple of sociologists, Alessandro Bonanno and Douglas Constance (1996), chronicled the rise and fall of tuna canneries in California. The joining of nylon nets with power blocks in 1957 revolutionized the tuna fishing industry. American tuna operations expanded their operations from Mexico to Chile. Postwar reconstruction legislation gave the Japanese a distant-water fishing fleet to supply American canneries on American Samoa. As labor costs escalated in the 1970s, the Japanese made use of lower-cost labor and capital from Taiwan, Korea, and Malaysia. Meanwhile the fleets of Taiwan and Korea expanded and offered competition.

In some areas, porpoises swim with tuna, so purse seiners set their nets on schools of porpoises to catch the tuna. The response to the killing of porpoises led to the passage of the Marine Mammal Protection Act of 1972, which set a quota on tuna to control porpoise killing.

Fishers invested in larger boats to maximize their share of the quota before it was filled, so tuna boats grew larger. The American fleet was excluded from its usual tuna grounds in the 1970s when many nations adopted the increasingly common two-hundred-mile exclusive economic zones. At the same time, Latin American countries developed national tuna fisheries, which increased competition for tuna and markets. American fishers began to exploit the western Pacific until the newly emerging nations claimed their exclusive two-hundred-mile economic zones.

During the same decade, processors purchased purse-seining boats to integrate vertically to ensure constant supply for their canneries in California and to meet the growing U.S. demand. In the 1980s, the world tuna fleet caught more tuna than the market could absorb, beef and poultry prices were low, and there was an economic recession. In the United States, a major market for world tuna, sales declined.

Costs of fuel, labor, and finance increased, and many U.S. tuna producers left the market. Because the U.S. dollar was strong relative to other currencies, producers of other lands were better able than U.S. producers to withstand the cost-price squeeze. This led to a redistribution of tuna fishing and started the restructuring of the world industry. All but one continental U.S. tuna cannery closed. The same ten multinational corporations catch, process, and trade tuna. As interest rates and the carrying costs of boats increased, vertically integrated corporations sold their tuna boats to shift the risk to operators. They then imported foreign-caught or processed tuna on the world spot market, and expanded into shipping to supply their plants.

Causes of these shifts include the exclusive economic zones, fluctuations of exchange rates, the world recession, the corporate responses of seeking lower wages and production costs, local policies to attract industry, international financial moves, tax policies, interest rates, and new processing and shipping technologies.

Anthropologists can't see any of these processes with ethnography. If we stay on the docks of Biloxi with Paul, we couldn't see any of the factors that determine the lives of the people who live there.

When Paul's students read Bonanno and Constance's book, they complained that they read through the first half of the book before they ever got to any ethnography, and even then it was pretty thin. It was all theory and tables and accounting stuff. How was that anthropology? To be fair, it was sociology.

Just before that they had read Mary Beth Mills's 1999 ethnography of Thai factory women. Mills discussed the consolidation of the Thai state and its incorporation of the Lao people in the Northeast, but she didn't explain where the factories came from or why they are in Thailand or how they affected the Thai economy. In her ethnography, students saw the workers, but not the system that puts a factory there in the first place. One place those factories came from is the restructuring of the tuna industry.

The Thai Board of Trade favors export-oriented firms to generate foreign currency to help with the balance of trade—the kind of money magic the IMF likes. That makes Thailand a favorable locale for tunacanning factories. The fourth largest company in Australia has seven tuna-processing plants in Thailand. A subsidiary in San Diego purchases frozen tuna on the world market to import to the Thai factories. The same subsidiary distributes Thai tuna products in the United States.

Most of the labor cost of processing tuna is from slicing off the meat. Processors therefore remove the meat where labor is cheap, freeze it, and ship it to plants in U.S. territory, such as American Samoa or Puerto Rico, where it can be canned and sold as a product of the United States. U.S. processors have met foreign competition by relying on the world market for tuna meat rather than catching the fish with their own boats. In 1990, twenty-two tuna canneries were operating in Thailand.

By 1987, 35 percent of American tuna was imported from Thailand, forcing U.S. processors to move offshore and close their mainland canneries because of high operating costs. They couldn't withstand the foreign competition as the amount of imported tuna tripled, and U.S. companies began to put their labels on imported canned products.

Where is the ethnography? We can't see these processes ethnographically. If we follow the daily lives of factory workers as Mills did or of fishers as Paul did, we lose sight of the causal variables, the factors that determine the conditions of their lives. We study dependent variables and ignore independent variables.

But to concentrate on those systems takes us far away from the docks and the boats, the coffeehouses and bars where ethnographers feel more comfortable hanging out with shrimpers and workers. It takes us to corporate reports and archives, to tables of numbers and abstractions that we can't see. It takes us to those nowhere lands where there are no people, the systems that somehow exist in another dimension created by the cultural imagination, places like corporations and nations and agencies. When we find people to talk to, they will be wearing stockings, high-heeled shoes, neckties, jackets. Many anthropologists, accustomed to moving with working people, farmers, and peasants, feel uneasy moving with these "suits."

So we keep doing ethnography. We keep on checking our ideas with what we can observe in everyday life. That's what Josiah McC. Heyman (1991) did in his study of the U.S.-Mexico border region. His meticulously detailed history of the region is based on understanding the dynamics of households while they tried to make their livings under the changing conditions of the border as mines came and went and as people were moved around according to the needs of capital for labor. Here we will just tell part of the complex story that he tells in his book, *Life and Labor on the Border.*

In 1965, Mexico established the legal framework for large export factories or maquiladoras with its Border Industrialization Program. This was like the Thai or, as we'll see later, the Chinese government enticing industry. The program established a zone with special privileges for foreign companies. They wouldn't have to pay tariffs on imports, many of them paid no taxes, and foreigners could own land in the zone. Heyman lived in Agua Prieta, just across the border from Douglas, Arizona. The first factory came there in 1967; by 1986, there were twenty-six of them. Most of the workers in the factories, as in China, Thailand, and Indonesia, are young women. They can provide their families with a regular paycheck.

Young men seek to establish broad networks of relationships that will guarantee them a choice of various alternatives in the future. The short-term cost of this flexible income strategy is that they may be out of work at any given time; the benefit is greater opportunities in the long run. The women deal with this unpredictability by being steadily employed in the factories, even if they don't pay very good wages. The young women coordinate their work with the older women of the households, who do most of the domestic work. In the early 1970s, the workers spent much of their income, about 40 percent of it, in Arizona, but this depended on a stable exchange rate between pesos and dollars.

Then, in 1982, Mexico suffered an economic crisis brought on by many of the forces we discussed in the last chapter. By 1987, the peso was worth one-hundredth of its 1982 value in dollars. What would happen to your budget if all of a sudden a dollar was worth a penny? That's what happened to the folks in Mexico who were buying things in the United States.

Mexico has a huge foreign debt and cannot repay the principal. It struggles just to pay interest. That means it has to increase exports so that they are more than imports—that is, improve their balance of payments to raise money to pay interest. The border factories contribute to increasing the exports to improve the balance of payments, so they're important to the money shamans of Mexico. There are plenty of other places with cheap labor competing for factories. The Mexican government had to reduce the real wages of workers to compete with the Caribbean and East Asia in a race to the bottom.

By one calculation, in 1986, the real wages of Mexican workers was just over half, 60 percent, of what it was in 1982; by another, it was just under a half, at 45 percent. That's drastic either way you figure it. The 1982 minimum wage was $74.64 per week. In 1986, it was $23 per week. That's less than $5 per day. To boost exports, factory sound trucks drove through neighborhoods advertising for workers. Because people were worse off, they worked more to try to keep even as we would understand from the analysis of household economies in Chapter 6. Households started sending younger children to work in the factories.

Take a moment and refer back to the last chapter to see what's going on here. This is international capital creating conditions in Mexico to coerce them into supplying cheap labor via crippling loans on which Mexico has to pay interest. This is a way to recruit labor into the factories just like the enclosures in England were. It's another way to deprive people of livelihood and give them no alternative but factory work.

The minimum wage is so low and household needs are so great that factory managers can manipulate and control their young women workers by even small bonuses, awards for overtime, and other privileges.

The official or corporatist unions in Mexico are part of the government. They don't have much to do with the workers. Since low wages are part of the government's policy, the official unions don't challenge it. The devaluation of the peso destroyed the cross-border way of life. The policy of strong exports and low wages meant lives of factory drudgery for many, and such things as building or owning a house and education for kids are not possible to attain.

So, in Heyman's ethnography we see the direct consequences of money magic and the global system for the everyday lives of working people. And it hasn't been good. So if jobs are leaving the United States to go to Mexico and it's not doing the Mexicans any good, who is benefiting? Capital.

But that's not the end of the story. These factories are owned by companies from all over the world: Malaysia, the Philippines, China, Mexico, United States, Spain, Japan, Taiwan, and Korea. In 1998, Mexico hiked the minimum wage 14 percent, but the price of goods had gone up 18.6 percent. Workers were still losing out. In 1987, it took eight hours and forty-seven minutes of wage labor at minimum wage to earn enough to buy the $54 basic subsistence "basket" of goods for two people for a week. In 1998, it took thirty-four hours. That's nearly four times more time for the same money. In terms of household economies, that means the productivity of labor was about one-quarter of what it had been. And this is just for a couple, not for any kids or old people. In 1998, the Mexican government removed its subsidy for tortillas so that their price doubled.

Back to money magic. Between 1998 and 2002, dollars went down relative to pesos. That means that pesos gained some value relative to dollars. More dollars per peso. But the dollar strengthened relative to the money of the Philippines, Sri Lanka, Singapore, Malaysia, and Thailand. That meant that the same dollar could buy more in those lands at the same time it bought less in Mexico. So the dollars capital paid for labor in Mexico went up in Mexico and down in Asia. Since 2002, the dollar has increased again against pesos. That lowered the cost of business in Mexico. This is the kind of thing international financiers keep an eye on.

In 1994, the North American Free Trade Agreement (NAFTA) set up new rules for clothing and textiles. The special breaks in tariffs that Mexico got under NAFTA let it replace China as the largest supplier of cloth and clothing to the United States. But then in 2000, the United States gave the same breaks to the Caribbean, Central America, and China. In 2001, when China joined the World Trade Organization, the United States gave China other breaks, and China and the Caribbean became the leading suppliers of clothing and cloth to the United States. The question is whether Mexico can drive down living standards and wages even more to keep up its exports to pay the interest on its debts. Each move in this international game of finance and manufacturing, each change of rules and regulations, means a worse life for workers all over the world.

Many of these plants use toxic chemicals, including heavy metals, solvents, and acids. There are no adequate systems of water treatment to control environmental pollution. Letting you work in a poisonous factory that's polluting your air and water so that you can get by until the next day is no favor. Most maquiladora workers are women between sixteen and twenty-eight. It is not only their health at stake but that of their kids as well.

This system plays out in different ways in different countries. Sometimes the women work in factories and bring a paycheck home to help out, as in Mexico and Indonesia. Other times they leave home and move to where the factories are. There, like the earliest industrial workers in the United States in the age of water power, they live in dormitories or crowded urban rooms, as in China and Thailand.

Here's the important lesson. It's one that economists don't understand. The lesson is this: The working people of the world don't have any important decisions to make in this system. Nothing they can do or say or decide or think has anything to do with how it operates. How does a decision to buy one less tortilla because the price doubled affect the laws of NAFTA or the interest that Mexico owes or the fact that their government feels they actually have to pay the interest on such monstrous loans? As long as it's business as usual, working people cannot do anything. To exercise any agency, people must be able to imagine different systems. Then they join the Zapatistas. But that's a different part of Mexico, way south in Chiapas.

When the international banking community demanded a restructuring of the Mexican economy to better pay interest on the loans, the government cut off subsidies to peasants for fertilizers and chemicals and removed price supports for crops. The government wanted to obliterate traditional peasants and replace them with industrial agriculture, as we discussed earlier in Russia and the United States. They wanted them to produce export crops and improve the balance of payments. They wanted to see the communal lands of peasant communities privately owned. These changes went through in 1992.

On January 1, 1994, the first day of NAFTA, the Zapatista Army of National Liberation seized towns in eastern and central Chiapas and proclaimed a revolution. Today the revolution continues. Chiapas is full of anthropologists who know the people and the area up close and personal. They've done and are doing the ethnography. We can't tell the story here, but you can read it in the books by June Nash (2001) and George Collier and Elizabeth Lowery Quaratiello (1994). So extreme conditions make for extreme responses. But there is some sense of agency.

Mills describes how schools and government programs impose nationalism, Thai ethnic identity, and language in the Lao areas of northeastern Thailand. New roads allowed rural people to develop new economic relations with distant markets and moved peasants toward producing cash crops for commodities, as we discussed in Chapter 14. Young women from these peasant households do not go to Bangkok and work in factories because they need to support their families. They do it in response to images of modernity from Thai elites in mass media, bureaucracies, and schools. The wages the young women send home do make contributions to poor households, but they're most important to prosperous households that have enough land to make good livings. Here's why: The young women yearn for the modern consuming lifestyle and adventure in the big city, but they have to balance that against their sense of duty. Working in Bangkok goes against the ideal of feminine restraint and virginal purity, but the contributions to the households show they are dutiful daughters supporting their families at home so that they can pay the expenses of farming, educating younger siblings, building new houses, and making donations to the Buddhist temples. These show their morality, while televisions and refrigerators they buy for their parents show their modernity.

But low-wage workers in Bangkok can't live the high life of urban adventure or consumption. The girls use most of their wages for food and crowded living quarters. They have running water, electricity, markets, and some entertainment, but they have to put up with pollution, noise, congestion, crowding, isolation, insecurity, and unhealthy and oppressive working conditions. Managers try to use traditional patron–client roles to control women, but the women don't accept it. However, any slight protest they may make is quickly disciplined. The Thai government has a history of violence against any demonstrations or labor organizing.

It's hard enough for single women, but if they're married and have kids, they have that many more mouths to feed. They get out of their houses and away from their parents, but they don't have any relatives to help them when they need it. If women manage to get a little education, their opportunities in the rural villages are limited. About the only possibility is to go home, get married, raise kids, and become an agricultural worker. Whether they stay in the city or return to the village, these women accommodate rather than challenge economic and political structures. Images of modernity emphasize the goals of individual fulfillment and self-expression and shift the women's attention away from their oppressive conditions that limit their opportunities to actually be the modern people they imagine they might be. The villages raise the kids to provide the factory labor when they grow up, and offer the place to return home to when they're used up by the time they're thirty. In this way the villages subsidize the low wages the firms pay their workers.

Similar things are going on in Indonesia, where Diane Wolf (1992) learned about households whose daughters work in factories. While some anthropologists talk about "household strategies" or plans, in fact, people in poor Indonesian households make decisions experimentally as they go along. They do not have strategies. They don't enjoy the luxury of being able to plan into the future. There may be household coping mechanisms or household practices, but no strategies or planning.

Unlike in Thailand, in Indonesia there is a relationship between the resources available to households and the likelihood that their daughters will work in factories. However, Wolf shows that while households of factory workers are poor in land, women from the poorest families with a high number and ratio of dependents do not work in factories because their presence is needed for the daily work of maintaining the household or to take care of their own children. Corporations have "conveniently" located their factories in rural areas.

The Indonesian factory workers continue to live in their own households with their fathers and mothers and siblings. They don't have to move to the big city and live in cramped rooms like the Thai factory workers. They don't escape the control of their parents, but since they make major contributions to their households, their position in the household changes, and they have a lot more influence than they would if they didn't work.

An anthropologist from Hong Kong, Pun Ngai (2005), used the connections of her family network to help her find a place for seven months at the end of 1995 to the middle of 1996 in a factory that made navigational components for German cars. Hong Kong people owned the electronics factory that was located in an industrial village of the Shenzhen special economic zone in Guangdong Province.

Young rural Chinese women are leaving their villages to work in special industrial zones where the Communist government has allowed and even encouraged international capitalists to build factories to feed the insatiable markets for products. The young Chinese women are caught up in three different systems that sometimes work together and sometimes work against each other:

- the socialist state, with strict restrictions on where people can live;
- global capitalist production with its continual need for disciplined labor and ever-increasing consumption;
- the patriarchal Chinese family system, with its oppression of women.

Pun Ngai chronicles women's struggles to form and live their identities; discover the range of choice, how much agency they actually have, among the different pushes and pulls of these systems; and maintain their senses of self in the face of often absurd circumstances that the larger systems determine.

After it made its revolution in China in the name of the urban working class, the Communist Party made the workers or proletarians (*gongren*) a privileged class. These proletarians were workers, neither male nor female, but the status of worker was out of reach of the vast rural peasantry. To ensure geographic stability, the socialist state registered people by their places of birth. A person's birthplace is important for identity and language as well as for getting the official papers that are necessary for travel and many other transactions.

This working class wasn't so much real as it was something necessary for Mao's communism—it was a figment of state ideology. But Deng Xiaoping started neoliberal reforms, and his kind of communism imported global factories and denounced any practices or ideologies that might get in the way. One thing that would surely get in the way of these factories would be anything like class struggle. After all, the Communist state is collaborating with global capitalism.

But a product of the factories is a real working class. A lot of people are working for wages, as we discussed in Chapter 6. This working class isn't just something people invented because it fit an ideology. In fact, the state would really rather that nobody noticed they were in the working class. So, in China, as the economic system changed and created a real working class, the state began to deny that there is any working class. Sound familiar? The Communist Party that was supposed to be the leaders of the working class now invites businessmen, managers, and capitalists to join up and be comrades.

Most of the new workers are rural women who get temporary changes of their residency status so they can live in the growing manufacturing centers. The Chinese term *dagong* means "working for the boss" or "selling labor," and it means that you're selling your labor. If Mao's revolution was meant to free working people, those working people are now selling labor to capitalists with the blessings of the Communist state. The Chinese word *mei* means "younger sister," but it also means a young and unmarried woman. Chinese put the two words together to get *dagongmei,* which means something like "factory girl."

The male counterpart is *dagongzai.* Industrial commodity labor is highly gendered, and the young women are constantly reminded formally and informally that their roles and their work are the roles and work of young women.

These women work long hours at exhausting jobs and live in crowded dormitories because they want to consume the stuff of modernity—they want to be modern women with fashionable clothes and makeup and hair. This consumer desire changes the disciplined and obedient factory girls into shameless sexual women who are seductive and liberated enough to release the lust of the consumer who always wants to buy more stuff. Their desire to be like city dwellers drives dagongmei fantasies of consumption that their wages cannot support. In fact, they are rural women—they walk and talk and act like rural women. No amount of makeup or new clothes can change that. In trying to live up to images of womanly beauty and disguise their rural origins, they just reinforce their class and gender differences.

In Mao's China, everyone was a comrade, neither male nor female, neither high nor low. Reform China replaces the classless, sexless comrade with sexualized consumers and producers in highly gendered workplaces. People seek identity in consumption. The more they try to move themselves away from rural poverty and become modern women, the greater their desire to consume, and the harder they work to get the money to buy the goods. Here is another self-intensifying loop. The more stuff they buy, the more they emphasize their original identity as rural women.

Chinese patriarchy worked as well with Chinese socialism as it does with capitalism. Urban men don't want these working girls as wives. At about the age of twenty-five, most women factory workers return to their villages to be married into the patriarchal households they were trying to escape.

There is no escape for the Arab women who work in Israeli factories. Anthropologist Israel Drori's ethnography (2000) shows how managers use cultural understandings to control women and make them subservient. They expand the local forms of patriarchy beyond the homes into their work lives to manage the women who produce clothing for the international market. He shows the cynical use of knowledge not to understand people or help them but to subordinate them on the job.

Drori documents the daily lives of Druze and Arab seamstresses and supervisors in the Galilee region of northern Israel as they fell in love and were torn from their lovers; as they anticipated establishing their own households; as they got married and were raped by husbands; as they worked day in and day out to bring income into their male-dominated households.

Israeli managers acted like fathers and brothers to control women as Arab men control daughters and sisters. These roles expressed closeness within relationships of unequal power. Women gained some autonomy through their work, but the work just put patriarchy in another form in the factory; it didn't let the women escape it.

Drori shows the seamstresses negotiating the shared culture of work in these plants by the way they give meaning to their work, negotiate with management, and attempt to redefine concepts of gender, rights, obligations, and autonomy in terms of familiar family values that bridge their home lives and their work lives. By relating to management as patriarchs, workers use the moral feelings and behavior they know from home. But this use of homelike relationships at work contributes to complex, self-contradictory, interlocking activities that can lead to conflict. The reconstruction of patriarchal relationships in the plants creates an organizational culture of control that maintains hierarchal relationships at work.

Management must create a work culture of shared meaning that derives from both local homes and their managerial responsibilities. If the managers want to use the women's labor, they have to do it in terms that are acceptable to the workers' male family and community members and keep the production lines running in the factories.

Drori had to make some hard choices of his own. To make room for his vivid ethnographic treatment of the lives of workers and managers in complex situations, he had to sacrifice discussing larger issues, such as the enduring violence of the area, the subjugation of peoples and their resistance and fight against it, as well as the struggle of labor to organize a collective voice through unions. While most organized labor in Israel belongs to the General Labor Union, the ethnography shows that such a structure is ineffective, perhaps counterproductive, for representing the interests of Arab and Druze women in the Israeli garment industry.

Seamstresses are not subservient, quiet, apathetic, or fatalistic but passionate, active, and determined to seize opportunities to better their lives when they arise. The problem is that such opportunities never arise. All of the passion, activity, noisiness, agency, and determination of these women comes to nothing without institutional structures that could make these women effective at changing rather than adapting to their situations.

This is the world you live in and on. The cell phones, computers, and HDTVs built in these factories across the globe connect all of us in a political economy like we've never experienced in the history of humankind.

There is so much to learn, so much to understand of this new global system. The challenge is to never lose sight of the people.

We wrote this book to give you the tools to understand your world. We think we did pretty well to discuss money magic, the unreality of finance versus real substantive economies, the religious nature of economics and the role of government and corporations. We're empiricists and don't indulge in prophecy, but we think that with these ideas, anyone can understand much of what is happening in the world today as it happens.

One more example, though nobody has had time to do the ethnography yet. We've mentioned Iceland and the neoliberal governments that wanted to break the social contract and put everything on a market basis and how that initiated the ITQs or individual transferable quotas. That meant making the fish in the sea private property rather than an open access resource that everyone could use. These policies turned out to be important keys to the economic meltdown of the country because these were just the first steps in a series of neoliberal policies that destroyed the country's economy, its government, and now threatens the independence of the nation.

It's ironic that Icelandic economist Ragnar Arnason wrote about the great benefits of the ITQ system in glowing terms in the *Electronic Journal of Sustainable Development* in 2008 as Iceland teetered on the brink of collapse. Remember what we said about economists being optimists with no feet on the ground or any idea of reality? This is an excellent example. Arnason compared fishery resources to oil with the important difference that fish stocks are renewable so the profits from them are sustainable. But, he argued, because of inappropriate institutional structures, especially because people often treat fish as a common pool resource instead of private property, there is too much fishing capital, the price of fish goes up, and the quality of the environment goes down.

There is no profit in the system and governments lose money if they subsidize unprofitable fisheries just to supply food or to keep people employed. He argued that because the problem is made by policy, there is a policy solution—to define harvesting rights and allow only those who own them to fish—something like ITQs.

The benefits are increased efficiency because of less effort (fewer people fishing), less capital (fewer boats), higher quality fish, larger stocks of fish, and better coordination between the supply of fish and market demand. All fisheries problems solved by the wisdom of an economist! And the virtues of private property. Remember economists base their whole discipline on the idea of private property and their chief duty is to make corporations and capitalism seem natural and inevitable.

An important economic outcome, our economist continues, is that the quotas themselves come to have value; a market for them develops where people can buy, sell, and trade the quotas. Now the right to fish is a commodity akin to an oil lease—permission to take oil from a place. So in Iceland, companies formed to own quotas. The companies' stock was then traded on the stock market. So from fish to the right to catch fish to a share in a company's ownership of rights to catch fish. This is the beginning of what novelist Einar Már Gudmundsson calls a web of deceit.

The value of the quotas depends on how much profit people expect them to yield. So they're like shares of a company that pays dividends. This lets people put a money value on the whole Icelandic fishery. As more and more species were included in the ITQ system, the total value of the fishery increased to between $3.5 billion and $4.5 billion. By 2002, ITQ values came to equal more than 40 percent of the annual GDP of the country. The relative proportion declined after that because other sectors of the economy grew rapidly. Those other sectors were financial firms and banks that ran on the value of the ITQs.

The important point is not just what part of the economy the quotas represent. Arnason (2008) says, "The crucial point is that these ITQ values represent new wealth that did not exist before." These were marketable assets.

You just can't beat that! This is a way to create wealth without the bother of doing any work, by just announcing a policy! But that's not all. You can use this wealth as the basis for raising financial capital and that's what happened in Iceland. People sold their quotas and moved their winnings—their capital—into other sectors of the economy. The new capital went into the financial sector. Other things that helped were other privatizations and reductions of corporate taxes. Banks and investment companies expanded as government regulations were dropped and banks were privately run rather than government operated.

Some people like Gísli Pálsson, Agnar Helgasson, and Einar Eythórsson pointed to the dangers of ITQs—increasing concentration of wealth, decreasing involvement with fishing by those who controlled the fishery, and decreasing adherence to the idea that fish processing should benefit local communities. But economists would not see those as dangers. As stock companies formed, the owners of the quotas knew nothing about fishing. Crewmen lost income and struck in 1994, 1995, and 1998 until a new share system was negotiated.

We have said before that Iceland has a system that is designed to look after people—to guarantee jobs, housing, health care, education, and retirement. But this depends on seeing these things as rights, not as commodities. So as the idea of replacing rights with commodities began in fisheries, there were contradictions with the law. Various court cases have failed to reconcile these contradictions of the ITQ system in Iceland.

The Icelandic constitution grants equal employment rights to all citizens, and the Fisheries Management Act of 1990 defines fish resources as public property; therefore, it must be unlawful to deny a person a quota just because he didn't own a boat at the time the ITQ system was started. On the other hand, the rights had been permanently given away, so the whole system must be unconstitutional. But the Icelandic supreme court has also found that the permanent allocation of ITQs is constitutional because the quotas are private property.

But Eythórsson said (2000:18) that the ITQs are the basis for the economic strength of companies with large quota holdings and have contributed to the profits of those companies. Another consequence of ITQs has been a change in the way fisheries policy is determined. Instead of negotiations between all of the component organizations and owners—crew, skippers, owners—meeting in an assembly with people from the Department of Fisheries, each representing their own interests as we discussed for Norwegian fishers in Chapter 15, these varied interests were replaced by two committees of politicians, lawyers, and economists ... but no fishers, skippers, or boat owners.

Eythórsson asks how it is possible for a system that lacks consensus and that a majority of people oppose to be established and maintained. He suggests that it is because some decisions are irreversible and that most organizations and individuals have at one time or another been co-opted during the decision-making process. If any group is sufficiently organized to raise hell, it can negotiate something that will keep them happy, but keep the system going. Then they have some stake in the future of the system itself.

But after the ITQs in the fisheries, everything became fodder for the neoliberal formula of the market: the telephone system, the energy system, and finally, in 2000, the government-run banks were privatized.

Nigel Holmes and Megan McCardle (2008) chronicled the decline from there. The bankers had good political connections and were able to get the regulations lifted. The banks borrowed heavily from foreign lenders and depositors.

While Americans are great ones for buying on credit, Icelanders took the idea one step further. If wealth is free, anyone can get in on it. You might think it's a bit over the top that Americans spent about 140 percent of their income but Icelanders took that up to 213 percent per household. The average household "wealth" grew by about half. Notice that that "wealth" is not real. It's not tons of fish or piles of yams but fictitious financial "objects" like stocks, and that all of that was built on money borrowed from foreign sources by banks that weren't regulated.

As debt grew, so did interest rates in Iceland. Banks advertised high interest rates in Great Britain and a lot of British people deposited money with them. Among the depositors were a lot of municipalities and other agencies of local governments looking for some place to park some cash for a while and maybe relieve their burden on taxpayers—such as police departments. These deposits came to a total of $1.3 billion.

With only small capital reserves, the Icelandic banks began lending money and grew quickly—on paper. But without any regulations, they didn't limit their lending to the amount of money they had—they borrowed more. But with small cash reserves, they couldn't pay the money back. But there was no law or rule against that, so they kept on doing it.

Then they financed investment firms that started buying stocks across Europe with borrowed funds. The stock market rose at an average of 44 percent per year from 2001 to 2007. That's what economists call the creation of wealth. It's what reality-oriented people call a bubble that's got to burst.

As interest rates increased, Icelanders borrowed foreign money—euros, dollars, francs—from foreign banks because they had lower interest rates. Icelanders with foreign loans had to pay back francs, dollars, or euros, and Icelanders' salaries and wages were being paid in their own krona. This would work as long as krona were strong relative to other currencies, but the payments on these loans were only cheap as long as krona were strong relative to other currencies. However, if you can create wealth out of nothing, there is no limit. Not even the sky.

Then came the beginning of the financial crisis in the United States. This had very little to do with anything that happened in Iceland except that foreigners began to notice that the banks in Iceland were deeply in debt, that they had no cash reserves to repay the money they had borrowed, and that their debts were so big relative to the government and the whole Icelandic economy that there was no way the government could bail out the banks. The three largest banks owed ten times the whole country's gross domestic product—as much as all of Iceland could produce in ten years.

Then lenders stopped lending to Icelandic banks and the money shamans began to bet against the Icelandic economy. Beginning in 2008, the krona crashed and by October had fallen 43 percent relative to dollars, which were also crashing against other currencies. In 2005, a dollar would buy about 60 krona; by the end of 2008 it would buy about 125 krona. That went up to about 148 in 2009. From the point of view of Icelanders, their money had lost more than half its value relative to dollars. It would be like all of your money being divided in half.

Virtually everything but fish, lamb, and milk is imported into Iceland, so the price of virtually all foods, gas, clothing, beer, wine, and other commodities depends on the exchange rate of krona. The higher the value of krona, the lower the price of food; the lower the value of krona, the higher the price of commodities. So virtually overnight, almost everything in Iceland doubled in price.

Icelanders had to pay off their own personal debts in foreign currencies using worthless krona. What looked like a good deal when krona were strong suddenly became an unbearable burden when the currency crashed. Now it took everything you had each month to pay your debts and you had to pay twice what you had been paying to buy what you needed for your family.

So imagine what it feels like to wake up one morning and everything costs twice as much as it did yesterday. You've borrowed twice your income but now you have to pay back four times your income because your salary just got cut in half by the crash of your national currency. So much for any sense of security that those constitutional guarantees might have given you. For the first time, Icelanders felt the kind of massive insecurity that Americans learn to live with from the time we're born.

Meanwhile, the bandit financiers, those Viking capitalists, were lording it over the whole world, jetsetting from one house to another, living high on the hog and bragging about it.

Nobody on the world market would buy krona because they were worthless, so it ceased to operate as an international currency. The government shut down the stock market and nationalized the banks. The United Kingdom invoked antiterrorism laws to freeze Iceland's assets in British banks because so many of their citizens and agencies had deposited money in Icelandic banks to get the high rates of interest. Holmes and Mccardle draw the moral that the massive borrowing and debt is the culprit and that international regulators need to focus on that process.

The Icelandic government searched the world for a large loan to bail it out. They finally had to accept a loan of $2 billion from the IMF, but that put them in the same situation as the underdeveloped countries we've been discussing. Now the sense of insecurity was heightened because everyone in Iceland knew how the IMF works, how it carves away social programs and commoditizes everything.

As we've repeated throughout the book, the economic system is connected to the political system. Icelanders started mass protests outside the Parliament building in Reykjavík. These became mass riots until the government resigned late in January 2009.

Iceland has a system of proportional representation, so that if you win 10 percent of the votes, your party gets 10 percent of the seats in Parliament. So it's not a winner-take-all two-party system. There are usually five or so parties, and new parties come and go, but a couple of parties have been around a long time: the Independence Party, which is conservative, and the Social Democrats, more liberal. If one party wins a majority of votes, they get to name the prime minister, but that's never happened in Iceland, so the party with the most votes has to try to form a coalition with some other party to make a majority.

The president is separately elected and is a largely ritual office of promoting all things Icelandic to foreigners and regulating the political process inside Iceland by announcing which parties won how much of the vote and calling on the representative of the largest block of seats in Parliament to form a government. The president also signs legislation from the Parliament and has a kind of theoretical veto power that is rarely exercised.

In October 2008 the Independence Party held 25 of the 63 seats in Parliament and had formed a coalition with the Social Democrats. But the rest of Parliament and the demonstrations forced the neoliberal prime minister to call a new election in May 2009, and then to resign. Then the president called on the head of the Social Democrats to form a coalition with the Left-Green movement until the election. She in turn appointed the social affairs minister to be interim prime minister.

So in Iceland, when the people found out that the neoliberals were wrong, they changed the government. But they'd all paid a high price of tuition to learn that economists are fools and the neoliberals were wrong. Most had lost whatever they thought they had. And they now face the prospect of becoming another underdeveloped country in debt to the IMF.

The Icelandic novelist Einar Már Gudmundsson says that the neoliberal concept of the market is religious. "This is up to the market." Or: "We'll let the market decide that." Replace the word "market" with the word "God" and you can immediately see the religious content of this ideology. "The invisible hand becomes the Will of God, irrespective of how people feel about God." The entrepreneurial Vikings who had engineered the bubble were only offering sacrifices to the market. A new class of the superwealthy came into existence in Iceland and reduced the middle class to paupers. "All sense of values was thrown out of kilter. Ordinary vocations, like that of teaching, were considered déclassé. No one took the bus anymore. Everyone jumped into a new car, even cars people didn't own but bought on installment, from the tires upwards." The people who ran the privatized banks thought their accomplishments were so worthy that they, like their American counterparts, awarded themselves huge salaries and bonuses. The president of the country trotted around the planet in the company of these superrich, superfashionable people. The Independence Party paved the way for these guys, but the Social Democrats didn't oppose the process.

Gudmundsson roots the process in postmodern relativity that preaches the irrelevance of politics, reality, and history. Thus, neoliberals can have free rein in politics and commerce as well as the media where they put on airs on talk shows and youth come to worship financial snobbery. Gudmundsson (2009) says:

> As a consequence we are not only dealing with a financial depression which is rattling the homes of this country and all the foundations of society, but a profound spiritual depression which makes it even more difficult to face the financial one, or to be more precise, the ruling class will get off scot-free and the people will be left in the clutches of the IMF, which, given its record, will demand even further privatization and that the welfare system be demolished even more thoroughly than is already the case.

We can quote from an e-mail Gísli sent Paul in answer to some of these questions: "Issues such as responsibility and belonging were pushed to the sidelines, money and shares dominating the discourse. That discourse, I suspect, is now giving way to a more sensible discourse on sociality. It will be difficult to find the right track. And for the time being the fishing system is intact, despite the fact that it started the craze and everything else is up in the air."

In July 2009 Parliament narrowly passed a bill to seek admission into the European Union. In the past, Icelanders had not wanted to give up their collective fishing rights to the EU, but now they are private property, so few people have any stake in them any more.

Life, as Halldor Laxness observed, is salt fish.

Discussion Questions

- Without getting too personal about it, everyone read a clothing label from your own or someone else's clothing. Make a list of the countries your and your classmates' clothing comes from. What do these countries all have in common?
- See if you can find out whether any of the countries on your list are involved in an IMF "structural readjustment" program.

- What kind of choices do you think the people who made your clothing had? In other words, do you think they really like working in those factories?
- If not, why do you think they are working there? What difference does this make to you? Should it make a difference? Why or why not?
- The next time you go clothes shopping, try to find clothes made in America. What do you think happened when clothing manufacturing moved out of this country? What kinds of jobs did people get after they lost their union textile or other manufacturing jobs?
- Pick a sector of the economy and find out what the average wage and benefits are for those jobs. Then figure out how that compares (adjusted for inflation) with the average wage and benefits of the same sector jobs in 1970. What does the difference do for families who want to buy a home? Let one parent stay at home to raise the children? Put their children through college? Retire early?
- What kind of questions would you ask politicians who promise to bring jobs to your community?

Suggested Reading

Collier, George A., with Elizabeth Lowery Quaratiello. *Basta! Land and the Zapatista Rebellion in Chiapas.* Chicago: Food First Books, 1999.

Drori, Israel. *The Seam Line: Arab Workers and Jewish Managers in the Israeli Textile Industry.* Stanford, CA: Stanford University Press, 2000.

Eythórsson, Einar. "A Decade of ITQ-Management in Icelandic Fisheries: Consolication without Consensus." *Marine Policy* 24, issue 6: 483–492.

Guomundsson, Einar Már. "Letter from Iceland: A War Cry from the North." *Counterpunch* (February 23, 2009). http://www.counterpunch.org/einar02232009.html.

Heyman, Josiah McC. *Life and Labor on the Border: Working People of Northeastern Sonora, Mexico, 1886–1986.* Tucson: University of Arizona Press, 1991.

Holmes, Nigel, and Megan Mccardle. "Iceland's Meltdown: an Economic Morality Play in 10 Acts." *The Atlantic* (December 2008).

Mills, Mary Beth. *Thai Women in the Global Labor Force: Consuming Desires, Contested Selves.* New Brunswick, NJ: Rutgers University Press, 1999.

Ngai, Pun. *Made in China: Women Factory Workers in a Global Workplace.* Durham, NC: Duke University Press, 2005.

17

The end is indeed near! *Photo from iStockphoto, © Nick Schlax. Used with permission.*

CHAPTER 17

THE END IS NEAR

You've met some of the characters—they are mostly nameless; they are the people. You won't know them by their celebrity in the news, but you may remember them by the name of the group they belong to—Icelandic fishers, Gulf Coast shrimpers, American janitors—or the part of the world where they live—Trobriand Islands, Truk, Burma, Chicago, Thailand. You know some of the plot, some of the stage directions. It's a story based on the work of many anthropologists over many years.

There are questions of ethics and values—things like ethnocentrism and sexism and racism. There are questions about where you stand. Anthropologists usually stand with the people whose stories we tell, not with the kings or presidents or priests or rulers. But we do more than tell the stories; we try to understand why the stories are the way they are—the structures the people are living in and how they got to be that way.

We have seen that all things human are interconnected. Anthropology is holistic. There's a lot of complexity, but it's not so complex that you can't understand it. You just have to use your brain and the analytical skills you have learned and not be fooled by appearances.

Tom Robbins (1977) is a novelist, not an anthropologist. The Chink, one of the characters in his book *Even Cowgirls Get the Blues* (and yes, that's his name, politically incorrect though it may be—that's in fact part of the author's point because the character is Japanese), says, "Life isn't simple; it's overwhelmingly complex. The love of simplicity is an escapist drug, like alcohol. It's an antilife attitude.... Death is simple but life is rich. I embrace that richness, the more complicated the better" (256). Anthropologists often end books like this with stirring words. We think that's a great custom, so we're going to borrow some stirring words for you.

Charles Hockett (1973) talked about state systems. He called them civil society, meaning societies with cities. This is what he said about three-quarters of the way through the last century:

> Not only cities but most aspects of the civil pattern have ceased to have any survival value. Minor tinkering will get us nowhere. Obviously we cannot return to tribalism. We need something totally new—something at the moment unimaginable.
>
> Man's task in the twenty-first century is not to kid around with limited political, economic, or religious loyalties. No institution—no family, no city, no church, no nation, no international organization—deserves our respect and support except insofar as it functions to promote the welfare of the entire human species. Man's task in the twentieth century is to disassemble the juggernaut [of civil society] itself, before it shakes to pieces and in the process destroys the precious chrysalis within. That is our only hope.
>
> Can we do this?
>
> Certainly we cannot if we continue to rely on the sorts of political leaders the nations of the world have chosen in recent decades—men with the breadth of perspective and imagination of a bunch of prunes. But it is not clear that other leaders could do any better. Despite our enormous collective ingenuity, it is possible that our problems now exceed our capacities. (670)

What do you call something that rings more true now than when it was written in 1973? Prophetic, maybe.

Anthropology lets us see the juggernaut. All the corporate think tanks and company-paid professors can't hide that. We go behind the simple answers of the thought controllers. We have seen the juggernaut too many times. Nowadays we see it in Afghanistan and Iraq; before we saw it in El Salvador, Guatemala, Nicaragua, the Spanish Civil War, Burma, Vietnam. Can we disassemble it?

Listen to Marvin Harris (1971):

> If anthropology has any suggestion to those seeking to participate in the creation of novel varieties of personal and cultural life, it is that to change the world one must first understand it. The importance of this advice varies directly with the odds against the desired personal or sociocultural innovation. When the odds are drastically against a hoped-for outcome, ignorance of the causal factors at work amounts to moral duplicity. In this sense, the study of humanity has the force of a moral obligation; all who are interested in the survival and well being of Homo sapiens must find in it a common purpose. (596)

That's what anthropology does. That's what it is for. We have given you some of the tools of the trade. We've shown you how you can see through, behind, and into political and economic systems and the cultures that go with them. Today it's pretty obvious that all people live in a global system. The hunters of the Amazon use shotguns and sell game. Ecotourists are everywhere. You can get to any place on the planet in a day or two. Even the remnant groups that most closely resemble foragers are parts of larger systems. The fallout from Iceland adopting the ITQ system can affect a British municipality. Sub-prime loans and business cheating in the United States can lead to a global financial crisis. When the money shamans begin to question their own gods as they sit in their skyscrapers in the most modern of cities, people in factories and villages around the world are in economic peril.

To understand the global system, we can't rely on the worm's-eye view of ethnography. You can't do classical ethnography where there are no communities—where the people you are trying to understand don't live in one single place but all over the place. Shrimpers in Mississippi, for instance. Or Teamsters in Chicago or longshore workers in Charleston.

So how do we do the ethnography of globalization? We're going to have to count on your collective ingenuity and creativity to do it. You have the foundation. You have strong shoulders to stand on. But you're the ones who are going to have to do the job.

We told you at the beginning that we'd tell you what anthropology knows. Human systems keep changing, and our knowledge of them has to change with them. Sometimes systems even define new rules—for instance, when finance takes over from management, and the money shamans are in control of our economic systems.

We know what economists do: they tell us that their religion is reality because it supports the capitalist system. In this they are very human, just like the Inca priests preaching that the god kings were natural and necessary.

There are a lot of different kinds of sociologists, and we can't go into that here, but one thing they do is take the polls and surveys and tell us how people are reacting to or dealing with the system to provide information to the people in charge so they can keep the system going, suggesting an occasional tweak here or there. Some of them do other things, pretty much as we're advocating here. Check out Sudhir Alladi Venkatesh (2008), for example. He wrote *Gang Leader for a Day* and learned real fast the difference between what his sociology profs were telling him and what ethnography had to say when he started hanging around gang members on the streets of Chicago.

Many psychologists and therapists support the system, too. They have the tough work of helping individuals struggling with the constant contradictions of the system and trying not to go crazy or get totally depressed when they do everything they're supposed to do and it doesn't work out the way it's supposed to. Like those white-collar people who get fired and just know they deserve it. Working people who work hard all their lives and are still poor are in a better place than that. They hoped that stuff about hard work paying off was true, but they never experienced it. Psychologists and therapists try to convince folks to fix themselves rather than to mess with the system. The system is too big. It's quixotic to think about fixing that. Get used to it. And if you can't, maybe we can find some drugs that'll help.

Some anthropologists do most of the above, too. Some work for corporations to help them make money. Some work for governments or the World Bank to figure out how to convince people to accept programs that are going to hurt them. Some work for marketers to figure out how to get people to buy more stuff they don't need. Anthropologists can make a lot of money doing that kind of work, by the way.

But some anthropologists help us to see things as they are—help us to see behind and beyond the mind-fog of state and media mind control to understand how our political economies and cultures work. In showing us those realities, these anthropologists provide alternatives to the system. To be fair here, we have to say that lots of sociologists, a few economists, and some psychologists also do that. And you don't have to be a scientist to see clearly. Lots of journalists, novelists, filmmakers, songwriters, and poets do that even better than we do, especially at getting the word out about what they've discovered.

Anthropologists aren't free of the kind of magic that economists use, either. To be an anthropologist, you pretty much have to go to graduate school and get a magic piece of paper called a Ph.D. Universities are one of the last hold-outs of medievalism. But we won't go into that here. You're experiencing your own brand of it.

You get a Ph.D., and that gives you the tools, some of the vision, and lets you see parts of the system at work. You can use the skills you've learned to tell other people the vision of anthropology—the vision of a single species and how we got to be the way we are and why it's important to make a fair world and not to settle for an unfair one. You can tell people what happens to unsustainable systems.

They'll say, "You don't understand—it's very complicated." They'll say, "But that's the way the market works." They'll say, "Actually, in reality, . . ." And so on. But some will hear. Some will listen.

You'll have to get used to being pretty much invisible and having lots of people not paying you much attention. That's OK. They have other things to worry about. If you want to make a difference, if you want to help move toward a more fair system, anthropology is one thing to do. There are others. You may become a novelist or a journalist, a sociologist, or even (gasp) an economist, and you can still use what you've learned here.

The more you understand things clearly, the more choices you have. Understanding also brings responsibility. The greater your understanding, the greater your responsibility to the rest of the species. Shamans may be nuts, but they put that talent to work in the service of their people.

The better your understanding, the more choices you have. One of those choices is the ethical and political choice we mentioned earlier. Whenever it's up to you, be sure that what you do and say moves in the direction of everyone on the planet having one share. Not more and not less. It doesn't matter where you are. You may be a restaurant worker, a computer specialist, a sales "associate," a community organizer, or a businessperson. You will have that choice at times. The important thing is to recognize when it's yours and use it well.

You know the heroes of fiction—people like Zorro, Xena the warrior princess, Wonder Woman, Batman, Don Quixote. They all held justice close to their hearts as all of us learn to when we are kids. We are supposed to outgrow the stories of heroes like these when we give up on justice, when we grow up, that is, and accept that we live in an unjust world. These heroes all live in streamlined worlds where everything goes their way and they can overcome any obstacle the bad guys throw at them.

Except Don Quixote. He's nuts. He thinks he's living in a different time or a different reality than the rest of the people. In his eyes, the barmaid becomes the damsel of the castle, but he never despairs in his quest for justice.

The English-speaking world has picked up on the crazy part of his character, and the word *quixotic* means "at least impractical and bumbling, perhaps humorous, maybe nuts." To call someone quixotic is negative—a bad thing to be. Our friends who speak Spanish and Portuguese, however, tell us those folks pick up on the noble part of it and say it's positive—a good thing to be.

Different writers could make any of the legendary heroes of fiction into bumbling idiots disconnected from the realities of life. Since Cervantes, other writers have told stories of quixotic characters. One is in the 1971 movie *They Might Be Giants.* George C. Scott plays Justin Playfair, a judge who may think he's Sherlock Holmes. He wears the clothes and talks the talk. Joanne Woodward plays Dr. Mildred Watson, a shrink trying to figure out whether he's crazy. When she tells him that she's Dr. Watson, he responds with Sherlock Holmes's trademark slogan, "the game's afoot," and he drags her along on a crazy but somehow saner-than-it-looks adventure through New York.

At one point, she says, "You're just like Don Quixote. You think that everything is always something else."

"Well, he had a point," Playfair answers. "Of course, he carried it a bit too far. He thought that every windmill was a giant. That's insane. But, thinking that they might be, well ... All the best minds used to think the world was flat. But what if it isn't? It might be round. And bread mold might be medicine. If we never looked at things and thought of what might be, why, we'd all still be out there in the tall grass with the apes."

We know you didn't sign up for a course in comparative literature, but we want to end the book with something hopeful, something that lets you know that you have some choices to make. One of those choices is to keep on saying, "They might be giants," and keep on checking even if it makes you feel out of step, out of balance.

It's OK to be a little unbalanced. Anyone looking behind the curtain of his or her culture is going to feel uncomfortable and unbalanced. Most of our cultures these days tell us to accept unfairness. We're telling you that you don't have to. We're telling you that for the good of our species, none of us should accept it.

We once had the pleasure of hearing the author John Nichols speak. He's the guy who wrote *The Milagro Beanfield War* (1974) and other books that we've enjoyed reading because they help us see things clearly. This is what he said:

> You eat right, you exercise, and you still die. Everyone dies, but the point is to enjoy life. The sun goes nova and the history of the planet and the sun is a blink of an eye in time. It's equal to the life of a mosquito. In the final analysis everything is hopeless.
>
> Capitalism and so on. Any hope? You just keep on struggling.

If we keep on telling you how the world sucks, there's not much place for hope. So we're saying, yeah, the world sucks, but make it a better place. Keep on struggling. It's funny that to find so many heroes we have to go to fiction or myth. That's where we started this story. On the edge of the fire with the myth teller.

But we don't always have to resort to fiction. We can point to real-life heroes like Ken Riley or Emma Goldman or Eleanor Roosevelt or Martin Luther King Jr. or Gandhi. Some people see Barack Obama as a present-day hero, and certainly his rise from working-class kid from a single-parent home to first black president of the United States has been heroic. But he would be the first to tell you not to count on any heroes coming along, that to change things requires us all to get together and work together. But we also know that to make people heroes is only to tell part of their stories. They were just ordinary people forced to do extraordinary things. You can look inside yourself to that part of you that knows that it should be a fair world and discover the extraordinary thing you will do.

You've learned why the world isn't fair and how it got that way. We're telling you now that it's up to you to make a difference. Most of us live in societies where we can still vote. A lot of Americans are pissed off with the one-party system we have to endure, the Republocrats, but we can still participate in one of its branches and try to get better nominees for offices. What would happen if everyone in the United States voted for their own interests? For the fair thing? It has happened once or twice in American history. During the Great Depression, for example, when the Republocrat bosses were shaking in their boots because it looked like there might be a revolution in the streets, they put up Franklin Delano Roosevelt with his New Deal. But the powers that be have been dismantling the New Deal ever since, hoping we'd all be too busy being good consumers or just trying to stay afloat to notice. They're a little worried now with Obama in office and Senator Arlen Specter of Pennsylvania changing from the Republican branch to the Democratic branch of the Republocratic Party.

Could Americans do it again? Could we rock the boat enough to make them play fair for a while? This is a question that shook apart the United Farm Workers in the 1980s and shook apart the whole labor movement in the summer of 2005. Shall we use our time and resources on politics and trying to get good folks elected? Or do we organize our power in the workplaces by getting more people into unions and working for their own interests directly at work, and not even play the corporation political game of who buys which politician?

Either way, or any way you can imagine, to change the status quo requires one thing: organizing. This is Barack Obama's forte. Improbable though it seemed even a year earlier, his organizing genius won him the 2008 presidential election. That and some character traits we're unaccustomed to seeing in Washington, D.C., such as honesty, unselfishness, a real ability to take the high road, and largesse. If you'd like to learn more about organizing, go to the Web site for the Organizing Institute of the AFL-CIO. On your computer, you can sign up anywhere in the country. You can go to a seminar for a couple of days to learn what organizers do in the labor movement. If you like what you see and they like what they see, you can learn more and then get a job with a union. It'll pay wages and have benefits.

If unions don't trip your trigger, there are many other social action organizations, from social justice to environmental to peace and more, where you can train as an organizer. It's not a job for family people, as Suzan can tell you. She's done it. But it gets you in touch with people. It's all there from the adrenaline rush to the nightmares that invade your dreams. You experience everything from crushing defeat to exhilarating victory. You'll work your ass off. You'll learn more than you ever thought you could. And you'll be doing good work. No matter what, you'll walk away with the skills to change the way things are, and you'll carry with you the insights you've learned from anthropology to help guide your way. Another way you can get a start is by signing up with Americorps and seeing some faces of our land you haven't seen before. Or the Peace Corps.

A former head of the Chicago Coalition for the Homeless was talking to Suzan one day. He was exasperated with a new batch of organizers he had hired. They had gone out to the homeless shelters, as organizers are supposed to do in their first few weeks, and had come back to him complaining about the treatment of the homeless people at these shelters. The food wasn't good. The bedding wasn't comfortable. The places weren't safe. He told Suzan he looked at those organizers and said, "Our job is not to make the homeless shelters better. Our job is to get rid of the need for homeless shelters."

At Penn State the fraternities and sororities needed some reason to exist beyond the usual. Some genius hit on the idea of putting together something that everyone loves or has to say they love—kids—with something everyone hates—cancer. Kids with cancer. Beat that for a cause. Raise money for them and you have the reason for being. So they put together an organization to produce a dance marathon every year and raise several millions of dollars to help the families of kids with cancer. That's a great thing to do. Now think of what they could accomplish if they changed the mission just a little and started thinking about why there are any kids with cancer that need help. That doesn't happen in societies with good health care systems. It doesn't happen in Sweden or Iceland or Canada. What would happen if these students put all of that energy behind getting the same kind of health care system for our kids?

Answers depend on the questions. The question is not "Isn't a factory job for pennies a day a better alternative for third world people than no job at all?" The question is "Should anyone have to work in a factory? Should anyone have to work for pennies a day?" or "Should some people get access to all the land and others get thrown off the land and forced into factories or the streets?"

Wonder what kind of lives people live when they are dispossessed of their land and what do you have to do with it? There may be a chapter of United Students Against Sweatshops on your campus. You can see what they're about at www.studentsagainstsweatshops.org. If you have a chapter, you can go to a meeting and see what people at your university or college are doing. If there's not a chapter, you can start one. It's up to us. All of us.

This is the kind of view anthropology can give you. This is the difference you can make. We all face situations where we can do one thing or another. We know the right thing to do, and we also know that it's not the thing that pays off best or the thing that we're "supposed" to do. We're telling you it's OK: Do the right thing. Do the fair thing.

So in part, we're appealing to the Zorro, the Wonder Woman, the Xena, and the Superman in all of you. We're appealing to the Don Quixote in you, too. But we're saying be sure to check whether those really are giants. Use all of your knowledge and skill to find out what's really going on. Don't break your lances on windmills, but be willing to see those windmills in a new way. And be willing to call them giants if that's what they turn out to be.

But the problem with hero stories is that one hero always comes to save the day for a group of people. The people never think that they could organize themselves and work together to solve the problem themselves. They don't know the strength of their own numbers and their own intelligence. They wait around to be saved. They look for a hero. And, sure enough, in the stories, the hero comes and saves the day.

The Chink in *Cowgirls* is a weird guy who lives in a cave in the badlands. He has a reputation for being a prophet or holy man. Sometimes people make pilgrimages to see him, hoping that he can reveal something to them. He always refuses to see them because he refuses to be anyone's prophet. He says that by turning them away, he's setting them free before they become disciples. He says:

> All a person can do in this life is to gather about him his integrity, his imagination and his individuality—and with these ever with him, out front and in sharp focus, leap into the dance of experience.
>
> "Be your own master!
>
> "Be your own Jesus!
>
> "Be your own flying saucer! Rescue yourself.
>
> "Be your own valentine! Free the heart!" (260)

So we say don't wait for some hero to show up. That's fiction. That only happens in stories. And we say you don't have to be that hero, either. Heroes are fictional, but we all have Zorro, Xena, Superman, and Wonder Woman inside us already. You don't have to be a celebrity, either. We don't know who made the first tool. We don't know who walked first on two feet or planted the first crop. They're the ones who started it all. Everyone since then is just a footnote. Einstein? Nothing compared to that first chopping tool. Attila the Hun? Genghis Khan? Alexander the Great? Who figured out a person could ride a horse? It's better if you're remembered by the group you belong to or the place you live, like the people anthropologists study. But organize that group so it can move the world. Make that place known for the hope it gives people who have lost all hope.

That's what it is to be human.

Suggested Reading

Robbins, Tom. *Even Cowgirls Get the Blues.* New York: Bantam, 1977.

GLOSSARY

Acephalous—without a head. A term British anthropologists used to describe egalitarian societies.
Adaptive—biologically speaking, a feature that lets more offspring survive and grow up to reproduce; culturally speaking, a feature that promotes the survival and well-being of most of the people in the system so it can continue.
Agency—the ability to make real choices. Agency depends on the choices systems make available as well as your position and power in the system. More power means more choices. But no matter where you are in any system, you have some choices.
Arbitrary, learned, and traditional—these three things go together. Anything that is arbitrary is not something people can figure out. They have to learn it. Anything we learn is traditional. This is a fact about languages. Their sounds and meanings are not built into the world or into us. There is no relationship between a thing and the word for it (arbitrary), they aren't coded into nature or genes (must be learned), and we learn them from others (traditional).
Archaeology—the field of anthropology that concentrates on gathering and interpreting material evidence we can use to understand the histories of our cultures. The nature of the evidence demands certain techniques, for instance, of excavation, but archaeologists are asking and helping to answer the same questions about cultural processes that cultural anthropologists are asking and answering, so there's a lot of interchange between archaeology and sociocultural anthropology. Many see them as the same thing but using different sources of evidence.
Aspiration—the puff of breath after a consonant—for example, after the *p* in *pit*. We use a superscript *h* to represent this sound.
Balanced reciprocity—People give exactly as much as they receive and receive exactly as much as they give.
Asymmetrical redistribution—redistributive exchange in which the center people do not give away everything received, but keep some of it

to support themselves, their relatives, or specialists. See **redistribution**; **rank**.

Biological anthropology—the field of anthropology that focuses on the history of our species, how we came to be the kinds of animals we are, and the role of culture in the process—questions about our biological nature and its relationship to culture.

Bipedal—walking on two feet all the time.

Blaming the victim—when people blame destructive or malicious acts by others on the person on the receiving end. For instance, "If you didn't want to get injured, you shouldn't have gone to Iraq."

Capital—the money that buys the things someone needs to produce exchange values, to produce commodities to sell on markets to get the capital back plus some profit.

Capitalist system—system of production to produce **exchange value** and extract **profit** that is organized by markets.

Classes—groups of people in a political economy defined by their differential access to resources in a stratified system. See **stratification**; **political economy**; **state**.

Cline—what is created when all the points of the same elevation are connected. By extension, the line we create whenever we connect all of the dots in a diagram that are the same—for instance, barometric pressure on a weather map. It shows the distribution of a single value for a variable.

Commodity—something that people can buy and sell on a market.

Comparative—noticing and explaining similarities and differences among many different systems.

Core—the rock left in one's hand after breaking off a flake with a hammerstone to make a pebble tool.

Corporatist state—See **welfare state**.

Cross cousins—the children of ego's parent's siblings of the opposite sexes: father's sister's kids and mother's brother's kids.

Cultural adaptation—the way people solve problems. The solutions don't always work in the long run. The solutions may cause new problems or make old ones worse.

Cultural capital—a misleading metaphor for everything you know that might be of use to you in making a living. This is a misleading metaphor meant to convince people that everyone has some capital and that if you're not rich, it's because you haven't used your capital well. See the definition of *capital*. See also **blaming the victim**; **meritocratic individualism**; **deficit theory**. We say that cultural capital is not capital. It's knowledge.

Cultural codes—emic categories and the way people use them to make sense of their worlds and decide what to do.

Cultural ecology—an approach in anthropology that emphasizes that while all of the elements of a culture are interrelated, the parts that have most to do with the way people make their livings, the cultural core, are the most important and determine the rest.
Cultural relativity—suspending judgments and opinions and being open to understanding other ways of life. We don't ask whether something is good or bad; we ask how the people understand and use it.
Culture core—the social, political, and religious patterns most closely connected to the way people get their livings, central aspects of the culture.
Deep structure—the logical relationships between words to form sentences.
Deficit theory—the theory that if a particular group of people don't do something well, then something is wrong with those people. Often used to justify racism. Akin to **blaming the victim**. "You're experiencing this problem because something's wrong with you."
Dependent variable—a variable that hangs on, or depends on, other variables in the system. It is the thing we want to explain. The other values of the other variables determine the value of the dependent variable.
Descriptive relativism—suspending your natural ethnocentrism so that you can describe another culture from the point of view of the people in it.
Discrete—recognizably different according to some standard.
Displacement—being able to talk about different times, places, and hypothetical situations. Unique to human languages.
Drudgery—how much a person doesn't want to work anymore. The drudgery of labor depends on how important it is to produce whatever the people are working to produce.
Duality of patterning—languages have two different levels, sound and meaning, each with its own system of relationships.
Ecology—the total web of relationships among life forms in an area.
Economic capital—that which corporations convert into profit by using labor. See **capital**.
Economic system—the relationships of consumption, production, and exchange so that if one changes, the others also change.
Egalitarian—a political form in which there are as many positions of prestige as people capable of filling them. All have equal access to resources. See **acephelous**. Associated with reciprocal exchanges.
Emic—the differences that make a difference inside the culture or language. Those features of the world or sounds that cultures or languages define and recognize.
Epistemological relativity—the idea that all ways of knowing things are equally true.

Epistemology—how we know things. Different cultures define different ways of knowing things. A set of assumptions that governs what and how we think and how we see the world and act within it. Cultures are epistemologies.

Ethical relativism—the idea that there are no absolute values of good and bad; ethical judgments depend on the culture.

Ethnocentric—displaying **ethnocentrism**.

Ethnocentrism—thinking that your way of doing things is either the only way or the best way. The opposite of **cultural relativity**.

Ethnographic—basing our ideas of how any given system works on detailed local description and observation. Being with the people we want to understand and seeing things from their point of view.

Ethnography—living with a people and observing everything they do and say. See **ethnographic**.

Etic—all the differences that anyone outside the system can see. People inside the system may not see it the same way, but if we only valued the inside views, we could never compare different systems. The etic stance lets us stand outside any culture to understand them all.

Exchange value—value determined by the amount of labor it takes to produce something. How much you can get for something if you trade it for another thing.

Exponential—every time the value of something is increased on the horizontal axis, the value on the vertical axis gets bigger by doubling or by squaring or by *multiplying* by some value instead of by always *adding* the same amount. So the bigger it gets, the faster it gets bigger.

Federal system—a group of groups in which each member group recognizes a central authority. For instance, each state in the United States recognizes the authority of the U.S. government. But each state retains certain powers and rights.

Feuds—fights between groups of people who are usually related, often started out of vengeance.

Fieldwork—living with the people. See **ethnography**.

Firms—production units of **capitalist systems.**

Flake—the small piece of a rock that breaks off when you strike a core with a **hammerstone**.

Free labor—people who are available to work for wages because they have no alternatives, such as household production, or are not caught up in alternative systems of production, such as slavery.

General reciprocity—giving to or helping others without any specific expectation of return, but with a general expectation that others will help you or give to you when you need it.

Grammar—the theory of a language that an adult speaker of the language develops by growing up around people who speak it. It specifies the relationships between sound and meaning.

Hammerstone—the rock used to hit the core to create a pebble tool.

Hand axes—stone tools that are symmetrical on both sides. People made these according to a plan they had in mind. Much more complex than pebble tools.

Hegemony—when one country rules or controls others. A term often used by anthropologists for when one group has control over another, especially by controlling the way they think. For instance, some say that the rulers have hegemony over the cultural codes of the ruled because the rulers shape the way people think in schools, media, and religious institutions.

Holism—seeing things as connected. Instead of looking at religion, literature, politics, economics, or history as separate spheres of life, anthropologists see them as connected.

Household production—production units based on the balance of need and drudgery.

Ideologies—almost a synonym for **cultural codes** when they are used for political ends. When ideologies are political—conservatism, liberalism—the people select parts of their cultural code to support one political position.

Import substitution—substituting your own products for imports.

Incest prohibition—a prohibition on having sex with certain relatives.

Independent variable—the variable that causes or has something to do with the dependent variable. A change in the value of an independent variable causes a change in dependent ones.

Individual transferable quotas (ITQs)—quotas based on the history of a fisher's catch in the past that can be bought or sold.

Interdependent variables—when an increase or decrease in the value of one variable creates an increase or decrease in another and the second variable, the interdependent one, passes it on to a third.

Kindreds—the group of all relatives within a certain genealogical distance who are related by any link at all—for instance, all first cousins.

Lineages—a group of people all related to a common ancestor through either the link with women or the link with men.

Linguistic anthropology—the field of anthropology that studies the nature of language and how it is related to the rest of culture.

Locomotion—moving around.

Loop—following a series of arrows in a system brings you back to the starting point.

Marginal utility—the usefulness of the next thing compared with the one before.
Market exchange—exchanging things in terms of exchange value. Usually involves money.
Markets—places where things are exchanged; the exchange of things according to **exchange values**.
Matrilineal lineages—a group of people descended from the same ancestor through women.
Matrilocal (also uxorilocal)—residing with the wife's people.
Meritocratic individualism—the belief that we are separate individuals who think for ourselves and that we get rewarded according to our individual merit.
Mind control—See **thought control**.
Mutual grooming—the practice of going through each other's fur looking for things that shouldn't be there and removing them.
Nationalism—when a nation claims to be the best one.
Natural capital—a misleading metaphor for natural resources, like coal and iron ore, that someone has access to. This is a metaphor used to make people think that natural resources are really a kind of capital. Compare with the definition of *capital.*
Natural selection—the process by which those characteristics that allow individuals to have more offspring become more widely spread in the population (selected for) and those that allow individuals to have fewer offspring become more rare (selected against). See **adaptive**.
Necessary labor—the amount of labor to produce necessary value, the value necessary to reproduce the same amount of labor.
Necessary value—the amount of value that necessary labor produces. Capitalist firms pay this amount as wages so that workers can continue to work and reproduce labor.
Negative utility—a metaphor based on the idea of utility as usefulness. Negative usefulness would be something damaging.
Neoconservatives—people who believe in an ideology that advocates a global market policed and controlled by American arms for American objectives.
Neolocal—residing in a different place from the family of either mate.
Open, openness—a feature of human language that allows us to say new things that have never been said before so that we don't just repeat what we've heard.
Opposable thumbs—being able to move the thumb just opposite fingertips to grasp things between the tips of thumbs and fingers.
Parallel cousins—the children of the parent's siblings of the same sex—father's brothers and mother's sister's kids.

Patrilineal lineages—a group of people of the same ancestor linked through the men.

Patrilocal (also virilocal)—residing with the husband's people.

Pebble tools—large pebbles with a **flake** or two knocked off to make a sharp edge.

Phoneme—each distinct sound that any human language understands as different from other ones. Different languages recognize different sounds. Each language uses between thirteen and forty of them.

Phonemic—as of or pertaining to phonemes. A phonemic system is the set of sounds the native speakers actually hear and distinguish as distinct.

Phonetics—all the sounds people can actually make. People put different phonetic sounds together to make single phonemes, like t^s and t^h and p and p^h in English.

Phonological system—specifies the relationships among sounds in a language.

Political economy—the interacting economic and political systems.

Polymorphic—of many forms.

Price—largely but not exclusively determined by value. May be higher or lower depending on such factors as fashion.

Profit—surplus value that the owners of capital appropriate and may put back into production or into political action or consumption.

Qualitative—something that cannot be counted, quantified; for example, how good the smell of baking bread is when you smell it on an evening walk in the fall.

Quantitative—something that can be counted; for example, the number of molecules of bread you have to inhale before you can detect the smell of baking bread.

Rank—a political form in which there is equal access to resources but fewer positions of prestige than people capable of filling them. Associated with redistributive exchange.

Reciprocity—giving as much as you get, at least in the long run. There's usually a time delay between the giving and the getting.

Redistribution—based on reciprocity, but instead of people giving things directly to each other, giving things to some central person who then redistributes them to the people who need them.

Redistributive system—a system of exchange based on redistribution.

Regulating mechanism—a part of the system that keeps the values of variables within certain limits.

Reliability—the notion that everybody else who checks the same thing will get the same results.

Residence rule—a pattern of where newly married couples live.

Ruling class—that class in a stratified political economy that has access to resources. See **classes**; **political economy**; **stratification**; **state**.

Science—the epistemology that we never accept anything as really true, just as what we *think* we know until we find out differently by checking it over and over again against what we can observe. Science is based on **reliability** and **validity** as well as the assumptions that we base theories on. When valid and reliable observations don't match theories, we change the theories.

Self-help—if someone has done you harm, you harm that person back. See **feuds**. This may mean not harming the same individual but harming his or her kinship group, village, or other social group.

Self-intensifying loop—See **loop**. In a system without a regulating mechanism, each trip through the loop makes the values of the variables get greater. See also **exponential**.

Semantic system—all the possible relationships among meanings in a language.

Sexual dimorphism—two forms by sex; the physical differences between sexes.

Shaman—a person spirits can possess.

Social capital—a misleading metaphor for the people someone knows who can help when needed. The idea is that social relations can help people. But the metaphor is misleading because it's meant to convince us that we all have some kind of capital even if we don't because we all have some social relations that can be useful to us. See **capital**; **blaming the victim**; **meritocratic individualism**; **deficit theory**.

Social contract—the idea that people support their governments when the governments actually help the people.

Sociocultural anthropology—the field of anthropology that studies how contemporary cultures and societies work and how they got this way.

State—the institutional structures in stratified political economies that enforce and ensure unequal access to resources. Based on force or **thought control** or both. See **stratification**; **hegemony**; **ruling class**; **subordinate classes**.

Stratification—a political economy in which there is unequal access to resources. See **state**.

Structure—how things are put together with other similar things. Grammatical structure is how elements of language relate to each other so we can connect sounds to meanings. Kinship structure is how different kinds of kin-based groups are organized. Political structure is how different aspects of political systems are organized (see **federal system**; **welfare state**). Economic structure is how parts of economic systems are put together. As a general term, it means how things are organized. See **agency**. Agency is our own sense of control and ability to decide. Structure is outside our immediate control, though we can change it with concerted effort.

Subordinate classes—those classes in stratified political economies that do not have access to resources. See **stratification**; **classes**; **political economy**; **state**.

Surface structure—the particular word order in a language.

Surplus labor—the amount of labor people do after they've produced the value necessary for them to work another day and reproduce. To get people to do it, you have to have a system that doesn't allow them any other alternatives, often based on force.

Surplus value—the extra value that **surplus labor** produces, the source of **profit** in capitalist systems.

Sustainable—a system that does not have a **self-intensifying loop** and can continue in operation indefinitely.

Swidden—slash-and-burn fields.

Syntax—the way deep structure and surface structure fit together as two parts of grammar.

System—a set of elements connected such that if you change one of them, you change the others.

Thought control—ruling-class control of cultural codes to make people think their political economy is natural and inevitable, ordained by gods or history as the only possible political economy and to make people think they have little or no agency to use in changing the system. See **classes**; **ruling class**; **subordinate classes**; **state**; **hegemony**; **agency**; **structure**.

Universal grammar—the grammar that all human languages have in common.

Use value—the **qualitative** value of something based on its use. What people use something for.

Validity—means that you're really measuring what you think you are measuring.

Variable—something that can be more or less; it varies.

Wages—the amount that firms pay people for working. It must equal the amount of value it takes to continue to work and reproduce labor (see **necessary value**). Historically, people do not work for wages unless there are no alternatives. In return for allowing the people who get necessary value for wages for their work to work, firms expect workers to produce more than that amount (see **surplus value**), which is the source of profits.

Welfare state (also corporatist state)—a government in which businesses, labor, professionals with technical knowledge and experience, and government officials all negotiate together to make policies that benefit everyone. For instance, farmers, agribusinesses, the department of agriculture, and the people elected officials appoint in a ministry of agriculture would all negotiate together to make agricultural policy. Everyone has a voice through such organizations. The usual examples are Sweden and other Scandinavian countries.

REFERENCES

Apostle, Richard A., Gene Barrett, Peter Holm, Svein Jentoft, Leigh Mazany, Knut Mikalsen, and Bonnie McCay

1998 *Community, State, and Market on the North Atlantic Rim: Challenges to Modernity in the Fisheries*. Toronto: University of Toronto Press.

Bakan, Joel

2004 *The Corporation: The Pathological Pursuit of Profit and Power*. New York: Free Press.

Beckford, George L.

1972 *Persistent Poverty: Underdevelopment in Plantation Economies of the Third World*. New York: Oxford University Press. (Reissued 2000, Kingston: University of West Indies Press.)

Bell, Kirsten

2005 "Genital Cutting and Western Discourses on Sexuality." *Medical Anthropology Quarterly* 19, no. 2: 125–148.

Bennett, Matthew R., John W. K. Harris, Brian G. Richmond, David R. Braun, Emma Mbua, Purity Kiura, Daniel Olago, Mzalendo Kibunjia, Christine Omuombo, Anna K. Behrensmeyer, David Huddart, and Silvia Gonzalez

2009 "Early Hominin Foot Morphology Based on 1.5-Million-Year-Old Footprints from Ileret, Kenya." *Science* 323, no. 5918 (February 27): 1197–1201.

Bigelow, Gordon

2005 "Let There Be Markets." *Harper's Magazine* 310, no. 1860, May 2005: 33–38.

Bonanno, Alessandro, and Douglas Constance

1996 *Caught in the Net: The Global Tuna Industry, Environmentalism, and the State*. Lawrence: University Press of Kansas.

Brodkin, Karen

1988 *Caring by the Hour: Women, Work and Organizing at Duke Medical Center*. Urbana: University of Illinois Press.

2000 "Global Capitalism: What's Race Got to Do with It?" *American Ethnologist* 27, no. 2: 237–256.

Chayanov, A. V.

1986 *The Theory of Peasant Economy*. Madison: University of Wisconsin Press.

Collier, George A., with Elizabeth Lowery Quaratiello

1994 *Basta! Land and the Zapatista Rebellion in Chiapas*. Oakland, CA: Food First Books.

Drori, Israel

2000 *The Seam Line: Arab Workers and Jewish Managers in the Israeli Textile Industry*. Stanford, CA: Stanford University Press.

Doukas, Dimitra
2003 *Worked Over: The Corporate Sabotage of an American Community.* Ithaca, NY: Cornell University Press.
Durrenberger, E. Paul
1989 *Lisu Religion.* DeKalb: Northern Illinois University Center for Southeast Asian Studies.
1992 *The Dynamics of Medieval Iceland: Political Economy and Literature.* Iowa City: University of Iowa Press.
Durrenberger, E. Paul, and Dimitra Doukas.
2008 "Gospel of Wealth, Gospel of Work: Counterhegemony in the U.S. Working Class." *American Anthropologist* 110, no. 2: 214-224.
Durrenberger, E. Paul, and Suzan Erem
2005 *Class Acts: An Anthropology of Service Workers and their Union.* Boulder, CO: Paradigm Publishers.
Ehrenreich, Barbara
1990 *Fear of Falling: The Inner Life of the Middle Class.* New York: Perennial.
2001 *Nickel and Dimed: On (Not) Getting by in America.* New York: Metropolitan Books.
2005 *Bait and Switch: The (Futile) Pursuit of the American Dream.* New York: Metropolitan Books.
Ekvall, Robert
1968 *Fields on the Hoof: Nexus of Tibetan Nomadic Pastoralism.* New York: Holt, Rinehart and Winston.
Elliston, Deborah A.
1995 "Erotic Anthropology: 'Ritualized Homosexuality' in Melanesia and Beyond." *American Ethnologist* 22, no. 4: 848-867.
Emihovich, Catherine.
2005 "Fire and Ice: Activist Ethnography in the Culture of Power." *Anthropology and Education Quarterly* 36, no. 4: 305-314.
Erem, Suzan
2001 *Labor Pains: Inside America's New Union Movement.* New York: Monthly Review Press.
Fink, Deborah
1998 *Cutting into the Meatpacking Line: Workers and Change in the Rural Midwest.* Chapel Hill: University of North Carolina Press.
Frank, Thomas
2004 *What's the Matter with Kansas? How Conservatives Won the Heart of America.* New York: Metropolitan Books.
Galbraith, John Kenneth
1992 *The Culture of Contentment.* Boston: Houghton Mifflin.
Goldschmidt, Walter
2006 *The Bridge to Humanity: How Affect Hunger Trumps the Selfish Gene.* New York: Oxford University Press.
Goodenough, Ward H.
1956 "Residence Rules." *Southwestern Journal of Anthropology* 12, no. 1: 22-37.
Hanks, Lucien
1972 *Rice and Man: Agricultural Ecology in Southeast Asia.* Chicago: Aldine-Atherton.
Harris, Marvin
1971 Culture, Man, and Nature: An Introduction to General Anthropology. New York: Crowell.

1974 *Cows, Pigs, Wars, and Witches: The Riddles of Culture.* New York: Random House.
Henry, Jules
1963 *Culture against Man.* New York: Random House.
Heyman, Josiah McC.
1991 *Life and Labor on the Border: Working People of Northeastern Sonora, Mexico, 1886-1986.* Tucson: University of Arizona Press.
Hockett, Charles
1973 *Man's Place in Nature.* New York: McGraw-Hill.
Holmes, Nigel, and Megan McCardle.
2008 "Iceland's Meltdown: An Economic Morality Play in 10 Acts." *The Atlantic* (December).
Jablonski, Nina G.
2008. *Skin: A Natural History.* Berkeley: University of California Press.
Jolly, Alison
1972 *The Evolution of Primate Behavior. New York: Macmillan.*
Lapham, Lewis H.
2004 "Tentacles of Rage: The Republican Propaganda Mill, A Brief History." *Harper's* 309 (September).
Lave, Jean
1988 *Cognition in Practice: Mind, Mathematics and Culture in Everyday Life.* New York: Cambridge University Press.
Leach, Edmund
1954 *Political Systems of Highland Burma.* Boston: Beacon.
Lewis, I. M.
2003 *Ecstatic Religion: A Study of Shamanism and Spirit Possession.* 3d ed. New York: Routledge.
Lewis, Michael
2009 "Wall Street on the Tundra." *Vanity Fair* (April): 140-147.
Lowie, Robert H.
1948 *Primitive Religion.* New York: Liveright.
Malinowski, Bronislaw
1922 *Argonauts of the Western Pacific: An Account of Native Enterprise and Adventure in the Archipelagoes of Melanesian New Guinea.* Long Grove, IL: Waveland Press (reprinted).
Mead, Margaret
1950 *Sex and Temperament in Three Primitive Societies.* New York: Mentor.
Mills, Mary Beth
1999 *Thai Women in the Global Labor Force: Consuming Desires, Contested Selves.* New Brunswick, NJ: Rutgers University Press.
Montoya, Miguel
2002 "Emerging Markets, Globalization, and the Small Investor: The Case of Venezuela." In *Economic Development: An Anthropological Approach* edited by J. H. Cohen and N. Dannhaeuser. Walnut Creek, CA: AltaMira. Pages 265-289.
Montoya, Monica Lindh de
2002 "Looking into the Future: Anthropology and Financial Markets." In *Economic Development: An Anthropological Approach* edited by J. H. Cohen and N. Dannhaeuser. Walnut Creek, CA: AltaMira. Pages 241-264.
Nash, June
2001 *Mayan Visions: The Quest for Autonomy in an Age of Globalization.* New York: Routledge.

Newman, Katherine
1993 *Declining Fortunes: The Withering of the American Dream. New York: Basic Books.*
1999 *No Shame in My Game: The Working Poor in the Inner City.* New York: Knopf.
Ngai, Pun
2005 *Made in China: Women Factory Workers in a Global Workplace.* Durham, NC: Duke University Press.
Nichols, John
1974 *The Milagro Beanfield War.* New York: Holt, Rinehart and Winston.
Orwell, George
1952 *Homage to Catalonia.* New York: Harcourt, Brace. (Originally published in 1938 by Secker and Warburg, London.)
Pálsson, Gísli
1989 "Language and Society: The Ethnolingiuistics of Icelanders." In *The Anthropology of Iceland* edited by E. Paul Durrenberger and Gísli Pálsson. Iowa City: University of Iowa Press. Pages 121-139.
Rappaport, Roy
1967 *Pigs for the Ancestors: Ritual in the Ecology of a New Guinea People.* New Haven, CT: Yale University Press.
Reed, Adolph
2001 *Class Notes: Posing as Politics and Other Thoughts on the American Scene.* New York: New Press.
Richardson, Miles
1975 "Anthropologist—The Myth Teller." *American Ethnologist* 2, no. 3: 517-533.
Robbins, Tom
1977 *Even Cowgirls Get the Blues. New York: Bantam.*
Sahlins, Marshall
1968 "Culture and Environment: The Study of Cultural Ecology." In *Theory in Anthropology: A Sourcebook* edited by Robert A. Manners and David Kaplan. Chicago, Aldine. Pages 367-373.
1989 *Social Stratification in Polynesia.* American Ethnological Society Monographs No. 29. Brooklyn: AMS Press.
Schlosser, Eric
2002 *Fast Food Nation: The Dark Side of the All-American Meal.* New York: Harper.
Scott, James
1985 *Weapons of the Weak: Everyday Forms of Peasant Resistance.* New Haven, CT: Yale University Press.
Spiro, Melford
1966 "Religion: Problems of Definition and Explanation." In *Anthropological Approaches to the Study of Religion* edited by Michael Banton. New York: Tavistock. Pages 85-126.
1991 *Anthropological Other or Burmese Brother? Studies in Cultural Analysis.* Somerset, NJ: Transaction.
1996 *Burmese Supernaturalism.* New Brunswick, NJ: Transaction. (This is a reissue of the expanded edition published in 1978 by the Institute for the Study of Human Issues, which was based on the original 1967 edition from Prentice Hall.)

Steward, Julian
1955 *Theory of Culture Change: The Methodology of Multilinear Evolution.* Urbana: University of Illinois Press.
Stiglitz, Joseph
2003 *Globalization and Its Discontents.* New York: Norton.
Stout, Dietrich
2008 "Technology and Human Brain Evolution." *General Anthropology* 15, no. 2 (Fall): 1-5.
Tattersall, Ian
2004 "Innovation in Human Evolution." In *The Epic of Evolution: Science and Religion in Dialogue* edited by James B. Miller. Upper Saddle River, NJ: Pearson. Pages 91-98.
Venkatesh, Sudhir Alladi
2008 *Gang Leader for a Day.* New York: Penguin Press.
Wallace, Anthony
1956 "Revitalization Movements." *American Anthropologist* 58, no. 2: 264-281.
White, Curtis
2004 *The Middle Mind: Why Americans Don't Think for Themselves.* New York: Harper.
Williams, Brett
2004 *Debt for Sale: A Social History of the Credit Trap.* Philadelphia: University of Pennsylvania Press.
Wolf, Diane
1992 *Factory Daughters: Gender, Household Dynamics, and Rural Industrialization in Java.* Berkeley: University of California Press.
Wolf, Eric
1951 "The Social Organization of Mecca and the Origins of Islam." *Journal of Anthropological Research* 7, no. 4: 329-356.
Yates, Michael D.
2003 *Naming the System: Inequality and Work in the Global Economy.* New York: Monthly Review Press.
Zinn, Howard
2003 *A People's History of the United States: 1492-Present.* New York: Harper Collins.

Sources for Nasrudin and Sufi Stories

Ornstein, Robert
1972 *The Psychology of Consciousness.* San Francisco: W. H. Freeman.
1968 *The Way of the Sufi.* London: Jonathan Cape.
1973 *The Subtleties of the Inimitable Mulla Nasrudin.* London: Jonathan Cape.
1977 *Pleasantries of the Incredible Mulla Nasrudin.* Therford, Norfolk, UK: Lowe & Brydone.

INDEX

ABOUT THE AUTHORS

Paul Durrenberger received a PhD in anthropology from the University of Illinois at Urbana in 1971. He has taught at Antioch College, Eastern New Mexico University, the University of South Alabama, the University of Iceland, the University of Iowa, and is now a professor of anthropology at Penn State University. His many years of teaching introductory courses in anthropology are one foundation for this book. The other is his years of fieldwork among Lisu tribal people of the Thai highlands, Shan peasants in the lowlands of northwest Thailand, in Iceland, and in the United States. In the United States he has done ethnographic work with fishermen in Mississippi and Alabama, farmers in Iowa, and union members in Chicago and Pennsylvania. He has published numerous academic articles and books on these subjects. He is active in the American Anthropological Association, the Society for Applied Anthropology, and the Society for Economic Anthropology. He collaborates with archaeologists John Steinberg and Doug Bolender in archaeological investigations of medieval Iceland. His webpage's address is: *http://www.personal.psu.edu/faculty/e/p/epd2/* and his e-mail address is epd2@psu.edu.

Suzan Erem earned her Journalism and English degrees from the University of Iowa in 1985 and then spent more than a dozen years working in the labor movement before becoming a freelance writer. As an undergraduate, she was frustrated with anthropology that seemed confusing and irrelevant, but she saw its potential for making sense of the modern world. She is author of *Labor Pains: Inside America's New Union Movement* (Monthly Review Press 2001) and coauthor with Diana Dell of *Do I Want to be a Mom? A Woman's Guide to the Decision of a Lifetime.* A long-time member of the National Writers Union, UAW Local 1981, Suzan's client list has included the American Federation of State, County and Municipal Employees (AFSCME), International Brotherhood of Teamsters, Service Employees International Union (SEIU), Leukemia & Lymphoma Society of Illinois, Infant Welfare Society, AIDSCare, Healthcare Alternative

Systems and others. She can be reached through her Website: www.lastdraft.com.

Paul and Suzan coauthored *Class Acts: An Anthropology of Service Workers and Their Union* (Paradigm 2005), and collaborated on a National Science Foundation study of unions in Chicago and Pennsylvania. They are currently coauthoring a book on a 2000–2001 battle between Charleston longshoremen and the South Carolina attorney general. They are married and live in State College, Pennsylvania.

Printed in the USA/Agawam, MA
November 19, 2012

570474.079